কি করবেন যখন মা হবেন

কি করে হবে ?
এবার কি হবে ?

হৈদী মারকোফ এবং শ্যারোন ম্যাজেল

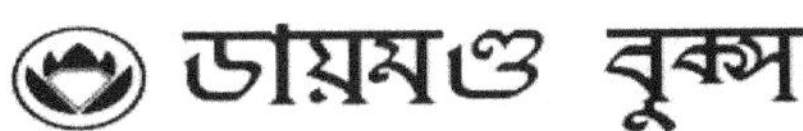

এম্মা আর বয়াতের প্রতি (আমার সব থেকে বড় আশা)
এরিক (আমার সব কিছু)
এরলিনের জন্য, ভালবাসার সাথে
সকল মাতা-পিতা এবং শিশুদের প্রতি
তাঁরা যেখানেই থাকুন না কেন!

© লেখকাধীন

প্রকাশক ঃ ডায়মণ্ড বুক্স
X - 30, ওখলা ইণ্ডাস্ট্রিয়াল এরিয়া, ফেজ - II
নূতন দিল্লী - 110020
ফোন ঃ 011 - 40712200
ই-মেল ঃ sales@dpb.in
ওয়েবসাইট ঃ www.diamondbook.in

KI KORBEN JAKHAN MAA HOBEN
by :

আমি আমার প্রথম সাথী এরলিন আইসনবার্গকে এটাই
বলতে চাই যে, তোমার দেখাশোনা দ্বারা প্রকৃতি,
করুণা এবং সত্যনিষ্ঠা সর্বদা জীবিত থাকবে!
আমরা তোমাকে সর্বদাই ভালবাসব আর মনে রাখব!

অনেক-অনেক ধন্যবাদ

আমি গত 23 বছর ধরে দুটো জিনিষ শিখেছি, পুস্তক আপনা-আপনি লেখা হয় না আর বাচ্চাদের দেখাশোনাও আপনা থেকে হয় না। অবশ্য এখন তো আমি নিজের বাচ্চাদের পালন-পোষণ করার কাজ করে ফেলেছি... কিন্তু সেই কাজে আর এই পুস্তক লেখার কাজে আমার পতিদেব আমাকে ভরপুর সহায়তা করেছেন। এই পুস্তক তৈরী করার সময় আমার অনেক বন্ধু আর সহকর্মীরা আমাদের তাঁদের অমূল্য পরামর্শ এবং দৃষ্টিকোণ প্রদান করেছেন।

কিছু সহায়ক আসতে-যেতে থেকেছেন আর কয়েকজন সেই প্রথম দিন থেকেই আমাকে সঙ্গ দিয়ে এসেছেন। আমি তাঁদের সকলের প্রতি ধন্যবাদ জ্ঞাপন করতে চাই ঃ

স্যাণ্ডী হেবাবে – তোমার অমূল্য সহযোগের জন্য ধন্যবাদ জানাই; তুমি এক বোন হওয়ার সাথে-সাথে এক ভালো বন্ধুও বটে!

সুজানে রেফর, মিত্র এবং সম্পাদক – যিনি পুস্তকের সম্পাদনার কাজ এবং এটাকে এক নতুন রূপ প্রদান করার কাজে আমাকে বেশ কয়েকবার সহায়তা করেছেন এবং অসংখ্য শীর্ষক, কার্টুন আর প্যারোডীও তৈরী করেছেন।

পিটার ওয়ার্কম্যান – এক কর্মঠ এবং প্রতিশ্রুতিবদ্ধ প্রকাশক... উনি আমার পুস্তকের ওপরে সেই সময় পূর্ণ বিশ্বাস ব্যক্ত করেছিলেন, যখন কি বুকস্টোরগুলো এমনটা করতে প্রস্তুত ছিল না। উনি এই পুস্তকের শেকড় জমতে এবং চারাগাছের বড় হয়ে ওঠা পর্যন্ত অত্যন্ত ধৈর্য্যের সাথে প্রতীক্ষা করেছেন এবং আমার পাশে এসে দাঁড়িয়েছেন। **ডেভিড ম্যাট** কলাত্মক অবদানের সাথে-সাথে মেকওভারের কাজে সহায়তা করেছেন। **জন গিলম্যান** মেকওভার এবং চিত্রের নির্মাণে সহায়তা করেছেন। **লীজ হল্যাণ্ডার** শুরু থেকেই আমার পছন্দের ডিজাইনার মহিলা ছিলেন। এছাড়া **উইং ট্যাং, টিম ও' ব্রায়ন** এবং **লিনেট**-য়ের অবদানও উল্লেখনীয়! **ক্যাটন, টমস্ ন্যুজম্যান** এবং **আয়রীন**-ও এই পুস্তক নির্মাণে পূর্ণ সহায়তা করেছে। আমি আমার অন্যান্য মিত্র **সুজি, হেলনে, বেথ, ওয়াল্টার, জেপি, ম্যাণ্ডল, কিম** এবং **এমী**-র নামেরও উল্লেখ করতে চাই। প্রিয় **শ্যারোন, ডেনিয়েলা, এরিয়ানে, কীরা** এবং **সোফিয়া**-ও আমার অনেক কাজে এসেছে। বাড়ীতে **ডাঃ জে**-ও আমাকে অনেক অমূল্য তথ্য প্রদান করেছেন। আমাদের মেডিক্যাল পরামর্শদাতা **ডাঃ চার্লস লকউড** আমাদের ছোট-বড় সকল মেডিক্যাল সূক্ষ্মতার ওপরে দৃষ্টি দিয়েছেন। ওনার বিদ্বতা দেখে সত্যিই আমি বিস্ময়ে হতবাক হয়ে উঠেছি। আমার ওয়াটার ফ্রন্ট মীডিয়ার মিত্র **স্টীভেন, মাইক, বেন বোলিন, জিম কার্টিস** এবং **সারাহ হটর**-কে জানাই অনেক-অনেক ধন্যবাদ... ওরা নিজেদের তথ্য আর সমস্যা আমার সঙ্গে ভাগ করে নিয়েছে। **মার্ক ক্যামলিন**-কে ওনার তীক্ষ্ম দৃষ্টি, ব্যবসায়িক নিপুণতা, মিত্রতা আর সহযোগের জন্য এবং **এলিন ন্যাভিস**-কে ম্যানেজমেন্ট, অন্তহীন ধৈর্য্য, দৃঢ়তা এবং সমর্থনের জন্য ধন্যবাদ জানাই!

জেনিফার গ্রেডিজ আর **ফ্রান ক্রিটজ্** – এদের সহায়তায় আমরা নিজেদের তথ্যগুলোর শুদ্ধতা পরীক্ষা করতে পেরেছি। **ডাঃ জেসিকা**-কে গর্ভাবস্থায় ত্বকের দেখাশোনার সঙ্গে সম্বন্ধিত পরামর্শ প্রদান করার জন্য ধন্যবাদ জানাই! **ডাঃ হবি মণ্ডেল** আমাকে সর্বদাই প্রশ্ন করার জন্য প্রেরিত করে এসেছেন। **হোয়াট টু এক্সপেক্ট ফাউণ্ডেশন**'-য়ের এক্জিক্যুটিভ ডায়রেক্টর **লিসা**

বার্নষ্টীন, **জো**, **টেডি** এবং **ডেন**-কেও ধন্যবাদ জানাই!

আমার পতিদেব **এরিক** প্রতিটি কাজে আমাকে সহায়তা করেছে... ওর সহযোগ ছাড়া হয়তো এই কাজটা করা আমার পক্ষে সম্ভবই হত না! ওর সাথে কাজ করে আমি কাজের ফাঁকেও পুরো আনন্দ উপভোগ করতে পেরেছি। **এরিক**... আমি তোমাকে হৃদয়ের অন্তঃস্হল থেকে ভালবাসি! **এম্মা** আর **বয়াত** – আমি তোমাদেরও প্রচণ্ড ভালবাসি। তোমরা আমাকে *মৌ'* হওয়ার গৌরব প্রদান করেছ।

স্নেহবৎসল পিতা এবং মিত্র **হাবার্ড আইসনবার্গ**; **ভিক্টর শরগই** আর **জন এনীয়েলো** এবং দুনিয়ার সব থেকে শ্রেস্ঠ শ্বশুর-শাশুড়ী **এভী** এবং **নর্মান মারকোফ**; **রেচল**, **ঈথান**, **লিজ**, **স্যাণ্ডী** আর **টিম** – তোমাদের সকলকে অসংখ্য ধন্যবাদ জানাই!

সকল ডাক্তার, নার্স আর দাই-দের ধন্যবাদ জানাই... যাঁরা প্রতি দিন না জানি কত পরিবারে গর্ভাবস্হাকে এক সুখকর অভিজ্ঞতায় বদলে দিতে সংলগ্ন হয়ে রয়েছেন! সব থেকে বড় ধন্যবাদ জানাই ভাবী এবং পুরোন মাতা-পিতাদের... যাঁরা এই পুস্তকের প্রত্যেক সংস্করণকে আগের থেকে আরও সুন্দর করে তোলার চেস্টা করেছেন, যেমনটা আমি এর আগেই জানিয়েছি। মাতা-পিতারাই আমার সব থেকে অমূল্য বস্ত্ত – নিজেদের কার্ড, পত্র আর ই-মেল পাঠানো বন্ধ করবেন না!

আবার একবার ধন্যবাদ জানাই... অনেক-অনেক ধন্যবাদ! ঈশ্বর করুন, আপনাদের সকল আশা পূরণ হোক্!

heidi

বিষয়-সূচী

চতুর্থ সংস্করণের প্রস্তাবনা

পরিচয় ঃ এই পুস্তকের জন্ম বার-বার কেন হয়েছে ?

ভাগ - 01 কিছু জরুরী কথা

অধ্যায় - 1 গর্ভধারণ করার আগে 02

গর্ভধারণের আগে কিছু পরামর্শ 02

একটু দৃষ্টি দিন, পিনপয়েন্ট ওভ্যুলেশন, গর্ভধারণ করার সাথে যুক্ত প্রবাদ কাহিনী

ভাবী পিতাদের জন্য কিছু পরামর্শ 09

অধ্যায় - 2 আপনি কি গর্ভবতী ? 12

আপনি কি ভাবছেন ? 12

গর্ভাবস্থার প্রারম্ভিক লক্ষণ, গর্ভাবস্থার ব্যাপারে জানা, এক হাল্কা রেখা, অনিয়মিততার পরীক্ষা, পোজিটিভ ছিল না, আপনি যদি গর্ভবতী না হন..., এক নেগেটিভ রেজাল্ট, স্মার্ট টেস্টিং, প্রথম সাক্ষাৎকার কখন, আপনার প্রসবের তারিখ

ডাক্তারের নির্বাচন 18

প্রসূতি বিশেষজ্ঞ বা পারিবারিক চিকিৎসক অথবা দাই *(মিডওয়াইফ)* ? জন্মের জন্য নির্বাচন, প্র্যাক্টিশের প্রকার ভেদ, এক সঠিক প্রার্থীর সন্ধান, নির্বাচন আপনার হাতে, রোগী আর ডাক্তারের সম্পর্ক

অধ্যায় - 3 আপনার প্রেগন্যান্সী প্রোফাইল 26

আপনার পূর্ণ শারীরিক তথ্য 26

এই পুস্তক সকলের জন্য, ফায়ব্রয়েড, এণ্ডোম্যাট্রিওসিস, কোলোপোস্কোপী, এইচ.পি.ভি., হার্পিজ, অন্য এস.টি.ডি. এবং গর্ভাবস্থা

প্রসব সম্বন্ধীয় পূর্ব তথ্য 31

দ্বিতীয় গর্ভাবস্থা, প্রসব সম্বন্ধীয় ইতিহাসের পুনরাবৃত্তি, অত্যন্ত শীঘ্র দ্বিতীয় গর্ভাবস্থা, এক বড় পরিবার, গর্ভপাতের সমস্যা, ডাক্তারকে বলুন, প্রী-টার্ম বার্থ, সার্ভিক্সের বিকার, আর.এইচ. প্রতিকূলতা

আপনার পূর্ব চিকিৎসকীয় তথ্য 41
রুবেলা এ্যান্টিবডি লেবেল, গর্ভাবস্থা এবং টীকাকরণ, স্থূলতা, গ্যাস্ট্রিক বাইপাসের পরে গর্ভাবস্থা, ওজন কম হওয়া, অনিয়মিত ভোজন, 35 বছর বয়সের পরে মা হওয়া, 35 বছর – এক জাদু সংখ্যা, পিতার বয়স, জেনেটিক পরামর্শ, গর্ভাবস্থা এবং সিঙ্গল মাদার

প্রসব-পূর্ব চিকিৎসা 47

প্রথম তিন মাস 48
প্রথম তিন মাস – আল্ট্রাসাউণ্ড, প্রথম তিন মাস – এক সাথে স্ক্রীনিং, কোরিঅনিক ভিল্লস স্যাম্পলিং

প্রথম এবং দ্বিতীয় তিন মাস 51
ইন্টিগ্রেটেড স্ক্রীনিং

দ্বিতীয় তিন মাস 51
ক্যোয়েড স্ক্রীনিং, এম্নিয়োসেন্টেসিস, দ্বিতীয় তিন মাস – আল্ট্রাসাউণ্ড, ভ্রুণ স্ক্রীণ, কোন প্রকারের সমস্যা হলে...

অধ্যায় - 4 গর্ভাবস্থার সময় আপনার জীবন শৈলী 56

আপনি কি ভাবছেন ? 56
খেলাধূলো আর ব্যায়াম, ক্যাফিন, ক্যাফিনের কাউন্টার, মদ্যপান, ধূম্রপান, শিশুর জন্য অমূল্য উপহার, ধূম্রপানের অভ্যাস ত্যাগ করা, সেকেণ্ড হ্যাণ্ড স্মোকিং, মারিজুয়ানার প্রয়োগ, কোকেন আর অন্যান্য মাদক দ্রব্য, মোবাইল ফোন, মাইক্রোওয়েভ, হট টাব আর সাউনা, পোষা বেড়াল, ঘরোয়া বিপত্তি, বায়ু প্রদূষণ, গ্রীন-গ্রীন টিপস্, ঘরোয়া হিংসা

পূরক এবং বৈকল্পিক চিকিৎসা 68

অধ্যায় - 5 ন' মাস আর আপনার আহার-বিহার 71

ন' মাসের স্বাস্থ্যকর ভোজনের 9 প্রাথমিক নিয়ম, নিজের পদ্ধতিতে চলুন, স্বাস্থ্যকর বিকল্প, *'সৈক্স মীল'* সল্যুশন, কিসের অপরাধ বোধ ?, গর্ভাবস্থার সময় আহার-বিহার, নিরামিষ প্রোটিন

আপনি কি ভাবছেন ? 83

মিল্ক ফ্রী মম্, পাশ্চুরাইজ, নিজের আহারে রেড মীট শামিল করবেন না, নিরামিশাষী ডায়েট, লো-কার্ব ডায়েট, কোলেস্ট্রলের চিন্তা, জাংক ফুডের সেবন,স্বাস্থ্যকর আহারের শর্টকাট, বীর বাইরে খাবার খাওয়া, লেবেল পড়া, বাহ্যিক আবরণ দ্বারা গুণবত্তা জানা যায় না, বাসী ভোজন, চিনির বিকল্প, হার্বাল চা, খাদ্য পদার্থে রসায়ন, অগানিক বেছে নিন, দুজনের পক্ষেই সুরক্ষিত ভোজন

ভাগ - 02 ন' মাস আর সেটার গণনা

(গর্ভাবস্থা থেকে প্রসব পর্যন্ত)

অধ্যায় - 6 প্রথম মাস 95

প্রায় 01 থেকে 04 সপ্তাহ

এই মাসে আপনার শিশুর বিকাশ 95

প্রেগন্যান্সী টাইমটেবল

আপনি কেমন অনুভব করছেন ? 96

লক্ষণ দ্রুত শুরু হয়ে পড়েছে ? এক নজর, প্রথম গর্ভাবস্থা পরীক্ষা, সম্পূর্ণ শারীরিক পরীক্ষা

আপনি কি ভাবছেন ? 98

ব্রেকিং ন্যুজ, সম্পূর্ণ সুস্থ গর্ভাবস্থা, ভিটামিন সাপ্লিমেন্ট, ক্লান্তি, মর্ণিং সিকনেস, আপনার নাক জানে ?, প্রয়োজনের তুলনায় বেশী লার তৈরী হওয়া, মেটালিক স্বাদ, বার-বার শৌচ *(প্রস্রাব)* যাওয়া, বক্ষস্থলে আসা পরিবর্তন, পেটের নীচের অংশে চাপ, হাল্কা দাগ লাগা, ডাক্তারকে কখন ফোন কাবেন ?, এইচ.জি.সি. লেবেল, চিন্তা করবেন না, মানসিক চাপ, রিল্যাক্স হয়ে পড়ুন, আশাবাদী হোন্

গর্ভাবস্থায় প্রেমপূর্ণ দেখাশোনা 112

আপনার চুল, আপনার মুখ, আপনার দাঁত, আপনার শরীর, স্পা-য়ের একটা দিন, গর্ভাবস্থা আর আপনার মেকআপ্, আপনার হাত আর পা

অধ্যায় - 7 দ্বিতীয় মাস 118

প্রায় 05 থেকে 08 সপ্তাহ 118

এই মাসে আপনার শিশুর বিকাশ

এক নজর

আপনি কি ভাবছেন ? 120

বুক জ্বালা আর বদহজমী, একটু দৃষ্টি দিন, বুক জ্বালা আর চুল, ভোজনের পছন্দ-অপছন্দ, শিরা দেখতে পাওয়া, স্পাইডার শিরা, ভেরিকোজ শিরা, পেলভিক *(নিতম্ব)*-তে ফোলা ভাব আর যন্ত্রণা, ব্রণ, শুস্ক ত্বক, একজিমা, পেট ফুলে ওঠা বা ঢুকে যাওয়া, আমার ফিগার, নাভিছেদন, গর্ভাশয়ের আকার, শৌচ *(প্রস্রাব)* করতে কস্ট হওয়া, মুডে ওঠা-নামা, অবসাদ, অস্হিরতাপূর্ণ এ্যাটাক

গর্ভাবস্হা এবং আপনার ওজন 130

আপনার ওজন কতটা বাড়া উচিত, কি হারে ওজন বাড়া উচিত, ওজন বাড়ায় অবরোধ, ওজন বাড়ায় ঝুঁকি, ওজন বাড়া..., সুরক্ষিত থাকতে শিখুন

অধ্যায় - 8 তৃতীয় মাস 133

প্রায় 09 থেকে 13 সপ্তাহ

এই মাসে আপনার শিশুর বিকাশ 133

আপনি কেমন অনুভব করছেন ? 134

আপনি কি ভাবছেন ? 135

কোষ্ঠকাঠিন্য; ক্লান্তি, কোষ্ঠকাঠিন্য আর মুডী হওয়ার আরও একটা কারণ, ডায়রিয়া, গ্যাস, মাথার যন্ত্রণা, কর্পস লুটেয়াম সিস্ট কি জিনিষ ?, স্ট্রেচ মার্ক, দুজনের জন্য বডি আর্ট, প্রথম তিন মাস আর ওজন বাড়া, ছেলে তো ছেলেই হয় !, গর্ভবতী দেখানো, যমজ সন্তান, গর্ভস্হ শিশুর হৃদস্পন্দন, এ্যাট-হোম ডপলার, সেক্সের ইচ্ছা, চরম সুখ প্রাপ্তির পরে টান ভাব

চাকরী আর গর্ভাবস্হা 145

কিছুটা প্রস্তুতি, কাজ আর বিশ্রাম এক সাথে, করপল টানেল সিণ্ড্রোম, শান্ত থাকুন, চাকরীতে টিকে থাকা, চাকরী পাল্টানো, গর্ভাবস্হা আর দুর্ব্যবহার

অধ্যায় - 9 চতুর্থ মাস 153

প্রায় 14 থেকে 17 সপ্তাহ

এই মাসে আপনার শিশুর বিকাশ 153

আপনি কেমন অনুভব করছেন ? 154

আপনি কি ভাবছেন ? 155

দাঁতের সমস্যা, সাবধান, শ্বাস নিতে কস্ট, এক্স-রে, নাকের ফুটোর নোংরা আর নাক থেকে রক্ত বেরোন, নাক ডাকা, রাতে ঘুম আসে না ?, এ্যালার্জী, এ্যালার্জীতে আপনার আহার, যোনি স্রাব, বেড়ে ওঠা রক্তচাপ, প্রস্রাবে শুগার, এনিমিয়া, এনিমিয়ার লক্ষণ, ভ্রুণের নড়াচড়া, বডি ইমেজ, গর্ভাবস্হার ফোটো, ফোলা ভাবের সাথে রোগা দেখানোর ইচ্ছা,

গর্ভাবস্থার পোশাক, প্রী-বেবী সীটার, অবাঞ্ছিত পরামর্শ, পেট স্পর্শ করা, ভোলার অভ্যাস

গর্ভাবস্থা আর ব্যায়াম 164

ব্যায়ামের লাভ, ওয়ার্কআউট, কীগল ব্যায়াম, এক্সারসাইজ স্মার্ট, থার্টি মিনিট প্লাস, কাঁধ আর পায়ের স্ট্রেচ, ড্রোমড্রে ড্রুপ, ঘাড়ের আরাম, পেলভিক টিল্ট, বাইসেপ কার্ল, পা ওঠানো, টেলর স্ট্রেচ, সঠিক গর্ভাবস্থা ব্যায়ামের নির্বাচন, হিপ ফ্লিক্সর্স, উবু হয়ে বসা মুদ্রা, কোমর ঘোরানো, বক্ষস্থল টানা, আপনি যদি ব্যায়াম না করেন

অধ্যায় - 10 পঞ্চম মাস 178

প্রায় 18 থেকে 22 সপ্তাহ

এই মাসে আপনার শিশুর বিকাশ 178

আপনি কেমন অনুভব করছেন ? 179

আপনি কি ভাবছেন ? 180

গরম লাগা, মাথা ঘোরা, প্রচণ্ড ক্লান্তি অনুভূত হলে, পিঠের যন্ত্রণা, পেটের যন্ত্রণা, আপনার নতুন ত্বক, পায়ের বৃদ্ধি, চুল আর নখের তীব্র বৃদ্ধি, দৃষ্টিশক্তি, ভ্রূণের গতিবিধি, গর্ভাবস্থার দ্বিতীয় তিন মাসে আল্ট্রাসাউণ্ড, এক সুন্দর ছবি, প্লেসেন্টার স্থান, ঘুমোনোর মুদ্রা, গর্ভাবস্থার পঞ্চম মাস, গর্ভেই ক্লাস, বড় বাচ্চাদের কোলে নেওয়া, মাতা-পিতা হওয়ার উৎসুকতা, সীট বেল্ট লাগানো, সফর, জেট ল্যাগ, গর্ভাবস্থা এবং উঁচু এলাকা, গর্ভবতী মহিলাদের স্বাদ

সেক্স আর গর্ভবতী মহিলা 194

সেক্স আর তেন মাস, আপনার মুডের পরিবর্তন, গর্ভাবস্থায় সেক্স, আরামদায়ক মুদ্রা, যখন সেক্স সীমিত হতে পারে, অল্পে বেশী আনন্দ ওঠান

অধ্যায় - 11 ষষ্ঠ মাস 199

প্রায় 23 থেকে 27 সপ্তাহ

এই মাসে আপনার শিশুর বিকাশ 199

আপনি কেমন অনুভব করছেন ? 200

আপনি কি ভাবছেন ? 201

ঘুম আসতে অসুবিধা, সময়কে বন্দী করে নিন, নাভির ফোলা ভাব, গর্ভস্থ শিশুর লাথি মারা, পেট চুলকোতে থাকা, বেডৌল, হাত অনুভূতিশূণ্য হয়ে আসা, পায়ে টান ধরা, হীমরয়েডস্, বক্ষস্থলে গাঁট, গর্ভাবস্থার মাঝের বা পরের দিনগুলোয় রক্তস্রাব, প্রীক্ল্যাম্পসিয়ার

চিকিৎসা, প্রসবের সঙ্গে যুক্ত ভয়

অধ্যায় - 12 সপ্তম মাস **209**

প্রায় 28 থেকে 31 সপ্তাহ

এই মাসে আপনার শিশুর বিকাশ **209**

আপনি কেমন অনুভব করছেন ? **210**

আপনি কি ভাবছেন ? **211**

বেবী ব্রেন ফুড, ক্লান্তি ফিরে আসা, ফোলা ভাব, আংটির কি করব, ত ওকের ওপরে গাঁট হয়ে পড়া, সিয়াটিকা, পা দুটোয় অস্হিরতার লক্ষণ, গর্ভস্হ শিশুর হেঁচকী, হঠাৎ করে পড়ে যাওয়া, চরম সুখ প্রাপ্তি আর গর্ভস্হ শিশুর লাথি, স্বপ্ন এবং কল্পনা, সব কিছু সামলানো, কিছু বিশেষ প্রস্তুতি, গ্লুকোজ স্ক্রীনিং টেস্ট, সময় পূর্ব প্রসবের সংকেত, কম ওজনের শিশু

প্রসবের সময় যন্ত্রণা কমানো **219**

ঔষধি এবং যন্ত্রণা, যন্ত্রণা ছাড়াই..., যন্ত্রণা এবং বৈকল্পিক চিকিৎসা, সিদ্ধান্ত নেওয়া

অধ্যায় - 13 অষ্টম মাস **224**

প্রায় 32 থেকে 35 সপ্তাহ

এই মাসে আপনার শিশুর বিকাশ **224**

আপনি কেমন অনুভব করছেন ? **225**

আপনি কি ভাবছেন ? **226**

ব্র্যাক্সটন হিক্স কন্ট্রাকশন, পাঁজরে লাথি মারা, শ্বাস নিতে কষ্ট হওয়া, শিশু-বিশেষজ্ঞের নির্বাচন, ব্লাডারের ওপরে নিয়ন্ত্রণ হারানো, আপনি কি ভাবে ক্যারী করছেন ?, অষ্টম মাসে গর্ভধারণ, আপনার আকার আর ডেলিভারী, আপনার ওজন আর শিশুর আকার, গর্ভস্হ শিশুর অবস্হান, ব্রীচ বেবী, ব্রীচ বেবীকে ওল্টানো, মুখ কোথায় ?, গর্ভস্হ শিশু কি ভাবে শুয়ে আছে ?, সিজারিয়ান ডেলিভারী, তথ্য সংগ্রহ করুন, ইলেক্টিভ সিজারিয়ান, বার-বার সিজারিয়ান, সিজারিয়ানের পরে ভ্যাজাইন্যাল বার্থ, গ্রুপ বি স্ট্র্যাপ, পেট পুরে খান, স্নান করা, ড্রাইভ করা, সফর করা, গর্ভাবস্হার শেষ মাস এবং সেক্স, আপনারা দুজন

স্তনপান **237**

স্তনপানই সর্বোত্তম কেন ?, স্তনপানের প্রস্তুতি, বক্ষস্হল সেক্সুয়াল না ব্যবহারিক ?, বোতলের নির্বাচন কেন ?, আপনি যখন স্তনপান করাতে পারবেন না বা যখন আপনার স্তনপান করানো উচিত নয়, পিতা এবং স্তনপান, ধূম্রপান এবং স্তনপান

অধ্যায় - 14 নবম মাস 243

প্রায় 36 থেকে 40 সপ্তাহ

এই মাসে আপনার শিশুর বিকাশ 243

আপনি কেমন অনুভব করছেন ? 244

আপনি কি ভাবছেন ? 245

বার-বার প্রস্রাব পাওয়া, স্তন থেকে দুধ চুঁইয়ে-চুঁইয়ে পড়া, হাল্কা দাগ লাগা, জলের থলে ফাটা, শিশুর ড্রপিং, শিশুর কান্না..., শিশুর গতিবিধিতে পরিবর্তন, ওজন কমে আসা, প্রস্তুত হয়ে যান, নেস্টিং ইন্‌স্টিংক্ট, প্রসব শুরু করার জন্য – নিজে কি করবেন, ওভার ডিউ বেবী, কিছুটা মালিশ, জন্মের সময় অন্যদের ডাকা, আহার, আরও একটা লম্বা প্রসব ?, মাতৃত্ব, কিছুটা তথ্য, হাসপাতাল বা বার্থ সেন্টারে কি নিয়ে যাবেন ?

প্রী লেবার, ফলস্ লেবার, রিয়েল লেবার 253

সময়-পূর্ব প্রসবের লক্ষণ, ফলস্ লেবারের লক্ষণ, রিয়েল লেবারের লক্ষণ, কখন ডাক্তার ডাকবেন ?, আপনি কি প্রস্তুত ?

অধ্যায় - 15 লেবার আর ডেলিভারী 256

আপনি কি ভাবছেন ? 256

ম্যুকস প্লাগ, রক্তস্রাব, জলের থলে ফাটা, গাঢ় এম্‌নিয়োটিক দ্রব, অনিয়মিত সংকুচন, প্রসবের সময় ডাক্তার ডাকা, সঠিক সময়ে হাসপাতাল পৌঁছতে না পারা, আপনি একা হলে জরুরী ডেলিভারী, প্রসবের সময় কম হওয়া, ব্যাক লেবার, প্রসব শুরু করানো, লেবার ইণ্ডাকশন কি ভাবে হয় ?, প্রসবের সময় খাওয়া-দাওয়া, এমারজেন্সী ডেলিভারী –সাথী বা কোচের জন্য টিপস্, রুটীন আই.ভি., শিশুর ওপরে নজর রাখা, পর্দা ফাটা, এপিসিয়োটোমী, ফরসেপ, ভ্যাকুয়ামের চাপ, প্রসব মুদ্রা, শিশুর জন্ম আর স্ট্রেচ মার্কস, রক্ত দেখতে পেলে

শিশুর জন্ম 269

শিশুর জন্মের অবস্থা এবং পর্যায়

লেবার – প্রথম পর্যায় 269

প্রথম পর্যায় ঃ লেবার শীঘ্র হওয়া, ডাক্তার ডাকুন... !

দ্বিতীয় পর্যায় ঃ সক্রিয় প্রসব-যন্ত্রণা, হাসপাতাল বা বার্থ সেন্টারে যাওয়া, ব্যাপারটা মৃদু হয়ে এলে... !,হায়পারভেন্টিলেট হবেন না

তৃতীয় পর্যায় ঃ স্থানান্তরীয় প্রসব

দ্বিতীয় অবস্থা – ধাক্কা দেওয়া এবং ডেলিভারী 276
শিশুর ওপরে প্রথম দৃষ্টি

তৃতীয় অবস্থা – প্লেসেন্টার ডেলিভারী 280
সিজারিয়ান ডেলিভারী

ভাগ - 03 যমজ, তিন বা বেশী শিশু
আপনি যখন একাধিক শিশুর মা হতে চলেছেন

অধ্যায় - 16 একাধিক শিশু 284

আপনি কি ভাবছেন ? 284
মাল্টিপল গর্ভাবস্থার ব্যাপারে জানতে পারা, ডাক্তারের নির্বাচন, গর্ভাবস্থার লক্ষণ, মাল্টিপল প্রেগন্যান্সীতে আহার, ওজন বাড়া, মাল্টিপল প্রেগন্যান্সীতে ওজন, মাল্টিপল টাইম লাইন, ব্যায়াম, মিশ্রিত ভাব, অসংবেদনশীল বাক্য, মাল্টিপল কানেকশন, সুরক্ষার প্রশ্ন, গর্ভস্থ শিশুর সাথে যুক্ত ঝুঁকি, বেড রেস্ট, মাল্টিপল লাভ, ভ্যানিশিং টুইন সিন্ড্রোম কি ?

মাল্টিপল শিশুর জন্ম 292
দুই বা তার থেকে বেশী শিশুদের লেবার, পোজিশন / পোজিশন্স, যমজ শিশুর জন্মের সময়, দুটি শিশুকে স্তনপান, মাল্টিপল ডেলিভারীর পরে বিশ্রাম

ভাগ - 04 শিশুর জন্মের পরে

অধ্যায় - 17 প্রসবের পরে প্রথম সপ্তাহ 296

আপনি কেমন অনুভব করছেন ? 296
আপনি কি ভাবছেন ? 297
যন্ত্রণার পরে, পেরীনিয়লের যন্ত্রণা, প্রস্রাব করতে কষ্ট, প্রসবের পরে কখন ডাক্তার ডাকবেন ?, শৌচ করতে কষ্ট, স্তনের বিস্তৃতি, দুধ কোথায় গেল ?, পারস্পরিক প্রেম, বাড়ী ফেরা, কামরায় শিশু, সিজারিয়ান ডেলিভারী, শিশু নিয়ে বাড়ী ফেরা

স্তনপানের সূত্রপাত 306

স্তনপান এবং আই.সি.ইউ.-তে শিশু, স্তনপান কি ভাবে করাবেন ?,রেকর্ড রাখুন, স্তনের রক্ত সংকুলতা, একটু ধৈর্য্য ধরুন, স্তনপানের সাথে যুক্ত আহার, স্তন থেকে দুধ চুঁইয়ে পড়া, স্তনবৃন্তের ক্ষত, যখন স্তনপানে সমস্যা আসে, সিজারিয়ানের পরে স্তনপান, যমজ বা তার থেকে বেশী শিশুদের স্তনপান, মাল্টিপল নার্সিং, একটু সময় লাগবে

অধ্যায় - 18 প্রসবের পরে প্রথম ছয় সপ্তাহ 315

আপনি কেমন অনুভব করছেন ? 315

প্রসবোত্তর পরীক্ষা 316

আপনি কি ভাবছেন ? 316

ক্লান্তি, চুল ঝরে পড়া, প্রস্রাবের ওপরে নিয়ন্ত্রণ, গ্যাস পাশ হওয়া, ডাক্তারের সহায়তা নিন, প্রসবের পরে পিঠের যন্ত্রণা, শিশুর জন্মের পরে, প্রসবের পরে অবসাদ, থায়রাইডিটিস, প্রসবের পরে ওজন কমা, সী-স্যাকশন দ্বারা দীর্ঘকালীন আরাম, সেক্স, পুনরায় গর্ভবতী হওয়া

নিজের পুরোন শেপে ফিরে আসা 324

বেসিক পোজিশন, পেলভিক টিল্ট, লেগ স্লাইড, হেড / শোল্ডার লিফ্‌ট, সুখবর, গ্যাপ ভরতে দিন

প্রথম পর্যায় – ডেলিভারীর 24 ঘন্টা পরে, **দ্বিতীয় পর্যায়** – ডেলিভারীর 3 দিন পরে, **তৃতীয় পর্যায়** – প্রসবের পরীক্ষার পরে

ভাগ - 05 পিতাদের জন্য

অধ্যায় - 19 পিতারাও গর্ভধারণ করেন... 329

আপনি কি ভাবছেন ?

কিছুটা প্রস্তুতি, সহানুভূতির লক্ষণ, একাকীত্বের অনুভূতি, সেক্স, সেক্সের বিষয়ে, গর্ভাবস্থার সাথে যুক্ত স্বপ্ন, এটা হচ্ছে আপনার হার্মোন, মুডের ওঠা-নামা, প্রেগন্যান্সীতে আপনার মুড, প্রসব আর ডেলিভারীর চিন্তা, জীবনের পরিবর্তনগুলোর প্রতি উৎকন্ঠা, সাথে থাকুন, পিতার মনের ভয়, স্তনপান, সম্পর্ক, ভাবনাত্মক পরিবর্তন, প্রসবের পরে সেক্স, ডেলিভারীর পরে, মুডের ওপরে দৃষ্টি রাখুন, দাদু-দিদিমার বিষয়

ভাগ - 06 গর্ভাবস্থা এবং আপনার স্বাস্থ্য

অধ্যায় - 20 আপনি অসুস্থ হয়ে পড়লে 345

আপনি কি ভাবছেন ? 345
সর্দ্দি-কাশি, সাইনটাইটিস, ফ্লুয়ের মরশুম, স্ট্র্যাপ থ্রোট, ইউ.টি.আই., য়ীস্ট সংক্রমণ, পেটের গণ্ডগোল, লিস্টীরিয়োসিস, টক্সিপ্লাজমোসিস, সাইটোমিগেলো ভায়রাস, ফিফ্‌থ ডিজীজ, মীজল্স, মাম্স্‌, সুস্থ থাকুন, রুবেলা, চিকেন পক্স, লাইম ডিজীজ, হেপাটাইটিস - *এ'*, *বি'*, *সি'*, বেল্স পাল্সী

গর্ভাবস্থা এবং ঔষধি 351
সাধারণ ঔষধি, হার্বাল পরিচর্যা, গর্ভাবস্থায় ওষুধের প্রয়োগ

অধ্যায় - 21 আপনি যদি কোন পুরোন রোগে গ্রস্ত হন 354

আপনি কি ভাবছেন ? 354
হাঁফানী, ক্যান্সার, সিস্টিক ফায়ব্রোসিস, অবসাদ, ডায়াবেটিজ, এপীলেপ্সী, ফাইব্রোমাইলগিয়া, ক্রনিক ফ্যাটিগ সিণ্ড্রোম, ওষুধের লাভ, হায়পারটেনশন, ইরিটেবল বাউল সিণ্ড্রোম, লুপস, মাল্টিপল সক্লীরোসিস, ফিনাইল কীনো য়ুরিয়া, শারীরিক বিকলাঙ্গতা, র‍্যুমেটায়েড আর্থারাইটিস, স্কলিয়োসিস, সিকল সেল এনিমিয়া, থায়রয়েড

সহায়তা নিন 364

ভাগ - 07 জটিল গর্ভাবস্থা

অধ্যায় - 22 জটিল গর্ভাবস্থার ব্যবস্থাপনা 366

গর্ভাবস্থার জটিলতা 366
আর্লী মেস্‌ক্যারেজ, মিস্‌ক্যারেজের প্রকারভেদ, আপনি জানতে চাইবেন, আপনার যদি আগে কখনো মিস্‌ক্যারেজ হয়ে থাকে, মিস্‌ক্যারেজের ব্যবস্থাপনা, লেট মিস্‌ক্যারেজ, মিস্‌ক্যারেজের দ্বৈততা, ইক্টোপিক প্রেগন্যান্সী, আপনি জানতে চাইবেন, সাব্ কোরিয়োনিক ব্লীড, আপনি জানতে চাইবেন, হায়পারমোসিস গ্রেভীডেরম, আপনি জানতে চাইবেন, গ্যাস্টেশন্যাল ডায়াবেটিজ, আপনি জানতে চাইবেন, প্রীক্ল্যাম্পসিয়া, আপনি জানতে

চাইবেন, প্রীক্ল্যাম্পসিয়ার কারণ, হেল্লপ সিণ্ড্রোম, ইন্ট্রা য়ুটেরাইন গ্রোথ রেস্ট্রিকশন, আপনি জানতে চাইবেন, আপনি জানতে চাইবেন, প্লেসেন্টা প্রীভিয়া, প্লেসেন্টাল এ্যাবরাপশন, কোরিয়ো এমনিয়োনিটিস, আপনি জানতে চাইবেন, অলিগোহাইড্রামনিয়োস, হাইড্রমনিয়োস, প্রী-টার্ম পহী-ম্যাচিয়োর রাপচার অফ্ মেম্ব্রেন, আপনি জানতে চাইবেন, আপনি জানতে চাইবেন, প্রী-টার্ম বা প্রী-ম্যাচিয়োর লেবার, প্রী-টার্ম লেবারের ব্যাপারে জানা, সিন্‌ফিসিস প্যুবিস ডিস্‌ফাংশন, কর্ড নাটস্ এবং ট্যাঙ্গলস্, টু-ভ্যাসল কর্ড

অস্বাভাবিক প্রেগন্যান্সী জটিলতা 381

মোলর গর্ভাবস্হা, আপনি জানতে চাইবেন, কোরিয়ো কারসিনোমা, আপনি জানতে চাইবেন, ইক্ল্যাম্পসিয়া, আপনি জানতে চাইবেন, কোলিসটেসিস, ডীপ ভেনস থ্রম্বোসিস, প্লেসেন্টা এক্রীটা, ভাসা প্রীভিয়া

শিশুর জন্ম আর তার পরে হওয়া জটিলতা 385

ফ্যাটাল ডিসট্রেস, কর্ড প্রোল্যাপ্স, শোল্ডার ডিস্টোকিয়া, সিরীয়াস পেরীনিয়ল টীয়ার্স, য়ুটেরাইন রাপচার, য়ুটেরাইন ইন্‌ভার্শন, প্রসবের পরে অত্যধিক রক্তস্রাব, বার-বার কম ওজনের শিশুর জন্ম হওয়া, শিশুর জন্মের পরে সংক্রমণ

আপনাকে বেডরেস্টের পরামর্শ দেওয়া হলে 389

বেডরেস্টের প্রকারভেদ

অধ্যায় - 23 গর্ভাবস্হায় হওয়া ক্ষতির মোকাবিলা করা 392

মিস্‌ক্যারেজ 392

এক ব্যক্তিগত প্রক্রিয়া, দ্বৈত মিস্‌ক্যারেজের মোকাবিলা, গর্ভাবস্হাতেই মৃত্যু, জন্মের সময় বা তার পরে শিশুর মৃত্যু, প্রসবের পরে অবসাদ আর মৃত্যু, শিশুর মৃত্যুর পরে দুধ শুকিয়ে আসা, যমজ বাচ্চাদের মধ্যে একজনের মৃত্যু, দুঃখের ব্যবস্হাপনা, আবার চেস্টা করা, কেন ?

অধ্যায় - 24 আপনার পরবর্তী শিশু 399

গর্ভধারণ করার আগে মা কি করবেন ? 399

গর্ভধারণ করানোর আগে পিতা কি করবেন ? 403

পরিশিস্ট 405

চতুর্থ সংস্করণের প্রস্তাবনা

চার্লস জে. লকউড, এম.ডি.

অনীতা ও. কীফে (য়াল ইউনিভার্সিটি স্কুল অফ্ মেডিসিন, ডিপার্টমেন্ট এ্যাণ্ড অব্সট্রিক্স, গায়নাকোলোজী এ্যাণ্ড রিপ্রোডাক্টিভ উওম্যান হেল্থের যুবা প্রোফেসর)

এক দিন আমি এক রোগীর থেকে ধন্যবাদ জ্ঞাপক পত্র পেলাম... যেটার সাথে কলেজের এক হকি খেলোয়াড়ের ফোটোও ছিল। আমি 19 বছর আগে তাঁর ডেলিভারী করিয়েছিলাম। আমার কাজটা বড়ই ভালো! আমি মানুষের জীবনের সব থেকে অদ্ভূত, সুখকর এবং সুন্দর মুহূর্ত শৈশুর জন্ম'-কে ভাগ করে নেওয়ার সুযোগ পাই! আমি এটা মানি যে, কোন প্রসূতি বিশেষজ্ঞের জীবন ততটা সহজ হয় না... রাত তিনটে পর্যন্ত কাজ... যদি প্রসূতির অবস্থা জটিল হয়ে ওঠে, তাহলে তাঁর কুণ্ঠা ইত্যাদি... যদিও কোন চ্যালেঞ্জিং মামলা সামনে আসতেই আমি সেটার মোকাবিলা করার জন্য প্রস্তুত হয়ে পড়ি, এক অদ্ভূত মিশ্রিত ভাবনার জোয়ার আসে... কিন্তু সব মিলিয়ে এই কাজটার আলাদা এক আনন্দ রয়েছে।

এমনিতে আমার চাকরীটাও গর্ভাবস্থার মতই... যেটা কিছুটা রোমাঞ্চক হওয়া সত্ত্বেও মৌজ-মস্তিতে ভরপুর হয়ে থাকে। এই পুস্তক এক ধরণের ব্যক্তিগত প্রসূতি বিশেষজ্ঞের মতই আপনাদের পথ প্রদর্শন করবে। আমি বহু বছর ধরে নিজের রোগীদের এই পুস্তক পড়ার পরামর্শ দিয়ে আসছি। এতে যথেষ্ট উপযোগী তথ্য রয়েছে... যেগুলো প্রায়ই ডাক্তার, দাই বা অন্য কোন অভিজ্ঞ ব্যক্তিদের থেকে আপনারা প্রাপ্ত করেন।

এই পুস্তক আপনাদের অত্যন্ত সহজ পদ্ধতিতে এই পরামর্শ প্রদান করে যে, গর্ভধারণ করার আগে কোন্-কোন্ জিনিষের ওপরে দৃষ্টি দেওয়া উচিত। নিজের জীবন-শৈলী, চাকরী আর আহারে কি-কি পরিবর্তন নিয়ে আসা উচিত। তারপর প্রতি সপ্তাহের হিসেবে আপনাদের শিশুর বিকাশের বিবরণও এতে দেওয়া হয়েছে। এই ফাঁকে আপনাদের শরীরের বাকী অঙ্গগুলোর ওপরে পড়তে থাকা গর্ভাবস্থার প্রভাবের ওপরেও আলোচনা করা হয়েছে এবং সেগুলোর সমাধানও জানানো হয়েছে। আপনারা কেমন অনুভব করছেন, আপনাদের কোন্-কোন্ টেস্ট করানো উচিত বা কখন ডাক্তারের কাছে যাওয়া উচিত ইত্যাদির ব্যাপারেও তথ্য দেওয়া হয়েছে এবং সব শেষে আপনাদের সেই বিশেষ দিনটার জন্য শারীরিক আর মানসিক রূপে তৈরী করা হয়েছে। এই পুস্তকে এমন অনেক প্রশ্নের উত্তরও রয়েছে... যেগুলো আপনারা মন থেকে চাওয়া সত্ত্বেও ডাক্তারকে প্রশ্ন করতে পারেন না।

প্রসবের পরে অবসাদ, মুখের ওপরে পড়তে থাকা নীল ছোপ ছাড়াও সকল দীর্ঘকালীন রোগের ব্যাপারেও তথ্য এই পুস্তকে দেওয়া হচ্ছে। এই পুস্তকের একটা অধ্যায়ে সেই সব লোকেদের

জন্য পরামর্শ রয়েছে... যাঁরা প্রসবের আগে বা পরে নিজেদের শিশু হারিয়ে ফেলেন। এই পুস্তক আপনাদের সাথী হওয়ার সাথে-সাথে আপনাদের ভালো পথ প্রদর্শকও হবে! যদি যমজ বা দুই-য়ের বেশী সন্তানের জন্ম হয়, তাহলে কি করা উচিত; সেটার ব্যাপারেও তথ্য এতে দেওয়া হয়েছে।

এক বিশেষজ্ঞ হওয়ার সুবাদে আমি এই পুস্তক দ্বারা যথেষ্ট প্রভাবিত হয়ে উঠেছি। এক সম্পাদকের রূপে আমার এর সঠিক-সংক্ষিপ্ত লেখন প্রভাবিত করেছে। এক পিতা আর পতি হওয়ার সুবাদে আমি এটা দেখেছি যে, এই পুস্তকের লেখক এটাও জানেন যে, এক ভাবী পিতার ঠিক কি-কি জানা উচিত! আমার হাজার-হাজার রোগী, স্টাফ এবং অন্যান্য রোগীরা এই পুস্তক পড়েছেন আর তাঁরাই হচ্ছেন এই পুস্তকের সত্যিকারের নির্ণায়ক!

আপনারাও যখন এই পুস্তক পড়ছেন, তাহলে সম্ভবতঃ আপনারাও গর্ভবতী বা গর্ভধারণ করতে চলেছেন। অভিনন্দন গ্রহণ করুন! আমি আপনাদের এই পরামর্শই দেব যে, চিত হয়ে আরাম করে শুয়ে পড়ুন আর এই রোমাঞ্চক সফরে বেরিয়ে পড়ুন।

এই পুস্তকের জন্ম বার-বার কেন হয়েছে ?

আজ থেকে চব্বিশ বছর আগে, আমি এক কন্যা সন্তানের জন্ম দিয়েছিলাম এবং এই পুস্তক রচনার কাজ শুরু করেছিলাম। আমার মেয়ে এম্মা, এই পুস্তক, আমার পরের সন্তান (পুত্র বয়াত)-য়ের পালন-পোষণ যথেষ্ট ক্লান্তিকর, আনন্দদায়ক এবং রোচক ছিল। এখন এই পুস্তক আপনাদের হাতে রয়েছে। এই পুস্তকের নবীনতম সংস্করণ পেশ করতে পেরে আমি অত্যন্ত প্রসন্নতা অনুভব করছি !

আমি নিজের পুস্তকের এই সংস্করণকে কেন্দ্র করে যথেষ্ট উৎসাহিত! প্রতি সপ্তাহে ভ্রুণের এক ছোট্ট শিশুর আকার গ্রহণ করা এবং শিশুর লাগাতার বিকাশ, বিভিন্ন প্রকারের সমস্যা আর প্রশ্নের উত্তর এই পুস্তকে দেওয়া হয়েছে। গর্ভাবস্থার সময় কাজকর্ম, ত্বকের প্রেমপূর্ণ পরিচর্যা, নখ আর চুলের পরিচর্যা, গর্ভাবস্থায় জীবন-শৈলী এবং সেক্স, আপনাদের পারস্পরিক সম্পর্ক, ভাবনা; প্রতিটি ছোট আর বড় ব্যাপারে আলোচনা করা হয়েছে। আপনাদের আহারের সঙ্গে সম্পর্কিত ব্যবহারিক অধ্যায়... যেটা আপনাদের আর আপনাদের শিশুর পোষণের ক্ষেত্রে যথেষ্ট গুরুত্ব রাখে। গর্ভধারণ করার আগের সতর্কতা এবং যমজ বাচ্চাদের ব্যাপারে এক বড় অধ্যায় এই পুস্তকে দেওয়া হয়েছে। এছাড়া ভাবী পিতাদের বিষয়েও তথ্য এবং গর্ভাবস্থার সঙ্গে যুক্ত প্রতিটি সম্ভাবিত পক্ষের ওপরেও আলোচনা করা হয়েছে।

এই পুস্তক যখন লেখা হয়েছিল, তখন সেটার একটাই উদ্দেশ্য ছিল যে, ভাবী মাতা-পিতারা যেন চিন্তা করার পরিবর্তে গর্ভাবস্থার পূর্ণ আনন্দ উপভোগ করতে পারেন। উদ্দেশ্য তো এখনও সেটাই আছে... কিন্তু সেটার রূপ আগের থেকে অনেকটাই বিস্তৃত হয়ে পড়েছে।

আমি এমন আশা করি যে, সকল ভাবী মাতা-পিতারা এই পুস্তকের ভরপুর আনন্দ উপভোগ করবেন এবং শিশুর বিকাশ দ্বারা আনন্দিত হয়ে উঠবেন। আপনাদের সকলকে সুস্থ গর্ভাবস্থার জন্য অভিনন্দন জানাই! আপনারা এক ভালো মাতা-পিতার রূপে সামনে পরিচিতি পান। ঈশ্বর করুন, আপনাদের সকলের ইচ্ছা যেন পূরণ হয়!

Heidi

ভাগ - 01

কিছু জরুরী কথা

গর্ভধারণ করার আগে

তো আপনি নিজের পরিবার গড়ে তোলার বা সেটাকে বাড়ানোর ফয়সালা নিয়েই নিয়েছেন। খুব তাড়াতাড়ি আপনার পরিবারে এক ছোট্ট অতিথি আসতে চলেছে বা আপনার সন্তান ভাই বা বোন পেতে চলেছে। আপনার পরিবারে শিশুর পদশব্দ শুনতে পাওয়ার আগে আপনাকে কিছু জরুরী পদক্ষেপ গ্রহণ করতে হবে, যাতে আপনি এবং আপনার পরিবারে আসতে থাকা শিশু সম্পূর্ণ রূপে সুস্থ থাকে। আমাদের দেওয়া এই সব পরামর্শের সহায়তায় আপনি এবং আপনার পতিদেব ভবিষ্যতের জন্য নিজেদের পূর্ণ রূপে প্রস্তুত করে তুলতে পারবেন।

আপনি যদি এখনও পর্যন্ত গর্ভবতী না হন, তাহলে কোন ব্যাপার নয়... চেষ্টা চালিয়ে যান আর আপনি যদি ইতিমধ্যেই সুখবর পেয়ে গিয়ে থাকেন, তাহলে এই পুস্তকে দ্বিতীয় অধ্যায় থেকে পড়তে শুরু করুন। এই প্রথম অধ্যায় হচ্ছে সেই সব মায়েদের জন্য, যাঁরা গর্ভধারণ করতে চান।

গর্ভধারণ করার আগে, কিছু পরামর্শ

এক ছোট্ট অতিথি আপনার ঘরে আসার জন্য অস্থির হয়ে রয়েছে... কিন্তু তাকে আমন্ত্রণ জানানোর আগে আপনাকে এই সব ছোট-ছোট জিনিষগুলোর ওপরে দৃষ্টি দিতে হবে।

গর্ভধারণ করার আগে পরীক্ষা ঃ- যদিও আপনার প্রসবপূর্ব দেখাশোনা করার কোন ডাক্তারের প্রয়োজন নেই। আপনি নিজের লেডী ডাক্তারের সঙ্গে দেখা করতে পারেন, যাঁকে দিয়ে আপনি নিয়মিত পরীক্ষাগুলো করিয়ে এসেছেন। এই সব পরীক্ষা দ্বারা ব্যক্তির ডাক্তারী অভাবগুলোর ব্যাপারে আগে থেকেই জানতে পারা যায় আর চিকিৎসাও সহজ হয়ে ওঠে। ডাক্তার আপনাকে সেই সব ওষুধের থেকে দূরে রাখতে পারবেন, যেগুলো গর্ভাবস্থায় আপনার খাওয়া উচিত নয়। আপনার ওজন, আহার, খাওয়ার-দাওয়ার অভ্যাস, জীবন-শৈলী এবং টীকাকরণ ইত্যাদি বিষয়ের ওপরে তাঁর মতামত গ্রহণ করুন।

প্রসবপূর্ব ডাক্তারের সন্ধান ঃ- আপনাকে নিজের জন্য কোন দাই, মিডওয়াইফ বা প্রীন্যাটাল ডাক্তারের সন্ধান শুরু করে দিতে হবে। যদিও আপনি এখনও গর্ভবতী নন...কিন্তু ভবিষ্যতে আপনি অত্যন্ত ব্যস্ত হয়ে উঠবেন... এজন্য আগেই জিজ্ঞাসাবাদ করে রাখুন, মতামত নিয়ে রাখুন আর মনে-মনে নিজের জন্য ডাক্তার নির্বাচন করে রাখুন।

ডেন্টিস্টের সঙ্গে দেখা করা ঃ- গর্ভবতী হয়ে ওঠার আগে এক বার ডেন্টিস্টের কাছে অবশ্যই যান... কারণ আপনার ভাবী গর্ভাবস্থা দাঁত আর মাড়ির ওপরে নিজের প্রভাব বিস্তার করতে পারে। গর্ভাবস্থার হার্মোনের কারণে দাঁত আর মাড়ির কষ্ট বাড়তে পারে। বিভিন্ন অধ্যয়ণ থেকে এটাও জানতে পারা গেছে যে, গর্ভাবস্থার জটিলতাগুলোর মধ্যে মাড়ির রোগও শামিল হয়ে থাকে। শিশুকে এই পৃথিবীতে নিয়ে আসার আগে নিজে এক বার ডেন্টিস্টের কাছ থেকে ঘুরে আসুন। দাঁতের এক্স-রে, ফিলিং বা সার্জারী ইত্যাদি করিয়ে নিন... কারণ গর্ভাবস্থা চলাকালীন এসব হতে পারবে না।

পরিবার-বৃক্ষের পরীক্ষা ঃ- আপনাকে নিজের ফ্যামিলি ট্রী'-য়ের ওপরে এক দৃষ্টি দেওয়ার সাথে-সাথে পতিদেবের ফ্যামিলি ট্রী'-কে দেখেও এটা জানতে হবে যে, দুই বংশে কোন রোগের ইতিহাস তো নেই ? এমন রোগের মধ্যে ডাউন সিণ্ড্রোম, টে-শেক রোগ, সিকল সেল এনিমিয়া, থ্যালাসেমিয়া, হীমোফীলিয়া, সিস্টিক ফাইবরোসিস বা ফ্র্যাগাইল এক্স সিণ্ড্রোমের নাম নেওয়া যেতে পারে।

গর্ভাবস্থার আগের তথ্য ঃ- আপনার প্রথম গর্ভাবস্থায় যদি কোন সমস্যা এসে থাকে, সময়ের আগে বা পরে প্রসব হয়েছিল বা একাধিক বার গর্ভপাত হয়ে পড়েছিল... তাহলে নিজের ডাক্তারের সঙ্গে দেখা করুন, যাতে সেই সমস্যা আবার একবার দেখা না দেয়।

প্রয়োজন হলে, জেনেটিক স্ক্রীনিং করান ঃ- যদি কোন সিস্টিক আনুবংশিক রোগের ব্যাপারে জানতে পারা যায়, তাহলে ডাক্তারের থেকে জেনেটিক স্ক্রীনিং-য়ের ব্যাপারে পরামর্শ নিন। আপনি যদি ককেশিয়ান হন, তাহলে সিস্টিক ফাইব্রোসিস... ইহুদী-ইউরোপীয়ান হলে টে-শেক... আফ্রিকান হলে সিকল সেক ট্রেট বা গ্রীক, ইটালিয়ান, দক্ষিণ-পূর্বী এশিয়ান বা ফিলিপিন মূলের হলে আপনি থ্যালাসেমিয়া রোগে গ্রস্ত হতে পারেন।

আগে বেশ কয়েক বার গর্ভপাত হওয়া, কোন রক্ত-সম্বন্ধীয়ের সাথে বিবাহ হওয়া, দীর্ঘদিন পর্যন্ত গর্ভধারণ না করতে পারা ইত্যাদি কারণেও জেনেটিক স্ক্রীনিং-য়ের আবশ্যকতা হতে পারে।

পরীক্ষা করান ঃ- এই সব খোঁজখবর করার সময় আপনাকে নিজের জন্য কিছু টেস্ট করানোর জন্যও প্রস্তুত থাকতে হবে। সেগুলো হচ্ছে ঃ-

- এনিমিয়া পরীক্ষার জন্য হীমোগ্লোবিন বা হিম্যাটোক্রিট পরীক্ষা।
- আর. এইচ. ফ্যাক্টর এটা দেখার জন্য যে, আপনি পোজিটিভ না নেগেটিভ। আপনি নেগেটিভ হলে আপনার জীবনসঙ্গীর পরীক্ষা করানো হবে (দুজনের পরীক্ষাই নেগেটিভ এলে বেশী চিন্তা করার প্রয়োজন নেই)।
- রুবেলা টিটর', রুবেলার পক্ষে প্রতিরোধ ক্ষমতা পরীক্ষা করার জন্য।
- ভ্যারিসেলা টিটর', ভ্যারিসেলার পক্ষে প্রতিরোধ ক্ষমতা পরীক্ষা করার জন্য।
- হেপাটাইটিস বি (আপনি যদি এর টীকা না নিয়ে থাকেন আর আপনি যদি কোন হেল্থ ওয়ার্কার হন)।
- সাইটোম্যাগালো ভায়রাস এ্যান্টীবডিজ পরীক্ষা... যাতে এটা জানতে পারা যায় যে, পরীক্ষা কি হল ? আপনি যদি এটার চিকিৎসা করিয়ে থাকেন, তাহলে তার 6 মাস পর্যন্ত গর্ভধারণ করবেন না।
- টক্সোপ্লাজমোসিস টিটর, আপনার যদি কোন পোষা বেড়াল থাকে... যে বাইরে ঘুরে বেড়ায়, কাঁচা মাংস খায় বা আপনি যদি হাতে গ্লাভস্ না পরে বাগানের কাজ করেন। টীকা লাগানো থাকলে এই ব্যাপারে ভয় পাওয়ার কিছু নেই। আর টীকা না লাগানো থাকলে সতর্কতা নিন।
- থায়রয়েড ফাংশন, এর দ্বারা গর্ভাবস্থা প্রভাবিত হতে পারে। যদি আপনার বা পরিবারে কারো এই রোগ ছিল বা আপনি যদি এর লক্ষণ দেখতে পান, তাহলে সেটার পরীক্ষা অবশ্যই করান।
- সকল গর্ভবতী মহিলাদের নিয়মিত রূপে যৌন রোগ *(সিফিলিস, গনোরিয়া, কালমীডিয়া, হর্পিজ এইচ পিভি এবং এইচ.আই.ভি.)*-য়ের পরীক্ষা করা হয়ে

থাকে। আপনি যতই এই সব রোগের প্রতি নিশ্চিন্ত থাকুন না কেন... এক বার পরীক্ষা অবশ্যই করান।

চিকিৎসা করান ঃ- যদি কোন পরীক্ষায় কিছু জানতে পারা যায়, তাহলে সেটার চিকিৎসা অবশ্যই করান। যে কোন ছোটখাটো সাজারী বা এমনই কোন চিকিৎসা... যেটাকে আপনি এতদিন পর্যন্ত এড়িয়ে আসছিলেন, এবার করিয়ে নিন। এমনটা না হোক্ যে, সেটা আপনার গর্ভাবস্থায় সমস্যার সৃষ্টি করে তুলুক। তেমন সমস্যার মধ্যে নিম্নলিখিত সমস্যা শামিল হতে পারে ঃ-

- য়ুটেরাইন পোলিপ্স, ফিবরয়েডস্ সিস্ট বা বেনিগ টিউমার।
- এণ্ডোমীট্রিওসিস (যখন গর্ভাশয়ের আশপাশে অবস্থিত কোশিকাগুলো শরীরের অন্য কোথাও ছড়িয়ে পড়ে)।
- পেলভিক ইনফ্ল্যামেট্রী রোগ।
- মূত্রাশয়ে বার-বার হতে থাকা সংক্রমণ বা ব্যাক্টেরিয়াল ভ্যাজীনোসিস।
- কোন এসটিডি রোগ।

টীকাকরণ করুন ঃ- আপনি যদি গত 10 বছরের মধ্যে টিটেনাস-ডিপ্থিরীয়া বুস্টারের টীকা না লাগিয়ে থাকেন, তাহলে সেটা লাগিয়ে নিন। (রুবেলা) মীজলস্, মামস্ আর রুবেয়ার টীকা না লাগিয়ে থাকলে সেগুলো লাগান... তারপর গর্ভধারণ করার জন্য এক মাস অপেক্ষা করুন। আপনি যদি ইতিমধ্যেই গর্ভবতী হয়ে পড়েছেন, তাহলেও ভয় পাওয়ার কিছু নেই। আপনার হয়তো হেপাটাইটিস বি বা চিকেন পক্স হওয়ার কোন ভয় নেই... তবুও এখন সেগুলোর জন্য ব্যবস্থা নিন। আপনার বয়স 26 বছরের থেকে কম হলে আপনাকে এইচ.পি.ভি.-র তিনটি ডোজ নিতে হবে... সেটার প্ল্যান বানিয়ে চলুন।

ক্রনিক রোগগুলোকে নিয়ন্ত্রণ করুন ঃ- আপনি যদি ডায়াবেটিজ, হাঁফানী, হৃদরোগ, মৃগী বা অন্য কোন ক্রনিক অর্থাৎ দীর্ঘ সময় ধরে চলতে থাকা রোগে গ্রস্ত হন, তাহলে গর্ভধারণ করার আগে নিজের সেই রোগের ওপরে নিয়ন্ত্রণ প্রাপ্ত করুন। নিজের প্রতি সজাগ দৃষ্টি রাখা শুরু করুন। আপনি যদি জন্ম থেকে 'ফৈনাইলকীটোনয়ুরিয়া'-তে গ্রস্ত হন, তাহলে এখন থেকেই ফিনাইলেলেনিন যুক্ত আহার নেওয়া শুরু করে দিন আর সেটা গর্ভাবস্থাতেও জারী রাখুন। এমনটা আপনার আর আপনার শিশু – দুজনের স্বাস্থ্যের পক্ষেই ভালো হবে।

আপনার যদি এ্যালার্জী শট্সের প্রয়োজন পড়ে, তাহলে এখন থেকে সেগুলোর ওপরে দৃষ্টি দিন। অবসাদ আপনার প্রসন্নতায় ভরপুর গর্ভাবস্থায় বাধার সৃষ্টি করতে পারে... এজন্য আগে থেকেই সেটার চিকিৎসা করিয়ে নিন।

বার্থ কন্ট্রোল বন্ধ করুন ঃ- কণ্ডোম আর ডায়ফ্রাগম সব ফেলে দিন (যদিও গর্ভাবস্থার পরে আবার এক বার সেগুলোর প্রয়োজন হবে)। আপনি যদি বার্থ কন্ট্রোল পিল, ভ্যাজাইনাল রিং বা প্যাচ ব্যবহার করে আসছেন... তাহলে এই ব্যাপারে ডাক্তারের পরামর্শ নিন। আপনাকে বেশ কয়েক মাস আগে থেকে এগুলো বন্ধ করতে হবে, যাতে প্রজনন তন্ত্র সঠিক ভাবে কাজ করতে থাকে আর দুটি মাসিক চক্র সঠিক পদ্ধতিতে এসে পড়ে (সেই সময় কণ্ডোম ব্যবহার করুন)। হতে পারে যে, আপনার মাসিক চক্র নিয়মিত হতে দুই-তিন মাস বা তার থেকেও বেশী সময় লাগতে পারে।

আপনি যদি 'আই.ইউ.ডি.' লাগান, তাহলে সেটাকে বার করে দিন। ডেপোপ্রোভেরা বন্ধ করার পরে 6 মাস পর্যন্ত অপেক্ষা করুন। অনেক মহিলা এটা বন্ধ করার পরে 10 মাস পর্যন্ত গর্ভবতী হতে পারেন না। আপনিও সেই হিসেবে প্ল্যান বানান।

আহারে উন্নতি ঃ- হতে পারে যে, আপনি এখন থেকে দুজনের জন্য আহার গ্রহণ করছেন না... কিন্তু ভালো অভ্যাস গ্রহণ করার করার জন্য দেরী করা কেন? আপনি নিজের ফোলিক এ্যাসিডের ডোজ নিতে ভুলে যাবেন না। এতে আপনার গর্ভধারণ করার ক্ষমতা বেড়ে উঠবে। বিভিন্ন অধ্যয়ণ থেকে এটাও জানতে পারা গেছে যে, গর্ভধারণের আগে আহারে বেশী মাত্রায় এই ভিটামিন গ্রহণ করা গর্ভবতী মহিলাদের মধ্যে 'ন্যুরল টিউব ডিফেক্ট' হওয়ার ঝুঁকি যথেস্ট কমে আসে। এটা গোটা শস্য আর সবুজ পাতাওয়ালা সব্জী এবং রিফাইণ্ড শস্যে পাওয়া

যায়... কিন্তু এটাকে আহারের রূপেই গ্রহণ করতে হবে। এই ব্যাপারে ডাক্তারের পরামর্শ নিন।

জাংক আর ফ্যাটযুক্ত ভোজনকে বিদায় জানান। ভোজনে ফল, সব্জী, কম ফ্যাটের ডেয়ারী পদার্থের মাত্রা বাড়ান। এই পুস্তকে দেওয়া সন্তুলিত আহার-যোজনার ওপরেও দৃষ্টি দিন। আপনাকে গর্ভধারণ করার আগে প্রতি দিন, দুই সার্ভিং প্রোটিন, তিন সার্ভিং ক্যালশিয়াম আর ছয় সার্ভিং গোটা শস্য নিতে হবে। এর মধ্যে আপনার ক্যালোরীর মাত্রা বাড়ানোর কোন প্রয়োজন নেই।

মাছের ব্যাপারেও দেওয়া তথ্যের ওপরে দৃষ্টি দিন... কিন্তু সেটা খাওয়া বন্ধ করে দেবেন না... কারণ এতে যথেষ্ট মাত্রায় পোষক তত্ত্ব পাওয়া যায়।

যদি খাওয়া-দাওয়ার কিছু অভ্যাস (উপবাস রাখা, এনোরেক্সিয়া নবস, বুলীমিয়া, বিশেষ আহার) আপনার গর্ভাবস্থায় সমস্যার সৃষ্টি করে, তাহলে সেই ব্যাপারে আগে থেকেই ডাক্তারের পরামর্শ নিন।

প্রসবের আগে ভিটামিনের সেবন করুন ঃ- ভোজনে ভরপুর মাত্রায় ফোলিক এ্যাসিড শামিল করা সত্ত্বেও আপনার গর্ভধারণ করার দু মাস আগে থেকে প্রীন্যাটাল পূরকের রূপে 400 এমজি-র ডোজ নেওয়া উচিত। এমনটা করার অনেক প্রকারের লাভ থাকে। বিভিন্ন অধ্যয়ণ থেকে এটা জানতে পারা গেছে যে, যেসব মহিলা গর্ভধারণ করার আগে বা গর্ভধারণের প্রারম্ভিক সপ্তাহগুলোয় মাল্টি ভিটামিনের ডোজ নেন, তাঁদের বমি হওয়া বা গা গুলোনোর মত অভিযোগ হয় না। এতে 15 এমজি জিংকের মাত্রাও থাকা উচিত... যার ফলে গর্ভধারণ করার ক্ষমতা বৃদ্ধি পায়। যদিও প্রয়োজনের অতিরিক্ত কিছু পোষক তত্ত্বের মাত্রা ক্ষতিও করতে পারে... এজন্য ডাক্তারের সঙ্গে পরামর্শ করেই এগোন উচিত।

ওজনের পরীক্ষা ঃ- ওজন কম বা বেশী হওয়া – এই দুটো অবস্থাই গর্ভধারণ করার ক্ষমতাকে প্রভাবিত করতে পারে। আপনি যদি ইতিমধ্যেই গর্ভধারণ করে নিয়ে থাকেন, তাহলে গর্ভাবস্থায় বেশ কয়েক প্রকারের জটিলতা দেখা দিতে পারে। এজন্য প্রয়োজন অনুসারে ক্যালোরীর মাত্রা কমান বা বাড়ান।

ওজন কমাতে হলে ধীরে-ধীরে ওজন কমান আর গর্ভধারণ করার প্ল্যান 2 মাস পর্যন্ত স্থগিত রাখুন। অত্যন্ত কড়া আর অসন্তুলিত ডায়েটিং আপনার ক্ষতি করতে পারে। যদি কড়া ডায়েটিং হয়ে পড়ে, তাহলে এবার সন্তুলিত ভোজন নেওয়া শুরু করে দিন... যাতে আপনার ভাবী শিশু এক সুস্থ শরীরে নিজের বাসস্থান বানাতে পারে।

শেপ-আপ, কিন্তু শান্ত থাকুন ঃ- আপনার দিনচর্যায় ব্যায়াম শামিল থাকলে সেটা আপনার পক্ষে ভালোই হবে। আপনার মাংসপেশীগুলো নমনীয় আর মজবুত হয়ে উঠবে। ফালতু ওজনও কমে আসবে... কিন্তু অতিরিক্ত ব্যায়াম করতেও যাবেন না... কারণ এর দ্বারা ওভ্যুলেশনে সমস্যার সৃষ্টি হবে আর আপনি গর্ভবতী হতে পারবেন না। ওয়ার্কআউট করার সময় নিজেকে শান্ত রাখুন। হট টাব, সাউনা, হীটিং প্যাড আর ইলেকট্রিক কেবলের অধিক ব্যবহার করবেন না।

মেডিক্যাল ক্যাবিনেটের পরীক্ষা ঃ- কিছু ওষুধ এমনও হয়, যেগুলো গর্ভাবস্থার আগে বা গর্ভাবস্থার সময় সেবন করাটা বিপজ্জনক হতে পারে। আপনিও যদি নিয়মিত রূপে বা কখনো-কখনো কোন ওষুধের সেবন করছেন, তাহলে সেই ব্যাপারে নিজের ডাক্তারের পরামর্শ নিন। যদি এমন কোন ওষুধ সেবন করতে হয়, তাহলে এটাই হচ্ছে সেটার বিকল্প খোঁজার সঠিক সময়।

এমনিতে তো হার্বাল বা বৈকল্পিক ঔষধিকে প্রাকৃতিক মানা হয়ে থাকে... কিন্তু সেটার অর্থ এটা নয় যে, সেগুলো সুরক্ষিত হবেই। বেশ কিছু হার্বাল ঔষধি (গিকঙ্গো বিলোবা) গর্ভধারণে বাধা হয়ে উঠতে পারে। এমন কোন ওষুধের সেবন করার আগে কোন হার্বাল বিশেষজ্ঞের পরামর্শ নিন এবং তাঁকে নিজের আগত গর্ভাবস্থার ব্যাপারে সংকেত দিন।

ক্যাফিনের মাত্রা ঃ- আমরা এমনটা বলছি না যে, আপনি ক্যাফিন যুক্ত পদার্থ সেবন করা একেবারে বন্ধ করে দিন। যেহেতু আপনি গর্ভবতী হওয়ার প্ল্যান বানাচেছন বা ইতিমধ্যেই গর্ভবতী

একটু দৃষ্টি দিন

এতটা তো নিশ্চিত যে, শিশুর জন্ম দেওয়ার ফয়সালা নেওয়ামাত্র আপনাদের দুজনের শারীরিক নিকটতা যথেষ্ট বেড়ে উঠবে... কিন্তু আপনাদের প্রেম সম্পর্কের কি হবে? এমনটা তো নয় যে, আপনি পরিবারে নতুন আসতে চলা অতিথির চক্করে পড়ে সেক্স জীবনের উপেক্ষা করছেন?

আপনার মাথায় যখন সর্বদাই আসতে চলা অতিথির ব্যাপারে চিন্তা ঘুরে বেড়াতে থাকে... তখন সেক্স মনোরঞ্জন নয়, কেবলমাত্র এক প্রক্রিয়া হয়ে ওঠে। আপনি যখন এটাকে এক যান্ত্রিক প্রক্রিয়া হিসেবে ধরে নেন, তখন অনেক বার দাম্পত্য জীবনে ফাটল ধরতে থাকে... কিন্তু আপনি ইচ্ছা করলে এই সম্পর্ককে আগের মতই সুস্থ রাখতে পারেন। গর্ভধারণ করার সময় পতির সঙ্গে ভাবনাত্মক আকর্ষণ বজায় রাখার জন্য ঃ

বাইরে যান ঃ- আপনার আর আপনার পতির বাড়ীর বাইরে বা শহরের বাইরে কিছুটা সময় কাটানো উচিত... কারণ হয়তো এর পরে আপনারা এমন ছুটী কাটানোর সুযোগ অনেক দিন পর্যন্ত পাবেন না। সময় যদি না থাকে, তাহলেও কোন ব্যাপার নয়... আপনারা পরস্পরের সাথে উইকএণ্ড তো কাটাতেই পারেন *(ঘোড়সওয়ারী করুন, র‍্যাফটিং করুন)*। এসব আপনি গর্ভাবস্থার সময় করতে পারবেন না। কোন মিউজিয়াম ঘুরে আসুন। মাল্টিপ্লেক্সে মুভী দেখতে যান *(এখন তো বেবী সীটারও লাগবে না)* বা নিজের পছন্দের কোন রেস্তোঁরায় ভোজন করুন।

রোমান্স তাজা করুন ঃ- সেক্স যাতে বোরিং না হয়ে ওঠে, সেজন্য বেডরুমে কিছুটা মৌজ-মস্তি নিয়ে আসুন। কোন সেক্সী নাইটী, কোন হট্ মুভী বা কোন সেক্সী টয়, কোন নতুন মুদ্রা (কামসূত্রের সহায়তা নিন)-কে শামিল করুন। খাটের বদলে ডায়নিং টেবল হলে কেমন হয়? আইসক্রীমের ওপরে হট ফজ্ খাওয়ার বদলে একে-অপরের ওপরে লাগিয়ে খেলে...? যদি বেশী রোমাঞ্চ পছন্দ না হয়, তাহলেও কোন ব্যাপার নয়... দুজনে জ্যোৎস্না রাতে বাড়ীর বাইরে ঘুরতে যান। দুজন দুজনের হাতে হাত রেখে ফায়ার প্লেসের সামনে বসে রোমান্টিক স্বপ্নে হারিয়ে যান।

ওনার ব্যাপারে কিছু ঃ- আপনার পতিদেব কি নতুন অতিথির ব্যাপারে চিন্তিত নন? উনি কি আপনাকে বডি টেম্পারেচার চার্ট তৈরী করার কাজে সহায়তা করার বদলে স্টক মার্কেটের খবরে বেশী ব্যস্ত? উনি কি প্রতি বার বেবী বুটিকের সামনে দিয়ে যাওয়ার সময় হায়-হায় করে ওঠেন না? এই সব কিছুর অর্থ এটা ধরে নেবেন না যে, উনি পরিবারে নতুন আসতে চলা শিশুর জন্য জন্য উৎসাহিত নন। হতে পারে যে, উনি হয়তো এই মুহূর্তে নিজের কাজকে এজন্য বেশী গুরুত্ব দিচ্ছেন... যাতে উনি পরে আপনার সঙ্গে বেশী সময় কাটাতে পারেন। মনে রাখবেন যে, এটা হচ্ছে এক টীমওয়ার্ক আর আপনার মত আপনার পতিদেবও এই ব্যাপারে যথেষ্ঠ গম্ভীর। যখনই সময় পাবেন দুজনে কথা বলুন। ওনার ওপরে রাগ বা বিরক্তির ভাব প্রকাশ করবেন না। পরস্পরের সঙ্গ অনুভব করতে থাকলে সেটা আপনাদের দুজনের পক্ষে ভালোই হবে!

হয়ে পড়েছেন, তাহলেও আপনি দিনে দু কাপ ক্যাফিন যুক্ত কফি বা অন্য কোন পানীয় পদার্থ নিতে পারেন... কিন্তু আপনার যদি এসব গ্রহণ করার অভ্যাস প্রয়োজনের তুলনায় বেশী হয়, তাহলে নিজেকে একটু সামলে নিন। বেশ কিছু অধ্যয়ণ থেকে এটা জানতে পারা গেছে যে, বেশী মাত্রায় ক্যাফিন প্রজনন ক্ষমতা কমিয়ে আনে।

এ্যালকোহলের মাত্রা ঃ- এ্যালকোহল পান করার আগে একটু ভাবুন। যদিও গর্ভাবস্থার প্রথম দিকে দু-এক পেগ পান করলে তেমন একটা পার্থক্য পড়বে না... কিন্তু মাত্রা বেশী হয়ে পড়লে গর্ভধারণ করতে বেশী সময় লাগতে পারে বা সমস্যার সৃষ্টি হতে পারে। আপনি ইতিমধ্যেই গর্ভবতী হয়ে পড়লে মদ্যপান করা একেবারে বন্ধ করে দেওয়া উচিত।

পিনপয়েন্ট ওভ্যুলেশন

আপনি তো এটা জানেনই যে, গর্ভধারণ করার জন্য ওভ্যুলেশন কতটা গুরুত্ব রাখে! এখানে কিছু পরামর্শ দেওয়া হচ্ছে, যেগুলোর সহায়তায় আপনি সেই দিনটার ব্যাপারে অনুমান লাগাতে পারবেন।

ক্যালেণ্ডার দেখুন ঃ- সাধারণতঃ ওভ্যুলেশন আপনার মাসিক চক্রের মাঝে হয়। গড়পড়তা মাসিক চক্র 28 দিনের হয়, যেটা প্রথম পীরিয়ডের প্রথম দিন থেকে পরের পীরিয়ডের প্রথম দিন পর্যন্ত গোনা হয়... কিন্তু গর্ভাবস্থার মত মাসিক চক্রেরও নিজস্ব হিসাব থাকতে পারে। মাসিক চক্রের দিন 23 থেকে 25 দিনের মাঝে হতে পারে। আপনার নিজের চক্র মাসে-মাসে কিছুটা সরেও যেতে পারে। কয়েক মাস পর্যন্ত মাসিক চক্রের ক্যালেণ্ডার রাখলে আপনার নিজের স্বাভাবিক চক্রের ব্যাপারে অনুমান হয়ে পড়বে। যদি মাসিক চক্র অনিয়মিত হয়, তাহলে আপনাকে ওভ্যুলেশনের বাকী সংকেতগুলোর ওপরে দৃষ্টি দিতে হবে।

নিজের শরীরের তাপমাত্রা নিন ঃ- আপনাকে নিজের ব্যাসল বডি টেম্পারেচারের রেকর্ড রাখতে হবে। আপনাকে সকালে বিছানা ছাড়ামাত্র এক বিশেষ প্রকারের থার্মোমিটার দিয়ে নিজের শরীরের তাপমাত্রা পরীক্ষা করতে হবে। এই তাপমাত্রা আপনার মাসিক চক্রের সাথে-সাথে বদলাতে থাকে, ওভ্যুলেশনের সময় সব থেকে কমে আসে এবং তারপর আধ ডিগ্রী পর্যন্ত বেড়ে ওঠে। এই চার্ট থেকে শুধু যে ওভ্যুলেশনের দিনের ব্যাপারেই জানতে পারা যাবে, তাই নয়... সেটার প্রমাণও পাওয়া যাবে। কয়েক মাস পরে আপনি নিজের মাসিক চক্রের ধাঁচার ব্যাপারেও জানতে পেরে যাবেন আর প্রসবের আনুমানিক তিথির ব্যাপারেও অনুমান লাগাতে পারবেন।

নিজের আণ্ডার গার্মেন্টসের পরীক্ষা করুন ঃ- সার্ভাইকাল ম্যুকসের মাত্রা আর রং-য়ে পরিবর্তন দ্বারাও এই সংকেত পাওয়া যায়। পীরিয়ড শেষ হওয়ার পরে এটার বেশী আশা রাখবেন না। চক্র বেড়ে ওঠার সাথে-সাথে ম্যুকসের মাত্রাও বেড়ে ওঠে... যেটাকে আঙুল দিয়ে স্পর্শ করলে সেই চ্যাটচেটে পদার্থ ভেঙে যায়। ওভ্যুলেশনের আশপাশে এই স্রাব আগের থেকে অনেক পাতলা, পরিস্কার আর মসৃণ হয়ে ওঠে। এটা আপনি আঙুলে নিয়ে কিছুটা দূর পর্যন্ত তারের মত টানতে পারবেন। এটাও এই ব্যাপারের সংকেত হয় যে, এবার আপনার শয়নকক্ষে যাওয়া উচিত। ওভ্যুলেশনের পরে যোনি শুকনো হয়ে পড়বে বা এই স্রাব যথেস্ট গাঢ় হয়ে উঠবে। সার্ভাইকালের অবস্হা আর ব্যাসল বডি টেম্পারেচার – এই দুটোর সহায়তায় আপনি ওভ্যুলেশনের সঠিক তিথি জানতে পারবেন।

সার্ভিক্সের অবস্হান ঃ- সার্ভিক্সের অবস্হান দ্বারাও ওভ্যুলেশনের ব্যাপারে জানতে পারা যায়। চক্রের শুরুতে যোনি আর গর্ভাশয়ের মাঝের রাস্তা কিছুটা সংকুচিত আর বন্ধ থাকে... কিন্তু ওভ্যুলেশনের পরে সেটাকে চেনা যেতে পারে।

দৃষ্টি দিন ঃ- আপনার শরীর স্বয়ং ওভ্যুলেশনের সংকেত প্রদান করে। এই সময় পেটের নীচের অংশে যন্ত্রণা বা টান ভাবের অনুভূতি হয়। এর থেকে এটা জানতে পারা যায় যে, ওভরী থেকে ডিম্ব রিলীজ হচ্ছে।

এক স্টিকের ওপরে প্রস্রাব পরীক্ষা ঃ- এখন বাজারে 'ওভ্যুলেশন প্রেডিক্টর কিট'-ও পাওয়া যাচ্ছে। এটা এই হার্মোণ পরীক্ষা দ্বারা ওভ্যুলেশনের সঠিক সময় জানিয়ে দেয়। আপনাকে নিজের প্রস্রাবে এই স্টিক ডুবিয়ে এই পরীক্ষা করতে হবে।

নিজের ঘড়ির ওপরে নজর ঃ- এমন এক যন্ত্র তৈরী হয়েছে, যেটাকে আপনি ঘড়ির মত হাতে বাঁধতে পারেন – এটা আপনার ঘামে ক্লোরাইড, সোডিয়াম আর পোটাশিয়ামের মাত্রার ওপরে নজর রাখে... যেটা মাসে-মাসে বদলে যেতে থাকে। এই ক্লোরাইডিয়ন টেস্ট চার দিন আগে থেকে ওভ্যুলেশনের ব্যাপারে জানাতে পারে। সঠিক ফলের জন্য আপনাকে এই যন্ত্রকে লাগাতার 6 ঘন্টা পর্যন্ত নিজের হাতে পরে থাকতে হবে।

থুথু পরীক্ষা ঃ- আপনার স্যালাইভা টেস্টে এস্ট্রোজেনের মাত্রা থেকে এটা জানতে পারা যায় যে, আপনার ওভ্যুলেশন হতে চলেছে। সেই পরীক্ষা থেকে এই ব্যাপারের পুষ্টি অনেকটাই হয়ে পড়ে। এটা 'পৌ আন্ স্টিক' টেস্টের থেকে অনেকটা কম খরচেরও হয়।

ধূম্রপান ত্যাগ করুন ঃ- এটা আপনার ডিম্বগুলোকেও বৃদ্ধ করে তোলে। হ্যাঁ, এর ফলে গর্ভধারণ করতে মুশ্কিল হয় আর গর্ভপাত হওয়ার ঝুঁকিও বেড়ে ওঠে। ধূম্রপান করার অভ্যাস ত্যাগ করুন... সেটা আপনার তরফ থেকে আসতে চলা শিশুর পক্ষে এক অমূল্য উপহার হবে। ধূম্রপান ত্যাগ করা সংক্রান্ত কিছু ব্যবহারিক পরামর্শ এই পুস্তকে রয়েছে। সেগুলো চেস্টা করে দেখুন আর লাভ ওঠান।

নিষিদ্ধ ড্রাগসের সেবন করবেন না ঃ- মারিজুয়ানা, কোকেন, ক্রেক, হেরোয়িন বা অন্যান্য ড্রাগস্ গর্ভাবস্থায় অত্যন্ত বিপজ্জনক হতে পারে। আপনি এগুলোর সেবন রোজ করুন বা কখনো-কখনো – এগুলো আপনাকে গর্ভবতী হতে দেবে না। আপনি যদি গর্ভবতী হয়েও পড়েন... তাহলেও ভ্রূণের যথেষ্ট ক্ষতি হতে পারে – যার ফলে গর্ভপাত বা সাত মাসে শিশুর জন্ম হওয়ার সম্ভাবনা বেড়ে উঠতে পারে। এগুলোর প্রয়োগ একেবারে বন্ধ করে দিন আর তার পরেই গর্ভবতী হওয়ার প্ল্যান বানান।

রেডিয়েশন থেকে সুরক্ষা ঃ- যতটা সম্ভব, এক্স-রে করার সময় নিজের প্রজনন অঙ্গগুলোর প্রতি দৃষ্টি দিন। আপনি যখন গর্ভ ধারণ করতে চলেছেন... তখন এক্স-রে করতে থাকা কর্মচারীকে এটা জানিয়ে দিন যে, আপনি হয়তো গর্ভবতী হয়ে পড়েছেন... উনি যেন প্রয়োজনীয় সতর্কতা নেন।

পরিবেশে ফেঁসে থাকা ঝুঁকি ঃ- কিছু রসায়ন ভারী মাত্রায় ব্যবহৃত হলে বা আপনি সেটার সংস্পর্শে চলে এলে সেটা গর্ভধারণ করার আগে বা পরে ভ্রূণের লোকসান করতে পারে। কাজ করার সময় এই সমস্ত রসায়নের প্রতি সতর্কতা নিন। ওষুধ, দন্ত চিকিৎসালয়, কলা, ফোটোগ্রাফী, যাতায়াত, কৃষিকাজ, ল্যাণ্ডস্কেপিং, নির্মাণ কার্য, হেয়ার ড্রেসিং, কসমেটোলোজী, ড্রাই ক্লীনিং আর ফ্যাক্টরীর কাজে বিশেষ সতর্কতা নিন। সম্ভব হলে ঝুঁকিপূর্ণ স্থান থেকে কিছু সময়ের জন্য নিজের বদলী করিয়ে নিন।

যদি কার্যক্ষেত্রে বা বাড়ীতে লেড (সীসা)-র মাত্রার স্তর বেশী থাকে, তাহলে তার দ্বারা আপনি এবং আপনার আসতে চলা শিশু – দুজনেই প্রভাবিত হতে পারেন। ঘরোয়া বিষাক্ত পদার্থের প্রভাবের থেকে দূরে থাকুন।

আর্থিক রূপে ফিট্ ঃ- এটা যথেষ্ট খরচসাপেক্ষ প্রক্রিয়া হয়... এজন্য নিজের জীবনসাথীর সাথে মিলে আগেই পুরো বাজেট বানিয়ে নিন। নিজের হেল্থ ইন্শিয়োরেন্স থেকে এটা জেনে নিন যে, আপনি প্রসবের আগের আর পরের খরচ পাবেন কি না ? যদি এখনও এমন কোন পলিসি তৈরী না হয়ে থাকে, তাহলে কিছুদিন অপেক্ষা করে নিন। আপনি যদি এখনও পর্যন্ত এমন কোন পলিসি না নিয়ে থাকেন, তাহলে সেটা নেওয়ার এটাই হচ্ছে উপযুক্ত সময়।

কিছু গুরুত্বপূর্ণ বিষয় ঃ- গর্ভাবস্থার সময় নিজের কাজের ব্যাপারে ভাবনা-চিন্তা করে নিন। আপনি যদি নিজের চাকরী পাল্টানোর কথা ভাবছেন, তাহলে এখন থেকে নতুন চাকরী খোঁজা শুরু করে দিন। আপনি নিশ্চয়ই বেড়ে ওঠা পেট নিয়ে ইন্টারভিউ দিতে চাইবেন না।

একটু অনুমান লাগান ঃ- নিজের মাসিক চক্র আর ওভ্যুলেশনের প্রতি দৃষ্টি রাখুন, যাতে আপনি সঠিক সময়ে সম্ভোগ করতে পারেন আর তারপর গর্ভধারণের সঠিক সময়ের ব্যাপারে অনুমান লাগাতে পারেন। সম্ভোগের সময় আর তারিখ লিখে রাখলেও অনুমান লাগানো সহজ হয়।

একটু সময় দিন ঃ- এটা মনে রাখবেন যে, এক গড়পড়তা সুস্থ 25 বছরের যুবতীর গর্ভধারণ করতে 6 মাস আর বেশী বয়সের মহিলাদের আরও বেশী সময় লাগতে পারে। যদি আপনার জীবনসাথীর বয়স বেশী হয়, তাহলে আরও বেশী সময় লাগতে পারে। যে কোন ডাক্তারের পরামর্শ নেওয়ার আগে কম পক্ষে 6 মাস পর্যন্ত অপেক্ষা করুন। আপনার বয়স যদি 35 বছরের বেশী হয়, তাহলে আপনার 7 মাস অপেক্ষা করার পরেই ডাক্তারের পরামর্শ নেওয়া উচিত।

বিশ্রাম করুন ঃ- হয়তো এটাই হচ্ছে সব থেকে জরুরী কাজ। যদিও আপনি আগামী সময়কে কেন্দ্র করে যথেষ্ট উত্তেজিত আর মানসিক চাপগ্রস্ত হয়ে রয়েছেন... কিন্তু এই চাপ গর্ভধারণ করার ক্ষেত্রে বাধা হয়ে উঠতে পারে। কিছুটা ধ্যান আর বিশ্রাম প্রদানকারী ব্যায়াম করুন। জীবন থেকে মানসিক চাপকে বিদায় জানান।

ভাবী পিতাদের জন্য কিছু পরামর্শ

একজন পিতা হওয়ার সুবাদে আপনাকে এখন থেকেই আলাদা কামরা বানানোর ব্যাপারে ভাবনা-চিন্তা করার প্রয়োজন তো নেই... কিন্তু আপনাকে এই প্রক্রিয়ায় পুরোপুরি সহযোগ প্রদান করতে হবে *(মা একা কতটা করে নেবেন)*। এই পরামর্শের সহায়তায় এই প্রক্রিয়াকে আরও সহজ করে তোলা যেতে পারে।

ডাক্তারের সঙ্গে দেখা করুন ঃ- যদিও আপনাকে গর্ভধারণ করতে হবে না... কিন্তু তা সত্ত্বেও ডাক্তারকে দিয়ে নিজের পরীক্ষা করিয়ে নেওয়া উচিত। এক সুস্থ শিশুর জন্ম, দুটি সুস্থ শরীরের মিলন দ্বারাই তো সম্ভবপর হতে পারে। পূর্ণ চিকিৎসকীয় পরীক্ষা থেকে এটা জানতে পারা যাবে যে, আপনি টেস্টীকুলর সিস্ট বা টিউমারের মত কোন রোগে তো গ্রস্ত নন অথবা মানসিক অবসাদ *(ডিপ্রেশন)* আপনার বাবা হওয়ার পথে বাধা তো হয়ে উঠছে না?! ডাক্তারের থেকে সেক্সুয়াল এফেক্ট, হার্বাল ঔষধি এবং স্পার্ম কাউন্টের ব্যাপারে তথ্য সংগ্রহ করুন। এই সব ব্যাপারে তথ্য সংগ্রহ করার পরে আপনি এক সুস্থ শিশুর পিতা হওয়ার জন্য সম্পূর্ণ রূপে প্রস্তুত হয়ে পড়বেন।

জেনেটিক স্ক্রীনিং... প্রয়োজন হলে ঃ- যদি আপনার বংশে কোন জেনেটিক রোগ থেকে থাকে আর আপনার জীবনসাথী স্ক্রীনিং করাতে যাচ্ছেন, তাহলে আপনিও এই পরীক্ষা অবশ্যই করিয়ে নিন।

আহারে উন্নতি ঃ- পোষণ যত ভালো হবে, স্পার্ম ততই সুস্থ হবে। আপনার তাজা ফল, সব্জী, গোটা শস্য আর প্রোটিনে ভরপুর সন্তুলিত আহারের সেবন করা উচিত। এই দিনগুলোয় আপনি ভিটামিন মিনারেলের ডোজও নিতে পারেন... কারণ আহার থেকে সকল গুরুত্বপূর্ণ পোষক তত্ত্ব পাওয়া যায় না। আহারে ফোলিক এ্যাসিডকেও শামিল করে নিন। অনেক বার এই তত্ত্বের অভাবে গর্ভধারণ করতে সময় লাগে এবং শিশুর মধ্যে জন্মজাত বিকৃতিও দেখতে পাওয়া যায়।

জীবনশৈলীর ওপরে এক নজর ঃ- যদিও এখনও অনুসন্ধান চলছে... কিন্তু এতটা স্পষ্ট যে, আপনি যদি ড্রাগসের সেবন করেন আর ভারী মাত্রায় এ্যালকোহলের সেবন করেন, তাহলে আপনি সহজে পিতা হতে পারবেন না। এতে না কেবল স্পার্ম দুর্বল হয়ে পড়ে... সেগুলোর সংখ্যাও কমে আসে আর টেস্টোস্টেরোনের স্তরও কমে আসে। এটা ঠিক নয়। ভারী মাত্রায় মদ্যপান করলে বাচ্চার ওজনও কমে আসতে পারে। আপনি যদি এ্যালকোহলের মাত্রা কমিয়ে আনেন, তাহলে আপনার জীবনসাথীর পক্ষে এমনটা করা আরও সহজ হয়ে উঠবে। আর আপনি যদি মদ্যপান আর ড্রাগসের সেবন ছাড়তে না পারেন... তাহলে ডাক্তারের সহায়তা নিন।

ওজন পরীক্ষা ঃ- যেসব পুরুষদের বডি মাস ইণ্ডেক্স বেশী হয়, তাঁরা স্বাভাবিক পুরুষদের তুলনায় নপুংসক হন। আপনার ওজনে 20 পাউণ্ড বৃদ্ধিও এটার ওপরে প্রভাব ফেলে... এজন্য নিজের পত্নীকে গর্ভবতী করে তোলার প্রক্রিয়া শুরু করার আগে নিজের ওজন পরীক্ষা করিয়ে নিন।

ধূম্রপান ছেড়ে দিন ঃ- এতে কোন অজুহাত দেখানো চলবে না। ধূম্রপান দ্বারা স্পার্মের সংখ্যা কমে আসে। এটা ত্যাগ করলে সেটা আপনার পুরো পরিবারের স্বাস্থ্যের পক্ষে লাভদায়ক হবে। ওনাদের পক্ষেও আপনার সিগারেটের ধোঁওয়া কম বিপজ্জনক হয় না। এতে আপনার শিশু এস. আই. ডি. এস. *(হঠাৎ সংক্রামিত রোগের কারণে মৃত্যু)* থেকেও রক্ষা পাবে।

রসায়ন থেকে বাঁচুন ঃ- রং, গঁদ, ভার্নিশ ইত্যাদির তীক্ষ্ম রসায়নের সরাসরি সংস্পর্শে আসা এড়িয়ে চলুন। এর থেকেও আপনার জন্য সমস্যার সৃষ্টি হতে পারে।

এগুলোকে কুল রাখুন ঃ- যখন টেস্টীকল *(লিঙ্গ)* প্রয়োজনের তুলনায় বেশী গরম হয়ে পড়ে, তখন সেটা স্পার্মের উৎপাদনের ওপরে প্রভাব বিস্তার করে। টেস্টিকল শরীরের তাপমত্রার থেকে কিছুটা ঠাণ্ডা হয়... সেজন্যই সেটা আপনার শরীরের থেকে আলাদা ঝুলে থাকে। আপনার হট টাব বাথ, সাউনা, ইলেকট্রিকাল কেবল আর টাইট

কনসেপশন-মিস্ কনসেপশন
(গর্ভধারণ করার সাথে যুক্ত প্রবাদ কাহিনী)

আপনি ইন্টারনেটে আর পুরোন যুগের দাইদের মুখে এই ব্যাপারে অবশ্যই শুনে থাকবেন। এখানে আমরা আপনাকে কিছু তথ্য প্রদান করতে চাই।

প্রবাদ কাহিনী ঃ- প্রতি দিন সেক্স করলে স্পার্মের সংখ্যা কমে আসে এবং গর্ভধারণ করা মুশ্কিল হয়ে পড়ে।

তথ্য ঃ- যদিও আগেকার দিনে এটাকে সত্য বলে মানা হত... কিন্তু অধ্যয়ণ থেকে এটা জানতে পারা গেছে যে, ওভ্যুলেশনের সময় প্রতি দিন সেক্স করলে ভালো ফল পাওয়া যেতে পারে।

প্রবাদ কাহিনী ঃ- বক্সার শর্ট পরলে প্রজনন ক্ষমতা বেড়ে ওঠে।

তথ্য ঃ- বৈজ্ঞানিকেরা তো এখনও এই বৈক্সার বনাম ব্রীফ' বিতর্কে জড়িয়ে রয়েছেন। কিন্তু বিশেষজ্ঞদের মতে এটার কিছুটা পার্থক্য অবশ্যই পড়ে। পুরুষদের এমন আণ্ডার গার্মেন্টস্ পরা উচিত, যাতে লিঙ্গের তাপমাত্রা ঠাণ্ডা থাকে আর সেটায় হাওয়া লাগতে থাকে।

প্রবাদ কাহিনী ঃ- ইন্টারকোর্সে মিশনারী পোজিশন গর্ভাধানের পক্ষে সব থেকে ভালো হয়।

তথ্য ঃ- ওভ্যুলেশনের সময় যে ম্যুকস পাতলা হয়ে আসে, সেটাই শুক্রাণুদের ফেলোপিয়ন টিউব পর্যন্ত নিয়ে যায়। যদি শুক্রাণু সেখানে পৌঁছতে না পারে, তাহলে কোন পোজিশনই কাজে আসবে না। ইন্টারকোর্সের পরে আপনার চিত হয়ে শুয়ে পড়া উচিত, যাতে স্পার্ম ভেতরে যাওয়ার আগে যোনির বাইরে বেরিয়ে না আসে।

প্রবাদ কাহিনী ঃ- লুব্রিকেন্ট স্পার্মকে সঠিক স্হানে পৌঁছ দিতে সহায়তা করে।

তথ্য ঃ- এমনটা সত্য নয়। এই কারণে যোনির পি. এইচ. ব্যালান্স বদলে যেতে পারে... যেটা স্পার্মের পক্ষে ভালো হয় না।

প্রবাদ কাহিনী ঃ- দিনের বেলা সেক্স করলে গর্ভধারণ করাটা সহজ হয়।

তথ্য ঃ- দিনের বেলা স্পার্মের স্তর উচ্চ থাকে... কিন্তু সেটার কোন মেডিক্যাল প্রভাব নেই। আপনি ইচ্ছা করলে দিনের বেলাও ইন্টারকোর্স করতে পারেন... কিন্তু এমনটা ভাববেন না যে, ইচ্ছে করলে দুপুরে ইন্টারকোর্স করা যেতে পারে না!

জীন্স ইত্যাদি থেকে দূরে থাকতে হবে। সিন্থেটিক কাপড়ের তৈরী প্যান্ট আর আণ্ডার গার্মেন্ট পরবেন না। কোলের ওপরে ল্যাপটপ রাখবেন না। এই উপকরণ দ্বারা শরীরের নীচের অংশের তাপমাত্রা বেড়ে উঠতে পারে। যদি ল্যাপটপ ব্যবহার করতেই হয়... তাহলে সেটাকে ডেস্কটপের মত ব্যবহার করুন।

এগুলোকে সুরক্ষিত রাখুন ঃ- আপনি যদি কোন রাফ গেম (ফুটবল, সকার, বাস্কেটবল, হকি, বেসবল, ঘোড়সওয়ারী) খেলেন, তাহলে রক্ষক গার্ড লাগিয়ে নিজের জননাঙ্গগুলোকে সুরক্ষা প্রদান করুন। বেশী সাইকেল চালালেও সমস্যা হতে পারে। কিছু বিশেষজ্ঞদের মতে সাইকেলের সীটের চাপ পড়ায় বেশ কিছু ধমনীর ক্ষতি হতে পারে। যদি জননাঙ্গগুলোয় অনুভূতি শূণ্যতা বা ঝিন্‌ঝিনানী বন্ধ না হয়, তাহলে ডাক্তার দেখান।

বিশ্রাম করুন ঃ- আজ্ঞে হ্যাঁ... এখন আপনি সব কিছু শিখে নিয়েছেন, এবার শুধু আরাম করে বসে এই পুরো সূচীর ওপরে প্রয়োগ করতে হবে। এই ব্যস্ততার মাঝে বিশ্রাম করতে যেন ভুলে যাবেন না। মানসিক চাপ আপনার প্রদর্শনের স্তর কমিয়ে আনতে পারে আর স্পার্ম তৈরীতে বাধার সৃষ্টিও হতে পারে। আপনি যত কম চিন্তা করবেন, পরিণাম তত দ্রুত সামনে আসবে। শান্ত ভাবে প্রচেস্টা চালিয়ে যান!

■ ■ ■

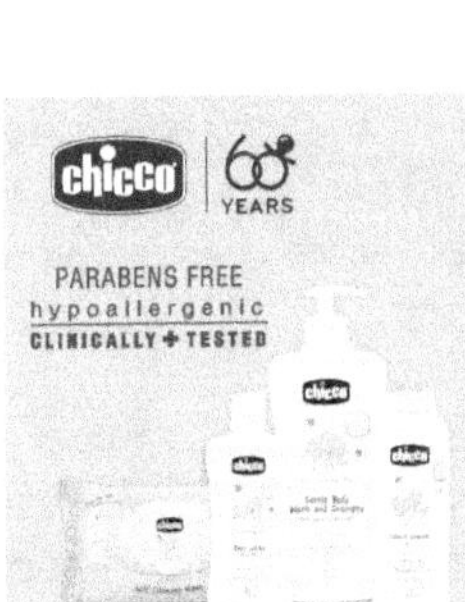

CARE FOR YOUR BABY'S TENDER SKIN.

Baby's skin is very sensitive. It's important to use specific products that respect the physiological and structural balance of the skin without causing irritation and reddening.

Chicco presents Baby Moments, a complete line of delicate, hypoallergenic* and clinically tested products with Parabens-free formula for daily care of baby's gentle skin. It is free from SLS, SLES, colouring and alcohol.

Baby Moments product range includes Soap, No-tears Shampoo, Gentle Body Wash & Shampoo, No-tears Bath Foam, Wipes, Talcum Powder, Nappy Cream, Body Lotion, Rich Cream, Massage Oil, Sun Cream and Sun Spray.

Available at Chicco stores, all leading baby shops, pharmacies and super markets.
Call us at our toll-free no. 1800-102-6702 to find Chicco products near you.

*Formulated to minimise the risk of skin allergies.

আপনি কি গর্ভবতী ?

হতে পারে যে, আপনার পীরিয়ড একটাই দিন দেরী করে হয়েছে বা তিন সপ্তাহ কেটে গেছে অথবা আপনার আগে থেকেই এমনটা মনে হচ্ছিল যে, কোথাও কিছু গড়বড় হয়েছে বা আপনি নিজের পীরিয়ড না হওয়ার কারণটার অনুমান লাগিয়ে নিয়েছেন। এমনও হতে পারে যে, আপনি নিজের গর্ভবতী হয়ে ওঠার স্পষ্ট লক্ষণ দেখতে পাচ্ছেন। এটাও হতে পারে যে, আপনি গত 6 মাস ধরে এই চেষ্টাটাই করে আসছিলেন অথবা হয়তো আপনি দু সপ্তাহ আগে গর্ভনিরোধক ব্যবহার না করে নিজের সাথীর সাথে যৌন সম্পর্ক স্থাপন করে নিয়েছেন... আবার এমনটাও হতে পারে যে, আপনি এখনও পর্যন্ত সক্রিয় রূপে কোন চেষ্টাই করেননি; তা আপনি যে পরিস্থিতিতেই এই পুস্তক পড়া শুরু করুন না কেন; আপনি নিশ্চয়ই এই চিন্তা করে অস্থির হয়ে উঠেছেন – *"আমি কি গর্ভবতী ?"* আসুন... আমরা আপনাকে সেটা জানতে সহায়তা করছি !

আপনি কি ভাবছেন ?

গর্ভাবস্থার প্রারম্ভিক লক্ষণ

"আমার এক বান্ধবী আমাকে বলেছে যে, প্রেগন্যান্সী টেস্ট করানোর আগেই ও নিজের গর্ভাবস্থার ব্যাপারে জানত। আমিও কি এই ভাবে আগে থেকে জানতে পারি ?"

এর সব থেকে সঠিক পদ্ধতি হচ্ছে এটা যে, আপনার প্রেগন্যান্সী টেস্ট পোজিটিভ আসুক। একমাত্র তখনই এটা জানতে পারা যাবে যে, আপনি মা হতে চলেছেন কি না ? বেশ কিছু মহিলা বেশ কয়েক সপ্তাহ পর্যন্ত নিজেদের গর্ভাবস্থার লক্ষণের ব্যাপারে জানতে পারেন না আর কিছু মহিলা আগে থেকেই এটা জানতে পেরে যান যে, তাঁরা মা হতে চলেছেন। আপনিও যদি এমন কোন লক্ষণ অনুভব করেন, তাহলে আর দেরী না করে এখুনি হোম প্রেগন্যান্সী কিট নিয়ে আসুন। এটা যে কোন ওষুধের দোকানে কিনতে পাওয়া যায়।

নরম বক্ষস্থল এবং স্তনবৃন্ত ঃ- আপনারা এটা নিশ্চয়ই জানেন যে, পীরিয়ডের আগে বক্ষস্থল স্পর্শ করলেও কেমন যন্ত্রণা হয় ? গর্ভধারণের আগে বক্ষস্থল যথেষ্ট নরম হয়ে পড়ে। অনেক মহিলাদের ক্ষেত্রে হাল্কা সংবেদনশীল, ভরা-

ভরা, স্পর্শ করলে যন্ত্রণা হতে থাকা বক্ষস্থল গর্ভাবস্থার লক্ষণ হতে পারে। এক বার গর্ভাবস্থা শুরু হয়ে পড়লে বক্ষস্থলের আকারে পরিবর্তন আসার সাথে-সাথে আরও বেশ কয়েক প্রকারের পরিবর্তন আসে।

স্তনাগ্রের গাঢ় ভাব ঃ- স্তনবৃন্তের আশপাশের কালো অংশ আরও গাঢ় হয়ে উঠতে লাগে। গর্ভাবস্থার সময় এমনটা হওয়া অত্যন্ত স্বাভাবিকই হয়। এই সময় স্তনের আকারও বেড়ে ওঠে। ত্বকের রং-য়ে পরিবর্তন আসার অর্থ হচ্ছে এই যে, আপনার শরীরে প্রেগন্যান্সী হার্মোন্স নিজের কাজ করা শুরু করে দিয়েছে।

গুজ্ বম্প ? ঃ- না, সত্যি নয়... কিন্তু স্তনবৃন্তের আশপাশের গাঢ় এলাকা হাল্কা ফুলে ওঠে *(মন্টগুমরী টিউবরকল্স)*। আসলে এটা সেই গ্রন্থি হয়, যেগুলো তেলের স্রাব করে আর আপনার স্তনবৃন্তের আশপাশের অংশকে তৈলাক্ত করে তোলে। এসব হচ্ছে এই জিনিষটার ইঙ্গিত যে, এবার আপনাকে নিজের শিশুকে স্তনপান করাতে হবে। আপনার শরীর আগত সময়ের জন্য নিজেকে প্রস্তুত করছে।

দাগ-ছোপ ঃ- যখন ভ্রূণ গর্ভাশয়ে নিজের জায়গা তৈরী করে, তখন অনেক মহিলাদের হাল্কা স্রাব হতে থাকে। এমনটা আপনার পীরিয়ডের কয়েক দিন আগে হতে পারে... এই স্রাবের রং হাল্কা গোলাপী *(লাল নয়)* হয়।

বার-বার শৌচ *(প্রস্রাব)* করার ইচ্ছা ঃ- আপনার কি বার-বার শৌচ *(প্রস্রাব)* করার ইচ্ছা হয় ? গর্ভধারণের 2 - 3 সপ্তাহ পরে আপনাকে খুব তাড়াতাড়ি শৌচে যেতে হয়। আপনি এই পুস্তকে এমনটা হওয়ার কারণ জানতে পারবেন।

ক্লান্তি ঃ- আপনি এতটা ক্লান্তি অনুভব করেন যে, আপনার পুরো শরীর ভেঙে পড়ে। সমস্ত প্রাণশক্তি শেষ হয়ে পড়ে আর পুরো শরীরে অলসতা ছেয়ে যায়। এর অর্থ হচ্ছে এই যে, আপনার শরীর আগত সময়ের জন্য তৈরী হচ্ছে।

ঢেঁকুর আসা ঃ- প্রথম তিন মাসে ঢেঁকুর আসার কারণেও আপনাকে বার-বার বাথরুমে যেতে হতে পারে। গর্ভধারণের তৎক্ষনাত পরে, অনেক মহিলাদের ঢেঁকুর আর বমি *(মর্ণিং সিকনেস)* আসার অভিযোগ হয়ে পড়ে। এমনিতে এমনটা সাধারণতঃ ষষ্ঠ সপ্তাহের আশপাশে শুরু হয়।

গন্ধের প্রতি সংবেদনশীলতা ঃ- নতুন গর্ভবতী মহিলাদের শোঁকার ক্ষমতা যথেষ্ট সংবেদনশীল হয়ে ওঠে। তাঁরা প্রতিটি ভালো-খারাপ গন্ধের ব্যাপারে অত্যন্ত দ্রুত জানতে পেরে যান।

ফোলা বা ব্লোটিং ঃ- এমনটা মনে হতে থাকে যে, আপনার পেটের ভেতরে কিছু একটা ফুলছে ! যদিও পরে শিশুর কারণে আপনার পেট তো ফুলে উঠবেই... কিন্তু শুরুতে সেটার হাল্কা অনুভূতি হতে থাকে।

তাপমাত্রা বেড়ে ওঠা ঃ- *ব্যোসল বডি টেম্পারেচার*'! আপনি যদি বিশেষ ব্যাসল বডি থার্মোমিটার দিয়ে আপনার শরীরের সকালের তাপমাত্রা মাপেন, তাহলে আপনি এটা জানতে পারবেন যে, আপনার শরীরের তাপমাত্রা 1 ডিগ্রী বেড়ে উঠেছে। এমনটা গর্ভাবস্থার সময় হতেই থাকে। যদিও এটা কোন পাক্কা সংকেত নয়... কিন্তু এই ছোট্ট সংকেত সেই বড় খবরের ব্যাপারে অনুমান অবশ্যই প্রদান করে।

পীরিয়ড না হওয়া ঃ- যদি এর আগে সর্বদা আপনার পীরিয়ড সঠিক সময়ে হয়ে এসে থাকে আর এবার না হয়, তাহলে প্রেগন্যান্সী টেস্ট করার আগেই গর্ভবতী হওয়ার ব্যাপারে অনুমান লাগানো যেতে পারে।

গর্ভাবস্থার ব্যাপারে জানা

"আমি এই ব্যাপারে পাক্কা কি করে জানতে পারব যে, আমি গর্ভবতী কি না ?"

সবার আগে তো নিজের মনের কথা শুনুন। এর থেকেই আপনার একটু-একটু অনুমান হয়ে পড়বে। এমনিতে সঠিক ভাবে জানার জন্য

চিকিৎসা বিজ্ঞান তো রয়েছেই! আজকাল বেশ কিছু টেস্ট দ্বারা এটা জানতে পারা যায় যে, আপনি সত্যি-সত্যি গর্ভবতী কি না?

হোম প্রেগন্যান্সী টেস্ট ঃ- আপনি এই টেস্ট সহজে নিজের বাথরুমে, অত্যন্ত গোপনীয়তার সাথে করতে পারবেন। এই টেস্ট খুব শীঘ্র হয়ে পড়ে। এমন কিছু টেস্টও আছে... যেগুলো আপনি পীরিয়ড মিস্ করার আগেও করতে পারেন *(যদিও সঠিক ফল পীরিয়ডের পরেই জানতে পারা যাবে)*।

এতে প্রস্রাবে এইচ.সি.জি. হর্মোনের পরীক্ষা হয়... যেটা প্লেসেন্টা তৈরী করে। এটা আপনার রক্তের সঙ্গে দ্রুত মিশে যায়। প্রস্রাবে এটার পরীক্ষা হতেই আপনি পোজিটিভ ফল পেয়ে যাবেন। এটা সংবেদনশীল তো হয়... তবে ততটা নয়! গর্ভধারণের এক সপ্তাহ পরে আপনার রক্তে এইচ.সি.জি. তো থাকে... কিন্তু টেস্টে সেটা জানতে পারা যায় না। আপনি যদি পীরিয়ডের সাত দিন আগেও পরীক্ষা করেন... তাহলে গর্ভাবস্থা থাকলেও নেগেটিভ রেজাল্টই আসবে।

যদি পীরিয়ডের 4 দিন আগে পরীক্ষা করেন, তাহলে 60 শতাংশ পর্যন্ত সঠিক ফলাফল পাওয়া যেতে পারে। পীরিয়ডের দিন পরীক্ষা করলে 90 শতাংশ সঠিক রেজাল্ট পাওয়া যাবে আর এক সপ্তাহ পরে সেটা 97 শতাংশ হয়ে পড়বে। যেমন-যেমন সময় বেড়ে চলবে... রেজাল্ট ততটাই পরিস্কার আর স্পষ্ট হতে থাকবে। যেহেতু আপনি এই টেস্ট দ্বারা নিজের গর্ভাবস্থার ব্যাপারে আগে থেকেই আন্দাজ পেয়ে গেছেন, তাই আপনি আগে থেকেই ডাক্তার বা দাই-য়ের পরামর্শ নিয়ে নিজের পুরো দেখাশোনা শুরু করে দিতে পারেন। অবশ্য এর পরে ডাক্তারী পরীক্ষা রয়েছে। সকল প্রকারের টেস্ট আর রক্ত পরীক্ষা দ্বারা সব কিছু পাকাপাকি ভাবে জানতে পারা যাবে।

রক্ত পরীক্ষা ঃ- গর্ভধারণের এক সপ্তাহ পরে যদি রক্ত পরীক্ষা করানো হয়, তাহলে সেটার থেকে 100 শতাংশ জানা যেতে পারে যে, আপনি গর্ভবতী কি না! এতে রক্তে এইচ.সি.জি.-র সঠিক মাত্রা আর স্তরের অনুমান লাগানো যেতে পারে আর গর্ভাবস্থার তারিখও বলা যেতে পারে... কারণ গর্ভাবস্থা বেড়ে ওঠার সাথে-সাথে রক্তে এইচ.সি.জি.-র মাত্রাও বেড়ে ওঠে। অনেক ডাক্তার রক্তের সাথে-সাথে প্রস্রাব পরীক্ষা করার নির্দেশও দিয়ে থাকেন।

ডাক্তারী পরীক্ষা ঃ- যদিও রক্ত আর প্রস্রাব পরীক্ষা দ্বারা গর্ভাবস্থার ব্যাপারে সঠিক অনুমান লাগানো যেতে পারে... কিন্তু গর্ভাশয়ের আকার, যোনি আর সার্ভিক্সের রং বা সার্ভিক্সের গঠন প্রণালীতে পার্থক্য দ্বারাও গর্ভাবস্থার ডাক্তারী পরীক্ষা হতে পারে।

এক হাল্কা রেখা

"আমি যখন বাড়ীতে হোম প্রেগন্যান্সী টেস্ট করাই, তখন তাতে কেবলমাত্র একটা হাল্কা রেখা দেখতে পাওয়া গেছিল। আমি কি গর্ভবতী?"

আপনার রক্ত বা প্রস্রাবে এইচ.সি.জি.-র স্তর দেখার পরেই এই টেস্টে পোজিটিভ রেজাল্ট আসে। এটা আপনার শরীরে তখন তৈরী হয়, যখন আপনি গর্ভবতী হয়ে ওঠেন। টেস্টে এক হাল্কা রেখা দেখতে পাওয়া গেলেও এটা নিশ্চিত যে, আপনি গর্ভবতী!

আপনি গাঢ় রেখার জায়গায় হাল্কা রেখা এজন্য দেখতে পেয়েছেন... কারণ আপনি যেসব টেস্ট করাচেছন, সেগুলো সংবেদনশীলতার স্তরে আলাদা-আলাদা হয়। গর্ভাবস্থায় এইচ.সি.জি.-র স্তর প্রতি দিন বাড়ে। এটাও দেখতে হয় যে, গর্ভধারণ করার পরে কতটা সময় কেটে গিয়েছে! আপনি যদি খুব তাড়াতাড়ি পরীক্ষা করান, তাহলে টেস্টে এইচ.সি.জি.-র হাল্কা সংকেতই দেখতে পাওয়া যাবে।

নিজের প্রেগন্যান্সী টেস্টের সংবেদনশীলতা পরীক্ষা করার জন্য প্যাকেটের পেছনে দেওয়া মাপ আর মাত্রা ভালো করে পড়ুন। এতে ইন্টাপ্যাশনাল ইউনিটে মিলি লিটারের মাত্রা যত কম হবে... টেস্ট ততই সংবেদনশীল হবে। 50 মিলি-র পরিবর্তে 20 মিলি-র টেস্ট আপনাকে দ্রুত আর ভালো ফল প্রদান করতে পারে। বেশী দামী টেস্ট বেশী সংবেদনশীল হয়।

এটাও মাথায় রাখবেন যে, গর্ভাবস্থায় প্রতি দিন এইচ.সি.জি.-র স্তর বাড়ে। আপনি খুব তাড়াতাড়ি টেস্ট করালে রেখা হাল্কাই আসবে। দু দিন পরে আবার দেখুন। আপনার সমস্ত সন্দেহ দূর হয়ে পড়বে।

পোজিটিভ ছিল না

"আমার প্রথম প্রেগন্যান্সী টেস্ট পোজিটিভ ছিল... কিন্তু তার কিছুক্ষন পরেই রেজাল্ট নেগেটিভ এসেছিল... তারপর আমার পীরিয়ড হয়ে পড়ে। এসব কি হচ্ছে ?"

মনে হচ্ছে আপনার কেমিক্যাল প্রেগন্যান্সী হয়েছিল। এমনটা গর্ভাবস্থা শুরু হওয়ার আগেই শেষ হয়ে পড়ে। এই গর্ভাবস্থায় ডিম্ব ফার্টিলাইজ হয়ে গর্ভাশয়ে ইমপ্ল্যান্ট হতে লাগে... কিন্তু পুরোপুরি ইমপ্ল্যান্ট হতে পারে না। গর্ভাবস্থায় পরিবর্তিত হওয়ার পরিবর্তে এটা পীরিয়ডেই শেষ হয়ে পড়ে। বিশেষজ্ঞদের অনুমান হচ্ছে যে, সকল গর্ভাধানের মধ্যে প্রায় 70 শতাংশ কেমিক্যাল প্রেগন্যান্সীই হয়। বেশীর ভাগ মহিলারা এটা জানতেই পারেন না যে, তাঁরা গর্ভবতী হয়েছিলেন *(হোম প্রেগন্যান্সী টেস্ট না থাকায় মহিলারা বেশ কিছুটা সময় পর্যন্ত নিজেদের গর্ভাবস্থার ব্যাপারে কিছুই জানতে পারতেন না)*। দ্রুত প্রেগন্যান্সী টেস্ট করিয়ে নেওয়া আর দেরী করে পীরিয়ড হওয়া – এই দুই কারণে কেমিক্যাল প্রেগন্যান্সীর লক্ষণ দেখতে পাওয়া যায়।

ডাক্তারী শাস্ত্রের দৃষ্টিতে, কেমিক্যাল প্রেগন্যান্সী এক চক্রের মত হয়, যাতে গর্ভাবস্থায় কোন গর্ভপাত হয় না আর আপনার মত অনেক আগে থেকে টেস্ট করিয়ে নেওয়া ভাবুক মহিলাদের পক্ষে এটা অন্য কাহিনী হয়ে ওঠে। যদিও এমনটা প্রযুক্তিগত রূপে গর্ভাবস্থার পক্ষে ক্ষতিকারক হয় না। শুধু একটা প্রতিশ্রুতি ভঙ্গ হয়ে পড়ে... যেটা আপনার আর আপনার সাথীর মনে দুঃখ দেয়। এই পুস্তকেই এমন পরিস্থিতির মোকাবিলা করার ব্যাপারে জানানো হবে।

অনিয়মিততার পরীক্ষা

যদি আপনার পীরিয়ড সময় মত না হয়, তাহলে টেস্টের তারিখ ঠিক করাটাও মুশ্কিল হয়ে পড়বে। যখন পীরিয়ডই নিশ্চিত নয়, তখন টেস্ট কি করে হবে ? গত 6 মাসের মধ্যে সব থেকে লম্বা মাসিক চক্রের হিসেবে অপেক্ষা করে তবে টেস্ট করান। যদি পীরিয়ড না হয় আর রেজাল্টও নেগেটিভ হয়... তাহলে কয়েক দিন বা কয়েক সপ্তাহ পরে আবার একবার পরীক্ষা করান।

এক নেগেটিভ রেজাল্ট

"আমার মনে হয়েছিল যে, আমি গর্ভবতী... কিন্তু আমার তিনটে টেস্ট নেগেটিভ এসেছে। আমার কি করা উচিত ?"

আপনার যদি তিন বার নেগেটিভ টেস্টের পরেও এমনটা মনে হতে থাকে যে, আপনি গর্ভবতী... তাহলে যে কোন জিনিষ পাকাপাকি জানার আগে সেই সব সতর্কতা অবলম্বন করুন... যেগুলো এক নতুন গর্ভবতী স্ত্রীয়ের মাথায় রাখা উচিত। নিজের দেখাশোনা সেই প্রকার করুন। হতে পারে যে, আপনার শরীর টেস্টের থেকে ভালো জানে। এক সপ্তাহ অপেক্ষা করার পরে আবার টেস্ট করান। এমনও হতে পারে যে, আপনি এর আগে অনেক তাড়াতাড়ি টেস্ট করিয়ে নিয়েছেন। নিজের চিকিৎসককে দিয়ে নিজের রক্ত পরীক্ষাও করাতে পারেন... সেটা আরও সংবেদনশীলতার সাথে আপনার প্রস্রাবে এইচ.সি.জি.-র স্তরের ব্যাপারে জানিয়ে দেবে।

এমনটাও হতে পারে যে, সকল প্রকারের লক্ষণ অনুভব করা সত্ত্বেও আপনি গর্ভবতী নন। টেস্টের রেজাল্ট যদি নেগেটিভ আসতেই

আপনি যদি গর্ভবতী না হন...

যদি আপনার পরীক্ষার রেজাল্ট নেগেটিভ হয়... আপনি যদি গর্ভবতী না হন... কিন্তু গর্ভবতী হতে চান, তাহলে গর্ভাধানের প্রথম পর্যায়ের ওপরে পূর্ণ দৃষ্টি দিন। আপনি খুব শীঘ্রই সেই সুসংবাদ পেয়ে যাবেন !

স্মার্ট টেস্টিং

হোম প্যাকেজ টেস্ট অত্যন্ত সহজ হয়। এর জন্য কিছুই শিখতে হয় না... কিন্তু আপনার এর নির্দেশগুলো অবশ্যই পড়ে নেওয়া উচিত আর সেই হিসেবে চলা উচিত। নীচের পরামর্শগুলোর ওপরে দৃষ্টি দিন, যাতে আপনি কি হবে আর কি হবে না – সেই চিন্তায় কিছু ভুলে না যান।

- ব্রাণ্ড হিসেবে আপনি হয় স্টিককে প্রস্রাবের প্রবাহে কয়েক সেকেণ্ড রাখবেন আর নয়তো এক কাপে প্রস্রাব নিয়ে তাতে স্টিক ডুবোবেন। বেশীর ভাগ ডাক্তার মিড স্ট্রীমের প্রস্রাব নেওয়ার পরামর্শ দিয়ে থাকেন... কারণ এতে ফলাফল বেশী ভালো আসে। 1 - 2 সেকেণ্ড পর্যন্ত প্রস্রাব করার পরে আটকে দিন, হাতে স্টিক বা কাপ নিয়ে, তার ওপরে প্রস্রাব করুন।
- এমনিতে তো সকালের প্রথম প্রস্রাবের পরীক্ষা করা ভালো হয়... কিন্তু আপনি যদি পীরিয়ডেরও আগে প্রস্রাব পরীক্ষা করাচেছন, তাহলে 4 ঘন্টা পর্যন্ত প্রস্রাব আটকে রাখার পরে পরীক্ষা করুন, যাতে প্রস্রাবে এইচ.সি.জি.-র বেশী স্তর স্পষ্ট রূপে আসতে পারে।
- কন্ট্রোল ইণ্ডিকেটরের ওপরে মনোযোগ দিন... যাতে এটা জানতে পারা যায় যে, টেস্ট ঠিক মত কাজ করছে কি না? *(ডিজিটাল টেস্টে এক চমকাতে থাকা কন্ট্রোল সিম্বল থাকে)*
- মনোযোগ সহকারে দেখুন! কোন সিদ্ধান্তে পৌঁছনোর আগে পূর্ণ মনোযোগ প্রদান করুন। যে কোন লাইন *(গোলাপী বা নীল, পোজিটিভ সংকেত বা ডিজিটাল রীডিং)* দেখতে পেলে এটা ধরে নিন যে, আপনি গর্ভবতী! অভিনন্দন! ফল পোজিটিভ না হলে আর পীরিয়ডও না হলে আবার পরীক্ষা করুন... সঠিক ফল সামনে এসে যাবে!

থাকে আর পীরিয়ডও না হয়... তাহলে ডাক্তারকে বলুন যে, তিনি যেন এই সব লক্ষণের অন্যান্য জৈবিক কারণগুলোর ব্যাপারে জানার চেষ্টা করেন। হতে পারে যে, আপনি ভাবনাত্মক কারণে এমনটা অনুভব করছেন। অনেক বার মনের ইচ্ছা শরীরের ওপরে এতটা প্রভাব বিস্তার করে নেয় যে, গর্ভাবস্থা না হওয়া সত্ত্বেও সেটার লক্ষণ দেখতে পাওয়া যায়। এটা হচ্ছে শুধু একটা গর্ভাবস্থা প্রাপ্ত করার কামনা *(বা সেটার হাত থেকে বাঁচার ভয়)*।

প্রথম সাক্ষাৎকার কখন?

"আমার হোম প্রেগন্যান্সী টেস্ট পোজিটিভ এসেছে। আমার ডাক্তারের সঙ্গে প্রথম সাক্ষাৎকার কখন করা উচিত?"

কোন সুস্থ শিশুর জন্মের জন্য এটা আবশ্যক হয় যে, প্রসবের আগে ডাক্তারের দেখাশোনা আর পরামর্শ প্রাপ্ত হতে থাকুক! হোম প্রেগন্যান্সী টেস্টের ফল পোজিটিভ আসামাত্র ডাক্তারের কাছে পৌঁছতে দেরী করবেন না। যদিও বেশ কিছু চিকিৎসালয় এমনও রয়েছে, যেখানে আপনি যাওয়ামাত্র পরীক্ষার পরে সতর্কতা বলে দেওয়া হয়... কিন্তু অনেক ডাক্তার এমনটা চান যে, গর্ভাবস্থা শুরু হওয়ার 7 - 8 সপ্তাহ পরেই পরীক্ষা শুরু হোক্। অনেক জায়গায় গর্ভাবস্থার পরীক্ষার জন্য প্রথম সাক্ষাতের আশা করা হয়।

যদি আপনার ডাক্তার এখনও দেখা করার সময় না দিয়ে থাকেন, তাহলে সেটার অর্থ এই নয় যে, আপনি নিজের আর আর শিশুর দেখাশোনা করার কাজ শুরু করবেন না। নিজের পরীক্ষার ফল পোজিটিভ আসামাত্র নিজেকে এক গর্ভবতী হিসেবে মানতে শুরু করে দিন। হয়তো আপনি এটা জানেন যে, আপনাকে ধূম্রপান আর মদ্যপান ত্যাগ করতে হবে, প্রোটিনযুক্ত আহারের সেবন করতে হবে ইত্যাদি-ইত্যাদি! আপনি যদি

গর্ভাবস্থার সম্ভাব্য লক্ষণ

সংকেত	কখন ফুটে ওঠে	অন্যান্য সম্ভাবিত কারণ
যোনি স্রাব এবং গর্ভাশয় মুখের উত্তকগুলোর রং হাল্কা বেগুনী হয়ে পড়া	প্রথম তিন মাস	মাসিক চক্র পুরো না হওয়া
সার্ভিক্স আর গর্ভাশয় মোলায়েম হওয়া	প্রায় 6 সপ্তাহ	মাসিক চক্রে দেরী
পেটের নীচের অংশ আর গর্ভাশয়ের ছড়িয়ে পড়া	গর্ভধারণের 8 থেকে 12 সপ্তাহ পরে	ফায়ব্রয়েড, টিউমার
য়ুটেরাইন আর্টারী পাল্সেশন	প্রারম্ভিক গর্ভাবস্থা	ফায়ব্রয়েড, টিউমার
ভ্রূণের নড়াচড়া	গর্ভাবস্থার 16 - 22 সপ্তাহে	গ্যাস, পেটে সংকুচন

গর্ভাবস্থার ইতিবাচক লক্ষণ

সংকেত	কখন ফুটে ওঠে	অন্যান্য সম্ভাবিত কারণ
আল্ট্রাসাউণ্ড*-য়ের সহায়তায় গ্যাস্টেশনাল স্যাক বা ভ্রূণ দেখা	গর্ভধারণের 4 থেকে 6 সপ্তাহ পরে	কিছু না
ভ্রূণের হৃদ্স্পন্দন*	গর্ভাবস্থার** 10 - 12 সপ্তাহ পরে	কিছু না

*গর্ভাবস্থার লক্ষণগুলোর ডাক্তারী পরীক্ষা হয়।

**কোন্ যন্ত্র দিয়ে পরীক্ষা হচ্ছে, সেটার ওপরে নির্ভর করে।

প্রেগন্যান্সী প্রোগ্রাম বানাতে চান, তাহলে ডাক্তারকে ফোন করতে সংকোচ করবেন না। সেখানে আপনাকে দিয়ে এক প্রশ্নোত্তরী পূরণ করানোর পরে পোষক আহার আর সুরক্ষিত ঔষধির সূচী বানিয়ে দেওয়া হবে আর আপনাকে সেই প্রেগন্যান্সী প্রোগ্রাম অনুসারে চলতে বলা হবে।

আপনি যদি ডাক্তারের সঙ্গে দেখা করার সময় পাচ্ছেন না বা আপনি এর আগের গর্ভপাত বা মেডিক্যাল হিস্ট্রীর কারণে ভয় পাচ্ছেন... তাহলে নিজের ডাক্তারকে প্রশ্ন করে দেখুন যে, আপনি কি আগে থেকে পরীক্ষা করানোর জন্য আসতে পারেন ?

আপনার প্রসবের তারিখ

"আমার ডাক্তার আমাকে প্রসবের তারিখ জানিয়ে দিয়েছেন। কিন্তু সেটা কতটা সঠিক ?"

আমরা যদি নিশ্চিত রূপে এটা বলতে পারতাম যে, আপনার সন্তান ডাক্তারের দ্বারা বলা নির্দিষ্ট তারিখেই ভূমিষ্ঠ হবে, তাহলে এই দুনিয়াটা কতই না সহজ হত... কিন্তু এমনটা হয় না! বেশীর ভাগ অধ্যয়ণ থেকে এটা জানতে পারা গেছে যে, 20-য়ের মধ্যে 1 শিশুই ডাক্তারের দ্বারা বলা *'ডিউ ডেট'*-তে জন্ম গ্রহণ করে! সম্পূর্ণ বাস্তবিক গর্ভকাল 38 থেকে 42 সপ্তাহের হতে পারে। বেশীর ভাগ শিশুই সেই সময়ের আশপাশে জন্ম নেয়... এজন্য মাতা-পিতার পক্ষে অনুমান লাগানো ছাড়া আর কোন রাস্তা থাকে না!

এটাকে ই.ডি.ডি. *(প্রসবের সম্ভাবিত তারিখ)* বলা হয়। আপনাকে যে তারিখ জানানো হয়, সেটা কেবলমাত্র এক অনুমান হয়। এটা এই ভাবে বার করা হয় – নিজের আগের মাসিক চক্রের প্রথম দিন থেকে তিন মাস বাদ দিয়ে দিন আর সেটার সাথে 7 দিন জুড়ে দিন। উদাহরণস্বরূপ – আপনার আগের পীরিয়ড 11 এপ্রিল শুরু হয়েছিল। এবার এর থেকে তিন মাস বাদ দিলে আপনি জানুয়ারীতে চলে আসবেন। এবার এর সাথে 7 দিন যোগ করুন... আপনার প্রসবের সম্ভাব্য তারিখ হচ্ছে *'18 জানুয়ারী'*!

এই পদ্ধতি সেখানে কাজে আসে... যেখানে মহিলাদের মাসিক চক্র নিয়মিত রূপে চলতে থাকে। কিন্তু যদি আপনার মাসিক চক্র অনিয়মিত হয়, তাহলে এই পদ্ধতি কোন কাজেই আসবে না। ধরে নিন যে, প্রতি 6 থেকে 7 সপ্তাহে আপনার পীরিয়ড হয়নি। গত তিন মাসে আপনার এক বার পীরিয়ড হয়নি। পরীক্ষা করে এটা জানতে পারা গেছে যে, আপনি গর্ভধারণ করেছেন। তাহলে আপনি কবে গর্ভধারণ করেছেন ? ই.ডি.ডি. বিশ্বসনীয় হওয়া উচিত... এজন্য আপনি আর আপনার ডাক্তার এই ব্যাপারে জানতে চাইবেন। যদিও একেবারে সঠিক তারিখের ব্যাপারে তো জানতে পারা যাবে না... কিন্তু কিছু সূত্র আর সংকেতের সহায়তা নেওয়া যেতে পারে।

প্রথম সংকেত হচ্ছে আপনার গর্ভাশয়ের আকার, আপনার আভ্যন্তরীণ পরীক্ষার সময় এটাকেও পরীক্ষা করে দেখা হবে। এতে আপনার গর্ভাবস্থার ব্যাপারে কিছুটা অনুমান হয়ে পড়া উচিত। এক আল্ট্রাসাউণ্ড, যেটা প্রসবের তারিখের অনেকটা সঠিক অনুমান প্রদান করবে। এমনিতে সব মহিলাদের এত তাড়াতাড়ি আল্ট্রাসাউণ্ড করা হয় না। কিছু ডাক্তার নিয়মিত রূপে আল্ট্রাসাউণ্ড করান, আবার কিছু ডাক্তার আল্ট্রাসাউণ্ড সেই সময় করা পছন্দ করেন... যখন আপনার পীরিয়ড অনিয়মিত হয়ে পড়বে অথবা আপনার প্রসবের সম্ভাব্য তারিখের ব্যাপারে জানতে না পারা যাবে। এছাড়াও আরও কিছু উপায় দ্বারাও প্রসবের তারিখ জানা যেতে পারে। 9 থেকে 12 সপ্তাহে, কোন ডাক্তারের সহায়তায় গর্ভস্থ শিশুর হৃদস্পন্দন শোনা যেতে পারে। 16 থেকে 22 সপ্তাহে জীবনের প্রথম স্পন্দন অনুভব করতে পারেন বা ভ্রূণের দৈর্ঘ্য বা অবস্থানের ব্যাপারে অনুমান লাগানো যেতে পারে। সেটা প্রায় 20-তম সপ্তাহে নাভি পর্যন্ত পৌঁছে যাবে। এই সূত্র সহায়ক হলেও একে পাক্কা মেনে নেওয়া চলে না। কেবলমাত্র শিশুই এটা জানে যে, সে কখন জন্ম নেবে আর সে সেই ব্যাপারে আপনাকে জানাতে আসবে না!

ডাক্তারের নির্বাচন

যদিও আমরা সকলেই এটা জানি যে, মাতা-পিতা এক শিশুকে এই পৃথিবীতে নিয়ে আসেন... কিন্তু হয়তো আরও একজন ব্যক্তি এমন থাকেন... যাঁকে বাদ দিয়ে এই কাজ যথেস্ট মুশকিল হতে পারে। সেই ব্যক্তিই সকুশলে ছোট্ট শিশুকে এই পৃথিবীতে নিয়ে আসেন। আজ্ঞে হ্যাঁ! আমরা ডাক্তারের কথা বলছি। এমনিতে তো আপনি এবং আপনার সাথী গর্ভধারণ করার

পরে সকল প্রকারের সতর্কতা অবলম্বন করছেন... কিন্তু এবার আপনাকে নিজের জন্য ডাক্তারের নির্বাচনও করতে হবে। সেই নির্বাচন আপনাকে যথেস্ট ভেবে-চিন্তে করতে হবে... কারণ আপনাকে সেই ডাক্তারের সহায়তায় নিজের প্রসব-কাল কাটাতে হবে !

প্রসূতি বিশেষজ্ঞ বা পারিবারিক চিকিৎসক অথবা দাই *(মিডওয়াইফ)*

আপনি এমন কোন ভালো ডাক্তার কোথায় খুঁজবেন, যিনি প্রসবের আগে এবং পরে আপনার পথ প্রদর্শন করতে থাকবেন ? সবার আগে তো আপনাকে এটা জানতে হবে যে, আপনার মেডিক্যাল হিস্ট্রী অনুসারে কোনটা ঠিক হবে ?

প্রসূতি-বিশেষজ্ঞ ঃ- আপনি কি এমন কোন ডাক্তার চান... যিনি গর্ভধারণ থেকে শুরু করে প্রসব কাল আর তার পরেও সকল প্রকারের ঝুঁকির সঙ্গে লড়াই চালিয়ে যাবেন ? তাহলে আপনাকে কোন প্রসূতি-বিশেষজ্ঞ বা মহিলা রোগ বিশেষজ্ঞের কাছে যেতে হবে। উনি শুধু আপনাকে সম্পূর্ণ প্রসূতিকালীন সেবাই প্রদান করবেন না... বরং গর্ভাবস্থা ছাড়াও অন্যান্য স্ত্রী রোগের পরীক্ষাও করতে পারবেন; যেমন – প্যাপ স্মীয়র, গর্ভ নিরোধক, স্তনের পরীক্ষা ! অনেক ডাক্তার সাধারণ চিকিৎসকীয় পরিষেবাও প্রদান করে থাকেন। এজন্য ছোটখাটো রোগের চিকিৎসাও তাঁদের দিয়ে করানো যেতে পারে।

আপনার যদি হাই-রিস্ক প্রেগন্যান্সী থাকে, তাহলে আপনার প্রসূতি বিশেষজ্ঞ বা মহিলা রোগ বিশেষজ্ঞের কাছেই যাওয়া উচিত। হতে পারে যে, আপনাকে এমন কোন বিশেষজ্ঞের সন্ধানও করতে হতে পারে... যিনি আপনাকে এই বিষয়ে সহায়তা করতে পারবেন। স্বাভাবিক প্রেগন্যান্সী হওয়া সত্ত্বেও আপনি নিজের প্রসব কোন বিশেষজ্ঞকে দিয়েই করাতে চাইবেন, যেমনটা 90 শতাংশ মহিলারাই চান।

আপনি কোন ভালো স্ত্রী রোগ বিশেষজ্ঞের কাছে যাওয়ার ব্যাপারে মনস্থির করে নিলে তাঁর কাছে যাওয়ার এটাই হচ্ছে সঠিক সময় !

এই সময় আপনি ভেবে-চিন্তে কোন ভালো প্রসূতি / স্ত্রী রোগ বিশেষজ্ঞের খোঁজ করতে পারবেন।

পারিবারিক চিকিৎসক ঃ- পারিবারিক চিকিৎসক হচ্ছেন তিনি, যিনি এম.ডি. করার পরে প্রাথমিক দেখাশোনা, মাতৃত্ব সম্বন্ধীয় এবং শিশু সম্বন্ধীয় দেখাশোনা করার প্রশিক্ষণ গ্রহণ করেছেন।

জন্মের জন্য নির্বাচন

আজকাল গর্ভাবস্থার সময়েও নির্বাচন করার কোন অভাব নেই। আপনি নিজের ইচ্ছা আর সুবিধা অনুসারে এটা ঠিক করতে পারবেন যে, আপনি নিজের শিশুকে কোথায় আর কেমন পরিস্থিতিতে জন্ম দিতে চান !

আপনি নীচের স্থানগুলোর মধ্যে যে কোন একটাকে বেছে নিতে পারেন। আপনি নিজে বা আপনার সাথীর সাথে এই ব্যাপারে পরামর্শ করুন আর এটা মাথায় রাখুন যে, এমন ফয়সালা শেষ পর্যন্ত মাঝনদীতেই থেকে যায়। এটাকে নিজের ইচ্ছানুসার শেষ পর্যন্ত বদলানো যেতে পারে।

বার্থিং রুম ঃ- বার্থিং রুম হচ্ছে হাসপাতালের সেই কামরা, যেখানে বাচ্চা জন্ম থেকে আপনার ছুটী না হওয়া পর্যন্ত আপনার কাছেই থাকে। জন্মের পরে শিশুকে আপনার কাছেই দোলনায় শুইয়ে রাখা হয়। এটা যথেস্ট আরামদায়কও হয়।

কিছু বার্থিং রুম কেবলমাত্র প্রসব যন্ত্রণা, প্রসব আর স্বাস্থ্য লাভের জন্য ব্যবহার করা হয়ে থাকে... যেটাকে এল.আর.ডি. বলা হয়। যদি আপনার শিশুর জন্ম এল.ডি.আর.-তে হয়, তাহলে 1 - 2 ঘন্টা পরে আপনাদের দুজনকে পোস্টমর্টেম রুমে পাঠিয়ে দেওয়া হবে। অনেক হাসপাতালে এই ধরণের কামরায় শিশুর পিতা আর ভাই-বোনেরাও এক সাথে থাকতে পারেন।

বেশীর ভাগ বার্থিং রুম এমন হয়, যেখানে দেওয়ালে সুন্দর ওয়ালপেপার, মৃদু আলো, রকিং চেয়ার, ভালো পর্দা আর সুন্দর খাট থাকে। এমন কামরাকে কোন ভাবেই হাসপাতালের কামরা বলে মনে হয় না। এখানে গর্ভাবস্থা এবং প্রসবের সময় হওয়া সকল প্রকারের ঝুঁকির সাথে মোকাবিলা করার উপকরণ মজুদ থাকে। সেগুলো আলমারীতে রাখা হয়... যাতে প্রয়োজনের সময়ই বার করা যেতে পারে। খাটকে মাথার দিক থেকে ওপর-নীচ করা যেতে পারে। খাটের পায়ার দিকেও এ্যাটেণ্ডেন্টের দাঁড়ানোর মত জায়গা থাকে। প্রসবের পরে কিছুটা পরিবর্তন নিয়ে আসা হয় আর আপনি আবার একবার সেই খাটে ফিরে আসেন। অনেক হাসপাতালে বার্থিং রুমের সাথে শাওয়ার বা হোয়ার্লপুল টাবের সুবিধাও থাকে... সেগুলো প্রসব যন্ত্রণার সময় হাইড্রোথেরাপী দিতে পারে। বার্থিং সেন্টার আর হাসপাতালগুলোয় ওয়াটার বাথের জন্য টাবও থাকে।

অনেক জায়গায় সোফার ব্যবস্থাও থাকে, যাতে আপনার পরিবারের লোক আর বন্ধুরা সেখানে বসে অপেক্ষা করতে পারেন। অনেক জায়গায় সোফা-কাম-বেডের সুবিধাও থাকে, যাতে আপনার সাথী সেখানে রাত কাটাতে পারেন।

অনেক হাসপাতালে বার্থিং রুমের সুবিধা সেই সব মহিলাদের প্রদান করা হয়, যাঁদের গর্ভাবস্থায় বেশী বুঁকি থাকে না। আপনি যদি এই সূচীতে না আসেন, তাহলে আপনাকে পারম্পরিক লেবার বা ডেলিভারী রুমেই যেতে হবে... যেখানে ভালো প্রযুক্তি প্রয়োগ করা যেতে পারে। সেই সব জায়গায় সী-সেকশন অপারেশনও সহজেই করা যেতে পারে। এমনিতে আমরা এমনটাই প্রার্থনা করব যে, আপনি যেন পারম্পরিক হাসপাতালের পরিবেশেও সেই একই রকমের বন্ধুত্বপূর্ণ ব্যবহার আর আপনত্ব প্রাপ্ত করেন।

বার্থিং সেন্টার ঃ- এখানে আপনি প্রসবকালীন দেখাশোনা, প্রসব, স্তনপান কক্ষ ইত্যাদি সকল প্রকারের সুবিধা একই ছাদের নীচে পেয়ে যাবেন। এমনিতে প্রায় সকল বার্থিং সেন্টারেই প্রাইভেট রুম থাকে... যেগুলো যথেষ্ট আরামদায়ক এবং সুযোগ-সুবিধায় পরিপূর্ণ হয়! এতে পরিবারের বাকী সদস্যদের ব্যবহারের জন্য রান্নাঘরও থাকে। এখানে দাই *(মিডওয়াইফ)* থাকে... কিন্তু প্রয়োজন পড়লে প্রসূতি বিশেষজ্ঞকেও ডেকে পাঠানো হয়। তাঁরা জরুরী পরিস্থিতিতে অত্যন্ত দ্রুত পৌঁছে যান। যেহেতু এই সব জায়গায় খুব বেশী সংবেদনশীল উপকরণ থাকে না... তাই প্রয়োজন পড়লে আপনাকে কাছের কোন হাসপাতালেও পাঠানো হতে পারে। এমন জায়গায় সেই সব মহিলাদের যাওয়া উচিত... যাঁদের গর্ভাবস্থায় বেশী ঝুঁকি না থাকে। আপনার গর্ভাবস্থায় খুব বেশী জটিলতা দেখা দিলে এমন জায়গায় প্রসব করার সিদ্ধান্ত নেবেন না!

লেবোয়ের বার্থ ঃ- যখন ফরাসী প্রসূতি বিশেষজ্ঞ ফ্রেডরিক লেবোয়ের হিংসা ছাড়া শিশুর জন্মের এই সিদ্ধান্ত প্রদান করেছিলেন, তখন গোটা চিকিৎসা সমুদায় বিস্মিত হয়ে উঠেছিল। বর্তমানে ওনার দ্বারা প্রদত্ত বেশ কিছু উপায় প্রয়োগ করা হচ্ছে, যাতে শিশু শান্ত আর সহজ পরিবেশ জন্ম নিতে পারে। বাচ্চার জন্ম এমন কামরায় হয়, যে কামরার তীব্র আলোকে প্রয়োজন পড়লে মৃদু করে তোলা যেতে পারে। বাচ্চা মায়ের গর্ভে অন্ধকারে বড় হয়ে ওঠে... এজন্য বাইরে আসার পরেও তাকে যদি সেই একই রকমের পরিবেশ প্রদান করা যায়, তাহলে খুবই ভালো হয়। এখন আর নবজাত শিশুকে জোরে-জোরে চাপড় মারার প্রয়োজন মনে করা হয় না। বাচ্চার শ্বাস-প্রশ্বাস যদি নিজে থেকে চালু না হয়, তাহলে তার জন্য কম আক্রমণাত্মক পদ্ধতি গ্রহণ করা হয়। অনেক হাসপাতালে বাচ্চা আর মায়ের নাড়ি শীঘ্র কাটা হয় না... এটাই মা আর শিশুর মধ্যের শেষ শারীরিক বন্ধন হয়! লেবোয়ের যদিও বাচ্চাকে হাল্কা গুনগুনা গরম জলে স্নান করানোর পরামর্শ দিয়েছিলেন... কিন্তু মায়ের কোলে তুলে দেওয়ার সিদ্ধান্ত অবশ্যই পালন করা হয়ে থাকে।

যদিও ওনার সিদ্ধান্তগুলোর মধ্যে কয়েকটা গ্রহণ করা হয়... কিন্তু মৃদু সঙ্গীত, মৃদু আলো

আর বাচ্চাকে স্নান করানোর মত জিনিষগুলো সহজে পাওয়া যায় না। আপনি যদি নিজের জন্য এই সব কিছু চান, তাহলে সেই ব্যাপারে আগে থেকে ডাক্তারের সঙ্গে কথা বলে নিন।

বাড়ীতে বাচ্চার জন্ম ঃ- অনেক মহিলা কেবলমাত্র অসুস্থ হয়ে পড়ার পরেই হাসপাতালে যাওয়া পছন্দ করেন এবং গর্ভাবস্থা কোন প্রকারের অসুস্থতা হয় না ! আপনি যদি সেই সব মহিলাদের অন্যতম হন, তাহলে হয়তো আপনি নিজের বাড়ীতেই শিশুর জন্ম দিতে চাইবেন। এটা ভালোই হয়... কারণ আপনার শিশু পরিবারের লোকেদের মাঝে চোখ খুলবে... আপনিও নিজের বাড়ীর আরাম এবং গোপনীয়তা প্রাপ্ত করবেন। আপনাকে হাসপাতালের নিয়ম-কানুন নিয়ে মাথা ঘামাতে হবে না। এটার নেতিবাচক পক্ষ হচ্ছে এটা যে, আপনার যদি কোন সমস্যা হয়ে পড়ে, তাহলে আপনি জরুরী পরিস্থিতিতে কি করবেন ? তখন আপনার আর নবজাত শিশুর প্রাণ সংকটও উপস্থিত হতে পারে।

আপনার নিম্নলিখিত জিনিষগুলো মাথায় রাখা উচিত ঃ-

➔ আপনার যেন উচ্চ রক্তচাপ, ডায়াবেটিজ বা কোন ক্রণিক রোগ না থাকে। আপনার এর আগের প্রসবও যেন স্বাভাবিক ভাবে হয়ে থাকে অর্থাৎ আপনি যেন কম ঝুঁকির শ্রেণীতে আসেন।

➔ আপনার কাছে পরামর্শ দেওয়ার জন্য এবং নার্স বা দাই-য়ের সহায়তা করার জন্য সর্বদা একজন ডাক্তার থাকা উচিত, যাতে সংকটের সময় আপনি সঠিক পরামর্শ পান !

➔ আপনার কাছে হাসপাতাল পর্যন্ত পৌঁছনোর জন্য এক বাহন তৈরী থাকা উচিত, যাতে প্রয়োজন পড়ামাত্র আপনাকে হাসপাতাল পৌঁছনো যায়।

জলে শিশুর জন্ম ঃ- এই পদ্ধতিকে চিকিৎসা সমুদায় পূর্ণ রূপে গ্রহণ করেনি। এই পদ্ধতিতে বাচ্চার জন্ম জলের মধ্যে করানো হয়, যাতে সে মায়ের গর্ভের থেকে বাইরে বেরিয়ে আসার পরেও এমনটা অনুভব করে যে, সে এখনও মায়ের গর্ভের মধ্যেই রয়েছে ! বাচ্চার জন্মের তৎক্ষনাত পরেই তাকে জল থেকে বাইরে বার করে এনে মায়ের কোলে দিয়ে দেওয়া হয়। ততক্ষনে শিশুর শ্বাস ক্রিয়া শুরু হয় না... তাই জলে ডোবার আশংকা থাকে না। এই পদ্ধতির প্রয়োগ বাড়ী, বার্থ সেন্টার বা হাসপাতালেও করা যেতে পারে। অনেক পতি নিজের পত্নীকে ভরসা জোগানোর জন্য নিজেও এক সাথে টাবে বসেন।

কম ঝুঁকির গর্ভাবস্থার মা এই পদ্ধতির প্রয়োগ করতে পারেন। তবে যদি ডাক্তার এমন পরামর্শ দেন, তবেই। আপনার গর্ভাবস্থা যদি জটিলতায় পরিপূর্ণ হয়ে থাকে, তাহলে আপনার দাই রাজী হলেও এই পদ্ধতির প্রয়োগ করতে যাবেন না।

এমনিতে আপনি হোয়ার্লপুল টাব বা নিয়মিত স্নানের পদ্ধতি গ্রহণ করতে পারেন। জল যন্ত্রণায় আরাম প্রদান করে। মাধ্যাকর্ষণ শক্তির থেকেও মুক্তি পাওয়া যায়। বেশ কিছু হাসপাতাল এবং বার্থ সেন্টারেও টাব প্রদান করা হয়ে থাকে।

তাঁরাও আপনাকে ঠিক সেই প্রকার সেবা-যত্ন প্রদান করতে পারবেন। যেহেতু তাঁরা আপনার আর আপনার পরিবারের ইতিহাসের সাথে ভালোমতন পরিচিত থাকেন, সেজন্য তাঁরা আপনার স্বাস্থ্যের ব্যাপারে সকল প্রকারের তথ্য প্রদান করতে পারেন। কোন প্রকারের সমস্যা দেখা দিলে তাঁরা নিজেরাই আপনাকে কোন প্রসূতি বিশেষজ্ঞের কাছে যাওয়ার পরামর্শ দেবেন... তবুও তাঁরা আপনার দেখাশোনার সঙ্গে যুক্ত হয়ে থাকবেন।

প্রশিক্ষিত নার্স-দাই ঃ- আপনি যদি এমন কোন ব্যক্তির খোঁজ করছেন, যিনি আপনাকে কেবলমাত্র একজন রোগী মনে করবেন না আর আপনার শারীরিক সমস্যাগুলোর সাথে-সাথে আপনার ভাবনাত্মক সমস্যাগুলোরও সমাধান করবেন, আপনাকে পোষণ আর স্তনপান সম্বন্ধীয় পরামর্শ দেবেন, বাচ্চার জন্মকে এক প্রাকৃতিক প্রক্রিয়া করে তুলবেন – তাহলে আপনি হয়তো কোন নার্স / দাই-য়ের খোঁজ করছেন !

দাই বা নার্স ঘরোয়া প্রসব করাতে আপনার সহায়তা করতে পারেন। এমনিতে বার্থ সেন্টার,

শিশু কল্যাণ কেন্দ্র আর হাসপাতালেও প্রশিক্ষিত দাই এবং নার্সেরা কাজ করেন। এমনিতে এটা সত্য যে, তাঁরা কম ঝুঁকির প্রসবই সামলাতে পারেন। হঠাৎ করে কোন প্রকারের সমস্যার দেখা দিলে তাঁদেরও ডাক্তার আর হাসপাতালের সহায়তা নিতে হয়। আপনি যদি এনাদের মধ্যে কারো খোঁজ করছেন... তাহলে আগে এটা জেনে নিন যে, তাঁরা প্রশিক্ষিত কি না ?

প্র্যাক্টিশের প্রকার ভেদ

আপনি নিজের জন্য চিকিৎসক / প্রসূতি বিশেষজ্ঞ / নার্স / দাই বেছে নিয়েছেন। এবার আপনাকে এটা ঠিক করতে হবে যে, আপনি কেমন ধরণের চিকিৎসকীয় কার্য *(মেডিক্যাল প্র্যাক্টিশ)* গ্রহণ করতে চান! প্রতিটি কাজেরই নিজস্ব লাভ-ক্ষতি থাকে!

একাকী মেডিক্যাল প্র্যাক্টিশ ঃ-

এখানে ডাক্তার একা কাজ করেন। ওনাকে যদি কোথাও বাইরে যেতে হয়, তাহলে ওনার জায়গায় অন্য কোন ডাক্তার আসেন। কোন ফ্যামিলি ডক্টর বা প্রসূতি বিশেষজ্ঞ এই শ্রেণীতে আসতে পারেন। নার্স বা দাই-য়েরা তাঁদের সাথে মিলে কাজ করেন। এনারা সাথে থাকার লাভ এটা হবে যে, তাঁরা প্রতিটি সাক্ষাতে আপনাকে আরও ভালো ভাবে পারবেন... এর ফলে প্রসবের সময় সব কিছুই আপনার কাছে আরামদায়ক লাগবে!

ক্ষতি এটা হয় যে, ডাক্তার যদি বাইরে কোথাও চলে যান আর ঠিক সেই সময় যদি আপনার প্রসব যন্ত্রণা শুরু হয়ে পড়ে, তাহলে ? যেহেতু আপনিও এটা জানেন না যে, এই প্রক্রিয়া কখন শুরু হয়ে পড়বে ? যদিও ডাক্তাররা বাইরে যাওয়ার আগে সব ব্যবস্হা করে যান... কিন্তু সেটা যদি পর্যাপ্ত না হয়, তাহলে ?

অন্য আরেকটা ক্ষতি হচেছ এই যে, গর্ভাবস্হার সময় আপনি যদি এমনটা অনুভব করেন যে, ডাক্তার আপনার সঠিক দেখাশোনা করতে আর পরামর্শ দিতে পারছেন না... এমন পরিস্হিতিতে আপনাকে আবার একবার নতুন করে ডাক্তারের খোঁজ করতে হবে।

ডাক্তার সমূহ (গ্রুপ মেডিক্যাল প্র্যাক্টিশ) ঃ- এই প্রক্রিয়ায় দুই বা তার থেকে বেশী ডাক্তার রোগীর দেখাশোনা করেন। তাঁরা পালা করে রোগী দেখেন। যদিও আপনি এই চেস্টাই করেন যে, আপনি সেই ডাক্তারের কাছেই পরীক্ষা করাতে যাবেন... যাঁকে আপনার সব থেকে যোগ্য বলে মনে হয়। এর পরে গর্ভাবস্হার শেষের দিকে ওনারা এক সাথে মিলে আপনার পরীক্ষা করেন। পারিবারিক চিকিৎসক এবং প্রসূতি বিশেষজ্ঞরা এই শ্রেণীতে আসতে পারেন। এর সব থেকে ভালো লাভ এটা হবে যে, আপনি সকল ডাক্তারের সাথে পরিচিত হয়ে উঠবেন আর ডেলিভারী রুমে আপনাকে কোন অচেনা মুখ দেখতে হবে না। আর ক্ষতি এটা হয় যে, আপনি নিজের ডেলিভারীর সময় নিজের সব থেকে প্রিয় ডাক্তারকে নিজের পাশে দেখতে চাইবেন... কিন্তু এমনটা যে হবেই, সেটা নিশ্চিত নয়। আলাদা-আলাদা ডাক্তারদের পরামর্শে আপনি অস্হির হয়ে উঠবেন, না সান্তনা পাবেন – সেটা সম্পূর্ণ রূপে আপনার চিন্তাধারার ওপরে নির্ভর করছে!

চিকিৎসা সংগঠন কার্য ঃ- এই প্রক্রিয়ায় ডাক্তার আর প্রসূতি বিশেষজ্ঞের সাথে নার্স আর দাই-রাও শামিল হন। এই প্রক্রিয়ার লাভ-ক্ষতিও সামূহিক কার্যের মতই হয়। একটা লাভ এটা হয় যে, আপনি নার্স বা দাই-য়ের পক্ষ থেকে অতিরিক্ত সময় আর পরামর্শ প্রাপ্ত করতে পারেন। আপনার কাছে বিকল্পও থাকবে যে, দাই-য়ের সাথে-সাথে ডাক্তারও যেন প্রসবের সময় মজুদ থাকেন এবং জরুরী অবস্হা সামলে নেন।

মাতৃত্ব কেন্দ্র – বার্থ সেন্টার প্র্যাক্টিশ ঃ- এখানে প্রশিক্ষিত নার্সই সব কিছু সামলান। প্রয়োজন পড়লে তবেই ডাক্তার ডেকে পাঠানো হয়। অনেক হাসপাতালে এমন বার্থ সেন্টার থাকে, যেখানে কম ঝুঁকির গর্ভবতী মহিলাদের প্রসব করানো হয়।

এই সব জায়গায় যাওয়ার একটা বড় লাভ এটা হয় যে, এখানে খরচ কম লাগে। আর ক্ষতি এটা হয় যে, কোন সমস্যা দেখা দিলে আপনাকে ডাক্তারের সঙ্গে যোগাযোগ করতে হবে বা প্রসবের সময় প্রয়োজন পড়লে কোন অচেনা ডাক্তারকে দিয়ে প্রসব করাতে হবে।

এক সঠিক প্রার্থীর সন্ধান

আপনি এবার নিজের জন্য কোন ভালো ডাক্তার বেছে নিয়েছেন আর চিকিৎসা কার্যের নির্বাচনও করে নিয়েছেন! এবার আপনাকে এক সঠিক প্রার্থীর সন্ধান করতে হবে। সেটার জন্য আপনি নিম্নলিখিত সহায়তা গ্রহণ করতে পারেন ঃ-

- আপনার স্ত্রী রোগ বিশেষজ্ঞ আর আপনার ফ্যামিলি ডক্টর... ওনারা আপনাকে ভালো পরামর্শ দিতে পারবেন।
- বন্ধু আর সহকর্মী... যাঁরা সম্প্রতি এই প্রক্রিয়ার ভেতর দিয়ে গেছেন বা যাঁদের চিন্তাধারা বা জীবন স্তর আপনার মত।
- প্রসূতি করানো কোন স্থানীয় দাই / নার্স।
- আপনি স্থানীয় চিকিৎসা-সমাজ থেকেও ডাক্তারের নাম-ঠিকানা পেতে পারেন।
- কোন স্থানীয় হাসপাতাল, যেখানে আপনি বার্থ সেন্টারের ব্যাপারেও তথ্য পাবেন।
- কোন উপায় না থাকলে ইয়েলো পেজের সহায়তা নিন। তাতে আপনি ভালো ক্লিনিক আর হাসপাতালের নাম-ঠিকানা পেয়ে যেতে পারেন।
- আপনার স্বাস্থ্য বীমা কোম্পানী যদি ডাক্তারদের কোন সূচী প্রদান করে, তাহলে নিজের বন্ধু আর সহকর্মীদের সহায়তায় সেই সূচী থেকে ভালো ডাক্তার বেছে নিন। এতে কাজ না হলে ডাক্তারের সঙ্গে ব্যক্তিগত রূপে দেখা করুন। আপনি নিজেই নিজের জন্য ভালো ডাক্তার বেছে নিতে পারবেন।

নির্বাচন আপনার হাতে

ডাক্তারের নাম-ঠিকানা পেয়ে যাওয়ার পরে তাঁর সঙ্গে দেখা করার সময় স্থির করুন। এমন কিছু প্রশ্নের সূচী প্রস্তুত করুন, যেগুলো আপনি প্রথম দিনেই ডাক্তারের থেকে জানতে চান। এমনটা মেনে চলুন যে, আপনাদের দুজনের বার্তালাপ দ্বারা সব ব্যাপারে সমঝোতা হয়ে পড়বে। এটা জানার চেস্টা করুন যে, সেই ব্যক্তি আপনার প্রতি ভাবনাত্মক আকর্ষণ প্রকাশ করছেন কি না ? উনি আপনার সব কথা মন দিয়ে শুনছেন কি না ?

বীমা করানো না থাকলে...

আপনি যদি গর্ভবতী হওয়া সত্ত্বেও এখনও পর্যন্ত বীমা না করিয়ে থাকেন... তাহলে আগেই এটা ঠিক করে নিন যে, প্রসবের আগের আর পরের খরচ কোথা থেকে আসবে ? আপনার প্রসব সম্বন্ধীয় দেখাশোনা কে করবেন ?

তারপর তাঁর থেকে বাচ্চার জন্ম, স্তনপান, অপারেশন ইত্যাদি বিশেষ ব্যাপারগুলো সম্বন্ধে জেনে নিন। এটা জানুন যে, প্রতিটি বিষয়ে ওনার পরামর্শ কি হতে পারে আর উনি কোন্ পদ্ধতি গ্রহণ করতে চান ?

ডাক্তারের সাথে এই সাক্ষাৎকারে ডাক্তারের ব্যাপারে সব কিছু জানার সাথে-সাথে ওনাকে নিজের সম্বন্ধেও জানান। কোন রোগীর মত ডাক্তারের কাছে কিছুই লুকোবেন না, যাতে উনিও সহজ ভাবে আপনার সাথে কথা বলতে পারেন।

আপনাকে সেই বার্থ সেন্টার আর হাসপাতালের ব্যাপারেও জানতে হবে... যেটার সাথে সেই ডাক্তার প্রত্যক্ষ বা পরোক্ষ ভাবে যুক্ত হয়ে রয়েছেন। এটা জানুন যে, ওনার হাসপাতালে কি-কি সুবিধা রয়েছে ? আপনি কি সময় এলে সেই সব সুবিধার লাভ ওঠাতে পারবেন ? সেখানে কি আপনার সাথী বা বাচ্চাদের যাওয়ার অনুমতি পাওয়া যাবে ? সেখানে কি অপারেশনের সুবিধা আছে ?

শেষ সিদ্ধান্ত নেওয়ার আগে এটা চিন্তা করে নিন যে, আপনি কি চোখ বন্ধ করে এই ডাক্তারের ওপরে ভরসা করতে পারেন ? গর্ভাবস্থা আপনার জীবনের গুরুত্বপূর্ণ সফরগুলোর অন্যতম হয়! আপনার এখানে এমন এক পথ প্রদর্শকের আবশ্যকতা রয়েছে... যাঁর ওপরে আপনি চোখ বন্ধ করে ভরসা করতে পারেন।

রোগী আর ডাক্তারের সম্পর্ক

সঠিক ডাক্তারের নির্বাচন করাটা প্রথম পদক্ষেপ হয়। পরবর্তী পদক্ষেপ হচ্ছে রোগী আর

ডাক্তারের মাঝে ভালো অংশীদারী হওয়া! তাঁরা দুজনে যেন এক সাথে মিলে সঠিক ভাবে কাজ করতে পারেন।

- ডাক্তারকে সব কিছু সত্যি-সত্যি বলুন... সত্য ছাড়া মিথ্যা বলবেন না। ওনাকে নিজের পুরো চিকিৎসকীয় ইতিহাস বিনা সংকোচে বলুন। নিজের খাওয়া-দাওয়ার ভুল অভ্যাসের ব্যাপারে জানাতে যেন ভুলে যাবেন না। যে কোন প্রকারের ঔষধি *(হার্বাল, বৈদ্য, অবৈদ্য)*, তামাক, এ্যালকোহল ইত্যাদি সেবন করার অভ্যাস থাকলে সেই ব্যাপারেও জানান। এর আগে আপনার কোন প্রকারের অপারেশন হয়ে থাকলে সেটাও জানান। মনে রাখবেন, আপনি যা-যা বলবেন... ডাক্তার সেগুলো পূর্ণ রূপে গোপন রাখবেন।
- বাড়ীতে ফ্রীজের ওপরে, টি.ভি.-র ওপরে, পার্সে, কাজের টেবিলে বা ঘরের দরজার কাছে রাইটিং প্যাড রাখুন... যাতে ডাক্তারের থেকে জানার মত কোন বিষয় মনে এলে আপনি সেগুলো সেই প্যাডে লিখে রাখতে পারেন... কারণ প্রায়ই ডাক্তারের সাথে দেখা করার পরে বেশ কিছু জরুরী জিনিষ প্রশ্ন করার কথা মাথা থেকে সরে যায়। এই প্রকার ডাক্তারের সঙ্গে হওয়া প্রতিটি সাক্ষাৎকার আর বার্তালাপের রেকর্ড রাখুন... কারণ ডাক্তারের চেম্বার থেকে আসার কয়েক দিনের মধ্যেই আপনি ডাক্তারের পরামর্শ ভুলে যাবেন। যদি আপনার ডাক্তার কোন বিষয়ে বা কোন ওষুধের ব্যাপারে খোলাখুলি কিছু না বলেন, তাহলে আপনি নিজে সেসব ব্যাপারে প্রশ্ন করুন। সেই সময় ওনার বক্তব্য রাফ নোট করে রাখুন আর বাড়ী ফিরে এসে সেগুলো ভালো করে লিখে নিন, যাতে আপনি কোন জরুরী ব্যাপার ভুলে না যান!
- কোন লক্ষণে আপনি ঘাবড়ে উঠলে বা আপনার কোন ব্যাপারে সন্দেহ হলে তখুনি ডাক্তারকে ফোন করুন। হতে পারে যে, কোন ওষুধ হয়তো ঠিক মত কাজ করছে না। বেকার বসে-বসে চিন্তা করবেন না। ফোনে ডাক্তারের সাথে কথা বলুন। সমস্যা খুব গুরুতর না হলে ই-মেলও করতে পারেন। যদি কোন সমস্যা সত্যি-সত্যি সৃষ্টি হয়, তাহলে ডাক্তারকে প্রশ্ন করার মধ্যে খারাপ কিছুই নেই... তা সেটা তাঁর কাছে মূর্খতাপূর্ণ মনে হলেও! আপনার সমস্যা দূর হওয়া চাই। ডাক্তার আর দাই-রা এটা ভালো করে জানেন যে, প্রথম বার *মা'* হতে চলা মহিলাদের কাছে করার মত প্রচুর প্রশ্ন থাকে। আপনি যখনই ফোন বা ই-মেল করবেন, সব লক্ষণ স্পষ্ট রূপে জানান!

যদি কোন জায়গায় যন্ত্রণা হতে থাকে, তাহলে যন্ত্রণার স্থান আর সময় জানান। এটা জানান যে, যন্ত্রণা তীব্র না মৃদু? সেই যন্ত্রণা আপনি সহ্য করতে পারছেন কি না? সম্ভব হলে এটাও জানান যে, শারীরিক অবস্থান বদলালে আপনি আরাম অনুভব করছেন কি না? যোনি থেকে কোন স্রাব বেরোতে থাকলে সেটার রং জানান – গাঢ় লাল, হাল্কা লাল, ধূসর, গোলাপী না হাল্কা হলুদ? সেই স্রাব কখন শুরু হয়েছে আর স্রাবের মাত্রা কম না বেশী? এর সাথে-সাথে আপনার জ্বর, গা গুলোন, বমি, কাঁপুনি বা পাতলা পায়খানা হওয়ার মত লক্ষণ দেখা দিলে সেটাও ডাক্তারকে জানান।

- পুরোপুরি আপডেট থাকুন অর্থাৎ পেরেন্টিং-য়ের ওপরে প্রকাশিত হওয়া পত্রিকা আর ওয়েবসাইট দেখতে থাকুন। অবশ্য আপনার সব ব্যাপারে পূর্ণ বিশ্বাস করার কোন প্রয়োজন নেই... কারণ মীডিয়ার রিপোর্ট যে চিকিৎসকীয় রূপে প্রমাণিত হবেই, এমন কোন গ্যারান্টী নেই। যখনই নতুন কিছু পড়বেন বা শুনবেন, সেটা প্রয়োগ করার আগে ডাক্তারের পরামর্শ অবশ্যই নিন... কারণ আপনার তথ্যের সব থেকে ভালো উৎসই হচ্ছেন উনি!
- যদি এমন কিছু জানতে পারা যায়, যেগুলো আপনাকে ডাক্তারবাবু জানাননি... তাহলে সেগুলো নিজের কাছে লুকিয়ে রাখবেন না। চ্যালেঞ্জিং মনোভাবে নয়... স্বাভাবিক রূপে প্রশ্ন করুন, যাতে সেই সব তথ্যের পুষ্টি হতে পারে।
- যদি ডাক্তার ভুল করে কোন ব্যাপারে সম্মতি দিয়ে দেন বা কোন ভুল পরামর্শ দিয়ে ফেলেন *(যেমন – কোন প্রকারের মেডিক্যাল হিস্ট্রী থাকা সত্ত্বেও ইন্টারকোর্স*

করার অনুমতি), তাহলে ওনাকে এটা জানান যে, এর আগে এজন্য আপনার কি অসুবিধা হয়েছিল... কারণ এটা জরুরী নয় যে, আপনার মেডিক্যাল হিস্ট্রীর প্রতিটি ব্যাপার ওনার মনে থাকবেই। আপনিও তো নিজের স্বাস্থ্যের প্রতি যত্নশীল... এটা দৃষ্টি রাখুন যে, এমন কোন ভুল যেন না হয় !

- ওনার থেকে প্রতিটি জিনিষের স্পষ্টীকরণ চান। এটা জানুন যে, আপনি যে ওষুধের সেবন করছেন... সেটার কোন সাইড এফেক্ট নেই তো ? বা আপনাকে যেসব টেস্ট করানোর জন্য বলা হয়েছে, সেগুলোর কি-কি ঝুঁকি হতে পারে বা সেগুলোর ফলাফল কত দিনে পাওয়া যাবে ?
- ডাক্তার যদি আপনার সাথে সাক্ষাৎকারের সময় আপনার সকল প্রশ্নের সঠিক উত্তর দিতে না পারেন, তাহলে ওনাকে বিভিন্ন প্রশ্নের একটা সূচী তৈরী করে দিন। ওনাকে এটা প্রশ্ন করুন যে, উনি এর পরের বার সাক্ষাৎকারের জন্য লম্বা সময় দিতে পারবেন কি না বা ওনার সাথে ফোন বা ই-মেলের মাধ্যমে কথা বলা যাবে কি না ?
- ডাক্তারের নির্দেশগুলোর পুরোপুরি পালন করুন, যেমন – ওজন, বিশ্রাম, ঔষধি, ভিটামিন, ব্যায়াম ইত্যাদি ! যদি এগুলোর মধ্যে কোন নির্দেশের পালন করতে আপনার কোন প্রকারের সমস্যা হয়, তাহলে ডাক্তারের থেকে সেটার বিকল্প জেনে নিন।
- এটা মাথায় রাখবেন যে, আপনাকে নিজের দেখাশোনা নিজেই করতে হবে। এজন্য সকল প্রকারের নির্দেশগুলো মাথায় রাখুন। খাওয়া-দাওয়ার ভুল অভ্যাস ত্যাগ করুন... কারণ এক সুস্থ শিশুকে জন্ম দেওয়াটা আপনারই দায়িত্ব হয় !
- বিবাদপূর্ণ পরিস্থিতি সৃষ্টি হলে বীমা কোম্পানী ডাক্তার আর রোগীর মাঝে মধ্যস্থ হয়। যদি ডাক্তারের সঙ্গে আপনার কোন প্রকারের সমস্যা দেখা দেয়, তাহলে স্বাস্থ্য সংগঠনের সহায়তা নিন।

যদি আপনার এমনটা মনে হয় যে, আপনি সঠিক ডাক্তার বা দাই নির্বাচন করতে পারেননি বা আপনার শিশুর জন্ম তাঁদের হাতে সুরক্ষিত নয়... তাহলে ডাক্তার বা দাই বদলাতে কিঁদুমাত্র দেরী করবেন না !

■ ■ ■

আপনার প্রেগন্যান্সী প্রোফাইল

পরীক্ষার ফলাফল এসে গেছে; আপনি মা হতে চলেছেন। গর্ভাশয়ের বেড়ে ওঠা আকারের সাথে-সাথে উত্তেজনা আর প্রশ্নের সূচীও বেড়ে চলেছে। এতে কোন সন্দেহ নেই যে, আপনি গর্ভাবস্থার বেশ কিছু অদ্ভূত লক্ষণের মোকাবিলা করছেন... কিন্তু সেগুলোর মধ্যে বেশ কিছু লক্ষণ আপনার প্রেগন্যান্সী প্রোফাইলের সাথে যুক্ত হয়ে থাকতে পারে। এই প্রেগন্যান্সী প্রোফাইল কি জিনিষ? একে আপনি সব মিলিয়ে নিজের গর্ভাবস্থার ইতিহাস বলতে পারেন... যেটার যথেষ্ট প্রভাব আপনার গর্ভাবস্থার ওপরে পড়তে পারে। আপনাকে নিজের এই প্রোফাইলের ব্যাপারে পূর্ণ তথ্য সংগ্রহ করতে হবে, যাতে ডাক্তারের সাথে আপনি সেই ব্যাপারে আলোচনা করতে পারেন।

একটা কথা মাথায় রাখবেন যে, এই অধ্যায়ের অনেক কিছু আপনার কাছে অবান্তর বলে মনে হবে... কারণ প্রতিটি মহিলার গর্ভাবস্থার বিবরণ *(প্রেগন্যান্সী রেকর্ড)* আলাদা হয়। আপনি সেগুলোর মধ্যে কাজের জিনিষগুলো পড়ুন আর বাকীগুলো বাদ দিন!

এই পুস্তক সকলের জন্য

এই পুস্তক পড়ার সময় *পৈতি-পত্নীর সাথে'* – এই ধরণের বেশ কিছুপারম্পরিক সম্বোধন দেখতে পাবেন। এর অর্থ এই নয় যে, এই সব তথ্য একাকী বাস করা মা বা অবিবাহিতা মা অথবা অ-পারম্পরিক সম্পর্কের জন্য নয়। যে বাক্য আপনার অনুপযুক্ত বলে মনে হবে, সেটা ছেড়ে দিন আর বাকী তথ্যগুলোর পুরো লাভ ওঠান।

আপনার আগের শারীরিক তথ্য

গর্ভাবস্থার সময় গর্ভ নিরোধক

"আমি গর্ভ নিরোধক ট্যাবলেটের সেবন করার সময়ই গর্ভবতী হয়ে পড়ি। আমি পুরো মাস ধরে ট্যাবলেটের সেবন করে চলি... কারণ আমি নিজের গর্ভাবস্থার ব্যাপারে জানতেই পারিনি। এতে কি আমার শিশুর ওপরে কোন প্রভাব পড়বে?"

এমনিতে তো ট্যাবলেটের সেবন বন্ধ করার পরে এক মাসিক চক্র পুরো হওয়ার পরে আপনি গর্ভধারণ করলে ভালো করতেন... কিন্তু এসব কিছু তো হঠাৎ করে হয়ে পড়েছে, তাই আর

কিছু করা সম্ভব নয়। তবে এতে এত চিন্তা করার কিছু নেই। এই ব্যাপারের কোন প্রমাণ নেই যে, এমন অবস্থায় শিশুর কোন ক্ষতি হতে পারে। আপনি যদি মনকে স্বান্তনা দিতে চান, তাহলে ডাক্তারের পরামর্শও নিতে পারেন।

‘‘আমি কণ্ডোম আর স্পর্মীসাইড ব্যবহার করার সময়ই গর্ভধারণ করে ফেলি আর অজান্তে সেগুলোর ব্যবহার করে চলি। এতে কি শিশুর তরফ থেকে আমার কোন সমস্যা হতে পারে ?’’

আপনি যদি কণ্ডোম স্পর্মীসাইডের সাথে ডায়ফ্রাগম বা স্পর্মীসাইড যুক্ত ডায়ফ্রাগম ইত্যাদি ধারণ করার কারণে গর্ভবতী হয়ে পড়েছেন... তাহলে এটা জেনে নিন যে, স্পর্মীসাইড আর জন্মজাত বিকারের মধ্যে কোন প্রকারের কোন সম্পর্ক নেই। এটাও জানতে পারা গেছে যে, গর্ভাবস্থার শুরুতে এগুলোর ব্যবহার করলে কোন প্রকারের কোন সমস্যা হয় না। এটা ঠিক যে, আপনি নিজের অজান্তে গর্ভবতী হয়ে পড়েছেন... তবুও সেটার পূর্ণ আনন্দ উপভোগ করুন।

‘‘আমি গর্ভ নিরোধক হিসেবে আই.ইউ.ডি. ব্যবহার করে আসছিলাম... কিন্তু সম্প্রতি আমি এটা জানতে পারি যে, আমি গর্ভবতী! আমার গর্ভকাল কি সুস্থ আর সুরক্ষিত থাকবে ?’’

গর্ভনিরোধক ব্যবহার করা সত্ত্বেও গর্ভবতী হয়ে পড়াটা কিছুটা সমস্যায় ফেলতে পারে। এমনিতে 1000-য়ের মধ্যে 1 মামলাই এমন হয়... যখন আই.ইউ.ডি. ব্যবহার করা সত্ত্বেও গর্ভ স্থাপন হয়ে পড়ে বা সেটা নিজের জায়গা থেকে সরে যায় অথবা ঠিক ভাবে লেগে থাকে না।

আপনার সামনে এখন দুটি বিকল্প রয়েছে, যেগুলোর ব্যাপারে আপনার শীঘ্র নিজের ডাক্তারের সাথে কথা বলা উচিত। আই.ইউ.ডি. রাখা উচিত না সেটা বার করে ফেলা উচিত ? ডাক্তার পরীক্ষা করার পরে এটা জানাবেন যে, আপনার ক্ষেত্রে এখন ঠিক কি করা উচিত ? যদি আই.ইউ.ডি. নিজের জায়গা থেকে সরে গিয়ে থাকে আর সেটার সুতো দেখতে পাওয়া যায়... তাহলে সেটাকে বার করা ফেলা উচিত... অন্যথা সেটা প্রসবের সময় বেরিয়ে আসবে। আর যদি সুতো গর্ভাবস্থার শুরুতেই দেখতে পাওয়া যায়, তাহলে সংক্রমণ হওয়ার ঝুঁকি প্রচণ্ড পরিমাণে বেড়ে ওঠে। সেটাকে যদি শীঘ্র বার করে ফেলা হয়, একমাত্র তাহলেই সফল আর সুস্থ গর্ভাবস্থার আশা করা যেতে পারে। আর সেটা বার করা না হলে গর্ভপাতও হয়ে পড়তে পারে।

যদি প্রথম তিন মাসে সেটা ভেতরেই থেকে যায়... তাহলে যে কোন প্রকারের রক্তস্রাব, টান ভাব আর জ্বর হওয়ার জন্য প্রস্তুত থাকুন... কারণ এই কারণে আপনাকে বেশ কয়েক প্রকারের জটিলতার মোকাবিলা করতে হতে পারে। দেরী না করে ডাক্তারকে সকল লক্ষণ খুলে জানান।

ফায়ব্রয়েড

‘‘আমার অনেক দিন ধরে ফায়ব্রয়েড ছিল... কিন্তু সেই কারণে আমার কোন সমস্যা ছিল না। এর ফলে গর্ভাবস্থায় কি কোন প্রকারের সমস্যা হতে পারে ?’’

এমনটাই আশা করা হচ্ছে যে, ফায়ব্রয়েড আপনার আর আপনার গর্ভাবস্থার মাঝে কোন প্রাচীর খাড়া করবে না। গর্ভাশয়ের প্রাচীরের ওপরে তৈরী এই নন্-ম্যালিগনেট ফোলা ভাব গর্ভাবস্থায় বাধা হয় না।

যদিও এমন গর্ভবতী মহিলারা কখনো-কখনো পেটের নীচের অংশে টান ভাব বা যন্ত্রণা অনুভব করতে পারেন। এমনিতে এটা চিন্তার ব্যাপার তো হয় না... কিন্তু নিজের ডাক্তারকে এই ব্যাপারে অবশ্যই জানান। 4 - 5 দিন বিশ্রাম বা কোন সুরক্ষিত যন্ত্রণা নিবারক ট্যাবলেটের সেবন করলে সব কিছু ঠিক হয়ে পড়বে।

কখনো-কখনো ফায়ব্রয়েডের কারণে প্লেসেন্টা আলাদা হয়ে পড়লে প্রী-টার্ম বার্থ বা ব্রীচ বার্থের ঝুঁকি বেড়ে ওঠে... কিন্তু সতর্কতা অবলম্বন করলে এই ঝুঁকির হাত থেকে রক্ষা পাওয়াও যেতে পারে। নিজের ডাক্তারের সাথে এই ব্যাপারে খোলাখুলি কথা বলুন, যাতে তিনি সকল প্রকারের ঝুঁকি আর সাবধানতার ব্যাপারে আপনাকে জানাতে পারেন। যদি ডাক্তারের এমনটা মনে হয় যে, ফায়ব্রয়েডের কারণে স্বাভাবিক

প্রসবে সমস্যা হতে পারে... তাহলে তিনি সী-সেকশন প্রসব করানোর পরামর্শ দিতে পারেন। বেশীর ভাগ ক্ষেত্রে, যখন প্রসবের সময় গর্ভাশয় বিস্তার লাভ করে, তখন বড় ফায়ব্রয়েডও বেরিয়ে আসে।

"আমি কয়েক বছর আগে দুটো ফায়ব্রয়েড বার করিয়েছিলাম... এর ফলে কি আমার গর্ভাবস্থা প্রভাবিত হতে পারে?"

বেশীর ভাগ মামলায় গর্ভাশয়ের ফায়ব্রয়েড টিউমারের সাজারী লেপ্রোস্কোপিক হয়... এজন্য গর্ভাবস্থায় কোন সমস্যা দেখা দেয় না। যদিও বড় ফায়ব্রয়েড বেরোলে গর্ভাশয় দুর্বল হয়ে পড়ে। তাতে আর প্রসবের জন্য কোন শক্তি অবশিষ্ট থাকে না। যদি চিকিৎসক আপনার রেকর্ড দেখে তেমন বোঝেন... তাহলে তিনি আপনাকে সী-সেকশন দ্বারা প্রসব করানোর পরামর্শ দিতে পারেন। যদি সাজারী করার আগেই প্রসব যন্ত্রণা শুরু হয়ে পড়ে... তাহলে সেই সব লক্ষণগুলোকে চিনে নিয়ে যত শীঘ্র সম্ভব ডাক্তারের কাছে পৌঁছন।

এণ্ডোম্যাট্রিওসিস

"বহু বছর ধরে এণ্ডোম্যাট্রিওসিসে পীড়িত থাকার পরে আমি এখন গর্ভবতী হয়েছি। আমার গর্ভাবস্থায় কি কোন সমস্যা দেখা দিতে পারে?"

এর সঙ্গে দুটি চ্যালেঞ্জ যুক্ত হয়ে রয়েছে। গর্ভধারণে সমস্যা আর যন্ত্রণা! গর্ভবতী হওয়ার অর্থ হচ্ছে এই যে, আপনি প্রথম চ্যালেঞ্জ পার করে নিয়েছেন *(অভিনন্দন গ্রহণ করুন)*! গর্ভবতী হওয়ার পরে দ্বিতীয় চ্যালেঞ্জ পার করার ক্ষেত্রে সহায়তা পাওয়া যাবে।

গর্ভাবস্থায়, এণ্ডোম্যাট্রিওসিসের লক্ষণ আর যন্ত্রণায় উন্নতি হয়। এমনটা হার্মোণে পরিবর্তনের কারণে হয়। ওভ্যুলেশনের পরে এণ্ডোম্যাট্রিয়ল ছোট আর নরম হয়ে পড়ে। অনেক মহিলাদের মধ্যে তো পুরো গর্ভাবস্থায় এর লক্ষণ দেখতেই পাওয়া যায় না। আবার কিছু-কিছু মহিলাদের যন্ত্রণা আর ঝটকা লাগার অভিযোগ থাকতে পারে... কিন্তু শিশুর জন্মে কোন প্রকারের সমস্যা হয় না। যদি ইতিমধ্যেই গর্ভাশয়ের অপারেশন করানো হয়ে থাকে, তাহলে ডাক্তার সী-সেকশনের পরামর্শ দিতে পারেন।

গর্ভাবস্থায় এণ্ডোম্যাট্রিওসিসের লক্ষণগুলো থেকে মুক্তি পাওয়া যায়... কিন্তু সেটার চিকিৎসা হয় না। গর্ভাবস্থা আর সেটার দেখাশোনার পরে সেই লক্ষণই আবার একবার ফুটে ওঠে।

কোলোপোস্কোপী

"আজ থেকে এক বছর আগে আমি গর্ভবতী হলে আমার কোলোপোস্কোপী আর সার্ভাইকাল বায়োপ্সী কাটাতে হয়েছিল। আমার গর্ভাবস্থায় কি কোন প্রকারের ঝুঁকির সম্ভাবনা রয়েছে?"

যদি প্যাপ স্মীয়রে কিছু অনিয়মিত সার্ভাইকাল কোশিকা দেখতে পাওয়া যায়, তাহলে কোলোপোস্কোপী করা হয়ে থাকে। সাধারণ প্রক্রিয়ায় যোনি আর সার্ভিক্সকে এক বিশেষ প্রকারের মাইক্রোস্কোপের সহায়তায় দেখা হয়ে থাকে। প্যাপ স্মীয়রে অস্বাভাবিক কোশিকা দেখতে পাওয়া গেলে ডাক্তার সার্ভাইকাল বা কোন বায়োপ্সী করেন... যাতে সন্দেহজনক স্থান থেকে নমুনা সংগ্রহ করে, ল্যাবে সেটার পরীক্ষা করা হয়। এর জন্য ক্রায়ো সাজারী *(অস্বাভাবিক কোশিকা জমা করা হয়)* বা লীপ চিকিৎসা করা হয়ে থাকে... যাতে প্রভাবিত সার্ভাইকাল উত্তকগুলোকে যন্ত্রণামুক্ত ইলেক্ট্রিক কারেন্ট দ্বারা বার করে দেওয়া হয়। ভালো খবর হচ্ছে এটা যে, এই প্রক্রিয়ার ভেতর দিয়ে যাওয়ার পরেও গর্ভবতী মহিলা সুস্থ শিশুর জন্ম দিতে সক্ষম হন... যদিও বার করা উত্তকের মাত্রার হিসেবে, কিছু-কিছু মহিলার গর্ভাবস্থায় সমস্যা দেখা দিতে পারে। নিজের ডাক্তারকে এমন কোন সাজারী বা টেস্টের ব্যাপারে অবশ্যই জানান, যাতে তিনি আরও ভালো ভাবে আপনার দেখাশোনা করতে পারেন।

যদি প্রথম প্রসব পূর্ব পরীক্ষায় অস্বাভাবিক কোশিকার ব্যাপারে জানতে পারা যায়, তাহলে ডাক্তার কোলোপোস্কোপী করার পরামর্শ দিতে পারেন... কিন্তু বায়োপ্সী ইত্যাদি তো শিশুর জন্মের পরেই করা হয়ে থাকে।

এইচ.পি.ভি. (হিউম্যান প্যাপিলোমা ভায়রাস)

"জেনিট্যাল এইচ.পি.ভি. কি আমার গর্ভাবস্থার কোন ক্ষতি করতে পারে ?"

এইচ.পি.ভি. এক প্রকারের সেক্সচুয়ালী ট্রান্সমিটেড ভায়রাস হয়। সাধারণতঃ এর লক্ষণ স্পষ্ট রূপে সামনে আসে না আর এটা 6 থেকে 10 মাসে আপনা থেকেই ঠিক হয়ে পড়ে।

অনেক বার এমনও হয়... যখন এর লক্ষণ সামনে প্রকাশ পায়, তখন প্যাপ স্মীয়রে কিছু কোশিকার অনিয়মিততার ব্যাপারে জানতে পারা যায়। অনেক বার হাল্কা হলুদ বা গোলাপী মাংসাঙ্কুরও দেখতে পাওয়া যায়... যেগুলো যোনি, পায়ু আর ভাল্ভার ওপরে দেখতে পাওয়া যায়। যদিও এগুলোয় কোন যন্ত্রণা হয় না... কিন্তু কখনো-কখনো জ্বলুনি হতে থাকে আর রক্তও বেরিয়ে আসতে থাকে। বেশীর ভাগ মামলায় এই মাংসাঙ্কুর 1 - 2 মাসে আপনা থেকে ঠিক হয়ে পড়ে।

জেনিট্যাল এইচ.পি.ভি. গর্ভাবস্থাকে কি ভাবে প্রভাবিত করে ? যদিও এটার সরাসরি কোন প্রভাব পড়ে না... কিন্তু কিছু-কিছু গর্ভবতী মহিলাদের মধ্যে এই মাংসাঙ্কুর অধিক সক্রিয় হয়ে ওঠে। আপনার এমন মাংসাঙ্কুর যদি আপনা থেকে ঠিক না হয়, তাহলে ডাক্তারের পরামর্শ নিতে দেরী করবেন না। ডাক্তার এগুলোকে ফ্রীজিং, ইলেকট্রিক বা লেজার থেরাপী দ্বারা সরিয়ে দেবেন। কিছু-কিছু মামলায় চিকিৎসাকে প্রসব হওয়া পর্যন্ত মুলতুবী রাখতে হয়।

আপনিও যদি এইচ.পি.ভি.-তে গ্রস্ত হয়ে পড়েন, তাহলে ডাক্তারকে আপনার সার্ভাইকাল সেলের পরীক্ষা করতে হবে। যদি বায়োপ্সী-ও করতে হয়, তাহলে সেটাকে শিশুর জন্ম হওয়ার পর্যন্ত মুলতুবী রাখা হবে।

এইচ.পি.ভি. এক সংক্রমণ জনিত রোগ হয়... এজন্য যে কোন একজন সাথীর সাথে সুরক্ষিত সেক্স করুন। এখন 26 বছরের কম বয়সের মহিলাদের জন্য এর ভ্যাক্সিনও পাওয়া যাচেছ... কিন্তু গর্ভাবস্থায় সেটার প্রয়োগ করা উচিত নয়। আপনি যদি ভ্যাক্সিনের প্রয়োগ শুরু করার পরে গর্ভবতী হয়ে পড়েন, তাহলে বাকীটা শিশুর জন্ম হওয়া পর্যন্ত বন্ধ রাখতে হবে। এই সিরিজ পুরো করার জন্য তিনটি ডোজ নিতে হয়।

হার্পিজ

"আমার জেনিট্যাল হার্পিজ রয়েছে। এটা কি আমার সন্তানেরও হতে পারে ?"

গর্ভাবস্থায় হার্পিজ হওয়ার অর্থ হচেছ এই যে, আপনাকে যথেস্ট সতর্কতা অবলম্বন করতে হবে... কিন্তু এটা তেমন কোন বিরাট বড় বিপদ সংকেত হয় না। যদি আপনি আর আপনার ডাক্তার সকল প্রকারের সাবধানতা অবলম্বন করেন... তাহলে গর্ভাবস্থা আর প্রসবের সময় কোন সমস্যাই হবে না আর শিশুও সুস্থ ভাবে জন্ম নেবে।

প্রথম কথা হচেছ এই যে, নবজাত শিশুর মধ্যে এমন সংক্রমণ হওয়ার সম্ভাবনা 1 শতাংশের মত থাকে। এমনটা অত্যন্ত কম হয় যে, মায়ের সংক্রমণ *(ইনফেকশন)*-য়ের কারণে শিশুও রোগগ্রস্ত হয়ে পড়বে। যদিও প্রথম তিন মাসে হওয়া সংক্রমণের কারণে মিস্ক্যারেজ আর প্রী-ম্যাচিয়োর ডেলিভারীর ঝুঁকি বেড়ে ওঠে।

এমনিতেও আজকাল শিশুদের মধ্যে এই ঝুঁকি থাকে না বললেই চলে। ভালো চিকিৎসকীয় দেখাশোনা দ্বারা আপনি এই জিনিষটাকে অনেকটাই সামলে নিতে পারবেন।

হার্পিজে গ্রস্ত মায়েদের তাঁদের শিশুদের সুরক্ষার জন্য এ্যান্টী-ভায়রাল ওযুধ দেওয়া হয়ে থাকে। যদি শিশুরও সংক্রমণ হয়ে পড়ে... তাহলে তাদেরও এ্যান্টী-ভায়রাল ওযুধ দেওয়া হয়।

প্রসবের পরেও সংক্রমণ বজায় থাকলে আশানুরূপ সতর্কতা অবলম্বন করার পরে মা নিজের শিশুকে স্তনপান করাতে পারেন।

অন্য এস.টি.ডি. এবং গর্ভাবস্থা

এতে অবাক হওয়ার মত কিছু নেই যে, বেশীর ভাগ এস.টি.ডি. গর্ভাবস্থাকে প্রভাবিত করতে পারে। যদিও আগে থেকে সেই ব্যাপারে জেনে সেটার চিকিৎসা করা যেতে পারে... কিন্তু মহিলারা এই ব্যাপারে জানতেই পারেন না... এজন্য সকল গর্ভবতী মহিলাদের ক্ল্যামাইডিয়া, গনোরিয়া, ট্রাইকোমোনাইসিস, হেপাটাইটিস - *বি*', এইচ.আই.ভি. এবং সিফিলিসের পরীক্ষা করানো উচিত।

এটা সর্বদা মাথায় রাখবেন যে, এস.টি.ডি. রোগ কোন এক সমুদায় আর আর্থিক স্তরের লোকেদেরই হয় না। এই রোগ সকল বয়স, জাতি, বর্গ, ছোট গ্রাম আর বড় শহরে বাস করতে থাকা স্ত্রী-পুরুষ – যে কোন ব্যক্তিরই হতে পারে। কিছু প্রমুখ এস.টি.ডি. রোগ হচেছ ঃ-

গনোরিয়া ঃ- গনোরিয়াকে অনেক দিন ধরেই ভ্রুণের কঞ্জাইটিভাইটিস, অন্ধত্ব এবং গভীর সংক্রমণের কারণ হিসেবে মানা হয়ে আসছে... যেটা সংক্রমিত গর্ভনালের কারণে হতে পারে। এই কারণে প্রথম সাক্ষাৎকারেই গর্ভবতী মহিলাদের পরীক্ষা করা হয়ে থাকে। যদি কোন মহিলার এই রোগের ঝুঁকি পর্যাপ্ত মাত্রায় থাকে... তাহলে তাঁর গর্ভাবস্থায় এবং তার পরেও এই রোগের পরীক্ষা করা যেতে পারে। যদি গনোরিয়ার সংক্রমণ দেখতে পাওয়া যায়, তাহলে এ্যান্টী-বায়োটিক্সের সহায়তায় সেটার চিকিৎসা করার চেস্টা করা হয়। এর পরে আরও একটা কালচার করা হয়, যাতে সেই মহিলা পুরোপুরি সংক্রমণ থেকে সুরক্ষিত হয়ে পড়েন। অতিরিক্ত সতর্কতা হিসেবে প্রতিটি নবজাত শিশুর চোখে এক এ্যান্টী-বায়োটিক ওষুধ দেওয়া হয়। এই চিকিৎসাকে কম পক্ষে এক ঘন্টা পর্যন্ত মুলতুবী রাখা যেতে পারে।

সিফিলিস ঃ- যেহেতু এই রোগের কারণে বেশ কিছু জন্মজাত বিকৃতি সৃষ্টি হয়ে পড়তে পারে... সেজন্য সবার আগে এটার পরীক্ষা করার ব্যবস্থা করা হয়ে থাকে। যদি সংক্রমিত মহিলাকে চতুর্থ মাসের আগেই এ্যান্টী-বায়োটিক চিকিৎসা প্রদান করা হয়, তাহলে ভ্রূণকে ক্ষতিগ্রস্ত হয়ে পড়ার হাত থেকে রক্ষা করা যেতে পারে... কারণ সেই সময়েই সংক্রমণ ভ্রূণ পর্যন্ত পৌঁছয়। একটা ভালো খবর হচেছ এটা যে, কয়েক বছর ধরে মায়ের থেকে শিশুর হয়ে পড়া এই সংক্রমণ অনেকটাই কমে এসেছে।

ক্ল্যামাইডিয়া ঃ- 26 বছরের কম বয়সী মহিলাদের সিফিলিস আর গনোরিয়া রোগের তুলনায় ক্ল্যামাইডিয়া রোগ হওয়ার মামলা বেশী করে দেখতে পাওয়া যায়। যদি সেই সংক্রমণ ভ্রূণ পর্যন্ত পৌঁছে যায়, তাহলে সেটা মা এবং শিশু – দুজনের পক্ষেই ঝুঁকির কারণ হয়ে ওঠে। এর আগে যদি আপনার একাধিক সেক্স পার্টনার থেকে থাকে, তাহলে স্ক্রীনিং করাটা আরও বেশী জরুরী হয়ে ওঠে... কারণ এমন মামলায় সংক্রমণের ঝুঁকি আরও বেশী থাকে। অর্দ্ধেকেরও বেশী মহিলারা এই সংক্রমণের লক্ষণ চিনতে পারেন না। সুতরাং পরীক্ষা না করে সেটার চিকিৎসাও করা সম্ভব হয় না।

গর্ভধারণ করার আগে বা গর্ভাবস্থার সময় ক্ল্যামাইডিয়ার চিকিৎসা সঠিক রূপে হলে সেটার সংক্রমণ *(নিমোনিয়া, চোখের গভীর সংক্রমণ)* থেকে অনেকটাই বাঁচা যেতে পারে। এমনিতে তো গর্ভধারণ করার আগেই চিকিৎসা হয়ে পড়া উচিত, যাতে মায়ের সংক্রমণ শিশু পর্যন্ত না পৌঁছতে পারে। জন্মের পরে নিয়মিত রূপে নবজাত শিশুর জন্য এ্যান্টী-বায়োটিক ব্যবহার করা হয়... সেটা শিশুকে ক্ল্যামাইডিয়া আর গনোরিয়া সংক্রমণের থেকে সুরক্ষা প্রদান করে।

ট্রাইকোমোনাইসিস ঃ- ট্রাইকোমোনাইসিসের সব থেকে বড় লক্ষণ হচেছ এটা যে, এর সংক্রমণে যোনি থেকে গাঢ় সবুজ রং-য়ের দুর্গন্ধযুক্ত স্রাব বেরোতে থাকে। অর্দ্ধেকের থেকে বেশী রোগগ্রস্ত মহিলা এর লক্ষণের

ব্যাপারে জানতেই পারেন না। এমনিতে এই রোগ তেমন কোন গম্ভীর সমস্যার সৃষ্টি করে না... কিন্তু এর লক্ষণ অস্থিরতার সৃষ্টি করতে পারে। গর্ভাবস্থায় সেই সব মহিলাদের চিকিৎসা করা হয়, যাঁদের মধ্যে এই রোগের লক্ষণ স্পস্ট দেখতে পাওয়া যায়।

এইচ.আই.ভি. *(হিউম্যান ইম্যুনেডেফিশিয়েন্সী ভায়রাস)* সংক্রমণ ঃ- এমনিতে সকল মহিলাদের গর্ভাবস্থার শুরুতেই এইচ.আই.ভি. সংক্রমণের পরীক্ষা করা উচিত... তা তাঁদের এই রোগের কোন পূর্ব ইতিহাস না থাকলেও ! এর ফলেই এইডস্ রোগ হয়... যেটা কেবলমাত্র মা-ই নয়... বরং তাঁর শিশুর পক্ষেও ক্ষতিকারক হয়। এই রোগের চিকিৎসা না করে মা শিশুর জন্ম দিলে প্রায় 25 শতাংশ শিশুদের মধ্যে এই সংক্রমণ বিকশিত হয়ে পড়তে পারে *(জীবনের প্রথম 6 মাসে রোগের পুষ্টি হতে পারে)*। যদিও এখন এই রোগের চিকিৎসার ব্যাপারে লোকেদের মধ্যে যথেস্ট জাগরুকতা এসে পড়েছে। কিন্তু যে গর্ভবতী মহিলার পরীক্ষা পোজিটিভ আসবে, তাঁর আবার একবার পরীক্ষা করানো উচিত। পরীক্ষা অনেকটাই সঠিক হয়... কিন্তু অনেকবার ভায়রাস না থাকা সত্ত্বেও পরীক্ষার ফল পোজিটিভ আসে। যদি দ্বিতীয় বারও ফল পোজিটিভ আসে... তাহলে সংক্রমিত মা-কে এন্টায়রট্রোভায়রাল ওষুধ দিলে শিশুর সংক্রমণ হওয়ার ঝুঁকি অনেকটাই কমে আসে। যদি সী-সেকশনের সহায়তায় প্রসব করানো হয়, তাহলেও সংক্রমণ হওয়ার ঝুঁকি কমে আসে।

যদি আপনার এমনটা মনে হয় যে, আপনি কোন এস.টি.ডি. রোগে গ্রস্ত হয়ে পড়েছেন, তাহলে নিজের চিকিৎসকের পরামর্শ অনুসারে পরীক্ষা করান। পরীক্ষার ফল পোজিটিভ এলে প্রয়োজন পড়লে পুরো চিকিৎসা করান। এই চিকিৎসা দ্বারা শুধু আপনারই নয়... আপনার শিশুর স্বাস্থ্যও সুরক্ষিত থাকবে !

প্রসব সম্বন্ধীয় পূর্ব তথ্য

ভিট্রো ফার্টিলাইজেশন

"আমি ভিট্রো ফার্টিলাইজেশনের মাধ্যমে গর্ভধারণ করেছি। আমার গর্ভাবস্থা কতটা আলাদা হবে ?"

অনেক-অনেক অভিনন্দন ! কিন্তু আপনি যদি ল্যাবোরেটোরীতে গর্ভধারণ করেন... তার অর্থ এটা কখনোই নয় যে, আপনার গর্ভাবস্থায় কোন সমস্যা দেখা দিতে পারে। আই.বি.এফ. গর্ভাবস্থার মামলায় প্রথম 6 সপ্তাহ একটু আলাদা হতে পারে। আপনি নিশ্চিত রূপে কিছু জানতে পারবেন না। আপনার যদি এর আগে কখনো মিস্ক্যারেজ হয়ে থাকে, তাহলে ইন্টারকোর্স এবং অন্যান্য শারীরিক গতিবিধি মানা করা হতে পারে। এর সাথে-সাথেই গর্ভাবস্থার প্রথম দু মাসে প্রোজেস্টেরোনও দেওয়া হতে পারে।

এক বার এই সময়টা কেটে গেলে আপনার গর্ভাবস্থাও স্বাভাবিক হয়ে আসবে... তবে যদি আপনি একাধিক ভ্রূণ বিকশিত না করেন। 30 শতাংশের বেশী আই.বি.এফ. মায়েদের সাথে এমনটাই হয়। এই পুস্তকে পরের দিকে এই ব্যাপারে বিস্তারিত ভাবে জানানো হয়েছে।

দ্বিতীয় গর্ভাবস্থা

"এটা আমার দ্বিতীয় গর্ভাবস্থা। এটা এর আগের গর্ভাবস্থার থেকে কতটা আলাদা হতে পারে ?"

যে কোন দুটি গর্ভাবস্থা কখনোই এক রকমের হয় না। আমরা এমনটাও বলতে পারি না যে, আপনার গর্ভাবস্থার নবম মাস শুরু থেকে শেষ পর্যন্ত কতটা আলাদা হবে। এখানে কিছু স্বাভাবিক ব্যাপারের উল্লেখ করা যেতে পারে... কিন্তু সেগুলো সর্বদা সত্য হয় না।

- এবার আপনি আগের তুলনায় গর্ভাবস্থার ব্যাপারে দ্রুত অনুমান লাগাতে পারবেন। সাধারণতঃ দ্বিতীয় বারের গর্ভাবস্থার লক্ষণ চিনে নেওয়াটা সহজ হয়... যদিও সেগুলো প্রথম বারের তুলনায় অনেকটাই কমে আসে। সকাল-সকাল বেশী গা গুলোবে না। পাচন শক্তির গড়বড়িও বেশী হবে না। আপনি ক্লান্তি বেশী অনুভব করবেন... কারণ প্রথম গর্ভাবস্থার তুলনায় এবার আপনি দিনের বেলা বিশ্রাম করার বা একটু ঘুমিয়ে নেওয়ার সুযোগ কমই পাবেন।

  খাওয়ায় অরুচি বা বিশেষ কিছু খাওয়ার ইচ্ছার মত লক্ষণ দ্বিতীয় এবং তার পরের গর্ভাবস্থায় বেশী দেখতে পাওয়া যায় না। বক্ষস্থলে খুব একটা পরিবর্তন আসে না। সংবেদনশীলতা আর চিন্তাও আগের মত হয় না। প্রসবে বেশী কষ্টও হয় না।
- আপনি দ্রুত গর্ভবতী দেখতে লাগবেন অর্থাৎ আপনার গর্ভাবস্থার লক্ষণগুলো দ্রুত প্রকট হতে থাকবে। আপনি নিজেই বুঝতে পারবেন যে, এই গর্ভাবস্থা আগের বারের থেকে কিছুটা আলাদা। আপনার পেট আগের বারের থেকে কিছুটা বেশী ফুলে উঠবে... কারণ আপনার এবারের শিশু আগের বারের শিশুর তুলনায় বড় হবে। পেট আর পিঠের যন্ত্রণা এবং গর্ভাবস্থার বাকী কষ্টগুলোও আগের থেকে কম হবে।
- আপনি পেটের ভেতরে শিশুর নড়াচড়া আগের থেকে দ্রুত শুনতে পাবেন আর আপনি সেটাকে সহজে অনুভবও করতে পারবেন। হতে পারে যে, আপনি হয়তো নিজের প্রথম গর্ভাবস্থায় এই নড়াচড়াকে সঠিক ভাবে অনুভব করতে পারেননি।
- আপনার ভেতরে আগের মত উত্তেজনা হবে না। যদিও মনে-মনে রোমাঞ্চ তো অনুভব হবে... কিন্তু আপনার ভেতরে সবাইকে সেই সুসংবাদ শোনানোর উৎসাহ থাকবে না। এটা এক স্বাভাবিক প্রতিক্রিয়া হয়... এর ফলে দ্বিতীয় শিশুর জন্য আদর-ভালবাসার কোন অভাব হবে না। এটা মনে রাখবেন যে, এখন আপনি নিজের প্রথম শিশুর সাথেও শারীরিক রূপে যুক্ত হয়ে রয়েছেন।
- প্রসব আগের থেকে অনেকটাই সহজে হয়ে পড়বে। প্রথম বাচ্চার জন্মের সময় আপনার শরীরের মাংসপেশীগুলো হয়তো শিথিল হয়ে পড়েছিল... এজন্য দ্বিতীয় শিশুর জন্ম হতে বেশী সময় লাগবে না। প্রসব যন্ত্রণা আর প্রসবের প্রতিটি পর্যায় ছোট হবে আর শিশুকে বাইরের দিকে ধাক্কা দিতেও বেশী সময় লাগবে না।

আপনাকে নিজের প্রথম বাচ্চাকে দ্বিতীয় শিশুর এই পৃথিবীতে আসার সংবাদ বড়ই ভালো ভাবে দিতে হবে। তার জন্য আপনাকে অনেক ভেবে-চিন্তে সঠিক শব্দের নির্বাচন করতে হবে, যাতে সে-ও নিজের ভাই / বোনকে স্বাগত জানানোর জন্য মানসিক রূপে প্রস্তুত হতে পারে।

"আমার প্রথম শিশু সুস্থ ছিল। এখন আমি আবার গর্ভবতী হয়ে পড়েছি। এবারও কি আমি ততটাই সৌভাগ্যবতী হব ?"

আজ্ঞে হ্যাঁ... এবারও আপনার বেবী জ্যাকপট লাগতে চলেছে ! সব থেকে ভালো খবর হচ্ছে এটা যে, এবার তো আগের বারের তুলনায় ঝুঁকি অনেকটাই কম হবে আর আপনি ভালো চিকিৎসকীয় দেখাশোনা, আহার, ব্যায়াম আর জীবন-শৈলীর জোরে শিশুর জন্ম দিতে পারবেন।

প্রসব সম্বন্ধীয় ইতিহাসের পুনরাবৃত্তি

"আমার প্রথম প্রসব বেশী আরামদায়ক ছিল না। আমি সকল প্রকারের কষ্টদায়ক লক্ষণ সহ্য করেছি। এবারও কি সেই সব জিনিষ আবার একবার সহ্য করতে হবে ?"

যেহেতু প্রথম প্রসব দ্বারাই আগত প্রসবগুলোর ব্যাপারে তথ্য প্রাপ্ত হয়ে পড়ে... সেজন্য এমনটাও হতে পারে যে, আপনাকে এর আগে হওয়া কিছু কষ্টের মোকাবিলা আবার একবার করতে হতে পারে... কিন্তু কিছু-কিছু পরিবর্তনও আসতে পারে, যেমন – প্রথম গর্ভাবস্থায় গা গুলোন আর খাওয়ায় অরুচির মাত্রা খুব বেশী থেকে থাকলে এবার আর তেমনটা হবে না। আপনার জেনেটিক অভিজ্ঞতা থেকেও এই অনুমান লাগানো যেতে পারে যে, এবারের

গর্ভাবস্থা কতটা কষ্টদায়ক বা আরামদায়ক হবে ? এর মধ্যে কিছু কারণও শামিল রয়েছে, যেগুলোর ওপরে আপনি নিজেই নিয়ন্ত্রণ করতে পারেন। সেগুলো হচ্ছে ঃ-

স্বাভাবিক স্বাস্থ্য ঃ- আপনি যদি পূর্ণ রূপে সুস্থ থাকেন, তাহলে গর্ভাবস্থা যথেস্ট আরামদায়ক হয়ে উঠবে। এজন্য নিজের স্বাস্থ্যের ওপরে পূর্ণ দৃষ্টি দিন।

ওজন ঃ- আপনি যদি ডাক্তারের পরামর্শ অনুসারে ধীরে-ধীরে নিজের ওজন বাড়ান বা ফালতু ওজন কম করে আনেন... তাহলে ভেরিকোজ ভেইনস্, স্ট্রেচ মার্ক, পিঠের যন্ত্রণা, ক্লান্তি, অপচন আর শ্বাস নিতে কস্ট হওয়ার মত সকল সমস্যার থেকে মুক্তি পেতে পারবেন।

আহার ঃ- গর্ভবতী মহিলা যত ভালো আহারের সেবন করবেন, এক সুস্থ শিশুর জন্ম নেওয়ার সম্ভাবনা তত বেড়ে উঠবে... তার সাথে-সাথে গর্ভাবস্থাও আরামদায়ক হয়ে উঠবে। এর ফলে যে শুধু বমি আর গা গুলোনোর মত সমস্যার হাত থেকে মুক্তি পাওয়া যায়, তাই নয়... বরং ক্লান্তি, কোষ্ঠকাঠিন্য, যোনি সংক্রমণ, এনিমিয়া আর মাথার যন্ত্রণা ইত্যাদি থেকেও আরাম পাওয়া যায়। যদি গর্ভাবস্থার সময় কোন সমস্যা সৃষ্টি হয়েও পড়ে... তাহলেও সুস্থ শিশুর জন্ম হওয়ার সম্ভাবনা বজায় থাকবে।

সুস্থতা *(ফিট্নেস)* ঃ- পূর্ণ রূপে সুস্থ থাকার জন্য আপনাকে নিজের ফিট্নেসের ওপরেও দৃষ্টি দিতে হবে। দ্বিতীয় বার বা তার পরের গর্ভাবস্থাগুলোয় ব্যায়াম অত্যন্ত গুরুত্বপূর্ণ হয়... কারণ এর দ্বারা পেটের নীচের অংশের মাংসপেশীগুলোর নমনীয়তা বৃদ্ধি পায়। অনেক প্রকারের যন্ত্রণা আর বিশেষ করে পিঠের যন্ত্রণায় আরাম পাওয়া যায়।

জীবন-শৈলীতে পরিবর্তন ঃ- ছুটোছুটি ভরা জীবন-শৈলীতে আপনাকে গর্ভাবস্থার কস্টদায়ক লক্ষণগুলোর মোকাবিলা করতে হতে পারে।, যেমন – গা গুলোন, ক্লান্তি, মাথার যন্ত্রণা, অপচন ইত্যাদি। কাজের চাপ খুব বেশী থাকলে কারো সহায়তা নিন। মানসিক চাপ বেড়ে উঠলে কিছুক্ষনের জন্য কাজ বন্ধ রাখুন বা যোগ আর বিশ্রামের টেক্‌নিক গ্রহণ করে মনকে শান্ত করে তুলুন। এর ফলে আপনি আগের থেকে অনেকটাই ভালো অনুভব করবেন।

অন্যান্য বাচ্চা ঃ- অনেক গর্ভবতী মহিলা বাড়ীতে অন্যান্য বাচ্চাদের সাথে এতটা ব্যস্ত হয়ে পড়েন যে, তাঁদের গর্ভাবস্থার সঙ্গে যুক্ত কস্টগুলো অনুভূতই হয় না। কিছু-কিছু মহিলাদের এই ছুটোছুটির মাঝে বেশ কিছু খারাপ লক্ষণের মুখোমুখিও হতে হয়, যেমন – সকালে বাচ্চাদের তৈরী করে স্কুলে পাঠানো বা রাতে ডিনারের সময় ছুটোছুটির কারণে সৃস্ট মানসিক চাপের ফলে তাঁদের গা গুলোন আর ক্লান্তির অভিযোগ বেড়ে ওঠে... পিঠে যন্ত্রণা হতে থাকে। সঠিক সময়ে শৌচ না করার কারণে কোষ্ঠকাঠিন্য হয়ে পড়ে। বাচ্চাদের সর্দ্দি-কাশির কীটাণুর দ্বারা সংক্রমণও হয়ে পড়তে পারে।

এমনটা তো হতে পারে না যে, আপনি নিজের গর্ভাবস্থার কারণে বড় বাচ্চা / বাচ্চাদের নিজের থেকে দূরে পাঠিয়ে দেবেন *(না-ই আপনি নিজের প্রথম গর্ভাবস্থার মত আদর-যত্ন পাবেন)*। আপনাকে নিজের দেখাশোনা নিজেকেই করতে হবে। বাচ্চাকে ঘুম পাড়ানোর সময় নিজেও একটু চোখ বন্ধ করে শুয়ে থাকুন, নিজের খাওয়া-দাওয়ার ওপরে সজাগ দৃষ্টি রাখুন আর এমন কোন কাজ করবেন না, যার ফলে আপনার গর্ভাবস্থায় কোন সমস্যার সৃষ্টি হয়ে পড়ে বা আপনার কস্ট বেড়ে ওঠে।

"আমি প্রথম গর্ভাবস্থায় কিছু জটিলতা ভোগ করেছি। এবারও কি তেমনটাই হবে ?"

এক জটিল গর্ভাবস্থার অর্থ এটা হয় না যে, দ্বিতীয় বারও তেমনটাই হবে। যদিও সেগুলোর মধ্যে কিছু জটিলতা আবার দেখা দিতে পারে... আমরা সকলের ক্ষেত্রে এমনটা বলতে পারি না। সেই সব জটিলতার মধ্যে কয়েকটা এমনও হয়, যেগুলো কেবলমাত্র একবারই দেখা দেয়, যেমন – কোন সংক্রমণ বা দুর্ঘটনা ! যদি সেই জটিলতা জীবন-শৈলীর কারণে এসে থাকে, তাহলে হয়তো জীবন-শৈলীতে পরিবর্তন আনার

পরে সেগুলো আর আসবে না *(যেমন – ধূম্রপান, মদ্যপান, মাদক পদার্থের সেবন বা কোন পারিবেশিক কারণ)*। এমনও হতে পারে যে, আপনি এবার পর্যাপ্ত চিকিৎসকীয় দেখাশোনা প্রাপ্ত করেছেন... যেটা আগের বার প্রাপ্ত করতে পারেননি। যদি কোন ক্রণিক রোগের কারণে জটিলতার সৃষ্টি হয়ে পড়ে, যেটার চিকিৎসা হয়তো আপনি গর্ভধারণ করার আগেই করিয়ে নিয়েছেন; যেমন – ডায়াবেটিজ বা উচ্চ রক্তচাপ। আপনার সেই সব জটিলতাগুলোকে মাথায় রেখেই এবার আপনার ডাক্তারবাবু আগে থেকেই সতর্কতা অবলম্বন করে নিয়েছেন আর আপনাকে পূর্ণ দেখাশোনা প্রদান করছেন। কারণ যাই হোক্ না কেন... আশানুরূপ সাবধানতা আর দেখাশোনার জোরে এক সুস্থ শিশুর জন্মের গ্যারান্টী দেওয়া যেতে পারে।

অত্যন্ত শীঘ্র দ্বিতীয় গর্ভাবস্থা

"আমি প্রথম শিশুর জন্ম দেওয়ার 10 সপ্তাহ পরেই আবার একবার গর্ভবতী হয়ে পড়ি। এর দ্বারা আমার আর গর্ভস্থ শিশুর স্বাস্থ্যের ওপরে কি প্রভাব পড়তে পারে ?"

এক শিশুর জন্মের পরে হঠাৎ করে আবার একবার গর্ভবতী হয়ে পড়াটা যথেষ্ট মানসিক চাপপূর্ণ হতে পারে... কারণ আপনি এর জন্য মানসিক রূপে প্রস্তুত ছিলেন না। সবার আগে তো নিজের মনকে শান্ত করুন। যদিও একের-পর-এক গর্ভাবস্থা মায়ের স্বাস্থ্যের ওপরে গভীর প্রভাব বিস্তার করে... কিন্তু তবুও আপনি কয়েকটা ব্যাপার মাথায় রেখে এই চ্যালেঞ্জের মুখোমুখি হতে পারেন।

- গর্ভাবস্থার ব্যাপারে জানতে পারামাত্র প্রসব সম্বন্ধীয় দেখাশোনা শুরু করে দিন।
- নিজের খাওয়া-দাওয়ার অভ্যাসে পরিবর্তন নিয়ে আসুন। আপনি যদি এখনও নিজের প্রথম শিশুকে স্তনপান করাচ্ছেন, তাহলে হয়তো আপনার শরীর এই মুহূর্তে আবশ্যক পোষণ প্রাপ্ত করছে না। আপনাকে নিজের জন্য আর আপনার গর্ভে বেড়ে উঠতে থাকা শিশুর জন্য ভরপুর মাত্রায় পোষক পদার্থ গ্রহণ করতে হবে। ডাক্তারের পরামর্শ অনুসারে প্রোটিন, আয়রণ এবং অন্যান্য ভিটামিন নিজের ভোজনে শামিল করে নিন। খাবার খাওয়ার জন্য পুরো সময় বার করে আনুন। যদিও এই সময় আপনার দিনচর্যা যথেষ্ট ব্যস্ত থাকবে... কিন্তু আপনাকে নিজের জন্য তো সময় বার করতেই হবে।
- পর্যাপ্ত মাত্রায় ওজন বাড়াতে হবে। নতুন ভ্রূণ শিশুরও সেই সব কিছু চাই, যেগুলো আপনি নিজের প্রথম শিশুর জন্য করেছিলেন। ডাক্তারের পরামর্শ নিন আর সেই অনুসারে নিজের ওজন বাড়ান। উত্তম-পোষণ যুক্ত আহারের সহায়তায় ধীরে-ধীরে নিজের ওজন বাড়ান। যদি পূর্ণ প্রচেস্টার পরেও ওজন না বাড়ে, তাহলে নিজের ক্যালোরীর মাত্রার ওপরে দৃষ্টি দিন।
- যদি এখনও পর্যন্ত আপনি নিজের প্রথম শিশুকে স্তনপান করাচ্ছেন, তাহলে এবার ডাক্তারের পরামর্শ অনুসারে তাকে কৌটোর দুধ বা অন্য দুধ দিতে পারেন। আপনাকে নিজের ছোট্ট শিশু আর গর্ভে বেড়ে উঠতে থাকা শিশু – দুজনেরই স্বাস্থ্যের ওপরে দৃষ্টি দিতে হবে... কিন্তু তার সাথে-সাথে আপনি নিজে আরাম করতে যেন ভুলে যাবেন না।
- হতে পারে যে, আপনার শরীরের অন্যের থেকে বেশী বিশ্রাম করার প্রয়োজন হতে পারে। আপনাকে নিজের সংসারও সামলাতে হবে... এজন্য প্রাথমিকতা নির্দিষ্ট করে নিন। এটা জরুরী নয় যে, প্রতিটি অপ্রয়োজনীয় কাজও আপনাকেই করতে হবে। আপনার বাচ্চা ঘুমিয়ে পড়লে আপনিও একটু বিশ্রাম করে নিন। রাতে বাচ্চার বাবাকে বোতলে দুধ বানিয়ে বাচ্চাকে খাওয়ানোর দায়িত্ব দিন। বাচ্চাকে স্তনপান করাতে হলেও রাতে বাচ্চার কান্না থামানোর জন্য আপনি বাচ্চার বাবাকে

ঘুম থেকে ওঠাতেই পারেন।

- এতটা বিশ্রাম অবশ্যই করুন, যাতে আপনি ক্লান্তি অনুভব না করেন। যদি আলাদা করে ব্যায়াম করার সময় বার করা মুশকিল হয়ে পড়ে, তাহলে ছোট বাচ্চাকে প্যারাম্বুলেটরে শুইয়ে পায়চারী করতে বেরিয়ে পড়ুন। বাচ্চাকে কারো কাছে রেখেও ব্যায়াম করার জন্য যেতে পারেন।

- নিজেকে গর্ভাবস্থার সাথে যুক্ত ঝুঁকির থেকে আলাদা রাখুন; যেমন – ধূম্রপান বা মদিরা সেবন ! আপনার এবং গর্ভস্থ শিশুর সর্বদাই মানসিক চাপের থেকে দূরে থাকতে হবে।

এক বড় পরিবার

"আমি ষষ্ঠ বার গর্ভবতী হয়ে পড়েছি। এর দ্বারা কি আমার শিশুর স্বাস্থ্যের ওপরে প্রভাব পড়তে পারে ?"

যদি আপনি নিজের প্রতিটি প্রসবের আগে পূর্ণ দেখাশোনা আর চিকিৎসকীয় পরিষেবা পেয়ে চলেন, তাহলে এমনটা আশা করা যেতেই পারে যে, এবারও আপনার পরিবারে এক সুস্থ শিশুই জন্ম নেবে। যদি যমজ বাচ্চা বা তিনটি বাচ্চার গর্ভাবস্থা না হয়, তাহলে সাধারণতঃ এই গর্ভাবস্থাও আগের মতই সুরক্ষিত থাকবে।

এই গর্ভাবস্থার পূর্ণ আনন্দ উপভোগ করুন... কিন্তু তার সাথে-সাথে নিম্নলিখিত জিনিষগুলোও মাথায় রাখুন ঃ-

■**বিশ্রাম করুন ঃ-** যতটা সম্ভব হয়, বিশ্রাম করুন। যদিও আপনি হয়তো বিশ্রামই করছেন... কিন্তু যেসব গর্ভবতী মায়েদের আগের ছোট-ছোট 5 বাচ্চার দেখাশোনা করতে হয়, তাঁদের পক্ষে বিশ্রাম করাটা আরও বেশী জরুরী হয়ে ওঠে।

■**সহায়তা নিন ঃ-** আপনাকে নিজের কাজের জন্য অন্যের সহায়তা নিতে হবে। সবার আগে তো নিজের পতিদেবের থেকে সহায়তা চান। নিজের বড় বাচ্চাদের মধ্যে নিজের কাজ নিজে করার অভ্যাস গড়ে তুলুন। তাদের বয়স অনুসারে কাজের দায়িত্ব দিন। যদি আপনি নিজের কিছু কাজ পরিবারের অন্যান্য সদস্যদের দিয়ে করাতে পারেন, তাহলে সেটা আরও ভালো হবে।

■**আহার ঃ-** প্রায়ই ছোট বাচ্চার মায়েরা পরিবারের সবার পেট ভরার চক্করে নিজের খাওয়ার দিকে দৃষ্টি দেন না। আপনি যদি ঠিক সময়ে খাবার না খান বা জাংক ফুড খেয়ে কাজ চালাতে চান, তাহলে আপনার এনার্জীর স্তর কমে আসতে পারে। খাওয়ার জন্য পুরো সময় বার করুন। সুস্থ আহার-বিহারের অভ্যাস কার্যকরী হতে পারে।

■**ওজন ঃ-** নিজের ওজনের ওপরে দৃষ্টি দিন। সাধারণতঃ অনেক বার গর্ভবতী মহিলাদের ওজন কিছুটা বেশীই হয়। যদি আপনার সাথেও এমনটা হয়, তাহলে ডাক্তারের পরামর্শ অনুসারে ওজনকে বিভাজিত করুন। তার সাথে-সাথে এটাও লক্ষ্য রাখুন যে, ওজন যেন প্রয়োজনের থেকে বেশী কমে না আসে।

গর্ভপাতের সমস্যা

"আমি এর আগে দুবার গর্ভপাত করিয়েছি। এর ফলে কি আমার গর্ভাবস্থার ওপরে কোন প্রভাব পড়বে ?"

প্রথম তিন মাসে অনেক বার গর্ভপাত হয়ে

ডাক্তারকে বলুন

আপনার চিকিৎসা বা স্ত্রী রোগের যে ইতিহাসই থাকুক না কেন... সেটা ডাক্তারকে অবশ্যই জানান, যেমন – প্রথম গর্ভাবস্থা, মিস্ক্যারেজ, গর্ভপাত, সার্জারী বা কোন সংক্রমণ ! ডাক্তার আপনার এই সব ব্যাপার যত ভালো ভাবে জানতে পারবেন, আপনার দেখাশোনাও তত ভালো ভাবে হতে পারবে। উনি আপনার এই সব ব্যাপারগুলো অবশ্যই গোপন রাখবেন।

পড়লে পরের গর্ভাবস্থার ওপরে সেটার কোন প্রভাব পড়ে না। যদি আপনার গর্ভপাত 14 সপ্তাহের আগে হয়েছিল, তাহলে এতে ভয় পাওয়ার মত কিছু নেই। 14 থেকে 27 সপ্তাহের মাঝে হওয়া গর্ভপাত দ্বারা সময়ের আগে প্রসব হওয়ার ঝুঁকি কিছুটা বেড়ে ওঠে। নিজের ডাক্তারকে এই সব গর্ভপাতগুলোর ব্যাপারে আগেই জানিয়ে দিন, যাতে আপনাকে পূর্ণ চিকিৎসকীয় পরিষেবা প্রদান করা যেতে পারে।

প্রী-টার্ম বার্থ

"আমার প্রথম গর্ভাবস্থায় প্রী-টার্ম বার্থ হয়েছিল। যদিও আমি সেই সম্পর্কিত সকল প্রকারের চিকিৎসা করিয়েছি... কিন্তু এবারও কি সেই একই সমস্যা হতে পারে?"

অভিনন্দন গ্রহণ করুন! আপনি যদি আগে থেকেই সকল চিকিৎসা করিয়ে থাকেন, তাহলে আপনার শিশু একেবারে সঠিক সময়েই এই পৃথিবীতে পদার্পণ করবে!

যদিও আপনি নিজের ডাক্তারের সঙ্গে মিলে এমন আরও কিছু পদক্ষেপ নিতে পারেন, যাতে প্রী-টার্ম বার্থের কোন ঝুঁকিই না থাকে।

সবার আগে তো নিজের ডাক্তারের থেকে এটা জানুন যে, এই ব্যাপারে সাম্প্রতিক কোন অধ্যয়ণ হয়েছে কি না? অনুসন্ধানকারীরা এটা জানতে পেরেছেন যে, 16 থেকে 36 সপ্তাহের সময় যদি শট বা জেলের রূপে প্রোজেস্টেরন হার্মোণ দেওয়া হয়, তাহলে প্রী-টার্ম বার্থের ঝুঁকিকে অনেকটাই এড়ানো যেতে পারে। আপনিও নিজের ডাক্তারের পরামর্শ অনুসারে এটা নিতে পারেন।

তারপর নিজের ডাক্তারকে এটা প্রশ্ন করুন যে, আপনার স্ক্রীনিং টেস্ট করানোর কোন প্রয়োজন আছে কি না... কারণ এই টেস্টের পোজিটিভ ফলের অর্থ হচ্ছে এর পরে আরও অনেক টেস্ট করাতে হবে।

ফ্যাটাল ফায়ব্রোনেক্টিন *(Fatal Fibronectin)* স্ক্রীনিং পরীক্ষা দ্বারা যোনিতে প্রোটিনের ব্যাপারে একমাত্র তখনই জানতে পারা যায়, যদি এম্‌নিয়োটিক স্যাক গর্ভাশয়ের প্রাচীরগুলোর থেকে আলাদা হয়ে পড়ে *(এটা হচ্ছে সময়-পূর্ব প্রসবের সংকেত)*। যদি এই পরীক্ষার রিপোর্ট নেগেটিভ আসে, তাহলে ঘাবড়ানোর কিছু নেই। কিন্তু যদি রিপোর্ট পোজিটিভ আসে আর প্রী-টার্ম লেবারের ঝুঁকি দেখতে পাওয়া যায়, তাহলে ডাক্তার আপনার গর্ভাবস্থাকে দীর্ঘ করার উপায় করতে পারেন বা শিশুর ফুসফুসকে সময়ের আগে হওয়া প্রসবের জন্য প্রস্তুত করে তুলতে পারেন।

দ্বিতীয়তঃ স্ক্রীনিং টেস্ট দ্বারা সার্ভিক্সের দৈর্ঘ্যের ব্যাপারে জানতে পারা যায়। এটাকে আল্ট্রাসাউণ্ডের সহায়তায় মাপা হয়ে থাকে। সেটা যদি ছোট হয় বা যদি সেটার খোলার সংকেত পাওয়া যায়, তাহলে ডাক্তার আপনাকে বেডরেস্টের পরামর্শ দিতে পারেন বা সার্ভিক্সে সেলাই করতেও পারেন *(যদি আপনার গর্ভাবস্থার এখনও 22 সপ্তাহ পুরো না হয়ে থাকে)*।

তথ্য দ্বারা সর্বদাই শক্তি প্রাপ্ত হয়... কিন্তু এই ক্ষেত্রে আপনি দ্বিতীয় শিশুর ঠিক সময়ে প্রসব হওয়াকে সুনিশ্চিত করে তুলতে পারেন আর এটা এক ভালো খবর!

সার্ভিক্সের বিকার

"আমার প্রথম গর্ভাবস্থার পঞ্চম মাসে আমার মিস্‌ক্যারেজ হয়ে পড়েছিল। চিকিৎসকরা বলেছিলেন যে, এমনটা সার্ভিক্সের অভাবের কারণে হয়েছিল। সম্প্রতি আমার হোম প্রেগন্যান্সী রিপোর্ট পোজিটিভ এসেছে। আমার চিন্তা হচ্ছে যে, আবার একবার সেই সমস্যার সৃষ্টি না হয়ে পড়ে!"

আপনার জন্য ভালো খবর হচ্ছে এটা যে, এমনটা বার-বার হবে না... কারণ ইতিমধ্যেই আপনার ডাক্তার আপনার এই সমস্যার ব্যাপারে জানতে পেরে সেটার চিকিৎসা করে ফেলেছেন, যাতে আপনার গর্ভাবস্থায় এমন সমস্যা আর সৃষ্টি না হয়। পুরো দেখাশোনা আর চিকিৎসার পরে আপনি এক সুস্থ শিশুর জন্ম দিতে পারবেন।

যদি আপনি এবার ডাক্তার বদলে থাকেন, তাহলে তাঁকেও এই সব কথা অবশ্যই জানান, যাতে তিনি আপনাকে প্রয়োজনীয় চিকিৎসকীয় পরিষেবা আর চিকিৎসা প্রদান করতে পারেন।

যদি সার্ভিক্সে কোন ত্রুটি থেকে গিয়ে থাকে, তাহলে সেটা গর্ভাশয়ের ওপরে পড়তে থাকা ক্রমবর্দ্ধমান চাপের কারণে সময়ের আগেই খুলে যায়। এমনটা 100-র মধ্যে 1 - 2 গর্ভাবস্থাতেই হয়। সাধারণতঃ দ্বিতীয় তিন মাসের 10 থেকে 20 শতাংশ মিস্‌ক্যারেজের কারণও এটা হয়। এমনটা জেনেটিক দুর্বলতা, প্রসবের সময় সার্ভিক্সের ওপরে পড়তে থাকা টান, বায়োপ্‌সী, সার্ভাইকাল সাজরী আর লেজার থেরাপীর কারণে হতে পারে। একাধিক শিশু হওয়ার কারণেও এই সমস্যা দেখা দিতে পারে... কিন্তু যদি গর্ভে একটাই শিশু থাকে, তাহলে এই সমস্যা দ্বিতীয় বার হয় না।

যখন কোন গর্ভবতী মহিলার গর্ভাবস্থার দ্বিতীয় তিন মাসে; গর্ভাশয় সংকুচন বা যোনির রক্তস্রাব ছাড়াই, যন্ত্রণারহিত মিস্‌ক্যারেজ হয়ে পড়ে... সেই সময় সার্ভিক্সের এই সমস্যার ব্যাপারে জানতে পারা যায়।

যদি এমন সমস্যা দেখা দেয়, তাহলে ডাক্তার সার্ভিক্সকে সেলাই করে দেন *(12 থেকে 22 সপ্তাহের ভেতরে)*। এমনিতে এখন এই বিষয়ে আরও অধ্যয়ণ হওয়া বাকী রয়ে গেছে। এমনিতে বেশীর ভাগ ডাক্তার এই প্রক্রিয়া তখনই গ্রহণ করেন, যখন তাঁরা এটা জানতে পারেন যে, সার্ভিক্স খুলছে! এই প্রক্রিয়া লোকাল এ্যানাস্থেসিয়া দ্বারা যোনি *(ভ্যাজাইনা)*-র মাধ্যমে করা হয়ে থাকে। সাজরীর 12 ঘন্টা পরে আপনি নিজের স্বাভাবিক গতিবিধি শুরু করতে পারবেন। যদিও গর্ভাবস্থার বাকী সময়ে আপনি ইন্টারকোর্স করতে পারবেন না আর সময়ে-সময়ে চিকিৎসকীয় দেখাশোনার জন্যও আপনাকে ডাক্তারের কাছে যেতে হবে। সেলাই কখন খোলা হবে, সেটা ডাক্তারের পরামর্শ আর আপনার শারীরিক অবস্থার ওপরে নির্ভর করছে। এমনিতে সেলাই প্রসবের আনুমানিক তারিখের কয়েক দিন আগেই খোলা হয়ে থাকে। বেশ কিছু মামলায় সেলাই প্রসব যন্ত্রণা শুরু হওয়া পর্যন্ত খোলা হয় না... তবে যদি কোন সংক্রমণ, রক্তস্রাব বা মেম্ব্রেনের বিকার না হয়ে পড়ে।

আপনাকে প্রথম আর দ্বিতীয় তিন মাসে কিছু-কিছু লক্ষণের ওপরে দৃষ্টি দিতে হবে; যেমন – পেটের নীচের অংশে চাপ, রক্তের সাথে ডিস্‌চার্জ, মূত্রাশয়ের সংক্রমণ বা যোনিতে কিছু একটা ঢুকে থাকার অনুভূতি! এমন যে কোন লক্ষণ অনুভূত হলে তৎক্ষনাত ডাক্তারের সঙ্গে যোগাযোগ করুন!

আর. এইচ. প্রতিকূলতা

"ডাক্তারের মতানুসারে আমার ব্লাড টেস্টের রেজাল্ট নেগেটিভ এসেছে। এর দ্বারা আমার শিশুর কি ক্ষতি হতে পারে?"

এমনিতে এখন আর ভয় পাওয়ার মত কোন ব্যাপার নেই... কারণ এই ব্যাপারটা এখন আপনি আর আপনার ডাক্তার জানতে পেরে গেছেন। এর পরে আপনি সহজেই এমন কিছু পদক্ষেপ ওঠাতে পারবেন, যার ফলে আপনার গর্ভস্থ শিশু পূর্ণ রূপে সুরক্ষিত হয়ে পড়বে।

আর. এইচ. প্রতিকূলতা কি হয় আর আপনার শিশুর এটার থেকে সুরক্ষার প্রয়োজন কেন হয়? জীব বিজ্ঞানের ছোট একটা পাঠ দ্বারা সেই জিনিষটা বোঝা যেতে পারে। শরীরের প্রত্যেক কোশিকার ওপরে, পরতের ওপরে অসংখ্য এ্যান্টীজ থাকে। সেগুলোরই অন্যতম হচ্ছে এই আর. এইচ. ফ্যাক্টর! আমরা প্রত্যেকেই নিজেদের রক্ত কোশিকাগুলোয় আর. এইচ. ফ্যাক্টর দেখতে পাই অথবা দেখতে পাই না। আর. এইচ. ফ্যাক্টর থাকলে সেটাকে আর. এইচ. পোজিটিভ বলা হয় এবং আর. এইচ. ফ্যাক্টর না থাকলে সেটাকে আর. এইচ. নেগেটিভ বলা হয়। গর্ভাবস্থায় যদি মা আর. এইচ. নেগেটিভ হন আর শিশুর পিতা যদি আর. এইচ. পোজিটিভ হন... তাহলে সেটা মায়ের ইম্যুন প্রণালীর পক্ষে *'অচেনা'* হয়ে ওঠে। ইম্যুন প্রতিক্রিয়ায় মায়ের সিস্টেম সেই এ্যান্টীবডির সাথে লড়ার জন্য পুরো ফৌজ তৈরী করে নেয়... যাকে আমরা *'আর. এইচ. প্রতিকূলতা'* বলি।

গর্ভাবস্থার শুরুতে প্রতিটি গর্ভবতী মহিলার পরীক্ষা করে আর. এইচ. ফ্যাক্টরের ব্যাপারে জানা হয়ে থাকে। যদি গর্ভবতী মহিলা আর. এইচ. পোজিটিভ হন... তাহলে এই ব্যাপারে খুব এটা তফাৎ পড়বে না যে, শিশু আর.এইচ. পোজিটিভ হবে, না আর. এইচ. নেগেটিভ!

আর যদি মা আর. এইচ. নেগেটিভ হন আর শিশুর পিতাও যদি আর. এইচ. নেগেটিভ হন, তাহলে শিশুও আর. এইচ. নেগেটিভ-ই হবে... কারণ দুই নেগেটিভ সাথী এক পোজিটিভ বেবীর জন্ম দিতে পারেন না... কিন্তু যদি আপনার সাথী আর. এইচ. পোজিটিভ হন... তাহলে আপনার শিশুও আর. এইচ. পোজিটিভ হতে পারে... যার ফলে মা এবং শিশুর মাঝে প্রতিকূলতার সৃষ্টি হতে পারে।

প্রথম গর্ভাবস্হায় এই সমস্যার সৃষ্টি হয় না। যদি প্রসব, এ্যাবর্শন বা মিস্‌ক্যারেজের সময় শিশুর রক্ত মায়ের রক্ত পরিসঞ্চরণ তন্ত্রের সাথে মিশে যায়, তাহলে সমস্যা সৃষ্টি হতে পারে। তখন মায়ের শরীরে আর. এইচ. ফ্যাক্টরের জন্য এ্যান্টীবডিজ তৈরী হয়ে পড়ে। মা যতক্ষন পর্যন্ত দ্বিতীয় আর. এইচ. পোজিটিভ শিশুকে গর্ভে ধারণ করে গর্ভবতী না হচেছন... ততক্ষন পর্যন্ত সেই সব এ্যান্টীবডিজ কোন ক্ষতি করতে পারে না। পরে সেগুলো প্লেসেন্টা পার করে শিশুর লাল রক্ত কোশিকাগুলোর ওপরে হামলা চালায়... যার ফলে ভ্রুণে হাল্কা থেকে শুরু করে গুরুতর এনিমিয়া পর্যন্ত হতে পারে। এমনটা খুবই কম দেখা গেছে যে, এই সব এ্যান্টীবডিজ প্রথম গর্ভাবস্হায় কোন ক্ষতি করেছে।

এমন পরিস্হিতির মোকাবিলা করার সব থেকে বড় উপায় হচেছ এটা যে, এ্যান্টীবডিজ তৈরীই না হতে দেওয়া হোক্। 28-তম সপ্তাহে ডাক্তার আর. এইচ. নেগেটিভ গর্ভবতী মহিলাদের আর. এইচ. ইম্যুন-গ্লোব্যুলিনের ইঞ্জেকশন দেন। এটাকে আর. এইচ. ওগ্যাম বলা হয়। যদি রক্ত পরীক্ষায় এটা জানতে পারা যায় যে, গর্ভস্হ শিশু আর. এইচ. পোজিটিভ, তাহলে প্রসবের 72 ঘন্টা পরে আরও এক ডোজ দেওয়া হয় আর গর্ভস্হ শিশু আর. এইচ. নেগেটিভ হলে কোন প্রকারের চিকিৎসার প্রয়োজন পড়ে না। এই ইঞ্জেকশন; কোন মিস্‌ক্যারেজ, ইক্টোপিক প্রেগন্যান্সী, এ্যাবর্শন, কোরিয়োনিক ভিলস্ স্যাম্পলিং, এমনিয়োসেন্টেসিস, যোনি থেকে রক্তস্রাব বা মানসিক আঘাতের সময়েও দেওয়া হয়ে থাকে। এটা প্রয়োজনের সময় তিন বার দেওয়া হলে পরবর্তী গর্ভাবস্হা অনেকটাই সুরক্ষিত হয়ে পড়ে।

যদি কোন আর. এইচ. নেগেটিভ গর্ভবতী মহিলাকে এর আগের গর্ভাবস্হায় আর. এইচ. ওগ্যাম না দেওয়া হয়ে থাকে আর টেস্টে যদি এটা জানতে পারা যায় যে, তাঁর শরীরে আর. এইচ. এ্যান্টীবডিজের নির্মাণ হয়ে পড়েছে... তাহলে এমনিয়োসেন্টেসিস-য়ের সহায়তায় ভ্রুণের রক্তের পরীক্ষা করা যেতে পারে। যদি সেটা আর. এইচ. নেগেটিভ হয়, তাহলে মা আর শিশুর রক্ত অনুকূল হবে আর কোন প্রকারের চিকিৎসার প্রয়োজন পড়বে না। কিন্তু যদি সেটা আর. এইচ. পোজিটিভ হয় আর মায়ের রক্তের সাথে না মেলে, তাহলে মায়ের শরীরে এ্যান্টীবডির স্তরের ওপরে নিয়মিত রূপে দৃষ্টি রাখতে হবে।

যদি সেই স্তর বিপজ্জনক রূপে বেড়ে ওঠে, তাহলে আল্ট্রাসাউণ্ডের সহায়তায় ভ্রুণের অবস্হানের ব্যাপারে জানা হয়ে থাকে। যদি সেটার জন্য কোন প্রকারের ঝুঁকির সৃষ্টি হয়ে পড়ে, তাহলে ভ্রুণের আর. এইচ. নেগেটিভ ব্লাড ট্রান্সফ্যুশন জরুরী হয়ে ওঠে।

আর. এইচ. ওগ্যামের প্রয়োগ দ্বারা ব্লাড ট্রান্সফ্যুশনের প্রয়োজন পড়ে না আর পরের গর্ভাবস্হাগুলোও অনেকটাই সুরক্ষিত হয়ে পড়ে।

রক্তে অন্যান্য অনিয়মিততার কারণেও এমন প্রতিকূলতার সৃষ্টি হতে পারে, যেমন – ক্যাল এন্টীজন। যদিও এটা আর. এইচ. ফ্যাক্টরের তুলনায় কমই হয়। যদি মায়ের শরীরে এই এন্টীজন না থাকে আর পিতার শরীরে থাকে... তাহলে সেটার ফলে সমস্যার সৃষ্টি হয়ে পড়তে পারে। প্রথমে রুটীন টেস্টে মায়ের শরীরে এ্যান্টীবডিজের পরীক্ষা করা হয়ে থাকে। যদি এ্যান্টীবডিজ কাছে আসে... তাহলে এবার শিশুর পিতার পরীক্ষা করে এটা দেখা হয় যে, তিনি পোজিটিভ তো নন! এমন পরিস্হিতিতে সেই চিকিৎসাই করা হয়ে থাকে, যেমনটা আর. এইচ. প্রতিকূলতায় করা হয়।

আপনার প্রেগন্যান্সী প্রোফাইল এবং প্রী-টার্ম বার্থ

এমনিতে আপনার পক্ষে সুখবর হচ্ছে এটা যে, কেবলমাত্র 12 শতাংশ প্রসব যন্ত্রণার মামলা এমন হয়, যাকে প্রী-ম্যাচিয়োর বা প্রী-টার্ম বলা যেতে অর্থাৎ যেসব প্রসব প্রেগন্যান্সীর 11-তম সপ্তাহের আগে হয়। এদের মধ্যে অর্দ্ধেক গর্ভবতী মহিলা এমন হন... যাঁরা এটা জানেন যে, তাঁদের প্রী-ম্যাচিয়োর ডেলিভারী হতে পারে।

যদি আপনিও এই সংকটের মোকাবিলা করছেন, তাহলে আপনি নিজের সেই প্রী-ম্যাচিয়োর প্রসবের মোকাবিলা করার জন্য বেশ কিছু উপায় গ্রহণ করতে পারেন। অনেক মামলা তো এমন হয়, যেগুলোয় সংকটের লক্ষণ চিনে নেওয়ার পরেও সেগুলোর ওপরে নিয়ন্ত্রণ করা যায় না... কিন্তু কিছু-কিছু ক্ষেত্রে সংকটের মাত্রাকে কমিয়ে নিয়ে আসা যেতে পারে। নীচে উল্লেখিত লক্ষণগুলোর মধ্যে যেটাই আপনার ক্ষেত্রে দেখতে পাওয়া যাক্ না কেন – সেগুলোকে কম করার চেস্টা করুন... সেগুলোর ওপরে নিয়ন্ত্রণ প্রাপ্ত করার চেস্টা করুন, যাতে আপনার শিশু সঠিক সময়ে এই পৃথিবীর আলো দেখতে পায়।

ওজন কম বা বেশী হওয়া ঃ- আপনার ওজন প্রয়োজনের তুলনায় কম বা বেশী হলেও আপনার প্রসব তাড়াতাড়ি হতে পারে। আপনাকে একেবারে সঠিক পদ্ধতিতে ডাক্তারের পরামর্শ অনুসারে নিজের ওজন বাড়াতে হবে। তার জন্য এক স্বাস্থ্যকর পরিবেশের সৃষ্টি করতে হবে, যাতে গর্ভকাল সহজে শেষ হয়ে পড়ার পরেই আপনার শিশু এই পৃথিবীতে পদার্পণ করতে পারে।

পোষণের অভাব ঃ- কেবলমাত্র সঠিক পদ্ধতিতে ওজন বাড়ানোই পর্যাপ্ত হয় না। আপনাকে নিজের শিশুর জীবনের এক স্বাস্থ্যকর সূত্রপাত করতে হবে। এমন আহারের সেবন করতে হবে, যাতে আপনার সময়-পূর্ব প্রসবের আশংকা না থাকে। এমনিতে এমন প্রমাণ পাওয়া গেছে যে, দিনে পাঁচ বার নিয়মিত রূপে ভোজন করলে সময়-পূর্ব প্রসবের ঝুঁকিকে এড়ানো যেতে পারে।

দীর্ঘ সময় পর্যন্ত দাঁড়িয়ে থাকা এবং ভারী শারীরিক পরিশ্রম করা ঃ- গর্ভকালের শেষ দিনগুলোয়, ডাক্তারের পরামর্শ অনুসারে যতটা সম্ভব কম সময় দাঁড়িয়ে থাকুন। দীর্ঘ সময় পর্যন্ত এক জায়গায় দাঁড়িয়ে থাকলে আর শারীরিক পরিশ্রম করলে প্রী-টার্ম ডেলিভারীর সম্ভাবনা বেড়ে ওঠে।

ভাবনাত্মক মানসিক চাপ ঃ- বেশ কিছু অধ্যয়ণ থেকে এটা জানতে পারা গেছে যে, ভাবনাত্মক মানসিক চাপেরও সময়-পূর্ব প্রসব *(প্রী-ম্যাচিয়োর লেবার)*-য়ের সাথে গভীর সম্পর্ক থাকে। অনেক বার তো মানসিক চাপের কারণ এমনও হয়... যেগুলোকে আপনি কোন ভাবেই কম করতে পারেন না, যেমন – চাকরী চলে যাওয়া বা পরিবারের কোন সদস্যের মৃত্যু হয়ে পড়া ইত্যাদি। ভালো পোষণ, রিল্যাক্সেশন, প্রযুক্তিগত ব্যায়াম আর বিশ্রামের সঠিক সন্তুলন এবং মিত্র আর সাথীদের সঙ্গে বার্তালাপ দ্বারা এই মানসিক চাপকে কম করা যেতে পারে। আপনি এই ব্যাপারে নিজের ডাক্তারের সহায়তাও নিতে পারেন।

মদিরা আর মাদক পদার্থের সেবন ঃ- মদিরা এবং মাদক পদার্থের সেবন করতে থাকা গর্ভবতী মহিলাদের পক্ষে সময়-পূর্ব প্রসবের ঝুঁকি অনেকটাই বেড়ে ওঠে।

ধূম্রপান ঃ- ধূম্রপানের কারণেও সময়ের আগে প্রসব হয়ে পড়তে পারে। গর্ভধারণ করার আগে বা গর্ভকালে ধূম্রপান করা ত্যাগ করুন। যদি আপনি এখনও সেটা না ছেড়ে থাকেন, তাহলে এর থেকে ভালো সময় আর হতে পারে না!

মাড়ির সংক্রমণ ঃ- বেশ কিছু অধ্যয়ণ থেকে এটা জানতে পারা গেছে যে, মাড়ির রোগেরও সময়-পূর্ব প্রসবের সঙ্গে সম্পর্ক থাকে। কিছু অনুসন্ধানকারী এমনটা মনে করেন যে, মাড়িতে জ্বলুনি সৃষ্টি করা ব্যাক্টেরিয়া রক্ত প্রবাহের সাথে মিশে যায়।

কিছু অনুসন্ধানকারী আরও একটা

সম্ভাবনা ব্যক্ত করেছেন। ওনাদের বক্তব্য হচ্ছে এই যে, মাড়িতে ফোলা ভাব সৃষ্টি করা ব্যাক্টেরিয়া প্রতিরোধক তন্ত্রকে উত্তেজিত করে তোলে... যার ফলে সার্ভিক্স আর গর্ভাশয়েও জ্বলুনি হতে থাকে আর প্রসব সময়ের আগে হয়ে পড়ে। আপনাকে নিজের মুখের পরিস্কার-পরিচ্ছন্নতার ওপরে পূর্ণ দৃষ্টি দিতে হবে। ব্যাক্টেরিয়ার হাত থেকে নিজের দাঁতের রক্ষা করতে হবে, যাতে আপনি সময়-পূর্ব প্রসবের ঝুঁকিকে কম করতে পারেন।

গর্ভধারণের আগেই এমন সংক্রমণের চিকিৎসা করিয়ে নিলে অনেক প্রকারের জটিলতার সাথে-সাথে সময়-পূর্ব প্রসবের ঝুঁকিও কমে আসে।

সার্ভিক্সে বিকার ঃ- অনেক বার সার্ভিক্স দুর্বল হয়ে পড়ার কারণে আগে খুলে যায়। গর্ভবতী মহিলা মিস্‌ক্যারেজ বা সময়-পূর্ব প্রসবের পরেই এই ব্যাপারে জানতে পারেন। আল্ট্রাসাউণ্ড দ্বারা সময়ে-সময়ে এই ব্যাপারে পরীক্ষা করালে এই ঝুঁকিকে অনেকটাই কম করা যেতে পারে।

আগের সময়-পূর্ব প্রসব ঃ- আপনার যদি এর আগের গর্ভাবস্থাতেও এমনটা ঘটে থাকে, তাহলে আপনার পক্ষে এই ঝুঁকি আরও বেড়ে উঠতে পারে। আপনার ডাক্তার এই ঝুঁকি এড়ানোর জন্য গর্ভাবস্থার দ্বিতীয় এবং তৃতীয় তিন মাসে আপনাকে প্রোজেস্টেরনের ডোজ দিতে পারেন।

নিম্নলিখিত ঝুঁকিগুলোর ওপরে নিয়ন্ত্রণ প্রাপ্ত করা যায় না... কিন্তু কিছুটা উন্নতি অবশ্যই করা যেতে পারে। এই সব ঝুঁকিগুলোর মোকাবিলা করার জন্য ডাক্তারবাবু আপনাকে আর নিজেকে আগে থেকেই প্রস্তুতও করতে পারেন।

মাল্টিপ্লাই ঃ- একাধিক শিশুর জন্ম হলে গর্ভবতী মহিলা, গড়পড়তা তিন সপ্তাহ আগেই শিশুর জন্ম দেন *(যদিও যমজ বাচ্চাদের পুরো প্রসব কাল 27 সপ্তাহ হয়... যার অর্থ হচ্ছে এই যে, তিন সপ্তাহ সময় খুব বেশী সময় নয়)*। প্রসব-পূর্ব ভালো দেখাশোনা, পর্যাপ্ত পোষণ দ্বারা, ঝুঁকি কম করে আনা আর গর্ভের শেষ তিন মাসে পূর্ণ বিশ্রাম গ্রহণ দ্বারা কিছু-কিছু ঝুঁকিকে কম করা যেতে পারে।

সার্ভিক্সের সমস্যা ঃ- বেশ কিছু মহিলাদের সার্ভিক্সের কারণেও সময়-পূর্ব প্রসবের সমস্যা উৎপন্ন হয়ে পড়ে। যদি সময়ে-সময়ে আল্ট্রাসাউণ্ড দ্বারা পরীক্ষা করা হয়, তাহলে তার দ্বারা এমন ঝুঁকির বৃত্তে আসা মহিলাদের সহায়তা প্রাপ্ত হতে পারে।

গর্ভাবস্থার জটিলতা ঃ- গ্যাস্টেশনাল ডায়াবেটিজ, প্রীএক্লেম্পসিয়া আর প্রয়োজনে বেশী এমনিয়োটিক ফ্লুইড আর প্লেসেন্টার সঙ্গে যুক্ত সমস্যার কারণেও সময়-পূর্ব প্রসব হতে পারে।

এই সব জটিলতার ওপরে নিয়ন্ত্রণ প্রাপ্ত করে গর্ভকালের মেয়াদ বাড়ানো যেতে পারে।

দীর্ঘকালীন রোগ ঃ- উচ্চ রক্তচাপ, হৃদয়, কিড্‌নী বা লিভারের রোগ এবং ডায়াবেটিজ ইত্যাদি দীর্ঘকালীন রোগও সময়ের আগে হওয়া প্রসবের কারণ হয়ে ওঠে... কিন্তু ভালো চিকিৎসা ব্যবস্থাপনা এবং সঠিক দেখাশোনা দ্বারা সেটার হাত থেকে বাঁচা যেতে পারে।

সাধারণ সংক্রমণ ঃ- সেক্স জনিত রোগের কারণেও সময়ের পূর্বে প্রসব হতে পারে। যদি সংক্রমণের ফলে গর্ভস্থ শিশুর সংকট সৃষ্টি হয়ে পড়ে, তাহলে শরীর গর্ভস্থ শিশুর সুরক্ষার জন্য সময়-পূর্ব প্রসবের পদ্ধতি গ্রহণ করে। সংক্রমণের হাত থেকে সুরক্ষা গ্রহণ করে এই সমস্যার হাত থেকে অনেকটাই রক্ষা পাওয়া যেতে পারে।

17 বছরের থেকে কম বয়স ঃ- 17 বছরের থেকে কম বয়সের গর্ভবতী মেয়েদের ক্ষেত্রে সময়-পূর্ব প্রসবের ঝুঁকি অনেকটাই বেড়ে ওঠে। ভালো পোষণ এবং প্রসবের আগে ভালো দেখাশোনা দ্বারা মা এবং শিশুর পূর্ব বিকাশ করা যেতে পারে।

এইডসের অর্থ

"আমি আর আমার পতি – বিয়ের আগে আমাদের দুজনেরই অন্য অনেকের সাথে শারীরিক সম্পর্ক ছিল। যেহেতু এইডসের লক্ষণ বেশ কয়েক বছর পরে দেখতে পাওয়া যায়... তাই আমি এই ব্যাপারে কি করে নিশ্চিত হব যে, আমার এই রোগ হয়ে পড়েনি আর এটা আমার শিশু পর্যন্ত পৌঁছবে না ?"

যদি আপনি এবং আপনার সাথী হাই রিস্ক গ্রুপ হোমোফীলিএন্স, আই. বি. ড্রাগ সেবনকারী, দ্বিলিঙ্গী বা সমলিঙ্গীদের সাথে সেক্স করতে থাকা লোকেদের মধ্যে না পড়েন, তাহলে বেশ কিছু সাথীর সাথে শারীরিক সম্পর্ক গড়ে তোলা সত্ত্বেও এইডস্ হওয়ার সম্ভাবনা ক্ষীণই থাকে। যদি পরীক্ষার ফলাফল পোজিটিভও আসে, তবুও সেই সময় চিকিৎসা হয়ে পড়বে। আপনার না হলেও আপনার গর্ভস্থ শিশুর রক্ষা তো হতেই পারে।

"যখন ডাক্তার আমাকে এইচ.আই.ভি. টেস্টের ব্যাপারে প্রশ্ন করলেন, তখন আমি অবাক হয়ে উঠেছিলাম – আমি হাই-রিস্ক শ্রেণীতে আসি না তো ?"

গর্ভবতী মহিলার মেডিক্যাল হিস্ট্রীতে এইচ.আই.ভি.-র উল্লেখ থাকুক বা না থাকুক, তাঁর এইচ.আই.ভি. টেস্ট স্বাভাবিক হয়ে পড়ে। এমনিতেও এটা সুরক্ষার দৃষ্টিতেও ভালো হয়। চিন্তা করবেন না... ডাক্তারবাবু আপনার ভালোর জন্যই এই টেস্টের কথা বলেছেন।

আপনার পূর্ব চিকিৎসকীয় তথ্য

রুবেলা এ্যান্টীবডি লেবেল

"আমি যখন ছোট ছিলাম, তখন আমাকে রুবেলার টীকা দেওয়া হয়েছিল... কিন্তু গর্ভবতী হওয়ার পরে রক্ত পরীক্ষায় এটা জানতে পারা যায় যে, আমার রুবেলা এ্যান্টীবডি লেবেল অত্যন্ত কম। আমার কি করা উচিত ?"

আপনার রুবেলার ব্যাপারে এত বেশী চিন্তিত হওয়ার কোন প্রয়োজন নেই। এর দ্বারা এখনও পর্যন্ত জন্ম না নেওয়া শিশুর কোন প্রকারের ক্ষতি হয় না। এই রোগের প্রতি এখন আগে থেকেই যথেষ্ট সতর্কতা অবলম্বন করা হচ্ছে।

যদিও আপনার গর্ভাবস্থায় এর টীকা লাগানো যেতে পারে না... কিন্তু আপনার প্রসবের পরে এর টীকা লাগিয়ে দেওয়া হবে... তা তার জন্য আপনাকে নিজের শিশুকে স্তনপান করাতে মানা করা হলেও।

গর্ভাবস্থা এবং টীকাকরণ

অনেক প্রকারের সংক্রমণ গর্ভাবস্থায় সমস্যার সৃষ্টি করে... এজন্য গর্ভধারণ করার আগে টীকাকরণ পুরো করে নিন... কারণ গর্ভাবস্থায় বেশ কিছু টীকা লাগানো যায় না, যেমন – এম.এম.আর. ইত্যাদি! গর্ভাবস্থায় কিছু টীকা লাগানো যেতে পারে আর কিছু টীকা লাগানো যেতে পারে না। প্রত্যেক গর্ভবতী মহিলাকে টিটেনাস, ডিপ্থেরিয়া, হেপাটাইটিস বি'-র টীকা সুরক্ষিত রূপে দেওয়া যেতে পারে।

স্থূলতা

"আমার ওজন 60 পাউণ্ডের বেশী। এর ফলে কি গর্ভাবস্থায় আমার বা আমার শিশুর কোন ক্ষতি হতে পারে ?"

সাধারণতঃ মোটা গর্ভবতী মহিলারাও সুস্থ শিশুর জন্ম দেন। যদিও স্থূলতার কারণে স্বাস্থ্যের

ঝুঁকি দেখা দিতে পারে আর গর্ভাবস্থাতেও সমস্যার সৃষ্টি হতে পারে। গর্ভধারণ করা ছাড়া যদি আপনার ওজনও বেশী হয়, তাহলে গ্যাস্টেশনাল ডায়াবেটিজ ছাড়াও আপনার উচ্চ রক্তচাপের সমস্যাও দেখা দিতে পারে। এর ফলে বেশ কিছু ব্যবহারিক গর্ভাবস্থা সমস্যারও সৃষ্টি হতে পারে। প্রাথমিক আল্ট্রাসাউণ্ড ছাড়া আপনার প্রসবের আনুমানিক তারিখের ব্যাপারে জানতে পারা যাবে না... কারণ মোটা মহিলাদের মধ্যে ওভ্যুলেশনের সময়ও অনিয়মিত হয়। অনেক ডাক্তার গর্ভাশয়ের আকার, অবস্থান বা হৃদয়ের স্পন্দন শুনে যে অনুমান লাগান... সেই অনুমান ফ্যাটের পরতের কারণে লাগানো যেতে পারে না।

ডাক্তার ভ্রূণের আকার আর অবস্থানের সঠিক অনুমান লাগাতে পারেন না আর আপনিও শিশুর প্রথম গতিবিধির ব্যাপারে সহজে জানতে পারবেন না।

যদি ভ্রুণ গড়পড়তা আকারের থেকে বড় হয়, তাহলে প্রসবের সময় মুশ্কিল হতে পারে। সাধারণতঃ মোটা মহিলাদের সাথে এমনটাই হয় *(এর মধ্যে সেই সব মহিলাও শামিল থাকেন, যাঁরা ডায়াবেটিজে গ্রস্ত বা যাঁরা গর্ভাবস্থাতেও বেশী করে খাবার খান না)*। যদি সিজারিয়ান করতে হয়, তাহলে সাজরী করার সময় আর তার পরেও মুশ্কিল হতে পারে।

তারপর গর্ভাবস্থার সময় হওয়া সমস্যা আর অসহজতার অনুমান তো আপনি নিজেই লাগাতে পারবেন। ওজন বেশী বেড়ে উঠলে আপনার পিঠে যন্ত্রণা হতে থাকবে, ভেরিকোজ ভেইনস্ ফুলে উঠবে আর বুকে জ্বলুনির সমস্যাও বজায় থাকবে।

ভয় পেয়ে গেলেন ? না-না! ডাক্তার আর আপনি – দুজনে মিলে শিশুর দিকে এগোতে থাকা এই ঝুঁকিকে কম করতে পারেন। আপনাকে শুধু কিছুটা অতিরিক্ত মনোযোগ দিতে হবে।

মেডিক্যাল স্তরে কম ঝুঁকির গর্ভবতী মহিলাদের তুলনামূলক ভাবে বেশী টেস্ট করাতে হতে পারে। আপনাকে প্রাথমিক আল্ট্রাসাউণ্ড করাতে হবে, যাতে প্রসবের আনুমানিক তারিখের ব্যাপারে জানতে পারা যায়। পরে শিশুর আকার আর অবস্থান গ্লুকোজ টলারেন্স টেস্ট আর স্ক্রীনিং করাতে হবে... যাতে এটা জানতে পারা যায় যে, আপনি গ্যাস্টেশনাল ডায়াবেটিজের রোগী তো

গ্যাস্ট্রিক ভায়রাসের পরে গর্ভাবস্থা

অভিনন্দন গ্রহণ করুন! আপনি নিজের ওজন অনেকটা কম করার পরেই গর্ভধারণ করেছেন... কিন্তু আপনি হয়তো এটা ভাবছেন যে, এই বাইপাসের পরে আপনার গর্ভাবস্থা কতটা সুরক্ষিত থাকবে! এমনিতে আপনাকে হয়তো এমন পরামর্শ দেওয়া হয়েছে যে, সাজরীর 12 - 18 মাস পর্যন্ত গর্ভধারণ করবেন না... কারণ তাতে আপনার ওজন অনেকটাই কমে আসে আর কু-পোষণের ঝুঁকিও বজায় থাকে... কিন্তু সেই স্থিতি পার করে নেওয়ার পরে আপনি সহজে সুরক্ষিত গর্ভাবস্থার আশা করতে পারেন। এমনিতে আপনাকে তার জন্য কিছুটা অনিশ্চিত পরিশ্রম করতে হবে!

- নিজের গ্যাস্ট্রিক বাইপাস ডাক্তারের সঙ্গে প্রসূতি বিশেষজ্ঞের কথা বলিয়ে দিন, যাতে আপনার ব্যাপারে কোন বিশেষ পরামর্শ থাকলে তিনি সেটা তাঁকে বোঝাতে পারেন।
- আপনার গর্ভধারণ করার পরে ভিটামিন, আয়রণ, ক্যালশিয়াম, ফোলিক এ্যাসিড আর ভিটামিন B_{12}-র ভরপুর মাত্রা নিতে হবে। এই ব্যাপারে ডাক্তারের পরামর্শ নিয়ে ওষুধ খান।
- আপনাকে নিজের ওজনের ওপরেও দৃষ্টি দিতে হবে। এবার এটাকে একটু-একটু করে বাড়ানো উচিত। যদি আপনার ওজন না বাড়ে, তাহলে শিশুর পূর্ণ বিকাশ হতে পারবে না।
- আপনাকে ভোজনের মাত্রার পরিবর্তে সেটার গুণবত্তার ওপরে দৃষ্টি দিতে হবে। এমন ভোজন বেছে নিন... যেটার অল্প মাত্রাও যথাসম্ভব বেশী পোষণ প্রদান করতে পারে।
- যদি পেটে তীব্র যন্ত্রণা বা রক্তস্রাব হতে থাকে, তাহলে তৎক্ষনাত ডাক্তারের সঙ্গে দেখা করুন।

নন ! গর্ভাবস্থার শেষেও গর্ভস্থ শিশুর সঠিক অবস্থান জানার জন্য নন্ স্ট্রেস এবং অন্যান্য টেস্ট করাতে হবে।

আপনি নিজের দেখাশোনা নিজে করলে তাতে অনেকটা ভালো হবে। আপনাকে ধূম্রপান আর মদ্যপানের মত খারাপ অভ্যাস ত্যাগ করতে হবে, যেগুলো গর্ভাবস্থার ঝুঁকি বাড়িয়ে তোলে। নিজের ওজনের লক্ষ্যকেও বজায় রাখতে হবে... যদিও সেটা অন্যান্য সম্ভাবিত মায়েদের তুলনায় কমই হবে। সময়ে-সময়ে ডাক্তারের পরামর্শ নিতে হবে। এই ব্যাপারে বিভিন্ন চিকিৎসকের পরামর্শ আলাদা-আলাদা হতে পারে।

আপনাকে নিজের দৈনন্দিন ভোজনে পোষক তত্ত্ব শামিল করতে হবে এবং ক্যালোরীর মাত্রার ওপরেও দৃষ্টি দিতে হবে। ভিটামিন, প্রোটিন আর খনিজ লবণের ভরপুর মাত্রা গ্রহণ করতে হবে। আপনাকে নিজের ভোজনের মাত্রার পরিবর্তে সেটার গুণবত্তার ওপরে বেশী দৃষ্টি দিতে হবে। নিজের ভোজন ছাড়াও আপনাকে ভিটামিন ইত্যাদির ট্যাবলেটও নিতে হবে। ডাক্তারকে প্রশ্ন করে সঠিক পদ্ধতিতে ব্যায়াম করুন, যাতে আপনার ওজনও না বাড়ে এবং আপনার আর গর্ভস্থ শিশুরও পুরো পোষণ প্রাপ্ত হতে থাকে।

যদি এর পরেও আপনার গর্ভধারণ করার প্ল্যান থাকে... তাহলে নিজের আদর্শ ওজন বজায় রাখার পরেই এগোন, যাতে আপনার গর্ভাবস্থার পুরো সময় সুরক্ষিত আর সুখকর হয়ে থাকে।

ওজন কম হওয়া

"আমার ওজন অত্যন্ত কম। এর ফলে কি আমার গর্ভাবস্থার কোন ক্ষতি হতে পারে ?"

এমনিতে গর্ভাবস্থায় পুরো ভোজন নেওয়া উচিত, যাতে মা আর শিশুর স্বাস্থ্যের কোন ক্ষতি না হয়। কিন্তু যদি আপনার ওজন যথেস্ট কম হয়, তাহলে আপনাকে নিজের আহারের মাত্রা বাড়াতে হবে... অন্যথা কম ওজনের শিশুর জন্মের ঝুঁকি বেড়ে ওঠে।

তাজা ফল-সব্জী ভরপুর মাত্রা নিন, যাতে শরীরে পোষক তত্ত্বের সমাবেশ হতে পারে।

এমনও হতে পারে যে, ডাক্তার আপনাকে গড়পড়তা মহিলাদের ওজনের তুলনায় কিছুটা বেশী ওজন বাড়ানোর পরামর্শ দিতে পারেন।

অনিয়মিত ভোজন

"আমি গত 10 বছর ধরে বুলিমিয়ায় পীড়িত হয়ে রয়েছি। আমি ভেবেছিলাম যে, গর্ভাবস্থায় এর থেকে মুক্তি পেয়ে যাব... কিন্তু তেমনটা হচ্ছে না। এতে কি আমার শিশুর কোন ক্ষতি হতে পারে ?"

আপনি বেশ কয়েক বছর ধরে বুলিমিয়া *(এনোরেক্সিয়া)*-র ওপরে নিয়ন্ত্রণ প্রাপ্ত করতে পারেননি... এর অর্থ হচ্ছে এই যে, আপনার শরীরে পোষণের স্তর যথেস্ট কমে এসেছে। ভাগ্যবশতঃ, গর্ভাবস্থার শুরুতে এতটা পোষণের প্রয়োজন পড়ে না... এজন্য আপনার কাছে এখনও সামলে নেওয়ার মত সুযোগ রয়েছে। আপনি নিজের শরীরের পোষক তত্ত্বগুলোর অভাব পূরণ করতে পারেন, যাতে আপনি এক সুস্থ শিশুর জন্ম দিতে পারেন।

যদিও এই ক্ষেত্রে এখনও পর্যন্ত খুবই কম অনুসন্ধান করা হয়েছে। এই কারণে মাসিক স্রাবের চক্রে সমস্যা দেখা দিতে পারে। বিভিন্ন অধ্যয়ণ থেকে নিম্নলিখিত জিনিষগুলো জানতে পারা গেছে ঃ-

- যদি আপনি নিজের খাওয়া-দাওয়ার অভ্যাস পাল্টে নেন, সেটাকে নিয়মিত করে তোলেন... তাহলে আপনার কোলেও এক সুস্থ শিশু আসবে।
- নিজের ডাক্তারকে এই ব্যাপারে আগে থেকে জানিয়ে দিন... অন্যথা পরিস্থিতি আরও খারপা হয়ে পড়তে পারে।
- আপনার মামলায় কোন বিশেষজ্ঞের পরামর্শও কাজে আসতে পারে... কিন্তু গর্ভাবস্থার পরে এটা এক প্রকারে অনিবার্য হয়ে ওঠে।
- আপনি যদি বুলিমিয়ার জন্য প্রস্তুত ঔষধি সেবন চালিয়ে যান, তাহলে আপনার গর্ভস্থ শিশুর বিকাশে ঝুঁকির সৃষ্টি হয়ে পড়তে পারে। সেটা আপনার শরীর থেকে পোষক দ্রব্যগুলোকে টেনে নেবে আর আপনার গর্ভস্থ শিশুর সেটার পূর্ণ লাভ প্রাপ্ত হবে না। সেগুলোর নিয়মিত প্রয়োগে ভ্রুণে অস্বাভাবিকতাও আসতে পারে।

ডাক্তারের পরামর্শ ছাড়া কোন গর্ভবতী মহিলার এই ধরণের ঔষধির সেবন করা উচিত নয়।

- বুলিমিয়ার কারণে গর্ভপাত, সময়-পূর্ব প্রসব বা অবসাদের ঝুঁকি বেড়ে ওঠে। এবার আপনাকে নিজের পুরোন সকল প্রকারের অভ্যাস ত্যাগ করে, গর্ভস্থ শিশু আর নিজের স্বাস্থ্যের ওপরে দৃষ্টি দিতে হবে। যদি এমনটা করতে সমস্যার সৃষ্টি হয়, তাহলে আপনি অন্য কারো সহায়তাও নিতে পারেন।
- গর্ভাবস্থায় সঠিক পদ্ধতিতে ওজন না বাড়লে বেশ কয়েক প্রকারের সমস্যার সৃষ্টি হয়ে পড়তে পারে। হতে পারে যে, শিশু নিজের গ্যাস্টেশনল আয়ুর থেকে ছোট জন্ম নিক।
- আপনাকে সবার আগে সঠিক পদক্ষেপ নিতে হবে, যাতে এখনও পর্যন্ত জন্ম না নেওয়া শিশুর প্রতি আপনি নিজের দায়িত্ব পালন করতে পারেন। আপনাকে এটা বুঝতে হবে যে, গর্ভাবস্থায় ওজন বাড়াটা কতটা গুরুত্বপূর্ণ হয়।
- গর্ভাবস্থায় আপনার শরীরের সেই গোল আকার এই জিনিষটার প্রতি ইঙ্গিত করে যে, ছোট্ট শিশু সঠিক ভাবে বেড়ে উঠছে। আপনারও নিজের শরীরের সঠিক আকার প্রাপ্ত করা উচিত।
- সঠিক সময়ে, সঠিক আকার প্রাপ্ত করলে ওজন বাড়াতে আপনার আর কোন অসুবিধাই হবে না। এই ব্যাপারে নিশ্চিন্ত থাকুন যে, প্রসবের পরে আপনার শরীর আবার একবার নিজের আকারে ফিরে আসবে। তার সাথে-সাথে আপনি এক সুস্থ শিশুর মা-ও হয়ে উঠবেন।
- আপনি ক্ষুধার্ত হয়ে থাকলে শিশুরও ক্ষিধে পায়। শিশু পোষক তত্ত্ব প্রাপ্ত করার জন্য অনেকটা আপনার ওপরেই নির্ভর করে থাকে। আপনি খাবার না খেলে শিশুও ক্ষুধার্ত থাকবে। যদি বমি বা লেস্সেটিনের কারণে আপনার শরীর থেকে বেশী মাত্রায় পোষক তত্ত্ব বার হতে থাকে, তাহলে শিশু বিকশিত হওয়ার পূর্ণ সুযোগ পাবে না।
- ব্যায়ামের সহায়তাতেও আপনি নিজের ওজন ঠিক পদ্ধতিতে বাড়াতে পারেন। ব্যস্... কেবল এটুকু মাথায় রাখবেন যে, আপনার সেই ব্যায়াম যেন আপনার গর্ভাবস্থার অনুরূপ হয়। এই ব্যাপারে আপনি ডাক্তারের পরামর্শ নিতে পারেন। প্রয়োজনের তুলনায় বেশী ভারী ব্যায়াম আপনার পক্ষে ক্ষতিকারক প্রমাণিত হতে পারে।
- প্রসবের ঠিক পরে ওজন কমে না। এটাকে ধীরে-ধীরে কম করা হয়। নিজের আগের ফিগারে ফিরে আসার জন্য আপনার কিছুটা বেশী সময় লাগতে পারে। বুলিমিয়ায় গ্রস্ত মহিলারা, প্রসবের পরে নিজেদের নেতিবাচক চিন্তাধারার কারণে আবার একবার আগের অভ্যাসে ফিরে যান। তাঁরা মন থেকে চাওয়া সত্ত্বেও সঠিক পদ্ধতিতে নিজেদের শিশুকে স্তনপান করাতে পারেন না। এমন মহিলাদের প্রসবের পরেও নিজেদের বিশেষজ্ঞদের থেকে পরামর্শ গ্রহণ করতে থাকা উচিত, যাতে খাওয়া-দাওয়ার ভুল আর অনিয়মিত অভ্যাসগুলোকে শুধরে নেওয়া যায়।

সব থেকে জরুরী জিনিষ এটা হয় যে, গর্ভাবস্থায় আপনার স্বাস্থ্যের সাথে আপনার গর্ভস্থ শিশুর স্বাস্থ্যও যুক্ত হয়ে থাকে। আপনি সুস্থ না থাকলে আপনার গর্ভস্থ শিশুও সুস্থ থাকতে পারবে না। নিজের বাড়ী, অফিস, ফ্রীজ, টেবিল, আলমারীর ওপরে সুস্থ-হাসিখুশী শিশুদের চিত্র লাগান... যাতে সেগুলোর থেকে আপনি প্রেরণা প্রাপ্ত করতে পারেন। এমনটা কল্পনা করুন যে, আপনি যা কিছু খাচেছন... তার থেকে পোষক তত্ত্ব গর্ভস্থ শিশু পর্যন্ত পৌঁছচেছ। যদি ডিস্অর্ডারের ওপরে নিয়ন্ত্রণ করা মুশ্কিল হয়, তাহলে চিকিৎসকের পরামর্শে হাসপাতালে ভর্তি হয়ে চিকিৎসা করান।

35 বছর বয়সের পরে মা হওয়া

"আমার বয়স 38 বছর আর আমি প্রথম বার মা হতে চলেছি। আমি শুনেছি যে, 35 বছর পরে গর্ভবতী হলে গর্ভাবস্থায় অনেক প্রকারের ঝুঁকির সৃষ্টি হতে পারে। এমন পরিস্থিতিতে আমার কোন্ দিকে দৃষ্টি রাখা উচিত ?"

গত কয়েক বছরে এমন মহিলাদের সংখ্যা অত্যন্ত বেড়ে উঠেছে, যাঁরা 35 বছর বয়সের পরে মা হন। আপনার বয়স 35 বছরের বেশী

35 বছর – এক জাদু সংখ্যা

আপনি 35 বছর পার করে নিয়েছেন, কিন্তু সেটার অর্থ এই নয় যে, আপনাকে আপনার থেকে কম বয়সের গর্ভবতী মহিলাদের মত স্ক্রীনিং আর টেস্ট করাতে হবে না।

সকল বয়সের মহিলাদের জন্যই এটা জরুরী হয়! যদি এই সব টেস্ট বা পরীক্ষার পরে কোন প্রকারের অস্বাভাবিকতা দেখতে পাওয়া যায়, তাহলে আরও বেশী টেস্ট বা পরীক্ষার প্রয়োজন হতে পারে।

হলে আপনি নিশ্চয়ই এতটা জানেন যে, জীবনে সব কিছুই ঝুঁকিতে পূর্ণ হয়ে থাকে। যদিও এখন গর্ভাবস্থা আর ততটা ঝুঁকির ব্যাপার নয়... কিন্তু বয়স বাড়ার সাথে-সাথে ঝুঁকি কিছুটা বেড়েই ওঠে। আজকাল মেডিক্যাল সুবিধা এতটা বেড়ে উঠেছে যে, আপনার কাছে নিজের সুবিধা অনুসারে পরিবারের আকার বাড়ানোর স্বাধীনতা রয়েছে।

এই বয়সে সব থেকে বড় সমস্যা এটা হয় যে, মহিলারা গর্ভধারণ করতে পারেন না। আপনি যদি এই কারণকে পার করে গর্ভবতী হয়ে পড়েন, তাহলে এবার আপনাকে আরও একটা চ্যালেঞ্জের মোকাবিলা করতে হতে পারে। আপনার পরিবারে ডাউন সিণ্ড্রোমে গ্রস্ত শিশুর জন্ম হতে পারে। মায়ের বয়স বেড়ে ওঠার সাথে-সাথে এই ঝুঁকি বেড়ে চলে। 25 বছর বয়সের মায়েদের 1250-টি কেসের মধ্যে 1; 30 বছর বয়সের মায়েদের 1000-টি কেসের মধ্যে 3; 35 বছর বয়সের মায়েদের 500-টি কেসের মধ্যে 1 *(এটা লক্ষ্য করুন যে, এই ঝুঁকি ধীরে-ধীরে বাড়ে। 35 বছর বয়সে হঠাৎ করে বাড়ে না)*। এমনিতে এমনটা মানা হয়ে থাকে যে, সাধারণতঃ এই বয়সের গর্ভবতী মহিলাদের মধ্যে ক্রোমোসোমল অস্বাভাবিকতা বেশী করে দেখতে পাওয়া যায়। তাঁরা ততক্ষনে কোন ওষুধ, এক্স-রে, সংক্রমণ আর ড্রাগসের সংস্পর্শে চলে আসেন। যদিও, এখন এটাও জানতে পারা গেছে যে, অনেক বার বেশী বয়সের পিতার স্পার্মের কারণেও কিছু সমস্যার সৃষ্টি হতে পারে।

বয়স বাড়ার সাথে-সাথে আরও কিছু ঝুঁকি বেড়ে ওঠে। যদি আপনার ওজনও বেশী হয়, তাহলে আপনি উচ্চ রক্তচাপের শিকার হয়ে উঠতে পারেন। কিন্তু সাধারণতঃ এই লক্ষণের ওপরে নিয়ন্ত্রণ করা যেতে পারে। এই বয়সের গর্ভবতী মহিলারা গর্ভপাত, প্রী-এক্লেম্‌পসিয়া আর প্রী-টার্ম লেবারের সমস্যায় পড়তে পারেন।

গড়পড়তা এই বয়সে প্রসব-যন্ত্রণা *(লেবার)* আর প্রসব *(ডেলিভারী)*-র সময়ও কিছুটা দীর্ঘ হতে পারে। মাংসপেশীগুলোর টোন আর নমনীয়তার অভাবের কারণে প্রসবে কিছুটা কঠিনতা দেখা দিতে পারে। যদি আপনার ফিগার সঠিক হয়, আপনি যদি সঠিক সময়ে ব্যায়াম করেন আর পুরো পোষণযুক্ত ভোজনের সেবন করেন... তাহলে আপনার এই ব্যাপারে চিন্তা করার কোন প্রয়োজন নেই।

এসব ছাড়া আপনার পক্ষে আরও একটা সুখবর আছে! এমনিতে তো ডাউন সিণ্ড্রোমের থেকে সুরক্ষা প্রাপ্ত করা যেতে পারে না... কিন্তু বেশ কয়েক প্রকারের স্ক্রীনিং আর টেস্ট দ্বারা সেটাকে চেনা যেতে পারে। এই সব টেস্টে কাটা-ছেঁড়ার কোন প্রয়োজন পড়ে না... টাকা-পয়সা তো বাঁচেই, তার সাথে-সাথে মানসিক চাপের মাত্রাও কমে আসে। বেশী বয়সের গর্ভবতী মহিলাদের মধ্যে বেশ কয়েক প্রকারের দীর্ঘকালীন রোগের ওপরে নিয়ন্ত্রণ প্রাপ্ত করা যেতে পারে। ওষুধ আর চিকিৎসকীয় দেখাশোনা দ্বারা বেশ কয়েক প্রকারের ঝুঁকিকে এড়ানো যেতে পারে।

এমনিতে ওষুধ আর চিকিৎসকীয় দেখাশোনা ছাড়া, আপনি নিজেও নিজের গর্ভাবস্থাকে সুরক্ষিত আর সুস্থ করে তোলার জন্য অনেক কিছু করতে পারেন। আপনাকে নিজের আহার, ব্যায়াম আর প্রসব-পূর্ব দেখাশোনার ওপরে পূর্ণ দৃষ্টি দিতে হবে। আপনি যদি প্রেগন্যান্সী প্রোফাইলের ঝুঁকিগুলোকে কম করতে পারেন, তাহলে আপনিও ঠিক সেই ভাবে এক সুস্থ শিশুর জন্ম দিতে পারবেন... যেভাবে যুবা মায়েরা দেন বা তার থেকেও ভালো ফলাফল আপনি প্রাপ্ত করতে পারবেন।

এজন্য নিজের গর্ভাবস্থার পূর্ণ আনন্দ উপভোগ করুন। 25 বছরের বেশী বয়সের পরেও মা হওয়ার ক্ষেত্রে কোন সমস্যা হয় না।

পিতার বয়স

"আমার বয়স 31 বছর... কিন্তু আমার পতির বয়স 50 বছরের বেশী। এতে কি আমার শিশুর ওপরে কোন প্রভাব পড়তে পারে?"

সাধারণতঃ এখনও পর্যন্ত এটাই মেনে আসা হয়েছে যে, প্রজনন প্রক্রিয়ায় পিতার দায়িত্ব কেবলমাত্র গর্ভাধান পর্যন্তই সীমিত থাকে... কিন্তু বিংশ শতাব্দীতেই এটা জানতে পারা গেছে যে, পিতার স্পার্ম থেকেই এটা নির্দিষ্ট হয় যে, জন্ম নিতে থাকা শিশুর লিঙ্গ কি হবে? সে ছেলে হবে, না মেয়ে! না জানি কত রানীদের মাথা তাঁদের ধড় থেকে কেটে বাদ দিয়ে দেওয়া হয়েছে... কারণ তাঁরা এক পুত্র সন্তানের জন্ম দিতে পারেননি। এর অনেক সময় পরে অনুসন্ধানকারীদের এমন সন্দেহও হতে থাকে যে, বেশী বয়সের পিতার শুক্রাণু *(স্পার্ম)*-র কারণেই জন্মজাত বিকৃতি এবং গর্ভাধান করার ঝুঁকি অনেক বেড়ে ওঠে। বেশী বয়সের মাতার মত বেশী বয়সের পিতার স্পর্মাটোসাইটিস-ও পারিবেশিক কারণ দ্বারা প্রভাবিত হয়... সেটার ওপরেও খারাপ প্রভাব পড়তে পারে। অনুসন্ধানকারীরা এটা জানতে পেরেছেন যে, মায়ের বয়স ছাড়াও... বেশী বয়সের দম্পতিদের ক্ষেত্রে গর্ভপাতের ঝুঁকি বেশী হয়। যদি পিতার বয়স 50 বছর বা তার থেকে বেশী হয়, তাহলে ডাউন সিণ্ড্রোমের মামলাও অনেকটাই বেড়ে ওঠে।

যদিও এই ব্যাপারে কোন পাক্কা প্রমাণ পাওয়া যায় না... কারণ অনুসন্ধান এখনও শেষ হয়নি। এমনিতে জেনেটিক পরামর্শদাতারা, প্রতিটি বয়সের গর্ভবতী মায়েদের যে স্ক্রীনিং করানোর জন্য পরামর্শ দেন... তার দ্বারা আপনার অনেকটাই নিশ্চিন্ত হয়ে ওঠা উচিত। যদি আপনার স্ক্রীনিং-য়ের পরীক্ষা স্বাভাবিক হয়, তাহলে এই ব্যাপারে কোন চিন্তা করবেন না। আপনার *'এম্নিয়োসেন্টেসিস'* করানোর কোন আবশ্যকতা নেই।

জেনেটিক পরামর্শ

"আমার এমন ভয় হতে থাকে যে, আমি যদি কোন জেনেটিক রোগে গ্রস্ত হয়ে পড়ি আর আমি যদি সেই ব্যাপারে জানতে না পারি... তো? আমার কি জেনেটিক পরামর্শ গ্রহণ করা উচিত?"

এমনিতে তো এই সব বিকৃতি একটু-আধটু হতেই থাকে... কিন্তু এটা জরুরী নয় যে, মাতা-পিতার এই দোষ বাচ্চার মধ্যেও দেখা যাবে।

গর্ভাধানের আগে বা পরে মাতা-পিতা বা কোন একজনের সমস্ত প্রকারের পরীক্ষা হতে পারে... কিন্তু এমন পরীক্ষার আবশ্যকতা সর্বদা হয় না। এগুলো একমাত্র সেই সময়ই করাতে হয়, যখন কোন নিশ্চিত অনিয়মিততা সামনে প্রকাশ পায়। এই সংকেত ভৌগলিক বা জাতীয়-ও হতে পারে। যেমন – সকল ককেশিয়াসদের *'সিস্টিক ফায়ব্রোসিস'*-য়ের পরীক্ষা করানোর পরামর্শ দেওয়া হয়ে থাকে। যেসব ইহুদী দম্পতিদের পূর্বপুরুষেরা পূর্ব ইউরোপ থেকে এসেছিলেন, তাঁদের *'টে-শেক'* আর *'কোনাভান'* রোগের পরীক্ষা করানোর পরামর্শ দেওয়া হয়ে থাকে। যদি আপনার পরিবারে কারো এই রোগের ইতিহাস থেকে থাকে, তাহলে সেটার পরীক্ষা অবশ্যই করানো উচিত। সেই প্রকার কালো রং-য়ের দম্পতিদের *'সিকল সেল এনিমিয়া ট্রেট'* আর এশিয়ানদের *'থ্যালাসীমিয়া'*-য়ের পরীক্ষা করানো উচিত।

গর্ভাবস্থা এবং সিঙ্গল মাদার

আপনি যদি এক সিঙ্গল মম্ হন... তাহলে সেটার অর্থ এই নয় যে, গর্ভাবস্থায় আপনার সহায়তার জন্য কেউ থাকবেন না। কোন ভালো বন্ধু বা আত্মীয় আপনার সহায়ক হতে পারেন। তিনি আপনার শারীরিক আর ভাবনাত্মক দেখাশোনা করতে পারবেন... আপনার ভয়, চিন্তা আর মানসিক চাপকে বোঝার মত সাথী হয়ে উঠতে পারবেন। এই সময়টা একা-একা কাটানোর পরিবর্তে কোন সাথী বা সহায়ক খুঁজে নিন, যাতে আপনার সময় সহজে কেটে যায় আর আপনার ছোট্ট শিশু সহজে এই পৃথিবীতে পা রাখতে পারে।

এমনিতে বেশীর ভাগ মামলায় দুজনের মধ্যে যে কোন একজনের পরীক্ষার আবশ্যকতা হয়। সেই পরীক্ষার ফল পোজিটিভ এলে তবেই দুজনের পরীক্ষা করাতে হয়।

আপনার নিজের ঠাকুর্দা-ঠাকুমা এবং অন্যান্য নিকট আত্মীয়দের থেকে বংশের পুরোন রোগের ইতিহাসের সমস্ত প্রকারের তথ্য সংগ্রহ করা উচিত, যাতে গর্ভাধানের আগেই সন্তুস্ট হয়ে পড়া যায়।

সাধারণতঃ বেশীর ভাগ মাতা-পিতার কোন জেনেটিক পরামর্শের প্রয়োজন পড়ে না। কিছু মামলা এমন হয়, যখন চিকিৎসককে মাতা-পিতার সঙ্গে এই বিষয়ে কথা কলতে হয়। সেগুলো হল –

- যেসব দম্পতির রক্ত পরীক্ষায় এমন জেনেটিক রোগের ব্যাপারে জানতে পারা যায়... যেগুলো তাঁদের বাচ্চা পর্যন্ত পৌঁছতে পারে।
- যেসব দম্পতির এর আগে তিন বারের বেশী গর্ভপাত হয়ে পড়েছে।
- যেসব দম্পতির পারিবারিক ইতিহাসে কোন জেনেটিক রোগ থাকে। কিছু-কিছু মামলায় মাতা-পিতার ডি.এন.এ. পরীক্ষা থেকেও অনেক সন্দেহ স্পষ্ট হয়ে পড়ে।
- এমন মাতা-পিতা... যাঁদের মধ্যে একজন জন্মজাত বিকৃতিতে গ্রস্ত।
- এমন গর্ভবতী মা... যাঁর স্ক্রীনিং টেস্টের ফল পোজিটিভ এসেছে।
- নিকট আত্মীয়তার দম্পতিদের মধ্যেও এই অভিযোগ দেখতে পাওয়া যেতে পারে।

  গর্ভাধান করার আগেই জেনেটিক পরামর্শ গ্রহণ করা উচিত। তিনি এই পরামর্শ দিতে পারেন যে, সেই দম্পতি কোন সুস্থ শিশুর জন্ম দিতে পারবেন কি না ? তিনি দম্পতিকে সকল প্রকারের সম্ভাবিত পরীক্ষা আর চিকিৎসার ব্যাপারে তথ্য প্রদান করতে পারেন। জেনেটিক পরামর্শের জোরে অসংখ্য দম্পতি ভবিষ্যতে হওয়া ভাঙন আর কষ্টের হাত থেকে মুক্তি পেয়ে যান আর চিকিৎসার পরে তাঁরা এক সুস্থ শিশু প্রাপ্ত করার স্বপ্নকে সাকার করে তুলতে পারেন।

"আমি আর আমার পতি গর্ভপাতে বিশ্বাস করি না। আমার বয়স এখন মাত্র 37 বছর... আমার কি শিশুর জন্মের আগে পরীক্ষা করানো উচিত ?"

এই ধরণের পরীক্ষা করালে আপনি অনেকটাই নিশ্চিন্ত হয়ে পড়তে পারবেন। বেশীর ভাগ শিশুই এমন পরীক্ষার পরে ক্লীন চিট্ পেয়ে যায়।

যদি পরীক্ষায় খারাপ কিছু আসে আর গর্ভপাত করানোর মত পরিস্থিতির উদয় হয়ে পড়ে, তাহলে মাতা-পিতা এই মানসিক আঘাত থেকে মুক্ত হওয়ার জন্য সময় পেয়ে যান বা তাঁরা সেই শিশুর দেখাশোনা করার জন্য মানসিক রূপে প্রস্তুত হয়ে পড়েন... যারা *স্পেশাল চাইল্ড*'-দের লিস্টে আসতে পারে। তাদের নিজস্ব চাহিদা থাকতে পারে। পরীক্ষা থেকে এটা জানতেও সহায়তা প্রাপ্ত হবে যে, ডেলিভারী কোথায় আর কি ভাবে হওয়া উচিত ?

মাতা-পিতারা ডেলিভারীর আগেই এটা জানতে পেরে যান যে, ভবিষ্যতে তাঁদের কেমন পরিস্থিতির মুখোমুখি হতে হবে ? অনেক বার তো এটাও জানতে পারা যায় যে, শিশুর জন্মের আগেই দোষ শুধরে নেওয়া যায়। যদি ডাক্তার আপনাকে এমন কোন পরীক্ষা করানোর পরামর্শ দিয়ে থাকেন, তাহলে সেটার উপেক্ষা করতে যাবেন না। নিজের ডাক্তার বা জেনেটিক বিশেষজ্ঞের থেকে পরামর্শ গ্রহণ করুন। যদি ডাক্তার এই পরীক্ষা থেকে কোন অমূল্য তথ্য প্রাপ্ত করতে চান... তাহলে তাঁকে এমনটা করতে বাধা প্রদান করবেন না।

প্রসব-পূর্ব চিকিৎসা

ছেলে হবে, না মেয়ে ? তার মাথার চুল কালো হবে, না সোনালী ? তার চোখের রং নীল হবে, না সবুজ ? তার মুখ আর গালের টোল কি মায়ের মত হবে ? তার গলার আওয়াজ কি তার বাবার মত হবে ?

বাচ্চা নিজের জন্মের আগে, এমন কি গর্ভধারণেরও আগে, মাতা-পিতার কাছে অনুমানের বিষয় হয়ে ওঠে... কিন্তু একটা প্রশ্ন এমনও হয়, যেটা বাচ্চার মাতা-পিতাকে সব থেকে অস্থির করে তোলে ! তাঁদের শিশু কি সুস্থ অবস্থায় এই পৃথিবীতে আসবে ?

এখনও পর্যন্ত, শিশুর জন্ম হওয়া পর্যন্ত এই প্রশ্নের উত্তর দেওয়া মুশকিল ছিল... কিন্তু এখন

গর্ভধারণের পরে প্রথম তিন মাসেই এই প্রশ্নের উত্তর দেওয়া যেতে পারে... কারণ এখন প্রসবের আগেই বেশ কয়েক প্রকারের পরীক্ষা আর স্ক্রীনিং করা হয়ে থাকে।

বেশীর ভাগ ভাবী মাতাকে তাঁদের 40 সপ্তাহের প্রসব কালে বেশ কয়েক প্রকারের পরীক্ষার ভেতর দিয়ে যেতে হয়... তাঁদের মধ্যে সেই সব মায়েরাও শামিল রয়েছেন... যাঁদের বাচ্চা আয়ু, ভালো পোষণ এবং প্রসব-পূর্ব ভালো দেখাশোনার কারণে সুস্থ ভাবে জন্ম নেয়। এই স্ক্রীনিং টেস্ট দ্বারা মা বা শিশুর কোন প্রকারের ক্ষতি হয় না... বাং তাঁদের স্বাস্থ্যের পুষ্টি হয়ে পড়ে।

যদিও সিভিএস আর এমনিয়ো-র মত বিস্তৃত আল্ট্রাসাউণ্ডের প্রয়োজন সবার পড়ে না। যেসব মাতা-পিতার টেস্টের রিপোর্ট নেতিবাচক আসে, তাঁরা এই আশায় পরের এ্যাডভান্স টেস্টগুলোও করাতে থাকেন... যদি তাঁরা কোন জায়গা থেকে সুস্থ শিশুর জন্ম হওয়ার আশ্বাস পেয়ে যান। এমন টেস্টগুলোর জন্য নিম্নলিখিত মহিলাদের উপযুক্ত বলে মানা যেতে পারে ঃ-

- **35 বছরের বেশী বয়সের মহিলা ঃ-** যদিও মায়েরা প্রাথমিক স্ক্রীনিং পরীক্ষা দ্বারাই সন্তুষ্ট হয়ে নিজেদের ডাক্তারের পরামর্শ অনুসারে পরের টেস্টগুলো করাতে অস্বীকার করতে পারেন।
- নিজের ডাক্তারকে প্রশ্ন করে পরামর্শ নেওয়া যেতে পারে যে, কোন ব্যাপারে প্রসব-পূর্বের সমস্ত প্রকারের তথ্য আবশ্যক কি না!
- পরিবারে কারো জেনেটিক রোগের ইতিহাস বা রোগের ব্যাপারে জানতে পারা।
- যে কোন ধরণের সংক্রমণের ব্যাপারে জানতে পারা... যেটা বাচ্চার জন্মের সঙ্গে যুক্ত *(রুবেলা / টক্সোপ্লাজমোসিস)*।
- আগে কখনো গর্ভপাত হওয়া বা জন্মজাত বিকার যুক্ত শিশুর জন্ম হওয়া।
- প্রসব-পূর্ব স্ক্রীনিং পরীক্ষায় পোজিটিভ রেজাল্ট আসা।

এমন পরীক্ষা কেন করানো উচিত, যাতে শিশুর সংকট উপস্থিত হতে পারে ? আসলে এর সব থেকে বড় কারণ এটা হয় যে, যদি শিশুর কোন রোগ থাকে, তাহলে যেন সেটার চিকিৎসা হতে পারে আর কোন রোগ না থাকলে তার মাতা-পিতা যেন চিন্তামুক্ত হয়ে গর্ভাবস্থার পূর্ণ আনন্দ উপভোগ করতে পারেন!

প্রথম তিন মাস

প্রথম তিন মাস – আল্ট্রাসাউণ্ড ঃ-

এটা কি ? এটা হচেছ এক সাধারণ স্ক্রীনিং টেস্ট! এতে এমন ধ্বনি তরঙ্গের প্রয়োগ করা হয়ে থাকে, যেটা কান দিয়ে শুনতে পারা যায়। সোনোগ্রাফীতে ভ্রূণের এক্স-রে না করেই সেটার পরীক্ষা করা যেতে পারে। যদিও এর দ্বারা বেশ কিছু জন্মজাত বিকৃতির ব্যাপারে জানতে পারা যায়... কিন্তু অনেক বার বড় কোন অভাবও চোখ এড়িয়ে যেতে পারে *(সব কিছু ঠিক মনে হওয়া সত্ত্বেও ঠিক না হওয়া)* বা এর উল্টোটাও হতে পারে *(সব কিছু ঠিক থাকা সত্ত্বেও ঠিক মনে না হওয়া)*।

গর্ভাবস্থার প্রথম তিন মাসে আল্ট্রাসাউণ্ড এজন্য করা হয়ে থাকে, যাতে এগুলো জানতে পারা যায় ঃ

- গর্ভাবস্থার বৈধতার পরীক্ষা
- গর্ভাবস্থার তারিখ
- ভ্রূণেদের সংখ্যা
- রক্তস্রাব হতে থাকলে তার কারণ
- গর্ভধারণের সময় লাগানো আই.ডি.ইউ.-য়ের সন্ধান
- সি.ভি.এস.-য়ের আগে ভ্রূণের সন্ধান
- ক্রোমোসোমল অস্বাভাবিকতার ঝুঁকির পরীক্ষা

এটা কেমন ভাবে হয় ? ঃ- ট্রান্সএ্যাবডমিন্যাল পরীক্ষার জন্য ব্লাডারকে পুরো ভরতে হয়। পর্যাপ্ত মাত্রায় জল বা পানীয় পদার্থ নেওয়ার পরে পেট ভরা অনুভব হওয়ায় কিছুটা অসুবিধা হতে থাকে। এছাড়া কোন যন্ত্রণা বা কষ্ট হয় না। পেটের নীচের অংশে জেল লাগিয়ে এক কর্ডকে তার

ওপরে ঘোরানো হয়।

আপনাকে চিত করে শোওয়ানো হয়। জেল লাগানোয় ধ্বনির তীব্রতায় উন্নতি আসে। যদি ট্রান্সভ্যাজাইন্যাল পরীক্ষা করতে হয়, তাহলে ট্রান্সড্যুসরকে যোনিতে ঢোকানো হয়। এই যন্ত্র আপনার শরীরের ধ্বনি তরঙ্গকে স্ক্রীণে, ছবির রূপে পেশ করে।

এটা কখন হয় ? ঃ- এটা গর্ভাবস্থার প্রথম তিন মাসের মধ্যে যে কোন সময় করা যেতে পারে... শুধু এটা করার কারণ আলাদা-আলাদা হতে পারে। আপনার শেষ পীরিয়ডের সাড়ে চার সপ্তাহ পরে জেস্টেশন সেককে আল্ট্রাসাউণ্ডের সহায়তায় দেখা যেতে পারে। 5 থেকে 6 সপ্তাহ পরে গর্ভস্থ শিশুর হৃদয়ের স্পন্দন শোনা যেতে পারে।

এটা কতটা সুরক্ষিত ? ঃ- বহু বছরের অধ্যয়ণ থেকে এটা পরিস্কার হয়ে পড়েছে যে, এতে কোন ক্ষতি হয় না... বরং লাভই হয়। বেশীর ভাগ ডাক্তার, গর্ভাবস্থায় কম পক্ষে এক বার আল্ট্রাসাউণ্ড করানোর পরামর্শ দিয়ে থাকেন। যদিও এমনটা বলা হয়ে থাকে যে, কোন নির্দিস্টি কারণেই আল্ট্রাসাউণ্ড করানো উচিত।

প্রথম তিন মাস *(এক সাথে স্ক্রীনিং)*

এটা কি ? ঃ- গর্ভাবস্থার প্রথম তিন মাসের কম্বাইণ্ড স্ক্রীনিং-য়ে আল্ট্রাসাউণ্ড, গর্ভস্থ শিশুর রক্তের পরীক্ষাও করা হয়ে থাকে। প্রথম আল্ট্রাসাউণ্ড, গর্ভস্থ শিশুর পিঠের পেছনের অংশে একত্রিত হওয়া দ্রব্যের হাল্কা পরতকে মাপে। যদি এই দ্রব্য ন্যুকল ট্রান্সলুসেন্সীর মাত্রা বেশী হয়, তাহলে ক্রোমোসোমল অস্বাভাবিকতা *(ডাউন সিণ্ড্রোম, কনজেন্টিনাল হার্ট ডিফেক্ট)* এবং অন্য জেনেটিক ডিস্অর্ডারের ঝুঁকি বেড়ে ওঠে।

তারপর রক্তের পরীক্ষা পি.এ.পি.পি.-এ আর এইচ.সি.জি. *(ভ্রুণ দ্বারা উৎপাদিত দুই হার্মোন, যেগুলো মায়ের রক্ত প্রবাহে সম্মিলিত হয়)*-য়ের ব্যাপারে খোঁজ লাগানো হয়। এই স্তরগুলোকে এন.টি.-র মাপ আর মায়ের বয়সের সঙ্গে যোগ করা হয় আর ডাউন সিণ্ড্রোমের ঝুঁকির পরীক্ষা করা হয়।

অনেক মেডিক্যাল সেন্টার এই আল্ট্রাসাউণ্ডে ভ্রুণের নেসল বোনেরও পরীক্ষা করে। অধ্যয়ণ থেকে এটা জানতে পারা গেছে যে, যদি প্রথম আল্ট্রাসাউণ্ডে এই বোনের ব্যাপারে জানতে না পারা যায়, তাহলে ডাউন সিণ্ডোমের ঝুঁকি বেড়ে ওঠে। কিছু অধ্যয়ণ অবশ্য এর বিরুদ্ধ মতও পোষণ করে। ফলস্বরূপ এই মামলাটা এখনও পর্যন্ত বিবাদিত হয়েই রয়ে গেছে।

যদিও এক সাথে হওয়া এই স্ক্রীনিং দ্বারা আপনি সেই ফল প্রাপ্ত করতে পারবেন না, যেটা *ইনভেসিভ ডায়াগ্নোষ্টিক টেস্ট* দ্বারা পাওয়া যায়... কিন্তু এর সহায়তায় আপনি এই ফয়সালা গ্রহণ করতে পারবেন যে, আপনার *ডায়াগ্নোষ্টিক টেস্ট* করানো উচিত কি না ? আপনি যদি এই টেস্ট থেকে এটা জানতে পারেন যে, শিশুর মধ্যে ক্রোমোসোমল বিকার উৎপন্ন হতে পারে, তাহলে আপনাকে সি.ভি.এস. *(কোরিয়োনিক ভিল্লস স্যাম্পলিং বা এম্নিয়োসেন্টেসিস)* পরীক্ষা করাতে বলা হবে।

যদি টেস্টে খুব বেশী ঝুঁকির সংকেত না পাওয়া যায়, তাহলে ডাক্তার আপনাকে গর্ভাবস্থার দ্বিতীয় তিন মাসে ক্যোয়েড স্ক্রীণ টেস্ট করানোর পরামর্শ দেবেন, যাতে ন্যুরল টিউব ডিফেক্টের ব্যাপারে জানতে পারা যায়। যেহেতু এই জিনিসটা হৃদয় রোগ বা বিকারের সাথেও যুক্ত হয়ে থাকে... তাই গর্ভাবস্থার কুড়ি সপ্তাহে আপনাকে ফ্যাটাল ইকোকার্ডিয়োগ্রাম করানোর পরামর্শও দেওয়া যেতে পারে, যাতে হৃদয়ের বিকারগুলোর ব্যাপারে জানতে পারা যায়। এন.টি.-র পরীক্ষা সঠিক না হলে প্রী-টার্ম লেবারের ঝুঁকিও বেড়ে ওঠে... এজন্য আপনাকে সেদিকেও দৃষ্টি দিতে হবে।

এটা কখন হয় ? ঃ- প্রথম তিন মাস – কম্বাইণ্ড স্ক্রীনিং, গর্ভাবস্থার 11 থেকে 14 সপ্তাহের মাঝে করা হয়।

এটা কতটা সঠিক হয় ? ঃ- এই স্ক্রীণ টেস্ট, প্রত্যক্ষ রূপে ক্রোমোসোমল সমস্যার পরীক্ষা করে না আর না-ই কোন নিশ্চিত তারিখের ব্যাপারে জানায়। কেবলমাত্র এতটা আন্দাজ হয়ে পড়ে যে, গর্ভস্থ কোন সমস্যা হতে পারে। অস্বাভাবিক ফলাফলের অর্থ এটা হয় না যে, তার ক্রোমোসোমল রোগ হবেই... এটা কেবলমাত্র ঝুঁকির সংকেত হতে পারে।

সাধারণতঃ অস্বাভাবিক ফলের সুস্থ মহিলারাও স্বাভাবিক আর সুস্থ শিশুর জন্ম দেন। স্বাভাবিক ফলও এই ব্যাপারটার গ্যারান্টী দেয় না যে, সুস্থ শিশুরই জন্ম হবে। এমনটাও হতে পারে যে, শিশু ক্রোমোসোমল বিকারে গ্রস্ত হতে পারে।

এই কম্বাইণ্ড স্ক্রীণ টেস্ট দ্বারা 80 শতাংশ ডাউন সিণ্ড্রোম এবং 80 শতাংশ ট্রাইসোমী সমস্যার ব্যাপারে জানতে পারা যায়।

এটা কতটা সুরক্ষিত হয় ? ঃ- আল্ট্রাসাউণ্ড আর রক্ত পরীক্ষা – দুটোই যন্ত্রণামুক্ত হয় *(অবশ্য আপনি যদি ছুঁচ ফোটানোর যন্ত্রণা সহ্য করতে পারেন)*। এতে আপনার বা আপনার গর্ভস্থ শিশুর কোন প্রকারের কোন ক্ষতি হয় না। শুধু একটা কথা... এই ধরণের স্ক্রীণ টেস্টের জন্য অত্যন্ত ভালো আল্ট্রাসাউণ্ড টেক্‌নিকের আবশ্যকতা হয়। এজন্য আপনাকে এই জিনিষটা কোন ভালো উপকরণ *(ভালো গুণবত্তার)* দিয়েই করানো উচিত। ডাক্তার এবং সোনোগ্রাফারও উচ্চ প্রশিক্ষিত হলে আরও ভালো হয়। মনে রাখবেন যে, হাল্কা মেশিন দ্বারা টেস্ট করালে সত্যি-মিথ্যে ফলাফলও আসতে পারে, যেটা ভবিষ্যতে আপনার পক্ষে ঝুঁকির সৃষ্টি করতে পারে। সেই সব ফলাফলের ভিত্তিতে পরবর্তী যে কোন পদক্ষেপ নেওয়ার আগে সেটা কোন জেনেটিক পরামর্শকার বা অভিজ্ঞ ডাক্তারকে দেখিয়ে নিন। কোন সন্দেহ থাকলে তাঁদের পরামর্শও অবশ্যই গ্রহণ করুন।

কোরিঅনিক ভিল্লস স্যাম্পলিং

এটা কি ? ঃ- সি.ভি.এস. হচ্ছে এক প্রসব-পূর্ব ডায়াগ্নোসিস, যাতে প্লেসেন্টার আঙুলের মত আকারে, ছোট কোশিকার নমুনা নিয়ে এটা পরীক্ষা করা হয়ে থাকে যে, কোথাও কোন প্রকারের ক্রোমোসোমল অস্বাভাবিকতা তো নেই ? বর্তমানে ডাউন সিণ্ড্রোম, টে-শেক, সিকল সেল এনিমিয়া আর সিস্টিক ফায়ব্রোসিসের পরীক্ষার জন্য সি.ভি.এস. টেস্ট করা হয়ে থাকে।

এর দ্বারা ন্যুরল টিউব এবং এ্যানাটোমিক্যাল বিকারের ব্যাপারে জানতে পারা যায় না। কোন বিশেষ রোগের পরীক্ষা সেই সময়ই করা হয়ে থাকে, যখন পরিবারে সেই রোগের কোন ইতিহাস থাকে বা মাতা-পিতার মধ্যে কোন একজনের এমন রোগ থাকে *(এমনটা মানা হয়ে থাকে যে, সি.ভি.এস. এমন 1,000-য়েরও বেশী বিকারের ব্যাপারে জানতে পারবে)*... যার জন্য বিকৃত জীন্স বা ক্রোমোসোম দায়ী হয়।

এটা কেমন ভাবে হয় ? ঃ- এটা হাসপাতালেই করা হয়ে থাকে, যদিও এটা ডাক্তারের ক্লিনিকেও করা যেতে পারে। প্লেসেন্টার অবস্থান অনুসারে ভ্যাজাইনা বা সার্ভিক্স ট্রান্সসার্ভাইক্যাল বা পেটের নীচের অংশের প্রাচীর পর্যন্ত ছুঁচ ফুটিয়ে *(ট্রান্সএ্যাবডোবিমাল সি.ভি.এস.)* কোশিকাগুলোর নমুনা নেওয়া হয়। কোন পদ্ধতিই এমন হয় না, যেটায় কোন প্রকারের যন্ত্রণা হয় না। অনেক মহিলাদের নমুনা সংগ্রহ করার সময় টান ভাবের সাথে হাল্কা যন্ত্রণা হতে থাকে। এই সব পদ্ধতিতে শুরু থেকে শেষ পর্যন্ত 30 মিনিট সময় লাগে... যখন কি নমুনা নেওয়ার কাজে 1 - 2 মিনিট সময় লাগে।

ট্রান্সএ্যাবডোকল পদ্ধতিতে আপনাকে চিত করে শুইয়ে, যোনিপথ দিয়ে গর্ভাশয় পর্যন্ত এক লম্বা-পাতলা টিউব ঢোকানো হয়। এর সাথেই আল্ট্রাসাউণ্ড যুক্ত হয়ে থাকে। ডাক্তার টিউবের অবস্থানকে সঠিক করে তোলেন আর তারপর সেই কোশিকার নমুনা সংগ্রহ করা হয়।

ট্রান্সএ্যাবডোমিনাল পদ্ধতিতেও আপনাকে চিত করে শোওয়ানো হয়। আল্ট্রাসাউণ্ডের সহায়তায় প্লেসেন্টার অবস্থান আর ইউটেরাসের প্রাচীরগুলোর ব্যাপারে অনুমান লাগানো হয়। তারপর পেটের নীচের অংশে একটা ছুঁচ ফোটানো হয় আর সেটার সহায়তায় সব কাজ হয়ে পড়ে।

ভ্রূণের পরীক্ষা দ্বারা সেটার জেনেটিক মেকআপের ব্যাপারে পুরো অনুমান হয়ে পড়ে। 1 - 2 সপ্তাহে পরীক্ষার ফলাফল এসে পড়ে।

এমনটা কখন হয় ? ঃ- এটা গর্ভাবস্থার 10 থেকে 13 সপ্তাহের মাঝে হয়। এর সব থেকে বড় লাভ হচ্ছে এটা যে, এটা গর্ভধারণের প্রথম তিন মাসে করা হয় আর এটা এমনিয়োসেন্টেসিসের থেকে অনেক আগেই পরিণাম প্রদান করে... যেটা সাধারণতঃ 16 সপ্তাহ পরে হয়। প্রারম্ভিক ডায়াগ্নোসিস সেই সব মহিলাদের জন্য হয়, যাঁরা আগে থেকেই কোন সমস্যা বা কষ্টের ব্যাপারে অনুমান লাগিয়ে সেটার চিকিৎসা করাতে চান। এই প্রকার যদি গর্ভপাতও আগেই হয়ে পড়ে, তাহলে খুব একটা মুশ্কিল হয় না আর মানসিক আঘাতও লাগে না।

এটা কতটা সঠিক হয় ? ঃ- সি.ভি.এস. 98% পর্যন্ত ক্রোমোসোমল সমস্যার ব্যাপারে সঠিক ভাবে অনুমান লাগিয়ে নেয়।

এটা কতটা সুরক্ষিত হয় ? ঃ- এটা সুরক্ষিত এবং বিশ্বস্ত হয়। 370-য়ের মধ্যে 1 গর্ভপাতের কেস হতে হতে পারে। আপনার কোন ভালো রেকর্ডের পরীক্ষা কেন্দ্র বেছে নেওয়া উচিত এবং ঠিক 10 সপ্তাহ পর্যন্ত অপেক্ষা করা উচিত, যাতে এই পদ্ধতির সঙ্গে যুক্ত যে কোন ঝুঁকিকে কম করা যেতে পারে।

সি.ভি.এস.-য়ের পরে যোনি থেকে কিছুটা রক্তস্রাব হতে পারে। সেটাকে গুরুতর হিসেবে নেবেন না... যদিও সেই ব্যাপারে ডাক্তারকে জানানো উচিত। এই রক্তস্রাব যদি 3 দিনের থেকে বেশী সময় ধরে বজায় থাকে, তাহলে ডাক্তারকে অবশ্যই জানান। এমনিতে তো ইঞ্জেকশনের কোন ভয় থাকে না... কিন্তু কিছু দিনের ভেতরে জ্বর এলে অবশ্যই ডাক্তার দেখান।

প্রথম এবং দ্বিতীয় তিন মাস

ইন্টীগ্রেটেড স্ক্রীনিং

এটা কি ? ঃ- গর্ভাবস্থার প্রথম তিন মাসের কম্বাইণ্ড স্ক্রীনিং-য়ের মত, ইন্টিগ্রেটেড স্ক্রীনিং টেস্টে আল্ট্রাসাউণ্ড আর ব্লাড টেস্ট – দুটোই হয়। কিন্তু এই ক্ষেত্রে আল্ট্রাসাউণ্ড *(এন.টি.-র পরীক্ষা)*, প্রথম ব্লাড টেস্ট পি.এ.পি.ভি.-র পরীক্ষা ইত্যাদি গর্ভাবস্থার প্রথম তিন মাসে করা হয়ে থাকে এবং দ্বিতীয় ব্লাড টেস্ট *(ক্যোয়েড স্ক্রীনিং-য়ের মত চারটি তথ্যের পরীক্ষার জন্য)* গর্ভাবস্থার দ্বিতীয় তিন মাসে করা হয়ে থাকে। এই তিনটি টেস্টের মিশ্রিত পরিণাম দেওয়া হয়ে থাকে।

দ্বিতীয় স্ক্রীণ টেস্টের মত এটাও প্রত্যক্ষ রূপে ক্রোমোসোমল সমস্যাগুলোর পরীক্ষা করে না আর না-ই কোন বিশেষ অবস্থানের পরীক্ষা করে... এটা কেবলমাত্র এই অনুমান প্রদান করে যে, শিশুর কোন কষ্ট হতে পারে। এই তথ্য প্রাপ্ত করার পরে আপনি নিজের ডাক্তারের সাথে পরামর্শ করে এটা ঠিক করতে পারেন যে, আপনি ডায়াগ্নোষ্টিক টেস্ট করাতে চান কি না ?

এটা কখন হয় ? ঃ- এই আল্ট্রাসাউণ্ড গর্ভাবস্থার 10 থেকে 14 সপ্তাহের মাঝে করা হয়ে থাকে। প্রথম ব্লাড টেস্ট, আল্ট্রাসাউণ্ড করার দিনে হয় এবং দ্বিতীয় ব্লাড টেস্ট গর্ভাবস্থার 16 থেকে 18 সপ্তাহের মাঝে করা হয়। দ্বিতীয় ব্লাড টেস্টের পরে পরীক্ষার ফল জানানো হয়।

এটা কতটা সঠিক হয় ? ঃ- গর্ভাবস্থার প্রথম আর দ্বিতীয় তিন মাসের সম্মিলিত পরীক্ষার পরিণাম, কোন এক তিন মাসের সরীক্ষার থেকে বেশী প্রভাবশালী হয়। ইন্টিগ্রেটেড স্ক্রীনিং টেস্ট দ্বারা 90 শতাংশ ডাউন সিণ্ড্রোম কেস আর 80 থেকে 85 শতাংশ পর্যন্ত ন্যুরল টেস্ট ডিফেক্টসের ব্যাপারে জানা যেতে পারে।

এটা কতটা সুরক্ষিত হয় ? ঃ- আল্ট্রাসাউণ্ড আর ব্লাড টেস্টে কোন প্রকারের যন্ত্রণা হয় না। এর ফলে মা এবং শিশুর কোন ক্ষতিও হয় না।

দ্বিতীয় তিন মাস

ক্যোয়েড স্ক্রীনিং

এটা কি ? ঃ- এতে ভ্রূণ দ্বারা তৈরী হওয়া চার পদার্থের পরীক্ষা করা হয়, যেগুলো মায়ের রক্ত প্রবাহের সঙ্গে মিশে যায়। আল্ফা ফীটোপ্রোটিন,

এসিজি এস্ট্রীয়োল আর ইন্‌হিবিন-এ' – কিছু-কিছু ডাক্তার কেবলমাত্র এই তিনটি পদার্থেরই পরীক্ষা করে থাকেন। এ.এফ.বি.-র বেড়ে ওঠা স্তর দ্বারা *ন্যুরল টিউব ডিফেক্ট*-য়ের ব্যাপারে জানা যেতে পারে। এ.এফ.বি-র কমে আসা স্তর আর সেটার অস্বাভাবিক স্তর এই সংকেত প্রদান করে যে, গর্ভে বেড়ে উঠতে থাকা শিশুর ক্রোমোসোমল অস্বাভাবিকতার ঝুঁকি রয়েছে... যেমন – ডাউন সিণ্ড্রোম। সকল স্ক্রীণ টেস্টের মত ক্যোয়েডও জন্মজাত বিকারগুলোর ব্যাপারে জানাতে পারে না। এটা কেবলমাত্র ঝুঁকির ব্যাপারে অনুমান লাগাতে পারে। কোন অস্বাভাবিক ফলাফলের অর্থ এটাই হয় যে, ভবিষ্যতে আরও পরীক্ষার আবশ্যকতা রয়েছে।

রোচক রূপে, বিভিন্ন অধ্যয়ণ থেকে এটা জানতে পারা গেছে যে, যেসব মহিলাদের ক্যোয়েড স্ক্রীনিং-য়ের পরিণাম অস্বাভাবিক আসে... কিন্তু তার পরে করা টেস্টের ফলাফল সঠিক আসে – তাঁদেরকে গর্ভাবস্থার বেশ কিছু জটিলতার মুখোমুখি হতে হয়। আপনার ক্ষেত্রেও যদি এমন পরিণাম আসে, তাহলে সেই ব্যাপারে নিজের ডাক্তারের পরামর্শ গ্রহণ করুন। এটা মাথায় রাখবেন যে, এমন ধরণের জটিলতা আর অস্বাভাবিক পরিণামের মধ্যে গভীর সম্পর্ক থাকতে পারে।

এটা কখন হয় ? ঃ- এটা গর্ভাবস্থার 14 থেকে 22 সপ্তাহের মাঝে করা হয়ে থাকে।

এটা কতটা সঠিক হয় ? ঃ- এটা প্রায় 85 শতাংশ পর্যন্ত ন্যুরল টিউব ডিফেক্টের ব্যাপারে জানাতে পারে। 80 শতাংশ পর্যন্ত ডাউন সিণ্ড্রোম এবং ট্রিসোমীর 18 সমস্যার ব্যাপারে জানাতে পারে। স্বাধীন ক্যোয়েড স্ক্রীনিং-য়ে মিথ্যে পোজিটিভ পরিণামও আসতে পারে। 50-জন মহিলার মধ্যে কেবল 1 বা 2-জন মহিলার মধ্যে উচ্চ রীডিং সত্ত্বেও ভ্রূণ প্রভাবিত হয়। বাকী 48 বা 49-জন মহিলার মধ্যে, পরের পরীক্ষা থেকে এটা জানতে পারা যায় যে, তাঁদের হার্মোনাল স্তর অস্বাভাবিক... কারণ সেখানে একাধিক ভ্রূণ রয়েছে। সেই ভ্রূণ ভেবে রাখা আয়ুর থেকে ছোট / বড় হতে পারে অথবা টেস্টের পরিণাম ভুল বেরোতে পারে। যদি গর্ভবতী মহিলা একটাই ভ্রূণ বিকশিত করছেন আর আল্ট্রাসাউণ্ড দ্বারা প্রসবের সঠিক তারিখ যদি জানতে পারা যায়, তাহলে এর পরে এম্‌নিয়োসেন্টেসিস করানোর পরামর্শ দেওয়া হয়ে থাকে।

এটা কতটা সুরক্ষিত ? ঃ- এতে কেবলমাত্র রক্তের নমুনার প্রয়োজন হয়... এজন্য এটা অনেকটাই সুরক্ষিত হয়। এর সব থেকে বড় ঝুঁকি এটা হয় যে, পোজিটিভ পরিণাম আসার পরে কিছু বিপজ্জনক পরীক্ষা করাতে হতে পারে। এই স্ক্রীনিং-য়ের ওপরে ভিত্তি করে কোন ফয়সালা নেওয়ার আগে কোন অভিজ্ঞ চিকিৎসক বা জেনেটিক পরামর্শদাতার মতামত গ্রহণ করা উচিত।

> **এটা এক সারপ্রাইজ**
>
> ডায়াগ্নোষ্টিক টেস্ট দ্বারা আপনার গর্ভস্থ শিশুর লিঙ্গের ব্যাপারে জানতে পারা যায়... কিন্তু এটা আপনাকেই ঠিক করতে হবে যে, আপনি এই পরীক্ষার সময় সেটার ফল জানতে চাইবেন, না বার্থ রুমেই সেই রহস্যের ওপর থেকে পর্দা সরাতে চাইবেন। নিজের ডাক্তারের সঙ্গে আগেই এই ব্যাপারে কথা বলে নিন, যাতে আপনার সারপ্রাইজ বজায় থাকে। ভারতবর্ষে জন্মের আগে গর্ভস্থ শিশুর লিঙ্গ জানাটা এখন আইনতঃ অপরাধ!

এম্‌নিয়োসেন্টেসিস

এটা কি ? ঃ- ভ্রূণের আশপাশে ঘিরে থাকা এম্‌নিয়োটিক দ্রব্যে ভ্রূণ কোশিকা রসায়ন আর মাইক্রোঅর্গানিজম্-য়ের সহায়তায় গর্ভে বিকশিত হতে থাকা শিশুর ব্যাপারে যথেষ্ট তথ্য সংগ্রহ করা যেতে পারে, যেমন – জেনেটিক মেক্-আপ, বর্তমান অবস্থান এবং পরিপক্কতার অবস্থান। প্রসব-পূর্ব ডায়াগ্নোসিসে এই পরীক্ষা যথেষ্ট গুরুত্ব রাখে। এটা সেই সময় করানো হয়ে থাকে, যখন ঃ–

- যখন কোন স্ক্রীনং টেস্টের ফলাফল অস্বাভাবিক আসে, তখন ভ্রূণের এম্‌নিয়োটিক দ্রব্যের পরীক্ষা অত্যন্ত জরুরী হয়ে ওঠে... যাতে এটা জানতে পারা যায় যে, ভ্রূণে কোথাও কোন অস্বাভাবিকতা তো নেই!
- যদি মায়ের বয়স 35 বছরের থেকে বেশী হয়, তাহলে তাঁর গর্ভস্থ শিশু ডাউন সিণ্ড্রোমে গ্রস্ত হতে পারে... তখন ডাক্তারের

পরামর্শ অনুসারে এই পরীক্ষা করা হয়ে থাকে।

- বাড়ীতে আগে থেকেই এক শিশুর জন্ম হয়ে গেছে, যে ক্রোমোসোমল অস্বাভাবিকতায় গ্রস্ত; যেমন – সিণ্ড্রোম, মেটাবোলিক ডিস্অর্ডার বা এঞ্জাইম ডেফিশিয়েন্সী ইত্যাদি!
- যদি মা কোন এক্স লিংকড জেনেটিক অস্বাভাবিকতায় গ্রস্ত থাকেন, যেমন – হীমোফীলিয়া।
- টক্সোপ্লাজমোসিস, ফিফ্‌থো ডিজিজ, সাইটোম্যাগালো ভায়রাস বা অন্য কোন প্রকারের ভ্রুণ সংক্রমণের সম্ভাবনা থাকলে।
- গর্ভাবস্থার পরে, ভ্রুণের ফুসফুসের পরীক্ষা অনিবার্য হয়ে ওঠে।

এটা কি ভাবে হয় ? ঃ- আপনাকে চিত করে শুইয়ে, আল্ট্রাসাউণ্ডের সহায়তায় গর্ভস্থ শিশু আর প্লেসেন্টার ব্যাপারে জানা হয়ে থাকে, যাতে ডাক্তার এই প্রক্রিয়ায় সেগুলো পরিস্কার ভাবে দেখতে পারেন। লোকাল এ্যানাস্থেসিয়ার ইঞ্জেকশন দিয়ে পেটের নীচের অংশকে অনুভূতি শূণ্য করে তোলাও হতে পারে... কিন্তু এই ইঞ্জেকশনের প্রক্রিয়ায় অত্যধিক যন্ত্রণা হয়। এজন্য ডাক্তাররা সাধারণতঃ এই ইঞ্জেকশন দেন না। আপনার গর্ভাশয়ে এক লম্বা ফাঁপা ছুঁচ ঢুকিয়ে দেওয়া হয় আর তাতে কিছুটা এম্‌নিয়োটিভ দ্রব্য নেওয়া হয় *(ভ্রুণ আপনা থেকেই সেই দ্রব্যের পূর্তি করে নেয়)*। এর সাথে-সাথে আল্ট্রাসাউণ্ডও করা হতে থাকে, যাতে ভুলবশতঃ ভ্রূণের কোন প্রকারের আঘাত না লাগে বা ভ্রুণে যাতে ছুঁচ ফুটে না যায়। এই পুরো প্রক্রিয়ায় আধ ঘন্টার মত সময় লাগে... যখন কি দ্রব্য নিতে খুব বেশী হলে 1 - 2 মিনিট সময় লাগে। আপনি যদি আর. এইচ. নেগেটিভ হন, তাহলে আপনাকে এম্‌নিয়োসেন্টেসিসের পরে আর. এইচ. ওগ্যাম ইম্যুন গ্লোবুলিনের ইঞ্জেকশন দেওয়া হবে, যাতে আর. এইচ.-য়ের সঙ্গে যুক্ত কোন সমস্যার সৃষ্টি না হয়ে পড়ে।

এটা কখন হয় ? ঃ- এটা গর্ভাবস্থার 16 থেকে 18 সপ্তাহের মাঝে হয়... কিন্তু এটা গর্ভাবস্থার 13 বা 14 সপ্তাহ অথবা 23 বা 24 সপ্তাহেও করা যেতে পারে। 10 থেকে 14 দিনে পরীক্ষার পরিণাম এসে পড়ে। অনেক ল্যাবোরেটোরীতে ফিশ টেক্‌নিক *(ফ্লোরেসেন্ট ইন্ সিটু হাইব্রীডিজেশন)*-য়ের প্রয়োগ করা হয়... যাতে কোশিকাগুলোর নির্দিষ্ট ক্রোমোসোমের সংখ্যা দ্রুত গোনা যেতে পারে। এমনটা এম্‌নিয়োসেন্টেসিস নমুনাতেও দ্রুত ফল পাওয়ার জন্য করা যেতে পারে। যেহেতু এই পরিণাম সম্পূর্ণ হয় না, তাই ল্যাবে দ্বিতীয় ক্রোমোসোমল পরীক্ষাও করা যেতে পারে। এই টেস্ট গর্ভাবস্থার শেষ তিন মাসেও করা যেতে পারে, যাতে ভ্রুণের ফুসফুসের পরিপক্কতা মাপা যেতে পারে।

এটা কতটা সঠিক হয় ? ঃ- এটা 99 শতাংশেরও বেশী সঠিক হয়। এক সাধারণ ফিশ টেস্ট প্রায় 98 শতাংশ সঠিক হয়।

এটা কতটা সুরক্ষিত হয় ? ঃ- এটাকে পুরোপুরি সুরক্ষিত মানা হয়ে থাকে। 1,600-র মধ্যে কেবল 1 মামলায় গর্ভপাতের সম্ভাবনা থাকতে পারে। এই প্রক্রিয়ার পরে কয়েক ঘন্টা পর্যন্ত পেটে হাল্কা টান বা যন্ত্রণা অনুভূত হতে পারে। কিছু ডাক্তার এর পরে আপনাকে বিশ্রাম করার পরামর্শ দিতে পারেন... আর কিছু নয়! কখনো-কখনো হাল্কা রক্তস্রাব বা দ্রব্যের স্রাব হতে পারে। যদিও কিছুক্ষন বিশ্রাম করার পরে এটা ঠিক হয়ে পড়ে... কিন্তু আশানুরূপ সতর্কতা অবলম্বন করতে ভুলে যাবেন না যেন।

এম্‌নিয়ো জটিলতা

এমনিতে তো এম্‌নিয়োসেন্টেসিসে জটিলতা কমে আসে। 100-র মধ্যে 1 প্রক্রিয়ায় দ্রব্য স্রাবের অভিযোগ শুনতে পাওয়া যায়। যদি আপনার যোনি থেকে কোন প্রকারের স্রাব হওয়ার ব্যাপারে জানতে পারা যায়, তাহলে তৎক্ষনাত সেই ব্যাপারে ডাক্তারকে জানান। হতে পারে যে, স্রাব কিছু দিন পরে বন্ধ হয়ে পড়বে... কিন্তু এই সময় পূর্ণ বিশ্রাম আর সাবধানতা অবলম্বনের প্রয়োজন পড়বে।

দ্বিতীয় তিন মাস – আল্ট্রাসাউণ্ড

এটা কি ? ঃ- আপনি গর্ভধারণের পরে হয়তো প্রথম তিন মাসে বা পরের কম্বাইণ্ড বা ইন্টিগ্রেটেড স্ক্রীনিং টেস্টে নিজের আল্ট্রাসাউণ্ড করিয়ে নিয়েছেন... কিন্তু তা সত্ত্বেও আপনাকে গর্ভধারণের দ্বিতীয় তিন মাসে আবার আল্ট্রাসাউণ্ড করাতে হবে... কারণ এর দ্বারা ভ্রূণের বিকাশ এবং অঙ্গগুলোর গঠন প্রণালীর ব্যাপারে জানা যায়। এর দ্বারা ভ্রূণের বিকাশের ব্যাপারেও অনুমান লাগানো যেতে পারে। এতে আপনার গর্ভস্থ শিশুর আরও ভালো ছবি দেখতে পাওয়া যায়।

আজকাল আল্ট্রাসাউণ্ডের ছবি এতটাই সাফ আসে যে, এই ব্যাপারে বিশেষজ্ঞ না হওয়া সত্ত্বেও মাতা-পিতারা পর্যন্ত গর্ভস্থ শিশুর মাথা থেকে পা পর্যন্ত পুরো আকৃতি চিনতে পারেন। আপনি এই আল্ট্রাসাউণ্ডে ডাক্তারের সহায়তায় নিজের গর্ভস্থ শিশুর স্পন্দিত হতে থাকা হৃদয়, তার মেরুদণ্ডের হাড়ের বাঁক, মুখ, হাত আর পা চিনতে পারবেন। এমনটাও হতে পারে যে, আপনি নিজের গর্ভস্থ শিশুকে নিজের আঙুল চুষতেও দেখতে পারেন... এমন কি তার লিঙ্গের ব্যাপারেও জানা যেতে পারে। আপনি যদি সেটাকে সারপ্রাইজ রাখতে চান, তাহলে সেই ব্যাপারে আগে থেকে ডাক্তারকে জানান। বেশীর ভাগ ক্ষেত্রে আপনি এই আল্ট্রাসাউণ্ডের 3-ডি বা 4-ডি ডিজিট্যাল ভিডিয়োও সঙ্গে করে বাড়ী নিয়ে আসতে পারেন, যাতে সেটা নিজের পরিবারের সদস্য আর বন্ধুদের দেখানো যায়।

এটা কখন হয় ? ঃ- সাধারণতঃ এটা গর্ভাবস্থার 18 থেকে 22 সপ্তাহের মাঝে করা হয়ে থাকে।

ভ্রূণ স্ক্রীন

অনেক বার স্ক্রীণ টেস্ট করানোর পরেও সঠিক পরিণাম সামনে আসে না। তখন আপনি এমন চিন্তায় পড়ে যান যে, যেটার থেকে আপনি সত্যি-সত্যি বাঁচতে চাইছিলেন। এই ব্যাপারে ডাক্তারের পরামর্শ নেওয়ার পরেই কোন পদক্ষেপ নিন। সাধারণতঃ 90 শতাংশ মহিলা পোজিটিভ স্ক্রীণ টেস্টের পরে সুস্থ শিশুর জন্ম দেন।

এটা কতটা সুরক্ষিত ? ঃ- এতে কোন প্রকারের ঝুঁকি থাকে না... বরং এর বেশ কিছু লাভই থাকে। ডাক্তাররা সাধারণতঃ গর্ভাবস্থায় বেশ কয়েক বার আল্ট্রাসাউণ্ড করানোর পরামর্শ দিয়ে থাকেন। কিছু বিশেষজ্ঞ এমনও আছেন, যাঁরা বিশেষ পরিস্থিতিতেই আল্ট্রাসাউণ্ড করানোর পরামর্শ দিয়ে থাকেন।

অন্য প্রকারের জন্ম-পূর্ব পরীক্ষা ঃ- দিন-দিন এই ক্ষেত্রের বিকাশ হচেছ। বেশ কিছু নতুন ওষুধ বাজারে আসছে। অনেক প্রকারের টেস্ট বা পরীক্ষাও করা হচেছ... যেগুলোর মধ্যে প্রমুখ হচেছ ঃ

পারক্যুটেনিয়স আম্বলিকন ব্লাড স্যাম্পলিং ঃ- পি.ইউ.বি.এস. পরীক্ষা গর্ভাবস্থার 18-তম সপ্তাহে করা হয়ে থাকে। এর দ্বারা বেশ কয়েক প্রকারের রক্ত এবং ত্বকের রোগের ব্যাপারে জানতে পারা যায়, যেগুলো এম্নিয়োসেন্টেসিসে জানা যেতে পারে না। যদি এম্নিয়োসেন্টেসিসের ফলাফল অস্বাভাবিক আসে, তাহলেও এই পরীক্ষা করা হয়ে থাকে। এর দ্বারা এটা জানতে পারা যায় যে, গর্ভস্থ শিশু কোন গম্ভীর সংক্রামক রোগে গ্রস্ত কি না; যেমন – রুবেলা, টক্সো প্লাজমোসিল, ফিফ্থো ডিজিজ। যদিও এই পরীক্ষা এখন নতুন হচেছ... কিন্তু এর পরিণামকে প্রামাণিক হিসেবেই মানা হয়ে থাকে।

এটাও এম্নিয়োসেন্টেসিসের মতই হয়... পার্থক্য শুধু এটুকু হয় যে, আল্ট্রাসাউণ্ডের ছুঁচ, এম্নিয়োটিক স্যাকে ঢোকানোর পরিবর্তে জন্ম নিতে চলা শিশুর অম্বলিকন কর্ডের রক্ত নলিকায় ঢোকানো হয়। এর পরিণাম তিন দিন পরে পাওয়া যায়। এই পরীক্ষা দ্বারা সময়ের পূর্বে ডেলিভারী হওয়া বা তিল্লী ফাটার হাল্কা ঝুঁকিও শামিল থাকে।

ভ্রূণের লিঙ্গ জানার জন্য মেটারনাল ব্লাড টেস্ট ঃ- যদিও এই প্রয়োগ নতুন অবস্থায় রয়েছে... কিন্তু এটা আনুবাংশিক কারণের স্ক্রীনিং-য়ের জন্য ভালো হয়, যেটা কেবলমাত্র নর শিশুর ওপরেই প্রভাব বিস্তার করে।

স্কিন স্যাম্পলিন ঃ- ভ্রূণের ত্বকের কিছুটা নমুনা নিয়ে পরীক্ষা করা হয়ে থাকে।

কোন প্রকারের সমস্যা হলে...

সাধারণতঃ পরিণাম দ্বারা এটাই জানতে পারা যায় যে, সব কিছু ঠিক-ঠাকই হবে... কিন্তু অনেক বার এমন খবরও সামনে আসে, যেটা ভাবী মাতা-পিতার হৃদয় ভেঙে দেয়। এমন পরিস্থিতিতে, ভবিষ্যতের জন্য আপনি বিশেষজ্ঞের পরামর্শ নিন... যিনি সম্ভাবিত বিকল্প দিতে পারেন –

গর্ভাবস্থায় পরামর্শ ঃ- অনেক মামলা এমন হয়, যখন মাতা-পিতা এটা জানতে পারেন যে, তাঁদের ভাবী সন্তান সুস্থ আর স্বাভাবিক নয় আর তাঁরা কোন অবস্থাতেই গর্ভপাত করাতে চান না। এমন পরিস্থিতিতে তাঁরা শিশু ভূমিষ্ঠ হওয়ার আগেই নিজেদেরকে সেই পরিস্থিতির জন্য প্রস্তুত করতে থাকেন। তাঁরা সেই শিশুর জীবনকে উন্নত করে তোলার উপায় জানতে পারেন। তার সমস্যাগুলোর সঙ্গে মোকাবিলা করার জন্য সাহস জোটাতে পারেন এবং ভাবনাত্মক আর ব্যবহারিক রূপে চ্যালেঞ্জের মোকাবিলা করতে পারেন।

গর্ভাবস্থার সমাপ্তি ঃ- যদি এমন কোন পরিণাম সামনে আসে, যাতে বিকৃতি প্রাণঘাতী হতে পারে... তখন মাতা-পিতা কোন বিশেষজ্ঞের পরামর্শ অনুসারে গর্ভপাত করানোর জন্য প্রস্তুত হতে পারেন। যদিও তাঁরা এর আগে অটোপ্সীর পরামর্শ নিতে পারেন... যাতে ভ্রূণের কোশিকার পরীক্ষা সাবধানতাপূর্বক করা হয়ে থাকে, যাতে পরের গর্ভাবস্থায় এই ধরণের অস্বাভাবিকতা দেখা না দেয়। তাঁরা এই পরীক্ষা আর বিশেষজ্ঞের পরামর্শের পরে নিজেদেরকে পরবর্তী স্বাভাবিক গর্ভাবস্থার জন্য প্রস্তুত করেন। বেশীর ভাগ মামলায় পরের বার সুস্থ শিশুরই জন্ম হয়।

ভ্রূণের প্রসব-পূর্ব চিকিৎসা ঃ- এতে ব্লাড ট্রান্সফিউশন আর.এইচ. রোগে সার্জারী *(যেমন – বন্ধ ব্লাডার বার করা)*, এঞ্জাইম বা কোন ওষুধ দেওয়া *(যখন ডেলিভারী তাড়াতাড়ি করাতে হয়, তখন গর্ভস্থ শিশুর ফুসফুসের বিকাশকে তীব্র করার জন্য)* বা অন্য কোন প্রসব-পূর্ব সার্জারী, জেনেটিক ম্যানিপুলেশন ইত্যাদিকে শামিল করা যেতে পারে। আজকাল এগুলো অত্যন্ত সাধারণ হয়ে উঠছে।

অঙ্গ দান করা ঃ- যদি পরীক্ষায় এটা জানতে পারা যায় যে, ভ্রূণ জীবিত থাকবে না... তাহলে মাতা-পিতা তার সুস্থ কোন অঙ্গ, অন্য কোন নবজাত শিশুকে দান করার নির্ণয় নিতে পারেন। এই প্রকার তাঁদের এমনটা মনে হয় যে, তাঁদের লোকসানের কিছুটা অন্ততঃ ক্ষতি পূরণ হবে। এমন অবস্থায় কোন নিয়োনেটোলোজিস্ট সঠিক তথ্য প্রদান করতে পারেন।

আর প্রসব-পূর্ব ডায়াগ্নোসিসের ব্যাপারে এটা সর্বদা মাথায় রাখবেন যে, ভালো সুবিধাযুক্ত ল্যাবেও গড়বড়ি হতে পারে। বিশেষজ্ঞ আর ভালো প্রযুক্তি থাকা সত্ত্বেও ভুল হতে পারে। এমন অবস্থায় কোন বিশেষজ্ঞের পরামর্শ ছাড়া কোন পদক্ষেপ নেবেন না।

সর্বদা এটা মনে রাখবেন যে, সাধারণতঃ এমন মামলা কমই দেখতে পাওয়া যায়, যখন এমন পরীক্ষায় গর্ভস্থ শিশুর কোন সমস্যা দেখা দেয়। সাধারণতঃ এক সুস্থ মা, এক সুস্থ শিশুরই জন্ম দেন। শেষে সকল প্রকারের সমস্যার মেঘ সরে যায় আর গর্ভাবস্থার সুখকর পরিণামই সামনে আসে।

এম.আর.আই. ঃ- এর দ্বারা ভ্রূণ আর তার আশপাশের অস্বাভাবিকতার বিষয়ে পূর্ণ তথ্য প্রাপ্ত করা যায়। অনুসন্ধানকারী আরও ভালো চিত্র প্রাপ্ত করার চেষ্টায় লেগে রয়েছেন। গর্ভাবস্থায় এর প্রয়োগ পূর্ণ রূপে সুরক্ষিত।

কোকার্ডিয়োগ্রাফী ঃ- এর দ্বারা ভ্রূণের হৃদয়ের পরীক্ষা করা হয়। এই আল্ট্রাসাউণ্ড হৃদয়ে আসা-যাওয়া করতে থাকা রক্ত প্রবাহেরও প্রদর্শন করে।

■ ■ ■

আপনার গর্ভাবস্থার জীবন-শৈলী

নিশ্চিত রূপে, এবার আপনি নিজের দৈনন্দিন জীবনে কিছু পরিবর্তন নিয়ে আসতে চাইবেন... কারণ এবার আপনি নিজের জন্য নয়... অন্য কারো জন্যও বেঁচে রয়েছেন। কিন্তু আপনি এটা জেনে অবাক হয়ে উঠবেন যে, এবার আপনার জীবন-শৈলীতে কত বড় পরিবর্তন আসতে চলেছে। ডিনারের আগের ককটেলের কথা মনে করুন – সেটা কি প্রসব হওয়া পর্যন্ত ত্যাগ করতে হবে? হট টাবে ডুব লাগানো আর জিমে যাওয়াও ছাড়তে হবে? এবার কি আপনি সেই দুর্গন্ধযুক্ত তরল পদার্থ দিয়ে নিজের বাড়ীর সিংক পরিস্কার করতে পারবেন? এবার কি আপনাকে নিজের পোষা বেড়ালের ওপরেও দৃষ্টি দিতে হবে? গর্ভবতী হওয়ার অর্থ কি এটা যে, এবার আপনাকে নিজের শোবার ঘরে আপনার বান্ধবীকে ধূম্রপান করতে দেওয়া আর মাইক্রোওয়েভে খাবার রাখতে দেওয়ার আগেও দু বার ভালো করে ভেবে দেখতে হবে? যেসব ব্যাপারে আপনি এর আগে কোন দিনও ভাবেননি! অনেক মামলায় তো, আমরা বলব – *হ্যাঁ... এটাই ঠিক' (যেমন – আমি মদ্যপান করব না)*... কিন্তু বাকী বেশ কিছু ক্ষেত্রে আপনি কিছুটা সাবধানতা অবলম্বন করে আগের মতই মৌজ-মস্তি চালিয়ে যেতে পারেন!

আপনি কি ভাবছেন?

খেলাধূলো আর ব্যায়াম

"আমি কি গর্ভবতী হওয়া সত্ত্বেও নিয়মিত রূপে ব্যায়াম করতে পারি?"

বেশীর ভাগ মামলায় গর্ভাবস্থার অর্থ এটা হয় না যে, আপনি খেলাধূলো ছেড়ে দেবেন। শুধু এটুকু মাথায় রাখুন যে, আপনাকে এবার সেই ছোট্ট শিশুর ওপরেও দৃষ্টি দিতে হবে। বেশীর ভাগ ডাক্তার গর্ভবতী মহিলাদের এই পরামর্শ দেন যে, তাঁরা যেন কিছুটা সাবধানতার সাথে নিজেদের ওয়ার্কআউট রুটীন বা খেলাধূলো চালিয়ে যান। এই জিনিষটা অত্যন্ত গুরুত্বপূর্ণ হয় যে, আপনি কোন নতুন খেলা বা ওয়ার্কআউট শুরু করার আগে ডাক্তারের পরামর্শ নেবেন। এতটা ব্যায়াম করবেন না, যাতে ক্লান্তির কারণে আপনার অবস্থাই খারাপ হয়ে পড়ে।

ক্যাফিন

"আমি সারা দিনে বেশ কয়েক কাপ কফি পান করতাম। এখন কি আমাকে ক্যাফিন সেবন বন্ধ করতে হবে ?"

আপনার পুরোপুরি কফি ছেড়ে দেওয়ার কোন প্রয়োজন নেই... শুধু একটু কম করতে হবে। বেশ কিছু প্রমাণ থেকে এটা জানতে পারা গেছে যে, গর্ভাবস্থায় প্রতি দিন 200 মিগ্রা. পর্যন্ত ক্যাফিন সেবন করাটা সুরক্ষিত হয়। এটা এই জিনিষটার ওপরেও নির্ভর করে যে, আপনি দুধের সাথে কফি পান করছেন, না ব্ল্যাক কফি ? এখন আপনাকে নিজের কফি পানের মাত্রাকে দু কাপ পর্যন্ত নামিয়ে নিয়ে আসতে হবে। আপনি যদি হাল্কা কফি পান করেন তো ভালো... কিন্তু তীব্র কফির মাত্রাকে তো কমাতেই হবে।

আসলে আপনি কফির সাথে যে ক্যাফিন গ্রহণ করেন, সেটা কফি ছাড়া আরও বেশ কিছু তরল পদার্থের মধ্যে থাকে। সেটার কতটা মাত্রা আপনার গর্ভস্থ শিশু পর্যন্ত পৌঁছচ্ছে... সেই ব্যাপারে কিছুই বলা চলে না। এমনিতে তাজা তথ্য অনুসারে গর্ভের প্রারম্ভিক দিনগুলোয় অত্যধিক মাত্রায় ক্যাফিনের সেবন গর্ভপাতের কারণ হয়ে উঠতে পারে।

ক্যাফিনের ব্যাপারে আরও একটা কাহিনী রয়েছে। এতে পিক্ মী আপ শক্তি তো থাকে... কিন্তু এটা ক্যালশিয়াম আর অন্যান্য পোষক তত্ত্বকে শরীরে পূর্ণ রূপে গুলে যাওয়ার আগেই প্রবাহিত করিয়ে দেয়। আপনাকে বার-বার শৌচালয় *(প্রস্রাব)* যেতে হতে পারে। ক্যাফিনের উত্তেজক দ্রব্য আপনার মুডের ওঠা-নামাকে বাড়িয়ে তুলতে পারে। এটা যদি আপনি দুপুরের পরে সেবন করেন, তাহলে হয়তো আপনি রাতে ভালো করে ঘুমোতে পারবেন না। বেশী মাত্রায় ক্যাফিনের সেবন করলে সেটা আপনার আর আপনার গর্ভস্থ শিশুর পক্ষে আয়রণের মাত্রাকে কম করিয়ে আনতে পারে।

বিভিন্ন ডাক্তার এই ব্যাপারে আলাদা-আলাদা মত পোষণ করেন। এজন্য আপনি নিজের ডাক্তারের থেকে এর সেবনের মাত্রার ব্যাপারে জেনে নিলে ভালো করবেন। প্রতি দিনের ক্যাফিনের মাত্রার অনুমান, আপনি প্রতি কাপ কফির মত লাগাতে পারবেন না। কফি ছাড়াও অন্যান্য পানীয় পদার্থ, চা, আইসক্রীম, এনার্জী বার, ড্রিংক এবং চকোলেটেও ক্যাফিন থাকে। উৎপাদনের হিসেবে এটার মাত্রা আলাদা-আলাদা হতে পারে। আপনাকে এটাও জানতে হবে যে, ঘরে তৈরী ব্রু কফির তুলনায় কফি হাউসের ব্রু কফিতে ক্যাফিন বেশী মাত্রায় থাকে।

আপনি নিজের ক্যাফিন সেবনের অভ্যাস থেকে কি ভাবে মুক্তি পেতে পারেন – সেটা এই জিনিষটার ওপরে নির্ভর করে যে, আপনার কাছে ক্যাফিন ঠিক কি ? এটা আপনার প্রতি দিনের সকালের অভ্যাস... কাজের জন্য জরুরী... দুপুরের ঘুমের পরে এটা আপনার অবশ্যই চাই বা দিনের মধ্যে যখনই ইচ্ছা হয়! আপনি সকালের মাত্রা তো গ্রহণ করতে থাকুন... কিন্তু দুপুরের পরের কফির মাত্রা আপনাকে কম করতেই হবে। আপনি কফিতে এক্সপ্রেসোর মাত্রা কমিয়ে এনে দুধের মাত্রা বাড়ান। এর ফলে আপনি ক্যালশিয়ামের বোনাসও প্রাপ্ত করবেন।

আপনি যদি কফি পান করায় অভ্যস্ত হয়ে পড়েন, তাহলে আপনি নিশ্চয়ই এটাও জানেন যে, এই অভ্যাস ত্যাগ করাটা ততটা সহজ হয় না। যে কোন জিনিষের একবার অভ্যাস হয়ে পড়লে সেটা ছাড়ার পরে বেশ কিছু লক্ষণ ফুটে উঠতে পারে, যেমন – মাথার যন্ত্রণা, অস্থিরতা, ক্লান্তি, অলসতা ইত্যাদি! আপনাকে ধীরে-ধীরে সেটার মাত্রা কমাতে হবে। প্রথমে এক কাপ মাত্রায় আসুন। যখন কিছু দিনে ততটা মাত্রায় আপনি অভ্যস্ত হয়ে পড়বেন, তখন এক কাপকে আধ কাপ মাত্রায় নামিয়ে নিয়ে আসুন আর ততক্ষন পর্যন্ত মাত্রা কমাতে থাকুন... যতক্ষন না আপনি নিজের উদ্দেশ্যে সফল হয়ে উঠছেন।

যদি আপনি নীচে দেওয়া পরামর্শগুলো গ্রহণ করেন, তাহলে এনার্জী প্রাপ্ত করার জন্য আপনাকে বার-বার কফি পান করতে হবে না।

- নিজের ব্লাড শুগার আর এনার্জীর স্তরকে উঁচুতে রাখুন। তাজা আর পৌষ্টিক ভোজনের সেবন করলেও আপনার ক্যাফিন সেবনের প্রয়োজন অনুভূত হবে না।
- প্রতি দিন কিছুটা ব্যায়াম করুন। এতে এনার্জীর স্তর আর এণ্ড্রোফিনের স্রাব বেড়ে উঠবে। ব্যায়ামের সাথে প্রাপ্ত তাজা হাওয়া তো কামাল করে দেবে।
- সঠিক সময়ে পুরো সময় ঘুমোন। রাতে পুরো ঘুমোলে সকালে আপনি নিজেকে তরোতাজা অনুভব করবেন। তাহলে হয়তো আপনার আর কফি পান করার প্রয়োজনই পড়বে না।

ক্যাফিনের কাউন্টার

আপনি প্রতি দিন ক্যাফিনের কতটা মাত্রা নেন ? সেটা আনুমানিক 200 মিগ্রা.-র কম-বেশী হতে পারে। নীচের সূচীর সহায়তা নিন ঃ-

1 কাপ ব্রু কফি (8 আউন্স)	=	135 মিগ্রা.
1 কাপ ইন্সট্যান্ট কফি	=	95 মিগ্রা.
6 কাপ ডিকেফ কফি	=	5 মিগ্রা.
6 আউন্স ক্যাপিচেনো	=	90 মিগ্রা.
1 আউন্স এক্সপ্রেসো	=	90 মিগ্রা.
1 কাপ চা	=	90 থেকে 60 মিগ্রা.
(সবুজের পরিবর্তে কালো চায়ে বেশী ক্যাফিন থাকে)		
1 ক্যান কোলা (12 আউন্স)	=	235 মিগ্রা.
1 ক্যান ডায়েট কোলা	=	45 মিগ্রা.
1 আউন্স মিল্ক চকোলেট	=	6 মিগ্রা.
1 আউন্স ডার্ক চকোলেট	=	20 মিগ্রা.
1 কাপ চকোলেট মিল্ক	=	5 মিগ্রা.
8 আউন্স কফি আইসক্রীম	=	40 - 80 মিগ্রা.

মদ্যপান

"আমি এটা জানতাম না যে, আমি গর্ভবতী হয়ে পড়েছি। আমি নিজের অজান্তেই দু বার মদ্যপান করে ফেলেছি। এতে কি আমার গর্ভস্থ শিশুর কোন ক্ষতি হতে পারে ?"

আসলে সাধারণতঃ মায়েরা শুরুতে এটা জানতেই পারেন না যে, তাঁরা গর্ভবতী হয়ে পড়েছেন। এই সময় তাঁরা দু-একটা কাজ এমন করে ফেলেন... যেগুলো হয়তো তাঁরা নিজেদের গর্ভস্থাপনের ব্যাপারে জানতে পারার পরে করতেন না। সেজন্যই আমরা এখানে এই বিষয়ের উপস্থাপনা করছি।

এই জিনিষটার কোন প্রমাণ পাওয়া যায় না যে, গর্ভের শুরুর দিনগুলোয় একটু-আধটু মদ্যপান করলে গর্ভস্থ ভ্রূণের কোন ক্ষতি হতে পারে... এজন্য ভয় পাওয়ার কিছু নেই।

এটা সত্য যে, এবার আপনাকে মদ্যপান করার অভ্যাস ত্যাগ করতে হবে। এমনিতে আপনি সেই সব মহিলাদের ব্যাপারে নিশ্চয়ই শুনে থাকবেন, যাঁরা গর্ভের পুরো 9 মাস রাতে ঘুমোবার সময়, এক গ্লাস হাল্কা ওয়াইন পান করা সত্ত্বেও সুস্থ বাচ্চার জন্ম দিয়েছেন... কিন্তু এই ব্যাপারের কোন গ্যারান্টী নেই যে, আপনিও নিজেকে সুরক্ষিত মেনে নিতে পারবেন... বরং আমেরিকান এ্যাকাডেমীর শিশু চিকিৎসকেরা এমন পরামর্শই দিয়েছেন যে, গর্ভবতী মায়েদের পক্ষে এ্যালকোহল সেবন ক্ষতিকারকই হয়। এই সুপারিশ সত্ত্বেও আপনি সেই মদ্যপানের ব্যাপারে ভেবে চিন্তিত হবেন না... যেটা আপনি নিজের অজান্তে পান করে ফেলেছেন। আপনি ইচ্ছা করলে এই ব্যাপারে নিজের ডাক্তারকে প্রশ্ন করে নিশ্চিন্ত হয়ে উঠতে পারেন।

আপনার ঘরে যখন এক ছোট্ট অতিথি আসতে চলেছে, তখন নিজে একটু সামলে থাকার মধ্যে দোষের কি আছে ? যদিও এটার সুরক্ষিত মাত্রার ব্যাপারে নিশ্চিত করে কেউ কিছু জানেন না... কিন্তু গর্ভাবস্থায় এ্যালকোহলের সেবন করার প্রশ্নে প্রতিটি গর্ভবতী মহিলার দ্বারা সেবন করা এ্যালকোহল তাঁর গর্ভস্থ শিশুর রক্তের সাথেও মিশে যেতে পারে। এটা জানবেন যে, কোন গর্ভবতী মহিলা কখনো একা মদ্যপান করেন না। তিনি প্রতিটি ওয়াইন, বীয়ার কা কক্টেলের গ্লাস নিজের গর্ভস্থ শিশুর সাথেই পান করেন। এমন পরিস্থিতিতে কেমন সম্ভাবনার উদয় হতে পারে, সেটা আপনি নিজেই অনুমান লাগিয়ে নিতে পারবেন।

যদি গর্ভবতী মহিলা প্রতি দিন মদ বা

বীয়ারের 5 - 6 পেগ সেবন করেন, তাহলে বেশ কয়েক প্রকারের গুরুতর সমস্যার সৃষ্টি হতে পারে। এমনটা বলা হয়ে থাকে যে, এই হ্যাংওভার সারাটা জীবন ধরে বজায় থাকে। এমন পরিস্থিতিতে জন্ম নেওয়া শিশুর আকার পুরো হয় না, তাদের মধ্যে মানসিক বিক্ষিপ্ততা লক্ষ্য করা যায়। মাথা, মুখ, হৃদয়, হাত-পা আর কেন্দ্রীয় তন্ত্রিকা তন্ত্রতেও বিকার আসতে পারে। যেসব বাচ্চা এসবের থেকে রেহাই পেয়েও যায়... তাদের সাথেও কোন-না-কোন সমস্যা সর্বদাই বজায় থাকে। তারা সঠিক ভাবে কোন ফয়সালা নিতে পারে না। তারা নিজেরাও 21 বছর বয়স পর্যন্ত পৌঁছতে-পৌঁছতে মদ্যপানে আসক্ত হয়ে পড়ে। গর্ভাবস্থায় মদ্যপান করাকে যত শীঘ্র বন্ধ করতে পারবেন, ঝুঁকি ততই কমে আসবে।

আপনার মদ্যপানের মাত্রা যত বেশী হবে, ঝুঁকির মাত্রা ততই বেড়ে উঠবে। মদ্যপানের খারাপ অভ্যাসের কারণে গর্ভপাত হয়ে পড়তে পারে, প্রসবের সময় সমস্যার সৃষ্টি হতে পারে, জন্মের সময় শিশুর ওজন কম হতে পারে, তার মধ্যে অস্বাভাবিক বৃদ্ধি হতে পারে, মন্দবুদ্ধির বাচ্চার জন্ম হতে পারে। এই সব কারণে বেশ কিছু বিকাশাত্মক আর ব্যবহারগত লক্ষণও সামনে আসতে পারে।

কিছু-কিছু মহিলাদের পক্ষে গর্ভাবস্থায় মদ্যপানের অভ্যাস ত্যাগ করাটা সহজ হতে পারে... এর গন্ধের প্রতি তাঁদের মধ্যে ঘৃণার সৃষ্টি হয়ে পড়ে; এমনটা গর্ভাবস্থার শুরু থেকে শেষ পর্যন্ত হতে পারে। যেসব মহিলা এটা ছাড়া থাকতে পারেন না বা ডিনারে যাঁরা রেড ওয়াইন সেবন করেন... তাঁদের নিজেদের জীবন-শৈলীতে কিছুটা পরিবর্তন নিয়ে আসতে হবে। আপনি যদি আরাম করার জন্য মদ্যপান করেন, তাহলে আরাম করার অন্য কোন পদ্ধতি বেছে নিন – সঙ্গীত শুনুন, গরম জলে স্নান করুন, মালিশ বা ব্যায়াম করুন বা অন্য কিছু করুন। আপনি যদি মদ্যপান না করে থাকতে না পারেন বা আপনি যদি এটা ছাড়তে না চান, তাহলে ব্রাঞ্চে ব্লাডি মেরীর পরিবর্তে ভার্জিন মেরী নিন, ডিনারে জুস বা নন্-এ্যালকোহলিক বীয়ার নিন। জুসে জল মিশিয়ে সেই ভাবে নিন, যেমনটা আপনি ওয়াইন নেন... গ্লাস আর পরিবেশ একই থাকবে। যদি আপনার পতিদেব আপনাকে সঙ্গ দেন, তাহলে মজা দ্বিগুণ হয়ে উঠবে।

যদি এ্যালকোহল ছাড়তে আপনার অসুবিধা হয়, তাহলে নিজের ডাক্তারের পরিমর্শ নিন। উনি আপনার সমস্যা দূর করতে পারবেন।

পাইপ আর সিগার এড়িয়ে চলুন

আপনি পাইপ আর সিগার ছাড়লে আপনার গর্ভস্থ শিশুও আপনাকে ধন্যবাদ জানাবে। পাইপ আর সিগার পান করলে সিগারেটের থেকেও বেশী ধোঁওয়া শরীরের মধ্যে প্রবেশ করে আর শিশুর পক্ষে সংকটের সৃষ্টি হয়ে পড়ে। আপনি যদি নতুন অতিথির আগমনের খবর সবাইকে শোনাতে চান, তাহলে চকোলেট দিয়ে তৈরী সিগার আর পাইপ পান করে সেই খবর দিতে পারেন।

ধূম্রপান

"আমি গত দশ বছর ধরে ধূম্রপান করে আসছি। এতে কি আমার গর্ভস্থ বাচ্চার কোন ক্ষতি হবে?"

এটা বড়ই খুশীর খবর যে, আপনি নিজের গর্ভাবস্থার আগে যে ধূম্রপান করে এসেছেন... আপনার গর্ভস্থ শিশুর ওপরে সেটার কোন প্রভাব পড়বে না। কিন্তু গর্ভাবস্থা এবং বিশেষ করে গর্ভাবস্থার তৃতীয় মাসে ধূম্রপান করলে আপনার আর আপনার গর্ভস্থ শিশুর স্বাস্থ্যের পক্ষে সংকট দেখা দিতে পারে। আপনি যখন ধূম্রপান করেন, তখন আপনি নিজের গর্ভস্থ ভ্রূণকে ধোঁওয়ায় পরিপূর্ণ গর্ভের মধ্যে পালন করেন... এর ফলে শিশুর হৃদয়গতি বেড়ে ওঠে আর অক্সিজেনের অভাবের কারণে সে সঠিক ভাবে বিকশিত হতে পারে না।

এই জিনিষটার বড়ই সাংঘাতিক পরিণাম হতে পারে। গর্ভাবস্থার সময় বেশ কিছু সমস্যা দেখা দিতে পারে... যার মধ্যে ইক্টোপিক প্রেগন্যান্সী, এ্যাবনর্মাল প্লেসেন্টাল ডিট্যাচমেন্ট, প্রী-ম্যাচিয়োর রাপ্চার অফ্ মেম্ব্রেন ইত্যাদি শামিল রয়েছে। এমন কি আপনার সময়-পূর্ব প্রসবও হয়ে পড়তে পারে। এমন প্রমাণ পাওয়া গেছে যে, ধূম্রপান দ্বারা শিশুর বিকাশ পূর্ণ রূপে প্রভাবিত হয়। সব থেকে বেশী ঝুঁকি এই ব্যাপারের থাকে যে, জন্ম নেওয়া শিশুর ওজন অত্যন্ত কম হয়, উচ্চতা কম হয় আর তার মাথার বৃত্তও কম হয়। এই সব কারণে শিশু প্রসবের আগেই অসুস্থ হয়ে পড়ে অথবা তার মৃত্যু পর্যন্ত হতে পারে।

ধূম্রপান করতে থাকা মহিলাদের শিশুদের মধ্যে সিডস সিণ্ড্রোম দেখতে পাওয়া যায়। তারা

সেই সব শিশুদের মত স্বাস্থ্যবান হয় না... যাদের মায়েরা ধূম্রপান করেন না। এই সব শিশুদের মধ্যে শারীরিক আর বৌদ্ধিক অভাবও দেখতে পাওয়া যায়। তাদের মাতা-পিতারা তাদের আশপাশে ধূম্রপান করতে থাকলে এই ঝুঁকি আরও বেড়ে ওঠে। তাদের ইম্যুন সিস্টেম দুর্বল হয়ে পড়ে, শ্বাস তন্ত্রে বিকার এসে পড়ে, কানে সংক্রমণ অত্যন্ত শীঘ্র হয়ে পড়ে। বিভিন্ন অধ্যয়ণ থেকে এটা জানতে পারা গেছে যে, এমন বাচ্চাদের মধ্যে সাধারণতঃ ব্যবহারের সাথে যুক্ত সমস্যাও দেখতে পাওয়া যায়। তারা সেই সব বাচ্চাদের তুলনায় জন্মের পরে প্রথম বছরে বেশী অসুস্থ হয়ে পড়ে... যাদের মায়েরা ধূম্রপান করেন না। বড় হওয়ার পরে তারাও সহজেই ধূম্রপান করতে থাকা ব্যক্তিদের মধ্যে শামিল হয়ে পড়ে।

তামাক সেবনেরও খারাপ প্রভাব পড়ে। পুরো দিনে এক প্যাকেট সিগারেট পান করা মহিলাদের শিশুর ওজন জন্ম থেকেই অত্যন্ত কম হয়। আপনিও যদি সিগারেট পান করেন, তাহলে আপনাকে গভীর টান মারা আর বেশী সিগারেট পান করার মোহ ত্যাগ করতে হবে। কম নিকোটিন যুক্ত সিগারেট পান করলেও ঝুঁকির মাত্রা কম হবে না। আপনাকে এই অভ্যাস পুরো ত্যাগ করতে হবে।

শিশুর জন্য অমূল্য উপহার

যখনই পরিবারে কোন ছোট্ট অতিথির আসার সংবাদ পাওয়া যায়, গোটা বাড়ী খুশীতে ভরে ওঠে। এমন অবস্থায় আপনাকে সিগারেট আর মদ্যপানের অভ্যাস তখুনি ছেড়ে দিতে হবে। আপনি নিশ্চয়ই এমন মহিলাদের ব্যাপারে শুনে থাকবেন... যাঁরা মদ্যপান আর ধূম্রপানে অভ্যস্ত হওয়া সত্ত্বেও সুস্থ শিশুর জন্ম দেন। কিন্তু এসব এই জিনিষটার ওপরে নির্ভর করে যে, তাঁরা কতটা মাত্রায় মদ্যপান আর ধূম্রপান করেন! এমনও হতে পারে যে, আপনি এবং আপনার গর্ভস্থ শিশু ততটা সৌভাগ্যশালী না-ও হতে পারেন। গর্ভবতী মা আর শিশু আলাদা-আলাদা ভাবে প্রতিক্রিয়া ব্যক্ত করেন। এমনটাও হতে পারে যে, সেই সময় কোন লক্ষণ দেখতে পাওয়া না গেলেও বেশ কয়েক বছর পরে বাচ্চা রোগী আর হায়পারএ্যাক্টিভ হয়ে উঠল আর তার পক্ষে কোন কিছু শিখতে সমস্যা দেখা দিল।

মদ্যপান আর ধূম্রপানের মত খারাপ অভ্যাস ত্যাগ করাটা ততটা সহজ হয় না। কিন্তু আপনি যদি এমনটা করতে পারেন... তাহলে এটা জেনে নিন যে, আপনি আপনার গর্ভস্থ শিশুকে এক অমূল্য উপহার দিতে চলেছেন!

ধূম্রপানের অভ্যাস ত্যাগ করা

অভিনন্দন গ্রহণ করুন! আপনি নিজের শিশুকে ধোঁওয়া মুক্ত, সুস্থ পরিবেশ প্রদান করার ফয়সালা নিয়েই নিয়েছেন। এমনটা চিন্তা করাই হচ্ছে প্রথম পদক্ষেপ। সত্যি এবার আর আপনার ধূম্রপান ত্যাগ করতে মুশ্কিল হবে না। আমাদের নিম্নলিখিত পরামর্শগুলোর সহায়তা নিন ঃ

নিজের উদ্দেশ্য চিনে নিন ঃ- আপনি গর্ভবতী, ধূম্রপান ত্যাগ করার এর থেকে বড় উদ্দেশ্য আর কি হতে পারে?

ছাড়ার পদ্ধতি ঃ- এই অভ্যাসকে আনন্দের সাথে বিদায় জানান। কোন মৌজ-মস্তিপূর্ণ কাজ বেছে নিন... যাতে সিগারেটের অভাব অনুভূতই না হয় আর সিগারেট পান করার প্রয়োজনই না পড়ে।

ধূম্রপান করার উদ্দেশ্য চিনে নিন ঃ- এটা জানার চেষ্টা করুন যে, আপনি আনন্দ, উত্তেজনা আর বিশ্রাম – এগুলোর মধ্যে ঠিক কোন্ জিনিষটার জন্য ধূম্রপান করেন? আপনি কি মানসিক চাপ আর কুণ্ঠা কম করতে চান? না কি মুখ আর হাতে কিছু একটা ধরে রাখতে চান? নিজের মনের ইচ্ছাকে শান্ত করতে চান, না কি এমনিই সিগারেট ধরিয়ে নেন? যদি এক বার আপনি নিজের ধূম্রপান করার উদ্দেশ্যকে চিনে নিতে পারেন, তাহলে বিকল্প খোঁজাটা আপনার পক্ষে সহজ হয়ে পড়বে।

- যদি কেবলমাত্র হাত দুটোকে ব্যস্ত রাখার জন্য আপনি ধূম্রপান করেন, তাহলে এবার থেকে হাতে পেন্সিল, রবার ব্যাণ্ড বা খড়কুটো ধরে রাখার অভ্যাস করুন। কিছু বুনুন, কম্প্যুটারে ধাঁধার সমাধান করুন, ভিডিয়ো গেমস্ খেলুন, নিজের ই-মেল চেক করুন – ব্যস্... এমন কিছু করুন, যাতে সিগারেটের কথা মনে না পড়ে।
- মুখে কিছু একটা রাখার অভ্যাসের কারণে

আপনি ধূম্রপান করলে সিগারেটের বদলে টুথপিক, গাম, কাঁচা সব্জী, পপ্ কর্ন বা ললি পপ্ রাখার অভ্যাস করুন।

- আপনি যদি উত্তেজনার জন্য ধূম্রপান করেন... তাহলে হাল্কা পায়চারী করুন, কোন বই পড়ুন বা বন্ধুদের সঙ্গে গল্প-গুজব করুন।
- যদি মানসিক চাপ কমানোর জন্য আপনি ধূম্রপান করেন... তাহলে কোন ব্যায়াম করুন বা বিশ্রাম করার টেক্‌নিক গ্রহণ করুন। হাল্কা মিউজিক শুনুন, ঘুরতে যান, মালিশ করুন বা সেক্সের জন্য প্রস্তুত হোন্।
- আর যদি নিতান্ত অভ্যাসের কারণে আপনি ধূম্রপান করেন... তাহলে এমন জায়গায় বেশী করে যান, যেসব জায়গায় ধূম্রপান নিষিদ্ধ!
- আপনি যদি নিজের ধূম্রপানের সাথে কোন বিশেষ প্রকারের আহার-বিহারকে যুক্ত করে রেখেছেন... তাহলে সেই অভ্যাস বদলান। আপনি যদি প্রাতঃরাশের সাথে ধূম্রপান করেন আর বিছানায় ধূম্রপান না করেন... তাহলে বিছানায় বসে প্রাতঃরাশ করার আইডিয়াটা মন্দ হবে না!
- যখনই ধূম্রপান করতে ইচ্ছে হবে, তখনই থেমে-থেমে গভীর শ্বাস নিন আর ধীরে-ধীরে শ্বাস ছাড়ুন। এমন ভাব দেখান, যেন আপনি সিগারেটের ধোঁওয়া ছাড়ছেন।

যদি সিগারেট দেখতে পান...

- যদি আপনি কোথাও সিগারেট দেখতেও পান, তাহলে সেটার বদলে এমন সিগারেটের ব্যাপারে চিন্তা করুন, যেগুলো আপনি ইতিমধ্যেই পান করে নিয়েছেন। মনে-মনে এমন ভাবুন যে, আপনি যে ধূম্রপান করছেন না... সেটা আপনার গর্ভস্থ শিশুর পক্ষে কতটা লাভদায়ক হবে!

শিশুর থেকে প্রেরণা নিন...

- নিজের রান্নাঘরের টেবিল, আলমারী বা ড্রয়ারে গর্ভস্থ শিশুর আল্ট্রাসাউণ্ডের ছবি লাগিয়ে দিন। সেটা না থাকলে সুন্দর বাচ্চাদের ছবিও এই কাজে আসতে পারে।

কিছুটা সহায়তা নিন...

- হিপ্নোসিস আকুপাংচার আর বিশ্রাম করার টেক্‌নিকের সহায়তায় ধূম্রপান ছাড়া যেতে পারে। বেশ কিছু সংস্থা এই বিষয়ে আপনার সহায়তা করতে পারে। আপনি সেই সব গর্ভবতী মহিলাদের থেকে অনলাইন সহায়তাও প্রাপ্ত করতে পারেন, যাঁরা ধূম্রপান ছাড়ার চেষ্টা করছেন।

বার-বার চেষ্টা করুন...

নিকোটিন এক শক্তিশালী ড্রাগ হয়, যার থেকে মুক্তি পাওয়া সহজ হয় না। প্রথম বারে সফলতা না পাওয়া গেলেও লাগাতার চেষ্টা চালিয়ে যান। নিজের পিঠ থপ্‌থপান। হেরে গিয়ে লজ্জিত না হয়ে দ্বিগুণ উৎসাহের সাথে আবার উঠে দাঁড়ান। আপনি এমনটা অবশ্যই করতে পারবেন।

নোট ঃ- গর্ভাবস্থার সময় নিকোটিন প্যাচ, লজেন্স বা গামের সেবনও বিপজ্জনক হতে পারে। ডাক্তাররা এসব সেবন করার পরামর্শ দেন না।

কিছু অধ্যয়ণ থেকে এটাও জানতে পারা গেছে যে, যেসব গর্ভবতী মহিলা গর্ভধারণ করার তিন মাস আগেই ধূম্রপান ছেড়ে দেন, তাঁদের পক্ষে ঝুঁকি অনেকটাই কমে আসে। অনেক বার যেসব মহিলা শুরুতে নিকোটিন ছাড়তে পারেন না, তাঁরা পরে নিজেদের অন্তরাত্মার ডাকে ধূম্রপান ছেড়ে দেন। আগে ছাড়তে পারলে আরও ভালো হয়... কিন্তু পরে ছাড়লেও গর্ভস্থ শিশুর পক্ষে অক্সিজেনের প্রবাহ নিয়মিত হয়ে উঠবে।

আপনার যদি এমনটা মনে হয় যে, ধূম্রপান ত্যাগ করলে আপনার ওজন বেড়ে উঠবে... তাহলে এটা মাথায় রাখবেন যে, এখনও পর্যন্ত এমন কোন প্রমাণ পাওয়া যায়নি। অনেক ধূম্রপায়ী মহিলাও মোটা হন। যদিও ধূম্রপান ছাড়ার প্রক্রিয়ায় ওজন কিছুটা বাড়তে পারে, পরে সেই ওজনকে সহজেই কমানো যেতে পারে। এই প্রক্রিয়ার সময় ডায়েটিং করার চিন্তা মন থেকে সরিয়ে দিন। এমনিতেও এটা আপনার আর আপনার গর্ভস্থ শিশুর স্বাস্থ্যের পক্ষে ঠিক নয়।

অনেক লোকেদের মধ্যে ধূম্রপান ছাড়ার পরে বেশ কয়েক প্রকারের লক্ষণ ফুটে ওঠে, যেগুলো আলাদা-আলাদা লোকেদের ক্ষেত্রে আলাদা-আলাদা হতে পারে। অস্হিরতা, উত্তেজনা, মানসিক চাপ, টান ভাব, শরীর অনুভূতিশূণ্য হয়ে পড়া, হাত-পা কাঁপতে থাকা, মাথা ঘোরা, ক্লান্তি, ঘুম আর গ্যাসের সমস্যা হচ্ছে এমনই কিছু সাধারণ লক্ষণ! কিছু লোক এমনটা মনে করেন যে, এর দ্বারা মানসিক আর শারীরিক প্রদর্শনও প্রভাবিত হয়। বেশীর ভাগ লোকেদের কফের সমস্যাও হয়ে পড়ে।

নিকোটিনের প্রভাব কম করতে চাইলে ক্যাফিন সেবন ছেড়ে দিন। ক্লান্তির হাত থেকে বাঁচতে হলে ব্যায়াম করুন আর ভরপুর মাত্রায় বিশ্রাম করুন। মানসিক রূপে ক্লান্ত হয়ে পড়ার কাজ বেশী করে না করে হাল্কা-ফুল্কা কাজ করুন। অবসাদ প্রচণ্ড বেড়ে উঠলে ডাক্তারের পরামর্শ নিতে বিন্দুমাত্র দেরী করবেন না।

এই প্রভাব কিছু দিন থেকে কয়েক সপ্তাহ পর্যন্ত চলতে পারে... কিন্তু সেটার লাভ আপনি আজীবন প্রাপ্ত করে চলবেন!

সেকেণ্ড হ্যাণ্ড স্মোকিং

"আমি ধূম্রপান করি না... কিন্তু আমার পতি করেন। এতে কি আমার গর্ভস্হ শিশুর কোন ক্ষতি হবে?"

ধূম্রপানের ধোঁওয়া কেবলমাত্র ধূমপায়ী ব্যক্তিরই ক্ষতি করে না... এটা আশপাশের পরিবেশ আর মায়ের গর্ভে বেড়ে উঠতে থাকা শিশুর ওপরেও প্রভাব বিস্তার করে। যদি আপনার পতি সিগারেট পান করেন, তাহলে এখনও পর্যন্ত জন্ম না নেওয়া শিশুরও ঠিক ততটাই ক্ষতি হতে পারে, যতটা ক্ষতি আপনি ধূম্রপান করলে হত।

যদি আপনার পতি ধূম্রপান ছাড়তে না পারেন, তাহলে ওনাকে আপনার থেকে দূরে বা ঘরের বাইরে গিয়ে ধূম্রপান করতে বলুন *(অবশ্য কিছুটা খারাপ প্রভাব তখনও পড়বে)*।

ধূম্রপান ছেড়ে দিলে শুধু ওনারই স্বাস্হ্য ভালো থাকবে না... বরং আপনার গর্ভস্হ শিশুও সুস্হ থাকবে। এই ধোঁওয়ার কারণে শিশুর শ্বসন তন্ত্রের রোগ হতে পারে... যার ফলে তার ফুসফুসের ক্ষতি হতে পারে। এমনও হতে পারে যে, আপনার বাচ্চা বড় হয়ে একদিন চেইন্ স্মোকার হয়ে উঠবে।

আপনি যদিও বন্ধু বা আত্মীয়দের ধূম্রপান করা থেকে আটকাতে পারবেন না... কিন্তু যতটা সম্ভব সেটার থেকে দূরে থাকুন *(যখন ওনারা ধূম্রপান করবেন)*। যদি আপনার কার্যস্হলে ধূম্রপান নিষিদ্ধ থাকে, তাহলে আপনি খোলা আর তাজা হাওয়ায় শ্বাস নিতে পারবেন। আর এমনটা না হলে নিজের সহকর্মীদের এটা জানান যে, ধূম্রপানের কারণে গর্ভস্হ ভ্রূণের কতটা ক্ষতি হতে পারে। তাতেও কাজ না হলে এমন আইন তৈরী করার চেস্টা করুন যে, তাঁরা এক নির্দিস্ট স্হানে গিয়ে ধূম্রপান করবেন। এটাও সম্ভব না হলে কিছু দিনের জন্য সেখানে কাজ করা বন্ধ করে দিন।

মারিজুয়ানার প্রয়োগ

"আমি বেশ কিছু বছর ধরে সামাজিক রূপে মারিজুয়ানার প্রয়োগ করে আসছি। এতে কি আমার গর্ভস্হ শিশুর কোন ক্ষতি হতে পারে? গর্ভাবস্হায় মারিজুয়ানার সেবন কি ক্ষতিকারক হয়?"

যেটা চলে গেছে, সেটাকে ভুলে যান। যদি কোন সমস্যা দেখা দেয়, তাহলে গর্ভধারণ করার সময় দেখা দিতে পারে। এখন তো আপনি গর্ভবতী হয়ে পড়েছেন, এজন্য এখন আর কোন সমস্যা হবে না। এখনও পর্যন্ত এমন কোন প্রমাণও পাওয়া যায়নি যে, গর্ভধারণ করার আগে সেবন করা মারিজুয়ানার প্রভাব গর্ভস্হ ভ্রূণের ওপরে পড়তে পারে।

কিন্তু এবার আপনাকে এই জিনিষটা ছাড়তে হবে। যেহেতু এই ব্যাপারে এখনও পর্যন্ত কোন সন্তুস্টিজনক অধ্যয়ণ হতে পারেনি, তাই এই ব্যাপারে বেশী কিছু বলা যাচ্ছে না। গর্ভাবস্হার সময় মারিজুয়ানার সেবন করতে থাকা বেশীর ভাগ মহিলা মদ, সিগারেট আর অন্য ড্রাগসের শিকারও হয়ে পড়েন। তাঁরা প্রসব-পূর্ব দেখাশোনাও করতে পারেন না... এজন্য এটা

বলা খুবই মুশকিল যে, ঠিক কোন্ কারণে খারাপ প্রভাব দেখতে পাওয়া যায়। এখনও পর্যন্ত হওয়া অধ্যয়ণগুলো থেকে এটা জানতে পারা গেছে যে, আপনি যখন এই নেশা করেন, তখন সেটার প্রভাব আপনার গর্ভস্হ শিশুর ওপরেও পড়ে। কিছু অধ্যয়ণ থেকে তো আরও নেতিবাচক প্রভাব সামনে এসেছে। এই কারণে গর্ভস্হ শিশুর বিকাশে অনেক প্রকারের বাধার সৃষ্টি হয়।

আপনাকে এটাকে অন্যান্য মাদক পদার্থের মতই গর্ভাবস্হার পক্ষে ক্ষতিকারক মেনে নিয়ে ত্যাগ করতে হবে। আগে যা হয়ে গেছে, সেটা ভুলে যান... কিন্তু গর্ভাবস্হায় এসব চলবে না। আমরা এর আগে সিগারেট ছাড়ার যে প্রয়োগ জানিয়েছি, আপনি সেগুলোর মধ্যে থেকে কয়েকটা প্রয়োগ করতে পারেন। যোগ, ধ্যান আর মালিশের মত বিশ্রাম করার টেক্‌নিকের ওপরে দৃষ্টি দিন। তাতেও কাজ না হলে নিজের ডাক্তারের পরামর্শ নিন।

কোকেন আর অন্যান্য মাদক দ্রব্য

"আমি এক সপ্তাহ আগে কোকেনের সেবন করেছি। তারপর আমি জানতে পারি যে, আমি গর্ভবতী! এতে আমার গর্ভস্হ শিশুর ওপরে কি কোন খারাপ প্রভাব পড়বে ?"

সেই কোকেন সেবন নিয়ে চিন্তা করবেন না... শুধু এটুকু মাথায় রাখুন যে, সেটাই যেন আপনার অন্তিম কোকেন সেবন হয়। সেই কোকেনের সেবন আপনার গর্ভস্হ শিশুর ওপরে কোন প্রভাব ফেলবে না। আপনি যদি গর্ভাবস্হাতেও কোকেনের সেবন করে চলেন, তাহলে সেটা বিপজ্জনক হতে পারে। সেটা কতটা ক্ষতিকারক হতে পারে, সেটার কেউ অনুমান করতে পারে না। সেই প্রভাবগুলোকে স্পস্ট রূপে জানা যেতে পারে না... কারণ সাধারণতঃ কোকেন সেবন করতে থাকা ব্যক্তিরা সিগারেটও পান করেন। বিভিন্ন অধ্যয়ণ থেকে এটা জানতে পারা গেছে যে, মাদক দ্রব্যের প্রভাব গর্ভস্হ ভ্রূণের ওপরে পড়ে, তার রক্ত প্রবাহ আর বিকাশে বাধা আসে, বিশেষ করে শিশুর মাথার অংশে... গর্ভপাত, সময়-পূর্ব প্রসব, জন্মের সময় শিশুর ওজন কম হওয়া বা জন্মের পরে দেরী করে কাঁদা ইত্যাদি সমস্যা ছাড়াও কিছু দীর্ঘকালীন সমস্যাও সৃষ্টি হতে পারে। গর্ভবতী মহিলা যত বেশী কোকেনের সেবন করবেন, তাঁর শিশুর পক্ষে সেটা ততটাই ক্ষতিকারক হয়ে পড়বে।

এই ব্যাপারে নিজের ডাক্তারকেও জানান। তিনি বা মিডওয়াইফ আপনার মেডিক্যাল হিস্ট্রী জানলে ভালো হবে। মন থেকে চাওয়া সত্ত্বেও কোকেন সেবন ছাড়তে মুশকিল হলে ডাক্তারের পরামর্শ নিন।

হেরোয়িন, এলসিডি, পিসিপি ছাড়াও নারকোটিক, ট্র্যাংকুলাইজার্স, সিডেটিভ বা ঘুমের ট্যাবলেটও ক্ষতিকারক হতে পারে। নিজের গর্ভাবস্হাকে নেশার সেবন থেকে মুক্ত রাখুন, যাতে আপনার প্রসব সুরক্ষিত ভাবে হতে পারে।

মোবাইল ফোন

"আমি প্রতি দিন মোবাইল ফোনে ঘন্টার-পর-ঘন্টা ধরে কথা বলে চলি। এর দ্বারা কি আমার গর্ভস্হ শিশু প্রভাবিত হবে ?"

দেখুন, আজকাল তো সবাই মোবাইল ফোন ব্যবহার করেন। এখন আপনারা দুজনে এক সাথে মোবাইল ফোন ব্যবহার করছেন, তাতে তেমন পার্থক্য পড়বে না। এখনও পর্যন্ত এমন কোন প্রমাণ পাওয়া যায়নি যে, মোবাইল ফোন ব্যবহার করার কারণে গর্ভাবস্হায় কোন ক্ষতি হয়েছে। এটা তো আপনার পক্ষে লাভদায়কই হয়... কারণ এই প্রকারে আপনি নিজের ডাক্তার বা মিডওয়াইফের সাথে নিজের যে কোন সমস্যার ব্যাপারে আলোচনা করতে পারবেন। কাজের ব্যাপারেও আপনি অন্য কোন চিন্তাধারার প্রয়োগ করতে পারবেন, যাতে বিশ্রাম করার জন্য আপনি বেশী সময় পেয়ে যাবেন।

এমনিতে মোবাইল ফোনকে একেবারে ঝুঁকিমুক্ত ভাবাও চলে না। গাড়ী চালানোর সময় মোবাইল ফোনে কথা বলা বিপজ্জনক হতে পারে। আপনার হাতে মোবাইল না থাকলেও, কানে উপকরণ লাগানো থাকা সত্ত্বেও কথা বলার সময় আপনার মনোযোগ তো বিঘ্নিত হয়েই পড়ে। যখনই মোবাইলে কথা বলবেন, তখন কোন সুরক্ষিত স্হানে বসে কথা বলুন। মোবাইল ফোনকে সর্বদা নিজের বিছানার ওপরে বা পকেটে রাখবেন না।

মাইক্রোওয়েভ

"আমি প্রতি দিন মাইক্রোওয়েভে রান্না করি বা খাবার গরম করি। গর্ভাবস্থায় কি এটার ব্যবহার সুরক্ষিত?"

আপনি মা হতে চলেছেন। আপনার কাছে মাইক্রোওয়েভ কোন বন্ধুর থেকে কোন অংশে কম নয়। কম সময় আর কিছুটা পরিশ্রম দ্বারা এর দ্বারা তাজা আর সুস্বাদু ভোজন তৈরী করা যেতে পারে। বিভিন্ন অধ্যয়ণ থেকে এটা জানতে পারা গেছে যে, মাইক্রোওয়েভের ব্যবহার পূর্ণ রূপে সুরক্ষিত। মাইক্রোওয়েভে সেই ভোজন তৈরী করুন... যেটা তাতেই তৈরী করা যেতে পারে আর প্ল্যাস্টিক র‍্যাপকে ভোজন স্পর্শ করতে দেবেন না।

হট টাব আর সাউনা

"আমার বাড়ীতে হট টাব আছে। গর্ভাবস্থায় কি সেটার ব্যবহার সুরক্ষিত থাকবে?"

আপনার ঠাণ্ডা জলেও স্নান করার কোন প্রয়োজন নেই... কিন্তু হট টাবে স্নান না করাটাই ভালো হবে। যে বস্তু দ্বারা শরীরের তাপমাত্রা 102^0 ফারেনহাইটের থেকে বেশী হয়ে পড়ে, সেটা আপনার আর আপনার গর্ভস্থ শিশুর পক্ষে, বিশেষ করে গর্ভাবস্থার শুরুর মাসগুলোয় বিপজ্জনক প্রমাণিত হতে পারে। অধ্যয়ণ থেকে এটা জানতে পারা গেছে যে, প্রথম দশ মিনিটে তো শরীরের তাপমাত্রা বাড়ে না... কিন্তু আপনি সুরক্ষার হিসেবে নিজের পেট গরম জলের থেকে বাইরেই রাখুন। সাধারণতঃ মহিলারা শরীরের তাপমাত্রা 102^0 পর্যন্ত পৌঁছনোর আগেই গরম জলের থেকে বাইরে বেরিয়ে আসেন আর তাঁদের অসহজ লাগতে থাকে। আপনি নিজের মনের সন্তুষ্টির জন্য ডাক্তারের পরামর্শে ভ্রূণসাউণ্ড করাতে পারেন।

সাউনা বা স্টীম রুমেও বেশীক্ষন থাকাটা ঠিক নয়। গর্ভবতী মহিলাদের মধ্যে ডিহাইড্রেশন এবং কম রক্তচাপের ঝুঁকি বেশী থাকে, যেটা এই সব জায়গায় গেলে আরও বেড়ে উঠতে পারে। এই পুস্তকে আমারা স্পা চিকিৎসার সাথে যুক্ত সতর্কতার ব্যাপারেও জানিয়েছি। সেগুলোর প্রতি দৃষ্টি দিন।

পোষা বেড়াল

"আমার বাড়ীতে দুটো পোষা বেড়াল রয়েছে। আমি শুনেছি যে, বেড়ালের কারণে গর্ভস্থ শিশু রোগী হতে পারে। আমাকে কি বেড়ালের হাত থেকে মুক্তি পেতে হবে?"

- নিজের বন্ধুদের থেকে এই ভাবে মুক্তি পাওয়ার ব্যাপারে চিন্তা করবেন না। আপনি ওদের সঙ্গে অনেক দিন ধরে রয়েছেন... এজন্য হতে পারে যে, আপনার ভেতরে বেড়ালদের থেকে হওয়ার রোগ টোসোপ্লাজমোসিসের জন্য প্রতিরোধক ক্ষমতা বিকশিত হয়ে পড়েছে। এক অনুমান অনুসারে 40 শতাংশ আমেরিকান এই রোগের শিকার! যেসব লোকেদের পোষা বেড়াল বাড়ীর বাইরে বেশী সময় কাটায়, সেখানে এই সমস্যা আরও বেশী হয়। কাঁচা মাংস আর পাশ্চুরাইজ না করা দুধ পান করতে থাকা বেড়ালদের থেকেও এই রোগ হওয়ার ঝুঁকি থাকে। এমনিতে আপনি চাইলে নিজের টেস্ট করাতে পারেন। যদি টেস্টে নির্দিষ্ট রূপে তেমন

ইলেক্‌ট্রিক কম্বল আর হীটিং প্যাড

আপনি প্রচণ্ড ঠাণ্ডায় হীটিং প্যাড বা ইলেক্‌ট্রিক কম্বল ব্যবহার করতে চাইলে নিজের প্রিয়জনের আলিঙ্গনও মন্দ হবে না। ঠাণ্ডা বেশী হলে ইলেক্ট্রিক কম্বল দিয়ে বিছানায় উষ্ণতার সৃষ্টি করুন। তারপর শোওয়ার আগে সেটা সরিয়ে দিন। হীটিং প্যাডকে কোন তোয়ালেতে জড়িয়েই শরীরের অঙ্গগুলোকে আরাম প্রদান করুন। যেমন-যেমন গর্ভকাল বেড়ে চলবে, আপনার শরীরেই যথেষ্ট উষ্ণতার সৃষ্টি হবে। হীটিং প্যাডও 15 মিনিটের বেশী ব্যবহার করবেন না আর রাতে ঘুমোবার সময় তো একেবারেই করবেন না। আপনি এটাকে অন্ রেখেই ঘুমিয়ে পড়বেন না যেন। যদি আগে কিছুক্ষন পর্যন্ত হীটিং প্যাড বা ইলেক্‌ট্রিক কম্বল ব্যবহার করে থাকেন, তাহলে এতে কোন পার্থক্য পড়বে না... নিশ্চিন্ত থাকুন!

কিছু না পাওয়া যায়, তাহলে নিম্নলিখিত সতর্কতা অবলম্বন করুন।

- বেড়ালদের পরীক্ষা করান যে, তারা কোন সংক্রমণের শিকার তো হয়ে পড়েনি? যদি সংক্রমণ *(ইনফেকশন)* থাকে, তাহলে কিছু সময়ের জন্য তাদের নিজের কোন বান্ধবীর বাড়ীতে রাখুন, যাতে তারা ঠিক হয়ে ওঠে। এর পরে তাদের কাঁচা মাংস খাওয়া, জংলী বেড়ালদের সঙ্গে ঘুরে বেড়ানো, ঘরের মধ্যে এদিক-ওদিক ঘুরে বেড়ানো এবং ইঁদুর বা পাখী খাওয়ার অনুমতি দেবেন না।
- অন্য কাউকে এদের সাফ-সাফাই করার দায়িত্ব দিন আর আপনাকেই এই সব কাজ করতে হলে হাতে গ্লাভস্ পরুন, বেড়াল ছোঁওয়ার তৎক্ষনাত পরে ভালো করে হাত ধুয়ে নিন।
- বাগনে কাজ করার সময়ও হাতে গ্লাভস্ পরুন। আপনার যদি এমনটা মনে হয় যে, মাটিতে বেড়াল মল-মূত্র ত্যাগ করেছে... তাহলে সেই জায়গায় হাত দেবেন না। বেড়াল বা অন্য জানোয়ার দ্বারা প্রয়োগ করা বালিতে বাচ্চাদের খেলা করতেও দেবেন না।
- বাড়ীর বাগান থেকে নিয়ে আসা ফল বা সব্জী ভালো করে ধুয়ে তবে ব্যবহার করুন। সেগুলোর খোসা ছাড়িয়ে এবং রান্না করে খান।
- কাঁচা বা আধসেদ্ধ মাংস খাবেন না। রেস্তোঁরায় ভালোমতন সেদ্ধ করা মাংসই খান।
- কাঁচা মাংস সাফাই করার পরে হাত ভালো করে ধুয়ে নিন।

অনেক ডাক্তার এমনটা বলেন যে, প্রত্যেক গর্ভবতী মহিলার এই পরীক্ষা করানোই উচিত... যাতে তাঁরা নিজেদের ব্যাপারে ভালো করে জানতে পারেন। তিনি যদি সংক্রমণে গ্রস্ত হন, তাহলে সেই ব্যাপারে সাবধানতা নিন। আপনি নিজের ডাক্তারের পরামর্শ অনুসারে চলুন।

ঘরোয়া বিপত্তি

"আমাকে ঘরের পরিস্কার-পরিচছন্নতা আর মস্‌কুইটো স্প্রে-র প্রতি কতটা দৃষ্টি রাখতে হবে? গর্ভাবস্থায় কি কলের জল পান করাটা সুরক্ষিত হবে?"

গর্ভাবস্থায় তো ছোট-ছোট জিনিষও অত্যন্ত গুরুত্ব রাখে। আপনিও এমনটা পড়ে বা শুনে থাকবেন যে, যখন আপনি বিশেষ রূপে দুজন ব্যক্তির জন্য বেঁচে রয়েছেন... তখন সাফাই করা পদার্থ, মশা মারার ওষুধ আর পানীয় জল ইত্যাদি আপনার পক্ষে ক্ষতিকারক হতে পারে। আপনি কিছুটা সাবধানতা নিলে আপনার আর আপনার গর্ভস্থ শিশুর পক্ষে বাড়ীর থেকে সুরক্ষিত স্হান আর কোন কিছুই হতে পারে না। আপনার এই সব তথাকথিত ঘরোয়া বাধাগুলোর ব্যাপারে নিম্নলিখিত জ্ঞান থাকা উচিত ঃ

বাড়ীঘর সাফ করার জন্য তৈরী উৎপাদন ঃ- রান্নাঘর মোছা বা ডায়নিং টেবিলে চমক নিয়ে আসার মত কাজ আপনাকেই করতে হবে। শুধু গর্ভাবস্থায় কিছুটা সাবধানতা অবলম্বন করুন আর নীচের পরামর্শগুলোর ওপরে দৃষ্টি দিন ঃ-

- যদি সেই উৎপাদনের গন্ধ অত্যন্ত তীব্র হয়, তাহলে সেটাকে নাকের কাছে এনে শুঁকবেন না। সেটাকে কোন হাওয়াদার জায়গাতেই ব্যবহার করুন। সব থেকে ভালো হয়, যদি আপনি নিজের সাথীকে টয়লেট সাফ করার জন্য বলেন।
- এ্যামোনিয়া আর ক্লোরিনযুক্ত পদার্থ *(আপনি গর্ভবতী না হলেও)* কখনো এক সাথে মেশাবেন না। এই মিশ্রণ থেকে তীব্র আগুনের শিখা উঠতে পারে।
- এমন উৎপাদনের প্রয়োগ করবেন না, যেগুলোর ওপরে বিষাক্ত হওয়ার লেবেল রয়েছে, যেমন – ওভেন সাফ করা বা ড্রাই ক্লিনীং করার জন্য তৈরী দ্রব্য।
- যে কোন উৎপাদন প্রয়োগ করার আগে হাতে গ্লাভস্ পরুন। এতে হাতের ত্বক সুরক্ষিত থাকবে আর ত্বকের সাথে রসায়নের সরাসরি সম্পর্কও হবে না।

সীসা *(লেড)* ঃ- এটা অবশ্য বড়দের পক্ষে ক্ষতিকারক হয় না... কিন্তু গর্ভবতী মহিলা

আর বাচ্চাদের এর থেকে ক্ষতি হতে পারে। এর হাত থেকে বাঁচার জন্য ঃ-

- পানীয় জলে লেড পাওয়া যায়। নিজের পানীয় জলকে এর থেকে রক্ষা করুন।
- পুরোন রং-য়েও সীসা থাকে। যদি আপনার বাড়ী 50 বছর পুরোন হয় আর দেওয়ালে পাপড়ি থেকে রং বেরোতে থাকে, তাহলে দেওয়ালের কাজ শেষ হওয়া পর্যন্ত অন্য কোথাও থাকুন। যদি বাড়ীর কোন দেওয়াল বা পুরোন ফার্নিচারের রং চটে গিয়ে থাকে, তাহলে সেটা মেরামত করতে দেরী করবেন না।
- মাটি, পটারী আর চীনা মাটির পুরোন পাত্রেও লেড থাকে। যদিও সেটার মাত্রা স্পষ্ট নয়... কিন্তু আপনি এমন প্লেট বা পাত্রে টক ফল, ভিনিগার, টম্যাটো, মদ বা সোফ্ট ড্রিংক পরিবেশন করবেন না।

কলের জল ঃ- সাধারণতঃ কলে আসা জল পরিস্কার আর সুরক্ষিত হয়। সুরক্ষিত জলই যাতে আপনার শিশু পর্যন্ত পৌঁছয়, তার জন্য আপনার নিম্নলিখিত উপায় করা উচিত ঃ-

- আপনি স্থানীয় স্বাস্থ্য বিভাগ থেকে পানীয় জলের শুদ্ধতার পরীক্ষা করান। এটা জানার চেষ্টা করুন যে, আপনার বাড়ীতে অন্যান্য বাড়ীর তুলনায় নোংরা আর দুর্গন্ধযুক্ত জল তো আসছে না... কারণ কখনো-কখনো ডিসপোজেবল লাইনও তাতে মিশে যায় বা পানীয় জলের পাইপলাইন খারাপও হয়ে পড়তে পারে। তাঁদের থেকে পানীয় জল শুদ্ধ করার পদ্ধতি জেনে নিন আর কোন প্রকারের অভিযোগ এলে অবশ্যই পরীক্ষা করান।
- যদি পরীক্ষায় জল খারাপ প্রমাণিত হয়, তাহলে ফিল্টার লাগান বা পান করার আর রান্না করার জন্য বোতলবন্দী জল ব্যবহার করুন। এটা ভাববেন না যে, সব বোতলবন্দী জলই সুরক্ষিত হয়। এমনটাও হতে পারে যে, সেটাও সাদা জল দিয়েই ভরা হয়েছে। কিছু-কিছু বোতলের জলে ফ্লোরাইডও থাকে না, যেটা আপনার শিশুর দাঁতের পক্ষে অত্যন্ত আবশ্যক হয়। ডিস্টিল্ড জলও নেবেন না... কারণ তার থেকেও লাভদায়ক খনিজ পদার্থ বার করে নেওয়া হয়।
- যদি পরীক্ষার পরে জলে সীসার মাত্রা বেশী পাওয়া যায়, তাহলে পাইপলাইনের কানেকশন অন্য কোন জায়গা থেকে নিন। যেহেতু এমনটা সব সময় সম্ভব হয় না... এজন্য পান করার আর রান্না করার জন্য ঠাণ্ডা জলই ব্যবহার করুন। জল ব্যবহার করার আগে কলকে পাঁচ মিনিট খোলা অবস্থায় রেখে দিন।
- যদি আপনার জলে ক্লোরিনের গন্ধ বেশী আসে, তাহলে সেটা ফোটান বা ঢাকা না দিয়ে 24 ঘন্টার জন্য রেখে দিন... যাতে সেই গন্ধ উড়ে যায়।

কীটনাশক উৎপাদন *(পেস্টিসাইড)* ঃ- আমাদের প্রায়ই পোকা-মাকড়ের থেকে সুরক্ষার জন্য কীটনাশক উৎপাদন ব্যবহার করতে হয়। যদিও গর্ভাবস্থাতেও কিছুটা সাবধানতা অবলম্বন করলে সব কিছু ঠিক হয়ে পড়তে পারে। যদি আশপাশে কীটনাশক ছিটোন হয়, তাহলে ওষুধের গন্ধ থাকা পর্যন্ত সেখানে যাবেন না। ঘরের জানলা বন্ধ রাখুন।

যদি আপনার বাড়ীতেই স্প্রে করাতে হয়... তাহলে এটা মাথায় রাখবেন যে, বাসনপত্র আর খাওয়ার জিনিষ যেন সেটার থেকে সুরক্ষিত থাকে। ঘর থেকে গন্ধ তাড়ানোর জন্য জানলা খুলে রাখুন। সব জায়গা ধুয়ে-মুছে পরিস্কার করে নেওয়ার পরেই সেই জায়গায় রান্না করুন। এমনিতে পেস্ট কন্ট্রোলের জন্য প্রাকৃতিক পদ্ধতি গ্রহণ করাই ভালো হয়। নিজের বাগানের বড় পাইপ দিয়ে জলের তীব্র ধারা দিন। এই কাজের জন্য বিশেষ রূপে প্রস্তুত *সোপ মিক্স'* বাজারে পাওয়া যায়, সেটা ব্যবহার করুন। এমন কিছু পোকা-মাকড়কে পোষা বানিয়ে নিন... যারা আপনাকে অস্থির করে তোলা পোকা-মাকড়দের শেষ করে দিতে পারবে।

কীটনাশকের প্রয়োগ করতেই হলে, এমন কীটনাশক নিন... যেটা বিষাক্ত হবে না। আলমারীতে ন্যাফ্থলিনের গুলি রাখার বদলে নিম পাতা রাখুন... এতে কাপড়-জামা বেশী সুরক্ষিত থাকবে।

বাড়ীতে বাচ্চা বা পোষা পশু-পক্ষী থাকলে তাদের কীটনাশক উৎপাদনের থেকে দূরে রাখুন। কীটনাশকে বোরিক এ্যাসিড থাকে, যেটা গিলে ফেললে বা শুঁকলে সেটা বিষের কাজ করে... চোখে জ্বলুনির সৃষ্টি করতে পারে। কোন স্থানীয়

পরিবেশীয় ক্যাম্প থেকে প্রাকৃতিক পদ্ধতি আর বিধির ব্যাপারে পরামর্শ নেওয়া যেতে পারে।

যদিও এই সব বস্তুর অল্প প্রয়োগে তেমন কোন ক্ষতি হয় না। যদি এগুলো দীর্ঘ সময় পর্যন্ত ব্যবহার করা হয়, যেমন – রসায়ন ফ্যাক্টরীতে কাজ করা... তাহলে সেটার খারাপ প্রভাব সামনে আসে।

পেন্টের গন্ধ ঃ- সমস্ত পশু জগতেই ছোট্ট অতিথি আসার আগে জবরদস্ত প্রস্তুতি নেওয়া হয়ে থাকে। পাখীরা বাসা তৈরী করে, কাঠবেড়ালী নিজের ঘরকে ডালপালা আর পাতা দিয়ে নরম বানায়, মানুষেরা অন্‌লাইন ডিজাইনের নমুনা দেখতে ব্যস্ত হয়ে পড়ে। সাধারণতঃ এতে শিশুর কামরার পেন্ট করাও শামিল হয়ে থাকে *(আপনি রং বেছে নেওয়ার পরে)*। এমনিতে আজকাল পেন্টে সীসা বা মার্কারী পাওয়া যায় না, এজন্য এগুলোকে গর্ভাবস্থার পক্ষে পুরোপুরি সুরক্ষিত মানা হয়ে থাকে। তবুও এমন বেশ কিছু কারক রয়েছে, যেগুলোর কারণে আপনাকে নিজের পেন্টিং ব্রাশ অন্য কারো হাতে তুলে দিতে হতে পারে। গর্ভাবস্থায় ওজন বেশী থাকে, লাগাতার পেন্ট করে চললে পিঠের মাংসপেশীগুলোর ওপরে চাপ পড়ায় সেগুলোয় যন্ত্রণা হতে পারে। পেন্ট করার সময় সিঁড়ি থেকে পা পিছলে যেতে পারে আর পেন্টের গন্ধে গা-ও গুলোতে পারে।

যখন বাড়ীতে পেন্ট করা হচ্ছে, সেই সময় বাইরে থাকারই চেষ্টা করুন। ঘরের সব জানলা খুলে দিন। পেন্ট রিমুভার ব্যবহার করাও এড়িয়ে চলুন... কারণ এটা যথেষ্ট বিষাক্ত হয়। যদি বাড়ীর দেওয়ালের পুরোন পেন্ট তুলে ফেলা হচ্ছে... তাহলে তাতে মার্কারী বা সীসার ব্যবহারও হতে পারে।

বায়ু প্রদূষণ

“শহরের প্রদূষণ কি আমার গর্ভস্থ শিশুর কোন ক্ষতি করতে পারে?”

এক গভীর শ্বাস নিন। এই গভীর শ্বাস অনেকটাই সুরক্ষিত হয়। কোটি-কোটি গর্ভবতী মহিলা এমন গভীর শ্বাস নিচ্ছেন আর সুস্থ সন্তানের জন্ম দিয়ে আসছেন। এমনিতে আপনাকে হাওয়ায় প্রদূষণ ছড়াতে থাকা কারকগুলোর প্রতি কিছুটা সাবধানতা তো অবলম্বন করতেই হবে।

> **গ্রীন-গ্রীন টিপস্**
>
> বাড়ীর হাওয়া-বাতাসকে সুখকর করে তুলতে চাইলে নিজের বাড়ীকে সবুজে ভরিয়ে তুলুন। গাছপালা বাড়ীর প্রদূষণকে দূর করে অক্সিজেন তো প্রদান করবেই... তার সাথে-সাথে আপনার চোখও ঠাণ্ডা ভাব প্রাপ্ত করবে। *‘ফিলোডেনড্রন’* বা *‘ইংলিশ আইভি’*-র মত বিষাক্ত গাছ লাগাবেন না। আপনার বাচ্চা যখন হামাগুড়ি দিতে শুরু করবে, তখন আপনাকে হয়তো এই পরিকল্পনায় কিছুটা পরিবর্তন নিয়ে আসতে হতে পারে।

- ধোঁওয়ায় পরিপূর্ণ ঘরে বসবেন না। তামাকের ধোঁওয়া গর্ভস্থ ভ্রূণের বিকাশের ওপরে খারাপ প্রভাব ফেলতে পারে। নিজের বন্ধু, পরিবারের সদস্য আর সহকর্মীদের এটা বলুন যে, তাঁরা যেন আপনার কাছে ধূম্রপান না করেন। সিগারেটের সাথে-সাথে সিগার আর পাইপের থেকেও দূরে থাকুন... কারণ এগুলোর ব্যবহারে ধোঁওয়া বেশী মাত্রায় বেরোতে থাকে।
- নিজের গাড়ীর ইন্ধনের পরীক্ষা করান। গ্যারাজের দরজা বন্ধ রেখে কখনো গাড়ী স্টার্ট করবেন না। যখন গাড়ীর ইঞ্জিন চালু থাকবে, তখন গাড়ীর দরজা আর জানলার কাঁচ বন্ধ করে নিন।
- আপনার শহরে প্রদূষণের মাত্রা বেশী হলে বেশীর ভাগ সময় বাড়ীতেই থাকুন। ঘরের জানলা বন্ধ রেখে এ.সি. চালিয়ে দিন। স্বাস্থ্য আধিকারিকদের দ্বারা দেওয়া নির্দেশগুলোর পালন করুন। যদি ওয়ার্ক আউট করতে চান, তাহলে জিমে যান বা কোন ইণ্ডোর মলে পায়চারী করুন।
- যে কোন মরশুমই হোক্ না কেন, নোংরা পরিবেশে দৌড়বেন না আর সাইকেলও চালাবেন না। এমনটা করলে আপনি নিজের ভেতরে বেশী মাত্রায় প্রদূষিত হাওয়া

টেনে নেবেন। এমন কোন রাস্তা বেছে নিন – যেখানে পার্ক হবে বা রাস্তার ধারে ঘন গাছপালা হবে... মেইন্ রোডে যাবেন না। গাছপালা যে কোন স্থানের বাতাসকে শুদ্ধ করে।

- আপনার বাড়ীতে ফায়ারপ্লেস, গ্যাস স্টোভ আর কাঠের উনুনের ধোঁওয়া বেরোনোর পুরো ব্যবস্থা থাকা উচিত। ফায়ারপ্লেসে আগুন জ্বালানোর আগে সেটার চিমনী খুলে দিন।
- আমাদের দ্বারা বলা গ্রীন-গ্রীন টিপস্ গ্রহণ করুন... সেগুলোও যথেস্ট কার্যকরী হয়।

ঘরোয়া হিংসা

প্রতিটি গর্ভবতী মহিলাই এমনটা চান যে, তিনি নিজের শিশুর সব প্রকারের সুরক্ষার ব্যবস্থা করবেন... কিন্তু বড়ই দুঃখের সাথে বলতে হচেছ যে, বেশ কিছু গর্ভবতী মহিলা নিজেদের গর্ভাবস্থার সময় নিজেদের সুরক্ষাও করতে পারেন না... কারণ তাঁদেরকে ঘরোয়া হিংসার শিকার হয়ে পড়তে হয়। যদি গর্ভাবস্থা আগে থেকে নিয়োজিত না থাকে, তাহলে অনেক বার সেটা সেই মহিলার সাথীর প্রতি ঈর্ষা, ক্রোধ আর কুণ্ঠার কারণ হয়ে ওঠে... তাঁর মনের মধ্যে নেতিবাচক চিন্তাধারার সৃষ্টি হয়ে পড়ে। অনেক বার এই ভাবনা, মা আর জন্ম নিতে চলা বাচ্চার প্রতি হিংসার রূপ নিয়ে নেয়।

গর্ভাবস্থার জটিলতা এবং গাড়ী দুর্ঘটনার তুলনায় গর্ভবতী মহিলারা ঘরোয়া হিংসার কারণে বেশী করে মারা পড়েন। প্রায় 20 শতাংশ মহিলাদের নিজেদের সাথীর হাতে হিংসার শিকার হয়ে পড়তে হয়। শারীরিক প্রতাড়না সহ্য করতে থাকা মহিলাদের সময়-পূর্ব প্রসব হওয়ার সম্ভাবনা বেড়ে ওঠে।

গর্ভবতী মহিলা আর বাচ্চার লাগা কোন চোট-আঘাতের তুলনায় শারীরিক আর মানসিক প্রতাড়না অনেক বেশী ক্ষতি করে। কুপোষণ আর প্রসব-পূর্ব দেখাশোনার অভাবের কারণে এমন মায়েরা সুস্থ সন্তানের জন্ম দিতে পারেন না।

জন্ম নেওয়ার ঠিক পরে শিশুও সেই প্রত্যক্ষ হিংসার শিকার হয়ে পড়তে লাগে। সমাজের সকল শ্রেণীতেই এমন মহিলাদের দেখা পাওয়া যায়। তাঁদের মধ্যে সকল আয়ু, জাতি আর শৈক্ষিক স্তরের মহিলারা শামিল রয়েছেন। আপনিও যদি এমন ঘরোয়া হিংসার শিকার হয়ে পড়েন... তাহলে এটা মনে রাখবেন যে, সেটা আপনার ভুল নয়... আপনি কিছু করেননি। আপনাকে এমন খারাপ পরিবেশের থেকে বাইরে বেরিয়ে আসার জন্য সহায়তা নিতে হবে। মধ্যস্থতা না হলে হিংসা আরও বেড়েই চলবে। আপনি যদি এমন সম্পর্কে সুরক্ষিত না থাকেন, তাহলে আপনার বাচ্চাও সুরক্ষিত থাকবে না।

নিজের চিকিৎসকের সঙ্গে কথা বলুন। বিশ্বস্ত বন্ধুদের সাথে কথা বলুন বা স্থানীয় কোন ঘরোয়া হিংসা হটলাইনে যোগাযোগ করুন। অনেক রাজ্যে এমন প্রোগ্রাম চালানো হয়, যেখানে আপনি থাকা-খাওয়ার জায়গা আর প্রসব-পূর্ব দেখাশোনা প্রাপ্ত করতে পারবেন।

পূরক এবং বৈকল্পিক চিকিৎসা

প্রথম-প্রথম দাইরা এমন পরিস্থিতির মোকাবিলা পারম্পরিক চিকিৎসা পদ্ধতি দ্বারাই করতেন... কিন্তু এখন এই চিকিৎসা শাখা আগের থেকে অনেকটাই সক্ষম হয়ে আমাদের চিকিৎসা পদ্ধতির পূরক হয়ে উঠেছে। এখন এটা আপনার আর আপনার পরিবারের এক অঙ্গ হয়ে উঠেছে।

পূরক এবং বৈকল্পিক চিকিৎসক নিজের রোগীদের সম্পূর্ণ স্বাস্থ্যের ওপরে দৃষ্টি দেন... তিনি পোষক, ভাবনাত্মক, আধ্যাত্মিক আর শারীরিক প্রভাবগুলোর মিশ্রণের পরীক্ষাও করেন। তিনি এই সিদ্ধান্তের ওপরে বিশ্বাস রাখেন যে, শরীর নিজের স্বাস্থ্যের রক্ষা নিজে

করে... তাকে শুধু কেবল কিছু প্রাকৃতিক মিত্র, শেকড়-বাকড়, শারীরিক কৌশল, আত্মা আর মনের সহায়তা নিতে হয়।

গর্ভাবস্থা কোন রোগ হয় না... বরং সেটা জীবনের এক স্বাভাবিক অঙ্গ হয়। গর্ভবতী মহিলাদের পূরক আর বৈকল্পিক চিকিৎসা পদ্ধতিগুলোর সহায়তা নেওয়া উচিত। আজকাল এই সব পদ্ধতি গর্ভাবস্থা এবং প্রসবের জন্য পূরক প্রমাণিত হচ্ছে। সেগুলো হল ঃ-

আকুপাংচার ঃ- চীনারা আজ থেকে কয়েক হাজার বছর আগে থেকেই এমনটা জানত যে, গর্ভাবস্থার বেশ কিছু লক্ষণ থেকে মুক্তি পাওয়া যেতে পারে... কিন্তু পারম্পরিক প্রসূতি বিজ্ঞান সম্প্রতিই এর ওপরে দৃষ্টি দেওয়া শুরু করেছে। বৈজ্ঞানিক অনুসন্ধান প্রাচীন বুদ্ধিমত্তার দিকে ঘুরতে শুরু করেছে। অনুসন্ধানকারীরা এটা জানতে পেরেছেন যে, আকুপাংচারের সহায়তায় মস্তিস্ক থেকে বেশ কয়েক ধরণের রসায়নের স্রাব হয়... যার ফলে যন্ত্রণার লক্ষণ কমে আসে। এমনটা কি করে হয়? আকুপাংচার পদ্ধতির বিশেষজ্ঞরা শরীরের বিভিন্ন মেরিডিয়নে পাতলা ছুঁচ ফোটান। প্রাচীন পরম্পরা অনুসারে এই পথকে *চ্যানেল'* বলা হয়, যেগুলোর মাধ্যমে শরীরের জীবনী শক্তি *চী'* প্রবাহিত হয়।

অনুসন্ধানকারীরা এটাও জানতে পেরেছেন যে, যখন ইলেকট্রোপাংচার পদ্ধতি দ্বারা ছুঁচ ফোটানো হয়, তখন শরীরের স্নায়ুগুলো উত্তেজিত হয়ে ওঠে। যার ফলে এণ্ডোফিনের স্রাব বেড়ে ওঠে এবং পিঠের যন্ত্রণা, গা গুলোন, গর্ভাবস্থার অবসাদ এবং অন্যান্য লক্ষণগুলো থেকে মুক্তি পাওয়া যায়। এটাকে প্রসবের সময় হতে থাকা যন্ত্রণা কম করার জন্যও ব্যবহার করা যেতে পারে। আকুপাংচার দ্বারা বন্ধ্যাত্বের সমস্যা নিবারণ করতেও সহায়তা প্রাপ্ত হয়।

আকুপ্রেশার ঃ- আকুপ্রেশার বা *শৈয়েৎসু'*-ও আকুপাংচারের সিদ্ধান্তের ওপরেই কাজ করে। এতে ছুঁচ ফোটানোর পরিবর্তে হাতের আঙুল আর বৃদ্ধাঙ্গুষ্ঠ দিয়ে চাপ দেওয়া হয় বা শস্যের দানা দিয়ে চাপ দিয়ে টেপ চিপ্‌কে দেওয়া হয়। কব্জির ভেতরের দিকে এক বিশেষ বিন্দুর ওপরে চাপ দিলে গা গুলোন থেকে মুক্তি পাওয়া যেতে পারে। এই প্রকার আকুপ্রেশারে হাত-পায়ের এমন বেশ কিছু বিন্দু থাকে... যেগুলো কোন পেশাদার ব্যক্তির থেকে শেখার পরেই প্রয়োগ করা উচিত।

বায়ো-ফীডব্যাক ঃ- এটা হচ্ছে এমন এক বিধি... যাতে রোগীদের এটা শেখানো হয় যে, তাঁরা শারীরিক আর ভাবনাত্মক চাপের থেকে মুক্তি পাওয়ার জন্য নিজেদের জৈবিক প্রতিক্রিয়ার প্রচেস্টা কি ভাবে করতে পারেন? এর দ্বারা মাথার যন্ত্রণা, পিঠের যন্ত্রণা, শরীরের যে কোন অংশের যন্ত্রণা, অনিদ্রা আর গা গুলোনোর মত গর্ভাবস্থার বেশ কিছু লক্ষণে আরাম পাওয়া যেতে পারে। রক্তস্রাব কম করতে, অবসাদ, উত্তেজনা আর মানসিক চাপের সাথে লড়ার জন্যও বায়ো-ফীডব্যাকের ব্যবহার করা যেতে পারে।

কীরোপ্র্যাক্টিক চিকিৎসা ঃ- এই চিকিৎসায় মেরুদণ্ডের হাড়, শরীরের অন্যান্য জয়েন্ট আর স্নায়ু স্বাভাবিক হয়ে থাকে এবং শরীরের নিজের চিকিৎসা করার ক্ষমতা বৃদ্ধি পায়। কীরোপ্র্যাক্টিকের সহায়তায় গর্ভবতী মহিলা বমি, পিঠের যন্ত্রণা, জয়েন্টের যন্ত্রণা, সিয়াটিকা এবং অন্যান্য যন্ত্রণার হাত থেকে মুক্তি পেতে পারেন। কীরোপ্র্যাক্টর গর্ভবতী মহিলাদের জন্য এমন পদ্ধতির প্রয়োগ করেন... যার দ্বারা গর্ভবতী মহিলা সুরক্ষিত থাকেন আর তাঁর পেটের নীচের দিকের অংশে কোন প্রকারের চাপ না পড়ে।

মালিশ ঃ- মালিশ দ্বারা বমির হাত থেকে মুক্তি পাওয়া যেতে পারে... কিন্তু কিছু-কিছু গর্ভবতী মহিলার মালিশ করার পরে গা গুলোতে পারে। মালিশ দ্বারা পিঠের যন্ত্রণা, মাথার যন্ত্রণা আর সিয়াটিকায় আরাম পাওয়ার সাথে-সাথে শরীরের মাংসপেশীগুলোও প্রসবের জন্য প্রস্তুত হয়ে ওঠে।

প্রসব-যন্ত্রণার সময়ও এর ব্যবহার করা হয়, যাতে মাংসপেশীগুলো আরাম পায় এবং যন্ত্রণা কমে আসে। এর দ্বারা মানসিক চাপের থেকেও মুক্তি পাওয়া যায়। আপনি মালিশ করানোর আগে এটা দেখে নিন যে, উক্ত ব্যক্তি প্রসব-পূর্ব মালিশের জন্য প্রশিক্ষিত কি না!

রিফ্লেক্সোলোজী ঃ- আকুপ্রেশারের মত রিফ্লেক্সোলোজীতে হাত-পা আর কানের ওপরে হাল্কা চাপ দেওয়া হয়, যাতে বেশ কয়েক প্রকারের যন্ত্রণার লক্ষণ থেকে মুক্তি পাওয়া

যায়। যখনই আপনি এই চিকিৎসার জন্য যাবেন, তখনই নিজের গর্ভবতী হওয়ার ব্যাপারে জানিয়ে দিন, যাতে তাঁরা চিকিৎসায় পূর্ণ সাবধানতা অবলম্বন করে নির্দিষ্ট বিন্দুর ওপরেই চাপ দিতে পারেন।

জল চিকিৎসা *(হাইড্রো থেরাপী)* ঃ- অনেক হাসপাতাল বা বার্থ সেন্টারেও গর্ভবতী মহিলাদের গরম জলের টাবে শোওয়ানো হয়। বেশ কিছু গর্ভবতী মহিলা জলের মধ্যেই সন্তানের জন্ম দিতে চান।

এ্যারোমা থেরাপী ঃ- শরীর, মন আর আত্মার আরোগ্যের জন্য সুগন্ধিত তেলের প্রয়োগ করা হয়ে থাকে। যদিও কিছু-কিছু এ্যারোমা বিশেষজ্ঞদের মতে, এই বিষয়ে অত্যন্ত সতর্কতা অবলম্বন করা উচিত... কারণ কিছু-কিছু তেল গর্ভবতী মহিলাদের ক্ষতি করতে পারে।

ধ্যান, মানসিক চিত্রণ এবং রিল্যাক্সেশনের টেক্‌নিক ঃ- এগুলোর সহায়তায় গর্ভবতী মহিলাকে শারীরিক আর মানসিক চাপের থেকে মুক্তি প্রদান করা যেতে পারে... যার মধ্যে মর্নিং সিকনেস থেকে শুরু করে প্রসব যন্ত্রণা পর্যন্ত শামিল রয়েছে। এর দ্বারা ভাবী মায়ের উত্তেজনার ওপরে অনেকটাই নিয়ন্ত্রণ প্রাপ্ত করা যেতে পারে। আপনি এই পুস্তকে দেওয়া ব্যায়ামগুলো করে দেখতে পারেন।

সম্মোহন বিধি *(হিপ্‌নো থেরাপী)* ঃ- সম্মোহন দ্বারা গর্ভাবস্থার লক্ষণগুলো থেকে মুক্তি পাওয়া যেতে পারে। মানসিক চাপ কমে, অনিদ্রা রোগের থেকে মুক্তি পাওয়া যায়। প্রসবের সময় যন্ত্রণার ব্যবস্থাপনা হয়ে পড়ে এবং শিশুর জন্মকে কম যন্ত্রণাযুক্ত এক সরল প্রক্রিয়ায় পরিবর্তিত করা যেতে পারে। এই অবস্থায় শরীরকে গভীরতা পর্যন্ত রিল্যাক্স করে তোলা হয়, যাতে শরীরের যন্ত্রণার অনুভূতি না হয়। মনে রাখবেন যে, এই বিধি সবার ক্ষেত্রে কাজে আসে না। কিছু লোকের ওপরেই সম্মোহনের প্রভাব হয়। কোন সম্মোহন বিশেষজ্ঞের পরিষেবা নেওয়ার আগে এটা জেনে নিন যে, তিনি যেন প্রমাণিত হন এবং গর্ভাবস্থা থেরাপীর অভিজ্ঞ হন।

মক্সিবশন ঃ- এই বৈকল্পিক চিকিৎসা পদ্ধতিতে আকুপাংচারের সাথে-সাথে উষ্মা-কেও শামিল করা হয়ে থাকে, যাতে *ব্রীচ বেবী'*-কে ধীরে-ধীরে ওল্টানো যেতে পারে। আপনিও যদি এই টেক্‌নিকের সহায়তা নিতে চান, তাহলে কোন অভিজ্ঞ আকুপাংচারিস্টের সহায়তা নিন।

শেকড়-বাকড় দ্বারা চিকিৎসা ঃ- যুগ-যুগ ধরে শেকড়-বাকড় বিভিন্ন রোগের চিকিৎসা করে আসছে। এটা গর্ভাবস্থার লক্ষণগুলোর মোকাবিলা করতে পূর্ণ রূপে সক্ষম। যদিও বিশেষজ্ঞরা এই পদ্ধতিকে পূর্ণ রূপে প্রয়োগ করার পরামর্শ দেন না... কারণ এই বিষয়ে এখনও পুরোপুরি অনুসন্ধান হতে পারেনি।

যদিও পূরক আর বৈকল্পিক চিকিৎসা পদ্ধতি এখন প্রসূতি বিজ্ঞানে প্রবেশ করে গেছে। এগুলোর প্রয়োগ করার আগে আশানুরূপ সাবধানতা অবলম্বন করা উচিত এবং এগুলোর অভাবের প্রতিও দৃষ্টি দেওয়া উচিত।

- নিজের দাই বা লেডী ডাক্তারকেও এই ব্যাপারে জানান, যাতে আপনি সম্পূর্ণ চিকিৎসা প্রাপ্ত করতে পারেন। এর দ্বারা আপনি এবং আপনার গর্ভস্থ শিশু পূর্ণ সুরক্ষা প্রাপ্ত করবেন।
- পূরক ঔষধি *(শেকড়-বাকড় থেকে প্রস্তুত)* দ্বারা আপনি সুরক্ষার প্রতি পূর্ণ রূপে সুরক্ষিত হতে পারবেন না... কারণ সেগুলোর চিকিৎসকীয় পরীক্ষা এখনও পর্যন্ত হয়নি। যদিও সেগুলোর ব্যবহার করা যেতে পারে... আমরা অফিসিয়ালী সেগুলোর লাভ-ক্ষতির ব্যাখ্যা করতে পারি না। যতক্ষন না এই বিষয়ে আরও বেশী তথ্য পাওয়া যাচ্ছে, এই সব ঔষধি প্রয়োগ করার আগে কোন অভিজ্ঞ বিশেষজ্ঞের পরামর্শ অবশ্যই নিন।
- বেশ কিছু পূরক পদ্ধতি এমনও রয়েছে, যেগুলো এমনিতে তো লাভদায়ক হয়... কিন্তু সেগুলো প্রয়োগ করার আগে গর্ভবতী মহিলাদের সতর্কতা অবলম্বন করতে হয়। এজন্য ডাক্তারকে নিজের গর্ভাবস্থার ব্যাপারে জানাতে ভুলে যাবেন না।
- এই চিকিৎসা পদ্ধতির প্রয়োগ বিধির ওপরেও অনেক কিছু নির্ভর করে। এটা মনে রাখবেন যে, সর্বদাই প্রাকৃতিকের অর্থ *সুরক্ষিত'* আর রসায়নের অর্থ *ক্ষতিকারক'* হয় না। নিজের পূরক চিকিৎসা পদ্ধতিগুলোকে গর্ভাবস্থার সাথে নিয়ে চলুন... কিন্তু কিছুটা সাবধানতার সাথে...!

■ ■ ■

ন' মাস আর আপনার আহার-বিহার

আপনার শরীরের মধ্যে এক ছোট্ট শিশু বড় হয়ে উঠছে। তার হাত-পায়ের ছোট্ট আঙুল, কান আর চোখ তৈরী হচ্ছে এবং মস্তিস্কের কোশিকাগুলো অত্যন্ত দ্রুত বেড়ে উঠছে। আপনি জানতে পারার আগেই সেই ছোট্ট ভ্রুণ আপনার শিশুর রূপ গ্রহণ করে নেবে... যাকে কোলে নিয়ে ঘুম পাড়ানো যাবে!

এতে অবাক হওয়ার মত কিছু নেই যে, এই কাজে পরিশ্রম প্রচুর করতে হবে। আনন্দের কথা হচ্ছে এটা যে, পরস্পরের প্রতি প্রেম করতে থাকা মাতা-পিতা আর শিশুর প্রতি প্রকৃতিও দৃষ্টি রাখে। এর অর্থ হচ্ছে এই যে, আপনার ঘরে এক সুন্দর-সুস্থ শিশু জন্ম নেবে... আপনাকে শুধু এটুকু মাথায় রাখতে হবে যে, আপনার গর্ভাবস্থা যেন পূর্ণ রূপে আরামদায়ক আর স্বাস্থ্যকর হয়। এই কাজটা কোন মুস্কিলের হয় না... আপনি অনেক আগে থেকেই এমনটা করে আসছেন!

আজ্ঞে হ্যাঁ... আপনি দিনে তিন বার খাবার খাচ্ছেন... কিন্তু গর্ভাবস্থায় শুধু খাবার খেলেই হবে না – আপনাকে ততটা খেতে হবে, যতটা আপনি খেতে পারেন। ভালো মতন ভোজন করার অর্থ হচ্ছে এই যে, আপনি নিজের ভাবী সন্তানকে এক স্বাস্থ্যকর জীবন উপহার দিতে চলেছেন!

গর্ভাবস্থা আহার পরিকল্পনা, আপনার আর আপনার ভাবী শিশুর প্রতি সমর্পিত হয়... এর দ্বারা আপনার ভাবী শিশুর কি লাভ হবে? অনেকগুলো লাভের মধ্যে একটা হচ্ছে এই যে, জন্মের সময় তার ওজন ভালো হবে। মস্তিস্ক ভালোমতন বিকশিত হবে, জন্মের সময় তার কোন প্রকারের রোগ থাকবে না। আপনি মানুন আর না-ই মানুন, যদি আপনি নিজের রাতের আহারে কপি আর অন্যান্য সবুজ সব্জীকে শামিল করে নেন, তাহলে আপনার বাচ্চা খাওয়া-দাওয়ায় ভালো অভ্যাস গ্রহণ করবে আর এক স্বাস্থ্যকর ব্যক্তি হয়ে উঠবে।

এর দ্বারা শুধু আপনার শরীরেরই লাভ হবে না। আপনার গর্ভাবস্থা এই জিনিষটার পুষ্টি করে যে, আপনার প্রসব সুরক্ষিত হবে। ভালো আহার-বিহারে অভ্যস্ত মহিলাদের মধ্যে এনিমিয়া, গ্যাস্টেশনাল ডায়াবেটিজ আর প্রীক্ল্যাম্পসিয়ার মত সমস্যার সৃষ্টি হয় না; ভেবে-চিন্তে বেছে নেওয়া খাদ্য পদার্থ দ্বারাও লাভ প্রাপ্ত হয়, ভালো পোষণ আপনার মুডকেও সন্তুলিত রাখে। এমন মহিলাদের প্রসব সময়ের আগে বা পরে না হয়ে সঠিক সময়েই হয়। প্রসবের পরে শরীরকে সঠিক আকারে নিয়ে আসতেও সময় লাগে না।

আপনি যদি এই সব লাভগুলোর অর্থ বুঝতে পেরে গিয়ে থাকেন, তাহলে আপনাকে নিজের ভোজনকে পৌস্টিক করে তোলার জন্য এবার কোমর বেঁধে নামতে হবে... কারণ গর্ভাবস্থায় আহার আর গড়পড়তা পৌস্টিক ভোজনের মধ্যে খুব একটা পার্থক্য থাকে না। শুধু গর্ভাবস্থায় আহারের ক্ষেত্রে কিছুটা পরিবর্তন নিয়ে আসতে হয়... কারণ শিশুর জন্য বেশী মাত্রায় ক্যালোরী আর পোষণের প্রয়োজন হয়।

ভিত তো সেই একই থাকবে – প্রোটিন আর ক্যালশিয়াম, গোটা শস্য, ফল আর সব্জী আর স্বাস্থ্যকর ফ্যাটের সঠিক সন্তুলন ! এসব কিছুই আপনার শোনা-শোনা লাগছে, তাই না ? পোষণ বিজ্ঞানীরা বহু বছর ধরে ভোজনের ব্যাপারে এই পরামর্শই তো দিয়ে আসছেন।

আরও একটা ভালো খবর আছে ! আপনি যদি এখনও পর্যন্ত যথেষ্ট কম মাত্রায় আদর্শ ভোজনের সেবন করে এসেছেন, তাহলে সেগুলোকে গর্ভাবস্থার আহারে পরিবর্তন করতে খুব একটা মুশ্কিল হবে না... কারণ পরিবর্তনের ব্যাপারে চিন্তা করামাত্র সেটার সূত্রপাত হয়ে পড়বে। আপনি এখনও মজা করে কেক আর চিপস্ খেতে পারেন... শুধু তাতে কিছুটা পরিবর্তন নিয়ে আসতে হবে। আপনি বেশ কিছু সুস্বাদু ব্যঞ্জনের মাধ্যমে ভিটামিন আর খনিজ লবনের মাত্রা গ্রহণ করতে পারেন অর্থাৎ স্বাস্থ্যের সাথে-সাথে স্বাদের ওপরে পূর্ণ দৃষ্টি দিতে পারেন !

আহারে পরিবর্তন নিয়ে আসার আগে একটা জিনিষ মাথায় রাখবেন। এই লেখায় গর্ভাবস্থার সময় সেবন করা আদর্শ আহারের ব্যাপারে জানানো হয়েছে... কিন্তু আপনার যদি সেই সব পৌষ্টিক আহার কিছুটা অরুচিকর লাগতে থাকে, তাহলে আপনি নিজের ইচ্ছানুসার তাতে কিছুটা পরিবর্তন নিয়ে আসতে পারেন। আমরা শুধু এইটুকু বলতে চাই যে, একেবারে চোখ বন্ধ করে খাবার না খেয়ে ভেবে-চিন্তে খাওয়া-দাওয়ার অভ্যাস গড়ে তুলুন। আপনার বার্গার বা ফ্রেঞ্চ ফ্রাই খাওয়ায় আমরা বাধা দেব না... কিন্তু সেটাই যদি আপনি কিছুটা স্যালাডের সাথে খান, তাহলে তো জবাব নেই !

ন' মাসের স্বাস্থ্যকর ভোজনের 9 প্রাথমিক নিয়ম

গ্রাস গুনুন ঃ- আপনাকে পুরো ন' মাস পর্যন্ত নিজের গর্ভস্থ শিশুর জন্য প্রচুর পৌষ্টিক আহারের সেবন করে যেতে হবে। আপনাকে নিজের ভাবী শিশুকে এক স্বাস্থ্যকর সূত্রপাত প্রদান করতে হবে। যখনই আপনি নিজের ভোজন চিবোবেন, তখনই নিজের ভাবী শিশুর ব্যাপারে চিন্তা করুন। এটা মনে রাখবেন, আপনার দ্বারা নেওয়া প্রতিটি গ্রাস হচ্ছে সেই ছোট্ট শিশুকে পোষণ প্রদান করার সুবর্ণ সুযোগ !

> **নিজের পদ্ধতিতে চলুন !**
>
> আপনার কি নিজের আহারের ব্যাপারে কোন সন্দেহ আছে ? আপনি কি নিজের আহার পরিকল্পনা বানাতে চান না ? কি খাবেন, কতটা খাবেন ইত্যাদি প্রশ্ন কি আপনি করতে চান না ? কোন ব্যাপার নয়... আপনি নিজের পদ্ধতিতেই চলুন। সন্তুলিত আর পৌষ্টিক আহারের সেবন করুন... যাতে ফল, দুধ, শস্য আর সব্জী ইত্যাদি সব কিছু শামিল থাকবে। আপনাকে প্রতি দিন 300 ক্যালোরী অতিরিক্ত নিতে হবে... তাতেই কাজ হয়ে পড়বে।

সব ক্যালোরী সমান হয় না ঃ- ক্যালোরী বাছার সময় সাবধান থাকুন। সেটার মাত্রার পরিবর্তে গুণবত্তার ওপরে দৃষ্টি দিন। 10 আলু চিপসের 100 ক্যালোরী, খোসাসমেত সেঁকা আলুর 100 ক্যালোরীর সমান হয় না। আপনার আর আপনার শিশুর 2,000 খালি ক্যালোরীর পরিবর্তে 2,000 পোষক ক্যালোরী দ্বারা অনেক বেশী লাভ হবে। প্রসবের পরে আপনার শরীরের ওপরে এটার প্রভাব দেখতে পাওয়া যাবে।

আপনি ক্ষুধার্ত থাকলে বাচ্চাও ক্ষুধার্ত থাকবে ঃ- আপনি কি নিজের গর্ভস্থ শিশুকে ক্ষুধার্ত রাখতে চাইবেন ? তাহলে তাকে তার জন্মের আগে ক্ষুধার্ত কেন রাখছেন ? তার প্রতি দিন নিয়মিত রূপে পোষণ প্রাপ্ত করাটা অত্যন্ত জরুরী হয়। আপনিই তো *য়ৈন্টেরাইন কাফে'*-তে ভোজন পৌঁছে দেন। আপনার খিদে না লাগলেও বাচ্চা তো ক্ষুধার্ত – এজন্য খাওয়া বন্ধ করে দেবেন না। সঠিক সময়ে সন্তুলিত আহারের সেবন করুন। বিভিন্ন অধ্যয়ণ থেকে এটা জানতে পারা গেছে যে, দিনে পাঁচ বার খাবার খাওয়া *(তিন ভোজন + দুই টিফিন বা 6 বার একটু করে ভোজন)* মায়েরা যথেষ্ট সুস্থ থাকেন। যদিও এমনটা করা অত্যন্ত মুশ্কিল হয়... বিশেষ করে যখন খাবারের নামেই আপনার গা গুলোতে থাকে। এই পুস্তকে আপনি এমন পরামর্শ পাবেন, যেগুলো আপনার কাজে আসতে পারে।

কিছুটা কার্যকুশলতা ঃ- আপনি এই ভেবে ভয় পাচেছন না তো যে, এই ভাবে অন্ধের মত খেয়ে চললে আপনাকে কেমন দেখতে লাগবে ? এই ব্যাপারে বেশী চিন্তা করবেন না। আপনাকে শুধু একটু কুশল হতে হবে। যেমন ফুল ফ্যাট যুক্ত ডেয়ারী উৎপাদনের পরিবর্তে লো ফ্যাট যুক্ত ডেয়ারী উৎপাদন, ভাজাভুজি খাদ্য পদার্থের পরিবর্তে সেঁকা বা সেদ্ধ খাদ্য পদার্থ, মাখনের কম মাত্রা বা ভাজার সময় জৈতুনের তেলের কম মাত্রা! আপনার ওজন যদি কম মাত্রায় বাড়ে, তাহলে এমন খাদ্য পদার্থ বেছে নিন... যাতে আপনার ওজন বেশী না বাড়ে... কিন্তু আপনার গর্ভস্থ শিশু পুরো পোষণ প্রাপ্ত করতে পারে।

কার্বোহাইড্রেটের মামলা ঃ- অনেক গর্ভবতী মহিলা ওজন বেড়ে ওঠার ভয়ে নিজেদের ভোজনে কার্বোহাইড্রেটের মাত্রা কমিয়ে আনেন, যেমন – আলু! এতে কোন সন্দেহ নেই যে, রিফাইণ্ড কার্বোহাইড্রেট বেশী পোষক হয় না... কিন্তু কমপ্লেক্স কার্বোহাইড্রেট (গোটা শস্য, পাঁউরুটী, ব্রাউন চাল, তাজা ফল-সব্জী, শুকনো বীনস্, নাশপাতি আর খোসাসমেত আলু) ভিটামিন-*বি'* প্রদান করে। আবশ্যক তন্তু আর প্রোটিনের মাত্রাও প্রদান করে। এগুলো শুধু শিশুর পক্ষেই নয়... বরং আপনার পক্ষেও লাভদায়ক হয়। এগুলো খেলে গা গুলোবে না আর কোষ্ঠকাঠিন্যও হবে না। এর দ্বারা পেট ভরা অনুভূত হবে, ফলে আপনার ওজনও বেশী বাড়বে না।

আরও এক অধ্যয়ণ থেকে এটা জানতে পারা গেছে যে, কমপ্লেক্স কার্বোহাইড্রেট বেশী মাত্রায় সেবন করলে তন্তু বেশী মাত্রায় প্রাপ্ত হয় আর *গ্যোস্টেশনাল ডায়াবেটিজ'* রোগ হওয়ার ঝুঁকি কমে আসে। তন্তুর মাত্রা ধীরে-ধীরে বাড়ান। হঠাৎ করে তন্তুর মাত্রা বাড়িয়ে তুললে পেটে গ্যাসের সৃষ্টি হতে পারে।

একটু মিষ্টি হয়ে যাক ঃ- মিষ্টি খেতে সবারই ভালো লাগে... কিন্তু অনুসন্ধানকারীদের বক্তব্য হচেছ এই যে, বেশী মাত্রায় মিষ্টি আপনার পক্ষে ক্ষতিকারক হতে পারে। এর ফলে স্থূলতা ছাড়াও দাঁত আর মাড়ির রোগ, ডায়াবেটিজ, হৃদয় রোগ আর কোলোন ক্যান্সার হওয়ার ঝুঁকি বেড়ে ওঠে।

স্বাস্থ্যকর বিকল্প

নিজের প্রিয় ভোজনের কিছু স্বাস্থ্যকর বিকল্পের প্রয়োজন চাইলে নীচের সূচী দেখুন ঃ-

এগুলোর পরিবর্তে	এগুলো খান
আলু চিপস্	সোয়া চিপস্
ভাজা মুর্গী	সেঁকা মুর্গী
হট ফজ সাণ্ডে	ফল আর গ্রেনোলা সমেত ঠাণ্ডা দই
টাকো চিপস্	ভেজিস আর চীজ সস্
ফ্রেঞ্চ ফ্রাই	সেঁকা মিষ্টি আলু চিপস্
সাদা পাউঁরুটী	ব্রাউন ব্রেড
সোফ্ট ড্রিংক	ফলের রস
শুগার কুকিজ	হোলগ্রেন করা ন্যুটন

'সিক্স মীল' সল্যুশন

তীব্র পিপাসা লাগা, বুকে জ্বলুনি হওয়া, কোষ্ঠকাঠিন্য বা অন্য যে কোন কারণ আপনাকে আহারের থেকে দূরে সরিয়ে নিয়ে যেতে লাগলে *'সিক্স মীল'*-য়ের সমাধান গ্রহণ করুন। দিনে তিন বার পুরো খাবার বদলে সেটাকে 6 ছোট-ছোট অংশে ভাগ করে নিন। এতে আপনার এনার্জীর স্তর বজায় থাকবে। মাথার যন্ত্রণাও কম হবে আর মুডে ওঠা-নামাও হবে না।

প্রায়ই কিছু-কিছু মিষ্টি পদার্থে পোষক তত্ত্বের মাত্রা যথেস্ট কম থাকে। এমন মিষ্টি পদার্থের মধ্যে সবার আগে ক্যাণ্ডী আর সোডার নাম মাথায় আসে।

রিফাইণ্ড চিনি বাজারে বেশ কয়েক রূপে পাওয়া যায়, যার মধ্যে আপনি কর্ন সীড ডিহাইড্রেটেড ক্যান জুসকেও শামিল করতে পারেন।

মধু হচেছ এমন এক শুগার... যেটা রিফাইণ্ড হয় না। এতে রোগের সাথে লড়াই করা এ্যান্টী-অক্সিডেন্ট থাকে। আপনি এর

সহায়তায় বেশ কয়েক প্রকারের পৌষ্টিক ব্যঞ্জন তৈরী করতে পারবেন। যদিও আপনাকে সেই সব খাদ্য পদার্থের সেবন বন্ধ করতে হবে, যেগুলোয় শুগার *(চিনি)* ভরপুর পাত্রায় থাকে। এই ভাবে আপনি এমন কেছু পৌষ্টিক ব্যঞ্জন বেছে নিতে পারবেন... যেগুলোয় একটু-আধটু মিষ্টিও থাকে।

সুস্বাদু এবং পৌষ্টিক মিষ্টি খাদ্য পদার্থ পেতে চাইলে চিনির পরিবর্তে ফল, মেওয়া আর ফলের রস নিন। এগুলো থেকে আপনি মিষ্টত্ব ছাড়াও ভিটামিন, খনিজ লবন আর ফাইটো কেমিক্যালও পাবেন। আপনি ক্যালোরী ফ্রী শুগার বিকল্পও নিতে পারেন... যেটা গর্ভাবস্থায় একেবারেই ক্ষতি করে না।

পৌষ্টিক ভোজনের উৎস ঃ- প্রকৃতির পোষণের সাথে গভীর সম্পর্ক রয়েছে। প্রায়ই বেশ কিছু প্রাকৃতিক খাদ্য পদার্থ নিজেদের মূল রূপে পোষণ তত্ত্বে ভরপুর হয়ে থাকে। তাজা মরশুমী ফল খান। কৌটোবন্দী ফল না খেলেই ভালো করবেন আর যদি সেগুলো খেতেই হয়, তাহলে এমন প্যাক বেছে নিন... যাতে নুন, চিনি আর ফ্যাটের মাত্রা যথাসম্ভব কম হবে। প্রতি দিন কাঁচা ফল বা সব্জী অবশ্যই খান। যখন ফল আর সব্জী রান্না করতে হবে, তখন সেগুলো হাল্কা ভাপেই রান্না করুন... যাতে সেগুলোয় মজুদ ভিটামিন আর খনিজ লবন নষ্ট না হয়ে পড়ে।

প্রোসেসড্ ফুডে বেশ কয়েক প্রকারের রসায়ন, ফ্যাট আর চিনি ইত্যাদি মেশানো হয়ে থাকে... যার ফলে সেগুলোর পোষক মূল্য অনেকটাই কমে যায়। স্মোকড্ টার্কির পরিবর্তে তাজা ভাজা টার্কি নিন। গোটা শস্য দিয়ে প্রস্তুত ম্যাকরোনীর সাথে চীজ নিন। চীজ তাজা হলে আরও ভালো হয়। আপনি তাজা ওট মীলও নিতে পারেন।

কিসের অপরাধ বোধ ?

এবার তো আপনি দুজনের জন্য খাবার খাচ্ছেন... এজন্য সকল খাদ্য পদার্থের নির্বাচন অত্যন্ত ভেবে-চিন্তে করতে হবে। যদিও আপনি কখনো-কখনো কিছুটা ছাড়ও পেতে পারেন। যদি কিছু মনের মত ব্যঞ্জন *(কম পোষক তত্ত্বের)* খেতে ইচ্ছে হয়, তাহলে সেগুলো একাধ বার খাওয়ায় কোন আপত্তি নেই। এটা ঠিক যে, ব্ল্যুবেরী মফিনে ব্ল্যুবেরীর তুলনায় চিনি বেশী থাকে... কিন্তু যখন খেতে ইচ্ছে হচ্ছে, তখন খাওয়াই উচিত। যখনই মনে ক্যাণ্ডী, বার্গার, কুকীজ ক্রীম খাওয়ার ইচ্ছে হবে, তখন অবশ্যই খান... কিন্তু তার সাথে এমন কিছু নিন, যার দ্বারা পোষক তত্ত্বের মাত্রার পূর্তি হতে পারে; যেমন – আখরোট যুক্ত ক্যাণ্ডী, আইসক্রীমের ওপরে কিছুটা মেওয়া আর কলার টুকরো রেখে নিন। চীজ আর টম্যাটোর বার্গার খান... সাথে কিছুটা স্যালাডও খান।

চেষ্টা এটাই করুন যে, এমন ভোজনের মাত্রা যেন বেশী না হয়। এগুলো কেবলমাত্র স্বাদের জন্যই খান... এগুলো দিয়ে পেট ভরাবার চেষ্টা করতে যাবেন না। নিজেকে নিয়ন্ত্রণে রাখুন। এগুলো প্রয়োজনের তুলনায় বেশী নিলে পরে লজ্জিত হতে হবে!

সুস্থ ভোজনের সূত্রপাত নিজের বাড়ী থেকেই করুন ঃ- আমরা এমনটা মানি যে, যখন আপনার পতিদেব সোফায় বসে বড় বাটি করে আইসক্রীম খাচ্ছেন, তখন আপনার পক্ষে নিজের মনকে বোঝানো কিছুটা মুশ্কিল হতে পারে। সেই সময় আপনার মন তাজা ফল খেতে একেবারেই রাজী হবে না। রান্নাঘরের আলমারীতে কমলা চীজ বলস্ পড়ে থাকলে আপনি সোয়া চিপসে স্বাদ একেবারেই পাবেন না। এজন্য পরিবারের সকল সদস্যদের সহায়তায় এক স্বাস্থ্যকর পরিবেশ গড়ে তোলার চেষ্টা করুন।

বাড়ীতে গোটা শস্যের পাঁউরুটী রাখুন, ফ্রীজে তাজা দই রাখুন। ফ্রীজ থেকে এমন স্ন্যাক্স সরিয়ে দিন, যেগুলো স্বাস্থ্যকর খাদ্য পদার্থের শ্রেণীতে আসে না। প্রসবের পরেও এই অভ্যাস বজায় রাখুন।

ভালো ভোজন দ্বারা গর্ভাবস্থায় ভালো পরিণাম প্রাপ্ত হয় আর অনেক প্রকারের রোগের ঝুঁকিও কমে আসে। যে পরিবার এক সাথে বসে স্বাস্থ্যকর ভোজন করে, সেই পরিবার সর্বদাই সুস্থ থাকে।

খারাপ অভ্যাস ত্যাগ করুন ঃ- প্রসবের আগে স্বাস্থ্যকর ভোজন নেওয়াটাই পর্যাপ্ত হয় না। আপনাকে এ্যালকোহল, তামাক এবং অন্যান্য

মাদক পদার্থের সেবনও ত্যাগ করতে হবে। যদি আপনি এখনও পর্যন্ত নিজের এই সব অভ্যাস না বদলে থাকেন, তাহলে এখন থেকেই নিজের জীবন-শৈলীতে পরিবর্তন নিয়ে আসা শুরু করে দিন।

গর্ভাবস্থার সময় আহার-বিহার

ক্যালোরীজ

এটা তো সকলেই জানেন যে, গর্ভবতী মহিলাকে একজনের জন্য নয়... দুজনের জন্য খাবার খেতে হয়... কিন্তু এটাও মাথায় রাখবেন যে, এই সময় সেই দুজনের মধ্যে একজন অত্যন্ত ছোট হয়। তার ক্যালোরীর আবশ্যকতা তার মায়ের তুলনায় অনেকটাই কম হয়। আপনার ওজন যদি গড়পড়তা ওজন হয়, তাহলে আপনার মাত্র 300 অতিরিক্ত ক্যালোরীর আবশ্যকতা হবে... যেটা 2 গ্লাস মালাই বার করা দুধ *(স্কীমড্ মিল্ক)* আর এক বাটি ওট মীল থেকেই পাওয়া যেতে পারে।

গর্ভাবস্থার প্রথম তিন মাসে এমনিতেই বেশী পোষণের আবশ্যকতা হবে না... কারণ সেই সময় ভ্রূণের আকার কড়াইশুঁটির দানার সমান হয়। দ্বিতীয় তিন মাসে নিজের গর্ভস্থ শিশুর জন্য আপনার অতিরিক্ত পোষণের প্রয়োজন হবে। পরে শিশুর আকার আরও বেড়ে উঠলে আপনার তখন প্রতি দিন 500 অতিরিক্ত ক্যালোরীর আবশ্যকতা হতে পারে।

নিজের আর গর্ভস্থ শিশুর জন্য আবশ্যকতার থেকে বেশী ক্যালোরী গ্রহণ করলে কোন লাভই হবে না... এর ফলে আপনার ওজন অনেকটাই ফালতু বেড়ে উঠতে পারে। এটা কেবলমাত্র আপনার ওজনই বাড়িয়ে তুলবে না... বরং গর্ভাবস্থা বেড়ে ওঠার সাথে-সাথে পর্যাপ্ত মাত্রায় ক্যালোরী গ্রহণ না করা হলে গর্ভস্থ শিশুর বিকাশ যথেস্ট ধীর গতির হয়ে পড়তে পারে।

এই প্রাথমিক নিয়মের চারটি ব্যতিক্রম আছে। যদি সেগুলোর মধ্যে একটাও আপনার ওপরে প্রযোজ্য হয়, তাহলে সবার আগে নিজের ডাক্তারের থেকে ক্যালোরীর আবশ্যকতার ব্যাপারে পরামর্শ নিয়ে নিন। আপনার ওজন যদি আগে থেকেই বেশী হয়, তাহলে আপনার সঠিক পোষণের সাথে-সাথে সেই অনুপাতে ক্যালোরীর আবশ্যকতা হবে। আপনি যদি এখনও কিশোরী হন অর্থাৎ আপনি যদি এখনও বিকাশাবস্থায় থাকেন, তাহলে আপনার পোষণের চাহিদা অন্য রকম হবে। আর আপনি যদি যমজ শিশুর জন্ম দিতে চলেছেন, তাহলে আপনার প্রতি শিশু হিসেবে 300 ক্যালোরী অতিরিক্ত নিতে হবে।

গর্ভাবস্থায় ক্যালোরীর গণনার এই অর্থ বার করবেন না যে, আপনাকে সত্যি-সত্যি সেটা গুনতে হবে। প্রতিটি ভোজনের পরে ক্যালোরী গোনার পরিবর্তে 1 - 2 সপ্তাহ পরে পরীক্ষা করুন আর নিজের উন্নতির ব্যাপারে জানুন। দিনের একটা নির্দিষ্ট সময়ে নিজের ওজন পরীক্ষা করুন, প্রতি বার একই পোশাক পরুন আর বিনা কাপড়ের ওজনও নিন, যাতে কোন এক বারের ভারী ভোজন বা জীনসের কারণে ওজনে কোন তফাৎ না আসে। যদি আপনার ওজন আপনার দিনচর্যার হিসেবে ঠিক আসে... তাহলে সেটার অর্থ হচ্ছে এই যে, আপনি ক্যালোরীর সঠিক মাত্রা নিচ্ছেন। ওজন কম হওয়ার অথ হচ্ছে এই যে, আপনি পুরো ক্যালোরী নিতে পারছেন না। আবশ্যকতা হিসেবে ভোজনের মাত্রা কমান বা বাড়ান... কিন্তু ক্যালোরীর সাথে গ্রহণ করা পোষক তত্ত্বগুলোকে উপেক্ষা করবেন না।

প্রোটিন আহার ঃ দিনে তিন বার

আপনার শিশুর বিকাশ কি ভাবে হবে ? আপনি যে প্রোটিন নেবেন, সেটার এ্যামিনো এ্যাসিড আর অন্য পোষক তত্ত্বগুলোর সহায়তায় আপনার শিশু বেড়ে উঠবে। যেহেতু বাচ্চার কোশিকাগুলো দ্রুত বৃদ্ধি পাচ্ছে, সেজন্য আপনার ভোজনে প্রোটিনের মাত্রা অত্যন্ত গুরুত্বপূর্ণ হয়ে ওঠে। আপনাকে প্রতি দিন 95 গ্রাম প্রোটিন গ্রহণ করার লক্ষ্যমাত্রা রাখতে হবে।

এটা শুনতে বড়ই অদ্ভূত লাগলে একটু দৃষ্টি দিন – সাধারণতঃ এক আমেরিকান নাগরিক এতটা মাত্রা প্রতি দিন নিয়েই নেন। যেসব ব্যক্তি উচ্চ প্রোটিন আহার গ্রহণ করেন... তাঁরা এর থেকেও বেশী মাত্রা নেন।

আপনাকে দেওয়া সূচীর থেকে দিনে তিন

বার প্রোটিন যুক্ত আহার নিতে হবে। প্রোটিনের গণনা করার সময় উচ্চ ক্যালশিয়াম যুক্ত আহার থেকে প্রাপ্ত প্রোটিনকে গুনতে ভুলবেন না। এক গ্লাস দুধ আর এক আউন্স চীজ থেকে এক-তৃতীয়াংশ প্রোটিনের মাত্রা প্রাপ্ত হয়। এক কাপ দই থেকে এক সময়ের অর্দ্ধেক প্রোটিনের পূর্তি হয়। গোটা শস্য আর ডাঁটাতেও প্রোটিনের মাত্রা পাওয়া যায়।

প্রতি দিন এই সূচী থেকে প্রোটিন পদার্থের মিশ্রণ বেছে নিন আর সেগুলো নিজের আহারে শামিল করে নিন। মনে রাখবেন যে, ডেয়ারী উৎপাদন দ্বারাও প্রোটিনের অভাব পূরণ হয়।

24 আউন্স দুধ বা লস্যি

1 কাপ পনীর

2 কাপ দই

3 আউন্স কোরানো চীজ

4 বড় গোটা ডিম

7 ডিমের সাদা অংশ

3.5 আউন্স কৌটোবন্দী টুনা বা সার্ডিন

4 আউন্স কৌটোবন্দী সালমন

4 আউন্স রান্না করা শেলফিশ *(শ্রিম্প, লবস্টার, ক্লামস্, মুসল)*

4 আউন্স *(রান্নার আগে)* তাজা মাছ

4 আউন্স (রান্নার আগে) চিকেন, টার্কি, ডাক বা অন্য পোল্ট্রী উৎপাদন

4 আউন্স *(রান্নার আগে)* লীন বীফ, ল্যাম্ব, বীল, পর্ক বা বাফেলো

ক্যালশিয়াম আহার ঃ দিনে তিন বার

আপনি স্কুলে এটা অবশ্যই পড়ে থাকবেন যে, বাচ্চাদের দাঁত আর হাড়ের মজবুতীর জন্য প্রচুর মাত্রায় ক্যালশিয়ামের প্রয়োজন হয়। ভ্রুণই তো বিকশিত হয়ে শিশু হয়। ক্যালশিয়াম মাংসপেশী, হৃদয়, স্নায়ু বিকাশ, রক্তের ক্লট জমা এবং এঞ্জাইম গতিবিধির জন্য অত্যন্ত গুরুত্বপূর্ণ হয়। আপনি যদি ভরপুর মাত্রায় ক্যালশিয়াম না নেন, তাহলে কেবলমাত্র আপনার শিশুরই ক্ষতি হবে না... আপনার হাড়গুলোও প্রভাবিত হয়ে পড়বে। শিশুর হাড়ের জন্য ক্যালশিয়ামের পূর্তি আপনার শরীর থেকে হবে আর ভবিষ্যতে আপনি অস্টিয়োপোরোসিসের শিকার হয়ে পড়তে পারেন। আপনার প্রতি দিন চার বার ক্যালশিয়াম যুক্ত আহারের সেবন অবশ্যই করা উচিত।

আপনার কি প্রতি দিন চার গ্লাস দুধ পান করার ব্যাপারটা হজম হচেছ না? এমনিতে ক্যালশিয়াম সর্বদা দুধেই পাওয়া যায় না... সেটা আপনি এক কাপ য়োগর্ট বা চীজের রূপেও নিতে পারেন। এটা স্মুদীজ, স্যুপ, ক্যাসেরোল, সেরেয়াল, ডিপ, মাংস আর ডেজার্টের রূপেও নেওয়া যেতে পারে।

যেসব ব্যক্তি ডেয়ারী উৎপাদন নিতে পারেন না, তাঁদের জন্য ক্যালশিয়াম স্বাভাবিক রূপেও পাওয়া যায়। ক্যালশিয়াম যুক্ত কমলা লেবুর রস এক গ্লাস পান করলে কেমন হয়? 4 আউন্স কৌটোবন্দী সালমন থেকে ক্যালশিয়ামের সাথে-সাথে প্রোটিনও পাওয়া যাবে। তাজা রান্না করা সবুজ সব্জী থেকে ভিটামিন-*'সি'*-র পূর্তিও হয়ে পড়বে।

যদি কোন গর্ভবতী মহিলা আহার দ্বারা ক্যালশিয়ামের পুরো মাত্রা প্রাপ্ত না হয়, তাহলে তাঁকে ক্যালশিয়াম ওষুধের ডোজের রূপে নেওয়ার পরামর্শ দেওয়া যেতে পারে।

আপনাকে প্রতি দিন চার বার ক্যালশিয়াম যুক্ত আহারের সেবন করতে হবে। এই গণনায় সেই আধ কাপ দই *(য়োগর্ট)*-কে শামিল করতে ভুলে যাবেন না... যেটার ওপরে আপনি চীজ ছিটিয়ে খেয়েছিলেন।

নীচে দেওয়া সূচীতে প্রতিটি ব্যঞ্জন বা খাদ্য পদার্থে 300 মিগ্রা. ক্যালশিয়ামের মাত্রা শামিল রয়েছে। কোন-কোন খাদ্য পদার্থ দ্বারা ক্যালশিয়ামের সাথে-সাথে প্রোটিনেরও পূর্তি হয়।

1/4 কাপ কোরানো চীজ

1 আউন্স শক্ত চীজ

1/2 কাপ পাশ্চুরাইজড্ রিসোট্টা চীজ

1 কাপ দুধ বা লস্যি

5 আউন্স ক্যালশিয়াম যুক্ত দুধ *(পান করার আগে নেড়ে নিন)*

1/3 কাপ ফ্যাট ছাড়া শুকনো দুধ
(এর থেকে 1 কাপ দুধ তৈরী হবে)
1 কাপ দই
1 কাপ ক্যালশিয়াম যুক্ত রস *(পান করার আগে নেড়ে নিন)*
4 আউন্স কৌটোবন্দী সালমন *(হাড় সমেত)*
3 আউন্স কৌটোবন্দী সার্ডিন *(হাড় সমেত)*
3 বড় চামচ পেষা তিল
1 কাপ পাকা শালগম
1 - 1/2 কাপ রান্না করা বাঁধাকপি
1 - 1/2 কাপ রান্না করা এডামামে
1 - 3/4 বড় চামচ ব্ল্যাকস্ট্রেপ মোলাসিস

আপনি কটেজ চীজ, টোফু, শুকনো অঞ্জীর, বাদাম, সবুজ কপি, ব্রোকলি, পালং শাক, শুকনো বীনস্ ইত্যাদি থেকেও ক্যালশিয়াম প্রাপ্ত করতে পারেন।

নিরামিষ প্রোটিন

আপনি যদি প্রতি দিন *(ডাঁটা, শস্য, বীজ আর মেওয়া)*-র মাত্রা নিতে থাকেন, তাহলে নীচের সূচীর হিসেবে সেটা বেছে নিন। এই পোষণ সকল গর্ভবতী মহিলাদের পক্ষেই আবশ্যক হয়।

লেগ্যুমস্ *(হাফ প্রোটিন সার্ভিং)*
3/4 কাপ পাকা বীনস্, ডাল
3/4 কাপ কড়াইশুঁটি
1 - 1/2 আউন্স চীনা বাদাম
3 বড় চামচ পীনাট বাটার
1/4 কাপ মীসো
4 আউন্স টোফু *(বীন কর্ড)*
3 আউন্স টেম্পে
1 - 1/2 কাপ সোয়া মিল্ক
3 আউন্স সোয়া চীজ
1/4 কাপ ভেজ *গ্রৌউণ্ড বীফ'*
1 বড় ভেজ হট ডগ বা বার্গার
1 আউন্স *(রান্না করার আগে)* সোয়া বা হাই প্রোটিন পাস্তা

গ্রেনস্ *(হাফ প্রোটিন সার্ভিং)*
3 আউন্স *(রান্না করার আগে)* গোটা গমের পাস্তা
3/4 কাপ যবের ভুষি
1 কাপ *(রান্না না করা)* যব
2 কাপ রেডী টু ইট সেরেয়াল
1/2 কাপ *(রান্না না করা) (1 - 1/2 কাপ রান্না করা)* কশকোস, ভাগ্গার বা বকবীট
1/2 কাপ *(রান্না না করা)* কুইনোভা
4 স্লাইস গমের তৈরী পাঁউরুটী
2 গোটা পীটা বা ইংলিশ মফিন

নাটস্ আর সীডস্ *(হাফ প্রোটিন সার্ভিং)*
3 আউন্স নাট *(আখরোট বা বাদাম)*
2 আউন্স তিল, সূর্যমুখী বা কুমড়োর বীজ
1/2 কাপ পেষা ফ্ল্যাক সীড
(প্রোটিনের মাত্রা আলাদা হতে পারে... এজন্য হাফ সার্ভিং 12 থেকে 15 গ্রাম প্রোটিনের জন্য লেবেল পরীক্ষা করুন)

ভিটামিন - *সৈ'* ভোজন ঃ দিনে তিন বার

আপনার এবং আপনার গর্ভস্হ শিশুর উত্তকগুলোর মেরামতী, ক্ষতস্হান ভরা এবং বেশ কয়েক প্রকারের চয়াপচ্য ক্রিয়ার জন্য ভিটামিন-*সৈ'* চাই। মজবুত হাড় আর দাঁতের জন্যও এটার প্রয়োজন হয়। এটাকে আমাদের শরীর স্টোর করে রাখতে পারে... এজন্য এটার নিয়মিত মাত্রা অবশ্যই নিন। ভিটামিন-*সৈ'* এমন কিছু বিশেষ পদার্থ থেকে পাওয়া যায়, যেগুলো খেতে অত্যন্ত সুস্বাদু হয়। আপনি সূচী দেখেই এটা জানতে পেরে যাবেন যে, কেবলমাত্র কমলা লেবুর

রসই ভিটামিন-*সি*'য়ের সব থেকে ভালো উৎস হয় না।

এটাও মনে রাখবেন যে, ভিটামিন-*সি*' যুক্ত ভোজন সবুজ পাতাওয়ালা, হলুদ সব্জী আর হলুদ ফলের অভাবকেও পূরণ করে।

1/2 মাঝারী আকারের গ্রেপফ্রুট

1/2 কাপ গ্রেপফ্রুট রস

1/2 মাঝারী আকারের কমলা লেবু

1/2 কাপ কমলা লেবুর রস

2 বড় চামচ কমলা লেবু, সাদা আঙ্গুর বা অন্য কোন জুস কনসেন্ট্রেট

1/4 কাপ লেবুর রস

1/2 মাঝারী আকারের আম

1/2 মাঝারী আকারের পেঁপে

1/8 ছোট ক্যান্টালোপ বা ইনীড্যু *(1/2 কাপ কিউব)*

1/3 কাপ স্ট্রবেরী

2/3 কাম ব্ল্যাকবেরী বা রসভরী

1/2 মাঝারী আকারের কিউয়ী

1/2 কাপ তাজা কাটা আনারস

2 কাপ তরমুজের টুকরো

1/4 মাঝারী আকারের লাল, হলুদ বা কমলা বেল পেপার

1/2 মাঝারী আকারের সবুজ বেল পেপার

1/2 কাপ কাঁচা বা পাকা সবুজ কপি *(ব্রোকলী)*

1 মাঝারী আকারের টম্যাটো

3/4 কাপ টম্যাটোর রস

1/2 কাপ সব্জীর রস

1/2 কাপ কাঁচা বা পাকা ফুল কপি

1/2 কাপ পাকা মালে

1 প্যাকড্ কাপ কাঁচা পালং শাক বা 1/2 কাপ পাকা হুই

1/4 কাপ পাকা মাস্টার্ড বা সবুজ শালগম

2 কাপ রোমান স্যালাড পাতা

3/4 কাপ কোরানো লাল বাঁধাকপি

1 রাঙালু বা খোসাসমেত সেঁকা আলু

সবুজ পাতাওয়ালা এবং হলুদ সব্জী আর হলুদ ফল

দিনে 3 থেকে 4 বার নিন ঃ-

এর দ্বারা ভিটামিন-*এ*'-র পূর্তি হয়। বীটা ক্যারোটিন বাচ্চাদের কোশিকা, স্বাস্থ্য, ত্বক, হাড় আর চোখের পক্ষে লাভদায়ক হয়। সবুজ পাতাওয়ালা সব্জী আর হলুদ ফলে ভিটামিন-*ই*', রাইবোফ্লেভিন, ভিটামিন-*বি*', বেশ কয়েক প্রকারের খনিজ লবন, রোগের সঙ্গে লড়াই করা ফাইটো কেমিক্যাল এবং তন্তু পাওয়া যায়। নিম্নলিখিত সূচী থেকে আপনি এই ব্যাপারে পূর্ণ তথ্য পেতে পারেন। সব্জী পছন্দ না করা লোকেরা এটা জেনে অত্যন্ত আশ্চর্য হয়ে উঠবেন যে, কেবলমাত্র ব্রোকলী আর পালং শাকই ভিটামিন-*এ*'-র একমাত্র উৎস হয় না। শুকনো খুবানী, হলুদ আড়ু, ক্যান্টালোপ আর আমেও ভিটামিন-*এ*' প্রচুর মাত্রায় থাকে। নিজের মনের মত সব্জীর রস পান করতে ইচ্ছুক লোকেরা এটা জেনে খুশী হবেন যে, তাঁরা নিজেদের আহারে প্রতি দিন সবুজ আর হলুদ সব্জীর এক গ্লাস রস, এক বাটি গাজরের স্যুপ বা আম স্মুদী নিতে পারেন।

দিনে 3 থেকে 4 বার খাবার খাওয়ার চেস্টা করুন। এগুলোর মধ্যে কিছু জিনিষ কাঁচাও খান, যাতে সেগুলোয় তন্তুদার পদার্থও থাকে। মনে রাখবেন যে, এগুলোর থেকে যে কোন খাদ্য পদার্থ আপনার ভিটামিন-*সি*'-য়ের অভাব পূরণ করতে পারে।

1/8 ক্যান্টালোপ *(1/2 কাপ কিউব)*

2 বড় তাজা বা 6 শুকনো খুবানী

1/2 মাঝারী আকারের আম

1/4 মাঝারী আকারের পেঁপে

1 বড় নেক্টেরাইন বা হলুদ আড়ু

3/4 কাপ গোলাপী গ্রেপফ্রুটের রস

1 গোলাপী বা লাল গ্রেপফ্রুট

1 ক্লেমেন্টাইন

1/2 গাজর *(1/4 কাপ কোরানো)*

1/2 কাপ কাঁচা বা পাকা সবুজ কপি *(ব্রোকলী)*-র টুকরো

1 কলেস্লা

1/4 কাপ পাকা স্যুইস কার্ড

1 কাপ প্যাকড্ সবুজ পাতাওয়ালা স্যালাড

1 কাপ প্যাকড্ তাজা পালং শাক বা 1/2 কাপ পাকা হুই

1/4 কাপ পাকা উইন্টার সুবংশ

1/2 ছোট রাঙালু

2 মাঝারী আকারের টম্যাটো

1 মাঝারী আকারের লাল ক্যাপসিকাম
1/4 কাপ কাটা অজমোদ *(পার্সলে)*

অন্যান্য ফল আর সব্জী

প্রতি দিন 1 বা 2 বার নিন। বীটা ক্যারোটিন আর ভিটামিন-*সি*'-য়ের মাত্রা নেওয়া ছাড়াও অন্যান্য ধরণের ফল আর সব্জীও নিন, যাতে আপনার শরীরে খনিজ লবন, পোটাশিয়াম আর ম্যাগ্নেশিয়ামের ভরপুর মাত্রা প্রবেশ করতে পারে।

এগুলোর মধ্যে অনেক ফলে তো ভরপুর মাত্রায় ফাইটো কেমিক্যাল আর এ্যান্টী অক্সিডেন্টও পাওয়া যায়। ধরুন, আপনি প্রতি দিন একটা করে আপেল খান... তাহলে তার সাথে-সাথে বেদানা আর ব্ল্যুবেরীও নিন, যাতে আপনার শরীরের পোষণের কোন প্রকারের অভাব না হয়।

অনেক ফল আর সব্জীর সূচী থেকে আপনি নিজের মনের মত ফল-সব্জী ঠিকই পেয়ে যাবেন। নিম্নলিখিত সূচী থেকে বেছে নিন ঃ-

1 মাঝারী আকারের আপেল
1/2 কাপ আপেলের রস বা সস্
1/2 কাপ বেদানার রস
2 বড় চামচ আপেলের রস বা কনসেন্ট্রেট
1 মাঝারী আকারের কলা
1/2 কাপ তাজা বেরী
1/4 কাপ পাকা কর্নবেরী
1 মাঝারী আকারের সাদা আড়ু
1 মাঝারী আকারের নাশপাতি
1/2 কাপ আনারসের জুস *(যেন মিষ্টি না হয়)*
2 ছোট আলু বুখারা
1/2 কাপ ব্ল্যু বেরী
1/2 মাঝারী আকারের এভোকেডো
1/2 কাপ পাকা সবুজ বীনস্
1/2 কাপ পাকা ওকরা
1/2 কাপ কাটা পেঁয়াজ
1/2 কাপ পাকা বীট *(পার্সনিপস্)*
1/2 কাপ পাকা জুকিনি
1 ছোট কাপ পাকা স্যুইট কর্ন
1 কাপ কোরানো স্যালাড পাতা
1/2 কাপ সবুজ কড়াইশুঁটি বা স্নো পীজ

গোটা শস্য আর ডাঁটা

দিনে 6 বা তার বেশী বার আবশ্যই নিন। শস্য নেওয়াও অত্যন্ত জরুরী হয়। যব, গম, ওট, মক্কা, চাল, জ্বার আর কড়াইশঁটি, বীনস্ চীনাবাদাম ইত্যাদির মত খাদ্য পদার্থ পোষণে ভরপুর হয়ে থাকে। এতে ভিটামিন B_{12} *(এটা কেবলমাত্র পশু উৎপাদনে হয়)* ছাড়াও ভিটামিন B-র সকল তত্ত্ব থাকে... যেটা শিশুর শারীরিক বিকাশে সহায়ক হয়। এই জটিল কার্বোহাইড্রেট আয়রণ আর খনিজ লবনেও ভরপুর হয়ে থাকে, যেমন – জিংক, সেলেনিয়াম আর ম্যাগ্নেশিয়াম – এই সবগুলি গর্ভাবস্থায় অত্যন্ত গুরুত্বপূর্ণ হয়।

ষ্টার্চ যুক্ত খাদ্য পদার্থ নিলেও মর্ণিং সিকনেস কমতে পারে। এগুলোয় বেশ কিছু পোষক তত্ত্ব থাকে আর সেগুলো প্রতিটিই যথেষ্ট শক্তিশালী হয়। ভরপুর পোষণ প্রাপ্ত করতে চাইলে নিজের আহারে গোটা শস্য আর ডাঁটাদার পদার্থ শামিল করুন।

কিছুটা নতুন প্রয়োগ করুন। আপনি নিজের মাছ বা চিকেনকে পাঁউরুটীর গুঁড়ো মাখিয়ে, হার্বস্ আর পারমেজন চীজ ছিটিয়ে খেতে পারেন। অন্যান্য প্রোটিন যুক্ত শস্য ক্বিনোয়াকে সাইড ডিশের মত নিন। নিজের সুস্বাদু রেসিপিতে কিছুটা ওট মিশিয়ে নিন। স্যুপে লীমার পরিবর্তে নেভী বীনস্ মেশান। আপনার এটা জানা উচিত যে, রিফাইণ্ড শস্যে গোটা শস্যের সমস্ত গুণ আর বিশেষত্ব পাওয়া যায় না। সেগুলোয় তন্তু, প্রোটিন, ভিটামিন আর খনিজ লবনের ভরপুর

সাদা গোটা গম

এবার আপনি সাদা গমের পাঁউরুটীর স্বাদও নিতে পারেন। এটা প্রাকৃতিক সাদা গম দিয়ে তৈরী হয়, যাতে হাল্কা মিষ্টত্বও থাকে। এটা সাধারণ পাঁউরুটীর মত প্রোসেসড্ শস্য দিয়ে তৈরী হয় না... এজন্য এতে পোষক তত্ত্ব ভরপুর মাত্রায় থাকে। আপনি নিজের স্বাদ আর প্রয়োজন অনুসারে যে কোন কিছু বেছে নিতে পারেন।

মাত্রা থাকে না।

নীচে দেওয়া সূচী থেকে নিজের মনের মত ব্যঞ্জন বেছে নিন আর সেগুলো প্রতি দিন নিন। এটা ভুলে যাবেন না যে, সেগুলো আপনার শরীরের অভাব পূরণ করে দেবে।

1 যে কোন গোটা শস্য; গম বা সোয়া দিয়ে তৈরী পাঁউরুটীর স্লাইস

1/2 গোটা শস্য দিয়ে তৈরী পীঠা, রোল, ব্যাগল বা টার্টিলা

1 কাপ গোটা শস্য *(খাওয়ার জন্য প্রস্তুত সেরেয়াল)*

1/2 কাপ গ্রেনোলা

2 বড় চামচ হুইট জর্ম

1/2 কাপ পাকা খয়েরী চাল

1/2 কাপ পাকা জ্বার, বাজরা বা ক্বিনোয়া

1 আউন্স *(রান্না করার আগে)* গোটা শস্য বা সোয়া পাস্ত্র

1/2 কাপ পাকা বীনস্, ডাল, স্পিল্ট

2 কাপ পপ্ কর্ন

1 আউন্স গোটা শস্য, সোয়া ক্রিপস্

1/4 কাপ গোটা শস্য বা সোয়া আটা

আয়রণ যুক্ত পদার্থ ঃ প্রতি দিন নিন

এই 9 মাসে আপনার আর আপনার গর্ভস্থ শিশুর শরীরের সমস্ত প্রকারের আবশ্যক গতিবিধির জন্য প্রচুর আয়রণের আবশ্যকতা হবে... এজন্য নিজের ভোজনে আয়রণের মাত্রা বাড়ান। ভিটামিন-*সৈ'* যুক্ত আহার নেওয়ার সাথে-সাথে আয়রণে ভরপুর ভোজনও নিতে হবে। আপনি আমাদের সূচী থেকে নিজের মনের মত ব্যঞ্জন বেছে নিতে পারেন।

যদিও কেবলমাত্র আহার দ্বারাই আয়রণের পূর্তি হবে না... এজন্য ডাক্তার আপনার শরীরে আয়রণের হিসেবে আপনাকে আয়রণের ট্যাবলেটও দেবেন। আয়রণের ভরপুর লাভ প্রাপ্ত করতে চাইলে সেটা দুই ভোজনের মাঝে, ভিটামিন-*সৈ'*-তে ভরপুর রসের সাথে নিন, যেমন – ক্যাফিনযুক্ত পানীয় পদার্থ, তন্তুযুক্ত পানীয় পদার্থ, অন্যান্য ক্যালশিয়াম যুক্ত পদার্থ ইত্যাদি।

সকল সব্জী, ফল, শস্য আর মাংসে আয়রণের কিছুটা মাত্রা পাওয়া যায়... কিন্তু আপনার তো ভরপুর মাত্রায় আয়রণ চাই! এই সব আয়রণ যুক্ত পদার্থ শরীরের বাকী আবশ্যকতাও পূরণ করবে –

বীফ, বাফেলো, ডাক, টার্কি

পাকা ক্লাম্স, অয়েস্টার, সেঁকা আলু

পালং শাক, ক্যাল, শালগম, সী উইড

কুমড়োর বিচি

ওটের ভুষি

যব, বল্গর আর ক্বিনোয়া

বীনস্ আর কড়াইশুঁটি

সোয়া উৎপাদন

শুকনো মেওয়া

ব্ল্যাকস্ট্রেপ মোলেসিস

শুকনো ফল

ফ্যাট আর উচ্চ ফ্যাটযুক্ত ভোজন – দিনে চার বার *(আপনার ওজনের হিসেবে)*

আপনি তো এটা জানেন যে, ফ্যাটের পূর্তি অনেক বার প্রয়োজনের থেকে বেশী হতে পারে। এজন্য সবুজ পাতাওয়ালা সব্জী আর ভিটামিন-*সৈ'* নেওয়ায় কোন ক্ষতি নেই। ফ্যাটের সেবন সীমিত মাত্রাতেই করুন, যাতে কিছুটা ফালতু ওজন কমতে পারে। ভোজন থেকে ফ্যাটকে একেবারে বার করে দেওয়াও ঠিক নয়... কারণ

কিছুটা ফ্যাট...

ক্যালোরী কম করতে চাইলে স্যালাডের ড্রেসিং আর ভাজার তেল এড়িয়ে চলুন। নিজের সব্জীতে কিছুটা ফ্যাট শামিল করে নিন... কারণ বিভিন্ন অধ্যয়ণ থেকে এটা জানতে পারা গেছে যে, সব্জীর সাথে ফ্যাট নিলে সেটা পূর্ণ রূপে অবশোষিত হয়ে পড়ে। স্যালাডে ড্রেসিং, স্টির ফ্রাই আর নাটস্ ছিটোনোর মাধ্যমে ফ্যাট গ্রহণ করুন... কারণ এই অল্প মাত্রায় ফ্যাট অনেকক্ষন আপনাকে সঙ্গ দেবে।

গর্ভস্থ শিশুর ফ্যাটের প্রয়োজন হয়।

গর্ভাবস্থার তৃতীয় তিন মাসে তো এটা আরও গুরুত্বপূর্ণ হয়ে ওঠে।

গুড ফ্যাটের তথ্য

আপনি কি ফ্যাটকে ভয় পান ? ফ্যাটকে ভয় পাওয়ার পরিবর্তে গুড ফ্যাট গ্রহণ করুন। সব ফ্যাট খারাপ হয় না। কিছু-কিছু ফ্যাট তো গর্ভাবস্থায় অত্যন্ত লাভদায়ক হয়; যেমন – ওমেগা 3 ফ্যাটী এ্যাসিড ! আপনার নিজের ভোজনে এটাকে অবশ্যই শামিল করা উচিত। ডি.এইচ.এ. দ্বারা গর্ভস্থ ভ্রূণ আর শিশুর মস্তিস্ক এবং চোখের সম্পূর্ণ বিকাশ হয়। অধ্যয়ণকারীরা এটা জানতে পেরেছেন যে, গর্ভাবস্থায় ভরপুর মাত্রায় ডি.এইচ.এ. নিতে থাকা মায়েদের শিশুদের মধ্যে হাত আর চোখের ভালো সামঞ্জস্য দেখতে পাওয়া গেছে। গর্ভাবস্থার শেষ তিন মাসে এবং নার্সিং-য়ের সময় তো এটার প্রয়োজন আরও বেড়ে ওঠে।

এটা গর্ভস্থ শিশুর জন্য তো বটেই... আপনার পক্ষেও লাভদায়ক হয়। এর দ্বারা আপনার মুডের ওঠা-নামায় উন্নতি আসবে আর সময়-পূর্ব প্রসব আর অবসাদের সমস্যা দেখা দেবে না। আপনার গর্ভস্থ শিশুর শোওয়ার অভ্যাসও উন্নত হয়ে উঠবে। আপনি আগে থেকেই যে ভোজন নিচেছন, তাতে ডি.এইচ.এ.-র ভরপুর মাত্রা পাওয়া যায়; যেমন – সালমন, অন্যান্য তৈলীয় মাছ, যেমন – সার্ডিন, ডি.এইচ.এ.-তে ভরপুর ডিম, আরুগুলা, ক্র্যাব আর শ্রিম্প, ফ্লেমনীড আর চিকেন। আপনি নিজের ডাক্তারকে গর্ভাবস্থায় সুরক্ষিত ডি.এইচ.এ. সাপ্লিমেন্টের ব্যাপারেও প্রশ্ন করতে পারেন। কিছু প্রসব-পূর্ব সাপ্লিমেন্টে ডি.এইচ.এ.-ও পাওয়া যায়।

প্রতি দিনের ফ্যাটের হিসেব রাখুন, নিজের কোটা পূরণ করুন... কিন্তু প্রয়োজনের অতিরিক্ত ফ্যাট নেবেন না। এটা ভুলে যাবেন না যে, রান্না করার কাজেও ফ্যাট লাগে। আপনি যদি 1/2 চামচ মাখনে ডিম ভাজেন *(অর্দ্ধেক সার্ভিং)* বা কলেস্লায় 1 বড় চামচ মেয়োনিজ *(এক সার্ভিং)* ঢালেন, তাহলে এই দেড় সার্ভিং-কে নিজের হিসেবে রাখুন।

যদি পৌস্টিক ভোজন নেওয়া সত্ত্বেও আপনার ওজন না বাড়ে, তাহলে ফ্যাটের মাত্রা আরও কিছুটা বাড়িয়ে দিন। আর যদি আপনার ওজন অত্যন্ত দ্রুত হারে বাড়তি থাকে, তাহলে ফ্যাটের মাত্রা কিছুটা কমিয়ে আনুন।

এই সূচীর সকল খাদ্য পদার্থই ফ্যাটযুক্ত হয়। যদিও কেবলমাত্র এগুলোই ফ্যাটের উৎস হয় না... কিন্তু আপনার এগুলো অনেকটাই প্রয়োজন ! আপনার ওজন যদি সঠিক ভাবে বাড়ছে, তাহলে এক দিনে চার পুরো সার্ভিং নিন। আর তেমনটা না হলে ফ্যাটের মাত্রা সেই হিসেবে কম-বেশী করুন।

1 বড় চামচ তেল *(জৈতুন, কনোলা, তিল)*
1 বড় চামচ মাখন *(মাজারীন)*
1 বড় চামচ রেগুলার মেয়োনিজ
2 বড় চামচ স্যালাড ড্রেসিং
2 বড় চামচ ভারী ক্রীম
1/4 কাপ হাফ এ্যাণ্ড হাফ
1/4 কাপ ফ্যাটী ক্রীম
1/4 কাপ সর ক্রীম
2 বড় চামচ রেগুলার ক্রীম চীজ
2 বড় চামচ চীনাবাদাম বা বাদামের মাখন

নোন্তা খাদ্য পদার্থ *(সীমিত মাত্রায়)*

আগে গর্ভাবস্থায় যতটা সম্ভব কম মাত্রায় নোন্তা পদার্থ নেওয়ার পরামর্শ দেওয়া হত, কারণ এর ফলে শরীর ফুলে ওঠে... কিন্তু পরে এটা জানতে পারা যায় যে, গর্ভাবস্থায় শরীরে তরল পদার্থের বৃদ্ধি স্বাভাবিক হয়। তরল পদার্থের মাত্রার সন্তুলন বজায় রাখার জন্য সোডিয়াম নেওয়াটাও জরুরী হয়। শরীরে যদি সোডিয়ামের অভাব হয়ে পড়ে, তাহলে তার থেকে গর্ভস্থ ভ্রূণের ক্ষতি হতে পারে। যদিও আচার, চাটনী আর সসের প্রয়োজনের তুলনায় বেশী মাত্রাও ক্ষতি করতে পারে। সোডিয়ামের বেশী মাত্রার সাথে উচ্চ রক্তচাপের সরাসরি সম্পর্ক রয়েছে। এর ফলে গর্ভাবস্থা আর প্রসবে অনেক প্রকারের সমস্যার সৃষ্টি হতে পারে। খাবারে হাল্কা নুনের প্রয়োগ করুন। আচার খেতে ইচেছ হলে দু-এক টুকরো খেতে পারেন... কিন্তু একবারে আধ জার

যেন শেষ করে ফেলবেন না। আয়োডিন যুক্ত নুন ব্যবহার করুন, যাতে শরীরে আয়োডিনের অভাব না হয়। এমনিতে থায়রয়েডের পরীক্ষাও অবশ্যই করিয়ে নিন।

তরল পদার্থ ঃ 8 গ্লাস জল প্রতি দিন

এখন আপনি দুজনের জন্য খাবার খাওয়ার সাথে-সাথে দুজনের জন্য পানীয় পদার্থও গ্রহণ করছেন। আপনার মত আপনার গর্ভস্থ শিশুর শরীরও জল দিয়েই তৈরী হয়েছে। এই সময় শরীরের তরল পদার্থের অত্যন্ত বেশী প্রয়োজন হয়। আপনি যদি জল কম মাত্রায় পান করেন, তাহলে এবার নিজেকে সামলে নিন। বেশী করে জল পান করলে আপনার ত্বক সুন্দর হয়ে উঠবে, কোষ্ঠকাঠিন্য হবে না, শরীর থেকে বিষাক্ত তত্ত্ব বেরিয়ে যেতে থাকবে। মূত্রাশয়ের সংক্রমণ হবে না আর প্রসবও সহজে হয়ে পড়বে। দিনের মধ্যে কম পক্ষে 8 গ্লাস জল অবশ্যই পান করুন। গরম বেশী হলে বা আপনি যদি ব্যায়াম করেন, তাহলে জল বেশী মাত্রায় নিন। খাবার খাওয়ার আগে পর্যাপ্ত মাত্রায় জল পান করবেন না।

জল ছাড়া দুধ, ফল আর সব্জীর রস, জুস, স্যুপ, গরম বা ঠাণ্ডা চা থেকে শরীরের পক্ষে আবশ্যক তরল পদার্থের মাত্রা প্রাপ্ত হয়।

ফ্রুট জুসে অর্দ্ধেক জল মিশিয়ে নিন... এর ফলে ক্যালোরীও বাড়বে না।

প্রসব-পূর্ব ভিটামিন সাপ্লিমেন্ট এক প্রেগন্যান্সী ফর্মূলা প্রতি দিন

এত ভালো পৌষ্টিক আহার নেওয়া সত্ত্বেও ভিটামিন ট্যাবলেট নেওয়ার প্রয়োজন কেন হয়? হ্যাঁ... আপনি যদি কোন ল্যাবোরেটোরীতে থাকেন, তাহলে হয়তো আপনার এমন প্রয়োজন পড়বে না। সেখানে আপনি সকল প্রকারের জিনিষ মাত্রা অনুসারে পেয়ে যাবেন... কিন্তু বাস্তবে এমনটা হতে পারে না। আপনার আর আপনার গর্ভস্থ শিশুর ভিটামিন অবশ্যই চাই, এর দ্বারা সেই সব অভাব পূরণ হয়ে পড়বে... যেগুলো পৌষ্টিক আহার দ্বারা পূরণ হতে পারে না।

ওষুধ অবশ্য ওষুধই হয় – সেগুলো কখনোই আহারের স্থান নিতে পারে না। এজন্য সব থেকে ভালো হয়, যদি আপনি নিজের ভোজনে ভিটামিন আর প্রোটিনকে শামিল করে নেন। ভোজন দ্বারা আপনি জল আর তন্তুর মাত্রাও প্রাপ্ত করবেন। বেশ কিছু গুরুত্বপূর্ণ ক্যালোরী আর প্রোটিন তো ওষুধ থেকে প্রাপ্ত করা যায় না।

এমনটা চিন্তা করবেন না যে, ভিটামিন যত বেশী নেবেন... ততই ভালো! কিছু ভিটামিন বেশী মাত্রায় নিলে ক্ষতিও হতে পারে। এগুলো শরীরের পক্ষে বিষাক্ত প্রমাণিত হতে পারে। ভিটামিন-প্রোটিনের কোন ওষুধ ডাক্তারের পরামর্শ ছাড়া নেবেন না। এই প্রকার হার্বাল ঔষধির ব্যাপারেও সাবধান থাকা উচিত। আহারে গাজর আর ব্রোকলীর বেশী মাত্রা নিলে কোন ক্ষতি হবে না... বরং সেটা আপনাকে লাভই প্রদান করবে।

ওষুধে কি আছে?

এটা এই জিনিষটার ওপরে নির্ভর করে যে, আপনি কোন্ ওষুধ নিচ্ছেন? ডাক্তার আপনার মেডিক্যাল হিস্ট্রী অনুসারে আপনার জন্য ওষুধ বেছে নেন... কারণ সেটার কোন নির্দিষ্ট নিয়ম হয় না। আপনি যদি নিজে ওষুধের দোকানে যেতে চান, তাহলে আগে এটা পড়ে নিন।

- ভিটামিন *এ*'র 4,000 *(আই.ইউ.-র জন্য)* মিগ্রা.-র বেশী মাত্রা নেবেন না। 10,000 আই.ইউ.-র থেকে বেশী মাত্রা বিষাক্ত হতে পারে। অনেক ওষুধ নির্মাতা ভিটামিন-*এ*'র মাত্রা কমিয়ে দিয়েছেন বা সেটার জায়গায় বীটা ক্যারোটিনের প্রয়োগ করতে লেগেছেন।
- কম পক্ষে 400 থেকে 600 মিগ্রা.

ফোলিক এ্যাসিড।

- 250 মিগ্রা. ক্যালশিয়াম। যদি আপনি আহারে পুরো ক্যালশিয়াম না নিতে পারেন, তাহলে আপনাকে 1200 মিগ্রা. পর্যন্ত ডোজ নিতে হতে পারে। সাপ্লিমেন্টারী আয়রণের সাথে ক্যালশিয়ামের মাত্রা 250 মিগ্রা.-র থেকে বেশী নেবেন না... কারণ মিনারেল আয়রণের অবশোষণে বাধার সৃষ্টি করে। আয়রণ সাপ্লিমেন্ট নেওয়ার 2 ঘন্টা আগে বা পরে ক্যালশিয়াম নিন।
- 30 মিগ্রা. আয়রণ
- 50 থেকে 80 মিগ্রা. ভিটামিন-*সি*'
- 15 মিগ্রা. জিংক
- 2 মিগ্রা. কপার
- 2 মিগ্রা. ভিটামিন-*বি*'
- ভিটামিন-ডি' 500 মিগ্রা.-র বেশী নয়
- 16 মিগ্রা. ভিটামিন-*ই*', 1-4 মিগ্রা. থিয়ামিন, 1 - 4 মিগ্রা. রায়বোফ্লেবিন, 18 মিগ্রা. নিয়াসিন, 2.6 মিগ্রা. ভিটামিন-*বি*'। এই মাত্রায় কোন প্রকারের ক্ষতি হবে না।
- অনেক ওষুধে ম্যাগনেশিয়াম, ফ্লোরাইড, বায়োটিন, ফোস্ফোরাস, পেন্টোথ্যানিক এ্যাসিড আর ভিটামিন-*বি*$_6$'-ও শামিল থাকতে পারে।

নিজের ডাক্তারের পরামর্শ ছাড়া কোন ওষুধের সেবন করবেন না।

আপনি কি ভাবছেন ?

মিল্ক-ফ্রী মম্

"আমার দুধ সহ্য হয় না। দিনে চার কাপ দুধ পান করা আমার সাধ্য নয়... কিন্তু আমার গর্ভসহ শিশুর কি দুধের প্রয়োজন নেই ?"

শিশুর দুধ নয়... ক্যালশিয়ামের প্রয়োজন হয় আর আপনার আহারে দুধই ক্যালশিয়ামের সব থেকে ভালো আর প্রাকৃতিক উৎস! গর্ভাবস্থায় এটা পান করার পরামর্শ এজন্য দেওয়া হয়ে থাকে... কিন্তু এটা পান করলে যদি আপনার মুখের স্বাদ বদলে যায়, গ্যাসের সৃষ্টি হয়ে পড়ে... তাহলে এটা পান করার আগে দু বার চিন্তা করা প্রয়োজন। শিশুর দাঁত আর হাড়ের বিকাশের জন্য কেবলমাত্র দুধ থেকেই ক্যালশিয়াম প্রাপ্ত হয় না। সেটার আরও বেশ কিছু বিকল্প হতে পারে। আপনি হার্ড চীজ, য়োগর্ট বা ল্যাক্টোজ ফ্রী মিল্কের মত ডেয়ারী উৎপাদনেরও সেবন করতে পারেন। এই প্রকারের উৎপাদনে ক্যালশিয়াম ফোর্টিফায়েডও থাকে। আপনি দুধে ল্যাক্টোজ ট্যাবলেট ঢেলে পান করতে পারেন, যাতে দুধ পান করার পরে সেটা সহজে হজম হয়ে পড়ে।

এমনিতে তিন মাস পূরণ হতে-হতে আপনার নিজে থেকেই একটু-আধটু ডেয়ারী উৎপাদন সেবন করার অভ্যাস হয়ে পড়বে। সেই সময় ভ্রূণের ক্যালশিয়ামের প্রয়োজন সব থেকে বেশী হয়। এমন কিছু উৎপাদনের সন্ধান করুন, যেগুলোয় আপনার খুব বেশী সমস্যা হবে না।

আপনি ডেয়ারী উৎপাদনের প্রতি এ্যালার্জিক হলে ক্যালশিয়াম যুক্ত জুস নিন বা এমন নন্ ডেয়ারী উৎপাদন নিন, যাতে ক্যালশিয়াম বেশী মাত্রায় রয়েছে।

দুধের স্বাদে আপনার সমস্যা হলে অন্য কোন বিকল্পের সন্ধান করুন বা সেরেয়াল, স্যুপ বা স্মুদীজে দুধ মেশান।

পাশ্চুরাইজ

লুই পাশ্চুর 1800 সালের মাঝামাঝি পাশ্চুরাইজ করার যে টেকনিক আবিস্কার করেছিলেন, সেটা সত্যিই অতুলনীয়! নিজেকে আর গর্ভস্থ শিশুকে ব্যাক্টেরিয়া সংক্রমণের থেকে বাঁচাতে চাইলে সর্বদা পাশ্চুরাইজ করা দুধ পান করুন আর পাশ্চুরাইজ করা ডেয়ারী উৎপাদনই খান। আজকাল ডিমও পাশ্চুরাইজ করার পরে বাজারে আসছে, যাতে আপনি বেশ কয়েক প্রকারের রোগের থেকে সুরক্ষিত থাকতে পারেন। গর্ভাবস্থায় এই সব ছোট-ছোট সতর্কতাও যথেস্ট লাভদায়ক হয়... এগুলোকে কোন ভাবেই উপেক্ষা করা উচিত নয়!

আপনি যদি আহারে পুরো ক্যালশিয়াম না পান... তাহলে ডাক্তারকে সাপ্লিমেন্ট দিতে বলুন। আজকাল এটার মিস্টি গুলিও বাজারে কিনতে পাওয়া যায়, যেগুলো মুখে রেখে চোষা যেতে পারে। আপনাকে ক্যালশিয়াম ছাড়াও ভিটামিন-'ডি'-র মাত্রার ওপরেও দৃষ্টি দিতে হবে, যেটা গরুর দুধে পাওয়া যায়। এটাও ক্যালশিয়ামের সাথে নেওয়াটা জরুরী হয়।

নিজের আহারে রেড মীট শামিল করবেন না

"আমি চিকেন আর ফিশ তো খাই... কিন্তু রেড মীট খাই না। এটা ছাড়া কি আমার গর্ভস্থ শিশুর পৌষ্টিক তত্ত্ব প্রাপ্ত হবে?"

গর্ভাবস্থায় ফিশ আর পোল্ট্রী উৎপাদন আপনাকে আরও বেশী পৌষ্টিক তত্ত্ব প্রদান করবে। এর দ্বারা আপনি শুধু আয়রণই প্রাপ্ত করবেন না... যেটা রেড মীটে পাওয়া যায়। সেটার পূর্তি আপনি অন্য বিকল্প দ্বারা করতে পারেন।

নিরামিশাষী ডায়েট

"আমি এক স্বাস্থ্যবান নিরামিশাষী... কিন্তু সকলে এমনটা বলছে যে, এক সুস্থ শিশুর জন্ম দেওয়ার জন্য আমার পশুর মাংস খাওয়া উচিত!"

নিরামিশাষী ব্যক্তিরা যদি নিজেদের ভোজনকে আরও একটু নিয়োজিত করে নেন... তাহলে তাঁরাও মাংসাহারীদের মত পুরো পোষণ প্রাপ্ত করতে পারেন। নিরামিশাষী ভোজনে নিম্নলিখিত জিনিষগুলোকে অবশ্যই শামিল করে নিন।

পর্যাপ্ত মাত্রায় প্রোটিন : আপনি যদি দুধ আর ডিমের সেবন করেন, তাহলে আপনি অবশ্যই পর্যাপ্ত মাত্রায় প্রোটিন পাচেছন... কিন্তু আপনি যদি কট্টর নিরামিশাষী হন অর্থাৎ দুধ আর ডিমের সেবনও না করেন... তাহলে আপনাকে নিজের আহারে শুকনো বীনস্, কড়াইশুঁটি, মসুর ডাল, টোফু আর সোয়া উৎপাদনের মাত্রা বাড়াতে হবে, যাতে প্রোটিনের অভাব পূরণ হতে পারে।

পর্যাপ্ত মাত্রায় ক্যালশিয়াম : ডেয়ারী উৎপাদনের সেবন করতে থাকা নিরামিশাষী ব্যক্তিদের পক্ষে তো কোন সমস্যা নয়... কিন্তু আপনি যদি ডেয়ারী উৎপাদনের সেবনও না করেন... তাহলে ক্যালশিয়াম যুক্ত জুস, সবুজ পাতাওয়ালা সব্জী, তিল, বাদাম, সোয়া উৎপাদন ইত্যাদি আপনার কাজে আসতে পারে। তাতেও কাজ না হলে ক্যালশিয়ামের ট্যাবলেট নিতে পারেন... কিন্তু তার জন্য আগে ডাক্তারের পরামর্শ নিতে হবে।

ভিটামিন B_{12} : এমনিতে তো B_{12}-র অভাব অত্যন্ত দুর্লভ হয়... কিন্তু কট্টর নিরামিশাষীরা এটা প্রাপ্ত করেন না... কারণ এটা পশু উৎপাদনেই পাওয়া যায়। আপনার নিজের ডাক্তারের পরামর্শ নিয়ে ফোলিক এ্যাসিড আর আয়রণের সাথে ভিটামিন B_{12}-র ট্যাবলেটও নেওয়া উচিত। এছাড়া সোয়া দুধ, ফোর্টিফায়েড সেরেয়াল, পৌষ্টিক খমীর ইত্যাদি থেকেও আপনি এই অভাব পূরণ করতে পারেন।

ভিটামিন-'ডি' : ত্বক সূর্যের আলো থেকে আপনা থেকেই এটা প্রস্তুত করে... কিন্তু প্রয়োজনের থেকে বেশী সময় পর্যন্ত রোদে থাকলে ত্বক কালো হয়ে পড়ে। কালো রং-য়ের মহিলারা এটাকে পর্যাপ্ত মাত্রায় নিতেও পারেন না। আপনি যদি গরুর দুধ না পান করেন, তাহলে ভিটামিন-'ডি' যুক্ত সোয়া দুধ পান করুন বা ওষুধে এটাকে শামিল করে নিন। পাঁউরুটী আর সেরেয়ালও ভিটামিন-'ডি' ফোর্টিফায়েড হয়।

লো-কার্ব ডায়েট

"আমি ওজন বাড়ানোর জন্য লো কার্ব হাই প্রোটিন ডায়েটে ছিলাম। আমি কি গর্ভাবস্থাতেও এই আহার নিতে পারি?"

গর্ভাবস্থায় যে কোন পৌষ্টিক তত্ত্বের মাত্রায় অভাবকে সঠিক বলে মনে করা হয় না। আপনাকে সকল প্রকারের পৌষ্টিক তত্ত্ব সন্তুলিত মাত্রায় নিতে হবে। কম কার্ব যুক্ত আহার দ্বারা ফোলিক এ্যাসিডেরও অভাব হয়ে পড়বে... যেটা গর্ভস্থ শিশুর বিকাশের পক্ষে অত্যন্ত জরুরী হয়। শিশুর জন্য যেটা খারাপ হয়... সেটা মায়ের পক্ষেও

খারাপ হতে পারে। কম্‌প্লেক্স কার্ব আপনাকে কোষ্ঠকাঠিন্যের থেকে রক্ষা করলে ভিটামিন-বি' আপনাকে মর্ণিং সিকনেসের সাথে লড়াই করার শক্তি প্রদান করে।

গর্ভাবস্থা ডায়েটিং করার নয়... সম্পূর্ণ পোষণ প্রাপ্ত করার সময় হয়! ওজন কমানোর কথা একেবারে ভুলে যান আর নিজের গর্ভস্থ শিশুকে সন্তুলিত পোষণ প্রদান করুন।

কোলেস্ট্রলের চিন্তা

"আমি আর আমার স্বামী নিজেদের আহারে কোলেস্ট্রলের মাত্রা অনেকটাই কমিয়ে এনেছি। আমি কি গর্ভাবস্থাতেও এমনটা করতে পারি ?"

আমরা এটা জানি না যে, আপনি কি শুনেছেন বা কি শোনেননি। গর্ভাবস্থায় আপনার কোলেস্ট্রল কম করার কোন প্রয়োজন নেই। এই বয়সে আপনার কোলেস্ট্রলের কারণে ধমনীগুলোর অবরোধ হওয়ার সমস্যা হতে পারে না। আসলে এটা আপনার গর্ভস্থ ভ্রূণের বিকাশের জন্যও প্রয়োজন হয়। গর্ভবতী মায়ের শরীরে আপনা থেকেই এর উৎপাদন বেড়ে ওঠে। ব্লাড কোলেস্ট্রলের স্তর 25 থেকে 40 শতাংশ পর্যন্ত বেড়ে ওঠে। যদিও আপনার নিজের তরফ থেকে কোলেস্ট্রল বাড়িয়ে তোলা আহার নেওয়ার কোন প্রয়োজন নেই... কিন্তু আপনি সহজেই ডিমের ভুজিয়া খেতে পারেন... ক্যালশিয়ামের পূর্তির জন্য চীজ খেতে পারেন বা বড় মজা করে বার্গারের স্বাদও উপভোগ করতে পারেন।

জাংক ফুডের সেবন

"আমি নাটস্‌, চিপস্‌ আর ফাস্ট ফুডের জন্য পাগল! আমি এটা জানি যে, আমার স্বাস্থ্যকর আহারের সেবন করা উচিত আর আমিও তেমনটাই চাই... কিন্তু আমি নিজের অভ্যাস পাল্টাতে পারছি না!"

আপনি যদি নিজের অভ্যাস পাল্টাতে চান... তাহলে এমনটা ধরে নিতে পারেন যে, আপনি নিজের অভ্যাস পাল্টানোর পথে প্রথম পদক্ষেপ নিয়ে ফেলেছেন। সবার আগে তো এর জন্য নিজেকে অভিনন্দন জানান! যদিও এই পরিবর্তনের জন্য কিছু গুরুতর পদক্ষেপ নিতে হবে, যেগুলোর সহায়তায় আপনি নিজের অভ্যাস বদলাতে পারবেন।

01. খাবার সঙ্গে নিয়ে যান ঃ- যদি প্রাতঃরাশের টেবিলে কফি পান করার ইচ্ছা হয়, তাহলে বাড়ী থেকেই পৌষ্টিক আর স্বাস্থ্যকর প্রাতঃরাশ সঙ্গে নিয়ে যান... যাতে কম্‌প্লেক্স কার্ব আর প্রোটিনের মিশ্রণ থাকবে। এই প্রকারে আপনার পেটও ভরা থাকবে আর জাংক ফুড খাওয়ার ইচ্ছাও আপনার আর হবে না। আপনি যদি এটা জানেন যে, দোকানে গেলে সেখানকার খাবার দেখে আপনার সেই সব খাবার খাওয়ার ইচ্ছা হবে, তাহলে সেই সব জায়গায় না গেলেই ভালো করবেন। নিজের আশপাশের দোকানে স্বাস্থ্যকর স্যাণ্ডউইচের অর্ডার দিন বা এমন জায়গায় যান, যেখানে ভাজাভুজি খাদ্য পদার্থ পাওয়া যায় না।

02. কিছুটা প্ল্যানিং জরুরী হয় ঃ- গর্ভাবস্থার সময় লাগাতার স্বাস্থ্যকর আর পৌষ্টিক আহারের প্রয়োজন হয়। নিজের বাড়ীর আলমারীতে এমন খাদ্য পদার্থ রাখতে ভুলবেন না। সেই সব হোটেল-রেস্তোঁরার ফোন নম্বর নিজের কাছে রাখুন, যেখান থেকে ফোনের মাধ্যমে পরিস্কার-পরিচ্ছন্ন আর পৌষ্টিক খাবার অর্ডার দিয়ে নিয়ে আসা যায়। ক্ষিধে প্রচণ্ড বেড়ে ওঠার আগেই খাবারের অর্ডার দিয়ে দিন। বাড়ী, কর্মস্থল, ব্যাগ আর গাড়ীতে এমন স্ন্যাক্স রাখুন... যেগুলো আপনার ক্ষিধে দূর করতে পারবে, যেমন – ফল, ট্রেল মিক্স, সোয়া চিপস্‌, গোটা শস্য দিয়ে তৈরী গ্রেনোলা বার আর ক্র্যাকার, য়োগর্ট বা স্মুদীজ, স্ট্রিং চীজ বা ভেজিস। পরের বার পিপাসা লাগলে সোডা পান করার ইচ্ছা যাতে না হয়... সেজন্য নিজের কাছে জল মজুদ রাখুন।

03. লোভ এড়িয়ে চলুন ঃ- ক্যাণ্ডী, চিপস্‌, কুকীজ আর সোফ্‌ট্‌ ড্রিংক বাড়ীতে ঢোকাবেন না... যাতে আপনার মাথাতে সেসব খাওয়ার চিন্তাও না আসে। পেস্ট্রীর কৌটোর লোভ এড়িয়ে চলুন। এমন লোভের জন্য পরে আপনাকে অনেক মূল্য দিতে হতে পারে।

04. বিকল্পের সন্ধান করুন ঃ- যদি কোন খাদ্য পদার্থ আপনার কাছে অত্যন্ত সুস্বাদু লাগে,

আপনি সেটার বিকল্পও সন্ধান করতে পারেন। বিকল্প এমন হওয়া উচিত, যাতে আপনি সেটায় স্বাদও পান আর তার সাথে-সাথে পর্যাপ্ত মাত্রায় পোষক তত্ত্বেরও প্রাপ্তি হয়ে পড়ে। যদি আপনার মন আইসক্রীম খাওয়ার জন্য লালায়িত হয়ে ওঠে... তাহলে আপনি মিষ্টির মধ্যে জুস বার বা গাঢ় ক্রীমী ফ্রুট স্মুদীও নিতে পারেন।

05. শিশুর প্রতি মনোযোগ দিন ঃ- আপনি যা কিছু খান... আপনার গর্ভস্থ শিশুও ঠিক সেটাই খায় – কিন্তু অনেক বার, যখন আপনার মন মনের মত কিছু একটা খাওয়ার জন্য লালায়িত হয়ে ওঠে... তখন এই জিনিষটা মনে রাখা কিছুটা মুশ্কিল হয়ে ওঠে। নিজের বাড়ীতে সুন্দর শিশুদের ফোটো লাগান। বাড়ী বা অফিসে লাগানো এমন ফোটো আপনাকে ঠিক-ভুল চেনার প্রেরণা জোগাতে থাকবে।

06. নিজের সীমা চিনে নিন ঃ- কিছুটা জাংক ফুড মাঝে-মাঝে খাওয়া যেতে পারে... কিন্তু এগুলো না খাওয়াটাই আপনার পক্ষে ভালো হবে! আপনি যদি অল্প মাত্রায় সন্তুষ্ট হতে না পারেন বা একটু খাওয়ার পরে আরও খাওয়ার ইচ্ছা হতে থাকে, তাহলে আপনাকে নিজের সীমা চিনে নিতে হবে!

07. ভালো অভ্যাস দীর্ঘ সময় পর্যন্ত সঙ্গ দেয় ঃ- সুস্থ অভ্যাস দীর্ঘ সময় পর্যন্ত সঙ্গ দেয়। ডেলিভারীর পরেও নতুন মা-য়ের অনেকটাই অতিরিক্ত এনার্জীর প্রয়োজন হয়। সেই সময় এই সব অভ্যাস কাজে আসে। এই প্রকার শিশুও শুরু থেকে ভালো অভ্যাসের সঙ্গে বেড়ে উঠবে।

স্বাস্থ্যকর আহারের শর্টকাট

ফাস্ট ফুডও স্বাস্থ্যকর হতে পারে। কি করে?

- যদি আপনি সর্বদা তাড়াহুড়োয় থাকেন... তাহলে এটা মনে রাখবেন যে, বার্গারের জন্য লাইনে লাগার পরিবর্তে ঝট্পট্ ভাজা টার্কি চীজ, স্যালাড আর টম্যাটোর স্যাণ্ডউইচ তৈরী করা যেতে পারে।
- যদি আপনি প্রতি দিন রাতে ডিনার না বানাতে পারেন, তাহলে 2 - 3 রাতের ডিনার এক সাথে বানিয়ে রেখে নিন।
- স্বাস্থ্যে ভরপুর ব্যঞ্জন তৈরী করার সময় বেশী ঝামেলায় পড়তে যাবেন না... শুধু এইটুকু মাথায় রাখুন যে, আপনি যা কিছু রান্না করছেন... সেটা যেন পৌষ্টিক হয়! আপনি রান্না করা বোনলেস চিকেনের ওপরে টম্যাটো সস্ আর মজরেলা চীজের পরত লাগিয়ে সেটাকে ব্রয়লারে তৈরী করতে পারেন। এখানে আপনাকে নিজের ইচ্ছানুসার কিছু পরিবর্তন নিয়ে আসতে হবে।
- যখন সত্যিই রান্না করার মত সময় থাকবে না, তখন সুপার মার্কেটে পাওয়া স্যুপ, জুস বা রেডিমিক্স খাদ্য পদার্থ তো খাওয়া যেতেই পারে। এমন সব্জী বা খাদ্য পদার্থ বেছে নিন, যেগুলো মাইক্রোওয়েভে সহজেই রান্না করে খাওয়া যেতে পারে।

বাড়ীর বাইরে খাবার খাওয়া

"আমি স্বাস্থ্যকর আহার গ্রহণ করার পুরো চেষ্টা করছি। বেশীর ভাগ সময় বাড়ীর বাইরে খাবার খাওয়ার জন্য এমনটা সম্ভব হচেছ না!"

- বেশ কিছু গর্ভবতী মহিলাদের পক্ষে এটা সহজ হয় না যে, তাঁরা রেস্তোঁরায় মিনারেল ওয়াটার পান করবেন আর মার্টিনিকে উপেক্ষা করবেন। আপনাকে নিজের জন্য এমন আহার বেছে নিতে হবে... যেটা আপনার গর্ভস্থ শিশুর স্বাস্থ্যের সাথে-সাথে আপনার ক্যালোরী ব্যাঙ্কের হিসেবেও সঠিক হবে। নীচের পরামর্শগুলোর সহায়তায় আপনি বাড়ীর বাইরে খাওয়া লাঞ্চ বা ডিনারকেও নিজের অনুকূল করে তুলতে পারবেন।

- পাঁউরুটীর ওপরে মনোযোগ দেওয়ার আগে গোটা শস্য দ্বারা প্রস্তুত পদার্থ বা গোটা শস্য দ্বারা প্রস্তুত পাঁউরুটী আনান। সেটা না থাকলে অন্য ধরণের পাঁউরুটী বেশী খাবেন না। পাঁউরুটীর ওপরে কিছুটা মাখন বা জৈতুনের তেল লাগিয়ে নিন। এছাড়া রেস্তোঁরায় স্যালাডের ড্রেসিং বা সব্জীতে ব্যবহৃত মাখন বা তেলেও ফ্যাট থাকে।
- প্রথম কোর্সেই গ্রীন স্যালাড নিন... তার সাথে আপনি শ্রিম্প ককটেল, স্টীমড্ সী ফুড, গ্রীলড্ সব্জী বা স্যুপ নিতে পারেন।
- স্যুপ নিলে সেটা যেন সব্জীর বেসের *(রাঙালু, গাজর, টম্যাটো)* হয়। লেন্টিল বা বীন স্যুপেও প্রোটিন পর্যাপ্ত মাত্রায় থাকে। যদি সেটার ওপরে কোরানো চীজ ছড়ানো হয়, তাহলে আপনি সেটাকে আহার হিসেবেও নিতে পারেন।
- নিজের মেইন্ ফুডে গ্রীলড্, বয়েলড্, স্টীমড্ বা পোর্চড্ ফিশ, সী ফুড, চিকেন ব্রেস্ট বা বীফের দ্বারা প্রোটিনের পূর্তি করে নিন। যদি কোন বিশেষ খাবার খাওয়ার ইচ্ছে হয়, তাহলে সেটা জানাতে সংকোচ করবেন না। আপনাকে কেউ মানা করবে না। আপনি চিকেন ব্রেস্ট ফ্রাই না করে গ্রীলড্ করে দিতে বলতে পারেন। আপনি যদি নিরামিশাষী হন... তাহলে মেনুতে টোফু, বীনস্ কড়াইশুঁটি, চীজ বা সেগুলোর মিশ্রণকে শামিল করুন।
- নিজের জন্য বেকড্ সাদা বা মিষ্টি রাঙালু, ভাত, বীনস্, কড়াইশুঁটি আর সবুজ তাজা সব্জী বেছে নিন।
- আপনি রেস্তোঁরায় ফলের অর্ডারও দিতে পারেন, যেমন – তাজা বেরী। আপনার ফল কেটে খাওয়ার প্রয়োজন নেই। কাটা ফলের ওপরে দু চামচ ফ্যাটী ক্রীম, সোডা ওয়াটার বা আইসক্রীম ঢেলে অন্যদের সাথে ডেজার্টের স্বাদ উপভোগ করুন।

লেবেল পড়া

"আমি ভালো পৌষ্টিক আহার নিতে চাই... কিন্তু বাজার থেকে কেনা কৌটোর লেবেল পড়া মুশ্কিল হয়ে পড়ে। সেগুলো আমি বুঝতেই পারি না!"

লেবেল আপনার সহায়তার জন্যই লাগানো হয়ে থাকে। এর পরের বার যখনই আপনি কৌটোবন্দী খাদ্য পদার্থ কিনবেন, তখনই কৌটোর ওপরে ক্ষুদে অক্ষরে লেখা সূচী পড়ুন... যাতে পোষণ মূল্য আর তাতে শামিল করা সামগ্রী লেখা থাকে।

এই সূচী থেকে আপনি এটা জানতে পারবেন যে সেই উৎপাদনে কোন্ পদার্থের মাত্রা সব থেকে বেশী আর কোন্ পদার্থের সব থেকে কম!

একবার চোখ বোলালেই আপনি এটা বুঝতে পেরে যাবেন যে, সেরেয়ালে রিফাইণ্ড শস্য আছে, না গোটা! এর থেকে এটা জানতে পারা যাবে যে, খাদ্য পদার্থে চিনি, নুন, ফ্যাট বা অন্য পদার্থ বেশী মাত্রায় আছে কি না? যদি চিনি সবার ওপরে থাকে বা সূচীতে আলাদা-আলাদা রূপে *(কর্ন সিরাপ, মধু, চিনি)* দেখতে পাওয়া যায়... তাহলে সেটার অর্থ হচ্ছে এই যে, সেই খাদ্য পদার্থ চিনিতে ভরপুর।

অনেক বার চিনির মাত্রা, পোষক তত্ত্বের মাত্রার থেকে আলাদা করেও দেওয়া হয়ে থাকে। হতে পারে যে, ফ্রুট ড্রিংক আর কমলা লেবুর জুসের কৌটোয় লাগানো লেবেলে চিনির মাত্রা একই লেখা রয়েছে... কিন্তু সেটার অর্থ এই নয় যে, সেটা দুটোতেই সমান হবে। অরেঞ্জ আর কর্ন সিরাপের তুলনা করলে দেখতে পাওয়া যাবে যে, কমলা লেবুর আসল জুসে ফল থেকে চিনির মিষ্টত্ব আসছে... যখন কি ফ্রুট ড্রিংকে চিনি মেশানো হয়েছে।

যেসব গর্ভবতী মহিলা প্রোটিন আর ক্যালোরীর অনুমান লাগিয়ে চলছেন, তাঁদের কাছে এই লেবেল লাভদায়ক প্রমাণিত হতে পারে। যে খাদ্য পদার্থেই পোষক পদার্থের মাত্রা বেশী দেখতে

বাহ্যিক আবরণ দ্বারা গুণবত্তা জানা যায় না

আজ্ঞে হ্যাঁ... ফল আর সব্জীর বাইরের রং দেখে ভুলে যাবেন না। যেসব ফলের রং *(খোসা নয়)* গাঢ় সবুজ হয়, সেগুলো ভিটামিন আর খনিজ লবনে ভরপুর হয়ে থাকে। গাঢ় সবুজ খোসার শশার পরিবর্তে সেই শশা বেছে নিন, যেটা খোসা ছাড়ানোর পরে সবুজ রং-য়ের হবে। এমন ফুটি নিন, যেটা বাইরে থেকে হলুদ... কিন্তু ভেতর থেকে গাঢ় রং-য়ের হবে।

পাবেন, সেটাই কিনুন।

অনেক বার বড়-বড় অক্ষরে এমনটা লেখা থাকে – *হৈংলিশ মফিন – গোটা গম, ভুষি আর শস্য দিয়ে প্রস্তুত!'* আপনি যদি ছোট অক্ষরগুলো পড়েন, তাহলে জানতে পারবেন যে, সেটা আসলে ময়দা দিয়ে তৈরী আর সূচীতে ভুষির নামগন্ধও নেই। মধুর শুধু নামই রয়েছে... তাতে আসলে চিনি মেশানো হয়েছে।

ঐনরিচড বা ফোর্টিফায়েড' ব্যানার্স থেকেও সাবধানে থাকুন। যে কোন খাদ্য পদার্থে কিছু ভিটামিন মেশালেই সেটা ভালো হয়ে ওঠে না। আপনি সেই রিফাইণ্ড সেরেয়াল *(12 গ্রাম শুগার আর ভিটামিন সমেত)*-য়ের পরিবর্তে ওটমীল নেওয়া উচিত... যাতে প্রাকৃতিক রূপে পৌষ্টিক তত্ত্ব পাওয়া যায়।

সুশী খাব কি ?

ঐসুশী হচ্ছে আমার মনের মত খাবার। আমি শুনেছি যে, গর্ভাবস্হায় এটা খাওয়া চলে না। সেটা কি সত্য ?''

ক্ষমা করবেন! আপনাকে সুশী, সাশীস, কাঁচা ওয়েস্টার, সেভিয়চ, ফিশ টার্টরস, কারপেশিয়াস ইত্যাদি খাদ্য পদার্থ থেকে দূরেই থাকতে হবে। কম সেদ্ধ করা মাছ আর রোল ফিশ ইত্যাদি সব সী ফুড ভালোমতন সেদ্ধ হয় না... ফলে এগুলো খেলে আপনি অসুস্হ হয়ে পড়তে পারেন। তবে এটার অর্থ এই নয় যে, আপনি নিজের মনের মত জাপানী রেস্তোঁরার দিক থেকে মুখ ঘুরিয়ে নেবেন। আপনি সেদ্ধ মাছ, সী ফুড বা সব্জী খেতে পারেন। যদি এখনও পর্যন্ত আপনি এমন ভোজন করে এসেছেন, তাহলেও চিন্তা করার কিছু নেই।

হট-হট ফিশ

ঐআমার গরম আর ঝাল ভোজন পছন্দ! গর্ভাবস্হায় কি এমনটা খাওয়া ঠিক হবে ?''

আপনি যদি বুকে জ্বলুনি অনুভব না করেন আর অপচনের মত সমস্যায় গ্রস্ত হয়ে না পড়েন, তাহলে আপনি বড়ই সহজে ঝাল-মশলাদার খাবার, স্টির-ফ্রাই আর সালসার মজা ওঠাতে পারেন। এতে কোন ক্ষতি হবে না... বরং কিছু-কিছু মশলায় তো ভিটামিন-*সি'* থাকে।

খারাপ ভোজন *(বাসী)*

ঐআজ সকালে আমি একটা বাসী য়োগর্ট খেয়ে ফেলেছি... সেটার এক্সপায়রী ডেট এক সপ্তাহ আগেই শেষ হয়ে পড়েছিল। সেটার স্বাদ তো ঠিকই ছিল... কিন্তু সেটা কি আমার গর্ভাবস্হার কোন ক্ষতি করতে পারে ?''

যা হয়ে গেছে, সেটা ভুলে যান। এমনিতে এক্সপায়ারী হয়ে পড়ার পরে ডেয়ারী উৎপাদন খাওয়াটা বিপজ্জনক হতে পারে। যদি খাবার খাওয়ার আট ঘন্টার মধ্যে ফুড পয়জনিং-য়ের কোন লক্ষণ দেখতে না পাওয়া যায়... তার অর্থ হচেছ এই যে, আপনার কোন ক্ষতি হবে না। এমনও হতে পারে যে, আপনার য়োগর্ট ফ্রীজেই পড়ে রয়েছে। এর পর থেকে কিছু খাওয়ার আগে সেটার এক্সপায়ারী ডেট অবশ্যই দেখে নিন।

ঐকাল রাতে খাবারে কিছু একটা পড়ার কারণে ভোজন বিষাক্ত হয়ে পড়েছিল। যার ফলে আমার বমি আর পাতলা পায়খানা হচ্ছে। এতে কি আমার গর্ভস্হ শিশুর কোন ক্ষতি হবে ?''

শিশুর থেকে বেশী ক্ষতি আপনার হবে। আপনাদের দুজনের পক্ষে বেশী ঝুঁকি সেই সময় সৃষ্টি হয়ে পড়বে... যখন বমি আর পাতলা পায়খানা হওয়ার কারণে আপনার শরীরে জলের অভাব হয়ে পড়বে। আপনি পর্যাপ্ত মাত্রায় তরল পদার্থের সেবন করে চললে এমনটা হবে না। যদি পায়খানার সাথে রক্ত বা ম্যুকসও আসতে থাকে, তাহলে ডাক্তার দেখাতে দেরী করবেন না।

চিনির বিকল্প

ঐআমি বেশী ওজন বাড়াতে চাই না... কিন্তু মিষ্টি আমার খুবই পছন্দ। আমি কি চিনির বিকল্প প্রয়োগ করতে পারি ?''

শুনতে যতই ভালো লাগুক না কেন, গর্ভবতী মহিলাদের পক্ষে চিনির বিকল্পের মিশ্রিত

প্রভাবই দেখতে পাওয়া যায়। এমনিতে তো এগুলো সুরক্ষিত হয়... কিন্তু এখনও পর্যন্ত এই বিষয়ে কোন অনুসন্ধান হতে পারেনি।

সুক্রালোজ *(স্প্লেণ্ডা)* ঃ- এটা চিনি থেকে তৈরী হয়... কিন্তু একে রাসায়নিক রূপে এমন ভাবে বদলে দেওয়া হয় যে, শরীর এটাকে অবশোষিত করতে পারে না। যেসব গর্ভবতী মহিলা ক্যালোরী বাড়াতে চান না, তাঁদের এটা গ্রহণ করা উচিত। আপনি এটাকে চা, কফি বা কিছু রান্না করা বা বেক করার সময় মেশাতে পারেন অথবা এমন উৎপাদনই নিন, যাতে সুক্রালোজ মেশানো রয়েছে *(ড্রিংক, য়োগর্ট, ক্যাণ্ডী আর আইসক্রীম)*। মনে রাখবেন যে, এটার সীমিত মাত্রাই বেশী ভালো হয়। যেহেতু এটা এক নতুন উৎপাদন... সেজন্য এর ব্যাপারে বেশী পরিসংখ্যান এখনও পর্যন্ত প্রাপ্ত হয়নি।

এস্পার্টম *(ইক্যোয়াল, ন্যাট্রাস্যুইট)* ঃ- এটাকে আপনি ড্রিংক, য়োগর্ট আর ফ্রোজন ফুডে মেশাতে পারেন, কিন্তু আপনি এটাকে সেদ্ধ করতে বা বেক করতে পারবেন না... কারণ আগুনের ওপরে একে বেশীক্ষন রাখলে এটার মিষ্টত্ব নষ্ট হয়ে পড়ে। বেশীর ভাগ ডাক্তার একে সুরক্ষিত মেনে এমন পরামর্শ দিয়ে থাকেন যে, এটার একটু-আধটু প্রয়োগ করা যেতে পারে। আবার কিছু ডাক্তার এমনটাও বলেন যে, গর্ভবতী মহিলাদের কৃত্রিম মিষ্টত্ব বেছে নেওয়ার সময় সাবধানতা অবলম্বন করা উচিত। আপনি নিজের ডাক্তারের পরামর্শ নেওয়ার পরেই এগোন।

স্যাকারিন ঃ- মনুষ্যের মধ্যে স্যাকারিন ব্যবহারের ওপরে বেশী অনুসন্ধান হয়নি... কিন্তু জানোয়ারদের ওপরে হওয়া অনুসন্ধান থেকে এটা জানতে পারা গেছে যে, এটা বেশী মাত্রায় নিলে মাদাদের মধ্যে ক্যান্সার হওয়ার সম্ভাবনা বেড়ে উঠেছে। এটা এখনও পর্যন্ত স্পষ্ট নয় যে, গর্ভবতী মহিলাদের পক্ষেও কি এমন সংকট উৎপন্ন হতে পারে ? বেশীর ভাগ ডাক্তার এটা যথাসম্ভব কম মাত্রাতেই প্রয়োগ করার পরামর্শ দিয়ে থাকেন। অবশ্য ইতিমধ্যেই আপনি যে স্যাকারিন নিয়ে ফেলেছেন, সেই ব্যাপারে চিন্তা করে অস্থির হয়ে উঠবেন না।

এসুলফেম-কে *(স্যুন্যাট)* ঃ- চিনির থেকে একশো গুণ বেশী মিষ্টি এই স্যুইটনার বেকড্ পদার্থ, জিলেটিন ডেভর্ট, গরম আর সোফ্‌ট্ ড্রিংকে মেশানো হয়ে থাকে। এফ.ডি.এ.-র বক্তব্য অনুসারে গর্ভাবস্থায় এটার সীমিত মাত্রায় প্রয়োগ করা যেতে পারে... কিন্তু আপনি নিজের ডাক্তারের থেকে এই ব্যাপারে ওনার মতামত জেনে নিন।

সর্বিটল ঃ- এই চিনি (মিষ্টত্ব) প্রাকৃতিক রূপে বেশ কিছু ফল আর বেরীতে পাওয়া যায়। চিনির তুলনায় অর্দ্ধেক মিষ্টত্বের সর্বিটল খাওয়া-দাওয়ার বস্তুতে মেশানো হয়ে থাকে। গর্ভাবস্থায় এর সীমিত মাত্রায় সেবন তো ঠিক হয়... কিন্তু বেশী মাত্রায় নিলে গ্যাসের যন্ত্রণা বা ডায়রিয়া ইত্যাদি হতে পারে।

মেনিটল ঃ- এটা চিনির থেকে কম মিষ্টি হয়। এটা চিনির থেকে অনেক কম ক্যালোরীও প্রদান করে। সর্বিটলের মতই গর্ভাবস্থায় এটারও প্রয়োগ সীমিত মাত্রায় করা যেতে পারে... কিন্তু বেশী মাত্রা গ্যাস্ট্রোইন্টেস্টাইনাল গড়বড়ির কারণ হতে পারে।

জাইলিটল ঃ- এই মিষ্টত্ব প্রাকৃতিক রূপে বেশ কিছু ফল আর সব্জীতে পাওয়া যায়। শরীরও সাধারণ রূপে মেটাবোলিজমের ক্রিয়ায় এটা তৈরী করে। এটা চুইং গাম, টুথপেস্ট, ক্যাণ্ডী আর কিছু খাদ্য পদার্থে থাকে। এটা দাঁতের ক্ষয় আটকায়। এতে চিনির তুলনায় 40 শতাংশ কম ক্যালোরী থাকে। গর্ভাবস্থায় এর পয়োগ সীমিত মাত্রায় করুন। জাইলিটল যুক্ত এক চুইং গাম লাভ প্রদান করবে... কিন্তু এটার পাঁচ প্যাকেট চিবোন ক্ষতিই করবে।

স্টেবিয়া ঃ- দক্ষিণ আমেরিকান শেকড়-বাকড় দিয়ে প্রস্তুত স্টেবিয়া হচ্ছে এমন এক স্যুইটনার... যার ব্যাপারে এখনও পর্যন্ত তেমন কোন অনুসন্ধান হয়নি। এটা প্রয়োগ করার আগে ডাক্তারের পরামর্শ নিতে যেন ভুলে যাবেন না।

ল্যাক্টোজ ঃ- এই মিল্ক শুগারে চিনির তুলনায় 1/16 শতাংশ মিষ্টত্ব থাকে। এটা খাদ্য পদার্থে হাল্কা মিষ্টত্ব সৃষ্টি করে। ল্যাক্টোজ ইনটলারেন্সের

লক্ষণ দেখতে পাওয়া গেলে এটার ব্যবহার করবেন না।

মধু ঃ- এ্যান্টী-অক্সিডেন্ট তত্ত্বের কারণে আজকাল এটা অত্যন্ত বেশী প্রচলিত হয়ে উঠেছে। এটা চিনির এক ভালো বিকল্প হলেও এতে ক্যালোরীর মাত্রা কম হয় না। এতে এক বড় চামচ চিনির ক্যালোরীর তুলনায় 19 ক্যালোরী বেশী থাকে।

ফ্রুট জুস কনসেন্ট্রেট ঃ- আঙ্গুর আর আপেলের মত জুস কনসেন্ট্রেট গর্ভাবস্থায় যথেষ্ট সুরক্ষিত হয়। আপনি বেশ কিছু ব্যঞ্জনে এটার ব্যবহার করতে পারেন। এটা সুপার মার্কেটে ফ্রোজন অবস্থায় পাওয়া যায়। জ্যাম, জেলি, গোটা শস্যের কুকীজ, মফিন, সেরেয়াল, গ্রেনোলা বার আর পপ্ আপ্ টোস্টার পেস্ট্রিতেও এটা মেশানো হয়ে থাকে।

ফ্রুট জুসের মিস্টত্ব যুক্ত উৎপাদন, গোটা শস্য, স্বাস্থ্যকর ফ্যাটের মত পৌস্টিক খাদ্য পদার্থ দ্বারা তৈরী হয়। এটা সত্যিই খুবই ভালো হয়।

হার্বাল চা

"আমি হার্বাল চা খুব বেশী পান করি। গর্ভাবস্থায় কি এটা পান করা সুরক্ষিত হবে ?"

আপনার কি আসলে হার্বাল চা পান করা উচিত ? আসলে এই ব্যাপারে এখনও পর্যন্ত পর্যাপ্ত অনুসন্ধান হয়নি... সুতরাং এই প্রশ্নের সঠিক জবাব এই মুহূর্তে দেওয়া যেতে পারে না। কিছু হার্বাল চা-কে সুরক্ষিত মানা হয়ে থাকে আর কিছু চা-কে নয়, যেমন – *রেসবেরী লীফ চা*'। এটা বেশী মাত্রায় নিলে কন্ট্র্যাকশন শুরু হয়ে পড়তে পারে। এটা আপনার শারীরিক অবস্থা অনুসারে ভালো বা মন্দ হতে পারে।

এমনিতে এমনটা বলা হয় যে, গর্ভাবস্থায় এই বিষয়ে সাবধানতা নিন বা সীমিত মাত্রায় এর প্রয়োগ করুন। নিজের ডাক্তারের থেকে এটা জেনে নিন যে, উনি কোন্ ধরণের হার্বাল চা আপনার পক্ষে সুরক্ষিত মানেন ?

আপনি কোন সমস্যার কাপে তো চুমুক মারছেন না ? এজন্য চা পান করার আগে লেবেল ভালো করে পড়ে নিন। কিছু হার্বাল চা ফ্রুট বেস হওয়ার সাথে-সাথে শেকড়-বাকড়েও যুক্ত হয়ে থাকে। সাধারণ ব্ল্যাক চায়ে কমলা লেবু, আপেল, আনারস, ফ্রুট জুস, লেবুর রস, নাশপাতি, দারচিনি, লবঙ্গ, আদা বা এলাচ ইত্যাদি মিশিয়ে পান করতে পারেন। প্রতিটি চায়ের ব্যাপারেই এমনটা মানা হয়ে থাকে যে, এর দ্বারা ফোলিক এ্যাসিডের মাত্রা কমে আসতে পারে... যেটা গর্ভাবস্থায় অত্যন্ত গুরুত্বপর্ণ হয়। এজন্য যদি গ্রীন চা পান করতে হয়, তাহলে সেটা সীমিত মাত্রাতেই নিন। নিজের বাড়ীর পেছনে গজানো যে কোন চা পান করার আগে এটা জেনে নিন যে, সেটা গর্ভাবস্থায় আপনার পক্ষে সুরক্ষিত কি না ! ?

খাদ্য পদার্থে রসায়ন

"কৌটোবন্দী ভোজনে প্রীজাভেটিভ, সব্জীতে পেস্টীসাইড, মাছে জি.সি.বি., মাকারীতে এ্যান্টীবমোটি আর হট ডগসে নাইট্রেস ! তাহলে গর্ভাবস্থায় আমি কি খাব, যেটা আমার পক্ষে সুরক্ষিত হবে ?"

এতটা চিন্তিত হবেন না। আপনাকে এই সব ব্যাপারে ভয় পেয়ে গিয়ে ক্ষুধার্ত থাকতে হবে না। খাদ্য পদার্থে শামিল তত্ত্বগুলোয় এমন জিনিষ খুব অল্পই হয়... যেগুলো আপনার গর্ভস্থ শিশুর ক্ষতি করতে পারে।

আপনি সর্বদা সাবধানতা অবলম্বন করে চললেই ভালো করবেন। এই সময় সাবধানতা নিলে ক্ষতিও হবে না। নিজের আর নিজের গর্ভস্থ শিশুর খাওয়া-দাওয়ার জন্য আমাদের টিপস্গুলোর ওপরে দৃষ্টি দিন, যাতে আপনাকে কেনাকাটা করার সময় বেশী চিন্তায় পড়তে না হয়।

- গর্ভাবস্থা আহার থেকে নিজের ভোজন বেছে নিন। এই প্রকারে আপনি বেশ কয়েক ধরণের প্রোসেসড্ ফুডের থেকে বেঁচে যাবেন। এতে আপনি সবুজ আর হলুদ পাতাওয়ালা সব্জী, ফাইটো কেমিক্যাল যুক্ত ফল আর সব্জী পেয়ে যাবেন, যেগুলো ভোজনের বিষাক্ত তত্ত্বগুলোর প্রভাব নস্ট করতে পারে।
- যখনই সম্ভব হবে... তাজা, ফ্রোজন বা কৌটোবন্দী অর্গানিক পদার্থই খান। এই প্রকার প্রোসেসড্ ফুডের স্টোরেজের হাত থেকে আপনি

বেঁচে যাবেন আর আপনার ভোজন আগের থেকে অনেক বেশী পৌষ্টিক হয়ে উঠবে।

- যখনই সুযোগ পাবেন, প্রকৃতির সাথে চলুন অর্থাৎ এমন আহার নিন, যাতে কৃত্রিম রং বা প্রীজার্ভেটিভ থাকবে না। লেবেল মনোযোগ সহকারে পড়ুন। মনে রাখবেন যে, সকল খাদ্য পদার্থ আপনার পক্ষে সুরক্ষিত নয় বা পৌষ্টিক হয় না।
- নাইট্রেট যুক্ত হট ডগ, সলামী, বোলোগনা, স্মোকড্ ফিশ আর মাংস খাবেন না। এমন ব্রাণ্ডই নিন, যাতে প্রীজার্ভেটিভ নেই।
- মাছে আপনি লীন প্রোটিন প্রাপ্ত করেন। এতে ওমেগা-3 ফ্যাটী এ্যাসিডও থাকে... যেটা আপনার গর্ভস্থ শিশুর মস্তিষ্ক নির্মাণে সহযোগ প্রদান করে। এটা আপনার পক্ষে অত্যন্ত লাভদায়ক হয়। অবশ্য এটা যদি আপনি এর আগে কখনো না খেয়ে থাকেন, তাহলে এতে আপনার অরুচির সৃষ্টি হতে পারে। বিভিন্ন অধ্যয়ণ আর অনুসন্ধান এই ব্যাপারের পুষ্টি করেছে যে, গর্ভবতী মহিলারা মাছ খেলে তাঁদের কোলে তীক্ষ্ম বুদ্ধিসম্পন্ন শিশুর জন্ম হয়। মাছ অবশ্যই খান... তবে মাছের সেই প্রজাতিই বেছে নিন, যেটা আপনার পক্ষে সুরক্ষিত হবে। শার্ক, স্মোকড্ ফিশ, স্বোর্ড ফিশ, কিং ম্যাকেরেল, টাইল ফিশ আর ক্যুনা স্টীটসের থেকে দূরেই থাকুন। এই সব বড় মাছে মিথাইল মাকরী নামক রসায়ন থাকতে পারে... যেটা গর্ভস্থ ভ্রূণের বিকাশশীল স্নায়ুতন্ত্রের ক্ষতি করতে পারে। আপনি যদি এগুলো আগে থেকেই খেয়ে আসছেন, তাহলে এবার ছেড়ে দিন।

যদি আপনি এক-দু বার স্বোর্ড ফিশ খেয়েও নেন, তাতে এমন কিছু যায়-আসে না... কারণ এর নিয়মিত সেবনই ক্ষতি করে। কৌটোবন্দী টুনা আর তাজা জল থেকে ধরা মাছ খাওয়াও কমিয়ে দিন। আপনার বেশীর ভাগ বাজার থেকে কেনা মাছেরই সেবন করা উচিত। অনেক বার কিছু মাছ প্রদূষণের কারণে বিষাক্তও হয়ে ওঠে। আপনি নিজের ডাক্তারের পরামর্শ অনুসারেই মাছ বেছে নিন।

সালমন, সোল, ফ্লাউণ্ডর, হিডডক, তেলাপিয়া, হেলীবট, ওসেন পর্চ, প্যালোক, কড আর ট্রাউট ছাড়া ছোট সামুদ্রিক মাছও খেতে পারেন। এগুলোয় ওমেগা-3 ভরপুর মাত্রায় থাকে। শুধু মনে রাখবেন যে, সী ফুড আর মাছ যেন ভালো করে রান্না করা হয়।

- মাংসের লীন কাটই বেছে নিন আর রান্না করার আগে সেটার ফালতু ফ্যাট সরিয়ে দিন। পোল্ট্রীতে ফ্যাটের সাথে-সাথে কিছুটা ছালও সরিয়ে দিন, যাতে যথাসম্ভব কম মাত্রায় রসায়ন শরীরের মধ্যে প্রবেশ করে। লিভার আর কিড্নীর মত মাংস একেবারেই না খেলেই ভালো করবেন।
- যদি আপনার বাজেটে কুলোয়, তাহলে অর্গানিক মীট আর পোল্ট্রী উৎপাদনই খান। এতে হার্মোন আর এ্যান্টী-বায়োটিক্স শামিল থাকে না। আপনার ডেয়ারী উৎপাদন আর ডিমও অর্গানিক হলে খুবই ভালো হয়। এগুলো রসায়ন দ্বারা বিষাক্ত হয় না আর এগুলোর থেকে সংক্রমণের ভয়ও থাকে না। এগুলো ক্যালোরীর দিক থেকে কম এবং প্রোটিন আর তন্তুতে ভরপুর হয়ে থাকে। এতে গর্ভস্থ শিশুর জন্য লাভদায়ক ওমেগা-3 ফ্যাটী এ্যাসিডও পাওয়া যায়।
- সম্ভব হলে অর্গানিক উৎপাদনই কিনুন।

অর্গানিক বেছে নিন

সর্বদা নিজের পকেট খালি করার ব্যাপারে চিন্তা করবেন না। অর্গানিক উৎপাদন বেছে নেওয়ার সময় নীচের পরামর্শগুলোর ওপরে দৃষ্টি দিন।

এগুলো অর্গানিকই নিন ঃ এগুলোর ওপরে ধোওয়ার পরেও পেস্টিসাইডের প্রভাব থেকে যায়, যেমন – আপেল, চেরী, আঙ্গুর, আড়ু, নাশপাতি, রসভরী, বেল পেপার, আলু আর পালং শাক।

এগুলো অর্গানিক নেবেন না ঃ সাধারণতঃ এই সব উৎপাদনের ওপরে পেস্টিসাইডের প্রভাব টেঁকে না, যেমন – কলা, লিচু, আম, আনারস, অজমোদ, এ্যাবোক্যাডো, ব্রোকলী, ফুলকপি, কর্ন, পেঁয়াজ আর কড়াইশুঁটি। বীফ আর পোল্ট্রী উৎপাদন অর্গানিক নিতে চাইলে পকেট ভালোমতন খালি হয়ে পড়বে... কারণ এগুলোর দাম একটু বেশীই হয়!

এগুলো সকল প্রকারের রাসায়নিক প্রভাব থেকে মুক্ত হয়... সুতরাং এগুলোকে অনেকটাই সুরক্ষিত মানা যেতে পারে। যদি এগুলো স্থানীয় রূপে পাওয়া যায় আর বাজেটের চিন্তা যদি না থাকে... তাহলে এগুলো কোন প্রকারের সংকোচ ছাড়াই কিনুন... কিন্তু বাজেটের চিন্তা থাকলে কিছু বিশেষ জৈবিক উৎপাদনই কিনুন।

- সতর্কতা হিসেবে সকল ফল-সব্জী ধুয়েই ব্যবহার করুন। ধোওয়ার পরে কিছুটা তফাৎ হবে... কিন্তু এগুলোকে জলে পুরো ডুবোলে বা স্প্রে ওয়াশ ব্যবহার করলে আরও ভালো হয়। সব্জীর খোসা হাত দিয়েই রগড়ান, যাতে কোন প্রকারের নোংরা বা রাসায়নিক পরত থেকে না যায়।
- স্থানীয় উৎপাদনে পোষক তত্ত্বের মাত্রা বেশী হয়, এজন্য স্থানীয় উৎপাদন কিনুন। এই সব উৎপাদন জৈবিক না হওয়া সত্ত্বেও বেশী ক্ষতিকারক হয় না... কারণ অনেক কৃষক মন থেকে চাওয়া সত্ত্বেও *অর্গানিক*'-য়ের সার্টিফিকেট নিতে পারেন না।
- নিজের আহারে বিবিধতা নিয়ে আসুন। বিবিধতা দ্বারাই পোষণ প্রাপ্ত হবে। দামী বে-মরশুমী ফল-সব্জী খাওয়ার বদলে মরশুমী ফল আর সব্জীই নিন।
- এটা সত্য যে, আপনি নিজের স্বাস্থ্যের চিন্তা ভালোমতনই করেন... কিন্তু অন্ধের মত হেল্থ ফুডের পেছনে ছুটবেন না। এমনটা যেন না হয় যে, আপনি এর ফলে মানসিক চাপে গ্রস্ত হয়ে পড়লেন। প্রকৃতির সাথে চলুন এবং প্রাকৃতিক ভোজনের স্বাদ নিন আর স্বস্তির নিঃশ্বাস ফেলুন!

প্রোটিনের পূর্তি

এমনিতে তো বেশীর ভাগ মহিলা গর্ভাবস্থায় প্রোটিনের পূর্তি করেই নেন... কিন্তু আপনার যদি এমনটা মনে হতে থাকে যে, আপনি ভরপুর মাত্রায় প্রোটিন নিতে পারছেন না – তাহলে হাই-প্রোটিন বেডটাইম স্ন্যাক নিয়ে সেই অভাব পূরণ করে নিন। 1 বা 2 ডিমের সাদা অংশ দিয়ে এগ স্যালাড বানিয়ে অর্দ্ধেক প্রোটিন সার্ভিং-য়ের অভাব পূরণ করা যেতে পারে। এর সাথে গোটা শস্য দিয়ে তৈরী ক্র্যাকার্স নিন। দ্বিগুণ মাত্রায় মিল্ক শেক দুই-তৃতীয়াংশ সার্ভিং-য়ের অভাব পূরণ করবে। 3/4 কাপ কম ফ্যাটযুক্ত চীজ দ্বারাও প্রোটিন সার্ভিং-য়ের আবশ্যকতা পূরণ হবে। এটা আপনি তাজা ফল, কিশমিশ, মুনক্কা, কাটা টম্যাটো বা সালসা দিয়েও সাজাতে পারেন। তরল বা পূর্ণ রূপে প্রোটিন পাউডার দিয়ে এই অভাব পূরণ করা উচিত নয়। সেগুলোয় এমন তত্ত্ব থাকতে পারে, যেগুলো আপনার গর্ভাবস্থার ক্ষতি করতে পারে। সেগুলোর দামও অনেক বেশী হয়। এই প্রকার আপনার শরীরে প্রয়োজনের তুলনায় বেশী মাত্রায় প্রোটিন প্রবেশ করতে পারে।

দুজনের পক্ষেই সুরক্ষিত ভোজন

আপনি ফলের ওপরে ছিটোন কীটনাশকের খারাপ প্রভাবে চিন্তিত হয়ে পড়েছেন। হওয়াও উচিত... কারণ এই সময় আপনি দুজনের জন্য খাবার খাচ্ছেন... কিন্তু আপনি কি এটা চিন্তা করে দেখেছেন যে, যে স্পঞ্জ দিয়ে আপনি আড়ু সাফ করেছেন... সেটা আপনার সিংকে তিন সপ্তাহ পর্যন্ত এমনিই পড়ে ছিল। সেটা কি সত্যি-সত্যি পরিস্কার ছিল?

আপনি কি সেই ছুরী দিয়ে নাশপাতি কাটছেন না, যেটা দিয়ে কাল রাতে আপনি কাঁচা চিকেন কেটেছিলেন? এই সব ছোট-ছোট কারণেই বড়-বড় সমস্যার সৃষ্টি হয়ে পড়ে। পেটে হাল্কা যন্ত্রণা থেকে শুরু করে গুরুতর পেট যন্ত্রণা পর্যন্ত...! বুকের জ্বলুনিও এক লক্ষণ হতে পারে, এজন্য একটু স্মার্ট মম্ হোন্!

- যখনই খাওয়া-দাওয়ার জিনিষের সুরক্ষার প্রশ্ন উঠবে, তখন সেটা ফেলে দেওয়াই উচিত। খাওয়ার আগে প্যাকেটে দেওয়া লেবেল পড়তে

ভুলবেন না।

■ যে মাংস, ডিম বা মাছ ফ্রীজে রাখা আছে বা বরফের ওপরে রাখা নেই... সেগুলো কখনোই কিনবেন না। কৌটো খোলার আগে ধুয়ে নিন আর নিজের ক্যান ওপনারও মাঝে-মাঝে গরম জল দিয়ে ধুয়ে নিন।

■ খাওয়ার আগে মাংস ডিম আর মাছ ছোঁওয়ার পরে নিজের হাত ধুয়ে নিন। হাত কেটে গিয়ে থাকলে রান্না করার আগে হাতে গ্লাভস্ পরুন। সময়ে-সময়ে গ্লাভস্ও ধুয়ে নিন।

■ কিচেনের কাউন্টার আর সিংক সাফ রাখুন। বাসন ধোওয়ার স্পঞ্জ আর কাপড় পরিস্কার রাখুন এবং সেগুলো সময়ে-সময়ে বদলান।

■ ঠাণ্ডা খাবার ঠাণ্ডা অবস্হায় আর গরম খাবার গরম অবস্হাতেই পরিবেশন করুন। অবশিস্ট খাবার সেই সময় ফ্রীজে রেখে নিন আর ভাপে গরম করার পরেই সেটা খান। ফ্রীজারে রাখা জিনিষ যদি গলে গিয়ে থাকে, তাহলে পুনরায় ফ্রীজ করে খাবেন না।

■ ফ্রীজের তাপমাত্রার সময়ে-সময়ে পরীক্ষা করুন। ফ্রীজের তাপমাত্রা 0oF-তে থাকা উচিত। যদি আপনার ফ্রীজার এমন তাপমাত্রায় না থাকে, তাহলেও কোন ব্যাপার নয়!

■ ফ্রীজে রাখা ভোজনকে ঘরের তাপমাত্রায় গলাবেন না। আপনার তাড়াহুড়ো থাকলে সেটা ঠাণ্ডা জলে গলিয়েই ব্যবহার করুন।

■ মাংস, মাছ আর পোল্ট্রীকে কাউন্টারের বদলে ফ্রীজে মেরীনেট করুন। পরে মেরীনেট সরিয়ে দিন... কারণ এতে বিষাক্ত বাটন থাকতে পারে। আপনি যদি মেরীনেটকে ডিপের মত ব্যবহার করতে চান, তাহলে কিছুটা অংশ আগেই বার করে রাখুন।

■ গর্ভাবস্হায় কাঁচা বা আধসেদ্ধ মাংস, পোল্ট্রী, মাছ বা সী ফুড খাবেন না। এই সব খাদ্য পদার্থ সঠিক তাপমাত্রায় রান্না করা উচিত।

■ ডিম ভালো করে ফেটানোর পরেই রান্না করুন। যদি কোন ব্যঞ্জনে কাঁচা ডিম দেওয়া হয়ে থাকে, তাহলে সেটা পাশ্চুরাইজ হলেই ভালো হবে।

■ কাঁচা সব্জী ভালো করে ধুয়ে নিন। এটা জরুরী নয় যে, অর্গানিক সব্জী ধূলো-মাটি আর প্রদূষণের থেকে মুক্ত হবেই!

■ এমন অঙ্কুরিত পদার্থ নেবেন না, যাতে ব্যাক্টেরিয়া থাকার সম্ভাবনা রয়েছে।

■ ডেয়ারী উৎপাদন সর্বদা পাশ্চুরাইজই নিন আর সেগুলো সর্বদা ফ্রীজে রাখুন। আন্পাশ্চুরাইড্ দুধ থেকে তৈরী চীজ আর ডেয়ারী উৎপাদন না নিলেই ভালো করবেন। সেগুলো খেতে হলেও আগে ভালো করে রান্না করে নিন।

■ হট ডগ, ডেলী মীট আর কোল্ড স্মোকড্ সী ফুডও সংক্রমিত হতে পারে। সতর্কতা হিসেবে যে কোন মীট খাওয়ার আগে ভাপে ভালো করে গরম করে নিন।

জুস সর্বদা পাশ্চুরাইজড্-ই হওয়া উচিত। আখের রস হোক্ বা অন্য কোন জুস... সর্বদা পাশ্চুরাইজড্ জুসই পান করুন। সেই ব্যাপারে পাকাপাকি জানা না থাকলে সেটা পান করবেন না।

■ বাড়ীর বাইরে খাবার খেতে যাওয়ার সময় পরিস্কার-পরিচ্ছন্নতার ওপরে পূর্ণ দৃস্টি দিন। যদি খারাপ হয়ে পড়া খাদ্য পদার্থ বাইরেই পড়ে থাকে আর বাথরুমে নোংরা পড়ে থাকে, তাহলে সেখানে মাছিদের উপদ্রব হতে পারে। এমন জায়গায় খাবার না খাওয়াটাই আপনার পক্ষে ভালো হবে!

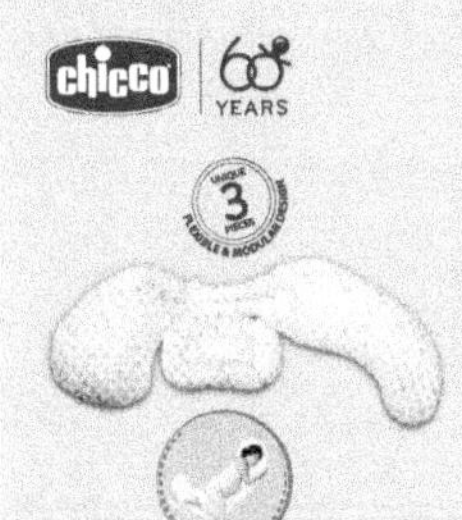

SUPPORTING THE NEW MOMMY-TO-BE.

During those 9 months of pregnancy, a mother experiences a sea-change in her body. Nothing remains as earlier, the posture, the comfort, basically the entire body physiology changes.

Chicco Total Body Pillow helps the new mothers take on this overwhelming journey of pregnancy with more comfort. This 3-piece pillow has a flexible design that adapts to varying needs of pregnancy stages. It offers total support to the mums' body, filling all of the 'gaps' from head to toes, providing total wellness to the spine and hence to the entire body.

Available at Chicco stores and all leading baby shops. Also available at first cry.
Call us at our toll-free no. 1800-102-6702 to find Chicco products near you.

ভাগ - 02

ন' মাস আর সেটার গণনা

(গর্ভধারণ থেকে প্রসব পর্যন্ত)

প্রথম মাস

প্রায় 1 থেকে 4 সপ্তাহ

অভিনন্দন গ্রহণ করুন! গর্ভাবস্থায় আপনাকে স্বাগত জানাই! যদিও আপনাকে দেখলে এখনও গর্ভবতী বলে মনে হয় না... কিন্তু আশা করি যে, আপনি তেমনটা অনুভব করতে শুরু করে দিয়েছেন। এমনও হতে পারে যে, ক্লান্তি আর বক্ষস্থলে আসা পরিবর্তন ছাড়াও অন্যান্য লক্ষণগুলোও সামনে আসতে শুরু করে দিয়েছে। যেমন-যেমন সময় কাটবে... আপনি নিজের শরীরের প্রতিটি অংশেই পরিবর্তন লক্ষ্য করতে থাকবেন... এমন অংশেও, যেটার আশা হয়তো আপনি করেননি। আপনার জীবন-শৈলীতেও যথেষ্ট পরিবর্তন আসতে চলেছে।

আরে, ভয় পাবেন না! এখন তো আপনি আরাম করে বসে নিজের গর্ভাবস্থা শুরু হওয়ার আনন্দ উপভোগ করুন। এটা আপনার জীবনের বড়ই রোমাঞ্চক সময়!

এই মাসে আপনার শিশুর বিকাশ

প্রথম সপ্তাহ ঃ- এই সপ্তাহে আপনার গর্ভস্থ শিশুর কাউন্টডাউন শুরু হয়ে পড়েছে। তফাৎ শুধু এইটুকু যে, এখনও শিশুকে না তো দেখতে পাওয়া যাচ্ছে আর না-ই সে ভেতরে রয়েছে... তাহলে এটাকে গর্ভাবস্থার প্রথম সপ্তাহ কেন বলা হয়? আসলে আমরা সেই সঠিক সময়ের অনুমান লাগাতে পারি না, যখন স্পার্ম ডিম্বের সাথে মিলিত হয় *(আপনার সাথীর স্পার্ম আপনার শরীরে অনেক সময় ধরে থাকতে পারে, যখন কি সেটা ডিম্বের সাথে মিলিত না-ও হতে পারে বা আপনার ডিম্ব আপনার সাথীর স্পার্মের সাথে মিলিত হওয়ার জন্য একদিন অপেক্ষা করতে পারে)*।

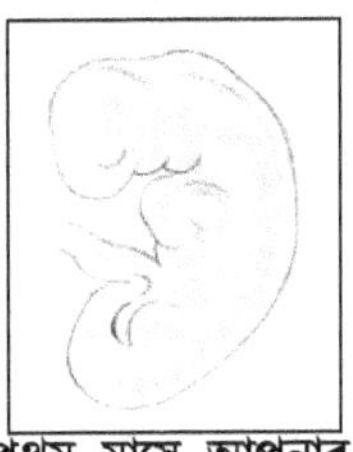
প্রথম মাসে আপনার বাচ্চা

আমরা আপনার এর আগের মাসিক ধর্মের প্রথম দিনটাকে ধরে নিই। সেই দিনটা থেকেই আপনার 40 সপ্তাহের গর্ভাবস্থার সূত্রপাত ধরে নেওয়া হয়। এই পদ্ধতিতে আপনি গর্ভাবস্থা শুরু হওয়ার আগেই সেটার গণনার মধ্যে এসে পড়েন।

দ্বিতীয় সপ্তাহ ঃ- আজ্ঞে না, শিশু তো এখনও নেই... কিন্তু সে ব্রেক নেওয়ার জন্য প্রস্তুত! আসলে ওভ্যুলেশনের প্রস্তুতি চলছে। আপনার গর্ভাশয়ের প্রাচীর ক্রমশঃ মোটা হচ্ছে *(ফার্টিলাইজড্ ডিম্বের বাসা তৈরী হচ্ছে)*। আপনার ওভেরীর ফলিকল পরিপক্ক হয়ে উঠছে... যেগুলোর মধ্যে কয়েকটা অত্যন্ত দ্রুত নিজের কাজ করে চলেছে। কোন একটা ফলিকলে একটা ডিম্ব বড়ই উৎসুকতার সাথে নিজের সফর শুরু করার জন্য

প্রতীক্ষা করছে। সেই কোশীয় জীব পরে এক ছেলে বা এক মেয়ে হবে... কিন্তু তার আগে তাকে ফেলোপিয়ন টিউবে মি. রাইট *(লাকী স্পার্ম)*-য়ের সাথে মিলিত হতে হবে।

তৃতীয় সপ্তাহ ঃ- অভিনন্দন নিন! আপনি গর্ভধারণ করে নিয়েছেন। যার অর্থ হচ্ছে যে, খুব শীঘ্রই আপনার গর্ভে এক শিশু আসবে, যাকে জন্মের পরে প্রাণ খুলে আদর করা যাবে। আর কয়েক ঘন্টা পরে যখন স্পার্ম আর ডিম্ব পরস্পর মিলিত হবে, তখন ফার্টিলাইজড্ সেল ভাগ হয়ে পড়বে আর তারপর লাগাতার ভাগ হয়ে চলবে। কিছু দিনের ভেতরেই আপনার শিশু কোশিকাগুলোর মাইক্রোস্কোপিক বল হয়ে উঠবে। ব্লাস্টোসাইট ফেলোপিয়ন টিউব থেকে গর্ভাশয় পর্যন্ত সফর শুরু করে দেবে।

চতুর্থ সপ্তাহ ঃ- এটা হচ্ছে ইম্প্ল্যান্টেশনের সময়! এবার সেটাকে ভ্রূণ *(এম্ব্রিয়ো)* বলা হবে। সেটা ডেলিভারী হওয়া পর্যন্ত গর্ভাশয়েই থাকবে। একবার নিজের স্থান করে নেওয়ার পরে সেটা দুই ভাগে ভাগ হয়ে পড়বে। অর্দ্ধেক আপনার ছেলে / মেয়ে আর বাকী অর্দ্ধেক প্লেসেন্টা, যেটা আপনার শিশুর লাইফলাইন হবে। যদিও সেটা এখনও কোশিকার এক ছোট বলের থেকে বড় নয়... কিন্তু সেটাকে কম মনে করবেন না। এটা অনেকটা পথ পাড়ি দিয়ে এসেছে। এম্নিয়োটিক স্যাক *(জলের থলে)* তৈরী হচ্ছে। ভ্রূণের প্রতিটি পরত, শরীরের বিশেষ অঙ্গে বদলে যাচ্ছে। ভেতরের পরত *(এণ্ডোডর্ম)* পাচন তন্ত্র, লিভার আর ফুসফুস তৈরী হবে। মাঝের পরত *(মেসোডর্ম)* হৃদয়, যৌন অঙ্গ, হাড়, কিড্নী আর মাংসপেশী তৈরী হবে এবং তৃতীয় পরত *(এক্টোডর্ম)* স্নায়ু-তন্ত্র, চুল, ত্বক আর চোখ তৈরী হবে।

প্রেগন্যান্সী টাইমটেবল

এমনিতে তো গর্ভাবস্থাকে কয়েক মাসে মাপা হয়ে থাকে... কিন্তু ডাক্তার আর মিডওয়াইফেরা এটাকে সপ্তাহে গোনেন। আপনার পক্ষে সেটা কিছুটা মুশ্কিল হতে পারে। এমনিতে প্রতিটি গর্ভাবস্থা 40 সপ্তাহের হয়... কিন্তু সেটার গণনা আপনার এর আগের মাসিক ধর্মের প্রথম দিন থেকে করা হয়। ওভ্যুলেশন আর গর্ভধারণ সেটার দু সপ্তাহ পর্যন্ত হয় না। আপনি নিজের গর্ভাবস্থার তৃতীয় সপ্তাহে সঠিক ভাবে গর্ভবতী হয়ে ওঠেন। আপনি যেমন-যেমন এই সব পর্যায় পার করে চলবেন, আপনিও সাপ্তাহিক ক্যালেণ্ডারের হিসেবে নিজের মধ্যে আসা পরিবর্তনগুলোকে মাপতে শিখে যাবেন। এই পুস্তক মাসের হিসেবে ভাগ করা হয়েছে... কিন্তু এতে সপ্তাহও দেওয়া হয়েছে।

1 থেকে 13 সপ্তাহ = প্রথম তিন মাস = 1 থেকে 3 মাস

14 থেকে 27 সপ্তাহ = দ্বিতীয় তিন মাস = 4 থেকে 6 মাস

28 থেকে 40 সপ্তাহ = তৃতীয় তিন মাস = 7 থেকে 9 মাস

মোটামুটি মানা যেতে পারে।

আপনি কেমন অনুভব করছেন ?

গর্ভাবস্থা সত্যিই এক অদ্ভূত অবস্থা হয়... যাতে আপনাকে বেশ কিছু নতুন অভিজ্ঞতা আর লক্ষণের ভেতর দিয়ে যেতে হয়। অনেক বার তো আপনি সবার সামনে সেটার উল্লেখ করে বসেন... কিন্তু অনেক বার আপনি কিছুই বলতে পারেন না। বমি আসার ব্যাপারে তো বলা যেতে পারে... কিন্তু যদি গ্যাস পাশ হতে থাকে ? অনেক বার তো ভুলে যাওয়ার সমস্যাও সৃষ্টি হয়ে পড়ে।

গর্ভাবস্থা লক্ষণগুলোর ব্যাপারে কিছু জিনিষ বিশেষ করে মাথায় রাখবেন। প্রতিটি মহিলা আর তাঁর গর্ভাবস্থা আলাদা হয়... কেবলমাত্র কিছু লক্ষণ এমন হয়, যেগুলো সব ক্ষেত্রে একই হয়। যদি আপনার বোন বা বান্ধবীর গর্ভাবস্থায় একবারও বমি না হয়ে থাকে... তবুও এমনটা হতে পারে যে, আপনার প্রতিটি সকাল সিংকে বমি করার ভেতর দিয়ে হবে। এমনিতে তো আগত সময়ে আপনাকে বেশ কিছু শারীরিক আর মানসিক পরিবর্তনের ভেতর দিয়ে যেতে হবে... কিন্তু তবুও যদি আপনার মনে বিন্দুমাত্র শংকা থাকে, তাহলে ডাক্তারের পরামর্শ নিতে দেরী করবেন না।

হতে পারে যে, আপনার নিম্নলিখিত লক্ষণগুলোর অনুভূতি হবে।

শারীরিক

- যখন ফার্টিলাইজড্ ডিম্ব আপনার গর্ভাশয়ে ইম্প্ল্যান্ট হবে... তখন রক্তের

হাল্কা ছোপ লাগতে পারে। একে মহিলারা ইম্প্ল্যান্টেশন ব্লীডিং-ও বলে থাকেন।

- বক্ষস্হলে বেশ কয়েক প্রকারের পরিবর্তন আসবে... হাল্কা ভারী ভাব, মোলায়েম, আগের থেকে বেশী সংবেদনশীল, স্তনবৃন্তের আশপাশের রং গাঢ় হয়ে আসা।
- পেট সর্বদা ভরা-ভরা লাগা, ঢেঁকুর আসা।
- ক্লান্তি, প্রাণশক্তির অভাব, ঘুম-ঘুম ভাব।
- বার-বার শৌচ *(প্রস্রাব)* যাওয়া।
- ঢেঁকুর আসা বা গা গুলোন। অনেক মহিলাদের মধ্যে এমনটা ষষ্ঠ সপ্তাহ পর্যন্ত শুরু হয় না বা বেশী লার তৈরী হওয়া।
- গন্ধের প্রতি সংবেদনশীলতা বেড়ে ওঠা।

ভাবনাত্মক

- পি.এম.এস.-য়ের মত ভাবনাত্মক ওঠা-নামা, বেশী কান্না পাওয়া, খিট্‌খিটে স্বভাব এবং অস্হিরতা ইত্যাদি।
- হোম প্রেগন্যান্সী টেস্ট করানোর জন্য ব্যাকুলতা আর উৎসুকতা।

লক্ষণ দ্রুত শুরু হয়ে পড়েছে

বেশীর ভাগ লক্ষণ ষষ্ঠ সপ্তাহেই দেখতে পাওয়া যায়... কিন্তু এমনটাও হতে পারে যে, আপনার ক্ষেত্রে এই সব লক্ষণ আগেই এসে পড়ুক বা পরেও আসতে পারে... কারণ প্রতিটি গর্ভাবস্হা আলাদা-আলাদা হয়।

প্রথম গর্ভাবস্হা পরীক্ষা

আপনি গর্ভাবস্হায় প্রথম বার পরীক্ষা করানোর জন্য যাচ্ছেন – এটা আপনার পক্ষে যথেস্ট গুরুত্ব রাখে! বেশ কয়েক প্রকারের ডাক্তারী পরীক্ষা আর টেস্ট ছাড়াও নতুন-নতুন প্রশ্ন আপনাকে করা হবে, যাতে আপনার মেডিক্যাল হিস্ট্রীর ব্যাপারে অনুমান লাগানো যায়। ডাক্তারবাবু আপনাকে বেশ কয়েক প্রকারের পরামর্শ দেবেন আর আপনিও নিজের বেশ কিছু কৌতূহল শান্ত করে নিতে চাইবেন, যেমন – আপনি ভিটামিন ট্যাবলেট নেবেন কি না অথবা আপনার কেমন ধরণের ব্যায়াম করা উচিত ইত্যাদি-ইত্যাদি!

বাড়ী থেকেই এমন প্রশ্নের সূচী তৈরী করে নিয়ে যান। আপনার কাছে নিজের ডায়রী আর পেন থাকা উচিত, যাতে আপনি বিশেষ পরামর্শগুলো নোট করে নিতে পারেন। সাধারণতঃ ডাক্তারদের পরীক্ষা করার পদ্ধতি কিছুটা আলাদা হতে পারে ঃ-

এক নজর

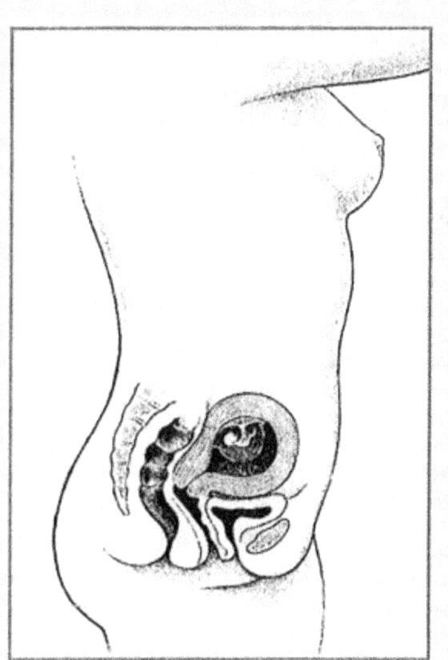

যদিও ওপর থেকে দেখে ভেতরের অবস্হা বোঝা যেতে পারে না... কিন্তু আপনি নিজের শরীরে হতে থাকা কিছু শারীরিক পরিবর্তনকে চিনে নিতে পারবেন। আপনার পেট কিছুটা ফাঁপতে পারে, বক্ষস্হল সংবেদনশীল হয়ে উঠবে। এই সময় নিজের কোমরের ওপরে একটু দৃষ্টি দিন... কারণ পরবর্তী 9 মাস পর্যন্ত পেট সামনের দিকে এগিয়ে আসার কারণে আপনি নিজের কোমর দেখতে পাবেন না।

গর্ভাবস্থার পুষ্টি ঃ- আপনার ডাক্তার নীচের জিনিষগুলো পরীক্ষা করে দেখবেন –

আপনার গর্ভাবস্থার লক্ষণ... আপনার শেষ মাসিক ধর্মের প্রথম দিন, যাতে প্রসবের আনুমানিক তারিখের ব্যাপারে জানা যেতে পারে... গর্ভাবস্থার সঠিক আয়ুর ব্যাপারে অনুমান লাগানোর জন্য ইউটেরাস আর সার্ভিক্সের পরীক্ষা... গর্ভাবস্থার ব্যাপারে জানার জন্য প্রেগন্যান্সী টেস্ট *(প্রস্রাব আর রক্ত পরীক্ষা)* করা হবে। অনেক ডাক্তার এই অবস্থায় আল্ট্রাসাউণ্ডও করেন, যেটা হচ্ছে প্রসবের তাখি জানার সঠিক পদ্ধতি।

সম্পূর্ণ হিস্ট্রী ঃ- আপনার সম্পূর্ণ দেখাশোনার জন্য এটা অত্যন্ত জরুরী যে, ডাক্তারকে সব কিছু জানানো হোক্। ডাক্তারের কাছে যাওয়ার আগে বাড়ী থেকে প্রস্তুত হয়ে যান। নিজের আগের মেডিক্যাল রেকর্ড পড়ুন। কোন গুরুতর রোগ, এ্যালার্জী, পৌষ্টিকতার সঙ্গে যুক্ত ওষুধ বা এমন কোন ওষুধ... যেগুলো আপনি এখন বা গর্ভধারণ করা পর্যন্ত নিয়ে এসেছেন, আপনার পরিবারের মেডিক্যাল হিস্ট্রী *(জেনেটিক ডিস্অর্ডার, লম্বা রোগ, গর্ভাবস্থার অস্বাভাবিক পরিণাম ইত্যাদি)*, আপনার স্ত্রী রোগ সম্বন্ধীয় ইতিহাস *(প্রথম মাসিক ধর্মের সময় বয়স, মাসিক চক্রের মেয়াদ, সময় আর নিয়মিততা)*, গর্ভাবস্থা সম্বন্ধীয় আগের রেকর্ড *(জন্ম, মিস্ক্যারেজ বা এ্যাবর্শন)*... এছাড়া এর আগের প্রসব এবং ডেলিভারী! আপনার থেকে আপনার বয়স, পেশা, জীবন-শৈলীর সাথে যুক্ত অভ্যাস *(আহার-বিহার, ব্যায়াম আর ধূম্রপান)* ইত্যাদি এবং আপনার ব্যক্তিগত জীবনের সাথে যুক্ত সেই সব কারণের ব্যাপারেও প্রশ্ন করা হবে, যেগুলো আপনার গর্ভাবস্থাকে প্রভাবিত করবে; যেমন – বাচ্চার পিতা আর তাঁর সম্বন্ধে অন্যান্য তথ্য।

সম্পূর্ণ শারীরিক পরীক্ষা ঃ- এতে আপনার হৃদয়, ফুসফুস, বুক, পেট, রক্তচাপ ইত্যাদির পরীক্ষা করা হবে। আপনার ওজন আর উচ্চতারও মাপ নেওয়া হবে। আপনার হাত আর পায়ের পরীক্ষা দ্বারা এটা জানার চেস্টা করা হবে যে, আপনি ভেরিকোজ ভেইনস্ দ্বারা গ্রস্ত তো নন্ ? এছাড়া আপনার সকল আভ্যন্তরীণ অঙ্গগুলোর আকার আর সেগুলোর পারস্পরিক অনুপাতেরও পরীক্ষা হবে।

অনেক প্রকারের টেস্ট ঃ- প্রতিটি গর্ভবতী মহিলাকে বেশ কয়েক প্রকারের টেস্ট নিয়মিত রূপে করাতে হয়; কিছু-কিছু ক্ষেত্রে ডাক্তাররা এগুলোকে অত্যন্ত জরুরী বলে মনে করেন... আবার কিছু-কিছু ক্ষেত্রে তেমনটা মনে করেন না। কিছু টেস্ট এমনও আছে, যেগুলো কেবলমাত্র প্রয়োজন পড়লে তবেই করানো হয়। প্রথম সাক্ষাৎকারে সাধারণতঃ নিম্নলিখিত টেস্ট করানো হবে –

- রক্তের প্রকার এবং Rh স্তরের পরীক্ষা, এইচ.সি.জি. স্তর এবং এনিমিয়ার পরীক্ষার জন্য ব্লাড টেস্ট।
- গ্লুকোজ, প্রোটিন, সাদা রক্ত কোশিকা, রক্ত আর ব্যাক্টেরিয়ার পরীক্ষার জন্য য়ুরীনলেসিস।
- এ্যান্টিবডি স্তর এবং রুবেলার মত রোগের জন্য ইম্যুনিটি পরীক্ষার জন্য ব্লাড স্ক্রীন।
- সিফিলিস, গনোরিয়া, হেপাটাইটিস-*বি*', ক্ল্যামাইডিয়া আর এইচ.আই.ভি.-র মত সংক্রমণের পরীক্ষা।
- অস্বাভাবিক সার্ভাইকাল কোশিকাগুলোর পরীক্ষার জন্য পেপ স্মীয়র।
- নিজের গর্ভাবস্থার নিশ্চিত অবস্থা জানার জন্য আপনাকে নীচের পরীক্ষাগুলোও করাতে হতে পারে – সিস্টিক ফায়ব্রোসিস, সিক্ল সেল এনিমিয়া আর অন্যান্য জেনেটিক রোগের জন্য জেনেটিক টেস্ট।
- ডায়াবেটিজ, উচ্চ রক্তচাপ পরীক্ষা। যদি এর আগে আপনার বেশী ওজনের শিশুর জন্ম হয়ে থাকে, যদি শিশুর জন্মজাত কোন বিকৃতি থাকে, প্রথম গর্ভাবস্থায় যদি আপনার ওজন অনেকটা বেড়ে গিয়ে থাকে, তাহলে ব্লাড শুগার স্তরের পরীক্ষা *(সকল গর্ভবতী মহিলাদের গ্যাস্টেশনাল ডায়াবেটিজের পরীক্ষার জন্য গ্লুকোজ স্ক্রীনিং টেস্ট করা হয়ে থাকেঃ এটা গর্ভাবস্থার প্রায় 28-তম সপ্তাহে করা হয়)*।

আলোচনার সুযোগ ঃ- এটা আপনার কাছে নিজের বেশ কিছু কৌতূহল নিবারণ করার আর প্রশ্নের উত্তর পাওয়ার সঠিক সময় হয়।

আপনি কি ভাবছেন ?

ব্রেকিং ন্যুজ

“আমার বন্ধুদের এটা কখন জানানো উচিত যে, আমি গর্ভবতী হয়ে পড়েছি ?”

এই প্রশ্নের জবাব তো আপনিই দিতে পারেন। কিছু ভাবী মাতা-পিতা এই সুসংবাদকে ঝট্পট্ আপন-পর – সকলকে শোনাতে চান। কিন্তু এমন লোকও আছেন, যাঁরা কেবলমাত্র নিকট আত্মীয়দেরই ধীরে-ধীরে, চুপি-চুপি এই সুখবর দিতে চান। তাঁরা এমনটা চান যে, লোকেদের আলাদা করে জানানোর কোন প্রয়োজন নেই... সময় এলে লোকেরা আপনা থেকেই সব জানতে পেরে যাবেন। কিছু লোক গর্ভাবস্থার প্রথম তিন মাস আর তার সাথে যুক্ত টেস্টগুলো হওয়া পর্যন্ত অপেক্ষা করেন।

আপনার যেমনটা পছন্দ, তেমনটাই করুন। শুধু এটা মাথায় রাখবেন যে, সবার আগে এই সুখবর আপনাদের দুজনের সঙ্গে যুক্ত হয়ে রয়েছে।

সম্পূর্ণ সুস্থ গর্ভাবস্থা

এতে কোন সন্দেহ নেই যে, গর্ভাবস্থার এই প্রথম সাক্ষাৎকারের সাথে আপনার পুরো গর্ভাবস্থার এক গভীর সম্পর্ক রয়েছে। এই প্রকারে আপনি এক সুস্থ শিশুর জন্ম দিতে পারবেন আর যে কোন প্রকারের গুরুতর প্রসব সমস্যার হাত থেকেও মুক্ত থাকবেন।

যদিও স্বাস্থ্যের দেখাশোনা এখান থেকেই শুরু হয়... কিন্তু কেবলমাত্র ডাক্তারের কাছে নিয়মিত রূপে যাওয়াটাই পর্যাপ্ত হয় না। আপনাকে নিজের শরীরের সকল অঙ্গগুলোর প্রতি পূর্ণ দৃষ্টি দিতে হবে।

পুরো 9 মাস পর্যন্ত নিজের সম্পূর্ণ স্বাস্থ্য প্রাপ্ত করার জন্য তৈরী হয়ে নিন। দাঁতের ডাক্তারের কাছে দাঁত পরীক্ষা করাতে যান। আপনি যদি কোন পুরোন রোগের জন্য ওষুধ খাচ্ছেন, তাহলে নিজের পারিবারিক ডাক্তারের কাছে যান। আপনার এ্যালার্জী থাকলে ডাক্তারের পরামর্শ নিন। হয়তো আপনার চিকিৎসায় কিছুটা পরিবর্তন আনতে হতে পারে।

যদি কোন নতুন ধরণের মেডিক্যাল সমস্যা দেখা দেয়, তাহলে সেটাকে উপেক্ষা না করে তৎক্ষনাত ডাক্তারের পরামর্শ নিন। ছোটখাটো রোগকেও সিরীয়াসলী নিন। আপনার শিশুর এক সম্পূর্ণ সুস্থ মায়ের প্রয়োজন!

ভিটামিন সাপ্লিমেন্ট

“আমার কি ভিটামিন সাপ্লিমেন্ট নেওয়া উচিত ?”

কেউই পুরোপুরি পৌষ্টিক আহার নিয়মিত রূপে নিতে পারেন না। এমনিতেও গর্ভাবস্থার শুরুর দিনগুলোয় মর্ণিং সিকনেসের কারণে পুরো আহার নেওয়া যথেষ্ট মুশ্কিল হয়ে ওঠে। ভিটামিনের ওষুধ কখনো পৌষ্টিক আহারের স্থান নিতে পারে না... কিন্তু সেটার দ্বারা আহারের সাথে যুক্ত কিছু প্রয়োজন অবশ্যই পূরণ হয়ে পড়ে। এই সময়ে তো এটা এজন্যও জরুরী হয়ে পড়ে... কারণ শিশুর বিকাশ এই সময়ই শুরু হয়।

ভিটামিন বা ফোলিক এ্যাসিড সেবন করতে থাকা গর্ভবতী মায়েদের শিশু বেশ কয়েক প্রকারের জন্মজাত রোগের থেকে বেঁচে যায়। বিভিন্ন অধ্যয়ণ থেকে এটা জানতে পারা গেছে যে, ভিটামিন B_6-য়ের ডোজ মর্ণিং সিকনেস কমিয়ে আনে।

আপনি ডাক্তারের সহায়তায় নিজের ওষুধের ডোজ নির্দিষ্ট করতে পারেন। বেশ কিছু মহিলার মর্ণিং সিকনেসের কারণে ওষুধ সেবনে মুশ্কিল হয়। ওষুধ সেই সময় নিন, যখন আপনার মন পূর্ণ রূপে শান্ত থাকবে আর গা গুলোবে না। কোটেড ট্যাবলেট গিলতে সুবিধা হয়। আপনি ইচ্ছা করলে চোষার ট্যাবলেটও নিতে পারেন। খুব বেশী গা গুলোতে থাকলে কিছু ঘরোয়া প্রয়োগ গ্রহণ করুন, যেমন – *‘আদা’*! আপনার ওষুধ গর্ভাবস্থার প্রয়োজন অনুসারে হওয়া উচিত। ওষুধ বদলানোর আগে ডাক্তারের পরামর্শ নিন।

অনেক মহিলাদের আয়রণের কারণে কোষ্ঠকাঠিন্য বা ডায়রিয়া হয়ে পড়ে। ডাক্তার আপনার সমস্যা অনুসারে আপনার জন্য ওষুধ বদলে দেবেন। উনি এমন চেষ্টা করবেন, যাতে আপনাকে অন্য কোন রূপে আয়রণ দেওয়া যেতে পারে।

"আমি পর্যাপ্ত পৌষ্টিক সেরেয়াল আর পাঁউরুটী সেবন করি আর তার সাথে ভিটামিনের ডোজও নিই। ভিটামিনের মাত্রা বেশী হয়ে পড়বে না তো?"

গড়পড়তা ডোজের সাথে ভিটামিন নেওয়াটা ঠিক হয়... কিন্তু আপনি যদি ফোর্টিফায়েড উৎপাদনের সাথে ভিটামিনের ওষুধ নিচ্ছেন, তাহলে আপনাকে তার সাথে বেশ কিছু সাপ্লিমেন্ট শামিল করতে হবে... এই ব্যাপারে ডাক্তারের পরামর্শ নেওয়াটা অত্যন্ত জরুরী হয়। যেসব উৎপাদনের কারণে প্রতি দিনের ভিটামিনের ডোজ বেশী হচ্ছে, সেগুলো নেওয়ার আগে সতর্কতা নিন... কারণ ভিটামিন *'এ', 'ডি', 'ই'* আর *'কে'* বেশী মাত্রায় নিলে সেগুলো আপনার ক্ষতি করতে পারে।

এমনিতে বাকী ভিটামিন জলে গুলে যায়... এজন্য এগুলোর বেশী মাত্রা প্রস্রাবের সাথে শরীরের বাইরে বেরিয়ে আসে। সেজন্যই সাপ্লিমেন্টের শৌখীন আমেরিকানদের প্রস্রাবকে বিশ্বের সব থেকে দামী বলা হয়ে থাকে।

ক্লান্তি

"আমি গর্ভবতী হয়ে পড়েছি। আমার সারাটা দিন ক্লান্তি অনুভূত হয়। অনেক বার তো এমন মনে হয় যে, এবার সময় কাটানোও মুশ্কিল হয়ে পড়বে!"

আপনি কি সকালবেলায় বালিশের থেকে মাথা ওঠাতে পারেন না? সারাটা দিন কি আপনাকে পা ঘষ্‌টে-ঘষ্‌টে চলতে হয়? রাতের বেলা বিছানায় যাওয়া পর্যন্ত তর সয় না? এমনিতে এতে ভয় পাওয়ার মত কিছুই নেই... কারণ আপনি গর্ভবতী হয়ে পড়েছেন। ওপর থেকে কিছু দেখতে পাওয়া যাক্ বা না যাক্... কিন্তু ভেতরে-ভেতরে শিশু তৈরী হওয়ার প্রক্রিয়া জোর কদমে চলছে। এই সময় আপনার শরীর এক সাধারণ মহিলার তুলনায় অনেক বেশী পরিশ্রম করছে... সেজন্যই আপনি ক্লান্তি অনুভব করছেন।

তাহলে আপনার শরীর কি চায়? এই সময় গর্ভস্থ শিশুর জীবন-রক্ষক তন্ত্র প্লেসেন্টা তৈরী হচ্ছে, যেটা গর্ভাবস্থার প্রথম তিন মাসে তৈরী হয়ে পড়বে। আপনার শরীরে হার্মোনের স্তর যথেস্ট বেড়ে উঠেছে। আপনার শরীর এখন বেশী মাত্রায় রক্ত তৈরী করছে, আপনার হার্টবীট বেড়ে উঠেছে আর ব্লাড শুগার কমে এসেছে, চয়াপচ্য *(মেটাবোলিজম)* সর্বদা এনার্জী গ্রহণ করছে *(আপনি শুয়ে থাকলেও)*। আপনি এখন বেশী জল আর পোষক তত্ত্ব গ্রহণ করছেন। আপনার শরীর গর্ভাবস্থার বেশ কিছু শারীরিক আর মানসিক চাহিদার পূরণ করতে লেগে রয়েছে। এতে কোন সন্দেহ নেই যে, এই সব কারণেই আপনি সারাটা দিন ক্লান্ত অনুভব করেন।

এমনিতে কিছু পদ্ধতি আছে, যেগুলোর সহায়তায় আপনাকে আরাম প্রদান করা যেতে পারে। গর্ভাবস্থার চতুর্থ মাসে যখন হার্মোনাল আর ভাবনাত্মক পরিবর্তন শেষ হয়ে পড়বে, তখন আপনি কিছুটা ভালো অনুভব করবেন।

ততক্ষন পর্যন্ত এটা মাথায় রাখুন যে, ক্লান্তির অর্থ হচ্ছে এই যে, আপনাকে এখন সব কিছু সহজ ভাবে নিতে হবে। নিজের শরীরের আওয়াজ শুনুন আর শরীরকে পূর্ণ বিশ্রাম প্রদান করুন। আপনি আমাদের কিছু টিপস্‌ও প্রয়োগ করে দেখতে পারেন ঃ-

নিজের যত্ন নিন ঃ- আপনি যদি এই প্রথম বার মা হতে চলেছেন, তাহলে এই সময়টার পূর্ণ আনন্দ উপভোগ করুন... কারণ জীবনে এই সময় আর ফিরে আসবে না। আর যদি আপনার পরিবারে আগে থেকেই দু-একটা বাচ্চা থেকে থাকে, তাহলে আপনার সমস্ত মনোযোগ তাদের মধ্যেও ভাগ হয়ে পড়বে। শুধু এই সময় সুপার মম্ হওয়ার চেস্টা করতে যাবেন না। বাড়ীতে ভালো রান্না করা বা ঘর-বাড়ী পরিস্কার করার থেকে নিজের শরীরকে বিশ্রাম প্রদান করাটা অনেক ভালো হয়। সিংকে এঁটো বাসন পড়ে থাকতে দিন, টেবিলের নীচে ধূলো জমে আছে – কোন ব্যাপার নয়! কেনাকাটা নিয়ে মাথা ঘামানোর বদলে অন্‌লাইন শপিং করুন। অন্যেরা আপনার প্রতি যত্ন নিতে চাইলে, আপনার শাশুড়ী বাড়ীর সাফ-সাফাইয়ের কাজে আপনাকে সহায়তা করতে চাইলে কখনো *'না'* বলবেন না। যদি আপনার কোন বান্ধবী নিজের কেনাকাটার সঙ্গে আপনার জন্যও জিনিষপত্র কিনে নিয়ে আসেন... তাহলে তো আরও ভালো হয়। এই প্রকার আপনি নিজের জন্য অনেকটাই

এনার্জী বাঁচিয়ে নিতে পারবেন আর রাতে বিছানায় যাওয়ার আগে কিছুটা পায়চারীও করে নিতে পারবেন।

ভালো করে ঘুমোন ঃ- দিন চড়ার সাথে-সাথে আপনি কি অত্যন্ত ক্লান্ত হয়ে ওঠেন ? দুপুরবেলায় একটু গড়িয়ে নেওয়ার সুযোগ হাতছাড়া করবেন না। ঘুম যদি না আসে, তাহলে শুয়ে-শুয়ে কিছু একটা পড়ুন। এতে আপনার শরীর বিশ্রাম প্রাপ্ত করবে। আপনি যদি ওয়ার্কিং লেডী হন, তাহলে আপনার পক্ষে অফিসে ঘুমোনটা একটু মুশ্কিল হয়ে পড়বে... কারণ সব অফিসে আরামদায়ক সোফা আর কাজের পরিবেশ থাকে না। আপনার অফিসে যদি লেডীজ রুম থাকে, তাহলে সেখানে চেয়ার বা সোফায় পা উঁচু করে বসুন *(আপনি যদি লাঞ্চের সময় বিশ্রাম করছেন, তাহলে খাওয়ার দিকেও দৃষ্টি দিন)*।

বাচ্চাদের থেকে সহায়তা নিন ঃ- আপনার কি আরও বাচ্চা আছে ? অনেক বার বেশী কাজের কারণে ক্লান্তি অনেকটা বেড়ে ওঠে। শরীর বিশ্রাম করার সময়ই পায় না। আপনার যদিও ক্লান্ত হয়ে পড়ার অভ্যাস হয়ে পড়েছে... তবুও গর্ভাবস্থায় তো নিজের ওপরে দৃষ্টি দিতেই হবে। বাচ্চাদের আপনার প্রতি মনোযোগ দিতে বলুন... তারা যেন আপনার কাজে হাত লাগায়, যাতে আপনি আরাম করার সময় পেতে পারেন। পার্কে বাচ্চাদের পেছনে ছুটোছুটি করার বদলে ঘাসের ওপরে শুয়ে কিছু একটা পড়ুন, শব্দ-জব্দের সমাধান করুন বা বাড়ীতে কোন ডি.ভি.ডি. দেখুন। বাচ্চারা যখন ঘুমোবে, তখন আপনি সব কাজ ফেলে রেখে কিছুক্ষন বিশ্রাম করে নিন।

আরও একটু ঘুমিয়ে নিন ঃ- রাতে এক ঘন্টা বেশী ঘুমোলে পরের দিন সকালে তরোতাজা অনুভব করবেন। রাতে লেট শো দেখার বদলে ঘুমিয়ে পড়ুন। পতিদেবকে পরের দিন সকালের প্রাতঃরাশ তৈরী করতে বলুন, যাতে আপনি একটু দেরীতে বিছানা ছেড়ে উঠতে পারেন... কিন্তু মনে রাখবেন যে, প্রয়োজনের তুলনায় বেশী ঘুমও ক্লান্ত করে তোলে।

খাওয়া-দাওয়ার ওপরে দৃষ্টি দিন ঃ- এনার্জীর স্তর বজায় রাখার জন্য খাওয়া-দাওয়ার ওপরে পূর্ণ দৃষ্টি দিতে হবে। প্রতি দিন ক্যালোরীর ভরপুর মাত্রা নিন। এমন এনার্জী বুস্টারের ওপরে দৃষ্টি দিন, যেগুলো দীর্ঘ সময় পর্যন্ত আপনার এনার্জীর স্তরকে বজায় রাখবে; এমনিতে প্রোটিন, কমপ্লেকস কার্বোহাইড্রেট আর আয়রণ যুক্ত ভোজন এটার ভালো বিকল্প হয়। যদিও ক্যাফিন আর চিনি থেকে এনার্জী তো প্রাপ্ত হয়... কিন্তু পরে শরীর একেবারে ক্লান্ত হয়ে পড়ে। এনার্জী ড্রিংক ব্লাড শুগারকে বাড়িয়ে তোলে আর তারপর আগের থেকেও বেশী ক্লান্তি অনুভব হয়। এমনিতে কিছু কৌটোবন্দী এনার্জী ড্রিংকে এমন তত্ত্ব থাকতে পারে... যেগুলো গর্ভাবস্থায় ক্ষতি করতে পারে।

কিছু সময় পরে-পরে খাবার খান ঃ- গর্ভাবস্থার বাকী লক্ষণগুলোর মত ক্লান্তিও সর্বদাই বজায় থাকবে... এজন্য কিছু সময় পরে-পরে কিছু একটা খেতে থাকুন, যাতে আপনার শরীরের এনার্জী স্তর বজায় থাকে। খাবার খাওয়ার সময় খাবার অবশ্যই খান আর সেটা পুরোপুরি পৌষ্টিক হওয়া উচিত।

কিছুটা ব্যায়াম ঃ- কিছুটা কসরত আর পায়চারী জারী রাখুন। যোগাভ্যাস করুন। এতে কোন সন্দেহ নেই যে, বিছানা আপনার কাছে এর আগে এতটা প্রিয় আর কখনো লাগেনি... কিন্তু বেশী আরাম করলেও ক্লান্তি বেড়ে ওঠে। শরীর নাড়াচাড়া করতে থাকা উচিত। নিজের কাজ আর বিশ্রামের মাঝে ভালো সন্তুলন বজায় রাখুন।

যদিও গর্ভাবস্থার চতুর্থ মাস আসতে-আসতে আপনার ক্লান্তি অনেকটাই কমে আসবে... কিন্তু শেষ তিন মাসে সেটা আবার একবার ফিরে আসবে। আপনি জেগে-জেগে রাত কাটাবেন। হয়তো প্রকৃতি এই ভাবেই শিক্ষা প্রদান করে... কারণ শিশুর জন্মের পরে আপনার দায়িত্ব যে বেড়ে উঠবে!

মর্ণিং সিকনেস

"আমার এখনও পর্যন্ত মর্ণিং সিকনেস হয়নি। আমি কি এখনও গর্ভবতী হতে পারি ?"

গর্ভাবস্থায় মর্ণিং সিকনেস এমনটা হয়, যেন আচার বা আইসক্রীম খাওয়ার ইচ্ছা! বিভিন্ন অধ্যয়ণ থেকে এটা জানতে পারা গেছে যে, প্রায় 75

আপনার নাক জানে ?

আপনি কি এই দিকে দৃষ্টি দিয়েছেন যে, গর্ভবতী হয়ে পড়ার পরে রেস্তোঁরায় পা রাখার আগেই আপনি এটা জানতে পেরে যান যে, সেখানে কি রান্না হচ্ছে ? আসলে গর্ভাবস্থার হার্মোনের কারণেই আপনার ঘ্রাণশক্তি বেড়ে ওঠে। এই কারণে অনেক বার মর্ণিং সিকনেস হয়। এই সমস্যার হাত থেকে মুক্তি পাওয়ার জন্য আপনি নিম্নলিখিত উপায় প্রয়োগ করতে পারেন ঃ-

■যদি গন্ধ সহ্য না হয়, তাহলে রান্নাঘর থেকে বেরিয়ে আসুন। ডিপার্টমেন্টাল স্টোরের পারফ্যুম কর্নার বা সেই রেস্তোঁরা থেকে বিদায় নিন।

■খারাপ গন্ধ দূর করার জন্য ঘরের জানলা খুলে দিন বা এক্জস্ট ফ্যান চালান।

■টয়লেটেও কম গন্ধের উৎপাদন ব্যবহার করুন।

■নিজের সাথীকে নিজের শরীরের পরিস্কার-পরিচ্ছন্নতার দিকে দৃষ্টি দিতে বলুন। তীব্র পারফ্যুম ব্যবহারকারী আর ধূম্রপায়ী ব্যক্তিদের থেকে দূরে থাকুন।

■এমন গন্ধের আশপাশে থাকুন, যেটা আপনার মনকে আনন্দ প্রদান করবে, যেমন – পুদিনা, লেবু বা আদা ইত্যাদি। এমনিতে মা হতে চলা কিছু মহিলাদের বেবী পাউডারের গন্ধও ভালো লাগতে থাকে।

শতাংশ গর্ভবতী মহিলা মর্ণিং সিকনেসের কারণে হতে থাকা গা গুলোন আর বমিতে অস্থির হয়ে ওঠেন। এর অর্থ হচ্ছে এই যে, বাকী 25 শতাংশ মহিলাদের একাধিবারই বমি হয় বা গা গুলোয়। আপনিও যদি সেই 25 শতাংশ মহিলাদের শ্রেণীতে থাকেন... তাহলে আপনি শুধু গর্ভবতীই নন, আপনি অত্যন্ত সৌভাগ্যবতীও বটে!

"আমার মর্ণিং সিকনেস সারাটা দিনই বজায় থাকে। আমার ভয় হচ্ছে, আমি নিজের গর্ভস্থ শিশুকে পূর্ণ পোষক তত্ত্ব দিতে পারছি না!"

যদিও এটার নাম মর্ণিং সিকনেস... কিন্তু এটা দিন, দুপুর, সন্ধ্যা বা রাত – যে কোন সময়েই হতে পারে! এই সময় আপনার গর্ভস্থ শিশুর বেশী মাত্রায় পোষক তত্ত্বের আবশ্যকতা হয় না... কারণ এই সময় তার আকার কোন কড়াইশুঁটির দানার থেকে বড় হয় না। যেসব গর্ভবতী মহিলা এই সময় নিজেদের ওজন অনেকটা কমিয়ে নেন, তাঁদের গর্ভস্থ শিশুর কোন ক্ষতি হয় না... কারণ তাঁরা পরের কয়েক মাসে নিজেদের ওজন আবার একবার বাড়িয়ে নেন। মর্ণিং সিকনেস গর্ভাবস্থার 12 থেকে 14 সপ্তাহ পর্যন্তই চলে *(কিছু-কিছু ব্যতিক্রমে এই পরিস্থিতি গর্ভাবস্থার দ্বিতীয় তিন মাস পর্যন্ত আর কিছু-কিছু মামলায় তৃতীয় তিন মাস পর্যন্তও চলতে পারে)*।

মর্ণিং সিকনেস কেন হয় ? সেই ব্যাপারে পাকাপাকি কেউ কিছু জানেন না... কিন্তু কিছু-কিছু লোকেদের এমন বক্তব্য যে, গর্ভাবস্থার প্রথম তিন মাসে রক্তে এইচ.সি.জি.র বেশী মাত্রা, এস্ট্রোজনের বেড়ে ওঠা স্তর, গ্যাস্ট্রোইসোফাজিয়ল রিফ্লেক্স, পাচন তন্ত্রের দুর্বলতা আর গন্ধের প্রতি বেড়ে ওঠা সংবেদনশীলতার কারণেই এমনটা হয়।

সকল গর্ভবতী মহিলাদের এক প্রকারের মর্ণিং সিকনেস হয় না। কিছু মহিলাদের সময়ে-সময়ে গা গুলোতে থাকে, বমি আসতে থাকে... কিন্তু বমি হয় না। কিছু মহিলা লাগাতার বমি করতে থাকেন, তো কিছু মহিলা কখনো-কখনো বমি করেন! এর পেছনেও বেশ কিছু কারণ হতে পারে ঃ-

হার্মোনের স্তর ঃ- হার্মোনের উঁচু স্তর মর্ণিং সিকনেস বাড়িয়ে তুলতে পারে আর কমে আসা স্তর সেটাকে কম করতে পারে বা একেবারে শেষ করে দিতে পারে। যদিও স্বাভাবিক স্তরের মহিলাদেরও মর্ণিং সিকনেস হতে পারে বা না-ও হতে পারে।

সংবেদনশীলতা ঃ- কিছু-কিছু মস্তিস্ক প্রয়োজনের তুলনায় বেশী সংবেদনশীল হয় অর্থাৎ এমন গর্ভবতী মহিলাদের বেশী বুক ধড়ফড় করে। আপনিও যদি দ্রুত *কৌর সিক, সী সিক বা ট্রাভেল সিকনেস*'য়ের শিকার হয়ে পড়েন, তাহলে

গর্ভাবস্থায় এসব বেশী করে হতে পারে। সেই দিনগুলোয় আপনাকে এসব সহ্য করতেই হবে।

মানসিক চাপ ঃ- এটা আমরা সবাই জানি যে, ভাবনাত্মক মানসিক চাপের কারণেও গ্যাস্ট্রোইন্টেস্টাইনাল সমস্যা হতে পারে। এজন্য আপনি যদি মানসিক চাপগ্রস্ত হয়ে পড়েন, তাহলে আপনার পক্ষে মর্ণিং সিকনেসের লক্ষণগুলো খারাপ হতে পারে।

ক্লান্তি ঃ- শারীরিক বা মানসিক ক্লান্তিও মর্ণিং সিকনেসের লক্ষণগুলোকে ফুটিয়ে তোলে *(প্রয়োজনের থেকে বেশী মর্ণিং সিকনেস আপনাকে ক্লান্তও করে তোলে)*।

প্রথম বারে গর্ভাবস্থা স্তর ঃ- প্রথম গর্ভাবস্থায় প্রায়ই মর্ণিং সিকনেসের স্তর যথেস্ট গুরুতর হয়... যাতে শারীরিক আর মানসিক – দুটো কারণই শামিল থাকতে পারে। প্রথম কারণ তো এটা হয় যে, শরীর এখনও এই ধরণের পরিবর্তনের জন্য প্রস্তুত হয় না। ভাবনাত্মক রূপেও প্রথম বার গর্ভবতী হওয়া মহিলারা প্রচণ্ড উত্তেজিত হয়ে ওঠেন... যার ফলে তাঁদের সমস্যা আরও বেড়ে ওঠে। দ্বিতীয় ক্ষেত্রে সাধারণতঃ তাঁদের মনোযোগ প্রথম বাচ্চার দেখাশোনা করার কাজেই লেগে থাকে, এজন্য এমন লক্ষণ প্রকাশ পায় না... যদিও এটার কিছু ব্যতিক্রমও থাকে।

কারণ যাই হোক্ না কেন... মর্ণিং সিকনেসের প্রভাব একই রকম হয়। যদিও এটার কোন পাক্কা চিকিৎসা নেই... কিন্তু যেভাবেই হোক্ এই সময়টা কাটানোর জন্য আর এই জিনিষটাকে কিছুটা সহজ করে তোলার জন্য আপনি নিম্নলিখিত উপায়গুলো গ্রহণ করতে পারেন ঃ-

- তাড়াতাড়ি খাবার খান! মর্ণিং সিকনেস আপনি ঘুমিয়ে ওঠা পর্যন্ত অপেক্ষা করবে না। এটা খালি পেটে আপনাকে বেশী বিরক্ত করে। বিশেষ করে রাতের লম্বা ঘুমের পরে। পেট যখন খালি থাকে, তখন পেটের ভেতরে তৈরী হওয়া অম্ল হজম করার জন্য কিছু পায় না... ফলস্বরূপ গা গুলোন বেড়ে ওঠে। রাতে ঘুমোনোর আগে বিছানার পাশে খাওয়ার জন্য কিছু রেখে নিন... যাতে রাতে ক্ষিধে পেলে আপনাকে উঠে রান্নাঘর পর্যন্ত যেতে না হয়। রাতে শৌচে যাওয়ার জন্য উঠলে সেই খাবার একটু মুখে ফেলে নিন, যাতে সকালে পেটের মধ্যে খালি ভাব অনুভূত না হয়!
- রাতে দেরী করে খাবার খান। রাতে ঘুমোবার ঠিক আগে এক মফিন বা এক গ্লাস দুধ, স্ট্রিং চীজ বা শুকনো খুবানী খান। সকালে ঘুম থেকে ওঠার পরে পেট ভরা-ভরা লাগবে।
- হাল্কা খাবার খান। পেট প্রয়োজনের থেকে বেশী ভরা থাকলেও গা গুলোতে পারে। ক্ষিধে পেলে এক সাথে অনেক কিছু খাওয়ার বদলে কিছু-সময় পরে-পরে একটু-একটু করে খাবার খান।
- মাঝে-মাঝে খাবার খান। নিজের ব্লাড শুগারের স্তর একই রকম বজায় রাখুন, যাতে আপনার পেট সর্বদা ভরা-ভরা লাগে। দিনে 3 বার ভারী ভোজন করার বদলে কম পক্ষে 6 বার হাল্কা ভোজন করুন। বাড়ীর বাইরে বেরোবার সময় হাল্কা স্ন্যাক্স *(শুকনো ফল-মেওয়া, গ্রেনোলা বার, শুকনো সেরেয়াল, ক্র্যাকার্স, সোয়া চিপস্ বা প্রেজলস্)* খেয়ে তবে বাড়ী থেকে বেরোন।
- খাবার ভালো করে খান। আপনার আহার প্রোটিন আর কমপ্লেক্স কার্বোহাইড্রেটে ভরপুর হওয়া উচিত। ভালো পোষণ দ্বারাও আপনি যথেস্ট সহায়তা প্রাপ্ত করতে পারবেন।
- যা খেতে পারেন, খান! এখন পেটে কিছু দেওয়াটাই আপনার প্রথম প্রাথমিকতা হওয়া উচিত অর্থাৎ আপনাকে এখন কিছু-না-কিছু খেতেই হবে। গর্ভাবস্থায় পরের দিকে সন্তুলিত ভোজন করার জন্য অনেক সময় পাবেন। এখন আপনার যা মন চায়, তাই খান। যদি সেটা পৌষ্টিক হতে পারে, তাহলে তো কথাই নেই!
- তরল পদার্থ নিন! বমির কারণে আপনার শরীরে জলের অভাব হয়ে পড়তে পারে... এজন্য যত বেশী সম্ভব তরল পদার্থের মাত্রা গ্রহণ করুন। যদি আপনি সহজে তরল পদার্থ নিতে পারেন, তাহলে সেটার দ্বারাই পৌষ্টিকতা গ্রহণ করার চেস্টা করুন। স্মুদীজ, স্যুপ আর জুসের মাধ্যমে ভিটামিন আর খনিজ লবন নিন। যদি তরল পদার্থ নেওয়ার পরেও গা গুলোতে থাকে, তাহলে

এমন ঠোস পদার্থ নিন, যাতে জলের মাত্রা বেশী থাকবে; যেমন – তাজা ফল আর সব্জী, স্যালাড, লেবু আর টক ফল। যদি এক সাথে এগুলো নেওয়ার কারণে পেট ভারী লাগে, তাহলে খাওয়ার মাঝে-মাঝে তরল পদার্থ নিন।

- তাপমাত্রা বদলে দেখুন। অনেক গর্ভবতী মহিলাদের পক্ষে ঠাণ্ডা তরল পদার্থ আর ভোজন নেওয়াটা সহজ হয়... যখন কি কেউ-কেউ হাল্কা গরম খাদ্য পদার্থ খেতে পছন্দ করেন *(ঠাণ্ডার বদলে গরম চীজ স্যাণ্ডউইচ)*।
- ভোজন বদলান। এক সময় আপনি যেসব ক্র্যাকার্সের জন্য পাগল ছিলেন, যদি এখন সেগুলোর নাম শুনলেই আপনার গা গুলোতে থাকে... তাহলে নিজের জন্য অন্য কিছু বেছে নিন।
- যে খাবার বা যে খাবারের গন্ধ আপনার সহ্য হচ্ছে না, সেটা জোর করে খাবেন না আর না-ই এমন জায়গায় গিয়ে বসবেন। আপনি এটা নিজেই জানবেন যে, আপনার মিষ্টি বেশী ভালো লাগছে না নোন্‌তা? যদি মিষ্টি ভালো লাগে, তাহলে ব্রোকলী বা চিকেনের পরিবর্তে আড়ু বা য়োগর্ট দ্বারা ভিটামিন-'এ' আর প্রোটিন প্রাপ্ত করার চেষ্টা করুন আর নোন্‌তা পছন্দ হলে প্রাতঃরাশে পিজ্জা খান।
- গর্ভবতী মহিলারা এটা নিজেরাই জানেন যে, তাঁরা কোন্‌ গন্ধ সহ্য করতে পারছেন না বা কোন্‌ গন্ধে তাঁদের বেশী করে গা গুলোতে থাকে। এজন্য সেই সব জিনিষ থেকে দূরে থাকুন। নিজের পতিদেবের যে আফটার শেভ লোশনের গন্ধের প্রতি একটা সময় আপনি পাগল হয়ে উঠেছিলেন, সেটাই এখন আপনাকে বাথরুমে ছুটে যাওয়ার জন্য বাধ্য করে তুলতে পারে অর্থাৎ সেটার গন্ধে এখন আপনার বমি আসতে পারে।
- সাপ্লিমেন্ট! আপনি যে পোষক তত্ত্ব প্রাপ্ত করতে পারছেন না, সেই অভাবকে পূরণ করার জন্য ভিটামিনের ডোজ নিন। যে সময় আপনার গা গুলোবে, সেই সময় ওষুধ নেবেন না... তাহলে সেটা বমির সাথে বাইরে বেরিয়ে আসবে। যদি আপনার লক্ষণ বেশী গুরুতর হয়, তাহলে ডাক্তারকে ভিটামিন B_6-র অতিরিক্ত ডোজের ব্যাপারে প্রশ্ন করুন। এর দ্বারা আপনার শরীর অনেকটাই সামলে উঠতে পারবে।
- আদা নিয়ে দেখুন! গা গুলোনোয় আদা ভালো প্রভাব দেখায়। খাবারে, স্যুপে বা মফিনে আদার ব্যবহার করুন। আদা মেশানো চা পান করুন। আপনি জিঞ্জার ক্যাণ্ডী বা ললি পপ্‌ও খেতে পারেন। আদা দিয়ে তৈরী পানীয় পদার্থও আপনাকে আরাম প্রদান করতে পারে।

  এর পরেও যদি গা গুলোতে থাকে, তাহলে আদার টুকরো শুঁকলেও আরাম পেতে পারেন। অনেক গর্ভবতী মহিলারা লেবু চুষেও আরাম প্রাপ্ত করেন। যদি লেবুও কাজ না দেয়, তাহলে আপনি টক-মিষ্টি লজেন্স চুষতে পারেন।
- কিছুটা অতিরিক্ত বিশ্রাম আর নিদ্রা উপভোগ করুন... কারণ শারীরিক আর ভাবনাত্মক ক্লান্তি গা গুলোনকে বাড়িয়ে তুলতে পারে।
- সকালবেলা ঘুম থেকে উঠেই তাড়াহুড়ো শুরু করে দেবেন না। এতে গা আরও বেশী করে গুলোবে। আরাম করে বিছানা ছাড়ুন। উঠে পাশের টেবিল থেকে কিছু একটা খান। তারপর আরাম করে প্রাতঃরাশ করুন। যদি আপনার আগেই কোন সন্তান থাকে, তাহলে এমনটা করা মুশ্‌কিল হতে পারে... কিন্তু সে ঘুম থেকে ওঠার একটু আগেই আপনি ওঠার চেষ্টা করুন বা নিজের পতিদেবকে সকালের কাজ সামলাতে বলুন।
- মানসিক চাপ কমিয়ে আনুন! মানসিক চাপের কারণে গা গুলোন বেড়ে ওঠে।
- দাঁতের পরিস্কার-পরিচ্ছন্নতার প্রতি পূর্ণ দৃষ্টি দিন। দাঁত ভালো করে ব্রাশ করুন। বমি আসার পরে ভালো করে কুলকুচি করুন। এতে দাঁত সাফ হবে এবং দাঁত আর মাড়ির কোন ক্ষতিও হবে না।
- সী-ব্যাণ্ড ট্রাই করুন। 1" চওড়া ইলাস্টিক ব্যাণ্ড দু হাতের কব্জিতে পরে নিন। এতে কব্জির আকুপ্রেশার বিন্দুগুলোর ওপরে চাপ পড়বে আর গা-ও গুলোবে না। এটা সাধারণতঃ ওষুধের দোকানে কিনতে পাওয়া যায় আর এর থেকে কোন প্রকারের ক্ষতিও হয় না। আপনার ডাক্তার আপনাকে ব্যাটারী চালিত ব্যাণ্ড পরার পরামর্শও দিতে পারেন।

একে *'রিলীফ ব্যাণ্ড'* বলা হয় আর ইলেকট্রোনিক স্টিমুলেশনের জন্য এটার ব্যবহার করা হয়।

- মর্ণিং সিকনেসের গুরুতর লক্ষণগুলো থেকে মুক্তি পাওয়ার জন্য বৈকল্পিক চিকিৎসা পদ্ধতি – আকুপাংচার, আকুপ্রেশার, বায়োফীডব্যাক, হিপনোসিস ইত্যাদির প্রয়োগ করুন। ধ্যান আর ভিসুয়ালাইজেশন *(মানসিক চিত্রণ)*-ও কার্যকরী হতে পারে।

মর্ণিং সিকনেসের জন্য কিছু ওষুধও *(ডক্সিলেমাইন)* তৈরী হয়েছে। এটা তখনই দেওয়া হয়, যখন অবস্থা বেশী খারাপ হয়ে পড়ে। এর সেবনে ঘুম-ঘুম পায়। ঘুমোন তো ভালো জিনিষ হয়... কিন্তু আপনি যদি গাড়ী ড্রাইভ করে নিজের কার্যস্থলে যান, তাহলে এই ওষুধের সেবন ভালো হয় না। ডাক্তারের পরামর্শ ছাড়া কোন প্রকারের পারম্পরিক বা হার্বালি ওষুধের সেবন করবেন না।

কেবল 5 শতাংশ মামলাই এমন হয়... যেখানে মেডিক্যাল চিকিৎসার প্রয়োজন পড়ে।

প্রয়োজনের তুলনায় বেশী লার তৈরী হওয়া

"আমার মুখ থেকে সর্বদাই লার বেরোতে থাকে আর সেটা গিলে নিলে আমার গা গুলিয়ে ওঠে। এমনটা কেন হচ্ছে ?"

গর্ভাবস্থায় প্রায়ই মুখে বেশী লার তৈরী হয়। মর্ণিং সিকনেসে গ্রস্ত গর্ভবতী মহিলাদের ক্ষেত্রে এমনটা বেশী হয়। এমনিতে গর্ভাবস্থার প্রথম কয়েক মাস কেটে যাওয়ার পরে এই সমস্যা আপনা থেকেই ঠিক হয়ে পড়ে।

আপনি কি বার-বার থুথু ফেলতে হওয়ার কারণে অস্থির হয়ে উঠেছেন ? দাঁত মিন্টযুক্ত পেস্ট দিয়ে ব্রাশ করুন। সময়ে-সময়ে কুলকুচি করতে থাকুন বা বিনা চিনির বাবলগাম চিবোন।

মেটালিক স্বাদ

"আমার মুখে সর্বদাই মেটালিক স্বাদ বজায় থাকে। এটা কি গর্ভাবস্থার কারণে, না কি কিছু একটা খাওয়ার জন্য এমনটা হচ্ছে ?"

হার্মোনাল পরিবর্তনের কারণে গর্ভবতী মহিলাদের মুখের স্বাদ অদ্ভূত হয়ে ওঠে। হার্মোন আপনার মুখের স্বাদের ওপরে অনেকটাই নিয়ন্ত্রণ বজায় রাখে। সেটা যখন বেকাবু হয়ে পড়ে, তখন স্বাদগ্রন্থিগুলোর ওপরেও সেটার প্রভাব হয়। যখন হার্মোনের স্তর ঠিক হয়ে পড়তে লাগে *(গর্ভাবস্থার দ্বিতীয় তিন মাস)*, তখন এই সমস্যাও আপনা থেকে কমে আসতে লাগে।

ততদিন পর্যন্ত আপনাকে এই জিনিষটার মোকাবিলা করতেই হবে। টক ফল, লেমোনেড আর ক্যাণ্ডী নিন... এতে লার কম তৈরী হবে। দাঁতের সাথে-সাথে জিভও ভালো করে পরিস্কার করুন। মুখে পি.এইচ. স্তরকে ন্যুট্রালাইজ করা যেতে পারে। আপনি নিজের ডাক্তারের পরামর্শে ভিটামিনের ডোজও বদলাতে পারেন।

বার-বার শৌচ *(প্রস্রাব)* যাওয়া

"আমাকে প্রতি আধ ঘন্টা পরে-পরে শৌচ *(প্রস্রাব)*-য়ের জন্য যেতে হয়। এটা কি স্বাভাবিক ?"

এটা ঠিক যে, এই জায়গাটা আপনার বাড়ীর সব থেকে ভালো জায়গা নয়... কিন্তু বেশীর ভাগ গর্ভবতী মহিলাদের প্রয়োজন পড়লে এই জায়গায় যেতেই হয়। দিন হোক্ বা রাত... আপনাকে বাথরুমে যেতেই হবে। এটা যদিও ততটা আরামদায়ক লাগে না... কিন্তু এটা সম্পূর্ণ রূপে স্বাভাবিক হয়।

বার-বার প্রস্রাব করার ইচ্ছা কেন হয় ? হার্মোনের কারণে রক্তের সাথে-সাথে প্রস্রাবের প্রবাহতেও তীব্রতা আসে। দ্বিতীয়তঃ, গর্ভাবস্থায় কিডনীর ক্ষমতা উন্নত হয়ে ওঠে, শরীর সহজেই ব্যর্থ পদার্থগুলোর হাত থেকে মুক্তি পেতে পারে *(আপনি এখন একার জন্য নয়... দুজনের জন্য শৌচে যাচ্ছেন)*। গর্ভাশয়ের বেড়ে ওঠা আকারের কারণে ব্লাডারের ওপরে চাপ পড়ে আর আপনাকে বার-বার প্রস্রাব করার জন্য বাথরুমে যেতে হয়। যখন গর্ভাবস্থার দ্বিতীয় তিন মাসে গর্ভাশয় পেটের খালি অংশের দিকে উঠে যায়, তখন এই চাপ আপনা থেকেই কমে আসে। এটা গর্ভাবস্থার তৃতীয় তিন মাস পর্যন্ত নীচের দিকে আসে না... যতক্ষন না শিশুর মাথা পেলভিস পর্যন্ত পৌঁছচ্ছে। শরীরের আভ্যন্তরীণ অঙ্গগুলোর কার্যপ্রণালী অনুসারে এটার প্রতিক্রিয়া আলাদা-আলাদা হতে পারে। কিছু গর্ভবতী মহিলাদের এতে কোন পার্থক্য

পড়ে না আর কিছু-কিছু গর্ভবতী মহিলা পুরো 9 মাসই এই কারণে অস্থির হয়ে থাকেন।

আপনার প্রস্রাব করার সময় পুরো ব্লাডার খালি করা উচিত। এতে বার-বার বাথরুম যাওয়ার ব্যাপারটা কিছুটা কমে আসবে। এই কারণে ঘাবড়ে উঠে তরল পদার্থ গ্রহণ করার মাত্রা যেন কমিয়ে দেবেন না। আপনার আর আপনার শরীরের ভরপুর মাত্রায় তরল পদার্থের প্রয়োজন হবে... কারণ ডিহাইড্রেশনের কারণে মূত্রাশয়ের সংক্রমণও হয়ে পড়তে পারে।

এমনিতে আপনার ক্যাফিনের মাত্রা কমানোর ওপরে দৃষ্টি দেওয়া উচিত। আপনাকে যদি রাতে বার-বার বাথরুম যাওয়ার জন্য উঠতে হয়, তাহলে রাতে ঘুমোবার আগে বেশী মাত্রায় তরল পদার্থ পান করবেন না।

যদি বাথরুম থেকে ঘুরে আসার ঠিক পরেই আবার বাথরুম পায়, তাহলে ডাক্তারের পরামর্শ নিন। হতে পারে যে, আপনার মূত্রাশয়ের সংক্রমণ হয়ে পড়েছে!

"আমাকে বার-বার শৌচ (*প্রস্রাব*)-য়ের জন্য কেন যেতে হয় না?"

আপনাকে যদি বার-বার প্রস্রাব করার জন্য বাথরুমে না যেতে হয়... তাহলে এমনটাও হতে পারে যে, আপনার পক্ষে এটাই হয়তো স্বাভাবিক! আপনাকে সারা দিনে অন্ততঃ পক্ষে 8 গ্লাস জল পান করতে হবে। আপনার বমি আসতে থাকলে তরল পদার্থের মাত্রা আরও বাড়িয়ে দিন। আপনি জল আর তরল পদার্থ কম মাত্রায় নিলে আপনার মূত্রাশয়ের সংক্রমণের সাথে-সাথে ডিহাইড্রেশনও হতে পারে।

বক্ষস্থলে আসা পরিবর্তন

"আমার বক্ষস্থল এত বড় হয়ে উঠেছে যে, চেনাই যাচেছ না। সেটা আগের থেকে অনেক বেশী নরমও হয়ে উঠেছে। এটা কি সর্বদা এমনই থাকবে, না কি শিশুর জন্মের পরে ঠিক হয়ে পড়বে?"

মনে হচেছ আপনি গর্ভাবস্থায় সবার আগে বড় হতে থাকা কোন জিনিষ দেখে ফেলেছেন। যদিও গর্ভাবস্থার দ্বিতীয় তিন মাস পর্যন্ত পেট ততটা বেড়ে ওঠে না... কিন্তু গর্ভধারণ করার কিছু সময় পরেই বক্ষস্থল বা ব্রেস্ট বড় হয়ে উঠতে লাগে। হতে পারে যে, আপনার ব্রা-র কাপ সাইজ তিন গুণও বেড়ে উঠতে পারে। আপনার বক্ষস্থলে ফ্যাট জমা হচেছ আর রক্তের প্রবাহও তীব্র হয়ে উঠছে। আপনার বক্ষস্হল, ছোট্ট শিশুকে ভোজন প্রদান করার জন্য প্রস্তুত হচেছ।

আপনি নিজের ব্রেস্টের আকার ছাড়াও আরও বেশ কিছু পরিবর্তন দেখতে পাবেন। স্তনবৃন্তের আশপাশের ধূসর অংশ ছড়িয়ে পড়বে আর রং-ও অনেকটাই গাঢ় হয়ে উঠবে। তার ওপরে ছোট-ছোট ফোলা ভাব দেখতে পাওয়া যাবে। এগুলো হচেছ গ্রন্থি... যেগুলো গর্ভাবস্থায় আরও স্পষ্ট দেখতে পাওয়া যাবে... পরের দিকে সেগুলো স্বাভাবিক হয়ে আসবে। আপনার বক্ষস্থলের ওপরে নীল শিরাও ফুলে উঠতে দেখতে পাওয়া যেতে পারে... যার থেকে এটা জানতে পারা যায় যে, মায়ের তরফ থেকে শিশু পোষক তত্ত্ব প্রাপ্ত করছে। শিশুকে স্তনপান করানোর পরে বা প্রসবের পরে এই নীল দাগ আপনা থেকেই মিটে যাবে।

যদিও পুরো 9 মাস পর্যন্ত এর আকারে পরিবর্তন আসবে... কিন্তু সংবেদনশীলতা প্রথম 2 - 4 মাসেই বেশী হবে। সেই সময় হাল্কা গরম-ঠাণ্ডা সেঁক লাভদায়ক হতে পারে।

এমনিতে আপনি যদি নিজের ব্রেস্টকে সঠিক পদ্ধতিতে সাপোর্ট প্রদান না করেন, তাহলে সেগুলো ঝুলেও পড়তে পারে। আপনাকে নিজের বক্ষস্থলকে ভালো সাপোর্ট প্রদান করা ব্রা বেছে নিতে হবে। কটনের স্পোর্টস ব্রা ব্যবহার করুন... এটা অনেকটাই ভালো হয়।

অনেক গর্ভবতী মহিলাদের স্তনের আকারে হঠাৎ করে পরিবর্তন দেখতে পাওয়া যায়... আবার অনেকের মধ্যে এই পরিবর্তন এতটাই ধীরে হয় যে, চট্ করে সেটা বুঝতে পারা যায় না। গর্ভাবস্থার বাকী পরিবর্তনগুলোর মত ব্রেস্টে হওয়া সকল পরিবর্তনও স্বাভাবিকই হয়। যদি আপনার স্তনের আকারে খুব বেশী পরিবর্তন না এসে থাকে, তাহলে আপনাকে ব্রা-য়ের নম্বর খুব বেশী পরিবর্তন করতে হবে না... তাতে স্তনপান করানোর ক্ষমতার ওপরেও তেমন কোন প্রভাব পড়বে না।

"প্রথম গর্ভাবস্থায় আমার বক্ষস্থলের আকার অনেকটা বেড়ে উঠেছিল। দ্বিতীয় গর্ভাবস্থায় তেমনটা হচেছ না। এটা কি স্বাভাবিক?"

এর আগের বার আপনার প্রথম গর্ভাবস্থা ছিল। এখন আপনার ব্রেস্টের সেটার ব্যাপারে অভিজ্ঞতা হয়ে পড়েছে। এজন্য হতে পারে যে, এবার সেটায় কোন নাটকীয় পরিবর্তন না-ও আসতে পারে। এমনও হতে পারে যে, আপনার বক্ষস্থলে ধীরে-ধীরে পরিবর্তন আসবে বা প্রসবের পরে শিশুকে স্তনপান করানোর জন্য স্তনের আকার বেড়ে উঠবে। এমনিতে এই ধীরে-ধীরে বাড়ার প্রক্রিয়াটা স্বাভাবিকই হয়। বক্ষস্থলে আসা এই পরিবর্তন দুটি গর্ভাবস্থার মাঝে হওয়া পার্থক্যগুলোর অন্যতম হয়!

পেটের নীচের অংশে চাপ

"আমার পেটের নীচের অংশে হাল্কা চাপ বজায় থাকে। আমার কি সেদিকে দৃষ্টি দেওয়া উচিত?"

এমনটা মনে হচেছ যে, আপনি নিজের শরীরের প্রতিটি আওয়াজকে চেনেন... এটা এক ভালো সংকেত। কিন্তু আপনি যখন এর সাথে যুক্ত যন্ত্রণা আর কষ্টের সাথে বেশী করে যুক্ত হয়ে পড়েন, তখন সেটাকে ভালো বলা চলে না।

চিন্তা করবেন না! প্রথম গর্ভাবস্থায় পেটের নীচের দিকে অংশে হাল্কা টান ভাব বা চাপের অর্থ হচেছ এই যে, সব কিছু ঠিক আছে... কিছুই বেঠিক হচেছ না!

হতে পারে যে, আপনার সংবেদনশীল বডি রাডার সেই নাটকীয় পরিবর্তনের ইঙ্গিত দিচেছ, যেটা আপনার পেটের নীচের দিকের অংশে হচেছ। এমনও হতে পারে যে, আপনার বেড়ে ওঠা রক্ত প্রবাহ, যুটেরাইন লাইনিং তৈরী হওয়া বা গর্ভাশয়ের বড় হয়ে ওঠার অনুভূতি হচেছ। অনেক বার কোষ্ঠকাঠিন্য বা গ্যাসের যন্ত্রণার কারণেও এমনটা হয়।

যদি আপনার এই অনুভূতি লাগাতার বজায় থাকে, তাহলে আপনি নিজের ডাক্তারের পরামর্শ নিতে পারেন।

হাল্কা দাগ লাগা

"একদিন টয়লেটে থাকাকালীন গা মোছার সময় আমি রক্তের হাল্কা ছোপ দেখতে পাই। আমার কি মিস্‌ক্যারেজ হয়ে পড়েছে?"

গর্ভাবস্থায় এই ধরণের রক্তের ছোপ দেখতে পাওয়া যথেষ্ট ভয় পাইয়ে দেয়। কিন্তু এটার অর্থ এই নয় যে, আপনার সাথে খারাপ কিছু হয়ে পড়েছে। 5-জনের মধ্যে 1-জন গর্ভবতী মহিলার প্রায়ই এই ধরণের হাল্কা রক্তস্রাব *(ব্লীডিং)*-য়ের অভিজ্ঞতা হয় আর তাঁরা পরে সুস্থ শিশুর জন্মও দেন। হতে পারে যে, এই হাল্কা ছোপ পীরিয়ডের শুরু বা শেষ হওয়ার সংকেত! এবার মন শক্ত করে পরের লেখাগুলো পড়ুন। এই হাল্কা ছোপের নিম্নলিখিত কারণ হতে পারে ঃ-

যুটেরাইন বলে এম্‌ব্রিয়ো গড়ে ওঠা ঃ- 20 থেকে 30 শতাংশ গর্ভবতী মহিলাদের এই স্পটিং অর্থাৎ *হৈম্‌প্ল্যান্টেশন ব্লীডিং*'-য়ের অভিযোগ থাকে। গর্ভধারণ করার পাঁচ থেকে দশ দিন পরে, যখন আপনার পীরিয়ড আসার সময় হয়... তখন এমনটা হতে পারে। এটা আপনার মাসিক ধর্মের থেকে অনেক কম, কয়েক ঘন্টা থেকে কয়েক দিন পর্যন্ত হতে পারে। এটা হাল্কা গোলাপী বা ধূসর রং-য়ের ব্লীডিং হয়। এটা সেই সময় হয়, যখন কোশিকাগুলোর ছোট বল, গর্ভাশয়ের প্রাচীরের ভেতর দিয়ে নিজের রাস্তা তৈরী করে। *হৈম্‌প্ল্যান্টেশন ব্লীডিং*'-য়ের অর্থ খারাপ কিছু হয়ে পড়া কখনোই হয় না।

ইন্টারকোর্স *(সহবাস)* বা আভ্যন্তরীণ পেল্‌ভিক পরীক্ষা বা পেপ স্মীয়র ঃ- গর্ভাবস্থায় সার্ভিক্স আগের থেকে অনেকটা কোমল হয়ে পড়ে আর রক্ত নলিকাগুলো ফুলে ওঠে... সেগুলো ইন্টারকোর্সের আভ্যন্তরীণ পরীক্ষার কারণে হাল্কা ব্লীডিং-য়ের কারণ হয়ে উঠতে পারে।

এমন ব্লীডিং গর্ভাবস্থায় যে কোন সময় হতে পারে। এমনটা সাধারণতঃ কোন প্রকারের সমস্যার সংকেত হয় না... কিন্তু আপনি নিজের মনের সন্তুষ্টির জন্য ডাক্তারকে দিয়ে নিজের চেক-আপ্ করাতে পারেন।

ভ্যাজাইনা *(যোনি)* বা সার্ভিক্স সংক্রমণ ঃ- এই দুটোর সংক্রমণের কারণেও হাল্কা রক্তস্রাব *(ব্লীডিং)* হতে পারে।

সাব্‌কোরিয়োনিক ব্লীডিং ঃ- এমন ব্লীডিং সেই সময় হয়, যখন কোরিয়ন *(প্লেসেন্টার সাথে বাহ্যিক ফ্যাটাল মেম্ব্রেন)* বা গর্ভাশয় আর প্লেসেন্টার

ডাক্তারকে কখন ফোন করবেন ?

যে কোন জরুরী পরিস্থিতি আসার আগে সেটার প্রোটোকল নির্দিষ্ট করে নিন। যদি হঠাৎ করে কোন নতুন লক্ষণ দেখতে পাওয়া যায়, তাহলে নীচের পদ্ধতি গ্রহণ করুন ঃ-

সবার আগে ডাক্তারের চেম্বারে ফোন করুন। তিনি চেম্বারে না থাকলে লক্ষণ জানিয়ে মেসেজ ছেড়ে দিন। এর পরে যদি কয়েক মিনিটের ভেতরে সেখান থেকে ফোন না আসে, তাহলে আবার একবার ফোন করুন বা কাছের জরুরী কক্ষে নার্সকে সব কিছু খুলে বলুন। উনি আপনাকে আসতে বললে ডাক্তারকে জানিয়ে সেখানে যান।

নিজের সমস্যা বা তাৎক্ষনিক লক্ষণ জানানোর সময়, প্রতিটি লক্ষণের ব্যাপারে জানান... যেগুলো আপনি অনুভব করেছেন। তাঁদের এটা জানান যে, আপনি সবার প্রথমে লক্ষণ কবে দেখেছেন বা সেটা কতবার হয়েছে অথবা সেটা কতটা হাল্কা বা গুরুতর ছিল ?

তৎক্ষনাত ফোন করুন ঃ-

- পেটের নীচের অংশে যন্ত্রণার সাথে হাল্কা টান ভাব আর ব্লীডিং হওয়া।
- পেটের নীচের অংশে, মাঝে বা দু দিকে লাগাতার হতে থাকা যন্ত্রণা বা ব্লীডিং।
- প্রয়োজনের তুলনায় বেশী পিপাসা লাগা, শৌচ *(প্রস্রাব)* কম হওয়া বা সারা দিনে একবারও শৌচ *(প্রস্রাব)* না হওয়া।
- শৌচ *(প্রস্রাব)*-য়ের সময় জ্বলুনি বা যন্ত্রণা, তীব্র জ্বরের পাথে মাথার যন্ত্রণা।
- 101.5^0 ফারেনহাইটের থেকে বেশী জ্বর।
- হাত-পা আর চোখ হঠাৎ করে ফুলে ওঠা, ঝাপসা দৃষ্টি, হঠাৎ করে ওজন বেড়ে ওঠা।
- দৃষ্টিশক্তি ঝাপসা হয়ে আসা বা সব কিছু দুটো করে দেখতে পাওয়া *(কিছু সময় পর্যন্ত)*।
- তীব্র মাথার যন্ত্রণা *(লাগাতার দু-তিন ঘন্টা)*।
- ব্লাড ডায়রিয়া।

সেদিন ফোন করুন (পরের দিন সকালেও যদি আগের রাতের মত কষ্ট থাকে) ঃ-

- প্রস্রাবের সাথে রক্ত আসা।
- হাত-পা আর চোখ ফুলে ওঠা।
- জ্বলুনির সাথে প্রস্রাব হওয়া।
- বেহুঁশী।
- কোল্ড বা ফ্লুয়ের লক্ষণ ছাড়াই তীব্র জ্বর।
- গু গুলোতে থাকা বা বমি হওয়া (গর্ভাবস্থার পরের দিনগুলোয়)।
- প্রস্রাবের গাঢ় রং, মলের রং হলুদ হয়ে আসা বা জণ্ডিসের লক্ষণ।

ডাক্তার নিজের হিসেবে এবং লক্ষণগুলোর হিসেবে আপনাকে ডেকে পাঠাবেন... এজন্য আপনার আগে থেকেই এই প্রোটোকলের বিষয়ে জেনে নেওয়া উচিত।

মনে রাখবেন যে, অনেক বার কোন লক্ষণ না দেখতে পাওয়া সত্ত্বেও আপনি অস্থিরতা বা ক্লান্তি অনুভব করতে পারেন। যদি এক-দু দিন মনোযোগ দেওয়া সত্ত্বেও আপনার ক্লান্তি দূর না হয়, তাহলে ডাক্তার দেখান। হতে পারে যে, আপনার শরীরে রক্তের অভাব রয়েছে বা শরীরে কোন প্রকারের সংক্রমণ হয়ে পড়েছে, যেমন – *হৈউ.টি.আই.'* কোন প্রকারের লক্ষণ ছাড়াই নিজের কাজ করে চলে। যখনই কোন প্রকারের সন্দেহ হবে, অবশ্যই ডাক্তার দেখান!

মাঝে রক্ত জমা হয়ে পড়ে। এই কারণে হাল্কা বা ভারী ব্লীডিং হতে পারে, যেটা সাধারণতঃ সাধারণ আল্ট্রাসাউণ্ডে ধরা পড়ে না। এই ব্লীডিং আপনা থেকেই ঠিক হয়ে পড়ে আর এর ফলে কোন প্রকারের সমস্যাও হয় না।

গর্ভাবস্থার বাকী লক্ষণগুলোর মত এই হাল্কা ব্লীডিং-ও এক স্বাভাবিক লক্ষণ হয়। অনেক গর্ভবতী মহিলাদের পুরো গর্ভাবস্থায় এমন ব্লীডিং হতে থাকে। কিছু-কিছু গর্ভবতী মহিলাদের এমনটা কেবলমাত্র এক বা দু দিনের জন্য হয়।

আবার কিছু গর্ভবতী মহিলাদের ম্যুকসের সাথে ধূসর বা গোলাপী রং-য়ের ব্লীডিং হতে থাকে... কারো-কারো লাল ফোঁটায় ব্লীডিং হয় – এই সব মহিলাদের মধ্যে একটা কমন ব্যাপার এটা হয় যে, তাঁদের সকলেরই গর্ভাবস্হা সম্পূর্ণ রূপে সুরক্ষিত থাকে আর তাঁরা সকলেই সুস্হ শিশুর জন্ম দেন। এজন্য আপনার খুব বেশী চিন্তা করার কোন প্রয়োজন নেই... কিন্তু এই ব্যাপারটাকে একেবারে উপেক্ষা করাটাও ঠিক নয়!

যদি হাল্কা টান ভাবের সাথে লাল রক্তের ছোপ দেখতে পাওয়া যায় *(যেটা পুরো প্যাড ভরে দেয়)*, তাহলে সেই ব্যাপারে আপনার নিজের ডাক্তারকে অবশ্যই প্রশ্ন করা উচিত। তিনি আল্ট্রাসাউণ্ড করানোর পরামর্শ দিতে পারেন। যদি 6 সপ্তাহ কেটে যায়, তাহলে আপনি নিজের গর্ভস্হ শিশুর হৃদস্পন্দন শুনতে পারেন... যার থেকে আপনি এটা জানতে পেরে যাবেন যে, সব কিছু ঠিক আছে।

যদি এই হাল্কা ছোপ ভারী ব্লীডিং-য়ে পরিবর্তিত হয়ে পড়ে, তাহলে আপনাকে তৎক্ষনাত ডাক্তারের শরণাপন্ন হতে হবে। কিন্তু তখনও মিস্ক্যারেজ হওয়ার সম্ভাবনাকে মনের মধ্যে ঠাঁই করে দেবেন না। অনেক গর্ভবতী মহিলাদের কোন কারণ ছাড়াই প্রচণ্ড ব্লীডিং হয় এবং পরে মাতা আর শিশু – দুজনেই সুস্হ থাকেন।

এইচ.সি.জি. লেবেল

"আমার ব্লাড টেস্ট করা হয়েছে এবং সেটার রিপোর্টে এইচ.সি.জি.-র লেবেল *(স্তর)* 412 ml U/L এসেছে। এই সংখ্যার অর্থ কি ?"

এর অর্থ হচ্ছে এই যে, আপনি নিশ্চিত রূপে গর্ভবতী হয়ে পড়েছেন। নতুন বিকশিত প্লেসেন্টা কোশিকাগুলো ফার্টিলাইজড্ ডিম্ব ইমপ্ল্যান্ট হওয়ার কিছু দিনের ভেতরেই এইচ.সি.জি. তৈরী করে। সেটা আপনার প্রস্রাব পরীক্ষা করে জানতে পারা যাবে। এর পরে ডাক্তার রক্তে সেটার পরীক্ষা করার পরে আপনার গর্ভাবস্হার পুষ্টি করে দেন। গর্ভাবস্হার শুরুতে রক্তে এর স্তর বেশী হয় না... কিন্তু কিছু দিনের ভেতরেই এটা যথেস্ট মাত্রায় বেড়ে ওঠে। এটা গর্ভাবস্হার 7 থেকে 12 সপ্তাহে নিজের চরমাবস্হায় পৌঁছে যায়... তারপর ধীরে-ধীরে কমতে থাকে।

আপনার নিজের অন্যান্য গর্ভবতী বান্ধবীদের সাথে এই সংখ্যা মিশিয়ে ফেলা উচিত নয়... কারণ ওনাদের সকলেরও এইচ.সি.জি. স্তর এক হয় না। তাঁরা প্রত্যেকে ব্যক্তি এবং সময়ের হিসেবে আলাদা-আলাদা হতে পারেন।

সব থেকে দৃষ্টি দেওয়ার মত ব্যাপার হচ্ছে এটা যে, আপনার এইচ.সি.জি. স্তর নিজের সংখ্যার হিসেবে এক নির্দিস্ট স্তরে বাড়বে আর তারপর আপনা থেকেই সেটা কমে আসতে লাগবে। এখানে দেওয়া বক্সের সহায়তায় আপনার সেই ব্যাপারে আন্দাজ হয়ে পড়বে। যদিও এটা জরুরী নয় যে, বক্সে দেওয়া রীডিং আপনার সংখ্যার সঙ্গে মিলবেই! আপনার সেই নিয়ে কোন চিন্তা করা উচিত নয়।

যদি আপনার গর্ভাবস্হা স্বাভাবিক রূপে এগোচ্ছে না... তাহলেও আপনার সেই ব্যাপারে খুব একটা বেশী চিন্তা করার কোন প্রয়োজন নেই। এই ব্যাপারে আপনার ডাক্তারবাবু অবশ্যই দৃষ্টি দিচ্ছেন। আল্ট্রাসাউণ্ডের ফলাফল থেকেও অনেকটা পরিস্কার চিত্র সামনে প্রকাশ পায়। এমনিতে যে কোন প্রকারের সন্দেহের সৃষ্টি হলে আপনি ডাক্তারের পরামর্শ নিতে পারেন।

এইচ.সি.জি. স্তর

আপনি কি এইচ.সি.জি. নম্বর গেম খেলতে চান ? এখানে আপনার জন্য কিছু রেঞ্জ দেওয়া হল।

গর্ভাবস্হার সপ্তাহ	এইচ.সি.জি.-র মাত্রা ml U/L-তে
3 সপ্তাহ	5 থেকে 50
4 সপ্তাহ	5 থেকে 426
5 সপ্তাহ	19 থেকে 7,340
6 সপ্তাহ	1,080 থেকে 56,500
7 থেকে 8 সপ্তাহ	7,650 থেকে 229,000
9 থেকে 12 সপ্তাহ	25,700 থেকে 288,000

চিন্তা করবেন না

কিছু গর্ভবতী মহিলা কোন কারণ ছাড়াই নিজেদের গর্ভাবস্হার প্রথম তিন মাসে বা পুরো গর্ভাবস্হায় চিন্তিত হয়ে থাকেন। এই সব চিন্তায় সবার ওপরে থাকে – গৈর্ভপাতের চিন্তা !'

বেশীর ভাগ গর্ভবতী মহিলা স্বাভাবিক লক্ষণ আর ছোটখাটো সমস্যা সত্ত্বেও সুস্হ শিশুর জন্ম দেন। প্রতিটি স্বাভাবিক লক্ষণের মত পেটের নীচের অংশে টান ভাব, যন্ত্রণা, হাল্কা রক্তস্রাব ইত্যাদিও স্বাভাবিক হয়। এই সব সংকেত আপনার ভয়ের চিন্তা তো হয়ে উঠতে পারে... কিন্তু আপনাদের এমনটা কখনো মনে করা উচিত নয় যে, এর দ্বারা গর্ভাবস্হার কোন প্রকারের ঝুঁকির সৃষ্টি হতে পারে। যদিও আপনার নিজের ডাক্তারের সাথে পরের বার সাক্ষাৎকারে তাঁর মতামত অবশ্যই নেওয়া উচিত। যদি নিম্নলিখিত কারণগুলো উপস্হিত হয়, তাহলে অকারণে চিন্তিত হয়ে উঠবেন না।

- হাল্কা টান ভাব, যন্ত্রণা, পেটের নীচের অংশে, মাঝের অংশে বা ধারের দিকের অংশে হাল্কা যন্ত্রণা। অনেক বার গর্ভাশয়কে সাপোর্ট দিতে থাকা লিগামেন্টে টান পড়ার কারণেও এমনটা হয়। যদি তীব্র টান ভাবের সাথে ব্লীডিং না হয়, তাহলে ভয় পাওয়ার কোন কারণ নেই।
- রক্তস্রাব বা ব্লীডিং কেবলমাত্র গর্ভপাতের কারণ হয় না। আমরা আপনাকে এর কারণ আগেই স্পষ্ট করে জানিয়েছি।

অনেক বার লক্ষণের অভাবের কারণেও গর্ভবতী মহিলারা চিন্তিত হয়ে ওঠেন। সাধারণতঃ গর্ভাবস্হার প্রথম তিন মাসে তাঁদের এমনটা মনে হতে থাকে যে, তাঁরা মোটেই গর্ভবতী নন। এই কারণে তাঁরা যথেস্ট অস্হির হয়ে ওঠেন। নিজেদের গর্ভাবস্হার পুষ্টি হয়ে পড়ার পরে আর ভয়ের কি আছে ?

এটা জরুরী নয় যে, সবার মত আপনারও মর্ণিং সিকনেস হবে বা আপনারও বক্ষস্হলের আকার বেড়ে উঠবে। হতে পারে যে, আপনার মধ্যে এমন লক্ষণ সৃষ্টিই হল না বা দেরী করে দেখতে পাওয়া গেল ! প্রতিটি গর্ভবতী মহিলার ক্ষেত্রে লক্ষণ আলাদা হয় বা একেবারেই দেখতে পাওয়া যায় না !

মানসিক চাপ

"আমার কাজে প্রচণ্ড মানসিক চাপ থাকে। যদিও আমি এখন মা হতে চাইনি... কিন্তু হঠাৎ করে আমি গর্ভবতী হয়ে পড়েছি। আমার কি কাজ ছেড়ে দেওয়া উচিত ?"

মানসিক চাপকে আপনি কি ভাবে গ্রহণ করেন... সেটা সেই ভিত্তিতে ভালো বা খারাপ হতে পারে। আপনি যদি সেটাকে ভালো ভাবে গ্রহণ করতে জানেন, তাহলে সেটার জোরে আপনি ভালো প্রদর্শন করে দেখাতে পারবেন... অন্যথা সেটা আপনার ওপরে প্রভাব বিস্তার করে আপনাকে শেষ করে দিতে পারে। বিভিন্ন অধ্যয়ণ থেকে এটা জানতে পারা গেছে যে, গর্ভাবস্হা কিছু বিশেষ প্রকারের মানসিক চাপের স্তর দ্বারা প্রভাবিত হয় না। আপনি যদি সেই মানসিক চাপকে এড়িয়ে চলতে পারেন, তাহলে আপনার গর্ভস্হ শিশুও সেটার মোকাবিলা করে নেবে... কিন্তু যদি সেই মানসিক চাপের কারণে আপনার রাতের ঘুম নস্ট হয়ে পড়ে বা আপনি যদি অবসাদে গ্রস্ত হয়ে পড়েন, মাথার যন্ত্রণা, পেটের যন্ত্রণা বা ক্ষুধামান্দ্য অনুভব করতে থাকেন আর সেগুলোর কারণে আপনি যদি ধূম্রপান বা মদ্যপানের মত খারাপ অভ্যাসে আসক্ত হয়ে পড়েন... তাহলে নিশ্চিত রূপে সেটা এক সমস্যা হয়ে উঠতে পারে। যদি গর্ভাবস্হার দ্বিতীয় বা তৃতীয় তিন মাসেও মানসিক চাপের কারণে এমন নেতিবাচক প্রতিক্রিয়া জারী থাকে, তাহলে সেটাকে শেষ করাটা আপনার পক্ষে এক প্রাথমিকতা হয়ে ওঠা উচিত। নিম্নলিখিত উপায়গুলো আপনার কাজে আসতে পারে।

মনের ভার হাল্কা করুন ঃ- নিজের মনের ভার কারো সামনে হাল্কা করে দিন। নিজের সাথীর সাথে নিজের মনের সব কথা ভাগ করে নিন। রাতে বিছানায় যাওয়ার আগে সব মানসিক চাপ, সব চিন্তার থেকে মুক্তি পেয়ে নিন। সকল সমস্যার সমাধান খুঁজুন। সর্বদা হাসি-খুশী থাকুন। আপনার

রিল্যাক্স হয়ে পড়ুন

আপনি কি মানসিক চাপে গ্রস্ত হয়ে পড়ছেন ? তাহলে তো আপনাকে যোগের রিল্যাক্সেশন পদ্ধতি গ্রহণ করতে হবে। আপনি কোন যোগ ক্লাসে বা বাড়ী বসে ডি.ভি.ডি.-র সহায়তায় এই সহজ পদ্ধতি যে কোন সময় শিখতে পারবেন। আপনি যখনই চিন্তাগ্রস্ত হয়ে পড়বেন, দিনে এক বার যোগাভ্যাস করে চিন্তা নিবারণ করতে পারেন। চোখ বন্ধ করে বসে পড়ুন। কোন সুন্দর দৃশ্যের কল্পনা করুন আর এমনটা চিন্তা করুন যে, আপনি নিজের শিশুকে কোলে নিয়ে বসে আছেন। শরীরের সকল মাংসপেশীগুলোকে শিথিল ছেড়ে দিন আর *হ্যোঁ'* বা *নৌ'* শব্দ জোরে-জোরে বলুন। এটার 10 থেকে 20 মিনিট পর্যন্ত পুনরাবৃত্তি করুন। 1 - 2 মিনিটও এমনটা করতে পারলেও অনেকটাই লাভ পাওয়া যাবে। আপনি উত্তেজনা আর মানসিক চাপের হাত থেকে মুক্তি পাবেন।

সাথীও যদি মানসিক চাপগ্রস্ত হয়ে থাকেন, তাহলে অন্য কোন ব্যক্তির সহায়তা নিন। যদি মানসিক চাপের শারীরিক লক্ষণগুলোও প্রকাশ পেতে থাকে, তাহলে ডাক্তারের পরামর্শ নিন। অন্য গর্ভবতী মায়েদের সঙ্গে মেলামেশা বাড়ান। বন্ধুত্বপূর্ণ পরিবেশে আপনি নিজের মনকে অনেকটাই শান্ত করে তুলতে পারবেন।

এই ব্যাপারে কিছু একটা করুন ঃ- নিজের জীবনের মানসিক চাপের উৎসগুলোর সন্ধান করুন আর এটা দেখুন যে, সেগুলোকে কি ভাবে উন্নত করে তোলা যায় ? এমন কিছু কাজ ছেড়ে দিন, যেগুলো আপনার প্রাথমিকতার সূচীতে আসে না। যদি পরিবারে বা অফিসে আপনার ওপরে বেশ কিছু দায়িত্ব থাকে... তাহলে এটা ঠিক করুন যে, সেগুলো কার ওপরে সঁপে দেওয়া যেতে পারে বা কতদিন পর্যন্ত মুলতুবী রাখা যেতে পারে।

যখন ঘাবড়ানি ভাব বেশী বেড়ে উঠবে, তখন কাগজ-কলম নিয়ে বসে পড়ুন আর কাজগুলোর সূচী তৈরী করুন এবং এটা ঠিক করুন যে, আপনি সেগুলো কখন করতে চান ? এই ভাবে সব কিছুই আপনার কাছে নিয়ন্ত্রিত মনে হবে। কোন কাজ শেষ হয়ে পড়লে সূচী থেকে সেটা কেটে দিন... যাতে আপনার এমনটা মনে হয় যে, কিছুটা ভার হাল্কা হয়েছে !

পুরো ঘুমোন ঃ- ঘুমও কোন ওযুধের থেকে কোন অংশে কম হয় না। এর দ্বারা শরীর-মন – দুটোই শান্ত হয়ে ওঠে। অনেক বার ঘুমোলেও মানসিক চাপ আর উত্তেজনা শান্ত হয়ে আসে। আপনার যদি ঘুমোতে কোন প্রকারের সমস্যা হয়, তাহলে এই পুস্তকে দেওয়া উপায় গ্রহণ করুন।

পর্যাপ্ত পোষণ ঃ- ব্যস্ত দিনচর্যা আপনার খাওয়া-

আশাবাদী হোন্

এমনটা মানা হয়ে থাকে যে, আশাবাদী ব্যক্তি বেশী দিন পর্যন্ত সুস্থ জীবন যাপন করেন। গর্ভবতী মা আশাবাদী হলে গর্ভস্থ শিশুর দৃষ্টিভঙ্গীও বদলাতে পারে। অনুসন্ধানকারীরা এটা দেখতে পেয়েছেন যে, গর্ভবতী মহিলাদের মধ্যে প্রসবের আগে ঝুঁকির সম্ভাবনা যথেষ্ট কম থাকে। এই প্রকারে গর্ভাবস্থার সঙ্গে যুক্ত ঝুঁকিও অনেকটাই কমে আসে।

মানসিক চাপের নিম্ন স্তরের আশাবাদী মহিলাদের গর্ভাবস্থার ঝুঁকি নিশ্চিত রূপে কমে আসে। মানসিক চাপের উচ্চ স্তরে গর্ভাবস্থার সময় আর পরে মহিলারা বিভিন্ন প্রকারের স্বাস্থ্য-সমস্যায় জড়িয়ে পড়েন। মানসিক চাপের কারণে তাঁরা পুরো ব্যাপার খুলে জানান না। আশাবাদী মহিলারা নিজেদের দেখাশোনা অনেকটাই ভালো ভাবে করতে পারেন। তাঁরা সঠিক আহার-বিহার, ব্যায়াম, সঠিক দেখাশোনা করেন এবং ধূম্রপান আর মদ্যপানের থেকে দূরে সরে থেকে ওযুধের সঠিক সেবন করেন। তাঁরা নিজেদের ইতিবাচক ব্যবহার আর চিন্তাধারা দ্বারা নিজেদের গর্ভাবস্থার ওপরে ইতিবাচক প্রভাব বিস্তার করেন।

আপনিও নিজের গর্ভাবস্থায় এমন আশাবাদী দৃষ্টিভঙ্গী গ্রহণ করে অনেক কিছু প্রাপ্ত করতে পারেন। আপনাকে শুধু দুধ দ্বারা অর্দ্ধেক ভরা গ্লাসকে *অৰ্দ্ধেক খালি'* দেখার জায়গায় *অৰ্দ্ধেক ভরা'* দেখতে হবে!

দাওয়ার অভ্যাসকেও প্রভাবিত করে। গর্ভাবস্থায় তো ভুল আহার-বিহারের অভ্যাস আরও কষ্ট প্রদান করে। দিনের মধ্যে কম পক্ষে 6 বার হাল্কা ভোজন করুন। জটিল কার্বোজ আর প্রোটিনের ওপরে জোর দিয়ে ক্যাফিন আর চিনির মাত্রা কমিয়ে নিয়ে আসুন। পোষক আহারের সেবন করলেও মানসিক চাপ কমে আসে।

স্নান করুন ঃ- হাল্কা গুনগুনা গরম জলে স্নান করে নিন। এতে মানসিক চাপ কমবে আর মনও শান্ত হয়ে আসবে। রাতে আপনার ভালো ঘুমও আসবে।

যোগাভ্যাস করুন ঃ- নিজের মানসিক চাপ কমানোর জন্য যোগ বা সাঁতার কাটার মত ব্যায়ামের সহায়তা নিন। নিজের ব্যস্ত দিনচর্যার থেকে এগুলোর জন্য সময় বার করে আনুন।

বৈকল্পিক চিকিৎসা ঃ- বেশ কিছু পূরক আর বৈকল্পিক চিকিৎসা পদ্ধতির মাধ্যমেও মানসিক চাপ কমানো যেতে পারে; যেমন – আকুপাংচার, বায়ো-ফীডব্যাক, সম্মোহন থেরাপী বা মালিশ। ধ্যান আর মানসিক চিত্রণও কার্যকরী হতে পারে। মনে-মনে সুন্দর কোন প্রাকৃতিক দৃশ্যের কল্পনা করুন। রিল্যাক্সেশন পদ্ধতির অভ্যাসও কার্যকরী হতে পারে।

এগুলোর থেকে দূরে থাকুন ঃ- মানসিক চাপের সাথে লড়াই করুন... সেটার মোকাবিলা করুন। কোন ভালো ফিল্ম দেখুন, বই পড়ুন বা মিউজিক শুনুন। শিশুর জন্য সুন্দর সোয়েটার বুনুন। কোন বান্ধবীর সাথে মঞ্চে উঠুন। ডায়রী লিখুন। অন্লাইন সার্চ করুন বা এমনিই পায়চারী করার জন্য বেরিয়ে পড়ুন।

কারণই মিটিয়ে ফেলুন ঃ- যদি এমন কোন কারণ থাকে, যেটাকে মেটানো বা দূর করা যেতে পারে... তাহলে আর দেরী করবেন না। কাজের খুব চাপ থাকলে অন্যদের সঙ্গে কাজ ভাগ করে নিন। যদি অত্যধিক মানসিক চাপের কারণে আপনি চাকরী বদলাতে চাইছেন, তাহলে কিছু দিন অপেক্ষা করুন। শিশুর জন্মের পরেই সেই ব্যাপারে চিন্তা করবেন।

মনে রাখবেন, শিশুর জন্মের পরে আপনার মানসিক চাপ আরও বেড়ে উঠবে... তাই এখন থেকেই সেটার মোকাবিলা করা শিখে নিন।

গর্ভাবস্থায় প্রেমপূর্ণ দেখাশোনা

এতে কোন সন্দেহ নেই যে, গর্ভাবস্থায় মুখের ওপরে এক আলাদা প্রকারের সৌন্দর্য চমক মারতে থাকে। কিন্তু তা সত্ত্বেও আপনার সৌন্দর্যের মেক-ওভারের প্রয়োজন পড়বে। গর্ভবতী হয়ে পড়ার পরে নিজের একনে ক্রীম ব্যবহার করার আগে বা বিকনী ওয়্যাক্স-য়ের স্পা নেওয়ার আগে অথবা ফেশিয়াল করানোর আগে আপনাকে অনেক কিছু জেনে নিতে হবে। এখানে আপনার মাথার চুল থেকে পায়ের নখ পর্যন্ত পরিচর্যার সাথে যুক্ত টিপস্ দেওয়া হয়েছে... যেগুলোর সহায়তায় আপনি সুন্দর দেখার সাথে-সাথে সুরক্ষিতও থাকবেন।

আপনার চুল

গর্ভাবস্থায় হয় আপনার মাথার চুল অত্যন্ত কুৎসিত হয়ে পড়তে পারে অথবা আগের থেকে অনেকটাই সুন্দর হয়ে উঠতে পারে। হার্মোনের কারণে চুলের সংখ্যা আগের থেকে অনেক বেশী বেড়ে উঠবে... কিন্তু এমনটা কেবলমাত্র মাথার চুলের সঙ্গেই হবে না। আপনার পুরো শরীরের চুলের সংখ্যাও বেড়ে উঠবে।

কালারিং ঃ- আপনি যখন গর্ভাবস্থাতেও মাথার চুল কালার করতে চান, তখন প্রায়ই ত্বকের ওপরে চুঁইয়ে পড়তে থাকা কেমিক্যালের ব্যাপারেও আলোচনা হয়। কিন্তু এখনও পর্যন্ত এমন কোন পাক্কা প্রমাণ পাওয়া যায়নি যে, সেটা ক্ষতিকারক হতে পারে। অনেক বিশেষজ্ঞরাও এখন এমন পরামর্শ দিচ্ছেন যে, আপনাকে গর্ভাবস্থার প্রথম তিন মাসে এদিকে সাবধানতা অবলম্বন করতে হবে। আবার অনেকে এমনটা মনে করেন যে, পুরো গর্ভাবস্থায় মাথার চুল কালার করা যেতে পারে! এই ব্যাপারে আপনার নিজের ডাক্তারের পরামর্শ নেওয়া উচিত। যদি সব চুল কালার করতে সমস্যা হয়, তাহলে সেগুলোকে হাইলাইট করুন। এতে কেমিক্যাল চুল পর্যন্ত পৌঁছবে না

আর আপনার হাইলাইট করা চুল দীর্ঘ সময় পর্যন্ত বজায় থাকবে। আপনাকে গর্ভাবস্থার সময় বার-বার পার্লারেও ছুটতে হবে না।

আপনি নিজের হেয়ার কালারিস্টকে এই প্রশ্ন করতে পারেন যে, উনি আপনার মাথার চুলে এ্যামোনিয়া-মুক্ত ডাই করে দিতে পারবেন কি না ? এটা মাথায় রাখবেন যে, হার্মোনাল পরিবর্তনের কারণে আপনার মাথার চুল অদ্ভূত প্রতিক্রিয়া ব্যক্ত করতে পারে। সেগুলো আর তেমনটা থাকবে না... যেমনটা স্বাভাবিক রূপে থাকার কথা। পুরো মাথার চুল কালার করার আগে কিছুটা প্যাচ টেস্ট করে নিন... এমনটা যেন না হয় যে, লাল চুলের কামনায় আপনি মাথার চুলে বেগুনী কালার করে নিলেন !

চুল সোজা করার টেক্‌নিক ঃ- আপনি কি নিজের কোঁকড়ানো চুলকে সোজা করার ব্যাপারে ভাবনা-চিন্তা করছেন ? যদিও এখনও পর্যন্ত এমন কোন প্রমাণ পাওয়া যায়নি যে, গর্ভাবস্থায় এমনটা করার ফলে কোন প্রকারের ক্ষতি হয়... কিন্তু তার সাথে-সাথে এমন প্রমাণও পাওয়া যায়নি যে, এমনটা পূর্ণ রূপে সুরক্ষিত হয়। তাই এই ব্যাপারে নিজের ডাক্তারের পরামর্শ নিন। এমনিতে আপনি এমনটা শুনে থাকবেন যে, গর্ভাবস্থার প্রথম তিন মাসে মাথার চুল কোঁকড়ানো থাকতে দেওয়াই ভালো হয়।

আপনি যদি নিজের মাথার চুল সোজা করতেই চান... তাহলে এমনটাও হতে পারে যে, হার্মোনাল পরিবর্তনের কারণে আপনি হয়তো মনের মত ফলাফল না-ও পেতে পারেন। দ্বিতীয় গর্ভাবস্থায় চুল ভালোমত বৃদ্ধি পায়। এমনও হতে পারে যে, চুল সোজা করানো সত্ত্বেও সেগুলো গোড়া থেকে দ্রুত কোঁকড়ানো হয়ে পড়ে। এমনিতে আপনি *থৌর্মাল রিকণ্ডিশনিং প্রক্রিয়া'* ব্যবহার করতে পারেন... কারণ এতে শক্ত রসায়ন ব্যবহার করা হয় না। কিন্তু এই ক্ষেত্রেও আগে ডাক্তারের পরামর্শ নিয়ে নিন বা এক ফ্ল্যাট আয়রণ কিনে নিন আর সেটা দিয়ে মাথার চুল সোজা করুন।

পার্মানেন্ট বা বডি ওয়েভ ঃ- আপনার চুল এতটা ঢেউ খেলানো নয়... যতটা আপনি চান। কিন্তু গর্ভাবস্থায় পার্মানেন্ট বা বডি ওয়েভের ব্যাপারে চিন্তা না করলেই ভালো করবেন... কারণ আমরা এটা জানি না যে, হার্মোনাল পরিবর্তনের কারণে সেটার প্রতিক্রিয়া কি হবে বা এই টেক্‌নিক পূর্ণ রূপে সুরক্ষিত কি না ? এমনটা না হোক্ যে, আপনার মাথার চুলের অবশিষ্ট সৌন্দর্যও নষ্ট হয়ে পড়ুক !

হেয়ার রিমুভাল আর লাইটনিং ট্রীটমেন্ট ঃ- আপনি যদি গর্ভাবস্থায় নিজের শরীরে গজিয়ে আসা চুলের কারণে অস্থির হয়ে ওঠেন, তাহলে চিন্তা করবেন না। এই অবস্থা বেশী দিন পর্যন্ত থাকবে না। হতে পারে যে, হার্মোনাল পরিবর্তনের কারণে আপনার বগলে, ঠোঁঠের নীচে, পিঠে আর পেটে চুলের বৃদ্ধি যথেষ্ট বেড়ে উঠেছে... কিন্তু এর জন্য লেজর, ইলেকট্রোলিসিস, ডেপিলেটরীজ *(ব্লীচিং)* ব্যবহার করার আগে দু বার চিন্তা করুন আর ডাক্তারের পরামর্শ নিন। এখনও পর্যন্ত এমন কোন প্রমাণ পাওয়া যায়নি যে, গর্ভাবস্থায় চুল সরানো বা সেগুলোর রং হাল্কা করার এই টেক্‌নিক পূর্ণ রূপে সুরক্ষিত ! সব থেকে ভালো হবে, যদি আপনি কম পক্ষে গর্ভাবস্থার প্রথম তিন মাস পেরিয়ে যাওয়ার অপেক্ষা করেন। যদিও আপনি ইতিমধ্যে যে ট্রীটমেন্ট নিয়ে নিয়েছেন, তার জন্য বৃথা চিন্তা করবেন না... কারণ তাতে তেমন কোন ক্ষতি হবে না।

শেভিং, চুল টেনে ওপড়ানো আর ওয়্যাক্সিং করা ঃ- গর্ভাবস্থায় শরীরের যে কোন অঙ্গের ওপরেই অবাঞ্ছিত চুল গজাতে পারে। এটা ভালো কথা নয়। কিন্তু একটা ভালো ব্যাপার হচ্ছে এটা যে, আপনি এমন চুলকে শেভ করতে পারেন... ওয়্যাক্স করতে পারেন... এমন কি বিকনী ওয়্যাক্সও ব্যবহার করতে পারেন... কিন্তু আপনাকে এই কাজে কিছুটা সাবধানতা অবলম্বন করতে হবে... কারণ গর্ভাবস্থায় ত্বক যথেষ্ট সংবেদনশীল হয়ে ওঠে আর সেটার সহজেই ক্ষতি হতে পারে। আপনি যদি কোন সেলুনে যাচ্ছেন, তাহলে সেখানে কোন প্রকারের ট্রীটমেন্ট নেওয়ার আগে তাঁদের এটা জানিয়ে দিন যে, আপনি গর্ভবতী... যাতে তাঁরা আপনার ক্ষেত্রে কিছুটা অতিরিক্ত সাবধানতা নিতে পারেন।

আপনার মুখ

আপনার পেট দেখে আপনার গর্ভাবস্থার ব্যাপারে জানতে না পারা গেলেও সেটা আপনার মুখে

ঠিকই উঁকি মারতে থাকে। গর্ভাবস্থার সময় মুখের সাথে ভালো, খারাপ, খুব খারাপ – যে কোন কিছুই হতে পারে।

ফেশিয়াল ঃ- মুখের যে সৌন্দর্যের ব্যাপারে আপনি এর আগে কোন বইতে পড়ে থাকবেন, প্রতিটি গর্ভবতী মা সেই আশীর্বাদ প্রাপ্ত করেন না। যদিও গর্ভাবস্থায় ফেশিয়াল করানো সুরক্ষিত হয়... কিন্তু হার্মোনাল পরিবর্তনের কারণে ত্বক যথেস্ট সংবেদনশীল হয়ে ওঠে... এজন্য *গ্লৈইকোলিক পীল'* বা *মৈইক্রোডর্মাব্রেসিয়ন'*-য়ের মত চিকিৎসা না করালেই ভালো করবেন। এতে লাভের পরিবর্তে ক্ষতি হতে পারে। ফেশিয়াল করার সময় মাইক্রোকারেন্টও দেওয়া হয়ে থাকে। আপনি পার্লারে প্রবেশ করার পরেই নিজের গর্ভাবস্থার ব্যাপারে জানিয়ে দিন, যাতে তাঁরা এই বিষয়ে পূর্ণ সতর্কতা অবলম্বন করতে পারেন। যদি কোন চিকিৎসার সুরক্ষার ব্যাপারে সন্দেহের সৃস্টি হয়, তাহলে ডাক্তারের পরামর্শ অনুসারেই চলুন।

এ্যান্টীরিঙ্কল ট্রীটমেন্ট ঃ- বাচ্চাদের মুখে বলিরেখা তবুও ভালো লাগে... কিন্তু মায়েদের মুখে নয়! কোন ডার্মেটলোজিস্টের কাছে যাওয়ার আগে এই দিকে দৃস্টি দিন – কোলাঞ্জন, রিস্টাইলেন, জুভেডর্ম বা বোটোক্স ইত্যাদি বিষয়ে এখনও পর্যন্ত তেমন কোন বিশেষ অধ্যয়ণ হয়নি... সুতরাং এগুলোর থেকে কিছুটা দূরেই থাকুন! আপনি যদি এ্যান্টীরিঙ্কল ক্রীম ব্যবহার করতে চান, তাহলে সেটার ব্যবহার করার আগে সেটার নির্দেশাবলী ভালো করে পড়ুন আর নিজের ডাক্তারের মতামতও নিয়ে নিন। আপনাকে অস্থায়ী রূপে সেই সব উৎপাদনকে বিদায় জানাতে হবে, যেগুলোয় ভিটামিন - *এ'*, *কে'* বা *বি.এইচ.এ.'* *(বীটা হাইড্রোক্সী এ্যাসিড)*-য়ের মাত্রা রয়েছে। আর অন্য যেসব ব্যাপারে আপনার মনে সন্দেহের সৃস্টি হবে, সেই সব ব্যাপারেও নিজের ডাক্তারের পরামর্শ নিন। উনি ফ্রুট এ্যাসিড এ.এইচ.এ. *(আল্ফা-হাইড্রোক্সী এ্যাসিড)*-য়ের ব্যাপারে সম্মতি দিতে পারেন... কিন্তু সেটার ব্যাপারে আগে ওনার মতামত জেনে নিন। এমনিতে আপনি এটা দেখে থাকবেন যে, গর্ভাবস্থায় মুখের বলিরেখা অনেকটাই দেখতে পাওয়া যায় না আর আপনি কস্মেটিক প্রক্রিয়া ছাড়াই কাজ চালাতে পারেন।

এক্নের চিকিৎসা ঃ- আপনার যুবাবস্থায় কি খুব বেশী এক্নে হয়ে পড়েছে ? আপনি গর্ভাবস্থা হার্মোনকে সেটার জন্য দায়ী সাব্যস্ত করতে পারেন না। নিজের পরিচিত ক্রীম বা ওষুধ ব্যবহার করার আগে ডাক্তারের পরামর্শ নিতে ভুলে যাবেন না। আপনার প্রসবের আগে লেজর ট্রীটমেন্ট আর কেমিক্যাল পীলের মত চিকিৎসায় সাবধানতা নিতে হবে। এক্নের দুটি সুপরিচিত ওষুধ – বীটা হাইড্রোক্সী এ্যাসিড আর সেলীসাইকলিক এ্যাসিডের পরীক্ষা গর্ভাবস্থার জন্য করা হয়নি। হতে পারে যে, চিকিৎসার সময় সেগুলো আপনার ত্বকের ওপরে প্রভাব দেখাতেও পারে। ডাক্তারকে এই ধরণের উৎপাদনের ব্যাপারে প্রশ্ন করুন। সাধারণতঃ এমন ওষুধ আর বেনীজোল প্যারাক্সাইডের মাত্রা যুক্ত ওষুধকে সুরক্ষিত মানা হয় না। গ্লাইকোলিক এ্যাসিড এক্সফোলিয়েটিং স্ক্রাব আর এরীথ্রোমাইসিনের মত এ্যান্টী-বায়োটিক ব্যবহৃত করা যেতে পারে... কিন্তু ব্যবহার করার আগে ডাক্তারের পরামর্শ নিন... কারণ এগুলোও আপনার ত্বকে অস্বস্তির সৃস্টি করতে পারে। আপনি প্রাকৃতিক উপায়ও প্রয়োগ করে দেখতে পারেন; যেমন – প্রচুর মাত্রায় জল পান করা, সঠিক আহার-বিহার সেবন করা আর নিয়মিত রূপে মুখ পরিস্কার করা। এতে কোন প্রকারের ক্ষতিও হবে না।

আপনার দাঁত

আপনাকে গর্ভাবস্থার সময় প্রচুর হাসতে হবে... কিন্তু আপনার দাঁত কি সেটার জন্য প্রস্তুত ? যদিও কস্মেটিক দন্ত চিকিৎসা এখন যথেস্ট জনপ্রিয় হয়ে উঠেছে... কিন্তু গর্ভাবস্থায় এটার ব্যবহার করা হয় না।

দাঁতের উজ্জ্বলতা ঃ- মুক্তোর মত চমকাতে থাকা দাঁত চান ? যদিও গর্ভাবস্থায় দাঁতে উজ্জ্বলতা নিয়ে আসা উৎপাদনের ব্যবহারে কোন সমস্যার সৃস্টি হয় না... কিন্তু আপনি যদি কয়েকটা মাস আরও অপেক্ষা করে নেন, তাহলে খুবই ভালো হয়। নিজের দাঁতের নিয়মিত পরিস্কার-পরিচ্ছন্নতার ওপরে দৃস্টি দিন। এই সময় আপনার সংবেদনশীল মাড়িও এমনটাই চায়।

মুলম্মা বা পৃষ্ঠাবরণ ঃ- এই ব্যাপারে ঝুঁকির তেমন কোন ব্যাপার নেই... তবুও আপনার দাঁতের সাথে যুক্ত যে কোন চিকিৎসা বা ট্রীটমেন্ট করার আগে, ডেলিভারী হওয়া পর্যন্ত অপেক্ষা করা উচিত... কারণ এই অবস্থায় মাড়ি যথেস্ট সংবেদনশীল হয়ে ওঠে আর যে কোন প্রকারের দন্ত চিকিৎসার আগে সেটা আগের তুলনায় অনেক বেশী কস্টদায়ক হতে পারে।

আপনার শরীর

গর্ভাবস্হায় আপনার শরীর কতটা পরিশ্রম করে, সেটা হয়তো আপনি কল্পনাও করতে পারবেন না। এই সময় তো আপনার নিজের শরীরের ভালোমতন দেখাশোনা করা উচিত। আসুন... আমরা আপনাকে শেখাচ্ছি যে, সেই দেখাশোনা সুরক্ষিত রূপে কি ভাবে করা যেতে পারে ?

মালিশ *(ম্যাসাজ)* ঃ- পিঠের যন্ত্রণা আর রাতে জাগিয়ে রাখা অস্হিরতার হাত থেকে মুক্তি পেতে চাইলে নিজের শরীরের মালিশ করান। গর্ভাবস্হায় মানসিক চাপ আর যন্ত্রণার হাত থেকে মুক্তি পাওয়ার এর থেকে ভালো উপায় আর কিছু হতে পারে না... তবুও আপনাকে এর সাথে যুক্ত কিছু নির্দেশের পালন করতে হবে, যাতে সেই মালিশ আরামদায়ক হওয়ার সাথে-সাথে সুরক্ষিতও হয়ে উঠতে পারে।

■সঠিক ব্যক্তিকে দিয়ে মালিশ করান। এটা দেখে নিন যে, মালিশ করতে থাকা ব্যক্তির কাছে সেটার লাইসেন্স আছে কি না? তিনি গর্ভাবস্হার সঙ্গে যুক্ত সকল প্রকারের সতর্কতার ব্যাপারে জানেন কি না ?

■গর্ভাবস্হার প্রথম তিন মাসে মালিশ করানো এড়িয়ে চলুন... কারণ এতে মর্ণিং সিকনেস বা ঘুম-ঘুম ভাব বাড়তে পারে। আপনি যদি গর্ভাবস্হার প্রথম তিন মাসে মালিশ করিয়ে থাকেন, তাহলে কোন ব্যাপার নয়... এতে কোন প্রকারের ঝুঁকি নেই।

■সঠিক মুদ্রায় বিশ্রাম করুন। গর্ভাবস্হার চতুর্থ মাসের পরে প্রয়োজনের অতিরিক্ত চিত হয়ে শোবেন না। নিজের ম্যাসাজ থেরাপিস্টকে এটা বলুন যে, উনি যেন মালিশ করার সময় বিশেষ প্রকারের বালিশের ব্যবহার করেন বা ফোমের কুশন ব্যবহার করেন, যাতে আপনার শরীর আরাম পায়।

■বিনা গন্ধের লোশন ব্যবহার করুন। তীব্র গন্ধে আপনার সমস্যা হতে পারে।

■কেবলমাত্র সঠিক স্হানেই মালিশ করান। আমাদের শরীরের বেশ কিছু অংশ এমন হয়, যেগুলোর ওপরে চাপ পড়লে কন্ট্র্যাকশন বাড়তে পারে। আপনার মালিশ করতে থাকা ব্যক্তি গর্ভাবস্হার সঙ্গে যুক্ত পরিচর্যার ব্যাপারে প্রশিক্ষিত হওয়া উচিত। পেটের নীচের অংশে মালিশ করাবেন না। আপনার মালিশ করতে থাকা ব্যক্তি যদি তীব্র হাতে মালিশ করতে থাকেন বা আপনার যদি কস্টের অনুভূতি হতে থাকে... তাহলে ওনাকে তৎক্ষনাত সেই ব্যাপারে জানান। এই ব্যাপারে আপনিই সব থেকে ভালো বলতে পারবেন।

এ্যারোমাথেরাপী ঃ- গর্ভাবস্হায় সেন্টের ব্যাপারে কিছুটা কমন সেন্সের ব্যবহার করুন... কারণ কিছু সুগন্ধিত তেল আপনার পক্ষে ক্ষতিকারক হতে পারে। যে কোন প্রকারের এ্যারোমাথেরাপীর প্রয়োগ সাবধানতাপূর্বক করুন। গোলাপ, ল্যাভেণ্ডার, চামেলী, জেসমীন, টেঙ্গিন, ন্যারোলী বা য়লাং-য়লাং ইত্যাদি তেল কিছুটা মাত্রায় ব্যবহার করা যেতে পারে।

কিন্তু গর্ভবতী মহিলাদের বেসিল, জুনিপর, রোজমেরী, সেগ পিপরমিন্ট, মারীনো আর থাইম ইত্যাদি তেলের ব্যবহার করা উচিত নয়... কারণ এগুলোর ব্যবহারে য়ুটেরাইন কন্ট্র্যাকশন হতে পারে *(মিডওয়াইফরা প্রসবের সময় এমন তেলের ব্যবহার করেন)*। আপনি যদি এই সব তেলের ব্যবহার ইতিমধ্যেই করে থাকেন, তাহলেও ভয় পাওয়ার কিছু নেই। এমন তেল এখন আর ত্বকে অবশোষিত হতে পারে না... কারণ আমাদের পিঠের ত্বক যথেস্ট মোটা হয়। বাথ আর বিউটী শপে বিক্রী হতে থাকা সকল উৎপাদন সুরক্ষিত হয়... অবশ্য যদি সেগুলোর সেন্ট কন্সন্ট্রেটেড না হয়, তবেই !

বডি ট্রীটমেন্ট, স্ক্রাব, র‍্যাপ, হাইড্রোথেরাপী ঃ- যদি বডি স্ক্রাব আপনার সংবেদনশীল ত্বকের কোন ক্ষতি না করে, তাহলে সেটাকে সুরক্ষিত মানা যেতে পারে। কিছু হার্বাল র‍্যাপ লাভদায়ক হয়... কিন্তু সেটার ফলে আপনার শরীরের তাপমাত্রা বেড়ে উঠতে পারে। হাইড্রোথেরাপীতেও 100^0 ফারেনহাইট পর্যন্ত গুনগুনা গরম জলে স্নান

করা যেতে পারে... কিন্তু সাউনা বাথ, স্টীম রুম আর হট টাবের থেকে দূরেই থাকুন।

ট্যানিং বেড, স্প্রে আর লোশন ঃ- আপনি কি গর্ভাবস্থায় মুখের ওপরে ছেয়ে থাকা হলুদ ভাবে চিন্তিত হয়ে উঠেছেন? সকল প্রকারের ট্যানিং বেড আপনার কাজে আসবে না। এতে আপনার শরীরের তাপমাত্রা এতটা বেড়ে উঠতে পারে... যেটা আপনার গর্ভস্থ শিশুর শারীরিক বিকাশের পক্ষে ঘাতক হয়ে উঠতে পারে। আপনি যদি সানগ্লাস ট্যানিং লোশন বা স্প্রে ব্যবহার করতে চলেছেন, তাহলে আগে সেই ব্যাপারে নিজের ডাক্তারের মতামত নিয়ে নিন। আপনার এটা জানা উচিত যে, অনেক বার হার্মোনাল পরিবর্তনের কারণেও রং পাল্টে যায়। এই পুস্তকে আমরা আপনাকে ট্যাটু, হিনা আর শরীরের অঙ্গ ফুটো করার মত প্রক্রিয়ার সাথে যুক্ত সুরক্ষার ব্যাপারেও জানাব... সেগুলোর ওপরেও দৃষ্টি দিন।

স্পা-য়ের একটা দিন

আহ! গর্ভবতী মহিলাদের কাছে এক আরামদায়ক স্পা-য়ের থেকে বড় আর কিছুই হতে পারে না! আজকাল অনেক জায়গায় স্পা-য়ের সুবিধা বিশেষ রূপে প্রদান করা হচ্ছে। স্পায়ের জন্য যাওয়ামাত্র এটা জানিয়ে দিন যে, আপনি গর্ভবতী! যদি ডাক্তার আপনাকে কিছু সতর্কতা অবলম্বন করতে বলে থাকেন, তাহলে সেটাও জানিয়ে দিন... যাতে তাঁরা সেই হিসেবে ট্রিটমেন্ট দিতে পারেন। আর ডাক্তারকে জানিয়ে গেলে আরও ভালো হয়!

গর্ভাবস্থা আর আপনার মেকআপ্

গর্ভাবস্থায় মুখে আসা ফোলা ভাব, ত্বকের রং-য়ে আসা পরিবর্তনের কারণে আপনার মুখকে অনেক চ্যালেঞ্জের মোকাবিলা করতে হতে পারে। যদিও আপনি কিছুটা মেক্-আপের সহায়তায় সেটাকে অনেকটাই লুকোতে পারবেন।

ক্লোজ্মা আর ডি-কালারেশনের কারণে মুখের সৌন্দর্যের অভাবকে লুকোনোর জন্য কারেক্টিভ ক্লীঞ্জার ব্যবহার করুন। ডার্ক স্পট লুকোবার জন্য এমন ব্রাণ্ড বেছে নিন, যেগুলো হায়পার পিগমেন্টেশনকে লুকোতে পারবে। কিন্তু এটা মাথায় রাখবেন যে, সেই মেক-আপ যেন নন্ কার্মেডোজিনিক হয়। নিজের ত্বকের টোনের থেকে এক পরত হাল্কা ক্লীঞ্জার ব্যবহার করুন। এটাকে কোনায় লাগিয়ে, পুরো মুখের ওপরে এক সমান ভাবে লাগান। তারপর সেটাকে পাউডার দিয়ে সেট করুন।

পিম্পল *(ব্রণ)* ঢাকতে চাইলে বেশী মেক্-আপ লাগাবেন না। ফাউণ্ডেশনের পরে ত্বকের সঙ্গে মিল খাওয়া ক্লীঞ্জার লাগান আর তারপর আঙুল দিয়ে সমান করে লাগান।

নিজের গাল দুটোকে সুন্দর গোলাপী আভা প্রদান করুন, যাতে আপনার সৌন্দর্য আরও বেড়ে ওঠে।

গর্ভাবস্থার কারণে আপনার নাক হাল্কা ফুলে উঠতে পারে। আপনি ফাউণ্ডেশনের সহায়তায় নিজের নাককে পাতলা দেখাতে পারেন। ফাউণ্ডেশনকে ভালো করে সব জায়গায় সমান ভাবে লাগান।

আপনার হাত আর পা

এমনিতে আপনি গর্ভাবস্থার তৃতীয় তিন মাস পরে নিজের পা দুটোকে ভালো ভাবে দেখতে পাবেন না... তবুও গর্ভাবস্থা হাত-পায়ের ওপরে নিজের প্রভাব ঠিকই দেখায়। যদিও আপনার হাত-পা কিছুটা ফুলে উঠবে... তবুও সেগুলো ভালোই দেখাবে!

মেনিকিয়োর আর পেডিকিয়োর ঃ- আপনি গর্ভাবস্থায় সহজেই মেনিকিয়োর আর পেডিকিয়োর করাতে পারেন। এই সময়ে আপনার নখও আগের থেকে বেশী মজবুত আর লম্বা হয়ে উঠবে। আপনি যে সেলুনেই যান না কেন... সেটা হাওয়াদার হওয়া উচিত। তীব্র কেমিক্যালের গন্ধ আপনাকে কিছুটা অস্থির করে তুলতে পারে। পেডিকিয়োর করতে থাকা ব্যক্তিকে এটা বলুন যে, তিনি যেন পেডিকিয়োর করার সময় আপনার গোড়ালির হাড়ের ওপরে মালিশ না করেন। এক্রেলিকের ব্যাপারে কিছুটা সতর্কতা অবলম্বন করুন... কারণ গর্ভাবস্থায় প্রতিটি মামলায় সতর্কতা নেওয়াটা ভালোই হয়। সতর্কতা আপনাকে অনেক প্রকারের সমস্যার হাত থেকে বাঁচায়!

রিল্যাক্স হয়ে পড়ুন

আপনি যোগ আর ধ্যান ছাড়াও আরও বেশ কিছু উপায়ে রিল্যাক্স হওয়া শিখতে পারবেন। আপনি কোন গ্রুপে শামিল হতে পারেন বা কোন যোগ গুরুর পরামর্শও নিতে পারেন। আপনার কাছে যদি এসবের জন্যও সময় না থাকে, তাহলে সহজ রিল্যাক্সেশন টেকনিক প্রয়োগ করুন। মানসিক চাপ কিছুটা বেড়ে উঠলেই এগুলোর অভ্যাস করুন ঃ-

01. চোখ বন্ধ করে বসে পড়ুন। কোন শান্ত আর সুন্দর দৃশ্যের কল্পনা করুন। তারপর ধীরে-ধীরে নিজের শরীরের সমস্ত অঙ্গের মাংসপেশীগুলোকে শিথিল করা শুরু করে দিন। যদি সম্ভব হয়, তাহলে নাক দিয়ে শ্বাস নিন আর মনে-মনে কোন সহজ শব্দের পুনরাবৃত্তি করে চলুন। 10 থেকে 20 মিনিট পর্যন্ত এমন অভ্যাস করে চলুন।
02. নাক দিয়ে মৃদু আর গভীর শ্বাস নিন আর পেটকে বাইরের দিকে ধাক্কা দিন। 4 পর্যন্ত গুনুন। তারপর কাঁধ আর গলার মাংসপেশীগুলোকে শিথিল করে দিন। ধীরে-ধীরে শ্বাস ছাড়তে-ছাড়তে 6 পর্যন্ত গুনুন। এটারও 4 থেকে 6 বার পুনরাবৃত্তি করে মানসিক চাপ দূর করুন।

গর্ভপাতের সম্ভাবিত লক্ষণ

ডাক্তারকে দ্রুত কখন ডেকে পাঠাবেন ঃ-

01. যখন পেটের নীচের দিকের অংশে যন্ত্রণার সাথে-সাথে রক্তস্রাব হবে। প্রারম্ভিক গর্ভাবস্থায় এটা ইক্টোপিক গর্ভাবস্থার লক্ষণও হতে পারে।
02. যখন তীব্র যন্ত্রণা এক দিনের বেশী বজায় থাকবে আর রক্তের হাল্কা ছোপ দেখতে পাওয়া যাবে।
03. যখন প্রচণ্ড রক্তস্রাব হবে বা হাল্কা রক্তস্রাব 2 - 3 দিন পর্যন্ত বজায় থাকবে।
04. যদি গর্ভপাত, রক্তস্রাব বা টান ভাবের কোন মেডিক্যাল হিস্ট্রী থাকে।

জরুরী সহায়তা কখন নেবেন ঃ-

01. যখন প্রচণ্ড বেশী রক্তস্রাব হবে বা যন্ত্রণা সহ্যের সীমা ছাড়িয়ে যাবে।
02. হাল্কা স্লেটী বা গোলাপী স্রাব হলে এটা ধরে নিন যে, আপনার গর্ভপাত শুরু হয়ে পড়েছে। যদি নিজের ডাক্তারের কাছে যাওয়া সম্ভব না হয়, তাহলে তৎক্ষনাত অন্য কোন ক্লিনিকে যান। তাঁরা আপনাকে সেই স্রাবকে কোন জারে রাখতে বলবেন... যাতে এটা জানতে পারা যায় যে, গর্ভপাত পুরো হয়ে গেছে কি না? আর কোন ঝুঁকি আছে কি না ? আপনার ডি এ্যাণ্ড সি করার প্রয়োজন আছে কি না ?

■ ■ ■

CREATE A WORLD OF MELODIOUS AND COLOURFUL DREAMS.

In the initial few months, a baby spends most of the time sleeping. Experts recommend crib as ideal sleeping place for babies as it can be dangerous for baby to share same bed as parents during sleeping time. In crib, Babies also start developing habit of sleeping independently from their mother.

A baby's room with relaxing atmosphere, sweet music and soft lights will help the baby get a peaceful sleep.

Chicco has First Dreams range of electronic toys with soft music, light and cute characters. Chicco also offers a wide variety of Cribs, Bed Barriers and sleep time toys to assist your baby in getting peaceful sleep.

Available at Chicco stores, all leading baby shops and toy stores.
Call us at our toll-free no. 1800-102-6702 to find Chicco products near you.

দ্বিতীয় মাস

প্রায় 5 থেকে 8 সপ্তাহ

আপনি এই সুখবরটা হয়তো এখনও কাউকে জানাননি আর আপনি নিজে থেকে না জানালে এই ব্যাপারে কেউ জানতেও পারবেন না... তা সত্ত্বেও আপনার শরীরের ভেতরে আগত শিশুর নড়াচড়া শুরু হয়ে পড়েছে। বেশ কিছু লক্ষণ সামনে আসতেও শুরু করে দিয়েছে। আপনি যেখানেই যান – বমি-বমি ভাব আর মুখের মধ্যে লারের সৃষ্টি হওয়া আপনার পেছু ছাড়ে না। আপনি দিন-রাত বাথরুমের চক্কর লাগাচেছন আর গ্যাসের কারণে আপনার পেট ফুলে রয়েছে।

এই সব লক্ষণগুলো আপনাকে এতটা বিশ্বাস তো অবশ্যই প্রদান করে দিয়েছে যে, আপনার শরীরের মধ্যে এক নতুন জীবন গড়ে উঠছে! আপনিও নিশ্চয়ই এই ব্যাপারে পরীক্ষা করে নিশ্চিত হয়ে গিয়েছেন যে, আপনি গর্ভবতী হয়ে পড়েছেন আর এসব পেটের গড়বড়ির লক্ষণ নয়। অত্যধিক ক্লান্তি অনুভূত হলে বা বার-বার বাথরুমে যেতে হলে আপনি হয়তো নিজেকে বোঝাতেও শুরু করে দিয়েছেন যে, আপনি গর্ভবতী হয়ে পড়ার কারণেই এমনটা হচেছ। শান্ত হয়ে বসুন... এটা তো সবেমাত্র সূত্রপাত!

এই মাসে আপনার শিশুর বিকাশ

পঞ্চম সপ্তাহ ঃ- আপনার ছোট্ট লেজ সমেত ভ্রুণকে এই সময় এক শিশুর থেকে বেশী এক ব্যাঙাচির মতই লাগে। সেটা অত্যন্ত দ্রুত বৃদ্ধি পেয়ে কমলা লেবুর বিচির মত হয়ে উঠেছে। এখনও সেটা ছোটই আছে... কিন্তু আগের থেকে অনেকটাই বড় হয়ে উঠেছে। এই সপ্তাহে তার হৃদয়ও নিজের আকার গ্রহণ করতে লেগেছে। সবার আগে রক্ত পরিসঞ্চরণ তন্ত্র আর হৃদয়ই তৈরী হয়। হৃদয়ের আকার পোস্তের বীজের মত হয় আর সেটা দুটি টিউব মিলে তৈরী হয়েছে... যদিও এখনও সেটা পূর্ণ রূপে কাজ করার যোগ্য নয়। এমনিতে আপনি আল্ট্রাসাউণ্ড দ্বারা সেটার স্পন্দন শুনতে পারেন। ন্যুট্রল টিউবও কাজ করছে, যেটা আপনার শিশুর মস্তিস্ক আর স্পাইনাল কর্ড তৈরী করবে। এখন এই টিউব খোলা রয়েছে... কিন্তু পরের সপ্তাহে সেটা বন্ধ হয়ে পড়বে।

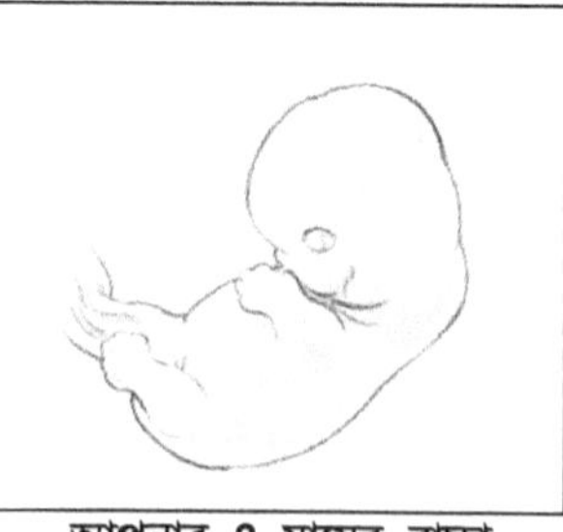

আপনার 2 মাসের বাচ্চা

ষষ্ঠ সপ্তাহ ঃ- গর্ভাশয়ে শিশুর পুরো আকার মাপাটা একটু মুশকিল হয়... কারণ সেটার নতুন ছোট-ছোট পা মুড়ে থাকে। এজন্য সেটাকে কেবলমাত্র ক্রাউন থেকে বটম পর্যন্তই মাপা হয়। এই সপ্তাহে তার মাপ নখের ডগার থেকে বেশী হবে না। এই সপ্তাহে শিশুর চোয়াল, গাল আর চিবুকের বিকাশও শুরু হবে। কান তৈরী হওয়ার প্রস্তুতিও শুরু হয়ে পড়বে। মুখের ওপরে দুটি ছোট ছিদ্রে শিশুর চোখ তৈরী হবে। মুখের সামনের দিকে কিছুটা ফোলা অংশ কিছু দিনের মধ্যেই বোতামের মত আকারের নাকে পরিবর্তিত হয়ে পড়বে। এই সপ্তাহে কিডনী, লিভার আর ফুসফুসও নিজেদের আকার গ্রহণ করা শুরু করে দেবে। আপনার শিশুর ছোট্ট হৃদয় এক মিনিটে 80 বার স্পন্দিত হয় আর প্রতি দিন সেটার গতি তীব্র হয়ে চলবে।

সপ্তম সপ্তাহ ঃ- আপনার শিশুর ব্যাপারে এক বিস্ময়কর তথ্য – এবার সে গর্ভধারণ করার অবস্থার তুলনায় 10,000 গুণ বড় হয়ে উঠেছে। এক ব্ল্যু বেরীর মত এই বিকাশ বেশীর ভাগ তার মাথার অংশে হয়েছে। মস্তিস্কের নতুন কোশিকাগুলো 100 কোশিকা / প্রতি মিনিট হারে সৃষ্টি হয়েছে। এই সপ্তাহে আপনার শিশুর মুখ আর জিভ তৈরী হবে। তার শরীরে বাহু আর পায়ের অঙ্গ তৈরী হবে। শিশুর কিডনীও সঠিক স্হানে এসে নিজের কাজ শুরু করে দিয়েছে *(মূত্র নির্মাণ এবং বিসর্জন)*। অবশ্য আপনার এখন থেকেই নোংরা ডায়পারের ব্যাপারে চিন্তিত হয়ে ওঠার কোন কারণ নেই।

অষ্টম সপ্তাহ ঃ- আপনার শিশু অত্যন্ত দ্রুত গতিতে বেড়ে উঠছে। সে এখন দৈর্ঘ্যে আধ ইঞ্চির মত হয়ে উঠেছে। সেটা এখন অনেকটাই মানব আকার গ্রহণ করতে লেগেছে... কারণ তার ঠোঁঠ, নাক, চোখের পাতা, পা আর পিঠ নিজের আকার গ্রহণ করতে লেগেছে। আপনি বাইরে থেকে শুনতে না পেলেও আপনার শিশু প্রতি মিনিটে 150 বার স্পন্দিত হচ্ছে... যেটা আপনার হৃদয় গতির দ্বিগুণ! এই সপ্তাহে আরও অনেক কিছু নতুন হচ্ছে – আপনার শিশু লাগাতার নড়াচড়াও করতে লেগেছে... কিন্তু আপনি এখনও সেটা অনুভব করতে পারবেন না।

আপনার কেমনটা মনে হচ্ছে ? ঃ- সর্বদা এটা মাথায় রাখবেন যে, দুটো গর্ভাবস্হা এক রকমের হয় না। এমনও হতে পারে যে, আপনাকে এই সব লক্ষণগুলোর মুখোমুখি হতে হবে বা হয়তো একটা-দুটো লক্ষণই প্রকাশ পাবে। কয়েকটা লক্ষণ গত কয়েক মাস ধরে চলে আসবে আর কয়েকটা একেবারে নতুন হবে। এমনটাও হতে পারে যে, হয়তো বেশী লক্ষণ প্রকাশ পাবে না। চিন্তিত হবেন না! লক্ষণ প্রকাশ পাওয়া বা না পাওয়াটা আপনার গর্ভাবস্হার ওপরে কোন প্রভাবই ফেলবে না। এই মাসে আপনি নিম্নলিখিত লক্ষণগুলো অনুভব করতে পারেন –

শারীরিক ঃ- ক্লান্তি, প্রাণশক্তির অভাব, ঘুম-ঘুম ভাব, বার-বার মূত্রত্যাগের ইচ্ছা হওয়া, বমি সমেত বা বমি ছাড়াই বেশী লার সৃষ্টি হওয়া, কোষ্ঠকাঠিন্য, বুকের মধ্যে জ্বলুনি, অপচন, পেট ফাঁপা, খাবার খাওয়ার ক্ষেত্রে ইচ্ছা-অনিচ্ছা।

■**বক্ষস্হলে আসা পরিবর্তন ঃ-** সংবেদনশীলতা, ভারী ভাব, স্তনবৃন্তের আশপাশে পিগমেন্ট গাঢ় হয়ে আসা, তার ওপরে মোটা-মোটা দানা, হাল্কা নীল রেখার জাল, আপনার বক্ষস্হলে রক্তের প্রবাহ বেড়ে উঠবে।

■যোনি থেকে হাল্কা সাদা স্রাব

■কখনো-কখনো মাথায় যন্ত্রণা

■হাল্কা বেহুঁশী বা মাথা ঘোরা

■পেট হাল্কা গোলাকারে আসা

ভাবনাত্মক ঃ- ভাবনাত্মক ওঠা-নামা *(যেমনটা পি.এম.এস.-তে হয়)*, মুডে ওঠা-নামা, অস্হিরতা, ব্যাকুলতা অথবা এমনি-এমনি কাঁদার ইচ্ছা

●ভয়, আনন্দ বা এমনি-এমনি বিভিন্ন ভাবের প্রকট হওয়া

●গর্ভাবস্হা না হওয়ার ভয়

এই মাসের চেক-আপ্ ঃ- এটা যদি আপনার প্রথম মেডিক্যাল পরীক্ষা হয়, তাহলে সেটার ব্যাপারে আমরা আগেই জানিয়েছি। এটা দ্বিতীয় পরীক্ষা হলে এটা আগের থেকে ছোট হবে। আর

আপনার যদি আগেই সব টেস্ট করানো হয়ে গিয়ে থাকে, তাহলে এবার বেশী টানাটানি করার কোন প্রয়োজন নেই। যদিও সকল ডাক্তাররা নিজেদের পদ্ধতি অনুসারেই পরীক্ষা করেন... কিন্তু আপনি এই টেস্টে নিম্নলিখিত পরীক্ষাগুলোর আশা করতে পারেন।

–ওজন এবং রক্তচাপ

–মূত্র, শুগার আর প্রোটিনের পরীক্ষা

–ফোলা ভাবের জন্য হাত-পা এবং ভেরিকোজ শিরার জন্য পা

–এমন কিছু লক্ষণ, যেগুলো আপনি অনুভব করছেন

–কিছু প্রশ্ন আর কৌতূহল, যেগুলো আপনি জানতে চান *(সূচী সঙ্গে করে নিয়ে যান)*

এক নজর

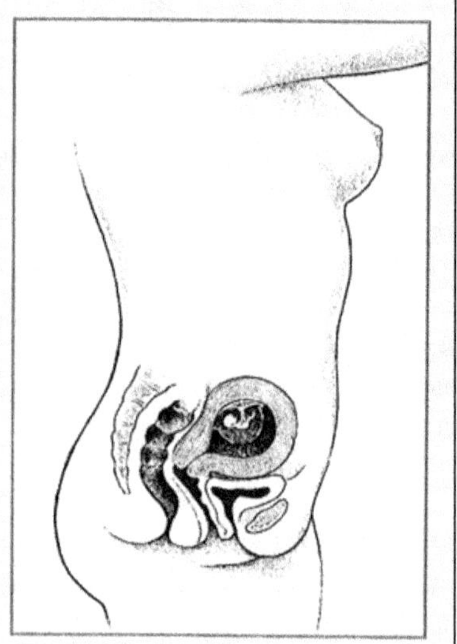

আপনার প্রতিবেশীদের চোখে যদিও এখনও আপনাকে গর্ভবতী বলে মনে হয় না... কিন্তু আপনি নিজের কোমরের কাছের পোশাক কিছুটা টাইট অনুভব করবেন। হয়তো আপনার আগের থেকে কিছুটা বড় আকারের ব্রা-য়ের প্রয়োজন হবে। এই মাসের শেষ নাগাদ আপনার গর্ভাশয়, বড় আঙ্গুর ফলের মত বড় হয়ে উঠবে।

আপনি কি ভাবছেন ?

বুক জ্বালা আর বদহজমী

"আমার সর্বদা বুকের মধ্যে জ্বলুনি আর অপচনের অভিযোগ কেন থাকে ? এর জন্য আমি কি করতে পারি ?"

সকল গর্ভবতী মহিলার এক ধরণের বুকে জ্বলুনি হয় না। শুধু তাই নয়... এমনটা আপনার ক্ষেত্রে সম্পূর্ণ গর্ভাবস্থায় হতে পারে।

গর্ভাবস্থার শুরুতে আপনার শরীরে যথেষ্ট বেশী মাত্রায় প্রোজেস্টেরন আর রিলেক্সিন নামক হার্মোন তৈরী হয়... যেগুলো পুরো শরীরের মাংসপেশী আর উত্তকগুলোকে শিথিল করে তোলে। এর মধ্যে গ্যাস্ট্রোইন্টেস্টাইনাল ট্র্যাক্টও শামিল রয়েছে। ফলস্বরূপ ভোজন আপনার পাচন তন্ত্রে দেরী করে হজম হয় আর আপনার অপচনের অভিযোগ হয়ে পড়ে। পেটের ওপরের দিকের অংশে ফাঁপা ভাব আর বুকে জ্বলুনি – দুটোই অপচনের লক্ষণ হয়! এটা আপনার পক্ষে কষ্টদায়ক হতে পারে... কিন্তু এটা আপনার গর্ভস্থ শিশুর পক্ষে লাভদায়ক হয়। এই ধীর প্রক্রিয়ায় পোষক তত্ত্ব আরও ভালো ভাবে রক্ত প্রবাহের সাথে মিশে যায় আর প্লেসেন্টা পর্যন্ত পৌঁছে যায়।

যখন ইসোফ্যাগসকে পেটের থেকে আলাদা করা মাংসপেশীগুলোর রিং শিথিল হয়ে পড়ে, তখন খাবার দেরী করে হজম হতে লাগে। পেটের মধ্যে তৈরী হওয়া এ্যাসিড সংবেদনশীল ইসোফ্যাঙ্গিয়ল প্রাচীরগুলোকে উত্তেজিত করে তোলে... যার ফলে আশপাশের অংশে আর বুকে জ্বলুনি হতে থাকে। যদিও এই সমস্যার সাথে আপনার হৃদয়ের কোন সম্পর্ক নেই। গর্ভাবস্থার শেষ 6 মাসে এই সমস্যা আরও বেড়ে উঠতে পারে... কারণ সেই সময় আপনার বেড়ে ওঠা গর্ভাশয় আপনার পেটের ওপরে চাপের সৃষ্টি করে।

এমনটা হতে পারে না যে, গর্ভাবস্থার পুরো 9 মাসই আপনি এমন সমস্যার হাত থেকে রক্ষা পেয়ে যাবেন। যদিও এই অপচনের জ্বলুনির হাত থেকে বাঁচার জন্য আর কষ্ট কম করার কিছুটা চেস্টা অবশ্যই করা যেতে পারে।

- যদি খাওয়া বা পান করার কোন জিনিষ থেকে কষ্ট বেড়ে ওঠে, তাহলে সেটাকে মেনু থেকে সরিয়ে দিতে একেবারে দেরী করবেন না। আপনাকে ঝাল-মশলাদার খাবার খাওয়া বন্ধ করে দিতে হবে। ভাজাভুজি, ফ্যাটযুক্ত ভোজন, প্রোসেসড্ মীট, চকোলেট, কফি, কার্বোনেটেড পানীয় পদার্থ আর মাংসের সেবনও বেশী মাত্রায় করুন।
- পাচন তন্ত্রের ওপরে বেশী জোর দেবেন না। একটু সময় পরে-পরে কিছুটা মাত্রায় খাবার খান। আপনার পক্ষে *সৈক্স মীল সল্যুশন*' সব থেকে ভালো হবে।
- আপনি যখন তাড়াহুড়ো করে খাবার খান... তখন খাবারের সাথে অনেকটা হাওয়াও আপনার পেটের ভেতরে ঢুকে যায়... যার থেকে গ্যাসের সৃষ্টি হয়। তাড়াহুড়ো করে খাবার খাওয়ার অর্থ হচ্ছে এটা যে, আপনি খাবার ভালো করে চিবোন না... যার ফলে আপনার পেটকে বেশী পরিশ্রম করতে হয়। প্রচণ্ড ক্ষিধে লাগলে বা আপনার তাড়া থাকলেও ছোট-ছোট গ্রাস বানিয়ে আরাম করে খাবার খান।

একটু দৃষ্টি দিন

আপনি যদি জি.ই.আর.ডি.-তে গ্রস্ত হন... তাহলে সেটার চিকিৎসায় পরিবর্তন নিয়ে আসতে হবে। হতে পারে যে, আপনি বুকে জ্বলুনির যে ঔষধির সেবন করছেন, সেটা এখন আর সুরক্ষিত নয়। প্রথমে ডাক্তারের পরামর্শ নিন আর তার সাথে-সাথে এখানে আমাদের দ্বারা দেওয়া উপায়গুলোও গ্রহণ করুন!

বুক জ্বালা আর চুল ?

এমনটা মানা হয়ে থাকে যে, গর্ভবতী মায়ের বুকে জ্বলুনি হলে গর্ভস্থ শিশুর মাথার চুল ঘন হবে। এই দুটোর জন্য একটাই হার্মোন দায়ী হলে এখন থেকেই বেবী শ্যাম্পু একত্রিত করা শুরু করে দিন।

- খাবার খাওয়ার সময় পানীয় পদার্থের সেবন করবেন না। খাবারের সাথে-সাথে পানীয় পদার্থ বেশী মাত্রায় গ্রহণ করলে অপচন হবে। কিছু পান করতে হলে সেটা দুটি খাদ্য পদার্থের মাঝে পান করুন।
- শুয়ে-শুয়ে কিছুই খাবেন না বা পান করবেন না। এতে পাচক রসগুলোর বেশী মাত্রায় লাফালাফি শুরু করার কোন সম্ভাবনা থাকবে না বা খাবার খাওয়ার ঠিক পরেই বিছানায় শুয়ে পড়বেন না। একটা পদ্ধতি এটাও রয়েছে যে, কোমরের পরিবর্তে হাঁটুর ওপরে ভর করে ঝুঁকুন, আপনার মাথা যত বার নীচের দিকে হবে... জ্বলুনি তত বেশী হবে।
- নিজের শরীরের ওজন ধীরে-ধীরে বাড়ান। ধীরে-ধীরে ওজন বাড়লে পাচন তন্ত্রের ওপরে চাপ কম পড়বে।
- কোমর বা পেটের আশপাশে টাইট পোশাক পরবেন না। পেট টাইট করে বাঁধা থাকলেও জ্বলুনি বেশী করে হতে থাকে।
- ক্যালশিয়াম যুক্ত পপ্ আপনার বুকের জ্বলুনিকে কিছুটা শান্ত করতে পারে। ডাক্তারের পরামর্শ ছাড়া, বুকের জ্বলুনির জন্য অন্য কোন ওষুধ নেবেন না। এ্যান্টাসিড খেয়ে-খেয়ে অস্থির হয়ে উঠলে ঘরোয়া উপায় গ্রহণ করুন – গুনগুনা গরম দুধে 1 চামচ মধু, কিছুটা বাদাম বা তাজা পেঁপে খান।
- খাবার খাওয়ার পরে মিন্ট ছাড়া গাম চিবোলেও বুকের জ্বলুনিতে আরাম পাওয়া যায়। অনেকে এমনটা মনে করেন যে, মিন্ট সমস্যা বাড়িয়ে তোলে... এজন্য মিন্টযুক্ত গাম চিবোবেন না।
- আপনি যদি এখনও পর্যন্ত ধূমপান করে আসছেন, তাহলে দয়া করে ছেড়ে দিন।
- মানসিক চাপও বুকের জ্বলুনি আর অপচনের মুখ কারণ হয়। একটু শান্ত হয়ে থাকার চেষ্টা করুন। ধ্যান, মানসিক চিত্রণ, বায়ো-ফীডব্যাক এবং হিপ্নোসিসের মত টেক্‌নিক গ্রহণ করুন।

ভোজনের পছন্দ-অপছন্দ

বৈয়ে ভোজন বা খাদ্য পদার্থ আমার প্রথম থেকেই

পছন্দ ছিল, সেগুলো এখন আমার বিস্বাদ লাগে আর এখন আমি এমন খাদ্য পদার্থ পছন্দ করতে লেগেছি, যেগুলো আমি কোনদিনও খেতাম না। এমনটা কেন হচেছ ?"

আপনি ফিল্মে নিশ্চয়ই দেখে থাকবেন বা উপন্যাসে পড়ে থাকবেন যে, গর্ভবতী মহিলার পতি কি ভাবে মাঝরাতে পাজামা-পাঞ্জাবী পরে নিজের পত্নীর মনের মত আইসক্রীম কিনতে রাস্তায় বেরিয়ে পড়েন... কিন্তু বাস্তবে এমনটা হয় না। পতিদেবদের এতটা কষ্ট করতে হয় না।

যদিও গর্ভাবস্থায় বেশীর ভাগ মায়েদের মুখের স্বাদ পাল্টে যায়। তাঁদের কোন একটা খাদ্য পদার্থ প্রিয় লাগতে থাকে বা কোন একটা খাদ্য পদার্থের প্রতি অরুচির সৃষ্টি হয়ে পড়ে। গর্ভাবস্থার প্রথম তিন মাসে আসা হার্মোনাল পরিবর্তনকে এটার জন্য দোষী মানা যেতে পারে। অনেক বার আমাদের শরীরের যে জিনিষটা ভালো লাগে, আমরা সেটার স্বাদ পেতে থাকি আর যে জিনিষটা ভালো লাগে না, আমাদের শরীর সেটাকে সহ্য করতে পারে না।

আপনার নিজের শরীরের এই সব সংকেতগুলোকে চিনে নিয়ে সেগুলো অনুসারেই চলা উচিত। আপনি যদি কটেজ চীজ খেতে চাইছেন, তাহলে সেটা খেয়ে নিজের মনকে শান্ত করে নিন... তাতে আপনার ডায়েট কিছুটা অসন্তুলিত হয়ে পড়লেও! যখন আপনার মনের ইচ্ছা শান্ত হয়ে পড়বে, তখন অন্য কোন রূপে নিজের ডায়েটকে আবার একবার সন্তুলিত করে নিতে পারেন।

আপনার যদি এমনটা মনে হয় যে, আপনার মনের মত জিনিষ একেবারে আলাদা... তাহলে সেটার এমন বিকল্প বেছে নিন, যেটা কিছুটা পৌষ্টিক হবে আর তাতে কেবলমাত্র ক্যালোরীই থাকবে না। ফ্রোজন চকোলেট বারের জায়গায় ফ্রোজন চকোলেট য়োগর্ট নিন, বেকড্ চীজ রান্না করে খান। নিজের মনকে শান্ত করুন। কোথাও ঘুরতে বেরিয়ে পড়ুন, বন্ধুদের সঙ্গে আড্ডায় মেতে উঠুন। আপনি যদি কোন পৌষ্টিক স্ন্যাক্স খাচেছন না, তাহলে সেটার জন্য অপরাধ বোধে গ্রস্ত হয়ে উঠবেন না... শুধু এটুকু মাথায় রাখুন যে, সেটা যেন আপনার আর আপনার গর্ভস্থ শিশুর পক্ষে ঝুঁকিপূর্ণ না হয় আর সেটা যেন আপনার অভ্যাসে পরিণত না হয়ে ওঠে।

গর্ভাবস্থার চতুর্থ মাস আসতে-আসতে এই সব লক্ষণ অনেকটাই শান্ত হয়ে আসে। অনেক বার ভাবনাত্মক চাহিদার কারণে মনের মত ভোজন করার ইচ্ছা বাকী থেকে যায়। যদি আপনি আর আপনার সাথী সেটাকে বুঝতে পারেন, তাহলে সেই ইচ্ছাকে শান্ত করাটা অত্যন্ত সহজ হবে। যদি মাঝরাতে উল্টোপাল্টা কিছু খাওয়ার ইচ্ছা হয়, তাহলে অন্য কিছু খেয়ে মনকে শান্ত করে নিন বা নিজের সাথীর সাথে রোমান্টিক কোন স্থানে মজা উপভোগ করার জন্য বেরিয়ে পড়ুন।

অনেক গর্ভবতী মহিলা মাটি, ছাই বা কাগজের মত জিনিষ খেতে লাগেন... কিন্তু এমন অভ্যাস অনেকটাই ঝুঁকিপূর্ণ হতে পারে। এর থেকে পৌষ্টিক তত্ত্বের অভাবের ব্যাপারে জানতে পারা যায়... বিশেষ করে আয়রণের অভাব! নিজের ডাক্তারকে এই ব্যাপারে জানান। বরফ খেতে ইচেছ করলে সেটাও আয়রণের অভাব হতে পারে।

শিরা দেখতে পাওয়া

"আমার বুক আর পেটে হাল্কা নীল রং-য়ের শিরা দেখা যাচেছ। এমনটা কি স্বাভাবিক ?"

এর কারণে আপনার বক্ষস্থল আর পেট রোড ম্যাপের মত তো দেখায়... কিন্তু এতে চিন্তার তেমন কিছু নেই। এটা হচেছ এই জিনিষটার সংকেত যে, আপনার শরীর সঠিক পদ্ধতিতে নিজের কাজ করে চলেছে। এটা হচেছ সেই সব শিরাগুলোর জালের অংশ, যেগুলো গর্ভাবস্থায় অতিরিক্ত রক্ত প্রবাহের পূর্তির জন্য হয়। মোটা বা পাতলা ত্বকের মহিলাদের মধ্যে এই শিরা পরিস্কার আর দ্রুত দেখতে পাওয়া যায়। গাঢ় রং-য়ের মহিলাদের মধ্যে এই শিরা দেখতে পাওয়া যায় না বা অনেক পরে দেখতে পাওয়া যায়।

স্পাইডার শিরা

"যবে থেকে আমি গর্ভবতী হয়ে পড়েছি... আমার উরুর ওপরে মাকড়শার মত হাল্কা বেগুনী-লাল রেখার সৃষ্টি হয়ে পড়েছে। এগুলো কি ভেরিকোজ শিরা ?"

এগুলো সুন্দর তো দেখায় না... কিন্তু এগুলো ভেরিকোজ শিরা নয়। এগুলো *স্পৈাইডার শিরা'*

নামে পরিচিত। এগুলোর আপনার পায়ের ওপরে নিজেদের বাসা বাঁধারও কিছু কারণ রয়েছে। রক্তের বেড়ে ওঠা মাত্রার কারণে রক্ত নলিকাগুলোর ওপরে চাপের সৃষ্টি হয় আর সেগুলো ফুলে ওঠে। দ্বিতীয়তঃ, প্রেগন্যান্সী হার্মোনগুলোর কারণেও এমনটা হয়। তৃতীয়তঃ, এমনটা জেনেটিক কারণেও হতে পারে।

আপনার শরীরে *স্পৈাইডার শিরা'* তৈরী হলে আপনি সেটাকে কোন ভাবেই আটকাতে পারবেন না... কিন্তু সেটাকে ছড়িয়ে পড়া থেকে আটকানো যেতে পারে। নিজের আহারে ভিটামিন-*সি'* যুক্ত ভোজন শামিল করুন। এর দ্বারা শরীর কোলাজন আর ইলাস্টিন তৈরী করে... এগুলো রক্ত নলিকাগুলোর মেরামতী করে। আপনার প্রতি দিন ব্যায়াম করা উচিত আর পা মুড়ে কখনোই বসা উচিত নয়।

সুরক্ষা ব্যবস্হা গ্রহণ করা সত্ত্বেও কোন লাভ না হলে ঘাবড়াবেন না। ডেলিভারীর পরে এই শিরা আপনা থেকে হাল্কা হয়ে এক সময় গায়েব হয়ে পড়বে। আর তেমনটা না হলে কোন ত্বক রোগ বিশেষজ্ঞের পরামর্শ নেওয়া যেতে পারে। উনি আপনাকে স্যালাইন বা গ্লিসারিনের ইঞ্জেকশন দেবেন বা লেজারের সহায়তা নেবেন। গর্ভাবস্হায় আপনি এই চিকিৎসা করাতে পারবেন না। ততদিন পর্যন্ত আপনাকে এটা বিশেষ পদ্ধতিতে প্রস্তুত ক্লীঞ্জারের সহায়তায় লুকিয়ে রাখতে হবে।

ভেরিকোজ শিরা

"আমার মা আর ঠাকুমা – দুজনেই গর্ভাবস্হায় ভেরিকোজ শিরার শিকার হয়ে পড়েছিলেন। আমি কি গর্ভাবস্হায় নিজেকে এটার থেকে বাঁচাতে পারি ?"

এটা বংশগত হয় আর আশা করি, এমনটা আপনার পায়েও এমনটা রয়েছে। কিন্তু আপনি ইচেছ করলে কিছুটা বর্জনতার সহায়তায় নিজের এই পারিবারিক পরম্পরাকে ভাঙতে পারেন।

এমনটা সাধারণতঃ প্রথম গর্ভাবস্হায় দেখতে পাওয়া যায় আর পরের গর্ভাবস্হাগুলোয় অনেকটাই খারাপ হয়ে ওঠে। গর্ভাবস্হায় রক্তের অতিরিক্ত প্রবাহ রক্ত নলিকাগুলোর ওপরে চাপের সৃষ্টি করে... বিশেষ করে পায়ের শিরাগুলোয়... যেগুলোকে মাধ্যাকর্ষণ শক্তির বিরুদ্ধে কাজ করতে হয় অর্থাৎ ফালতু রক্তকে আপনার হৃদয়ের দিকে ধাক্কা দিতে হয়। গর্ভাশয়ের কারণে পেলভিক রক্ত নলিকাগুলোর ওপরেও চাপ পড়ে। কিছু হার্মোনের ওপরে প্রভাব পড়ে আর আপনি ভেরিকোজ শিরায় গ্রস্ত হয়ে ওঠেন।

এর লক্ষণ চেনা মুশ্কিল হয় না... কিন্তু সেগুলো আলাদা-আলাদাও হতে পারে। পায়ে হাল্কা বা তীব্র যন্ত্রণা, ভারী ভাব, ফোলা ভাব বা তেমন কিছুই না হতে পারে। হাল্কা নীল শিরার রেখা দেখতে পাওয়া যেতে পারে বা গোড়ালি থেকে উরুর ওপরের দিকে অংশ পর্যন্ত সাপের মত শিরা দেখতে পাওয়া যেতে পারে।

গুরুতর কেসে ওপরের দিকের ত্বক ফুলে ওঠে আর শুস্ক হয়ে পড়ে *(ডাক্তারের পরামর্শ অনুসারে ময়েশ্চারায়জার ব্যবহার করতে পারেন)*। অনেক বার শিরার তলদেশে হাল্কা জ্বলুনিও হতে পারে। এজন্য ডাক্তারকে এর লক্ষণের ব্যাপারে জানাতে দেরী করবেন না।

- রক্তের প্রবাহকে বজায় রাখুন। প্রয়োজনের থেকে বেশী সময় পর্যন্ত এক জায়গায় দাঁড়িয়ে বা বসে থাকা ঠিক নয়। মাঝে-মাঝে নিজের গোড়ালি নাড়াতে থাকুন। শোওয়ার সময় পায়ের নীচে বালিশ রাখুন। বিশ্রাম করার সময় বা ঘুমোবার সময় বাঁ দিকে ফিরুন... এতে রক্তের প্রবাহ সঠিক থাকবে।
- নিজের শরীরের ওজনের ওপরে দৃষ্টি রাখুন। প্রয়োজনের থেকে বেশী ওজন হয়ে পড়লে রক্ত পরিসঞ্চরণ তন্ত্রকে দ্বিগুণ মেহনত করতে হবে।
- ভারী জিনিষ ওঠাবেন না। এতে শিরা ফুলে উঠতে পারে।
- শৌচের সময় বেশী জোর লাগাবেন না। এতে শিরার ওপরে বেশী চাপ পড়ে। কোষ্ঠকাঠিন্য হতে দেবেন না।
- সাপোর্ট দেওয়া প্যান্টী হোজ পরুন বা ইলাস্টিকের স্টকিংস পরুন। রাতে ঘুমোবার আগে এগুলো খুলে ফেলুন।
- এমন পোশাক পরবেন না, যাতে রক্তের

প্রবাহে বাধার সৃষ্টি হয়।

- টাইট প্যান্টী, বেল্ট, প্যান্টী হোজ বা ইলাস্টিকের মোজা ইত্যাদি পরবেন না। উঁচু হিলের জুতোও ক্ষতি করতে পারে।
- প্রতি দিন কিছুটা ব্যায়াম আর পায়চারী করুন। কষ্ট হলে এ্যারোবিক্স, জগিং, সাইক্লিং বা ওজন ওঠানোর মত ব্যায়াম করবেন না।
- আহারে ভিটামিন-*'সি'* ভরপুর মাত্রায় শামিল করুন, যাতে শিরাগুলোর নমনীয়তা আর স্বাস্থ্য বজায় থাকে।

গর্ভাবস্থায় এই শিরাগুলোর সার্জারী করানোর পরামর্শ দেওয়া হয় না। এটা আপনারা ডেলিভারীর কয়েক মাস পরে করাতে পারেন। এমনিতে সাধারণতঃ ডেলিভারীর পরে এই সমস্যার সমাধান আপনা থেকেই হয়ে পড়ে।

পেলভিক *(নিতম্ব)*-তে ফোলা ভাব আর যন্ত্রণা

"আমার পেলভিক এরিয়ায় যথেষ্ট ফোলা ভাব আর যন্ত্রণা রয়েছে। আমার মনে হয় যে, আমার ভল্ভায় কোন সমস্যা আছে। এসব কি হচ্ছে ?"

পায়ে ভেরিকোজ শিরার অভিযোগ হতে থাকে... কিন্তু সেটার একাধিকার চলে না। ভেরিকোজ শিরা আপনার পায়ুর আশপাশেও হতে পারে। এখানে সেটাকে *'হীমোরায়ডস্'* বলা হয়। আমাদের মনে হচ্ছে যে, আপনারও এই সমস্যাই হয়ে পড়েছে। এটাকে *'পৈলভিক কঞ্জেশন সিণ্ড্রোম'* বলা হয়।

এতে এই অংশে বা পেটে যন্ত্রণা হতে থাকে আর ফোলা ভাবও লাগাতার অনুভূত হতে থাকে। অনেক বার ইন্টারকোর্সের পরেও যন্ত্রণা হয়। ভেরিকোজ শিরার সকল উপায় এখানেও প্রয়োগ করুন... কিন্তু ডাক্তারকে অবশ্যই দেখান। অবশ্য এটার চিকিৎসাও ডেলিভারীর পরেই হতে পারে।

ব্রণ

"আমার ত্বকে সর্বদাই ব্রণ থাকে... যেমনটা কিশোরাবস্থায় থাকত!"

গর্ভাবস্থায় মুখের ওপরে ছেয়ে যেতে থাকা লালিমা বা আভা প্রসন্নতার কারণে হয় না। এমনটা হার্মোনাল পরিবর্তন বা তৈল গ্রন্থিগুলোর স্রাবের কারণে হয়। কিছু গর্ভবতী মহিলাদের ত্বকে ব্রণ হতে থাকে। কিছু পরামর্শের সহায়তায় আপনি এই অবস্থার ওপরে কিছুটা নিয়ন্ত্রণ প্রাপ্ত করতে পারেন।

- কোন হাল্কা ক্লীঞ্জার দিয়ে দিনে 2 - 3 বার মুখ ধুতে থাকুন... কিন্তু প্রয়োজনের বেশী স্ক্রাব করবেন না। অন্যথা আপনার মুখের ত্বক আরও বেশী সংবেদনশীল হয়ে পড়বে আর ব্রণের সৃষ্টি হবে।
- ডাক্তারের পরামর্শ ছাড়া মুখে ব্রণের কোন ওষুধ ব্যবহার করবেন না। এটা জরুরী নয় যে, সেগুলো সুরক্ষিত হবেই।
- ত্বককে শুকনো রাখার জন্য তেল-মুক্ত ময়েশ্চারায়জার ব্যবহার করুন। অনেক বার প্রয়োজনের বেশী শুষ্ক ত্বকেও ব্রণ হতে থাকে।
- এমন কস্মেটিক ব্যবহার করুন, যেগুলো আপনার মুখের রোম-ছিদ্র বন্ধ করবে না। সেগুলোর ওপরে নন্-কমেডোজেনিক লেখা থাকে।
- মুখ স্পর্শ করতে থাকা সকল জিনিষকে পরিস্কার-পরিচ্ছন্ন রাখুন। আপনার মেক-আপ বক্সের সব ব্রাশ পরিস্কার হওয়া উচিত।
- ব্রণ কখনো খুঁটবেন না... এতে ইন্ফেকশন হতে পারে। গর্ভাবস্থায় এই জিনিষটার ভয় বেশী করে থাকে। এতে ত্বকের ওপরে চিহ্নও পড়ে যায়।
- সন্তুলিত মাত্রায় পৌষ্টিক আহার গ্রহণ করুন।
- জল যত বেশী মাত্রায় সম্ভব পান করুন। এতে ত্বক নরম আর পরিস্কার থাকবে।

শুষ্ক ত্বক

"আমার ত্বক অত্যন্ত শুষ্ক। এটা কি গর্ভাবস্থায় কারণে ?"

- আপনি নিজের হার্মোনিকে শুষ্ক ত্বকের জন্য দায়ী প্রতিপন্ন করতে পারেন। হার্মোন আপনার ত্বকের আর্দ্রতা আর নমনীয়তা চুরি করে নেয়। ত্বককে শিশুর মত কোমল বজায় রাখার জন্য নিম্নলিখিত উপায় গ্রহণ করুন ঃ
- এমন ক্লীঞ্জার ব্যবহার করুন, যেটা সাবান মুক্ত হবে। এটা দিনে একবার বা রাতে মেক-আপ্ তোলার পরে ব্যবহার করুন। এছাড়া জল দিয়ে মুখ ধুতে থাকুন।
- হাল্কা ভেজা ত্বকের ওপরে ময়েশ্চারায়জার লাগান আর দিনের মধ্যে কয়েক বার ব্যবহার করুন।
- স্নান করার সময় কমিয়ে আনুন। বেশী ধুলে ত্বক শুস্ক হয়ে ওঠে। স্নানের জল গুনগুনা গরম হওয়া উচিত। খুব গরম জল মুখের প্রাকৃতিক তেল শুষে নেয় এবং ত্বককে রুক্ষ আর নিস্প্রাণ করে তোলে।
- স্নান করার টাবে বিনা গন্ধের বাথ অয়েল মেশান। সেখানে সাবধানে পা রাখুন... আপনার পা যেন পিছলিয়ে না যায়।
- সারা দিন পর্যাপ্ত মাত্রায় জল পান করুন আর ভোজনে ফ্যাটকে শামিল করে নিন। ওমেগা-3 গর্ভস্থ শিশুর সাথে-সাথে আপনার ত্বকের পক্ষেও লাভদায়ক হয়।
- নিজের ঘরে গুমোট ভাব আসতে দেবেন না।
- রোদে বেরোবার আগে সানস্ক্রীন লাগান।

একজিমা

"আমার সর্বদা একজিমার অভিযোগ ছিল... কিন্তু গর্ভাবস্থায় পরিস্থিতি আরও খারাপ হয়ে পড়েছে। আমি এর জন্য কি করতে পারি ?"

দুর্ভাগ্যবশতঃ গর্ভাবস্থার হার্মোন একজিমাকে আরও খারাপ করে তোলে। যেসব গর্ভবতী মহিলা এতে পীড়িত হন, তাঁদের কাছে ত্বকের চুলকোনি আর যন্ত্রণা সহ্যের বাইরে হয়ে পড়ে। কিছু একজিমা রোগীদের রোগ কয়েক মাসের মধ্যে গায়েবও হয়ে পড়ে... তাঁরা সত্যিই ভাগ্যশালী হন।

এমনিতে আপনি গর্ভাবস্থায় কম ডোজের হাইড্রো-কর্টিসন ওষুধ আর ক্রীম ব্যবহার করতে পারেন। আপনি কোন ত্বক বিশেষজ্ঞের পরামর্শ নিন। এ্যান্টী-হিস্টেমাইনও আরাম প্রদান করতে পারে... কিন্তু আগে ডাক্তারের পরামর্শ নিন। এমনও হতে পারে যে, সাধারণতঃ ব্যবহার হতে থাকা এ্যান্টী-বায়োটিক্স এই ক্ষেত্রে সুরক্ষিত না-ও হতে পারে... তাই আগে ডাক্তারের পরামর্শ নেওয়া উচিত। নতুন নন্-স্টেরয়ডল বস্তু ব্যবহার করার পরামর্শ প্রদান করা হয় না... কারণ সেগুলো গর্ভাবস্থার জন্য পরীক্ষা করে দেখা হয়নি।

আপনি যদি একজিমায় পীড়িত হয়ে থাকেন... তাহলে আপনি নিশ্চয়ই এটাও জানেন যে, চিকিৎসার থেকে বর্জনতা ভালো হয়।

- হাল্কা চুলকোনির জন্য নখ নয়... ঠাণ্ডা সেঁক ব্যবহার করুন। চুলকোলে পরিস্থিতি আরও খারাপ হয়ে পড়বে আর ইন্‌ফেকশনও হয়ে পড়তে পারে। নিজের নখ সর্বদা ছোট রাখুন, যাতে হঠাৎ করে চুলকোনির সৃষ্টি হলেই আপনি নখ লাগাতে না পারেন।
- লণ্ড্রি ডিটারজেন্ট, হাউসহোল্ড ক্লীনার, সাবান, বনল বাথ, কসমেটিক্স, পারফ্যুম, উল, চারাগাছ, অলংকার, মাংস আর ফলের রসের মত উত্তেজক জিনিষ এড়িয়ে চলুন।
- হাল্কা ভেজা ত্বকের ওপরেই ময়েশ্চারায়জার লাগান, যাতে সেটা না শুকোয় আর না-ই ত্বকের ওপরে দাগ পড়ে।
- জলে বেশী সময় কাটাবেন না *(বিশেষ করে গরম জলে)*।
- ঘাম আসতে দেবেন না। এমনিতেও ভাবী মায়েদের ঘাম বেশী করে আসে। হাল্কা সুতীর পোশাক পরুন। সিন্থেটিক পোশাক এড়িয়ে চলুন।
- মানসিক চাপ এড়িয়ে চলুন। মানসিক চাপের সৃষ্টি হলেই হাল্কা গভীর শ্বাস নিন।

এমনিতে এই জিনিষটা বংশগত হয়। আপনার যদি একজিমা থাকে... তাহলে সেটা আপনার শিশুরও হতে পারে। কিন্তু এমনটা বলা হয়ে থাকে যে, মায়ের স্তনপান করতে থাকা শিশুদের এমনটা হওয়ার সম্ভাবনা কমে আসে। আপনি নিজের শিশুকে স্তনপান করান... সেটা তার পক্ষে বোনাস হতে পারে!

পেট ফুলে ওঠা বা ঢুকে যাওয়া

"বড়ই অদ্ভূত ব্যাপার! এক দিন আমার পেট ফুলে ওঠে, পরের দিন আবার স্বাভাবিক হয়ে আসে। এসব কি?"

এসব কোষ্ঠকাঠিন্য আর গ্যাসেরই কামাল হয়। এতে ফুলে ওঠা পেট সমান হয়ে পড়তে দেরী লাগে না। যত শীঘ্র পেট ফুলে ওঠে... ততটাই শীঘ্র সেই ফোলা ভাব গায়েবও হয়ে পড়ে। চিন্তা করবেন না... খুব শীঘ্রই আপনার পেট এমন ফুলে উঠবে, যেটা কখনো গায়েব হবে না আর তার মধ্যে আপনার ছোট্ট শিশু বড়ই মজায় থাকবে।

আমার ফিগার

"শিশুর জন্মের পরে আমার ফিগার কি আবার একবার আগের মত হয়ে পড়বে?"

এটা অনেকটা আপনার ওপরেই নির্ভর করে। প্রতিটি গড় গর্ভবতী মহিলার ওজন 2 থেকে 4 পাউণ্ড পর্যন্ত বাড়ে আর ডেলিভারীর পরে সেটা আবার কমেও আসে। আপনি যদি সঠিক পদ্ধতিতে, সঠিক হারে সঠিক ভোজন গ্রহণ করছেন... তাহলে এমনটা হতে পারে যে, ডেলিভারীর পরে আপনার ফিগার একেবারে আগের মত হয়ে পড়বে। আপনি যদি শিশুর জন্মের পরেও সঠিক আহার-বিহার আর ব্যায়াম করার অভ্যাস বজায় রাখেন... তাহলে আপনার ফিগারের শেপ অবশ্যই ফিরে আসবে... কিন্তু এই প্রক্রিয়ায় কম পক্ষে 6 মাস সময় লাগবে।

গর্ভাবস্থায় ওজন বেড়ে ওঠার চিন্তা ত্যাগ করুন... কারণ এটা আপনার গর্ভস্থ শিশুর পোষণ আর ডেলিভারীর পরে তার স্তনপানের জন্য অত্যন্ত জরুরী হয়।

নাভিছেদন

এই জিনিষটা কুল হয়... স্টাইলিশও হয়! এটা নিজের সুন্দর নাভি দেখানোর সব থেকে ভালো পদ্ধতিও হয়... কিন্তু যখন আপনার পেট বেড়ে উঠবে, তখন কি হবে? তখন কি আপনাকে নিজের *বৈলী রিং'* খুলে ফেলতে হবে? নাভি কখনো ফুলে ওঠা বা সংক্রমিত হওয়া উচিত নয়। এটা হচ্ছে সেই জায়গা... যেটার দ্বারা আপনি নিজের মায়ের সাথে যুক্ত হয়ে ছিলেন। গর্ভস্থ শিশুর সাথে এর কোন সম্পর্ক থাকে না অর্থাৎ নাভিছেদন আপনার গর্ভস্থ শিশুর কোন ক্ষতি করবে না। তার জন্ম বা অপারেশনের সময়ও কোন সমস্যা হবে না।

কিন্তু যখন আপনার পেট বেড়ে উঠবে, তখন আপনার *বৈলী রিং'* আপনার পোশাকের সাথে ফেঁসে যেতে পারে বা আপনার ফুটতে পারে। আপনি যদি এটা খুলে ফেলতে চান, তাহলে কিছু দিন পরে রিংটা ফুটোর মধ্যে ঢুকিয়ে একবার ঘুরিয়ে নিন... অন্যথা ফুটো বন্ধ হয়ে পড়বে। আর যদি লাগিয়ে রাখতে চান... তাহলে টেফলোনের তৈরী রিং পরুন... যেটা নমনীয় হয়।

গর্ভাবস্থায় নাভিছেদন করাতে যাবেন না... সেটা ডেলিভারীর পরেই করান। গর্ভাবস্থায় ত্বকে ফুটো করাটা উচিত হয় না... কারণ এতে সংক্রমণ হওয়ার ঝুঁকি অনেকটাই বেড়ে ওঠে।

গর্ভাশয়ের আকার

"পরীক্ষার সময় মিডওয়াইফ বলেছিলেন যে, আমার গর্ভাশয়ের আকার কিছুটা ছোট। এর অর্থ কি এটা যে, আমার গর্ভস্থ শিশুর বিকাশ ঠিক মত হচ্ছে না?"

ভাবী মাতা-পিতারা প্রায়ই এখনও পর্যন্ত জন্ম না নেওয়া শিশুর ওজনকে নিয়ে চিন্তিত হয়ে ওঠেন... কিন্তু এতে চিন্তা করার কিছুই নেই। বাইরে থেকে আপনার গর্ভাশয়ের আকারকে

মেপে বৈজ্ঞানিক পদ্ধতিতে কিছুই বলা চলে না। এমনও হতে পারে যে, আপনার মিডওয়াইফ আল্ট্রাসাউণ্ড করাতে চান... কারণ সেটা ছাড়া কিছুই করা সম্ভব নয়। আল্ট্রাসাউণ্ড দ্বারাই গর্ভাশয়ের আকার আর প্রসবের সম্ভাব্য তারিখের ব্যাপারে অনুমান লাগানো যেতে পারে।

গর্ভাশয়ের বড় আকার

"আমাকে এমনটা বলা হয়েছে যে, আমার গর্ভাশয়ের আকার দশ সপ্তাহের গর্ভাবস্থার মত... যখন কি আমার গর্ভাবস্থা আট সপ্তাহের! আমার গর্ভাশয়ের আকার বড় কেন?"

এমনটাও হতে পারে যে, আপনার দ্বারা কোন ভুল হয়ে পড়েছে বা হয়তো সঠিক তারিখের ব্যাপারে আপনার মনে নেই। এটাও হতে পারে যে, আপনার গর্ভে যমজ সন্তান রয়েছে... যদিও এই জিনিষটা এত তাড়াতাড়ি গর্ভাশয়ের আকারকে প্রভাবিত করে না। ডাক্তার আপনাকে আল্ট্রাসাউণ্ড করানোর পরামর্শ দেবেন... তারপরেই কিছু একটা জানতে পারা যাবে।

শৌচ *(প্রস্রাব)* করতে কষ্ট হওয়া

"গেত কয়েক দিন ধরে আমার প্রস্রাব করতে অত্যন্ত কষ্ট হচেছ। ব্লাডার ভরা লাগা সত্ত্বেও শৌচ *(প্রস্রাব)* করতে পারছি না!"

এটা হতে পারে যে, আপনার গর্ভ সামনের দিকের পরিবর্তে পেছনের দিকে ঝুঁকে রয়েছে। পাঁচজনের মধ্যে একজন গর্ভবতী মহিলার এমন সমস্যা হয়। ব্লাডারের দিক থেকে আসা এই টিউব য়ুরেথ্রার ওপরে চাপের সৃষ্টি করে... যার ফলে প্রস্রাব করতে কষ্ট হয়। ব্লাডার যখন পুরোটা ভরে ওঠে, তখন বাথরুম লীক-ও হতে থাকে।

সকল মামলায়, কোন প্রকারের ডাক্তারী হস্তক্ষেপ ছাড়াই গর্ভাশয় গর্ভধারণের প্রথম তিন মাসের শেষ নাগাদ নিজের জায়গায় ফিরে আসে। আপনার সত্যি-সত্যি সমস্যা হলে নিজের ডাক্তারবাবুর সঙ্গে দেখা করুন। উনি আপনার গর্ভাশয়কে হাত দিয়ে সঠিক জায়গায় বসানোর চেস্টা করতে পারেন, যাতে য়ুরেথ্রার ওপরে কোন প্রকারের চাপ না পড়ে। এমনিতে এই পদ্ধতি কাজে আসে... অন্যথা ক্যাথেটারাইজেশন *(টিউবের মাধ্যমে প্রস্রাব বার করা)* জরুরী হয়ে ওঠে।

এটাও হতে পারে যে, মূত্রপথে সংক্রমণের কারণে আপনার প্রস্রাব করতে অসুবিধা হচেছ।

মুডে ওঠা-নামা

"আমি এটা জানি যে, আমাকে গর্ভাবস্থায় প্রসন্ন হয়ে থাকা উচিত আর আমি কখনো-কখনো প্রসন্ন হয়ে থাকিও... কিন্তু কখনো-কখনো আমি অত্যন্ত উদাস হয়ে উঠি আর তখন আমার কাঁদতে ইচেছ করে!"

ওঠা-নামা তো আসতেই থাকে। গর্ভাবস্থায় তো মুড প্রচুর বার ওঠা-নামা করে! এক মুহূর্তে আপনি নিজেকে চাঁদের ওপরে দেখতে পান, তো পরের মুহূর্তে আপনাকে বীমার টাকার জন্য কান্নাকাটি করতে হয়! এর জন্য কি হার্মোনকে দোষী সাব্যস্ত করা যেতে পারে? গর্ভাবস্থার প্রথম তিন মাসে যখন হার্মোন নিজের আসল রূপে চলে আসে... তখন তো এই সমস্যা সব থেকে বেশী বেড়ে ওঠে। সাধারণতঃ যেসব মহিলাদের পি.এম.এস.-য়ের সময়ও মুডে ওঠা-নামা হতে থাকে... তাঁদের পক্ষে গর্ভাবস্থাতেও এটা এক সাধারণ ব্যাপার হয়। যে কোন শারীরিক, ভাবনাত্মক বা মানসিক পরিবর্তন আপনার মুডে পরিবর্তন নিয়ে আসতে পারে।

যদিও গর্ভাবস্থার প্রথম তিন মাসের পরে এসব অনেকটাই শান্ত হয়ে পড়ে। আপনি গর্ভাবস্থার সেই সব পরিবর্তনে অভ্যস্ত হয়ে পড়েন। আমরা যদিও এই জিনিষটার থেকে পূর্ণ রূপে বাঁচতে পারি না... কিন্তু সুরক্ষার উপায় তো গ্রহণ করতেই পারি।

- নিজের ব্লাড শুসারের স্তর উঁচু রাখুন। মুডের সাথে এর কি সম্পর্ক আছে ? অনেকটাই সম্পর্ক রয়েছে ! ব্লাড শুগারের স্তর কমে এলে মুড খারাপ হতে পড়ে। নিজের তিন সময়ের ভারী ভোজনকে সিক্স মীল সল্যুশনে পরিবর্তিত করুন আর তাতে কম্প্লেক্স কার্ব আর প্রোটিনকে শামিল করুন। ব্লাড শুগার স্তর উঁচু থাকলে আপনার মুডও ঠিক থাকবে।
- চিনি আর ক্যাফিনের মাত্রা কমিয়ে আনুন। এগুলো খেলে ব্লাড শুগারের স্তর যত দ্রুত বেড়ে ওঠে... ঠিক ততটাই দ্রুত কমেও আসে। এই দুটো জিনিষের সেবন সীমিত মাত্রায় করুন।
- নিজের গর্ভাবস্থা আহার যোজনার পালন সঠিক ভাবে করুন। আহারে ওমেগা-3 ফ্যাটী এ্যাসিড শামিল করুন *(আখরোট, মাছ আর ডিম ইত্যাদি)*। এর ফলে মুডে উন্নতি আসার সাথে-সাথে গর্ভস্থ শিশুর মস্তিস্কেরও বিকাশ হবে।
- ব্যায়াম দ্বারা এণ্ড্রোফিনের স্রাব হয় আর আপনি আগের থেকে অনেকটাই ভালো অনুভব করেন। নিজের ডাক্তারের পরামর্শ অনুসারে দৈনন্দিন রুটীনে ব্যায়ামকে শামিল করে নিন।
- কিছুটা রোমান্টিক হয়ে উঠুন। সেক্স না-ই বা হল... একে-অপরের হাত ধরে সোফায় বসা, অতীতের স্মৃতি রোমন্থন করা, আলিঙ্গন আর চুম্বন ইত্যাদিও মুডকে ভালো করে তুলতে পারে। আপনারা দুজনকেই এই সময় নতুন চ্যালেঞ্জের মোকাবিলা করতে হচ্ছে। এই আত্মীয়তা আপনাদের দুজনকে আরও কাছাকাছি নিয়ে আসবে আর মুডও ভালো হয়ে উঠবে।
- নিজের জীবনে সূর্যের কিরণ নিয়ে আসুন। এক সার্ভে থেকে এটা জানতে পারা গেছে যে, সূর্যের কিরণও মুড ভালো করে তোলে... কিন্তু তার সাথে-সাথে সানস্ক্রীণ লাগাতে যেন ভুলে যাবেন না।
- চিন্তা, মানসিক চাপ, অস্থিরতা, অসুরক্ষা! গর্ভাবস্থায় এই সব মিশ্রিত বিচারধারা আসাটা অত্যন্ত স্বাভাবিক হয়। যখনই আপনি এগুলোয় গ্রস্ত হয়ে পড়বেন, তখনই কারো সাথে কথা বলুন। নিজের সাথী, বন্ধু বা কোন গর্ভবতী বান্ধবীর সাথে মনের কথা খুলে বলুন। আপনার মুড ভালো হয়ে উঠবে।
- বিশ্রাম করুন। ক্লান্তির কারণে মুডের ওঠা-নামা অনেকটাই বেড়ে ওঠে। রাতে পুরো নিদ্রা উপভোগ করুন... তবে প্রয়োজনের থেকে বেশী সময় ঘুমোবেন না। অন্যথা ক্লান্তি আর ভাবনাত্মক অসুরক্ষা বেড়ে উঠতে পারে।
- বিশ্রাম করতে শিখুন। মানসিক চাপ আপনাকে পূর্ণ রূপে ক্লান্ত করে তোলে। সেটা দূর করার কোন উপায় গ্রহণ করুন।
- আপনার জীবনে এক ব্যক্তি এমন রয়েছেন... যিনি আপনার এমন আচরণে আঘাত পাবেন। আপনার জীবনসাথীকে এটা বুঝতে হবে যে, আপনি এমন আচরণ কেন করছেন ? এতে তিনি এটাও বুঝতে পেরে যাবেন যে, উনি আপনাকে কি ভাবে সহায়তা করতে পারেন ? তাঁকে এটা জানান যে, আপনি তাঁর থেকে ঠিক কি চান আর কি চান না ? কোন্ কথায় আপনার খারাপ লাগে বা কোন্ কথায় আপনি ভালো অনুভব করেন ? নিজের বক্তব্য পরিস্কার শব্দে ব্যক্ত করুন, যাতে কোন প্রকারের ভুল বোঝাবুঝির সম্ভাবনা না থাকে।

অবসাদ

"আমি গর্ভাবস্থায় মুডে ওঠা-নামা হওয়ার ব্যাপারে জানি... কিন্তু আমি তো সর্বদাই অবসাদে ঘিরে থাকি !"

- প্রতিটি গর্ভবতী মহিলাকেই মুডে ওঠা-নামার মুখোমুখি হতে হয়। কিন্তু আপনি যদি লাগাতার নিরাশায় ডুবে থাকেন, তাহলে আপনি সেই 10 থেকে 15 শতাংশ গর্ভবতী মহিলাদের অন্যতম... যাঁরা গর্ভাবস্থার সময় অবসাদে গ্রস্ত

হয়ে পড়েন। নিম্নলিখিত কারণে কোন ভাবী মাতা অবসাদে গ্রস্ত হয়ে পড়তে পারেন ঃ-

- মুড ডিস্অর্ডারের ব্যক্তিগত বা পারিবারিক ইতিহাস।
- আর্থিক বা দাম্পত্য চাপ।
- ভাবী শিশুর পিতার দিক থেকে ভাবনাত্মক সহযোগের অভাব।
- গর্ভাবস্থার জটিলতার কারণে হাসপাতালে ভর্তি হওয়া বা বেড রেস্ট।
- গর্ভবতী মহিলা কোন ক্রণিক রোগী হলে নিজের স্বাস্থ্যের চিন্তা বা আগের গর্ভাবস্থার সময় উৎপন্ন জটিলতা বা রোগ।
- গর্ভবতী মহিলার যদি মিস্ক্যারেজ, জন্মজাত বিকৃতি বা অন্য কোন সমস্যার ব্যক্তিগত বা পারিবারিক ইতিহাস থেকে থাকে, তাহলে নিজের ভাবী শিশুর চিন্তা।

উদাসী, খালি ভাব, ভাবনাত্মক চিন্তা, ঘুম বেশী বা কম আসা, খাওয়া-দাওয়ার অভ্যাসে পরিবর্তন, দীর্ঘকালীন ক্লান্তি, কাজ, খেলাধূলো এবং অন্যান্য গতিবিধিতে অরুচি, একাগ্রতা শক্তির অভাব, মুড ওঠা-নামা করা, নিজেকে আঘাত পৌঁছনোর ভাব, শরীরে কোন জায়গায় দুঃখ বা কষ্টের অনুভূতি ইত্যাদি অবসাদের লক্ষণ হয়। আপনিও যদি এসবের সাথে লড়াই করছেন, তাহলে আমাদের দেওয়া পরামর্শগুলো গ্রহণ করে দেখুন।

যদি এই সব লক্ষণ দু সপ্তাহ পর্যন্ত থাকে, নিজের ডাক্তারকে জানান। উনি আপনাকে থায়রয়েড পরীক্ষা করানোর জন্য বলতে পারেন। অবসাদ খুব বেশী বেড়ে উঠলে সাইকোথেরাপীও দেওয়া যেতে পারে। সঠিক পদ্ধতিতে সহায়তা প্রাপ্ত করাটা অত্যন্ত জরুরী হয়। অবসাদের কারণে আপনি নিজের আর নিজের ভাবী শিশুর সঠিক দেখাশোনা করতে পারবেন না। গর্ভাবস্থায় অসবাদের কারণে জটিলতাও বেড়ে ওঠে। এই জিনিষটা আপনার স্বাস্থ্যের প্রচণ্ড ক্ষতি করতে পারে। ডাক্তার বা থেরাপিস্টই এটা ঠিক করবেন যে, চিকিৎসায় এ্যান্টী-ডিপ্রেশনের ঔষধি শামিল করতে হবে কি না বা সেটা থেকে কি-কি লাভ বা ক্ষতি হতে পারে ?

যে কোন বৈকল্পিক চিকিৎসা গ্রহণ করার আগেও ডাক্তারের পরামর্শ নিন। বৈকল্পিক চিকিৎসা পদ্ধতি অনেকটা সহায়ক হতে পারে। ওমেগা-1 ফ্যাটী এ্যাসিড যুক্ত আহারও সহায়ক হয়। আপনি নিজের ডাক্তারের পরামর্শে ওমেগা-3 ফ্যাটী এ্যাসিডের সাপ্লিমেন্টও নিতে পারেন।

গর্ভাবস্থায় অবসাদে গ্রস্ত হয়ে পড়লে ডেলিভারীর পরেও অবসাদে গ্রস্ত হয়ে পড়ার ঝুঁকি অনেকটাই বেড়ে ওঠে। তবে একটা ভালো খবর আছে আর সেটা হচ্ছে এই যে, গর্ভাবস্থার আগে আর পরে সঠিক পদ্ধতিতে চিকিৎসা করানো হলে অবসাদকে বাধা দেওয়া যেতে পারে। এই ব্যাপারে নিজের ডাক্তারের পরামর্শ গ্রহণ করুন।

অস্থিরতাপূর্ণ এ্যাটাক

প্রথম বার হওয়া গর্ভাবস্থা যে কোন গর্ভবতী মহিলার পক্ষে চিন্তা আর অস্থিরতার কারণ হয়ে উঠতে পারে... কিন্তু সেই চিন্তা যদি ভয়ে পরিবর্তিত হয়ে পড়ে, তখন ?

আপনার যদি আগে থেকেই ভয়ের এ্যাটাক আসতে থাকে... তাহলে আপনাকে আরও বেশী করে মনোযোগ দিতে হবে। ভয়ের এ্যাটাক আসার কারণে হৃদয়গতি বেড়ে ওঠে, প্রচণ্ড ঘাম আসতে থাকে, হাত-পা কাঁপতে থাকে, শ্বাস নিতে অসুবিধা হতে থাকে, গলা শুকিয়ে আসে আর বুকের ভেতরে যন্ত্রণা হতে থাকে। পেটের গড়বড়ি, হট ফ্ল্যাশ বা চিল্ ফ্ল্যাশের সমস্যার সৃষ্টি হয়ে পড়ে। তবে এটা ধরে নেবেন না যে, এর ফলে গর্ভস্থ শিশুর ওপরে কোন প্রভাব পড়বে।

এমন এ্যাটাক আসামাত্র ডাক্তারকে জানান। এর ফলে যদি আপনার খাওয়া-দাওয়া আর ঘুমোন মুশকিল হয়ে ওঠে, তাহলে ডাক্তার থেরাপিস্টের সহায়তায় আপনাকে হাল্কা ওষুধের ডোজ দিতে পারেন।

ওষুধের সাথে-সাথে অন্য কোন চিকিৎসা পদ্ধতির সহায়তাও নিতে হতে পারে। নিজের আহারে ওমেগা-3 ফ্যাটী এ্যাসিড শামিল করুন, চিনি আর ক্যাফিনের সেবন এড়িয়ে চলুন, নিয়মিত রূপে ব্যায়াম করুন। ধ্যান আর অন্যান্য রিল্যাক্সেশন টেক্নিক শিখুন। অন্য গর্ভবতী মহিলাদের সাথে কথা বলুন। একমাত্র তাহলেই আপনি উত্তেজনার ওপরে বেশ কিছুটা নিয়ন্ত্রণ প্রাপ্ত করতে পারবেন।

গর্ভাবস্থা এবং আপনার ওজন

দুজন গর্ভবতী মহিলাকে ডাক্তারের চেম্বারের বাইরে ওয়েটিং লিস্ট, লিফ্ট বা বিজনেস মীটিং-য়ে দাঁড় করিয়ে দিন। তাঁরা একে-অপরকে এমনই কিছু প্রশ্ন করবেন – *"আপনার ডিউ ডেট কি ?"*

"আপনার বাচ্চা কি লাথি মারে ?"

"আপনি কি নিজেকে অসুস্থ অনুভব করেন ?"

সব থেকে বিশেষ প্রশ্ন এটা হয় – *"আপনার ওজন কতটা বেড়েছে ?"*

গর্ভাবস্থায় সব মহিলাদেরই ওজন বাড়ে আর এটা অনেকটা জরুরীও হয়... কারণ সঠিক ভাবে ওজন বাড়লে গর্ভস্থ শিশুর বিকাশও পূর্ণ রূপে হয়। কিন্তু ওজন বাড়ার সঠিক মাত্রা কি হওয়া উচিত ? বা ওজন কতটা কম হয়ে এলে সেটাকে কম মানা হবে ? আপনার ওজন কতটা দ্রুত বেড়ে ওঠা উচিত ? ডেলিভারীর পরে কি আপনার বেড়ে ওঠা ওজন কমে আসবে ?

উত্তর ঃ- আজ্ঞে হ্যাঁ... আপনি যদি সঠিক হারে সঠিক ভোজনের সেবন দ্বারা সঠিক মাত্রায় ওজন বাড়ান, তাহলে !

আপনার ওজন কতটা বাড়া উচিত ?

যদিও গর্ভে শিশুর বিকাশ হওয়ার সময় আপনার ওজন বেড়ে ওঠাটা অত্যন্ত জরুরী হয়... কিন্তু আপনার ওজন অত্যধিক মাত্রায় বেড়ে উঠলেও জটিলতার সৃষ্টি হতে পারে। সেটা আপনার গর্ভাবস্থা আর আপনার গর্ভস্থ শিশুর পক্ষেও সমস্যার কারণ হয়ে উঠতে পারে। আপনি যদি পুরো ওজন না বাড়ান, তাহলেও এসব হতে পারে।

প্রেগন্যান্সীর সময় ওজন বাড়ানোর সঠিক ফর্মূলা কি ? প্রতিটি গর্ভবতী মহিলা আলাদা হওয়ায় এই ফর্মূলা প্রতিটি গর্ভবতী মহিলার ক্ষেত্রে এক হতে পারে না। আপনার 40 সপ্তাহের গর্ভাবস্থায় কত পাউণ্ড ওজন বাড়ানো উচিত... সেটা এই জিনিষটার ওপরে নির্ভর করে যে, গর্ভাবস্থার আগে আপনার ওজন কত ছিল ?

ডাক্তার আপনাকে সঠিক পদ্ধতিতে ওজন বাড়ানোর লক্ষ্য প্রদান করবেন... তিনি আপনার গর্ভাবস্থার হিসেবেও পরামর্শ দিতে পারেন। সাধারণতঃ প্রী-প্রেগন্যান্সী বি.এম.আই.-য়ের হিসেবে ওজনের সঠিক লক্ষ্য প্রদান করা হয়। এটা হচ্ছে শরীরের ফ্যাটের মাপ... যাতে আপনার ওজনকে পাউণ্ডে 70 দিয়ে গুণ করা হয়। তারপর সেটাকে আপনার ইঞ্চি স্কোয়ার উচ্চতা দিয়ে ভাগ করা হয়। যদি বি.এম.আই. গড়পড়তা হয় *(18.5 থেকে 26-য়ের মধ্যে)*, তাহলে আপনাকে 25 থেকে 35 পাউণ্ড পর্যন্ত ওজন বাড়ানোর পরামর্শ দেওয়া হবে, যেটা সাধারণতঃ গড় গর্ভবতী মহিলাদের ক্ষেত্রে প্রযোজ্য হয়। আর আপনি যদি প্রেগন্যান্সীর শুরুতে ওভারওয়েট হন *(26 থেকে 29 বি.এম.আই.)*, তাহলে আপনার লক্ষ্য 15 থেকে 25 পাউণ্ড হবে। আপনি মোটা হলে *(29-য়ের বেশী বি.এম.আই.)*, আপনাকে 15 থেকে 20 পাউণ্ড বা তার থেলেও কম ওজন বাড়ানোর পরামর্শ দেওয়া হবে। আপনি খুব বেশী রোগা হলে *(18.5-য়ের কম বি.এম.আই.)*, আপনাকে 28 থেকে 40 পাউণ্ড পর্যন্ত ওজন বাড়াতে হবে। আপনার গর্ভে একাধিক শিশু থাকলে সেই হিসেবে আপনার ওজন বাড়ানোর লক্ষ্যও বেড়ে উঠবে।

আদর্শ ওজনের লক্ষ্য তৈরী করা এক ব্যাপার আর সেটা প্রাপ্ত করা আলাদা ব্যাপার হয়... কারণ আদর্শ কখনো বাস্তবিকতার সাথে মেলে না। সঠিক পাউণ্ড প্রাপ্ত করার অর্থ এটা নয় যে, আপনাকে কেবলমাত্র সঠিক আহারের ওপরে দৃষ্টি দিতে হবে। এছাড়া আরও অনেক কারণ থাকতে পারে। আপনার মেটাবোলিজম্, জীন্স গতিবিধির স্তর, গর্ভাবস্থার লক্ষণ *(বুকের ভেতরে জ্বলুনি, বমি-বমি ভাব, ভোজনে অরুচি)*... এসব আপনাকে সঠিক পাউণ্ডের থেকে দূরে সরিয়ে নিয়ে যেতে বিশেষ ভূমিকা পালন করে। এজন্য আপনার লাগাতার ওজনের কাঁটার ওপরে দৃষ্টি রাখা উচিত।

কি হারে ওজন বাড়া উচিত ?

গর্ভাবস্থায় আপনাকে এই কাজটা অত্যন্ত ধীর গতিতে করতে হবে। এটা আপনার আর আপনার গর্ভস্থ শিশু – দুজনের স্বাস্থ্যের পক্ষে ঠিক

হবে। পাউণ্ড গোনার সাথে-সাথে কি হারে ওজন বাড়ানো উচিত, সেটাও অত্যন্ত গুরুত্ব রাখে। এমনটা এজন্য হয়, কারণ আপনার গর্ভে থাকার সময় গর্ভস্থ শিশুর পোষক তত্ত্ব আর ক্যালোরীর ভরপুর মাত্রার প্রয়োজন হয়।

সঠিক পদ্ধতিতে ওজন বাড়লে আপনার ওপরে কোন প্রকারের শারীরিক চাপ পড়বে না আর ত্বকের ওপরে স্ট্রেচ মার্কও পড়বে না। এই প্রকার শিশুর জন্মের পরে আপনার আগের শেপ ফিরে পেতেও সময় লাগবে না।

ধীর গতির অর্থ কি এটা যে, সেই 30 পাউণ্ডকে পুরো 40 সপ্তাহের হিসেবে ভাগ করা হোক্? না... সেটা ঠিক হবে না। গর্ভাবস্থার প্রথম তিন মাসে গর্ভস্থ শিশুর আকার একটা ছোট দানার থেকে বড় হয় না... সেই সময় যতটা সম্ভব, কম ওজন বাড়ানোর প্রয়োজন হয়। প্রথম তিন মাসে 2 থেকে 4 পাউণ্ড ওজন বাড়াটাই যথেষ্ট হয়। যদিও কিছু-কিছু গর্ভবতী মহিলা এটাকে একেবারেই বাড়াতে পারেন না *(মর্ণিং সিকনেস আর বমি হওয়ার কারণে)*। অনেক গর্ভবতী মহিলা ক্যালোরীযুক্ত ভোজনের সেবন করায় ওজন বেশী বাড়িয়ে নেন। যেসব গর্ভবতী মহিলা ধীরে-ধীরে ওজন বাড়ান, তাঁদের পক্ষে ভবিষ্যতে কোন সমস্যাই হয় না। তাঁরা সহজেই নিজেদের লক্ষ্যে পৌঁছে যান।

গর্ভাবস্থার দ্বিতীয় তিন মাসে গর্ভস্থ শিশু বেড়ে উঠতে লাগে। এজন্য আপনাকেও এবার নিজের ওজন বাড়ানো উচিত। অপনার ওজন 4 থেকে 6 সপ্তাহে গড়পড়তা প্রতি সপ্তাহে 1 থেকে 1½ পাউণ্ড বাড়া উচিত অর্থাৎ মোট 12 থেকে 14 পাউণ্ড।

ওজন বাড়ায় অবরোধ

(ওজন আনুমানিক)

শিশু	7½ পাউণ্ড
প্লেসেটা	1½ পাউণ্ড
এমীনায়োটিক ফ্লুইড	2 পাউণ্ড
য়ুটেরাইন এনলার্জমেন্ট	2 পাউণ্ড
মেটারনাল ব্রেস্ট টিশ্যু	2 পাউণ্ড
মেটারনাল ব্লাড ভল্যুম	4 পাউণ্ড
মেটারনাল টিশ্যুতে ফ্লুইড	4 পাউণ্ড
মেটারনাল ফ্যাট স্টোর	7 পাউণ্ড
মোট গড়	30 পাউণ্ড মোট ওজন বাড়বে

ওজন বাড়ায় ঝুঁকি

আপনি যদি গর্ভাবস্থার দ্বিতীয় তিন মাসে এক সপ্তাহে 3 পাউণ্ডের থেকে বেশী ওজন বাড়িয়ে নেন আর সেটা যদি ফালতু আহারের সাথে যুক্ত হয়ে থাকে বা আপনি যদি 4 থেকে 8 মাসের মধ্যে লাগাতার দু সপ্তাহ ওজন না বাড়ান, তাহলে দুটি পরিস্থিতিতেই ডাক্তারের সাথে দেখা করুন।

ওজন বাড়া...

গর্ভাবস্থায় প্রয়োজনের থেকে বেশী ওজন বাড়াটা অনেক প্রকারের সমস্যার সৃষ্টি করতে পারে। আপনার গর্ভস্থ শিশুর মাপের ব্যাপারে অনুমান লাগানো যাবে না। গর্ভাবস্থার লক্ষণ আরও খারাপ হয়ে উঠবে। এর ফলে প্রী-টার্ম লেবার, গ্যাস্টেশনাল ডায়াবেটিজ বা হায়পার টেনশনের ঝুঁকিও বেড়ে উঠবে। বড় আকারের শিশুর পক্ষে যোনিপথ দিয়ে বাইরে আসা মুশ্কিল হয়ে পড়বে আর স্তনপান করাতেও সমস্যার সৃষ্টি হবে।

গর্ভাবস্থার সময় জমা করা ফালতু ওজন পরেও সহজে কমে না। অনেক বার তো সেটা আরও বেড়ে ওঠার ঝুঁকি থেকে যায়। যেসব শিশুদের মায়েরা 20 পাউণ্ডের কম ওজন বাড়ান, তাঁদের শিশু প্রী-ম্যাচিয়োর হতে পারে এবং গর্ভাশয়ে সেই সব বাচ্চাদের আকার সঠিক ভাবে বাড়তে পারে না *(অবশ্য এর ব্যতিক্রমও রয়েছে)*।

গর্ভাবস্থার শেষ তিন মাসে আপনার ওজন 4 থেকে 10 পাউণ্ডের বেশী বাড়া উচিত নয়। সেই সময় গর্ভস্থ শিশুর ওজন বাড়াটা জরুরী হয়। অনেক গর্ভবতী মহিলাদের ওজন, গর্ভাবস্থার নবম মাসে একেবারে বাড়ে না বা একাধ পাউণ্ড কমে আসে।

আপনি এই লক্ষ্যকে কতটা প্রাপ্ত করতে পারেন? কখনো আপনার খাবার খেতে ইচ্ছে হবে না, তো কখনো বমি আসবে। আপনি নিজের লক্ষ্য পর্যন্ত কি করে পৌঁছবেন? অনেক সপ্তাহ এমনও আসবে, যখন খাবার খাওয়ামাত্র সব বেরিয়ে আসবে। সেই সময় ওজনের কাঁটার চিন্তা একেবারে করবেন না। যদি আপনার গড় ওজন প্রতি সপ্তাহে ঠিক মত বেড়ে চলে, তাহলে আপনার ঘাবড়ানোর কোন কারণ নেই। এক নির্দিষ্ট সময়ে, একই ধরণের পোশাকে, সপ্তাহে একবার ওজন পরীক্ষা করুন। আপনি যদি বেশী সামলে চলতে চান, তাহলে সপ্তাহে দুবার ওজন মাপুন। আপনি যদি গর্ভাবস্থার প্রথম তিন মাসে প্রয়োজনের থেকে বেশী ওজন বাড়িয়ে নিয়েছেন বা দ্বিতীয় তিন মাসে মনের মত ওজন বাড়াতে পারেননি, তাহলে সেটা সঠিক রাস্তায় নিয়ে আসার পূর্ণ চেস্টা করুন। গর্ভাবস্থায় আমরা আপনাকে কখনোই ডায়েটিং করার পরামর্শ দেব না। এমনটা বিপজ্জনক হদতে পারে। নিজের ডাক্তারের সহায়তায় ওজনের লক্ষ্য নতুন করে স্থির করুন আর নিজের গর্ভস্থ শিশুকে পূর্ণ বিকাশ প্রদান করুন।

সুরক্ষিত থাকতে শিখুন

বাড়ী, হাইওয়ে, উঠোন; বেশীর ভাগ গর্ভবতী মহিলাদের গর্ভাবস্থার জটিলতাগুলোর কারণে এই সব জায়গায় দুর্ঘটনা ঘটে! যদিও এই সব দুর্ঘটনা আমাদেরই বেপরোয়া ভাবের কারণে ঘটে। কিছুটা সতর্কতা আর বুদ্ধিমত্তার প্রয়োগ করে আমরা এমন দুর্ঘটনা এড়াতে পারি। গর্ভাবস্থায় আপনারা নিম্নলিখিত জিনিষগুলো মাথায় রেখে নিজেরা সুরক্ষিত থাকতে পারেন।

- এটা মাথায় রাখবেন যে, আপনি আর আগের মত নেই। পেটের আকার বেড়ে ওঠার সাথে-সাথে মাধ্যাকর্ষণের বিন্দুও পাল্টে গেছে। আপনি এখন যে কোন জায়গায় সহজেই নিজের সন্তুলন হারিয়ে ফেলতে পারেন। ধীরে-ধীরে আপনার পা পর্যন্ত দেখতে পাওয়া বন্ধ হয়ে পড়বে আর এই পরিবর্তন দুর্ঘটনার কারণ হয়ে উঠবে।
- আপনি অটোতেই থাকুন বা প্লেনে... নিজের সীট বেল্ট টাইট করে বাঁধুন। আপনি যদি গাড়ীর সামনের সীটে এয়ার ব্যাগের সাথে বসে রয়েছেন, তাহলে সীট পেছনের দিকে করে রাখুন। আপনি গাড়ী চালালে স্টিয়ারিং হুইলকে নিজের বুকের দিকে ঝুঁকিয়ে নিন আর সেটার থেকে কম পক্ষে 10^0 দূরত্বে বসুন, যাতে সেটা আপনার পেটের সঙ্গে না ঠেকে। নিজের কোলে বা ড্যাশবোর্ডে কোন মালপত্র রাখবেন না। সম্ভব হলে গাড়ীর পেছনের সীটেই বসার চেস্টা করুন।
- যে কোন ঢিলা চেয়ার বা সিঁড়িতে চড়বেন না। সেটার থেকে পড়ে গিয়ে ক্ষতি হতে পারে।
- উঁচু হিলের বা পিছলে যাওয়ার মত জুতো-চটি পায়ে দেবেন না। পিচিছল মেঝেতে মোজা বা ষ্টকিং পরে হাঁটবেন না।
- বাথ টাবে যাওয়া আর বার হওয়ার সময় সতর্কতা নিন। বাথরুমে যেন এমন ম্যাট লাগানো থাকে... যেটা আপনাকে পিছলে যাওয়া থেকে বাধা দিতে পারে।
- ঘরোয়া বাধাগুলোকে দূর করুন। সিঁড়িতে আলতু-ফালতু জিনিষ রাখবেন না। সিঁড়ি যেন অন্ধকার না থাকে। মেঝেতে যেন কোন তার পড়ে না থাকে। সিঁড়িতে যেন বরফ জমে না থাকে।
- রাতের বেলা টয়লেট যাওয়ার রাস্তায় লাইট জ্বেলে ঘুমোন আর সেখানে কোন মালপত্র রাখবেন না। আপনাকে রাতের মধ্যে বেশ কয়েকবার টয়লেট যেতে হতে পারে... এজন্য সতর্কতা নেওয়াটা অত্যন্ত জরুরী হয়।
- কোন কাজই বেশী মাত্রায় করবেন না। অনেক সময় ক্লান্তির কারণেও দুর্ঘটনা ঘটে যায়।

■ ■ ■

তৃতীয় মাস

প্রায় 9 থেকে 13 সপ্তাহ

আপনি যখন গর্ভাবস্থার প্রথম তিন মাসের শেষ মাসে পা রাখবেন, তখন গর্ভাবস্থার বেশ কিছু প্রারম্ভিক লক্ষণ আগের থেকে অনেকটাই তীব্র হয়ে উঠবে। তখন এটা বলা মুশ্কিল হয়ে উঠবে যে, আপনি গর্ভাবস্থার প্রথম তিন মাসের ক্লান্তিতে কাহিল হয়ে পড়েছেন, না গত রাতে আপনাকে তিন বার বাথরুম যেতে হওয়ায় আপনি সেই ক্লান্তি অনুভব করছেন ? যদি সাহস থাকে, তাহলে মাথা তুলে কথা বলুন। আপনার ভালো দিন এবার আসতে চলেছে। যদি মর্ণিং সিকনেস আপনার অবস্থা খারাপ করে তুলে থাকে, তাহলে সেটা অনেকটাই দূর হয়ে পড়বে। আপনার এনার্জীর স্তর উঁচু হয়ে উঠবে আর বাথরুমের চক্কর কাটাটাও অনেকটাই কমে আসবে। এই মাসে করা পরীক্ষায় আপনি নিজের গর্ভস্থ শিশুর হৃদস্পন্দনও শুনতে পাবেন... তখন এই সব কষ্টদায়ক লক্ষণও আপনার কাছে আর ততটা দুঃখদায়ক বলে মনে হবে না!

এই মাসে আপনার শিশুর বিকাশ

নবম সপ্তাহ ঃ- এবার আপনার গর্ভস্থ শিশুর দৈর্ঘ্য 1" অর্থাৎ এক মাঝারী কাঁচা জৈতুনের সমান হয়ে পড়েছে। ওর মাথা অনেকটাই শিশুর মত বিকশিত হচ্ছে। এই সপ্তাহে ওর ছোট মাংসপেশীগুলো তৈরী হচ্ছে, যাতে ও নিজের হাত-পা নাড়াতে পারে। এখন থেকে প্রায় এক মাস পরে আপনিও ওর লাথি আর ঘুঁষির আঘাত অনুভব করতে পারবেন। আপাততঃ আপনি কিছুই শুনতে পারবেন না। তবে হ্যাঁ... আপনি ডপলার উপকরণের সহায়তায় ওর হৃদস্পন্দন শুনতে পারেন... যেটা শুনে আপনার হৃদস্পন্দন তীব্র হয়ে উঠতে পারে।

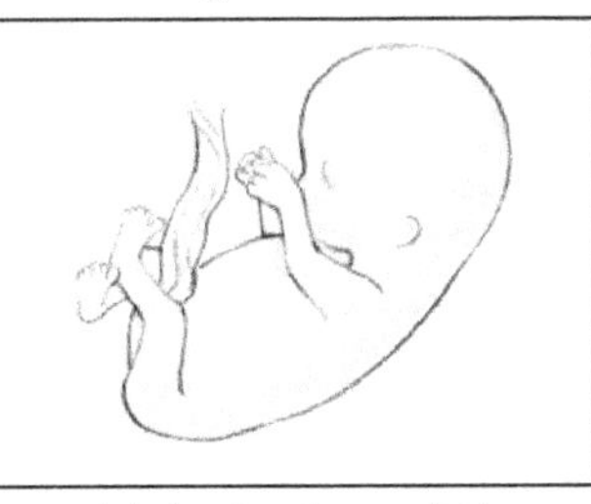

আপনার 3 মাসের বাচ্চা

দশম সপ্তাহ ঃ- প্রায় 1½" লম্বা আপনার শিশু লাগাতার উন্নতি করে চলেছে। ওর হাড়, কার্টিলেজ, হাঁটু আর গোড়ালি তৈরী হচ্ছে। ওর হাতের কনুইও এখন থেকেই কাজ করতে শুরু করে দিয়েছে। মাড়িতে দুধের দাঁত উঠতে লেগেছে। পেটে পাচক রস উৎপন্ন হচ্ছে, কিড্নী প্রস্রাব তৈরী করছে। আপনার শিশু ছেলে হলে তার বৃষণ টেস্টাস্টীরন তৈরী করছে *(যতই হোক, ছেলে তো ছেলেই থাকবে)*।

একাদশ সপ্তাহ ঃ- এবার আপনার গর্ভস্থ শিশু 2"-রও বেশী লম্বা হয়ে পড়েছে আর ওর ওজন এক-তৃতীয়াংশ আউন্স হয়ে পড়েছে। ওর শরীর লম্বা হচ্ছে। মাথায় চুল আর হাতে-পায়ে নখের ডগা উৎপন্ন হওয়ার প্রস্তুতি চলছে *(পরের কয়েক মাসের মধ্যে নখও তৈরী হয়ে পড়বে)*। আপনি আল্ট্রাসাউণ্ড দ্বারা তার লিঙ্গ জানতে না পারলেও... সে মেয়ে হলে তার ওভরী তৈরী হওয়া শুরু হয়ে পড়েছে।

এবার তো তার মধ্যে সকল মানবিক বিশেষত্ব এসে পড়েছে। শরীরের সামনের অংশে হাত-পা রয়েছে... কান নিজের জায়গায় তৈরী হওয়ার অপেক্ষা করছে। নাকের ফুটো তৈরী হচ্ছে। মুখে জিভ আর তালু রয়েছে এবং নিপ্পল দেখতে পাওয়া যাচ্ছে।

দ্বাদশ সপ্তাহ ঃ- আপনার গর্ভস্থ শিশুর আকার আগের তিন সপ্তাহের তুলনায় দ্বিগুণ হয়ে উঠেছে। এখন তার ওজন প্রায় 1½ আউন্স আর দৈর্ঘ্য 2½" হয়ে পড়েছে। তার শরীর সকল অঙ্গগুলোর বিকাশের জন্য কড়া মেহনত করে চলেছে। যদিও ওর সকল তন্ত্র পূর্ণ রূপে তৈরী হয়ে পড়েছে... কিন্তু এখনও কিছু কাজ বাকী রয়ে গেছে। পাচন তন্ত্র সংকুচনের অভ্যাস শুরু করে দিয়েছে, যাতে সেটা খাবার খাওয়ার যোগ্য হয়ে উঠতে পারে। বোন ম্যারো সাদা রক্ত কোশিকা তৈরী করছে, যাতে শিশু আশপাশের সকল কীটাণুর সাথে লড়াই করতে পারে। ব্রেনে পিট্যুটরী গ্ল্যাণ্ড হার্মোন তৈরী করতে লেগেছে, যাতে এক দিন আপনার শিশু তৈরী করতে পারে।

ত্রয়োদশ সপ্তাহ ঃ- এবার আপনার গর্ভাবস্থার প্রথম তিন মাস শেষ হতে চলেছে। এই সময় আপনার গর্ভস্থ শিশুর আকার প্রায় 3" লম্বা হয়ে পড়েছে। এখন ওর মাথা ওর দৈর্ঘ্যের প্রায় অর্দ্ধেক... কিন্তু খুব শীঘ্রই ওর মাথা অনুপাতে এসে পড়বে। ততদিনে আপনার গর্ভস্থ শিশুর আন্ত্র *(যেটা এখনও পর্যন্ত অম্বলিক্কল কর্ডে ছিল)* পেটে নিজের সঠিক জায়গা তৈরী করে নেবে। এই সপ্তাহে আপনার গর্ভস্থ শিশুর ভোকাল কর্ডও তৈরী হয়ে পড়বে অর্থাৎ ও এবার কান্নার প্রস্তুতি নিচ্ছে...!

আপনি কেমন অনুভব করছেন ?

সর্বদার মত এটা মাথায় রাখবেন যে, প্রতিটি গর্ভাবস্থাই আলাদা হয় আর প্রতিটি গর্ভবতী মহিলাও আলাদা হন। আপনি একই সময়ে বা আলাদা-আলাদা বছরে এই সব লক্ষণ অনুভব করতে পারেন। কিছু লক্ষণ তো আগের মাস থেকেই চলে আসছে আর কিছু লক্ষণ নতুন সৃষ্টি হবে। এছাড়াও এমন বেশ কিছু লক্ষণও হতে পারে, যেগুলো স্বাভাবিক নাও হতে পারে। এই মাসে আপনি নিম্নলিখিত লক্ষণগুলো অনুভব করতে পারেন ঃ-

শারীরিক ঃ-

- ক্লান্তি, প্রাণশক্তির অভাব, ঘুম-ঘুম ভাব
- বার-বার প্রস্রাব করতে যাওয়ার ইচ্ছা

এক নজর

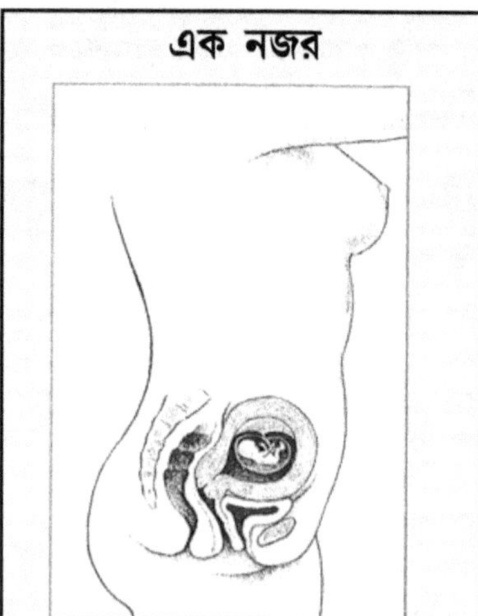

এই মাসে আপনার গর্ভাশয়ের আকার আঙ্গুর ফলের থেকে কিছুটা বড় হয়ে উঠবে আর আপনার কোমরও মোটা হয়ে উঠতে লাগবে। মাসের শেষ দিকে আপনার ব্যুনিক বোনের ওপরে পেটের নীচের অংশে গর্ভাশয়কে অনুভব করা যেতে পারবে।

■ গা গুলোন – বমি বা বমি ছাড়া
■ অত্যধিক লার তৈরী হওয়া
■ কোষ্ঠকাঠিন্য
■ বুকের মধ্যে জ্বলুনি, অপচন, পেট ফাঁপা
■ ভোজনের প্রতি পছন্দ-অপছন্দ
■ ক্ষিধে লাগা, যদি মর্ণিং সিকনেস ঠিক হয়ে পড়ে
■ বক্ষস্থলে পরিবর্তন – ভারী ভাব, সংবেদনশীলতা, স্তনবৃন্তে আশপাশের রং গাঢ় হয়ে ওঠা, সেই অংশে হাল্কা ফোলা ভাব, ত্বকের ওপরে নীল রেখার জালের মত দেখতে পাওয়া
■ পেট, পা বা শরীরের কিছু অঙ্গে শিরা ফুটে ওঠা
■ যোনি স্রাবের মাত্রা হাল্কা বেড়ে ওঠা
■ কখনো-কখনো মাথায় যন্ত্রণা হতে থাকা
■ কখনো-কখনো মাথা ঘোরা
■ পেট হাল্কা গোল হয়ে ওঠা, পোশাক টাইট অনুভব করা

ভাবনাত্মক ঃ-

■ ভাবনাত্মক ওঠা-নামা, মুড ভালো হয়ে ওঠা বা বিগড়ে যাওয়া, হঠাৎ করে কান্না পাওয়া, অস্থিরতা, মেজাজ খিট্‌খিটে হয়ে আসা
■ ঈর্ষা, ভয়, আনন্দ ইতাদি ভাব প্রকট হওয়া
■ শান্তির নতুন অনুভূতি
■ গর্ভাবস্থা না হওয়ার ভয়

এই মাসের চেক-আপ্ ঃ- এই মাসে আপনি ডাক্তারের থেকে নিম্নলিখিত পরীক্ষাগুলোর আশা করতে পারেন। যদিও প্রতিটি ডাক্তার নিজের-নিজের হিসেবেই চেক-আপ্ করেন ঃ

- ওজন আর রক্তচাপ
- প্রোটিনের জন্য প্রস্রাব আর শুগারের পরীক্ষা
- গর্ভস্থ ভ্রূণের হৃদস্পন্দন
- গর্ভাশয়ের আকার *(বাইরের দিক থেকে)*
- ফণ্ডস্ *(গর্ভাশয়ের ওপরের অংশ)*, উচ্চতা
- হাত-পায়ের ফোলা ভাব, ভেরিকোজ শিরার জন্য পায়ের পরীক্ষা
- কিছু প্রশ্ন আর কৌতূহল... যেগুলো আপনি জানতে চান

আপনি কি ভাবছেন ?

"গত কয়েক সপ্তাহ ধরে আমার কোষ্ঠকাঠিন্য রয়েছে। এটা কি স্বাভাবিক ?"

অনিয়মিততা ঃ- পেট ফাঁপা, গ্যাস ইত্যাদি হচ্ছে গর্ভাবস্থার সাধারণ সমস্যা। এগুলোরও কারণ রয়েছে। প্রোজেস্টেরন হার্মোনের উপস্থিতি আপনার শরীরের সকল মাংসপেশীগুলোকে শিথিল করে তোলে আর ভোজন দীর্ঘ সময় ধরে পাচন তন্ত্রে পড়ে থাকে অর্থাৎ পাচন প্রক্রিয়াও ধীর হয়ে পড়ে। লাভ এটাই হয় যে, এই সময় পোষক তত্ত্ব আপনার রক্ত প্রবাহে মিশে যায় আর আরও ভালো ভাবে গর্ভস্থ শিশুর কাছ পর্যন্ত গিয়ে পৌঁছয়। আর ক্ষতি এটা হয় যে, আপনার শরীরের ব্যর্থ পদার্থগুলোর ট্রাফিক জাম হয়ে পড়ে। আপনার লাগাতার বেড়ে ওঠা গর্ভাশয়ও আন্ত্রের ওপরে চাপের সৃষ্টি করে। এবার আপনি নিশ্চয়ই এটা বুঝে গেছেন যে, আপনার কোষ্ঠকাঠিন্য কেন থাকে ?

এমনটা নয় যে, পুরো গর্ভাবস্থাই কোষ্ঠকাঠিন্য আপনার সাথে থাকবে। আপনি এটার মোকাবিলা করার জন্য নীচের উপায়গুলো গ্রহণ করতে পারেন।

তন্তুযুক্ত পদার্থ ঃ- আপনি আর আপনার কোলোনের প্রতি দিন 25 থেকে 35 গ্রাম তন্তুর মাত্রার প্রয়োজন। আপনার যদিও মাত্রা গোনার কোন প্রয়োজন নেই... আপনি শুধু বেশী মাত্রায় তন্তুদার পদার্থ সেবন করার চেষ্টা করুন; যেমন – তাজা ফল আর সব্জী *(কাঁচা বা হাল্কা রান্না করা, খোসা সমেত)*, গোটা শস্যের সেরেয়াল আর পাঁউরুটী, ডাটাওয়ালা পদার্থ *(বীনস্ আর কড়াইশুঁটি)* এবং শুকনো মেওয়া। সবুজ শাক-সব্জী অনেক লাভদায়ক হয়। এর সাথেই আপনি রসালো মিষ্টি কীউয়ি *(ছোট ফল, যাতে পর্যাপ্ত মাত্রায় ল্যাক্সেটিভ পাওয়া যায়)* খেতে পারেন। আপনি যদি আজকের আগে তন্তুদার পদার্থ বেশী মাত্রায় না নিয়ে থাকেন, তাহলে এই মাত্রাকে ধীরে-ধীরে বাড়ান... অন্যথা আপনার পাচন তন্ত্র

বিদ্রোহ করতে পারে। উদর-বায়ুও বেড়ে উঠতে পারে... কারণ আপনার আহারে তন্তুর মাত্রায় বেড়ে উঠেছে।

আপনি নিজের খাবারে গমের আটার ভুষিও শামিল করতে পারেন। অতিরিক্ত উৎসাহে প্রয়োজনের থেকে বেশী ফাইবার নেবেন না। এটা অত্যন্ত দ্রুত আপনার তন্ত্রে পৌঁছে যায়। তার ফলে গুরুত্বপূর্ণ পোষক তত্ত্বও আপনার শরীরে না গুলেই বাইরে বেরিয়ে আসবে।

রিফাইণ্ড পদার্থের বর্জনতা ঃ- যেভাবে ফাইবার কোষ্ঠকাঠিন্যের জন্য লাভদায়ক হয়, ঠিক সেই ভাবেই রিফাইণ্ড পদার্থ কোষ্ঠকাঠিন্যকে বাড়িয়ে তোলে। সাদা পাঁউরুটী, ভাত আর অন্যান্য বেকড্ পদার্থ থেকে দূরে থাকুন।

তরল পদার্থের সেবন ঃ- আপনি যদি পর্যাপ্ত মাত্রায় তরল পদার্থ নিচেছন, তাহলে কোষ্ঠকাঠিন্য টিকতেই পারবে না। জল, ফল আর সব্জীর রস, ভোজনকে পাচন তন্ত্রে সামনের দিকে নিয়ে যায়। আপনি যদি হাল্কা গুনগুনা গরম জল পান করেন, তাহলে আরও ভালো হয়। যেমন – হাল্কা গুনগুনা গরম জলে লেবুর রস মিশিয়ে পান করুন। এতে আপনার পেটের আন্ত্রগুলোয় সংকুচন হবে বা অন্য শব্দে প্রেশার তৈরী হবে।

সঠিক সময়ে খাবার খান ঃ- আন্ত্রগুলোর প্রক্রিয়াকে লাগাতার আটকে রাখা হলে নিয়ন্ত্রণ বজায় রাখা মাংসপেশীগুলো দুর্বল হয়ে পড়ে। তার জন্য সঠিক টাইমিং বানান। ফাইবার যুক্ত প্রাতঃরাশ সময়ের কিছুটা আগে নিন, যাতে ট্রাফিকে ফেঁসে থাকা গাড়ীতে বসে থাকার সময় শৌচে যাওয়ার ইচছা না হয়। আপনি বাড়ীতেই পেট পরিস্কার করে কাজে বেরোতে পারেন।

সিক্স মীল সল্যুশন ঃ- ভারী ভোজন করলে আপনার পাচন তন্ত্রের ওপরে যথেষ্ট চাপ পড়ে... যার ফলে কোষ্ঠকাঠিন্য হয়ে পড়ে। দিনের মধ্যে 3 বার ভারী ভোজন করার বদলে সিক্স মীল সল্যুশন গ্রহণ করুন অর্থাৎ দিনের মধ্যে 6 বার হাল্কা ভোজন নিন। এতে আপনি গ্যাস আর পেট ফাঁপার থেকেও মুক্ত হয়ে থাকবেন।

সাপ্লিমেন্ট এবং ঔষধি ঃ- অনেক গর্ভাবস্হা সাপ্লিমেন্ট আর ঔষধি শক্তি প্রদান করা সত্ত্বেও কোষ্ঠকাঠিন্যকেও ডেকে নিয়ে আসে। এ্যান্টাসিডকে গর্ভবতী মহিলাদের মিত্র বলা যেতে পারে। নিজের ডাক্তারের সাথে পরামর্শ করে আপনি সেগুলো নিতে পারেন। এমনিতে ম্যাগ্নেশিয়াম সাপ্লিমেন্টও কোষ্ঠকাঠিন্যের সাথে লড়তে সহায়তা করে।

কিছু ব্যাক্টেরিয়া নিন ঃ- প্রো-বায়োটিক্স ব্যাক্টেরিয়া, আন্ত্রগুলোর ব্যাক্টেরিয়াগুলোকে উত্তেজিত করে তুলতে পারে... যার ফলে ভোজনের পাচন সঠিক ভাবে হতে পারে। দই আর য়োগর্ট থেকে প্রস্তুত পানীয় পদার্থের স্বাদ গ্রহণ করুন। আপনি ডাক্তারের পরামর্শে প্রো-বায়োটিক্স সাপ্লিমেন্টও নিতে পারেন। এটার কোন স্বাদ হয় না। এর পাউডার ফর্মকে আপনি সহজেই যে কোন স্মুদীজে মেশাতে পারবেন।

ব্যায়াম করুন ঃ- সক্রিয় শরীরে কোষ্ঠকাঠিন্য হয় না। নিজের রুটীনে কম পক্ষে আধ ঘন্টার পায়চারীকে শামিল করুন। এর সাথে গর্ভাবস্হাতে সুরক্ষিত ব্যায়ামও করা যেতে পারে।

যদি আপনার দ্বারা গ্রহণ করা সব উপায় ব্যর্থ হয়ে পড়ে, তাহলে আপনি নিজের ডাক্তারের পরামর্শ নিন। নিজের ইচছায় কোন হার্বাল উপায় বা ক্যাস্টর অয়েল ইত্যাদির প্রয়োগ করতে যাবেন না।

কোষ্ঠকাঠিন্য

"আমার সকল গর্ভবতী বান্ধবীদেরই কোষ্ঠকাঠিন্যের অভিযোগ থাকে... কিন্তু আমার নেই। আমি নির্দিষ্ট সময়েই শৌচে যাই। আমার সিস্টেম কি সঠিক পদ্ধতিতে কাজ করছে ?"

এমনও হতে পারে যে, আপনি শুরু থেকেই এক সন্তুলিত জীবন কাটিয়ে আসছেন বা গর্ভধারণ করার পরে আপনি নিজের জীবন-শৈলীতে পরিবর্তন নিয়ে এসেছেন ! তরল পদার্থ, ব্যায়াম আর ফাইবার যুক্ত ভোজন দ্বারা নিশ্চিত রূপে কোষ্ঠকাঠিন্যের ওপরে নিয়ন্ত্রণ প্রাপ্ত করা যেতে পারে। আপনার পক্ষে যদি ফাইবার যুক্ত আহারের শৈলী কিছুটা নতুন হয়, তাহলে কিছুটা মুশ্কিল অবশ্যই হতে পারে... কারণ আপনার শরীরের তন্তুযুক্ত আহারের অভ্যাস নেই... কিন্তু আপনার পেট প্রতি দিন ঠিক সময়ে পরিস্কার হতে থাকবে !

ক্লান্তি, কোষ্ঠকাঠিন্য আর মুডী হওয়ার আরও একটা কারণ

এমনিতে এসব কিছু গ্যাস্টেশনাল হার্মোনের দান হয়... কিন্তু অনেক বার থায়রক্সিন হার্মোনের অভাবের কারণেও এমনটা হয়। ত্বকের সমস্যা, ওজন বাড়া, মাংসপেশীর যন্ত্রণা আর টান ভাব, স্মৃতিশক্তির অভাব, হাত-পা ফুলে ওঠা, ঠাণ্ডার প্রতি অত্যধিক সংবেদনশীলতা ইত্যাদিও এর লক্ষণ হতে পারে! এছাড়া *হোয়পোথায়রাইডেজম্*'-য়ের অভিযোগও হতে পারে। এতে থায়রয়েডের অভাব হয়। *হোয়পোথায়রাইডেজম্*'-তে থায়রয়েড বেশী মাত্রায় তৈরী হয়। এর লক্ষণ সাধারণতঃ গর্ভাবস্থার লক্ষণগুলোর সাথে মেলে। আপনি যদি ইতিমধ্যেই থায়রয়েডের ঔষধির সেবন করে থাকেন, তাহলে নিজের ডাক্তারকে সেটা জানান... কারণ গর্ভাবস্থায় থায়রয়েডের প্রয়োজন কমতে-বাড়তে পারে। যদি আপনার পরিবারে কারো এই রোগ হয়ে থাকে আর আপনিও সেটার লক্ষণ দেখতে পাচ্ছেন... তাহলে তৎক্ষনাত ডাক্তার দেখান। এক ছোট্ট ব্লাড টেস্ট দ্বারা এটার পুষ্টি হতে পারে।

ডায়রিয়া

"আমার তো কোষ্ঠকাঠিন্য একেবারেই নেই... বরং গত দু সপ্তাহ ধরে আমার পাতলা পায়খানা হচ্ছে। সেটাকে ডায়রিয়াও বলা যেতে পারে। এটা কি স্বাভাবিক ?"

যখনই গর্ভাবস্থার লক্ষণগুলোর প্রসঙ্গ ওঠে... তখন সেটাই স্বাভাবিক হয়, যেটা আপনার জন্য স্বাভাবিক! আপনার ক্ষেত্রে লুজ মোশন *(পাতলা পায়খানা)*-ও স্বাভাবিক হতে পারে। প্রতিটি শরীর গর্ভাবস্থা হার্মোনের প্রতি আলাদা-আলাদা ভাবে প্রতিক্রিয়া ব্যক্ত করে। হতে পারে যে, আপনার শরীরে পাচনের প্রক্রিয়া ধীর গতির হওয়ার পরিবর্তে দ্রুত হয়ে উঠেছে। আবার এটা আপনার আহারে আসা ইতিবাচক পরিবর্তন আর ব্যায়ামের অভ্যাসের ফলও হতে পারে!

আপনি ইচ্ছে করলে আহারে শুকনো মেওয়ার মত খাদ্য পদার্থের মাত্রা কম করে সেই জায়গায় কলাকে শামিল করতে পারেন, যাতে আপনার মল একেবারে পাতলা না থাকে। পাতলা পায়খানার কারণে শরীরে জলের অভাব হতে পারে... এজন্য পর্যাপ্ত মাত্রায় তরল পদার্থ নিন।

আপনার যদি দিনে কম পক্ষে তিন বার পাতলা, রক্তযুক্ত বা ম্যুকস যুক্ত পায়খানা হতে থাকে... তাহলে ডাক্তারের সাথে দেখা করুন। আপনার চিকিৎসার প্রয়োজন হতে পারে।

গ্যাস

"আমার পেট সর্বদাই ফুলে থাকে আর গ্যাস পাশ হতে থাকে। পুরো গর্ভাবস্থাতেই কি এমনটা হতে থাকবে ?"

আপনার কি খুব বেশী গ্যাস পাশ হচ্ছে ? আপনার আশপাশের পরিবেশও কি এই কারণে দুর্গন্ধযুক্ত হয়ে থাকে ? ক্ষমা করবেন, গর্ভবতী মহিলাদের পক্ষে এটা অত্যন্ত স্বাভাবিক ব্যাপার!

গ্যাসের সেই কুৎসিত আওয়াজ আর দুর্গন্ধের হাত থেকে বাঁচতে চাইলে আপনার নিম্নলিখিত উপায় গ্রহণ করা উচিত।

নির্দিষ্ট সময়ে শৌচে যান ঃ- কোষ্ঠকাঠিন্য আর পেট ফোলার কারণেও গ্যাস তৈরী হয়। প্রতি দিন একটা নির্দিষ্ট সময়ে শৌচে যান।

সিক্স মীল সল্যুশন ঃ- দিনের মধ্যে তিন বার ঠুসে-ঠুসে খাবার খাওয়ার বদলে কিছুক্ষন বাদে-বাদে একটু-একটু করে খাবার খান। পেট বেশী ভরা থাকলে পেট ফাঁপবে আর পাচন তন্ত্রের ওপরেও বেশী চাপ পড়বে। *'সিক্স মীল সল্যুশন'* গ্রহণ করুন।

গিলে-গিলে খাবার খাবেন না ঃ- আপনি যখন তাড়াহুড়ো করে খাবার খান, তখন তাড়াহুড়োয় অনেকটা হাওয়াও আপনার পেটের মধ্যে ঢুকে

যায়। এই হাওয়াই আপনার পেটের ভেতরে গিয়ে গ্যাস সৃষ্টি করে। খাবার খাওয়ার আগে কয়েকটা গভীর শ্বাস নিলে আপনি আরাম পেতে পারেন।

শান্ত থাকুন ঃ- খাবার খাওয়ার মাঝে মানসিক চাপ আর উত্তেজনার কারণে পেটের মধ্যে অনেকটা হাওয়া ঢুলে যায় আর আপনার শরীর গ্যাসের ট্যাঙ্ক হয়ে ওঠে।

গ্যাস সৃষ্টিকারী খাদ্য পদার্থ ঃ- প্রতিটি ব্যক্তির ওপরে এর প্রভাব আলাদা-আলাদা হয়। আপনি নিজেই এটা জানতে পারবেন যে, আপনার পেটে গ্যাস তৈরী হচ্ছে। এমনিতে আপনার পেঁয়াজ, বাঁধাকপি, ভাজাভুজি খাদ্য পদার্থ, ভারী সস্, চিনির মিষ্টি, কার্বোনেটেড পানীয় পদার্থ আর বীনস্ এড়িয়ে চলা উচিত।

তাড়াহুড়ো করবেন না ঃ- নিজের ইচ্ছেতে কোন এ্যান্টী-গ্যাস ওষুধের পরিবর্তে গুনগুনা গরম জলে লেবুর রস মিশিয়ে পান করুন। এতে গ্যাস দূর হবে... এটা গ্যাসের এক অব্যর্থ ঔষধি হয়।

মাথার যন্ত্রণা

"আমার প্রচণ্ড মাথার যন্ত্রণা হতে থাকে। আমার কি কোন ওষুধের সেবন করা উচিত ?"

গর্ভাবস্থায় মহিলাদের পেন কিলার ওষুধের সেবন এড়িয়ে চলা উচিত আর এই দিনগুলোয় তাঁদের মাথার যন্ত্রণা বেশী করে হতে থাকে। আপনাকেও এটা সহ্য করতে হবে... কিন্তু সুরক্ষার উপায় তো আপনি নিতেই পারেন। আমরা এমন উপায় গ্রহণ করতেই পারি... যাতে ঔষধি সেবন করার প্রয়োজনই হবে না।

সবার আগে এটা জানতে হবে যে, মাথায় যন্ত্রণা কেন হচ্ছে ? বেশ কিছু হার্মোনাল পরিবর্তনের কারণেও গর্ভাবস্থায় মাথার যন্ত্রণা হয়। এই কারণেই মাথার যন্ত্রণা, ক্লান্তি, মানসিক চাপ, শারীরিক বা মানসিক চাপ ইত্যাদি অনেকটা বেড়ে ওঠে।

যদিও এর থেকে বাঁচার অনেক উপায় হতে পারে... কিন্তু সেগুলো কোনটাই ওষুধ বা ক্যাপসুলের রূপে আসে না। অনেক ক্ষেত্রে একটু চেস্টা করলেই সফলতা প্রাপ্ত হতে পারে।

রিল্যাক্স ঃ- গর্ভাবস্থায় উত্তেজনা আর মানসিক চাপের কারণে প্রায়ই মাথার যন্ত্রণা হতে থাকে। অনেক গর্ভবতী মহিলাদের ধ্যান আর যোগব্যায়াম দ্বারা ভালো আরাম প্রাপ্ত হয়। আপনিও রিল্যাক্সেশন টেক্নিক গ্রহণ করতে পারেন। অথবা কোন অন্ধকার ঘরে 10 মিনিটের জন্য শুয়ে পড়ুন বা 10 - 15 মিনিটের জন্য ডেস্ক বা সোফার ওপরে পা উঁচু করে রাখুন। এতেও মানসিক চাপ আর মাথার যন্ত্রণার হাত থেকে মুক্তি পাওয়া যেতে পারে।

পূর্ণ বিশ্রাম নিন ঃ- গর্ভাবস্থায় বিশ্রামের অভাবের কারণেও মাথায় যন্ত্রণা হতে পারে। বিশেষ করে গর্ভাবস্থার প্রথম আর তৃতীয় তিন মাসে ক্লান্তি বেশী হয়। যেসব গর্ভবতী মহিলা লম্বা সময় ধরে কাজ করেন বা যাঁদের নিজেদের বাচ্চাদের দেখাশোনা করতে হয়... তাঁরা এই সময় ঘুমোতে পারেন না। আপনি নিজের পেটের ফোলা ভাব দেখে চিন্তা করতে শুরু করে দেন ঃ আমি কি বিশ্রাম পাব ? শিশুর জন্মের পরে আমি সব কাজ কি করে সামলাব ? এর ফলে আপনার ক্লান্তি দ্বিগুণ হয়ে ওঠে। যখনই সুযোগ পাবেন, বিশ্রাম করুন... মাথার যন্ত্রণায় আরাম পাবেন। প্রয়োজনের অতিরিক্ত ঘুমোবেন না... এতে মাথার যন্ত্রণা বেড়ে উঠতে পারে।

নির্দিষ্ট সময়ে খাবার খান ঃ- রক্তচাপ কমে এলে ক্ষিধের কারণেও মাথায় যন্ত্রণা হতে থাকে। খালি পেটে থাকবেন না। নিজের ব্যাগ, গাড়ীতে বা বাড়ীতে সর্বদা পৌষ্টিক স্ন্যাক্স *(সোয়া চিপস্, গ্রেনোলা বার, শুকনো মেওয়া)* রাখুন, যাতে ক্ষিধে পেলেই কিছু খাওয়া যেতে পারে।

একটু শান্ত হয়ে থাকুন ঃ- আপনি যদি চিৎকার-চেঁচামেচির প্রতি সংবেদনশীল হন, তাহলে এটার জন্যও আপনার মাথার যন্ত্রণা হতে পারে। চিৎকার-চেঁচামেচি আর ভীড়ভাড় যুক্ত এলাকায় যাওয়া এড়িয়ে চলুন। আপনার চাকরী যদি চিৎকার-চেঁচামেচি ভরা এলাকায় হয়, তাহলে

কর্পস লুটেয়ম সিস্ট কি জিনিষ ?

আপনিও এটা জানতে চাইবেন যে, এই কর্পস লুটেয়ম সিস্ট কি জিনিষ ? আপনার প্রজনন জীবনের প্রতি মাসে ওভ্যুলেশনের পরে কোশিকাগুলোর হলুদ শরীরের মত তৈরী হয়... যেটাকে ইয়েলো বডি *(কর্পস লুটেয়ম)* বলা হয়। এটা কিছুটা মাত্রায় প্রোজেস্টেরন আর ইস্ট্রোজেন তৈরী করে। আপনি যখন গর্ভবতী হয়ে পড়েন, তখন এটা কমার বদলে বেড়ে উঠতে থাকে *(প্লেসেন্টা তৈরী হওয়া পর্যন্ত)*। সাধারণতঃ গর্ভাবস্হার দশম সপ্তাহে পৌঁছে এটা কাজ করা বন্ধ করে দেয়... কিন্তু কিছু-কিছু গর্ভাবস্হায় এট সিস্টে বদলে যায়।

এটা গর্ভাবস্হার ওপরে কোন প্রভাব ফেলে না। এটা গর্ভাবস্হার দ্বিতীয় তিন মাসে আপনা থেকেই শেষ হয়ে পড়ে। এমনিতে ডাক্তাররা এর ওপরে দৃষ্টি রাখেন আর আল্ট্রাসাউণ্ডের মাধ্যমে এটার ব্যাপারে তাজা তথ্য প্রাপ্ত করতে থাকেন অর্থাৎ আপনি নিজের গর্ভস্হ শিশুকে এক ঝলক দেখতে পাওয়ার আরও কিছু সুযোগ পেয়ে যান।

নিজের বসের সাথে কথা বলুন বা কোন শান্ত এলাকায় নিজের ট্রান্সফার করিয়ে নিন। বাড়ীতে টি.ভি., টেলিফোন আর রেডিয়োর আওয়াজ ধীরে রাখুন।

হাওয়াদার স্হানে থাকুন ঃ- ভীড়ভাড় আর আর্দ্রতাপূর্ণ জায়গায় থাকবেন না... অন্যথা আপনার মাথায় যন্ত্রণা হতে থাকবে। আপনি যদি এমন কোন জায়গায় ফেঁসে গিয়ে থাকেন... তাহলে সেখান থেকে বেরিয়ে এসে তাজা হাওয়ায় শ্বাস নিন। গায়ে সোয়েটার থাকলে খুলে ফেলুন। বাইরে বেরোতে না পারলে কম পক্ষে ঘরের জানলা খুলে দিন।

লাইটের ব্যাপারটা মাথায় রাখুন ঃ- নিজের আশপাশের আলোকে এক নতুন দৃষ্টিতে দেখুন। অনেক জায়গায় ফ্লোরেসেন্ট বাল্বের আলোও মাথার যন্ত্রণার কারণ হয়ে উঠতে পারে। যদি আলো জ্বালাতেই হয়, তাহলে মাঝে-মাঝে বাইরের তাজা হাওয়াও নিন।

বিকল্প ব্যবস্হা গ্রহণ করুন ঃ- আকুপাংচার, আকুপ্রেশার, বায়ো-ফীডব্যাক আর মালিশের মত বৈকল্পিক চিকিৎসা পদ্ধতি পরীক্ষা করে দেখুন।

গরম আর ঠাণ্ডা সেঁক ঃ- সাইনাসের যন্ত্রণার হাত থেকে বাঁচার জন্য দিনে চার বার 10 মিনিট পর্যন্ত, 30 - 30 সেকেণ্ডের জন্য মাথায় গরম-ঠাণ্ডা সেঁক দিন। মানসিক চাপের কারণে মাথার যন্ত্রণা হতে থাকলে ঘাড়ের পেছনের অংশে বরফ লাগান আর চোখ বন্ধ করে নিন। সাধারণ আইস প্যাক বা জেল বেসড্ নেক পিলোর ব্যবহার করুন।

শরীর সোজা রাখুন ঃ- ঝুঁকে বা বেঁকে বসে লম্বা সময় পর্যন্ত কাজ *(বাচ্চার জন্য মোজা বোনা ইত্যাদি)* করবেন না। নিজের শরীরের ভঙ্গীর ওপরে পূর্ণ মনোযোগ দিন।

ঔষধির সেবন করুন ঃ- যদি আরাম না আসে, তাহলে ওষুধ নিন। এমনিতে টাইলীজোল ভালো আরাম দেয়। এটাকে গর্ভাবস্হার পক্ষে সুরক্ষিতও মানা হয়ে থাকে। ডাক্তারের সহায়তায় সঠিক মাত্রার সেবন করুন। যদি কয়েক ঘন্টা পর্যন্ত যন্ত্রণা বজায় থাকে, জ্বর থাকে বা হাত-পা ফুলে ওঠে... তাহলে ডাক্তারের সহায়তা নিন।

"আমার মাইগ্রেনের যন্ত্রণা হতে থাকে। আমি শুনেছি যে, এটা গর্ভাবস্হায় যথেষ্ট বেড়ে ওঠে। সেটা কি সত্যি ?"

কিছু গর্ভবতী মহিলাদের এমনটা মনে হয় যে, গর্ভাবস্হায় তাঁদের মাইগ্রেনের যন্ত্রণা অনেকটাই বেড়ে উঠেছে। কিছু ভাগ্যবতী গর্ভবতী মহিলাই এমন হন... যাঁদের ক্ষেত্রে এই যন্ত্রণা কমে আসে। এখনও এটা জানতে পারা যায়নি যে, মাইগ্রেনের যন্ত্রণার মাত্রা কম-বেশী কেন হয় ?

যদি আপনি আগে থেকেই মাইগ্রেনে পীড়িত হয়ে থাকেন, তাহলে নিজের ডাক্তারের থেকে এটা জানুন যে, গর্ভাবস্হায় কোন্ ঔষধির সেবন সুরক্ষিত হবে ? এতে আপনি আগে থেকে এই প্রাণঘাতী যন্ত্রণার থেকে সুরক্ষা প্রাপ্ত করবেন।

আপনি যদি এটা জানেন যে, আপনার মাইগ্রেনের আসল কারণ কি... তাহলে আপনি সেটাকে আটকানোর উপায়ও করতে পারেন। চকোলেট, চীজ, কফি অথবা মানসিক চাপ! নিজের মুখে ঠাণ্ডা জলের ছিটা মারুন, মুখের ওপরে ঠাণ্ডা কাপড় রগড়ান। চিৎকার-চেঁচামেচি, আলো আর গন্ধের থেকে দূরে কোন অন্ধকার ঘরে 2 - 3 ঘন্টা শুয়ে থাকুন। চোখ বন্ধ করে ধ্যান করুন বা মিউজিক শুনুন। কিছু পড়বেন না আর টি.ভি.-ও দেখবেন না। আপনি বায়ো-ফীডব্যাক বা আকুপাংচারের মত টেক্‌নিকও গ্রহণ করতে পারেন।

স্ট্রেচ মার্ক

"আমি এমন ভয় পাচ্ছি যে, আমার শরীরে স্ট্রেচ মার্ক হয়ে পড়বে। এটাকে কি আটকানো যেতে পারে?"

এগুলোকে তো কেউই পছন্দ করেন না... কিন্তু বেশীর ভাগ গর্ভবতী মহিলাদের গর্ভাবস্থার সময় বক্ষস্থল, হিপস্ বা পেটের ওপরে হাল্কা লাল বা গোলাপী স্ট্রেচ মার্ক হয়েই পড়ে।

যখন আপনার ত্বকের নীচে উত্তকগুলোর পরতে হাল্কা ফাটলের সৃষ্টি হয়ে পড়ে, তখন এমন চিহ্ন হয়ে পড়ে। যেসব গর্ভবতী মহিলাদের ত্বকে যথেষ্ট নমনীয়তা থাকে বা যাঁরা নিজেদের ত্বককে পোষণ আর ব্যায়াম দ্বারা পোষিত করে তোলেন... তাঁরা অনেক ক্ষেত্রে *মৌ'* হওয়ার পরেও এমন স্ট্রেচ মার্কের থেকে সুরক্ষিত থাকেন। আপনার মায়েরও যদি গর্ভাবস্থায় এমন স্ট্রেচ মার্ক পড়ে থাকে... তাহলে হয়তো আপনিও এটার থেকে রক্ষা পাবেন না আর উনি যদি সেই সব ভাগ্যবতী মহিলাদের অন্যতম হন, যাঁরা এটার থেকে সুরক্ষিত থাকেন... তাহলে হয়তো আপনারও সুরক্ষা হয়ে পড়বে।

এমনিতে আপনি চাইলে নিজের তরফ থেকেও কিছু উপায় গ্রহণ করতে পারেন, যেমন – ধীরে-ধীরে নিজের শরীরের ওজন বাড়ানো *(ত্বকে যত দ্রুত টান পড়বে, এই চিহ্ন তত দ্রুত পড়বে)*। নিজের ত্বককে ভিটামিন-*সৈি'* যুক্ত আহার দিন, যাতে সেটার নমনীয়তা বজায় থাকে। আপনি ইচ্ছে করলে কোকো ওয়াটারের মত কোন ময়েশ্চারায়জারও ব্যবহার করতে পারেন। এতে আপনার ত্বক অন্ততঃ শুস্ক হয়ে পড়বে না আর যন্ত্রণাও হবে না। নিজের পতিদেবকে এটা আপনার পেটের ওপরে মালিশ করতে বলুন...

দুজনের জন্য বডি আর্ট

আপনি *হৈট্ মম্মা'*-র ট্যাটু লাগানোর প্ল্যান এঁটে থাকলে একটু দাঁড়ান! এমনিতে সেটার কালি আপনার রক্তের সাথে মিশবে না... কিন্তু ছুঁচ থেকে সংক্রমণ অবশ্যই হতে পারে। মিছিমিছি ঝুঁকি কেন নিচ্ছেন?

অনেক বার এমনও হয় যে, গর্ভাবস্থার লাগানো ট্যাটু ডেলিভারীর পরে অদ্ভূত লাগতে থাকে... এজন্য বডি আর্ট করানোর আগে একটু অপেক্ষা করুন। নিজের গর্ভস্থ শিশুকে আগে এই পৃথিবীতে আসতে দিন।

এমনিতে শখ পূরণ করতেই হলে আপনি হিনাও ব্যবহার করতে পারেন। আপনার প্রাকৃতিক হিনা *(মেহেন্দী)* ব্যবহার করা উচিত। কেমিক্যাল যুক্ত হিনা *(কালো মেহেন্দী)* আপনার ক্ষতি করতে পারে। এজন্য আগে নিজের ডাক্তারের পরামর্শ নিন... কারণ আপনার অতি সংবেদনশীল ত্বকে এ্যালার্জী হতে পারে। এটা নিজের ত্বকে লাগিয়ে আগে প্যাচ টেস্ট করুন। যদি 24 ঘন্টার মধ্যে এ্যালার্জীর কোন প্রকারের লক্ষণ দেখতে না পাওয়া যায়, তাহলে এটা ব্যবহার করা সুরক্ষিত হতে পারে।

আপনার গর্ভস্থ শিশুও ম্যাসাজের আনন্দ উপভোগ করবে।

যদি আপনার স্ট্রেচ মার্ক গভীর হয়ে পড়েছে, তাহলেও ঘাবড়াবেন না... ডেলিভারীর কয়েক মাস পরে এই দাগ আপনা থেকে হাল্কা হয়ে পড়বে। ডেলিভারীর পরে আপনি কোন ত্বক বিশেষজ্ঞের পরামর্শও নিতে পারেন। ততদিন পর্যন্ত এটাকে সহ্য করে চলুন।

প্রথম তিন মাস আর ওজন বাড়া

"আমার গর্ভাবস্থার প্রথম তিন মাস শেষ হতে চলেছে... কিন্তু এখনও আমার ওজন বাড়েনি!"

কিছু-কিছু গর্ভবতী মহিলা গর্ভাবস্থার শুরুর

দিকে নিজেদের ওজন বাড়াতে পারেন না... বরং অনেক গর্ভবতী মহিলাদের ওজন কমে আসে। এমনটা মর্ণিং সিকনেসের কারণে হতে পারে। ভাগ্যবশতঃ প্রকৃতি দেবী স্বয়ং আপনার শিশুর রক্ষা করেন... তা আপনি বমি আর ভোজনের প্রতি অরুচির কারণে ঠিকমত খাবার না খেলেও ! ছোট্ট ভ্রূণের বেশী পোষণের আবশ্যকতা পড়ে না... এর অর্থ হচ্ছে এই যে, এই মুহূর্তে আপনার ওজন না বড়লেও আপনার গর্ভস্থ শিশুর ওপরে সেটার তেমন কোন প্রভাব পড়বে না। যেমন-যেমন বেবী বেড়ে উঠবে, তার শরীরের বেশী পোষণ আর ক্যালোরীর আবশ্যকতা হয়ে পড়বে আর সেই সময় আপনাকে নিজের ওজন বাড়াতে হবে।

আপনি এখন এই ব্যাপারে চিন্তা করবেন না। গর্ভাবস্থার চতুর্থ মাস থেকে আপনার ওজন সঠিক ভাবে বাড়তে শুরু করবে। যদি ওজন বাড়াতে সমস্যা হয়, তাহলে নিজের ভোজনে ক্যালোরীর মাত্রা বাড়িয়ে তুলুন। মাঝে-মাঝে স্ন্যাক্স খেতে থাকুন। ভোজনের মাত্রা বাড়ান। একবারে বেশী খাবার খেতে না পারলেও কোন ব্যাপার নয়... *'সিক্স মীল সল্যুশন'* গ্রহণ করুন। স্যালাড আর স্যুপকে মেন কোর্স থেকে আলাদা করে দিন... কারণ এমনটাও হতে পারে যে, স্যালাড আর স্যুপই আপনার পেট ভরিয়ে দেবে আর আপনার কাছে অন্য খাবার খাওয়ার মত ক্ষিধেই থাকবে না। ফ্যাট্যুক্ত ভোজন *(মেওয়া, চীজ, এভোকাডো, জৈতুনের তেল)*-য়ের আনন্দ উপভোগ করুন... কিন্তু জাংক ফুড খাবেন না। এই ভাবে ওজন বাড়ালে সেটার প্রভাব আপনার গর্ভস্থ শিশুর ওপরে নয়... আপনার নিতম্ব আর উরুর ওপরে পড়বে।

"আমি 12 সপ্তাহের গর্ভবতী। আমি এটা দেখে চমকে উঠেছি যে, আমার ওজন এখনই 13 পাউণ্ড বেড়ে উঠেছে। এখন আমার কি করা উচিত ?"

সবার আগে তো আপনি ঘাবড়াবেন না... অনেক গভর্বতী মহিলাদের গর্ভাবস্থার প্রথম তিন মাসের পরে এমন ঝট্কার মুখোমুখি হতে হয়। তাঁরা ওজন যন্ত্রের থেকে নীচে নেমে আসতেই অবাক হয়ে ওঠেন যে, তাঁদের ওজন এতটা কি করে বেড়ে উঠল ! অনেক বার এমনটা খাওয়া-দাওয়ার কারণেও হয়। তাঁদের প্রথম দিন থেকেই এমনটা মনে হতে থাকে যে, তাঁরা দুজনের জন্য খাবার খাচ্ছেন।

অনেক বার তাঁরা গা গুলোলে বা বমি এলে প্রয়োজনের অতিরিক্ত আইসক্রীম, পাস্তা, বার্গার বা পাঁউরুটী খেতে থাকেন।

এতে ঘাবড়ানোর কোন প্রয়োজন নেই। আপনি এই ওজনকে 6 মাস পর্যন্ত নিয়ে যেতে পারবেন না... কারণ গর্ভস্থ শিশুর বেড়ে ওঠার সাথে-সাথে তার অতিরিক্ত পোষণেরও প্রয়োজন হবে। এজন্য ক্যালোরী কমানোর ব্যাপারে চিন্তাই করবেন না। এমনিতে আপনি কিছুটা সতর্কতা অবলম্বন করে সেটার গতিকে ধীর করে তুলতে পারেন।

ডাক্তারের পরামর্শ নিন। গর্ভাবস্থার পরের 6 মাসের জন্য ওজনের লক্ষ্য নির্দিষ্ট করুন আর সেই হিসেবে চলার চেস্টা করুন... কারণ আপনি যদি সেই হিসেবে ওজন বাড়ান, তাহলে আপনার গর্ভস্থ শিশু পুরো পোষণ প্রাপ্ত করবে আর ডেলিভারীর পরে ফালতু ওজন কমাতেও আপনার বেশী সময় লাগবে না।

গর্ভবতী দেখানো

"আমি এখনও গর্ভাবস্থার প্রথম তিন মাসের মধ্যেই রয়েছি আর এখনই আমার পেট যথেস্ট ফুলে উঠেছে !"

কিছু-কিছু গর্ভবতী মহিলাদের বেশ কিছু সময় পর্যন্ত পেটের ফোলা ভাব লক্ষ্য করা যায় না আর কারো-কারো ক্ষেত্রে শুরু থেকেই সেটা লক্ষ্য করা যায়। এমনটা এজন্য হয়, কারণ প্রতিটি গর্ভাবস্থাই আলাদা হয় ! আপনি হয়তো এই ভয় পাচেছন যে, পেট এখনই এতটা ফুলে উঠলে পরে আপনাকে কেমন দেখতে লাগবে ! ভয় পাবেন না... কম পক্ষে আপনার এই ভয় তো থাকবে না যে, আপনি গর্ভবতী নন !

ছেলে তো ছেলেই হয় !

গর্ভাবস্থার দ্বিতীয় তিন মাস শেষ হতেই আপনার ক্ষিধে ফিরে আসবে... কিন্তু যদি খুব বেশী ক্ষিধে লাগে... তাহলে হয়তো আপনার ভেতরে এক নর ভ্রূণ বড় হয়ে উঠছে। বিভিন্ন অধ্যয়ণ থেকে এটা জানতে পারা গেছে যে, ভাবী পুত্র সন্তানের মায়েরা ভাবী কন্যা সন্তানের মায়েদের তুলনায় বেশী খাবার খান। সেজন্যই জন্মের সময় ছেলেদের ওজন বেশী হয়। আপনি শুধু ভোজন আর ভোজনের ব্যাপারেই চিন্তা করে চলেন !

দ্রুত ফোলা ভাব দেখতে পাওয়ার কারণ নিম্নলিখিত হতে পারে ঃ-

- আপনার শরীরের গঠন ছোট হলে আপনার বেড়ে ওঠা গর্ভাশয় লুকোবার জায়গা পাবে না আর ফোলা ভাব পরিস্কার দেখতে পাওয়া যাবে।
- আপনার মাংসপেশীগুলোর টোন কম হলেও পেটের ফোলা ভাব দ্রুত দেখতে পাওয়া যাবে। এজন্যই দ্বিতীয় গর্ভাবস্থায় ফোলা ভাব দ্রুত দেখতে পাওয়া যায়... কারণ সেই সময় পেটের মাংসপেশীগুলো আগে থেকে টানটান হয়ে থাকে।
- আপনি যদি গর্ভবতী হয়ে পড়ার খবর জানতে পারা মাত্রই প্রয়োজনের অতিরিক্ত খাবার খেতে শুরু করে দেন, তাহলেও আপনার পেটের ফোলা ভাব দ্রুত দেখতে পাওয়া যাবে। গ্রহণ করা অতিরিক্ত ফ্যাট কোথায় যাবে ?
- আপনার যদি গর্ভধারণ করার সঠিক তারিখের ব্যাপারে কোন অনুমান না থাকে, তাহলেও এমনটা হতে পারে।
- অনেক বার পেটে গ্যাস সৃষ্টি হওয়া বা পেট ফাঁপার কারণেও পেট ফোলা লাগে।
- অনেক বার গর্ভাবস্থার প্রথম তিন মাসে ফোলা ভাব দেখতে পাওয়া যায়। এমন মহিলাদের পেটে যমজ সন্তানও থাকতে পারে। এমনিতে সাধারণতঃ পেটের এই ফোলা ভাবের অর্থ এটা হয় না যে, আপনাকে দুটো বাচ্চা সামলাতে হবে।

যমজ সন্তান

ডাক্তার এটা কি করে স্থির করবেন যে, আমার গর্ভে যমজ সন্তান আছে কি না ?"

আপনার কি এমনটা লাগছে যে, আপনার পেটে যমজ সন্তান রয়েছে ? এটা জানার জন্য বেশ কিছু পদ্ধতি কাজে আসতে পারে।

সময়ের আগে গর্ভাশয় বেড়ে ওঠা ঃ- যমজ সন্তানের ব্যাপারে জানার জন্য পেট নয়, গর্ভাশয়ের আকারের ওপরে দৃষ্টি দেওয়া হয়। যদি ডিউ ডেটের তুলনায় গর্ভাশয় দ্রুত বেড়ে ওঠে, তাহলে আপনার মাল্টিপল প্রেগন্যান্সী হতে পারে। কেবলমাত্র বড় পেট দেখেই এই ব্যাপারে অনুমান লাগানো যায় না।

গর্ভাবস্থায় বেড়ে ওঠা লক্ষণ ঃ- যমজ বাচ্চার ব্যাপারে গর্ভাবস্থার লক্ষণ বেশী বিগড়ে যাওয়া অবস্থায় *(মর্ণিং সিকনেস এবং অপচন ইত্যাদি)* সামনে আসতে পারে... কিন্তু এসব অনেক বার এক ভ্রুণের গর্ভাবস্থাতেও হতে পারে।

প্রবণতা ঃ- অনেক কারক এটা নির্দিষ্ট করে যে, মা এক সন্তানের জন্ম দেবেন না একাধিক ! 35 বছরের বেশী বয়সের মহিলা এবং আই.বি.এফ.-য়ের ক্ষেত্রে এমনটা হতে পারে। অনেক বার জেনেটিক প্রভাববশতঃও এমনটা হয়।

ডাক্তার দুজনের হৃদস্পন্দন আলাদা করে শোনার চেস্টা করতে পারেন... কিন্তু এটা কোন বৈজ্ঞানিক পদ্ধতি নয়। আল্ট্রাসাউণ্ড দ্বারাই গর্ভস্থ যমজ বাচ্চার ব্যাপারে সঠিক ভাবে জানাটা সম্ভবপর হতে পারে। সাধারণতঃ এই পদ্ধতি কার্যকরী হয় *(যদি একটা ভ্রুণ অন্যটার পেছনে লুকিয়ে না থাকে)*। এই পদ্ধতি দ্বারা মাল্টিপল প্রেগন্যান্সীর ব্যাপারে জানা যেতে পারে।

গর্ভস্থ শিশুর হৃদস্পন্দন

"আমার এক বান্ধবী তার গর্ভস্থ শিশুর হৃদস্পন্দন গর্ভের দশম সপ্তাহে শুনেছিল। আমি ওর থেকে এক সপ্তাহ এগিয়ে রয়েছি... কিন্তু এখনও ডাক্তার আমার গর্ভস্থ শিশুর হৃদস্পন্দন শুনতে পারেননি !"

যে কোন ভাবী মাতা-পিতার পক্ষে গর্ভস্থ ছোট্ট শিশুর হৃদস্পন্দন কোন মধুর সঙ্গীতের থেকে কোন অংশে কম হয় না। আপনারা তাকে আগেই আল্ট্রাসাউণ্ডে দেখে থাকলেও ডাক্তারের চেম্বারে ডপলারের সহায়তায় তার হৃদস্পন্দন শোনার আনন্দই আলাদা হয়।

যদিও গর্ভাবস্থার 10 থেকে 12 সপ্তাহের মধ্যে ডপলারের সহায়তায় গর্ভস্থ শিশুর হৃদস্পন্দন শোনা যেতে পারে... কিন্তু সব ভাবী মাতা-পিতা এই সুযোগ এত তাড়াতাড়ি পান না। অনেক

ছেলে না মেয়ে

প্রচীন দাইয়েরা আর কিছু ডাক্তার এমনটা মনে করেন যে, হৃদয় গতি দ্বারা গর্ভস্থ শিশুর লিঙ্গের ব্যাপারে অনুমান লাগানো যেতে পারে। হৃদয়গতি 140-য়ের বেশী হলে মেয়ে বা 140-য়ের কম হলে সেটা ছেলে হতে পারে। এটাকে মৌজ-মস্তির কারণে সত্যি বলে ধরে নেওয়া যেতে পারে... কিন্তু এই হিসেবে নাসারীর রং বাছতে যাবেন না।

বার শিশু বা প্লেসেন্টার অবস্থানের কারণে এমনটা সম্ভবপর হয় না। বা আপনার পেটে ফ্যাটের কয়েক পরত জমা হয়েও থাকতে পারে। ডিউ ডেটের ভুল অনুমানও এর অন্যতম কারণ হতে পারে। গর্ভাবস্থার চতুর্দশ সপ্তাহে আপনি নিশ্চিত রূপে গর্ভস্থ শিশুর হৃদস্পন্দন শুনতে পাবেন। আপনি যদি এতটাও অপেক্ষা করতে রাজী না থাকেন, তাহলে ডাক্তার আপনাকে সেটা আল্ট্রাসাউণ্ডে দেখিয়ে দেবেন।

যখনই গর্ভস্থ শিশুর হৃদস্পন্দন শুনবেন, তখনই একটু মনোযোগ দিন। আপনার গড় হৃদয় গতি প্রতি মিনিট 100 হয়। শিশুর উত্তম হৃদস্পন্দনের হার গর্ভাবস্থার শুরুতে 110 থেকে 160 প্রতি মিনিট, মধ্যকালে 120 থেকে 160 বার প্রতি মিনিট হবে। প্রতিটি শিশুর হৃদস্পন্দন আলাদা-আলাদা হতে পারে। একটা শিশুর তুলনা কখনোই অন্য কোন শিশুর সাথে করবেন না।

18 থেকে 20 সপ্তাহের পরে আপনি সেই হৃদ্‌স্পন্দনকে ডপলার ছাড়াই রেগুলার স্টেথোস্কোপের সহায়তাতেও শুনতে পারবেন।

এ্যাট-হোম ডপলার

আপনি এক প্রী-ন্যাটাল হার্ট লিসনার নিতে পারেন। এর দ্বারা আপনি বাড়ী বসে গর্ভস্থ শিশুর হৃদস্পন্দন শুনতে পাবেন। এই উপকরণ সুরক্ষিত তো হয়... কিন্তু ততটা সংবেদনশীল হয় না আর গর্ভাবস্থার পঞ্চম মাসের আগে এটা আপনাকে গর্ভস্থ শিশুর হৃদস্পন্দন শোনাতে পারবে না। আপনি যদি তার আগে এটার ব্যবহার করেন, তাহলে আপনাকে নিরাশই হতে হবে। শিশু যদি গর্ভে সঠিক অবস্থানে না থাকে, তাহলে তার হৃদস্পন্দন শুনতে সমস্যা হতে পারে। মনে রাখবেন, উপকরণ যত ভালো হবে... ফলাফলও ততটাই ভালো আসবে।

সেক্সের ইচ্ছা

"আমার সব বান্ধবীরা আমাকে এটা জানিয়েছে যে, গর্ভের প্রারম্ভিক অবস্থায় তাদের সকলের সেক্সের ইচ্ছা প্রচণ্ড বেড়ে উঠেছিল। কিন্তু আমি তেমনটা অনুভব কেন করতে পারছি না ?"

গর্ভাবস্থা আপনার জীবনে বেশ কিছু পরিবর্তন নিয়ে আসে। সেক্স লাইফও সেগুলোর মধ্যে অন্যতম ! হার্মোন আপনাকে শারীরিক আর মানসিক রূপে উত্তেজিত করে তোলে আর ক্লান্তও করে তোলে... কিন্তু প্রতিটি গর্ভবতী মহিলার ওপরে এর প্রভাব আলাদা-আলাদা হয়। কিছু মহিলা অত্যধিক উত্তেজিত হয়ে ওঠেন আর কিছু মহিলা বরফের মত ঠাণ্ডা হয়ে পড়েন। কিছু গভর্বতী মহিলা তো সঠিক অর্থে প্রথম বার চরম সুখ অনুভব করেন। এর আগে সেক্স জীবনে পূর্ণ আগ্রহ দেখাতে থাকা কিছু মহিলা হঠাৎই সেক্সের প্রতি বিরক্ত অনুভব করতে থাকেন। হার্মোন সেক্স ইচ্ছাকে জাগ্রত করে তুললেও বমি, ক্লান্তি এবং অন্যান্য লক্ষণগুলো মাঝখানে বাধা হয়ে ওঠে। এই সব পরিবর্তন স্বাভাবিক হওয়া সত্ত্বেও মনের মধ্যে এক প্রকারের অপরাধ বোধের ভাবনা সৃষ্টি করে এবং সেক্সের প্রতি বিমুখ করে তোলে।

আপনাকে এটা মাথায় রাখতে হবে যে, এই দিনগুলোয় আপনার ভাবনায় যথেস্ট পরিবর্তন আসে। আপনি যদি এক মুহূর্তে সেক্সী অনুভব করেন, তো তার কয়েক ঘন্টার ভেতরেই আপনার মুড নস্ট হয়ে পড়ে। পারস্পরিক বুদ্ধিমত্তা, সংপ্রেষণ এবং হাস্যপ্রিয়তার সহায়তায় এই পরিস্থিতির মোকাবিলা করা যেতে পারে। গর্ভাবস্থার দ্বিতীয় তিন মাস আসতে-আসতে সব কিছু আগের মতই হয়ে উঠবে।

"যেবে থেকে আমি গর্ভবতী হয়েছি, আমার সেক্সের ইচ্ছা প্রচণ্ড জাগে। কিন্তু আমার সেই

ইচ্ছে পূরণ হতে পারছে না। এটা কি স্বাভাবিক ?''

এতে অস্বাভাবিক কিছুই নেই ! আপনি অত্যন্ত ভাগ্যবতী... কারণ গর্ভাবস্থার প্রথম তিন মাসের সেই সব মুশকিল লক্ষণগুলো সত্ত্বেও আপনার ভেতরে এখনও পর্যন্ত সেক্সের ইচ্ছা বজায় রয়েছে। আপনি এজন্য সেই সব হার্মোনকে ধন্যবাদ জানাতে পারেন, যেগুলোর কারণে পেলভিক রিজিয়নে রক্তের প্রবাহ বেড়ে উঠেছে আর আপনি নিজেকে *হৈট্* অনুভব করছেন। এই সময় তো আপনি কোন সেক্সী মম্মা-র থেকে কোন অংশে কম নন ! হয়তো এটাই হচ্ছে সেই মুহূর্ত... যখন আপনাকে শারীরিক সম্পর্ক গড়ে তোলার পরে কোন প্রকারের চিন্তায় গ্রস্ত হয়ে পড়তে হচ্ছে না বা আপনাকে নিজের পীরিয়ডের দিনগুলোর হিসেবে চলতে হচ্ছে না। সেক্স সম্পর্কের এই রোচক কাহিনী গর্ভাবস্থার প্রথম তিন মাস পর্যন্ত চলবে বা পুরো গর্ভাবস্থা পর্যন্তও এটা আপনাকে সঙ্গ দিতে পারে।

আপনার এমন ইচ্ছা একেবারে স্বাভাবিক আর আপনার এর জন্য লজ্জিত অনুভব করার কোন প্রয়োজন নেই। আপনি যদি খুব ভালো ভাবে চরম সুখ অনুভব করছেন, তাহলে ঘাবড়ানোর কিছুই নেই। আর এমনটা যদি এই প্রথম বার হয়ে থাকে, তাহলে তো সেটা উৎসবে মেতে ওঠার মত ব্যাপার ! আপনার ডাক্তারবাবু অনুমতি দিলে পেট ফুলে ওঠার আগে কিছু নতুন আসন পরীক্ষা করে দেখুন আর এই মুহূর্তগুলোর ভরপুর আনন্দ উপভোগ করুন !

"এই সময় আমার মনে সেক্সের ইচ্ছা বজায় থাকে... কিন্তু আমার পতির একেবারে মুড হয় না। এই জিনিষটা আমার খারাপ লাগতে লেগেছে।''

আপনি যখন সম্পূর্ণ রূপে প্রস্তুত, তখন উনি কেন রাজী হচ্ছেন না ? এটার পেছনে বেশ কিছু কারণ হতে পারে। হতে পারে যে, উনি এমন ভয় পাচ্ছেন যে, আপনার বা আপনার গর্ভস্থ শিশুর আঘাত লাগতে পারে *(যখন কি এমনটা হয় না)*। বাচ্চার সামনে শারীরিক সম্পর্ক গড়ে তোলার লজ্জা বা এমন অনুভূতি যে, আপনার গর্ভস্থ শিশু ওনার লিঙ্গ দেখতে বা অনুভব করতে পারবে। এমনও হতে পারে যে, উনি এই সময় আপনার শরীরে আসতে থাকা পরিবর্তনগুলো দেখে নিজেকে এমনটা বোঝাচ্ছেন যে, আপনি কারো *মা'* হতে চলেছেন !

এটাও হতে পারে যে, প্রেমীর স্থান পিতা নিয়ে নিয়েছে। এমনিতে অনেক বার ভাবী পিতাদের মনে সেক্সের ইচ্ছা কমে আসে।

কারণ যাই হোক্ না কেন, আপনি ওনার এমন আচরণে কিছু মনে করবেন না। তবে হ্যাঁ, আপনি এই সময়টাকে এমনি চলে যেতেও দেবেন না। ওনার সাথে খোলাখুলি কথা বলুন। ওনাকে এমন অনুভূতি প্রদান করুন যে, এই দিনগুলোয় সেক্স সম্পূর্ণ রূপে সুরক্ষিত হয় আর এর সঙ্গে এখনও পর্যন্ত জন্ম না নেওয়া শিশুর কোন সম্পর্কই নেই। এতে ওনার পক্ষে নিজের মনের গাঁট খুলতে সহযোগ প্রাপ্ত হবে। ওনার পক্ষ থেকে প্রথমে এগিয়ে আসার আশা না রেখে নিজেই প্রথমে এগিয়ে আসুন। এক নতুন সেক্সী নাইটী, চাঁদের আলো আর মৃদু সঙ্গীতের সুর কেমন হবে ? যদি মালিশ করার পরেও ওনার মুড তৈরী না হয়, তাহলে সোফার ওপরেই প্রেম প্রদর্শন করায় ক্ষতি কি ?

এমনও তো হতে পারে যে, মন শান্ত হয়ে আসতেই ওনারও মুড তৈরী হয়ে পড়বে !

চরম সুখ প্রাপ্তির পরে টান ভাব

"চরম সুখ প্রাপ্তির পরে আমার পেটে টান ভাব অনুভূত হয়। এটা কি স্বাভাবিক, না কি খারাপ কিছু হচ্ছে ?''

চিন্তা করবেন না আর এই কারণে সেক্সের থেকে দূরে পালাবেন না। কম ঝুঁকির গর্ভাবস্থাতেও চরম সুখ প্রাপ্তির পরে বা সেটা প্রাপ্ত করার সময় পিঠে যন্ত্রণা বা পেটে টান ভাবের অভিযোগ হতে পারে। গর্ভাশয়ে সাধারণ সংকুচন আর ইন্টারকোর্সের পরে এমনটা হতে পারে। অনেক বার এসব মানসিক রূপেও হয়। সেক্সের সময় গর্ভস্থ শিশুর চোট লাগার ভয় অস্থির করতে থাকে। এটা শারীরিক আর মানসিক কারণের মিশ্রণও হতে পারে।

অন্য শব্দে টান ভাবের অর্থ এটা হয় না

যে, আপনার আনন্দ গর্ভস্হ শিশুর কষ্টের কারণ হয়ে উঠছে। আপনার ডাক্তারবাবু সবুজ সংকেত দিয়ে থাকলে আপনার কিসের ভয় ?

তবুও টান ভাব অনুভূত হলে নিজের সাথীকে হাল্কা হাতে আপনার পিঠ মালিশ করতে বলুন। এতে আপনার মানসিক চাপও দূর হয়ে পড়বে।

কিছু-কিছু গর্ভবতী মহিলাদের সেক্সের পরে পায়েও টান ভাব অনুভূত হয়। এই পুস্তকে আপনি সেটার থেকেও সুরক্ষার উপায় পেয়ে যাবেন।

চাকরী আর গর্ভাবস্হা

আপনি যদি মা হতে চলেছেন, তাহলে আপনি নিজের কাজ আগেই অনেকটা বাড়িয়ে নিয়েছেন। চাকরী করার সাথে-সাথে বাচ্চার জন্ম দেওয়ার কাজটাও আপনারই দায়িত্বের মধ্যে রয়েছে অর্থাৎ ওভারটাইম জব! অপনার ওয়ার্কলোড এখন আগের থেকে দ্বিগুণ হয়ে উঠেছে। আপনাকে ক্লায়েন্ট আর ডাক্তারের সাথে মীটিং, বাথরুম আর মল রুমের ট্রিপ, বিজনেস লাঞ্চ আর মর্ণিং সিকনেস, বান্ধীদের থেকে শুরু করে বসকে সুখবরটা জানানোর উৎসুকতা, সুস্হ এবং প্রেরণায় ভরপুর হয়ে থাকার চেষ্টা, ভাবী শিশুর আগমন আর মেটারনিটি লীভ নেওয়ার প্রস্তুতি ইত্যাদি চ্যালেঞ্জের মোকাবিলা করতে হবে। এখানে আমরা আপনার সহায়তার জন্য কিছু টিপস্ দিচ্ছি ঃ

বস্‌কে কখন বলবেন ঃ- আপনিও নিশ্চয়ই এটা চিন্তা করছেন যে, সুখবরটা বস্‌কে ঠিক কখন শোনানো উচিত ? যদিও এটার নির্দিষ্ট কোন নিয়ম নেই... কিন্তু আপনাকে একটু তাড়াহুড়ো করতে হবে... আপনার পেটের ফোলা ভাবই সব কিছু জানিয়ে দেওয়ার আগে! এটা এই জিনিষটার ওপরে নির্ভর করে যে, আপনার কাজ করার পরিবেশ কতটা বন্ধুত্বপূর্ণ বা অফিশিয়াল বা শারীরিক অথবা ভাবনাত্মক রূপে আপনি সেটাকে ঠিক কি ভাবে গ্রহণ করেন!

আপনি কেমন অনুভব করছেন ঃ- যদি মর্ণিং সিকনেসের কারণে আপনার অনেকটা সময় সিংকের কাছেই কাটছে... যদি গর্ভাবস্হার প্রথম তিন মাসের ক্লান্তি আপনার ওপরে এতটাই প্রভাব বিস্তার করে নিয়েছে যে, আপনি বিছানা থেকে মাথাও তুলতে পারছেন না, তাহলে এই ব্যাপারটা আর বেশী দিন পর্যন্ত লুকোন থাকবে না। ভালো এটাই হবে যে, আপনি নিজেই সবাইকে আর বসকে এই ব্যাপারে জানিয়ে দিন। আপনি যদি নিজেকে ঠিকঠাক অনুভব করেন, তাহলে নিজের ইচ্ছেতে এই খবরটা আরও কিছু দিন পর্যন্ত লুকিয়ে রাখতে পারেন।

আপনি কেমন কাজ করছেন ঃ- আপনি যদি এমন পরিস্হিতিতে কাজ করেন, যেটা আপনার আর আপনার গর্ভস্হ শিশুর পক্ষে ক্ষতিকারক হতে পারে... তাহলে বদলী আর কাজ পরিবর্তন করার জন্য আপনাকে এই খবরটা জানাতেই হবে।

কাজ কেমন চলছে ঃ- যখনই কোন গর্ভবতী মহিলা এই খবরটা নিজের অফিসে শোনান... তখন সামনের ব্যক্তির মনে এই প্রশ্ন জেগে ওঠে – *"উনি কি গর্ভাবস্হার সময় কাজ করতে পারবেন ?" "ওনার মন কাজের বদলে ভাবী সন্তানের ওপরেই বেশী করে থাকবে না তো ?" "উনি কাজ অপূর্ণ অবস্হায় ছেড়ে দেবেন না তো ?"* আপনি এই খবরটা তখনই জানান... যখন আপনি কোন রিপোর্ট শেষ করবেন, কোন ডীল সম্পূর্ণ করবেন বা এটা প্রমাণ করে দেবেন যে, আপনি গর্ভবতী হয়ে ওঠা সত্ত্বেও কাজে কোন প্রকারের ফাঁকি দিচ্ছেন না।

কোন সুখবর আসার থাকলে ঃ- যদি আপনার কোন প্রদর্শনের ফলাফল সামনে আসার থাকে, যদি আপনার বেতন বাড়ার সম্ভাবনা থাকে বা প্রোমোশনের চান্স থাকে, তাহলে এই খবরটাকে চেপেই রাখুন... কারণ আপনি যদি এখনই সেই খবর শুনিয়ে দেন, তাহলে সেটা আপনার উন্নতির পথে বাধার সৃষ্টি করতে পারে। আপনার বসের এমনটা মনে হতে পারে যে, আপনি ভবিষ্যতে এক *'ভালো ওয়ার্কার'* হয়ে ওঠার বদলে এক *'ভালো মাদার'* হয়ে ওঠার প্রতি বেশী করে দৃষ্টি দেবেন।

গুজবের ফ্যাক্টরী ঃ- আজ্ঞে হ্যাঁ! আপনি যদি গুজবের ফ্যাক্টরীতে কাজ করছেন, তাহলে নিজেকে

একটু সামলে নিন। আপনি কি এমনটা চাইবেন যে, আপনার বলার আগেই অন্য কেউ এই খবরটা আপনার বসের কান পর্যন্ত পৌঁছে দিক? আপনার কেবলমাত্র নিজের বিশ্বস্ত সাথীদেরই এই ব্যাপারে জানানো উচিত, যাতে তাঁরা আপনার সম্মতি ছাড়া অন্যদের সামনে মুখ না খোলেন।

নিয়োজকের মনোবৃত্তি ঃ- আপনাকে এই ব্যাপারে নিজের নিয়োজকের মনোবৃত্তির ব্যাপারে জানতে হবে। যেসব মহিলারা সম্প্রতি *মৌ'* হয়েছেন, তাঁদের থেকে এই ব্যাপারে তথ্য সংগ্রহ করুন... কিন্তু এই জিনিষটা গোপনেই হওয়া উচিত। এটা জানার চেষ্টা করুন যে, অফিসে মেটারনিটি লীভের জন্য কি ধরণের নীতি গ্রহণ করা হয়? আপনি এইচ.আর.-য়ের যে কোন ব্যক্তির সাথে মীটিং করতে পারেন। তিনি আপনাকে এই ব্যাপারে ভালো তথ্য প্রদান করতে পারবেন। আপনার কোম্পানী যদি গর্ভবতী মহিলাদের সুবিধার প্রতি পূর্ণ দৃষ্টি দেয়, তাহলে আপনার এই খবরটা যত শীঘ্র সম্ভব দেওয়া উচিত। আর তেমনটা না হলে আপনি ভালো করেই জানেন যে, আপনার কি করা উচিত?

খবর শোনানো ঃ- আপনি একবার এই খবরটা শোনানোর ফয়সালা করে নিয়ে থাকলে এটা আপনাকেই ঠিক করতে হবে যে, সেটা যেন সঠিক পদ্ধতিতে পৌঁছয়!

নিজেকে প্রস্তুত করুন ঃ- নিজের খবর শোনানোর আগে নিজের অফিসের মেটারনিটি লীভ পলিসির ব্যাপারে কিছুটা খোঁজ-খবর নিন। অনেক অফিসে বেতন সমেত ছুটী পাওয়া যায়, আবার অনেক অফিসে ছুটীর সময় বেতন দেওয়া হয় না। অনেক অফিসে সীক লীভকে এই সব ছুটীর মধ্যে শামিল করার অনুমতি প্রদান করা হয়।

নিজের অধিকার জানুন ঃ- আপনার এটা জানা উচিত যে, গর্ভবতী হওয়ার সুবাদে আপনি ঠিক কি-কি অধিকারের অধিকারী? এই ব্যাপারে তথ্য জানা থাকলে তবেই আপনি সেই সব সুবিধার লাভ ওঠাতে পারবেন।

প্ল্যান তৈরী করুন ঃ- প্রতিটি কাজ পুরোপুরি যোজনাবদ্ধ হওয়া উচিত। এতে আপনার কার্যকুশলতার প্রশংসাও হবে। আপনি অফিসে এই খবর শোনানোর সময় এই প্ল্যানও করে নিন যে, আপনি আর ঠিক কতদিন অফিসে আসতে পারবেন... আপনি কতদিনের ছুটী নেবেন... ছুটীতে যাওয়ার আগে সব কাজ কি করে শেষ করবেন বা নিজের কাজ অন্যদের ওপরে কি ভাবে সঁপে যাবেন? আপনি যদি পরে অফিসে পার্ট-টাইমের জন্য আসতে চান... তাহলে সেই ব্যাপারেও এখন থেকেই জানিয়ে দিন। আপনার প্ল্যান লিখিত হলে আপনি কিছু ভুলে যাবেন না আর অতিরিক্ত কার্যকুশলতার নম্বরও আপনি প্রাপ্ত করবেন।

সময় বার করুন ঃ- সিঁড়ি, লিফ্ট বা মীটিং-য়ে আসতে-যেতে এই খবর শোনাবেন না। নিজের বসের সাথে দেখা করার সময় নিন... যাতে তিনি শান্ত ভাবে আপনার কথা শুনতে পারেন। এমন সময় বেছে নিন – যখন অফিসে কাজের চাপ খুব বেশী থাকবে না। যদি হঠাৎ করে পরিবেশ গরম হয়ে ওঠে, তাহলে বসের সাথে মীটিং বাতিল করে দিন।

ইতিবাচক হয়ে থাকুন ঃ- নিজের খবর শোনানো ক্ষমা প্রার্থনা আর অজুহাতের সাথে শুরু করবেন না। পূর্ণ আত্মবিশ্বাসের সাথে এটা জানান যে, আপনি গর্ভবতী হয়ে পড়ার খবরে প্রসন্ন এবং আপনি বাড়ী আর অফিসের কাজ – দুটোই ভালোমতন সামলাতে পারবেন।

নমনীয়তা বজায় রাখুন ঃ- নিজের প্ল্যান তৈরী করার পরে তাতে কিছু পরিবর্তন নিয়ে আসার সম্ভাবনাও রাখুন... যাতে আপনার বসের এমনটা মনে হয় যে, আপনি নিজের জেদে অটল হয়ে নেই। কিন্তু বসের সামনে একেবারে নতি স্বীকারও করে নেবেন না... এক বটম লাইন নির্দিষ্ট করে নিন আর সেই হিসেবে চলুন।

লিখিত রূপে দিন ঃ- নিজের প্রেগন্যান্সী প্রোটোকল আর মেটারনিটি লীভের প্ল্যান তৈরী করে নেওয়ার পরে সেটা লিখিত রূপে দিন, যাতে পরে কোন প্রকারের ভুল বোঝাবুঝির সম্ভাবনা না থাকে *(আমি এমনটা তো বলিনি...!)*

কাজ আর বিশ্রাম এক সাথে ঃ- ক্লান্তি, গা গুলোন, পিঠ আর মাথার যন্ত্রণা, ফুলে ওঠা গোড়ালি আর বার-বার মূত্রত্যাগের ইচ্ছা! এই সব কিছুর মাঝে কোন গর্ভবতী মহিলা, চাকরীর ঘন্টাগুলোয় আরামদায়ক কি করে অনুভব করতে পারেন? আপনাকে যদি ফোলা পা নিয়ে বার-

কিছুটা প্রস্তুতি

ধরে নেওয়া যাক যে, আপনার পরিবারে কোন বাচ্চা নেই। আপনাকে কেবল নিজের গর্ভাবস্থা আর চাকরীর মধ্যেই সামঞ্জস্য সৃষ্টি করতে হবে। আপনি যদি আগে থেকেই সব প্রস্তুতি আর অভ্যাস করে নেন, তাহলে ভবিষ্যতে আপনার পক্ষে সুবিধা হবে। আমাদের পরামর্শগুলোর সহায়তায় আপনি নিজের দু-তিনটে কাজ এক সাথে করে চলেও সহজ রূপে চলতে পারবেন।

■ ভেবে-চিন্তে দিনচর্যা বেছে নিন। নিজের সকল প্রকারের টেস্ট আর পরীক্ষার সময় দুপুরের দিকেই রাখুন। যদি হাফ ডে ছুটী নিতে হয়, তাহলে আসে সেই ব্যাপারে বসকে জানিয়ে রাখুন। এই দিনগুলোর পুরো হিসেবও রাখুন।

■নিজের স্মৃতিশক্তি বজায় রাখুন। প্রতিটি কাজের লিস্ট তৈরী করুন। নিজের কাছে সর্বদা কাগজ-পেন রাখুন, যাতে কোন কিছু মনে এলে সেটাকে আপনি তৎক্ষনাত নোট করতে পারেন।

■নিজের সীমা চিনে নিন আর সেই সীমা কখনো অতিক্রম করতে যাবেন না। এই সময় কোন ফালতু কাজ হাতে নেওয়ার বদলে নিজের কাজ অন্যদের ওপরে সঁপে দিন এবং একবারে একটাই কাজ শেষ করুন।

■যদি কেউ আপনার কাজে সহায়তা করতে চায়, তাহলে *হ্যাঁ* বলতে কোন প্রকারের সংকোচ করবেন না। হতে পারে যে, ভবিষ্যতে তিনিও হয়তো আপনার থেকে সহায়তা চাইতে পারেন... কিন্তু এখন ওনার সহায়তা করার পালা!

■নিজেকে রিচার্জ করুন। কিছুটা পায়চারী করুন, বাথরুম পর্যন্ত ঘুরে আসুন। রিল্যাক্সেশন টেক্‌নিক গ্রহণ করুন বা কিছু সময়ের জন্য নিজের মধ্যেই হারিয়ে যান।

■যখনই মন উদাস হয়ে উঠবে, নিজের মনের কথা বলতে সংকোচ করবেন না। যতই হোক, আপনিও এক রক্ত-মাংসের মানুষ! আপনার টেবিলে ফাইলের স্তূপ জমা হয়ে থাকলে আর আপনি মাথা তোলার সময় না পেলে বসের থেকে সহায়তা বা অতিরিক্ত সময় চেয়ে নিন। মনে রাখবেন যে, আপনি অযোগ্য বা অলস নন... এখন আপনি গর্ভবতী!

বার নীচের দিকে ঝুঁকতে হয়, তাহলে গর্ভাবস্থায় আরাম পাওয়ার জন্য আমাদের টিপস্ পড়ুন ঃ-

- ■ আরামদায়ক পোশাক পরুন। এমন টাইট পোশাক পরবেন না, যাতে রক্ত প্রবাহে বাধার সৃষ্টি হয়। উঁচু হিলের জুতোও আপনাকে কষ্ট দিতে পারে। স্পোর্টিং হোজ পরলে আপনি ভেরিকোজ শিরার থেকে বাঁচতে পারবেন... কারণ আপনাকে হয়তো লাগাতার বেশ কয়েক ঘন্টা দাঁড়িয়েও থাকতে হতে পারে।
- ■ নিজের ভেতরের আবহাওয়ার ব্যাপারে জানুন। শহরের তাপমাত্রা যাই হোক্ না কেন... গর্ভাবস্থায় আপনার শরীরের তাপমাত্রা বদলাতে থাকে। কখনো হয়তো আপনার শরীরে ঘাম আসতে থাকে... আবার পরমুহূর্তেই হয়তো আপনার শরীরে কাঁপুনির সৃষ্টি হতে পারে। আপনাকে সেই হিসেবে এমন পোশাক পরতে হবে, যেটা গরম আর ঠাণ্ডা – দু প্রকারের তাপমাত্রার মোকাবিলা করতে পারবে। সম্ভব হলে নিজের ড্রয়ারে স্কার্ফ আর সোয়েটার রাখুন, যাতে হঠাৎ করে ঠাণ্ডা লাগলে আপনার শরীর ঝট্ করে উষ্ণতা প্রাপ্ত করতে পারে। এই সময় আপনার শরীরের তাপমাত্রা অত্যন্ত দ্রুত ওঠা-নামা করতে পারে।
- ■ পায়ের ওপরে চাপ না দিয়ে দাঁড়ান। যদি আপনাকে লাগাতার দাঁড়িয়ে থেকে কাজ করতে হয়, তাহলে মাঝে-মাঝে বসুন বা হাল্কা পায়চারী করুন। এক পা ছোট টুলের ওপরে রেখে হাঁটু মুড়ে নিন... এতে কিছুটা ভার কমবে। বার-বার পা বদলাতে থাকুন আর সেগুলোকে নাড়াতে থাকুন।
- ■ কোন বাক্স বা উঁচু জিনিষ দেখতে পেলে কিছুক্ষনের জন্য পা উঁচু করে নিন।
- ■ মাঝে-মাঝে ব্রেক নিন। বসে থাকলে উঠে এক চক্কর ঘুরে আসুন। দাঁড়িয়ে থাকলে পা উঁচু করে বসুন। আপনার কেবিনে সোফা থাকলে তাতে চিত হয়ে কিছুক্ষন শুয়ে পড়ুন। শরীরে টান ভাবের সৃষ্টি করা কিছু ব্যায়াম করুন... যাতে আপনার পিঠ, পা আর ঘাড়ের আরাম হয়। প্রায় প্রতি আধ ঘন্টা পরে-পরে দু হাত দু পাশে ছড়িয়ে পিঠ টান-টান করে নিন। যদি বসে-বসে ঝুঁকতে পারেন, তাহলে হাত দুটোকে পা পর্যন্ত নিয়ে গিয়ে ঘাড় আর কাঁধের টান ভাব দূর করুন।

- নিজের চেয়ার ঠিক করুন। পিঠকে আরাম দিতে চাইলে কুশন লাগান। নিজের সীটের নীচে একটা হাল্কা বালিশ রাখুন। আপনার চেয়ার রিভলভিং হলে টেবিল আর চেয়ারের মাঝে কিছুটা জায়গা বানিয়ে নিন, যাতে আপনার পেট পুরো জায়গা পায়।
- ওয়াটার কুলারের আশপাশে থাকুন। না, আড্ডা মারার জন্য নয়... জল ভরার জন্য। আপনাকে দিনের মধ্যে পর্যাপ্ত মাত্রায় জল পান করতে হবে, যাতে আপনার শরীরে ফোলা ভাবের সৃষ্টি না হয়ে পড়ে। এছাড়া এর দ্বারা আরও বেশ কয়েক প্রকারের কষ্টের হাত থেকেও মুক্তি পাওয়া যাবে।
- প্রতি দু ঘন্টা পরে-পরে প্রস্রাব করার জন্য শৌচালয়ে যান। এই ভাবে আপনি সংক্রমণের থেকে রক্ষা পাবেন। প্রয়োজন হোক্ বা না হোক্... টয়লেটে অবশ্যই যান। এখন যেহেতু তাড়াহুড়ো করে ছোটার দিন আর নেই, তাই কিছুক্ষন পরে-পরে প্রস্রাব করার জন্য টয়লেটে যান।

করপল টানেল সিণ্ড্রোম

সর্বক্ষন কী-বোর্ডের ওপরে আঙ্গুল চালাতে থাকা ব্যক্তিরা এই ব্যাপারে জানেন। এতে হাতে যন্ত্রণা হয়, হাতের আঙ্গুলগুলো অনুভূতি শূণ্য হয়ে ওঠে। ভাবী মায়েদেরও এই সমস্যা হতে পারে। এটা বিপজ্জনক না হলেও কিছুটা কষ্টদায়ক তো অবশ্যই হয়। আমাদের কিছু পরামর্শ হয়তো আপনার কাজে আসতে পারে।

- নিজের কব্জির অনুকূল কী-বোর্ড বেছে নিন।
- টাইপিং করার সময় হাতের কব্জিতে রিস্ট-ব্যাণ্ড পরুন।
- কম্প্যুটার থেকে মাঝে-মাঝে ব্রেক নিন।
- ফোনে লম্বা কথা বলার জন্য স্পীকার ফোন বা হেডসেট ব্যবহার করুন।
- সন্ধ্যায় হাত কিছুক্ষন ঠাণ্ডা জলে চুবিয়ে রাখুন, যাতে ফোলা ভাব দূর হয়।
- ডাক্তারের পরামর্শে ঔষধির সেবন করুন আর আকুপাংচার ইত্যাদি করান।

- প্রতিটি গর্ভবতী মহিলার পক্ষে সব থেকে জরুরী কাজ হচ্ছে, নিজের গর্ভস্থ শিশুর পেট ভরানো। নিজের ব্যস্ত দিনচর্যার মাঝেও খাওয়ার জন্য সময় বার করতে যেন ভুলে যাবেন না। আপনার কাজের টেবিলের ওপরেও পৌষ্টিক স্ন্যাক্স থাকা উচিত। আপনার পার্স আকারে বড় হলে তাতেও কিছু খাবার জিনিষ রাখুন। আপনার নিজের আর গর্ভস্থ শিশুর জন্য সঠিক সময়ে কিছু-না-কিছু খাওয়াটা অত্যন্ত জরুরী হয়।
- ওজনের কাঁটার ওপরে দৃষ্টি রাখুন! এমনটা যেন না হয় যে, অফিসের কাজের চাপের কারণে আপনি অন্ধের মত খাবার খেতে লাগলেন আর ফালতু ওজন বাড়িয়ে তুললেন। আপনার অফিস যদি কোন জাংক ফুড রেস্তোঁরার কাছে হয়, তাহলে তো এই দিকে আরও বেশী করে নজর রাখতে হবে।
- নিজের হাতের কাছে দাঁতের ব্রাশ রাখুন। আপনি বমির কারণে অস্থির হয়ে উঠলে মাঝে-মাঝে ব্রাশ করলে দাঁতের সাফাই হবে আর আপনার শ্বাসও তরোতাজা হয়ে উঠবে। মাউথওয়াশও কাজে আসতে পারে। আপনার মুখে খুব বেশী লারের সৃষ্টি হলে এর দ্বারা পার্থক্য দেখতে পাবেন *(গর্ভাবস্থার প্রথম তিন মাসে প্রায়ই এমনটা হয়, যেটা আপনার সহকর্মীদের খারাপ লাগতে পারে)*।
- জিনিষপত্র সাবধানে ওঠান... যাতে আপনার পিঠের ওপরে কোন প্রকারের চাপ না পড়ে।
- ধোঁওয়া ভরা স্থানের থেকে দূরে থাকুন। ধোঁওয়া আপনার আর আপনার গর্ভস্থ শিশুর পক্ষে ক্ষতিকারক হয়। এর দ্বারা ক্লান্তিও আসতে পারে।
- প্রয়োজনের অতিরিক্ত মানসিক চাপের সৃষ্টি করবেন না। আইপডে গান শুনুন... শান্ত থাকুন... চোখ বন্ধ করে ধ্যান লাগান... বিল্ডিং-য়ের আশপাশে চক্কর লাগান।
- নিজের শরীরের ভাষা শুনতে শিখুন। ক্লান্ত লাগলে একটু তাড়াতাড়ি ছুটী নিয়ে বাড়ী যেতে সংকোচ করবেন না।

চাকরী আর আপনার সুরক্ষা ঃ- বেশ কিছু চাকরী এমন হয়, যেখানে বেশীর ভাগ গর্ভবতী

মহিলারা নিজেদের ভাবী শিশুকে পূর্ণ পোষণ আর সুরক্ষা প্রদান করতে পারেন... যেটা সেই সব গর্ভবতী মহিলাদের পক্ষে সুখবর হয়, যাঁরা চাকরী আর গর্ভাবস্হা – দুটোকেই এক সাথে সামলাতে চান।

তবুও কিছু চাকরী এমনও হয়, যেগুলোকে অন্য চাকরীর তুলনায় বেশী সুরক্ষিত মানা হয়ে থাকে। যদি কিছু সতর্কতা অবলম্বন করা যায়, তাহলে আপনি কাজের পরিবেশকে নিজের অনুকূল করে তুলতে পারবেন। নিজের মামলায় ডাক্তারের পরামর্শ অনুসারেই এগোন!

অফিসের কাজ ঃ- এটা আমরা সকলেই জানি যে, লাগাতার টেবিল ওয়ার্ক করতে থাকা ব্যক্তিদের ঘাড়, পিঠ, পা আর মাথায় কতটা যন্ত্রণা হয়... গর্ভবতী মহিলাদের ক্ষেত্রে তো এই কস্ট আরও বেড়ে ওঠে। এতে গর্ভস্হ শিশুর তো কোন ক্ষতি হয় না... কিন্তু ভাবী মায়ের শরীরকে কস্ট ভোগ করতেই হয়। আপনি যদি দীর্ঘ সময় ধরে বসে-বসে কাজ করেন, তাহলে মাঝে-মাঝে উঠে দাঁড়িয়ে পায়চারী করুন... হাত দুটোকে দু পাশে ছড়ান... চেয়ারে বসে-বসেই ঘাড় আর কাঁধ ঝাঁকান। চেয়ারের কাছে একটা ছোট টুল রাখুন, যাতে ফুলে ওঠা পা তার ওপরে রেখে আরাম করতে পারেন। নিজের পিঠের পেছনে কুশন রাখুন।

কম্প্যুটারের থেকে সুরক্ষা ? এটা এক সুখবর যে, কম্প্যুটার স্ক্রীণ আর ল্যাপটপ গর্ভবতী মহিলাদের পক্ষে ক্ষতিকারক হয় না! তবে হ্যাঁ, কম্প্যুটারের সামনে লাগাতার বেশ কয়েক ঘন্টা কাটালে মাথা ঘোরা, কব্জি মুচকে যাওয়া আর হাতে টান ধরার অভিযোগ হয়ে পড়ে। এমন চেয়ার ব্যবহার করুন, যাতে আপনার পুরো পিঠ আরাম পেতে পারে। কম্প্যুটারের মোনিটরও যেন সঠিক উচ্চতায় থাকে। সেটার ওপরের অংশ আপনার চোখের লেবেলের সমান উচ্চতায় থাকা উচিত আর সেটা আপনার থেকে এক হাত দূরত্বে থাকা উচিত। এমন স্ক্রীণ ব্যবহার করুন, যার থেকে *কৈরপল টানেল সিণ্ড্রোম'*-য়ের ঝুঁকি থাকবে না। যখনই কী-বোর্ডে হাত রাখবেন, সেটা আপনার কনুইয়ের থেকে নীচে থাকা উচিত।

স্বাস্থ্য সেবার সাথে যুক্ত কাজ ঃ- প্রতিটি হেল্থ কেয়ার প্রোফেশন্যালের সব থেকে প্রথম প্রাথমিকতা এটাই থাকে যে, তিনি নিজে সুস্হ থাকবেন। কিন্তু আপনি যদি *মা'* হতে চলেছেন, তাহলে এটা আরও বেশী জরুরী হয়ে ওঠে। সবার আগে তো আপনাকে উপকরণ স্টেরিলাইজ করা কেমিক্যাল *(এথলীন অক্সাইড আর ফরমলডিহাইড)*-য়ের থেকে নিজেকে আর গর্ভস্হ শিশুকে বাঁচাতে হবে। কিছু এ্যান্টী-ক্যান্সার ঔষধি, *হেপাটাইটিস-বৈ'* আর এইডসের মত কিছু সংক্রমণ আর রেডিয়েশনের থেকে আপনাকে দূরে থাকতে হবে। কম ডোজের এক্স-রে মেশিনের সাথে কাজ করা টেকনিশিয়ানদের রেডিয়েশনের ঝুঁকি থাকে না। এমন সুপারিশ করা হয়ে থাকে যে, যেসব মহিলা সন্তানের জন্ম দেওয়ার বয়সে রয়েছেন, তাঁরা বেশী ডোজের রেডিয়েশনের সংস্পর্শে আসার আগে, বিশেষ প্রকারের উপকরণ পরুন... যাতে তাঁরা সুরক্ষিত থাকতে

শান্ত থাকুন

প্রায় 24 সপ্তাহে আপনার গর্ভস্হ শিশুর বাইরের, মাঝের আর ভেতরের কান বিকশিত হয়ে উঠেছে। 27 থেকে 30 সপ্তাহের মাঝে সে বাইরের আওয়াজ শোনার যোগ্য হয়ে উঠবে। যদিও তীব্র আওয়াজ তার কান পর্যন্ত পৌঁছতে পারবে না... তবুও আপনার গর্ভাবস্হায় তীব্র আওয়াজ এড়িয়ে চলাই উচিত। বেশী চেঁচামেচি আপনার গর্ভস্হ শিশুর শ্রবণশক্তির ওপরে প্রভাব ফেলতে পারে। যদি চেঁচামেচির তীব্রতা 40 থেকে 60 ডেসিবল পর্যন্ত হয়, তাহলে তার দ্বারা প্রী-ম্যাচিয়োর বেবী বা কম ওজনের শিশুর জন্ম হওয়ার ঝুঁকির সৃষ্টি হতে পারে। 150 থেকে 155 ডেসিবল ধ্বনি তীব্রতাতেও এই সমস্যা উৎপন্ন হতে পারে। তীব্র মিউজিক বাজতে থাকা ক্লাব, তীব্র আওয়াজ করতে থাকা মেশিনে কাজ করতে থাকা গর্ভবতী মহিলাদের গর্ভাবস্হায় কিছু সময়ের জন্য কাজ ছেড়ে কোন সুরক্ষিত স্হানে নিজেদের বদলী করিয়ে নেওয়া উচিত। ক্যাসেট শুনতে হলে এম্ফীথিয়েটারের মাঝে বসুন। গাড়ীতে তীব্র আওয়াজে গান চালাবেন না। তীব্র স্বরে মিউজিক শোনার পরিবর্তে কানে হেডফোন লাগিয়ে নিন।

পারেন। আপনার নিজের কাজের হিসেবে সুরক্ষার উপায় গ্রহণ করা উচিত বা অন্য কোন সুরক্ষিত চাকরী খুঁজে নেওয়া উচিত।

নির্মাণ কার্য ঃ- আপনি যদি এমন কোন জায়গায় কাজ করছেন, যেখানে ভারী আর বিপজ্জনক মেশিন তৈরী হয়... তাহলে আপনার নিজের বসের সাথে ডিউটী বদলানোর ব্যাপারে কথা বলা উচিত। আপনি উৎপাদনের সুরক্ষার ব্যাপারে সেগুলোর নির্মাণকারীদের থেকেও তথ্য প্রাপ্ত করতে পারেন। কোন্ ফ্যাক্টরীতে কি তৈরী হয় আর সেগুলো কি ভাবে তৈরী হয়... এই সব তথ্যের ওপরে অনেক কিছু নির্ভর করে।

ভারী শারীরিক পরিশ্রম ঃ- যদি কোন গর্ভবতী মহিলা ভারী মাল ওঠানো, শারীরিক পরিশ্রমের কাজ বা ঘন্টার-পর-ঘন্টা দাঁড়িয়ে থাকার কাজ করেন... তাহলে তাঁর প্রী-টার্ম ডেলিভারী হওয়ার ঝুঁকি বেড়ে ওঠে। আপনার নিজের বস্‌কে অনুরোধ করা উচিত, তিনি যেন আপনাকে আপনার গর্ভাবস্হার 20 থেকে 28 সপ্তাহ পর্যন্ত এমন কোন কাজে লাগান, যেখানে আপনাকে ভারী শারীরিক পরিশ্রমের কাজ করতে হবে না। ডেলিভারীর পরে আপনি নিজের আগের কাজে ফিরে আসতে পারবেন।

ভাবনাত্মক রূপে চাপমুক্ত কাজ ঃ- অনেক সময় কার্যক্ষেত্রে চাপেরও গর্ভবতী মহিলাদের ওপরে খারাপ প্রভাব পড়ে। আপনার এমন চাপের মাত্রা কমিয়ে নিয়ে আসার ভরপুর চেস্টা করা উচিত।

হয় মেটারনিটি লীভ তাড়াতাড়ি নিয়ে নিন অথবা কোন কম চাপযুক্ত জায়গায় চাকরী করুন। এমনটা করা সব সময় সম্ভবপর হয় না; চাকরী করাটা অর্থিক রূপে বেশী জরুরী হলে চাকরী ছেড়ে দিলে সমস্যা আরও বেড়ে উঠতে পারে।

আপনাকে নিয়মিত ব্যায়াম, ধ্যান আর স্বাস্থ্য ক্রিয়াগুলোর মাধ্যমে মানসিক চাপ কমিয়ে নিয়ে আসা শিখতে হবে। নিজের বসের সাথে কথা বলুন যে, প্রয়োজনের অতিরিক্ত কাজ, কাজের চাপ আপনার গর্ভাবস্হার পক্ষে ক্ষতিকারক হয়ে উঠতে পারে। আপনি সেলফ্-এমপ্লয়েড হলে কাজের চাপ কমানোটা আপনার পক্ষে কিছুটা মুশ্কিল হবে... কারণ সেখানে আপনি নিজেই নিজের বস্ – কিন্তু এখানে কিছুটা মনোযোগ দেওয়াটাই বুদ্ধিমত্তার পরিচায়ক হবে।

অন্যান্য কাজ ঃ- অধ্যাপিকা আর সমাজ-সেবিকারা ছোট-ছোট বাচ্চাদের সাথে থাকার কারণে সহজেই এমন কিছু সংক্রমণের কবলে চলে আসতে পারেন... যেগুলো গর্ভাবস্হার ওপরে প্রভাব ফেলতে পারে। যেমন – চিকেন পক্স, ফিফ্থ ডিজিজ আর সি.এম.বি.! পশুদের সাথে কাজ করতে থাকা বা মাংস বিক্রী করতে থাকা গর্ভবতী মহিলারা *টৈক্সোপ্লাজমোসিস*'-তে গ্রস্ত হয়ে পড়তে পারেন *(যদি তাঁদের শরীরের মধ্যে রোগ প্রতিরোধক ক্ষমতার সৃষ্টি হয়ে পড়ে, তাহলে অবশ্য তাঁদের গর্ভস্হ সন্তানের কোন ক্ষতি হয় না)*। কোন গর্ভবতী মহিলা যদি এমন কোন জায়গায় কাজ করেন, যেখানে সংক্রমণ হয়ে পড়ার পূর্ণ সম্ভাবনা রয়েছে, তাহলে নিজের প্রতি পূর্ণ দৃষ্টি রাখা আবশ্যক। সময়ে-সময়ে হাত ধুয়ে নিন, গ্লাভস্ আর মাস্ক ইত্যাদি পরুন।

ফ্লাইট এ্যাটেণ্ডেন্ট বা পায়লটদের ক্ষেত্রে প্রী-টার্ম ডেলিভারী হওয়ার ঝুঁকি কিছুটা বেড়ে ওঠে। হাই-অল্টিট্যুডের ফ্লাইটে সূর্যের রেডিয়েশনের সংস্পর্শে আসার কারণেই এমনটা হয়। তাঁদের কম দূরত্বের সফর করা উচিত বা গর্ভাবস্হার সময় গ্রাউণ্ড ওয়ার্ক করা উচিত।

ফোটোগ্রাফী, কেমিস্ট, কস্‌মেটিশিয়ান আর ড্রাই ক্লীনিং-য়ের কাজ করতে থাকা গর্ভবতী মহিলারা বেশ কয়েক প্রকারের কেমিক্যালের সংস্পর্শে আসতে পারেন। এমন পরিস্হিতিতে সম্পূর্ণ সাবধানতা অবলম্বন করুন অথবা কিছু সময়ের জন্য সেই স্হান ত্যাগ করুন।

চাকরীতে টিঁকে থাকা ঃ আপনি কি গর্ভাবস্হার একেবারে শেষ পর্যন্ত কাজ করার ফয়সালা করে নিয়েছেন ? অনেক গর্ভবতী মহিলা গর্ভাবস্হার পুরো 9 মাস পর্যন্ত বাড়ী আর চাকরী – দু দিকই অত্যন্ত ভালো ভাবে সামলে নেন। কিছু-কিছু চাকরী এমনও হয়, যেখানে তাঁদের বেশী সমস্যার মুখোমুখি হতে হয় না। আপনি যদি অফিসে টেবিল ওয়ার্ক করেন... তাহলে হয়তো আপনি সোজা ডেলিভারী রুমে যাওয়ার ফয়সালা করে নিয়েছেন। আপনার চাকরী যদি আরামদায়ক হয়, তাহলে তো আপনি বাড়ীতে বসে থেকে ভ্যাকুম ক্লীনারের সাথে লড়াই করতে চাইবেন না। সেই ক্ষেত্রে আপনি বাড়ীর থেকে অফিসেই বেশী আরাম পাবেন। পায়ে হেঁটে অফিস যাতায়াত করার সুবিধাও আপনি প্রাপ্ত করবেন *(অবশ্য আপনি যদি বেশী ওজন না ওঠান)*।

এক অধ্যয়ণ থেকে এটা জানতে পারা গেছে যে, এক সপ্তাহে 65 ঘন্টা কাজ করতে থাকা গর্ভবতী মহিলারাও গর্ভাবস্হার জটিলতাগুলো থেকে কম কাজ করতে থাকা মহিলাদের মতই

> ## গর্ভাবস্থা আর দুর্ব্যবহার
>
> গর্ভাবস্থার কারণে কি কার্যক্ষেত্রে আপনার সাথে দুর্ব্যবহার করা হচ্ছে? চুপচাপ বসে থাকার বদলে কোন বিশ্বস্ত লোককে নিজের মনের কথা খুলে বলুন। এমন সব ঘটনার সূচী আর রেকর্ড নিজের কাছে রাখুন, যাতে প্রয়োজন পড়লে আপনি প্রমাণ পেশ করতে পারেন।

সুরক্ষিত থেকেছেন। যদি কোন মহিলা আগে থেকেই *মৌ'* হন আর তিনি যদি গর্ভাবস্থায় বেশ কয়েক ঘন্টা দাঁড়িয়ে থেকে কাজ করেন, মানসিক চাপের মধ্যে দিন কাটান বা ভারী কোন কাজ করেন... তাহলে তাঁর প্রী-টার্ম ডেলিভারী বা কম ওজনের শিশুর জন্ম হওয়ার ঝুঁকি বেড়ে উঠতে পারে।

সেল্সগার্ল, শেফ, রেস্তোঁরা ওয়ার্কার, পুলিশ অফিসার, ডাক্তার আর নার্সদের কি গর্ভাবস্থার 28 সপ্তাহের পরে কাজ করে চলা উচিত? ডাক্তাররা তো এটাই বলেন যে, তিনি যদি আরাম অনুভব করেন, তাহলে তিনি স্বাভাবিক রূপে নিজের কাজ চালিয়ে যেতে পারেন। এমনিতে শারীরিক কষ্টের মাত্রা কিছুটা বেড়েই ওঠে। যেমন – পিঠের যন্ত্রণা, ভেরিকোজ শিরা আর হেমরয়েড ইত্যাদি!

সম্ভব হলে একটু আগে ছুটী নিন। বেশী ক্লান্তিকর কাজ এড়িয়ে চলুন বা এমন কাজ করবেন না... যাতে পড়ে গিয়ে চোট-আঘাত লাগার ভয় রয়েছে। বিশেষ কথা হচ্ছে এটা যে, প্রতিটি গর্ভবতী মহিলা, প্রতিটি জব আর প্রতিটি গর্ভাবস্থাই আলাদা হয়! আপনি নিজের ডাক্তারের সাথে দেখা করে নিজের অবস্থা অনুসারে কোন ফয়সালা নিতে পারেন।

চাকরী পাল্টানো ঃ- জীবনে স্বাভাবিক রূপে আসতে থাকা বেশ কিছু পরিবর্তন ছাড়া আপনি হয়তো আরও একটা পরিবর্তন আনতে চাইবেন। এমনিতে এই জিনিষটার অনেক কারণ থাকতে পারে যে, কোন গর্ভবতী মহিলা নিজের চাকরী কেন পাল্টাতে চান? হতে পারে যে, কাজের পরিবেশ বন্ধুত্বপূর্ণ নয় অথবা কাজ আর মাতৃত্বের মাঝে সন্তুলন সৃষ্টি করাটা মুশকিল হয়ে উঠছে। এটাও হতে পারে যে, কাজের সময় অনেক বেশী। হতে পারে যে, তিনি কাজ করে *বৈার'* হয়ে উঠেছেন। আবার এটাও হতে পারে যে, সেখানে তাঁর আর গর্ভস্থ শিশুর পক্ষে ঝুঁকির সৃষ্টি হয়ে পড়েছে। কারণ যাই হোক্ না কেন... চাকরী ছাড়ার আগে কিছু ব্যাপারে ভাবনা-চিন্তা করুন।

নতুন কাজ খোঁজার জন্য সময় আর এনার্জীর প্রয়োজন। যেহেতু আপনি নিজে এক সুস্থ প্রেগন্যান্সীর ওপরে মনোযোগ দিচেছন আর আপনাকে নতুন চাকরীর জন্য বেশ কিছু ধরণের ইন্টারভিউ-ও দিতে হবে... সেজন্য আপনি হয়তো তখন এদিকে বিশেষ দৃষ্টি দিতে পারবেন না। গর্ভাবস্থার জটিলতার সাথে ইন্টারভিউতে ভালো ছাপ রাখাটা কিছুটা চ্যালেঞ্জিং হতে পারে। নতুন চাকরীর ওপরেও আপনাকে পূর্ণ দৃষ্টি দিতে হবে... এজন্য ভুল সিদ্ধান্ত নেওয়ার ব্যাপারে সতর্ক থাকুন। এটা ঠিক করে নিন যে, আপনার কাছে কি এতটা সাহস আর উৎসাহ আছে?

নতুন জায়গায় যাওয়ার আগে এটা ভালো করে দেখে নিন যে, সেখানে গেলে আপনার কোন লাভ হবে কি না?! কোম্পানী কি আপনাকে ফালতু ছুটী দেওয়ার বদলে হেল্থ ইন্শিয়োরেন্সের দ্বিগুণ অর্থ নিয়ে নেবে? তারা কি কর্মচারীদের বাড়ী থেকে কাজ করে নিয়ে যাওয়ার ছাড় দেয়? সেখানকার বেতন কি বর্তমান বেতনের থেকে ভালো? এটা সর্বদা মাথায় রাখবেন যে, দেখতে সহজ মনে হলেও সব কিছু এত সহজ হয় না। আপনার বাড়ীর পরিবেশ এমনিতেই যথেষ্ট এলোমেলো হয়ে থাকবে। আপনি কি এটা চাইবেন যে, আপনার অফিসের পরিবেশও তেমনটাই হোক্? এটাও মাথায় রাখবেন যে, বেশ কিছু কোম্পানী নিজেদের কর্মচারীদের প্রথম বছরে কম বেতন আর সুবিধা প্রদান করে।

এমনিতে তো কোন সম্ভাব্য নিয়োজকের এই অধিকার থাকে না যে, তিনি আপনাকে গর্ভাবস্থার কারণে কাজে রাখবেন না... কিন্তু আপনি যদি সেটা লুকোন আর কাজ শুরু করার কয়েক দিনের ভেতরেই মেটারনিটি লীভ চান, তাহলে সেটার কারণে আপনাদের সম্পর্ক খারাপ হয়ে উঠতে পারে। উনি যখন আপনাকে কাজে রাখতে রাজী হয়ে পড়বেন, তখন সেই সময়ই ওনাকে নিজের গর্ভাবস্থার ব্যাপারে জানান।

যদি আপনি নতুন চাকরী জয়েন করার পরে নিজের গর্ভাবস্থার ব্যাপারে জানতে পারেন? সেটাকে স্বীকার করুন আপনার থেকে যে কাজের আশা করা হচ্ছে, সেটা পূরণ করুন। আপনার শুধু চাকরীর সুরক্ষার ব্যাপারে নিজের অধিকার জানা থাকা উচিত, যাতে পরিস্থিতি নেতিবাচক না হয়ে পড়ে!

চাকরীর সময় সুরক্ষা আর বিশ্রাম

এটা ধরে নেওয়া যাক যে, আপনি প্রথম সন্তানের জন্ম দিতে চলেছেন... কিন্তু আপনাকে নিজের চাকরী আর পরিবারের মধ্যে সন্তুলন বজায় রাখা তো শিখতেই হবে। গর্ভাবস্থার প্রথম আর শেষ তিন মাসে যখন গর্ভাবস্থার লক্ষণগুলো স্পষ্ট রূপে প্রকাশ পাবে, তখন আপনার ওপরে ক্লান্তি প্রভাব বিস্তার করে নিতে পারে। আমাদের টিপস্ গ্রহণ করে, আপনি কেবল দু দিক সঠিক ভাবে সামলাতেই পারবেন না... তার সাথে-সাথে এসব অনেকটাই সহজ আর সুরক্ষিতও হয়ে উঠবে।

– দিনে তিন বার ভোজন করুন। মাঝে-মাঝে হাল্কা টিফিন করুন। নিজের পুরো ব্যস্ততার মাঝেও হেল্দী স্ন্যাক্স খেতে ভুলবেন না। আপনি ইচ্ছে করলে নিজের পার্সেও কিছু খাবার জিনিষ রাখতে পারেন।
– নিজের ওজন পরীক্ষা করুন। এটা দেখুন যে, আপনার ওজন কমে আসছে না তো ?
– ওয়াটার কুলারকে নিজের বন্ধু বানিয়ে নিন। আপনাকে বার-বার খালি গ্লাস ভরার জন্য সেটার কাছে যেতে হবে বা টেবিলের ওপরে জলের বোতল রাখুন... যাতে বার-বার জল পান করা যেতে পারে। আপনি এই সময় যত বেশী জল পান করবেন, মূত্রাশয় সংক্রমণের থেকে তত বেশী সুরক্ষিত থাকবেন।
– শৌচ *(প্রস্রাব)*-য়ের বেগকে আটকে রাখবেন না। প্রতি দু ঘন্টা বাদে-বাদে নিজে থেকে টয়লেটে যান।
– আপনার পোশাক আরামদায়ক হওয়া উচিত। টাইট বা রক্ত সঞ্চারকে বাধা দেওয়া পোশাক পরবেন না। যদি বেশ কয়েক ঘন্টা দাঁড়িয়ে থেকে কাজ করতে হয়, তাহলে স্পোর্টিং হোজ পরতে ভুলবেন না।
– যদি আপনাকে বেশ কয়েক ঘন্টা দাঁড়িয়ে থাকতে হয়, তাহলে মাঝে-মাঝে বসুন বা পায়চারী করুন। কোন ছোট টুল পেয়ে গেলে দাঁড়িয়ে থাকার সময় নিজের একটা পা পালা করে সেটার ওপরে রাখুন।
– মাঝে-মাঝে কাজ থেকে ব্রেক নিন। সম্ভব হলে সোফার ওপরে শুয়ে কোমর সোজা করে নিন। পিঠ, পা আর ঘাড়ের জন্য ব্যায়াম করুন।
– নিজের শ্বাসের ওপরে মনোযোগ দিন। ধোঁওয়াদার জায়গায় যাবেন না। ধোঁওয়ায় আপনার গর্ভস্থ শিশুর ক্ষতি হবে আর আপনিও ক্লান্ত অনুভব করবেন।
– যে কোন জিনিষ ওঠানোর সময় পিঠের ওপরে চাপ পড়তে দেবেন না।
– প্রতি বার খাবার খাওয়ার পরে দাঁত সাফ করুন। এতে আপনার শ্বাস তরোতাজা থাকবে, দাঁত সুস্থ থাকবে আর আপনার গা-ও গুলোবে না। মুখে খুব বেশী লার সৃষ্টি হলে মাউথওয়াশ ব্যবহার করুন। গর্ভাবস্থার প্রথম তিন মাসে প্রায়ই এমনটা হয়।
– অফিসে কাজ করতে থাকা গর্ভবতী মহিলাদের করপল টানেল সিণ্ড্রোম আর পিঠের যন্ত্রণার মোকাবিলা করতে হতে পারে। এই দিকে পূর্ণ মনোযোগ দিন।
– মানসিক চাপের থেকে দূরেই থাকুন। যখনই সুযোগ পাবেন, কিছুটা রিল্যাক্স হয়ে পড়ুন। ভালো মিউজিক শুনুন, চোখ বন্ধ করে শুয়ে পড়ুন, ধ্যান লাগান বা পায়চারী করুন। এমন কিছু করুন, যার দ্বারা আপনি নিজেকে নতুন করে তরোতাজা অনুভব করবেন।
– নিজের শরীরের ভাষা শোনার চেষ্টা করুন। ক্লান্তি অনুভূত হলে কাজের গতি কমিয়ে নিয়ে আসুন... কিছুটা আরাম করে নিন। সন্ধ্যায় একটু আগে ছুটী নিয়ে সোজা বাড়ী ফিরে যান আর বাড়ী ফিরে বিশ্রাম করুন।

■ ■ ■

চতুর্থ মাস

প্রায় 14 থেকে 17 সপ্তাহ

আপনার গর্ভাবস্থার দ্বিতীয় তিন মাসের সূত্রপাত হয়ে পড়েছে। এটা বেশীর ভাগ গর্ভবতী মহিলাদের জন্য অত্যন্ত আরামদায়ক হয়। এর সাথে-সাথেই শরীরে কিছু পরিবর্তন আসে। গর্ভাবস্থার কষ্টদায়ক লক্ষণগুলো এই সময় অনেকটাই কমে আসে। খাওয়া-দাওয়ার বস্তুগুলোর আবার একবার নতুন করে স্বাদ পাওয়া শুরু হয়ে পড়ে। এনার্জীর স্তর আগের থেকে অনেকটাই বেড়ে ওঠে। বক্ষস্থলের সংবেদনশীলতাও আগের থেকে কিছুটা কমে আসে। এই দিনগুলোয় আপনার গর্ভের ফোলা ভাবও স্পষ্ট রূপে দেখতে পাওয়া যায়।

এই মাসে আপনার শিশুর বিকাশ

চতুর্দশ সপ্তাহ ঃ- এই সপ্তাহে ভ্রূণের বিকাশ হার আলাদা-আলাদা হয়। এই হার ছাড়া সকল শিশুদের বিকাশের রাস্তা একই হয়। এই মাসের আগে পর্যন্ত আপনার গর্ভস্থ শিশু হাতের মুঠির আকারের ছিল... এবার সে অনেকটা সোজা অবস্থায় চলে আসছে। ওর ঘাড় আগের থেকে লম্বা হয়ে উঠছে আর মাথাও সোজা হয়ে আসছে। হয়তো ওর ছোট্ট মাথার ওপরে চুল গজাতেও শুরু করে দিয়েছে। শরীরের লোমের সাথে-সাথে ওর ভ্রূর চুলও গজাতে লেগেছে। লোমের এই পরত ওকে উষ্ণতা প্রদান করবে। শরীরে ফ্যাট জমা হলে লোমের এই পরত সরে যাবে। তাড়াতাড়ি জন্ম নেওয়া কিছু শিশুদের মধ্যে লোমের অস্থায়ী পরত দেখতে পাওয়া যেতে পারে।

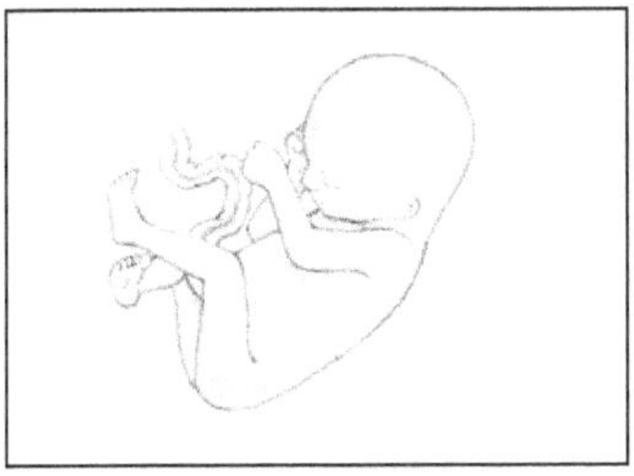

আপনার 4 মাসের বাচ্চা

পঞ্চদশ সপ্তাহ ঃ- এই সপ্তাহে আপনার গর্ভস্থ শিশুর মাপ 4½" এবং 2 থেকে 3 আউন্স হবে। সে একটা ছোট কমলা লেবুর মত হয়ে উঠেছে। ওর কান সঠিক জায়গায় এসে গেছে। চোখও মাথার কোন থেকে ঘুরে মুখের ওপরে এসে গেছে। সে এখন নিজের পায়ের আঙুল নাড়াচাড়া করতে পারে। নিজের হাতের বুড়ো আঙুল চুষতে পারে। সে এখন সহজেই শ্বাস নিতে আর ছাড়তে পারে। আপনি যদিও তার নড়াচড়া অনুভব করতে পারেন না... কিন্তু সে মজায় হাত-পা চালাচ্ছে।

ষোড়শ সপ্তাহ ঃ- এবার ওর ওজন 3 থেকে 5 আউন্স আর দৈর্ঘ্য 4" থেকে 5" হবে। ওর মাংসপেশীগুলো আগের

থেকে অনেকটাই মজবুত হয়ে উঠেছে। ওর মুখ সুন্দর হয়ে উঠছে। চোখ কাজ করতে শুরু করে দিয়েছে... যদিও ওর চোখের পাতা এখনও বন্ধ। ও স্পর্শের প্রতি সংবেদনশীল হয়ে উঠছে। আপনি নিজের ফোলা পেটের ওপরে হাত বোলালে ও সেটার স্পর্শ অনুভব করে... কিন্তু আপনি তার নড়াচড়াকে চিনে উঠতে পারেন না।

সপ্তদশ সপ্তাহ ঃ- এবার আপনার গর্ভস্থ শিশু আপনার হাতের পাতার আকারের হয়ে পড়েছে। তার ওজন 5 আউন্সের বেশী আর উচ্চতা 5"-র মত হয়ে পড়েছে। তার ত্বক পারদর্শী আর শরীরে ফ্যাট জমতে লেগেছে। ও এখন চোষার আর গেলার আর্ট শিখে নিয়েছে... কারণ পৃথিবীতে আসামাত্রই সবার আগে ওকে এই কাজটা করতে হবে। এখন ওর হৃদয়গতিও নিয়মিত হয়ে উঠেছে।

আপনি কেমন অনুভব করছেন ?

সর্বদার মত এটা মাথায় রাখবেন যে, প্রতিটি গর্ভবতী মহিলা আর গর্ভাবস্থা আলাদা প্রকারের হয়। আপনি সেগুলোর সব ক'টা লক্ষণ অনুভব করতে পারেন বা দু-একটা লক্ষণ অনুভব করতে পারেন। কয়েকটা লক্ষণ গত কয়েক মাস ধরে চলে আসছে আর কয়েকটা লক্ষণ এই মাসে শুরু হবে। কিছু লক্ষণের ব্যাপারে তো জানতেই পারা যাবে না... কারণ আপনি সেগুলোয় অভ্যস্ত হয়ে উঠেছেন। আপনি গর্ভাবস্থার কিছু কম লক্ষণও অনুভব করতে পারেন। এই মাসে আপনি নিম্নলিখিত লক্ষণগুলো অনুভব করতে পারেন।

শারীরিক

- ক্লান্তি
- বার-বার প্রস্রাব করতে যাওয়া কমে আসা
- বমি আসা বা গা গুলোন বন্ধ হওয়া বা কমে আসা। কিছু-কিছু গর্ভবতী মহিলাদের ক্ষেত্রে মর্ণিং অবশ্য জারী থাকবে
- কোষ্ঠকাঠিন্য
- বুকে জ্বলুনি, অপচন, পেট ফাঁপা, পেট ফোলা
- বক্ষস্থলের আকার বাড়া... কিন্তু কোমলতা কমে আসা
- কখনো-কখনো মাথায় যন্ত্রণা হওয়া
- কখনো-কখনো বেহুঁশী বা মাথা ঘোরা
- নাক বন্ধ হয়ে আসা আর কখনো-কখনো নাক থেকে রক্ত আসা, কানে নোংরা
- দাঁত ব্রাশ করার সময় মাড়ি থেকে রক্ত আসা
- ক্ষিধে বেড়ে ওঠা
- পা আর গোড়ালি বা হাত-পা ফুলে ওঠা
- পায়ের ভেরিকোজ শিরা... হেমরয়েডস্
- যোনি স্রাব কিছুটা বেড়ে ওঠা
- মাসের শেষে ভ্রূণের গতিবিধি বেড়ে ওঠা *(এত দ্রুত নয়...)*

এক নজর

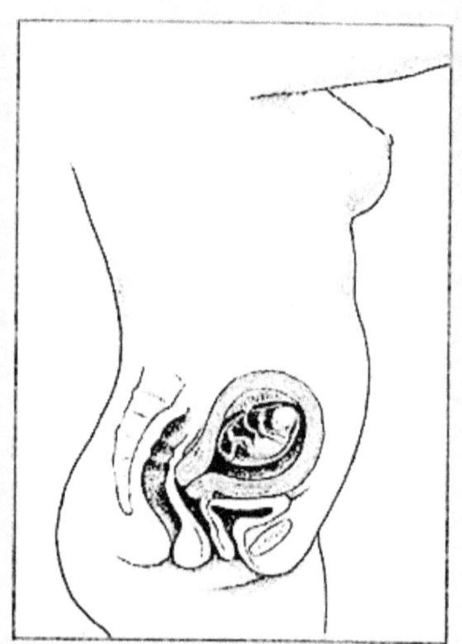

আপনার ছোট ফুটির আকারের গর্ভাশয় এই মাসে পেলভিকের ক্যাভিটির থেকে বাইরে বেরিয়ে আসবে। আপনি নাভির 2" নীচে সেটার টপ অনুভব করতে পারবেন। ডাক্তারের সহায়তা দ্বারাই এটা জানতে পারা যাবে। এই দিনগুলোয় আপনার আগের পোশাক ছোট হয়ে পড়তে লাগবে।

ভাবনাত্মক

মুডে ওঠা-নামা, অস্থিরতা, খিট্‌খিটে স্বভাব, হঠাৎ করে কান্না পাওয়া।

- গর্ভবতী দেখানোর উৎসুকতা
- যে কোন ধরণের পোশাকে ফিট্ না আসার কুণ্ঠা... কারণ এখনো আপনি গর্ভাবস্থার বিশেষ পোশাকের যোগ্যও হয়ে ওঠেননি।
- নিজের শরীর ঠিক না থাকার অনুভূতি, সব কিছু ভুলে যাওয়া আর একাগ্রতার অভাব।

এই মাসের চেক-আপ্

এই মাসে ডাক্তারবাবু আপনার নিম্নলিখিত চেক-আপ্ করতে পারেন। এখানে অনেক কিছু আপনার প্রয়োজন আর ডাক্তারবাবুর চিকিৎসা-শৈলীর ওপরে নির্ভর করছে।

- ওজন আর রক্তচাপ
- শুগার আর প্রোটিনের পরীক্ষার জন্য মূত্র পরীক্ষা
- গর্ভস্থ ভ্রুণের হৃদয়গতি
- গর্ভাশয়ের আকার *(বাহ্যিক পরীক্ষা)*
- গর্ভাশয়ের ওপরের অংশের উচ্চতা
- হাত-পায়ের ফোলা ভাব আর ভেরিকোজ শিরা
- কিছু আলাদা প্রকারের লক্ষণ
- কিছু প্রশ্ন আর কৌতূহল... যেগুলো আপনি জানতে চান।

আপনি কি ভাবছেন?

দাঁতের সমস্যা

"আমার মুখের অবস্থা অত্যন্ত খারাপ। ব্রাশ করার সময় আমার মাড়ি থেকে রক্ত বেরোতে থাকে... হয়তো আমার মাড়িতে ফুটো আছে। এখন দাঁতের চিকিৎসা করানো কি ঠিক হবে?"

- হাসতে থাকুন! এখন আপনি গর্ভবতী... কিন্তু নিজের বেড়ে ওঠা পেটের ওপরে দৃষ্টি দেওয়ার কারণে আপনি হয়তো নিজের মুখ আর দাঁতের ওপরে ততটা দৃষ্টি দিতে পারছেন না। গর্ভাবস্থা হার্মোন আপনার মাড়ির উপযুক্ত হয় না। সেগুলো আপনার অন্য ম্যুকস মেম্ব্রেনের মত ফুলে ওঠে, সেগুলোয় জ্বলুনি হতে থাকে আর রক্ত বেরোতে থাকে। এই সব কারণে মাড়ি প্লাক ব্যাক্টেরিয়ার প্রতি অত্যন্ত বেশী সংবেদনশীল হয়ে ওঠে। অনেক গর্ভবতী মহিলাদের অবস্থা তো অত্যন্ত শোচনীয় হয়ে অঠে। তাঁদের *'জিঞ্জিভাইটিস'* হয়ে পড়ে। আমাদের পরামর্শ গ্রহণ করুন... সুস্থ দাঁত আর মাড়ি প্রাপ্ত করুন!

সাবধান

যদি দাঁত ব্রাশ করার সময় মাড়ি থেকে রক্ত বেরোতে থাকে, তাহলে ডাক্তার দেখান। এমনটা *'প্রেগন্যাসী টিউমার'*-য়ের কারণেও হতে পারে... যদিও এটার থেকে তেমন কোন ক্ষতি হয় না। এমনিতে তো ডেলিভারীর পরে এটা আপনা থেকেই ঠিক হয়ে পড়বে... কিন্তু এই জিনিষটা বেশী কষ্ট দিতে থাকলে ডাক্তার বা ডেন্টিস্ট এর চিকিৎসা করে দেবেন!

- প্রতি দিন দাঁতের সাফাই আর ব্রাশ করুন। ক্লোরাইড যুক্ত টুথপেস্টের ব্যবহার করুন। এতে আপনার শ্বাস তাজা হয়ে উঠবে আর ব্যাক্টেরিয়াও হবে না।
- ডাক্তারের পরামর্শে গার্গল করার কোন ওষুধ নিন... যাতে আপনার দাঁত আর মাড়ি সুস্থ থাকে।
- আপনি যদি খাবার খাওয়ার পরে দাঁত ব্রাশ করতে না পারেন... তাহলে শুগারমুক্ত গাম চিবোন। এতে আপনার মুখে লারের মাত্রা বৃদ্ধি পাবে, যেটা দাঁত সাফ করবে। গাম জাইলোটোল যুক্ত হলে সেটা দাঁতের পচনও আটকাবে। অথবা কোন শক্ত জিনিযের টুকরো মুখে ফেলে চিবোতে থাকুন... এতে মুখের ভেতরের এ্যাসিডিটি কমবে।
- নিজের খাবারে আপনি কি খাচ্ছেন, সেটার ওপরে নজর রাখুন। মিষ্টি জিনিষ খাওয়ার পরে অবশ্যই দাঁত ব্রাশ করুন। ভিটামিন-*'সি'* যুক্ত খাদ্য পদার্থের সেবন করুন, যাতে মাড়ি সুস্থ থাকে আর সেটার থেকে রক্ত না বেরোয়। প্রতি দিন ক্যালশিয়ামের ডোজ নিন।

- কষ্ট হোক্ বা না হোক্... গর্ভাবস্থার পুরো 9 মাসে একবার দাঁতের পরীক্ষা অবশ্যই করান। দাঁতের সাফাই ভালোমতন না হলে মাড়ির অবস্থা আরও খারাপ হয়ে পড়তে পারে। আপনার আগে থেকেই মাড়ির কষ্ট থাকলে ডাক্তার দেখান।

ডাক্তার বা ডেন্টিস্টের কাছে যেতে একেবারে দেরী করবেন না। জিঞ্জিভাইটিসের চিকিৎসা না হলে মাড়ির গুরুতর সমস্যা দেখা দিতে পারে... যেটা গর্ভাবস্থার জটিলতার সাথে যুক্ত হয়ে থাকে। দাঁতের পচন দ্বারা সংক্রমণও হতে পারে, যেটা আপনার আর গর্ভস্থ শিশুর পক্ষে বিপজ্জনক হতে পারে!

যদি গর্ভাবস্থায় দন্ত চিকিৎসা জরুরী হয়ে ওঠে? এমনিতে তো লোকাল এ্যানেস্থেসিয়া আর গর্ভাবস্থার প্রথম তিন মাসের পরে নাইট্রস অক্সাইডের হাল্কা ডোজ সুরক্ষিত হয়... কিন্তু বেশী গুরুতর চিকিৎসা এড়িয়ে চলাই উচিত। অনেক বার দন্ত চিকিৎসার আগে এবং পরে ভারী এ্যান্টী-বায়োটিক্স নিতে হয়... এজন্য আগে থেকে নিজের ডাক্তারের পরামর্শ নিন।

শ্বাস নিতে কষ্ট

"আমার কখনো-কখনো শ্বাস নিতে কষ্ট হয়। এটা কি স্বাভাবিক?"

গভীর শ্বাস নিন আর শান্ত হয়ে থাকুন। গর্ভাবস্থার দ্বিতীয় তিন মাসের শুরুতে প্রায়ই অনেক গর্ভবতী মহিলার সাথে এমনটা হতে পারে। এর জন্য আপনি নিজেকেই দোষী সাব্যস্ত করতে পারেন। এর ফলে আপনার শ্বাসের গভীরতা আর নিরন্তরতা বেড়ে ওঠে... যার ফলে আপনার ক্লান্তিও অনেকটাই বেড়ে উঠতে পারে। এর দ্বারা শরীরের ক্যালীপরীজ ফুলে ওঠে, যেগুলোর মধ্যে শ্বসন তন্ত্রও শামিল রয়েছে। ফুসফুস আর ব্রোঙ্কাইল টিউবের মাংসপেশীগুলো শিথিল হয়ে পড়ে আর শ্বাস নিতে কষ্ট হয়। গর্ভাবস্থা বেড়ে উঠলে, গর্ভাশয়ের বেড়ে ওঠা আকারের কারণেও এমনটা হয়। ফুসফুসের সম্পূর্ণ বিস্তার হতে পারে না।

যদিও এর ফলে আপনি নিজেকে কিছুটা অসহজ অনুভব করতে পারেন... কিন্তু এই কারণে আপনার গর্ভস্থ শিশুর কোন কষ্ট হয় না। তার কাছে প্লেসেন্টায় অক্সিজেনের ভরপুর মাত্রা থাকে।

এক্স-রে

এমনিতে তো সুরক্ষার হিসেবে যে কোন ডেন্টাল এক্স-রে ডেলিভারী হওয়া পর্যন্ত এড়িয়ে চলাই উচিত... যদিও এর ঝুঁকিকে অনেকটাই কম করে আনা যেতে পারে। এক্স-রে আপনার মুখে হবে... যেটা আপনার গর্ভাশয় থেকে অনেকটাই দূরে অবস্থিত! এর রেডিয়েশন ততটাই হয়... যতটা সাধারণতঃ কিছু দিনের সান-বাথের থেকে প্রাপ্ত হয়। তবুও যদি এক্স-রে করাতেই হয়, তাহলে নিম্নলিখিত সতর্কতাগুলো অবলম্বন করুন ঃ

- এক্স-রে করাতে থাকা ব্যক্তিকে আগে থেকেই নিজের গর্ভাবস্থার ব্যাপারে জানান।
- কোন ভালো অভিজ্ঞ বিশেষজ্ঞকে দিয়েই এক্স-রে করান।
- কেবলমাত্র জরুরী অংশই যেন রেডিয়েশনের সম্পর্কে আসে। গর্ভাশয়ের সুরক্ষার জন্য লীড এ্যাপ্রন আর ঘাড়ের সুরক্ষার জন্য থায়রয়েড কলার পরুন।
- এক্স-রে করার সময় নড়াচড়া করবেন না, যাতে আবার একবার এক্স-রে করাতে না হয়।
- আপনি যদি অজান্তে আগে কখনো এক্স-রে করিয়ে থাকেন, তাহলে সেই ব্যাপারে চিন্তা করবেন না।

আপনার যদি শ্বাস নিতে খুব বেশী কষ্ট হয়, ঠোঁট আর আঙুলের ডগা নীল হয়ে আসতে লাগে, বুকে যন্ত্রণা হতে থাকে বা নাড়ির গতি অত্যন্ত দ্রুত হয়ে আসে... তাহলে ডাক্তারের কাছে যেতে একেবারে দেরী করবেন না।

নাকের ফুটোর নোংরা আর নাক থেকে রক্ত বেরোন

"আমার নাকে প্রায়ই নোংরা ভরে যায়। কখনো-কখনো কোন কারণ ছাড়াই নাক থেকে রক্ত বেরোতে থাকে। এসব কি গর্ভাবস্থার কারণে হচ্ছে?"

এই দিনগুলোয় আপনার কেবলমাত্র পেটই ফুলে উঠছে না... বরং এস্ট্রোজেন আর প্রোজেস্টেরোনের ক্রমশঃ বেড়ে চলা মাত্রা আপনার

নাকে ম্যুকস বা নোংরাও বাড়িয়ে তুলছে। এই ম্যুকস সৃষ্টি হওয়ার একটাই কারণ হয় আর সেটা হচ্ছে এই যে, আপনি সংক্রমণ ছড়ানো কীটাণুদের থেকে সুরক্ষিত থাকতে পারেন। গর্ভাবস্থায় আপনার নাকের নোংরাও বেড়ে উঠবে আর কখনো-কখনো নাক থেকে রক্তও বেরোতে থাকবে।

আপনার নাক যদি পুরোপুরি বন্ধ হয়ে পড়ে, তাহলে আপনি স্যালাইন স্প্রে বা স্যালাইন স্ট্রিপের ব্যবহার করতে পারেন। আপনার ঘরে হিউমিডিফায়ার লাগানো থাকলে আপনার বন্ধ হয়ে পড়া নাক খুলতে সহায়তা প্রাপ্ত হবে। গর্ভাবস্থার সময় এ্যান্টী-হিস্টেমাইন স্প্রে ব্যবহার করার পরামর্শ দেওয়া হয় না... কিন্তু আপনি নিজের ডাক্তারের পরামর্শে অন্য কিছু ব্যবহার করতে পারেন।

ভিটামিন-*সি*' যুক্ত আহারের সাথে ভিটামিন-*সি*'-র 250 মিগ্রা.-র ডোজও আপনাকে আরাম প্রদান করবে আর নাক থেকে রক্ত আসার ঝুঁকিও কমে আসবে।

নাক থেকে রক্ত আসতে থাকলে সামনের দিকে অল্প কিছুটা ঝুঁকে দাঁড়ান বা বসে পড়ুন... নাক থেকে রক্ত বেরোবার সময় শোবেন না। নিজের বৃদ্ধাঙ্গুষ্ঠ আর তর্জনীর সহায়তায় নাকের ফুটোর ওপরের অংশে চাপ দিন বা পাঁচ মিনিট পর্যন্ত চেপে রাখুন; যদি রক্ত বেরোনো বন্ধ না হয়, তাহলে এই প্রক্রিয়ার পুনরাবৃত্তি করুন। যদি তিন বার চেষ্টা করার পরেও রক্ত বেরোন বন্ধ না হয় বা খুব বেশী মাত্রায় রক্ত বেরোতে থাকে, তাহলে ডাক্তার দেখান।

নাক ডাকা

"আমার স্বামী বলেছেন যে, আমার নাকি প্রায়ই রাতে নাক ডাকতে থাকে। এমনটা কেন হয়?"

নাক ডাকতে থাকা আর সেটার আওয়াজ শুনতে থাকা – দুজনের ঘুমই নাক ডাকা খারাপ করে তোলে। কিন্তু গর্ভাবস্থায় এটা অত্যন্ত স্বাভাবিক জিনিষ হয়। যদি নাকে নোংরা ভরে ওঠার কারণে বা নাক বন্ধ হয়ে আসার কারণে এমনটা হচ্ছে... তাহলে নোজল ড্রপ দিলে বা মাথা উঁচু করে শুলে এই কষ্টকে অনেকটাই কমিয়ে আনা যেতে পারে। ওজন বেশী হলেও নাক ডাকতে থাকে... এজন্য নিজের ওজনকে

রাতে ঘুম আসে না?

প্রেগন্যান্সী হার্মোন্স আর পেট ফুলে ওঠা কি আপনার ভালো ঘুমে ব্যাঘাত ঘটাচ্ছে? ঘুমের ওষুধ সেবন করার আগে ডাক্তারের পরামর্শ নিন বা এই পুস্তকে দেওয়া আমাদের টিপস্ গ্রহণ করুন।

প্রয়োজনের অতিরিক্ত বাড়তে দেবেন না।

কখনো-কখনো নাক ডাকাটা *স্লীপ এপনিয়া*'-র লক্ষণও হয়। এতে ঘুমোবার সময় কিছুক্ষনের জন্য শ্বাস বন্ধ হয়ে আসে। এখন যেহেতু আপনি দুজনের জন্য শ্বাস নিচ্ছেন... তাই পরের বার এই ব্যাপারে নিজের ডাক্তারকে জানাতে ভুলে যাবেন না।

এ্যালার্জী

"গর্ভাবস্থা শুরু হওয়ার সাথে-সাথেই আমার এ্যালার্জী আরও বিগড়ে যেতে বসেছে। আমার নাক দিয়ে সর্বক্ষন জল পড়তে থাকে।"

এমনিতে তো গর্ভাবস্থায় নাকে ম্যুকস বেড়ে ওঠে! আপনি সাধারণ কঞ্জেশনকে এ্যালার্জী বলে মনে করছেন না তো? যদিও কিছু লোক এমনটা মনে করেন যে, গর্ভাবস্থায় তাঁদের এ্যালার্জী অনেকটাই ঠিক হয়ে আসে... কিন্তু কিছু-কিছু ব্যক্তির লক্ষণ আগের থেকে অনেকটাই খারাপ হয়ে ওঠে। এমন কিছু ব্যক্তিও রয়েছেন... যাঁরা এমনটা বলেন যে, তাঁদের লক্ষণ আগের মতই থাকে। আমাদের এমনটা মনে হচ্ছে যে, আপনার লক্ষণও খারাপের দিকে যাচ্ছে আর আপনি সেই সব ভাগ্যবতী মহিলাদের সূচীতে নেই। ওষুধের দোকান থেকে এ্যালার্জীর কোন ওষুধ কেনার আগে নিজের ডাক্তারের পরামর্শ নিন... কারণ সকল এ্যান্টী-হিস্টেমাইন ঔষধি গর্ভাবস্থায় সুরক্ষিত হয় না। যদিও আপনি অজান্তে যেসব ওষুধের সেবন করে ফেলেছেন, সেগুলোর ব্যাপারে কোন চিন্তা করার প্রয়োজন নেই।

গর্ভধারণ করার আগে এ্যালার্জী শট নেওয়া যেতে পারে। এমনিতে এ্যালার্জিস্টদের মতে গর্ভধারণের পরে এ্যালার্জী শট নেওয়া উচিত

এ্যালার্জীতে আপনার আহার

প্রায় ক্ষেত্রে এমন ভয় থাকে যে, মায়ের এ্যালার্জী বাচ্চারও না হয়ে পড়ে! বিভিন্ন অধ্যয়ণ থেকে এটা জানতে পারা গেছে যে, স্তনপান করাতে থাকা মহিলারা যদি এ্যালার্জী সৃষ্টিকারী খাদ্য পদার্থের সেবন বেশী মাত্রায় করেন, তাহলে তাঁদের শিশুরও এ্যালার্জী হতে পারে।

আপনার যদি কোন প্রকারের এ্যালার্জী থাকে, তাহলে নিজের মেনু থেকে এ্যালার্জী সৃষ্টিকারী খাদ্য পদার্থ সরিয়ে ফেলার আগে ডাক্তারের পরামর্শ অবশ্যই নিন। উনি যদি বলেন যে, আপনার এমনটা করা উচিত.. তবেই এমনটা করুন।

নয়।

এমনিতে আপনিও হয়তো এমনটা শুনে থাকবেন যে, চিকিৎসার থেকে বর্জনতা অনেক ভালো হয়! সবার আগে নিজের এ্যালার্জীর কারণগুলোকে চিনে নিন... তারপর সেগুলোর থেকে রক্ষা পাওয়ার চেস্টা করুন। এই ভাবে আপনার গর্ভস্থ শিশুও এ্যালার্জীর ঝুঁকির হাত থেকে বাঁচতে পারবে।

আমাদের পরামর্শ গ্রহণ করুন, এগুলো অত্যন্ত কার্যকরী হয় ঃ

- আপনি যদি বাইরের প্রদূষণে অস্থির হয়ে ওঠেন, তাহলে বাড়ীতে এ.সি. লাগানো ঘরেই থাকুন। যখনই বাইরে থেকে আসবেন... মুখ-হাত আর পোশাক ধুয়ে নিন। বাড়ীর বাইরে চোখে বড় ফ্রেমের চশমা পরুন, যাতে প্রদূষণ আপনার চোখে প্রবেশ করতে না পারে।
- যদি ধূলোয় আপনি অস্থির হয়ে ওঠেন, তাহলে অন্য কাউকে বাড়ীর সাফ-সাফাই আর ঝাড়ামোছা করতে বলুন। সাধারণ ঝাঁটার পরিবর্তে ভ্যাকুয়াম ক্লীনার ব্যবহার করুন। ধূলোভর্তি আলমারী আর পুরোন বই থেকে দূরে থাকুন।
- আপনার যদি কোন বিশেষ প্রকারের খাবারের প্রতি এ্যালার্জী থাকে, তাহলে অন্য কোন খাদ্য পদার্থ বেছে নিন। আপনি এই পুস্তকের পঞ্চম অধ্যায়ের সহায়তায় গর্ভাবস্থার আহার বেছে নিতে পারেন।
- আপনার যদি জন্তু-জানোয়ারের প্রতি এ্যালার্জী থাকে... তাহলে নিজের বন্ধু-বান্ধবদের সেই ব্যাপারে জানিয়ে দিন, যাতে আপনি তাঁদের বাড়ী গেলে তাঁরা নিজেদের জানোয়ারদের সেখান থেকে সরিয়ে দিতে পারেন। আপনার নিজের বাড়ীতেই যদি এমন কোন জানোয়ার থাকে, তাহলে নিজের শোবার ঘরে তাকে প্রবেশ করতে দেবেন না।
- আপনি সিগারেট আর তামাকের গন্ধের হাত থেকে সহজেই বাঁচতে পারেন... কারণ সরকার বেশ কিছু জায়গায় এই দুটো জিনিষের সেবনের ওপরে নিষেধাজ্ঞা জারী করে দিয়েছে। সিগারেট, পাইপ আর সিগারের ধোঁওয়ার থেকে নিজেকে দূরে রাখুন।

যোনি স্রাব

"আমার যোনি থেকে হাল্কা পাতলা আর সাদা স্রাব বার হচেছ। আমার কি কোন প্রকারের সংক্রমণ হয়ে পড়ছে ?"

- পাতলা, দুধের রং-য়ের আর হাল্কা গন্ধযুক্ত ডিসচার্জ *(ল্যুকোরিয়া)* সাধারণতঃ গর্ভাবস্থায় হয়েই পড়ে। এটা আপনার যোনিকে সংক্রমণের হাত থেকে রক্ষা করে আর ব্যাক্টেরিয়ার সুস্থ সন্তুলনকে বজায় রাখে। দুর্ভাগ্যবশতঃ এর কারণে আপনার আণ্ডারওয়্যারের অবস্থা অত্যন্ত খারাপ হয়ে ওঠে। যেহেতু এই জিনিষটা শেষ মাস পর্যন্ত পৌঁছতে-পৌঁছতে গাঢ় হয়ে ওঠে, এজন্য অনেক গর্ভবতী মহিলা প্যান্টী লাইনার প্যাড লাগানো পছন্দ করেন। এর জন্য ট্যাম্পুন লাগাবেন না... কারণ সেটার কারণে যোনিতে অবাঞ্ছিত কীটাণু সৃষ্টি হতে পারে।

যদিও এর ফলে আপনার সাথীর ওরাল সেক্স করতে কিছুটা সমস্যার সৃষ্টি হতে পারে আর আপনারও কিছু সমস্যা হতে পারে... কিন্তু এতে চিন্তা করার কিছুই নেই। নিজেকে পরিস্কার-পরিচ্ছন্ন রাখলে সব কিছুই ঠিক থাকবে... কিন্তু তার জন্য ডাউচ করতে যাবেন না। এতে যোনিতে মাইক্রো অগানিজমের স্বাভাবিক সন্তুলন নস্ট হয়ে পড়তে পারে এবং *ব্যাক্টেরিয়াল ভেজাইনোসিস*'-ও হতে পারে।

বেড়ে ওঠা রক্তচাপ

"আমি যখন এর আগের বার ডাক্তারের কাছে গিয়েছিলাম, তখন আমার রক্তচাপ কিছু বেশী ছিল। এটা কি কোন চিন্তার বিষয় ?"

ভয় পাবেন না! আপনি ব্লাড প্রেশারের চিন্তা করলে সেটা আরও বেড়ে উঠবে। হতে পারে যে, আপনি সেদিন ট্রাফিকে ফেঁসে যাওয়ার কারণে বা বাড়ী ফিরে সব কাজ সারার তাড়াহুড়োয় অস্থির হয়ে উঠেছিলেন। এটাও হতে পারে যে, আপনি নিজের কমতে-বাড়তে থাকা ওজন বা নতুন ধরণের লক্ষণের কারণে অত্যধিক চিন্তিত হয়ে উঠেছিলেন অথবা এটাও হতে পারে যে, আপনার ভেতরে গর্ভস্থ শিশুর হৃদস্পন্দন শোনার উত্তেজনা ছিল! আবার এমনটাও হতে পারে যে, এক ঘন্টা পরে আপনি স্বাভাবিক হয়ে উঠতেই আপনার রক্তচাপও স্বাভাবিক হয়ে উঠেছে। পরের বার যখন রক্তচাপ পরীক্ষা করাতে যাবেন, তখন নিজের মনকে শান্ত করার কিছু টেক্‌নিক প্রয়োগ করুন। ভালো-ভালো কথা চিন্তা করুন।

যদি পরের বারও আপনার রক্তচাপ কিছুটা বেড়ে থাকে... তাহলে তাতে ভয় পাওয়ার কিছু নেই। এতে কোন ক্ষতি হবে না... ডেলিভারীর পরে এটা আপনা থেকেই ঠিক হয়ে পড়বে।

বেশীর ভাগ গর্ভবতী মহিলাদের রক্তচাপ গর্ভাবস্থার দ্বিতীয় তিন মাসে একটু কমে আসে... কারণ শরীরকে গর্ভস্থ শিশুর বিকাশের জন্য বেশ কয়েক ঘন্টা পর্যন্ত অতিরিক্ত পরিশ্রম করতে হয়!

কিন্তু গর্ভাবস্থার তৃতীয় তিন মাসে এটা কিছুটা বেড়ে উঠতে থাকে। যদি ডাক্তারের সাথে এক-দুবার সাক্ষাৎকার বা পরীক্ষা করানোর পরেও রক্তচাপ এমনি বেড়ে ওঠে, তাহলে ডাক্তার কিছুটা মনোযোগ সহকারে চেক-আপ্ করবেন... কারণ এটার সম্পর্ক প্রস্রাবে প্রোটিন, হাত-পায়ের ফোলা ভাব আর হঠাৎ করে ওজন বেড়ে ওঠার সাথেও থাকতে পারে।

প্রস্রাবে শুগার

"আমার ডাক্তার আমাকে বলেছেন যে, আমার প্রস্রাবে শুগারের মাত্রা বেশী পাওয়া গেছে... কিন্তু চিন্তার কিছু নেই। এটা কি ডায়াবেটিজের লক্ষণ নয় ?"

ডাক্তারের পরামর্শ মেনে চলুন আর চিন্তা করবেন না। আপনার শরীর সেটাই করছে, যেটা তার করা উচিত। সে এই জিনিষটার পাক্কা ব্যবস্থা করছে যে, আপনার ভ্রূণ যাতে পর্যাপ্ত মাত্রায় গ্লুকোজ *(শুগার)* প্রাপ্ত করে।

ইন্‌স্যুলিন হার্মোন আপনার শরীরে গ্লুকোজের স্তরকে নিয়ন্ত্রিত রাখে আর এই দিকে দৃষ্টি রাখে যে, শরীরের কোশিকাগুলো যেন পর্যাপ্ত মাত্রায় পোষণ প্রাপ্ত করে। গর্ভাবস্থায় আপনার শরীর এই চেস্টা করে যে, রক্ত প্রবাহে পর্যাপ্ত মাত্রায় শুগার থাকুক, যাতে আপনার ভ্রূণের পোষণ হতে পারে... কিন্তু এটা সর্বদা সঠিক ভাবে কাজ করে না। অনেক বার এ্যান্টী-ইন্‌স্যুলিন প্রভাব এত বেশী হয় যে, মা আর বাচ্চার রক্ত প্রবাহে প্রয়োজনের অতিরিক্ত শুগার মিশে যায় আর কিড্‌নীও সেটাকে সামলাতে পারে না। এই অতিরিক্ত মাত্রা প্রস্রাব *(ইউরিন)*-তে এসে পড়ে। গর্ভাবস্থার দ্বিতীয় তিন মাসে এটাকে স্বাভাবিক হিসেবে মানা হয়। সাধারণতঃ 50 শতাংশ গর্ভবতী মহিলাদের এমন পরিস্থিতির মুখোমুখি হতে হয়।

বেশীর ভাগ গর্ভবতী মহিলাদের মধ্যে ব্লাড শুগারের মাত্রা বেড়ে উঠলে, শরীর ইন্‌স্যুলিনের মাত্রা বাড়িয়ে প্রতিক্রিয়া ব্যক্ত করে। আপনি যখন পরের বার চেক-আপ্ করাতে যাবেন, তখন সব কিছু স্বাভাবিক হয়ে উঠবে... কিন্তু কিছু গর্ভবতী মহিলা, যাঁরা ডায়াবেটিজে গ্রস্ত ছিলেন... যাঁদের মধ্যে ডায়াবেটিজের লক্ষণ বেশী মাত্রায় দেখতে পাওয়া যায়... যাঁদের শরীরে বেশী মাত্রায় ইন্‌স্যুলিন তৈরী হয় না – তাঁদের প্রস্রাব আর রক্তে শুগারের বেশী মাত্রা আসতে থাকে। যেসব গর্ভবতী মহিলা আগে থেকে ডায়াবেটিজে গ্রস্ত ছিলেন না... তাঁদের ক্ষেত্রে এটাকে *গ্যোস্টেশন্যাল ডায়াবেটিজ'* বলা হয়।

আপনাকেও প্রতিটি গর্ভবতী মহিলাদের মত 26-তম সপ্তাহে গ্লুকোজ স্ক্রীনিং টেস্ট করাতে হবে, যাতে *গ্যোস্টেশন্যাল ডায়াবেটিজ'*-য়ের পরীক্ষা হতে পারে। ততদিন পর্যন্ত প্রস্রাবে আসতে থাকা শর্করা *(শুগার)*-য়ের ওপরে ততটা দৃষ্টি দেওয়ার কোন প্রয়োজন নেই।

এনিমিয়া *(রক্তাল্পতা)*

"আমার এক বান্ধবী গর্ভাবস্থায় এনিমিয়ায় গ্রস্ত হয়ে পড়েছিল। এমনটা হওয়া কি স্বাভাবিক?"

সাধারণতঃ গর্ভাবস্থায় আয়রণের অভাবের কারণে এনিমিয়া *(রক্তাল্পতা)* হয়ে পড়ে... কিন্তু আপনি এটার থেকে বাঁচতে পারেন। ডাক্তারের সাথে প্রথম সাক্ষাৎকারে আপনার এনিমিয়ার পরীক্ষা হয়তো করা হয়েছে... কিন্তু এটা জরুরী নয় যে, সেই সময় আপনার শরীরে আয়রণের অভাব ছিল।

সময় এগিয়ে চলার সাথে-সাথে প্রায় 20 সপ্তাহ পরে আপনার শরীরে লাল রক্ত কোশিকা নির্মাণের জন্য আয়রণের আবশ্যকতা বেড়ে উঠবে। এমনিতে আপনি যদি প্রতি দিন সঠিক ভাবে আয়রণের ডোজ নিতে থাকেন, তাহলে আপনি এনিমিয়ার শিকার হবেন না। গভার্বস্থায় ডাক্তারই আপনাকে ওযুধ লিখে দেবেন। আপনার নিজের আহারে আয়রণ যুক্ত পদার্থের মাত্রা বাড়িয়ে তোলা উচিত। এর সাথে-সাথে ভিটামিন-*সি'* যুক্ত আহারের সেবন করলেও আয়রণের অবশোষণে সহায়তা প্রাপ্ত হবে।

এনিমিয়ার লক্ষণ

এনিমিয়ায় গ্রস্ত মায়ের মুখ হলুদ হয়ে পড়ে... তিনি অনেকটাই দুর্বল হয়ে পড়েন... শীঘ্রই ক্লান্ত হয়ে পড়েন... কখনো-কখনো বেহুঁশও হয়ে পড়েন। এমনিতে তো সকল ডাক্তাররা আয়রণের ট্যাবলেট খেতে দেন... কিন্তু যেসব মায়েরা খুব তাড়াতাড়ি 2 - 3 বাচ্চার জন্ম দিয়ে দিয়েছেন, যাঁদের বমি বন্ধ হয় না... মর্ণিং সিকনেসের কারণে যাঁরা কিছু খাওয়া-দাওয়া করেন না অথবা ইটিং ডিস্অর্ডারের কারণে যাঁদের পোষণ ভালো হয় না... তাঁরা সহজেই এনিমিয়ার শিকার হয়ে পড়েন। সঠিক ঔষধি আর আহারের সেবন দ্বারাই এর থেকে বাঁচা যেতে পারে।

ভ্রুণের নড়াচড়া

"আমি এখনও পর্যন্ত গর্ভস্থ শিশুর নড়াচড়া অনুভব করতে পারিনি। এতে কোন চিন্তার কারণ আছে কি? না কি আমিই সেই গতিবিধি বুঝতে পারছি না?"

এই সব টেস্ট, আল্ট্রাসাউণ্ড, পেটের ফোলা ভাব, গর্ভস্থ শিশুর হৃদস্পন্দন ইত্যাদি সব কিছু ভুলে যান। কেবলমাত্র শিশুর নড়াচড়াই এই জিনিষটার সত্যিকারের প্রমাণ দেয় যে, আপনি *মা'* হতে চলেছেন!

এবার আপনাকে এটা অনুভব করতে হবে। সাধারণতঃ অনেক মায়েরা গর্ভস্থ ভ্রুণের এই নড়াচড়ার ব্যাপারে গর্ভাবস্থার চতুর্থ মাস থেকে জানতে পারেন... যখন কি এম্ব্রিয়ো সপ্তম সপ্তাহ থেকেই নড়াচড়া করতে শুরু করে দেয়। মায়েরা সেই ছোট্ট হাত-পায়ের নড়াচড়া অনুভব করতে পারেন না। 14 থেকে 26 সপ্তাহের মাঝে প্রায় ক্ষেত্রে এই নড়াচড়া শুনতে পাওয়া যায়... কিন্তু 18 থেকে 22 সপ্তাহে এটার প্রভাব বেশী হয়। আগে মা হওয়া মহিলারা এই নড়াচড়াকে দ্রুত বুঝতে পেরে যান, তাঁদের পেট আর গর্ভাশয়ের মাংসপেশীও শিথিল হয়... এজন্য তাঁদের বেশী অসুবিধা হয় না। প্রথম বার মা হতে চলা মহিলা মোটা হলে তিনি গর্ভস্থ শিশুর নড়াচড়া তত সহজে অনুভব করতে পারবেন না। এই ব্যাপারে প্লেসেন্টার অবস্থানেরও ভালো প্রভাব পড়ে। এর কারণে গর্ভস্থ শিশুর নড়াচড়া অনুভব করতে কয়েক সপ্তাহ সময় লাগতে পারে।

অনেক বার গর্ভাবস্থার ডিউ ডেটের ভুল অনুমানের কারণেও গর্ভস্থ শিশুর নড়াচড়া অনুভূত হয় না। অনেক বার ভাবী মায়েরা এটাকে গ্যাস বা পাচন সংস্থানের আওয়াজ বলে ধরে নেন। এই প্রারম্ভিক নড়াচড়ার ব্যাপারে কিছু বলা বা সেটাকে শোনা – দুটোই যথেষ্ট মুশ্কিল হয়। অনেক বার এমনটা মনে হয় যে, পেটের ভেতরে গুরগুর করছে বা কোন একটা কিছু পেটকে বাইরের দিকে ধাক্কা দিচ্ছে অথবা...! প্রতিটি মা এই নড়াচড়াকে নিজস্ব পদ্ধতিতে গ্রহণ করেন। যাই হোক্ না কেন... এতে আপনার মুখে হাসি তো অবশ্যই ফুটে ওঠে!

বডি ইমেজ

"আমি সর্বদা নিজেরা ওজনের ওপরে নজর রেখে এসেছি। এখন যখন আমি নিজেকে

আয়নায় দেখি বা ওজন মেশিনের ওপরে পা রাখি, তখন আমি মানসিক চাপে গ্রস্ত হয়ে পড়ি। আমাকে এখন আগের থেকে অনেক বেশী মোটা দেখায় !"

এটা ধরে নেওয়া যাক যে, আপনি সর্বদা নিজের শারীরিক ইমেজের প্রতি অত্যন্ত সচেতন আর নিজের ওজনের ওপরেও আপনি সর্বদাই নজর রাখেন ! এজন্য এসব অত্যন্ত টেনশনের সৃষ্টি করতে পারে... কিন্তু এমনটা হওয়া উচিত নয়। গর্ভাবস্হায় তো এমনটা হবেই ! আপনার ওজন বাড়াই উচিত। আপনার গর্ভস্হ শিশুরও তো পর্যাপ্ত পোষণের প্রয়োজন !

এমনিতে বেশীর ভাগ লোকেরা গোলগাল গর্ভবতী মায়েদের পছন্দ করেন ! তাঁদের সাথীরাও এমনটাই পছন্দ করেন ! নিজের অতীতের দিনগুলোর স্মৃতিতে অস্হির হয়ে ওঠার পরিবর্তে নিজের এই গোলগাল ফিগারের পূর্ণ আনন্দ উপভোগ করুন। নিজের বেড়ে ওঠা ওজনের চিন্তা ঝেড়ে ফেলে ছোট্ট শিশুর স্বপ্ন দেখুন ! আপনি যদি ডাক্তারের পরামর্শ অনুসারে, সঠিক পদ্ধতিতে খাবার খেয়ে চলেন... তাহলে গর্ভাবস্হায় আপনার শুধু ওজনই বাড়বে, আপনি মোটেই মোটা হবেন না। বেড়ে ওঠা ওজন এই ব্যাপারটার প্রমাণ হয় যে, আপনার শিশু পর্যাপ্ত পোষণ প্রাপ্ত করছে। আপনার শিশু এই পৃথিবীতে আসামাত্রই আপনার ওজন আগের মত হয়ে পড়বে।

আপনি যদি নিজের ডাক্তারের পরামর্শের ওপরে দৃষ্টি না দেন, তাহলে মানসিক চাপ আপনাকে বার-বার ফ্রীজের দিকে টেনে নিয়ে যাবে আর আপনি সত্যি-সত্যি মোটা হয়ে উঠবেন। আপনার হঠাৎ করে ওজন কমানোও এড়িয়ে চলা উচিত... আপনার ওজন সঠিক হারে বাড়া উচিত। নিজের আহারে ফালতু ক্যালোরী কমিয়ে আনুন... কিন্তু পোষক তত্ত্বের মাত্রা কমানো উচিত নয়।

গর্ভাবস্হার ফোটো

আপনি অত্যন্ত দ্রুত এই দিনগুলোর কথা ভুলে যাবেন... কারণ আপনি শিশুর লালন-পালনে ব্যস্ত হয়ে উঠবেন। গর্ভাবস্হার সব মাসগুলোর এক-একটা ফোটো তুলিয়ে এ্যালবামে রাখুন। এতে আপনি আল্ট্রাসাউণ্ডের কপিও লাগাতে পারেন। এই দিনগুলোর সুন্দর স্মৃতি আপনার শিশুর খুবই ভালো লাগবে !

ফোলা ভাবের সাথে রোগা দেখানোর ইচ্ছা

গর্ভাবস্হায় মোটা হয়ে পড়া সত্ত্বেও আপনারা রোগা দেখানোর বেশ কিছু পদ্ধতি গ্রহণ করতে পারেন। আসুন... আপনাদের এটা জানাই যে, এমনটা কি ভাবে হতে পারে ঃ

কালো রং ঃ কালো, নেভী ব্লু, চকোলেট বা ধূসর রং-য়ের মত গাঢ় রং আপনার শরীরকে স্লিম আকার প্রদান করে... তা আপনি টী-শার্ট আর টাইট প্যান্ট পরে থাকলেও।

একই রং-য়ের নির্বাচন ঃ পুরো শরীরের ওপরে একই রং-য়ের পোশাক পরলেও আপনাকে স্লিম দেখাবে। দুই রং-য়ের পোশাকে প্রায়ই লোকেদের দৃষ্টি সেদিকে চলে যায়, আপনার শরীরের যে অংশে মাংসের পরত বাড়তে লেগেছে।

উল্লম্ব লাইন ঃ আজ্ঞে হ্যাঁ... উল্লম্ব লাইনওয়ালা পোশাক পরলে আপনাকে লম্বা আর পাতলা দেখাবে। তির্যক লাইনের পাশাক পরলে আপনার স্হূলতা আরও বেশী করে নজরে পড়বে। এমন পোশাকই পরুন, যাতে উল্লম্ব ভাবে জিপ, বাটন বা সেলাই রয়েছে।

বিশেষ কিছু ঃ আপনি নিজের শরীরের যেসব অংশ লুকোতে চান, সেগুলো কাপড় দিয়ে ঢেকে নিন, যেমন – ফুলে ওঠা গোড়ালি লুকোতে চাইলে সেটাকে আরামদায়ক জুতো বা প্যান্ট দিয়ে ঢেকে নিন।

ফিট্ থাকুন ঃ এমন পোশাক বেছে নিন, যেটা টাইট হবে না আর পুরোপুরি ফিট্ হবে। ঝুলে থাকা কাঁধ আপনার শরীরের শিথিল ইমেজই ফুটিয়ে তুলবে। পোশাক ফিট্ হলে আপনাকেও স্লিম আর স্মার্ট দেখাবে।

নিজের ওজনের ওপরে দৃষ্টি রাখুন আর ব্যায়ামও করুন, যাতে আপনার শরীরের সকল অঙ্গগুলোর ওজন সঠিক হারে বৃদ্ধি পায়। ব্যায়াম করলে এণ্ড্রোফিনের স্রাবও হবে আর আপনিও প্রসন্ন হয়ে থাকবেন।

নিজের জন্য গর্ভাবস্থার অনুকূল বিশেষ ভাবে প্রস্তুত কিছু পোশাক বেছে নিন... কারণ সেগুলো পরার এটাই হচ্ছে সঠিক সময়! আপনি যদি আগের সময়ের ছোট টপ্ পরার চেস্টা করেন, তাহলে আপনাকে এক *নৈমুনা*'-ই লাগবে! নিজের চুলের স্টাইল আর মেক-আপের পদ্ধতিতেও পরিবর্তন নিয়ে আসুন আর সুন্দর দেখান!

গর্ভাবস্থার পোশাক

ঁআমি নিজের পুরোন পোশাক আর পরতে পারছি না... কিন্তু আমার গর্ভাবস্থার বিশেষ পোশাক কেনার সাহসও হচ্ছে না!''

সেই যুগ চলে গেছে, যখন গর্ভবতী মহিলারা আলখাল্লার মত পোশাকে গর্ভাবস্থার পুরো 9-টা মাস কাটিয়ে দিতেন! এটা তো স্টাইলের যুগ... আজকাল তো বিভিন্ন সুন্দর রং-য়ের আর স্টাইলের পোশাক বাজারে আসছে! নিজের বাড়ীর আশপাশের কোন মেটারনিটি স্টোর বা কোন বড় স্টোরের *মেটারনিটি কর্নার*' থেকে আপনি নিজের জন্য উপযুক্ত পোশাক বেছে নিন। তারপর দেখবেন, আপনি রোমাঞ্চে ভরে উঠেছেন!

নিজের জন্য খরিদ্দারী করার সময় আমাদের নীচের পরামর্শগুলো মাথায় রাখুন ঃ-

- এখনও আপনার শরীর আরও বেড়ে উঠবে। এই পোশাক অত্যন্ত দামী হতে পারে, এজন্য পোশাক সর্বদা ভেবে-চিন্তে বেছে নিন। দোকানে যাওয়ার আগে নিজের আলমারী দেখে নিন। হতে পারে যে, সেখান থেকেই আপনার উপযুক্ত কিছু পোশাক বেরিয়ে আসতে পারে। মেটারনিটি স্টোরে *প্রেগন্যান্সী পিলো*'-ও পাওয়া যায়। পোশাক ট্রাই করার সময় সেটা লাগান... যাতে আপনার এই অনুমান হয়ে পড়ে যে, আজ থেকে কয়েক মাস পরেও এই পোশাক আপনার ফিট্ হবে কি না!
- পোশাক যে কোন স্টোর থেকে কিনবেন না। আপনার ফিট্ হলে আরাম করে পরুন। এতে অনেকটাই ফালতু খরচ বেঁচে যাবে। আপনি যদি প্রয়োজনের থেকে বেশী ফ্যাশনের চক্করে পড়ে যান, তাহলে আপনার লোকসানই হবে... কারণ *মেটারনিটি ক্লথ*' কিছু সময়ের জন্যই পরতে হয়। ডেলিভারীর পরে যখন আপনার বেবী ফ্যাট শেষ হয়ে পড়বে, তখন সেগুলোর দিকে ফিরে তাকাতেও আপনার ইচ্ছা করবে না।
- এমন পোশাক পরুন, যেটায় আপনার শরীরের বেড়ে ওঠা ভাব কিছুটা ঢাকা পড়ে যায়। লো-কাট জীন্স বা প্যান্টও পরতে পারেন।
- নিজের আণ্ডারওয়্যারের সাথে কখনো সমঝোতা করতে যাবেন না। কোন ভালো স্টোর থেকে এমন ব্রা কিনুন, যেটা আপনার বেড়ে ওঠা বক্ষস্থলকে সঠিক আকার আর সাপোর্ট প্রদান করতে পারবে। একবারে দুটোর থেকে বেশী ব্রা কিনবেন না। যখন আপনার বক্ষস্থলের আকার আরও বেড়ে উঠবে, তখন নতুন ব্রা কিনুন।
- এমনিতে তো বিশেষ মেটারনিটি আণ্ডারওয়্যার পরাটা জরুরী হয় না... কিন্তু আপনি পরতে চাইলে আমরা আপনাকে এটা জানিয়ে দিচ্ছি যে, নতুন স্টাইলিশ বিকিনি-প্যান্টিজ আপনার জন্য হাজির রয়েছে! নিজের সাইজের থেকে কিছুটা বড় সাইজ নিন। এটায় আপনাকে বেশী সেক্সী দেখাবে। মনের মত রং বেছে নিন... শুধু এটুকু মাথায় রাখবেন যে, সেটা যেন সুতী কাপড়ের হয়।
- নিজের সাথীর পোশাকের আলমারীতে উঁকি মারুন। ওনার বেশ কিছু ঢিলা হয়ে পড়া পোশাক এই সময় আপনার কাজে আসতে পারে। প্রথম 5 - 6 মাসে তো আপনি মজা করে ওনার প্যান্ট, টী-শার্ট, শর্ট বা শার্ট পরতে পারেন। তার পরে অবশ্য আপনাকে নিজের পোশাকের ব্যবস্থা করতে হবে।
- মেটারনিটি পোশাকের মামলায় *গৈভ এ্যাণ্ড টেক*' – দুটোই শিখতে হবে। অন্যের পোশাক আপনার ফিট্ এলে সেটা পরতে কোন আপত্তি নেই। আপনি সেই পোশাককে নিজের সহায়ক সামগ্রীর মিশ্রণে পরুন। এতে কিছুটা নতুনত্বও এসে পড়বে। আর আপনি যে মেটারনিটি পোশাক পরতে চাইবেন না, সেগুলো নিজের কোন গর্ভবতী বান্ধবীকে পরার জন্য দিয়ে দিন। এতে যথেস্ট কম খরচেই কাজ চলে

যাবে।

- গর্ভাবস্থায় মেটাবোলিক হার বেশী হওয়ার কারণে আপনার শরীর গরম থাকে। এজন্য সুতীর পোশাক বেছে নেওয়াটাই ভালো হবে। এই প্রকারে আপনি *হীট র‍্যাশ*-য়ের থেকেও সুরক্ষিত থাকতে পারবেন। হাল্কা রং-য়ের ঢিলা আরামদায়ক পোশাক বেছে নিন। মরশুম ঠাণ্ডা হলে বেশ কয়েক পরতে পোশাক পরুন, যাতে অস্থিরতার সৃষ্টি হলে কাপড়ের ভার কম করা যেতে পারে।

প্রী-বেবী সীটার

"এখন আমার পেটের ফোলা ভাব পরিস্কার দেখতে পাওয়া যাচ্ছে। আমি সত্যি-সত্যি গর্ভবতী হয়ে উঠেছি। আমরা দুজনে যদিও অনেক ভেবে-চিন্তে এই সিদ্ধান্ত নিয়েছিলাম... কিন্তু এখন আমার ভয় হচ্ছে!"

আমাদের এমনটা মনে হচ্ছে যে, আপনার মামলাও প্রী-বেবী সীটারের মামলা! আপনার মত বেশ কিছু মাতা-পিতা গর্ভাবস্থায় এমন মানসিকতার শিকার হয়ে পড়েন। তাঁদের নিজেদেরই ফয়সালার ওপরে তখন সন্দেহ হতে লাগে। একটু ভেবে দেখুন যে, এই একটা ফয়সালার কারণে আপনার পুরো জীবনটাই বদলে যেতে পারে। আপনি কখন খাবেন, ঘুমোবেন বা কি ভাবে জীবন কাটাবেন – এসব কিছু আপনার ভাবী সন্তানই ঠিক করবে। আপনার জীবন যেন নতুন করে প্রোগ্রাম হবে! আপনার অনেক প্রকারের মানসিক আর শারীরিক চাহিদাও বেড়ে উঠবে।

এমনিতে তো এই সময় হওয়া এই অস্থিরতা এক প্রকারে ঠিকই হয়। এই ভাবে শিশুর জন্মের আগেই আপনি মানসিক রূপে তৈরী হয়ে পড়বেন আর সকল প্রকারের চ্যালেঞ্জের মোকাবিলাও করতে সক্ষম হয়ে উঠবেন। নিজের বন্ধু আর সহায়কদের সাথে এই ব্যাপারে কথা বলুন, যাতে ওনারা আপনাকে স্বান্ত্বনা আর সাপোর্ট প্রদান করতে পারেন।

যদিও আপনার জীবন পুরোপুরি বদলে যাবে... কিন্তু আপনি খুব শীঘ্রই এটা বুঝতে পেরে যাবেন যে, এই পরিবর্তন আপনার ভালোর জন্যই ছিল!

অবাঞ্ছিত পরামর্শ

"এটা এখন সবাই দেখতে পাচ্ছে যে, আমি গর্ভবতী হয়ে উঠেছি। আত্মীয় থেকে শুরু করে প্রায় সকলেই এখন আমাকে বিভিন্ন প্রকারের পরামর্শ দিতে শুরু করেছেন। আমার মনে হচ্ছে, এবার আমি হয়তো পাগলই হয়ে উঠব!"

আসলে আপনার পেটের ফোলা ভাব, প্রতিটি অভিজ্ঞ মহিলাকেই আপনাকে পরামর্শ প্রদান করার জন্য বাধ্য করে তোলে! আপনি সকালে পার্কে জগিং করুন... কোন-না-কোন কোনা থেকে পরামর্শ এসেই পড়বে – *"এমন অবস্থায় দৌড়োনো উচিত নয়!"* সুপার মার্কেট থেকে দুটো ব্যাগ উঠিয়ে আপনি চলতে শুরু করামাত্র কেউ একজন বলে উঠবেন – *"এমন অবস্থায় ভারী ওজন তোলা উচিত নয়!"* আইসক্রীম পার্লারে আপনি আইসক্রীমে ডবল ডিপ নিতেই কেউ বলে উঠবেন – *"হানি! এতটা বেবী ফ্যাট কমানো পরে মুশ্কিল হয়ে উঠবে!"*

এই ধরণের পরামর্শ দিতে থাকা ব্যক্তিরা প্রায়ই এটাও অনুমান লাগাতে থাকেন যে, আপনার পুত্র সন্তান হবে, না কন্যা সন্তান? যদিও আমাদের দাইদের অনেক কথা বৈজ্ঞানিক রূপে সত্য হয়ে পড়েছে... কিন্তু যেসব কথার কোন মাথা-মুণ্ডু নেই, সেগুলো এক কান দিয়ে শুনে অন্য কান দিয়ে বার করে দিন। কারো কোন পরামর্শ আপনাকে সংশয়ে ফেলে দিলে ডাক্তারের সাথে পরামর্শ করতে দেরী করবেন না। এমনিতে ফালতু কথা শুনে-শুনে বেকার চাপের সৃষ্টি না করলেই ভালো করবেন। নিজের হাস্যপ্রিয় স্বভাবের আশ্রয় গ্রহণ করুন! পরামর্শ দিতে থাকা ব্যক্তিকে সেই সময়ই এটা জানিয়ে দিন যে, আপনি নিজের ডাক্তার ছাড়া অন্য কারো পরামর্শ নেওয়াটা পছন্দ করেন না বা মুচকি হেসে তাঁকে পরামর্শ দিতে মানা করে নিজের পথে এগিয়ে চলুন!

এমনিতে ধীরে-ধীরে আপনি এসবে অভ্যস্ত হয়ে উঠবেন... কারণ আগামী সময়ে তো আপনার চার পাশে এই ভীড় আরও বেড়ে উঠবে! ছোট্ট শিশুর মাকে পরামর্শ দিতে থাকা লোকেদের কোনদিনও অভাব হয় না।

পেট স্পর্শ করা

"বন্ধু, সহকর্মী... এমন কি অচেনা মহিলারাও আমার ফুলে ওঠা পেট স্পর্শ করতে চাইছেন... কিন্তু আমার এসব একেবারে ভালো লাগে না। কি করব ?"

ছোট্ট শিশুর গোলগাল ফোলা ভাব স্পর্শ করাটা সত্যিই সবার খুব ভালো লাগে। যদিও মায়ের অনুমতি ছাড়া তাঁর এখনও পর্যন্ত জন্ম না নেওয়া শিশুকে স্পর্শ করাটা ভালো কথা নয়।

অনেক মহিলাদের অন্যদের আকর্ষণের কেন্দ্র হয়ে ওঠাটা পছন্দ হয়... আবার অনেকে তো এসবে যথেষ্ট খারাপ অনুভব করেন। আপনার যদি এসব ভালো না লাগে, তাহলে সেটা জানাতে কিঞ্চিৎমাত্র সংকোচ করবেন না। আপনি স্পষ্ট শব্দে এমনটা বলতে পারেন – *"আমার পেট স্পর্শ করতে আপনার ভালো লাগলেও আমার এসব একেবারেই পছন্দ নয়!"* অথবা হেসে উঠে এমনটা বলুন – *"হাত লাগাবেন না... ও এখন ঘুমোচ্ছে!"* আপনি নিজের পেটকে অন্য দিকে ঘুরিয়েও নিতে পারেন বা সামনের ব্যক্তির হাতে এমন জোরে চিমটি কাটুন যে, তিনি এর পরে কারো পেটে হাত দেওয়ার আগে দশ বার ভাবনা-চিন্তা করবেন। মুখে কিছু না বলে নিজের দুটো হাত নিজের পেটের ওপরে রেখে নিন বা সামনের ব্যক্তির হাত আপনার পেটের দিকে এগোতেই সেটাকে মাঝপথে থামিয়ে দিন।

ভোলার অভ্যাস

"গত সপ্তাহে আমি নিজের পার্স বাড়ীতে ভুলে গেছিলাম; আজ আমার এক অত্যন্ত জরুরী মীটিং-য়ের কথাও মাথা থেকে সরে গেছে। আমি নিজের মস্তিস্কের ওপরে ফোকাস করতে পারছি না। মনে হচ্ছে যে, আমার মাথা খারাপ হয়ে পড়েছে!"

প্রায়ই বেশ কিছু গর্ভবতী মহিলাদের এমনটা মনে হয় যে, তাঁদের ভোলার অভ্যাস ক্রমশঃ বেড়ে চলেছে। নিজের সংগঠনাত্মক শক্তির ওপরে ভরসা রাখা মহিলারাও জটিল পরিস্থিতিতে ঘাবড়ে ওঠেন। তাঁরা নিজেদের মালপত্র ভুলে যাওয়া ছাড়াও নিজের ধৈর্য্যও হারিয়ে ফেলতে লাগেন।

বিভিন্ন অধ্যয়ণ থেকে এটা জানতে পারা গেছে যে, গর্ভবতী মহিলাদের মস্তিস্কের কোশিকাগুলোর মাত্রা কমে আসে। এমনটা বলা হয়ে থাকে যে, পুত্র সন্তানের জন্ম দেওয়া মায়েদের তুলনায় কন্যা সন্তানের জন্ম দেওয়া মায়েরা বেশী করে ভুলে যেতে থাকেন। তবে এটা ভালো খবর হচ্ছে এটা যে, এসব কিছুই অস্থায়ী হয়।

ডেলিভারীর কয়েক মাসের মধ্যে মস্তিস্ক পূর্ণ স্ফূর্তির সাথে কাজ করতে শুরু করে দেয়। এটাও হার্মোন পরিবর্তনের কারণেই হয়। ঘুম পুরো না হলেও শরীরের এনার্জী কমে আসে আর মস্তিস্ক কেন্দ্রীভূত হয়ে থাকতে পারে না। ভাবী মায়েদের পুরো মনোযোগ বাচ্চার পোশাকের রং আর তার নাম ঠিক করতেই ব্যস্ত হয়ে থাকে।

আপনি যদি নিজের এই অভ্যাসকে নিয়ে মানসিক চাপে গ্রস্ত হয়ে পড়েন, তাহলে মামলা আর খারাপ হয়ে পড়বে। কিছুটা হাসি-ঠাট্টা চাপ কমিয়ে আনতে পারে। আপনিও অনেকটা ভালো অনুভব করবেন। আসলে এই সময় আপনি নিজের শিশু তৈরী করার এক জরুরী কাজে ব্যস্ত হয়ে রয়েছেন... এজন্য আপনার মধ্যে আগের মত যোগ্যতা কোথা থেকে আসবে ? বাড়ীর কাজগুলোর একটা সূচী তৈরী করে নিন। বাড়ীর চাবি রাখার একটা নির্দিষ্ট জায়গা বানান। এই অভ্যাস থেকে মুক্তি পাওয়ার জন্য কোন ওষুধের সেবন করবেন না।

ধীরে-ধীরে আপনার এই ভাবে কাজ করার অভ্যাস হয়ে পড়বে। শিশুর জন্মের পরে মস্তিস্কের স্ফূর্তি ভাব আবার আগের মত ফিরে আসবে... কারণ তখন আপনি ভরপুর ঘুমোতে পারবেন।

গর্ভাবস্থা আর ব্যায়াম

আপনার পুরো শরীরে কষ্ট হচ্ছে... আপনি ঘুমোতে পারছেন না... আপনার পিঠে প্রচণ্ড যন্ত্রণা হচ্ছে... আপনার গোড়ালি ফুলে উঠেছে... আপনার প্রচণ্ড কোষ্ঠকাঠিন্য রয়েছে... পেট ফাঁপছে আর আপনি প্রচণ্ড দুর্গন্ধযুক্ত গ্যাস ছাড়ছেন! অন্য শব্দে আপনি গর্ভবতী হয়ে উঠেছেন! আপনি তো এতটাই করতে পারেন যে, এই সব কষ্ট কমানোর কিছুটা চেষ্টা করতে পারেন। ব্যস্... এছাড়া আর কোন উপায় আপনার হাতে নেই!

ওয়ার্কআউট... ?

নিজের গর্ভাবস্হায় প্রতি দিন 30 মিনিটের ওয়ার্কআউটের সময় বার করতেই হবে। এমনটা করা মুশ্কিল লাগলে সেটাকে 10 - 20 মিনিটে ভাগ করে নিন। দিনে তিন বার 10 - 10 মিনিট হাঁটলেও ওয়ার্কআউট হয়ে পড়বে। এটাকে নিজের রুটীনে শামিল করে নিন... একমাত্র তাহলেই আপনি এটায় অভ্যস্ত হতে পারবেন। যদি আপনার রুটীনে জিমে যাওয়ার সময় না থাকে, তাহলে অফিস থেকে বাড়ী ফেরার পথে নিজের স্টপ থেকে দু স্টপ আগে বাস থেকে নেমে পায়ে হেঁটে বাড়ী ফিরুন। গাড়ী বাড়ীর থেকে কিছুটা দূরে পার্ক করে হাঁটুন। লিফ্টের জায়গায় সিঁড়ির ব্যবহার করুন। নিজের অফিসে সব থেকে দূরের লেডিজ টয়লেটের ব্যবহার করুন।

আপনার সময় তো রয়েছে... অভাব রয়েছে কেবলমাত্র প্রেরণার ! প্রেগন্যান্সী এক্সারসাইজ রুমে যান। প্রেগন্যান্সী যোগ ব্যায়াম করুন। প্রেগন্যান্সী ডি.ভি.ডি.-র সহায়তাতেও আপনি ওয়ার্কআউট করতে পারেন।

যদিও এমন সময়ও আসবে, যখন নড়াচড়া করতে আপনার সত্যিই ইচ্ছা করবে না... কিন্তু আপনার সাহস হারিয়ে ফেললে চলবে না আর কোন-না-কোন রূপে ওয়ার্কআউট করতেই হবে।

এমনিতে দিনে 30 মিনিটের ব্যায়াম দ্বারাও এই সমস্যার অনেকটা সমাধান করা যেতে পারে। আপনাকে নিজের আলস্য ত্যাগ করে, দিনের মধ্যে কম পক্ষে আধ ঘন্টা তো ব্যায়াম করতেই হবে।

বেশীর ভাগ গর্ভবতী মহিলা এই পরামর্শ গ্রহণ করে ফিট্ থাকেন। ডাক্তার মানা না করলে আপনিও এই পরামর্শ গ্রহণ করতে পারেন। আপনার এটা জানা উচিত যে, এই ব্যায়াম দ্বারা আপনার আর আপনার গর্ভস্হ শিশুর ঠিক কতটা লাভ হতে পারে।

ব্যায়ামের লাভ

নিয়মিত ব্যায়াম দ্বারা ঃ-

- অনেক বার বেশী বিশ্রামও আপনাকে ক্লান্ত করে তুলতে পারে। কিছুটা ব্যায়াম দ্বারা আপনার এনার্জীর স্তর বেড়ে ওঠে।
- ব্যায়াম করলে আপনার রাতের ঘুম আগের থেকে অনেকটা ভালো হয়ে ওঠে আর আপনি সকালে ঘুম থেকে ওঠার পরে নিজেকে তরোতাজা অনুভব করেন।
- ব্যায়াম করলে গ্যাস্টেশন্যাল ডায়াবেটিজের থেকে সুরক্ষা প্রাপ্ত হয়।
- ব্যায়াম করলে মস্তিস্ক থেকে এণ্ড্রোফিনের স্রাব হয় আর আপনার মুড প্রসন্ন হয়ে থাকে। মানসিক চাপ আর উত্তেজনা কমে আসে।
- ব্যায়াম পিঠের যন্ত্রণা আর চাপের থেকে মুক্তি পাওয়ার ভালো উপায় হয়।
- স্ট্রেচিং করলে মাংসপেশীগুলো আরাম প্রাপ্ত করে এবং সেগুলোর নমনীয়তাও বেড়ে ওঠে। মাংসপেশীগুলোর চাপ কমে আসে। এই ব্যায়াম যে কোন জায়গায়, যে কোন সময় করা যেতে পারে। এর জন্য ঘাম ঝড়ানোর প্রয়োজন হয় না।
- 10 মিনিটের পায়চারীও আপনাকে

কীগল ব্যায়াম

আপনি যদি কেবলমাত্র একটা ব্যায়ামই করতে চান, তাহলে এটা করুন। কীগল ব্যায়াম দ্বারা আপনার পেলভিক এলাকা মজবুতী প্রাপ্ত করে। এর দ্বারা আপনি অবাঞ্ছিত মূত্রত্যাগের সমস্যার হাত থেকেও মুক্তি পেয়ে যাবেন। আপনার শরীর লেবার আর ডেলিভারীর জন্য প্রস্তুত হয়ে উঠবে আর আপনিও অপারেশনের কাটা-ছেঁড়ার হাত থেকে বেঁচে যাবেন।

কীগল ব্যায়াম করার সময় আপনাকে নিজের শরীরের মাংসপেশীগুলোকে এমন ভাবে সংকুচিত করতে হবে... যে ভাবে প্রস্রাব করার সময় প্রস্রাব আটকে নেওয়া হয়। এর দ্বারা ডেলিভারীর পরে আপনার সেক্স ক্ষমতাও বেড়ে উঠবে। এই পুস্তকে কীগলের বিষয়ে আরও তথ্য প্রদান করা হয়েছে।

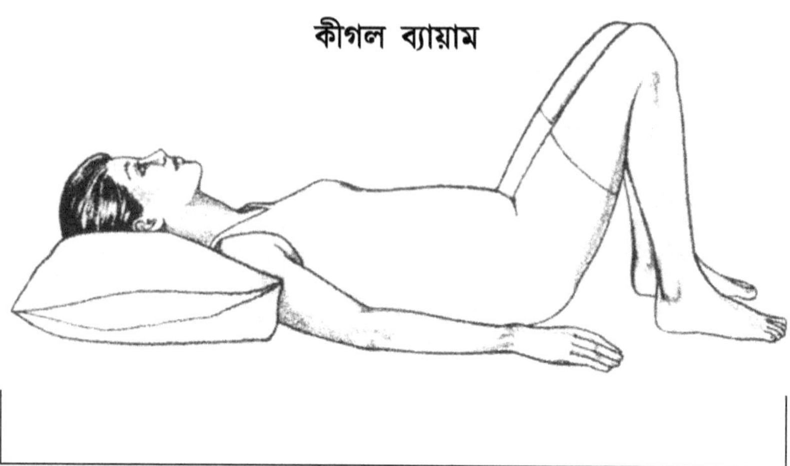

এক্সারসাইজ স্মার্ট

আপনি নিজের গর্ভস্থ শিশুর সাথে ব্যায়াম করতে গেলে আমাদের পরামর্শগুলোর পালন করুন ঃ-

- ব্যায়াম করার আগে কিছু তরল পদার্থ পান করুন... তা আপনার পিপাসা না লাগলেও। কিছু পান করলে আপনার শরীরে জলের অভাব হবে না। ওয়ার্কআউটের পরেও কিছু একটা পান করতে ভুলে যাবেন না। ঘাম আসার কারণে শরীরে যে তরল পদার্থের অভাব হয়ে পড়েছে... সেটা পূরণ করতে ভুলবেন না।
- হাল্কা-ফুল্কা স্ন্যাক্স নিন। ব্যায়াম শুরু করার একটু আগে কিছু খেয়ে নিলে এনার্জীর স্তর বজায় থাকবে। আপনি যদি বেশী ক্যালোরী পোড়াচ্ছেন, তাহলে এটা আরও বেশী জরুরী হয়ে ওঠে।
- ঠাণ্ডা তাপমাত্রায় থাকুন। এমন কোন ব্যায়াম করবেন না, যাতে আপনার শরীরের তাপমাত্রা 1.5^{0}-য়ের থেকে বেশী বেড়ে ওঠে। সাউনা, স্টীম রুম আর হট টাবের থেকে দূরে থাকুন। বেশী গরম পরিবেশ বা ভীড়ভাড় যুক্ত জায়গায় থাকবেন না। তাপমাত্রা বেশী থাকলে কোন এ.সি. মলে পায়চারী করুন।
- ঢিলাঢালা, নমনীয় পোশাক পরুন... যেগুলো পরে আপনি সহজেই শ্বাস নিতে পারবেন। এমন ব্রা পরুন, যেটা আপনার বক্ষস্হলকে সঠিক সাপোর্ট প্রদান করবে। এমনিতে স্পোর্ট ব্রা উপযুক্ত হবে।
- সবার আগে পায়ের ওপরে দৃষ্টি দিন। স্লীপার্স বদলানোর সময় হয়ে এলে পায়ে চোট-আঘাত লাগার আগেই সেটা বদলে ফেলুন। এমন জুতো বেছে নিন, যেটা ওয়ার্কআউটের পক্ষে উপযুক্ত হবে।
- সঠিক মেঝের নির্বাচন করুন। টাইল বা সিমেন্টের মেঝেতে ওয়ার্কআউট করার পরিবর্তে কাঠ বা কার্পেট যুক্ত মেঝে বেছে নিন। এবড়ো-খেবড়ো মেঝেতে ওয়ার্কআউট করবেন না। শক্ত রাস্তার বদলে ঘাস বা মাটির ফুটপাথে এবং এবড়ো-খেবড়ো জায়গার বদলে সমতল স্হান ভালো হবে।
- ঢালান যুক্ত অংশের থেকে দূরে থাকুন... কারণ পড়ে গেলে সবার আগে পেটে চোট লাগতে পারে। এমন কোন খেলা খেলবেন না, যেটা আপনি প্রথম বার খেলছেন বা যে খেলায় চোট লাগার সম্ভাবনা রয়েছে।
- সমতল স্হানে থাকুন। আপনি উঁচু জায়গায় না থাকলে 6000 ফুটের ওপরে যাওয়া কোন গতিবিধিতে অংশ নেবেন না। এই

সময় স্কুবা ডাইভিং-য়ের মত কোন খেলায় অংশ নেওয়ার ব্যাপারে তো একেবারেই চিন্তা করবেন না।

- গর্ভাবস্থার চতুর্থ মাসের পরে চিত হয়ে শুয়ে কোন ব্যায়াম করতে যাবেন না। গর্ভাশয়ের বেড়ে ওঠা ওজনের কারণে রক্ত নলিকাগুলোর ওপরে অতিরিক্ত চাপ পড়বে আর রক্ত প্রবাহ বাধাপ্রাপ্ত হবে।
- এমন কোন গতিবিধি করবেন না... যাতে আপনার শরীরের কোন অংশে টান ভাবের সৃষ্টি হয় বা চোট লাগে। হঠাৎ করে লাগা ঝট্‌কা বা মানসিক আঘাত থেকে ক্ষতি হতে পারে। নিজের শরীরের নমনীয়তা বজায় রাখুন। বিপজ্জনক ভাবে ওঠা-বসা পরিত্যাগ করুন। সর্বদা মাথায় রাখবেন যে, এখন আপর আপনি একা নন... এখন আপনি হচেছন *দৈজন*'!

কোষ্ঠকাঠিন্যের হাত থেকে মুক্তি প্রদান করতে পারে। আপনার পেট পরিস্কার থাকে আর আপনার মুখের তরোতাজা ভাবও বজায় থাকে।

- এমনটা বলা হয়ে থাকে যে, ব্যায়াম করতে থাকা মহিলাদের প্রসবের সময় বেশী কস্ট সহ্য করতে হয় না। তাঁদের প্রসব তাড়াতাড়ি আর সুগমতার সাথে হয়ে পড়ে। সি. স্যাক্শন করারও প্রয়োজন পড়ে না।

থার্টি মিনিট প্লাস

আপনার ডাক্তার আপনাকে সবুজ সংকেত দিয়ে দিলে আপনি দিনে এক ঘন্টার বেশী ওয়ার্কআউট করতে পারেন। এই অবস্থায় দ্রুত ক্লান্তি আসে আর ক্লান্ত হয়ে পড়লে চোট-আঘাতও লাগতে পারে। প্রয়োজনের অতিরিক্ত ক্লান্তির কারণে শরীরে জলের অভাব হয়ে পড়তে পারে বা আপনার শ্বাস নিতেও অসুবিধাও হতে পারে। এই অবস্থায় আপনি বেশী ক্যালোরী খরচ করলে আপনাকে বেশী ক্যালোরী গ্রহণও করতে হবে। এজন্য আগে থেকেই সেটার ব্যবস্থা করে রাখুন।

- ব্যায়াম করলে আপনি গর্ভাবস্থার পরেও নিজেকে ফিট্ রাখতে পারবেন। আপনার ফিগার আগের আকারে চলে আসবে আর আপনি মজা করে নিজের পুরোন জীন্স পরতে পারবেন।
- গর্ভস্থ শিশু ব্যায়ামের কি-কি লাভ প্রাপ্ত করতে পারে ? বেশ কিছু অধ্যয়ণ থেকে এটা জানতে পারা গেছে যে, গর্ভস্থ শিশু ওয়ার্কআউট করার সময় হতে থাকা আওয়াজ আর কম্পনের অনুভব করে।
- ব্যায়াম করতে থাকা গর্ভবতী মহিলারা সুস্থ শিশুর জন্ম দেন। তাঁদের প্রসবের সময় কোন প্রকারের অসুবিধা হয় না আর তাঁরা শিশুকে জন্ম দেওয়ার চাপের থেকে দ্রুত মুক্তিও পেয়ে যান।
- আপনি মানুন আর না-ই মানুন... বিভিন্ন অধ্যয়ণ থেকে এটা জানতে পারা গেছে যে, ব্যায়াম করতে থাকা গর্ভবতী মহিলাদের শিশু গড়পড়তা শিশুদের তুলনায় বেশী বুদ্ধিমান হয়। এতে তাদের মাংসপেশীর সাথে-সাথে মাস্তিস্কের শক্তিও বেড়ে ওঠে।
- এমন বাচ্চারা রাতে সঠিক সময়ে ঘুমোয়, কলিক হয় না আর নিজেদের ভালো ভাবে সামলাতে পারে।

সঠিক পদ্ধতিতে ব্যায়াম করা

যে ভাবে গর্ভাবস্থায় পুরোন পোশাক ফিট্ হয় না... ঠিক সেই ভাবেই আপনাকে নিজের ফিট্‌নেস রুটীনেও কিছুটা পরিবর্তন নিয়ে আসতে হবে। এখন আপনাকে একজনের জন্য নয়... দুজনের জন্য ব্যায়াম করতে হবে। আপনি জিমেই যান বা পায়চারী করুন... আমাদের পরামর্শগুলোর ওপরে দৃষ্টি দিন।

ডাক্তারের কাছে যান ঃ- নিজের স্পাইকার্সের ফিতা বাঁধার আগে ডাক্তারের কাছে যেতে ভুলবেন না। আপনার যদি গর্ভাবস্থায় কোন প্রকারের জটিলতা থেকে থাকে, তাহলে ডাক্তার আপনাকে ব্যায়াম করতে মানা করতে পারেন বা অন্য কোন ব্যায়ামের অনুমতি দিতে পারেন। ওনার থেকে এটা ভালো করে জেনে নিন যে, আপনার অবস্থার হিসেবে কেমন ফিট্‌নেস রুটীন সঠিক হবে ? আপনি পূর্ণ রূপে সুস্থ থাকলেও কিছু খেলা এমন আছে... যেগুলো গর্ভাবস্থার পক্ষে ঠিক হয় না।

কাঁধ আর পায়ের স্ট্রেচ

কাঁধের চাপ কমানোর জন্য নিজের দুটো পা দু দিকে ছড়িয়ে দাঁড়ান আর হাঁটু একটু মুড়ুন। বাঁ হাত বুক পর্যন্ত নিয়ে এসে হাল্কা ঝোঁকান। ডান হাত, বাঁ কনুইয়ের ওপরে রাখুন আর শ্বাস ছেড়ে সেটাকে ডান কাঁধের দিকে নিয়ে যান। এই স্ট্রেচকে 5 থেকে 10 মিনিট পর্যন্ত করুন, তারপর অন্য দিক থেকে করুন।

দাঁড়িয়ে পা স্ট্রেচ করার জন্য কোন চেয়ার বা কাউন্টারের ওপরের অংশ ধরুন। ডান হাঁটু মুড়ে পাকে নিতম্ব পর্যন্ত নিয়ে যান। ডান হাত দিয়ে পা ধরুন আর গোড়ালিকে নিতম্বের কাছে নিয়ে গিয়ে উরু বিস্তৃত করুন। পিঠ সোজা থাকবে। এই স্ট্রেচকে 10 থেকে 30 সেকেণ্ড পর্যন্ত করার পরে অন্য পা দিয়েও পুনরাবৃত্তি করুন।

নিজের শরীরের পরিবর্তনগুলোর সম্মান করুন ঃ- নিজের শরীরের হিসেবে নিজের রুটীনেও পরিবর্তন নিয়ে আসুন। শরীরের সন্তুলন বদলানোর সাথে-সাথে আপনাকে নিজের ওয়ার্কআউটেও পরিবর্তন নিয়ে আসতে হবে। কিছু ব্যায়ামের সংখ্যা কমিয়ে নিয়ে আসতে হবে। আপনি বহু বছর ধরে পায়চারী করে এলেও গর্ভাবস্থায় আপনার শরীরের জয়েন্টগুলো শিথিল হয়ে পড়তে পারে। এই সময় আপনার পা ফুলে ওঠে... এজন্য আপনাকে পায়চারী করা কমিয়ে নিয়ে আসতে হতে পারে। চিত হয়ে শুয়ে করা তাই চী-র কিছু মুদ্রাও রক্ত প্রবাহে বাধার সৃষ্টি করতে পারে। সেগুলো করবেন না।

ধীর গতিতে শুরু করুন ঃ- শুরুটা ধীর গতিতে করুন। প্রয়োজনের অতিরিক্ত উৎসাহ দেখালে লাভের পরিবর্তে লোকসানই হবে। প্রথম দিন 10 মিনিট হাল্কা ওয়ার্ম-আপ্ করে 5 মিনিট ওয়ার্কআউট করুন। ক্লান্ত লাগলে থেমে যান আর কুল-ডাউন হয়ে নিন। কিছুদিনের ভেতরে শরীর এটায় অভ্যস্ত হয়ে পড়লে আপনি ওয়ার্কআউটের সময় বাড়াতে পারেন। আপনি যদি আগে থেকেই জিমে যাচ্ছেন... তাহলে এই সময় কোন নতুন ব্যায়াম নিজের ইচ্ছে অনুসারে বেছে নেবেন না।

ওয়ার্কআউটের আগে ঃ- এটা ধরে নেওয়া হচ্ছে যে, আপনি ওয়ার্কআউট শুরু করার তাড়াহুড়োয় রয়েছেন... কিন্তু ওয়ার্কআউট শুরু করার আগে আপনাকে নিজের শরীরের ওয়ার্ম-আপ্ করতে হবে, যাতে হৃদয় গতি হঠাৎ করে বেড়ে না ওঠে। চোট লাগার সম্ভাবনা কম থাকে। শীতের দিনে আর গর্ভাবস্থায় এদিকে বিশেষ দৃষ্টি দিন। দৌড়োনোর আগে পায়ে হাঁটুন আর তীব্র গতিতে সাঁতার কাটার আগে ধীরে সাঁতার কাটুন বা জগিং করুন।

ওয়ার্কআউটের পরে ঃ- আপনি যদি হঠাৎ করে ওয়ার্কআউট করা বন্ধ করে দেন, তাহলে রক্ত মাংসপেশীগুলোতেই থেকে যায় আর শরীরের বাকী অঙ্গগুলোয় রক্ত পৌঁছতে পারে না। ফলস্বরূপ আপনার মাথা ঘুরতে পারে... বেহুঁশী বা বমি আসতে পারে। পাঁচ মিনিট ছোটার পরে কিছুক্ষন পায়ে হাঁটুন...তীব্র গতিতে সাঁতার কাটার পরে ধীর গতিতে কিছুক্ষন সাঁতার কাটুন। শরীরকে হাল্কা শিথিল হয়ে আসতে দিন। আপনি মাটিতে বসে ব্যায়াম করলে সেখান থেকে ধীরে উঠুন।

ঘড়ির ওপরে চোখ রাখুন ঃ- কম বা বেশী ব্যায়াম... দুটোর থেকেই কোন লাভ হয় না। ওয়ার্ম-আপ্ থেকে শুরু করে কুল-ডাউন হওয়া পর্যন্ত পুরো ওয়ার্কআউটে আধ ঘন্টা থেকে শুরু করে এক ঘন্টা পর্যন্ত সময় লাগতে পারে। ক্লান্তির স্তর বেশী হতে দেবেন না।

ওয়ার্কআউট ভাগ করে নিন ঃ- 30 মিনিটের ওয়ার্কআউটের সময় পাচেছন না ? নিজের ব্যায়ামকে 2 - 3 বা 4 অংশে ভাগ করে নিন। এতে আপনার শরীরের মাংসপেশীগুলোর নমনীয়তা বজায় থাকবে।

ব্যায়াম অবশ্যই করুন ঃ- এক সপ্তাহে চার বার আর পরের সপ্তাহে ব্যায়াম একেবারেই না করা – এমন অভ্যাস করবেন না। আপনি যদি কড়া ওয়ার্কআউটের কারণে ক্লান্ত হয়ে উঠেছেন, তাহলেও আপনি ওয়ার্ম-আপ্ ব্যায়াম তো করতেই পারেন। এতে আপনার ব্যায়ামের নিরন্তরতা বজায় থাকবে।

ড্রোমড্রে ড্রুপ

পিঠের চাপ কমানোর জন্য হাত আর হাঁটুর ওপরে ভর দিয়ে বসুন। মাথা সোজা রাখুন, ঘাড় মেরুদণ্ডের সমান রেখায় থাকবে। পিঠকে ধনুকের আকার প্রদান করুন, যাতে নিতম্বে টান ভাব অনুভূত হয়। মাথা কিছুটা নীচে ঝোঁকান। তারপর আগের মুদ্রায় ফিরে আসুন। আপনাকে যদি দাঁড়িয়ে বা বসে কাজ করতে হয়, তাহলে এই ব্যায়ামের পুনরাবৃত্তি দিনের মধ্যে বেশ কয়েকবার করুন।

ঘাড়ের আরাম

এতে ঘাড়ের চাপের থেকে মুক্তি পাওয়া যাবে। কোন ভালো সাপোর্টের চেয়ারে সোজা হয়ে বসুন। চোখ বন্ধ করে গভীর শ্বাস নিন, ঘাড় এক দিকে ঝুঁকিয়ে কাঁধ পর্যন্ত নিয়ে যান। কাঁধ উঠিয়ে মাথার সঙ্গে স্পর্শ করবেন না বা মাথাও জোর করে নীচে নিয়ে আসবেন না। সেটাকে 6 সেকেণ্ড আটকানোর পরে অন্য দিক থেকে করুন। তারপর মাথা সামনের দিকে নিয়ে আসুন। চিবুক বুক পর্যন্ত নিয়ে আসুন। গলাকে ডান দিকে কাঁধ পর্যন্ত আরাম করে ঘোরান। এটাও 3 থেকে 6 সেকেণ্ড পর্যন্ত করুন। এটার পুনরাবৃত্তি প্রতি দিন 3 - 4 বার করুন।

অনেক গর্ভবতী মহিলা এমনটা মনে করেন যে, প্রতি দিন পুরো ওয়ার্কআউট না করলেও অল্প কিছুটা ব্যায়াম দ্বারা ভালো অনুভব করা যেতে পারে।

ক্যালোরীর পূর্তি করুন ঃ- আপনাকে প্রতি দিনের ওয়ার্কআউটে খরচ হওয়া ক্যালোরীর পূর্তির জন্য কিছুটা ফালতু ভোজন করতে হবে। আপনাকে প্রতি দিন আধ ঘন্টা ব্যায়ামের জন্য 150 থেকে 200 অতিরিক্ত ক্যালোরী গ্রহণ করতে হতে পারে।

আপনার যদি এমনটা মনে হয় যে, আপনি পর্যাপ্ত ক্যালোরী গ্রহণ করার পরেও নিজের ওজন বাড়াতে পারছেন না... তাহলে এমনটাও হতে পারে যে, আপনি প্রয়োজনের অতিরিক্ত ব্যায়াম করছেন।

তরল পদার্থের মাত্রা ঃ- প্রতি আধ ঘন্টার গতিবিধির পরে আপনার এক গ্লাস ফালতু তরল পদার্থের প্রয়োজন হয়, যাতে শরীর থেকে বেরিয়ে যাওয়া ঘামের পূর্তি হতে পারে। ঘাম বেশী এলে, মরশুম গরম হলে আপনার বেশী করে জল পান করা উচিত। ব্যায়াম করার আগে, পরে আর ব্যায়াম করার সময় জল পান করুন... কিন্তু একবারে 16 আউন্সের থেকে বেশী জল পান করবেন না। ওয়ার্কআউটের 30 - 45 মিনিট আগে থেকে তরল পদার্থের মাত্রা নেওয়া শুরু করে দিন।

সঠিক সমূহের নির্বাচন ঃ- আপনি যদি ব্যায়ামের জন্য কোন সমূহের নির্বাচন করতে চলেছেন... তাহলে এমন সমূহ বেছে নিন, যেটা গর্ভবতী মহিলাদের জন্যই হবে *(এটা খোঁজ নিন যে, সেই সমূহের সঞ্চালক কেমন)*। অনেক গর্ভবতী মহিলাদের পক্ষে একা ব্যায়াম করার বদলে সমূহের সাথে ব্যায়াম করাটা উপযুক্ত হয়। তাঁদের কোন সাপোর্ট বা ফীডব্যাকের প্রয়োজন হয়। এই সব সমূহে প্রতিটি মহিলার ব্যক্তিগত প্রয়োজন আর ক্ষমতার হিসেবে তাঁদেরকে সপ্তাহে তিন দিন ক্লাস দেওয়া হয়। তাঁদের কাছে মেডিক্যাল আর এক্সারসাইজ বিশেষজ্ঞরাও থাকেন, যাঁরা আপনার প্রশ্নগুলোর সঠিক উত্তর দিতে পারবেন।

কিছুটা মস্তি হয়ে যাক ঃ- যে কোন ব্যায়াম বা গতিবিধি, আপনার কাছে *সৌজা'* নয়... *মৈজা'* হওয়া উচিত। আপনি নিজের থেকে যেটাই বেছে নেবেন, সেটার সাথে চলুন। এতে প্রসবপূর্ব যোগ থেকে শুরু করে ডিনারের পরের রোমান্টিক পায়চারী শামিল থাকে। নিজের কোন বান্ধবী বা সখীকেও আপনার সাথে পায়চারী করার জন্য অনুরোধ জানাতে পারেন।

একটু আস্তে ঃ- এতটা ব্যায়াম করতে যাবেন না যে, সেটা আপনাকে ক্লান্ত করে তুলবে। আপনি ভালো এ্যাথলীট হলেও নিজের পূর্ণ ক্ষমতা পর্যন্ত

ব্যায়াম করতে যাবেন না। যে কোন প্রকারের 'অতি' এড়িয়ে চলুন। ততক্ষন পর্যন্তই ব্যায়াম করুন, যতক্ষন পর্যন্ত সেটা আপনার মনের ভালো লাগবে। হাল্কা যন্ত্রণা বা চাপ অনুভূত হতেই ব্যায়াম বন্ধ করে দিন। কিছুটা ঘাম আসা বা হাল্কা শ্বাসকস্ট হওয়া... এ পর্যন্ত তো ঠিক আছে – কিন্তু আপনার শ্বাসকস্ট যেন এতটা বেড়ে না ওঠে যে, আপনার পক্ষে কথা বলাই মুশকিল হয়ে ওঠে। ওয়ার্কআউটের পরে ঘুম পাওয়ার অর্থ এটাই হয় যে, আপনি কড়া মেহনত করে নিয়েছেন। ব্যায়ামের পরে আপনার কিছুটা ভালো লাগা উচিত... এমনটা যেন না হয় যে, আপনি নিজের শরীরের সব এনার্জীই নিংড়ে নিয়েছেন !

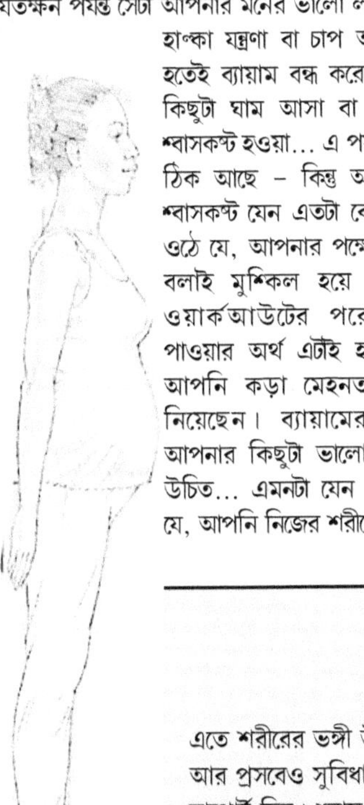

কখন থামা উচিত ঃ- আপনার শরীর নিজে থেকেই ক্লান্তির সংকেত প্রদান করে। সেই সংকেতের অর্থ বোঝার চেস্টা করুন আর ব্যায়াম করা বন্ধ করে দিন। যদি আপনার নিতম্ব, পিঠ, পেলভিস, বুক বা মাথায় হঠাৎ করে যন্ত্রণা হতে থাকে, তাহলে ডাক্তারের কাছে যেতে দেরী করবেন না। ব্যায়াম বন্ধ করে দেওয়ার পরেও যদি শরীরের টান ভাব বজায় থাকে, মূত্রাশয়ে সংকুচন থাকে, হাল্কা মাথা ঘুরতে থাকে, হৃদস্পন্দন তীব্র হয়ে ওঠে, শ্বাস নিতে কস্ট হয়, হাঁটাচলা করাও মুশকিল হয়ে পড়ে, মাংসপেশীগুলোর ওপরে নিয়ন্ত্রণ না থাকে, হঠাৎ করে মাথায় যন্ত্রণা হতে থাকে, হাত-পা আর গোড়ালির ফোলা ভাব বেড়ে ওঠে, এম্নিয়োটিক দ্রব্য চুঁইয়ে-চুঁইয়ে পড়তে থাকে বা যোনি থেকে রক্তস্রাব হতে থাকে অথবা গর্ভাবস্থার 28-তম সপ্তাহের পরে গর্ভস্থ শিশুর গতিবিধি কমে আসে বা বন্ধ হয়ে পড়ে... তাহলে ডাক্তারের পরামর্শ নিন। গর্ভাবস্থার দ্বিতীয় বা তৃতীয় তিন মাসে আপনার প্রদর্শন বা ক্ষমতা কিছুটা কমে আসতে পারে। এটা এক স্বাভাবিক প্রক্রিয়া হয়।

গর্ভাবস্থার শেষ তিন মাসে ঃ- বেশীর ভাগ গর্ভবতী মহিলাদের এমনটা মনে হয় যে, গর্ভাবস্থার শেষ তিন মাসে... বিশেষ করে নবম মাসে তাঁদের প্রদর্শন কিছুটা কম করে নিয়ে আসতে হয়, যখন স্ট্রেচিং রুটীন, হাল্কা পায়চারী বা ওয়াটার ওয়ার্কআউট দ্বারাও বেশী ব্যায়াম হয়ে পড়ে। আপনি যদি এ্যাথলেটিক শেপে থাকেন আর বেশী কঠিন ব্যায়াম করতে চান... তাহলে ডাক্তারের পরামর্শে আপনি নিজের ব্যায়াম চালিয়ে যেতে পারেন।

ব্যায়াম না করলেও ঃ- কোন কাজ ছাড়া দীর্ঘ সময় পর্যন্ত বসে থাকলেও পায়ের শিরাগুলোয় রক্ত জমে যায় আর পা ফুলে ওঠে। এর থেকে আরও কয়েক প্রকারের সমস্যার সৃষ্টি হতে পারে। আপনি যদি বেশ কয়েক ঘন্টা বসে-বসে টি.ভি. দেখছেন, কাজ করছেন বা লম্বা সফর করছেন... তাহলে মাঝে-মাঝে ব্রেক নিন। 5 থেকে 10 মিনিট পায়চারী করুন। সীটে বসে-বসেই কিছুটা ব্যায়াম করুন। গভীর শ্বাস নিন... কিছুটা পা ছড়ান...

পেলভিক টিল্ট

এতে শরীরের ভঙ্গী উন্নত হয়ে উঠবে, মাংসপেশীগুলো মজবুতী প্রাপ্ত করবে আর প্রসবেও সুবিধা হবে। পিজের পিঠ দেওয়ালের সাথে লাগিয়ে মেরুদণ্ডের সাপোর্ট দিন। শ্বাস নেওয়া আর ছাড়ার সময় পিঠের অংশকে দেওয়ালের দিকে চাপ দিন। সিয়াটিকার জন্য পিঠ সোজা রেখে, পেলভিসকে এদিক-ওদিকে ঝোলান। এটার দিনে বেশ কয়েক বার পুনরাবৃত্তি করুন।

বাইসেপ কার্ল

যদি আপনি এই প্রথম বার ওজন ওঠাচেছন, তাহলে সেটা 5 পাউণ্ড দিয়ে শুরু করুন। 12 পাউণ্ডের বেশী ওজন কখনো ওঠাবেন না। নিজের পা দুটোকে কাঁধের সমান দূরত্বে ছড়িয়ে দাঁড়ান... হাঁটু যেন জাম না থাকে। হাতের কনুই ভেতরের দিকে থাকবে আর বুক সামনের দিকে থাকবে। দুটো হাত সামনের দিকে নিয়ে এসে হাতের ভার কাঁধের দিকে নিয়ে আসুন আর শ্বাস নিন। যখন ভার বুকের দিকে হয়ে পড়বে, তখন ধীরে-ধীরে হাত নীচের দিকে নিয়ে আসুন আর আবার পুনরাবৃত্তি করুন। এমনটা 8 থেকে 10 বার করুন। যদি ক্লান্ত লাগে, তাহলে ব্রেক নিন। মাংসপেশীগুলোয় জ্বলুনিও অনুভূত হতে পারে... কিন্তু নিজের ওপরে চাপ দেবেন না আর শ্বাসও বন্ধ করে নেবেন না।

পা ওঠানো

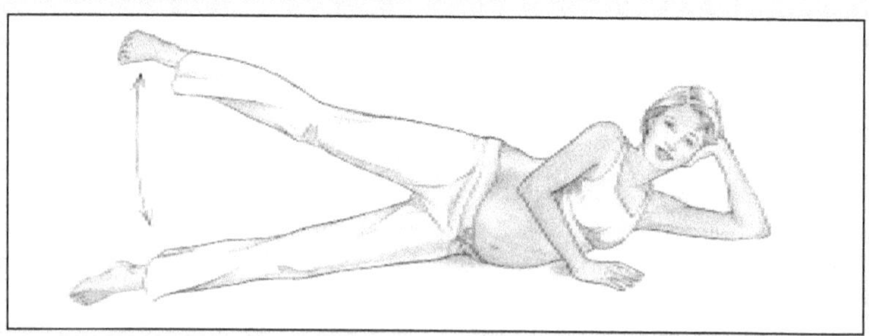

এতে আপনার শরীরের ওজন দ্বারাই উরুর মাংসপেশীগুলোকে টোন করা হয়। বাঁ দিক ফিরে শুয়ে পড়ুন। কাঁধ, নিতম্ব আর হাঁটু এক সরল রেখায় থাকবে। ডান হাতের কনুই মেঝের ওপরে রেখে নিজের মাথায় নীচে রাখুন। শ্বাস নিতে-নিতে নিজের ডান পা-কে যতটা সম্ভব ওপরের দিকে নিয়ে যান... তারপর ফিরিয়ে নিয়ে আসুন। এটা 10 বার করার পরে অন্য পা দিয়েও এমনটা করুন।

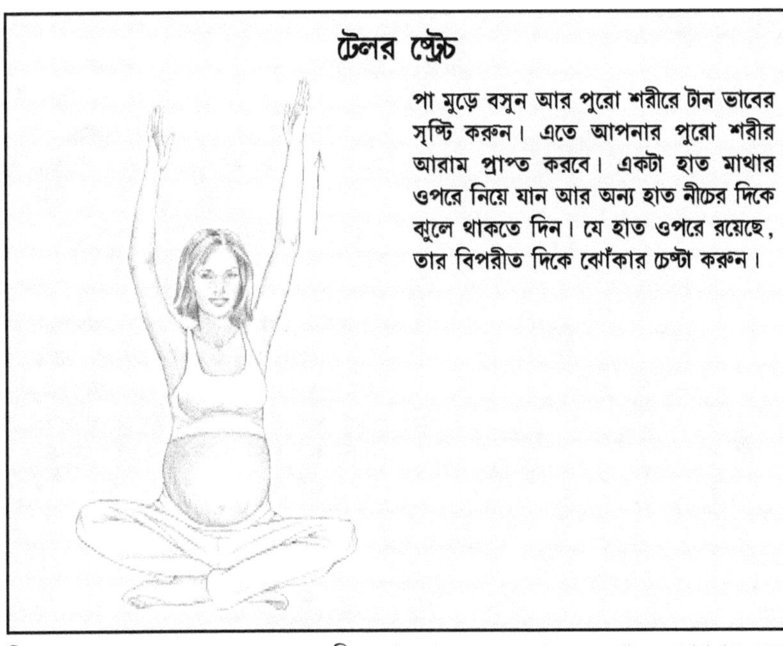

টেলর স্ট্রেচ

পা মুড়ে বসুন আর পুরো শরীরে টান ভাবের সৃষ্টি করুন। এতে আপনার পুরো শরীর আরাম প্রাপ্ত করবে। একটা হাত মাথার ওপরে নিয়ে যান আর অন্য হাত নীচের দিকে ঝুলে থাকতে দিন। যে হাত ওপরে রয়েছে, তার বিপরীত দিকে ঝোঁকার চেস্টা করুন।

নিজের পায়ের আঙুলগুলোকে ঘোরান। নিজের পেট আর নিতম্বের মাংসপেশীগুলোকে সংকুচিত করুন। আপনার হাত ফুলে উঠলে হাতকে মাথার ওপরে নিয়ে যান। হাতের মুঠি বার-বার খুলুন আর বন্ধ করুন।

সঠিক গর্ভাবস্হা ব্যায়ামের নির্বাচন

এটা সত্য যে, আপনি গর্ভাবস্হায় ওয়াটার স্কী বা ঘোড়দৌড় প্রতিযোগিতায় অংশ নিতে পারবেন না... কিন্তু তবুও কিছু ফিট্‌নেস ব্যায়াম তো আপনি করতেই পারেন। গর্ভবতী মহিলারা নিজেদের জন্য ব্যায়াম বেছে নেওয়ার আগে নিজেদের ডাক্তারের পরামর্শ নিন। তাতে আপনারা এটা জানতে পারবেন যে, এমন অবস্হায় কোন্-কোন্ গতিবিধি আপনাদের পক্ষে বিপজ্জনক হতে পারে ? যেমন – ফুটবল, বাস্কেটবল, স্কুবা ডাইভিং বা মাউন্টেন বাইকিং। প্রেগন্যান্সী ওয়ার্কআউটে কি করা উচিত আর কি করা উচিত নয়... সেটা জানার জন্য নিম্নলিখিত টিপস্‌গুলোর ওপরে দৃষ্টি দিন।

হাঁটা ঃ- এই ব্যায়াম যে কোন জায়গায় আর যে কোন সময় করা যেতে পারে। আপনার ব্যস্ত দিনচর্যায় এর থেকে সহজ ব্যায়াম আর কোন কিছুই হতে পারে না। মনে রাখবেন যে, পায়চারী করা বা বাজার থেকে জিনিষ কিনতে যাওয়াও এর মধ্যে শামিল রয়েছে। এটা আপনি গর্ভাবস্হার নবম মাস পর্যন্ত চালিয়ে যেতে পারবেন। এর জন্য কোন উপকরণ, জিমের মেম্বারশিপ বা ফীসের প্রয়োজন পড়ে না। আপনার শুধু ভালো আর আরামদায়ক জুতো আর পোশাকের প্রয়োজন হবে। আপনি নতুন-নতুন হাঁটা করা শুরু করে থাকলে বেশী হাঁটবেন না। নিজের বন্ধু-বান্ধব, পতি বা সাথীর সাথে হাঁটুন। আপনি চাইলে ওয়াকিং ক্লাবও জয়েন করতে পারেন। মরশুম ভালো না হলে কোন মলে গিয়ে পায়চারী করতে পারেন।

জগিং ঃ- আপনি অভিজ্ঞ না হলে আপনাকে জগিং-য়ের সময় আর দূরত্ব মাথায় রাখতে হবে। ট্রেডমিলেও এই জিনিষটার প্রতি দৃষ্টি দিন। মনে রাখবেন যে, গর্ভাবস্হায় লিগামেন্ট আর জয়েন্টগুলোর শিথিলতার কারণে দৌড়োনো মুশকিল হতে পারে বা চোট-আঘাতও লাগতে পারে। এজন্য এই জিনিষটা প্রয়োজনের অতিরিক্ত করতে যাবেন না।

হিপ ফ্লেক্সর্স

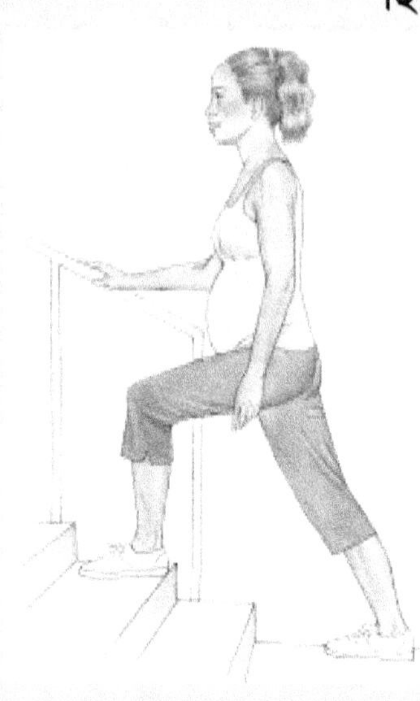

এই মাংসপেশীগুলোর সহায়তায় আপনি হাঁটু মোড়েন আর কোমর নীচের দিকে ঝোঁকান। এর ফলে প্রসবের সময় ব্যাপারটা অনেকটাই সহজ হয়ে উঠবে। সিঁড়ির নীচের অংশে দাঁড়ান, এক হাত দিয়ে সিঁড়ির রেলিং ধরে নিন। প্রথম বা দ্বিতীয় সিঁড়ির ওপরে একটা পা রাখুন আর হাঁটু মুড়ুন। অন্য পা পেছন দিকে রাখুন, হাঁটু সোজা আর পা মাটির ওপরে থাকা উচিত। নিজের মুড়ে রাখা হাঁটুর দিকে ঝুঁকুন। পিঠ সোজা থাকবে। সোজা করে রাখা পায়ে টান ভাবের অনুভব হবে। এই ভাবে পা বদলে-বদলে এটার পুনরাবৃত্তি করুন।

উবু হয়ে বসা মুদ্রা

এই মুদ্রায় উরুর মাংসপেশীগুলো টোন হয়। প্রসূতি মহিলারা উবু হয়ে এই ব্যায়াম অবশ্যই করুন। নিজের পা দুটোকে কাঁধের সমান দূরত্বে ছড়িয়ে দাঁড়ান। পিঠ সোজা রাখুন, হাঁটু মুড়ে ধীরে-ধীরে নীচের দিকে বসুন। 10 থেকে 30 সেকেণ্ড পর্যন্ত এই মুদ্রায় থাকুন। তারপর ধীরে-ধীরে উঠে দাঁড়ান। এটার 5 বার পুনরাবৃত্তি করুন। এমনিতে এই ব্যায়াম করার সময় শরীরের জয়েন্টগুলোর ওপরে দৃষ্টি রাখুন। সেগুলোয় চোট-আঘাত লাগতে পারে।

ব্যায়াম করার মেশিন ঃ- গর্ভাবস্থায় ট্রেডমিল, এলিপ্টিকল্স আর স্টেয়ার ক্লাইম্বার্স উপযুক্ত হয়। মেশিনের গতি আর চাপ এমন ভাবে নির্দিষ্ট করুন, যাতে সেটা আপনার পক্ষে ধারামদায়ক হয়। প্রথম-প্রথম শুরুটা ধীর গতিতে করুন। গর্ভাবস্থার শেষ তিন মাসে মেশিনের ওয়ার্কআউট কিছুটা কড়া হতে পারে।

এ্যারোবিক্স ঃ- ভালো শেপের অভিজ্ঞ এ্যাথলীটরা গর্ভাবস্থাতেও ডান্স এ্যারোবিক চালু রাখতে পারেন। নিজেকে প্রয়োজনের থেকে বেশী ক্লান্ত করে তুলবেন না। আপনি নতুন হলে জলের ব্যায়াম করুন... সেগুলো আপনার পক্ষে উপযুক্ত হবে।

স্টেপ রুটীন ঃ- আপনি যদি আগে থেকে ভালো শেপে থাকেন আর স্টেপ রুটীনের অভিজ্ঞতাও আপনার থাকে... তাহলে সেটাকে আপনি গর্ভাবস্থাতেও চালু রাখতে পারেন। আপনাকে শুধু এটা মাথায় রাখতে হবে যে, এই দিনগুলোয় শরীরের জয়েন্টগুলোয় সহজে আঘাত লাগতে পারে। এজন্য নিজেকে প্রয়োজনের থেকে বেশী ক্লান্ত করে তুলবেন না। এমন কোন উঁচু জায়গায় পা রাখবেন না, যেখান থেকে নীচে পড়ে যাওয়ার ঝুঁকি বেশী রয়েছে। এই সময় আপনার পেট ফুলে উঠছে... এজন্য এমন গতিবিধি করবেন না, যাতে সন্তুলন বজায় রাখতে হয়।

কিক বক্সিং ঃ- এর জন্য যথেস্ট কড়া মেহনত আর গতির প্রয়োজন হয়। গর্ভবতী মহিলাদের পক্ষে এই দুটোই ঠিক হয় না। আপনি যদি এই ব্যাপারে যথেস্ট অভিজ্ঞ হন, তাহলে আপনি এটার কিছুটা অভ্যাস করতে পারেন। নতুন খেলোয়াড়দের আমরা এমনটা করতে মানাই করব! এমন কোন গতিবিধি করবেন না, যাতে আপনার ওপরে চাপ পড়ে। অন্য কিক বক্সার্সদের থেকে নিরাপদ দূরত্ব বজায় রাখুন। আপনি নিশ্চয়ই এমনটা চাইবেন না যে, কেউ ভুল করে আপনার পেটের ওপরে লাথি বসিয়ে দিক! ক্লাসে সবার এটা জানা উচিত যে, আপনি গর্ভবতী অথবা আপনি গর্ভবতী মহিলাদের জন্য বিশেষ ক্লাসে গেলেই ভালো করবেন।

সাঁতার এবং জলে ওয়ার্কআউট ঃ- এটা ধরে নেওয়া যাক যে, আপনি এই সময় ছোট বিকিনি পরার মুডে নেই... কিন্তু জলে ওয়ার্কআউট আপনার

কোমর ঘোরানো

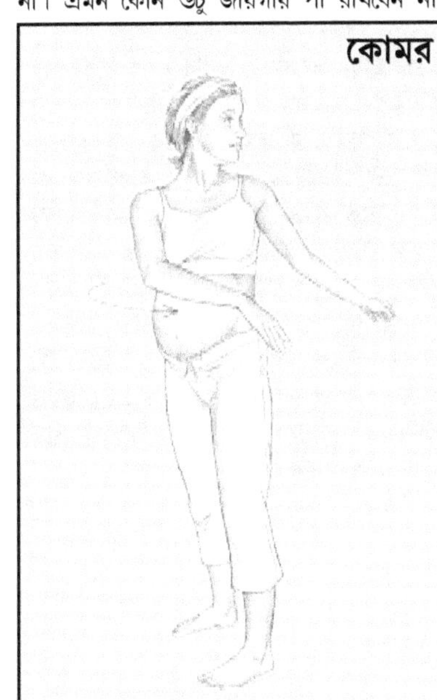

আপনি যদি কিছুক্ষন বসে নিয়েছেন বা এমনিই অস্হিরতা অনুভব করছেন... তাহলে শরীরের রক্ত প্রবাহ বাড়িয়ে তোলা এই ব্যায়াম করুন। দুটো পাকে দু দিকে ছড়িয়ে দাঁড়ান। এক দিক থেকে অন্য দিকে ধীরে-ধীরে ঘুরুন। পিঠ সোজা রাখুন আর হাত দুটোকে নীচের দিকে ঝুলিয়ে রাখুন। আপনি বসে-বসেও এই ব্যায়াম করতে পারেন।

পক্ষে যথেষ্ট লাভদায়ক হতে পারে। এর দ্বারা আপনার শরীরের মজবুতী আর নমনীয়তা বৃদ্ধি পাবে, জয়েন্টগুলোর কোন ক্ষতি হবে না আর প্রয়োজনের অতিরিক্ত গরম লাগার ভয়ও থাকবে না। পায়ের ফোলা ভাব আর সিয়াটিকার যন্ত্রণা থেকেও আরাম পাবেন। অনেক জায়গায় পুলে এ্যারোবিক্সের সুবিধাও প্রদান করা হয়ে থাকে। আপনাকে শুধু পিচিছল জায়গার ব্যাপারে দৃষ্টি দিতে হবে আর সেরকম জায়গায় লাফ লাগাবেন না। ক্লোরিনযুক্ত পুলেই যান।

আউটডোর গেমস্ *(হাইকিং, স্কেটিং, বাই সাইক্লিং এবং স্কীইং)* ঃ- গর্ভাবস্থা কোন নতুন খেলার চ্যালেঞ্জ গ্রহণ করার সময় হয় না... বিশেষ করে এমন খেলা, যাতে সন্তুলন বজায় রাখতে হয়। এমনিতে অভিজ্ঞ খেলোয়াড়ারা নিজেদের অভ্যাস চালিয়ে যেতে পারেন। হাইকিং করার সময় একটু সাবধানে থাকবেন। বাইকিং করার সময় মাথায় হেলমেট পরুন, পিচিছল জায়গায় বাইক চালাবেন না *(পড়ে যাওয়া এড়িয়ে চলুন)*, রেস লাগানোর সময় বেশী ঝুঁকবেন না। এমনিতে এই সময়টা রেস লাগানোর সময় মোটেই হয় না। শুরুর দিকে তো আপনি আইস স্কেটিং করতে পারেন... কিন্তু পরের দিকে আপনার পক্ষে সন্তুলন বজায় রাখা মুশ্কিল হতে পারে। এই প্রকার ঘোড়সওয়ারী করার সময়ও সাবধানতা নিন। যে কোন আউটডোর খেলাতেই নিজেকে ক্লান্তির থেকে রক্ষা করুন।

ওজন ওঠানো ঃ- ওজন ওঠালে আপনার শরীরের মাংসপেশীগুলোর টোন বাড়তে পারে... কিন্তু এমন ওজন ওঠাবেন না, যাতে আপনাকে শ্বাস বন্ধ করতে হবে। এতে গর্ভাশয়ের দিকে রক্ত প্রবাহে বাধা আসে। আপনি চাইলে হাল্কা ওজন ওঠাতে পারেন।

যোগ ঃ- যোগ দ্বারা শরীরে শিথিলতা আসে আর মনকে কেন্দ্রীভূত করে তুলতে সহায়তাও প্রাপ্ত হয়। এটা গর্ভাবস্থার পক্ষে সব থেকে শ্রেষ্ঠ হয়। এর দ্বারা গর্ভস্থ শিশু বেশী মাত্রায় অক্সিজেন প্রাপ্ত করে, শরীরের নমনীয়তা বৃদ্ধি পায়। প্রেগন্যান্সী

বক্ষস্থল টানা

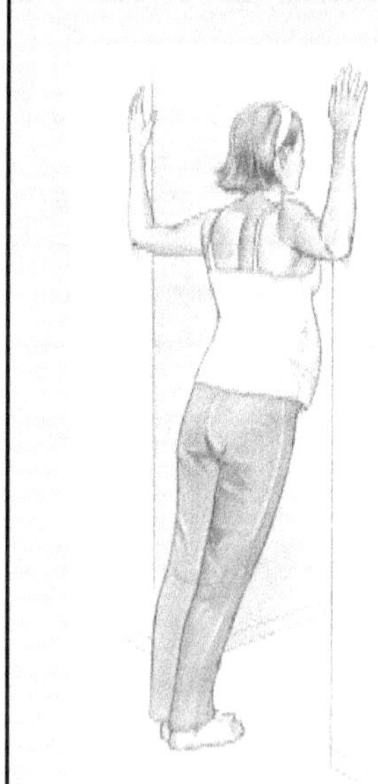

গর্ভাবস্থায় শরীরের ভঙ্গী আর মাধ্যাকর্ষণ কেন্দ্রে পরিবর্তন আসে। শরীরকে এই সময় বেশ কয়েক প্রকারের সমঝোতা করতে হয়... ফলস্বরূপ শরীরের বেশ কিছু অঙ্গে কষ্ট বা যন্ত্রণা হতে থাকে। বুকের মাংসপেশীগুলো হাল্কা টানলে আরাম পাবেন আর আপনার শরীরের রক্ত প্রবাহও উন্নত হয়ে উঠবে। নিজের দুটো হাত দরজার দু দিকে রাখুন। সামনের দিকে হাল্কা ঝুঁকে বক্ষস্থলে টান ভাবের অনুভব করুন। 10 থেকে 20 সেকেণ্ড পর্যন্ত এই মুদ্রায় থাকুন। এটার 5 বার পুনরাবৃত্তি করুন।

আর ডেলিভারী – দুটোই যথেষ্ট সহজ হয়ে আসে। এমন ক্লাস বেছে নিন, যেখানে গর্ভবতী মহিলাদেরই যোগ শেখানো হয়... কারণ সময় বাড়ার সাথে-সাথে মুদ্রায় কিছুটা পরিবর্তন নিয়ে আসতে হয়। **নোট ঃ-** বিক্রম যোগ করবেন না... কারণ এটা গরম তাপমাত্রায় করা হয়।

পিলেটস্ ঃ- এটাও যোগের মতই হয়। এতেও শরীরের মাংসপেশীগুলোর নমনীয়তা আর শক্তি বৃদ্ধি পায়। আপনার শরীরের ভঙ্গীতে উন্নতি আসে আর পিঠের যন্ত্রণাতেও আরাম পাওয়া যায়। গর্ভবতী মহিলাদের ক্লাসে যান অথবা নিজের প্রশিক্ষককে নিজের গর্ভাবস্থার ব্যাপারে জানান।

তাই চী ঃ- এটা হচ্ছে ধ্যানের এক প্রাচীন পদ্ধতি। এর ধীর প্রক্রিয়ার ফলে শরীরে চোট লাগে না... কিন্তু শরীর মজবুতী প্রাপ্ত করে। আপনি এই ব্যাপারে অভিজ্ঞ হলে আপনি গর্ভাবস্থাতেও এটা চালিয়ে যেতে পারেন। গর্ভবতী মহিলাদের ক্লাসে যান এবং এমন মুদ্রার অভ্যাসই করুন, যেগুলোয় আপনি নিজের শরীরের সন্তুলন সহজেই বজায় রাখতে পারবেন।

শ্বসন ক্রিয়া ঃ- আপনি মানুন আর না-ই মানুন... সঠিক পদ্ধতিতে করলে শ্বসন ক্রিয়াও এক ব্যায়াম হয়ে উঠতে পারে। গভীর শ্বাস নিলে শরীরের প্রতি সজাগতা বেড়ে ওঠে... আপনি বেশী মাত্রায় অক্সিজেন প্রাপ্ত করেন। সোজা হয়ে বসে দুটো হাত পেটের ওপরে রাখুন। শ্বাস নেওয়া আর ছাড়ার সময় পেটের ওঠা-নামা অনুভব করুন। নাক দিয়ে শ্বাস নিন আর মুখ দিয়ে শ্বাস ছাড়ুন। গুনতে-গুনতে নিজের শ্বাসের ওপরে মনোযোগ একাগ্র করে তুলুন। শ্বাস নেওয়ার সময় 4 পর্যন্ত আর শ্বাস ছাড়ার সময় 6 পর্যন্ত গুনুন। প্রতি দিন শ্বাসের ওপরে মনোযোগ কেন্দ্রীভূত করার অভ্যাস করুন।

আপনি যদি ব্যায়াম না করেন

এমনিতে তো গর্ভাবস্থায় ব্যায়াম যথেষ্ট লাভদায়ক হয়... কিন্তু আপনি যদি কোন অসহায়তা বা সময়ের অভাবের কারণে ব্যায়াম না করতে পারেন, তাতেও চিন্তার কিছু নেই! ডাক্তারের পরামর্শ অনুসারে চলেও আপনি নিজের গর্ভস্থ শিশুর প্রতি যত্ন নিতে পারেন। আপনার মিস্ক্যারেজ, সময়-পূর্ব প্রসব, সার্ভিক্সের অভাব, গর্ভাবস্থার দ্বিতীয়-তৃতীয় তিন মাসে রক্তস্রাব, হৃদয় রোগ বা প্রীক্ল্যাম্পসিয়ার পূর্ব মেডিক্যাল ইতিহাস থেকে থাকলে ডাক্তারবাবু আপনাকে ব্যায়াম করার অনুমতি দেবেন না!

আপনি যদি যমজ বাচ্চার জন্ম দিতে যাচ্ছেন... আপনি যদি উচ্চ রক্তচাপ, থায়রয়েড, এনিমিয়া বা অন্য কোন রোগে গ্রস্ত হন... আপনার ওজন যদি প্রয়োজনের তুলনায় বেশী বা কম হয়... এখনও পর্যন্ত আপনি যদি আরামদায়ক জীবন কাটিয়ে এসে থাকেন, তাহলেও আপনার পক্ষে ব্যায়াম করা মানা হতে পারে। কিছু-কিছু মামলায় কিছু বেছে নেওয়া ব্যায়াম করার অনুমতি দেওয়া হয়ে থাকে। গর্ভাবস্থায় যে কোন ব্যায়াম করার আগে ডাক্তারের পরামর্শ নিতে ভুলবেন না।

■ ■ ■

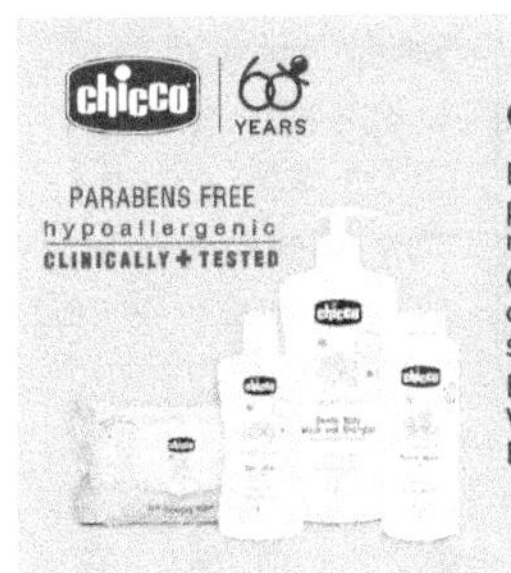

CARE FOR YOUR BABY'S TENDER SKIN.

Baby's skin is very sensitive. It's important to use specific products that respect the physiological and structural balance of the skin without causing irritation and reddening.

Chicco presents Baby Moments, a complete line of delicate, hypoallergenic* and clinically tested products with Parabens-free formula for daily care of baby's gentle skin. It is free from SLS, SLES, colouring and alcohol.

Baby Moments product range includes Soap, No-tears Shampoo, Gentle Body Wash & Shampoo, No-tears Bath Foam, Wipes, Talcum Powder, Nappy Cream, Body Lotion, Rich Cream, Massage Oil, Sun Cream and Sun Spray.

Available at Chicco stores, all leading baby shops, pharmacies and super markets.
Call us at our toll-free no. 1800-102-6702 to find Chicco products near you.

*Formulated to minimise the risk of skin allergies.

পঞ্চম মাস

প্রায় 18 থেকে 22 সপ্তাহ

এখন থেকে কিছু সময় আগে পর্যন্ত যার কোন অস্তিত্বই ছিল না... সে এখন এক সুন্দর আকার গ্রহণ করে নিয়েছে। এবার খুব শীঘ্রই আপনি শিশুর নড়াচড়া অনুভব করতে পারবেন। আপনার পেটের গোলাকার ফোলা ভাব আপনাকে গর্ভাবস্হার বাস্তবিকতার আরও কাছাকাছি নিয়ে আসবে। যদিও শিশু এই মুহূর্তে আপনার নাসারীতে নেই... কিন্তু এই অনুভূতিই যথেষ্ট যে, সে খুব শীঘ্রই সেখানে খেলা করবে!

এই মাসে আপনার শিশুর বিকাশ

18-তম সপ্তাহ ঃ- এখন আপনার শিশু প্রায় 5½" লম্বা আর ওজনে 5 আউন্সের হয়ে পড়েছে। ও এখন একটা মুর্গী ছানার মতই... কিন্তু সে আপনার কাছে মুর্গী ছানার থেকে অনেক বেশী প্রিয়! আপনার এত দিনে নিশ্চয়ই তার লাথি-ঘুঁষি আর নড়াচড়া দ্বারা সেটার অনুভব হয়ে পড়েছে। এবার ও হাই আর হেঁচকী তুলতেও শুরু করে দিয়েছে। আপনিও হয়তো তার হেঁচকী অনুভব করতে পারছেন। ওর হাত-পায়ের ছাপও তৈরী হয়ে পড়েছে।

19-তম সপ্তাহ ঃ- এই সপ্তাহে আপনার শিশুর উচ্চতা 6" আর ওজন প্রায় আধ পাউণ্ডের মত হয়ে পড়েছে। এই সপ্তাহে ও একটা বড় আকারের আমের আকার গ্রহণ করেছে। চ্যাট্‌চেটে তরল পদার্থে ডুবে থাকা আম! এক প্রকারের চ্যাট্‌চেটে সাদা তরল পদার্থ ওর ত্বককে এম্‌নিয়োটিক দ্রব্যের হাত থেকে রক্ষা করছে। এই কোটিং ডেলিভারীর আগে সরে যায়... কিন্তু কিছু-কিছু শিশু, যারা সময়ের আগেই জন্ম নেয়... তারা এই কোটিং-য়ের মধ্যেই থেকে যায়।

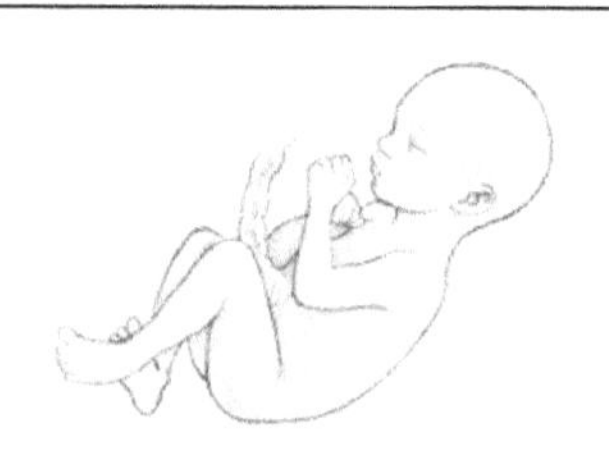

আপনার 5 মাসের বাচ্চা

20-তম সপ্তাহ ঃ- এই সপ্তাহে আপনার তরমুজের আকারের পেটে ক্যান্টালোপের আকারের শিশু বড় হচ্ছে... যে উচ্চতায় প্রায় 6½" লম্বা আর ওজনে প্রায় 10 আউন্স হয়ে পড়েছে। আল্ট্রাসাউণ্ডের সহায়তায়, এই মাসে গর্ভস্হ শিশুর লিঙ্গের ব্যাপারে জানা যেতে পারে। ও যদি মেয়ে হয়, তাহলে তার গর্ভাশয় পুরোপুরি তৈরী হয়ে পড়েছে... যোনিপথও তৈরী

হয়েছে। আর ও ছেলে হলে তার বৃষণ তৈরী হচেছ। শিশুর কাছে আপনার গর্ভে লাফালাফি করার, ডিগবাজী খাওয়ার আর এদিক-ওদিক করার মত পর্যাপ্ত জায়গা রয়েছে। সামনের কয়েক সপ্তাহে আপনি আরও ভালো ভাবে সেটা অনুভব করতে পারবেন।

21-তম সপ্তাহ ঃ- এই সপ্তাহে আপনার গর্ভস্থ শিশুর আকার প্রায় 7" লম্বা আর ওজনে প্রায় 11 আউন্সের মত হয়ে পড়েছে। আপনি যদি এমনটা চান যে, আপনার শিশু কলা খাওয়াটা পছন্দ করুক... তাহলে আপনি এই মাস থেকে কলা খাওয়া শুরু করে দিন... কারণ এম্নিয়োটিক দ্রব্য প্রতি দিন আপনার ভোজন অনুসারে বদলাতে থাকবে। আপনার গর্ভস্থ শিশু প্রতি দিন সেটাই খেয়ে গেলার আর হজম করার অভ্যাস করছে। আপনি এই সময়ে যা কিছু খাচেছন, সেটার স্বাদ আপনার গর্ভস্থ শিশু পাচেছ। ওর হাত-পা পুরোপুরি সন্তুলনে রয়েছে। মস্তিস্ক আর মাংসপেশীর মধ্যে ন্যুরন যুক্ত হয়ে পড়েছে। এবার ওর গতিবিধি আগের থেকে অনেকটাই বেড়ে উঠবে।

22-তম সপ্তাহ ঃ- এই সপ্তাহে আপনার গর্ভস্থ শিশুর ওজন 1 পাউণ্ড আর উচ্চতা প্রায় 8" হবে। ও এখন ঠিক কোন ছোট্ট পুতুলের মত... কিন্তু আপনার এই পুতুলের সকল ইন্দ্রিয় বিকশিত হচেছ। ও এখন থেকেই আপনার চুল ধরে টানার অভ্যাস শুরু করে দিয়েছে। যদিও সেই জায়গাটা অত্যন্ত অন্ধকার... কিন্তু শিশু অন্ধকার আর আলোর একটু-আধটু পার্থক্য অনুভব করতে লেগেছে। আপনি নিজের পেটের ওপরে টর্চ লাইট জ্বালালে আপনার গর্ভস্থ শিশু সেটার প্রতি প্রতিক্রিয়া ব্যক্ত করবে আর আলোর থেকে দূরে সরে যাওয়ার চেষ্টাও করবে। আপনার আর আপনার সাথীর আওয়াজ, পেটের ভেতরের গুড়গুড়ানি, রক্ত প্রবাহের আওয়াজ, টি.ভি.-র তীব্র আওয়াজ, তীব্র সায়রেন আর কুকুরের চেঁচানি – সব কিছু সে শুনতে পায়। ওর কি খেতে ভালো লাগে ? যেগুলো আপনি ওকে খাওয়াতে চাইবেন। তাহলে এখুনি স্যালাডের প্লেট সামনে নিয়ে আসুন আর খেতে শুরু করে দিন।

আপনি কেমন অনুভব করছেন ?

সর্বদার মত এখনও এটা মাথায় রাখবেন যে, প্রতিটি গর্ভাবস্থা আলাদা হয় আর প্রতিটি গর্ভবতী মহিলা আলাদা-আলাদা হন। এমনও হতে পারে যে, আপনি একবারেই এক সব লক্ষণ অনুভব করছেন বা সেগুলোর মধ্যে কয়েকটা লক্ষণ অনুভব করছেন। সেগুলোর মধ্যে কিছু লক্ষণ এমন হবে, যেগুলোয় আপনি অভ্যস্ত হয়ে উঠেছেন। এমনিতে এই মাসে আপনি নিম্নলিখিত লক্ষণগুলো অনুভব করার আশা করতে পারেন ঃ-

শারীরিক

- বেশী এনার্জী
- ভ্রুণের নড়াচড়া
- যোনিস্রাবে বৃদ্ধি
- পেটের নীচের অংশ আর পেটের ধারে যন্ত্রণা
- কোষ্ঠকাঠিন্য
- বুকে জ্বলুনি, অপচন, পেট ফাঁপা
- কখনো-কখনো মাথায় যন্ত্রণা, মাথা ঘোরা
- পিঠের যন্ত্রণা
- নাক আর কানে ময়লা, কখনো-কখনো নাক থেকে রক্ত বেরোন
- ব্রাশ করার সময় মাড়ি থেকে রক্ত পড়া
- ভালোমতন ক্ষিধে লাগা
- পায়ে টান ধরা
- গোড়ালি, পা, মুখ আর হাতে হাল্কা ফোলা ভাব
- পায়ের ভেরিকোজ শিরা
- ত্বক, পেট বা মুখের রং-য়ে পরিবর্তন আসা
- নাভি ফুলে ওঠা
- হৃদয়গতি তীব্র হয়ে ওঠা
- সহজে চরম সুখ প্রাপ্তি বা কঠিনতা

এক নজর

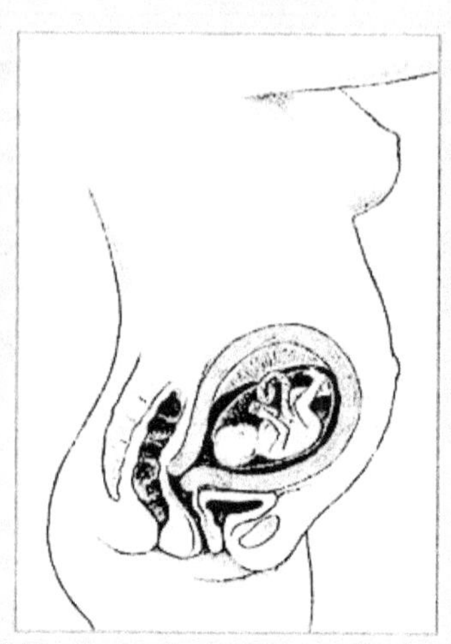

আপনার অর্দ্ধেক গর্ভাবস্হা কেটে গেছে। প্রায় 20-তম সপ্তাহে গর্ভাশয় আপনার নাভি স্পর্শ করবে। এই মাসের শেষে গর্ভাশয়, নাভির প্রায় 1" ওপরে থাকবে অর্থাৎ এবার আর আপনি নিজের গর্ভাবস্হাকে কারো থেকে লুকিয়ে রাখতে পারবেন না।

ভাবনাত্মক

- গর্ভাবস্হার বাস্তবিকতার জ্ঞান
- মুডে পরিবর্তন কমে আসা
- মন এদিক-ওদিক ঘুরে বেড়ানো

এই মাসে ডাক্তার নীচের পরীক্ষাগুলো করতে পারেন। এমনিতে সেটা অনেকটা আপনার অবস্হা আর ডাক্তারের চিকিৎসা শৈলীর ওপরেও নির্ভর করে।

- ওজন আর রক্তচাপ
- শুগার আর প্রোটিনের জন্য মূত্র পরীক্ষা
- গর্ভস্হ ভ্রূণের হৃদস্পন্দন
- বাইরে থেকে গর্ভাশয়ের আকারের পরীক্ষা
- গর্ভাশয়ের উচ্চতা
- কিছু বিশেষ লক্ষণ
- আপনার প্রশ্ন এবং কৌতূহল

আপনি কি ভাবছেন ?

গরম লাগা

"আমার সর্বদা গরম লাগে আর ঘাম আসতে থাকে... যখন কি বাকীদের তাপমাত্রা স্বাভাবিক লাগে। এসব কি ?"

এই দিনগুলোয় আপনি যথেস্ট উষ্ণতা অনুভব করছেন... এমনটা গর্ভাবস্হার হার্মোনের কারণে হচেছ। আমরা আপনার এই সমস্যার সমাধান তো করতে পারব না... কিন্তু এমন কিছু উপায় জানাতে পারি, যেগুলো আপনাকে আরাম প্রদান করবে।

- ঢিলাঢালা আর আরামদায়ক পোশাক পরুন। একটা মোটা পোশাক পরার বদলে দু-তিন হাল্কা পরতের পোশাক পরুন, যাতে গরম লাগলে সেগুলো খুলে ফেলা যেতে পারে।
- গরমে ব্যায়াম করবেন না। রাতের খাবার খাওয়ার পরে পায়চারী করুন বা এ.সি. ফিট্নেস সেন্টারে যান। প্রয়োজনের অতিরিক্ত গরম লাগলে ব্যায়াম করা বন্ধ করে দিন।
- গরম লাগলে স্নান করে নিন বা সাঁতার কাটুন। এতে আপনার গরম লাগবে না।
- বাড়ীতে এ.সি. লাগান। কেবল পাখার হাওয়ায় গরম কমবে না। বাড়ীতে এ.সি. না থাকলে নিজের বেশীর ভাগ সময় সিনেমা হল, মিউজিয়াম, মল বা কোন বান্ধবীর বাড়ীতে কাটান।
- ঘরের তাপমাত্রাকে নিজের প্রয়োজন অনুসারে আরামদায়ক করে তুলুন, তার জন্য আপনার পতিদেবকে সোয়েটার পরতে হলেও !
- প্রচুর মাত্রায় জল পান করুন। শরীরে কখনো জলের অভাব হতে দেবেন না। দিনের মধ্যে কম পক্ষে 8 গ্লাস জল অবশ্যই পান করুন। আপনি ব্যায়াম করতে থাকলে জল পান করার মাত্রা আরও বাড়িয়ে তুলুন।
- মৃদু সুগন্ধযুক্ত পাউডার ছিটোলেও গরমের হাত থেকে মুক্তি পাওয়া যাবে।

- এমনিতে শরীর থেকে যতটা ঘাম বার হবে, দুর্গন্ধ ততই কমে আসবে।

মাথা ঘোরা

"আমি যখন শুয়ে বা বসে থাকার পরে হঠাৎ করে উঠি, তখনই আমার মাথা ঘুরে ওঠে। কাল তো আমি বাজার করতে-করতে বেহুঁশ হয়ে পড়েছিলাম। আমি কি ঠিক আছি ?"

গর্ভাবস্থায় প্রায়ই এমনটা হয়... এজন্য ঘাবড়াবেন না। এটাকে গর্ভাবস্থার এক স্বাভাবিক লক্ষণ হিসেবে মানা যেতে পারে।

- গর্ভাবস্থার প্রথম তিন মাসে রক্তের জোগান কমে আসার কারণে এমনটা হতে পারে। দ্বিতীয় তিন মাসে গর্ভাশয় বিস্তৃত হয়ে পড়ে রক্ত নলিকাগুলোকে চাপ দিতে লাগে... তার জন্যও মাথা ঘুরতে পারে।
- সম্পূর্ণ গর্ভাবস্থায় আপনার শরীরের রক্ত নলিকাগুলো শিথিল হয়ে আসে। শিশুর দিকে রক্তের প্রবাহ তীব্র হয়ে ওঠে আর মায়ের দিকে সেই প্রবাহ ধীর হয়ে আসে। এর ফলে রক্তচাপ কমে আসে আর মস্তিস্ক পুরো রক্ত প্রাপ্ত করতে পারে না... যার ফলে মাথা ঘুরতে থাকে।
- হঠাৎ করে উঠে দাঁড়ালেও হাল্কা মাথা ঘুরে উঠতে পারে। আপনার ধীরে-ধীরে ওঠা উচিত। আপনি যদি ছুটে গিয়ে ফোন ওঠাতে যান, তাহলে আপনার মাথা ঘুরে উঠবে আর আপনাকে আবার একবার সোফার ওপরে বসে পড়তে হবে।
- ব্লাড শুগার কম হয়ে এলেও মাথা ঘোরে। নিজের ভোজনে প্রোটিন আর কম্প্লেক্স কার্বকে শামিল করে নিন আর দিনে দুবার খাবার খাওয়ার সময়ও হাল্কা-ফুল্কা কিছু খেতে থাকুন। নিজের সঙ্গে কিছু স্ন্যাক্স অবশ্যই রাখুন।
- ডিহাইড্রেশনের কারণেও এমনটা হতে পারে। তরল পদার্থের ভরপুর মাত্রা গ্রহণ করুন। ঘাম আসতে থাকলে তরল পদার্থের মাত্রা বাড়িয়ে তুলুন।
- ভীড়ভাড়যুক্ত স্থান, বাস, অফিস বা দম বন্ধ হয়ে আসা পরিবেশেও মাথা ঘুরতে থাকে। বেশী জামা-কাপড় পরে থাকলেও অস্থিরতা হতে থাকে। কাপড়ের ভার কিছুটা কম করে আনুন। কিছুটা তাজা হাওয়ায় ঘুরে আসুন। বাইরে যেতে না পারলে ঘরের জানলা খুলে দিন। জামা-কাপড় খোলা সম্ভব না হলে গলা আর কোমরের আশপাশের পোশাক কিছুটা ঢিলা করে দিন।

বেহুঁশী আসতে থাকলে নিজের বাঁ দিকে ফিরে শুন আর পা উঁচু করে রাখুন বা হাঁটুতে মাথা ঠেকিয়ে বসে পড়ুন। গভীর শ্বাস নিন আর পোশাক ঢিলা করে দিন। কিছুটা ভালো অনুভব করামাত্র কিছু খান আর পান করুন।

পরের সাক্ষাৎকারে ডাক্তারকে এই ব্যাপারে অবশ্যই জানান। এমনিতে তো আপনি অজ্ঞান হবেন না। যদি হাল্কা বেহুঁশী আসে, তাহলেও তাতে আপনার গর্ভস্থ শিশুর কোন ক্ষতি হবে না। তবে ডাক্তারকে এই ব্যাপারে জানাতে ভুলবেন না।

প্রচণ্ড ক্লান্তি অনুভূত হলে

আপনি কি জগিং করার সময় ক্লান্ত অনুভব করেন ? বাড়ী-ঘর পরিস্কার করার সময় ভ্যাকুয়াম ক্লীনার চালাতে অসুবিধা হয় ? নিজেকে প্রয়োজনের অতিরিক্ত ক্লান্ত করে তোলাটা একেবারেই ভালো হয় না! এতে আপনার গর্ভস্থ শিশুর ওপরেও খারাপ প্রভাব পড়ে। নিজেকে কিছুটা আরাম দিন। কাজের পরে কিছুটা বিশ্রাম করুন। যদি কখনো প্রচণ্ড ক্লান্ত লাগে, তাহলে সেটাকে ভবিষ্যতের ট্রেনিং হিসেবে ধরে নিন... কারণ শিশুর জন্মের পরে আপনার কাজের সূচী কমবে না আর আপনি সর্বদা ব্যস্ত হয়েই থাকবেন!

পিঠের যন্ত্রণা

"আমার পিঠে প্রচণ্ড যন্ত্রণা হতে থাকে। আমি ভয় পাচ্ছি যে, আমি পুরো 9-টা মাস কি করে কাটাব ?"

যদিও গর্ভাবস্থায় পিঠ আর শরীরের অন্যান্য অংশগুলোয় কষ্ট হয়... কিন্তু সেটার অর্থ এই নয় যে, আপনি হার মেনে নেবেন। এটা হচ্ছে এই জিনিষটার সংকেত যে, আপনার শরীর প্রতি

মুহূর্তে নিজেকে আসন্ন প্রসবের জন্য প্রস্তুত করে তুলছে। পিঠের যন্ত্রণাও এই জিনিষটার ব্যতিক্রম হয় না। গর্ভাবস্থার সময় পেলভিসের জয়েন্ট খুলে যেতে লাগে, যাতে ডেলিভারীর সময় শিশু সহজেই বাইরে বেরিয়ে আসতে পারে। সেজন্যই আপনার কাঁধ আর ঘাড়ে যন্ত্রণা হতে থাকে। পেটের ফোলা ভাব বেড়ে ওঠায় সবাই আপনার গর্ভাবস্থার ব্যাপারে জানতে পেরে যান... কিন্তু আপনার পিঠ মুড়ে ওঠাটা মাংসপেশীর যন্ত্রণা আর চাপের বার্তা বয়ে নিয়ে আসে।

আপনি নিম্নলিখিত উপায়গুলোর সহায়তায় পিঠের যন্ত্রণার হাত থেকে মুক্তি পেতে পারেন।

সঠিক পদ্ধতিতে বসুন। বসলে মেরুদণ্ডের হাড়ের ওপরে অনেকটাই প্রভাব পড়ে। বাড়ীতে অথবা অফিসে আপনার চেয়ার এমন হওয়া উচিত... যেটা আপনার পিঠকে সম্পূর্ণ সাপোর্ট দিতে পারবে। চেয়ারের পেছনের অংশ সোজা হওয়া উচিত, দুটো হাতল আর শক্ত কুশন থাকা উচিত। চেয়ারের পিঠ যদি হাল্কা পেছনের দিকে যেতে পারে, তাহলে আরও ভালো হয়। চেয়ারে বসে পা দুটোকে একটু ওপরের দিকে রাখুন। পা ক্রস্ করবেন না... তাহলে আপনার পেলভিস সামনের দিকে ঝুঁকে পড়বে আর মাংসপেশীগুলোর ওপরে চাপ প্রচণ্ড বেড়ে উঠবে।

- দীর্ঘ সময় ধরে বসে থাকলেও পিঠের যন্ত্রণা বেড়ে ওঠে। আপনি যদি এক ঘন্টা বসে রয়েছেন, তাহলে উঠে একটু পায়চারী করে নিন আর পায়ের স্ট্রেচিং করুন; এমনিতে আধ ঘন্টার একটা সেশন ঠিক হয়।
- বেশী লম্বা সময় পর্যন্ত এক ভাবে দাঁড়িয়েও থাকবেন না। দীর্ঘ সময় দাঁড়িয়ে থাকতে হলে নিজের একটা পা কোন টুলের ওপরে রাখুন। এতে আপনার পিঠের নীচের অংশের ওপরে বেশী চাপ পড়বে না। আপনি শক্ত মেঝের ওপরে দাঁড়িয়ে থাকলে পায়ের নীচে পাপোষ রাখুন, যাতে পায়ের ওপরে চাপ কম পড়ে।
- ভারী জিনিষপত্র ওঠানো এড়িয়ে চলুন। আর ওঠাতেই হলে ধীরে-ধীরে ওঠান। নিজের সন্তুলন স্থির রাখুন, হাঁটুর ওপরে ভর দিয়ে ঝুঁকুন আর নিজের বাহুর সহায়তায় জিনিষ ওঠান। যদি ভারী থলে ওঠাতে হয়, তাহলে মাল দুটো থলেয় ভাগ করে নিন আর দু

ওঠার সময় হাঁটু মুড়ুন

হাত দিয়ে একটা করে থলে উঠিয়ে সন্তুলন বজায় রাখুন।

- আগে দেওয়া নির্দেশ অনুসারেই ওজন বাড়ান। বেশী ওজনের কারণে পিঠের ওপরে চাপ বেড়ে ওঠে।
- সঠিক ধরণের জুতো পায়ে দিন। বেশী উঁচু হিলের জুতো পিঠের যন্ত্রণা বাড়িয়ে তুলতে পারে। এমনিতে ফ্ল্যাট চটিতেও যন্ত্রণা হতে পারে। এজন্য 2" হিল পরাটা ঠিক হবে। এমনিতে আপনি মাংসপেশীকে আরাম প্রদান করা অর্থোপেডিক জুতোও পরতে পারেন।
- রাতে এক বডি পিলো লাগিয়ে শরীরকে আরামদায়ক মুদ্রায় রেখে ঘুমোলে যন্ত্রণায় অনেকটাই আরাম পাবেন। এছাড়া পরের দিন সকালে ঘুম থেকে ওঠার পরে বিছানা ছাড়ার আগে পা নীচের দিকে ঝোলান।
- উঁচু শেলফে রাখা মাল নামানোর জন্য তাড়াহুড়ো করবেন না। কোন ছোট টুলের ব্যবহার করুন... অন্যথা আপনার পিঠের যন্ত্রণা আরও বেড়ে উঠবে।
- ঠাণ্ডা আর গরম জলের সেঁক আপনাকে আরাম প্রদান করতে পারে। 15 মিনিটের জন্য আইস প্যাক আর 15 মিনিটের জন্য হীটিং প্যাড লাগান। এই দুটোকে কোন কাপড়ে জড়িয়ে ব্যবহার করুন।
- হাল্কা গরম জলে স্নান করুন আর কাউকে দিয়ে নিজের পিঠের মালিশ করান।
- নিজের পিঠের মালিশ সঠিক ভাবে করান। কোন অভিজ্ঞ ব্যক্তিকে দিয়েই নিজের পিঠের মালিশ করান। কোন গর্ভবতী মহিলার পিঠের মালিশ ঠিক কি ভাবে করা উচিত, সেটা তাঁর জানা উচিত।
- বিশ্রাম করতে শিখুন! অনেক বার মানসিক চাপের কারণেও পিঠের যন্ত্রণা বেড়ে ওঠে। যন্ত্রণা খুব বেশী বেড়ে উঠলে শিথিলতা টেক্‌নিক প্রয়োগ করুন। মানসিক চাপ কমানোর উপায়গুলোর প্রয়োগ করুন।
- পেটের মাংসপেশীগুলোকে মজবুতী প্রদানকারী সাধারণ ব্যায়াম করুন। জিমন্যাস্টিক বা যোগ ক্লাস জয়েন করুন।
- যদি যন্ত্রণায় আরাম না পান, তাহলে নিজের ডাক্তারের পরামর্শ অনুসারে বৈকল্পিক চিকিৎসা পদ্ধতি *(আকুপাংচার)*-য়ের সহায়তা গ্রহণ করুন।

পেটের যন্ত্রণা

"আমার পেটের নীচের অংশে যন্ত্রণা আর কষ্ট কেন হতে থাকে ?"

আপনি হয়তো এমনটা চিন্তা করছেন যে, গর্ভাবস্থা বেড়ে ওঠার সাথে-সাথে বিভিন্ন প্রকারের যন্ত্রণাও বেড়ে উঠেছে। আপনার বেড়ে ওঠা গর্ভাশয়কে সাপোর্ট দেওয়ার জন্য মাংসপেশী আর লিগামেন্টগুলোয় টান ধরছে। টেক্‌নিক্যাল ভাষায় একে *রৌউণ্ড লিগামেন্ট পেইন্'* বলা হয়। বেশীর ভাগ গর্ভবতী মহিলাদের এটার অনুভূতি হয়... কিন্তু এটার অনুভব এক আলাদা প্রকারের হয়। এটা যথেষ্ট তীক্ষ্ম, হাল্কা, ফুটতে থাকা বা মিষ্টিও হতে পারে। যদি এর সাথে জ্বর, ঠাণ্ডা লাগা, রক্তস্রাব, মাথা ঘোরার মত লক্ষণ না থাকে... তাহলে এটা এক স্বাভাবিক লক্ষণ হয়।

নিজের পা কিছুটা উঁচু করে শুলে একটু আরাম পাবেন। এমনিতে বাকী লক্ষণগুলোর

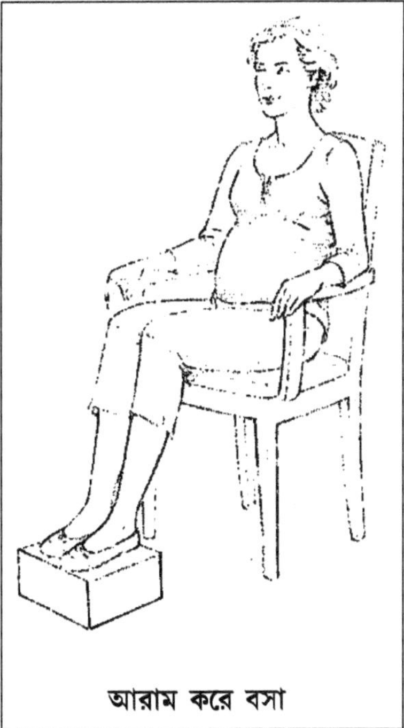

আরাম করে বসা

আপনার নতুন ত্বক

গর্ভাবস্থা আপনার পুরো শরীরের ওপরে কোন-না-কোন রূপে নিজের প্রভাব অবশ্যই দেখায়। এই দিনগুলোয় আপনার ত্বকে নিম্নলিখিত পরিবর্তন আসতে পারে।

লীনিয়া নিগ্রা ঃ- যে প্রকার গর্ভাবস্থা হার্মোনের কারণে স্তনবৃন্তের আশপাশের রং গাঢ় হয়ে ওঠে... ঠিক সেই প্রকার নাভি থেকে নীচের দিকে যাওয়া সাদা রেখাও গাঢ় হয়ে ওঠে। কালো মহিলাদের মধ্যে এই জিনিষটা আরও স্পষ্ট রূপে দেখতে পাওয়া যায়। এটা গর্ভাবস্থার দ্বিতীয় তিন মাসে ফুটে ওঠে আর ডেলিভারী হওয়ার কয়েক মাস পরে হাল্কা হয়ে পড়ে। দাইয়েরা এমনটা বলে থাকেন যে, যদি এই রেখা নাভি পর্যন্ত যায়... তাহলে গর্ভস্থ শিশু মেয়ে হয় আর এই রেখা যদি আপনার পাঁজর পর্যন্ত চলে যায়, তাহলে জন্ম নেওয়া শিশু ছেলে হয়।

গর্ভাবস্থার বলিরেখা ঃ- 50 থেকে 75 শতাংশ গর্ভবতী মহিলাদের মুখে বলিরেখা পড়ে যায়। শ্যামলা রং-য়ের মহিলাদের কপাল, নাক আর গালের ওপরে চাকা-চাকা দাগ দেখতে পাওয়া যায়। এমনিতে এটা ডেলিভারী হওয়ার কয়েক মাস পরে আপনা থেকেই হাল্কা হয়ে আসে। আর তেমনটা না হলে ব্লীচ, পীল বা লেজারের সহায়তা নেওয়া যেতে পারে। এখন আপনাকে এই সব চিকিৎসার থেকে দূরেই থাকা উচিত। আপাততঃ কন্সীলরের সহায়তায় এগুলো লুকিয়ে রাখুন।

হায়পার পিগমেন্টেশন ঃ- অনেক গর্ভবতী মহিলাদের শরীরের ত্বক কিছু অংশে গাঢ় হয়ে পড়ে আর তিলও যথেস্ট গাঢ় হয়ে আসে। এগুলোও ডেলিভারীর পরে হাল্কা হয়ে আসে। সূর্যের রোদে বেশী সময় কাটাবেন না। সানস্ক্রীনের ব্যবহার করুন। একটা বড় হ্যাট আর পুরো হাতার পোশাক আপনার সাথী হতে পারে।

হাতের তালুতে লালিমা ঃ- রক্ত প্রবাহ বেড়ে উঠলে এমনটা হয়। ঠাণ্ডা জল অনেকটা আরাম প্রদান করে। হাত দুটোকে সরাসরি সেঁক দেওয়া বস্তুগুলো থেকে দূরেই রাখুন। কড়া সাবান আর সুগন্ধিত লোশনকে বিদায় জানান। এটাও অবশ্য ডেলিভারীর পরে ঠিক হয়ে পড়বে।

মাংসাঙ্কুর ঃ- প্রায়ই গর্ভবতী মহিলাদের মধ্যে মাংসাঙ্কুরের সমস্যা বেড়ে ওঠে। ত্বকের ওপরে ফালতু ত্বকের পরত জমা হয়ে পড়ে। এমনটা গর্ভাবস্থার দ্বিতীয়-তৃতীয় তিন মাসে হয় আর ডেলিভারীর পরে ঠিক হয়ে পড়ে। আপনা থেকে ঠিক না হলে ডাক্তার এটাকে সরিয়ে দিতে পারবেন।

হীট র‍্যাশেশ ঃ- গর্ভবতী মহিলারা প্রায়ই হীট র‍্যাশেশে অস্থির হয়ে ওঠেন। ঘামযুক্ত ত্বক যখন পরস্পরের সাথে রগড়ায়... তখন ত্বক লাল হয়ে ওঠে আর সেখানে জ্বলুনিও হতে থাকে। বুকের নীচে, বগলে, উরুর মাঝে আর পেটের নীচের দিকের অংশে বেশী করে কস্ট হতে থাকে। নিজের শরীরকে পরিস্কার-পরিচ্ছন্ন রাখুন। সেই জায়গাটাকে কাপড় দিয়ে থপ্‌থপিয়ে শুকিয়ে নিন আর পাউডার লাগান। ক্যালেমাইন লোশনও আরাম দেবে... কিন্তু আগে ডাক্তারের পরামর্শ নিতে ভুলবেন না। যদি 2 - 3 দিনের মধ্যে এটা ঠিক না হয়, তাহলে ডাক্তারের পরামর্শ নিন।

যে কোন কিছুই হতে পারে ঃ- এসব হচ্ছে কিছু উদাহরণ মাত্র! আপনার ত্বক যে কোন প্রকারে প্রতিক্রিয়া ব্যক্ত করতে পারে।

মত এর ব্যাপারেও ডাক্তারকে জানাতে ভুলবেন না।

পায়ের বৃদ্ধি

"আমার জুতো প্রচণ্ড টাইট হয়ে আসছে। আমার পায়ের আকার কি বেড়ে উঠছে ?"

গর্ভাবস্থায় কেবল পেটই বাড়ে না। বেশ কিছু গর্ভবতী মহিলাদের মত আপনারও এমন এক অনুভূতি হবে যে, আপনার পায়ের আকারও বেড়ে উঠছে। আপনি যদি নতুন প্রকারের জুতো পায়ে দিতে চান... তাহলে সেটা একটা ভালো খবর... কিন্তু আপনি যদি সম্প্রতি দু-তিন জোড়া অত্যন্ত দামী জুতো কিনে থাকেন, তাহলে সেটা অত্যন্ত খারাপ খবর !

এই দিনগুলোয় পায়ের সাইজ কেন বেড়ে ওঠে ? গর্ভাবস্থায় তরল পদার্থের মাত্রা আর ফোলা ভাব ছাড়াও এটার আরও একটা কারণও হতে পারে। গর্ভাবস্থা হার্মোন *রৈল্যাক্সিন'* আপনার পেলভিসের আশপাশের লিগামেন্ট আর জয়েন্টগুলোকে শিথিল করে তোলে... যাতে সেখানে শিশুর জন্য জায়গার সৃষ্টি হতে পারে। এই ভাবে পায়ের লিগামেন্টের ওপরেও প্রভাব পড়ে। যখন পায়ের লিগামেন্ট ঢিলা হয়ে পড়ে, তখন সেটার নীচের হাড় হাল্কা বিস্তৃত হয়ে পড়ে... যার ফলে অনেক গর্ভবতী মহিলাদের পায়ের সাইজ আধ বা এক ইঞ্চি পর্যন্ত বেড়ে ওঠে। যদিও গর্ভাবস্থার পরে জয়েন্টগুলো আবার একবার টাইট হয়ে পড়ে... কিন্তু পায়ের সাইজ বরাবরের জন্যই বেড়েই থাকতে পারে।

ততদিন পর্যন্ত আপনার পায়ের ফোলা ভাব কমানোর পরামর্শগুলোর ওপরে দৃষ্টি দেওয়া উচিত। যদি আপনার পায়ের সাইজ এক ইঞ্চি পর্যন্ত বেড়ে ওঠে, তাহলে নতুন আরামদায়ক জুতো পরুন... যাতে গর্ভাবস্থায় আপনাকে খালি পায়ে থাকতে না হয়। জুতো কেনার সময় ফ্যাশনের বদলে পায়ের আরামের ওপরে দৃষ্টি দিন। জুতোর হিল যেন 2"-র থেকে বেশী না হয়। জুতোর সোল এমন হওয়া উচিত, যেটায় আপনার পা সহজেই ফিট্ হয়ে পড়বে। সন্ধ্যার সময় জুতো কিনুন... কারণ সেই সময় পা এমনিতে বেশী করে ফুলে থাকে। জুতো এমন সামগ্রীর তৈরী হওয়া উচিত, যাতে আপনার ফুলে ওঠা আর ঘামে ভরা পা শ্বাস নিতে পারে *(সিন্থেটিক সামগ্রীর জুতো নিন)*।

সন্ধ্যার সময় কি আপনার পায়ে যন্ত্রণা হতে থাকে ? বিশেষ রূপে প্রস্তুত জুতো আপনার কষ্টকে কম করে আনতে পারে। এছাড়া আপনার পিঠের যন্ত্রণাতেও আপনি আরাম পাবেন। যখনই সুযোগ পাবেন, পা উঁচু করে শুয়ে পড়ুন। বাড়ীতে রবারের স্লীপার পায়ে দিন। যদিও এমনটা ফ্যাশনের মধ্যে পরে না... কিন্তু পায়ের ক্লান্তি আর যন্ত্রণার থেকে মুক্তি তো পাবেন।

চুল আর নখের তীব্র বৃদ্ধি

"আমার এমনটা মনে হচ্ছে যে, এই সময় আমার মাথার চুল আর হাত-পায়ের নখ অত্যন্ত তীব্র গতিতে বেড়ে উঠছে। এমনটা কেন হচ্ছে ?"

মনে হচ্ছে যে, প্রেগন্যান্সী হার্মোন আপনার পুরো গর্ভাবস্থাকে খারাপ করে তোলার প্রতিজ্ঞা করে নিয়েছে *(কোষ্ঠকাঠিন্য, বুকে জ্বলুনি, বমি)*। কিন্তু এছাড়া এগুলোর মধ্যে এমন কিছু হার্মোন রয়েছে, যেগুলো গর্ভাবস্থায় কিছু জিনিষের বৃদ্ধিও করে। আপনি নিজের দ্রুত বেড়ে ওঠা নখের ম্যানিকিয়োর করাতে পারেন। নিজের হেয়ার স্টাইলিস্টের কাছে যাওয়ার আগে চুল লম্বা করে নিতে পারেন। আপনার চুল আগের থেকে অনেকটা ঘনও হতে পারে। এতে রক্ত সঞ্চার আর মেটাবোলিজমে বৃদ্ধি হয়... যার ফলে চুল আর নখের কোশিকাগুলোর পোষণ হয়... সেগুলো আগের থেকে অনেকটাই সুস্থ হয়ে ওঠে।

যদিও প্রতিটি লাভেরই একটা মূল্য দিতে হয়। এই পোষণের কারণে অন্য কিছু প্রভাবও দেখতে পাওয়া যাবে। আপনার শরীরের এমন কিছু অংশের চুল বেড়ে উঠবে, যেগুলো আপনি চাইবেন না। ঠোঁট, চিবুক আর গাল ছাড়া হাত, পা, বুক, পিঠ আর পেটের ওপরেও পর্যাপ্ত মাত্রায় চুল গজাতে শুরু করবে। আপনার লম্বা নখও শুকিয়ে কড়া হয়ে উঠতে পারে।

এটা মাথায় রাখবেন যে, চুল আর নখের এই বৃদ্ধি অস্থায়ী হয়... ডেলিভারীর পরে সব কিছুই আবার একবার আগের মতই হয়ে পড়বে। চুল আগের মত ছোট আর পাতলা হয়ে পড়বে।

নখের বৃদ্ধিও থেমে যাবে। আপনাকে তো এমনিতেই শিশুর জন্য নিজের নখ ছোট করে কাটতেই হত!

দৃষ্টিশক্তি

"গর্ভাবস্থার পরে আমার দৃষ্টিশক্তি আগের থেকে অনেকটাই দুর্বল হয়ে পড়েছে। আমার কন্ট্যাক্ট লেন্সও ভালো ভাবে কাজ করছে না। এসব আমার নিছক কল্পনা নয় তো?"

না... এসব আপনার কল্পনা মোটেই নয়! এই দিনগুলোয় শুধু দৃষ্টিশক্তিই দুর্বল হয়ে পড়ে না... আপনার কন্ট্যাক্ট লেন্সও ততটা আরামদায়ক থাকবে না। চোখে শুষ্কতার কারণে জ্বলুনি, চুলকোনি আর অস্থিরতা হতে পারে। যদি চোখ থেকে বেশী জল আসতে থাকে... তাহলে কন্ট্যাক্ট লেন্স ব্যবহার করতে থাকা গর্ভবতী মহিলাদের দৃষ্টিশক্তি ঝাপ্সা হয়ে আসতে পারে। ডেলিভারীর পরে সব কিছু আগের মত স্বাভাবিক হয়ে পড়বে... এজন্য কোন নতুন পরিবর্তন নিয়ে আসার আগে ভালো করে ভাবনা-চিন্তা করে নিন।

এটা *কৌরেক্টিভ লেজার আই সাজারী'* করানোর সময় নয়! যদিও এতে গর্ভস্থ শিশুর ওপরে কোন প্রভাব পড়বে না... কিন্তু আপনার নিজেকে সামলাতে কিছুটা সময় লাগতে পারে, এজন্য এটা ডেলিভারীর পরেই করান। এমনটাও হতে পারে যে, চোখে দেওয়া কিছু ওষুধ গর্ভবতী মহিলাদের কোন কাজে নাও আসতে পারে। চোখের ডাক্তাররা এমনটা বলে থাকেন যে, গর্ভধারণ করার 6 মাস আগে আর ডেলিভারীর 6 মাস পর পর্যন্ত আই সাজারী এড়িয়ে চলাই উচিত।

যদিও দৃষ্টিশক্তিতে আসা সাধারণ পরিবর্তনে তেমন কিছুই পার্থক্য আসে না... কিন্তু যদি সেটার প্রভাব বেশী হয়, তাহলে ডাক্তারের পরামর্শ নিতে দেরী করবেন না। যদি দৃষ্টিশক্তি হঠাৎ করে ঝাপ্সা হয়ে আসে, চোখের সামনে গোল-গোল দাগ দেখতে পাওয়া যায় আর 2 - 3 ঘন্টা পর্যন্ত এমনটাই থাকে, তাহলে ডাক্তারের কাছে যান। হঠাৎ উঠে দাঁড়ানোর সময় চোখের সামনে গোল দাগ দেখতে পেলে ভয় পাবেন না... তবুও পরের সাক্ষাৎকারে ডাক্তারকে অবশ্যই জানান।

ভ্রূণের গতিবিধি

"গত সপ্তাহে আমি রোজ পেটের মধ্যে হাল্কা নড়াচড়া অনুভব করেছি... কিন্তু আজ কিছুই বুঝতে পারছি না। সব কিছু ঠিক আছে তো?"

পেটের মধ্যে গর্ভস্থ শিশুর লাথি মারা, ওল্টানো, লাফানো আর ঘুঁষি মারা গর্ভবতী মহিলাদের কাছে অত্যন্ত রোমাঞ্চক লাগে। এটা এই জিনিষটার পাক্কা প্রমাণ হয় যে, এনার্জীতে ভরপুর এক সম্পূর্ণ জীবন আপনার গর্ভে বেড়ে উঠছে। যদিও এই গতিবিধি অনেক বার ভাবী মায়েদের মনে বেশ কিছু প্রশ্ন আর শংকারও সৃষ্টি করে তোলে। এক মুহূর্তের জন্য আপনার এমনটা মনে হয় যে, শিশু লাথি মারছে... আর তার পরের মুহূর্তেই আপনার মনে এমন শংকার সৃষ্টি হয়ে পড়ে যে, এসব গ্যাসের কারণে হচ্ছে না তো? কোন দিন তো আপনার গর্ভে শিশুর নড়াচড়া বন্ধ হতেই চায় না আর পরের দিন সে একেবারেই নড়াচড়া করে না, যেন সে গভীর নিদ্রায় তলিয়ে রয়েছে।

ভয় পাবেন না! গর্ভাবস্থায় এই সময় শিশুর নড়াচড়া নিয়ে এত বেশী চিন্তা করার কোন প্রয়োজন নেই। গর্ভস্থ শিশুর নড়াচড়া কখন আর কত বার হবে, সেটা প্রতিটি গর্ভবতী মহিলাদের ক্ষেত্রে আলাদা হতে পারে। অনেক বার গর্ভস্থ শিশু গর্ভে নিজের অবস্থান বদলে নেয়। সেই কারণেও তার নড়াচড়া অনুভূত হয় না বা হয়তো আপনি নিজে চলাফেরা করছেন বা গভীর নিদ্রায় তলিয়ে রয়েছেন! অনেক বার এমনও হয় যে, ব্যস্ততার কারণেও শিশুর নড়াচড়া অনুভব করা যায় না। অনেক বাচ্চা মাঝরাতে নড়াচড়া করা শুরু করে দেয় আর সেই সময় তার মা গভীর নিদ্রায় থাকেন।

আপনি বেশ কয়েক ঘন্টা ধরে গর্ভস্থ শিশুর নড়াচড়া অনুভব না করলে এক গ্লাস দুধ, কমলা লেবুর রস বা কোন স্ন্যাক্স সেবন করে একাধ ঘন্টার জন্য শুয়ে পড়ুন। আপনার শরীরের নিষ্ক্রিয়তা আর ভোজনের থেকে প্রাপ্ত এনার্জীর কারণে আপনার গর্ভস্থ শিশু নড়াচড়া করা শুরু করে দিতে পারে। যদি এতেও কাজ না হয়, তাহলেও চিন্তিত হওয়ার কিছু নেই... কারণ অনেক সময় গর্ভস্থ শিশুদের নড়াচড়া প্রায় 2 - 3 দিন পর্যন্ত অনুভব করা যায় না। এতেও আপনার চিন্তা দূর না হলে ডাক্তারের কাছে যান।

28-তম সপ্তাহের পরে শিশুর নড়াচড়া আগের থেকে অনেক তীব্র হয়ে উঠবে... এজন্য আপনাকে প্রতি মুহূর্তে তার গতিবিধির ওপরে নজর রাখার অভ্যাস করতে হবে।

গর্ভাবস্থার দ্বিতীয় তিন মাসে আল্ট্রাসাউণ্ড

"আমার গর্ভাবস্থা সহজ আর স্বাভাবিক রূপে চলছে... তবুও আমার ডাক্তার বলছেন যে, আমার এবার আল্ট্রাসাউণ্ড করিয়ে নেওয়া উচিত। সত্যিই কি এটার কোন প্রয়োজন আছে ?"

আজকাল সকল গর্ভবতী মহিলাদের গর্ভাবস্থার দ্বিতীয় তিন মাসে আল্টাসাউণ্ড করানো হয়... তা তাঁর প্রেগন্যান্সী যতই সহজ আর স্বাভাবিক হোক্ না কেন ? ডাক্তার এটা দেখতে চান যে, গর্ভস্থ শিশুর বিকাশ ততটা হচ্ছে কি না... যতটা এই সময় পর্যন্ত হওয়া উচিত ? দ্বিতীয়তঃ, গর্ভবতী মহিলারাও আল্ট্রাসাউণ্ডের সহায়তায় নিজের গর্ভস্থ শিশুকে দেখার সুযোগ পেয়ে যান। এই সময় গর্ভস্থ শিশুর লিঙ্গের ব্যাপারেও জানতে পারা যায়।

আপনি নিজের গর্ভাবস্থার তারিখ জানার জন্য গর্ভাবস্থার প্রথম তিন মাসে আল্ট্রাসাউণ্ড করিয়ে থাকলেও বা বিস্তৃত তথ্য প্রাপ্ত করার জন্য স্ক্যান করিয়ে থাকলেও এই আল্ট্রাসাউণ্ড দ্বারা আপনার ডাক্তার আরও কিছু অতিরিক্ত তথ্য প্রাপ্ত করেন; যেমন – বেবীর আকার আর সকল অঙ্গ, এম্নিয়োটিক দ্রব্যের সঠিক মাত্রা আর প্লেসেন্টার সঠিক অবস্থান ইত্যাদি। এর দ্বারা ডাক্তার আপনার আর গর্ভস্থ শিশুর এক পরিস্কার সুস্থ ছবি পেয়ে যান।

আপনি যদি এই আল্ট্রাসাউণ্ড ভালো ভাবে বুঝতে না পারেন, তাহলে ডাক্তারকে প্রশ্ন করতে সংকোচ করবেন না।

এক সুন্দর ছবি

গর্ভাবস্থার দ্বিতীয় তিন মাসে আল্ট্রাসাউণ্ডে আপনার গর্ভস্থ শিশুর সুন্দর ছবি পাওয়া যাবে। সেটা নিজের কম্প্যুটারে স্ক্যান করে সেভ করে রাখুন! এটা ফোটো ওয়েবসাইটে স্ক্যান করে রিয়েল ফোটো ইঙ্কে এ্যাসিড ফ্রী পেপারের ওপরে প্রিন্ট করিয়ে নিন। এতে আপনার এই সুন্দর স্মৃতি কোনদিনও ঝাপ্সা হয়ে পড়বে না!

প্লেসেন্টার স্থান

"ডাক্তারের মতানুসারে আমার প্লেসেন্টা থেকে এটা জানতে পারা গেছে যে, সেটা নীচে সার্ভিক্সের কাছে রয়েছে। যদিও উনি বলেছেন যে, এখন এই মুহূর্তে চিন্তা করার কিছু নেই... কিন্তু আমার এখন থেকেই চিন্তা হতে লেগেছে !"

আপনার গর্ভস্থ শিশু কি গর্ভাশয়ে এদিক-ওদিকে ঘুরে বেড়ায় ? ভ্রূণের মত প্লেসেন্টাও গর্ভাশয়ে নিজের অবস্থান বদলাতে পারে। কেবল 10 শতাংশ প্লেসেন্টা গর্ভাশয়ের নীচের অংশ পর্যন্ত যায়। ডেলিভারীর সময় আসা পর্যন্ত বেশীর ভাগ প্লেসেন্টা ওপরের দিকে চলে আসে। যদি এমনটা না হয় আর প্লেসেন্টা সার্ভিক্স *(গর্ভাশয়ের মুখ)*-কে ঢেকে রাখে, তাহলে প্লেসেন্টা প্রীভিয়ার ব্যাপারে জানা হয়। প্রায় 200-র মধ্যে 1 কেসেই এমনটা হয়। আপনার ডাক্তার ঠিকই বলেছেন। এখন থেকে চিন্তিত হবেন না... সব কিছু ঠিক হয়ে পড়বে।

"আল্ট্রাসাউণ্ড করার সময় টেক্নিশিয়ান আমাকে বলেছিলেন যে, আমার *'এন্টিরিয়র প্লেসেন্টা'* রয়েছে। এটার অর্থ কি ?"

এর অর্থ হচ্ছে এই যে, আপনার গর্ভস্থ শিশু প্লেসেন্টার পেছনের দিকে রয়েছে। সাধারণতঃ এক ফার্টিলাইজড্ ডিম্ব নিজে থেকেই গর্ভাশয়ের পেছনের অংশে মেরুদণ্ডের হাড়ের কাছে অবস্থিত হয়ে পড়ে আর সেখানেই প্লেসেন্টা বিকশিত হয়। কখনো-কখনো এই ডিম্ব, গর্ভাশয়ের উল্টো দিকে নাভির কাছেও অবস্থিত হয়ে পড়ে। এটা আপনার গর্ভাশয়ের সামনের দিকে এগোতে থাকে আর গর্ভস্থ শিশু সেটার পেছনে থাকে। আপনার ক্ষেত্রেও তেমনটাই হয়েছে।

এমনিতে গর্ভস্থ শিশুর এতে কোন পার্থক্যই পড়ে না যে, সে কোন্ দিকে রয়েছে ? প্লেসেন্টার অবস্থানের সাথে শিশুর বিকাশের কোন সম্পর্ক

থাকে না। আপনার ক্ষতি এটা হতে পারে যে, আপনি তার গতিবিধি, ঘুঁষি আর ডিগবাজী খাওয়ার অনুভব ঠিক ভাবে করতে পারবেন না। প্লেসেন্টা আপনাদের দুজনের মাঝে কুশনের কাজ করবে।

এতে আপনার বেকার চিন্তা বেড়ে উঠবে। এর ফলে ডাক্তারবাবুরও ভ্রূণের হৃদস্পন্দন শুনতে মুশকিল হবে... কিন্তু এত কিছু অসুবিধা সত্ত্বেও ভয়ের কিছু নেই। ইন্টিরিয়র প্লেসেন্টা প্রায়ই আপনা থেকে পোস্টিরিয়র পোজিশনে চলে আসে।

ঘুমোনোর মুদ্রা

"আমি সর্বদা উপুড় হয়ে শুই। এখন আমার ভয় লাগছে। আমার অন্য কোন ভাবে শোওয়া আরামদায়ক লাগে না!"

দুর্ভাগ্যবশতঃ গর্ভাবস্থায় উপুড় আর চিত হয়ে *(আরামদায়ক মুদ্রা)* শোওয়া ঠিক হয় না। উপুড় হয়ে শোওয়ার অর্থ এটাই হবে, আপনি কোন তরমুজের ওপরে শুয়ে রয়েছেন! চিত হয়ে শোওয়ার মুদ্রা আরামদায়ক তো হয়... কিন্তু এতে আপনার গর্ভাশয়ের সমস্ত ওজন; পিঠ, আন্ত্র আর মুখ্য রক্ত নলিকাগুলোর ওপরে পড়বে। এই চাপের কারণে আপনার পিঠের যন্ত্রণা বেড়ে উঠবে... পাচন ক্রিয়ায় অসুবিধা হবে আর রক্ত প্রবাহেও বাধার সৃষ্টি হবে! আপনি হাইপো টেনশন বা নিম্ন রক্তচাপের শিকারও হয়ে পড়তে পারেন... যার ফলে আপনি সর্বদাই ঘুম-ঘুম ভাব অনুভব করবেন।

এর অর্থ এটা নয় যে, আপনাকে ঘোড়ার মত দাঁড়িয়ে-দাঁড়িয়ে ঘুমোতে হবে! নিজের বাঁ দিকে ফিরুন আর দুটো পায়ের মাঝে একটা বালিশ রাখুন। এটা আপনার গর্ভস্থ শিশুর পক্ষেও উপযুক্ত হবে। এতে প্লেসেন্টার রক্ত প্রবাহে বাধা আসবে না। কিড্নী সঠিক ভাবে কাজ করবে অর্থাৎ ব্যর্থ পদার্থ শরীরের বাইরে বেরিয়ে যেতে লাগবে। হাত-পা আর গোড়ালিতেও কম ফোলা ভাবের সৃষ্টি হবে।

খুব কম লোকই সারাটা রাত একই ভঙ্গীতে ঘুমোতে পারেন। চোখ খোলার পরে যদি আপনি নিজেকে চিত বা উপুড় হয়ে শোওয়ার অবস্থায় দেখতে পান... তাহলে চিন্তা করবেন

না! এতে কোন ক্ষতি হবে না। আপনি শুধু নিজের অবস্থানে পরিবর্তন নিয়ে আসুন। হতে পারে যে, কয়েকটা রাত আপনার কাছে কিছুটা অদ্ভূত লাগবে... কিন্তু খুব শীঘ্রই আপনার এতে অভ্যাস হয়ে পড়বে। আপনি যদি 5 ফুট লম্বা কোন বালিশ নেন, তাহলে এই ভাবে শুতে আপনার সুবিধা হবে। আর যদি আপনার কাছে এমন কোন বালিশ না থাকে... তাহলে অতিরিক্ত বালিশ নিয়ে নিজের শরীরকে এতটা আরামদায়ক মুদ্রায় নিয়ে আসুন... যাতে আপনার গভীর ঘুম এসে পড়ে!

গর্ভেই ক্লাস

"আমার এক বান্ধবী বলেছে যে, এখনও পর্যন্ত জন্ম না নেওয়া বাচ্চাকে কন্‌সার্টে নিয়ে গেলে সে সঙ্গীত প্রেমী হয়ে জন্ম নেবে। আমার আরেক বান্ধবীর স্বামী নিজের এখনও পর্যন্ত জন্ম না নেওয়া বাচ্চাকে দারুণ-দারুণ সব গল্প শোনান। আমারও কি এমন কিছুই করা উচিত?"

প্রতিটি মাতা-পিতা কোন-না-কোন পদ্ধতিতে নিজেদের সন্তানের ভালো চান... কিন্তু আপনার

গর্ভাবস্থার পঞ্চম মাস

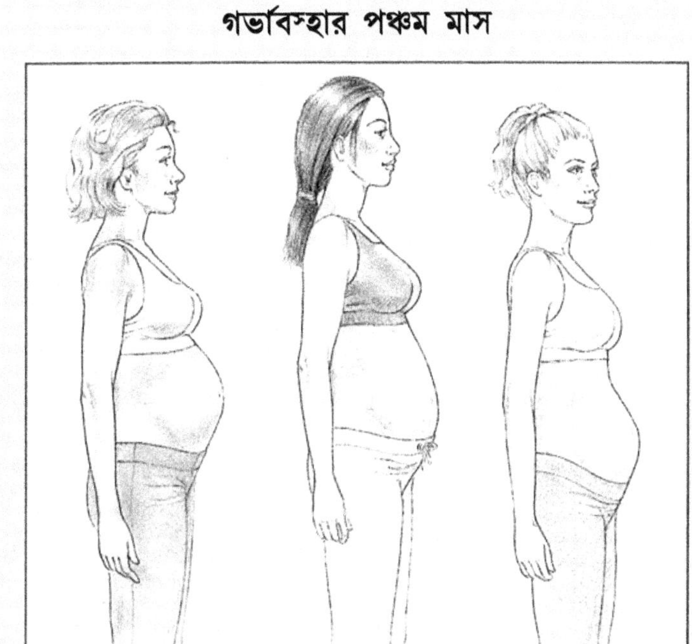

গর্ভাবস্থার পঞ্চম মাসের শেষে গর্ভবতী মহিলাদের তিন আলাদা প্রকারের দেখতে লাগে। এসব তাঁদের শরীরের আকার-প্রকার, ওজন আর গর্ভাশয়ের অবস্থার ওপরে নির্ভর করে। আপনার উঁচু, একটু নীচু, হাল্কা ভারী বা চওড়া গর্ভ স্থাপন হতে পারে।

এখন থেকেই তার পড়াশোনার চিন্তা করার কোন প্রয়োজন নেই।

এটা তো সত্য যে, গর্ভাবস্থার দ্বিতীয় তিন মাসের শেষে গর্ভস্থ শিশুর মধ্যে শোনার ক্ষমতা বিকশিত হয়... কিন্তু সেটার অর্থ এই নয় যে, সে কনসার্টের সঙ্গীত শুনতে পারবে আর জন্মের পরে সঙ্গীত বিশারদ হয়ে উঠবে।

এখনও পর্যন্ত জন্ম না নেওয়া গর্ভস্থ শিশুর ওপরে এখন থেকেই এতটা দায়িত্বের বোঝা চাপিয়ে দেবেন না। বড় হয়ে সে নিজে থেকেই নিজের ইচ্ছা আর প্রতিভার জোরে সব কিছু শিখে নেবে। আপনি যদি গর্ভেই ক্লাস তৈরী করার চেস্টা করেন... তাহলে হয়তো গর্ভস্থ শিশুর প্রাকৃতিক নিদ্রায় ব্যাঘাত হবে বা তার প্রাকৃতিক বিকাশেও বাধা আসতে পারে।

যদিও নিজের গর্ভস্থ শিশুকে আরও কাছ থেকে অনুভব করার জন্য আপনি যে কোন পদ্ধতি গ্রহণ করতে পারেন। তার জন্য গান করুন... তাকে কিছু একটা পড়ে শোনান... তাকে নিজের হাতের স্পর্শ প্রদান করুন। এই ধরণের পড়াশোনার পরিবেশ তাকে কোন বিশ্ববিদ্যালয়ের ডিগ্রী তো প্রদান করবে না... কিন্তু তার আর আপনার মধ্যে নিকটতা অনেকটাই বেড়ে উঠবে!

এখনও পর্যন্ত জন্ম না নেওয়া শিশুর ক্লাসিকাল সঙ্গীতের স্বরলহরীও পছন্দ হতে পারে। এর ফলে জন্মের পরেও সে হাল্কা সঙ্গীতের মাঝে শান্তি খুঁজে পাবে।

নিজের পেট হাল্কা হাতে স্পর্শ করুন। তাকে কোন সঙ্গীত শোনান। গর্ভস্থ ছোট্ট শিশুর আপনার আওয়াজ শোনার অভ্যাস হয়ে পড়বে আর আপনাদের দুজনের নিকটত্ব আরও বেড়ে উঠবে। নিজের গর্ভস্থ শিশুর সাথে ভালবাসার

সম্পর্ক গড়ে তুলুন... তাকে এখন থেকেই পড়াতে বসার চেষ্টা ছেড়ে দিন – তার জন্য তো পুরো জীবন পড়ে রয়েছে। কম পক্ষে জন্মের আগে তো তাকে এই প্রতিযোগী দুনিয়ার দৌড়-ঝাঁপ থেকে দূরে রাখুন!

বড় বাচ্চাদের কোলে নেওয়া

"আমার তিন বছরের এক বাচ্চা রয়েছে... যে সর্বদাই আমার কোলে ওঠার জন্য বায়না করে। গর্ভাবস্থায় এমনটা করা কি ঠিক হবে? এতে আমার পিঠে প্রচণ্ড যন্ত্রণাও হতে থাকে!"

আপনার ডাক্তার যদি মানা না করেন, তাহলে গর্ভাবস্থায় হাল্কা ওজন *(35 থেকে 40 পাউণ্ড)* ওঠানো যেতে পারে। আপনি যদি নিজের অভ্যাস না পাল্টান, তাহলে আপনার পিঠের অবস্থা অত্যন্ত খারাপ হয়ে উঠবে। বাচ্চাকে পায়ে হাঁটতে বলুন। তাকে ছোট-ছোট দৌড় লাগাতে বলুন, তার সাথে সিঁড়ি বেয়ে উঠুন বা তার সাথে হাঁটার সময় গুনগুন করে গান গান। ও যদি আপনার কোলে ওঠার বদলে দু পা-ও পায়ে হাঁটতে রাজী হয়ে পড়ে, তাহলে তার প্রশংসা অবশ্যই করুন। কোথাও বসে থাকার সময় তাকে নিজের কোলে টেনে নিয়ে তাকে অজস্র ভালবাসা উপহার দিন। আর যখন তাকে কোলে নেওয়া ছাড়া আর কোন উপায় থাকবে না... তখন এমন পরিস্থিতির মোকাবিলা করার জন্য নিজের পিঠকে শক্তপোক্ত করে তুলুন।

মাতা-পিতা হওয়ার উৎসুকতা

"আমি এটা দেখে অবাক হয়ে উঠেছি যে, এসবে কি আমি কোন খুশী প্রাপ্ত করব? আমার এই ব্যাপারে কোন অনুমানই নেই যে, আমি ঠিক কেমনটা অনুভব করব!"

বেশীর ভাগ লোক জীবনে নতুন-নতুন পরিবর্তনের ভেতর দিয়ে যান আর আপনার শিশুর জন্মও কোন বড় ধরণের পরিবর্তনের থেকে কোন অংশে কম নয়। নিশ্চিত রূপে এই পরিবর্তন আপনার জীবনে খুশী নিয়ে আসবে। আপনাকে শুধু নিজের আশাকে বাস্তবিকতার গণ্ডীর মধ্যে ধরে রাখতে হবে।

আপনি এক হাসিখুশী বাচ্চাকে হাসপাতাল থেকে বাড়ীতে নিয়ে আসার স্বপ্ন দেখতে থাকলে আপনার এটাও জেনে নেওয়া উচিত যে, বেশীর ভাগ নবজাত শিশুকে জন্মের পরে কেমন দেখতে লাগে। এমনটাও হতে পারে যে, আপনার শিশু কাঁদতে-কাঁদতে বাড়ী এল... কারণ এখনও পর্যন্ত আপনার প্রতি ওর ভেতরে আকর্ষণের সৃষ্টি হয়নি বা ও এখনও হাসতে শেখেনি। আপনি যখন কিছু খেতে বসবেন, বাথরুমে যাবেন অথবা গভীর নিদ্রায় তলিয়ে থাকবেন... তখন ওর চোখের জল ফেলা বা চিৎকার করে কাঁদার কথা মনে পড়ে যাবে।

আপনি হয়তো এমনটা ভাবছেন যে, আগামী ভবিষ্যতে আপনি প্রতি দিন সকালে প্রাতঃভ্রমণে যাবেন... দুপুরবেলায় চিড়িয়াখানায় যাবেন আর নিজের শিশুকে সুন্দর পোশাকে সাজাবেন। আপনি প্রাতঃভ্রমণে যেতে পারবেন... কিন্তু কিছু-কিছু সকাল এমনও হবে, যেগুলো সন্ধ্যায় বদলে যেতে বেশী দেরী লাগবে না। আপনি এবং আপনার শিশু আলোর চিহ্নমাত্র দেখতে পাবেন না। বেশ কিছু মিষ্টি রোদ আপনার জামা-কাপড় কাচতে গিয়ে কেটে যাবে। এমন জুটি খুঁজলে খুব কমই পাওয়া যাবে... যাঁদের পোশাক শিশুরা দাগ-ছোপে ভরিয়ে তোলেনি।

এমনিতে যদি বাস্তবে কিছু আশা রাখতে চান, তাহলে আপনার জীবনে এমন কিছু চমৎকারী মুহূর্ত আসবে... যেগুলো কেবলমাত্র আপনারই হবে! নিজের গোলগাল শিশুকে কোলে নেওয়ার আর তাকে চুমু খাওয়ার সুখ... তার সরল হাসি – এসব আপনাকে সারা রাত জেগে থাকার, দেরী করে খাবার খাওয়ার... এক গাদা জামা-কাপড় কাচার আর সাথীর সাথে একান্ত সময় কাটাতে না পারার যন্ত্রণা ভুলিয়ে দেবে!

খুশী! এবার শুধু সেই মুহূর্তগুলোর অপেক্ষা করুন!

সীট বেল্ট লাগানো

"গাড়ীতে বসার সময় সীট বেল্ট বাঁধা কি ঠিক হবে?"

গর্ভবতী মহিলা আর এখনও পর্যন্ত জন্ম না নেওয়া শিশুর পক্ষে সফর করার সময় সীট বেল্ট লাগানোটা অত্যন্ত জরুরী হয়। এমনিতে

তো অনেক জায়গায় এই জিনিষটা আইন করেও জরুরী করে তোলা হয়েছে ! সুরক্ষা আর আরামের দৃষ্টিতে বেল্টকে পেটের নীচে, উরুর কাছে বাঁধুন। কাঁধের বেল্ট বুকের ঠিক মাঝখান দিয়ে নিয়ে গিয়ে বাঁধুন। এমন চিন্তা করবেন না যে, বেল্টের চাপে গর্ভস্থ শিশুর কোন প্রকারের ক্ষতি হতে পারে। সে আপনার গর্ভাশয়ে পূর্ণ রূপে সুরক্ষিত রয়েছে !

আপনি যদি প্যাসেঞ্জার সীটে বসেন, তাহলে নিজের সীট কিছুটা পেছনের দিকে করে নিন, যাতে আপনি পা লম্বা করে বসতে পারেন আর আপনি যদি ড্রাইভ করছেন, তাহলে ড্রাইভিং হুইলকে নিজের বুকের কাছে টেনে নিয়ে আসুন... সম্ভব হলে ড্রাইভিং হুইল থেকে 10" ইঞ্চির দূরত্ব বজায় রাখুন।

সফর

"আমি কি এই মাসে ছুটী কাটাতে যেতে পারি ?"

আপনি এর পরে নিজের শিশুর সাথে এত সহজ সফরে যাওয়ার সুযোগ পাবেন না... কারণ এর পরের বছর আপনার গাড়ীতে শিশুর খেলনা, পোশাক, ডায়পার আর দুধের বোতল থাকবে। এখন আপনি গর্ভাবস্থার প্রথম তিন মাসের ক্লান্তি আর ঘাবড়ানির হাত থেকে মুক্তি পেয়ে গেছেন আর এখনও আপনি সেই বিন্দুতে এসে পৌঁছননি, যেখানে শিশুও এক মালের মত হয়ে ওঠে !

কিন্তু নিজের মালপত্র প্যাক করার আগে ডাক্তারের পরামর্শ অবশ্যই নিন। যদি কোন ডাক্তারী বাধা না থাকে, তাহলে গর্ভাবস্থায় সফর করার ওপরে কোন প্রকারের কোন নিষেধাজ্ঞা থাকে না। একবার ডাক্তারের অনুমতি পেয়ে যাওয়ার পরে আপনাকে শুধু সুরক্ষিত সফরের জন্য কিছুটা প্ল্যান তৈরী করতে হবে !

এটাই সঠিক সময় ঃ- ভালো এবং সুখকর সফরের জন্য সঠিক সময় বেছে নেওয়াটা জরুরী হয়... কারণ আপনি যদি নিজের গর্ভাবস্থার প্রথম তিন মাসে সফরের প্ল্যান বানান... তাহলে মাথা ঘোরা, বমি হওয়া, গা গুলোন ইত্যাদি লক্ষণ আপনাকে অস্থির করে তুলবে আর শেষ তিন মাসের শেষে অনেক সময় সফরের অনুমতি দেওয়া হয় না।

সঠিক জায়গার নির্বাচন ঃ- গরম আর গুমোট পরিবেশ আপনার অস্থিরতা আরও বাড়িয়ে তুলতে পারে। আপনি যদি এমনই কোন জায়গা বেছে নিয়ে থাকেন, তাহলে আপনার হোটেল আর যাতায়াত বাতানুকুলিত হওয়া উচিত। আপনাকে নিজেকে সূর্যের তীব্র রোদের থেকে বাঁচাতে হবে। বেশী উঁচু স্থানের সফর আপনার আর আপনার গর্ভস্থ শিশুর পক্ষে অক্সিজেনের অভাবের কারণ হয়ে উঠতে পারে। এমন কিছু জায়গা আছে, যেখানে যাওয়ার পরে কিছু টীকাকরণ জরুরী হয়ে ওঠে... যখন কি গর্ভাবস্থায় আপনার পক্ষে টীকাকরণ মানা হতে পারে। নিজের ডাক্তারকে এই ব্যাপারে প্রশ্ন করুন। কোন বিশেষ জায়গায় সংক্রমণের ঝুঁকিও থাকতে পারে... গর্ভাবস্থায় যে ঝুঁকি আপনার একেবারেই ওঠানো উচিত নয় !

খাওয়া-দাওয়া সংক্রান্ত রোগগুলোকেও উপেক্ষা করা আপনার পক্ষে উচিত হবে না।

এক সহজ ট্রিপ ঃ- এমন ট্রিপ বানান, যেখানে গিয়ে আপনি মানসিক সুখ প্রাপ্ত করবেন। আপনার কোন গ্রুপের সাথে ভ্রমণ করার পরিবর্তে নিজের মত করে ঘোরা উচিত... কারণ ঘোরা আর কেনাকাটা করার পরে আপনার শরীর নিজের হিসেবে বিশ্রাম চাইবে আর গ্রুপের অন্য সদস্যরা নিজেদের শিডিউল অনুসারে চলতে চাইবেন।

প্রেগন্যান্সী কিট্ সঙ্গে রাখুন ঃ- আপনার কাছে নিজের ভিটামিনের পুরো ডোজ সর্বদা মজুদ থাকা উচিত। কিছু ভালো স্ন্যাক্স, সী ব্যাণ্ড, ডাক্তারের

জেট ল্যাগ

আপনি নিজের গর্ভাবস্থার সাথে জেট ল্যাগকেও শামিল করে নিলে আপনার সফর শুরু হওয়ার আগেই শেষ হয়ে পড়বে। আপনি টাইম জোনের থেকে সৃষ্ট সমস্যা দূর করতে না পারলেও সেটাকে কমাতে অবশ্যই পারেন।

■সফরে বেরোবার আগে নিজের ঘড়ি সেই টাইম জোনে সেট করে নিন আর নিজেকেও সেই অনুসারে বদলে ফেলুন। যদি প্লেনের সফরে সেই টাইম জোনের হিসেবে ঘুমোবার সময় পান, তাহলে ঘুমিয়ে পড়ুন... অন্যথা জেগে থাকুন।

■স্থানীয় সময়ের হিসেবেই সফর করুন। আপনি যদি সেখানে সকালে পৌঁছে যান, তাহলে ঘুমোনোর বদলে স্নান সেরে পায়চারী করতে বেরোন। কিছুটা বিশ্রাম করে নিন... কিন্তু ঘুমোবেন না। রাতে সেখানকার হিসেবে খাবার খাওয়ার পরেই ঘুমোতে যান, যাতে আপনার শরীর সেই জায়গার সময় অনুসারে চলতে পারে।

■রোদ সেঁকলেও শরীরের পক্ষে বায়োলজিক্যাল ক্লকের হিসেবে চলতে সুবিধা হবে। সেখানে রোদ না থাকলে কিছুটা সময় খোলা জায়গায় কাটান।

■খাওয়া-দাওয়া ঠিক রাখুন... অন্যথা জেট ল্যাগের লক্ষণ আপনাকে আরও ক্লান্ত করে তুলবে। ঠিক সময়ে খাবার খান আর শরীরের এনার্জীর স্তর বজায় রাখুন। কিছুটা ব্যায়ামও ক্লান্তি দূর করবে।

■কোন চমৎকারের আশা করবেন না। নিজের ডাক্তারের অনুমতি ছাড়া জেট ল্যাগের কোন ওষুধ নেবেন না।

■আপনি দু-এক দিনের মধ্যেই সেখানকার স্থানীয় সময়ের হিসেবে নিজের শরীরকে তৈরী করে নেবেন।

এর সাথে-সাথেই আপনার অনিদ্রার অভিযোগও হতে পারে। এটা কেবল জেট ল্যাগের কারণেই নয়... সেই ওজনের কারণেও হতে পারে, যেটা আপনি উঠিয়ে রেখেছেন। সেটা ওঠানোর জন্য আপনি কোন কুলির সহায়তাও নিতে পারেন না।

গর্ভাবস্থা এবং উঁচু এলাকা

আপনি গর্ভাবস্থায় উঁচু জায়গায় সফর করার প্ল্যান না বানালেই ভালো করবেন... কারণ সেখানে আপনার সমস্যা বেড়ে উঠতে পারে। আর যদি একান্তই সমুদ্রতল থেকে উঁচু কোন জায়গায় আপনাকে যেতেই হয়... তাহলে এক দিনে বেশী উচ্চতা পাড়ি দেবেন না, যেমন – এক দিনে 8000 ফুট ওপরে ওঠার বদলে 2000 ফুট উচ্চতা পাড়ি দিন। মাউন্টেন সিকনেস থেকে বাঁচার জন্য ডাক্তারের পরামর্শ অনুসারে ওষুধ নিন। একবারে ভারী খাবার খাওয়ার বদলে দিনের মধ্যে বেশ কয়েক বার অল্প করে খাবার খান আর জলের মাত্রা বাড়িয়ে তুলুন।

পরামর্শ অনুসারে পেটের গড়বড়ির ওষুধ, আরামদায়ক জুতো আর সানস্ক্রীণ সর্বদা নিজের কাছে মজুদ রাখুন।

আপনি যদি বিদেশে যাচ্ছেন, তাহলে কোন স্থানীয় ডাক্তারের ঠিকানা নিজের কাছে রাখুন। *ইন্টারন্যাশনাল এ্যাসোসিয়েশন ফর মেডিক্যাল এ্যাসিস্ট্যান্স টু ট্রাভেলার্স'* থেকে আপনি এমন ডিক্শনারী পেয়ে যাবেন, যাতে গোটা পৃথিবীর ইংরাজী জানা ডাক্তারদের নাম-ঠিকানা থাকবে। বেশ কিছু বড় হোটেলও এই সুবিধা প্রদান করা হয়ে থাকে। আপনার যদি মেডিক্যাল ট্রাভেল ইন্শিয়োরেন্স করানো থাকে, তাহলে আপনার কাছে সেটার নম্বরও থাকা উচিত।

খাওয়া-দাওয়ার সুস্থ অভ্যাস ঃ- আপনি ছুটিতে থাকলেও আপনার গর্ভস্থ শিশু তো সারাটা দিন মেহনত করে চলেছে! তার তো ভরপুর মাত্রায় পোষক তত্ত্বের প্রয়োজন রয়েছে! ভেবে-চিন্তে খাবারের অর্ডার দিন, যাতে আপনি স্থানীয় ভোজনের স্বাদ নেওয়া ছাড়াও নিজের গর্ভস্থ শিশুর পোষণ সম্বন্ধীয় আবশ্যকতাও পূরণ করতে পারেন। সব থেকে জরুরী কথা হচ্ছে এই যে, আপনার ভোজন নিয়মিত হওয়া উচিত। 6 কোর্সের ডিনারের জন্য ব্রেকফাস্ট আর লাঞ্চ মিস্ করবেন না।

গর্ভবতী মহিলাদের স্বাদ

আজ্ঞে হ্যাঁ... গর্ভবতী মহিলারা অত্যন্ত সুস্বাদু হন! বৈজ্ঞানিকদের মতে তাঁরা সাধারণ মহিলাদের তুলনায় দ্বিগুণ গতিতে মশাদের নিজেদের প্রতি আকৃষ্ট করে তোলেন! হয়তো তাঁরা মশাদের পছন্দসই কার্বন-ডাই-অক্সাইড গ্যাস বেশী মাত্রায় ছাড়েন। এই সব মহিলাদের শরীরের তাপমাত্রাও সাধারণ মহিলাদের তুলনায় বেশী হয়। আপনি যদি এমন কোন এলাকায় যাচেছন, যেখানে মশা প্রচুর মাত্রায় রয়েছে... তাহলে নিজের সুরক্ষার সম্পূর্ণ বন্দোবস্ত করে তবে সেখানে যান।

বেছে নিয়ে খান ঃ- কিছু-কিছু এলাকা এমনও হয়, যেখানে খোসা না ছাড়িয়ে ফল-সব্জী খাওয়াটা ক্ষতিকারক হতে পারে। নিজের হাতে ফলের খোসা ছাড়ান। তারপর ফল আর নিজের হাত ধোওয়ার পরে ফল খান। কাঁচা বা আধসেদ্ধ মাংস, পোল্ট্রী বা ফ্রীজে রাখা ডেয়ারী উৎপাদন কখনো খাবেন না। ফল খেতেই হলে কলা বা কমলা লেবুর মত ফল খান... কারণ এগুলোর খোসা মোটা হয়।

জল পরিস্কার না হলে সেই জল পান করবেন না আর সেই জল দিয়ে ব্রাশও করবেন না।

পানীয় জল পরিস্কার না হলে বোতলের জল ব্যবহার করুন। বরফও তখনই নিন, যদি সেটা বোতলের জল বা ফোটানো জল দিয়ে তৈরী হয়।

নোংরা জলে সাঁতার কাটা ঃ- কিছু এলাকায় ঝিল বা সাগরের জল প্রদূষিত হয়। জলে ডুব দেওয়ার আগে এই ব্যাপারে জেনে নিন। আপনি যে পুলে সাঁতার কাটতে যাচেছন, সেটার জল ক্লোরিনযুক্ত হওয়া উচিত।

কোষ্ঠকাঠিন্য এড়িয়ে চলুন ঃ- বাড়ীর বাইরে বেরোন মাত্র খাওয়া-দাওয়া অনিয়মিত হয়ে ওঠে আর কোষ্ঠকাঠিন্য হয়ে পড়ে। তন্তু, তরল পদার্থ আর ব্যায়াম – এই তিনটে জিনিষকে নিজের রুটীন থেকে বার করবেন না। আপনি সকালের প্রাতঃরাশ তাড়াতাড়ি করলে হোটেল ছাড়ার আগে ফ্রেশ হওয়ার সময় পেয়ে যাবেন।

বাথরুমে অবশ্যই যান ঃ- বাথরুমে যেতে হলে অবশ্যই যান। মল-মূত্রের বেগ আটকে রাখলে হয় মূত্রাশয়ে সংক্রমণ হয়ে পড়বে, নয়তো কোষ্ঠকাঠিন্য হয়ে পড়বে। যখনই মল-মূত্র ত্যাগ করার জন্য শৌচালয়ে যাওয়ার ইচ্ছা হবে, আশপাশে কোন রেস্ট রুম খুঁজে নিয়ে অবশ্যই যান।

পায়ের আরাম ঃ- আপনার ভেরিকোজ শিরার সমস্যা না থাকলেও সফরের সময় আপনাকে লম্বা সময় পর্যন্ত দাঁড়িয়ে থাকতে হতে পারে বা গাড়ীতে লম্বা সময় পর্যন্ত বসে থাকতে হতে পারে। এমন পরিস্থিতিতে নিজের পা আর গোড়ালিকে ফুলে ওঠা থেকে বাঁচাতে স্পোর্ট হোজ ব্যবহার করুন।

শরীর নাড়াতে থাকুন ঃ- আপনি যদি লম্বা সময় পর্যন্ত বসে-বসে কাজ করেন, তাহলে আপনার পায়ে রক্ত প্রবাহে বাধা আসতে পারে। নিজের পা দুটোকে ছড়ান, নাড়ান, আশপাশে কিছুটা পায়চারী করুন। কখনো পা মুড়ে বসবেন না। কিছুক্ষনের জন্য পা উঁচু করে রাখুন। আপনি ট্রেন বা প্লেনে সফর করলে প্রতি আধ ঘন্টা পরে-পরে সীট থেকে উঠে দাঁড়িয়ে একটু পায়চারী করুন। গাড়ীতে থাকলে দু ঘন্টার বেশী সফর করবেন না। মাঝে কোথাও থেমে গাড়ী থেকে নেমে কিছুটা পায়চারী করে নিন।

আপনি প্লেনে থাকলে ঃ- আপনি প্লেনে সফর করলে এটা জেনে নিন যে, সেখানে গর্ভবতী মহিলাদের জন্য কোন বিশেষ নিয়ম তো নেই ? তেমন কোন নিয়ম থাকলে বাথরুমের আশপাশের সীট নিন, যাতে বার-বার সেই পর্যন্ত পৌঁছতে আপনার অসুবিধা না হয়।

এটাও জেনে নিন যে, ফ্লাইটে ভোজন দেওয়া হবে, না আপনাকে সেটা কিনে খেতে হবে ? সেখানে যদি কেবলমাত্র হাল্কা-ফুল্কা স্ন্যাক্স দেওয়া হয়, তাহলে বাড়ী থেকে নিজের খাবার সঙ্গে করে নিয়ে যান। খাবার যেন ঠিক ভাবে প্যাক করা থাকে। জল পরিস্কার হওয়া উচিত। বোতলের জল পান করাটাই ভালো হবে। এই প্রকার আপনাকে বার-বার বাথরুমে যেতে হবে আর আপনার পা দুটোও আরাম প্রাপ্ত করবে।

নিজের সীট বেল্ট আরামে পেটের নীচে বাঁধুন। আপনি যদি অন্য টাইম জোনে যাচেছন, তাহলে জেট ল্যাগের প্রতি দৃষ্টি দিন। সেখানে পৌঁছে নিজের আরামের দিকেও দৃষ্টি দিন।

আপনি গাড়ীতে থাকলে ঃ- নিজের সাথে একটা ব্যাগে পৌষ্টিক স্ন্যাক্স আর থার্মাস ভরে জুস বা দুধ রাখুন, যাতে ক্ষিধে পেলে রাস্তার ধারের হোটেলের খাবার না খেতে হয়। আপনার সীট আরামদায়ক হওয়া উচিত, যার পেছনের দিকে পিঠকে সাপোর্ট দেওয়ার জন্য কুশন লাগানো থাকবে। ঘাড়ের জন্য বিশেষ রূপে তৈরী কুশনও ভালো কাজে আসে।

আপনি ট্রেনে থাকলে ঃ- এটা জেনে নিন যে, ট্রেনে ডায়নিং কার আছে কি না? যদি সারা রাত সফর করতে হয়, তাহলে স্লীপার কোচে সীট বুক করান। এমনটা না করলে সফর শুরু হওয়ার আগেই আপনি ক্লান্তির শিকার হয়ে পড়বেন।

সেক্স আর গর্ভবতী মহিলা

ধার্মিক আর মেডিক্যাল চমৎকারের কথা বাদ দিলে প্রতিটি গর্ভাবস্থা সেক্স দ্বারাই শুরু হয়। তাহলে সেই জিনিষটা থেকে নিজেকে এতটা দূরে সরিয়ে রাখবেন কেন... যে জিনিষটা আপনাকে এই পর্যন্ত নিয়ে এসেছে?

আপনি সেক্স কম করুন বা বেশী... আপনি সেক্সের আনন্দ পূর্ণ উপভোগ করছেন বা করছেন না... বেশী সম্ভাবনা এই জিনিষটারই থাকে যে, গর্ভে শিশু এসে যাওয়ার পরে আপনার সেক্স জীবনে অনেকটাই পরিবর্তন এসে পড়ে। বেডরুম, কিচেন বা ঘরের পাপোষের মধ্যে কোন্টা সুরক্ষিত আর কোন্টা নয়, আপনার বেড়ে ওঠা পেটের পক্ষে ঠিক কোন্ মুদ্রা ঠিক হবে, আপনাদের দুজনের মুড এক সাথে কেন তৈরী হয় না – এই সব প্রশ্ন আপনার প্রেগন্যান্সী সেক্সকে যথেস্ট চ্যালেঞ্জিং করে তোলে... কিন্তু চিন্তা করবেন না! একটু সৃজনশীলতা, কিছুটা হাস্যপ্রিয়তা আর অনেকটা ধৈর্য্য আপনার প্রেগন্যান্সী সেক্সকে আগের থেকেও বেশী আকর্ষক করে তুলতে পারে।

সেক্সারসাইজ

সেক্সের সময় কীগল ব্যায়াম করলে আনন্দের সাথে-সাথে ব্যায়ামও হয়ে পড়বে। এটা যথেষ্ঠ লাভদায়ক ব্যায়াম হয়। এমনিতে এটা আপনি যে কোন জায়গায়, যে কোন সময় করতে পারেন... কিন্তু এটা সেক্সের সময় করলে এর মজা দ্বিগুণ হয়ে হয়ে উঠবে। আজ পর্যন্ত অন্য কোন ব্যায়ামে এতটা মজা আসে বলে শোনা যায়নি!

সেক্স আর তিন মাস

সকল দম্পতিই এটা জানেন যে, গর্ভাবস্থার 9 মাসে তাঁদের সেক্স লাইফ রোলার কোস্টারের মতই ওপর-নীচ হতে থাকে। গর্ভাবস্থার প্রথম তিন মাসে গর্ভাবস্থা হার্মোনের কারণে অনেক গর্ভবতী মহিলাদের সেক্সের প্রতি ইচ্ছা বেড়ে ওঠে আর তারপর ধীরে-ধীরে সেক্সের প্রতি তাঁদের আগ্রহ কমে আসতে থাকে। ক্লান্তি, গা গুলোন, বমি আর বক্ষস্থলে হাল্কা যন্ত্রণা সেক্সের প্রতি তাঁদের আগ্রহকে কম করে আনে। কিন্তু প্রতিটি গর্ভাবস্থার মত প্রতিটি গর্ভবতী মহিলাও এক ধরণের হন না। আপনারাও নিশ্চয়ই এটা লক্ষ্য করে থাকবেন যে, গর্ভাবস্থার প্রথম তিন মাস অনেকটাই 'হট্' করে তোলে। এটাকে আপনারা হার্মোনের সুখকর পরিবর্তন বলতে পারেন। আপনাদের গুপ্তেন্দ্রিয়গুলো আগে থেকেই অনেকটা সংবেদনশীল হয়ে ওঠে।

যখন গর্ভাবস্থার দ্বিতীয় তিন মাসে গর্ভাবস্থার বেশ কিছু লক্ষণ সামনে আসতে থাকে, তখন সেক্স করার মত উৎসাহই বজায় থাকে না। তখন বেডরুমের থেকে বেশী সময় বাথরুমেই কাটতে থাকে। এর আগে আপনি কখনো চরম সুখ অনুভব করেননি। হয়তো এর পরে আপনি চরম সুখ প্রাপ্ত করার সুযোগ বার-বার পাবেন। এমনটা এজন্য হয়, কারণ এই সময় শরীরের গুপ্তাঙ্গগুলো আগের থেকে অনেক বেশী রক্ত প্রবাহ প্রাপ্ত করে। এই সময় চরম সুখের অনুভূতি অনেকটা লম্বা সময় ধরে হতে থাকে... কিন্তু কিছু-কিছু গর্ভবতী মহিলা এমনও হন, যাঁরা গর্ভাবস্থার দ্বিতীয় তিন মাসে এই দারুণ অনুভূতিকে হারিয়ে ফেলেন।

অনেক গর্ভবতী মহিলার তো গর্ভাবস্থার পুরো 9 মাস পর্যন্ত এর কোন অনুভূতিই হয় না আর আপনারা গর্ভাবস্থায় এটাকেও স্বাভাবিক বলতে

পারেন।

যেমন-যেমন ডেলিভারীর দিন সামনে এগিয়ে আসতে থাকবে... তেমন-তেমন বেড়ে ওঠা পেটের কারণে সেক্স করা অসম্ভব বলে মনে হতে থাকে। গর্ভাবস্থার দুঃখ-কষ্ট সমস্ত প্রকারের *হট্ প্যাশন*-কে ঠাণ্ডা করে তোলে আর সেই সময় আগত ভবিষ্যতের কথা চিন্তা করা ছাড়া আর কোন দিকে মন যায় না। তবুও কিছু-কিছু দম্পতি গর্ভাবস্থার এই সব বাধাকে পার করে শেষ সময় পর্যন্ত সেক্স লাইফের ভরপুর মজা উপভোগ করতে থাকেন!

আপনার মুডের পরিবর্তন

গর্ভাবস্থায় আসতে থাকা এই সব শারীরিক পরিবর্তনগুলোর কারণে সেক্সের ইচ্ছাও ইতিবাচক বা নেতিবাচক রূপে প্রভাবিত হয়। আপনাকে সেই সব নেতিবাচক প্রভাবগুলোকে যতটা সম্ভব কম করে আনতে শিখতে হবে, যাতে আপনার সেক্স জীবনের ওপরে সেগুলোর বেশী প্রভাব না পড়ে।

গা গুলোন আর বমি ঃ- মর্ণিং সিকনেস আপনার ভালো মুহূর্তগুলোর মাঝে বাধার সৃষ্টি করতে পারে। ডিনারের সময় তো আপনি অন্য কিছু করতে পারেন না... তাই না ? এজন্য নিজের সময় ভেবে-চিন্তে ব্যবহার করতে শিখুন। যদি সূর্য উঠে পড়ায় আপনি বেশী অস্থির হয়ে ওঠেন, তাহলে সেক্সের জন্য সন্ধ্যার দিকের সময় নির্দিষ্ট করুন। আর যদি সন্ধ্যায় আপনার বেশী করে গা গুলোতে থাকে, তাহলে সেক্সের জন্য সকালের সময়ই ঠিক হবে। আর আপনার যদি সকাল-সন্ধ্যাই শরীর খারাপ লাগতে থাকে, তাহলে আপনাদের দুজনকে এই সব লক্ষণ সামলে ওঠা পর্যন্ত অপেক্ষা করতেই হবে! গর্ভাবস্থার প্রথম তিন মাসের শেষের দিকে ব্যাপারটা অনেকটাই সামলে আসবে। যাই হোক্ না কেন... যদি শরীর ঠিক না থাকে, তাহলে নিজেকে জোর করে সেক্সী প্রতিপন্ন করার চেষ্টা করবেন না... এতে কোন ফল পাওয়া যাবে না।

ক্লান্তি ঃ- আপনার ভেতরে যখন পোশাক খোলার মত হিম্মতটুকুও নেই... তখন সেই অবস্থায় সেক্স করার তো কোন প্রশ্নই ওঠে না! এমনিতে গর্ভাবস্থার চতুর্থ মাসের শেষের দিকে আপনার এই ক্লান্তি অনেকটাই কমে আসবে। এটা অবশ্য গর্ভাবস্থার শেষ তিন মাসে আবার একবার ফিরে আসবে। ততক্ষন পর্যন্ত যখনই সুযোগ পাওয়া যাবে... রোমান্টিক হয়ে উঠুন! এর জন্য রাতের ডিনার শেষ করা পর্যন্ত অপেক্ষা করবেন না। দুপুরের তন্দ্রার সাথে একটু-আধটু সেক্স করাটা ঠিক হবে বা বিছানায় আধশোওয়া অবস্থায় এমন প্রাতঃরাশ নিন, যেটা সারাটা দিন ধরে মনে থাকবে!

গর্ভাবস্থায় সেক্স

সেক্সের কোন্ পদ্ধতি সুরক্ষিত হবে ? সেটার জানার জন্য পড়ুন –

মুখ মৈথুন *(ওরাল সেক্স)* ঃ- ওরাল সেক্স দ্বারা কোন ক্ষতি হয় না... শুধু নিজের সাথীকে আপনার গুপ্তাঙ্গে জোরে ফুঁ দিতে মানা করুন। যদি ইন্টারকোর্স করার অনুমতি না থাকে, তাহলে এর দ্বারা আপনারা দুজনে আনন্দ উপভোগ করতে পারেন। শর্ত শুধু একটাই – আপনার সাথীর যেন কোন এস.টি.ডি. রোগ না থাকে!

পায়ু মৈথুন *(এ্যানাল সেক্স)* ঃ- আপনি যদি এটা করতে চান, তাহলে এটাও সুরক্ষিত হতে পারে... কিন্তু কিছুটা সতর্কতা নিন। এই ক্ষেত্রেও কণ্ডোমের ব্যবহার করুন। পায়ু মৈথুন থেকে যোনি মৈথুনের দিকে যাওয়ার আগে প্রথমে ভালো করে পরিস্কার করে নিন... অন্যথা ক্ষতিকারক ব্যাক্টেরিয়া যোনিপথের ভেতরে প্রবেশ করে যেতে পারে আর গর্ভস্থ শিশুর সংক্রমণ হয়ে পড়ার ঝুঁকিও হতে পারে।

হস্তমৈথুন *(মাস্টারবেশন)* ঃ- যদি আপনার গর্ভাবস্থা ঝুঁকিপূর্ণ হয় বা চরম সুখ প্রাপ্তিও যদি মানা হয়... তাহলে হস্তমৈথুন করা যেতে পারে। এটা পূর্ণ রূপে সুরক্ষিত হয় আর এটা আপনার সমস্ত চাপ দূর করে দেবে।

ভাইব্রেটর ঃ- ডাক্তার অনুমতি দিলে আপনি যোনির ভেতরে উত্তেজনা সৃষ্টি করার জন্য ভাইব্রেটর ব্যবহার করতে পারেন। তবে সেটাকে খুব বেশী ভেতরে নিয়ে যাবেন না আর আপনার সেক্স টয় পরিস্কার-পরিচ্ছন্ন হওয়া উচিত। এই প্রকারের যান্ত্রিক পদ্ধতি দ্বারাও সেক্সের আনন্দ উপভোগ করা যেতে পারে।

আপনার পরিবর্তিত আকার ঃ- যখন আপনার পেট হিমালয় পর্বতের মত ফুলে উঠছে... সেই পরিস্থিতিতে প্রেম প্রদর্শন করাটা আপনার কাছে অনেকটাই অসহজ আর ছেলেমানুষী বলে মনে হতে পারে। এমনিতেও শরীরের এমন আকার আপনাকে সেক্সী অনুভবই করতে দেবে না... যখন কি কিছু-কিছু পুরুষের মধ্যে এমন শরীর দেখে সেক্স করার স্বাভাবিক ইচ্ছার সৃষ্টি হয়ে পড়ে। নিজের শরীরকে লেসযুক্ত আণ্ডারওয়্যার দিয়ে সাজান বা নিজের প্রেমের দুর্গকে মোমবাতির হাল্কা আলোয় আলোকিত করে তুলুন। নিজের মন থেকে সকল প্রকারের নেতিবাচক চিন্তাধারাকে ঠেলে দূরে সরিয়ে দিন আর সর্বদা এটা মাথায় রাখবেন যে, প্রেগন্যান্সীতে *বেবি ইজ বিউটীফুল!'*

কোলোস্ট্রম চুঁইয়ে পড়া ঃ- গর্ভাবস্থার শেষ কয়েক মাসে অনেক গর্ভবতী মহিলাদের বক্ষস্থল থেকে কোলোস্ট্রম চুঁইয়ে-চুঁইয়ে পড়তে থাকে। ফোর প্লে-র সময় এতে আপনার কিছুটা সমস্যা হতে পারে। তবে চিন্তা করবেন না... এতে আপনার সাথীর কোন প্রকারের অসুবিধাই হবে না। আপনি এই জিনিষটার থেকে নিজের মনোযোগ সরিয়ে শরীরের অন্য অংশগুলোর ওপরে মনোযোগ নিবদ্ধ করুন।

সংবেদনশীল বক্ষস্থল ঃ- কিছু-কিছু দম্পতির কাছে তো এই দিনগুলোয় গর্ভবতী মহিলার বক্ষস্থলের আকর্ষণ অনেকটাই বেড়ে ওঠে... কিন্তু কিছু-কিছু গর্ভবতী মহিলাদের বক্ষস্থল এই সময় অত্যন্ত বেশী ফুলে ওঠে আর হাত লাগালেই যন্ত্রণা হতে থাকে। আপনার সাথেও যদি এমনটাই কিছু হয়, তাহলে নিজের সাথীকে সেই ব্যাপারে আগে থেকেই জানিয়ে রাখুন আর তাঁকে এটাও মনে করিয়ে দিন যে, গর্ভাবস্থার প্রথম তিন মাসের পরে এসব আপনা থেকেই ঠিক হয়ে পড়বে।

যোনিস্রাবে পরিবর্তন ঃ- গর্ভাবস্থায় যোনিস্রাব প্রায় ক্ষেত্রেই বেড়ে ওঠে। সেটার রং আর গন্ধেও পরিবর্তন আসতে পারে। আপনার যোনি যদি আগে থেকেই শুষ্ক হয়... তাহলে এই ভেজা ভাব সেক্সকে আনন্দদায়ক করে তুলতে পারে। অনেক বার এই ভেজা ভাব এতটাই বেশী হয় যে, আপনার সাথীর পক্ষে সেক্স করাটা মুশ্কিল হয়ে ওঠে। স্রাবের গন্ধ আর স্বাদের কারণে মুখ মৈথুনও সম্ভবপর হতে পারে না। প্যুবিক এরিয়া আর উরুর ওপরে হাল্কা সুগন্ধিত তেলের মালিশ দ্বারা এই সমস্যার থেকে কিছুটা মুক্তি পাওয়া যেতে পারে। কিছু গর্ভবতী মহিলাদের প্রায়ই যোনিতে শুষ্কতার অভিযোগ হয়ে পড়ে। তাঁরা সেক্সের সময় ওয়াটার বেসড্ লুব্রিকেন্ট *(কে-ওয়াই বা এস্ট্রোগ্লাইড)* ব্যবহার করে দেখতে পারেন।

সার্ভিক্সের সংবেদনশীলতা দ্বারা রক্তস্রাব ঃ- গর্ভাবস্থায় গর্ভাশয়ের মুখের সংবেদনশীলতাও অনেকটা বেড়ে ওঠে। যদি সম্ভোগের সময় আপনার সাথীর লিঙ্গ আপনার যোনির গভীরতা পর্যন্ত পৌঁছে যায়, তাহলে আপনার যোনি থেকে হাল্কা রক্তস্রাব হতে পারে। এতে ভয় পাবেন না... কিন্তু নিজের ডাক্তারকে এই ব্যাপারে অবশ্যই জানান।

এছাড়া আরও বেশ কিছু ভাবনাত্মক কারণ আপনার সেক্স আনন্দকে কমিয়ে নিয়ে আসতে পারে। সব থেকে ভালো হবে, যদি সকল বিষয়ে খোলাখুলি আলোচনা করা যায়।

ভ্রূণের চোট লাগা বা মিস্ক্যারেজ হওয়ার ভয় ঃ- চিন্তা ত্যাগ করুন আর সেক্সের ভরপুর আনন্দ উপভোগ করুন! স্বাভাবিক গর্ভাবস্থায় সেক্স করলে কোন প্রকারের ক্ষতি হয় না। গর্ভস্থ শিশু বড়ই আরামে আপনার গর্ভের মধ্যে এম্নিয়োটিক দ্রব্যের মধ্যে সুরক্ষিত থাকে। আপনার গর্ভাশয়ও পুরোপুরি বন্ধ রয়েছে। ডাক্তার যদি এমনটা না চান যে, আপনি গর্ভাবস্থায় সেক্স করুন... তাহলে তিনি সেটার কারণও আপনাকে আগে থেকেই জানিয়ে দেবেন... অন্যথা আপনি বড়ই মজায় নিজের সেক্স লাইফ উপভোগ করতে পারবেন।

চরম সুখ প্রাপ্তি দ্বারা শীঘ্র প্রসব হওয়ার ভয় ঃ- যদিও চরম সুখ প্রাপ্তির পরে গর্ভাশয় অনেকটাই সংকুচিত হয়ে পড়ে আর এটা বেশ কিছু গর্ভবতী মহিলাদের মধ্যে বেশী করে দেখতে পাওয়া যায়। এমনটা সম্ভোগের পরে আধ ঘন্টা পর্যন্ত বজায় থাকতে পারে... কিন্তু এটা প্রসবের সংকেত হয় না। স্বাভাবিক গর্ভাবস্থায় এতে কোন ক্ষতি হয় না। যদি এর থেকে দূরে থাকার কোন কারণ *(মিস্ক্যারেজ বা প্রী-টার্ম লেবারের ভয়, প্লেসেন্টার সমস্যা)* থাকত... তাহলে আপনার ডাক্তার আপনাকে সেটা অনেক আগে থেকেই জানিয়ে দিতেন।

গর্ভস্থ ভ্রূণের সব কিছু দেখে ফেলার বা সব কিছু জেনে ফেলার ভয় ঃ- এমনটা হতেই পারে না! চরম সুখ প্রাপ্তির সংকুচনের কারণে গর্ভস্থ

ভ্রূণ হাল্কা মজা তো প্রাপ্ত করবে... কিন্তু সে এটা কখনোই দেখতে পারবে না যে, আপনি কি করছেন আর না-ই তার এমন কোন স্মৃতি থাকবে! মূত্রাশয়ের গতিবিধির কারণেই ভ্রূণের প্রতিক্রিয়া *(সেক্সের সময় নড়াচড়া বা লাথি মারা তীব্র হয়ে ওঠা, চরম সুখ প্রাপ্তির পরে হৃদস্পন্দন তীব্র হয়ে ওঠা)* সামনে প্রকাশ পায়।

গর্ভস্থ শিশুর মাথায় আঘাত লাগার ভয় ঃ- যদিও আপনার সাথী মুখে কিছুই বলবেন না... কিন্তু ওনার মনের ভেতরে এই ভয় বাসা বেঁধে অবশ্যই থাকে। আসলে কোন লিঙ্গই এতটা বড় হয় না যে, সেটা গর্ভস্থ শিশুর মাথার কাছ পর্যন্ত পৌঁছতে পারবে। গর্ভস্থ শিশু বড়ই মজায় নিজের জায়গায় রয়েছে। এমন কি আপনার গর্ভস্থ শিশুর মাথা পেলভিসের কাছে থাকলেও আপনার সাথীর লিঙ্গ তার কোন ক্ষতিই করতে পারবে না। তবে হ্যাঁ... যদি এর কারণে অস্থিরতা হয়, তখন সেক্স করবেন না।

সেক্স দ্বারা সংক্রমণ হওয়ার ভয় ঃ- যদি আপনার সার্ভিক্সের মুখ বন্ধ থাকে আর আপনার সাথীর কোন যৌন রোগ না থাকে... তাহলে গর্ভাবস্থায় সম্ভোগের কারণে আপনার গর্ভস্থ শিশুর সংক্রমণ হয়ে পড়ার কোন ঝুঁকিই নেই! আপনার গর্ভস্থ শিশু বীর্য আর সংক্রমণের কীটাণুর থেকে পূর্ণ রূপে সুরক্ষিত রয়েছে।

আকর্ষণের ওপরে চিন্তা প্রভাবশালী হয়ে ওঠা ঃ- এমনটা ধরে নিচ্ছি যে, এই সময় আপনি মানসিক চাপে গ্রস্ত হয়ে রয়েছেন। আপনার শিশুর জন্ম নেওয়ার সময় এগিয়ে আসছে। এমন পরিস্থিতিতে মনের মধ্যে সেক্সী ভাবনা সৃষ্টি হতে পারে না। ভবিষ্যতে আসতে থাকা নতুন দায়িত্ব, ভাবনাত্মক এবং আর্থিক চ্যালেঞ্জ সর্বদাই আপনার মাথার ভেতরে ঘুরপাক খেয়ে বেড়াতে থাকে। সব থেকে ভালো হয়, যদি আপনি এই সব জিনিষগুলোকে নিজের সঙ্গে করে বিছানায় নিয়ে আসার পরিবর্তে আগেই নিজের সাথীকে বলে দেন।

আরামদায়ক মুদ্রা

গর্ভাবস্থায় সেক্সের মুদ্রা বদলাতে হয়। যদি আপনার সাথী আপনার ওপরে চাপ না দিয়ে সম্ভোগ চালিয়ে যেতে পারেন, তাহলে ঠিক আছে... অন্যথা আপনি এক পাশে ফিরে শুন বা আপনি নিজের সাথীর ওপরেও শুতে পারেন। মুদ্রা যাই হোক্ না কেন... সেটা আপনার পক্ষে আরামদায়ক হওয়া উচিত!

সম্পর্কে আসতে থাকা পরিবর্তন ঃ- এমনও হতে পারে যে, আপনার এই পরিবর্তিত সম্পর্কের সাথে সমঝোতা করতে মুশ্কিল হচ্ছে। আপনার এমনটা মনে হচ্ছে যে, আপনারা দুজনে এখন শুধু প্রেমিক-প্রেমিকা বা পতি-পত্নীই নন... এখন আপনারা দুজনে মাতা-পিতা হয়ে উঠতে চলেছেন। এমনটাও হতে পারে যে, এই পরিবর্তন আপনাদের দুজনের সম্পর্ককে আগের থেকেও অনেক বেশী মজবুত আর মধুর করে তুলবে!

ঈর্ষা ঃ- এটাও হতে পারে যে, আপনার সাথীর মনে ঈর্ষার সৃষ্টি হয়ে পড়তে পারে। ওনার এমনটা মনে হতে পারে যে, গর্ভাবস্থা আপনাকে সকলের আকর্ষণের কেন্দ্রবিন্দু বানিয়ে তুলেছে! অথবা আপনার এমনটা মনে হতে পারে যে, আপনাকে ফাঁসিয়ে তুলে আপনার সাথী জীবনের আসল মজা উপভোগ করছেন! এমন ভাবনা বিছানার বাইরে আপনারা দুজনে নিজেদের মধ্যে ভাগ করে নিলেই সব থেকে ভালো হবে।

গর্ভাবস্থার শেষ সময়ে সেক্স দ্বারা দ্রুত প্রসব হতে পারে ঃ- এটা সত্যি যে, গর্ভাবস্থার শেষ সময় কাছে এগিয়ে এলে চরম সুখ প্রাপ্ত হওয়ার পরে হওয়া সংকুচন আরও শক্তিশালী হয়ে ওঠে... কিন্তু যতক্ষন পর্যন্ত সার্ভিক্স তৈরী না হচ্ছে, ততক্ষন এই সংকুচনের কোন প্রভাবই পড়বে না। বিভিন্ন অধ্যয়ণ এটা জানাচ্ছে যে, গর্ভাবস্থার শেষ সময় পর্যন্ত সেক্সের জন্য সক্রিয় হয়ে থাকা গর্ভবতী মহিলারা সঠিক সময়েই প্রসব করেন।

এমনিতে একটা ব্যাপার আরও আছে – প্রথম দিকে আপনার কাছে সেক্সের একটাই উদ্দেশ্য ছিল... এক শিশুর জন্ম দেওয়া আর এখন আপনি কেবল মনোরঞ্জনের জন্য এসব করছেন। এজন্য মাসিক ধর্মের তারিখ, চার্ট, ক্যালেণ্ডার বা গর্ভ নিরোধকের কোন ঝামেলাই এখন আর নেই। আবার অনেক দম্পতি এমনটা মনে করেন যে, গর্ভাবস্থা তাঁদের দুজনকে আরও কাছাকাছি নিয়ে এসেছে... এজন্য তাঁরা বেড়ে ওঠা পেটকে বাধা হিসেবে না মেনে সেটাকে নিজেদের প্রেমের প্রতীক হিসেবেই মানেন!

যখন সেক্স সীমিত হতে পারে

যদিও গর্ভাবস্থাতেও আপনার আর আপনার সাথীর কাছে সেক্স যথেস্ট আনন্দদায়ক হতে পারে আর আপনারা দুজনে সেটার পূর্ণ আনন্দও ওঠাতে পারেন... কিন্তু সকলের এতটা সৌভাগ্য হয় না! ঝুঁকিপূর্ণ গর্ভাবস্থায় কিছু সময়ের জন্য বা গর্ভাবস্থার পুরো 9 মাসের জন্য সেক্সের পরে নিষেধাজ্ঞা লাগিয়ে দেওয়া হয়। অথবা গর্ভবতী মহিলাকে চরম সুখ ছাড়াই সম্ভোগের অনুমতি দেওয়া হয় বা কেবলমাত্র ফোরপ্লে-র অনুমতি দেওয়া হয় অথবা কণ্ডোমের সাথে যোনিতে লিঙ্গ প্রবেশের অনুমতি দেওয়া হয়। আপনার ডাক্তার যদি আপনার ওপরেও এমন কোন নিষেধাজ্ঞা জারী করে থাকেন, তাহলে বিনা সংকোচে ওনার থেকে এই বিষয়ের পূর্ণ তথ্য গ্রহণ করুন। এটা জেনে নিন যে, এই নিষেধাজ্ঞা কেন লাগানো হয়েছে বা ঠিক কতদিনের জন্য সেক্স মানা করা হয়েছে? নিম্নলিখিত অবস্থাগুলোয় সেক্সের ওপরে নিষেধাজ্ঞা জারী হতে পারে ঃ-

■যদি প্রী-টার্ম লেবারের সংকেত থাকে বা আগে যদি এমনটা হয়ে থাকে।

■যদি আপনার গর্ভাশয়ে কোন অভাব থাকে বা প্লেসেন্টার কোন সমস্যা থাকে।

■যদি আপনার রক্তস্রাব হতে থাকে বা আগে কখনো মিস্ক্যারেজ হয়ে থাকে।

যদি কেবল চরম সুখ প্রাপ্তির অনুমতি থাকে... তাহলে হস্তমৈথুন করুন আর আপনার সম্ভোগ করার অনুমতি থাকলে, কিন্তু চরম সুখ প্রাপ্ত করা মানা থাকলে... তাহলে আপনি সম্ভোগ করুন, কিন্তু চরম সুখ প্রাপ্ত হওয়ার আগেই সেটাকে থামিয়ে দিন। যদিও এতে পূর্ণ সন্তুষ্টি তো পাওয়া যাবে না... কিন্তু আপনি নিজের সাথীর কাছাকাছি আসার সুযোগ তো পেয়ে যাবেন। যদি কোন ব্যাপারের অনুমতি না থাকে, তাহলে সেই নিষেধাজ্ঞাকে নিজেদের সম্পর্কের মাঝে বাধা হয়ে উঠতে দেবেন না। কাছাকাছি আসার রোমান্টিক পদ্ধতি গ্রহণ করুন; যেমন – হাত ধরা, আলিঙ্গন করা বা এক সাথে বাইরে ঘুরতে যাওয়া!

অল্পে বেশী আনন্দ ওঠান

কোন ভালো যৌন সম্পর্ক এক দিনে বা এক রাতে তৈরী হয়ে পড়ে না! তার জন্য ধৈর্য্য, বুদ্ধিমত্তা আর পারস্পরিক ভালবাসার প্রয়োজন হয়। এটাও সত্যি যে, গর্ভাবস্থায় যৌন সম্পর্ককে বেশ কিছু মানসিক আর শারীরিক পরিবর্তনের ভেতর দিয়ে যেতে হয়। এখানে সেগুলোর মোকাবিলা করার কিছু উপায় জানানো হচ্ছে।

■সেক্সের বিশ্লেষণ করার বদলে সেটার মজা ওঠান! এই মুহূর্তগুলোকে এমনি বৃথা চলে যেতে দেবেন না। মাত্রার বদলে গুণবত্তার ওপরে দৃস্টি দিন। আপনার আগের সেক্স লাইফ আর এই দিনগুলোর সেক্স লাইফের মধ্যে তুলনা করতে যাবেন না। এখন তো এসবে অনেকটাই পার্থক্য এসে গেছে।

■সর্বদা ইতিবাচক চিন্তাধারা বজায় রাখুন। এটা মাথায় রাখবেন যে, সেক্স আপনার শরীরকে ভাবী প্রসবের জন্যও তৈরী করে তুলছে। আপনি যদি ইন্টারকোর্স *(সম্ভোগ)*-য়ের সময় কীগল ব্যায়াম করতে পারেন, তাহলে আরও ভালো হয়। নিজের গোলগাল শরীরটাকে *'সেক্সী'* হিসেবে মনে করুন। এমনটা চিন্তা করুন যে, প্রতিটি আলিঙ্গনে আপনারা দুজনে মনের দিক থেকেও আরও কাছাকাছি আসছেন।

■সম্ভোগে কিছুটা রোমাঞ্চ নিয়ে আসুন। যদি পুরোন মুদ্রায় সম্ভোগ করতে অসুবিধা হয়, তাহলে নতুন কিছু ভাবুন। মনে রাখবেন যে, যে কোন নতুন মুদ্রায় ফিট্ হতে একটু সময় লাগে।

■নিজের আশা বাস্তবিকতার সীমা পর্যন্তই রাখুন। এই দিনগুলোয় আপনাকে বিভিন্ন প্রকারের চ্যালেঞ্জের মোকাবিলা করতে হতে পারে। কিছু-কিছু গর্ভবতী মহিলাদের চরম সুখ অনুভব করতে সময় লাগে না... আবার কিছু-কিছু গর্ভবতী মহিলা গর্ভাবস্থার পুরো 9 মাস সেটার জন্য অপেক্ষা করে থাকেন। মনে রাখবেন যে, অনেক বার চরম সুখ প্রাপ্ত না হলেও পরস্পরের সঙ্গই অনেক কিছু হয়!

এটা মাথায় রাখবেন যে, সম্পর্কে সম্প্রেষণেরও যথেস্ট গুরুত্ব থাকে। পারস্পরিক বার্তালাপ দ্বারা আপনারা এই নতুন চ্যালেঞ্জের মোকাবিলা ভালো ভাবে করতে পারবেন। কোন সমস্যা থাকলে সেটাকে বিছানায় টেনে নিয়ে যাওয়ার আগেই সমাধান করে নিন। তাতেও কাজ না হলে ব্যবহারিক সহায়তা গ্রহণ করুন। এখন তো আপনি কেবল দুজনের ব্যাপারে চিন্তা করছেন... কিন্তু খুব শীঘ্র আপনাকে তিনজনের ব্যাপারে চিন্তা করতে হবে।

এটাও মনে রাখবেন যে, সকল দম্পতি গর্ভাবস্থায় সেক্সের জন্য আলাদা-আলাদা ভাবে প্রতিক্রিয়া ব্যক্ত করেন। আপনাদের দুজনের জন্য এই সময় সেটাই স্বাভাবিক হবে, যেটা আপনাদের ভালো লাগবে। পরস্পরের আলিঙ্গনে নিজেদের হারিয়ে ফেলুন... এর থেকে ভালো সময় আর পাবেন না!

■ ■ ■

ষষ্ঠ মাস

প্রায় 23 থেকে 27 সপ্তাহ

এবার তো আর আপনার পেটের ভেতরে হতে থাকা গতিবিধির ব্যাপারে কোন সন্দেহ হওয়ার অবকাশই নেই। এতদিনে তো আপনার গর্ভস্থ শিশু ছোট-ছোট লাথি-ঘুঁষির বৃষ্টি শুরু করে দিয়েছে! কখনো-কখনো আপনি হয়তো নিজের গর্ভস্থ শিশুর হেঁচকী অনুভব করারও সুযোগ পেয়ে যান। এই মাসের পরে আপনার গর্ভাবস্থার দ্বিতীয় তিন মাস শেষ হয়ে পড়বে। তবে এখনও আপনাকে নিজের আর গর্ভস্থ শিশুর বিকাশের বেশ কিছু সিঁড়ি পার করতে হবে। নিজের পা দুটোকে একবার দেখে নিন... কারণ আপনার ক্রমশঃ বেড়ে উঠতে থাকা পেট আপনাকে এর পরে এই সুযোগ আর দেবে না!

এই মাসে আপনার শিশুর বিকাশ

23-তম সপ্তাহ ঃ- আপনার গর্ভে কোন জানলা থাকলে আপনি এটা দেখতে পেতেন যে, এই সময় আপনার গর্ভস্থ শিশুর ত্বক কেমন ভাবে ঝুলে রয়েছে! এমনটা এজন্য হয়... কারণ ত্বক, ফ্যাটের থেকে দ্রুত বেড়ে ওঠে আর এখনও এতটা ফ্যাট নেই... যেটা ত্বককে ভরতে পারে। এই সপ্তাহে আপনার গর্ভস্থ শিশু উচ্চতায় প্রায় 8" আর ওজনে 1 পাউণ্ডের মত হবে। মাসের শেষের দিকে ওর ওজন দ্বিগুণ হয়ে পড়বে। একবার ফ্যাট তৈরী হওয়া শুরু হয়ে পড়লে সেটার পারদর্শিতাও কমে আসবে। এখন তো ত্বকের নীচের অঙ্গ আর হাড়ই দেখা যেতে পারে... কিন্তু অষ্টম মাসে আপনার গর্ভস্থ শিশু এই ভাবে পারদর্শী থাকবে না।

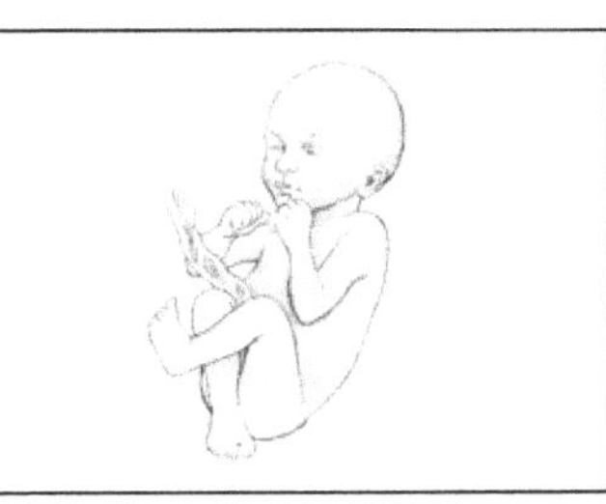

আপনার 6 মাসের বাচ্চা

24-তম সপ্তাহ ঃ- এখন ওর উচ্চতা প্রায় 8½" আর ওজন 1½ পাউণ্ড হবে। এখন আর আপনার গর্ভস্থ শিশুর তুলনা কোন ফলের আকারের সাথে করা চলবে না। ও প্রতি সপ্তাহে প্রায় 6 আউন্স করে নিজের ওজন বাড়াচ্ছে। এই সমস্ত ওজন ওর শরীরের অঙ্গ, হাড়, মাংসপেশী আর ফ্যাটের কারণে বেড়ে উঠছে। এখন ওর সুন্দর মুখ পুরো তৈরী হয়ে পড়েছে... কিন্তু ওর চুলে পিগমেন্টের কোন প্রভাব নেই। এজন্য আমরা ওর চুলের রং বলতে পারছি না।

25-তম সপ্তাহ ঃ- আপনার

গর্ভস্থ শিশু এখন অত্যন্ত দ্রুত উন্নতি করে চলেছে। এই সময় ওর দৈর্ঘ্য প্রায় 9" আর ওজন 1½ পাউণ্ডের মত হয়ে পড়েছে। ওর রক্ত নলিকাগুলোয় রক্ত ভরছে। এই সপ্তাহের শেষ নাগাদ ওর ফুসফুসও তাজা হাওয়া টেনে নেওয়ার জন্য পুরোপুরি তৈরী হয়ে পড়বে। যদিও এখনও ওর ফুসফুস পুরো তৈরী হয়নি... সেটার জন্য কিছুটা সময় তো লাগবে। সেটা এখনও রক্ত প্রবাহে অক্সিজেন পৌঁছনোর যোগ্য হয়ে ওঠেনি। এই সপ্তাহে ওর বন্ধ নাক খুলে যাবে। এই প্রকার ও শ্বাস নেওয়ার অভ্যাস করতে পারবে। ওর ভোকাল কর্ডও কাজ করছে। আপনি ওর হেঁচকী তো নিশ্চয়ই অনুভব করে থাকবেন।

26-তম সপ্তাহ ঃ- আপনার গর্ভস্থ শিশু এখন ঠিক 2 পাউণ্ডের এক মাংসের টুকরোর মত হয়ে পড়েছে। ওর উচ্চতা এখন প্রায় 9" হয়ে পড়েছে। ওর চোখ এখন ধীরে-ধীরে খুলতে লেগেছে। ওর চোখের রং এখন বলা যেতে পারে না... যদিও ও এখন অন্ধকারে একটু-আধটু দেখতে পায়। তীব্র আলো আর আওয়াজ হলে ও সেটার প্রতি প্রতিক্রিয়া অবশ্যই ব্যক্ত করে। ও এখন নিজের চোখের পাতা দ্রুত ফেলতে লেগেছে।

27-তম সপ্তাহ ঃ- এই সপ্তাহে আপনার গর্ভস্থ শিশুর বিকাশ চার্ট নতুন করে তৈরী করতে হবে। এখন আমরা তাকে মাথা থেকে পা পর্যন্ত মাপতে পারি। এই সপ্তাহে ওর উচ্চতা প্রায় 15" হবে আর ওজন 2 পাউণ্ডের বেশী হবে। এবার ওর স্বাদেন্দ্রিয় জাগ্রত হয়ে উঠতে লেগেছে আর আপনি যা কিছু খাবেন, এম্‌নিয়োটিক দ্রব্যের মাধ্যমে সে সেগুলোর স্বাদ প্রাপ্ত করবে। উদাহরণস্বরূপ কিছু শিশু তীক্ষ্ম ভোজনের পরে হেঁচকী তুলতে থাকে বা অত্যন্ত দ্রুত লাথি মারতে থাকে।

আপনি কেমন অনুভব করছেন ?

আপনার এটা মনে আছে তো যে, প্রতিটি গর্ভবতী মহিলা আর গর্ভাবস্থা আলাদা-আলাদা হয়। এমনও হতে পারে যে, আপনি এক সাথে অথবা কখনো-কখনো এই সব লক্ষণ অনুভব করছেন। কিছু লক্ষণ আগের মাসগুলো থেকে চলে আসছে আর কিছু লক্ষণ একেবারে নতুন হবে। আপনি কিছু-কিছু লক্ষণে এতটাই অভ্যস্ত হয়ে উঠবেন যে, সেগুলোকে চিহ্নিত করা মুশকিল হয়ে উঠবে। আপনার লক্ষণ কিছুটা কমও হতে পারে। এই মাসে আপনি নিম্নলিখিত লক্ষণগুলো অনুভব করতে পারেন।

এক নজর

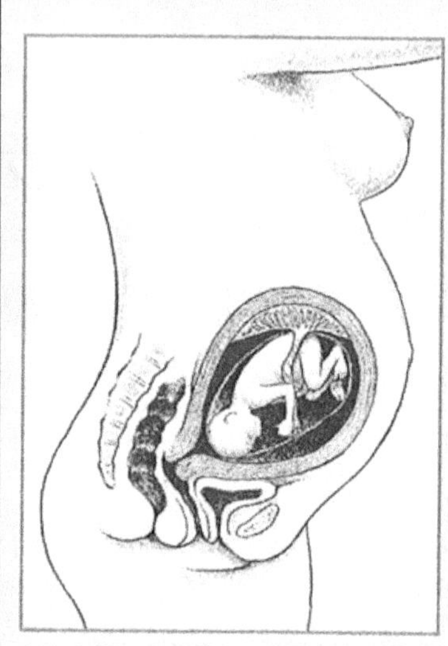

এই মাসের শুরুতে আপনার গর্ভাশয় নাভির প্রায় 1½" ওপরে থাকবে। মাসের শেষে এটার উচ্চতা 2½" পর্যন্ত পৌঁছতে পারে। এখন এটার আকার এক বাস্কেট বলের মত!

শারীরিক

- ভ্রূণের গতিবিধিতে বৃদ্ধি
- যোনি থেকে লাগাতার স্রাব
- পেটের নীচের অংশে এবং দু পাশে যন্ত্রণা
- কোষ্ঠকাঠিন্য
- বুকে জ্বলুনি, অপচন আর পেট ফাঁপা

- কখনো-কখনো মাথায় যন্ত্রণা, বেহুঁশী বা মাথা ঘোরা
- নাক বন্ধ হয়ে আসা বা কখনো-কখনো নাক থেকে রক্ত আসা, কানে ময়লা ভরে যাওয়া
- ব্রাশ করার সময় মাড়ি থেকে রক্ত আসা
- ভালোমতন ক্ষিধে লাগা
- গোড়ালি আর পায়ে হাল্কা ফোলা ভাব
- পায়ের ভেরিকোজ শিরা, হীমরয়েডস্
- পেটের নীচের দিকের অংশে চুলকোনি
- নাভি বাইরের দিকে বেরিয়ে আসা
- পিঠে যন্ত্রণা
- পেটের নীচের দিকে অংশে আর মুখে পিগমেন্টেশন
- স্ট্রেচ মার্কস
- বক্ষস্থল বিস্তৃত হয়ে পড়া

ভাবনাত্মক

- মুডে পরিবর্তন কমে আসা
- মস্তিস্ক এদিক-ওদিকে ঘুরে বেড়ানো
- গর্ভাবস্থায় হাল্কা বোরিং ভাব
- ভবিষ্যতের প্রতি কিছুটা মানসিক চাপ
- ভবিষ্যতের প্রতি অত্যন্ত উত্তেজনা

এই মাসের চেক-আপ্

গর্ভাবস্থায় দ্বিতীয় তিন মাসের শেষে আপনার ডাক্তার নিম্নলিখিত পরীক্ষা করতে পারেন। যদিও সেটা অনেকটা আপনার অবস্থা আর ডাক্তারের চিকিৎসা শৈলীর ওপরে অনেকটা নির্ভর করে।

- ওজন আর রক্তচাপ
- শুগার আর প্রোটিনের জন্য মূত্র পরীক্ষা
- গর্ভাশয়ের উচ্চতা
- গর্ভাশয়ের আকার আর ভ্রূণের অবস্থান *(বাইরে থেকে অনুমান)*
- হাত-পায়ের ফোলা ভাব
- এমন কিছু বিশেষ লক্ষণ, যেগুলো আপনি অনুভব করছেন
- আপনার কিছু প্রশ্ন এবং কৌতূহল

আপনি কি ভাবছেন ?

ঘুম আসতে অসুবিধা

"আমার জীবনে কোনদিনও ঘুম আসতে অসুবিধা হয়নি। আর এখন আমি রাতে ঘুমোতেই পারছি না!"

মাঝরাতে ঘুম থেকে উঠে বার-বার বাথরুমে যাওয়া, পায়ে টান ধরা, বুকে জ্বলুনি, শরীরে গরম ভাব অনুভব করা আর এত বড় আকারের পেট নিয়ে রাতে ভালো করে ঘুম কি করে আসতে পারে ? এমনিতে এসব ঠিকই আছে... আপনি আগামী ভবিষ্যতের প্রশিক্ষণ নিচ্ছেন। ছোট্ট শিশু এই পৃথিবীতে আসার পরেও আপনাকে ঠিক এই ভাবেই রাতে জেগে থাকতে হবে... কিন্তু এখন থেকেই রাত জাগার এতটা অভ্যাস করতে যাবেন না। রাতে ভালো ঘুম নিয়ে আসার জন্য বিশেষ উপায় গ্রহণ করুন –

- দিনের বেলায় নিজের শরীরকে কিছুটা কাজে ব্যস্ত রাখুন। দিনের বেলা কাজ করতে থাকা শরীর রাতে ভালো করে ঘুমোয়। এতে কাজ না হলে ব্যায়াম করুন... কিন্তু রাতে ঘুমোনোর আগে ব্যায়াম করবেন না। এতে আপনার অবশিষ্ট ঘুমও চলে যাবে।
- নিজের মস্তিস্ককে শান্ত রাখুন। বাড়ী বা অফিসে কাজের চাপ বেশী থাকলে সেটা অন্য সহকর্মীদের সাথে ভাগ করে নিন। আপনার কথা শোনার মত কেউ না থাকলে নিজের সব চিন্তা একটা কাগজে লিখে রাখুন আর তারপর শান্তিতে ঘুমিয়ে পড়ুন। এই ভাবে আপনার সমস্যার কোন-না-কোন সমাধান অবশ্যই বেরিয়ে আসবে। রাতে ঘুমোনোর সময় মনের মধ্যে প্রশ্নানুসার চিন্তাধারা নিয়ে আসুন।
- রাতের খাবার ঠুসে-ঠুসে খাওয়ার বদলে আরাম করে ধীরে-ধীরে চিবোন... যাতে রাতে হতে থাকা বুকে জ্বলুনির কারণে আপনাকে বিছানায় বার-বার এপাশ-ওপাশ না করতে হয়। খাবার খাওয়ার পরেই বিছানায় শুতে চলে যাবেন না। পেট ভরে এলে আমরা

এনার্জীতে ভরপুর হয়ে উঠি আর এর ফলে ঘুমোন মুশকিল হয়ে পড়ে।

- প্রয়োজনের অতিরিক্ত ভোজনও ঘুমে ব্যাঘাত ঘটায়। নিজের কাছে সর্বদা হাল্কা-ফুল্কা স্ন্যাক্স রাখুন, যাতে রাতে ক্ষিধে পেলে খেতে পারেন। ঠাকুমা-দিদিমাদের বলা প্রয়োগ গ্রহণ করুন – রাতে ঘুমোবার আগে এক গ্লাস গুনগুনা গরম দুধ পান করুন। প্রোটিন আর কমপ্লেক্স কার্বের মিশ্রণ দ্বারাও এই প্রভাব প্রাপ্ত হয়। কোন ফল খান, চীজ বা কিশমিশ মেশানো দই খান। দুধে একটা মফিন বা ওটমীল কুকিজ ডুবিয়ে খান।
- আপনার রাতে ঘুম থেকে উঠে বার-বার বাথরুমে যেতে হওয়ার কারণে ঘুম নষ্ট হয়ে পড়লে সন্ধ্যা 6-টার পরে তরল পদার্থের মাত্রা কিছুটা কমিয়ে আনুন। পিপাসা লাগলে জল অবশ্যই পান করুন... কিন্তু রাতে ঘুমোবার ঠিক আগে 16 আউন্সের পুরো বোতল পান করবেন না।
- দুপুরের পরে কোন রূপেই ক্যাফিন সেবন বন্ধ করে দিন। ক্যাফিন আপনাকে 6 ঘন্টা পর্যন্ত ফিট্ রাখে। এটা আপনার এনার্জীর স্তরকেও উঁচু করে তোলে।
- নিজের ঘুমোনোর রুটীন নির্দিষ্ট করুন। আপনি নিজের পুরোন রুটীন অনুসারে চললে রাতে ভালো করে ঘুমোতে পারবেন। খাবার খাওয়ার পরে নিজের গতিবিধি কিছুটা কমিয়ে আনুন। হাল্কা-ফুল্কা কিছু একটা পড়ুন বা কয়েক মিনিট পর্যন্ত টি.ভি. দেখুন। হাল্কা মিউজিক শুনুন, যোগ বা শিথিলতা টেকনিকের অভ্যাস করুন। গুনগুনা গরম জলে স্নান করুন বা নিজের সাথীর সাথে কিছুটা রোমান্সও করে নিতে পারেন।
- গর্ভাবস্থায় বিছানায় বেশ কিছু বালিশ আপনার শরীরকে অনেকটা আরাম প্রদান করবে। সেগুলো দিয়ে নিজের শরীরকে সঠিক ভাবে সাপোর্ট প্রদান করুন আর আরামদায়ক মুদ্রায় ঘুমোন। বিছানার গদী সঠিক হওয়া উচিত। বেডরুমও বেশী ঠাণ্ডা বা বেশী গরম হওয়া উচিত নয়।
- দম বন্ধ করা পরিবেশেও ঘুম আসতে চায় না। বেডরুম কিছুটা হাওয়াদার হওয়া উচিত। কখনো মাথা ঢেকে শোবেন না। এতে অক্সিজেনের অভাব হয়ে পড়বে আর কার্বন-ডাই-অক্সাইডের মাত্রা বেড়ে উঠবে। আপনার মাথায় যন্ত্রণা হতে থাকবে।
- কোন প্রকারের ঘুমের ওষুধ খাওয়ার আগে নিজের ডাক্তারকে জানান। ডাক্তার ম্যাগ্নেশিয়ামের ট্যাবলেট খেতে বললে সেটা বিছানায় যাওয়ার আগে খান... কারণ ম্যাগ্নেশিয়াম শরীরকে শিথিল করে তোলে।
- বিছানায় ঘুম আর সেক্সকে বাদ দিয়ে অন্য কোন গতিবিধি করবেন না। সেসব কাজ বাড়ীর অন্যান্য অংশে করুন, যাতে বিছানায় আসামাত্র আপনার ঘুম এসে পড়ে।
- ক্লান্ত লাগলে তবেই ঘুমোতে যান। আপনি ঘড়ি দেখে ঘুমোবার চেষ্টা করলে আপনার ঘুম আসবে না। এর সাথে-সাথে শরীরে খুব বেশী ক্লান্তিও আসতে দেবেন না। অত্যধিক ক্লান্তির কারণেও ঘুম আসে না।
- নিজের ঘুমকে কখনো ঘন্টার হিসেবে বাঁধবেন না। যেসব লোকেরা এমনটা বলেন যে, তাঁদের ঘুম সংক্রান্ত সমস্যা রয়েছে, তাঁরা আসলে প্রয়োজনের অতিরিক্ত ঘুমোন। আপনি যদি লাগাতার ক্লান্ত অনুভব না করেন... তাহলে সেটার অর্থ হচেছ এই যে, আপনি পুরো সময় ঘুমোচেছন।
- রাতে ঘুম না এলে বিছানায় পড়ে থাকার বদলে অন্য কোন কাজ করুন। সেই সময় ঘুম না আসার চিন্তা একেবারে করবেন না।
- নিজের এক সময়ের অপূর্ণ ঘুমের চিন্তায় ভবিষ্যতের ঘুমকে খারাপ করে তুলবেন না।

সময়কে বন্দী করে নিন

একটা বাক্স নিন! তাতে নিজের গর্ভাবস্থার ফোটো, নিজের সাথী আর পোষা জন্তুর ফোটো ইত্যাদি রাখুন। এতে গর্ভস্থ শিশুর আল্ট্রাসাউণ্ডের রিপোর্টও রাখুন। আপনার মনের মত রেস্তোঁরার মেনু, সাম্প্রতিক সময়ের কোন ম্যাগাজিন বা সংবাদপত্র সেই বাক্সে রাখুন। এই বাক্সটাকে এমনিই বন্ধ করে রাখুন। আপনার শিশু যখন কিছুটা বড় হয়ে উঠবে... তখন সে নিজের জন্মের আগের এই সব জিনিষ দেখে বড়ই মজা পাবে!

নাভির ফোলা ভাব

"আমার নাভি একেবারে ভেতরের দিকে ছিল। এখন সেটা বাইরের দিকে বেরিয়ে এসেছে। এটা কি ডেলিভারীর পরেও এমনটাই থাকবে ?"

সেটা কি আপনার পোশাক স্পর্শ করতে শুরু করেছে ? চিন্তা করবেন না... গর্ভাবস্থায় প্রায় এমনটা হয়ে পড়ে। যখন ফুলে ওঠা গর্ভাশয় ওপরের দিকে চলে আসে, তখন নাভিও বাইরের দিকে বেরিয়ে আসে। এটা ডেলিভারীর কিছু সময় পরে আপনা থেকেই ঠিক হয়ে পড়বে। ততদিন পর্যন্ত আপনি নিজের নাভি থেকে ময়লা বার করতে থাকুন। আপনি নিজের নাভিকে একটা ব্যাণ্ডেজ দিয়েও ঢেকে রাখতে পারেন। মনে রাখবেন যে, এতে লজ্জা পাওয়া কিছু নেই... এটাও গর্ভাবস্থার গৌরবশালী পুরস্কারগুলোর অন্যতম হয়!

গর্ভস্থ শিশুর লাথি মারা

"কখনো-কখনো বাচ্চা সারা দিন ধরেই লাথি মারতে থাকে আর কখনো-কখনো সারা দিন শান্ত হয়ে থাকে। এসব কি স্বাভাবিক ?"

গর্ভস্থ শিশুও এক রক্ত-মাংসে গড়া মানুষ হয়... কখনো-কখনো তারও লাফালাফি করার ইচ্ছা হয়... আবার কখনো-কখনো চুপচাপ বসে থাকতে তার মন চায়। গর্ভস্থ শিশুর গতিবিধি আপনার গতিবিধির ওপরেও অনেকটা নির্ভর করে। আপনি সারাটা দিন গতিশীল হয়ে থাকলে সেও আপনার তালে তাল মেলাতে থাকবে আর খুব কম নড়াচড়া করবে। আপনি নিজের ব্যস্ততার কারণে তার সেই নড়াচড়াকে অনুভব করতে পারবেন না। আর আপনি যখন শান্ত হয়ে বসে থাকবেন আপনার গর্ভস্থ শিশুর গতিবিধিও বেড়ে উঠবে। তখন প্রায় রাতে ঘুমোবার সময় বা দিনে বিশ্রাম করার সময় আপনি তার নড়াচড়া বেশী করে অনুভব করবেন। আপনার অস্থিরতা আর উত্তেজনার সময়ও গর্ভস্থ শিশুর গতিবিধি বেড়ে ওঠে।

গর্ভস্থ শিশু সাধারণতঃ 24 থেকে 28 সপ্তাহে সব থেকে বেশী সক্রিয় হয়ে ওঠে। সেই সময় সে বেশী লাফালাফি বা ডিগবাজী তো খেতে পারে না... এজন্য কাজে ব্যস্ত হয়ে থাকা গর্ভবতী মহিলারা গর্ভস্থ শিশুর একটু-আধটু নড়াচড়া অনুভব করতে পারেন না। 28 থেকে 32 সপ্তাহে ভ্রূণের নড়াচড়া অনেকটাই পরিস্কার, তীব্র আর সংগঠিত হয়ে ওঠে।

যদি এন্টীটিয়র প্লেসেন্টার অবস্থান হয়, তাহলে শিশুর নড়াচড়া অনুভব হতে আরও বেশী সময় লাগতে পারে।

আপনি নিজের গর্ভস্থ শিশুর নড়াচড়াকে অন্যান্য গর্ভস্থ শিশুদের নড়াচড়ার সাথে তুলনা করতে যাবেন না। প্রতিটি গর্ভস্থ শিশুর নড়াচড়া আর বিকাশের গড়ন আলাদা হয়। কিছু গর্ভস্থ শিশু সর্বদাই সক্রিয় হয়ে থাকে আর কিছু গর্ভস্থ শিশু শান্ত হয়ে থাকতে পছন্দ করে। কিছু গর্ভস্থ শিশু এতটাই নিয়মিত হয় যে, মায়েরা তাদের নড়াচড়ার সাথে নিজেদের ঘড়ি মেলান আর কিছু গর্ভস্থ শিশু নিজেদের মত করে চলতে পছন্দ করে! 28-তম সপ্তাহ পর্যন্ত গর্ভস্থ শিশুর নড়াচড়ার রেকর্ড রাখাটা জরুরী হয় না।

"কখনো-কখনো বাচ্চা এত জোরে লাথি কষায় যে, আমার আঘাত লাগে!"

গর্ভাশয়ে আপনার শিশু পরিপক্ক হয়ে উঠছে। সে দিন-দিন মজবুত হয়ে উঠছে... এজন্য হাল্কা-ফুল্কা লাথি এবার ভারী কিক হয়ে উঠবে। যদি এই সময়ে আপনার পেট, সার্ভিক্স বা পাঁজরে জোরে লাথি পড়ে, তাহলে চমকে উঠবেন না... যখনই এমন হামলা হবে, তখনই নিজের অবস্থানকে বদলাবার চেষ্টা করুন। এই ভাবে গর্ভস্থ শিশুরও সন্তুলন বদলাবে আর ও কিছুক্ষনের জন্য লাথি চালানো বন্ধ রাখবে।

"বাচ্চা প্রায়ই লাথি মারতে থাকে। আমার পেটে কি যমজ বাচ্চা রয়েছে ?"

প্রতিটি গর্ভবতী মহিলারই কোন-না-কোন কারণে এমনটা মনে হতে থাকে যে, তাঁর পেটে যমজ সন্তান বড় হয়ে উঠছে। আসলে গর্ভের মধ্যে শিশু নানা প্রকারে ডিগবাজী খায়। আপনার যদি এমনটা মনে হয় যে, দুটো হাতের ঘুঁষি ছাড়া

আপনার পেটে আরও বেশ কিছু ঘুঁষি পড়ছে... তাহলে সেটা আপনার গর্ভস্থ শিশুর হাঁটু, কনুই বা পায়ের গতিবিধি হতে পারে। যদি সত্যি-সত্যি আপনার পেটে যমজ বাচ্চা থাকে... তাহলে সেটা আল্ট্রাসাউণ্ডের সহায়তায় আপনি এত দিনে জেনে যেতেন।

পেট চুলকোতে থাকা

"আমার পেটে লাগাতার চুলকোতে থাকে। এই জিনিষটা আমাকে পাগল করে তুলেছে!"

গর্ভাবস্থায় পেট চুলকোতে থাকে। আপনার পেট যেমন-যেমন ফুলে উঠবে, চুলকোনিও বেড়ে উঠবে... কারণ এই সময় আপনার ত্বকে লাগাতার টান পড়ছে, যার ফলে সেটার নমনীয়তাও শেষ হয়ে আসছে আর সেখানটা চুলকোতে থাকছে। আপনি যদি সেই জায়গাটা নখ দিয়ে আঁচড়ান, তাহলে অবস্থা আরও খারাপ হয়ে উঠবে। ময়েশ্চারায়জার আপনাকে কিছুটা আরাম প্রদান করতে পারে। চুলকোনি বন্ধ করার জন্য ক্যালেমাইন লোশন লাগান বা ওটমীল বাথ নিন। আপনার যদি এমন চুলকোনি হতে থাকে, যেটার সাথে শুস্ক ত্বকের কোন সম্পর্ক নেই বা আপনার পেটে যদি র‍্যাশ দেখতে পাওয়া যায়... তাহলে ডাক্তারের কাছে যেতে দেরী করবেন না।

বেডৌল

"আমি যা কিছু ওঠাই, আমার হাত থেকে পড়ে যায়। আমি হঠাৎ এতটা বেডৌল কি করে হয়ে পড়লাম?"

পেটের ওপরে ফালতু মাংস এসে পড়া ছাড়া গর্ভাবস্থায় আরও কয়েক ধরণের পরিবর্তন আসে। জয়েন্ট আর লিগামেন্টগুলোর শিথিলতা আর জল জমা হওয়ার কারণে সেগুলোর ওপরে আপনার নিয়ন্ত্রণ শিথিল হয়ে পড়তে থাকে। এই মুহূর্তে আপনি গর্ভাবস্থার চ্যালেঞ্জের মোকাবিলা করছেন, ভুলো মনের হয়ে উঠছেন... এজন্য আপনি কোন বস্তুর ওপরে পূর্ণ রূপে একাগ্র হয়ে উঠতে পারছেন না। পেটের ভার বেড়ে ওঠায় আপনার মাধ্যাকর্ষণের কেন্দ্র বদলে গেছে... এজন্য কখনো-কখনো আপনার সন্তুলনও বিগড়ে যায়। আপনি যখন সিঁড়ি বেয়ে ওপরে ওঠেন, ঢালান বেয়ে নীচের দিকে আসেন বা যখন আপনি কোন ভারী জিনিষ ওঠান... তখন আপনি নিজের এই বিগড়ে যাওয়া সন্তুলনের অনুভব বেশী করে করেন। পেট সামনের দিকে বেরিয়ে আসায় আপনি নিজের পায়ের সামনে আসা জিনিষ দেখতে পান না আর সেটায় পা জড়িয়ে আপনি পড়ে যান। গর্ভাবস্থার ক্লান্তিকেও এমনটা হওয়ার জন্য অনেকটাই দায়ী করা যেতে পারে।

এই প্রকারের আনাড়িপনা দ্বারা স্বভাব খিট্‌খিটে হয়ে ওঠে। গাড়ীর চাবির গোছা বার-বার মাটিতে পড়ে যেতে থাকলে সেটা ওঠাতে গিয়ে পিঠ বা ঘাড়ে যন্ত্রণা হতে পারে।

আপনি যদি হঠাৎ করে পড়ে যান, তাহলে গুরুতর আঘাত লেগে সমস্যা উৎপন্ন হতে পারে।

এবার আপনাকে নিজের দৈনন্দিন কাজগুলোয় কিছুটা পরিবর্তন নিয়ে আসতে হবে। কাঁচের বাসনপত্র সাফ করার দায়িত্ব অন্য কারো ওপরে চাপিয়ে দিন। মাটিতে বরফের টুকরো পড়ে থাকলে একটু সাবধানে হাঁটাচলা করুন। সিঁড়িতে ফালতু জিনিষপত্র রাখবেন না। চেয়ারের ওপরে চড়ে কোন কাজ করতে যাবেন না। ক্লান্ত লাগলে বেশী কাজ করতে যাবেন না। নিজের সীমা চিনে নিন আর সেই অনুসারে চলুন এবং এই জিনিষটাকে কিছুটা হাল্কা ভাবে নিতে শিখুন।

হাত অনুভূতিশূণ্য হয়ে আসা

"মাঝরাতে প্রায় আমার ঘুম ভেঙে যায় আর আমি নিজের হাতের আঙুলগুলোয় কোন সার পাই না। এটা কি গর্ভাবস্থার কারণে হচ্ছে?"

ফুলে ওঠা উত্তকগুলোর কারণে যখন শিরাগুলোর ওপরে চাপ পড়ে, তখন প্রায়ই গর্ভবতী মহিলারা নিজেদের হাত-পায়ের আঙুলগুলোয় অনুভূতি শূণ্যতা অনুভব করেন। এটা এক স্বাভাবিক লক্ষণ হয়। যদি যন্ত্রণা আর অনুভূতি শূণ্যতা আপনার ডান হাতে হয়, তাহলে আপনি করপল টানেল সিণ্ড্রোমে গ্রস্ত হতে পারেন। এক হাত দিয়ে বেশী কাজ করতে

থাকা লোকেদের প্রায়ই এই সমস্যা হয়ে পড়ে। করপল টানেল সিণ্ড্রোম থাকলে তাতে প্রভাবিত হয়ে গর্ভবতী মহিলাদের হাতের আঙুলও অনুভূতি শূণ্য হয়ে পড়তে পারে। এই কারণে জ্বলুনি বা যন্ত্রণার অনুভূতিও হতে পারে। এই লক্ষণ হাত আর কব্জির ওপরে প্রভাব বিস্তার করে ওপরের দিকে বাহু পর্যন্তও পৌঁছে যেতে পারে।

যদিও সি.টি.এস.-য়ের যন্ত্রণা দিনের মধ্যে যে কোন সময় হতে পারে... কিন্তু এটা রাতের দিকেই বেশী করে অনুভূত হয়। হাতের ওপরে ভর দিয়ে শুলে অবস্থা আরও বেশী খারাপ হয়ে পড়তে পারে। ঘুমোবার সময় হাতকে উঁচু বালিশের ওপরে রেখে ঘুমোন। অনুভূতি শূণ্যতা অনুভূত হলে হাত ঝাঁকান। এর কারণে ঘুমে ব্যাঘাত ঘটলে ডাক্তারের পরামর্শ নিন। রিস্ট স্প্লিন্ট পরলে বা আকুপাংচার করালে আরাম পেতে পারেন।

সি.টি.এস.-য়ের জন্য দেওয়া নন্-স্টেরয়ডাল আর এ্যান্টি-ইন্ফ্লেমেটরি ওষুধ গর্ভাবস্থায় দেওয়া হয় না। নিজের ডাক্তারের থেকে এই ব্যাপারে জেনে নিন। এমনিতে ডেলিভারীর পরে যখন শরীরের ফোলা ভাব কমে আসবে... তখন সি.টি.এস.-তেও আপনা থেকে আরাম আসবে।

পায়ে টান ধরা

"পায়ে টান ধরার কারণে আমি প্রায়ই রাতে ঘুমোতে পারি না!"

- গর্ভাবস্থার দ্বিতীয় বা তৃতীয় তিন মাসে প্রায়ই পায়ে টান ধরে। যদিও এটার নির্দিষ্ট কোন কারণ কেউ-ই জানেন না। এমন বেশ কিছু সিদ্ধান্ত রয়েছে... যেগুলো গর্ভাবস্থার ভার, পায়ের রক্ত নলিকাগুলোর ওপরে চাপ আর আহার *(ফোস্ফোরাসের অধিকতা, ক্যালশিয়াম আর ম্যাগ্নেশিয়ামের অভাব)*-কে এর জন্য দায়ী মানে। আপনি হার্মোনকেও এর জন্য দায়ী মানতে পারেন... কারণ হার্মোনের কারণেও গর্ভাবস্থায় বেশ কয়েক প্রকারের কষ্টের সৃষ্টি হয়।

কারণ যাই হোক্ না কেন... আপনি সেটার থেকে সুরক্ষার উপায় গ্রহণ করতেই পারেন।

- যখনই আপনার পায়ে টান ধরবে, পা সোজা করুন। গোড়ালি আর পায়ের পাতাকে ওপরের দিকে টানুন। এতে যন্ত্রণা কমে আসবে। রাতে ঘুমোবার আগে এমনটা দু পা দিয়ে বেশ কয়েকবার করুন।
- স্ট্রেচিং এক্সারসাইজ দ্বারা যন্ত্রণা শুরু হওয়ার আগেই সেটাকে বাধা প্রদান করা যেতে পারে। ঘুমোবার আগে দেওয়াল থেকে 2 ফুট দূরত্বে দাঁড়ান। হাতের পাতা দেওয়ালের ওপরে রাখুন আর সামনের দিকে ঝুঁকুন। আপনার গোড়ালি মাটির ওপরে থাকবে। 10 সেকেণ্ড পর্যন্ত এই মুদ্রায় থাকার পরে 5 সেকেণ্ড বিশ্রাম করুন। এমনটা তিন বার পুনরাবৃত্তি করুন।

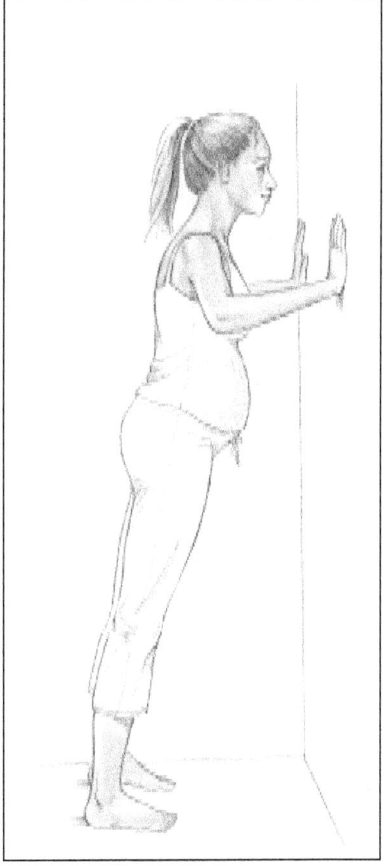

কোন কিছু ঠিক না মনে হলে

কখনে-কখনো পেটে তীব্র যন্ত্রণা, যোনির স্রাবের রং-য়ে পরিবর্তন, পিঠ বা পেলভিক ক্ষেত্রের যন্ত্রণার মত কোন গুরুতর লক্ষণ দেখতে পাওয়া গেলে ডাক্তার ডাকতে দেরী করবেন না। ওনাকে নিজের আগের লক্ষণও জানান, যাতে তিনি সেগুলোকে বর্তমান লক্ষণগুলোর সাথে মিলিয়ে দেখতে পারেন। মনে রাখবেন যে, আপনিই নিজের শরীরকে সব থেকে ভালো চেনেন। এটা শোনার চেস্টা করুন যে, সেটা আপনাকে ঠিক কি বলতে চায়!

- নিজের পায়ের ফালতু ওজন কমানোর জন্য সেগুলোকে উঁচু করে বসুন... দিনের বেলায় স্পোর্ট হোজ পরুন। পায়ের নমনীয়তা বজায় রাখুন।
- ঠাণ্ডা জায়গায় দাঁড়ালেও এই টান ভাবে আরাম পাওয়া যায়।
- আপনি মালিশ বা সেঁকের সহায়তাও নিতে পারেন... কিন্তু ফ্লেক্সিং বা ঠাণ্ডা মেঝেতেও আরাম না এলে মালিশ বা সেঁকের প্রয়োগ করতে যাবেন না।
- দিনের মধ্যে কম পক্ষে 8 গ্লাস জল অবশ্যই পান করুন।
- সম্পূর্ণ রূপে সন্তুলিত আহার নিন... যাতে ক্যালশিয়াম আর ম্যাগ্নেশিয়ামের ভরপুর মাত্রা থাকবে।

অনেক বার বেশী টান ভাবের কারণে মাংসপেশীগুলোও ফুলে ওঠে। যন্ত্রণা খুব বেশী হলে ডাক্তার দেখান। হতে পারে যে, আপনার পায়ের শিরায় হয়তো রক্তের ক্লট জমে রয়েছে।

হীমরয়েডস্

"আমার হীমরয়েডসের অভিযোগ রয়েছে। আমি শুনেছি যে, গর্ভাবস্থায় সেটার অবস্থা আরও খারাপ হয়ে ওঠে। আমি সুরক্ষার জন্য কি করতে পারি?"

প্রায় 50 শতাংশ গর্ভবতী মহিলা এই কষ্ট ভোগ করে থাকেন। যে ভাবে পায়ে ভেরিকোজ শিরা হওয়ার ভয় থাকে... ঠিক সেই প্রকার রেক্টম *(মলাশয়)*-য়ের শিরাগুলোর ওপরেও প্রভাব পড়ে। গর্ভাশয়ের বেড়ে ওঠা চাপের ফলে পেলভিক ক্ষেত্রে রক্ত প্রবাহের অধিকতার কারণে মলাশয়ের শিরাগুলো ফুলে ওঠে আর সেগুলোয় হাল্কা চুলকোনি হতে থাকে। এর ফলে কোষ্ঠকাঠিন্য হতে পারে অথবা অর্শও হতে পারে। একে পাইলস্ এজন্য বলা হয়... কারণ শিরাগুলো আঙ্গুরের পাইল *(গুচ্ছ)*-য়ের মত হয়ে পড়ে।

সবার প্রথমে তো কোষ্ঠকাঠিন্য দূর করুন। কীগল ব্যায়াম করুন, দীর্ঘক্ষন দাঁড়িয়ে থাকার বা বসে থাকার কাজ এড়িয়ে চলুন। টয়লেট পেলে সেটা এড়িয়ে যাবেন না। স্টেপ টুলের ওপরে বসলে শৌচকার্য সহজে হবে।

হ্যাজল প্যাক বা আইস প্যাক কিছুটা আরাম দিতে পারে। গুনগুনা গরম জলে স্নানও আরাম প্রদান করবে। বসার সময় যন্ত্রণা হলে নীচে বালিশ রাখুন। যে কোন ওষুধ নেওয়ার আগে ডাক্তারকে প্রশ্ন করুন। ঠাকুমা-দিদিমার প্রয়োগ করতে যাবেন না। সেই সব প্রয়োগে এক চামচ মিনারেল অয়েল লাগানোর পরামর্শ দেওয়া হবে... যার দ্বারা বেশ কিছু পোষক তত্ত্ব পেছনের দরজা দিয়ে বাইরে বেরিয়ে যাবে।

যখনই রক্তস্রাব হবে, নিজের ডাক্তারের পরামর্শ নিন। এমনিতে হীমরয়েডস্ ডেলিভারীর পরে ঠিক হয়ে পড়ে। এটা তেমন একটা বিপজ্জনকও হয় না।

বক্ষস্হলে গাঁট

"আমার বুকের এক কোনায় হাল্কা গাঁট রয়েছে। এটা কি হতে পারে?"

যদিও আপনার গর্ভস্হ শিশুর স্তনপন করার সময় আসতে এখনও যথেস্ট সময় রয়েছে... কিন্তু আপনার বক্ষস্হল এখন থেকেই নিজের কাজ করা শুরু করে দিয়েছে। গর্ভাবস্হার এই দিনগুলোয় আপনার বক্ষস্হলে যদি লাল আর নরম গাঁট দেখতে পাওয়া যায়... তাহলে হাল্কা সেঁক আর মালিশ দ্বারা সেই সব গাঁট কিছুদিনের ভেতরেই বসে যেতে পারে। বিশেষজ্ঞরা

এমনটা মনে করেন যে, এই দিনগুলোয় আপনার আণ্ডারওয়্যার বা ব্রা পরা উচিত নয়... কিন্তু যা কিছুই পরবেন, সেটা যেন আপনার বক্ষস্থলকে পুরো সাপোর্ট প্রদান করে।

এটা মাথায় রাখবেন যে, গর্ভাবস্থাতেও আপনার নিজের বক্ষস্থলের মাসিক পরীক্ষা করাতে থাকা উচিত। যদিও বক্ষস্থলে আসা পরিবর্তনগুলোর কারণে এই পরীক্ষা কিছুটা মুশ্কিল হতে পারে... কিন্তু ডাক্তারকে গাঁটের ব্যাপারে অবশ্যই জানান।

বাচ্চার জন্মের কারণে হওয়া যন্ত্রণা

"আমি মা হয়ে উঠতে প্রচণ্ড উৎসুক হয়ে উঠেছি... কিন্তু বাচ্চার জন্মের অভিজ্ঞতা আমার কেমন হবে ? যন্ত্রণার কথা চিন্তা করে আমার প্রচণ্ড চিন্তা হচ্ছে !"

প্রায়ই প্রতিটি গর্ভবতী মহিলা নিজের শিশুর জন্ম নেওয়ার জন্য অধীর আগ্রহে অপেক্ষা করতে থাকেন... কিন্তু তাঁদের লেবার, ডেলিভারী আর যন্ত্রণার নামেই অস্থিরতা হতে থাকে। তাঁরা সেই যন্ত্রণার ব্যাপারে চিন্তা করে অস্থির হয়ে ওঠেন। এতে অবাক হওয়ার মত কিছুই নেই। যিনি জীবনে কখনো একটুও যন্ত্রণা সহ্য করেননি, তাঁর পক্ষে এই যন্ত্রণা আতংক হয়ে উঠতে পারে।

এটাও মাথায় রাখবেন যে, গর্ভাবস্থার যন্ত্রণা জীবনের প্রক্রিয়ারই এক অংশ হয়! যুগ-যুগ ধরে মহিলারা এটাকে সহ্য করে এসেছেন আর এই যন্ত্রণার এক ইতিবাচক উদ্দেশ্য থাকে। এই যন্ত্রণার ভেতর দিয়েই আপনার কোলে এক ছোট্ট শিশুর আগমন হবে। এই যন্ত্রণা অল্প একটু সময়ের জন্য হয়। আপনাকে এই যন্ত্রণা সারাটা জীবন ধরে সহ্য করতে হবে না। যন্ত্রণা কমানোর ওষুধ চাইলে তবেই দেওয়া হয়ে থাকে। এই যন্ত্রণাকে ভয় পাবেন না। সেটার জন্য বাস্তবিক রূপে নিজে তৈরী হোন্। নিজের মন আর শরীর – দুটোকেই এই যন্ত্রণার জন্য প্রস্তুত করে তুলুন !

তথ্য সংগ্রহ করুন ঃ- আসলে গর্ভবতী মহিলারা এটা জানতেই পারেন না যে, তাঁদের শরীরে ঠিক কি হচ্ছে... এজন্য তাঁরা বেশী করে ভয় পেয়ে যান। ওনারা শুধু এইটুকুই জানেন যে, তাঁদের কস্ট হচ্ছে। এই জিনিষটা আমাদের খুব বেশী ভয় পাইয়ে দেয়... এজন্য এই বিষয়ে যত বেশী সম্ভব তথ্য সংগ্রহ করার চেস্টা করা উচিত।

ব্যায়াম করুন ঃ- এই পুরো প্রক্রিয়াটাই শরীরের সাথে যুক্ত হয়ে থাকে। এজন্য নিজের ডাক্তারের পরামর্শ অনুসারে স্ট্রেচিং আর টোনিং-য়ের সকল ব্যায়াম করতে থাকুন... যাতে আপনার শরীরের মজবুতী আর নমনীয়তা, প্রসব আর ডেলিভারীর সময় কাজে আসতে পারে। এই সময় কীগল ব্যায়াম করতেও যেন ভুলে যাবেন না।

গর্ভাবস্থার মাঝের বা পরের দিনগুলোয় রক্তস্রাব

গর্ভাবস্থার দ্বিতীয় বা তৃতীয় তিন মাসে হাল্কা গোলাপী রক্তস্রাব দেখে ঘাবড়ে উঠবেন না। এটা আভ্যন্তরীণ চেক-আপ্ বা সম্ভোগের কারণে হতে পারে। যদি এর সাথে তীব্র যন্ত্রণা হয় আর ব্লীডিং প্রচণ্ড তীব্র হয়, তাহলে ডাক্তারের কাছে যেতে দেরী করবেন না। উনি আল্ট্রাসাউণ্ডের সহায়তায় সঠিক পরিস্থিতি জেনে নেবেন।

প্রীক্ল্যাম্পসিয়ার চিকিৎসা

প্রীক্ল্যাম্পসিয়ার অর্থ হচ্ছে গর্ভাবস্থার সময় *হৈায়পারটেনশন'*। এটা প্রায় 3 থেকে 7 শতাংশ গর্ভাবস্থায় হয়। যদি এটাকে সঠিক সময়ে চিনে নিয়ে চিকিৎসা করানো হয়... তাহলে বেশ কিছু জটিলতার থেকে মুক্তি পাওয়া যেতে পারে। এর প্রারম্ভিক লক্ষণ হঠাৎ করে ওজন বেড়ে ওঠা, হাত-পা ফুলে ওঠা, মাথার যন্ত্রণা, পেটের যন্ত্রণা বা দৃষ্টিশক্তি ঝাপ্‌সা হয়ে আসা হতে পারে। যদি এমন কোন লক্ষণ দেখতে পাওয়া যায়, তাহলে ডাক্তার দেখাতে বিন্দুমাত্র দেরী করবেন না। নিয়মিত মেডিক্যাল পরিচর্যা আপনাকে যে কোন রোগের জটিলতা থেকে রক্ষা করতে পারে।

টীম তৈরী করুন ঃ- কাউকে নিজের সমব্যাথী তৈরী করুন। তিনি আপনার কোন সাথী, পতিদেব বা আত্মীয় হতে পারেন। উনি প্রসবের সময় আপনাকে সাপোর্ট প্রদান করবেন, যাতে আপনার মনের ভয় আর মানসিক চাপ দূর হতে পারে।

প্রসবের সঙ্গে যুক্ত ভয়

"আমার ভয় হচ্ছে যে, আমি হয়তো প্রসবের সময় কোন গড়বড় করে বসব!"

আপনি যেহেতু এই মুহূর্তে সেই পরিস্থিতিতে নেই... এজন্য চেঁচানোর, কাঁদার বা কোন গড়বড় করে ফেলার ব্যাপারে চিন্তা করলেই আপনি ভয় পেয়ে ওঠেন। কিন্তু একবার প্রসব শুরু হয়ে পড়লে আপনার মাথায় এসব আর আসবে না। আপনার কামরায় যে নার্স বা সহায়ক থাকবেন... তাঁরা এসব আগেও দেখেছেন! তাঁরা এটা জানেন যে, গর্ভবতী মহিলারা এই অবস্থায় কেমন ব্যবহার করেন? আপনি নিজের মনের ভাব প্রকট করতে চাইলে সেটা মন খুলে প্রকট করুন... কিন্তু আপনি যদি মুখ বন্ধ রেখে কষ্ট সহ্য করতে অভ্যস্ত হন... তাহলে এটা কখনোই জরুরী নয় যে, আপনিও অন্য গর্ভবতী মহিলাদের দেখাদেখি চিৎকার-চেঁচামেচি করা শুরু করে দেবেন!

■ ■ ■

LIQUID DISINFECTANT: STERILISE YOUR BABY'S LITTLE WORLD.

Baby's immune system is not fully developed in the initial years. Anything that goes into baby's mouth may lead to infection, if not disinfected properly.

Chicco presents Multi-purpose Liquid Disinfectant which is anti-bacterial and anti-fungal. It not only disinfects all plastic and metal baby utilities, such as teats, soothers to feeding accessories, but also disinfects fruits and vegetables.

It is useful for maintaining good health of the entire family.

*When diluted with water

Available at Chicco stores, all leading baby shops and pharmacies.
Call us at our toll-free no. 1800-102-6702 to find Chicco products near you.

সপ্তম মাস

প্রায় 28 থেকে 31 সপ্তাহ

গর্ভাবস্থার তৃতীয় এবং অন্তিম তিন মাসে আপনাকে স্বাগত জানাই! আপনি মানুন বা না-ই মানুন... আপনি দৌড়ে অনেকটা পথই পাড়ি দিয়ে ফেলেছেন। ছোট্ট শিশুকে কোলে তুলে নিয়ে তাকে আদর করার মাঝে আর অত্যন্ত অল্প সময়ই বাকী রয়ে গেছে! এই দিনগুলোয় গর্ভাবস্থার কষ্ট আর সমস্যা ছাড়া আপনার উত্তেজন্য আর উৎসুকতাও চরম সীমায় পৌঁছে যাবে... যার ফলে আপনার কাছে এই বোঝা বেশ কয়েক গুণ ভারী বলে মনে হতে থাকবে!

গর্ভাবস্থা শেষ হওয়ার অর্থ এটাও হয় যে, প্রসব আর ডেলিভারীর সময় এবার এগিয়ে আসছে। আপনাকে সেটারও এক প্ল্যানিং করতে হবে, সেই ব্যাপারে প্রস্তুতি নিতে হবে আর সেটার ব্যাপারে তথ্যও সংগ্রহ করতে হবে!

এই মাসে আপনার শিশুর বিকাশ

28-তম সপ্তাহ ঃ- এই মাসে আপনার আদরের সোনামনি 2½ পাউণ্ডের হয়ে পড়েছে আর তার উচ্চতা প্রায় 10"-র মত হতে পারে। এর সাথে-সাথেই ও এখন কাশতে, চুযতে আর হেঁচকী তুলতেও শিখে গেছে। আপনি হয়তো এতদিনে নিজের গর্ভস্থ শিশুর স্বপ্নে নিজেকে হারিয়ে ফেলেছেন। এমনটাও হতে পারে যে, আপনার গর্ভস্থ শিশুও নিজের ছোট্ট দুটো চোখ বন্ধ করে নিজের *মৌম্মা'*-কে স্বপ্নে দেখার চেস্টা করছে... কারণ এখন ওরও RAM *(র‍্যাপিড আই মুভমেন্ট)* স্লীপ আসতে লেগেছে। যদিও ও এখনও নিজের জন্মদিনের জন্য প্রস্তুত নয়... কিন্তু ওর ফুসফুস এখন পুরোপুরি পরিপক্ক হয়ে উঠেছে। ওর অবশ্য এখনও অনেকটা বিকাশ হওয়া বাকী রয়েছে।

আপনার 7 মাসের বাচ্চা

29-তম সপ্তাহ ঃ- এই সময় আপনার গর্ভস্থ শিশু প্রায় 17" লম্বা আর ওজনে প্রায় 3 পাউণ্ডের মত হতে পারে। ওর উচ্চতা যদিও জন্ম নেওয়ার জন্য অনেকটাই প্রস্তুত... কিন্তু এখনও অনেক কাজ বাকী রয়ে গেছে। আসলে পরের 11 সপ্তাহে আপনার গর্ভস্থ শিশুর ওজন দ্বিগুণ বা তিন গুণও হতে পারে। এই পুরো ওজন ওর শরীরে জমা হওয়া ফ্যাট থেকে আসবে। এবার আপনার গর্ভ অনেকটাই ভরা অনুভব হবে আর শিশুর লাথির বদলে হাঁটু আর কনুইয়ের আঘাত অনুভূত হবে।

30-তম সপ্তাহ ঃ- 17" ইঞ্চি লম্বা আর 3 পাউণ্ডের ছোট্ট আদরের শিশু! সে প্রতি দিন একটু-একটু করে বেড়ে চলেছে... কিন্তু আপনি নিজের পেটের বাইরে থেকে সেই ব্যাপারে অনুমান লাগাতে পারবেন না। শিশুর মস্তিস্কও বাইরের পৃথিবীতে আসার জন্য তৈরী হচ্ছে। তার মস্তিস্কের উত্তকগুলো এবার ধীরে-ধীরে বিকশিত হয়ে উঠবে... কারণ ওকে জন্মের পরে হাঁটুর ওপরে ভর দিয়ে হামাগুড়ি দিতে হবে, স্কুলে যেতে হবে আর তারপর এক পরিপক্ক মস্তিস্কের ব্যক্তি হয়ে উঠতে হবে। তার শরীরের তাপমাত্রাও এখন নিয়মিত হয়ে উঠতে লেগেছে। তার শরীরের ওপরে লোমও গজাতে লেগেছে।

31-তম সপ্তাহ ঃ- যদিও এখন আপনার গর্ভস্থ শিশুর ওজন 3 থেকে 5 পাউণ্ডের মধ্যে রয়েছে... কিন্তু ডেলিভারী হওয়ার আগে ওকে নিজের ওজন আরও অনেকটা বাড়িয়ে তুলতে হবে। এই সপ্তাহে ওর ওজন 5 পাউণ্ডেরও বেশী হতে পারে। ও নিজের জন্মের সময়ের উচ্চতা প্রাপ্ত করার পথে অত্যন্ত দ্রুত এগিয়ে চলেছে। ওর সঙ্গে মস্তিস্কের যোগাযোগ তৈরী হতে লেগেছে। ও এখন নিজের পঞ্চেন্দ্রিয়ের সংকেত বুঝতে শুরু করেছে। এই দিনগুলোয় ও অনেকটা সময় পর্যন্ত র‍্যাম স্লীপেও থাকতে লেগেছে। ওর লাথি মারার বা গতিবিধি করার প্যাটার্ন থেকেও আপনি ওর জাগার বা ঘুমোনোর ব্যাপারে জানতে পারবেন।

আপনি কেমন অনুভব করছেন ?

সর্বদার মত এটা মাথায় রাখবেন যে, প্রতিটি গর্ভাবস্থা আলাদা হয় আর প্রতিটি গর্ভবতী মহিলাও আলাদা-আলাদা হন। এমনটা হতে পারে যে, আপনি এক সাথে বা কখনো-কখনো এই সব লক্ষণ অনুভব করছেন। কিছু লক্ষণ আগের মাসগুলো থেকে চলে আসছে আর কিছু লক্ষণ নতুন হবে। আপনি কিছু-কিছু লক্ষণে এতটা অভ্যস্ত হয়ে উঠবেন যে, সেগুলো চিহ্নিত করাও মুশকিল হয়ে উঠবে। আপনি কিছু কম লক্ষণও অনুভব করতে পারেন। এই মাসে আপনি নিম্নলিখিত লক্ষণগুলো অনুভব করতে পারেন।

শারীরিক

- ভ্রূণের আগের থেকে বেশী গতিবিধি

বেবী ব্রেন ফুড

আপনি কি নিজের শিশুর মস্তিস্ককে পোষণ প্রদান করছেন ? তার মস্তিস্কের বিকাশের জন্য গর্ভাবস্থার তৃতীয় তিন মাসে ওমেগা-3 দেওয়াটা জরুরী হয়।

এক নজর

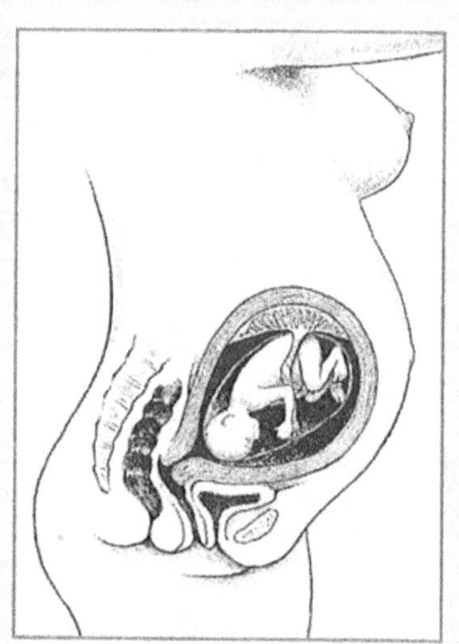

এই মাসের শুরুতে গর্ভাশয় প্যুবিক বোন থেকে প্রায় 11" ওপরে থাকবে। পরের মাসে শিশুর মাথা কিছুটা বড় হয়ে উঠবে। আপনি সেটাকে নিজের নাভির 4½" ওপরে অনুভব করতে পারবেন। এখন ও 8 থেকে 10 সপ্তাহ পর্যন্ত আরও বিস্তার প্রাপ্ত করবে। কি... অবাক হয়ে উঠলেন তো ?

- যোনিস্রাবে বৃদ্ধি
- পেটের নীচের অংশে আর দু দিকে যন্ত্রণা
- কোষ্ঠকাঠিন্য
- বুকে জ্বলুনি, অপচন আর পেট ফাঁপা
- মাথায় যন্ত্রণা, বেহুঁশী বা মাথা ঘোরা
- নাক বন্ধ হয়ে আসা আর নাক থেকে রক্ত আসা, কানে ময়লা ভরে যাওয়া
- ব্রাশ করার সময় মাড়ি থেকে রক্ত আসা
- পায়ে টান ধরা

■ পিঠের যন্ত্রণা
■ পায়ের ভেরিকোজ শিরা
■ হীমরয়েডস্
■ পেটে চুলকোনি
■ নাভি বাইরের দিকে বেরিয়ে আসা
■ স্ট্রেচ মার্কস
■ শ্বাস নিতে কষ্ট হওয়া
■ ঘুম না আসা
■ গর্ভাশয়ের সংকুচন
■ বেডৌল
■ বক্ষস্হল বিস্তৃত হয়ে পড়া

ভাবনাত্মক

■ উত্তেজনায় বৃদ্ধি
■ মস্তিস্ক এদিক-ওদিকে ঘুরে বেড়ানো
■ অদ্ভূত-অদ্ভূত সব স্বপ্ন দেখ
■ উদাসী বা বোরিং ভাব বেড়ে ওঠা
■ শারীরিক রূপে ফিট্ থাকলে সন্তুষ্টির ভাব

এই মাসের চেক-আপ্

এই মাসের চেক-আপে দুটো নতুন জিনিষ শামিল হয়ে পড়বে। গর্ভাবস্হার তৃতীয় তিন মাসের শুরুতে আপনার নিম্নলিখিত পরীক্ষাগুলো হতে পারে। যদিও সেটা অনেকটা আপনার অবস্হা আর ডাক্তারের চিকিৎসা শৈলীর ওপরে অনেকটা নির্ভর করে ঃ

■ ওজন আর রক্তচাপ
■ শুগার আর প্রোটিনের জন্য মূত্র পরীক্ষা
■ গর্ভাশয়ের উচ্চতা
■ গর্ভাশয়ের আকার আর ভ্রুণের অবস্হান
■ হাত-পায়ের ফোলা ভাব
■ গ্লুকোজ স্ক্রীনিং টেস্ট
■ এনিমিয়ার জন্য রক্ত পরীক্ষা
■ কিছু নতুন লক্ষণ, যেগুলো আপনি অনুভব করছেন

আপনি কি ভাবছেন ?

ক্লান্তি ফিরে আসা

"গত কয়েক মাসে আমার হারিয়ে যাওয়া এনার্জী ফিরে এসেছিল... কিন্তু এখন আমি আবার একবার হেরে যাচিছ ! গর্ভাবস্হার তৃতীয় তিন মাসে কি এই ভাবে ক্লান্তি বজায় থাকবে ?"

গর্ভাবস্হা ওঠা-নামায় পরিপূর্ণ হয়ে পাকে। কেবলমাত্র মুডই নয়... এনার্জী স্তরের মামলাতেও এমনটা বলা যেতে পারে। গর্ভাবস্হার প্রথম তিন মাসের ক্লান্তির পরে দ্বিতীয় তিন মাসে প্রায়ই হারিয়ে যাওয়া এনার্জী ফিরে আসে। এজন্য আপনি গর্ভাবস্হার দ্বিতীয় তিন মাসে কোন কিছুই করতে পারেন *(ব্যায়াম! সেক্স! সফর!)*... কিন্তু গর্ভাবস্হার তৃতীয় তিন মাস আসতে-আসতে বেশীর ভাগ ভাবী মা আবার একবার নতুন করে ক্লান্তির শিকার হয়ে পড়তে থাকেন আর সোফায় এলিয়ে পড়া ছাড়া তাঁদের কাছে আর কোন উপায় থাকে না!

এমনিতে এতে ভয় পাওয়ার মত কিছু নেই। গর্ভাবস্হার তৃতীয় তিন মাসে ক্লান্তি আসাটা স্বাভাবিক হয়... কিন্তু এছাড়া আরও বেশ কিছু কারণেও আপনি ক্লান্ত হয়ে পড়তে পারেন। দেখুন না, এই সময় আপনি কতটা ওজন উঠিয়ে রেখেছেন! এই বেড়ে ওঠা ওজন আপনার ক্লান্তির কারণে হয়ে উঠেছে। এর কারণ ঃ এই সময় বেড়ে ওঠা পেটের কারণে আপনি রাতে গভীর নিদ্রা উপভোগ করতে পারছেন না। আপনার মস্তিস্কে প্রচুর কাজের লিস্ট *(মালপত্র, শিশুর নাম, ডাক্তারকে করার মত প্রশ্ন ইত্যাদি)* ঘুরে বেড়াতে থাকে আর আপনার এনার্জীর স্তর কমে আসতে থাকে। এছাড়াও অন্য বাচ্চাদের খাবার খাওয়ানো, অফিস আর বাড়ীর বেশ কিছু দায়িত্ব আপনাকে অস্হির করে রাখে। এই সব কিছুর কারণেও ক্লান্তি বেড়ে ওঠে।

কিন্তু প্রায়ই গর্ভাবস্হার তৃতীয় তিন মাসে ক্লান্তি ফিরে আসে! এর অর্থ এটা নয় যে, আপনি তিন মাস কাজকর্ম থেকে ছুটী নিয়ে সোফায় পড়ে থাকবেন। ক্লান্তি এই জিনিষটার সংকেত হয় যে, আপনার শরীর একটু বিশ্রাম চাইছে ! নিজের ভাগদৌড়ে ভরা জীবনকে কিছুটা

বিশ্রাম প্রদান করুন। অপ্রয়োজনীয় কাজগুলোকে লিস্ট থেকে বাদ দিয়ে দিন। নিজের দিনচর্যায় কিছুটা শিথিলতা টেক্‌নিককে শামিল করে নিন। কিছুটা মাত্রায় ব্যায়াম করুন... কিন্তু সেটা আপনার পক্ষে উপযুক্ত হওয়া উচিত। 30 মিনিটের পায়চারী আপনাকে এনার্জী প্রদান করবে... কিন্তু আপনি যদি এক ঘণ্টা পায়চারী করেন, তাহলে আপনাকে আবার একবার সোফায় এলিয়ে পড়তে হবে। রাতে ঘুমোবার আগে ব্যায়াম করলে আপনার অবশিষ্ট ঘুমও পালিয়ে যাবে... কারণ শরীরের শান্ত হতে সময় লাগে! কখনো খালি পেটে থাকবেন না... নিজের এনার্জীর স্তরকে বজায় রাখার জন্য সময়ে-সময়ে পৌষ্টিক স্ন্যাক্স খেতে থাকুন, যেমন – চীজ আর ক্র্যাকার্স, ট্রেল মিক্স, য়োগর্ট আর স্মুদীজ অথবা নিজের মনের মত স্ন্যাক! ক্যাফিন বা চিনির পরিবর্তে এর দ্বারা আপনি আরও ভালো এনার্জী প্রাপ্ত করতে পারবেন।

এমনিতে গর্ভাবস্থার তৃতীয় তিন মাসে ক্লান্তির মাধ্যমে প্রকৃতি এই সংকেত প্রদান করে যে, এবার ভাবী মা-য়ের নিজের এনার্জীর এক-একটা পরতকে সাজাতে থাকা উচিত। প্রসবের জন্য নিজের সমস্ত শক্তি বাঁচিয়ে রাখা উচিত আর এরপর তো শক্তি আর এনার্জীর প্রয়োজন আরও বেশী করে পড়বে।

যদি অতিরিক্ত বিশ্রাম সত্ত্বেও আপনার ক্লান্তি না কমে, তাহলে ডাক্তারের সাথে দেখা করুন। কখনো-কখনো এনিমিয়ার কারণেও গর্ভাবস্থার তৃতীয় তিন মাসে ক্লান্তি আসে। এই কারণে ডাক্তাররা গর্ভাবস্থার সপ্তম মাসে ভাবী মায়ের রক্ত পরীক্ষা করেন, যাতে সময় থাকতে এনিমিয়ার চিকিৎসা হতে পারে।

ফোলা ভাব

দৈনিন ফুরিয়ে আসতেই আমার পা আর গোড়ালি প্রায় ফুলে ওঠে। এমনটা কেন হয়?"

এই দিনগুলোয় কেবলমাত্র আপনার পেটই বড় হচ্ছে না... এই সময় গর্ভবতী মহিলাদের এছাড়াও আরও অনেক কিছু সহ্য করতে হয়! এই সময় কেবল আপনার জুতোই টাইট হয়ে পড়বে না... বরং আপনার হাতের আঙুল থেকে আংটি খোলাও মুশ্‌কিল হয়ে পড়বে। গর্ভাবস্থায় হাত-পা আর গোড়ালি ফুলে ওঠাটা এক স্বাভাবিক ব্যাপার হয়... কারণ এই সময় শরীরে দ্রবের মাত্রা বেড়ে ওঠে। গর্ভাবস্থায় প্রায় 75 শতাংশ মহিলা কখনো-না-কখনো এর শিকার হয়ে পড়ে... যখন কি 25 শতাংশ গর্ভবতী মহিলাদের ক্ষেত্রে এমনটা হয় না। আপনি নিশ্চয়ই এটা লক্ষ্য করে থাকবেন যে, গরমের দিনে বেশী সময় ধরে দাঁড়িয়ে থাকলে বা বসে থাকলে অথবা দিনের শেষে এই ফোলা অনেকটাই বেড়ে ওঠে। যদি কয়েক ঘণ্টা বিশ্রাম করা যায় বা গভীর নিদ্রা উপভোগ করা যায়, তাহলে এই ফোলা ভাব অনেকটাই কমে আসতে পারে।

সাধারণতঃ এই ফোলা ভাব থেকে কিছুটা অসুবিধা হয় বা ফ্যাশনের সাথে সমঝোতা করতে হয়। আপনি নিজের স্টাইলিশ শু পায়ে দিতে পারেন না। তবুও যদি আপনি এই ফোলা ভাবের থেকে মুক্তি পাওয়ার কিছু উপায় জানতে চান, তাহলে এগুলো পড়ুন ঃ

- যদি আপনি অনেকক্ষন দাঁড়িয়ে কাজ করেছেন, তাহলে কিছুক্ষন বসে পড়ুন। আর অনেকক্ষন বসে থেকে কাজ করলে কিছুক্ষন পায়চারী করে নিন। অফিসে কিছু সময় পরে-পরে সীট ছেড়ে উঠে দাঁড়ান। 5 মিনিটের পায়চারী আপনার শরীরের রক্ত সঞ্চারকে সুচারু করে তুলবে।
- নিজের পা উঁচু করে রাখুন। একমাত্র আপনিই হচ্ছেন সেই ব্যক্তি... যাঁর বসার সময় পা উঁচু করে বসার অধিকার রয়েছে।
- এক পাশ ফিরে বিশ্রাম করুন। আপনি যদি এখনও পর্যন্ত এই ভাবে না ঘুমোন... তাহলে এখন থেকেই এই অভ্যাস করে নিন। এতে আপনার কিড্‌নী পূর্ণ গতিতে নিজের কাজ করতে পারবে। ব্যর্থ দ্রব শরীর থেকে বেরিয়ে যেতে লাগবে আর ফোলা

আংটির কি করব?

আপনার হাতের আঙুলগুলো এখন ধীরে-ধীরে ফুলে উঠছে। আঙুলে পরা আংটি পরে সমস্যার কারণ হয়ে উঠতে পারে। এগুলো খুলতে অসুবিধা হলে সকালবেলায় হাত ঠাণ্ডা করে নেওয়ার পরে খুলুন আর খোলার সময় হাতে কিছুটা সাবান লাগিয়ে নিন।

ভাবও কমে আসবে।

- এই সময় আপনাকে ফ্যাশন নয়... নিজের শরীরের আরামকে প্রাথমিকতা দিতে হবে। আপনি অফিসে কিছুক্ষনের জন্য ফ্যাশনকে সঙ্গ দিতে পারেন... কিন্তু বাড়ী ফেরামাত্র পায়ে আরামদায়ক স্লীপার্স পরে নিন।
- আপনার ডাক্তার সবুজ সংকেত দিলে আপনি ব্যায়াম করা চালিয়ে যান... এতে ফোলা ভাব অনেকটাই কমে আসবে। হাঁটালে শরীরে রক্ত সঞ্চার সুচারু রূপে হতে থাকবে। এক জায়গায় রক্ত জমে যাবে না। সাঁতার কাটা বা জলে এ্যারোবিক্সও আপনার পক্ষে লাভদায়ক হতে পারে... কারণ জলে থাকলে উত্তকগুলোর ওপরে চাপ পড়বে, দ্রব আপনার শিরাগুলো হয়ে কিড্নী পর্যন্ত যাবে আর তারপর আপনি সেগুলোকে শরীর থেকে বার করে দিতে পারবেন।
- আপনি যতটা জল বেশী মাত্রায় পান করবেন, ততই ভালো হবে। দিনের মধ্যে কম পক্ষে 8 গ্লাস জল পান করলে ব্যর্থ পদার্থ শরীর থেকে বেরিয়ে যেতে লাগবে। দ্রব বা তরল পদার্থের মাত্রা কমিয়ে আনলে ফোলা ভাবও কমবে না।
- স্বাদের হিসেবেই নুনের ব্যবহার করুন। এমনটা বলা হয়ে থাকে যে, নুন কম খেলে ফোলা ভাব কমে আসে... কিন্তু এখন এটা জানতে পারা গেছে যে, নুন কম খেলেও ফোলা ভাব বেড়ে ওঠে। এজন্য নুন খান... কিন্তু সীমিত মাত্রায়!
- স্পোর্ট হোজ দেখতে সেক্সী লাগলেও এটা আপনার পা দুটোকে সাপোর্ট প্রদান করে। গর্ভাবস্থায় পরার জন্য বেশ কয়েক ধরণের হোজ পাওয়া যায়। আপনি নিজের পছন্দ অনুসারে যে কোন একটা বেছে নিতে পারেন।
- ফোলা ভাবের ব্যাপারে একটা ভালো খবর হচ্ছে এটা যে, এটা অস্থায়ী হয়। ডেলিভারীর পরে আপনার হাত-পায়ের ফোলা ভাব আপনা থেকেই কমে আসবে। বেশ কিছু গর্ভবতী মহিলাদের ক্ষেত্রে এই ফোলা ভাব কমে আসতে এক সপ্তাহ বা পুরো এক মাসও লাগতে পারে। ততদিন পর্যন্ত এটার মজা ওঠান... কারণ পেট বড় হয়ে ওঠার কারণে আপনার পায়ের ফোলা ভাব দেখতেই পাওয়া যাবে না।

আপনার যদি এখনও নিজের ফোলা ভাব স্বাভাবিকের থেকে কিছুটা বেশী বলে মনে হয়, তাহলে ডাক্তার দেখান। প্রয়োজনের থেকে বেশী ফোলা ভাব *প্রৈক্ল্যাম্পসিয়া'*-র কারণেও হতে পারে... কিন্তু সেটার সাথে-সাথে হঠাৎ করে ওজন বেড়ে ওঠা, রক্তচাপ বেড়ে ওঠা বা প্রস্রাবে প্রোটিনের মাত্রা বেড়ে ওঠা ইত্যাদি লক্ষণও দেখতে পাওয়া যায়। ডাক্তার প্রতি বার এই সব লক্ষণগুলোর পরীক্ষা করেন। এজন্য এটা নিয়ে চিন্তা করবেন না। যদি ফোলা ভাবের সাথে-সাথে আপনার ওজনও অনেকটা বেড়ে ওঠে, মাথায় যন্ত্রণা হতে থাকে বা দৃষ্টিশক্তি দুর্বল হয়ে আসে... তাহলে ডাক্তারের কাছে যেতে দেরী করবেন না।

ত্বকের ওপরে গাঁট হয়ে পড়া

"আমার স্ট্রেচ মার্কস্ এখনও পর্যন্ত এতটা কুৎসিত ছিল না... কিন্তু এখন সেই সব স্ট্রেচ মার্কসের ওপরে গাঁটেরও সৃষ্টি হয়ে পড়েছে। এসব কি ?"

খুশী হয়ে উঠুন... আপনার ডেলিভারী হতে এখন তিন মাসেরও কম সময় রয়ে গেছে। এবার আপনি অত্যন্ত সহজে এই সব কুৎসিত লক্ষণগুলোকে বিদায় জানাতে পারবেন। ততদিন পর্যন্ত এটা জেনে নিন যে, এগুলো আপনার আর আপনার গর্ভস্থ শিশুর পক্ষে একেবারেই বিপজ্জনক নয়। এগুলোকে ডাক্তারী ভাষায় *'পোলিমোর্ফিক ইরাপশন অফ্ প্রেগন্যান্সী'* বলা হয়। ডেলিভারীর পরে এগুলো ঠিক হয়ে পড়ে আর পরের গর্ভাবস্থায় এগুলো আর প্রকট হয় না। এমনিতে তো এগুলো পেটের স্ট্রেচ মার্কের ওপরে প্রকট হয়... কিন্তু কখনো-কখনো উরু, নিতম্ব বা বাহুতেও এগুলো দেখতে পাওয়া যায়। ডাক্তারকে দেখান... উনি কোন ওষুধ, এ্যান্টী-হিস্টেমাইন বা এগুলো কমানোর উপায় জানাবেন।

গর্ভাবস্থায় ত্বকের ওপরে যে কোন প্রকারের প্রতিক্রিয়া দেখতে পাওয়া যেতে পারে। যে কোন প্রকারের লক্ষণ প্রকট হতে পারে। যদিও আপনার এগুলো নিজের ডাক্তারকে দেখানো উচিত... কিন্তু এগুলোকে বেশী গুরুত্ব দেওয়া উচিত নয়।

পিঠের নীচের অংশ আর পায়ে যন্ত্রণা *(সিয়াটিকা)*

"আমার পিঠের নীচের অংশ আর নিতম্ব হয়ে পায়ে যন্ত্রণা হচেছ। এসব কি?"

আমাদের এমনটা মনে হচেছ এয, আপনার শরীরের সিয়াটিকা শিরা চাপা পড়ে যাচেছ। এবার আপনার গর্ভস্থ শিশু প্রসবের সঠিক অবস্থানে চলে আসছে। এই প্রক্রিয়ায় তার মাথা আর আপনার বেড়ে ওঠা গর্ভাশয় সিয়াটিকা শিরার ওপরে চাপের সৃষ্টি করছে। এই সিয়াটিকার কারণে আপনার পিঠের নীচের অংশ এবং নিতম্ব হয়ে পা পর্যন্ত তীব্র, হাল্কা, তীক্ষ্ম যন্ত্রণা হচেছ অথবা অনুভূতি শূণ্যতার আভাষ হচেছ।

সিয়াটিকার যন্ত্রণা অত্যন্ত তীব্র হয়। গর্ভস্থ শিশু নিজের অবস্থান বদলে নিলে আপনার কিছুটা আরাম হতে পারে। এমনটা ডেলিভারী হওয়া পর্যন্ত চলতে পারে অথবা ডেলিভারীর পরেও কিছু সময় পর্যন্ত থাকতে পারে।

আপনি সিয়াটিকা থেকে মুক্তি পাওয়ার জন্য নীচের উপায়গুলো পরীক্ষা করে দেখতে পারেন:

- যখনই সুযোগ পাবেন, কিছুটা বিশ্রাম করুন। শুলেও পা আরাম পায়... তবে আপনাকে আরামদায়ক মুদ্রায় শুতে হবে।
- পায়ের সেঁক দিন। হীটিং প্যাডের ব্যবহার যন্ত্রণায় আরাম হতে পারে। হাল্কা গরম জলের সেঁকও দিতে পারেন।
- পেলভিক টিল্ট বা স্ট্রেচিং ব্যায়াম দ্বারা চাপ কমতে পারে।
- সাঁতার আর জলের ব্যায়াম সিয়াটিকার যন্ত্রণা কমানোর ভালো উপায় হয়। এর দ্বারা পিঠের মাংসপেশীগুলোয় টান ভাব আর মজবুতী আসে এবং সিয়াটিকার যন্ত্রণায় আরাম প্রাপ্ত হয়।
- কোন বৈকল্পিক চিকিৎসা পদ্ধতি গ্রহণ করুন। আকুপাংচার, কীরোপ্রেক্টিক বা মালিশ ইত্যাদি দ্বারা কিছুটা আরাম আসতে পারে।

যন্ত্রণা সহ্যের বাইরে চলে গেলে ডাক্তারকে দেখিয়ে ওযুধ নিন।

পা দুটোয় অস্হিরতার লক্ষণ

"আমি রাতে ক্লান্তির কারণে ঘুমোতে পারি না... কারণ আমার পায়ে প্রচণ্ড অস্হিরতা হতে থাকে। আমি পায়ের যন্ত্রণা দূর করার সকল প্রকারের উপায় করে দেখেছি। এছাড়া আমি আর কি করতে পারি?"

গর্ভাবস্হার শেষ তিন মাসে প্রায়ই রেস্টলেস লেগ সিণ্ড্রোম আপনার ঘুমে ব্যাঘাত ঘটাতে পারে। পায়ে অস্হিরতা, ছট্‌ফটানি আর অদ্ভূত ব্যাকুলতার অনুভূতি হতে থাকে। এমনিতে তো এমনটা প্রায় রাতের দিকেই হয়... কিন্তু দুপুরে শোওয়ার সময়ও এমনটা হতে পারে।

বিশেষজ্ঞরা এটা বলতে পারেননি যে, গর্ভবতী মহিলাদের পায়ে অস্হিরতার লক্ষণ কেন প্রকট পায়? হয়তো এমনটা হওয়ার পেছনে কোন জেনেটিক কারণ থাকতে পারে। এর চিকিৎসার ব্যাপারেও তাঁদের বিশেষ কিছু জানা নেই। পায়ের টান ভাব দূর করার সকল উপায় এখানে ব্যর্থ হয়ে পড়ে। ওযুধও সুরক্ষিত হয় না... কারণ পায়ের অস্হিরতার সকল ওযুধ গভার্বস্হায় পরীক্ষা করা হয়নি। সেগুলো সেবন করার আগে আপনি নিজের ডাক্তারের পরামর্শ নিন।

হতে পারে যে, মানসিক চাপ, আহার আর পরিবেশের অন্যান্য কারকগুলোর জন্য এই সমস্যা বেড়ে উঠেছে। নিজের আহার-বিহার আর জীবন-শৈলীর অভ্যাসের ওপরে দৃষ্টি দিন। গর্ভবতী মহিলারা রাতে কার্বোহাইড্রেটের সেবন করলে পায়ে অস্হিরতার সমস্যা বেড়ে ওঠে। অনেক বার আয়রণের অভাবের কারণে হওয়া এনিমিয়ার কারণেও পায়ে অস্হিরতা বেড়ে ওঠে। নিজের ডাক্তারের পরামর্শ অনুসারেই কোন উপায় গ্রহণ করুন। যোগ, আকুপাংচার আর ধ্যান ইত্যাদি দ্বারাও কিছুটা আরাম পাওয়া যেতে পারে। আপনি যদি ঘুমের ব্যাপারেও সৌভাগ্যবতী না হন... তাহলে আপনাকে হয়তো ডেলিভারী পর্যন্ত পায়ে অস্হিরতার মোকাবিলা করে চলতে হবে। এমনটাও হতে পারে যে, আপনি ডেলিভারীর পরেও কোন ওযুধের সেবন করতে পারবেন না... কারণ সেই সময় আপনি নিজের নবজাত শিশুকে স্তনপান করাতে থাকবেন।

গর্ভস্থ শিশুর হেঁচকী

"কেখনো-কখনো আমার পেটে হাল্কা ঝট্‌কা অনুভূত হয়। এটা কি গর্ভস্থ বাচ্চার লাথি, না অন্য কোন কিছু ?"

আপনি মানুন আর না-ই মানুন... আপনার গর্ভে ছোট্ট ভ্রূণ হেঁচকী তোলে! কিছু শিশু দিনের মধ্যে অনেকক্ষন পর্যন্ত হেঁচকী নিতে থাকে... আবার কিছু শিশুর একেবারেই হেঁচকী আসে না। জন্মের পরেও এই জিনিষটা বজায় থাকে।

আপনার এখন থেকেই গর্ভস্থ শিশুর হেঁচকী বন্ধ করার জন্য কোন উপায় গ্রহণ করার কোন প্রয়োজন নেই... কারণ এতে আপনার গর্ভস্থ শিশুর কোন অসুবিধা হচ্ছে না! এখন তো আপনি নিজের পেটে হতে থাকা এই মনোরঞ্জনের মজা ওঠান!

হঠাৎ করে পড়ে যাওয়া

"একদিন আমি যখন বাড়ীর বাইরে ছিলাম, তখন আমি হঠাৎ করে পড়ে যাই আর আমার পেট ফুটপাথের সঙ্গে লাগে! এতে কি আমার গর্ভস্থ শিশুর চোট লাগতে পারে ?"

গর্ভাবস্থার তৃতীয় তিন মাসে প্রায় এমনটা হয় যে, আপনি নিজের সন্তুলন বজায় রাখতে পারেন না। আপনার পেটের আকার বেড়ে ওঠায় মাধ্যাকর্ষণের কেন্দ্রবিন্দু পাল্টে যায়। জয়েন্টগুলো এতটা মজবুত থাকে না, এজন্য আপনার পড়ে যেতে... বিশেষ করে মুখ থুবড়ে পড়ে যেতে দেরী লাগে না। আপনার হাত থেকে জিনষপত্র পড়ে যেতে লাগে। আপনি দিনের বেলাতেও স্বপ্ন দেখতে থাকেন আর পেটের নীচে নিজের পা দেখতে পারেন না... ফলস্বরূপ যে কোন জায়গায় আপনার পড়ে যাওয়ার ভয় থাকে।

আপনার গর্ভস্থ শিশু সম্পূর্ণ রূপে সুরক্ষিত রয়েছে! আপনার হাল্কা ঝট্‌কা বা আঁচড় তার কোন ক্ষতি করতে পারবে না। ও শক্ এ্যাবজর্ভেশন সিস্টেমের মধ্যে সুরক্ষিত রয়েছে... যেটা এম্‌নিয়োটিক দ্রব, কঠোর মেম্ব্রেন, ইলাস্টিক, মাংসপেশী, গর্ভাশয় আর পেটের ক্যাভিটি মিলে তৈরী হয়েছে। একমাত্র আপনি গুরুতর রূপে ঘায়েল হয়ে পড়লেই আপনার গর্ভস্থ শিশুর আঘাত লাগতে পারে আর আপনাকে হাসপাতালেও যেতে হতে পারে। এর পরেও আপনি চিন্তিত হয়ে পড়লে নিজের ডাক্তারের সাথে পরামর্শ করুন।

চরম সুখ প্রাপ্তি আর গর্ভস্থ শিশুর লাথি

"আমি চরম সুখ প্রাপ্ত করার পরে আমার গর্ভস্থ শিশু প্রায় আধ ঘন্টা লাথি চালানো বন্ধ করে দেয়। এটার অর্থ কি এই যে, এই সময় সেক্স সুরক্ষিত নয় ?"

আপনি যা কিছু করবেন, আপনার গর্ভস্থ শিশু এই সময় আপনার সাথে থাকবে! যখন সেক্সের কথা আসে... সেই সময় আপনার গর্ভস্থ শিশুর ঘুম এসে পড়ে। সেক্সের সময় রকিং গতি আর চরম সুখ প্রাপ্তির ফলে গর্ভাশয়ে হতে থাকা সংকুচন দ্বারা সে স্বপ্নের দুনিয়ায় পৌঁছে যায়। অন্য দিকে কিছু শিশু এমনও হয়... যারা এই প্রক্রিয়ার পরে আরও বেশী সক্রিয় হয়ে ওঠে। এই প্রতিক্রিয়ার অর্থ এটা একেবারেই হয় না যে, গর্ভাবস্থায় সেক্স সুরক্ষিত হয় না! এমনটাও নয় যে, আপনার গর্ভস্থ শিশু এটা জানতে পেরে যাচ্ছে যে, আপনাদের দুজনের মধ্যে কি চলছে! সে তো এখন মজায় অন্ধকারে পড়ে রয়েছে।

আপনার ডাক্তারবাবু মানা না করলে আপনি ডেলিভারী পর্যন্ত মজা করে সেক্সের আনন্দ ওঠাতে পারেন... কারণ ভবিষ্যতে আপনি এমন সুযোগ এত সহজে পাবেন না।

স্বপ্ন এবং কল্পনা

"আমার নিজের গর্ভস্থ শিশুর ব্যাপারে দিন-রাত বড়ই অদ্ভূত-অদ্ভূত সব স্বপ্ন আসতে থাকে। আমার কি মাথা খারাপ হয়ে পড়ছে ?"

গর্ভাবস্থায় প্রায়ই ভালো-খারাপ স্বপ্ন আসতেই থাকে। কখনো আপনার এমনটা মনে হয় যে, আপনি নিজের শিশুকে বাসে একা ছেড়ে দিয়ে এসেছেন... তো কখনো আপনার

এমনটা মনে হতে থাকে যে, আপনি ওকে পার্কে ঘোরাতে নিয়ে গেছেন... আবার কখনো এমনটা মনে হতে থাকে যে, আপনি লেজওয়ালা এলিয়নের জন্ম দিয়েছেন! এই সব স্বপ্ন এই দিনগুলোয় দেখাটা সম্পূর্ণ স্বাভাবিক হয়। তবে হ্যাঁ... আপনার এমনটা মনে হতে পারে যে, আপনার মাথা খারাপ হয়ে গেছে! এই সময় আপনার অবচেতন মন আসতে থাকা শিশুর জন্য বিভিন্ন প্রকারের চিন্তা, উত্তেজনা, কুণ্ঠা, উৎসাহ আর সুরক্ষা ইত্যাদি ভাবে পরিপূর্ণ হয়ে থাকে। আপনি মন থেকে চাওয়া সত্ত্বেও এই সকল ভাব প্রকট করতে পারেন না আর রাতে স্বপ্নের মাধ্যমে সেই সব ভাব প্রকট হয়ে পড়ে।

এতে হার্মোনও সম্পূর্ণ সঙ্গ দেয়। আপনার ঘুম গভীর না হলে ঘুম থেকে ওঠার পরেও আপনার সেই সব স্বপ্নের কথা মনে থাকে। যেহেতু আপনাকে রাতের বেলা অনেক বার বিছানা ছেড়ে উঠতে হয়েছে... সেজন্য এমন সম্ভাবনাও থাকে যে, আপনি র‍্যাম ড্রীম সাইকেলের মধ্যেও বিছানা ছেড়ে উঠেছেন... এজন্য সেই সব স্বপ্নের কথা আপনার পুরোপুরি মনে থাকে।

গর্ভাবস্থায় প্রায়ই গর্ভবতী মহিলারা নিম্নলিখিত স্বপ্ন আর ফ্যান্টাসী দেখেন ঃ-

- ওহো... স্বপ্ন! কোন কিছু হারানোর বা ভুল জায়গায় রাখার স্বপ্ন *(গাড়ীর চাবি থেকে শুরু করে শিশু পর্যন্ত)*; বাচ্চাকে খাওয়াতে ভুলে যাওয়া; ডাক্তারের কাছে যেতে ভুলে যাওয়া; বাচ্চাকে একা বাড়ীতে রেখে বাজারে চলে যাওয়া; শিশু সামলানোর জন্য পুর্ণ রূপে প্রস্তত না হওয়া!
- ওহো... স্বপ্ন! হামলাকারী, গুণ্ডা বা জানোয়ার আপনার ওপরে হামলা করছে; আপনি ধাক্কা খেয়ে মাটিতে পড়ে যাচ্ছেন!
- বাঁচাও! কোন গাড়ী, ছোট কামরা, সুরঙ্গে ফেঁসে যাওয়ার স্বপ্ন; কোন পুকুরে ডুবে যাওয়ার স্বপ্ন; শিশু পৃথিবীতে পা রাখার পরে বদ্ধ জীবনে ফেঁসে যাওয়ার স্বপ্ন!
- আরে, না... স্বপ্ন! ওজন বাড়ছে না অথবা রাতারাতি ওজন অনেকটা বেড়ে উঠেছে; কিছু খাননি বা প্রয়োজনের অতিরিক্ত খাবার খেয়ে নিয়েছেন!
- উহুঁ... স্বপ্ন! আপনার সাথী আপনাকে পছন্দ করেন না... তিনি অন্য কারো সাথে কথা বলেন। আপনি এমন ভয় পাচ্ছেন যে, আপনার গর্ভাবস্থার এমন ফিগার আপনার সারাটা জীবন ধরেই বজায় থাকবে আর আপনি আর কখনো কারো চোখে আকর্ষক লাগবেন না!
- সেক্সুয়াল স্বপ্ন! সম্ভোগের ইতিবাচক বা নেতিবাচক স্বপ্ন; গর্ভাবস্থায় সেক্সের প্রতি ভ্রামক ধারণার কারণে এমনটা হয়।
- মৃত্যুর বা পুনর্জন্মের স্বপ্ন! মাতা-পিতা বা কোন আত্মীয়ের মৃত্যুর স্বপ্ন; আপনার মন হয়তো নতুন-পুরোন প্রজন্মের মধ্যে একটা সম্পর্ক তৈরী করতে চাইছে!
- শিশুর সাথে সময় কাটানোর স্বপ্ন অর্থাৎ আপনি ডেলিভারীর আগেই নিজেকে পেরেন্টিং-য়ের জন্য প্রস্তুত করে তুলছেন!
- শিশুর ব্যাপারে বিভিন্ন প্রকারের স্বপ্ন! সে আকারে ছোট-বড় অথবা বেঁকা জন্ম নেবে! এর দ্বারা শিশুর স্বাস্থ্যের প্রতি আপনার চিন্তা উঁকি মারছে! অথবা আপনি হয়তো এমন স্বপ্ন দেখলেন যে, আপনার বাচ্চার মধ্যে জন্মজাত প্রতিভা রয়েছে। সে জন্ম নেওয়ামাত্র হাঁটতে বা কথা বলতে শুরু করে দিয়েছে! এর থেকে এটা জানতে পারা যায় যে, আপনি তার বৌদ্ধিক ভবিষ্যতের জন্য চিন্তিত! এই প্রকার আপনি এমন স্বপ্নও দেখতে পারেন যে, আপনার শিশুর চোখ আর চুল তার মাতা-পিতার মধ্যে যে কোন একজনের মত! শিশুর সম্বন্ধে আসতে থাকা ভয়ংকর স্বপ্ন এই জিনিষটার সংকেত হয় যে, আপনি নিজের নবজাত শিশুকে সামলানোর ব্যাপারে ভয় পাচ্ছেন। প্রসবের সাথে যুক্ত স্বপ্নও আপনি দেখতে পারেন, যেমন – আপনি শিশুর জন্ম দিতে পারছেন না। এর দ্বারা শিশুর প্রতি আপনার চিন্তা প্রকট হয়!

স্বপ্ন অবশ্যই দেখুন... কিন্তু সেটার জন্য নিজের ঘুম নষ্ট করবেন না। গর্ভাবস্থায় স্বপ্ন আসাটা বুকের জ্বলুনি আর স্ট্রেচ মার্কের মতই স্বাভাবিক হয়। মনে রাখবেন যে, একমাত্র আপনিই এমন স্বপ্ন দেখছেন না... শিশুর ভাবী পিতারাও এমন স্বপ্ন দেখেন। সেই ক্ষেত্রে তো আমরা হার্মোনকে দায়ী সাব্যস্ত করতে পারি না। আপনারা দুজনেই যদি পরস্পরকে নিজেদের দেখা স্বপ্ন শোনাতে পারেন... তাহলে পরস্পরের আরও কাছাকাছি আসতে সহায়তা প্রাপ্ত হবে!

সব কিছু সামলানো

“আমার এই চিন্তা হতে লেগেছে যে, আমি বাড়ী, চাকরী, পতি আর শিশু – এসব একা কি করে সামলাব ?”

এটা সর্বদা মাথায় রাখবেন যে, আপনি সব কিছু এক সাথে সামলাতে পারবেন না। শুধু আপনি যাই করুন না কেন, সেটা ভালো ভাবে করুন ! আপনি *‘সুপার ম্যাম’* হতে পারেন না... তাই কেবল এক ভালো মানুষ হয়ে ওঠার চেস্টা করুন ! প্রতিটি নতুন মা এটাই চান যে, তাঁর বাড়ী পরিস্কার-পরিচ্ছন্ন থাকুক... শিশুর লালন-পালন ভালো ভাবে হোক্... ময়লা জামা-কাপড়ের স্তুপ তৈরী না হোক্... বাড়ীতে সুস্বাদু খাবার তৈরী হোক্ আর উনি নিজের সাথীর চোখে সর্বদা সেক্সী হয়ে থাকুন ! কিন্তু এসব কথা কেবলমাত্র মুখে বলাটাই সম্ভব হয়... কারণ এসব কিছু এক সাথে হতে পারাটা সম্ভব হয় না !

আপনি নিজের নতুন জীবনকে ঠিক কোন্ রূপে নেবেন... সেটা এই জিনিষটার ওপরে নির্ভর করে যে, আপনি কত দ্রুত বাস্তবিকতা জেনে নিচ্ছেন ! চ্যালেঞ্জ সামনে আসার আগেই এই বাস্তবিকতাকে আপনি জেনে নিলে ভালো হবে।

সবার আগে তো আপনাকে গুরুত্বের হিসেবে নিজের প্রাথমিকতা নির্দিষ্ট করতে হবে। যদি চাকরী, শিশু আর পতিদেব আপনার প্রাথমিকতায় থাকেন... তাহলে আপনাকে হয়তো বাড়ী সাফাই করার কাজকে এক পাশে সরিয়ে রাখতে হবে। কিছু সময় পর্যন্ত আপনি অন্য কাউকে দিয়ে রান্না করাতে পারেন বা জামা-কাপড় কাচার জন্য লোক রাখতে পারেন। আপনি যদি কিছু সময়ের জন্য চাকরী ছেড়ে দিতে পারেন বা বাড়ীতে বসেই অফিসের কাজ করতে পারেন... তাহলে আপনি সেই হিসেবে নিজের প্রাথমিকতা নির্দিষ্ট করতে পারবেন।

প্রাথমিকতা নির্দিষ্ট করার পরে কোন অবাস্তবিক আশা করতে যাবেন না। যে কোন অভিজ্ঞ মাকে প্রশ্ন করে দেখুন... তিনি এক সময় এটা ঠিকই জানতে পেরে যান যে, তিনি সম্পূর্ণ নন... তিনি একার হাতে সব কিছু সামলাতে পারেন না। আপনিও যদি এমনটা করার চেস্টা করেন, তাহলে শেষ পর্যন্ত মানসিক চাপ ছাড়া আর কিছুই প্রাপ্ত হবে না। এমন কিছু মুহূর্তও সামনে আসবে... যখন আপনার

কিছু বিশেষ প্রস্তুতি

যদিও শিশু এখনও ডেলিভারীর জন্য প্রস্তুত নয়... কিন্তু আপনাকে তো নিজের শরীরকে তৈরী করতেই হবে। পেলভিকের মাংসপেশীই গর্ভাশয় আর মূত্রাশয় ইত্যাদি অঙ্গগুলোকে সাপোর্ট প্রদান করে। এগুলোকে এমন ভাবে তৈরী করা হয়েছে, যাতে শিশু সহজে বাইরে বেরিয়ে আসতে পারে। এই মাংসপেশীগুলো হাসার বা কাশার সময় মূত্র চুঁইয়ে পড়াকেও বাধা প্রদান করে। এই মাংসপেশীগুলোই আপনার যৌন সন্তুস্টির মাধ্যম হয়ে ওঠে। কীগল ব্যায়াম দ্বারা আপনি সহজে এই সব মাংসপেশীর ব্যায়াম করতে পারবেন। দিনে তিন বার কীগল ব্যায়াম দীর্ঘকালীন আর স্বল্পকালীন লাভ প্রদান করে। গর্ভাবস্থা আর তার পরের সমস্যাও সহজে দূর হয়ে পড়ে। প্রসবের পরে যোনির সঠিক আকারে ফিরে আসতে সময় লাগে না।

আপনার যোনি আর পায়ুর আশপাশের মাংসপেশীগুলোকে এমন ভাবে সংকুচিত করুন, যেন আপনি প্রস্রাবের বেগ আটকাচ্ছেন। 10 সেকেণ্ড পর্যন্ত এই অবস্থায় থাকার পরে শিথিল ছেড়ে দিন। কীগল ব্যায়াম করার সময় আপনার সম্পূর্ণ মনোযোগ এই অংশের মাংসপেশীগুলোর ওপরে থাকা উচিত। যদি আপনার পেট, উরু আর নিতম্বের মাংসপেশী সংকুচিত হয়... তাহলে সেটার অর্থ হচ্ছে এই যে, আপনি নিজেকে পূর্ণ রূপে কেন্দ্রীভূত করতে পারছেন না। আপনি বাজারে কেনাকাটা করার সময় বা কোন লাইনে দাঁড়িয়ে অপেক্ষা করার সময়ও এই ব্যায়াম করতে পারেন। এর দ্বারা পেলভিক ফ্লোরের মাংসপেশী মজবুত হবে। এটা সেক্সের সময়ও করুন... এক নতুন ধরণের আনন্দ প্রাপ্ত করবেন !

এমনটা মনে হবে যে, সব কিছু বেকার! আপনার দ্বারা বিছানা সামলানো যাবে না... ময়লা জামা-কাপড়ের স্তুপ জমা হয়ে পড়বে... সাথীর দৃষ্টিতে নিজেকে সেক্সী দেখানোর অর্থ এটাই হবে যে, প্রথমে আপনাকে তেলতেলে মাথার চুল ধুতে হবে। আপনি নিজের স্তরকে এতটা উঁচুতে তুলে ধরলে সেই পর্যন্ত পৌঁছনো আপনার পক্ষে অসম্ভবই হয়ে উঠবে।

প্রতিটি সফল মা-য়ের পেছনে এক বাবা থাকেন! তিনি বাড়ীর কাজে পত্নীর সহায়তা করেন। রাতের বেলা শিশুর সাথে জেগে থাকেন। উনি ব্যস্ত থাকলে আপনি এই কাজে পরিবারের অন্য কোন সদস্য বা নিজের কোন বান্ধবীর সহায়তাও নিতে পারেন।

গ্লুকোজ স্ক্রীনিং টেস্ট

"আমার ডাক্তার বলেছেন যে, আমাকে গ্যাস্টেশন্যাল ডায়াবেটিজের পরীক্ষার জন্য গ্লুকোজ স্ক্রীনিং টেস্ট করাতে হবে। আমার এই টেস্ট করানোর কি প্রয়োজন আর এতে কি হবে?"

এতে ভয় পাবেন না! বেশীর ভাগ ডাক্তার গর্ভাবস্থার 24 থেকে 28 সপ্তাহের মাঝে মোটা গর্ভবতী মহিলা বা ডায়াবেটিজ রোগের পারিবারিক ইতিহাস রাখা মহিলাদের এই টেস্ট করানোর পরামর্শ দিয়ে থাকেন।

আপনি যদি মিষ্টি জিনিষ খাওয়ার শৌখীন হন, তাহলে তো এটা আপনার পক্ষে আরও সহজ হবে। আপনাকে মিষ্টি গ্লুকোজ পানীয় পান করতে হবে... যেটার স্বাদ অরেঞ্জ সোডার মত হবে। এটা পান করায় আপনার কোন প্রকারের ক্ষতি হবে না। আর আপনি মিষ্টি খাবারের শৌখীন না হলে আপনার গা কিছুটা গুলিয়ে উঠতে পারে। আপনি যদি টেস্টের হিসেবে পর্যাপ্ত মাত্রায় ইন্স্যুলিন তৈরী না করেন, তাহলে আপনাকে *গ্লুকোজ টলারেন্স টেস্ট* করাতে হবে। এতে গ্যাস্টেশন্যাল ডায়াবেটিজের পরীক্ষা করা হয়ে থাকে।

এমনটা প্রায় 4 থেকে 7 শতাংশ গর্ভবতী মহিলাদের হয় আর বেশ কয়েক প্রকারের জটিলতাও সৃষ্টি হয়ে পড়ে। এমনিতে আহার, ব্যায়াম আর সুস্থ জীবন-শৈলী দ্বারা অনেকটাই সুরক্ষা প্রাপ্ত করা যেতে পারে। প্রয়োজন হলে ওষুধও দেওয়া যেতে পারে।

কম ওজনের শিশু

"আমি কম ওজনের শিশুর জন্মের ব্যাপারে অনেক জায়গায় পড়েছি। আমি কি এটার সুরক্ষার জন্য কিছু করতে পারি?"

কম ওজনের শিশুর জন্মের কিছু মামলায় সুরক্ষা প্রাপ্ত করা যেতে পারে। এমনিতে তো আপনি যদি এই পুস্তক পড়ছেন, তাহলে আপনি

সময় পূর্ব প্রসবের সংকেত

এমনিতে তো শিশুর সময়ের আগে জন্ম নেওয়ার সম্ভাবনা কমই থাকে... কিন্তু মা হতে চলা প্রতিটি গর্ভবতী মহিলার সময় পূর্ব প্রসবের সংকেতের ব্যাপারে তথ্য থাকা উচিত। আগে থেকে জানতে পারলে বেশ কয়েক প্রকারের সমস্যার থেকে রক্ষা পাওয়া যেতে পারে। ধরে নিচ্ছি যে, আপনার সেটার কোন প্রয়োজন নেই... কিন্তু আপনার এই ব্যাপারে জানা উচিত। যদি গর্ভাবস্থার 37 সপ্তাহের আগে নীচের কোন একটা লক্ষণ প্রকট হয়, তাহলে তৎক্ষনাত ডাক্তারকে ফোন করুন।

01. ডায়রিয়া, বমি বা অপচন ছাড়াই পেটে টান ভাব।
02. প্রতি 10 মিনিট পরে-পরে যন্ত্রণাদায়ক সংকুচন। সেটাকে *"ব্র্যাক্সন হিক্স কন্ট্রাকশন"*-য়ের সাথে যুক্ত করবেন না।
03. পিঠের নীচের অংশে লাগাতার যন্ত্রণা অনুভূত হওয়া।
04. যোনিস্রাবে পরিবর্তন... যদি সেটা গোলাপী বা ধূসর রক্তের সাথে হয়।
05. পেলভিক এরিয়ায় যন্ত্রণা বা চাপ।
06. যোনি থেকে লাগাতার তরল পদার্থ চুঁইয়ে-চুঁইয়ে পড়তে থাকা।

মনে রাখবেন যে, এগুলোর মধ্যে মাত্র কয়েকটা লক্ষণই প্রকট হতে পারে... সব লক্ষণ নয়! এমন কোন লক্ষণ দেখতে পেলেই ডাক্তার দেখান। সুরক্ষার বিষয়কে সর্বদা মাথায় রাখা উচিত। এটাই হচ্ছে গর্ভাবস্থার প্রথম নিয়ম!

অনেক আগে থেকেই এই কাজটা করে আসছেন। সাধারণতঃ মদ, তামাক বা ড্রাগসের সেবন করতে থাকা গর্ভবতী মহিলাদের বাচ্চাদের ওজন জন্ম থেকেই কম হয়। ভাবনাত্মক চাপ, কুপোষণ, প্রসব পূর্ব পরিচর্যার অভাবের মত কারকগুলোর উপায় করা যেতে পারে। এছাড়া যদি মা দীর্ঘ সময় ধরে অসুস্থ থাকেন, তাহলে ডাক্তারের পরামর্শেও সুরক্ষা প্রাপ্ত করা যেতে পারে। অনেক বার *সৈময় পূর্ব প্রসব*'-কেও বাধা প্রদান করা যেতে পারে।

অনেক শিশু কোন কারণ ছাড়াই জন্ম থেকে আকারে ছোট হয়... এটার কোন উপায় করা যায় না!

যদি মায়ের ওজনও শিশুর জন্মের সময় কম থাকে, যেমন প্লেসেন্টায় অভাব বা *'জেনেটিক ডিস্অর্ডার'*... তাহলেও বাচ্চার ওজন কম হতে পারে। 9 মাসের থেকে কম গর্ভাবস্থাও কম ওজনের শিশুর জন্ম হওয়ার কারণ হয়ে উঠতে পারে... কিন্তু ভালো আহার আর প্রসব পূর্ব পরিচর্যা দ্বারা গর্ভস্থ শিশুর ওজন বাড়ানো যেতে পারে। শিশু ছোট হলেও মেডিক্যাল কেয়ার তাকে বাঁচাতে আর সুস্থ হয়ে উঠতে সহায়তা করে।

আপনি যদি এই ব্যাপারে বিশেষ রূপে চিন্তিত হয়ে ওঠেন, তাহলে নিজের ডাক্তারের সাথে যোগাযোগ করুন। উনি আল্ট্রাসাউণ্ড দেখে আপনাকে এটা জানিয়ে দেবেন যে, আপনার গর্ভস্থ ভ্রূণ স্বাভাবিক গতিতে বাড়ছে কি না? যদি ভ্রূণের বিকাশ পুরো না হয়, তাহলে তার জন্য সম্ভাবিত পদক্ষেপও নেওয়া হবে।

প্রসবের সময় যন্ত্রণা কমানো

আপনাকে এটার মোকাবিলাও করতে হবে। সেই 15-টা ঘন্টা... যাকে *'প্রসব'* বলা হয়, সেটা আপনার পার্কে ঘুরে বেড়ানোর মত মোটেই হয় না। প্রসব আর ডেলিভারী প্রচণ্ড মেহনতের কাজ হয়। বাচ্চার জন্মের সময় আপনার গর্ভাশয়ে বার-বার সংকুচন হতে থাকে, যাতে আপনার সার্ভিক্স *(গর্ভাশয়ের মুখ)* আর যোনিপথ দিয়ে আপনার গর্ভস্থ শিশু বাইরে বেরিয়ে আসতে পারে। আজ্ঞে হ্যাঁ... এটা হচ্ছে সেই যোনি, যেটাকে আপনি এতদিন অত্যন্ত ছোট্ট আকারের মনে করে এসেছেন। আরও একটা কথা... এই যন্ত্রণার এক ইতিবাচক পক্ষও থাকে। এটা আপনার শিশুকে আপনার কোল পর্যন্ত পৌঁছে দেয়।

যদি আপনার অপারেশন না হয় আর আপনাকে প্রসব যন্ত্রণা সহ্য করতে হয়... তাহলে সেটাকে কম করারও বেশ কিছু টেক্নিক থাকতে পারে। আপনি মেডিসিনল বা নন্-মেডিসিনল – যে কোন পদ্ধতি দ্বারা যন্ত্রণা কমানোর উপায় খুঁজতে পারেন বা এই দুটোর মিশ্রণকেও বেছে নেওয়া যেতে পারে। আপনি কোন প্রকারের ওষুধের সেবন না করেও প্রসব করতে পারেন বা আকুপাংচার, আকুপ্রেশার বা সম্মোহনের মত বৈকল্পিক চিকিৎসা পদ্ধতিও বেছে নিতে পারেন অথবা আপনি কোন যন্ত্রণা নিবারক ওষুধ সেবন করার সহায়তাতেও নিজের শিশুর জন্ম দিতে পারেন। এতে আপনার কোন প্রকারের যন্ত্রণার অনুভূতি হবে না আর আপনি সম্পূর্ণ প্রক্রিয়ায় জেগেই থাকবেন।

আপনি কোন্ বিকল্প গ্রহণ করতে চাইবেন? আপনাকে সেই ব্যাপারে তথ্য সংগ্রহ করতে হবে। এই ব্যাপারে নিজের ডাক্তারের পরামর্শ নিন। এর আগে *'প্রসব'* প্রক্রিয়ার ভেতর দিয়ে যাওয়া নিজের কোন বান্ধবীকে এই ব্যাপারে প্রশ্ন করুন। তারপর এটা চিন্তা করুন যে, আপনার পক্ষে সঠিক বিকল্প কি হতে পারে? আপনি কি একটাই টেক্নিক গ্রহণ করতে চাইবেন, নাকি বেশ কয়েকটা টেক্নিক আপনার পক্ষে সঠিক হবে! এসব ছাড়াও নিজের শরীরের নমনীয়তাকেও বজায় রাখতে ভুলে যাবেন না। প্রসবের সময় তো এটার প্রয়োজন সব থেকে বেশী করে হবে। ডাক্তার যদি আপনার স্বাভাবিক প্রসবের ব্যাপারে কোন সংকেত প্রাপ্ত করেন... তখন তো আপনি নিজের ইচ্ছেমতন যে কোন বিকল্প বেছে নিতে পারবেন।

ঔষধি এবং যন্ত্রণা

যদি যন্ত্রণা নিবারক ঔষধির কথা আসে, তাহলে প্রসবের সময় এমন বেশ কিছু ঔষধির সেবন করা যেতে পারে। এগুলোর মধ্যে এ্যানেস্থেটিক

(যন্ত্রণা অনুভূত হবে না আর ঘুম চলে আসবে), এ্যানালজেসিক *(যন্ত্রণা নিবারক)*, ট্র্যাংকুইলাইজার্স শামিল রয়েছে। আপনি নিজে এটা বেছে নিতে পারবেন যে, এগুলোর মধ্যে কোনটা আপনার পক্ষে আরামদায়ক হবে। আপনার যদি অতীতের কোন মেডিক্যাল হিস্ট্রী থাকে অথবা আপনার বর্তমান অবস্থা যদি কিছুটা আলাদা হয়, তাহলে আপনার নির্বাচন সীমিত হতে পারে।

আপনাকে এটাও দেখতে হবে যে, কোন্ ঔষধি যন্ত্রণাকে ঠিক কতটা কমাবে বা আপনার ওপরে সেটার ঠিক কেমন প্রভাব পড়বে... কারণ আলাদা-আলাদা ঔষধি লোকেদের ওপরে আলাদা-আলাদা প্রভাব বিস্তার করে। এমনও হতে পারে যে, আপনি যে ঔষধি নিজের জন্য বেছে নিয়েছেন, সেটা হয়তো সেই সময় পাওয়া গেল না আর আপনাকে অন্য কোন ঔষধি দেওয়া হল। যদিও যন্ত্রণা নিবারক ঔষধি সেই রূপে দেওয়া হয়, যেমনটা আপনি আর আপনার ডাক্তার চান!

এখানে প্রসব আর যন্ত্রণার জন্য কিছু বিশেষ ঔষধির ব্যাপারে জানানো হচ্ছে।

এপীড্যুরল ঃ- দুই-তৃতীয়াংশ গর্ভবতী মহিলা হাসপাতালে নিজেদের যন্ত্রণা কম করার জন্য এই ঔষধির ব্যবহার করে থাকেন। এর জনপ্রিয়তার আরও একটা কারণ হচ্ছে এই যে, এটার বেশী মাত্রার প্রয়োজন পড়ে না। শরীরের নীচের দিকের অংশে লোকাল পেইন্ রিলিফ দেওয়া হয়ে থাকে। এই প্রকারে আপনি পুরোপুরি জেগে থাকেন আর শিশুর জন্মের পরে তাকে এই পৃথিবীতে স্বাগত জানানোর জন্য প্রস্তুত হয়ে থাকেন। এটাকে অন্য ঔষধির তুলনায় সুরক্ষিতও মানা হয়ে থাকে... কারণ এর ইঞ্জেকশন মেরুদণ্ডের হাড়ে দেওয়া হয়ে থাকে। এই ঔষধি অন্য ঔষধির মত আপনার রক্ত প্রবাহে মিশে যায় না। এটা আপনাকে সেই সময় দেওয়া যেতে পারে, যখন আপনি চাইবেন। বিভিন্ন অধ্যয়ণ থেকে এটা জানতে পারা গেছে যে, এর দ্বারা অপারেশন করার ঝুঁকি বাড়ে না আর প্রসবের প্রক্রিয়াও ধীর গতির হয়ে পড়ে না। যদি প্রসবের প্রক্রিয়া ধীর গতির হয়ে পড়ে, তাহলে ডাক্তার আপনাকে পীটোসিন হার্মোন দিতে পারেন, যাতে প্রসবের প্রক্রিয়া নিজের গতিতে এসে পড়ে।

এপীড্যুরল দেওয়ার সময় আপনি কি আশা করতে পারেন ঃ-

- এপীড্যুরল দেওয়ার আগে আই.ভি. চালু করা হয়, যাতে আপনার ব্লাড প্রেশার কমে না আসে।
- কিছু-কিছু হাসপাতালে ব্লাডারে ক্যাথেটর ঢোকানো হয়, যাতে সেই প্রক্রিয়ার সময় প্রস্রাব করা যায়। ঔষধির প্রভাবে প্রস্রাব বন্ধ হয়ে পড়তে পারে। অনেক হাসপাতালে প্রয়োজন পড়লে তবেই ক্যাথেটরের ব্যবহার করা হয়ে থাকে।
- আপনার পিঠের মাঝের আর নীচের অংশের ওপরে এ্যান্টিসেপ্টিক লোশন লাগানো হয় আর পিঠের সেই অংশকে লোকাল এ্যানেস্থেসিয়া দ্বারা অনুভূতি শূণ্য করে তোলা হয়। অনুভূতি শূণ্য অংশে এক বড় ছুঁচ মেরুদণ্ডের হাড়ের এপীড্যুরল জায়গায় ফোটানো হয়। এমনটা সেই সময় করা হয়, যখন আপনি এক পাশ ফিরে শুয়ে থাকেন বা কারো সহায়তায় টেবিলের ওপরে ঝুঁকে থাকেন। অনেক গর্ভবতী মহিলার ছুঁচ ফোটার যন্ত্রণা অনুভূত হয়। আপনি তেমন ভাগ্যবতী হলে বেশীর ভাগ গর্ভবতী মহিলাদের মত আপনারও কিছুই অনুভূত হবে না। প্রসবের যন্ত্রণার তুলনায় তো ছুঁচ ফোটার যন্ত্রণা কিছুই হয় না।
- ছুঁচ বার করে এনে সেখানে এক পাতলা ক্যাথেটর টিউব ঢুকিয়ে দেওয়া হয়। এই টিউব পিঠের সাথে টেপ দিয়ে চিপকে দেওয়া হয়, যাতে আপনি নড়াচড়া করতে পারেন। প্রথম ডোজ দেওয়ার 3 থেকে 5 মিনিটের মধ্যেই গর্ভাশয়ের স্নায়ু অনুভূতি শূণ্য হয়ে পড়তে থাকে। 10 মিনিট পরে পুরো আরাম এসে পড়ে। ঔষধি দ্বারা শরীরের পুরো নীচের অংশ অনুভূতি শূণ্য হয়ে পড়ে আর আপনি কন্ট্র্যাকশন *(সংকুচন)* অনুভব করতে পারেন না।
- আপনার ব্লাড প্রেশার লাগাতার পরীক্ষা করা হতে থাকে।

- অনেক বার এপীড্যুরলের কারণে গর্ভস্থ ভ্রূণের হৃদস্পন্দন ধীর হয়ে পড়ে। এর জন্য গর্ভস্থ ভ্রূণের ওপরে লাগাতার দৃষ্টি রাখা হয়। এতে যদিও আপনার নড়াচড়া করতে বাধার সৃষ্টি হয়... কিন্তু আপনাদের দুজনের সংকুচনের ওপরে নজর রাখতে ডাক্তারের সুবিধা হয়।

খুশীর খবর হচ্ছে এটা যে, এই প্রক্রিয়ার সাইড এফেক্ট খুব কম হয়। যদিও কিছু গর্ভবতী মহিলার শরীরের এক অংশে অনুভূতি শূণ্যতার অনুভব হয়। ব্যাক লেবারের মামলায় এটা যন্ত্রণার ওপরে পুরোপুরি নিয়ন্ত্রণ করতে পারে না।

স্পাইনাল এপীড্যুরল ঃ- এটাও এক পারম্পরিক এপীড্যুরলের মতই যন্ত্রণা নিবারকের কাজ করে... কিন্তু এতে ওষুধের একটু ডোজ নেওয়া হয়। প্রতিটি জায়গায় এই সুবিধাও পাওয়া যায় না। আপনি আগে থেকে এই ব্যাপারে জেনে নিন। এ্যানেস্থেসিয়ার ডাক্তার আপনার স্পাইনাল কর্ডের দ্রবে এর কিছুটা মাত্রা দিয়ে আপনাকে যন্ত্রণার হাত থেকে মুক্তি প্রদান করতে পারেন... কিন্তু এতে আপনার পা আর মাংসপেশীগুলো অনুভূতি শূণ্য হয় না। এজন্য আপনি সেগুলোর ব্যবহার করতে পারবেন। আপনার যন্ত্রণায় আরাম না এলে আপনাকে ক্যাথেটরের মাধ্যমে আরও ওষুধ দেওয়া যেতে পারে। এতে আপনার পা অনুভূতি শূণ্য না হলেও আপনি যথেস্ট দুর্বলতা অনুভব করবেন। এজন্য সেই সময় আপনি হাঁটতে চাইবেন না।

স্পাইনাল ব্লক বা স্যাণ্ডল ব্লক ঃ- এই দিনগুলোয় এই দুটি ব্লকের ব্যবহার হয় না বললেই চলে। আপনি যদি এপীড্যুরল না নিয়ে থাকেন আর প্রসবের সময় আপনি যন্ত্রণা নিবারক ঔষধি চাইলে প্রসবের সময় স্পাইনাল ব্লক দেওয়া যেতে পারে। এতেও স্পাইনাল কর্ডের দ্রবে ইঞ্জেকশন দেওয়া হয়ে থাকে। এর কারণেও ব্লাড প্রেশার কমে আসতে পারে।

পুণ্ডেডল ব্লক ঃ- এটা ভ্যাজাইনাল ডেলিভারীর সময় ব্যবহার করা হয়ে থাকে। ছুঁচের মাধ্যমে ওষুধ দেওয়া হয়... যাতে শরীরের সেই অংশ অনুভূতি শূণ্য হয়ে পড়ে। যদি ফরসেপ বা ভ্যাকুয়াম এক্সট্র্যাকশন করতে হয়, তাহলে এই পদ্ধতি কার্যকরী হয়। এর প্রভাব এপীসিয়োটোমী পর্যন্ত হয়।

যন্ত্রণা ছাড়াই...

ধাক্কা দেওয়ার জন্য কি যন্ত্রণার প্রয়োজন হয় ? না... বেশীর ভাগ গর্ভবতী মহিলারা এমনটা মানেন যে, এপীড্যুরলের পরেও গর্ভস্থ শিশুকে বাইরের দিকে ধাক্কা দিতে তাঁদের কোন সমস্যাই হয় না। নার্স তাঁদের সংকুচনের সময় জানিয়ে দেন আর তাঁরা জোর লাগান। যদি যন্ত্রণা ছাড়া কাজ না হয়, তাহলে এপীড্যুরল বন্ধ করে দেওয়া হয়। তারপর ডেলিভারীর পরে আবার ওষুধ দিয়ে শরীরের সেই অংশকে অনুভূতি শূণ্য করা যেতে পারে।

জেনারেল এ্যানাস্থেসিয়া ঃ- আজকাল স্বাভাবিক ডেলিভারীতে এর ব্যবহার খুব কমই করা হয়ে থাকে। কেবলমাত্র জরুরী সার্ভিকাল জন্মের মামলাতেই এটা দেওয়া হয়ে থাকে। এতে ঘুম এসে পড়ে আর আপনি ডেলিভারীর সময় বেহুঁশ হয়ে থাকেন। জ্ঞান ফিরে আসার পরে গা গুলোন, বমি বা কাশির অভিযোগ হতে পারে।

এতে মায়ের সাথে-সাথে শিশুর ওপরেও প্রভাব পড়তে পারে। এমনিতে চেস্টা এটাই করা হয় যে, শিশুর ওপরে বেশী প্রভাব পড়ার আগেই তাকে মায়ের গর্ভ থেকে বাইরে বার করে আনা হোক্। ডাক্তার আপনাকে অক্সিজেনও দিতে পারেন, যাতে আপনার গর্ভস্থ শিশু পুরো অক্সিজেন প্রাপ্ত করে আর তার ওপরে ওষুধের বেশী প্রভাব না পড়ে।

ড্যামেরোল ঃ- এই যন্ত্রণা নিবারকের ব্যবহার প্রায়ই করা হয়ে থাকে। এতে যন্ত্রণা কমে আসে আর গর্ভবতী মায়ের পক্ষে সংকুচন সহ্য করতেও সুবিধা হয়। এটা দুই থেকে চার ঘন্টায় পুনরাবৃত্তি করা যেতে পারে। এর কিছুটা সাইড এফেক্টও হতে পারে; যেমন – বমি, গা গুলোন বা রক্তচাপ

কমে আসা। নবজাত শিশুর ওপরে এর প্রভাব এই জিনিষটার ওপরে নির্ভর করে যে, আপনি ডেলিভারীর কতটা কাছ পর্যন্ত এগিয়ে এসে এটা নিয়েছেন ? এটা যদি ডেলিভারীর সাথেই দেওয়া হয়ে থাকে, তাহলে শিশু ঘুমিয়ে থাকতে পারে... তার শ্বাস নিতে কষ্ট হতে পারে আর তাকে অক্সিজেনও দিতে হতে পারে। এই প্রভাব অস্থায়ী হয়... যেটার চিকিৎসা হতে পারে।

এটা সাধারণতঃ ডেলিভারীর 2 - 3 ঘন্টা আগে দেওয়ারই চেষ্টা করা হয়ে থাকে।

ট্র্যাংকুইলাইজার্স ঃ- এর ফলে গর্ভবতী মা সম্পূর্ণ রূপে শান্ত হয়ে থেকে বাচ্চার জন্ম দেওয়ার প্রক্রিয়ায় সহযোগ প্রদান করতে পারেন। এতে যন্ত্রণা নিবারকের শক্তিও বেড়ে ওঠে। যদি গর্ভবতী মায়ের ব্যগ্রতার কারণে প্রসবে মুশ্কিল হতে থাকে, তাহলে এটা দেওয়া হয়ে থাকে। কিছু গর্ভবতী মহিলা হাল্কা ঘুম-ঘুম ভাবকে স্বাগত জানান... অন্য দিকে কিছু গর্ভবতী মায়েরা এমনটা মনে করেন যে, তাঁরা নিজেদের জীবনের সব থেকে স্মরণীয় কিছু মুহূর্তকে হারিয়ে ফেলছেন! এর ডোজ দ্বারা অনেকটাই পার্থক্য আসে। বেশী ডোজ কিছুটা ক্ষতিও করতে পারে। যদিও এতে গর্ভস্থ শিশুর কোন প্রকারের ঝুঁকি থাকে না... কিন্তু ডাক্তার অত্যন্ত প্রয়োজন পড়লেই এর ব্যবহার করেন। এমনিতে আপনার নিজের উত্তেজনা শান্ত করার জন্য ঔষধি সেবন করার পরিবর্তে রিল্যাক্সেশন টেক্‌নিক শেটা উচিত।

যন্ত্রণা এবং বৈকল্পিক চিকিৎসা

কোন গর্ভবতী মহিলাই প্রসবের সময় কোন ঔষধি সেবন করতে চান না... কিন্তু নিজেদের অবস্থাকে আরামদায়ক করে তুলতে অবশ্যই চান। এর জন্য বৈকল্পিক চিকিৎসা পদ্ধতির সহায়তা নেওয়া যেতে পারে। আজকাল বেশ কিছু পারম্পরিক ডাক্তাররাও এই সব টেক্‌নিকের সহায়তা নিতে শুরু করে দিয়েছেন। আপনি এপীড্যুরল নিলেও প্রসবের আগে এই সব টেক্‌নিকের অভ্যাস করা শুরু করে দিন আর কোন লাইসেন্স প্রাপ্ত বিশেষজ্ঞের থেকেই প্রশিক্ষণ নিন। তাঁর গর্ভাবস্থা, প্রসব আর ডেলিভারীর ব্যাপারে ভালোমতন অভিজ্ঞতা থাকা উচিত।

আকুপাংচার এবং আকুপ্রেশার ঃ- বৈজ্ঞানিক অধ্যয়ণ এটা মেনে নিয়েছে যে, চীনারা আজ থেকে হাজার বছর আগেই আকুপাংচার আর আকুপ্রেশারের যন্ত্রণা নিবারক টেক্‌নিক জানতেন। আকুপাংচারের সহায়তায় শরীরের কিছু বিশেষ বিন্দুতে ছুঁচ ফুটিয়ে প্রসবের যন্ত্রণাকে কম করা যেতে পারে। আকুপ্রেশারে কেবলমাত্র আঙুল দিয়ে সেই সব বিন্দুতে চাপ দেওয়া হয়। আপনি যদি প্রসবের সময় এগুলোর কোন বিশেষজ্ঞকে নিজের কাছে রাখতে চান, তাহলে সেই ব্যাপারে নিজের ডাক্তারকে আগে থেকে জানিয়ে রাখুন।

রিফ্ল্যাক্সোলোজী ঃ- এমনটা মানা হয়ে থাকে যে, কিছু বিন্দুর ওপরে মালিশ করলে প্রসবের যন্ত্রণাকে কম করা যেতে পারে। এতে প্রসব হওয়ার সময়ও কমে আসে। কিছু বিন্দু তো এতটাই শক্তিশালী হয় যে, প্রসবের জন্য যাওয়ার আগে আপনার সেই সব বিন্দুতে চাপ দেওয়া বা সেগুলোকে উত্তেজিত করে তোলাও উচিত নয়।

ফিজিক্যাল থেরাপী ঃ- মালিশ আর গরম-ঠাণ্ডা সেঁক দ্বারাও প্রসবের যন্ত্রণা কম করা যেতে পারে। কোন অভিজ্ঞ ব্যক্তিকে দিয়ে মালিশ করালে যন্ত্রণা কমাতে সহায়তা প্রাপ্ত হয়।

হাইড্রোথেরাপী ঃ- প্রসবের সময় গুনগুনা গরম জলে ভরা টাবে শুয়ে আপনি প্রসবের যন্ত্রণাকে কম করতে পারেন। ইদানিং বেশ কিছু হাসপাতালে এই সুবিধা দেওয়া হচ্ছে।

হিপ্নোবর্থিং ঃ- সম্মোহন না তো যন্ত্রণা কমায় আর না-ই শরীরের কোন অংশকে অনুভূতি শূণ্য করে তোলে... এতে শুধু আপনি গভীর ভাবে রিল্যাক্স হয়ে উঠবেন। এই জিনিষটা সবার ওপরে প্রভাব দেখায় না। আপনাকে নিজের গর্ভাবস্থার সময়ই কোন অভিজ্ঞ বিশেষজ্ঞের সহায়তায় এটার অভ্যাস করতে হবে। তাহলে আপনি যন্ত্রণা আর কষ্টের হাত থেকে মুক্তি পেতে পারবেন। এর একটা লাভ আরও হচ্ছে এই যে, এতে আপনি নিজের সন্তানের জন্মের প্রক্রিয়া নিজের চোখে দেখতে পারবেন। শিশুর ওপরে কোন শারীরিক প্রভাব পড়বে না।

ডিস্ট্র্যাকশন ঃ- আপনি ডিস্ট্র্যাকশন অর্থাৎ মনোযোগ সরিয়ে নিয়ে যাওয়া টেক্‌নিকেরও ব্যবহার

করতে পারেন; যেমন – টি.ভি. দেখা, সঙ্গীত শোনা, ধ্যান করা ইত্যাদি ! এতে আপনার মনোযোগ যন্ত্রণার ওপর থেকে কিছুটা অন্য দিকে সরে যাবে। আপনি কোন সুন্দর দৃশ্য বা সীনারীর ওপরেও নিজের মনোযোগ কেন্দ্রীভূত করতে পারেন। এছাড়া মানসিক চিত্রণের ব্যায়াম করুন। এমনটা কল্পনা করুন যে, আপনার শিশু গর্ভাশয় থেকে বাইরে বেরিয়ে আসছে আর আপনি তাকে নিজের কোলে টেনে নিচেছন ! এতে আপনি অনেকটাই আরামদায়ক অনুভব করবেন।

ট্রান্সক্যুটেনিয়স ইলেক্ট্রিক্যাল নার্ভস ষ্টিমুলেশন ঃ- এই বিধিতে ইলেক্ট্রোড, হাল্কা ভোল্টেজের পাল্স দ্বারা গর্ভাশয় আর সার্ভিক্সের স্নায়ুগুলোকে উত্তেজিত করে তোলা হয়... যার ফলে যন্ত্রণা কমে আসে। এর ব্যাপারে অবশ্য এখনও কোন পাক্কা প্রমাণ পাওয়া যায়নি।

সিদ্ধান্ত নেওয়া

এবার আপনি প্রসবের সময় হতে থাকা যন্ত্রণাকে কম করার সমস্ত প্রকারের টেক্নিক শিখে নিয়েছেন। এবার আপনাকে সিদ্ধান্ত নিতে হবে... কিন্তু যে কোন সিদ্ধান্ত নেওয়ার আগে ঃ-

- নিজের ডাক্তারের সাথে খোলাখুলি কথা বলুন... উনি আপনাকে সিদ্ধান্ত নিতে সহায়তা করবেন। বিভিন্ন ঔষধি আর পদ্ধতির সকল লাভ-লোকসানের ব্যাপারে আগে থেকেই জেনে নিন।

- বিকল্প খোলা রাখুন... কারণ আপনি এটা জানেন না যে, ডেলিভারীর সময় পরিস্থিতিতে কি ধরণের পরিবর্তন আসতে পারে। আপনি যদি ঔষধি সেবন না করার সিদ্ধান্ত নিয়ে থাকেন... তাহলেও আপনাকে ঔষধি সেবন করতে হতে পারে আর আপনি ঔষধি সেবন করার সিদ্ধান্ত নিয়ে থাকলে এমনটাও হতে পারে যে, সেটা ছাড়াই কাজ হয়ে পড়বে। এজন্য বেশ কয়েক প্রকারের টেক্নিকের অভ্যাস করুন আর সেগুলোর ব্যাপারে তথ্য সংগ্রহ করুন।

প্রসবের যন্ত্রণা আপনা থেকে কমুক বা ডাক্তারের দ্বারা গ্রহণ করা পদ্ধতি দ্বারা... শেষ ফলাফল ইতিবাচক আসা উচিত অর্থাৎ এক ছোট্ট গোলগাল শিশু আপনার কোলে আসা উচিত – সেটাই হচেছ সব থেকে বড় কথা !

■ ■ ■

chicco | 60 YEARS

CHOOSE ONLY BPA FREE PRODUCTS.

The use of polycarbonate for baby feeding bottles has been banned by India and advanced European nations as a precaution because it contains BPA (Bisphenol A).
Chicco uses Polypropylene and other alternative material that do not contain BPA.
While buying baby feeding products, always check the mark below it. If it is ♲ it is polypropylene. Still, enquire the retailer and ensure while making a purchase.

Available at Chicco stores, all leading baby shops and pharmacies.
Call us at our toll-free no. 1800-102-6702 to find Chicco products near you.

অষ্টম মাস

প্রায় 32 থেকে 35 সপ্তাহ

গর্ভাবস্থার অষ্টম মাসেও আপনি দিন-দিন নিজেকে সেই আগত মুহূর্তটার জন্য প্রস্তুত করে চলবেন। আপনি নিজের শিশুর জন্মকে কেন্দ্র করে যথেষ্ট উৎসাহিত হয়ে থাকবেন। যদি এটা আপনার প্রথম গর্ভাবস্থা হয়, তাহলে আপনাদের দুজনেরই এমনটা মনে হতে থাকবে যে, এবার শিশু পৃথিবীতে পা রাখল বলে! আপনি যদি এই ব্যাপারে ঘাবড়ে উঠে থাকেন... তাহলে নিজের মাতা-পিতা, বান্ধবীদের সাথে কথাবার্তা বলুন... ওনারাও নিজেদের প্রথম গর্ভাবস্থায় এমন মাসিক চাপ অনুভব করে থাকবেন।

এই মাসে আপনার শিশুর বিকাশ

32-তম সপ্তাহ ঃ- এই মাসে আপনার গর্ভস্থ শিশুর ওজন প্রায় 4 পাউণ্ড আর উচ্চতা 19" হবে। যেভাবে আপনি আগামী ভবিষ্যতের জন্য প্রস্তুতি নিচ্ছেন... ঠিক সেই ভাবে আপনার গর্ভস্থ শিশুও সেই মুহূর্তটার জন্য প্রস্তুতি নিচ্ছে। গত কয়েক সপ্তাহে ও চোষা, শ্বাস নেওয়া, গেলা আর লাথি মারার অভ্যাস করে আসছে... যাতে মায়ের গর্ভ থেকে বাইরে বেরিয়ে এসে ও বাইরের পৃথিবীতে বেঁচে থাকতে পারে। এখন ও আঙুল চোষাও শিখে নিয়েছে। এখন আর আপনার গর্ভস্থ শিশুর ত্বক পারদর্শী নেই। সেটা এখন আপনার ত্বকের মতই হয়ে পড়েছে... কারণ সেটার নীচে ফ্যাট জমা হয়ে পড়েছে।

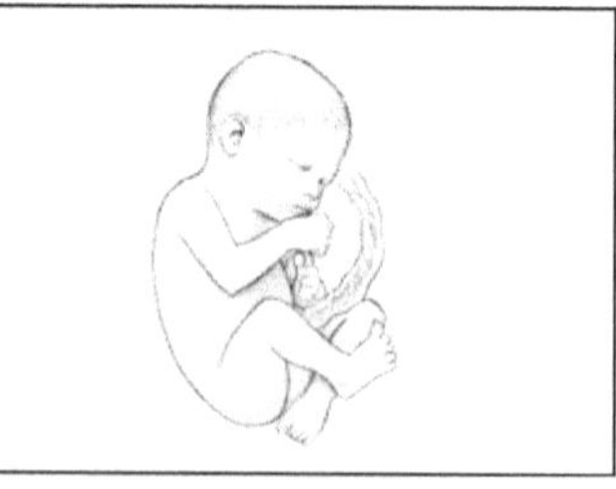

আপনার 8 মাসের বাচ্চা

33-তম সপ্তাহ ঃ- শিশুও এখন আপনার মতই অত্যন্ত দ্রুত নিজের ওজন বাড়াচ্ছে। সেই হিসেবে ওর ওজন প্রায় 4½ পাউণ্ড হবে। এই সপ্তাহে ও উচ্চতায় পুরো 1" বাড়তে পারে আর ওর ওজন দিন-দিন বেড়ে চলবে। এবার আর ওর পেটে এমনিয়োটিক দ্রবের জন্য জায়গা নেই। সেজন্যই এখন গর্ভস্থ শিশুর লাথি আপনাকে কষ্ট দেয়। এখন আর এমনিয়োটিক দ্রব আপনাদের দুজনের মধ্যে কুশনের কাজ করে না। আপনার থেকে ওর দিকে এ্যান্টীবডিজ যাচ্ছে, যাতে তার ইম্যুন সিস্টেম তৈরী হতে পারে। ও যখন বাইরে বেরিয়ে আসবে, তখন এই এ্যান্টীবডিজ ওর সাথে থাকবে আর ও বেশ কয়েক প্রকারের কীটাণুর থেকে সুরক্ষিত থাকবে।

34-তম সপ্তাহ ঃ- এই

সময় আপনার গর্ভস্থ শিশুর উচ্চতা প্রায় 20" ওজন 5 পাউণ্ড হবে। ও যদি ছেলে হয়, তাহলে এই সপ্তাহে ওর গুপ্তাঙ্গ তৈরী হবে। এখন শিশুর নখ আঙুলের ডগা পর্যন্ত এসে গেছে। নিজের মালপত্রের সূচীতে বাচ্চার নখ কাটার জন্য নেলকাটার লিখে নিতে ভুলবেন না।

35-তম সপ্তাহ ঃ- শিশু যদি উঠে দাঁড়াতে পারত... তাহলে ওর উচ্চতা এই সময় 20" হত আর ওজন প্রায় 5½ পাউণ্ডের কাছাকাছি! ডেলিভারী হওয়া পর্যন্ত ওর ওজন আর মস্তিস্কের কোশিকাগুলো বেড়ে চলবে। ওর মস্তিস্কের বিকাশ অত্যন্ত দ্রুত হচ্ছে। শীঘ্রই ও আপনার গর্ভাশয়ে মাথ নীচের দিকে আর ধড় ওপরের দিকের মুদ্রায় চলে আসবে। ডেলিভারীর সময় প্রথমে শিশুর মাথা বাইরে আসাটাই ঠিক হয়। শিশুর মাথা বড় হলেও সেটা এখনও বেশ নরম!

আপনি কেমন অনুভব করছেন ?

সর্বদার মত এটা মাথায় রাখবেন যে, প্রতিটি গর্ভবতী মহিলা আলাদা-আলাদা হন আর প্রতিটি গর্ভাবস্থাও আলাদা হয়। এমনটা হতে পারে যে, আপনি এক সাথে সব লক্ষণ অনুভব করবেন বা আলাদা-আলাদা সময়ে বিভিন্ন লক্ষণ প্রকট পাবে। কিছু লক্ষণ পুরোন হবে আর কিছু লক্ষণ এই মাসে নতুন শামিল হবে। কয়েকটা লক্ষণের ওপরে তো আপনি দৃষ্টিই দেবেন না... কারণ আপনি সেগুলোয় অভ্যস্ত হয়ে উঠেছেন। এই মাসে আপনি এমনটা অনুভব করতে পারেন।

শারীরিক

- ভ্রুণের গতিবিধিতে দ্রুততা আর মজবুতী
- ভ্রুণের দৃঢ় আর নিয়মিত গতিবিধি
- যোনিস্রাবে বৃদ্ধি
- কোষ্ঠকাঠিন্য বেশী হওয়া
- বুকে জ্বলুনি, অপচন আর পেট ফাঁপা
- মাথায় যন্ত্রণা, বেহুঁশী বা মাথা ঘোরা
- নাক বন্ধ হয়ে আসা আর নাক থেকে রক্ত আসা, কানে ময়লা ভরে যাওয়া
- সংবেদনশীল মাড়ি

এক নজর

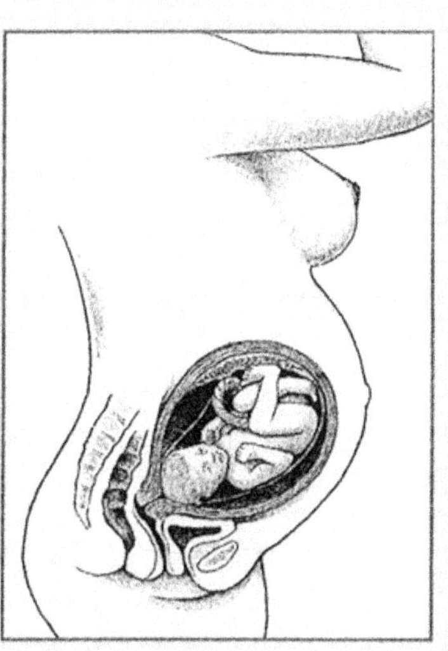

প্যুবিক বোন থেকে গর্ভাশয়ের উচ্চতা সেন্টিমিটারে মাপা হলে গর্ভাবস্থার সপ্তাহের সাথে সেটার একটা সম্পর্ক তৈরী হয়। তো 34-তম সপ্তাহে, প্যুবিক বোন থেকে গর্ভাশয়ের উচ্চতা প্রায় 34 সেমি হবে।

- পায়ে টান ধরা
- পিঠে যন্ত্রণা
- কোমরে চাপ বা যন্ত্রণা
- গোড়ালি, হাত-পা আর মুখে হাল্কা ফোলা ভাব
- পায়ের ভেরিকোজ শিরা
- হীমরয়েডস্
- নাভি বাইরের দিকে বেরিয়ে আসা
- স্ট্রেচ মার্কস
- শ্বাস নিতে কষ্ট হওয়া
- ঘুমোতে কষ্ট হওয়া
- সংকুচনের অভ্যাস *(ব্র্যাকস্টন হিক্স)*
- বক্ষস্থল বিস্তৃত হয়ে পড়া
- স্তনবৃন্ত থেকে কোলোস্ট্রাম চুঁইয়ে পড়া

ভাবনাত্মক

- গর্ভাবস্হা শেষ হওয়ার উৎসুকতা
- লেবার আর ডেলিভারীর চিন্তা
- মস্তিস্ক এদিক-ওদিকে ঘুরে বেড়ানো
- প্রথম গর্ভাবস্হা হলে মা হওয়ার ব্যগ্রতা
- এক অদ্ভূত উত্তেজনা

এই মাসের চেক-আপ্

গর্ভাবস্হার 32-তম সপ্তাহের পরে ডাক্তার আপনাকে প্রতি দু সপ্তাহ পরে-পরে আসার জন্য বলতে পারেন, যাতে আপনার আর গর্ভস্হ শিশুর বিকাশের ওপরে পূর্ণ দৃষ্টি রাখা যেতে পারে। এই মাসের চেক-আপে আপনি নিম্নলিখিত পরীক্ষাগুলো হওয়ার আশা রাখতে পারেন। যদিও সেটা অনেকটা আপনার অবস্হা আর ডাক্তারের চিকিৎসা শৈলীর ওপরে নির্ভর করে।

- ওজন আর রক্তচাপ
- শুগার আর প্রোটিনের জন্য মূত্র পরীক্ষা
- ভ্রুণের হৃদ্স্পন্দন
- গর্ভাশয়ের উচ্চতা
- বাইরে থেকে ভ্রুণের আকার আর অবস্হান
- হাত-পায়ের ফোলা ভাব
- গ্রুপ বি স্ট্র্যাপ টেস্ট
- কিছু নতুন আর অজানা লক্ষণ
- আপনার কিছু প্রশ্ন আর কৌতূহল

আপনি কি ভাবছেন ?

ব্র্যাক্সটন হিক্স কন্ট্র্যাকশন

"কখনো-কখনো আমার গর্ভাশয় ওপরের দিকে উঠে এসে শক্ত হয়ে পড়ে ! এসব কি ?"

এটা হচ্ছে ডেলিভারী হওয়ার অভ্যাস। আপনার শরীর নিজেকে সেই সময়ের জন্য ওয়ার্ম-আপ্ করছে। এটাকে *ব্র্যাক্সটন হিক্স কন্ট্র্যাকশন'* বলা হয়। এমনটা এমনিতে গর্ভাবস্হার 20-তম সপ্তাহের পরে শুরু হয়ে পড়ে... কিন্তু গর্ভাবস্হার শেষ মাসগুলোয় এটা আরও ভালো ভাবে জানতে পারা যায়। যদি এর আগেও আপনি গর্ভবতী হয়ে থাকেন, তাহলে এটা আরও গভীর হয়। গর্ভাশয় ওপরের দিক থেকে কিছুটা সংকুচিত হয়ে পড়ে আর তারপর নীচের দিক পর্যন্ত এটার অনুভূতি হয়। এই অবস্হা 15 থেকে 30 সেকেণ্ড পর্যন্ত বজায় থাকে। কখনো-কখনো এটা 2 মিনিট বা তার থেকেও বেশী সময় পর্যন্ত থাকতে পারে।

যদি সেই সময় আপনি নিজের পেটের ওপরে দৃষ্টি দেন, তাহলে আপনি এটা জানতে পারবেন যে, আপনি কেমন অনুভব করছেন। এটাকে খুব একটা গম্ভীরতার সাথে নেবেন না।

গর্ভাবস্হার শেষের দিকে অনেক বার এটাকে চেনাটা কিছু মুশ্কিল হতে পারে। এমনটা মনে হতে থাকে যে, সত্যিকারের প্রসব যন্ত্রণা এবার শুরু হয়ে পড়েছে। যদিও এর দ্বারা শিশুর ডেলিভারী তো হতে পারে না... কিন্তু সার্ভিক্সের প্রক্রিয়া শুরু হতে সুবিধা হয়।

এমন অবস্হায় নিজের অবস্হান বদলে নিন। আপনি বসে থাকলে উঠে দাঁড়িয়ে পায়চারী করা শুরু করে দিন। পর্যাপ্ত মাত্রায় তরল পদার্থ নিন। ডিহাইড্রেশন থেকেও সংকুচন শুরু হতে পারে। আপনি এই সময়ে নিজের লেবার ব্যায়াম আর শিশুর জন্মের টেক্নিকের অভ্যাস করতে পারেন। এতে পরে প্রসবের সময় সুবিধা হবে।

যদি সংকুচন বন্ধ না হয় আর আগের থেকেও তীব্র হয়ে ওঠে, তাহলে ডাক্তারকে জানান ! যদি এক ঘন্টায় চার বারের বেশী এমনটা হয়, তাহলে ডাক্তারকে সেই ব্যাপারে জানানো উচিত। ওনাকে সমস্ত স্হিতি স্পষ্ট ভাবে বুঝিয়ে দেওয়া উচিত।

পাঁজরে লাথি মারা

"আমার এমনটা মনে হয় যে, শিশুর লাথি আমার পাঁজরে এসে পড়ছে। এতে আমার প্রচণ্ড যন্ত্রণা হয়।"

গর্ভাবস্হার শেষ মাসগুলোয় এমনটা প্রায়ই হয়। আপনি যদি নিজের অবস্হান বদলে নেন, তাহলে গর্ভস্হ শিশুও নিজের অবস্হান বদলে

নেবে। অথবা আপনি এক ব্যায়াম করুন ঃ মাথার ওপরে একটা হাত নিয়ে গিয়ে শ্বাস নিন। হাত নীচে নামিয়ে নিয়ে আসার সময় শ্বাস ছাড়ুন; দুটো হাত দিয়ে এমনটা বেশ কয়েক বার পুনরাবৃত্তি করুন। কোন পদ্ধতিই কাজে না এলে এটা পরীক্ষা করে নিন যে, অনেক বার জয়েন্টগুলোর শিথিলতার কারণেও এমনটা হয়... যেটা গর্ভাবস্থা হার্মোনের দান হয়! *এেসীটেমিনোফেন*' সেবনে আরাম তো আসবে... কিন্তু এই সময় ভারী মাল ওঠানো উচিত নয়। এমনটা করলে পরিস্থিতি আরও খারাপ হয়ে উঠতে পারে।।

শ্বাস নিতে কষ্ট হওয়া

"কখনো-কখনো আমার শ্বাস নিতে কষ্ট হয়। যদিও সেই সময় আমি এনার্জীতে ভরপুর হয়ে থাকি। এমনটা কেন হচ্ছে ? আমার গর্ভস্থ শিশু কি ভরপুর অক্সিজেন পাচ্ছে না ?"

এই দিনগুলোয় শ্বাসকষ্ট হওয়াটা এক স্বাভাবিক ব্যাপার হয়। আপনার গর্ভাশয়কে আকারে বেড়ে ওঠা শিশুর জন্য নিজের আকার বাড়িয়ে তুলতে হচ্ছে... যার ফলে সকল অঙ্গগুলোর ওপরে চাপ পড়ছে। আপনার ফুসফুস শ্বাস নেওয়ার সময় পুরো ফুলতে পারছে না। এই দিনগুলোয় সিঁড়ি বেয়ে কিছুটা ওপরে ওঠার পরে এমনটা মনে হতে থাকে, যেন আপনি ম্যারাথন জিতে এসেছেন। এমনিতে আপনার গর্ভস্থ শিশুর কোন অসুবিধাই হচ্ছে না... তার কাছে ভরপুর মাত্রায় অক্সিজেন মজুদ রয়েছে।

ডেলিভারীর 2 - 3 সপ্তাহ আগে এই জিনিষটায় আরাম এসে যাবে। ততদিন আপনি ঝুঁকে বসার বদলে সোজা হয়ে বসার অভ্যাস করুন বা 2 - 3 বালিশের সাপোর্ট নিন।

অনেক বার এটা আয়রণের অভাবের সংকেতও হয়। এজন্য এই ব্যাপারে ডাক্তারকে প্রশ্ন করুন। যদি শ্বাস নিতে লাগাতার কষ্ট হতে থাকে, তাহলে ডাক্তারের পরামর্শ নিন। ঠোঁঠ বা আঙুলের নীল ভাব, বুকে যন্ত্রণা বা নাড়ির গতি তীব্র হয়ে ওঠার সংকেতকে উপেক্ষা করতে যাবেন না।

শিশু-বিশেষজ্ঞের নির্বাচন

আপনাকে অনেক ভেবে-চিন্তে নিজের শিশুর জন্য শিশু-বিশেষজ্ঞ বেছে নিতে হবে, যাতে মাঝরাতেও প্রয়োজন হলে আপনি তাঁর সাথে কোন প্রকারের সংকোচ ছাড়াই যোগাযোগ করতে পারেন। নিজের ডাক্তার, বন্ধু, সহকর্মী, হাসপাতাল বা বার্থ সেন্টার থেকে এই ব্যাপারে পরামর্শ নিন। আপনি কোন বীমা করিয়ে রাখলে আপনাকে সেন্টার লিস্ট থেকেও এই নির্বাচন করতে হতে পারে।

2 - 3 শিশু-বিশেষজ্ঞ নির্বাচন করার পরে সাক্ষাৎকারের সময় নিন। বিশেষ-বিশেষ বিষয়গুলোর ওপরে আলোচনা করুন। প্রতিটি সাক্ষাৎকারেই কি ডাক্তারের দেখা পাওয়া যাবে, না কি কেবল বিশেষ পরিস্থিতিতেই তাঁর সাথে দেখা হবে ? এটাও জেনে নিন যে, সেই ডাক্তার আর হাসপাতাল প্রমাণিত কি না ? উনি কি নবজাত শিশুর দেখাশোনা করার জন্য হাসপাতালে আসতে পারবেন ?

ব্লাডারের ওপরে নিয়ন্ত্রণ হারানো

"কাল রাতে আমি এক কমেডী ফিল্ম দেখছিলাম। বার-বার হাসতে থাকায় আমার ব্লাডার থেকে চুঁইয়ে-চুঁইয়ে প্রস্রাব পড়তে থাকে। এসব কি ?"

বার-বার ছুটে বাথরুমে যাওয়াটাই যথেষ্ট ছিল না যে, গর্ভাবস্থার তৃতীয় তিন মাসে আরও একটা সমস্যার সৃষ্টি হয়ে পড়ল। আপনি যখনই কাশবেন, হাঁচবেন বা ভারী জিনিষ ওঠাবেন, তখনই মূত্রাশয় থেকে প্রস্রাব চুঁইয়ে-চুঁইয়ে পড়তে থাকবে। গর্ভাশয়ের বেড়ে ওঠা আকারের কারণে মূত্রাশয়ের ওপরে চাপ পড়ে। অনেক গর্ভবতী মহিলাদের বার-বার প্রস্রাব করার ইচ্ছা হয়। আমাদের নিম্নলিখিত উপায়গুলো আপনার কাজে আসতে পারে ঃ-

- যখনই প্রস্রাব করার জন্য যাবেন, তখনই মূত্রাশয় পুরো খালি করুন।
- কীগল ব্যায়াম করতে থাকলে শীঘ্র আরাম এসে পড়বে আর আপনি আগামী সময়ে

নিজের পুরোন ফিগার আবার একবার ফিরে পাবেন।

- কাশার সময়, হাঁচার সময় বা হাসার সময় কীগল ব্যায়াম করুন বা পা মুড়ে নিন।
- প্যান্টীতে লাইনারের ব্যবহার করুন।
- যদি সঠিক সময়ে আপনি শৌচের জন্য না যান, তাহলে তার থেকেও ব্লাডারের ওপরে চাপ পড়ে। কোষ্ঠকাঠিন্য থেকেও পেলভিকের মাংসপেশীগুলো দুর্বল হয়ে পড়ে। এটার থেকে সুরক্ষা প্রাপ্ত করুন।
- যদি বার-বার প্রস্রাব করার ইচ্ছা হতে থাকে, তাহলে ব্লাডারকে নিয়ন্ত্রিত করতে শিখুন। প্রতি আধ ঘন্টা বাদে-বাদে বাথরুম যান। ধীরে-ধীরে এই সময় সীমাকে বাড়ান, যাতে আপনাকে তাড়াহুড়ো করে ছুটতে-ছুটতে বাথরুমে যেতে না হয়।
- দিনে আট গ্লাস জল পান করতে ভুলে যাবেন না। জলের মাত্রা কম করে আনলে যোনিপথে সংক্রমণ হতে পারে।

এটাও জেনে নিন যে, কেবল মূত্রই চুঁইয়ে পড়ছে... এম্‌নিয়োটিক দ্রব তো বেরোচেছ না? এটার জন্য শুঁকে দেখুন। সেই গন্ধ প্রস্রাবের মত না হলে ডাক্তারকে প্রশ্ন করুন।

আপনি কি ভাবে ক্যারী করছেন?

সৈবাই এমনটা বলেন যে, আমার গর্ভ আট মাসের থেকে কম দেখায়। আমার দাই-য়ের বক্তব্য হচেছ এই যে, সব ঠিক আছে... কিন্তু আমার গর্ভস্হ শিশুর বিকাশ অপূর্ণ তো হয়ে নেই?"

অষ্টম মাসে গর্ভধারণ

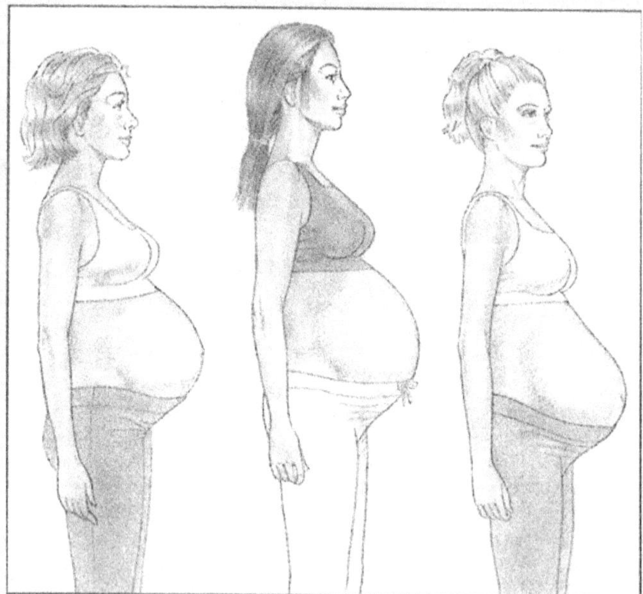

গর্ভবতী মহিলারা গর্ভাবস্হার অষ্টম মাসে এই তিন আলাদা প্রকারের গর্ভধারণ করতে পারেন। এই সব কিছু আপনার আকার আর অবস্হান, ওজন এবং গর্ভস্হ শিশুর অবস্হান আর ওজনের ওপরে নির্ভর করে। আপনি কিছুটা উঁচু, নীচু, ছোট, চওড়া বা দেখতে অত্যন্ত ছোট গর্ভধারণ করতে পারেন।

কোন গর্ভবতী মায়ের পেট দেখে গর্ভস্থ শিশুর ব্যাপারে জানা যেতে পারে না। আপনি কেমন গর্ভধারণ করছেন, সেটা বেশী গুরুত্ব রাখে –

- **আপনার নিজের শরীর** – আকার আর হাড়ের গড়ন, পেটের আকার অনেক প্রকারের হতে পারে। এক কম উচ্চতার গর্ভবতী মহিলার পেটের ফোলা ভাব কোন লম্বা উচ্চতার গর্ভবতী মহিলার পেটের ফোলা ভাবের তুলনায় কিছুটা ছোট হতে পারে। অন্য দিকে বেশী মোটা গর্ভবতী মহিলাদের পেটের ফোলা ভাব দেখতেই পাওয়া যায় না... কারণ তাঁদের পেটে প্রথম থেকেই শিশুর জন্য পর্যাপ্ত জায়গা থাকে।
- **আপনার মাংসপেশীর টোন** – আপনার মাংসপেশী শক্ত হলে শিথিল মাংসপেশীর গর্ভবতী মহিলাদের তুলনায় আপনার পেটের ফোলা ভাব বেশী দেখতে পাওয়া যাবে না।
- **শিশুর অবস্থান** – গর্ভের ভেতরে গর্ভস্থ শিশুর অবস্থান থেকেও এটা ঠিক হয় যে, আপনার পেটের ফোলা ভাব কেমন দেখতে হবে।
- **আপনার ওজন** – গর্ভবতী মায়ের ওজন বেড়ে ওঠার অর্থ এটা হয় না যে, গর্ভের ভেতরে গর্ভস্থ শিশুর ওজনও বাড়ছে।

আপনার ননদ, জা বা সহকর্মীদের তুলনায় ডাক্তারই এটা ভালো ভাবে বলতে পারবেন যে, গর্ভস্থ শিশুর বিকাশ কেমন ভাবে হচ্ছে ? কারণ উনি লাগাতার অপানার গর্ভাশয় আর গর্ভস্থ শিশুর বিকাশের ওপরে নজর রেখে আসছেন। কেবল পেট দেখেই গর্ভস্থ শিশুর বিকাশের ব্যাপারে জানতে পারা যায় না। তার জন্য আল্ট্রাসাউণ্ড এবং অন্য ডাক্তারী পরীক্ষারও প্রয়োজন হয়। অন্য শব্দে, গর্ভের ভেতরে যা কিছু চলছে... সেই ব্যাপারে বাইরে থেকে অনুমান লাগানো যেতে পারে না।

"সবাই এমনটা বলছে যে, আমার ছেলে হবে... কারণ আমার নিতম্ব ফুলে ওঠেনি... কেবলমাত্র আমার পেটই ফুলে উঠেছে। এসব কি সত্যি ?"

এটা তো দাইদের নিজস্ব অনুমান হয়, যেটা 50 শতাংশ সত্যি প্রমাণিত হয়। এমনটা হতেও পারে, আবার না-ও হতে পারে। আপনি এমন অনুমান লাগাতে পারেন... কিন্তু এর থেকে শিশুর ঘরের দেওয়ালের রং বা পোশাকের নির্বাচন না করলেই ভালো করবেন।

আপনার আকার আর ডেলিভারী

"আমার উচ্চতা 5 ফুট। আমার কি প্রসবের সময় কোন সমস্যা হতে পারে ?"

যখন শিশুর জন্ম দেওয়ার প্রসঙ্গ ওঠে, তখন সেই সময় আপনার বাহ্যিক নয়... আভ্যন্তরীণ আকার বেশী গুরুত্ব রাখে। পেলভিস আর গর্ভস্থ শিশুর মাথার আকার এটা নির্দিষ্ট করবে যে, ডেলিভারী সহজে হতে পারবে কি না ? এটার সাথে আপনার উচ্চতার কোন সম্পর্কই নেই। কম উচ্চতার অর্থ এটা হয় না যে, আপনার পেলভিক এরিয়াও ছোট হবে। সেটা লম্বা উচ্চতার গর্ভবতী মহিলাদের পেলভিক এরিয়ার থেকেও বড় হতে পারে।

আপনি এই আকারের ব্যাপারে অনুমান কি ভাবে লাগাবেন... কারণ এটা তো লেবেল *(ছোট, মাঝারী, কিছুটা বড়)*-য়ের সাথে আসে না ? ডাক্তার প্রথম চেক-আপে এটার আকারের ব্যাপারে কিছুটা অনুমান লাগাতে পারেন। ওনার যদি কোন সন্দেহ হয় যে, শিশুর মাথা বার হতে সমস্যা হতে পারে... তাহলে উনি আল্ট্রাসাউণ্ডের সহায়তা নেন।

সাধারণতঃ প্রকৃতি এমনটা করে না যে, শিশুর মাথা বড় হবে আর মায়ের শরীর সেটার তুলনায় ছোট হবে। শিশু অত্যন্ত সহজেই এই পৃথিবীতে পা রাখে আর আমাদের দৃঢ় বিশ্বাস যে, আপনার ক্ষেত্রেও এমনটাই হবে।

আপনার ওজন আর শিশুর আকার

"আমার ওজন অনেকটাই বেড়ে উঠেছে। আমার মনে হচ্ছে আমার গর্ভস্থ শিশুর আকারও বেড়ে উঠেছে আর ডেলিভারীর সময় সমস্যা হবে !"

আপনার ওজন বেড়ে উঠেছে – এটার অর্থ

এই নয় যে, গর্ভে শিশুর ওজনও বেড়ে উঠেছে। আপনার গর্ভস্থ শিশুর ওজন আরও বেশ কিছু কারকের ওপরে নির্ভর করে – জেনেটিক, শিশুর জন্মের সময় আপনার ওজন, গর্ভাবস্থার আগে আপনার ওজন, আপনি কেমন আহার নিচেছন। এই হিসেবে আপনার 35 - 40 পাউণ্ড ওজন বাড়লে আপনার গর্ভস্থ শিশুর ওজন 6 - 7 পাউণ্ড হতে পারে আর 25 পাউণ্ড ওজন বাড়লে আপনার শিশুর ওজন 8 পাউণ্ড হতে পারে। গড়পড়তা ওজন লাগাতার যতটা বাড়ে, শিশু ততটাই বড় হয়।

ডাক্তার আপনার পেট আর গর্ভাশয়ের উচ্চতা মেপে গর্ভস্থ শিশুর আকারের আন্দাজা দিতে পারেন। যদিও এতে একাধ পাউণ্ড কম-বেশী হতে পারে। আল্ট্রাসাউণ্ড দ্বারাও এই অনুমান লাগানো যেতে পারে... কিন্তু সেটাকেও একেবারে সঠিক হিসেবে মানবেন না।

যদি গর্ভস্থ শিশু বড়ও হয়, তাহলেও তার সাথে ডেলিভারীর সময়ে হওয়া সমস্যার কোন সম্পর্ক নেই। যদিও 6 - 7 পাউণ্ডের শিশু 9 - 10 পাউণ্ডের শিশুর তুলনায় দ্রুত বাইরে বেরিয়ে আসে। বেশীর ভাগ গর্ভবতী মহিলা কোন প্রকারের সমস্যা ছাড়াই বেশী ওজনের শিশুর জন্ম দেন। এখানে শুধু এটা দেখতে হয় যে, আপনার পেলভিসের তুলনায় গর্ভস্থ শিশুর মাথা ঠিক কতটা বড় ?

গর্ভস্থ শিশুর অবস্থান

"আমি এটা কি করে জানতে পারব যে, আমার গর্ভস্থ শিশুর মুখ কোন্ দিকে রয়েছে ? আমি এটা নিশ্চিত হতে চাই যে, সে ডেলিভারীর জন্য সঠিক অবস্থানে রয়েছে !"

যদিও বাইরে থেকে গর্ভস্থ শিশুর হাত-পা, কনুই আর হাঁটুর ব্যাপারে অনুমান লাগানোটা যথেষ্ট মনোরঞ্জক হতে পারে... কিন্তু এটা গর্ভস্থ শিশুর সঠিক অবস্থান জানার পদ্ধতি হয় না। ডাক্তার আপনার গর্ভস্থ শিশুর বিভিন্ন অঙ্গের সঠিক অবস্থানের ব্যাপারে অনুমান লাগাতে পারেন। গর্ভস্থ শিশুর হৃদস্পন্দন থেকেই তার সঠিক অবস্থানের ব্যাপারে জানতে পারা যেতে পারে। যদি তার মাথা সামনের দিকে রয়েছে, তাহলে তার হৃদস্পন্দন পেটের নীচের দিকের অর্দ্ধেক অংশে শুনতে পাওয়া যাবে। আর যদি গর্ভস্থ শিশুর পিঠ আপনার সামনের দিকে হয়, তাহলে সেটা অত্যন্ত তীব্র ভাবে শুনতে পাওয়া যাবে। কোন প্রকারের কোন সন্দেহ হলে আল্ট্রাসাউণ্ড দ্বারা অনেক কিছু জানতে পারা যাবে।

এমনিতে আপনি নিজের মনকে স্বান্তনা দেওয়ার জন্য নীচের সাধনগুলোরও প্রয়োগ করতে পারেন ঃ-

- শিশুর পিঠের দিকের অংশ সমতল হয় এবং তার হাত-পা ছোট্ট-ছোট্ট হয়।
- গর্ভাবস্থার অষ্টম মাসে গর্ভস্থ শিশুর মাথা আপনার পেলভিসের কাছে থাকে।
- গর্ভস্থ শিশুর নিতম্ব মাথার তুলনায় বেশী নরম হয়।

ব্রীচ বেবী

"এর আগের সাক্ষাৎকারে ডাক্তারবাবু আমাকে বলেছিলেন যে, আমার গর্ভস্থ শিশুর মাথা আমার পাঁজরের কাছে রয়েছে। এটার অর্থ কি ব্রীচ ?"

এমনও হতে পারে যে, গর্ভস্থ শিশু কিছুটা জিমন্যাস্টিক করছে। আসলে বেশীর ভাগ গর্ভস্থ শিশু গর্ভাবস্থার 32 থেকে 38 সপ্তাহের মাঝে নিজের সঠিক অবস্থানে এসে যায়। কিছু শিশুই জন্মের কয়েক দিন আগে পর্যন্তও স্থির হতে পারে না। এখন তার শরীরের নীচের দিকে অংশ নীচের দিকে রয়েছে। এর অর্থ এটা কখনোই নয় যে, সে জন্মের সময়ও ব্রীচ হবে।

গর্ভস্থ শিশু যদি ডেলিভারীর আগের ব্রীচ পোজিশনে থাকে, তাহলে ডাক্তার আপনাকে

ব্রীচ বেবীকে ওল্টানো

কিছু ডাক্তার ব্রীচ বেবীকে ওল্টানোর জন্য গর্ভবতী মায়েদের ব্যায়াম করার পরামর্শ দেন। নিজের মাথা নীচের দিকে করে হাত আর হাঁটুর ওপরে ভর দিয়ে বসুন এবং পেলভিক টিল্ট সামনে-পেছনে ঘুরুন। কিন্তু এই ব্যায়াম করার আগে ডাক্তারের পরামর্শ নিতে ভুলে যাবেন না।

মুখ কোথায় ?

শিশুর পোজিশনের প্রসঙ্গ উঠলে যদি গর্ভস্থ শিশুর মাথা নীচের দিকে, মুখ আপনার পেছন দিকে আর চিবুক বুকের সাথে লেগে থাকে... তাহলে আপনি অত্যন্ত সৌভাগ্যবতী ! এই অকিপুট এন্টীরিয়র পোজিশনকে শিশুর জন্মের জন্য আদর্শ পোজিশন হিসেবে মানা হয়ে থাকে... কারণ প্রসবের সময় শিশুর মাথা সহজেই প্রথমে বাইরে বেরিয়ে আসে। যদি গর্ভস্থ শিশুর মুখ আপনার পেটের দিকে *(অকিপুট পোস্টিরিয়র)* থাকে, তাহলে সেটা ক্ষতিকারক হয়। শিশুর মাথার খুলি আপনার মেরুদণ্ডের হাড়ের ওপরে চাপের সৃষ্টি করতে পারে। এর ফলে শিশুর বাইরে আসতে সময় লাগবে।

ডেলিভারীর দিন এগিয়ে এলে ডাক্তার গর্ভস্থ শিশুর অবস্থানের ব্যাপারে জানার চেষ্টা করবেন। যদি তার অবস্থান পোস্টিরিয়র হয়, তাহলে চিন্তা করবেন না। অনেক শিশু প্রসবের সময় সঠিক পোজিশনে চলে আসে। অনেক ক্ষেত্রে ডাক্তার ব্যায়াম দ্বারাও পরিস্থিতিতে পরিবর্তন নিয়ে আসার চেষ্টা করেন।

গর্ভস্থ শিশু কি ভাবে শুয়ে আছে ?

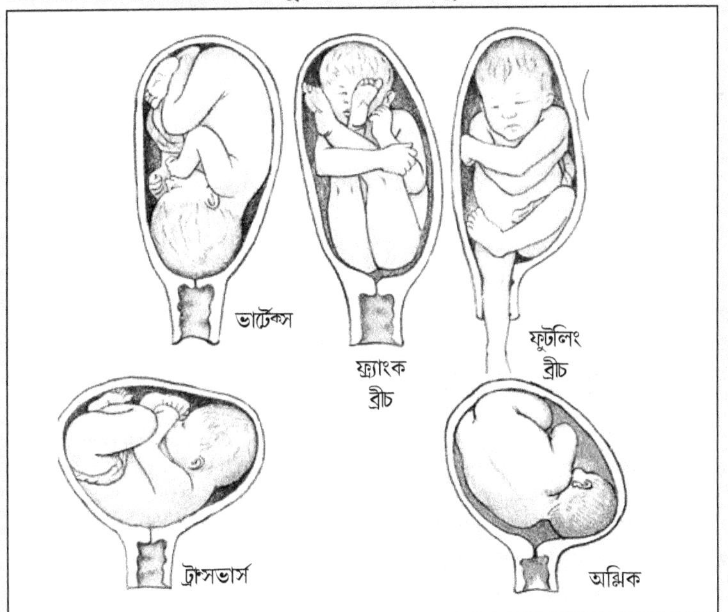

ডেলিভারীর সময় গর্ভস্থ শিশুর লোকেশন অত্যন্ত গুরুত্ব রাখে। বেশীর ভাগ গর্ভস্থ শিশুর মাথা নীচের দিকে অর্থাৎ ভার্টিক্স পোজিশনে থাকে। ব্রীচ শিশু বেশ কিছু লোকেশনে থাকতে পারে। যেমন – ফ্র্যাংক ব্রীচে তার নিতম্ব নীচের দিকে থাকে আর দুই পা ওপরের দিকে থাকে... যেটা সে হাত দিয়ে ধরে রাখে। ফুটলিং ব্রীচে শিশুর এক বা দুই পা নীচের দিকে থাকে। ট্রান্সভার্স পোজিশনে শিশুর পিঠ মায়ের গর্ভাশয়ের মুখের দিকে থাকে। অব্লিক পোজিশনে শিশুর মাথা মায়ের নিতম্বের দিকে থাকে।

জিজ্ঞাসা করে এটার কোন-না-কোন উপায় করতে পারেন... এজন্য এতে ভয় পাওয়ার কিছু নেই।

ব্রেীচ বেবীকে ওল্টানোর জন্য কি করা যেতে পারে?"

গর্ভস্থ শিশুর অবস্থানকে ওল্টানোর জন্য অনেক কিছু উপায় করা যেতে পারে। ডাক্তার আপনাকে কিছু সহজ ব্যায়ামের ব্যাপারেও জানাতে পারেন, যেমনটা এই পুস্তকে আগেই জানানো হয়েছে। এমনিতে আকুপাংচার আর শেকড়-বাকড়ের সহায়তাও নেওয়া যেতে পারে।

গর্ভস্থ শিশু তখনও অবস্থান না পাল্টালে ডাক্তার তার অবস্থানকে হাত দিয়ে সঠিক করে তোলার ফয়সালা নিতে পারেন... যাকে *এক্সটার্নাল সিফেলিক ভার্জিল* 'ইসিভি' বলা হয়। এই ইসিভি প্রায় ক্ষেত্রে গর্ভাবস্থার 37 বা 38-তম সপ্তাহে করা হয়, যখন গর্ভস্থ শিশু কিছুটা আরামদায়ক অবস্থানে থাকে। অনেক ডাক্তার এপীড্যুরলের পরে এটা করতে পছন্দ করেন। তাঁরা হাতের সহায়তায় ধীরে-ধীরে গর্ভস্থ শিশুকে নীচের দিকে নিয়ে আসার চেস্টা করেন। এই সময় প্রতিটি জিনিষের ওপরে লাগাতার নজর রাখা হয়।

ইসিভি-র 2/3 মামলা সম্পূর্ণ সফল হয়। যেসব মহিলা আগেও গর্ভবতী হয়েছেন, তাঁদের ক্ষেত্রে সফলতার এই হার আরও বেশী হয়। কিছু শিশু তো এই জিনিষটার জন্য তৈরীই হয় না আর কিছু শিশু ডিগবাজী খেয়ে আবার একবার ব্রীচ পোজিশনে চলে আসে।

যেদি গর্ভস্থ শিশু ব্রীচ অবস্থানে থাকে, তাহলে প্রসবের ওপরে সেটার কি প্রভাব পড়বে? আমি কি যোনিপথ দিয়ে নিজের শিশুকে জন্ম দিতে পারব?"

আপনি যোনিপথ শিশুকে জন্ম *(ভ্যাজাইনাল বার্থ)* দিতে পারবেন কি না... সেটা বেশ কিছু জিনিষের ওপরে নির্ভর করে। সেগুলোর মধ্যে আপনার ডাক্তারের চিকিৎসা করার নীতি আর আপনার অবস্থাও শামিল রয়েছে। অনেক ডাক্তার ব্রীচ শিশুর পরিস্থিতিতেও সী-স্যাকশন করা পছন্দ করেন... কারণ বেশ কিছু অধ্যয়ণ থেকে এটা জানতে পারা গেছে যে, এমনটা করা অনেকটাই সুরক্ষিত হয়। যদি শিশু ফ্র্যাংক ব্রীচ পোজিশনে থাকে, তাহলে পেল্পিবরনে পর্যাপ্ত জায়গা থাকে... তখন সী-স্যাকশন ছাড়া কাজ চলতে পারে। সব থেকে বড় কথা হচ্ছে এটা যে, শেষ মুহূর্তগুলোয় আপনার গর্ভস্থ শিশু কি পোজিশনে থাকবে... ডাক্তার সেই অনুসারে ফয়সালা নেবেন। আপনি নিজের ডাক্তারকে প্রশ্ন করে সকল প্রকারের সম্ভাব্য বিকল্পের ব্যাপারে ভাবনা-চিন্তা করে নিন, যাতে সেই সময় আপনার অস্থিরতা বা ভয়ের অনুভব না হয়।

আমার ডাক্তারের বক্তব্য হচ্ছে এই যে, আমার গর্ভস্থ শিশু অম্লিক অবস্থানে রয়েছে। এটা কি আর ডেলিভারীর ওপরে সেটার কি প্রভাব পড়বে?"

এমন পরিস্থিতির অর্থ হচ্ছে এই যে, গর্ভস্থ শিশু কিছুটা অদ্ভূত মুদ্রা তৈরী করে নিয়েছে। তার মাথা নীচের দিকে সার্ভিক্সে যাওয়ার পরিবর্তে আপনার নিতম্বের দিকে রয়েছে। ডাক্তারকে হাতের সহায়তার শিশুর অবস্থানে উন্নতি নিয়ে আসতে হবে... অন্যথা ভ্যাজাইনাল বার্থের ক্ষেত্রে সমস্যার সৃষ্টি হবে। এমনটা যদি না করা যায়, তাহলে সী-স্যাকশন করতে হবে। অনেক বার গর্ভস্থ শিশু *ট্রৈসভার্স* পোজিশনেও চলে আসে... তখন এই পদ্ধতি গ্রহণ করা হয়।

সিজারিয়ান ডেলিভারী

আমার ডাক্তার আমাকে সিজারিয়ান ডেলিভারীর ব্যাপারে জানিয়েছেন... এতে আমি অত্যন্ত নিরাশ হয়ে উঠেছি!"

এটা ঠিক যে, এই অপারেশন বড় হয়... কিন্তু তবুও এটাকে সুরক্ষিত মানা হয়ে থাকে। সাধারণতঃ এই পদ্ধতিই গ্রহণ করা হয়ে থাকে। আজকাল প্রায় 30 শতাংশ গর্ভবতী মহিলা এই পদ্ধতিতেই নিজেদের শিশুর জন্ম দিচ্ছেন।

এটা ঠিক যে, এই খবরটা আপনার মনকে ভেঙে দিতে পারে... কারণ আপনি এমনটা চাইছিলেন না। আপনি প্রাকৃতিক রূপে নিজের

শিশুকে এই পৃথিবীতে নিয়ে আসতে চাইছিলেন... কিন্তু এবার আপনাকে অপারেশনের সাথে যুক্ত সকল পক্ষগুলোর ওপরে দৃষ্টি দিতে হবে।

আজকাল হাসপাতালগুলোয় এই প্রক্রিয়াকে অনেকটাই সুবিধাজনক করে তোলা হয়েছে। একটু চিন্তা করুন যে, এটা গর্ভস্থ শিশুর পক্ষেও কতটা আরামদায়ক হয়! মেডিক্যাল টার্মে সেই ডেলিভারীকেই সব থেকে ভালো বলে মেনে নেওয়া হয়, যেটা গর্ভস্থ শিশুর পক্ষে সুরক্ষিত হবে। এই সময় গর্ভস্থ শিশুর পক্ষে এর থেকে সুরক্ষিত আর কিছুই হতে পারে না। যে ডেলিভারীর পরে আপনার কোলে এক সুস্থ শিশুর আগমন হবে... সেটাকেই তো ভালো বলে মেনে নেওয়া উচিত!

"আমার এমনটা কেন মনে হচেছ যে, আমার সকল পরিচিতা গর্ভবতী মহিলারা এই সময় সী-স্যাক্শন দ্বারাই শিশুর জন্ম দিচেছন ?"

বিগত কয়েক বছরে সী-স্যাক্শন বেশ ভালোমতন হতে লেগেছে... যেটার পেছনে নিম্নলিখিত কারণ হতে পারে।

সুরক্ষা ঃ- এটা গর্ভবতী মা আর গর্ভস্থ শিশুর পক্ষে সুরক্ষিত হয়... কারণ আজকাল উন্নত টেক্নিকের প্রয়োগ করা হয়।

বড় শিশু ঃ- প্রায়ই গর্ভস্থ শিশুর আকার বড় হওয়ার কারণে তাকে যোনিপথ দিয়ে বার করা যায় না... এজন্য এই অপারেশন করতে হয়।

স্থূলকায় মা ঃ- আজ্ঞে হ্যাঁ... স্থূলতার কারণেও প্রসব-কাল দীর্ঘ হয় আর সেটা অপারেশন টেবিলেই সম্পূর্ণ করা যেতে পারে।

বেশী বয়সের মা ঃ- 30 বছরের বেশী বয়সের গর্ভবতী মহিলাদেরও সী-স্যাক্শন করাতে হতে পারে।

আবার সী-স্যাক্শন হওয়া ঃ- কিছু-কিছু মামলায় ডাক্তার যোনিপথ দিয়ে গর্ভস্থ শিশুকে বাইরে বার করে আনার জন্য একবার সী-স্যাক্শনের

তথ্য সংগ্রহ করুন

আপনার কাছে যত বেশী তথ্য থাকবে, শিশুকে জন্ম দেওয়ার অভিজ্ঞতাও ততটা ভালো হবে। প্রসব শুরু হওয়ার আগে ডাক্তারের থেকে নিম্নলিখিত জিনিষগুলো জেনে নিন!

- যদি প্রসব তখনও শুরু না হয়, তাহলে সী-স্যাক্শনের আগে অন্য কোন উপায় কি গ্রহণ করা যেতে পারে ?
- সেলাই কি ভাবে করা হবে ?
- যদি শিশু ব্রীচ অবস্থানে থাকে, তাহলে কি করা হবে ?
- আপনি কি নিজের কোচকে সঙ্গে রাখতে পারেন ?
- আপনার সাথী কি শিশুর জন্মের ঠিক পরেই তাকে কোলে নিতে পারবেন ?
- আপনার সুস্থ হয়ে উঠতে ঠিক কত সময় লাগবে ?
- আপনাকে ঠিক কতটা কষ্ট সহ্য করতে হতে পারে ?
- এই প্রকারে সী-স্যাক্শনের ব্যাপারেও সম্পূর্ণ তথ্য সংগ্রহ করুন।

পরে আবার একবার সী-স্যাক্শন করার পরামর্শ দিয়ে থাকেন। যদি এতেও কাজ না হয়, তখন অন্য কোন অপারেশন করাতে হতে পারে।

ন্যুনতম উপকরণের সাথে ডেলিভারী ঃ- আজকাল খুব কম সংখ্যক শিশুই ফরসেপ বা অন্য কোন উপকরণের সহায়তায় জন্ম গ্রহণ করে। এর অর্থ হচেছ এই যে, ডাক্তাররা এমনটা করার বদলে অপারেশন করাকে বেশী সুরক্ষিত বলে মনে করেন।

মায়েদের সম্মতি ঃ- আজকাল গর্ভবতী মায়েরাও এমনটা করতে চাইছেন... কারণ এটা সুরক্ষিত আর যন্ত্রণারহিত পদ্ধতি হয়।

সন্তুষ্টি ঃ- এখন হাসপাতালগুলোয় এই প্রক্রিয়াকে আগের থেকে অনেকটাই সন্তুষ্টিদায়ক করে তোলা

হয়েছে। এই প্রক্রিয়ায় প্রসবে সময়ও অনেকটা কম লাগে।

"সিজারিয়ান হওয়ার ব্যাপারে কি আগে থেকেই জানতে পারা যায়, না কি সেটা একেবারে শেষ মুহূর্তে জানানো হয়? এমনটা হওয়ার কারণ কি হতে পারে?"

অনেক গর্ভবতী মহিলারা আগে থেকে এই ব্যাপারে অনুমান লাগাতে পারেন না... যখন কি কিছু গর্ভবতী মহিলা আগে থেকেই এটার জন্য প্রস্তুত হয়ে থাকেন। এর জন্য সকল ডাক্তাররা আলাদা-আলাদা প্রোটোকল ব্যবহার করেন।

- যখন গর্ভবতী মহিলা স্বাভাবিক প্রসবের অবস্থায় থাকেন না, তখন অপারেশন করতে হয়।
- যদি গর্ভস্থ শিশুর মাথা মায়ের পেলভিসের থেকে অনেকটাই বড় হয়।
- যখন গর্ভে দুই বা তিনটি বাচ্চা থাকে।
- যখন গর্ভস্থ শিশু ব্রীচ বা অন্য কোন অবস্থায় থাকে।
- যখন কোন অসুস্থতার কারণে মা প্রসবের ঝুঁকি ওঠাতে অক্ষম হন।
- মায়ের স্থূলতা।
- যোনি সংক্রান্ত কোন সংক্রমণ।
- যখন প্লেসেন্টা দ্রুত গর্ভাশয়ের প্রাচীরের থেকে আলাদা হয়ে পড়ে বা প্লেসেন্টা সার্ভাইকালের দ্বার পূর্ণ রূপে বন্ধ করে দিলে।

কখনো-কখনো লেবার শুরু হওয়া পর্যন্ত সী-স্যাক্শনের ফয়সালা হতে পারে না :-

- যদি প্রসবকাল অনেকটা লম্বা হয়ে পড়ে আর গর্ভস্থ শিশু বাইরে না বেরোতে পারে আর ডাক্তারদের সকল প্রচেস্টাই ব্যর্থ হয়ে পড়ে।
- নাল সরে যাওয়া।
- গর্ভাশয় ফেটে যাওয়া।

আপনার যদি আগে থেকেই এই ব্যাপারে অনুমান হয়ে পড়ে বা আপনার ডাক্তার যদি নিজের তরফ থেকে এটাকে পাক্কা করে দেন, তাহলে এর সাথে যুক্ত সকল তথ্য সংগ্রহ করুন।

ইলেক্টিভ সিজারিয়ান

"অনেক গর্ভবতী মহিলা সী-স্যাক্শন বেছে নেন। আমারও কি এমনটা করা উচিত?"

আজকাল এটার খুব বেশী প্রচলন হয়ে পড়েছে... কিন্তু এটা জরুরী নয় যে, এই কারণেই আপনি এটাকে বেছে নেবেন। এটাকে গম্ভীরতার সাথে গ্রহণ করুন এবং নিজের ডাক্তারের সাথে সকল বিষয়ে বিস্তারিত ভাবে আলোচনা করার পরেই কোন ফয়সালা নিন।
আপনার কাছে কারণ যা-ই থাকুক না কেন... অপারেশন করানোর ফয়সালা তখনই নিন, যদি –

যোনিপথ দিয়ে শিশুর জন্ম হওয়ার সময় যন্ত্রণা :- যন্ত্রণার হাত থেকে বাঁচার জন্য অপারেশন বেছে নেওয়াটা বুদ্ধিমত্তার পরিচায়ক নয়। যন্ত্রণার থেকে সুরক্ষার জন্য আরও অনেক উপায় গ্রহণ করা যেতে পারে।

ভ্যাজাইনা বার্থের পরে বিভিন্ন প্রভাবের ভয় :- আপনার যোনিপথের মাংসপেশীগুলো শিথিল হয়ে পড়ার ভয় থাকলে কীগল ব্যায়াম দ্বারা আপনি সেই ঝুঁকিকে অনেকটাই এড়িয়ে যেতে পারবেন। অপারেশনের পরেও সেটার সাইড এফেক্ট হয়।

ইচ্ছানুসার শিশুর জন্ম :- আপনাকে অপারেশনের পরে লম্বা সময় পর্যন্ত হাসপাতালে থাকতে হবে। আপনার আর আপনার শিশুর সাজারী দ্বারা যে কোন ঝুঁকির সৃষ্টি হতে পারে।

দ্বিতীয় শিশুর জন্ম :- আপনি যদি আগেই এটার লাভ উঠিয়ে থাকেন, তাহলে এই শিশুর জন্মের সময় আপনি ভ্যাজাইনাল বার্থ বেছে নিতে পারবেন না। এবারও আপনাকে এই পদ্ধতিই গ্রহণ করতে হবে।

ডেলিভারীর সঠিক সময় সেটাই হয়, যখন গর্ভস্থ শিশু বাইরে বেরিয়ে আসার জন্য সম্পূর্ণ রূপে প্রস্তুত হয়ে পড়ে। আপনি যদি আগেই অপারেশন করিয়ে থাকেন, তাহলে সেটা শিশুর বাইরে আসার ভুল সময় হতে পারে।

আপনি যদি এখনও এমনটা করাতে চান, তাহলে ডাক্তারের পরামর্শ নিন যে, সেটা আপনার আর আপনার গর্ভস্থ শিশুর পক্ষে ঠিক হবে কি না?

বার-বার সিজারিয়ান

"আমার এর আগে দু বার সী-স্যাকশন হয়ে পড়েছে। আমি কম পক্ষে আরও দুটি সন্তানের জন্ম দিতে চাই। আমি কতবার সী-স্যাকশন করাতে পারি ?"

এমনিতে তো এই জিনিষটার ওপরে কোন নিষেধাজ্ঞা নেই যে, কোন গর্ভবতী মহিলা ঠিক কতবার সী-স্যাকশন করাতে পারবেন ? তবে এটা এই জিনিষটার ওপরে নির্ভর করে যে, এর আগের বারের সী-স্যাকশনে কেমন সেলাই লেগেছিল আর কত বড় ক্ষতস্হানের সৃষ্টি হয়েছিল ? এই ব্যাপারে আপনি নিজের ডাক্তারের পরামর্শ নিন।

সেলাই কোথায় আর কি ভাবে লেগেছিল ? সেটা কত সময় পরে ঠিক হয়েছিল ? এই সব জিনিষগুলোর ভিত্তিতে সী-স্যাকশন বিপজ্জনকও হতে পারে। আপনাকে এই গর্ভাবস্হায় কিছুটা সতর্কতা অবলম্বন করতে হবে, যাতে সব কিছু ঠিকঠাক ভাবে হতে পারে।

সিজারিয়ানের পরে ভ্যাজাইন্যাল বার্থ

"আগের বার আমার সিজারিয়ান হয়েছিল। এবার কি আমার ভ্যাজাইন্যাল বার্থের চেষ্টা করা উচিত ?"

প্রথম-প্রথম ডাক্তার আর দাইরা এর পরামর্শ দিতেন... কিন্তু বিভিন্ন অধ্যয়ণ থেকে এটা জানতে পারা গেছে যে, আগের বারের সেলাইয়ের কারণে ক্ষতি হতে পারে। এজন্য দ্বিতীয় বারও সী-স্যাকশন করানোই সুরক্ষিত হয়। এমনিতে 60 শতাংশ গর্ভবতী মহিলা একবার সী-স্যাকশন করানোর পরেও পরের বারে ভ্যাজাইনাল বার্থ করতে পারেন। যদি কিছুটা সতর্কতা অবলম্বন করা হয়, তাহলে দুবার সী-স্যাকশন করানোর পরেও এমনটা সম্ভব হতে পারে। বিভিন্ন অধ্যয়ণ থেকে সামনে আসা ভয় কেবলমাত্র 10 শতাংশ গর্ভবতী মহিলাদের ক্ষেত্রেই দেখতে পাওয়া যায়।

আপনি এটার ফয়সালা করে নিলে এমন ডাক্তার বেছে নিন, যিনি এই ব্যাপারে আপনার প্রশংসা করতে পারবেন। যদি পূর্ণ প্রচেস্টা করা সত্ত্বেও এমনটা সম্ভব না হয়... তাহলেও নিরাশ হবেন না। শুধু এইটুকু মাথায় রাখবেন যে, আপনার পক্ষে সেটাই ভালো হবে... যেটা আপনার গর্ভস্হ শিশুর পক্ষে ভালো হবে!

গ্রুপ বি স্ট্র্যাপ

"আমার ডাক্তার আমাকে গ্রুপ বি স্ট্র্যাপ সংক্রমণের পরীক্ষা করানোর জন্য বলেছেন। এটা কি জিনিষ ?"

এর অর্থ হচেছ এই যে, আপনার ডাক্তার সুরক্ষার পূর্ণ ব্যবস্হা করে নিতে চাইছেন। উনি এমনটা চান যে, শিশু জন্ম নেওয়ার পরেই যেন তার গলায় সংক্রমণ না হয়ে পড়ে।

জি.বি.এস. হচেছ এক প্রকারের ব্যাক্টেরিয়া... যেটা এক সুস্হ মহিলার যোনিতে হতে পারে। 10 থেকে 35 শতাংশ মহিলাই এই সংক্রমণে গ্রস্ত হন। এর থেকে শিশুর গলায় গভীর সংক্রমণ হয়ে পড়তে পারে।

এটা সত্য যে, আপনি এর কোন লক্ষণই জানতে পারবেন না... কিন্তু এতটা তো জানাই যাবে যে, আপনার এই সংক্রমণ আছে কি না ? ডাক্তার আপনাকে কিছু ওযুধ দেবেন, যেগুলোর সেবনে সংক্রমণ শেষ হয়ে পড়বে আর আপনার গর্ভস্হ শিশুও সুরক্ষিত রূপে জন্ম নিতে পারবে।

গর্ভাবস্হার 35 থেকে 37 সপ্তাহের মাঝে প্রায়ই এই পরীক্ষা করা হয়ে থাকে। আপনার ডাক্তার এই পরীক্ষা না করালে আপনি তাঁকে এই পরীক্ষা করানোর জন্য বলতে পারেন। একে *প্যোপ স্মীয়র টেস্ট*-য়ের মত করা হয়। রেজাল্ট পোজিটিভ এলে এ্যান্টিবায়োটিক্স ইঞ্জেকশন দেওয়া হয়। মূত্র পরীক্ষা দ্বারাও এটার ব্যাপারে জানা যেতে পারে। আপনি চাইলে এজন্য জন্য ওযুধও নিতে পারেন।

পেট পুরে খান

এই দিনগুলোয় আপনার এমনটা মনে হতে পারে যে, আপনি ঠিক কোন গরুর মত সারাটা দিন ধরে শুধু জাবর কেটেই চলেছেন। আসলে এটা আপনার আর আপনার গর্ভস্হ শিশুর পোষণের জন্য অত্যন্ত জরুরী হয়। দিনের মধ্যে কম পক্ষে 6 বার খাওয়ার নিয়ম তৈরী করুন আর পেট পুরে খান।

যদি প্রসবের কিছু সময় আগেও এই পরীক্ষার ফলাফল পোজিটিভ আসে, তাহলে চিকিৎসা দ্বারা ঝুঁকি এড়ানো যেতে পারে। যদি আপনার প্রথম সন্তানেরও এই সংক্রমণ হয়েছিল, তাহলে তো ডাক্তার পরীক্ষা না করেই আপনাকে এর ওষুধ দিয়ে দেবেন, যাতে কোন প্রকারের কোন ঝুঁকি না থাকে।

স্নান করা

"গর্ভাবস্থার অন্তিম দিনগুলোতেও স্নান করা উচিত কি ?"

আজ্ঞে হ্যাঁ... গুনগুনা গরম জলে স্নান করলে আপনার শরীর আরাম প্রাপ্ত করবে। আপনার যদি এমনটা মনে হয় যে, স্নানের জল আপনার যোনির ভেতরে প্রবেশ করে যাবে, তাহলে নিশ্চিন্ত থাকুন... এমনটা কখনো হয় না ! জলকে জোর করে যোনির ভেতরে প্রবেশ করালে তবেই সেটা যোনির ভেতরে প্রবেশ করতে পারে। আর কোন ভাবে যদি কিছুটা জল আপনার যোনির ভেতরে প্রবেশ করেও যায়, তাহলেও সার্ভাইকাল ম্যুকস গর্ভাশয়ের মুখকে বন্ধ করে দেবে... যাতে কোন প্রকারের কোন সংক্রামক তত্ত্ব আপনার যোনির ভেতরে প্রবেশ করতে না পারে।

এমন কি আপনি লেবারের সময়ও স্নান করতে পারবেন। হাইড্রোথেরাপী দ্বারা লেবারের যন্ত্রণায় অনেকটা আরাম পাওয়া যায়। আপনি জল ভর্তি টাবে শুয়ে শিশুকে জন্ম দেওয়ার বিকল্পও বেছে নিতে পারেন।

আপনাকে কেবল টাবে একটা মাদুর পেতে নিতে হবে, যাতে আপনার পা না পিছলে যায়। সর্বদার মত বাবল বাথ থেকে দূরে থাকুন।

ড্রাইভ করা

"আমি স্টিয়ারিং হুইলের পেছনে ফিট্ আসি না। আমি কি এখনও ড্রাইভ করতে পারি ?"

আপনি যতদিন ড্রাইভারের সীটে ফিট্ হয়ে থাকবেন... ততদিন আপনি ড্রাইভ করতে পারেন। সীটকে কিছুটা পেছনের দিকে করে নিন আর ড্রাইভিং হুইল ওপরের দিকে করে নিন, যাতে আপনি বসার জন্য পর্যাপ্ত জায়গা প্রাপ্ত করেন।

গাড়ীতে এক ঘন্টার বেশী সময় লাগাতার বসে থাকবেন না... তা আপনি গাড়ীর পেছনের সীটে বসে থাকলেও ! আপনি যদি লম্বা দূরত্বের সফর করেন, তাহলে আপনি ড্রাইভ করুন আর না-ই করুন... সেটা আপনাকে ক্লান্ত করে তুলতে পারে। লম্বা সফরে যাওয়াটা অত্যন্ত জরুরী হলে প্রতি ঘন্টায় একবার করে গাড়ী থেকে নেমে কিছুটা পায়চারী করে নিন। ঘাড় আর পিঠের টান ভাব দূর করার জন্য কিছুটা ব্যায়ামও করুন।

লেবারের সময় নিজে গাড়ী চালিয়ে হাসপাতালে যাবেন না। জোরে সংকুচন হলে সেটা পথে বিপজ্জনক হয়ে উঠতে পারে। আপনি গাড়ীর পেছনের সীটে বসে হাসপাতালে গেলেও সীট বেল্ট বাঁধতে ভুলে যাবেন না।

সফর করা

"এই মাসে আমার এক জরুরী বিজনেস ট্রিপে যাওয়ার আছে। এই সময় সফর করা কি সুরক্ষিত হবে না কি আমি আমার ট্রিপ ক্যানসেল করে দেব ?"

সফরের প্রস্তুতি নেওয়ার আগে নিজের ডাক্তারের সঙ্গে দেখা করুন। সকল ডাক্তার এই ব্যাপারে আলাদা-আলাদা মতামত পোষণ করেন। এটা আপনার অবস্থা আর অন্যান্য আরও কিছু কারণের ওপরেও নির্ভর করে যে, আপনাকে সফরে যাওয়ার অনুমতি দেওয়া হবে কি না ? আপনার গর্ভাবস্থা জটিল না হলে আপনি সফরে যাওয়ার অনুমতি পেতে পারেন আর আপনার যদি সময় পূর্ব প্রসব হওয়ার সম্ভাবনা থাকে... তাহলে আপনি সফরে যাওয়ার অনুমতি পাবেন না। এই সময় সফর করলে আপনার ঘাড় আর পিঠের যন্ত্রণা বেড়ে উঠতে পারে। আপনার শারীরিক আর ভাবনাত্মক চাপও বেড়ে উঠতে পারে। এজন্য সবার প্রথমে এটা দেখুন যে, আপনি ঠিক কেমন অনুভব করছেন ? এই সফরকে গর্ভাবস্থা পর্যন্ত পেছিয়ে দেওয়া যায় কি না... সেটাও ভেবে দেখুন। এটাও ভেবে দেখুন যে, এর ফলে আপনার ওপরে কতটা চাপের সৃষ্টি হবে ? আপনি হাওয়াই সফর করলে সেটার সকল নির্দেশ মেনে চলুন। অনেক এয়ারলাইন গর্ভবতী মহিলাদের ডাক্তারের অনুমতি ছাড়া সফর করতে দেয় না।

আপনার ডাক্তার অনুমতি দিলেও আপনাকে অনেক কিছু ব্যাপারে দৃষ্টি দিতে হবে। আপনাকে নিজের আরামের ওপরে পূর্ণ দৃষ্টি দিতে হবে।

লম্বা দূরত্বের সফরে নিজের সাথীকে সঙ্গে নিন, যাতে যে কোন মুহূর্তে তাঁর সহায়তা পাওয়া যায়।

গর্ভাবস্থার শেষ মাস এবং সেক্স

"আমি গর্ভাবস্থার শেষ তিন মাস আর সেক্সের ব্যাপারে বেশ কিছু আলাদা-আলাদা কথা শুনেছি... এজন্য আমি দ্বিধায় পড়ে গেছি। এতে প্রসব সময়ের আগে হয়ে পড়বে না তো?"

এমনটা নয় যে, এই বিষয়ে কোন অনুসন্ধানই হয়নি... আসলে এটা অনেকটা আপনাদের দুজনের ওপরে নির্ভর করে। আপনাকে আর আপনার সাথীকে এটা ঠিক করতে হবে যে, আপনারা দুজনে এই সময় এটাকে চালিয়ে যাবেন কি না? সম্ভোগ আর চরম সুখ প্রাপ্তির সাথে লেবারের কোন সম্পর্কই নেই। যদি ভেতর থেকে প্রসবের পূর্ণ প্রস্তুতি হয়ে পড়ে, তাহলে এটার দ্বারা কিছুটা পার্থক্য পড়তে পারে। এমনিতে ডাক্তার আর দাইরা নিজেদের স্বাভাবিক রোগীদের গর্ভাবস্থার শেষ সময় পর্যন্ত সেক্সের অনুমতি দেন আর অনেক দম্পতি কোন প্রকারের সমস্যা ছাড়াই এমনটা করেও চলেন।

নিজের ডাক্তারের থেকে এটা জেনে নিন যে, আপনার শারীরিক অবস্থার হিসেবে এটা আপনার পক্ষে সুরক্ষিত কি না? সবুজ সংকেত পেয়ে গেলে প্রাণ খুলে যা খুশী তাই করুন... কিন্তু সবুজ সংকেত না পেলে আপনাদের দুজনকে পরস্পরের কাছাকাছি আসার জন্য অন্য কোন উপায় গ্রহণ করতে হবে। এক রোমান্টিক ক্যান্ডল লাইট ডিনার বা লম্বা পায়চারী কেমন হবে? আপনারা দুজনে এক সাথে স্নান করার মজা ওঠান! গল্প-গুজব করুন! মালিশ করান! যে কোন কিছু করুন... কিন্তু ডাক্তারের সতর্কবাণীকে উপেক্ষা করতে যাবেন না! এর পরে তো এমন সুযোগ একমাত্র তখনই পাবেন... যখন আপনাদের শিশু পুরো রাত আরামে ঘুমোবে!

আপনারা দুজন

"শিশু এখনও জন্ম নেয়নি। কিন্তু আমার আর আমার পতির সম্পর্কে এখন থেকেই পরিবর্তন আসতে লেগেছে। আমরা দুজনে নিজেদের মধ্যে মগ্ন হয়ে থাকার পরিবর্তে শিশু আর তার জন্মের ব্যাপারেই চিন্তিত হয়ে থাকি!"

ছোট্ট শিশু আপনার জীবনে অনেক কিছু নিয়ে আসে – খুশী, উত্তেজনা, উৎসাহ আর প্রচুর নোংরা ডায়পার... কিন্তু নিজের ছোট্ট আকার সত্ত্বেও বড় পরিবর্তন নিয়ে আসতে তার বেশী সময় লাগে না।

আপনারা দুজনও হয়তো নিজেদের সম্পর্কে এই পরিবর্তন দেখতে পাচ্ছেন। আপনারা যখন দুই থেকে তিন হয়ে পড়বেন, তখন সত্যি-সত্যি আপনাদের দুজনের প্রাথমিকতায় কিছুটা পার্থক্য এসে পড়বে... কিন্তু এই জিনিষটাকে সকল দম্পতিই গর্ভাবস্থায় আসা প্রাকৃতিক পরিবর্তন হিসেবে মেনে নেন... কারণ শিশুর আসার আগেই এই পরিবর্তন আপনাদের ভালোর জন্যই হচ্ছে! যেসব দম্পতি আগে থেকেই এটা জেনে যান যে, এবার জীবনকে রোমান্টিক করে তোলার পদ্ধতিতে কিছুটা পরিবর্তন আসতে চলেছে... তাঁরা শিশু ভূমিষ্ঠ হওয়ার পরের চ্যালেঞ্জগুলোর মোকাবিলা ভালো ভাবে করতে সক্ষম হয়ে ওঠেন।

এজন্য আগে থেকেই ভাবনা-চিন্তা করুন আর এই পরিবর্তনের জন্য নিজেদের প্রস্তুত করে তুলুন। এবার আপনাকে নিজের কিছুটা ভাবনাত্মক এনার্জী সেই ছোট্ট শিশুর জন্যও বাঁচিয়ে রাখতে হবে... যে আপনাদের পরিবারে প্রচুর খুশী নিয়ে আসতে চলেছে। এবার আপনাকে শিশুর সাথে-সাথে নিজের দাম্পত্য জীবনের দেখাশোনা করাও শিখতে হবে। নিজের শিশুর জন্য প্রস্তুতি নেওয়ার সময় দাম্পত্য জীবনের রোমান্সকে উপেক্ষা করতে যাবেন না। সপ্তাহে কয়েকটা মুহূর্ত কম পক্ষে এমন হওয়া উচিত, যখন শিশুর ব্যাপারে কোন কথা বলা হবে না। দুজনে এক সাথে বসে ফিল্ম দেখুন... ছোট্ট শিশুর জন্য কিছু কেনাকাটা করার সময় নিজের সাথীর জন্যও কিছু কিনতে ভুলে যাবেন না। তাঁর জন্য কোন খেলা বা শো-য়ের টিকিট কিনুন। ডিনারের সময় তাঁর খবরাখবর নিন... অতীতের সুন্দর মুহূর্তগুলোর স্মৃতি রোমন্থন করুন। নিজেদের দ্বিতীয় হনিমুনের প্রোগ্রাম বানান। সেক্স না-ই বা হল... স্পর্শ সুখ তো প্রাপ্ত করা যেতেই পারে।

এই ভাবে খুব শীঘ্রই আপনি দুই-য়ের জায়গায় তিনজনের পরিবারের রস আর আনন্দ উপভোগ করা শিখে যাবেন।

স্তনপান

আপনি গত 30 সপ্তাহ ধরে এটা লক্ষ্য করে

আসছেন যে, আপনার স্তনের আকার কি ভাবে বেড়ে চলেছে। আসলে এটার আকারে পরিবর্তন এমনি-এমনি আসেনি। সেটা এক বিরাট বড় দায়িত্ব পালন করার জন্য নিজেকে প্রস্তুত করছিল। প্রকৃতি তার ওপরে শিশুকে দুধ পান করানোর দায়িত্ব সঁপে দিয়েছে আর সেটা সেই কাজটা করার জন্য সম্পূর্ণ রূপে প্রস্তুত!

এটা তো নিশ্চিত যে, শিশুকে স্তনপান করানোর জন্য আপনার বক্ষস্থল তৈরী হয়ে গেছে... কিন্তু আপনার এর ব্যাপারে এখনও অনেক কিছু জানা বাকী রয়ে গেছে। আপনি নিজের শিশুকে দুধ পান করানোর জন্য স্তনপান ছাড়াও অন্য বিকল্প গ্রহণ করতে চাইলেও আপনার স্তনপান করানোর লাভের ব্যাপারে জানা উচিত।

স্তনপানই সর্বোত্তম কেন ?

যেভাবে ছাগলের দুধ তার বাচ্চাদের পক্ষে অমৃতের সমান হয়... ঠিক তেমনই স্তনপান শিশুর সর্বোত্তম আহার হয়। এখানে সেটার কিছু কারণের উল্লেখ করা হচ্ছে ঃ-

এটা পৌষ্টিক হয় ঃ- এটা এমন ভাবে বানানো হয়েছে যে, এক নবজাত শিশুর পোষণ সম্বন্ধীয় সকল আবশ্যকতার পূরণ হতে পারে। এতে কম পক্ষে 100 পদার্থ এমন থাকে, যেগুলো গরুর দুধে পাওয়া যায় না। এই দুধের প্রোটিন *ল্যাক্টোব্যুমিন'* হয়, যেটা হজম করা সহজ হয় আর এটা বেশী পৌষ্টিকও হয়। যদিও এতে গরুর দুধের মতই ফ্যাট থাকে... কিন্তু মায়ের দুধের ফ্যাট শিশুর পক্ষে বেশী ভালো হয়।

এটা সুরক্ষিত হয় ঃ- আপনি সম্পূর্ণ নিশ্চিন্ত হয়ে শিশুর নিজের দুধ পান করাতে পারেন। এই দুধ সম্পূর্ণ রূপে তৈরী আর কীটাণু মুক্ত হয়। এই দুধ কখনো খারাপ বা বাসী হয় না।

পেটের পক্ষে ভালো ঃ- স্তনপান করতে থাকা শিশুদের কখনো কোষ্ঠকাঠিন্য হয় না। তারা অত্যন্ত সহজে মায়ের দুধ হজম করে নেয়। পাচন সম্বন্ধীয় গড়বড়ি ছাড়া সেই সব শিশুদের ডায়রিয়াও হয় না। যতদিন না শিশুকে শক্ত আহার দেওয়া হচ্ছে, তাদের মল থেকে দুর্গন্ধও আসে না। এমন শিশুদের ডায়পার র‍্যাশও বেশী হয় না।

এটা ফ্যাটকে পাতলা করে ঃ- এই ভাবে বাচ্চার ওজন বেশী বাড়ে না আর ওকে যদি 6 মাস মায়ের দুধ পান করানো হয়, তাহলে পরের জীবনেও স্থূলতার সম্ভাবনা কমে আসে। কিশোরাবস্থায় কোলেস্ট্রলের কমে আসা স্তরের সাথেও এটাকে যুক্ত করে দেখা যেতে পারে।

ব্রেন বুস্টার ঃ- স্তনপান দ্বারা শিশুর বৌদ্ধিক ক্ষমতারও বিকাশ হয়। এটাকে আপনি মস্তিস্ক তৈরী করা ফ্যাটী এ্যাসিড ডি.এইচ.এ. ছাড়াও মা আর শিশুর নিকটতার সাথেও যুক্ত করে দেখতে পারেন। শিশুকে স্তনপান করানোর সময় মা আর শিশুর নিকটতা দ্বারা শিশুর বৌদ্ধিক ক্ষমতা বিকশিত হয়।

এ্যালার্জী থেকে সুরক্ষা ঃ- যদি শিশুর মায়ের দুধ থেকে প্রাপ্ত কোন আহার বিশেষের প্রতি এ্যালার্জী না থাকে, তাহলে যে কোন শিশু নিজের মায়ের দুধের প্রতি এ্যালার্জিক হয় না। গরুর দুধ থেকে প্রাপ্ত বীটা-ল্যাক্টো-গ্লোব্যুলিনের কারণে গুরুতর বা হাল্কা এ্যালার্জীর লক্ষণ প্রকট পেতে পারে। বিভিন্ন অধ্যয়ণ থেকে এটা জানতে পারা গেছে যে, ফর্মূলা দুধ পান করতে থাকা শিশুদের তুলনায় স্তনপান করতে থাকা শিশুদের হাঁফানীর অভিযোগ কম হয়।

সংক্রমণ থেকে সুরক্ষা ঃ- এমন শিশুরা ডায়রিয়া আর আরও বেশ কয়েক প্রকারের সংক্রমণের থেকে সুরক্ষিত থাকে... যেগুলোর মধ্যে ইউ.টি.আই. আর কানের সংক্রমণ শামিল রয়েছে। বিভিন্ন অধ্যয়ণ থেকে এটা জানতে পারা গেছে যে, স্তনপান করতে থাকা শিশুদের ব্যাক্টেরিয়াল মেনিঞ্জাইটিস, এস.আই.ও.এস. ডায়াবেটিজ আর বাচ্চাদের মধ্যে দেখতে পাওয়া ক্যান্সার রোগ হওয়ার ঝুঁকি অনেকটাই কমে আসে। স্তনপান দ্বারা শিশু কোলেস্টস্ প্রাপ্ত করে... যেটা তাদের বেশ কিছু রোগের থেকে সুরক্ষিত রাখে।

মাড়ি আর দাঁতের মজবুতী ঃ- বোতলের বদলে মায়ের বক্ষস্থল থেকে দুধ পান করতে থাকা শিশুদের দুধ পান করার সময় চোষার জন্য বেশী

মেহনত করতে হয়... যার ফলে তার মাড়ি, দাঁত আর তালুর পূর্ণ বিকাশ হয়। তাজা অধ্যয়ণ থেকে এটাও জানতে পারা গেছে যে, স্তনপান করতে থাকা শিশুদের ভবিষ্যতে দাঁতের সমস্যা কম করে হয়।

স্বাদেন্দ্রিয়গুলোর বিস্তার ঃ- আপনি যা কিছু খাবেন, আপনার দুধে সেটার স্বাদ এসে পড়বে... এর দ্বারা আপনার শিশুর স্বাদেন্দ্রিয়গুলো বিকশিত হয়ে উঠবে। এতে করে ও বোতলে দুধ পান করতে থাকা শিশুদের তুলনায় নতুন স্বাদের ব্যাপারে শীঘ্র জানতে পেরে যাবে। অধ্যয়ণকারীরা এমনটা মনে করেন যে, এমন শিশু কিছুটা বড় হয়ে ওঠার পরে নতুন-নতুন স্বাদ বড়ই আগ্রহের সাথে গ্রহণ করে আর খাবার ব্যাপারে বেশী বাছাবাছি করে না।

শিশুকে স্তনপান করালে মায়েরও অনেক সুবিধা হয় ঃ-

সুবিধা ঃ- শিশুকে স্তনপান করানোর জন্য আগে থেকে কোন প্ল্যান তৈরী করার প্রয়োজন হয় না... কোন সরঞ্জামেরও প্রয়োজন হয় না। আপনি পার্কে, ফ্লাইটে বা বাড়ীতে – যে কোন জায়গায় মাঝরাতেও নিজের শিশুকে স্তনপান করাতে পারেন। কোথাও যাওয়ার আগে শিশুর দুধের বোতল, নিপ্পল সঙ্গে রাখার প্রয়োজন পড়ে না। আপনি তার মিল্ক ব্যাংক নিজের সাথেই নিয়ে চলেন। আপনাকে মাঝরাতে বিছানা ছেড়ে উঠে রান্নাঘরে গিয়ে বাচ্চার জন্য দুধ তৈরী করতে হয় না... আপনি বিছানাতেই বাচ্চাকে দুধ পান করিয়ে তাকে মিষ্টি ঘুম পাড়িয়ে দিতে পারেন। আপনি যদি নিজের বাচ্চার সাথে না থাকেন... আপনি যদি অফিসে থাকেন – তাহলে আগে থেকে স্তন থেকে দুধ বার করে ফ্রীজে রেখে দিতে পারেন। সব থেকে বড় কথা হচ্ছে এটা যে, এর জন্য আপনাকে একটা পয়সাও খরচ করতে হয় না।

উন্নতির হার ঃ- যখন আপনার শিশু স্তনপান করে, তখন অক্সিটসিন নামক হার্মোনের স্রাব হতে থাকে; যার ফলে আপনার গর্ভাশয় নিজের আকারে ফিরে আসতে কম সময় নেয়। গর্ভাবস্থার পরে হওয়া রক্তস্রাবও কমে আসে। শিশুকে স্তনপান করানোর মাধ্যমে আপনিও আরাম করে বসার মত সময় পেয়ে যান। গর্ভাবস্থার পরে আপনার পক্ষে এই আরাম অত্যন্ত জরুরী হয়।

গর্ভাবস্থার আগের ফিগার ঃ- আপনি নিজের স্তনে দুধের মাত্রা বৃদ্ধি করার জন্য নিজের আহারে ক্যালোরীর যে মাত্রা বাড়াবেন; সেটা আপনার শিশুর কাজে আসবে। আপনিও খুব শীঘ্র নিজের আগের ফিগার ফিরে পাবেন। এই প্রকার খুব শীঘ্রই আপনি নিজের সেই আগের পাতলা কোমর দেখতে পাবেন।

মাসিক ধর্মে দেরী ঃ- আপনার মাসিক ধর্ম দেরী করে শুরু হবে। এতে কার কি অভিযোগ থাকতে পারে ? আপনি যদি নিজের বাচ্চাদের জন্মের মধ্যে অন্তরাল রাখতে চান, তাহলে পরিবার নিয়ন্ত্রণের অন্য কোন উপায়েরও প্রয়োগ করুন। কিছু মা কেবলমাত্র বাচ্চাকে স্তনপান করানোর মাধ্যমেই গর্ভধারণ থেকে সুরক্ষিত থাকেন... কিন্তু চার মাসের ভেতরে মাসিক চক্র শুরু হতে পারে আর তাঁরা প্রথম পীরিয়ডের আগেই গর্ভবতী হয়ে উঠতে পারেন।

হাড়ের মজবুতী ঃ- বাচ্চাকে স্তনপান করালে আপনার হাড়ের খনিজীকরণে উন্নতি আসে। মেনোপজের পরে টিপ ফ্র্যাক্চারের ঝুঁকিও অনেকটা কমে আসে। আপনি যদি নিজের স্তনে দুধের মাত্রা বাড়ানোর জন্য আর নিজের আবশ্যকতা পূরণ করার জন্য ভরপুর মাত্রায় ক্যালশিয়াম নেন, তাহলে খুবই ভালো হয়।

স্বাস্থ্যের লাভ ঃ- বাচ্চাকে স্তনপান করালে বেশ কয়েক প্রকারের ক্যান্সার রোগ হওয়ার ঝুঁকি কমে আসে। এমন মহিলাদের মধ্যে ওভেরী আর ব্রেস্ট ক্যান্সার হওয়ার সম্ভাবনাও কম থাকে। তাঁরা টাইপ - II ডায়াবেটিজেও গ্রস্ত হন না।

সব থেকে বড় বোনাস ঃ- বাচ্চাকে স্তনপান করাতে থাকার কারণে আপনি আর আপনার শিশু দিনের মধ্যে কম পক্ষে 6 বা 8 বার পরস্পরের কাছাকাছি আসেন। এই নিকটতা দ্বারা মা-শিশুর মধ্যে এক ভাবনাত্মক আকর্ষণের সৃষ্টি হয় এবং শিশুর বৌদ্ধিক ক্ষমতার বিকাশ হয়।

যদি আপনি যমজ সন্তানের জন্ম দিয়ে থাকেন... তাহলে আপনার পক্ষে এই সব লাভ দ্বিগুণ হয়ে উঠবে !

স্তনপানের প্রস্তুতি

প্রকৃতি সব রকমের প্রস্তুতি করে দিয়েছে... আপনাকে বেশী মেহনত করতে হবে না! গর্ভাবস্থার শেষ দিনগুলোয় স্তনবৃন্তের পরিস্কার-পরিচ্ছন্নতার প্রতি দৃষ্টি দিন। সেগুলো শুষ্ক হয়ে এলে লেনোলিন বেসড্ ক্রীম লাগান। সময়ের আগে ছোট আকারের স্তনবৃন্তকে হাত দিয়ে টানার বা চাপ দেওয়ার চেষ্টা করবেন না। এতে ফোলা ভাব বা সংক্রমণের ঝুঁকি থাকে। যদি আপনার স্তনবৃন্ত ভেতরের দিকে ঢুকে থাকে, তাহলে শিশুকে দুধ পান করাতে মুশকিল হতে পারে। এই ব্যাপারে আগে থেকেই নিজের ডাক্তারের পরামর্শ অনুসারে সম্ভাবিত উপায় গ্রহণ করুন!

বক্ষস্থল সেক্সুয়াল না ব্যবহারিক?

বা দুটোই হতে পারে। আপনাকে এবার এক সাথে দুটো ভূমিকার অবতীর্ণ হতে হবে *(প্রেমিকা এবং মা)*! এই দুটো ভূমিকাই নিজের-নিজের জায়গায় অত্যন্ত গুরুত্বপূর্ণ হয়। অনেক বার স্তনপানও আপনার সাথীর কাছে সেন্সেশনাল বলে মনে হতে পারে। এজন্য শিশুকে স্তনপান করানোর ফয়সালা করার আগে এটাকে মাথায় রাখুন।

বোতলের নির্বাচন কেন?

হতে পারে যে, আপনি শিশুকে স্তনপান না করানোর ফয়সালা নিয়েছেন বা আপনি নিজের শিশুকে স্তনপান করাতে পারছেন না। এমন পরিস্থিতিতে বোতলের নির্বাচন করতে দ্বিধা করবেন না; এরও নিজস্ব লাভ থাকে –

দায়িত্ব ভাগ করে নেওয়া ঃ- এই ভাবে শিশুর পিতাকেও বোতল বানানোর দায়িত্ব দেওয়া যেতে পারে। যদিও স্তনপান করতে থাকা শিশুদের পিতারাও তাদেরকে স্নান করাতে পারেন এবং অন্য কাজেও নিজের পত্নীকে সহযোগ প্রদান করতে পারেন।

বেশী স্বাধীনতা ঃ- বোতল থেকে দুধ পান করতে থাকা শিশুদের মায়েরা বেশী স্বাধীন হন। তাঁরা বাড়ীর বাইরে গিয়ে সহজেই কাজকর্ম করতে পারেন। তাঁদের দুধ বার করার আর সামলানোর চিন্তা থাকে না। তাঁরা শিশুকে ছেড়ে যে কোন জায়গায় যেতে পারেন। রাতের বেলা দেরী হয়ে গেলে যে কোন জায়গায় থেকে যেতে পারেন। যদিও এই বিকল্প নিজের শিশুকে স্তনপান করাতে থাকা মায়েদের কাছেও থাকে।

রোমান্সের সময় ঃ- বোতলে দুধ পান করতে থাকা শিশু আপনাদের রোমান্সে বাধা দেয় না... এমনিতে স্তনপানও তাদের পক্ষে ঠিক হয়। ল্যাক্টেশন হার্মোন আপনার যোনিকে কিছুটা শুষ্ক

ব্রেস্ট সাজারীর পরে স্তনপান

অনেক মা এর পরেও শিশুকে দুধ পান করাতে থাকেন... আবার কিছু মায়েদের বুকে দুধই আসে না। নিজের সার্জনের থেকে এটা জেনে নিন যে, আপনি কি সাজারীর পরে শিশুকে স্তনপান করাতে পারবেন? না কি তার সাথে শিশুকে বোতলের দুধও দিতে হবে? আপনি শিশুকে এর পরেও স্তনপান করাতে থাকলে এটা লক্ষ্য করুন যে, কতটা দুধ তৈরী হচেছ? শিশু পর্যন্ত দুধের মাধ্যমে কতটা পোষণ পৌঁছচেছ? তার ভেজা ডায়পার থেকে আপনি এই ব্যাপারে অনুমান লাগাতে পারবেন। দুধের মাত্রা পুরো না হলে শিশুকে বোতলের দুধও দিতে হতে পারে। মনে রাখবেন যে, মায়ের দুধের অল্প মাত্রাও শিশুকে লাভ প্রদান করে।

এই সব কিছু অনেকটাই ব্রেস্ট সাজারী আর সেটার পদ্ধতির ওপরে নির্ভর করে। আপনাকে শিশুর বিকাশের ওপরে পূর্ণ দৃষ্টি রাখতে হবে... যাতে আপনি এটা জানতে পারেন যে, সে পুরো দুধ পাচেছ কি না?

করে তুলতে পারে। স্তন থেকে বেরোতে থাকা দুধ কিছুটা সমস্যার কারণ হয়ে ওঠে। বোতলে দুধ পান করতে থাকা শিশুদের মায়েরা রোমান্সের জন্য পুরো সময় বার করতে পারেন।

আহারের স্বাধীনতা ঃ- এই ভাবে আপনি নিজের ইচ্ছামতন যে কোন জিনিষ খেতে পারবেন। শিশুকে স্তনপান করাতে থাকা মায়েদের ঝাল-মশলা যুক্ত আহার কিছুটা এড়িয়ে চলতে হয়। আপনি সহজেই ওয়াইন বা ককটেল পান করতে পারেন। আপনাকে নিজের শিশুর পৌষ্টিকতা সম্বন্ধীয় আবশ্যকতা পূরণ করার ব্যাপারে চিন্তা করতে হবে না।

জনতার মাঝে প্রদর্শন নয় ঃ- যদি আপনি লোকেদের মাঝে শিশুকে স্তনপান না করাতে পারেন, তাহলে তো বোতলের বিকল্পই ঠিক হবে। এমনিতে শিশুকে স্তনপান করাতে থাকা মায়েরা কিছু সময়ের মধ্যেই সবার মাঝেও নিজের শিশুকে চুপিচুপি স্তনপান করানো শিখে নেন।

মানসিক চাপ কমে আসা ঃ- অনেক মহিলা শিশুকে স্তনপান করানোর নাম শুনেই ঘাবড়ে ওঠেন বা তাঁদের মানসিক চাপ হতে থাকে। আপনি একবার চেষ্টা করে তো দেখুন... কিছুদিনের ভেতরেই আপনি এটা ভালোমতন শিখে যাবেন। এতে আপনার মানসিক চাপও অনেকটা কমে আসবে।

স্তনপানের নির্বাচন কেন ঃ- বেশীর ভাগ মহিলাদের কাছে এই নির্বাচন অত্যন্ত স্পষ্ট হয়। তাঁরা গর্ভবতী হওয়ার আগেই এটা ঠিক করে নেন যে, তাঁরা নিজেদের শিশুকে স্তনপানই করাবেন। অনেক মহিলা এটার লাভ জানার পরে এটাকে গ্রহণ করে নেন। আবার কিছু মহিলা এত সহজে কোন ফয়সালা নিতে পারেন না। কিছু মহিলা এমনটা মনে-মনে মেনে নেন যে, শিশুকে স্তনপান করানো তাঁদের সাধ্য নয়। অল্প সময়ের জন্য হলেও আপনি যদি নিজের শিশুকে স্তনপানের লাভ প্রদান করেন, তাহলে সব থেকে ভালো হয়।

এমনও হতে পারে যে, প্রথম কয়েক সপ্তাহে এসব কিছুটা মুশকিল লাগবে। প্রথম মাস বা 6 সপ্তাহেই মা এই ব্যাপারে জেনে যান যে, তিনি স্তনপান জারী রাখতে পারবেন কি না ?

বোতল আর স্তনপান এক সাথে ঃ- এমনিতে এটাই ভালো হবে যে, আপনি নিজের জীবন-শৈলী অনুসারেই এই ফয়সালা নেবেন। শিশুকে স্তনপান করানোর সাথে-সাথে তাকে ফর্মূলাও দিন। স্তনপানের জন্য শিশুকে অভ্যাস করাতে হবে... নয়তো শিশুর একবার বোতলে করে দুধ পান করার অভ্যাস হয়ে পড়লে সে আর স্তনপান করতে চাইবে না... কারণ মায়ের স্তনের নিপ্পল চোষার কাজে শিশুকে বেশী মেহনত করতে হয়।

আপনি যখন স্তনপান করাতে পারবেন না বা যখন আপনার স্তনপান করানো উচিত নয়

দুর্ভাগ্যবশতঃ, প্রতিটি নতুন মা শিশুকে স্তনপান করানোর সুযোগ পান না। অনেক মা মন থেকে চাওয়া সত্ত্বেও নিজের শিশুকে স্তনপান করাতে পারেন না। মা আর শিশুর স্বাস্থ্য, ভাবনাত্মক আর শারীরিক কারণে সেই সময় স্তনপান শুরু হতে পারে না। এগুলোর মধ্যে নিম্নলিখিত কারণ থাকতে পারে ঃ-

- কোন গুরুতর রোগ... যে কারণে মা শিশুকে স্তনপান করাতে পারেন না।
- কোন গুরুতর সংক্রমণ, যেমন – টি.বি. ! এমন পরিস্থিতিতে অনেক বার মায়েরা নিজেদের স্তন থেকে দুধ বার করেও শিশুকে দিতে পারেন।
- এ্যান্টী-থায়রয়েড, এ্যান্টী-হায়পারটেনশিভ ড্রাগস্ বা এ্যান্টী-ক্যান্সার ওষুধের সেবন।
- আপনি যদি দীর্ঘ সময় ধরে কোন ওষুধের সেবন করে আসছেন, তাহলে নিজের

পিতা এবং স্তনপান

অধ্যয়ণকারীদের মতে শিশুর পিতা সহযোগ প্রদান করলে 96 শতাংশ মায়েরা শিশুকে স্তনপান করাতে রাজী হয়ে পড়েন... অন্যথা এই পরিসংখ্যান 26 শতাংশে নেমে আসে। পিতারা বড় সহজেই স্তনপান করাতে থাকা মায়েদের সহায়তা করতে পারেন... এতে তাঁদের পারস্পরিক প্রেমও বেড়ে উঠবে। তাহলে ভাবী পিতারা এই টীমে শামিল হওয়ার জন্য প্রস্তত হয়ে পড়ুন।

ধূম্রপান এবং স্তনপান

নিকোটিন সহজেই আপনার দুধে মিশে যায়... এজন্য আপনি যদি নিজের শিশুকে স্তনপান করাতে চান, তাহলে আপনাকে ধূম্রপান ত্যাগ করতে হবে। এটা আপনার আর আপনার শিশু – দুজনের পক্ষেই ভালো হবে। আপনি ধূম্রপান ত্যাগ করতে না পারলে শিশুকে স্তনপান করানোর পরিবর্তে অন্য কোন বিকল্পের সন্ধান করুন, যাতে শিশুকে সেকেণ্ড হ্যাণ্ড স্মোকিং-য়ের ঝুঁকির হাত থেকে রক্ষা করা যেতে পারে। এই প্রকারে শিশুর মধ্যে ভবিষ্যতে ধূম্রপানের প্রবৃত্তিকে বাধা দেওয়া যেতে পারে।

- সিগারেটের সংখ্যা কমিয়ে নিয়ে আসুন।
- কম নিকোটিন যুক্ত ব্রাণ্ড বেছে নিন।
- ধূম্রপান করার কম পক্ষে 95 মিনিট পরে শিশুকে স্তনপান করান, যাতে আপনার দুধে নিকোটিনের মাত্রা না থাকে।
- বাচ্চার উপস্থিতিতে বা সে আশপাশে থাকলে কখনোই ধূম্রপান করবেন না। এতে বাচ্চার শ্বাসকষ্ট হওয়ার ঝুঁকি অনেকটাই বেড়ে উঠতে পারে।

ডাক্তারের থেকে এটা জেনে নিন যে, শিশুকে স্তনপান করানোর সময় সেই ওষুধের সেবন সুরক্ষিত কি না ? সুরক্ষিত না হলে সেটার জায়গায় অন্য কোন্ ওষুধ নেওয়া যেতে পারে ?

- কার্যক্ষেত্রে কোন বিষাক্ত রসায়নের মধ্যে কাজ করা।
- প্রয়োজনের অতিরিক্ত মদ্যপান করা।
- কোন প্রকারের ড্রাগসের সেবন করা।
- এইচ.আই.ভি. বা এইডসের মত কোন সংক্রমণ।
- অনেক বার নবজাত শিশুও মায়ের দুধ পান করতে অসমর্থ হয়।
- সময়ের আগে জন্ম নেওয়া শিশুদের মায়ের স্তন চুষতে অসুবিধা হয়। অনেক বার শিশুকে ইন্টেনসিভ কেয়ার ইউনিটেও রাখা হয়। এমন পরিস্থিতিতে নার্সের সহায়তায় মায়ের স্তন থেকে দুধ বার করে শিশুকে পান করানো যেতে পারে।
- **ল্যাক্টোজ ইন্টলারেন্স ঃ** যখন মনুষ্য আর গরুর দুধ হজম হয় না। যদি সেগুলোর সাথে অন্য কোন ফর্মূলাও শিশুকে দেওয়া হয়, তাহলে এমন বাচ্চারা মায়ের দুধ নিতে পারে।
- মুখের কিছু বিকৃতি, যার ফলে শিশু স্তন চুষতে পারে না। তাদেরও মায়ের স্তন থেকে দুধ বার করে পান করানো যেতে পারে।
- অনেক বার হাজার চেস্টা করা সত্ত্বেও মায়ের স্তনে পুরো দুধ তৈরী হয় না আর শিশু ক্ষুধার্তই থেকে যায়।

আপনি যদি চেস্টা করা সত্ত্বেও নিজের শিশুকে স্তনপান করাতে না পারেন... তাহলে নিজের মনে হীন-ভাবনা বা অপরাধ-বোধ আসতে দেবেন না। আপনি নিজের শিশুকে প্রাণ খুলে আদর তো অবশ্যই করতে পারেন !

■ ■ ■

IT'S NEVER TOO EARLY FOR GOOD HABITS.

Weaning is a real adventure. A baby must get used to flavours and textures which are quite different from milk. He also needs to learn the new way of eating and drinking. At a family table, a baby sits comfortably in his highchair and learns to eat proudly using his colourful dishes and cutlery.

Chicco presents Polly 2 Start, Polly Easy and Pocket Meal Highchairs that are suitable for babies from 6 months to 3 years, because the height and backrest of these highchairs can be adjusted as per the height of the baby.

Available at Chicco stores and all leading baby shops.
Call us at our toll-free no. 1800-102-6702 to find Chicco products near you.

নবম মাস

প্রায় 36 থেকে 40 সপ্তাহ

শেষ পর্যন্ত সেই মাস এসেই পড়ল... আপনি যেটার জন্য এক লম্বা সময় ধরে অপেক্ষা করছিলেন। এমন পরিস্থিতিতে কিছুটা চিন্তা হওয়াটা তো অত্যন্ত স্বাভাবিক। হতে পারে যে, আপনি নতুন শিশুকে এই পৃথিবীতে স্বাগত জানানোর জন্য পূর্ণ রূপে প্রস্তুত, আবার আপনি প্রস্তুত নাও হতে পারেন! এটাও হতে পারে যে, বেশ কয়েক প্রকারের গতিবিধি *(ডাক্তারের কাছে যাওয়া, দোকান থেকে জিনিষ কেনা, প্রোজেক্ট, শিশুর কামরার রং বাছা)* সত্ত্বেও আপনার কাছে এই মাসটাই সব থেকে দীর্ঘ বলে মনে হবে! আপনি যদি সঠিক সময়ে প্রসব না করেন, তাহলে হয়তো আপনার প্রসব হতে দশম মাস পর্যন্ত সময় লাগতে পারে।

এই মাসে আপনার শিশুর বিকাশ

36-তম সপ্তাহ ঃ- এই সময় আপনার শিশুর ওজন প্রায় 6 পাউণ্ড আর উচ্চতা প্রায় 20" হবে। শিশু আপনার কোলে ওঠার জন্য প্রায় তৈরী! এই সময় শিশুর তন্ত্র বাহ্যিক জীবনের জন্য তৈরী। যদিও ওর পাচন তন্ত্রের কাজ এখনও পর্যন্ত শুরু হয়নি। এখনও নাড়ির মাধ্যমেই ওর কাছ পর্যন্ত পোষণ পৌঁছচ্ছে... তার জন্য পাচন তন্ত্রের কোন প্রয়োজন নেই। শিশু যে মুহূর্তে স্তনপান করতে শুরু করবে বা বোতল থেকে দুধ পান করবে... ওর পাচন তন্ত্র কাজ করতে শুরু করে দেবে আর ওর ডায়পার নোংরা হতে শুরু করে দেবে!

37-তম সপ্তাহ ঃ- এক মজাদার খবর! আপনার শিশু যদি আজ জন্ম নেয়, তাহলে তাকে ফুল টার্ম শিশু হিসেবে মানা হবে... এর অর্থ হচ্ছে এই যে, তার বিকাশ পূর্ণ রূপে হয়ে পড়েছে। এই সপ্তাহে ওর আধ পাউণ্ড ওজনও বাড়তে পারে। এই সময় গড়পড়তা ভ্রূণের ওজন প্রায় 6½ পাউণ্ড হয় *(যদিও ভ্রূণের ওজন আলাদা-আলাদাও হতে পারে)*। আপনার শিশুর সুন্দর গাল, কনুই, কাঁধ আর কব্জিতে ফ্যাট জমা হচ্ছে।

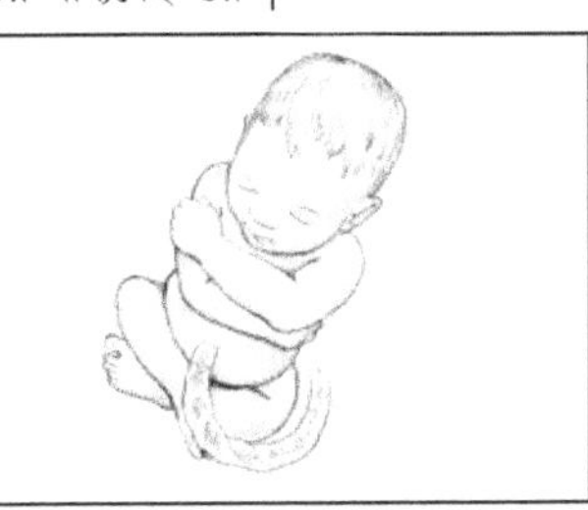

আপনার 9 মাসের বাচ্চা

38-তম সপ্তাহ ঃ- আপনার শিশুর ওজন এই সপ্তাহে 7 পাউণ্ড আর উচ্চতা প্রায় 20" হবে। ও এখন ভবিষ্যতের জন্য অনেকটাই প্রস্তুত হয়ে পড়েছে। ওকে এখন অনেক কাজ সারতে হবে। ওকে নিজের ফুসফুস তৈরী করতে হবে আর তারপর ও আপনার কোলে চলে আসবে!

39-তম সপ্তাহ ঃ- এই সময় থেকে ডেলিভারী পর্যন্ত শিশুর বিকাশের গতি কিছুটা রুদ্ধ হয়ে পড়ে। এখন ওর গড়পড়তা ওজন 7 থেকে 8 পাউণ্ড আর উচ্চতা 19" থেকে 21"-র মাঝে হবে। এমনিতে ওর মস্তিস্কের বিকাশ অত্যন্ত দ্রুত গতিতে হচেছ... কিন্তু ওর আসল ত্বকের রং তো পিগমেন্টেশনের পরেই সামনে আসবে। এখন ওর মাথা হয়তো আপনার পেলভিস পর্যন্ত এসে গেছে। এর অর্থ হচেছ এই যে, আপনার শ্বাসকস্ট তো হবে না... কিন্তু আপনার চলাফেরা করতে সমস্যা হতে পারে।

40-তম সপ্তাহ ঃ- অভিনন্দন গ্রহণ করুন! আপনার গর্ভাবস্হা শেষ হওয়ার সময় এসে গেছে। এখন আপনার গর্ভস্হ শিশুর ওজন 6 থেকে 9 পাউণ্ডের মাঝে আর উচ্চতা 19" থেকে 22"-র মত হতে পারে। যদিও আপনার গর্ভস্হ শিশু আপনাকে প্রথম বার দেখবে... কিন্তু ও আপনার কন্ঠস্বর চেনে! এবার এটা দেখতে হবে যে, ও আপনার ডিউ ডেটের কিছুটা সময় আগে জন্ম নেবে, না পরে?

41-তম সপ্তাহ ঃ- আমাদের এমনটা মনে হচেছ যে, আপনার গর্ভস্হ শিশুর চেক্-আউট করতে একটু সময় লাগছে। 5 শতাংশেরও কম বাচ্চা ডিউ ডেটে জন্ম নেয়। 80 শতাংশ বাচ্চা গর্ভাশয়ের হোটেল রুম এত সহজে ছেড়ে আসাটা পছন্দ করে না! এটা মনে রাখবেন যে, অনেক বার ডেট ওভার ডিউ হয় না। আপনার বার করা তারিখও ভুল হতে পারে। জন্মের তারিখের বেশ কিছুদিন পরেও বাচ্চার জন্ম হতে পারে। এমন শিশুর ত্বক শুস্ক হয়... কারণ ডেলিভারীর ডেটের আগে তাদের সুরক্ষার আবরণ শেষ হয়ে পড়ে। যদিও এই লক্ষণ অস্হায়ী হয়। তাদের নখ অনেকটাই বড় হয়। তারা অন্য শিশুদের তুলনা বেশী সতর্ক হয়... তাদের চোখ পুরোপুরি খোলা থাকে। ডাক্তার এমন শিশুদের ওপরে লাগাতার নজর রাখেন।

আপনি কেমন অনুভব করছেন ?

এমনটা হতে পারে যে, আপনি হয়তো সকল লক্ষণ এক সাথে অনুভব করছেন বা কয়েকটা মাত্র লক্ষণই সামনে এসেছে। কিছু লক্ষণ হয়তো আগের মাসগুলো থেকে চলে আসছে.. আবার কিছু লক্ষণ নতুন শামিল হবে। কয়েকটা লক্ষণে আপনি এতটাই অভ্যস্ত হয়ে উঠেছেন যে, সেগুলোর ওপরে আপনি দৃস্টিই দেবেন না বা প্রসবের আগে হয়তো কিছু সংকেত সামনে আসবে।

এক নজর

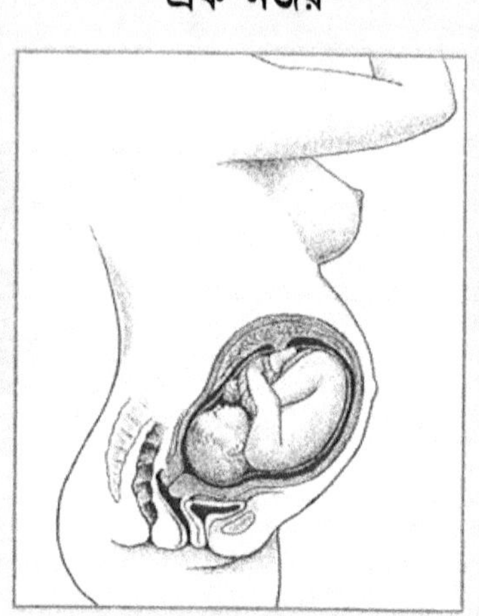

এখন আপনার গর্ভাশয় ঠিক আপনার পাঁজরের নীচে রয়েছে আর সেটার মাপেও বিশেষ কোন পরিবর্তন আসছে না! প্যুবিক বোন থেকে গর্ভাশয়ের উচ্চতা প্রায় 30 থেকে 40 সেমি! আপনার ওজন অনেকটাই কম-বেশী হচেছ। আপনার পেট ফুলে উঠছে... কারণ গর্ভস্হ শিশু এই পৃথিবীতে পা রাখার প্রস্তুতি নিচেছ।

শারীরিক

ক্রৈণের গতিবিধিতে কিছুটা পরিবর্তন, গর্ভস্হ শিশুর নড়াচড়া কমে আসা... কারণ সে লাফালাফি করার জায়গা কম পায়!"

- যোনিস্রাব আগের থেকে গাঢ় হয়ে আসা আর বেশী মাত্রায় ম্যুকস তৈরী হওয়া... যেটা সম্ভোগের পরে বা পেলভিক পরীক্ষণের

পরে হাল্কা গোলাপী বা লাল হয়ে উঠতে পারে

- কোষ্ঠকাঠিন্য
- বুকে জ্বলুনি, অপচন আর পেট ফাঁপা
- কখনো-কখনো মাথা ঘোরা, বেহুঁশী
- নাক বন্ধ হয়ে আসা আর নাক থেকে রক্ত আসা, কানে ময়লা ভরে যাওয়া
- সংবেদনশীল মাড়ি
- রাতের দিকে পায়ে টান ধরা
- পিঠের যন্ত্রণা আর ভারী ভাব
- নিতম্ব আর পেলভিকে অস্হিরতা আর যন্ত্রণা
- পেটের যন্ত্রণা, নাভি বাইরের দিকে বেরিয়ে আসা
- স্ট্রেচ মার্কস
- পায়ের ভেরিকোজ শিরা
- হীমরয়েডস্
- বেবী ড্রপিং-য়ের পরে শ্বাস নিতে কস্ট হওয়া
- মূত্রাশয়ের ওপরে বেড়ে চলা চাপের কারণে বার-বার প্রস্রাব পাওয়া
- ব্রেক্সটন হিক্স কন্ট্র্যাকশন' *(কিছুটা যন্ত্রণাদায়কও হতে পারে)*
- শরীরে শিথিলতা
- স্তনবৃন্ত থেকে কোলোস্ট্রম চুঁইয়ে পড়া
- বেশী ক্লান্তি বা বেশী এনার্জী *(নেস্টিং সিণ্ড্রোম)* অথবা দুটোই
- ভালোমতন ক্ষিধে পাওয়া অথবা ক্ষুধামান্দ্য

ভাবনাত্মক

- বেশী উত্তেজনা, বেশী মানসিক চাপ, মস্তিস্কের খালি ভাব
- এই পর্যন্ত পৌঁছনোর সন্তুস্টি
- সংবেদনশীলতা আর অস্হিরতা
- অধৈর্য্য আর খিট্‌খিটে ভাব
- শিশুর ব্যাপারে কল্পনা করা আর স্বপ্ন দেখা

এই মাসের চেক-আপ্

আপনি ডাক্তারের চেম্বারে বেশী সময় কাটাবেন। নিজের কাছে এমন কিছু পুস্তক রাখুন, যেগুলো আপনি ওয়েটিং রুমে অপেক্ষা করার সময় পড়তে পারবেন। এই দিনগুলোয় ডাক্তার গর্ভস্হ শিশুর পরীক্ষা করে আপনাকে এটা জানাবেন যে, আপনি ডেলিভারী হওয়া থেকে ঠিক কতটা দূরত্বে রয়েছেন। এখানে এই মাসের চেক-আপের ব্যাপারে জানানো হচ্ছে। যদিও সেটা অনেকটা আপনার অবস্হা আর ডাক্তারের চিকিৎসা শৈলীর ওপরে নির্ভর করে।

- আপনার ওজন বাড়া বন্ধ হয়ে পড়ে বা বাড়লেও ধীর গতিতে বাড়ে।
- আপনার রক্তচাপ কিছুটা বাড়তে পারে।
- শুগার আর প্রোটিনের জন্য মূত্র পরীক্ষা।
- হাত-পায়ের ফোলা ভাবের পরীক্ষা।
- আপনার সার্ভিক্সের পরীক্ষা... এটা দেখার জন্য যে, আপনার সার্ভিক্স *(গর্ভাশয়ের মুখ)* খোলা শুরু হয়েছে কি না?
- গর্ভাশয়ের উচ্চতা।
- গর্ভস্হ ভ্রূণের হৃদ্‌স্পন্দন।
- গর্ভস্হ ভ্রূণের আকার *(আপনি সেটার কিছুটা অনুমান লাগাতে পারবেন)*।
- কিছু প্রশ্ন আর কৌতূহল... যেগুলোর সমাধান আপনি করতে চান।

  ডাক্তার আপনাকে প্রসব আর ডেলিভারীর সাথে যুক্ত কিছু নির্দেশও দিতে পারেন। সেটা উনি না দিলে আপনি ওনাকে এই ব্যাপারে প্রশ্ন করতে পারেন।

আপনি কি ভাবছেন ?

বার-বার প্রস্রাব পাওয়া

"গত কয়েক সপ্তাহ আমাকে বার-বার বাথরুমে যেতে হচ্ছে। এই ভাবে বার-বার প্রস্রাব পাওয়াটা কি স্বাভাবিক ?"

গর্ভাবস্হার প্রথম তিন মাসের সমস্যাগুলো এখন আবার একবার ফিরে এসেছে। আপনার গর্ভাশয় আবার একবার মূত্রাশয়ের ওপরে চাপের সৃস্টি করছে... কিন্তু এই বার সেটার ওজন আগের থেকে অনেকটাই বেশী। প্রস্রাবের সাথে কোন প্রকারের সংক্রমণ না হলে আমরা এটাকে স্বাভাবিক হিসেবেই মেনে নিতাম। এর হাত থেকে বাঁচার জন্য তরল পদার্থের মাত্রা কম করে আনবেন না... কারণ এই সময় আপনার শরীরের তরল

পদার্থের খুব বেশী প্রয়োজন রয়েছে। যখনই প্রস্রাব পাবে, বিনা সংকোচে বাথরুমে যান।

স্তন থেকে দুধ চুঁইয়ে-চুঁইয়ে পড়া

"আমার এক বান্ধবী আমাকে এমনটা বলছিল যে, তার স্তন থেকে গর্ভাবস্থার নবম মাসে দুধ চুঁইয়ে-চুঁইয়ে পড়তে লেগেছিল। আমার ক্ষেত্রে এমনটা হচ্ছে না। তাহলে কি আমার স্তনে দুধ তৈরী হচ্ছে না?"

মায়ের স্তনে দুধ তত দিন পর্যন্ত তৈরী হয় না... যত দিন না সেই দুধ পান করার জন্য শিশুর জন্ম হচ্ছে। অনেক বার তো ডেলিভারীর 3 - 4 দিন পর পর্যন্তও মায়ের স্তনে দুধ আসে না। আপনার বান্ধবী হয়তো আপনাকে কোলেস্ট্রমের ব্যাপারে বলছিলেন। সেটা এক হাল্কা হলুদ রং-য়ের পদার্থ হয়... যেটা মায়ের স্তনে দুধ আসার আগে তৈরী হয়। এতে প্রচুর এ্যান্টী-বডিজ থাকে। এছাড়া এতে বেশী মাত্রায় প্রোটিন, কম মাত্রায় ফ্যাট আর মিল্ক শুগার পাওয়া যায়। তারপর মায়ের স্তনে দুধ আসে।

কোলেস্ট্রম চুঁইয়ে-চুঁইয়ে না পড়লেও সেটা আপনার শরীরে তৈরী হচ্ছে। আপনি নিজের স্তনবৃন্তে হাল্কা করে চাপ দিন... আপনি সেটার কয়েক ফোঁটা দেখতে পাবেন। আপনি জোরে চাপ দিলে স্তনবৃন্তে ক্ষতস্থানও হয়ে পড়তে পারে। আপনি ফোঁটা দেখতে না পেলেও ঘাবড়াবেন না... শিশুর জন্ম হতেই সে নিজের আহারের ব্যবস্থা করে নেবে। কোলেস্ট্রম না চোঁওয়ানোর অর্থ হচ্ছে এটা হয় না যে, আপনি নিজের শিশুকে পর্যাপ্ত মাত্রায় দুধ পান করাতে পারবেন না।

যদি কোলেস্ট্রম বেশী চোঁওয়াতে থাকে... তাহলে আপনাকে নিজের ব্রা-য়ের ভেতরে নার্সিং প্যাড লাগাতে হবে, যাতে আপনার পোশাক খারাপ না হয়ে পড়ে। এমনিতে এখন আপনার হাল্কা গাউন, টী-শার্ট, ব্রা আর নাইট গাউন পরার অভ্যাস করে নেওয়া উচিত।

হাল্কা দাগ লাগা

"আজ সকালে সেক্সের পরে আমি হাল্কা দাগ দেখতে পেয়েছি। আমার লেবার কি শুরু হতে চলেছে?"

যদি আভ্যন্তরীণ পরীক্ষা বা সম্ভোগের পরে হাল্কা লাল বা ধূসর দাগ দেখতে পাওয়া যায়, সেটার অর্থ প্রসবের সূত্রপাত হয় না। যদি গোলাপী বা ধূসর ম্যুকসের সাথে সংকুচনও শুরু হয়ে পড়ে... তাহলে সেটা লেবারের সূত্রপাত হতে পারে – তা আপনি ইন্টারকোর্স করুন বা না-ই করুন!

সম্ভোগের পরে গাঢ় লাল রং-য়ের তীব্র রক্তস্রাব হতে থাকলে অবশ্যই ডাক্তার দেখান।

জলের থলে ফাটা

"আমার এই ব্যাপারে প্রচণ্ড ভয় হচ্ছে যে, লোকেদের মধ্যে আমার জলের থলে ফেটে যাবে!"

বেশীর ভাগ গর্ভবতী মহিলা গর্ভাবস্থার শেষ দিনগুলোয় এই ব্যাপারে ভয় পান যে, লোকেদের মাঝে এম্‌নিয়োটিক দ্রবের থলে না ফেটে যায়! 85 শতাংশ গর্ভবতী মহিলাদের ক্ষেত্রে এমনটা লেবার রুমে পৌঁছনোর পরেই হয়। প্রায় 15 শতাংশ গর্ভবতী মহিলাদের এই থলে আগেই ফেটে যায়... কিন্তু এমনটা সবার সামনে হয় না। এমনটা একমাত্র তখনই হতে পারে, যখন আপনি শুয়ে রয়েছেন। আর আপনি নিশ্চয়ই খোলা রাস্তায় শুয়ে পড়তে যাবেন না! আপনার থলে ফেটে গেলেও সব কিছু এক প্রবাহে হয় না। আপনি যখন দাঁড়িয়ে বা বসে থাকেন... তখন আপনার গর্ভস্থ শিশুর মাথা বোতলের কর্কের মত কাজ করে চলে এম্‌নিয়োটিক দ্রবকে গর্ভাশয়ের ভেতরেই ধরে রাখে।

যদি কখনো এমনটা হয়েও পড়ে, তাহলেও নিশ্চিন্ত থাকুন... কেউ আপনার দিকে তাকিয়ে থাকবেন না। তাঁরা আপনার এই পরিস্থিতিকে উপেক্ষা করে আপনার সহায়তা করারই চেস্টা করবেন। সবাই এটা জানেন যে, আপনি গর্ভবতী! এটার একটা লাভ এটাও রয়েছে যে, আপনি লেবারের কাছাকাছি পৌঁছে যাবেন অর্থাৎ 24 ঘন্টার ভেতরে আপনার শিশুর জন্ম হয়ে পড়বে। যদি প্রসব শুরু না হয়, তাহলে ডাক্তার আপনার জন্য সেটা শুরু করাবেন।

এমনিতে আপনি চাইলে গর্ভাবস্থার শেষ দিনগুলোয় হাল্কা প্যাড লাগাতে পারেন, যাতে আপনি নিজেকে সুরক্ষিত অনুভব করেন। নিজের বাড়ীতেও চাদরের নীচে ভারী তোয়ালে বিছিয়ে

নিন... কারণ মাঝরাতেও আপনার সাথে এমনটা ঘটতে পারে।

শিশুর ড্রপিং

"গর্ভাবস্থার 38 সপ্তাহ কেটে যাওয়ার পরেও শিশুর ড্রপিং হয়নি... তাহলে কি আমার প্রসব দেরী করে হবে ?"

যদি আপনার গর্ভস্থ শিশু এখনও পর্যন্ত বাইরে বেরিয়ে আসার রাস্তা পর্যন্ত না পৌঁছতে পারে... তাহলে সেটার অর্থ হচ্ছে এই যে, এই প্রক্রিয়ায় সময় লাগতে পারে। এমনটা সেই সময় হয়, যখন গর্ভস্থ শিশু সরে এসে মায়ের পেলভিক এরিয়ায় চলে আসে। প্রথম গর্ভাবস্থায় ড্রপিং ডেলিভারীর 2 - 4 সপ্তাহ আগে হয়। দ্বিতীয় বা তৃতীয় বার গর্ভবতী হওয়া মহিলাদের লেবার পর্যন্ত হয় না। অবশ্য ব্যতিক্রম তো জীবনের সকল ক্ষেত্রেই হয় ! আপনার ড্রপিং আগেও হতে পারে আর পরেও হতে পারে। আপনার গর্ভস্থ শিশুর মাথা নীচে এসে আবার একবার ওপরের দিকে চলে যেতেও পারে।

এমনিতে এই পার্থক্য আপনি নিজেও অনুভব করতে পারবেন। যেমন-যেমন ডায়াগ্রাম থেকে গর্ভাশয়ের ওপরে চাপ কমে আসবে... তেমন-তেমন আপনার শ্বাস নিতে সুবিধা হবে। আপনি আগের থেকে অনেকটাই সহজে খাবার খেতে পারবেন। আপনার বুকে জ্বলুনি আর অপচনের অভিযোগও আর থাকবে না। অবশ্য নতুন কিছু সমস্যাও যুক্ত হবে। আপনাকে প্রস্রাব করার জন্য বার-বার বাথরুমে যেতে হবে... আপনার জয়েন্টের সমস্যাও আগের থেকে কিছুটা বেড়ে উঠবে... আপনি নিজের সন্তুলন বজায় রাখতে সমস্যায় পড়বেন।

অনেক বার তো এমনটা হওয়া সত্ত্বেও আপনি তেমন কোন পার্থক্য বুঝতে পারেন না... কারণ কিছু লক্ষণ তো আগে থেকেই আপনার সাথে রয়েছে। আপনি সেগুলোকে গভীর ভাবে অনুভব করতে পারেন না।

ডাক্তার গর্ভস্থ শিশুর মাথার অবস্থান পরীক্ষা করার জন্য আপনার আভ্যন্তরীণ পরীক্ষা করবেন এবং আপনার পেটে চাপ দিয়ে গর্ভস্থ শিশুর অবস্থান পরীক্ষা করে দেখবেন।

গর্ভস্থ শিশু নিজের গতির হিসেবে যে কোন অবস্থানে থাকতে পারে। হতে পারে যে, তার নীচের দিকে আসা শুরু হয়ে পড়েছে। আবার এটাও হতে পারে যে, গর্ভস্থ শিশু একেবারে নীচে নেমে আসার পরেই প্রসব হবে। এমন পরিস্থিতিতে আপনাকে কিছুটা কম মেহনত করতে হতে পারে।

> ### শিশুর কান্না...
>
> জন্মের পরে সবার আগে শিশুর কান্নার আওয়াজ শুনতে পাওয়া যায়... কিন্তু আপনি এমনটা বিশ্বাস করতে চাইবেন না যে, গর্ভস্থ শিশুরা গর্ভের ভেতরেও কাঁদে! বিভিন্ন অধ্যয়ণ থেকে এটা জানতে পারা গেছে যে, তীব্র আওয়াজ হলে গর্ভস্থ শিশুর মুখে কান্নার ভাব স্পষ্ট ফুটে ওঠে। সে আগের থেকেই কাঁদার জন্য প্রস্তুত করে আসে, যাতে আপনাকে অতিষ্ট করে মারতে পারে।

শিশুর গতিবিধিতে পরিবর্তন

"আমার গর্ভস্থ শিশু আগে প্রচণ্ড জোরে লাথি চালাত আর আমি এখনও পেটের মধ্যে তার গতিবিধি অনুভব করতে পারি... কিন্তু ও এখন আগের মত ততটা সক্রিয় নেই !"

গর্ভাবস্থার পঞ্চম মাসে গর্ভস্থ শিশুর কাছে ডিগবাজী খাওয়া আর লাথি ছোঁড়ার জন্য পর্যাপ্ত জায়গা ছিল। এখন পরিস্থিতি কিছুটা বদলে গেছে... এখন তার কাছে ততটা জায়গা নেই। ওর মাথা একবার পেলভিসের দিকে চলে গেলে তার গতিবিধি আরও কমে আসবে। এই সময়ের গতিবিধি কমা-বাড়ায় তেমন কোন পার্থক্য পড়ে না... কিন্তু আপনার যদি হঠাৎ করে এমনটা মনে হতে থাকে যে, কোন ঝট্‌কা লাগার পরে আপনার গর্ভস্থ শিশুর নড়াচড়া একেবারে বন্ধ হয়ে পড়েছে... তাহলে তৎক্ষনাত ডাক্তার দেখান !

"আজ আমি গর্ভস্থ শিশুর নডাচড়া একেবারেই অনুভব করতে পারিনি ! এর অর্থ কি ?"

আমরা আপনাকে *বেবী কিট কাউন্ট*-য়ের ফর্মূলা জানিয়েছি। সেই হিসেবে গর্ভস্থ শিশুর নড়াচড়ার অনুমান লাগান। গর্ভস্থ শিশু যদি

ওজন কমে আসা

গর্ভাবস্থার শেষ দিনগুলোয় মায়ের ওজন বাড়াও বন্ধ হয়ে পড়ে। এমনটা কেন হয়? আসলে এটা অত্যন্ত সাধারণ ব্যাপার হয়। এর অর্থ হচ্ছে এই যে, মায়ের শরীর প্রসবের জন্য প্রস্তুত হয়ে পড়েছে। আপনার শরীরের এম্নিয়োটিক দ্রব কমে আসতে লেগেছে। ঘাম আর পায়খানাও আপনার ওজন কমিয়ে আনছে। সেটা যদি আপনার ভালো লাগে, তাহলে ডেলিভারীর দিনটার জন্য অপেক্ষা করুন। সেদিন আপনার ওজন হঠাৎ করে এতটা কমে আসবে... যতটা সারা জীবনে আর কখনো কমতে পারবে না!

সঠিক ভাবে নড়াচড়া না করে, তাহলে ডাক্তারের পরামর্শ নিন। ডাক্তার এই অভাবের কারণ জেনে নিলে ভালো হবে... যদিও কম নড়াচড়া করা অলস শিশুও সুস্থ রূপে জন্ম হতে পারে।

এমনিতে অনেক বার এই পরিস্থিতিতে গর্ভস্থ শিশুর নড়াচড়া একেবারে বন্ধ হয়ে পড়ার পেছনে কোন গুরুতর কারণও থাকতে পারে। সেই কারণটাকে উপেক্ষা করবেন না... ডাক্তারের পরামর্শ নিন!

প্রস্তুত হয়ে যান

চাইল্ড বার্থের জন্য প্রস্তুতির থেকে গুরুত্বপূর্ণ আর কিছুই হতে পারে না! পুস্তক বা ডি.ভি.ডি. ইত্যাদি যে উৎস থেকেই এই ব্যাপারে তথ্য পাওয়া যাক না কেন... সেটা অবশ্যই পড়ুন-শুনুন! সেই সময় আপনি প্রসব যন্ত্রণা থেকে নিজের মনোযোগকে অন্য দিকে সরিয়ে নিয়ে যাওয়ার জন্য কি করতে চাইবেন? ডাক্তার অনুমতি দিলে আপনি গান শুনুন, টি.ভি. দেখুন, নিজের সাথীর সাথে পোকার খেলুন, নিজের ল্যাপটপে কাজ করুন বা কোন বান্ধবীর সাথে ফোনে আড্ডা মারুন।

এটাও হতে পারে যে, আপনি এই সব জিনিষগুলো ব্যবহার করার হয়তো সুযোগই পাবেন না... তবুও নিজের জরুরী জিনিষগুলো সঙ্গে করে নিয়ে যেতে ভুলবেন না!

"আমি শুনেছি যে, ডেলিভারীর সময় এগিয়ে এলে শিশুর গতিবিধি কমে আসে... কিন্তু আমার গর্ভস্থ শিশু তো এখনও ততটাই সক্রিয়!"

প্রতিটি গর্ভস্থ শিশুই আলাদা হয়! তাদের সক্রিয়তার স্তরও আলাদা হয়। কিছু গর্ভস্থ শিশু স্বভাবের দিক থেকে অলস হয়, আবার কিছু গর্ভস্থ শিশু এনার্জীতে ভরপুর হয়। এমনিতে ডেলিভারীর আগের শেষ দিনগুলোয় গর্ভস্থ শিশুর কাছে নড়াচড়া করার জন্য কম জায়গা থাকায় তার গতিবিধি কিছুটা মাত্রায় কমে আসে... কিন্তু আপনি যদি তার গতিবিধির ব্যাপারে অনুমান রাখেন, তাহলে আপনার ভয় পাওয়ার কিছু নেই।

নেস্টিং ইন্স্টিংক্ট

"নেস্টিং ইন্স্টিংক্ট ব্যাপারটা কি গল্প কাহিনী, না কি সত্যি?"

পাখীদের মত মনুষ্যের মধ্যেও এই ভাবনা দেখতে পাওয়া যায়। যেভাবে পাখী ডিম দেওয়ার আগে বাসা বানায়... ঠিক সেই ভাবে মানুষের মনের মধ্যেও এই ব্যগ্রতা এসে পড়ে। ডেলিভারীর কিছু সময় আগে ভাবী মায়েরা বাড়ীর প্রতিটা কোন ঝাঁট দিয়ে-মুছে বাড়ীর প্রতিটি অংশকে চমকে দিতে চান... সব কিছু জিনিষ সেটার সঠিক জায়গায় রেখে দিতে চান। কিছু-কিছু গর্ভবতী মহিলা তো বাড়ীতে আগামী 6 মাসের রেশন ভরার জন্য অস্থির হয়ে ওঠেন। কিছু-কিছু গর্ভবতী মহিলা নাসারীর প্রতিটা কোনা সাফ করতে থাকেন... রান্নাঘরকে নতুন করে সাজাতে ব্যস্ত হয়ে ওঠেন। তাঁরা ঘন্টার-পর-ঘন্টা ভাবী শিশুর জামা-কাপড় নিয়ে খেলা করতে থাকেন।

অনেক বার এড্রেনলিনের স্তরের কারণেও এমনটা হয়। এটা মাথায় রাখবেন যে, এমনটা সবার সাথে হয় না। কিছু গর্ভবতী মহিলা মজা করে টি.ভি.-র সামনে বসে খাবার খেতে-খেতে নিজেদের সময় কাটান। তাঁদের মনে এমন কোন ইচ্ছে জাগে না!

প্রসব শুরু করার জন্য – নিজে কি করবেন

প্রসবের আনুমানিক তারিখ পার হয়ে যাওয়া সত্ত্বেও আপনি এখনও গর্ভবতী ! প্রকৃতি না জানি আরও কতটা সময় নেবে ? আপনার কি এবার ব্যাপারটা নিজের হাতে তুলে নিয়ে প্রসব শুরু করার কোন টেক্‌নিক গ্রহণ করা উচিত ? সেই সব টেক্‌নিক কি কার্যকরী হয় ? দাইয়ের দ্বারা করা প্রয়োগ কি কাজে আসে ? আসলে এই ব্যাপারে বলা মুশ্‌কিল হয়... কারণ অনেক বার এমন পদ্ধতি গ্রহণ করার সময় আপনা থেকেই হঠাৎ প্রসব হয়ে পড়ে। তবুও আপনি যদি নিম্নলিখিত প্রয়োগ পরীক্ষা করে দেখতে চান, তাহলে সেটা আপনার ইচ্ছা ঃ-

পায়চারী ঃ- পায়চারী করার মাধ্যাকর্ষয়ের কারণে, শিশুর নীচের দিকে যেতে সুবিধা হয়। এর দ্বারা প্রসব শুরু হয় না... কিন্তু প্রসবের জন্য শরীর তৈরী হতে সহায়তা প্রাপ্ত হয়।

সেক্স ঃ- এটা ঠিক যে, আপনাকে এই সময় কোন ছোট সামুদ্রিক ঘোড়ার মতই দেখতে লাগছে... কিন্তু সেক্সের আনন্দ উপভোগ করতে কোন বাধা নেই। এর সাথে-সাথেই অন্য কাজও হতে পারে। বিভিন্ন অধ্যয়ণ থেকে এমনটা জানতে পারা গেছে যে, বীর্যের কারণে সংকুচন উত্তেজিত হয়। কিছু অধ্যয়ণ এমনটা জানায় যে, গর্ভাবস্থার শেষ সময় পর্যন্ত সেক্স চালিয়ে যাওয়া গর্ভবতী মহিলাদের শিশু, সেই সব গর্ভবতী মহিলাদের তুলনায় শীঘ্র জন্ম নেয়... যাঁরা সেক্স করেন না। আমরা তো এটাই জানাব যে, আপনার যেটা ভালো লাগে... সেটাই করুন ! এছাড়া কিছু-কিছু ঘরোয়া প্রয়োগ যুগ-যুগ ধরে চলে আসছে। সেগুলোর প্রয়োগ করার আগে ডাক্তারের পরামর্শ অবশ্যই নিন। সেগুলো হচ্ছে –

স্তনবৃন্তের উত্তেজনা ঃ- স্তনবৃন্তকে উত্তেজিত করে তুললে আপনার শরীরে প্রাকৃতিক রূপে অক্সিটোসিন তৈরী হয় আর প্রসব-যন্ত্রণা শুরু হয়ে পড়ে। এমনটা বলা হয়ে থাকে যে, এই কাজ দিনের মধ্যে বেশ কয়েক ঘন্টা পর্যন্ত করতে হবে। এমনিতে আমরা এটা জানিয়ে দিচ্ছি যে, এর দ্বারা তীব্র এবং দীর্ঘ প্রসব-যন্ত্রণা হতে পারে। এই পদ্ধতি প্রয়োগ করার আগে কম পক্ষে চার বার ভাবনা-চিন্তা করে নিন।

ক্যাস্টর অয়েল ঃ- ক্যাস্টর অয়েল ককটেল দ্বারা প্রসব শুরু করাতে চান ? এর দ্বারা আপনাকে বার-বার শৌচের জন্য যেতে হবে আর আপনার গর্ভাশয়ে সংকুচন শুরু হয়ে পড়বে। এটা নিলে আপনার ডায়রিয়া, পেটে টান ভাব বা বমি হতে পারে... এজন্য এমন কাজ করার আগে একটু চিন্তা করে নিন।

আয়ুর্বেদিক চা এবং চিকিৎসা ঃ- রসভরীর পাতার চা ইত্যাদি অনেক প্রকারের চিকিৎসার ব্যাপারে ঠাকুমা-দিদিমারা বলেন... কিন্তু সেগুলোর সুরক্ষার ব্যাপারে কোন অধ্যয়ণ হয়নি। এজন্য ডাক্তারের পরামর্শ ছাড়া এমন কোন পদক্ষেপ নেবেন না।

এটা সর্বদা মাথায় রাখবেন যে, একাধ সপ্তাহে আপনি নিজে বা ডাক্তারের সহায়তায় সেই প্রক্রিয়া পর্যন্ত পৌঁছে যাবেন... যেটার প্রতীক্ষা আপনি অধীর ভাবে করে আসছেন !

যদি আপনারও এমনটা মনে হয়, তাহলে দয়া করে শিশুর নাসারীকে নিজেকে উপহার দেবেন না। আপনি সিঁড়ি থেকে পড়ে যেতে পারেন। নিজেকে ঘরের কাজে পূর্ণ রূপে ক্লান্ত করে তুলবেন না। আপনাকে অনেকটা এনার্জী বাঁচিয়ে রাখতে হবে। নিজের সীমা ভুলবেন না। আপনি এক মানুষ আর আপনি একা সব কাজ করতে পারবেন না।

9 মাস পূর্ণ হওয়ার পরে জন্ম নেওয়া শিশু *(ওভার ডিউ বেবী)*

“প্রসবের সময় এক সপ্তাহ আগেই পেরিয়ে গেছে। আমার প্রসব কি আপনা থেকে শুরু হয়ে পড়বে ?”

আপনি বড়ই উৎসুকতার সাথে প্রসবের আনুমানিক তারিখের অপেক্ষা করছিলেন। সেটা পার হয়ে যাওয়ার পরেও আপনার প্রসব-যন্ত্রণা শুরু হয়নি। আপনার আশা নিরাশায় পরিবর্তিত হয়ে পড়েছে। বিভিন্ন অধ্যয়ণ থেকে এমনটা জানতে পারা গেছে যে, 70 শতাংশ মামলায় তেমনটা হয় না, যেটাকে আপনি ওভার ডিউ বলছেন... কারণ প্রায়ই প্রসবের আনুমানিক তারিখ বার করার কাজে ভুল হয়ে পড়ে। আপনার ক্ষেত্রে মামলা যদি সত্যি-সত্যিই ওভার ডিউ হয়ে পড়ে, তাহলে ডাক্তাররা এতটা অপেক্ষা করতেন না। গর্ভাবস্থার 41-তম সপ্তাহেই প্রসব শুরু করানোর প্রক্রিয়া শুরু করে দেওয়া হত... কারণ বিভিন্ন অধ্যয়ণ থেকে এটা জানতে পারা গেছে যে, এর ফলে এম্‌নিয়োটিক দ্রবের স্তর কমে আসতে লাগে আর গর্ভস্থ শিশুর পক্ষে গর্ভাশয়ের বাসস্থান অনুপযুক্ত হয়ে পড়তে থাকে।

"আমি শুনেছি যে, ওভার ডিউ বেবী গর্ভের ভেতরে ঠিক ভাবে থাকতে পারে না। আমার গর্ভাবস্থার 40 সপ্তাহ পুরো হয়েছে। এবার কি আমার বেবীর ডেলিভারী হয়ে পড়া উচিত ?"

গর্ভাবস্থার 40 সপ্তাহ কেটে যাওয়ার অর্থ এটা নয় যে, গর্ভস্থ শিশু গর্ভাশয়ের বাইরে বেরিয়ে আসার জন্য ছট্‌ফট্‌ করতে শুরু করবে।

যদি আপনার গর্ভাবস্থা সত্যি-সত্যি 42 সপ্তাহের হয়ে পড়ে, তাহলে গর্ভাশয়ের বাসস্থান গর্ভস্থ শিশুর পক্ষে অনুপযুক্ত হয়ে পড়তে লাগে। সে প্লেসেন্টা থেকে পর্যাপ্ত পোষণ আর অক্সিজেন প্রাপ্ত করতে পারে না। এম্‌নিয়োটিক দ্রবের মাত্রাও কমে আসতে লাগে।

এমন শিশুদের *'পোস্ট-ম্যাচিয়োর'* বলা হয়। তাদের ত্বক শুকনো, শিথিল আর বলিরেখা যুক্ত হয়... কারণ তাদের ত্বকের সুরক্ষাত্মক পরত সরে যায়। তাদের নখ আর চুলও অন্যান্য নবজাত শিশুদের তুলনায় বড় হয়। তারা অন্য বাচ্চাদের তুলনায় বেশী সজাগ হয় আর তাদের চোখ পুরোপুরি খোলা থাকে। এদের অপারেশন করে বাইরে নিয়ে আসতে হয়... এদের মাথার বৃত্তও কিছুটা বড় হয়। এদের জন্ম হওয়ার কিছু সময় পর পর্যন্ত নাসারীতে রাখতে হয়... যদিও তারা পূর্ণ রূপে সুস্থ থাকে।

কিছু ডাক্তার গর্ভাবস্থার 41-তম সপ্তাহ শুরু হতেই প্রসব শুরু করাতে চান... যখন কি কিছু ডাক্তার কিছুটা অপেক্ষা করতে চান। তাঁরা গর্ভস্থ শিশুর পূর্ণ রূপে পরীক্ষা করে চলেন। এমনিতে এমনটাই আশা করা হয়ে থাকে যে, আপনার শিশু কোন সমস্যা ছাড়াই আপনার গর্ভাশয়ের হোটেল থেকে চেক্‌-আউট করতে রাজী হয়ে পড়বে।

কিছুটা মালিশ

আপনি শিশুর আগমনের প্রতীক্ষায় থাকলে কিছু না করে নিজের পেরিনিয়মের মালিশ করুন। এর দ্বারা আপনার যোনি আর পায়ুর মাঝের পথ শিশুর আগমনের জন্য কিছুটা প্রস্তুত হয়ে উঠবে। কিছু-কিছু বিশেষজ্ঞ এমনটা মানেন যে, এই ভাবে আপনি এপীসিয়োটমির থেকেও বাঁচতে পারেন। নিজের হাত পরিস্কার রাখুন আর নখ ছোট রাখুন। হাতে হাল্কা কে-ওয়াই জেলি লাগিয়ে যোনির ভেতরে লাগান। পায়ুর দিকে চাপ দিয়ে মালিশ করুন। গর্ভাবস্থার শেষ সপ্তাহগুলোয় প্রতি দিন 5 - 7 মিনিট পর্যন্ত এমনটা করুন। আপনি এমনটা করতে না চাইলেও ভয় পাওয়ার কিছু নেই। সময় এলে আপনার শরীর নিজেকে আপনা থেকে তৈরী করে নেবে। আপনি যদি এর আগেও *'মা'* হয়েছেন, তাহলে এটার প্রয়োজন একেবারেই পড়বে না।

যদি আপনি মালিশ করতে চান, তাহলে কিছুটা হাল্কা হাতে মালিশ করুন। আপনিও নিশ্চয়ই এমনটা চাইবেন না যে, প্রসবের আগে আপনার ত্বকে আঁচড় পরুক বা ত্বক ফুলে উঠুক। এজন্য একটু সামলে চলাই মঙ্গল!

জন্মের সময় অন্যদের ডাকা ঃ-

"আমি শিশুর জন্মকে কেন্দ্র করে যথেষ্ট উৎসাহী আর আমি সেই খুশীর খবরটা নিজের বোন আর বান্ধবীদের সাথে ভাগ করে নিতে চাই। তাদের সবাইকে কি আমার আর আমার পতির সাথে বার্থ রুমে ডাকা উচিত হবে ?"

আপনি নিজের এই অভিজ্ঞতাকে অন্যদের সাথে ভাগ করে নিতে চান... আপন লোকেদের পাশে পেতে চান... এতে খারাপ কিছুই নেই !

আসলে এপীড্যুরলের ব্যবহার দ্বারা প্রসব-যন্ত্রণা কমে আসে... এজন্য বেশীর ভাগ গর্ভবতী মহিলাদের এর পরে যন্ত্রণা অনুভূত হয় না আর তাঁরা এই সময়টাকে খুশী-খুশী কাটাতে চান। অনেক জায়গায় এমন অতিথিদের বসার পূর্ণ ব্যবস্থা করা থাকে। কিছু-কিছু জায়গায় পতিকে অপারেশন থিয়েটার পর্যন্ত যাওয়ার অনুমতি দেওয়া হয়ে থাকে।

অনেক ডাক্তার এমনটা বলেন যে, আপন লোকেদের সাপোর্ট পেলে গর্ভবতী মায়েদের সাহস বজায় থাকে। এমনিতে আপনার এমন অতিথিদের ডাকার আগে কিছু ব্যাপারে দৃষ্টি দেওয়া উচিত ! আপনার ডাক্তার আর হাসপাতালের পরিবেশ কি এমনটা করার অনুমতি প্রদান করে ? আপনি কি এমনটা চাইবেন যে, আপনার সেই খারাপ অবস্থাতেও বেশ কয়েক জোড়া চোখ আপনার ওপরে নিবদ্ধ হয়ে থাকুক ? তাঁদের অসহজতা আপনাকে অস্থির করে তুলবে না তো ? আপনি তাঁদের গল্প-গুজবে ঘাবড়ে উঠে শান্তির কামনা করতে লাগবেন না তো ? আপনি নিজের গর্ভস্থ শিশুর ওপরে দৃষ্টি দেওয়ার পরিবর্তে চা-জলখাবার খেতেই ব্যস্ত হয়ে পড়বেন না তো ?

এর পরেও যদি আপনি কারো সঙ্গ চান... তাহলে তাঁদের এটা জানিয়ে দিন যে, সী-স্যাকশন হওয়ার পরিস্থিতিতে তাঁদের সবাইকে বাইরে বসেই অপেক্ষা করতে হবে। আর আপনি যদি কাউকে না ডাকতে চান, তাহলে নিজের পতির সাথে যান আর নতুন শিশুর জন্মের পরেই সবাইকে তার সাথে পরিচিত করান।

আহার ?

প্রসবের সময় কি খাবেন ? পুরোন দিনের দাইয়েরা এই সময় ঝাল কিছু খেতে বলেন, যাতে পেট পরিস্কার হয়ে পড়ে। এমনিতে টম্যাটো বা আনারস খাওয়ার পরামর্শও দেওয়া হয়ে থাকে।

আপনি যাই খান না কেন... সেটা আপনার আর গর্ভস্থ শিশুর অনুসারে হওয়া উচিত... বাকী সব কথা ভুলে যান !

আরও একটা লম্বা প্রসব ?

"প্রথম বার আমার প্রসব 30 ঘন্টার ছিল আর 3 ঘন্টা ধরে ধাক্কা দেওয়ার পরে সেটা শেষ হয়েছিল। এবার যদিও সব কিছু ঠিক আছে... কিন্তু আমি সেই প্রক্রিয়ার পুনরাবৃত্তির ভয় পাচ্ছি !"

এমন বড় চ্যালেঞ্জের মোকাবিলা করার পরে কোন বাহাদুর মহিলাই এটাকে আবার একবার গ্রহণ করার সাহস দেখাতে পারেন। যদিও দ্বিতীয় বার প্রসব আর ডেলিভারীর ব্যাপারে নিশ্চিত করে কিছুই বলা চলে না। এই সব কিছু গর্ভস্থ শিশুর অবস্থান আর আরও বেশ কিছু ব্যাপারের ওপরে নির্ভর করে।

এমনিতে এমনটা বলা হয়ে থাকে যে, দ্বিতীয় ডেলিভারীতে প্রথম বারের থেকে কম সময় লাগে। শরীরের ভেতরের মাংসপেশীগুলো শিথিল হয়ে পড়ার কারণে প্রসব প্রক্রিয়া সহজ হয়ে আসে। অনেক বার তো ঘন্টার-পর-ঘন্টা ধাক্কা দেওয়ার বদলে কয়েক মিনিটের ভেতরেই গর্ভস্থ শিশু বাইরে বেরিয়ে আসে।

মাতৃত্ব

"এখন যখন শিশুর জন্ম হতে চলেছে, তখন তার দেখাশোনার ব্যাপারে আমার চিন্তা হতে লেগেছে। আমি এর আগে কখনো কোন নবজাত শিশুকে কোলে নিইনি !"

কিছুটা তথ্য

আপনি প্রসব-যন্ত্রণা শুরু হওয়ার ঠিক কতক্ষন পরে ডাক্তার ডাকতে চাইবেন ? আপনি কি থলে ফাটা পর্যন্ত অপেক্ষা করবেন ? না কি হাল্কা যন্ত্রণা ওঠামাত্রই হাসপাতালে ফোন করে দেবেন ? এই সব ব্যাপারে আগে থেকেই ডাক্তারের পরামর্শ নিন এবং তাঁর নির্দেশগুলো একটা জায়গায় লিখে রাখুন। আপনার এটাও জানা উচিত যে, হাসপাতাল পৌঁছতে কতটা সময় লাগবে আর আপনি কোন্ রাস্তা দিয়ে যেতে চাইবেন ? বাড়ীতে বাচ্চা, বয়স্ক ব্যক্তি এবং পোষা জানোয়ারদেরও ব্যবস্থা করে রাখুন... যাতে শেষ সময়ে তাড়াহুড়ো না পড়ে যায়।

নিজের মালপত্রের মাঝে একটা খাতায় সব কিছু লিখে রাখুন বা সেই সব নির্দেশ ফ্রীজের ওপরে চিপ্‌কে দিন।

বেশীর ভাগ মহিলা জন্মজাত ভাবে *মা'* হন না! কাঁদতে থাকা বাচ্চাকে চুপ করানো, ডায়পার বদলানো বা স্নান করানো; এই সব কাজে দক্ষতা তো প্রাকৃতিক রূপে প্রাপ্ত হয়। মাতৃত্বও এক আর্ট হয়... যেটার জন্য কিছুটা অভ্যাস আর ধৈর্য্যের প্রয়োজন হয়!

হাসপাতাল বা বার্থ সেন্টারে কি নিয়ে যাবেন ?

এমনিতে আপনি খালি হাতেও হাসপাতালে যেতে পারেন... কিন্তু সেটা ভালো কথা নয়। নিজের জিনিষপত্র সঙ্গে রাখলে আপনারই সুবিধা হবে। তবে জিনিষ যেন এত বেশী না হয় যে, পুরো সুটকেশ ভরে যায়। সেই সব জিনিষই রাখুন, যেগুলো আপনার কাজে আসবে। যেমন ঃ-

লেবার বা বার্থ রুমের জন্য

- একটা পেন আর প্যাড... যাতে আসনি ডাক্তারের নির্দেশ, দেখাশোনা করা স্টাফেদের নাম ইত্যাদি নোট করে রাখতে পারেন।
- সংকুচনের প্রতি দৃষ্টি রাখার জন্য একটা হাতঘড়ি ! এমনটা চেস্টা করুন যে, আপনার সাথীর হাতেও যেন ঘড়ি থাকে।
- নিজের মনের মত অডিয়ো-ভিডিয়ো সিডি-র সাথে এম.পি. থ্রী প্লেয়ার আর টেপ রেকর্ডার ইত্যাদি।
- হাসপাতাল কর্ত্তৃপক্ষ অনুমতি দিলে ক্যামেরা আর ভিডিয়ো ক্যামেরা, এক্সট্রা ব্যাটারী নিয়ে যেতে ভুলে যাবেন না।
- নিজের পছন্দ মত তেল, লোশন – এগুলো মালিশ করার কাজে আসবে।
- পিঠের যন্ত্রণার থেকে মুক্তি পাওয়ার জন্য ম্যাসাজার বা টেনিস বল। বল কাউন্টার প্রেশারের কাজে আসবে।
- আপনার পছন্দের বালিশ।
- বিনা চিনির ললি পপ্ বা ক্যাণ্ডী।
- টুথ ব্রাশ, টুথ পেস্ট, মাউথ ওয়াশ ইত্যাদি।
- ভারী মোজা।
- আরামদায়ক চটি, যাতে পায়চারী করার সময় কোন প্রকারের মুশ্কিল না হয়।
- লম্বা চুল সামলানোর জন্য ক্লিপ আর হ্যাণ্ড ব্রাশ।
- আপনার সাথীর জন্য কিছুটা খাবার।
- মোবাইল ফোনের চার্জার।

প্রসবের পরের জন্য

- রাতে পরার জন্য গাউন বা ঢিলা পোশাক। শিশুকে স্তনপান করাতে হলে বুকে বোতাম লাগানো জামা বা নার্সিং ব্রা।
- কিছু বই *(বাচ্চাদের নামের বই-ও)*।
- কিছুটা স্ন্যাক্স, যাতে হাসপাতালে ক্ষিধে পেলে হাসপাতালের খাবার দেওয়ার সময়ের জন্য অপেক্ষা না করতে হয়।
- বাড়ীর লোকেদের ফোন নম্বর।
- বাড়ী ফেরার সময় পরার পোশাক... তখনও আপনার শরীর পাঁচ মাসের গর্ভবতী মহিলার মতই দেখতে লাগবে।
- বাড়ী ফেরার সময় শিশুর পরার পোশাক। টী-শার্ট, কম্বল, ডায়পার ইত্যাদি।
- ছোট কার শীট। হাসপাতাল কর্ত্তৃপক্ষ শিশুকে কার শীট ছাড়া যেতে দেবে না।

এখন আর সেই সময় নেই, যখন মহিলারা অন্যের বাচ্চাদের খাবার খাওয়াতেন বা পরিবারে অন্য কোন মহিলার নবজাত বাচ্চাদের ঘন্টার-পর-ঘন্টা সামলাতেন। এখনকার অনেক গর্ভবতী মা এর আগে জীবনে কখনো কোন নবজাত শিশুকে কোলে পর্যন্ত নেননি ! তাঁরা নিজেদের শিশুর জন্মের পরেই এই ব্যাপারে ট্রেনিং নেন। আপনি পেরেন্টিং-য়ের বই, ওয়েবসাইট বা বেবী-কেয়ার ক্লাস থেকে এই ব্যাপারে অনেক কিছু শিখতে পারেন। প্রথম এক-দু সপ্তাহে আপনার কিছুটা সমস্যা হবে ঠিকই... কিন্তু ধীরে-ধীরে শিশুর প্রয়োজনই আপনাকে অনেক কিছু শিখিয়ে দেবে !

আপনার ভয় কমে আসতে লাগবে, আপনি পুরো রাত তার সাথে জেগে থাকতে পারবেন আর আপনার ভেতরে এক দায়িত্বের অনুভূতি এসে পড়বে। আপনি অত্যন্ত সহজেই তাকে কোলে বসিয়ে কম্প্যুটারে কাজ করতে পারবেন বা তাকে কোলে নিয়েই ভ্যাকুয়াম ক্লীনার দিয়ে ঘর পরিস্কার করতে পারবেন। আপনি এখন নিজেকে এক *মৌ'* হিসেবে মনে করতে থাকবেন আর শিশুর জন্য ঘুমপাড়ানি গানও গাইতে পারবেন... কিন্তু সমস্যা হচ্ছে এটা যে, এই সব কিছু এখন অনুভব করা চলে না। আপনি পুরোন মায়েদের সাথে দেখা করুন। সম্প্রতি মাতা-পিতা হওয়া ব্যক্তিদের সাথে দেখা করুন... আপনি অনেক কিছু শিখে যাবেন।

সব কিছু ভরপুর থাকুক

এই দিনগুলোয় জমিয়ে কেনাকাটা করুন। কিচেন, বাথরুম আর বাড়ীর কোন অংশে যেন জিনিষের অভাব না থাকে। আপনার এখন থেকেই কার শীট আর ডায়পার কিনে রাখা উচিত... কারণ ডেলিভারীর পরে আপনার শরীরে এতটা শক্তি থাকবে না আর আপনি শিশুকে ছেড়ে বাজারেও যেতে পারবেন না।

ফ্রীজে শুকনো আর প্যাকেটে বন্দী খাবার ভরে রাখুন। ব্যবহারের পরে ফেলে দেওয়া বাসন, তোয়ালে আর রুমাল কিনে আনুন। আপনি হয়তো কিছুদিন এঁটো বাসন মাজার মত অবস্থায় থাকবেন না।

এমন কিছু রান্না করে ডীপ ফ্রীজে রেখে দিন... যেগুলো যে কোন সময় মাইক্রোওয়েভে গরম করে খাওয়া যাবে !

কর্ড ব্লাড ব্যাঙ্ক

যদিও এই প্রক্রিয়া এখনও পর্যন্ত প্রয়োগশীল অবস্থায় রয়েছে... কিন্তু বেশ কিছু মাতা-পিতা নিজেদের নবজাত শিশুর গর্ভনালের রক্ত কর্ড ব্লাড ব্যাঙ্কে রাখতে শুরু করে দিয়েছেন... যাতে যে কোন গুরুতর পরিস্থিতিতে সহজে চিকিৎসা করা যেতে পারে।

কর্ড ব্লাড নেওয়ার পদ্ধতি একেবারেই যন্ত্রণামুক্ত হয় ! যখন নবজাত শিশুর নাল কাটা হয়, তখন তারপর এই রক্ত নেওয়া হয়। এটা মা আর শিশুর পক্ষে সম্পূর্ণ রূপে সুরক্ষিত হয়... কিন্তু এটাকে স্টোর করে রাখার প্রক্রিয়া খরচসাপেক্ষ হয়। কম ঝুঁকির পরিবারের জন্য এই প্রক্রিয়ার লাভ এখনও পর্যন্ত পূর্ণ রূপে স্পষ্ট নয়।

সুতরাং এই প্রক্রিয়া এখনও পর্যন্ত বিশাল স্তরে জনপ্রিয় হয়ে উঠতে পারেনি। ব্লাড হলে ল্যুকোমিয়া, লিক্ফোমা, ন্যাটোব্লাসাসটোমা, সিক্ল-সেল এনিমিয়া, সাব্লাস্টিক এনিমিয়া এবং থ্যালাসেমিয়ার মত রোগের চিকিৎসায় সহায়তা প্রাপ্ত হয়। যদি আপনার হাসপাতালেও কর্ড ব্লাড ব্যাঙ্কের সুবিধা থাকে আর আপনি এই ব্যাপারে ইচ্ছুক হলে এই জিনিষটাকে গ্রহণ করার মধ্যে আপত্তি থাকার কথা নয় !

প্রী লেবার, ফলস্ লেবার, রিয়েল লেবার

টি.ভি.-তে তো সব কিছুই ভালো লাগে। মাঝরাতে 3-য়ের সময় এক গর্ভবতী মহিলা নিজের পেটের ওপরে হাত রাখেন আর তীব্র স্বরে চেঁচিয়ে উঠে নিজের পতিকে ঘুম থেকে তোলেন ঃ *ডৌর্লিং... ওঠো ! সময় এসে গেছে !"*

কিন্তু মুশকিল এই ব্যাপারে হয় যে, তিনি সঠিক সময়ের ব্যাপারে কি করে জানতে পারলেন ? উনি এতটা বিশ্বাসের সাথে নিজের প্রসবের ব্যাপারে কি করে বলে দিলেন ? উনি তো এই প্রথম বার গর্ভবতী হয়েছেন ! উনি আরাম করে হাসপাতালে যাওয়ার প্রস্তুতি নেন আর ডেলিভারীর জন্য হাসপাতালে পৌঁছেও যান। নিঃসন্দেহে এই সব কিছুই আগে থেকে স্ক্রিপ্টে লেখা থাকে।

আমার কাছে আগে থেকে লেখা কোন স্ক্রিপ্ট থাকে না। আমিও রাত 3-টের সময় ঘুম থেকে উঠি... কিন্তু তখন আমি এটা জানতে পারি না যে, সেটা সত্যি-সত্যি প্রসব-যন্ত্রণা না ব্র্যাক্সটন হিক্স ? আমার কি সেই সময় উঠে লাইট জ্বালানো উচিত আর সঠিক সময়ের জন্য অপেক্ষা করা উচিত ? সেই সময় কি আমার নিজের পতিকে ঘুম থেকে তোলা উচিত ? আমাকে কি মাঝরাতে ডাক্তারকে ফোন করে এটা শুনতে হবে যে, এটা ফলস্ লেবার পেইন্ ? আমি কি সেই সব গর্ভবতী মহিলাদের অন্যতম, যাঁরা ফলস্ লেবার পেলেই চেঁচাতে থাকেন আর কেউ তাঁর প্রতি দৃষ্টি দেয় না ? না কি চাইল্ড বার্থ ক্লাসে আমি এমন এক মহিলা, যিনি লেবার পেইন্ চিনতে পারেন না ? আমি কি দেরী করে হাসপাতালে যাব আর রাস্তাতেই শিশুর জন্ম হয়ে পড়বে ? এমন বেশ কিছু প্রশ্ন কন্ট্র্যাকশনের থেকেও তীব্র গতিতে গর্ভবতী মহিলাদের মাথার মধ্যে ঘুরপাক খেয়ে বেড়াতে থাকে।

সত্যি কথা হচ্ছে এটা যে, প্রতিটি গর্ভবতী মহিলাকেই এমন ভয়ের মোকাবিলা করতে হয়... কিন্তু আপনার এই ব্যাপারে বেশী চিন্তা করার কোন প্রয়োজন নেই। আমরা আপনাকে সব প্রকারের লেবারের সাথে যুক্ত সংকেত আর লক্ষণের ব্যাপারে তথ্য প্রদান করছি।

সময়-পূর্ব প্রসবের লক্ষণ

লেবারের আগে সময়-পূর্ব প্রসবের লক্ষণ ফুটে ওঠে... যার অর্থ হচ্ছে এই যে, প্রমুখ ঘটনা শুরু হতে চলেছে ! সময়-পূর্ব প্রসবের শারীরিক পরিবর্তন লেবারের এক মাস আগেও লক্ষ্য করা যেতে পারে বা এক ঘন্টা আগেও...! ডাক্তার সেই সময় পরীক্ষা করে এটা জানাতে পারেন যে, গর্ভাশয়ের মুখ বিস্তৃত হচ্ছে কি না ! এছাড়া আরও বেশ কিছু লক্ষণের ওপরে আপনি নিজেই মনোযোগ দিতে পারেন।

ড্রপিং ঃ- প্রথম বার *মা'* হতে চলা মহিলাদের মধ্যে, লেবার শুরু হওয়ার 2 - 4 সপ্তাহ আগে ভ্রূণ পেলভিসের দিকে চলে আসে। দ্বিতীয় প্রসবে এমনটা তখনই হয়... যখন প্রসব শুরু হওয়ার সময় একেবারে কাছে চলে আসে।

পেলভিস আর পায়ু পথের ওপরে চাপ ঃ- মাসিক ধর্মের টান ভাবের মত হাল্কা যন্ত্রণা অনুভূত হয়। এছাড়া পিঠের নীচের অংশেও যন্ত্রণা হতে থাকে।

ওজন কমে আসা বা ওজন একেবারেই না বাড়া ঃ- গর্ভাবস্থার নবম মাসে প্রসবের সময় কাছে এগিয়ে এলে গর্ভবতী মহিলার ওজন অত্যন্ত ধীর গতিতে বাড়ে। আপনি 2 - 3 পাউণ্ড ওজন কমাতেও পারেন।

এনার্জী স্তরে পরিবর্তন ঃ- কিছু-কিছু গর্ভবতী মহিলাদের অত্যন্ত বেশী ক্লান্তি অনুভূত হয়। আবার কিছু-কিছু গর্ভবতী মহিলা এমনটা বলেন যে, তাঁদের এনার্জী আগের থেকে অনেকটাই বেড়ে উঠেছে। *নেস্টিং ইন্স্টিংক্ট*-য়ের কারণে তাঁরা শিশুকে বাড়ী নিয়ে আসার আগেই বাড়ীকে সাজিয়ে তুলতে চান। বাড়ীর প্রতিটা কোনাকে ব্যবস্থিত করে তুলতে চান।

যোনিস্রাবে পরিবর্তন ঃ- আপনি লক্ষ্য করলে এটা জানতে পারবেন যে, আপনার যোনিস্রাব আগের থেকে অনেকটা বেড়ে উঠেছে আর গাঢ়ও হয়ে উঠেছে।

ম্যুকস প্লাগের সরে যাওয়া ঃ- সার্ভিক্স পাতলা হয়ে খুলে যেতে লাগলে গর্ভাশয়ের ওপরে সীলের মত লেগে থাকা ম্যুকস প্লাগ সেখান থেকে সরে যায়। আসল প্রসবের 1 - 2 সপ্তাহ আগে আপনার যোনি থেকে ম্যুকসের ছোট টুকরো বেরোতে দেখা যেতে পারে।

গোলাপী বা লাল ছোপ ঃ- সার্ভিক্স বিস্তৃত হয়ে পড়ার কারণে হাল্কা লাল বা গোলাপী ম্যুকস বেরোতে লাগে। এটা সাধারণতঃ প্রসবের 24 ঘন্টা আগে শুরু হয়... কিন্তু এমনটা কয়েক দিন আগেও হতে পারে।

ব্র্যাক্সটন হিক্স কন্ট্র্যাকশন ঃ- এটা আগের থেকে বেশী শক্তিশালী আর যন্ত্রণাদায়ক হয়ে ওঠে।

ডায়রিয়া ঃ- অনেক গর্ভবতী মহিলাদের প্রসবের ঠিক আগে পাতলা পায়খানা হতে থাকে।

ফলস্ লেবারের লক্ষণ

লেবার না লেবার নয় ? যদি এগুলো না হয়, তাহলে রিয়েল লেবার শুরু হয় না; যেমন –

- সংকুচন নিয়মিত হয় না আর সেটার সংখ্যাও বাড়ে না।
  আসল সংকুচন ধীরে-ধীরে তীব্র, দীর্ঘ আর বেশী যন্ত্রণাদায়ক হয়ে ওঠে।
- আপনি যদি অবস্থান বদলে নেন বা ঘুরতে থাকেন... তাহলে কন্ট্রাকশন থেমে যায়। এমনিতে অনেক বার সময়ের আগে আসল প্রসবেও এমনটা হয়।
- ধূসর রং-য়ের স্রাব... যেটা আভ্যন্তরীণ পরীক্ষা বা সম্ভোগের কারণেও হতে পারে।
- সংকুচনের সাথে ভ্রূণের গতিবিধিও গভীর হয়ে ওঠে।

অথবা এটা মনে রাখুন যে, ফলস্ লেবারেও কোন ক্ষতি হয় না। আপনি যদি মালপত্রের সাথে হাসপাতালে পৌঁছে যান... তাহলে এটা ধরে নিন যে, আপনি আগত ঘটনার প্রস্তুতি নিচেছন আর সেটার অভ্যাস করছেন, যাতে সময় এলে আপনার কোন প্রকারের সমস্যা না হয়।

রিয়েল লেবার *(আসল প্রসব)*-য়ের লক্ষণ

এটা কেউ-ই জানেন না যে, আসল প্রসব ঠিক কি ভাবে শুরু হয় ? কিন্তু এতে বেশ কয়েক প্রকারের কারককে শামিল করা যেতে পারে। শিশুর মস্তিস্ক থেকে মা এমন বার্তা পেতে থাকেন – *মৈা ! আমাকে এখান থেকে বাইরে বার করো !"* এই বার্তা পাওয়ামাত্রই মায়ের শরীরে হার্মোনাল প্রতিক্রিয়া হতে লাগে। যে কারণে সংকুচন শুরু করা প্রোস্টাগ্ল্যাডিন্স এবং অক্সীটোসিনের স্রাব হতে লাগে।

প্রী-লেবারের সংকুচন আসল লেবারে পরিবর্তিত হয়ে পড়ে, যদি ঃ-

- সংকুচন কম হওয়ার বদলে বেড়ে ওঠে আর অবস্থান বদলালেও কোন পার্থক্য না আসে।
- সংকুচন আগের তুলনায় বেশী লাগাতার আর যন্ত্রণাদায়ক হয়ে ওঠে এবং নিয়মিত হতে লাগে। যদিও প্রতিটি সংকুচন দীর্ঘ আর যন্ত্রণাদায়ক *(30 থেকে 70 সেকেণ্ড)* হয় না... কিন্তু সেটার গভীরতা বেড়ে উঠতে থাকে।
- প্রথম-প্রথম সংকুচন মাসিক ধর্মের টান ভাব বা গ্যাস ওঠা-নামার মত হয়। অথবা পেটের নীচের অংশের ওপরে চাপ পড়ে। পেট বা পিঠের নীচের অংশ হয়ে এই যন্ত্রণা উরু পর্যন্ত ছড়িয়ে পড়ে... কিন্তু অনেক বার ফলস্ লেবারের ক্ষেত্রেও এমনটা হতে পারে।
- গোলাপী বা হাল্কা লাল রং-য়ের রক্তস্রাবও হতে পারে।

15 শতাংশ লেবারে জলের থলে লেবার শুরু হওয়ার আগে এক ঝট্কায় ফেটে যায়। অনেক গর্ভবতী মহিলাদের ক্ষেত্রে এটা লেবার শুরু হওয়ার সাথে-সাথে ফাটে বা ডাক্তার দ্বারা কৃত্রিম রূপে ফাটানো হয়।

কখন ডাক্তার ডাকবেন ?

এমনিতে ডাক্তার হয়তো আপনাকে এই ব্যাপারে বলে দিয়েছেন। যখন সংকুচন 5 থেকে 7 মিনিট পরে-পরে হতে লাগবে ! তবে এই অন্তরালের জন্য অপেক্ষা করতে যাবেন না... এমনটা যে হবেই, সেটা জরুরী নয়। যদি সংকুচন হচেছ আর আপনি আসল প্রসবের ব্যাপারে বিশ্বাস করে উঠতে পারছেন না, তাহলে ডাক্তারকে ফোন করতে কোন আপত্তি নেই। ওনাকে মাঝরাতে ঘুম থেকে ওঠাতে বিন্দুমাত্র সংকোচ করবেন না... তা আপনার প্রসবের সংকেত মিথ্যে হলেও ! আপনি এমনটা করা প্রথম বা শেষ গর্ভবতী মহিলা নন ! সেটা আপনার কাছে মিথ্যে বলে মনে হলেও সাবধানতা অবলম্বন করতে আপত্তি কোথায় ?

আপনার ডিউ ডেট এখনও কয়েক সপ্তাহ দূরে রয়েছে... কিন্তু হঠাৎ করে যদি আপনার সংকুচন শুরু হয়ে পড়ে বা জলের থলে ফেটে যায়... তাহলে ডাক্তার ডাকতে দেরী করবেন না। যদি লাল রং-য়ের রক্তস্রাব হতে থাকে অথবা আপনার যোনি বা সার্ভিক্সে লাল রং দেখতে পাওয়া যায়, তাহলে তৎক্ষনাত ডাক্তার ডাকুন !

আপনি কি প্রস্তুত ?

নতুন শিশুকে পৃথিবীতে স্বাগত জানানোর জন্য আপনি কি প্রস্তুত ? তার জন্য পুস্তকের পরের অধ্যায় পড়ুন !

লেবার আর ডেলিভারী

আপনি কি এখন দিন গুনতে ব্যস্ত হয়ে রয়েছেন? আপনি কি আবার একবার নিজের পা দুটোকে দেখার অস্হির হয়ে উঠেছেন? আপনি কি আবার একবার নিজের পেটের ওপরে ভর দিয়ে আরামে শুতে চান? চিন্তা করবেন না... আপনার গর্ভাবস্হা প্রায় শেষ হয়ে এসেছে। এবার সেই মুহূর্ত আসতে চলেছে, যখন শিশু আপনার পেটের পরিবর্তে আপনার কোলে হবে! আপনি হয়তো সেই প্রক্রিয়ার ব্যাপারেও চিন্তা করছেন, যেটা শিশুকে আপনার কোল পর্যন্ত নিয়ে আসবে। প্রসব-যন্ত্রণা কখন শুরু হবে, আপনি সেটা চিন্তা করে-করে অস্হির হয়ে উঠেছেন। আরও একটা চিন্তা হচ্ছে এটা – সেই প্রক্রিয়া কখন শেষ হবে? আপনি কি সেই যন্ত্রণা সহ্য করতে পারবেন? আপনার কি এপীড্যুরলের প্রয়োজন হবে?

ভ্রুণের দেখাশোনা? এপীসিয়োটোমী? আপনি কি উবু হওয়া মুদ্রায় প্রসব করতে পারবেন? হাসপাতালে পৌঁছনোর আগে পথেই প্রসব হয়ে পড়বে না তো?

এমন প্রশ্ন, উত্তর, সাথী, নার্স, দাই আর ডাক্তারদের দ্বারা পরিবৃত হয়ে থাকার সাথে-সাথে আপনি সেই প্রক্রিয়াকেও সম্পূর্ণ করে নেবেন। ব্যস্... শুধু এইটুকু মাথায় রাখুন যে, প্রক্রিয়া যাই হোক্ না কেন... সেটা শিশুকে আপনার কাছ পর্যন্ত পৌঁছে দিতে সহায়ক হবে!

আপনি কি ভাবছেন?

ম্যুকস প্লাগ

"আমার এমনটা মনে হচ্ছে যে, আমার ম্যুকস প্লাগ বেরিয়ে গেছে। আমার কি ডাক্তারকে ফোন করা উচিত?"

অনেক বার সার্ভিক্স বিস্তৃত হয়ে পড়ার সময় জিলেটিনের মত ফোলা ম্যুকস প্লাগ বেরিয়ে আসে। অনেক গর্ভবতী মহিলা টয়লেটে এই ব্যাপারে জানতে পারেন আর কেউ-কেউ এই দিকে দৃষ্টি দিতে পারেন না। যদিও এটা বেরিয়ে আসার অর্থ হচ্ছে এই যে, আপনার শরীর আগত সময়ের জন্য প্রস্তুত হচ্ছে... কিন্তু এটা এই জিনিষটার সংকেত হয় না যে, সেই দিনটা এসে গেছে! এই বিন্দুতে প্রসবের সময়; এক দিন, দু দিন বা বেশ কয়েক সপ্তাহ দূরেও হতে পারে... সময়ের সাথে-সাথে আপনার সার্ভিক্স ধীরে-ধীরে খুলে চলবে। এজন্য ডাক্তার ডাকার বা ভয় পাওয়ার কোন প্রয়োজন নেই।

যদি ম্যুকস প্লাগ না খুলে থাকে, তাহলেও চিন্তা করবেন না। আপনার প্রসবের সময়ের সাথে এই জিনিষটার কোন প্রকারের সম্পর্ক নেই।

রক্তস্রাব

"আমার হাল্কা গোলাপী ম্যুকসের স্রাব হচ্ছে। আমার প্রসবের সময় কি এসে গেছে?"

এটাকে আমরা প্রসবের আগের প্রস্তুতি বলতে পারি। রক্তের সাথে হাল্কা গোলাপী বা ধূসর রং-য়ের স্রাবের অর্থ হচ্ছে এই যে, সার্ভিক্সের রক্ত নলিকাগুলো ফাটছে... কারণ সেগুলো বিস্তৃত

হচেছ আর ডেলিভারীর প্রক্রিয়া শুরু হয়ে পড়েছে। এমন আশা করা যেতে পারে যে, আপনার শিশু আগামী এক-দু দিনের ভেতরেই আপনার কোলে হবে ! যেহেতু প্রসবের সময় সম্পূর্ণ রূপে অনিশ্চিত হয়... সেজন্য আমরা প্রসব-যন্ত্রণা শুরু হওয়ার আগে নিশ্চিত করে কিছুই বলতে পারি না।

যদি এই স্রাব হঠাৎ করে গাঢ় লাল রং-য়ের হয়ে পড়ে, তাহলে ডাক্তারের কাছে যেতে দেরী করবেন না।

জলের থলে ফাটা

"ভোররাতে ভেজা বিছানায় আমার চোখ খুলে গেল। আমি কি বিছানায় প্রস্রাব করে ফেলেছি, না কি আমার জলের থলে ফেটে গেছে ?"

চাদর শুঁকে কিছুটা অনুমান লাগানো যেতে পারে। যদি সেই গন্ধ তীব্র এ্যামোনিয়া *(প্রস্রাব)*-য়ের মত না হয়, তাহলে সেটা এম্‌নিয়োটিক দ্রব হতে পারে। এমনটও হতে পারে যে, আপনার শিশুর সুরক্ষা বর্ম জলের থলে ফেটে গেছে। আপনার এক হাল্কা হলুদ রং-য়ের স্রাব লাগাতার হতে থাকে, যেটা ডেলিভারীর পরেই বন্ধ হবে।

আপনি কীগল ব্যায়াম করুন। যদি এই স্রাব বন্ধ হয়ে পড়ে, তাহলে সেটা প্রস্রাব আর বন্ধ না হলে সেটা হচেছ এম্‌নিয়োটিক দ্রব !

শোওয়ার সময় এটার প্রবাহ বেশী করে হয়... কারণ দাঁড়িয়ে থাকা অবস্থায় গর্ভস্থ শিশুর মাথা সামনের দিকে আসায় প্রবাহ বন্ধ হয়ে পড়ে। আপনার ডাক্তার এই ব্যাপারে হয়তো আপনাকে আগে থেকে নির্দেশ দিয়ে রেখেছেন... তবুও কোন সন্দেহ হলে ওনাকে ফোন করুন।

"জলের থলে ফেটে যাওয়া সত্ত্বেও আমার প্রসব-যন্ত্রণা শুরু হয়নি। আমার প্রসব কবে শুরু হবে আর এই সময় আমার কি করা উচিত ?"

আপনার প্রসব শুরু হতে চলেছে। বেশ কিছু গর্ভবতী মহিলাদের জলের থলে ফাটার 12 ঘন্টার ভেতরে প্রসব-যন্ত্রণা শুরু হয়ে পড়ে... আবার অনেকের ক্ষেত্রে প্রসব-যন্ত্রণা শুরু হতে 24 ঘন্টা লেগে যায়।

10-টা কেসের মধ্যে 1 কেসে এই সময়টা আরও বেশী হয়ে পড়ে। এই সময়টা যত বাড়বে... ঝুঁকিও ততটাই বেড়ে উঠবে। এই সংক্রমণের থেকে বাঁচার জন্য ডাক্তার 24 ঘন্টার ভেতরেই প্রসব শুরু করে দেন। কয়েকজন ডাক্তার তো মাত্র 6 ঘন্টাই অপেক্ষা করেন।

অনেক গর্ভবতী মহিলাও এই পরিস্হিতির পরে বেশী লম্বা সময় অপেক্ষা করা পছন্দ করেন না।

সবার প্রথমে তো নিজের কাছে প্যাড বা তোয়ালে রেখে ডাক্তারকে ফোন করুন। যোনিকে পরিস্কার-পরিচ্ছন্ন রাখুন, যাতে সংক্রমণ হওয়ার সম্ভাবনা না থাকে। প্রবাহ আটকানোর জন্য ট্যাম্পুনের পরিবর্তে প্যাড নিন। সেক্স করবেন না। এমনিতে এই সময় আপনি সেক্স করতেও চাইবেন না। নিজে থেকে আভ্যন্তরীণ পরীক্ষা করতে যাবেন না আর টয়লেট গেলে সামনের দিক থেকে পেছনের দিকে মুছুন।

অনেক বার এমনটাও হয় যে, এখনও আপনার গর্ভস্হ শিশুর মাথা আপনার পেলভিস এরিয়ায় আসেনি আর দ্রবের সাথে নাল যোনি পর্যন্ত এসে পড়ে। এমন কিছু অনুভূত হলে ডাক্তারকে জানান।

গাঢ় এম্‌নিয়োটিক দ্রব

"আমার পর্দা ফেটে গেছে আর দ্রব পরিস্কার নয়... সেটা হাল্কা ধূসর রং-য়ের ! এটার অর্থ কি ?"

এমনটাও হতে পারে যে, এম্‌নিয়োটিক দ্রবের সাথে হাল্কা ধূসর মীকোনিয়মও আসছে। আসলে সেটা গর্ভস্হ শিশুর প্রথম মল হয়... যেটা প্রায়ই জন্মের পরে হয়। কিন্তু কখনো-কখনো যখন ভ্রুণ মায়ের গর্ভে অত্যন্ত চাপের মধ্যে থাকে... তখন জন্মের আগেই গর্ভস্হ শিশু মলত্যাগ করে ফেলে !

এর ব্যাপারে নিজের ডাক্তারকে অবশ্যই জানান ! এর অর্থ হচেছ এই যে, গর্ভস্হ শিশু আপনার গর্ভের মধ্যে অত্যন্ত বেশী চাপের মধ্যে রয়েছে ! ডাক্তার যত শীঘ্র সম্ভব প্রসব প্রক্রিয়া শুরু করে দেবেন আর গর্ভস্হ শিশুর ওপরে লাগাতার নজরও রাখবেন।

প্রসবের সময় এম্‌নিয়োটিক দ্রবের অভাব

"আমার ডাক্তার বলেছেন যে, আমার শরীরে এম্‌নিয়োটিক দ্রব অত্যন্ত কম... যেটাকে পূরণ করতে হবে। এতে কি ভয় পাওয়ার মত কিছু আছে ?"

এমনিতে তো প্রকৃতি এই দ্রবের কখনো অভাব হতে দেয় না। আর অভাব হয়ে পড়লেও মেডিক্যাল সায়েন্সের সহায়তা গ্রহণ করা যেতে পারে। গর্ভাশয়ে সার্ভিক্স থেকে একটা ক্যাথেটর ঢোকানো হয়... যেটার দ্বারা এম্‌নিয়োটিক স্যাকে স্যালাইন সল্যুশন দেওয়া হয়। এই প্রক্রিয়াকে *'এম্‌নিয়ো ইন্‌ফ্যুশন'* বলা হয়। এর পরে অপারেশনের সম্ভাবনা অনেকটাই কমে আসে।

অনিয়মিত সংকুচন

"চাইল্ড বার্থ ক্লাসে আমাদের এটা শেখানো হয়েছে যে, যখন প্রসব-যন্ত্রণা নিয়মিত হয়ে উঠবে এবং প্রতি পাঁচ মিনিট পরে-পরে সংকুচন হতে লাগবে... একমাত্র তখনই হাসপাতাল যাওয়া উচিত। আমার তো পাঁচ মিনিটেরও কম সময়ে সংকুচন হয়... কিন্তু সেটা এখনও পর্যন্ত নিয়মিত নয়। আমি কি করব ?"

যেমন দুজন গর্ভবতী মহিলার গর্ভাবস্থা এক প্রকারের হয় না... ঠিক সেই ভাবে তাঁদের প্রসবও এক ধরণের হয় না। প্রায়ই পুস্তকে, চাইল্ড বার্থ ক্লাসে বা ডাক্তারদের দ্বারা যেটা জানানো হয়... তেমনটা যে সকল গর্ভবতী মহিলাদের ক্ষেত্রেই হবে, সেটা কখনোই জরুরী হয় না। যদিও এটাও সত্য যে, সংকুচন নিয়মিত হওয়া উচিত।

আপনার যদি 20 থেকে 60 সেকেণ্ডের তীব্র সংকুচন হচ্ছে এবং সেটা যদি 5 - 7 মিনিট পরে-পরে হচ্ছে... তাহলে আপনি আর অপেক্ষা না করে হাসপাতাল বা বার্থ সেন্টারে চলে যান... তা আপনি যা-ই শুনে বা পড়ে থাকুন না কেন! এমনও হতে পারে যে, সেখানে পৌঁছতে-পৌঁছতে আপনার সংকুচন নিয়মিত হয়ে পড়বে আর আপনি প্রসবের সক্রিয় পর্যায়ে পৌঁছে যাবেন!

প্রসবের সময় ডাক্তার ডাকা

"আমার সংকুচন প্রতি 3 - 4 মিনিট পরে-পরে হচ্ছে। সেটার ব্যাপারে ডাক্তারকে জানানো আমার কাছে বোকামী বলে মনে হচ্ছে... কারণ উনি বলেছিলেন যে, লেবারের প্রথম কয়েকটা ঘণ্টা আমার বাড়ীতেই কাটানো উচিত।"

এতে আপত্তি করার মত কিছুই নেই। এটা সত্য যে, প্রথম বার *'মা'* হতে চলা গর্ভবতী মহিলারা নিজেদের লেবারের শুরুর ঘণ্টাগুলোয় আরাম করে হাসপাতাল পৌঁছনোর প্রস্তুতি নিতে পারেন আর শিশুর জিনিষপত্র গুছিয়েও নিতে পারেন। কিন্তু আমাদের এমনটা মনে হচ্ছে যে, আপনার গর্ভাবস্থা ঠিক সেই প্রকারের নয়। আপনার যদি প্রতি 5 মিনিটে 45 সেকেণ্ড পর্যন্ত তীব্র সংকুচন হচ্ছে... তাহলে আপনার প্রসব-যন্ত্রণার শেষ পর্যায় খুব শীঘ্র শুরু হয়ে পড়তে পারে। এমনটাও হতে পারে যে, প্রসবের প্রথম পর্যায় যন্ত্রণা-রহিত হবে আর সেই সময় সার্ভিক্সের মুখও খুলে যাবে! এর অর্থ হচ্ছে এই যে, আপনাকে হঠাৎ করে হাসপাতাল বা বার্থ সেন্টারের দিকে ছুটতে হতে পারে!

এজন্য ডাক্তারকে ফোন করতে দেরী করবেন না। ওনাকে নিজের সংকুচনের সময়, অন্তরাল ইত্যাদি সব কিছু পরিস্কার করে জানান। ডাক্তার ফোনেই আপনার অবস্থার ব্যাপারে ব্যাপারে অনুমান লাগানোর চেস্টা করবেন... তাই যন্ত্রণা চেপে রেখে বাহাদুরী দেখানোর চেস্টা একেবারে করতে যাবেন না। নিজের কস্টকে ওনার কাছ পর্যন্ত পৌঁছতে দিন!

যদি ডাক্তার না মানেন, তাহলে ওনাকে প্রশ্ন করুন যে, আপনি নিজের চেক-আপ্ করাতে ওনার চেম্বারে আসতে পারেন কি না ? নিজের ব্যাগ সঙ্গে করে নিয়ে যান। যদি প্রসব হতে এখনও সময় থাকে... তাহলে বাড়ী ফিরে আসতে লজ্জা অনুভব করবেন না।

সঠিক সময়ে হাসপাতাল পৌঁছতে না পারা

"আমার এমন ভয় হচ্ছে যে, আমি সঠিক সময়ে হাসপাতালে পৌঁছতে পারব না!"

আপনি টি.ভি.-তে যেসব ডেলিভারী দেখেন... সেগুলো সব মিথ্যে হয়! সাধারণতঃ প্রথম বার মা' হতে চলা গর্ভবতী মহিলাদের কাছে প্রসবের ব্যাপারে তথ্য অনেক আগেই পৌঁছে যায়। খুব কম ক্ষেত্রেই এমনটা হয়, যখন হঠাৎ করে নীচের দিকে চাপের সৃষ্টি হয় আর গর্ভবতী মহিলার এমনটা মনে হতে থাকে যে, তাঁর প্রস্রাব পাচ্ছে। এমনিতে এটাই ভালো হবে যে, আপনি আর আপনার কোচ – দুজনেই এমারজেন্সী ডেলিভারীর ব্যাপারে তথ্য সংগ্রহ করুন... যাতে কখনো হঠাৎ করে এমন পরিস্থিতির সৃষ্টি হয়ে পড়লে ব্যাপারটা সামলে নিতে সমস্যা না হয়!

আপনি একা হলে জরুরী ডেলিভারী

এমনিতে তো এমন পরিস্থিতির সৃষ্টি হবে না... তবুও আপনার এই ব্যাপারে জানা উচিত।

- শান্ত থাকার চেস্টা করুন।
- স্থানীয় জরুরী হেল্পলাইনের নম্বরে হাসপাতালের সাথে কথা বলুন।
- কোন প্রতিবেশীর সহায়তা নিন।
- ধাক্কা দেওয়ার ইচ্ছা হলেও জোর লাগাবেন না।
- নিজের বিছানায় একটা পরিস্কার তোয়ালে বা চাদর বেছান আর ঘরের দরজা খুলে রাখুন... যাতে সহজে সহায়তা প্রাপ্ত হয়।
- গর্ভস্থ শিশু যদি বেরিয়ে আসার জন্য প্রস্তুত থাকে... তাহলে যখনই প্রসব-যন্ত্রণা উঠবে, তখন জোর লাগান।
- গর্ভস্থ শিশুর মাথা দেখতে পাওয়া গেলে জোর লাগানোর পরিবর্তে পেরীনিয়মে হাল্কা চাপ দিন। শিশুর মাথা একবারে টানার বদলে সেটাকে ধীরে-ধীরে বাইরে বার করে আনুন।
- শিশুর গলায় নাল ফেঁসে গিয়ে থাকলে সেটাকে আস্তে করে বার করে দিন।
- শিশুর মাথা বার করার পরে একটা কাঁধ বার করুন। মাথাকে কিছুটা ওপরে ওঠান আর হাল্কা জোর লাগান... যাতে দ্বিতীয় কাঁধ বার করা যায়।
- শিশুর বাকী শরীর সহজেই বেরিয়ে আসবে।
- নালে হাত না দিয়ে শিশুকে পেটের ওপরে শুইয়ে দিন। তাকে কোন পরিস্কার কম্বল বা তোয়ালে দিয়ে জড়িয়ে নিন। শিশুর মুখ আর নাক কাপড় দিয়ে সাফ করুন। মাথা পায়ের নীচে রাখুন। শিশুর শ্বাস চালু না হলে আঙ্গুল দিয়ে ওর মুখ সাফ করে দিন এবং মুখ আর নাকে 2 - 3 বার ফুঁ দিন।
- প্লেসেন্টা নিজে বার করতে যাবেন না। সেটা বেরিয়ে এলে কোন তোয়ালে দিয়ে জড়িয়ে শিশুর স্তরের থেকে কিছুটা উঁচুতে রাখুন। আপনার এটা কাটার প্রয়োজন নেই।
- সহায়তা আসা পর্যন্ত নিজেকে আর শিশুকে গরম রাখার চেস্টা করুন।

প্রসবের সময় কম হওয়া

"আমি সর্বদা এমন গর্ভবতী মহিলাদের ব্যাপারে শুনে এসেছি, যাঁদের গর্ভকাল অত্যন্ত ছোট হয়! এমনটা হওয়া কতটা স্বাভাবিক ?"

এমনিতে এটা এতটা ছোটও হয় না... যতটা আপনি চিন্তা করছেন। আসলে অনেক বার গর্ভবতী মহিলাদের বেশ কয়েক ঘন্টা, দিন বা সপ্তাহ পর্যন্ত যন্ত্রণারহিত সংকুচন হতে থাকে আর গর্ভাশিয় গ্রীবার মুখ অত্যন্ত ধীর গতিতে খুলতে থাকে। যখন তাঁদের এই ব্যাপারে অনুভূতি হয়, ততক্ষনে প্রসব নিজের অন্তিম পর্যায়ে পৌঁছে যায়।

অনেক বার গড়পড়তা যে সার্ভিক্সের খুলতে কয়েক ঘন্টা সময় লাগে... সেটা কয়েক মিনিটের মধ্যেই খুলে যায়। এই ধরণের প্রসবে কোন বিশেষ সময় লাগে না আর শিশুরও কোন ক্ষতি

হয় না।

যদি আপনার অত্যন্ত তীব্র সংকুচন শুরু হয়ে পড়ে... তাহলে হাসপাতাল বা বার্থ সেন্টারে যেতে দেরী করবেন না। ওষুধ দ্বারা সংকুচনের প্রভাবকে কম করে আনতে পারেন, যাতে আপনার আর গর্ভস্হ শিশুর ওপরে বেশী প্রভাব না পড়ে।

ব্যাক লেবার

"সংকুচন শুরু হওয়ার পর থেকে আমার পিঠের নীচের অংশে এত বেশী যন্ত্রণা হচ্ছে যে, আমার পক্ষে সেটা সহ্য করা মুশ্কিল হয়ে উঠেছে!"

হয়তো আপনার *ব্যাক লেবার*'-য়ের সমস্যা রয়েছে। টেক্‌নিক্যালী এমনটা সেই সময় হয়, যখন গর্ভস্হ ভ্রুণ পোস্টিরিয়র পোজিশনে চলে আসে। তার মুখ ওপরের দিকে হয়ে পড়ে আর মাথার পেছনের অংশ আপনার পেলভিসের পেছনে চাপের সৃষ্টি করে। যতক্ষন না আপনার গর্ভস্হ শিশু সঠিক অবস্হানে চলে আসছে, ততক্ষন পর্যন্ত এই লাগাতার তীব্র যন্ত্রণা বজায় থাকে।

যখন এই ধরণের যন্ত্রণা অনুভূত হবে... তখন সেটার কারণ জানার বদলে সেটার নিবারণ বেশী জরুরী হয়। যদি যন্ত্রণা খুব বেশী হয়... তাহলে এপীড্যুরল নিতে রাজী হয়ে পড়ুন। এমনটা হতে পারে যে, আপনাকে হয়তো সাধারণ ডোজের থেকে বেশী ডোজের ওষুধ নিতে হতে পারে। অনেক বার নার্কোটিক্স থেকে আরাম এসে পড়ে। আপনি ওষুধ না নিতে চাইলে হাল্কা-ফুল্কা প্রয়োগ করে দেখা যেতে পারে।

চাপ কমানো ঃ- নিজের পোজিশন বদলানোর চেস্টা করুন। পায়চারী করুন... যদিও তীব্র সংকুচনের মধ্যে এমনটা করা সম্ভব হবে না। উবু হয়ে বসুন বা চারপাইয়ের মত ঝুঁকুন... শরীরের কোন আরামদায়ক মুদ্রা বানান। যদি শুয়ে পড়া ছাড়া আর কোন উপায় না থাকে, তাহলে পিঠকে সঠিক মুদ্রায় রেখে শুয়ে পড়ুন।

ঠাণ্ডা বা গরম ঃ- ঠাণ্ডা বা গরম; যে রকমের সেঁক দিলে কিছুটা আরাম আসবে, সেটাই নেওয়ার চেস্টা করুন বা গরম-ঠাণ্ডা সেঁক – দুটোই নিতে পারেন।

উল্টো চাপ বা মালিশ ঃ- নার্স বা কোন সাথীর সহায়তায় শরীরের সেই সব অংশের ওপরে চাপ দিন, যেগুলোয় চাপ দিলে আরাম আসে। এর জন্য দুটো হাত, টেনিস বল, ব্যাক ম্যাসাজরের চাপের সহায়তা নিতে পারেন। মালিশ দ্বারাও হাল্কা চাপ দিতে পারেন। পালা করে ক্রীম, তেল বা পাউডার দিয়ে মালিশ করা যেতে পারে।

রিল্যাক্সোলোজী ঃ- ব্যাক লেবারের জন্য এই থেরাপীতে, পায়ের ডিমের মাঝখানে আঙুল দিয়ে তীব্র চাপ দেওয়া হয়ে থাকে।

অন্যান্য বৈকল্পিক উপায় ঃ- হাইড্রোথেরাপী দ্বারা যন্ত্রণা কিছুটা কম হতে পারে। আপনার যদি ধ্যান, আত্ম-সম্মোহন বা মানসিক চিত্রণের অভ্যাস থাকে... তাহলে সেগুলোও পরীক্ষা করে দেখতে পারেন। আকুপাংচারও করাতে পারেন... কিন্তু তার জন্য আগে থেকে কোন আকুপাংচার বিশেষজ্ঞের থেকে এ্যাপয়েন্টমেন্ট নিতে হবে।

প্রসব শুরু করানো

"আমার ডাক্তার প্রসব শুরু করাতে চান... যখন কি এখনও আমার প্রসবের ডেট আসেনি। আমি তো এটাই ভাবতাম যে, প্রসবের ডেট পেরিয়ে যাওয়ার পরেই কৃত্রিম রূপে প্রসব শুরু করানোর প্রয়োজন হয়!"

কখনো-কখনো প্রকৃতিরও কোন গর্ভবতী মহিলাকে *মা'* বানানোর জন্য সহায়তার প্রয়োজন হয়! প্রায় 20 শতাংশ মামলায় এমনটা হয়। এটা তখনও জরুরী হয়ে ওঠে, যখন প্রসবের ডেট পেরিয়ে যায়। নিম্নলিখিত মামলাগুলোয় ডাক্তারের এমনটা মনে হতে পারে যে, আমাদের প্রকৃতির সহায়তা করা উচিত।

- আপনার পর্দা ফাটার 24 ঘন্টা পরেও যদি প্রসব-যন্ত্রণা শুরু না হয়। অনেক ডাক্তার 24 ঘন্টা পর্যন্ত অপেক্ষা করেন না।
- যদি টেস্ট থেকে এটা জানতে পারা যায় যে, আপনার গর্ভাশয় এখন আর আপনার গর্ভস্হ শিশুর পক্ষে এক লাভদায়ক বাসস্হান নয়, আপনার এম্‌নিয়োটিক দ্রবের স্তর কমে এসেছে বা এমনই অন্য কিছু কারণ!
- যদি অধ্যয়ণ থেকে এটা জানতে পারা যে,

গর্ভস্থ শিশু স্বাভাবিক প্রসবের পক্ষে দুর্বল!

- আপনার প্রী-ক্ল্যাম্পসিয়া, গ্যাস্টেশন্যাল ডায়াবেটিজ বা অন কোন ক্রণিক রোগ থাকলে... যেগুলোর কারণে গর্ভাবস্হা বজায় রাখতে ঝুঁকির সৃষ্টি হতে পারে।
- যদি এমন আশংকার সৃষ্টি হয় যে, আপনি প্রসব শুরু করার পরে সঠিক সময়ে হাসপাতালে পৌঁছতে পারবেন না বা আপনার যদি কম সময়ের প্রসবের অতীত রেকর্ড থাকে।
- আপনি ইচ্ছা করলে ডাক্তারের থেকে এই বিষয়ে খোলাখুলি ব্যাখ্যা চাইতে পারেন। এমনিতে আপনার কাছে এই প্রক্রিয়ার তথ্যও থাকা উচিত।

প্রসব শুরু *(লেবার ইণ্ডাকশন)* কি ভাবে হয়?

'লেবার ইণ্ডাকশন' হচেছ এমন এক প্রক্রিয়া... যাতে লম্বা সময়ও লাগতে পারে।

এই প্রক্রিয়ায় সাধারণতঃ বেশ কিছু পর্যায় থাকে। এটা জরুরী নয় যে, আপনাকে সেই সব প্রক্রিয়াগুলোর ভেতর দিয়ে যেতেই হবে।

- সবার আগে, আপনার গর্ভাশয়ের মুখকে নরম করতে হবে। যদি সেটা আগে থেকেই প্রস্তুত হয়ে থাকে, তাহলে এমনটা ধরে নিন যে, প্রসবের প্রথম পর্যায় পূর্ণ হয়ে পড়েছে। যদি সেটার বিস্তৃতি শুরু না হয়, তাহলে ডাক্তার আপনাকে ভ্যাজাইনাল জেলের রূপে প্রোস্টাগ্ল্যাণ্ডিন ই জেল দিতে পারেন... এটা ট্যাবলেটের রূপে বাজারে পাওয়া যায়। এই যন্ত্রণারহিত প্রক্রিয়ায় যোনিতে সিরিঞ্জ ঢুকিয়ে সার্ভিক্সের কাছে জেল পৌঁছে দেওয়া হয়। কয়েক ঘন্টার মধ্যে জেল নিজের কাজ শুরু করে দেয়। ডাক্তার এটা পরীক্ষা করে দেখেন যে, জেলের প্রভাব হয়েছে কি না? প্রভাব না হলে জেলের দ্বিতীয় ডোজ দিতে হয়। যদি গর্ভাশয়ের মুখ প্রস্তুত হয় আর সংকুচন শুরু না হয়... তাহলে ইণ্ডাকশনের প্রক্রিয়া জারী রাখা হয়। অনেক ডাক্তার গর্ভাশয়ের মুখকে প্রস্তুত করার জন্য মেকানিক্যাল এজেন্টের ব্যবহার করেন; যেমন – এক বেলুনের সাথে ক্যাথেটর, ডায়লেটর বা বোটানিকল ইত্যাদি!
- যদি এম্নিয়োটিক থলে এখনও সাথে থাকে, তাহলে ডাক্তার কৃত্রিম উপায়ে সেটাকে আলাদা করার চেস্টা করেন। যদিও এই প্রক্রিয়ায় জলের থলে যে কোন সময় ফেটে যেতে পারে।
- যদি তখনও নিয়মিত প্রসব-যন্ত্রণা শুরু না হয়, তাহলে *'ইন্ট্রাভেনাস পিটোসিন'* দিতে হয়। এই হার্মোন গর্ভাবস্হায় শরীরেই প্রস্তুত হয় আর এক অত্যন্ত বিশেষ ভূমিকা পালন করে। এছাড়া *'মৈসোপ্রোস্টল'* নামক ওযুধও দেওয়া যেতে পারে। কিছু অধ্যয়ণ থেকে এটা জানা গেছে যে, এটা দিলে অক্সিটোসিনের প্রয়োজন কিছুটা কমে আসে এবং প্রসবের মেয়াদও কমে আসে।
- প্রসবের সময় আপনার গর্ভস্থ শিশুর ওপরে লাগাতার নজর রাখা হয়। আপনার ওপরে মনোযোগ দেওয়া হয় যে, ওযুধের কারণে খুব তীব্র আর শক্তিশালী সংকুচন তো হচেছ না! এমনটা হলে ওযুধের মাত্রা কমিয়ে দেওয়া হয় বা পুরো প্রক্রিয়াই বন্ধ করে দেওয়া হয়। প্রসব শুরু হওয়ার পরে ওযুধ দেওয়া বন্ধ করে দেওয়া হয়, যাতে পরের প্রক্রিয়া প্রাকৃতিক রূপে চলতে পারে।
- যদি 8 থেকে 12 ঘন্টা পরেও প্রসব শুরু না হয়, তাহলে ডাক্তার প্রক্রিয়াকে বন্ধ করে দিতে পারেন বা অপারেশন করানোর পরামর্শ দিতে পারেন।

প্রসবের সময় খাওয়া-দাওয়া

প্রসবের সময় খাবার খাওয়াটা কি ঠিক হয়?

- সেটা এই জিনিযটার ওপরে নির্ভর করবে যে, আপনি এই ব্যাপারে কার থেকে জানতে চাইছেন? কিছু ডাক্তার এমনটা মনে করেন যে, এমনটা করলে জেনারেল এ্যানাস্হেসিয়া

দেওয়ার মত পরিস্হিতির উদ্ভব হয়। আবার কিছু ডাক্তার এমনটা মনে করেন যে, কম ঝুঁকির গর্ভবতী মহিলা গর্ভাবস্হায় হাল্কা কিছু খেতে পারেন, যাতে তাঁর এনার্জীর স্তর বজায় থাকে আর শরীর শক্তি প্রাপ্ত করে। বিভিন্ন অধ্যয়ণ থেকে এটা জানতে পারা গেছে যে, প্রসব-যন্ত্রণার সময় খাবার খেতে থাকা গর্ভবতী মহিলাদের প্রসবের মেয়াদ 90 মিনিট পর্যন্ত কমে আসে আর যন্ত্রণা নিবারক ওষুধের বেশী ডোজ নিতে হয় না। নিজের ডাক্তারকে প্রশ্ন করুন যে, এই ব্যাপারে তাঁর কি মত ?

- এমনিতে ডাক্তার রাজী হওয়া সত্ত্বেও এমনটা হতে পারে যে, সেই সময় হয়তো আপনার ক্ষিধেই পেল না ! এমনিতে আপনি পপ্‌সিকল, জেল-ও, এ্যাপল সস্, পাকা ফল, প্লেন পাস্তা বা জ্যাম লাগানো টোস্ট খেয়ে নিজের এনার্জী বজায় রাখতে পারেন। সেই সময় আপনার বমিও আসতে পারে। অনেক গর্ভবতী মহিলার তো কিছু না খাওয়া সত্ত্বেও বমি পায় !

হাসপাতালে যাওয়ার সময় আপনাকে এটাও দেখতে হবে যে, আপনার সাথীও যেন কিছু খেয়ে নেন !

এমারজেন্সী ডেলিভারী – সাথী বা কোচের জন্য টিপস্

বাড়ী বা অফিসে ঃ

- শান্ত থাকার চেস্টা করুন এবং ভাবী মাকে স্বান্তনা দিতে থাকুন। আপনি ডেলিভারীর বিষয়ে খুব বেশী না জানলেও শিশু আর তার মা-ই অনেকটা কাজ করে নেবেন।
- হাসপাতালে ফোন করে ডাক্তার ডাকুন।
- সময় থাকলে নিজের হাত আর ভাবী মায়ের যোনি প্রদেশ কোন এ্যান্টী-বায়োটিক্স দিয়ে ধুয়ে নিন।
- সময় থাকলে ভাবী মাকে বিছানায় এমন ভাবে শুইয়ে দিন, যাতে উনি নিজের নিতম্বকে নীচের দিক থেকে ধরে থাকতে পারেন। পা দুটোকে সাপোর্ট দেওয়ার জন্য চেয়ার লাগান। কিছু কুশন আর বালিশ ওনার পিঠের পেছনে রাখুন, যাতে ডেলিভারীর জন্য উনি সঠিক মুদ্রায় চলে আসেন। যদি গর্ভস্হ শিশুর মাথা দেখতে না পাওয়া যায় আর আপনি সহায়তা আসার জন্য অপেক্ষা করতে চান... তাহলে ভাবী মাকে চিত করে শুইয়ে দিন, প্রসব-প্রক্রিয়া ধীর গতির হয়ে পড়বে।
- নিজের কাছে তোয়ালে, খবরের কাগজ, পরিস্কার কাপড় ইত্যাদি রেখে নিন। যোনির নীচে কোন পাত্র বা ডিশপ্যান রাখুন... যাতে এম্‌নিয়োটিক দ্রব তাতে রাখা যেতে পারে।
- যদি বিছানা বা টেবিলের ওপরে নিয়ে যাওয়ার সময় না থাকে, তাহলে ভাবী মায়ের নীচে খবরের কাগজ বিছিয়ে ডেলিভারীর স্হানকে পরিস্কার রাখার চেস্টা করুন।

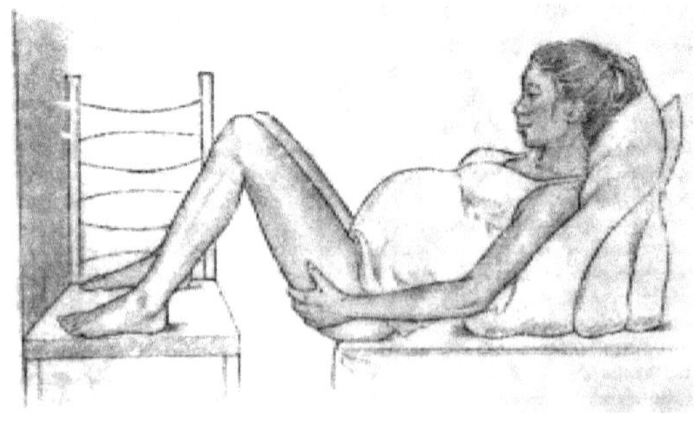

- শিশুর মাথা দেখতে পেলে মা-কে ধাক্কা লাগাতে মানা করুন। ওনার পেরীনিয়মের ওপরে হাল্কা চাপ দিন। শিশুর মাথাকে ধীরে-ধীরে বেরোতে দিন। সেটার জোর করে টানবেন না। নাল দেখতে পাওয়া গেলে সেটা শিশুর ঘাড়ের থেকে বার করে দিন।
- শিশুর মাথাকে দু হাত দিয়ে ধরে নীচের দিকে নিয়ে আসুন আর মাকে ধাক্কা দিতে বলুন, যাতে শিশুর কাঁধ বাইরে আসতে পারে। এক-এক করে দুই কাঁধ বাইরে চলে এলে বাকী শরীর বেরোতে সময় লাগে না।
- শিশুকে মায়ের পেটের ওপরে শুইয়ে দিন। তাকে কোন পরিস্কার কাপড় বা তোয়ালে দিয়ে জড়িয়ে দিন।
- পরিস্কার কাপড় দিয়ে শিশুর মুখ আর নাক মুছুন আর মাথাকে পায়ের নীচে রাখুন। মুখে আঙ্গুল ঢুকিয়ে সাফ করুন আর একটু ফুঁ দিন, যাতে শিশুর শ্বাস চালু হয়ে পড়ে।
- প্লেসেন্টা টানার বদলে আপনা থেকে ফুটে উঠতে দিন। আপনার নাল কাটারও কোন প্রয়োজন নেই।
- মা আর শিশুকে উষ্ণতার মধ্যে রাখুন।

হাসপাতাল নিয়ে যাওয়ার সময় ঃ

- যদি গাড়ী করে নিয়ে যাওয়ার সময় ডেলিভারী শুরু হয়ে পড়ে, তাহলে গাড়ীকে কোন সুরক্ষিত স্থানে নিয়ে যান। নিজের ফোন সর্বদা সঙ্গে রাখুন। গাড়ীর সিগন্যাল লাইট জ্বেলে রাখুন। ট্যাক্সি হলে ড্রাইভারকে হাসপাতালে ফোন করতে বলুন।

  সম্ভব হলে গাড়ীর পেছনের সীটে কম্বল বা জ্যাকেট বিছিয়ে ভাবী মাকে শুইয়ে দিন। সহায়তা এসে না পৌঁছলে গাড়ীতেই ডেলিভারী করান আর তারপর কোন হাসপাতালে নিয়ে যান।

রুটীন আই.ভি.

"এটা কি সত্যি যে, প্রসবের সময় হাসপাতালে পৌঁছনো মাত্রই আমাকে আই.ভি. লাগিয়ে দেওয়া হবে ?"

এটা সেই হাসপাতালের নীতির ওপরে নির্ভর করে, আপনি যে হাসপাতালে প্রসবের জন্য যাচ্ছেন। অনেক হাসপাতালে পৌঁছনো মাত্রই আপনার হাতের শিরায় এক পাতলা ক্যাথেটর লাগিয়ে দেওয়া হবে, যাতে যে কোন ওষুধ দিতে সুবিধা হয়। এর ফলে ডি-হাইড্রেশন থেকেও সুরক্ষা প্রাপ্ত হয় আর এমারজেন্সীর সময় ওষুধ দেওয়াও সহজ হয়ে ওঠে। আবার অনেক হাসপাতালে প্রয়োজন পড়লে তবেই আই.ভি. দেওয়া হয়। আপনি নিজের ডাক্তারকে এই ব্যাপারে প্রশ্ন করুন আর আপনি এমনটা না চাইলে সেটা ডাক্তারকে আগে থেকেই জানিয়ে দিন।

যদি এপীড্যুরল নিতে হয়, তাহলে আই.ভি. নিতেই হবে। এপীড্যুরলের সময় আর তার পরেও আই.ভি. দ্বারা ফ্লুইড দেওয়া হয়।

এমনিতে আমরা আপনাকে এটা জানিয়ে দিতে চাই যে, এই জিনিষটা এতটা কষ্টদায়ক হয় না। প্রথমে-প্রথমে হাল্কা ছুঁচ ফোটার মত কষ্ট হবে... তারপর আপনার মনোযোগ সেদিকে আর যাবে না। আপনি এটাকে সঙ্গে নিয়ে বাথরুম যেতে পারবেন বা বারান্দায় পায়চারীও করতে পারবেন। আপনি এটা একেবারে না চাইলে ডাক্তারকে *হেপারিন লক্*'-য়ের ব্যাপারে প্রশ্ন করুন। এতে শিরায় এক ছোট্ট পাতলা ক্যাথেটর লাগিয়ে ওষুধ দেওয়া হয়, যাতে রক্ত না জমে... তারপর সেটা বন্ধ করে দেওয়া হয়, যাতে জরুরী পরিস্থিতিতে শিরা খোলা অবস্থায় থাকে আর ঝট্ করে ইঞ্জেকশন বা ওষুধ দেওয়া যায়। এর ফলে আপনাকে অনিচ্ছা সত্ত্বেও আই.ভি.-র চক্করে ফাঁসতে হবে না।

শিশুর ওপরে নজর রাখা

"প্রসবের সময় কি শিশুর গতিবিধির ওপরে লাগাতার নজর রাখা হবে ? এর লাভ কি

হয় ?"

যে শিশু মায়ের গর্ভে বড় মজায় 9 মাস সময় কাটিয়েছে, তার পক্ষে মায়ের গর্ভ থেকে বাইরে বেরিয়ে আসাটা ততটা সহজ হয় না। কিছু শিশু তো অত্যন্ত সহজে এই সফর পাড়ি দিয়ে বাইরে বেরিয়ে আসে... কিন্তু কিছু শিশুর সাহস ভেঙে পড়ে। বেশ কিছু লক্ষণ থেকে এমনটা জানতে পারা যায় যে, তারা ক্লান্তি অনুভব করছে। তাদের হৃদস্পন্দনের হার কমে আসে।

ডাক্তার লাগাতার গর্ভস্থ শিশুর গতিবিধির ওপরে নজর রাখেন, যাতে তিনি গর্ভস্থ শিশুর সঠিক অবস্থার ব্যাপারে জানতে পারেন। যদি আপনার মামলাতেও ডাক্তার সঠিক মনে করেন, তাহলে উনি শিশুর ওপরে পুরো প্রসব-কালে ফ্যাটাল মোনিটোরিং দ্বারা নজর রাখবেন। ফ্যাটাল মোনিটোরিং তিন প্রকারের হয় ঃ-

বাহ্যিক পরীক্ষা ঃ- এতে পেটের ওপরে দু ধরণের উপকরণ লাগানো হয়। এক, আল্ট্রাসাউণ্ড ট্রান্সডুসর *(হৃদস্পন্দনের ওপরে নজর রাখার জন্য)* এবং দুই, চাপ-সংবেদনশীল যন্ত্র... এটা সংকুচনের গভীরতা এবং মেয়াদ মাপে। এই দুই উপকরণ মোনিটরের সাথে যুক্ত হয়ে থাকে এবং এর রিপোর্ট কাগজের ওপরে প্রিন্ট হয়ে বেরোয়। আপনি এই সময় বিছানা বা চেয়ারের ওপরে নড়াচড়া করতে পারেন... কিন্তু আপনি খুব বেশী স্বাধীনতা পাবেন না।

লেবারের দ্বিতীয় অবস্থায় যখন সংকুচন এতটা তীব্র হয়ে ওঠে যে, সেটার শুরু হওয়ার আর শেষ হওয়ার ব্যাপারে জানতেই পারা যায় না... সেই সময় মোনিটরের সহায়তা গ্রহণ করা হয়। যদি এই সময় মোনিটরের সহায়তা গ্রহণ করা না হয়, তাহলে ডপলারের সহায়তায় গর্ভস্থ শিশুর হৃদস্পন্দন পরীক্ষা করা হয়।

আভ্যন্তরীণ পরীক্ষা ঃ- যখন খুব বেশী সঠিক ফলাফলের প্রয়োজন হয়, তখন এর ব্যবহার করা হয়ে থাকে। এতে যোনিপথ দিয়ে গর্ভস্থ শিশুর মাথার খুলির ওপরে এক ছোট্ট ইলেক্ট্রোড লাগানো হয়। তারপর আপনার গর্ভাশয়ে এক ক্যাথেটর ঢোকানো হয় বা পেটের ওপরে উপকরণ লাগিয়ে সংকুচনের গভীরতা আর মেয়াদ মাপা হয়।

অত্যন্ত জরুরী মনে করলে তবেই এমনটা করা হয়... কারণ এর দ্বারা সংক্রমণ হওয়ার ভয় থাকে। গর্ভস্থ শিশুর মাথায় হাল্কা আঁচড়ও লাগতে পারে... যেটা কিছুদিনের মধ্যে ঠিক হয়ে পড়ে। এই সময় আপনার গতিবিধি অত্যন্ত কমে আসবে।

টেলিমেট্রী পরীক্ষা ঃ- এই পরীক্ষা কিছু-কিছু বিশেষ হাসপাতালেই করা হয়ে থাকে। এই সময় আপনার পেটের ওপরে এক ট্রান্সমিটার লাগানো হয়... যাতে গর্ভস্থ শিশুর হৃদস্পন্দনের ব্যাপারে জানা যেতে পারে। এই সময় আপনি ঘুরে বেড়াতেও পারেন আর আপনার পরীক্ষাও সাথে-সাথে চলতে থাকে।

এমন পরীক্ষার সময় অনেক বার মিথ্যে সংকেতও পাওয়া যায়। গর্ভের মধ্যে শিশু ঘুরে গেলে ইলেক্ট্রোডও ঘুরে যাবে আর মোনিটরের ওপরে সঠিক রেকর্ড আসবে না। ডাক্তার এই সব জিনিষের ওপরে দৃষ্টি দেওয়ার পরেই এটা ঠিক করেন যে, গর্ভস্থ শিশুর কোন প্রকারের ঝুঁকির সম্ভাবনা আছে কি না? যদি গর্ভস্থ শিশুর লাগাতার ক্লান্তির সংকেত আসতে থাকে, তাহলে অপারেশন করার প্রস্তুতি নেওয়া হয়।

পর্দা ফাটা

"আমি এমন ভয় পাচিছ যে, আমার জলের থলে আপনা থেকে ফাটবে না... ডাক্তারকেই সেটা ফাটাতে হবে। এতে কি আমার যন্ত্রণা হবে ?"

না! অনেক বার তো সেটা কৃত্রিম রূপে ফাটালে অনেক গর্ভবতী মহিলা সেটা জানতেও পারেন না। তাঁরা নিজেদের প্রসব-যন্ত্রণা নিয়ে এতটা মগ্ন হয়ে থাকেন যে, এই ছোট্ট জিনিষটার ওপরে তাঁদের দৃষ্টিই যায় না। আপনার শুধু হঠাৎ করে জল বয়ে চলার মত অনুভূতি হবে। অনেক বার গর্ভস্থ শিশুর আভ্যন্তরীণ পরীক্ষার জন্যও কৃত্রিম রূপে পর্দা ফাটাতে হয়।

এমনিতে বিভিন্ন অধ্যয়ণ থেকে এটা জানতে পারা গেছে যে, এর দ্বারা প্রসব-কাল ছোট হয় না... কিন্তু অনেক ডাক্তার আজও প্রসবকে গতি প্রদান করার জন্য এমনটা বলেন। যদি

কোন ন্যায্য কারণ না থাকে, তাহলে ডাক্তার সেটাকে প্রাকৃতিক রূপে নিজের কাজ করার সুযোগ প্রদান করেন।

অনেক বার গর্ভস্থ শিশু এই থলের সাথেই বাইরে বেরিয়ে আসে। সেটাকে শিশুর জন্মের পরেই ফাটানো হয়... সেটাও ঠিক হয়।

এপিসিয়োটোমী

"আমি শুনেছি যে, আজকাল আর এপিসিয়োটোমীর প্রচলন নেই! এটা কি সত্যি ?"

আপনি ঠিকই শুনেছেন। আজকাল যোনি আর পায়ুপথের মাঝের অংশকে বিস্তৃত করার জন্য কাটা-ছেঁড়া করা হয় না। আজকাল বিনা কারণে কাটা-ছেঁড়া করা এড়িয়ে চলা হয়।

কিন্তু সর্বদা এমনটা ছিল না। কাটা-ছেঁড়া করার পরেই গর্ভস্থ শিশু বাইরে আসত... কিন্তু বিভিন্ন অধ্যয়ণ থেকে এটা জানতে পারা গেছে যে, গড়পড়তা প্রসবে এটা ছাড়াই কাজ হয়ে পড়ে। মা রক্তস্রাব আর সংক্রমণের আশংকার হাত থেকেও রক্ষা পেয়ে যান।

অনেক বার এই কাটা-ছেঁড়া এতটাই বড় হয়ে উঠত যে, তার থেকে ঝুঁকির সৃষ্টি হয়ে পড়ত। অবশ্য এখনও গর্ভস্থ শিশু আকারে হলে, ফরসেপ বা ভ্যাকুয়াম ডেলিভারী করাতে হলে অথবা জরুরী পরিস্থিতির সৃষ্টি হয়ে পড়লে... কাটা-ছেঁড়া করতে হয়!

কাটা-ছেঁড়া করার আগে আপনাকে লোকাল এ্যানাস্হেসিয়ার ইঞ্জেকশন দেওয়া হবে। নীচের দিকের অংশ অনুভূতিশূণ্য হয়ে পড়ার কারণে আপনার কোন যন্ত্রণার অনুভূতি হবে না। শিশু আর প্লেসেন্টার ডেলিভারীর পরে ডাক্তার সেই কাটা জায়গার ওপরে সেলাই করে দেবেন।

অনেক দাইরা এর থেকে সুরক্ষার জন্য পেরিনিয়ম মালিশের পরামর্শ দেন। তাঁরা এমনটা মনে করেন যে, প্রথম বার *মা'* হতে চলা গর্ভবতী মহিলাদের প্রসবের কয়েক সপ্তাহ আগে থেকে সেই অংশের মালিশ করানো উচিত।

এমনিতে ডেলিভারীর সময় ডাক্তার আপনার পেরিনিয়মের ওপরে হাল্কা চাপ দিয়ে সাপোর্ট প্রদান করেন, যাতে গর্ভস্থ শিশুর মাথা হঠাৎ করে বাইরে বেরিয়ে এলে অনাবশ্যক কাটা-ছেঁড়া না করতে হয়।

আপনি ডাক্তারের থেকে এই ব্যাপারে পরামর্শ নিতে পারেন। এটা মনে রাখবেন যে, আগে থেকে সব কিছু নির্দিষ্ট হয় না। বেশ কিছু ফয়সালা ডেলিভারী রুমে ঢোকার পরেই নেওয়া হয়ে থাকে।

ফরসেপ

"আমাকে কি ডেলিভারীর সময় ফরসেপ করাতে হবে ?"

এমনিতে আজকাল ফরসেপের সহায়তায় গর্ভস্থ শিশুকে বাইরে বার করার পরিবর্তে ভ্যাকুয়ামের সহায়তা গ্রহণ করা হয়ে থাকে। আপনি নিশ্চিন্ত থাকুন – ফরসেপও ভ্যাকুয়াম বা অপারেশনের মতই সুরক্ষিত হয়!

যখন মা জোর লাগিয়ে প্রচণ্ড ক্লান্ত হয়ে ওঠেন... কিন্তু গর্ভস্থ শিশু বাইরে আসে না – তখন শিশুকে সমস্যার হাত থেকে বাঁচানোর জন্য ফরসেপের সহায়তা নেওয়া যেতে পারে।

আপনার গর্ভাশয়ের মুখ পুরোটা খোলা থাকা উচিত। মূত্রাশয় খালি থাকা উচিত আর জলের থলে আগেই ফেটে যাওয়া উচিত। তারপর আপনাকে লোকাল এ্যানাস্হেসিয়া দ্বারা অনুভূতিশূণ্য করে তোলা হবে। হতে পারে যে, আপনার যোনিপথে কাটা-ছেঁড়াও করতে হতে পারে। অনেক বার এই কারণে গর্ভস্থ শিশুর মাথায় আঁচড় আসতে পারে বা ফোলা ভাবেরও সৃষ্টি হতে পারে... যেটা কিছুদিনের মধ্যে ঠিক হয়ে পড়ে।

যদি ফরসেপের প্রয়াসও ব্যর্থ হয়, তাহলে অপারেশন করতে হতে পারে।

ভ্যাকুয়ামের চাপ

"আমার এক বান্ধবীকে শিশুর ডেলিভারীর জন্য ভ্যাকুয়াম এক্সট্র্যাক্টরের সহায়তা নিতে হয়েছিল। এটাও কি ফরসেপের মত হয় ?"

এতে গর্ভস্থ শিশুর মাথায় প্লাস্টিকের এক ক্যাপ লাগানো হয় আর আস্তে করে সেটাকে বাইরের দিকে টানা হয়। এর ফলে গর্ভস্থ শিশুর

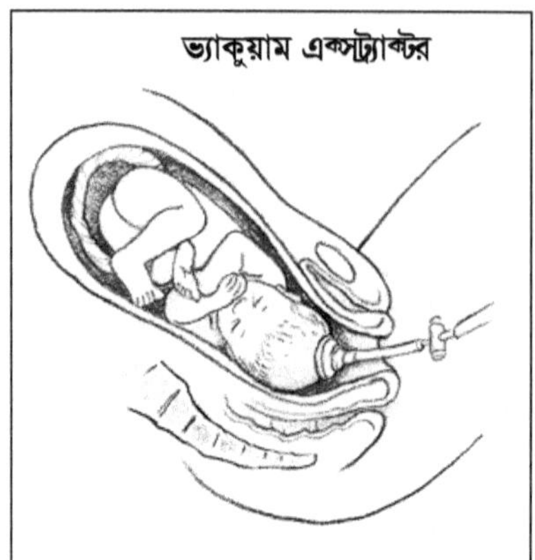

ভ্যাকুয়াম এক্সট্র্যাক্টর

বাইরে বেরিয়ে আসতে সহায়তা প্রাপ্ত হয়। অনেক বার তো এই প্রক্রিয়া ফরসেপ আর অপারেশনের হাত থেকেও বাঁচিয়ে নেয়।

টানার সময় যোনিপথে কাটা-ছেঁড়া করতে হয় না। এই ভাবে জন্ম নেওয়া কিছু শিশুদের মাথায় কিছুটা ফোলা ভাবের সৃষ্টি হয়ে পড়ে... যেটা কিছুদিনের চিকিৎসায় ঠিক হয়ে পড়ে।

যদি ভ্যাকুয়াম দ্বারাও কাজ না হয়, তাহলে ডেলিভারীর জন্য অপারেশনের সহায়তা নিতে হতে পারে।

অনেক বার ডাক্তার যন্ত্রণা হওয়ার সময় বিশ্রাম করার পরামর্শও দেন, যাতে আপনি পূর্ণ শক্তি আর এনার্জী সংগ্রহ করে আবার একবার জোর লাগাতে পারেন। আপনি নিজের অবস্থান বদলেও চেষ্টা করে দেখতে পারেন। অনেক বার মাধ্যাকর্ষণের সহায়তাতেও কাজ হয়ে পড়ে।

প্রসব-যন্ত্রণা শুরু হওয়ার আগে ডাক্তারের থেকে এটা জেনে নিন যে, কেমন পরিস্থিতিতে কেমন ফয়সালা নিতে হতে পারে?

প্রসব মুদ্রা

"আমি জানি যে, প্রসবের সময় চিত হয়ে শোওয়া চলে না... তাহলে কোন্ পোজিশন সঠিক হয়?"

প্রসবের সময় আপনার চিত হয়ে শোওয়ার প্রয়োজন নেই... কারণ এই পদ্ধতি খুব একটা কার্যকরীও হয় না। এতে বেশ কিছু রক্ত নলিকার ওপরে চাপ পড়ার ভয়ও থাকে আর মাধ্যাকর্ষণের সহায়তাও পাওয়া যায় না। আপনি যে কোন পোজিশনে প্রসব করতে পারেন আর নিজের ইচ্ছানুসার পোজিশন বদলাতে পারেন। এই ভাবে পোজিশন বদলালে প্রসবের গতিও তীব্র হয়ে ওঠে এবং ভালো ফল সামনে আসে।

আপনি নিম্নলিখিত পোজিশনগুলোর মধ্যে যে কোন একটা আরামদায়ক পোজিশন বেছে নিতে পারেন ঃ-

দাঁড়িয়ে ঃ- উল্লম্ব অবস্থায় যন্ত্রণা কমে আসবে আর মাধ্যাকর্ষণের সহায়তাও প্রাপ্ত হবে। গর্ভস্থ শিশুর নীচের দিকে আসতেও সহায়তা প্রাপ্ত হবে। যদিও প্রসব-যন্ত্রণা তীব্র হয়ে ওঠার কারণে যখন চলাফেরা করা মুশ্কিল হয়ে উঠবে, তখন আপনি শুয়ে পড়তেও পারেন।

রকিং ঃ- যদিও গর্ভস্থ শিশু এখনও পৃথিবীতে আসেনি... কিন্তু দোল খেতে তার অবশ্যই আনন্দ আসবে। সংকুচন শুরু হওয়ার পরে রকিং চেয়ারে বসে সামনে-পেছনে দোল খান। এর দ্বারা আপনার শ্রোণী প্রদেশ খুলে যাবে আর গর্ভস্থ শিশু নীচের দিকে নেমে আসবে। এই প্রক্রিয়ায় মাধ্যাকর্ষণের সহায়তাও প্রাপ্ত হবে।

উবু মুদ্রা ঃ- যখন গর্ভস্থ শিশুর জন্মের সময় কাছে চলে আসবে... তখন উবু মুদ্রা লাভদায়ক হতে পারে। এতে পেলভিস খুলে যায় আর গর্ভস্থ শিশু নীচের দিকে নেমে আসতে বেশী জায়গা পেয়ে যায়। আপনি উবু মুদ্রায় বসার জন্য নিজের সাথীর সহায়তা নিতে পারেন বা সেখানে লাগানো ডাণ্ডা ধরতে পারেন। এতে আপনার পা দুটো বেশী ক্লান্ত হবে না।

বার্থ বল ঃ- এই ধরণের বড় বার্থ বলের ওপরে বসলে বা ঝুঁকলে পেলভিস খুলে যায় আর আপনি লম্বা সময় পর্যন্ত উবু মুদ্রা তৈরী করতে পারেন।

বসা ঃ- আপনি বিছানায়, সাথীর আলিঙ্গনে বা বার্থ বলের সহায়তা নিয়ে বসতে পারেন। এতে মাধ্যাকর্ষণের সহায়তা প্রাপ্ত হবে, সংকুচনের যন্ত্রণা কমে আসবে। বার্থিং চেয়ার পাওয়া গেলে

বিভিন্ন প্রসব মুদ্রা

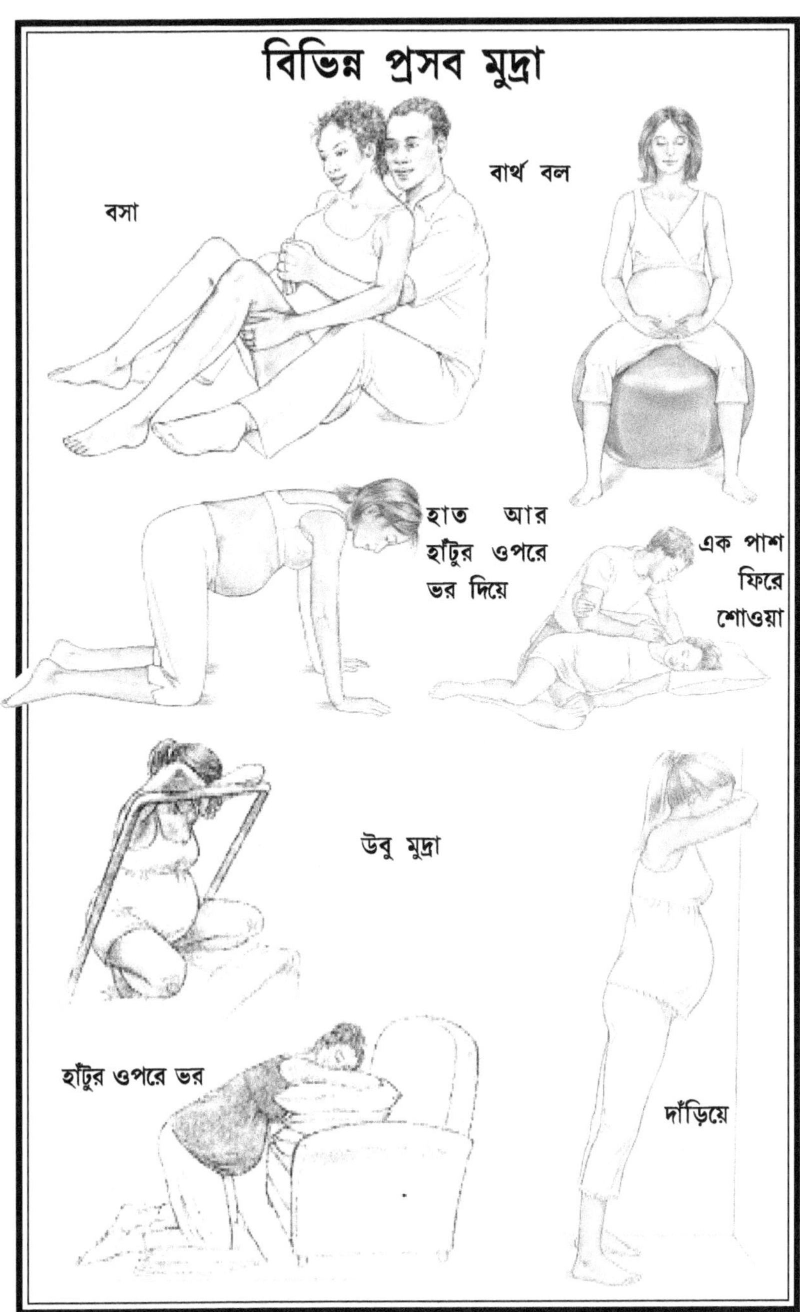

আপনি সেটার প্রয়োগও করতে পারেন।

হাঁটুর ওপরে ভর ঃ- আপনার কি ব্যাক লেবারের সমস্যা রয়েছে ? হাঁটুর ওপরে ভর দিয়ে চেয়ার বা সাথীর কোলের ওপরে ঝুঁকুন... বিশেষ করে যখন গর্ভস্থ শিশুর মাথা আপনার মেরুদণ্ডের হাড়ের ওপরে চাপ দিচ্ছে। এতে আপনার ওপরে চাপ কমে আসবে আর গর্ভস্থ শিশু সামনের দিকে এগিয়ে আসবে। এর দ্বারা শিশুর জন্মের সময়কার যন্ত্রণাও অনেকটা কমে আসে।

হাত এবং হাঁটুর ওপরে ভর দিয়ে ঃ- ব্যাক লেবারে এই মুদ্রাও কার্যকরী হতে পারে। এই প্রকারে আপনি আরামে পেলভিক টিল্ট করতে পারবেন... এর সাথে-সাথে পিঠের মালিশও করা যেতে পারে। প্রসব যেমনই হোক্ না কেন, এই মুদ্রায় যন্ত্রণা কমবে আর মাধ্যকর্ষণের সহায়তাও প্রাপ্ত হবে।

এক পাশ ফিরে শোওয়া ঃ- বসে বা উবু মুদ্রায় আপনি ক্লান্ত হয়ে উঠেছেন ? তাহলে এক পাশ ফিরে শুয়ে পড়ুন। এতে বিশেষ রক্ত নলিকাগুলোর ওপরে চাপ পড়বে না। সংকুচনের যন্ত্রণা কমবে আর প্রসব-প্রক্রিয়াও তীব্র হবে।

মনে রাখবেন যে, প্রসবের সব থেকে ভালো পোজিশন সেটাই হয়... যেটা আপনার পক্ষে অনুকূল হবে। যখনই ইচ্ছা হবে, নিজের পোজিশন কিছুটা বদলান। আপনার যদি লাগাতার পরীক্ষা চলতে থাকে, তাহলে আপনার পক্ষে চলাফেরা করা সম্ভব হবে না... কিন্তু আপনি এক জায়গাতেই বিভিন্ন মুদ্রা বানাতে পারেন। এপীড্যুরলের সময়ও বসা, পাশ ফিরে শোওয়া বা রকিং পোজিশন বানানো যেতে পারে।

শিশুর জন্ম আর স্ট্রেচ মার্কস

"আমি ডেলিভারীর সময় হওয়া স্ট্রেচ মার্কসের কারণে অস্থির হয়ে উঠেছি। আমার যোনি কি আবার একবার আগের মত হয়ে উঠবে ?"

প্রকৃতি সর্বদা মায়ের ব্যাপারে চিন্তা করে... তার ওপরে লক্ষ্য রাখে! শিশুর জন্মের সময় মায়ের যোনি বড়ই আশ্চর্যজনক রূপে বিস্তৃত হয়ে ওঠে... যেটার ভেতর দিয়ে 7 - 8 পাউণ্ডের শিশুও আরামে বেরিয়ে আসতে পারে। তারপর কয়েক সপ্তাহের ভেতরে যোনি আবার একবার নিজের আকারে চলে আসে।

এমনিতে গর্ভাবস্থায় পেরিনিয়মের মালিশ করলে সেটার নমনীয়তাও কিছুটা বাড়ানো যেতে পারে। কীগল ব্যায়ামও যোনিকে নিজের আকারে ফিরিয়ে নিয়ে আসতে সহায়তা করে।

অনেক গর্ভবতী মহিলা এমনটা মনে করেন যে, গর্ভাবস্থার পরে যোনির হাল্কা বিস্তৃতি তাঁদের সেক্সকে আরও বেশী আনন্দদায়ক করে তোলে আর যন্ত্রণাও অনেকটা কমে আসে। কিছু গর্ভবতী মহিলাদের আবার যৌনানন্দ কমে আসে। তাঁরা যদি কীগল ব্যায়াম করেন, তাহলে যোনির সঠিক আকারে ফিরে আসতে সময় লাগে না। যদি ডেলিভারীর 6 মাস পরেও যোনির আকার সঠিক না হয়, তাহলে ডাক্তারের পরামর্শ নিন।

রক্ত দেখতে পেলে

"আমার তো রক্ত দেখামাত্র মাথা ঘুরে ওঠে। আমি জানি না যে, আমি নিজের ডেলিভারী দেখতে পারব কি না ?"

এই সময় ততটাই রক্ত বার হয়, যতটা সাধারণতঃ মাসিক ধর্মের সময় বেরোয়। দ্বিতীয়তঃ, আপনি সেই সময় এক দর্শক হওয়ার বদলে প্রসবে সক্রিয় ভূমিকা নেবেন আর আপনার পুরো এনার্জী গর্ভস্থ শিশুকে বাহিরের দিকে ধাক্কা দিতে লেগে থাকবে। আপনি এই ব্যাপারে সেই সব মহিলাদের সাথে কথা বলে দেখতে পারেন... যাঁরা সাম্প্রতিক সময়ে *মৌ'* হয়েছেন!

যদি তখনও আপনি অস্থির হয়ে থাকেন, তাহলে সেই সময় আয়নায় নিজেকে দেখবেন না বা পেটের নীচের দিকে সেই অংশের ওপরে মনোযোগ দিন, যেখান দিয়ে আপনার শিশু বেরিয়ে আসবে। নিজের ডেলিভারী দেখার আগে অন্য কোন গর্ভবতী মহিলার ডেলিভারীর ভিডিয়ো টেপ দেখুন। তাহলে আপনি ভয় পাওয়ার থেকে বেশী বিস্ময়ে ভরে উঠবেন! আপনার সাথীও এই ব্যাপারে চিন্তিত হয়ে উঠলে তাঁকে প্রসবের সাথে যুক্ত সকল পক্ষের তথ্য প্রদান করুন।

শিশুর জন্ম

শিশুর জন্ম দেওয়া এক বিরাট বড় চ্যালেঞ্জ হয়। এটা যথেস্ট ভাবনাত্মক আর শারীরিক অস্থিরতা পূর্ণও হয়। গর্ভবতী মহিলাদের কাছে এটা এমন এক অভিজ্ঞতা হয়, যেটাকে সহ্য করার পরে তাঁদের ঝুলিতে আনন্দই আনন্দ থাকবে। সৌভাগ্যবশতঃ এই প্রক্রিয়ায় আপনি একা থাকবেন না!

শিশুর জন্মের অবস্হা এবং পর্যায়

এর তিনটে পর্যায় হয় – লেবার, শিশুর ডেলিভারী, প্লেসেন্টার ডেলিভারী। যদি অপারেশন না হয়, তাহলে আমাদের তিনটি অবস্হার ভেতর দিয়ে যেতে হয়। লেবারের তিনটি পর্যায় হয়। এই সময় উঠতে থাকা যন্ত্রণা আর লক্ষণও আলাদা-আলাদা হয়। আভ্যন্তরীণ পরীক্ষা দ্বারা উন্নতির ব্যাপারে অনুমান লাগানো হয়।

প্রথম অবস্হা ঃ- লেবার *(আর্লী লেবার)*
এতে গর্ভাশয়ের মুখ বিস্তৃত হয়। সংকুচন 30 থেকে 45 সেকেণ্ডের আর 20 মিনিট বা তার কম অন্তরালে হয়।

সক্রিয় লেবার ঃ- গর্ভাশয়ের মুখ 7 সেমি, সংকুচন 40 থেকে 60 সেকেণ্ড, 3 থেকে 4 মিনিটের অন্তরাল।

ট্রাঞ্জিশনাল লেবার ঃ- গর্ভাশয়ের মুখ পুরোপুরি খুলে যায়। সংকুচন 60 থেকে 90 সেকেণ্ড, 2 থেকে 3 মিনিটের অন্তরাল।

দ্বিতীয় অবস্হা ঃ- শিশুর ডেলিভারী।

তৃতীয় অবস্হা ঃ- প্লেসেন্টার ডেলিভারী।

আপনি নিজের কোচ আর ডাক্তারের সহায়তা তো প্রাপ্ত করবেন... কিন্তু আপনার নিজেরও সমস্ত তথ্য রাখাটা অত্যন্ত জরুরী।

পুরো 9 মাস পর্যন্ত গর্ভাবস্হার সময় আপনি অনেক কিছু শিখে নিয়েছেন... কিন্তু প্রসব-যন্ত্রণা আর ডেলিভারীর সময় কি হবে ?

এমনিতে এটার অনুমান লাগানো যথেস্ট মুশকিল হয়। প্রতিটি গর্ভাবস্হার মত প্রতিটি প্রসব-যন্ত্রণা আর প্রসবও আলাদা হয়... কিন্তু এই ব্যাপারে কিছুটা তথ্যও আপনার ভয় আর অস্হিরতার ওপরে নিয়ন্ত্রণ প্রাপ্ত করতে পারে। যদিও এই সব কিছুই অত্যন্ত স্বাভাবিক হবে আর এক ছোট্ট ফুটফুটে শিশু আপনার কোলে চলে আসবে!

লেবার – প্রথম পর্যায়

প্রথম পর্যায় ঃ লেবার শীঘ্র হওয়া

এই পর্যায় যথেস্ট লম্বা হয়... কিন্তু বেশী গভীর হয় না। এটা কয়েক ঘন্টা, কয়েক দিন বা কয়েক সপ্তাহের হতে পারে। 2 থেকে 6 ঘন্টায় সংকুচন ছাড়াই গর্ভাশয়ের মুখ পাতলা হয়ে 3 সেমি পর্যন্ত খুলে যায়।

এই পর্যায়ের সংকুচন বা প্রসব-যন্ত্রণা 20 থেকে 45 সেকেণ্ড পর্যন্ত হয়। এটা আরও কমও হতে পারে। এটা হাল্কা, তীব্র, নিয়মিত বা অনিয়মিত হতে পারে। এটা ধীরে-ধীরে কাছেও আসতে পারে।

আর্লী লেবারে নিম্নলিখিত লক্ষণ দেখতে পাওয়া যেতে পারে ঃ

- পিঠের যন্ত্রণা *(লাগাতার বা সংকুচনের সাথে)*
- মাসিক ধর্মের মত টান ভাব
- পেটের নীচের অংশে চাপ

- অপচন
- ডায়রিয়া
- পেটের নীচের অংশে উষ্ণতার অনুভূতি
- রক্তের সাথে ম্যুকসের স্রাব
- এম্‌নিয়োটিক পর্দা ফেটে যাওয়া... যেমনটা সক্রিয় প্রসবের সময় ফাটে

ভাবনাত্মক রূপে আপনি অনিয়মিততা, ভয় বা উত্তেজনা অনুভব করতে পারেন... যখন কি কিছু-কিছু গর্ভবতী মহিলা অনেকটা শান্ত হয়ে পড়েন।

আপনি কি করতে পারেন ঃ- এই সময় উত্তেজিত হয়ে ওঠা বা ঘাবড়ে ওঠার পরিবর্তে শান্ত হয়ে উঠুন।

- রাতের সময় হলে প্রসব-যন্ত্রণা তীব্র হয়ে ওঠার আগে কিছুটা ঘুমিয়ে নেওয়ার চেষ্টা করুন। ঘুম না এলে মনোযোগ অন্য দিকে নিয়ে যাওয়ার জন্য কোন কাজ করা শুরু করুন। কিছু খাবার তৈরী করে ফ্রীজে রেখে দিন। ভাবী শিশুর জামা-কাপড় গুছিয়ে রাখুন। আর দিনের বেলা হলে সংসারের দৈনন্দিন কাজ করুন... কিন্তু মোবাইল ফোন ছাড়া বাড়ীর থেকে বেশী দূরে যাবেন না। কিছুটা পায়চারী করুন, টি.ভি. দেখুন, বন্ধু বা আত্মীয়দের ই-মেল করুন বা হাসপাতালে নিয়ে যাওয়ার মত মালপত্র রেডী করে রাখুন।
- আপনার সাথী পাশে না থাকলে তাঁকে খবর পাঠান। আপনি যদি নিজের সহায়তার জন্য কোন আত্মীয়কে ডেকে পাঠাতে চান, তাহলে তাঁকেও খবর পাঠান।
- ক্ষিধে পেলে হাল্কা-ফুল্কা টিফিন করে নিন, যাতে আপনার এনার্জীর স্তর বজায় থাকে। বেশী ভারী খাবার খাবেন না... সেটা হজম করতে অসুবিধা হতে পারে। ভরপুর মাত্রায় জল পান করুন আর কমলা লেবুর জুস, লেমোনেড পান করবেন না।
- নিজেকে বিশ্রাম প্রদান করুন। গুনগুনা গরম জলে স্নান করুন। হীটিং প্যাড দিয়ে পিঠের সেঁক দিন। নিজের ইচ্ছায় কোন ওষুধ খাবেন না।
- নিজের সংকুচনের সময়ের ওপরে দৃষ্টি দিন... কিন্তু হাতে ঘড়ি নিয়ে বসার কোন প্রয়োজন নেই।
- শিথিলতা টেক্‌নিকের ব্যবহার করুন... কিন্তু এখন থেকে শ্বাসের ব্যায়াম করবেন না। অন্যথা আপনি এখন থেকেই *বোর'* হয়ে উঠবেন।

সাথীর জন্য টিপস্‌ ঃ- আপনি সেখানে পৌঁছে গিয়ে থাকলে ভাবী মাকে বিশ্রাম দেওয়ার জন্য নিম্নলিখিত উপায় গ্রহণ করুন।

- সংকুচনের রেকর্ড রাখুন। সেটা যখন 10 মিনিটেরও কম সময়ে হতে লাগবে, তখন সেটার ওপরে বেশী করে মনোযোগ দিন।
- শান্তি বজায় রাখুন। নিজের সাথীকে বিশ্রাম প্রদান করুন। এমনটা যেন না হয় যে, আপনার উত্তেজনার ছোঁওয়া আপনার সাথী পর্যন্ত পৌঁছে যাক। ওনাকে হাল্কা মালিশ করুন আর গোটা পরিবেশটাকে প্রসন্নতায় ভরিয়ে রাখুন।
- ওনাকে কিছুটা সাপোর্ট আর স্বান্তনা দিন। এই সময় এটাই ওনার সব থেকে বেশী প্রয়োজন হবে।
- সময় কাটানোর জন্য ওনার সাথে হাল্কা-ফুল্কা গল্প-গুজব করুন।
- মনোযোগ অন্য দিকে নিয়ে যাওয়ার চেষ্টা করুন। ভিডিয়ো গেম খেলুন, টি.ভি. দেখুন, কিছুটা পায়চারী করুন বা রান্নাঘরে কিছু রান্না করুন।
- আপনি নিজেও কিছু খেয়ে নিন, যাতে আপনার শক্তি আর এনার্জীর স্তর বজায় থাকে। এর ফলে হাসপাতালে পৌঁছেই আপনাকে ক্যান্টীনের খোঁজ করতে হবে না। এমন কিছু খাবেন না, যাতে আপনার শ্বাসে তীব্র দুর্গন্ধ আসতে থাকবে।

ডাক্তার ডাকুন... !

যদি দিনের বেলায় পর্দা ফেটে যায় আর প্রসব শুরু হয়ে পড়ে, তাহলে ডাক্তারকে ফোন করা উচিত। যদি লাল বা সবুজ স্রাব হতে থাকে বা গর্ভস্থ শিশুর নড়াচড়া বন্ধ হয়ে এসেছে বলে মনে হয়, তাহলে ডাক্তার ডাকুন।

এমনটা কিছু না হলেও ডাক্তারকে ফোন করে ডেকে পাঠাতে কোন আপত্তি নেই।

প্রসব-যন্ত্রণার বিভিন্ন পক্ষ

এতে কোন সন্দেহ নেই যে, প্রসবের সময় যন্ত্রণা তো হয়... কিন্তু সেই যন্ত্রণার মাত্রাকে বেশ কিছু কারণে কমানো-বাড়ানো যেতে পারে। এটা অনেকটাই আপনার নিয়ন্ত্রণের মধ্যে রয়েছে। আপনাকে শুধু কিছুটা প্ল্যান তৈরী করে চলতে হবে।

যন্ত্রণার অনুভূতি বাড়তে পারে	**যন্ত্রণার অনুভূতি কমতে পারে**
একা থাকলে	নিজের কোন প্রিয়, বিশ্বস্ত সাথী, বা অভিজ্ঞ মেডিক্যাল বিশেষজ্ঞ সঙ্গে থাকলে।
ক্লান্তি	ক্লান্তি এড়িয়ে চলুন। গর্ভাবস্থার নবম মাসে নিজের শরীরকে যতটা সম্ভব বিশ্রাম প্রদান করুন।
ক্ষুধা-তৃষ্ণা	প্রসবের শুরুতে কিছু হাল্কা-ফুল্কা খাওয়া-দাওয়া করে নিন। ডাক্তারের অনুমতি পেলে প্রসবের সময়ও কিছু-না-কিছু খান।
যন্ত্রণার ব্যাপারে চিন্তা করা	নিজের মনোযোগ অন্য দিকে কেন্দ্রীভূত করুন। সংকুচনের নমুনার ওপরে মনোযোগ দেবেন না। এমনটা ভাববেন না যে, তার ফলে যন্ত্রণা বেড়ে উঠবে। এটা মাথায় রাখবেন যে, এই যন্ত্রণা খুব শীঘ্রই শেষ হয়ে আসবে।
মানসিক চাপ এবং উদ্বেগ – সংকুচনের সময় মানসিক চাপগ্রস্ত হওয়া, অজানা ভয়	রিল্যাক্স হওয়ার আর ধ্যান টেক্‌নিক গ্রহণ করুন। নিজের শ্বাসের ওপরে মনোযোগ দেবেন না। এমনটা ভাববেন না যে, তার ফলে যন্ত্রণা বেড়ে উঠবে। এটা মাথায় রাখবেন যে, এই যন্ত্রণা খুব শীঘ্রই শেষ হয়ে আসবে।
আত্মদয়া	মনে-মনে এমনটা চিন্তা করুন যে, আপনি ভগবানের থেকে কত সুন্দর এক উপহার পেতে চলেছেন।
নিজেকে নিয়ন্ত্রণের বাইরে এবং অসহায় অনুভব করা	বাচ্চার জন্মের প্রস্তুতি আগে থেকে করে নিন... যাতে আত্মবিশ্বাস আর আত্মনিয়ন্ত্রণ বজায় থাকে।

দ্বিতীয় পর্যায় ঃ সক্রিয় প্রসব-যন্ত্রণা *(লেবার পেইন্)*

এই সক্রিয় পর্যায় আগেরটার তুলনায় ছোট হয়। এটা 2 থেকে 3½ ঘন্টার হতে পারে। প্রসব-যন্ত্রণা আগের থেকে অনেকটাই তীব্র হয়ে ওঠে। 40 থেকে 60 সেকেণ্ডের এক সংকুচন হতে পারে। 4 মিনিটের অন্তরালে সংকুচন হতে পারে... তবে এটা জরুরী হয় না যে, সেটা নিয়মিত রূপে হতে থাকবে। অনেক বার তো সংকুচনের সময় বিশ্রাম করার বা শ্বাস নেওয়ার সুযোগও পাওয়া যায় না।

এতক্ষনে আপনি হাসপাতাল বা বার্থ সেন্টারে হবেন আর প্রসব-যন্ত্রণা সহ্য করছেন! এপীড্যুরল ব্যবহার করা হলে যন্ত্রণা হবে না।

- সংকুচনের সাথে যন্ত্রণা আর কস্ট বাড়বে।
- পিঠের যন্ত্রণা তীব্র হয়ে উঠবে।
- পায়ে কস্ট আর ভারী ভাব অনুভূত হবে।
- ক্লান্তি অনুভূত হবে।
- রক্তস্রাব বেড়ে উঠবে।
- জলের থলে না ফেটে থাকলে সেটা এখন ফাটবে বা ডাক্তার সেটাকে কৃত্রিম রূপে ফাটাবেন।

এই সময় আপনি যথেস্ট অস্হির হয়ে উঠবেন আর প্রসব-যন্ত্রণায় ডুবে যাবেন। আপনার আত্মবিশ্বাস কমে আসতে লাগবে। আপনি সক্রিয় রূপে করা কাজগুলোর জন্য নিজেকে প্রস্তুত করে তুলবেন।

সক্রিয় প্রসব-যন্ত্রণার সময় নার্স বা ডাক্তার মাঝে-মাঝে চক্কর লাগানো ছাড়া বাকী সময় আপনাকে একাই ছেড়ে দেবেন। সেই সময় আপনার সাথী বা আত্মীয়ই আপনার কাছে থাকবেন। ডাক্তার বা নার্স আপনার নিম্নলিখিত পরীক্ষাগুলো করতে থাকবেন ঃ

- রক্তচাপ পরীক্ষা করবেন।
- ডপলার বা ফ্যাটাল মোনিটর দ্বারা গর্ভস্হ শিশুর পরীক্ষা করবেন।
- সংকুচনের শক্তি আর সময়ের রেকর্ড রাখবেন।
- রক্তস্রাবের মাত্রা আর গুণবত্তার পরীক্ষা করবেন।
- এপীড্যুরল নিতে হলে আই.ভি. লাগাবেন।
- প্রসব-যন্ত্রণা কম হলে ওষুধ দিয়ে সেটাকে তীব্র করে তোলা হবে।
- গর্ভাশয়ের মুখের পরীক্ষার জন্য সময়ে-সময়ে আভ্যন্তরীণ পরীক্ষা করা হবে।
- আপনি চাইলে আপনাকে কোন যন্ত্রণা নিবারক ওষুধ দেওয়া হবে।
- আপনার কোন প্রশ্ন থাকলে তাঁরা সেটার উত্তরও দেবেন। এমন সময় যে কোন প্রকারের প্রশ্ন করতে সংকোচ করবেন না।

হাসপাতাল বা বার্থ সেন্টারে যাওয়া

আপনার এই সময় নিজের সাথী বা কোচকে ডেকে পাঠানো উচিত। আপনি যদি ইতিমধ্যেই সব প্ল্যান-প্রোগ্রাম তৈরী করে রেখেছেন, তাহলে আপনাকে কোন সমস্যায় পড়তে হবে না। ট্যাক্সি বা গাড়ীতে বসে নিজের সীট বেল্ট বেঁধে নিন আর ঠাণ্ডার থেকে সুরক্ষার জন্য কম্বল সাথে নিয়ে নিন।

- হাসপাতাল পৌঁছতেই রেজিস্ট্রেশন হবে। এই ফর্মালি ব্যাপারটা আপনার সাথী পূরণ করে দেবেন। এমনি আপনাদের বেশ কিছু ফর্মও পূরণ করতে হতে পারে।
- নার্স আপনাকে আপনার অবস্হার অনুসারে লেবার বা ডেলিভারী রুমে নিয়ে যাবেন। সেখানে আপনার গর্ভাশয়ের মুখ আর গর্ভস্হ শিশুর হৃদ্স্পন্দনের পরীক্ষা করা হবে। অনেক জায়গায় সঙ্গে আসা লোকেদের ভেতরে প্রবেশ করতে দেওয়া হয় না। তাঁরা বাইরে বসেই অপেক্ষা করেন। আপনি এটা জেনে নিন যে, আপনার স্বামীও ভেতরে আসতে পারবেন কি না? আশা করি যে, আপনি আগে থেকেই এই সব ব্যাপার জেনে নিয়েছেন। আপনি বাড়ী থেকে খাবার কিছু না নিয়ে এলে ফোন করে খাবার চেয়ে পাঠান। হতে পারে যে, আপনাকে নিজের পোশাকের ওপরে একটা গাউন পরতে দেওয়া হতে পারে।
- নার্স আপনাকে জরুরী প্রশ্ন করবেন, যেমন

– যন্ত্রণা কখন শুরু হয়েছে ? সংকুচনের সময় কি ? আপনি কতক্ষন আগে শেষ বার খাবার খেয়েছেন ?

- তিনি আপনার হৃদ্স্পন্দন, নাড়ির গতি, তাপমাত্রা ইত্যাদিও মেপে দেখবেন। আপনার প্রস্রাবের নমুনাও নেওয়া হতে পারে। এম্নিয়োটিক দ্রবের পরীক্ষা করার পরে উনি গর্ভস্থ শিশুরও ভালো করে পরীক্ষা করবেন।
- হাসপাতালের নীতি অনুসারে আপনাকে আই.ভি.-ও লাগানো হতে পারে। সময়ে-সময়ে আপনার আভ্যন্তরীণ পরীক্ষা দ্বারা উন্নতির ব্যাপারে অনুমান লাগানো হবে। কৃত্রিম রূপে পর্দা ফাটানোও হতে পারে। এই প্রক্রিয়ায় কোন যন্ত্রণা হয় না। আপনার শুধু গরম জল প্রবাহিত হওয়ার অনুভূতি হবে!

এই সময় আপনি ডাক্তারের থেকে নিজের কৌতূহল শান্ত করে নিতে পারেন। আপনার হয়ে আপনার সাথীও প্রশ্ন করতে পারেন, যাতে আপনি আরও বেশী সন্তুস্ট হতে পারেন।

ব্যাপারটা মৃদু হয়ে এলে... !

এমনিতে তো আপনি এটাই চাইবেন যে, সব কিছু ফটাফট্ মিটে যাক... কিন্তু অনেক বার প্রসবের প্রক্রিয়া ধীর গতির হয়ে পড়ে। গর্ভাশয়ের মুখ পুরোটা খোলে না... গর্ভস্থ শিশু বাইরে আসার জন্য প্রস্তুত হয় না বা আপনি সঠিক পদ্ধতিতে জোর লাগাতে পারেন না। অনেক বার এপীড্যুরলের পরেও সংকুচন মৃদু হয়ে পড়ে। এমনিতে অবশ্য চিন্তা করার মত কিছুই নেই।

- আর্লী লেবারে ডাক্তার আপনাকে চক্কর লাগানোর পরামর্শ দিতে পারেন বা শিথিলতা টেক্নিক প্রয়োগ করারও পরামর্শ দিতে পারেন। উনি এই সময় এটা জানার চেস্টা করেন যে, সেগুলো ফলস্ লেবারের লক্ষণ তো ছিল না!
- গর্ভাশয়ের মুখ খোলা না থাকলে কিছু ওষুধের ইঞ্জেকশন দিয়ে সেটা খোলা যেতে পারে।
- লেবারের সক্রিয় পর্যায়ে গর্ভাশয়ের মুখ পুরো খোলা না থাকলে বা গর্ভস্থ শিশু নীচের দিকে নেমে না এলে অথবা সংকুচন কম হলে ওষুধের ডোজ বাড়াতে হতে পারে।
- যদি 2 ঘন্টা পর্যন্ত জোর লাগানোর পরেও ডেলিভারী না হয়, তাহলে ডাক্তারকে অন্য কোন ফয়সালা নিতে হতে পারে। উনি অপারেশন, ভ্যাকুয়াম বা ফরসেপের সহায়তা নিতে পারেন।

নিজের মূত্রাশয় খালি রাখুন... কারণ এটা প্রসবের গতিকে বাধা প্রদান করে। আপনার পেটও পরিস্কার থাকা উচিত। ডেলিভারীর জন্য নিজের পোজিশন বদলাতে থাকুন। ধাক্কা দেওয়ার সময় সঠিক পদ্ধতিতে জোর লাগান।

যদি সক্রিয় প্রসবের 20 - 24 ঘন্টার মধ্যে ডেলিভারী না হয়, তাহলে ডাক্তার অপারেশন করার পরামর্শ দেন। যদি মা আর শিশু – দুজনের অবস্থা ঠিক থাকে, তাহলে ডাক্তার আরও কিছুটা অপেক্ষা করা পছন্দ করেন।

আপনি কি করতে পারেন ?

এসব আপনার আরামের জন্য, এজন্য ঃ-

- যেটা মন চাইবে, সেটাই করুন। পিঠের মালিশ করান। মুখ মোছার জন্য ভেজা কাপড় চেয়ে পাঠান। আপনাকে সহায়তা করার জন্য লোক প্রস্তুত রয়েছে... কিন্তু মুখ ফুটে তো আপনাকেই বলতে হবে!
- আগে থেকে ভেবে রাখলে শ্বাসের সাথে যুক্ত ব্যায়াম শুরু করুন। নিজের নার্সের থেকে এই ব্যাপারে পরামর্শ চান। মনে

হায়পারভেন্টিলেট হবেন না

অনেক গর্ভবতী মহিলা প্রয়োজনের অতিরিক্ত শ্বাস নিয়ে ফেলেন... যার ফলে রক্তে কার্বন-ডাই-অক্সাইডের স্তর কমে আসে, মাথা ঘুরতে থাকে, হাত-পা অনুভূতিশূণ্য হয়ে আসে। এমন পরিস্থিতিতে নিজের ডাক্তার আর নার্সকে সেই ব্যাপারে জানান। তাঁরা আপনাকে একটা পেপার ব্যাগে শ্বাস নিতে বলবেন। সেটার ভেতরে কিছুটা শ্বাস নেওয়ার পরে আপনি ভালো অনুভব করবেন।

রাখবেন, এই সময় আপনার সেটাই করা উচিত... যাতে আপনার শরীর বেশী আরাম প্রাপ্ত করবে। ব্যায়াম করে আরাম না এলে সেটা চালিয়ে যাওয়াটা জরুরী নয়!

- যদি আপনি কোন যন্ত্রণা নিবারক ওযুধ চান, তাহলে সেটা জানানোর এটাই সঠিক সময়। প্রয়োজন হলে আপনাকে যে কোন সময় এপীড্যুরল দেওয়া যেতে পারে।
- আপনি যদি কোন যন্ত্রণা নিবারক ওযুধ ছাড়াই প্রসব-যন্ত্রণা সহ্য করছেন, তাহলে প্রতিটি যন্ত্রণার পরে কিছুটা বিশ্রাম করুন... কারণ যন্ত্রণা যখন আগের থেকে তীব্র আর তাড়াতাড়ি হতে লাগবে... তখন আপনি বিশ্রাম করার সময়ই পাবেন না। শিথিলতা টেক্নিকের প্রয়োগ করুন, যাতে আপনার এনার্জীর স্তর বজায় থাকে।
- নিজের ডাক্তারের অনুমতি নিয়ে মাঝে-মাঝে হাল্কা-ফুল্কা কিছু খেতে থাকুন। ডাক্তার অনুমতি না দিলে গলা ভেজানোর জন্য আইস চিপস্ চুষুন।
- যদি এপীড্যুরল না দেওয়া হয় আর আপনি পায়চারী করতে সক্ষম হলে কিছুটা পায়চারী করুন বা কম পক্ষে নিজের অবস্থান অবশ্যই বদলান।
- প্রস্রাব করার জন্য বাথরুমে যেতে থাকুন। পেলভিকের ওপরে পড়তে থাকা চাপের কারণে আপনি এই ব্যাপারে জানতে পারবেন না... কিন্তু মূত্রাশয় ভরা থাকলে সমস্যা হতে পারে। যদি এপীড্যুরল লাগানো থাকে, তাহলে বার-বার ওঠার প্রয়োজন পড়ে না... কারণ মূত্রাশয় খালি করানোর জন্য ক্যাথেটর লাগিয়ে দেওয়া হয়।

সাথী বা কোচ ঃ কি করতে পারেন ?

- আপনার সমস্ত প্রাথমিকতার ব্যাপারে জানা উচিত। যদি গর্ভবতী মহিলার ওযুধের প্রয়োজন হয়, তাহলে তাঁকে ওযুধ দিন। উনি ওযুধ খেতে না চাইলে ওনাকে জোর করবেন না।
- উনি যে জিনিষটা চাইবেন, সেটা ওনাকে দেওয়া উচিত। প্রতি মিনিটে ওনার ইচ্ছা বদলে যেতে পারে। এক মুহূর্তে উনি হয়তো টি.ভি. দেখতে চাইবেন আর পরমুহূর্তেই সেটা বন্ধ করে দিতে বলতে পারেন। সেই সময় উনি যদি আপনার ওপরে দৃষ্টি না দেন বা আপনার প্রশংসা না করেন, তাহলে সেটাকে ব্যক্তিগত রূপে নেবেন না। পরের দিন, সব কিছু ঠিক হয়ে পড়ার পরে আগের মত উনি আবার একবার আপনার ওপরে মনোযোগ দিতে পারবেন।
- নিজের আর ওনার মুডের ওপরে দৃষ্টি দিন। কামরায় হাল্কা আলোর ব্যবস্থা করুন।
- উনি চাইলে আপনি ওনার জন্য হাল্কা মিউজিকও বাজাতে পারেন। সংকুচনের সময় শ্বাস আর শিথিলতা টেক্নিক চালিয়ে যান। উনি যদি এমনটা করতে না চান, তাহলে ওনার ওপরে জোর করবেন না। ওনার মনোযোগ অন্য দিকে নিয়ে যাওয়ার জন্য ওনার সাথে কথা বলুন বা ভিডিয়ো গেম খেলুন। মনোযোগ ততটাই অন্য দিকে নিয়ে যান, যতটা উনি চাইবেন।
- ওনাকে স্বান্তনা জোগান। কোন প্রকারের সমালোচনা করতে যাবেন না। ওনাকে এটা মনে করান যে, প্রতিটি যন্ত্রণার সাথে উনি নিজের শিশুর আরও কিছুটা কাছে এগিয়ে চলেছেন। ওনাকে যদি খুবই দুঃখী দেখায়, তাহলে সহানুভূতি প্রদর্শন করুন।
- সংকুচনের পুরো রেকর্ড রাখুন। আপনি এই ব্যাপারে নার্সের সহায়তা নিতে পারেন। মোনিটরে দেখে আপনি ওনাকে এটা জানাতে পারেন যে, এবার যন্ত্রণা উঠবে। সেখানে মোনিটর না থাকলে নার্সের থেকে এটা শিখে নিন যে, কি ভাবে পেটের ওপরে হাত রেখে আগত যন্ত্রণার ব্যাপারে জানা যেতে পারে।

- ওনার পিঠ বা পেটের মালিশ করুন, যাতে উনি আরাম পান। ওনাকে প্রশ্ন করুন যে, ঠিক কোন্ ধরণের মালিশে উনি আরাম পাচ্ছেন ? উনি যদি মালিশে আরাম না পান, তাহলে কেবলমাত্র কথার মাধ্যমে ওনাকে স্বান্তনা দিন। মনে রাখবেন যে, এক মিনিট আগে যে জিনিষটা ওনার ভালো লাগছিল, পরের মিনিটেই সেটা ওনার বিরক্তি উৎপাদন করতে পারে বা এমনটার উল্টোও হতে পারে।
- প্রতি এক ঘন্টা পরে-পরে ওনাকে বাথরুম যাওয়ার কথা মনে করিয়ে দিন। মূত্রাশয় ভরা থাকলে প্রসবে সমস্যা হতে পারে।
- সম্ভব হলে পায়চারী করতে বা অবস্থান বদলাতে ওনার সহায়তা করুন।
- যদি ওনার কিছু খাওয়া-দাওয়ার অনুমতি থাকে, তাহলে ওনাকে হাল্কা কিছু খেতে দিন বা চোষার জন্য আইস চিপস্ দিন।
- ভেজা কাপড় দিয়ে ওনার মুখ আর শরীর মুছতে থাকুন।
- ওনার পা ঠাণ্ডা হয়ে এলে মোজা পরিয়ে দিন।
- ওনার প্রচণ্ড কষ্ট হতে থাকলে উনি জোরে কথা বলতে পারবেন না। ওনার প্রতিটি কথা শোনার আর সেগুলোর উত্তর দেওয়ার চেষ্টা করুন। ডাক্তারের থেকে প্রতিটি ওষুধ আর প্রক্রিয়ার ব্যাপারে তথ্য সংগ্রহ করুন, যাতে আপনার কাছে ওনাকে জানানোর মত তথ্য থাকে। ওনার ব্যাপারে ডাক্তারের সাথে কোন কথা বলার থাকলে কামরার বাইরে গিয়ে বলুন, যাতে ওনার কোন অসুবিধা না হয়।

তৃতীয় পর্যায় ঃ স্থানান্তরীয় প্রসব

এটা হচ্ছে প্রসবের সব থেকে মুশ্কিল... কিন্তু সব থেকে ছোট পর্যায়! এই সময় হঠাৎ করে যন্ত্রণার তীব্রতা বেড়ে ওঠে। সেটা 60 থেকে 90 সেকেণ্ড লম্বা হতে পারে আর 2 থেকে 3 মিনিটের অন্তরালে আসতে পারে। যেসব মহিলা এর আগে *মা'* হয়েছেন, তাঁদের এক সাথে প্রসব-যন্ত্রণার বেশ কয়েকটা তরঙ্গের মোকাবিলা করতে হতে পারে। আপনার এমনটা মনে হবে যে, এই যন্ত্রণা কখনো শেষ হবে না আর আপনি বিশ্রাম করার সুযোগ পাবেন না। 7 সেমি থেকে 10 সেমি-র বিস্তৃতিতে গড়পড়তা 15 মিনিট থেকে 1 ঘন্টা সময় লাগতে পারে। যদিও কিছু-কিছু মামলায় 3 ঘন্টা সময়ও লেগে যায়।

আপনি যদি কোন যন্ত্রণা নিবারক ওষুধ না নিয়ে থাকেন, তাহলে এই পর্যায়ে আপনি নিম্নলিখিত লক্ষণগুলো অনুভব করতে পারেন ঃ-

- সংকুচনের সাথে প্রচণ্ড তীব্র যন্ত্রণা
- পিঠের পেছনের অংশ আর পেরিনিয়মে তীব্র যন্ত্রণা
- পায়ুতে চাপ *(এটা শৌচের চাপের থেকে কিছুটা আলাদা হবে)*
- রক্তস্রাবে বৃদ্ধি
- অত্যন্ত গরম বা ঠাণ্ডা অনুভব করা
- পায়ে টান ধরা... যেটা অসহ্য হয়ে উঠবে
- সংকুচনের সাথে হাল্কা ঘুম-ঘুম ভাব
- গলা বা বুকে অদ্ভূত টান ভাব
- ক্লান্তি

ভাবনাত্মক রূপে আপনার এমনটা মনে হবে যে, আপনার ধৈর্য্যের বাঁধ এবার ভেঙে পড়বে। এখনও ধাক্কা দেওয়ার সময় আসেনি... এজন্য আপনার মনে কিছুটা নিরাশা, অস্থিরতা আর খিট্খিটে ভাবের সৃষ্টি হবে। আপনি এই সব কিছুর বিপরীত নিজের ভাবী শিশুর আরও কাছে যাওয়ার জন্য উৎসাহিতও হয়ে উঠতে পারেন।

আপনি কি করতে পারেন ?

এই পর্যায়ের পরে গর্ভাশয়ের মুখ পুরোটা খুলে যাবে আর আপনাকে এবার শিশুকে বাইরে বার করে আনার জন্য জোর লাগাতে হবে। আগামী ভবিষ্যতের কথা চিন্তা করার বদলে এটা দেখুন যে, আপনি কতটা লম্বা সফর পার করে এই পর্যন্ত এসে পৌঁছেছেন।

যদি সহায়তা পাওয়া যায়, তাহলে বিশেষ টেক্নিক জারী রাখুন। যতক্ষন না নির্দেশ পাওয়া যাচ্ছে, জোর লাগাবেন না। এতে সেই সব অংশ ফুলে উঠতে পারে আর ডেলিভারীতে সময় লাগতে পারে।

সাথী হাত লাগানোয় আপনার অস্বস্তি হলে ওনাকে সেটা জানাতে সংকোচ করবেন না।

- হাল্কা লয়যুক্ত শ্বাসের সাথে সংকুচনের মাঝে আরাম করার চেস্টা করুন।
- নিজের সম্পূর্ণ মনোযোগ ভাবী শিশুর ওপরে লাগান... শীঘ্রই সে আপনার কোলে থাকবে।

যখন গর্ভাশয়ের মুখ পুরোটা খুলে যাবে, তখন তার পরে আপনাকে ডেলিভারী রুমে নিয়ে যাওয়া হবে। আপনি বার্থিং বেডে থাকলে সেটার পায়া সরিয়ে সেটাকে ডেলিভারীর জন্য তৈরী করে তোলা হবে।

সাথী বা কোচ ঃ কি করতে পারেন ?

উনি এপীড্যুরলে থাকলে ওনাকে প্রশ্ন করুন যে, ওনার এপীড্যুরলের দ্বিতীয় ডোজ লাগবে কি না ? ইঞ্জেকশন যথেস্ট কস্টদায়ক হতে পারে। ওষুধ পুরো মাত্রায় না প্রাপ্ত হলে যন্ত্রণা হতে পারে। ওষুধের প্রয়োজন হলে ডাক্তারকে বলুন। আর যদি ওষুধ ছাড়াই প্রক্রিয়া চলছে, তাহলে ওনার এই সময় আপনাকেই সব থেকে বেশী প্রয়োজন !

- ওনার পাশে থাকুন... কিন্তু ওনার ওপরে চেপে বসবেন না। উনি না চাইলে ওনার শরীর স্পর্শ করবেন না। পিঠের ওপরে হাল্কা চাপ দিলে ওনার আরাম আসতে পারে... কিন্তু উনি না চাইলে সেটাও করতে যাবেন না।
- এই সময় লম্বা-চওড়া কথা বলবেন না। ওনাকে ছোট আর স্পস্ট নির্দেশ দিন। এটা জোকস্ শোনানোর সময় নয়।
- উনি চাইলে ওনাকে স্বান্তনা জোগান। এই সময় শব্দের পরিবর্তে হাল্কা স্পর্শের মাধ্যমে বা চোখে চোখ রেখেও অনেক কিছু বলা যেতে পারে।
- যদি সংকুচনের মাঝে শ্বাস টেক্‌নিকে আরাম আসে, তাহলে তাতে ওনার সহায়তা করার চেস্টা করুন।
- ওনার পেট ছুঁয়ে সংকুচনের ব্যাপারে জানান। সংকুচনের মাঝে হাল্কা লয়যুক্ত শ্বাস নেওয়ার ব্যাপারে ওনাকে মনে করান।
- যদি সংকুচন অত্যন্ত তাড়াতাড়ি হতে লাগে আর ওনার ধাক্কা দেওয়ার ইচ্ছা হয়, তাহলে ডাক্তারকে জানান। হতে পারে যে, গর্ভাশয়ের মুখ হয়তো পুরোটা খুলে গেছে।
- ওনাকে জল বা আইস চিপস্ দিতে থাকুন। ভেজা কাপড় দিয়ে ওনার মুখ মোছাতে থাকুন। ওনার ঠাণ্ডা লাগতে থাকলে ওনার গায়ে কম্বল জড়িয়ে দিন বা পায়ে মোজা পরিয়ে দিন।
- আপনারা দুজনে সর্বদা সেই আগত মুহূর্তের ওপরে নিজেদের মনোযোগ কেন্দ্রীভূত করে রাখুন... যখন খুশীতে ভরা এক পুঁটলি আপনাদের কোলে থাকবে !

দ্বিতীয় অবস্থা ঃ ধাক্কা দেওয়া এবং ডেলিভারী

এই পর্যায় পর্যন্ত তো শিশুর জন্মে আপনার কোন প্রকারের সক্রিয় ভূমিকা ছিল না। আপনার গর্ভাশয়ের মুখ আপনার কাজ অনেকটাই সহজ করে তুলেছিল... কিন্তু এখন আপনাকে শিশুকে বাইরে বার করে আনার কাজে সহায়তা করতে হবে। এই প্রক্রিয়ায় প্রায় আধ থেকে এক ঘন্টার মত সময় লাগে। কিন্তু অনেক বার এটা 10 মিনিটে শেষ হয়ে পড়ে বা 2 - 3 ঘন্টা লাগে।

এই পর্যায়ের সংকুচন, প্রথম পর্যায়ের সংকুচনের তুলনায় বেশী নিয়মিত হয়। সেটা 60 থেকে 90 সেকেণ্ডের তো হয়... কিন্তু কখনো-কখনো যন্ত্রণা বেড়ে ওঠে আর কখনো-কখনো কমে আসে। যদিও আপনি এখনও এটা জানতে পারবেন না যে, যন্ত্রণা ঠিক কখন উঠছে ? এই সময় আপনি নিম্নলিখিত লক্ষণ অনুভব করতে পারেন।

- সংকুচনের সাথে যন্ত্রণা... কিন্তু কিছুটা কম
- ধাক্কা দেওয়ার তীব্র ইচ্ছা *(এপীড্যুরলের সাথে নয়)*
- এনার্জীর তীব্র আবেগ বা ক্লান্তি
- সংকুচন তীব্র স্রোতের সাথে আসা আর সেটা জানতে পারা

- রক্তস্রাবে বৃদ্ধি
- শিশুর মাথা বেরিয়ে আসতে থাকার কারণে যোনিতে হাল্কা জ্বলুনি, টান ভাব বা অস্হিরতা *(একে রৈিং অফ্ ফায়ার' বলা হয়)*
- হাল্কা পিচ্ছিল ভাব আর আর্দ্রতার অনুভব

ভাবনাত্মক রূপে আপনি সন্তুস্ট হয়ে উঠবেন যে, আপনি ধাক্কা দেওয়া শুরু করে দিয়েছেন। যদি ধাক্কা দিতে বা জোর লাগাতে এক ঘন্টার বেশী সময় লেগে গিয়ে থাকে, তাহলে আপনি ক্লান্তি আর কুণ্ঠাও অনুভব করতে পারেন। এই সময় আপনার মনে শুধু একটা জিনিষই ঘুরে বেড়াতে থাকবে – *ঁএই পুরো প্রক্রিয়া কখন শেষ হবে ?"*

আপনি কি করতে পারেন ?

এবার শিশুকে বাইরে বেরিয়ে আসতে হবে... সেজন্য আপনি আর আপনার ডাক্তার আরামের হিসেবে যে মুদ্রা বেছে নিয়েছেন, সেই মুদ্রায় পুরো জোর লাগান। অর্দ্ধেক বসা বা উবু মুদ্রা কার্যকরী হতে পারে... কারণ এই মুদ্রায় মাধ্যাকর্ষণের সহায়তা প্রাপ্ত হবে এবং গর্ভস্হ শিশু নীচের দিকে নেমে আসবে। এই পোজিশনে আপনি নিজের চিবুক বুকের সাথে লাগিয়ে নিন, যাতে আপনি পুরো জোর লাগাতে পারেন। যদি জোর না দিতে পারেন, তাহলে নিজের পোজিশন বদলানোর চেস্টা করুন। উবু মুদ্রায় চলে আসুন বা হাত-পায়ের ওপরে ভর দিয়ে বসে পড়ুন।

যখন জোর লাগানোর পালা আসবে, তখন বাকী সব কিছু ভুলে যান। আপনি ধাক্কা দেওয়ার কাজে যতটা এনার্জী লাগাবেন, গর্ভস্হ শিশু তত শীঘ্র বাইরে আসতে পারবে। ভুল পদ্ধতিতে ধাক্কা দিলে আপনার এনার্জীই নস্ট হবে আর ক্লান্তি ছাড়া আপনি আর কিছুই প্রাপ্ত করবেন না।

- নিজের শরীর আর উরুকে শিথিল ছেড়ে এমন ভাবে জোর লাগান, যেন আপনি শৌচের জন্য বসেছেন। নিজের সম্পূর্ণ মনোযোগ শরীরের ওপরের অংশে না লাগিয়ে যোনি আর পায়ুর ওপরে লাগান। মুখের ওপরেও চাপ দেবেন না... এতে মুখে হাল্কা নীল চিহ্ন ফুটে উঠতে পারে। এতে গর্ভস্হ শিশু বাইরে আসতে পারবে না।
- এই ভাবে জোর লাগালে মলও বেরিয়ে আসতে পারে। সেই ব্যাপারে ভেবে লজ্জিত হবেন না। ডেলিভারীর সময় মল-মূত্র বেরোনোটা কোন বড় ব্যাপার হয় না। কামরায় উপস্হিত কেউই এই ব্যাপারে মনোযোগ দেবে না আর না-ই আপনার মনোযোগ দেওয়া উচিত। প্যাড দিয়ে সব কিছু ঝট্পট্ সাফ হয়ে পড়বে।
- যখন যন্ত্রণা উঠবে, তখন কয়েকটা গভীর শ্বাস নিয়ে ধাক্কা দেওয়ার জন্য নিজেকে প্রস্তুত করে তুলুন। তারপর যন্ত্রণা উঠলে গভীর শ্বাসের সাথে পুরো জোর লাগান। আপনি নার্স বা সাথীর সহায়তা চাইলে সেই ব্যাপারে তাঁদের জানান। ধাক্কা দেওয়ার প্রক্রিয়া ঠিক কতটা দীর্ঘ হবে... সেই ব্যাপারে নির্দিস্ট কোন জাদু-ফর্মূলা হয় না। আপনাকে প্রতিটি যন্ত্রণার সাথে ধাক্কা দিতে হবে। যখনই ধাক্কা দেওয়ার ইচ্ছা হবে, পুরো জোর লাগান। গর্ভস্হ শিশুর বেরিয়ে আসতে বেশী সময় লাগবে না। অনেক বার প্রাকৃতিক রূপে ধাক্কা দেওয়ার ইচ্ছা হয় না। সেই সময় ডাক্তার বা নার্স আপনার একাগ্রতা তৈরী করার কাজে সহায়তা করতে পারেন।
- যদি গর্ভস্হ শিশুর মাথা একবার দেখতে পাওয়ার পরে সেটা গায়েব হয়ে পড়ে, তাহলে কুণ্ঠিত হয়ে উঠবেন না। আপনি শুধু এটুকু মাথায় রাখুন যে, আপনি সঠিক পথেই অগ্রসর হচেছন।
- সংকুচনের মাঝে কিছুটা বিশ্রাম করুন। আপনি যদি ধাক্কা দিয়ে-দিয়ে ক্লান্ত হয়ে ওঠেন... তাহলে ডাক্তারকে জানান। উনি আপনাকে যন্ত্রণার সময় ধাক্কা না দেওয়ার পরামর্শ দেবেন... যাতে আপনি নিজের হারানো শক্তি আবার একবার ফিরে পান।
- যখন ধাক্কা দেওয়া বন্ধ করতে বলা হবে, তখন থেমে যান। ইচ্ছা হলে মুখ দিয়ে ফুঁ দিন।
- সামনের আয়নার ওপরে চোখ রাখুন। গর্ভস্হ শিশুর ফুটে ওঠা মাথা আপনাকে ধাক্কা দিতে উৎসাহিত করে তুলবে। আপনি যদি এই প্রক্রিয়ার ভিডিয়ো টেপিং না করেন, তাহলে আপনি ভবিষ্যতে আর কখনো সেটার রিপ্লে দেখার সুযোগ পাবেন না।

এক শিশুর জন্ম

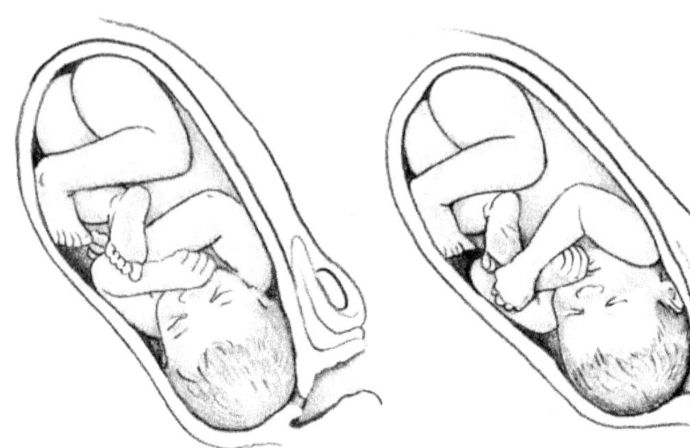

01. গর্ভাশয়ের মুখ কিছুটা খোলা... কিন্তু এখনও সেটা পুরোপুরি খুলতে পারেনি।

02. অনেক বার পায়ের পেলভিস ক্ষেত্রে নিজের মাথা বার করার জন্য, গর্ভস্হ শিশু প্রসবের সময় কিছুটা ঘুরে যায়। এখানে আপনারা সেটা দেখতে পাবেন।

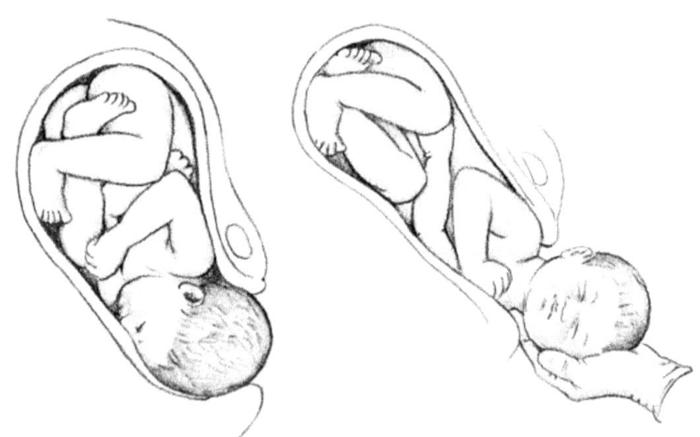

03. গর্ভাশয়ের মুখ পুরোপুরি খুলে গেছে আর গর্ভস্হ শিশু মিজের মাথা দিয়ে মায়ের যোনিপথে ধাক্কা মারছে।

04. গর্ভস্হ শিশুর মাথা বাইরে বার করার পরে ডেলিভারী অনেকটা দ্রুত আর সহজে হয়ে পড়ে।

আপনি যখন ধাক্কা দেওয়ার প্রক্রিয়ায় লেগে থাকবেন, তখন ডাক্তার আপনাকে সাপোর্ট দেবেন। উনি গর্ভস্থ শিশুর হৃদ্স্পন্দনের ওপরে নজর রাখবেন আর নিজের সাজারীর সরঞ্জামও প্রস্তুত রাখবেন... এ্যান্টিসেপ্টিক ওষুধ লাগাবেন। প্রয়োজন হলে হাল্কা কাটা-ছেঁড়াও করতে পারেন। ভ্যাকুয়াম বা ফরসেপের ব্যবহারও উনি করতে পারেন।

গর্ভস্থ শিশুর মাথা দেখতে পাওয়া গেলে উনি গর্ভস্থ শিশুর নাক আর মুখ থেকে ফালতু ম্যুকস বার করার চেষ্টা করবেন। মাথা বেরোতে কিছুটা সময় লাগে। এর পরে তো হাল্কা ধাক্কাই পর্যাপ্ত হয়। তার পরে নাল কেটে, আপনার শিশুকে আপনার কোলে তুলে দেওয়া হবে। সেই সময় আপনি নিজের শিশুকে হাত দিয়ে স্পর্শ করতে পারবেন। বিভিন্ন অধ্যয়ণ থেকে এটা জানতে পারা গেছে যে, জন্ম নেওয়ামাত্র যেসব শিশু নিজেদের মায়ের ত্বকের স্পর্শ পায়... তারা পরে গভীর নিদ্রা উপভোগ করে আর শান্ত হয়ে থাকে।

এর পরে ডাক্তার শিশুর অবস্থানের ওপরে দৃষ্টি দেবেন এবং *অৈপগার স্কেল'*-তে এক মিনিট আর পাঁচ মিনিটের হিসেবে পরীক্ষা করবেন। শিশুর পিঠে হাল্কা হাতে চাপড় মারবেন। আপনার কব্জি আর শিশুর পায়ে পরিচিতির জন্য একটা ব্যাণ্ড বেঁধে দেওয়া হবে। নবজাত শিশুর চোখকে সংক্রমণের হাত রক্ষা করার জন্য তার চোখে ওষুধ দেওয়া হবে। এমনিতে আপনি চাইলে আপনি আগে শিশুকে আপনার কোলে তুলে দেওয়ার জন্যও বলতে পারেন। শিশুর ওজনের পরীক্ষা করা হবে আর তারপর তোয়ালে দিয়ে ওকে জড়িয়ে ফেলা হবে। বিভিন্ন হাসপাতালে আলাদা-আলাদা হিসেবে এই কাজটা করা হয়ে থাকে।

তারপর শিশুকে স্তনপান করানোর জন্য আপনার কোলে তুলে দেওয়া হবে। অনেক বার শিশুর সম্পূর্ণ পরীক্ষা করার জন্য আর কিছু টেস্ট করার জন্য তাকে নাসারীতেও নিয়ে যেতে হয়। এর পরে শিশুকে আপনার ঘরে এনে দোলনায় শুইয়ে দেওয়া হয়।

সাথীর জন্য ঃ আপনি কি করতে পারেন ?

- ধাক্কা দেওয়ার সময় সমস্ত এনার্জী সেদিকেই লাগাতে হয়। এজন্য আপনি ভাবী মায়ের সহায়তা করুন। ওনার প্রতি নিজের প্রেমের আশ্বাসন প্রদান করুন। উনি যদি এই সময় আপনার প্রতি মনোযোগ না দেখান, তাহলে মনে আঘাত পাবেন না।
- ভাবী মায়ের মুখের আর্দ্রতা বজায় রাখার জন্য ওনাকে আইস চিপস্ দিতে থাকুন।
- ওনার পিঠকে সাপোর্ট প্রদান করুন। ভিজে কাপড় দিয়ে ওনার মুখ মুছিয়ে দিন। উনি নিজের পোজিশন থেকে সরে গেলে ওনাকে আবার একবার পোজিশন বানাতে সহায়তা করুন।
- ওনাকে সামনের আয়নার দিকে তাকানোর কথা মনে করান। আয়না না থাকলে ওনাকে মুখে-মুখেই সব কিছু বলে চলুন।

শিশুর ওপরে প্রথম দৃষ্টি

9 মাস পর্যন্ত গর্ভে থাকার পরে এক পরিস্কার-পরিচ্ছন্ন, গোলগাল শিশু বাইরে বেরিয়ে আসে। বাইরে আসার জন্য ওকেও মেহনত করতে হয়... ফলস্বরূপ ওর রং-রূপের ওপরে সেটার প্রভাব পড়ে। যদি সেসব লক্ষণ অস্থায়ী হয়। হাসপাতাল থেকে বাড়ী আসার মাঝে শিশু নিজের সুন্দর মনমোহক রূপে চলে আসে।

এঁকাবেঁকা মাথা ঃ- অনেক সময় শিশুর মাথার ব্যাস তার বুকের থেকে বড় হয়। অনেক বার জন্ম নেওয়ার প্রক্রিয়াতেও মাথার আকার এঁকাবেঁকা হয়ে পড়ে। যদি মাথা বার করার সময় ভুল ভাবে চাপ দেওয়া হয়, তাহলে শিশুর মাথার ওপরে ফোলা ভাবের সৃষ্টি হয়ে পড়ে। এটা 2 - 3 সপ্তাহে ঠিক হয়ে পড়ে। আর শিশুর মাথা আবার একবার সঠিক আকারে চলে আসে।

নবজাতকের মাথার চুল ঃ- কিছু নবজাতকের মাথায় টাক থাকে... আবার কিছু শিশুর মাথায় ঘন চুল থাকে। এমনিতে সেই সব চুল ধীরে-ধীরে ঝরে পড়ে যায় আর নতুন চুল গজায়।

শরীরের ওপরে মোমের মত পরত ঃ- মোমের পরত নবজাতকের শরীরকে এম্‌নিয়োটিক দ্রবের প্রভাবের থেকে রক্ষা করে। অনেক বার প্রী-ম্যাচিয়োর বাচ্চাদের মধ্যে এই পরত দেখতে পাওয়া যায়। পোস্ট-ম্যাচিয়োর বাচ্চাদের মধ্যে এমনটা একেবারেই দেখতে পাওয়া যায় না।

জননেন্দ্রিয়ের ফোলা ভাব ঃ- নবজাত ছেলে বা মেয়ে – দুজনেরই জননেন্দ্রিয়ে ফোলা ভাব দেখতে পাওয়া যেতে পারে। অনেক বার সেটা থেকে হাল্কা দ্রবও বেরোতে থাকে। মেয়েদের মধ্যে মায়ের হার্মোনের কারণে, যোনি থেকে হাল্কা স্রাব হতে পারে। এর প্রভাব 7 থেকে 10 দিনের মধ্যে শেষ হয়ে পড়ে।

চোখের ফোলা ভাব ঃ- অনেক বার নবজাতকের চোখের পাতাও ফুলে ওঠে। এটাও কিছুদিনের ভেতরে ঠিক হয়ে পড়ে।

ত্বক ঃ- শিশু হাল্কা সাদা, গোলাপী বা স্লেটী রং-য়ের ত্বকের সাথে জন্ম নেয়। জন্মের পরে কয়েক ঘন্টা পর্যন্ত পিগমেন্টেশন শুরু হয় না। শিশুর মুখের ওপরে অস্হায়ী দাগ-ছোপও দেখা যেতে পারে। শিশুর ত্বক হাওয়ার সংস্পর্শে আসার কারণে রুক্ষ আর শুস্কও হতে পারে।

ল্যাঙ্গো ঃ- অনেক বার নবজাতকের কাঁধ, পিঠ আর কপালে প্রচুর চুল থাকে... যেটা নির্দিষ্ট সময়ের আগে বা পরে জন্ম নেওয়া শিশুদের মধ্যেও দেখতে পাওয়া যায়। এই চুল কিছু দিনের মধ্যেই আপনা থেকেই ঝরে যায়।

বার্থ মার্ক ঃ- নবজাত শিশুদের শরীরে জন্মজাত কিছু চিহ্ন থাকতে পারে... যেগুলোকে *বৌর্থ মার্ক* বলে। ত্বকের ওপরে হাল্কা বা গভীর চাকা-চাকা দাগ থাকতে পারে। হাতে বা উরুতে কালো ছোপও থাকতে পারে। অনেক বার ছোট মাংসাঙ্কুরের মতও দেখা যায়। অনেক বার তো এই মাংসাঙ্কুর আপনা থেকেই ঝরে পড়ে যায়। শরীরের ওপরে আলাদা-আলাদা রং-য়ের চাকা-চাকা দাগ পরে হাল্কা হয়ে আসে... কিন্তু এগুলো পুরোপুরি মেটে না।

তৃতীয় অবস্হা ঃ প্লেসেন্টার ডেলিভারী

খারাপ সময় কেটে গেছে আর এবার ভালো সময় আসতে চলেছে। শিশুর জন্মের এই অন্তিম পর্যায়ে গর্ভ থেকে প্লেসেন্টা বাইরে বেরিয়ে আসবে। হাল্কা সংকুচন অবশ্য হতে থাকবে... কিন্তু আপনি নবজাতকের জন্মকে কেন্দ্র করে এতটাই মগ্ন হয়ে থাকবেন যে, সেটার অনুভূতিও আপনার হবে না। গর্ভাশয় সংকুচিত হয়ে পড়ার কারণে প্লেসেন্টা যোনি পর্যন্ত এসে পড়বে, যাতে সেটাকে বাইরে বার করা যায়।

ডাক্তার আপনাকে সঠিক সময়ে ধাক্কা দেওয়ার জন্য বলবেন আর উনি আপনার প্লেসেন্টাকে বার করতে সহায়তা করবেন। আপনাকে ইঞ্জেকশনের সহায়তায় অক্সিটোসিন দেওয়া যেতে পারে, যাতে সংকুচন তীব্র হয়ে ওঠে আর প্লেসেন্টা বাইরে বেরিয়ে আসে। এর ফলে আপনার গর্ভাশয় খুব শীঘ্র নিজের পুরোন আকারে চলে আসবে আর রক্তস্রাবও কম মাত্রায় হবে। যদি প্লেসেন্টা এক সাথে যুক্ত হয়ে না থাকে, তাহলে ডাক্তার আপনার গর্ভাশয়ে সেটার টুকরো দেখতে পাবেন।

প্রসব শেষ হয়ে পড়ার পরে আপনি প্রচণ্ড ক্লান্তি অনুভব করবেন বা এনার্জীতে ভরপুর হয়ে উঠবেন। কিছু-কিছু গর্ভবতী মহিলাদের এই সময় ঠাণ্ডা লাগে... আবার কেউ-কেউ ক্ষুধা অনুভব করেন।

এই সময় মাসিক ধর্মের রক্তস্রাবের মত রক্তস্রাবও হতে থাকে। শিশুর জন্মের পরে আপনি ভাবনাত্মক রূপে কেমন অনুভব করবেন ? প্রতিটি গর্ভবতী মহিলা আলাদা-আলাদা ভাবে প্রতিক্রিয়া ব্যক্ত করেন। আপনি নিজের শিশু আর সাথীর প্রতি প্রেম অনুভব করতে পারেন। লম্বা প্রসবের পরে আপনি ক্লান্ত হয়ে উঠতে পারেন বা শিশুকে স্পর্শ করে আপনার কিছুটা বিস্ময়ও হতে পারে অথবা ছোট্ট অতিথিকে প্রথম বার দেখে আপনি কিছুটা অস্হিরও হয়ে উঠতে পারেন। নবজাত শিশুও আপনার সাথে মিলিত হওয়ার জন্য অনেক কষ্ট করেছে। আপনার প্রতিক্রিয়া যাই হোক্ না কেন... আপনি শিশুকে গভীর ভাবে

ভালবাসবেন। যদিও এসব হতে এখনও কিছুটা সময় লাগবে।

আপনি কি করতে পারেন ?

- নিজের শিশুকে প্রাণ খুলে আদর করুন। শিশু নিজের মায়ের কণ্ঠস্বর চেনে... তাই ওর সাথে কথা বলুন। ওর কানের কাছে মুখ নিয়ে গিয়ে গুনগুন করে গান করুন, যাতে ও এই পৃথিবীতে কিছুটা আপনত্ব অনুভব করে। যদি শিশুকে নাসারীতে রাখা হয়ে থাকে, তাহলে একটু অপেক্ষা করুন।
- নিজের সাথীর সাথেও কিছুটা সময় কাটান।
- প্লেসেন্টা বাইরে বার করতে সহায়তা করুন। অনেক বার তো ধাক্কা দেওয়ারও প্রয়োজন হয় না। ডাক্তার আপনাকে এটা জানিয়ে দেবেন যে, আপনার ঠিক কি করা উচিত!
- সেলাই হয়ে থাকলে সেটা সেরে ওঠা পর্যন্ত চুপচাপ শুয়ে থাকুন।
- নিজের উপলব্ধির ওপরে গর্বিত অনুভব করুন।
- আপনি নিজের পেরিনিয়মের ফোলা ভাব কম করার জন্য আইস প্যাক চেয়ে পাঠান। নার্স আপনাকে প্যাড লাগাতে সহায়তা করবেন... কারণ এই সময় আপনার রক্তস্রাব হবে। এর পরে আপনাকে পরিস্কার করে কামরায় পাঠিয়ে দেওয়া হবে।

সাথীর জন্য ঃ আপনি কি করতে পারেন ?

- আপনার কাছে পত্নী আর বাচ্চার সাথে কাটানোর জন্য পর্যাপ্ত সময় থাকবে। নার্স আর ডাক্তার বাকী কাজ সামলে নেবেন।
- ছোট্ট অতিথি আর তার মায়ের জন্য জন্য প্রেমপূর্ণ কিছু বাক্য বলুন আর ওনাকে অভিনন্দন জানান।
- শিশুর সাথে কিছু কথা বলে নিলে কেমন হয়! সে আপনার আওয়াজও চেনে। এর ফলে সে এই অজানা পরিবেশে কিছুটা আপনত্ব পাবে।
- হ্যাঁ, ভাবী মাকেও একটু আদর করতে যেন ভুলে যাবেন না।
- ওনার জন্য জুস নিয়ে আসুন। আপনি যদি শ্যাম্পেন নিয়ে এসে থাকেন... তাহলে উৎসব পালন করতে আপত্তি নেই।
- আপনার কাছে ক্যামেরা বা ভিডিয়ো ক্যামেরা থাকলে দুস্টু সোনার ছবি ওঠাতে শুরু করে দিন।

সিজারিয়ান ডেলিভারী

সিজারিয়ান ডেলিভারীতে আপনি সাধারণ ডেলিভারীর মত সক্রিয় ভাবে অংশ নিয়ে পারবেন না... কিন্তু এটারও কিছু লাভ আছে। ধাক্কা দেওয়া আর জোর লাগানোর পরিবর্তে এই ক্ষেত্রে আপনি শুধু আরাম করে শুয়ে থাকবেন। আপনাকে কেবল এই ব্যাপারে তথ্য রাখতে হবে। আপনার আগে থেকেই এই ব্যাপারে জেনে নেওয়া উচিত... কারণ অনেক সময় হঠাৎ করে এই ফয়সালা নিতে হয়।

কিন্তু এ্যানেস্হেসিয়া আর হাসপাতালগুলোর ক্রমশঃ বদলে যেতে থাকা নীতির কারণে বেশীর ভাগ গর্ভবতী মহিলারা নিজেদের সিজারিয়ান ডেলিভারী দেখতে পান। সেই সময় তাঁরা বেশ কিছুটা শান্তও থাকেন। সিজারিয়ান ডেলিভারীর নিম্নলিখিত পর্যায়গুলো হতে পারে ঃ

- আপনাকে এ্যানেস্হেসিয়া দেওয়া হবে। বা আপনার শরীরের নীচের অংশে এপীড্যুরল দেওয়া হবে। যদি এমারজেন্সী ডেলিভারী করার প্রয়োজন দেখা দেয়, তাহলে জেনারেল এ্যানেস্হেসিয়া দেওয়া যেতে পারে।
- আপনার পেটের নীচের দিকে অংশকে এ্যান্টীসেপ্টিক সল্যুশন দিয়ে ধোওয়া হবে। ডাক্তার ক্যাথেটর দিয়ে আপনার ব্লাডারও খালি করতে পারেন।
- পেটের আশপাশে স্ট্রাইল ড্রেপ লাগানো হবে এবং একটা স্ক্রীণ এমন ভাবে

লাগানো হবে... যাতে আপনি নিজের পেটের ওপরের কাটা-ছেঁড়া দেখতে না পান!

- আপনার সাথী বা কোচ এই সময় আপনাকে সাপোর্ট প্রদান করতে পারেন বা তাঁরা সাজারী দেখার সুযোগও পেতে পারেন।
- এমারজেন্সী অপারেশন হলে ঘাবড়াবেন না; হাসপাতালে এমনটা প্রায় রোজই হতে থাকে।
- এ্যানেস্থেসিয়ার প্রভাব শুরু হওয়ার পরে আপনার পেট চেরা হবে। আপনার একটা চেন খোলার মত অনুভূতি হবে... কিন্তু যন্ত্রণা হবে না।
- তারপর আপনার গর্ভাশয় চেরা হবে। এম্‌নিয়োটিক দ্রবের থলে খোলা হবে আর তার থেকে দ্রব বাহিরে বার করা হবে। আপনি সেটার আওয়াজ শুনতে পেতে পারেন।
- তারপর গর্ভস্থ শিশুকে বাহিরে বার করে আনা হবে আর সহায়ক সাথে-সাথে আপনার গর্ভাশয়ে চাপ দেবেন। এপীড্যুরলে হাল্কা চাপ আর টান ভাব অনুভূত হতে পারে। আপনি নিজের নবজাত শিশুর এই পৃথিবীতে আগমন দেখতে চাইলে ডাক্তারকে স্ক্রীণটাকে কিছুটা নীচের দিকে করতে বলুন। এই ভাবে আপনি শুধু নবজাত শিশুকেই দেখতে পাবেন... কিন্তু বাকী অঙ্গ দেখতে পাবেন না।
- শিশুর নাক আর মুখ থেকে ম্যুকস বার করা হবে আর নাল কাটামাত্রই আপনি তাকে দেখতে পাবেন।
- যেভাবে যোনি দিয়ে জন্ম নেওয়া শিশুর দেখাশোনা করা হয়ে থাকে, ঠিক সেই প্রকারের দেখাশোনা এই শিশুর ক্ষেত্রেও করা হবে। ডাক্তার প্লেসেন্টা বার করে দেবেন।
- শিশুর রুটীন পরীক্ষার পরে আপনার প্রজনন অঙ্গগুলোর পরীক্ষা করা হবে। গর্ভাশয় সেলাই করে দেওয়া হবে আর পেটের চেরা জায়গার ওপরেও সেলাই করা হবে।
- গর্ভাশয়ের সংকুচন আর রক্তস্রাব বন্ধ করার জন্য অক্সিটোসিনের ইঞ্জেকশন দেওয়া হতে পারে। আপনাকে বেশ কয়েক প্রকারের এ্যান্টি-বায়োটিক্সও দেওয়া হবে, যাতে কোন প্রকারের সংক্রমণের ঝুঁকি না থাকে।

এমনটাও হতে পারে যে, আপনি ডেলিভারী রুমেই নিজের নবজাত শিশুকে আদর করার সুযোগ পেয়ে যেতে পারেন... কিন্তু বেশ কিছু হাসপাতালে সিজারিয়ান ডেলিভারীর পরে শিশুকে সরাসরি নাসারীতে নিয়ে গিয়ে পরীক্ষা করা হয়। এজন্য নিরাশ হবেন না। আপনি পরে নিজের শিশুকে আদর করার প্রচুর সুযোগ পাবেন!

অভিনন্দন গ্রহণ করুন! আপনি এটা করে দেখিয়েছেন!!

এবার নিজের নবজাত শিশুর সাথে নতুন জীবনের পূর্ণ আনন্দ উপভোগ করুন!

শুভ কামনার সাথে
– হৈদী

■ ■ ■

NOW STAY GERM-FREE.

In the first few months of life, baby's immunity remains low therefore everything that comes into contact with his mouth must be well cleaned and sanitised.

Chicco presents 2-in-1 and 3-in-1 (Microwaveable) Sterilisers that help simplify your daily practice of sterilisation and eliminate germs naturally, safely and effectively with the help of steam. Also, they keep the objects sterilised for up to 24 hours, till the time lid is kept closed.

Available at Chicco stores, all leading baby shops and pharmacies.
Call us at our toll-free no. 1800-102-6702 to find Chicco products near you.

ভাগ - 03

যমজ, তিন বা বেশী শিশু

আপনি যখন একাধিক
শিশুর মা হতে চলেছেন

একাধিক শিশু

আপনি কি নিজের গর্ভে একাধিক শিশুকে ধারণ করেছেন? এই খবর শোনামাত্র আপনাকে হয়তো একই সাথে দুঃখ, আনন্দ আর বিস্ময়ের মুখোমুখি হতে হয়েছিল! এই সব ভাবের মাঝেই কিছু প্রশ্নও হয়তো আপনার মনের ভেতরে মাথাচাড়া দিয়ে উঠেছিল – আমার বাচ্চা কি সুস্থ হবে? আমি কি সুস্থ থাকব? আমাকে কি নিজের ডাক্তার বদলে কোন বিশেষজ্ঞের কাছে ছুটতে হবে? আমাকে কতটা খাবার খেতে হবে বা নিজের কতটা ওজন বাড়াতে হবে? আমার পেটে কি একাধিক শিশুর থাকার মত জায়গা হবে? আমি কি পুরো 9 মাস পর্যন্ত গর্ভধারণ করে থাকতে পারব? আমাকে কি পুরোটা সময় বিছানায় শুয়েই কাটাতে হবে? এক সাথে দুটো শিশুর জন্ম দেওয়াটা কি খুবই মুশকিল হবে?

মাল্টিপল প্রেগন্যান্সী

বর্তমানে মাল্টিপল প্রেগন্যান্সী অর্থাৎ এক বারে একাধিক সন্তানের জন্ম দেওয়ার মামলা যথেষ্ট বেড়ে উঠেছে... কারণ 35 বছরের বেশী বয়সের মহিলারা এখন *মৌ'* হচ্ছেন! তাঁরা হার্মোনের পরিবর্তনের কারণে বেশীর ভাগ ক্ষেত্রে যমজ সন্তানের জন্ম দেন! এছাড়া ফার্টিলিটির চিকিৎসা আর স্থূলতাকেও এটার একটা কারণ হিসেবে জানানো হয়।

আপনি কি ভাবছেন?

মাল্টিপল গর্ভাবস্থার ব্যাপারে জানতে পারা

"আমি সম্প্রতি এটা জানতে পেরেছি যে, আমি গর্ভবতী হয়ে উঠেছি আর আমি যমজ সন্তানের জন্ম দিতে চলেছি। এই ব্যাপারে পাক্কা প্রমাণ কি ভাবে পাওয়া যেতে পারে?"

সেদিন এখন আর নেই, যখন ডেলিভারী রুমে হঠাৎ যমজ বাচ্চা দেখে মাতা-পিতারা অবাক হয়ে উঠতেন। এখন তো মাতা-পিতারা অনেক আগে থেকেই এই সুখবর পেয়ে যান!

আল্ট্রাসাউণ্ড ঃ- আল্ট্রাসাউণ্ডের ফোটোয় প্রমাণ আপনার সামনে চলে আসবে। আপনি যদি পাক্কা প্রমাণ চান, তাহলে আল্ট্রাসাউণ্ডের থেকে ভালো প্রমাণ আর কিছুই হতে পারে না। গর্ভাবস্থার প্রথম তিন মাসে 6 থেকে 8 সপ্তাহের মাঝে এক

আল্ট্রাসাউণ্ড করানো হয়, যার থেকে আপনি মাল্টিপল প্রেগন্যান্সীর ব্যাপারে জানতে পারেন... কিন্তু আপনি যদি এই মামলায় আরও নিশ্চিত হতে চান, তাহলে গর্ভাবস্থার 12 সপ্তাহ পর্যন্ত অপেক্ষা করুন। প্রথম আল্ট্রাসাউণ্ডে গর্ভের ভেতরে দুটি শিশুকে এক সাথে দেখতে পাওয়া যায় না।

ডপলার ঃ- গর্ভাবস্থার প্রায় 9 মাস পরে ডাক্তার ডপলারের সহায়তায় গর্ভস্থ শিশুর হৃদস্পন্দন পরীক্ষা করেন। যদিও একটা ডপলার দ্বারা গর্ভস্থ দুটি শিশুর হৃদস্পন্দন পরীক্ষা করাটা একটু মুশ্কিল হয়... কিন্তু ডাক্তার অভিজ্ঞ হলে উনি এমনটা করতে সফল হয়ে উঠবেন এবং তারপর আল্ট্রাসাউণ্ডে খবরটা আরও নিশ্চিত হয়ে উঠবে।

হার্মোনের স্তর ঃ- গর্ভধারণের 10 দিন পরে আপনার প্রস্রাবে প্রেগন্যান্সী হার্মোন এইচ.সি.জি. এসে পড়ে... যেটা গর্ভাবস্থার প্রথম তিন মাসে অত্যন্ত দ্রুত গতিতে বেড়ে চলে। অনেক বার এর ক্রমবর্দ্ধমান স্তর দ্বারাও, গর্ভে একাধিক শিশুর থাকার ব্যাপারে অনুমান লাগানো যেতে পারে... কিন্তু অনেক বার গর্ভে যমজ সন্তান থাকা সত্ত্বেও হার্মোনের স্তর স্বাভাবিকই থাকে। এজন্য এটাকে নিশ্চিত সংকেত হিসেবে মানা সম্ভব হয় না।

পরীক্ষার ফলাফল ঃ- গর্ভাবস্থার দ্বিতীয় তিন মাসে ট্রিপল বা ক্যোয়াড স্ক্রীণ টেস্ট দ্বারা এটা জানতে পারা যায় যে, আপনার গর্ভে একাধিক শিশু রয়েছে।

গর্ভাশয়ের আকার ঃ- গর্ভে শিশুর সংখ্যা যত বেশী হবে, আপনার গর্ভাশয়ের আকার তত বেশী হবে। প্রতি বার ডাক্তার আপনার গর্ভাশয়ের আকার মেপেও গর্ভে একাধিক সন্তান থাকার ব্যাপারে অনুমান লাগাতে পারেন। অবশ্য সব বার এমনটা হয় না।

ফ্রেটরনাল বা আইডেন্টীকাল

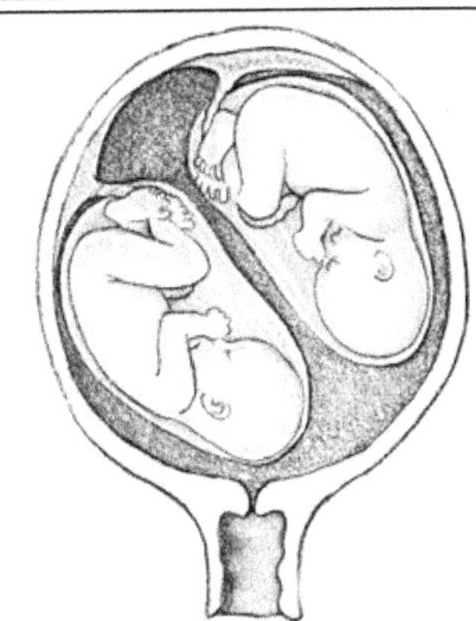

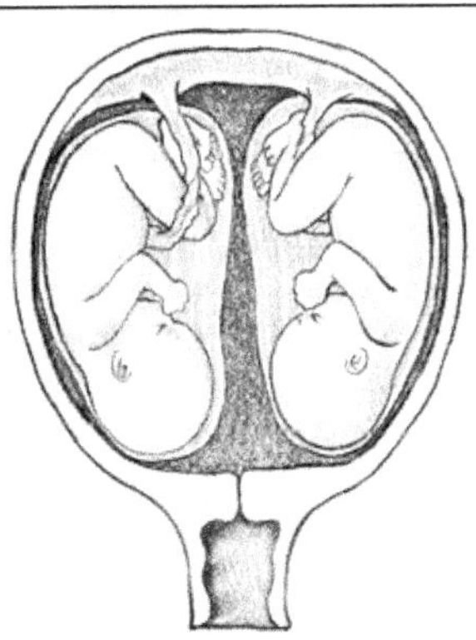

ফ্রেটরন্যাল যমজ বাচচায় দুটি ডিম্ব এক সাথে ফার্টিলাইজ হয়। আইডেন্টীকাল যমজ বাচচায় একটাই ডিম্ব ফার্টিলাইজ হয়ে দুটি ভ্রুণে ভাগ হয়ে পড়ে। এদের প্লেসেন্টা একটাও হতে পারে... আবার আলাদা-আলাদাও হতে পারে।

সাধারণতঃ ফ্রেটরনাল যমজ শিশুই বেশী জন্ম নেয়। যদি আপনার পরিবারে যমজ শিশুর জন্ম নেওয়ার পরম্পরা থাকে, তাহলে হয়তো আপনিও যমজ শিশুর জন্ম দিতে পারেন!

এমনিতে বেশ কিছু জিনিষ থেকে যখন আপনি আন্দাজ লাগিয়ে নেবেন আর তারপর আল্ট্রাসাউণ্ড দ্বারা সেটা নিশ্চিত হয়ে পড়বে।

ডাক্তারের নির্বাচন

"আমি সম্প্রতি এটা জানতে পেরেছি যে, আমি যমজ সন্তানের জন্ম দিতে চলেছি। আমার কি নিজের নিয়মিত প্রসূতি বিশেষজ্ঞের কাছে যাওয়া উচিত, না কি অন্য কোন বিশেষজ্ঞকে দেখাব?"

আপনি যদি নিজের ডাক্তারের ওপরে সন্তুষ্ট থাকেন, তাহলে গর্ভে যমজ সন্তান থাকার কারণে তাঁকে বদলানোর ব্যাপারে চিন্তা করবেন না। আপনি নিয়মিত রূপে নিজের চেক-আপ্ চালিয়ে যান।

আপনি কি এছাড়া কিছুটা অতিরিক্ত পরিচর্যা চান? অনেক বার ডাক্তারও এমন গর্ভবতী মহিলাদের পরামর্শ নেওয়ার জন্য কোন বিশেষজ্ঞের কাছে পাঠান। আপনিও এই দুজনের মধ্যে সামঞ্জস্য বজায় রাখতে পারলে ভালো করবেন... কারণ যমজ সন্তানের জন্ম দেওয়া মায়েদের কিছু বিশেষ প্রয়োজন হয়! তাঁদের পক্ষে কোন *প্রৈন্যাটৈলোজিস্ট*-য়ের পরামর্শ যথেষ্ট কার্যকরী হতে পারে। আপনার গর্ভাবস্থা ঝুঁকিপূর্ণ হলে আপনার পক্ষে এই পরামর্শ আরও জরুরী হয়ে উঠবে।

কোন বিশেষজ্ঞ বেছে নেওয়ার সময় তাঁর হাসপাতালের ওপরেও দৃষ্টি দিন। আপনার এমন এক হাসপাতাল বেছে নেওয়া উচিত, যেখানে প্রী-ম্যাচিয়োর শিশুদের জন্য বিশেষ পরিচর্যার ব্যবস্থা থাকবে... কারণ যমজ বাচ্চাদের মামলায় প্রায় ক্ষেত্রে এমনটা জরুরী হয়।

ডাক্তারের সাথে এই ব্যাপারে ওনার নীতির ওপরেও আলোচনা করুন। আপনার ডেলিভারী কি 37-38 সপ্তাহে করে দেওয়া হবে, না কি সব কিছু ঠিকঠাক থাকলে আরও কিছুদিন অপেক্ষা করা হবে? আপনার ডেলিভারী কি যোনিপথ দিয়ে হবে, না কি অপারেশন করানোর প্রয়োজন পড়বে? আপনি কি লেবার বা ডেলিভারী রুমে বাচ্চার জন্ম দিতে পারবেন, না কি সুরক্ষার দৃষ্টিতে আপনাকে আগেই অপারেশন থিয়েটারে নিয়ে যাওয়া হবে?

ডাক্তার বেছে নেওয়ার ব্যাপারে তথ্য এই পুস্তকে অন্যত্র প্রদান করা হয়েছে।

গর্ভাবস্থার লক্ষণ

"আমি শুনেছি যে, গর্ভে যমজ বাচ্চা থাকলে সেটার লক্ষণ স্বাভাবিক লক্ষণের তুলনায় দ্বিগুণ খারাপ হয়। এটা কি সত্যি?"

অনেক বার গর্ভে যমজ সন্তান থাকার কারণে গর্ভবতী মহিলাদের যথেষ্ট মুশ্কিলের মুখোমুখি হতে হয়... কিন্তু সর্বদা এমনটা হয় না!

সিঙ্গল প্রেগন্যান্সীর মত প্রতিটি মাল্টিপল প্রেগন্যান্সীও আলাদা-আলাদা হয়। এমনও হতে পারে যে, এক শিশুর মা পুরো গর্ভাবস্থায় বমি করে-করে অস্থির হয়ে উঠলেন আর মাল্টিপল প্রেগন্যান্সীর মায়ের একবারও গা গুলোল না! এমনটাই বাকী সব লক্ষণের ক্ষেত্রেও দেখতে পাওয়া যায়।

যদিও আপনার এমনটা মনে করা উচিত নয় যে, পায়ে টান ধরা, বমি, ভেরিকোজ শিরা ইত্যাদি সব কিছু দ্বিগুণ হয়ে উঠবে। আপনি সেগুলো গুনে উঠতে পারবেন না। গড়পড়তা প্রেগন্যান্সীতে এই সব লক্ষণ কিছুটা বেশী হতে পারে।

- এমন মামলায় মর্ণিং সিকনেস, বমি আর গা গুলোনোর মত লক্ষণ বেশী হতে পারে... যেগুলো তাড়াতাড়ি শুরু হয় আর অনেক সময় পর্যন্ত চলতে থাকে। এমনটা হার্মোনের বেড়ে ওঠা স্তরের কারণে হয়।
- গর্ভে যত বেশী সংখ্যায় শিশু থাকবে, অপচনের সমস্যা *(বুকে জ্বলুনি, অপচন, পেট ফাঁপা ইত্যাদি)*-ও তত বেশী হবে।
- *ক্লান্তি*'! এর ব্যাপারে কি বলবেন? আপনি যত বেশী ওজন ওঠাবেন... ক্লান্তিও তত বেড়ে উঠবে। এনার্জীর ক্ষয় হতে থাকার কারণেও আপনি ক্লান্ত অনুভব করবেন। পেটের আকার বেড়ে ওঠার কারণে আপনি ভালো করে ঘুমোতে পারবেন না... এর ফলেও ক্লান্তি হবে।
- এছাড়া বাকী সব শারীরিক কষ্ট – প্রতিটি গর্ভাবস্থা নিজের সাথে করে দুঃখ আর কষ্ট বয়ে নিয়ে আসে। এমনও হতে পারে যে, যমজ সন্তানের গর্ভাবস্থায় এই জিনিষটা কিছুটা বেশী হবে। গর্ভে যত বেশী শিশু থাকবে; পেটে জ্বলুনি, পা ফুলে ওঠা, ভেরিকোজ শিরা আর শ্বাস নেওয়ার কষ্ট ততটাই বেড়ে উঠবে।

কিছু মনে করবেন না! কষ্ট হয়তো একটু বেশী হবে... কিন্তু আপনি সেটার পুরস্কারও তো দ্বিগুণ পাবেন!

মাল্টিপল প্রেগন্যান্সীতে আহার

"আমি নিজের গর্ভের তিন বাচ্চার জন্য এখন থেকেই ভালো-ভালো খাবার খাওয়ার ফয়সালা করে নিয়েছি... কিন্তু আমাকে কি তিন গুণ খাবার খেতে হবে ?"

তিন শিশুর গর্ভের অর্থ হচ্ছে এই যে, মা যেন সর্বদাই কিছু-না-কিছু খেতে থাকেন। যদিও আপনি নিজের আহারের মাত্রাকে আগের তুলনায় দ্বিগুণ করে তুললেই সেটা পর্যাপ্ত হবে। আগামী দিনগুলোয় আপনাকে প্রতি শিশুর হিসেবে 150 থেকে 300 ক্যালোরী গ্রহণ করতে হবে। যমজ সন্তানের ক্ষেত্রে 300 থেকে 600 ক্যালোরী আর তিন সন্তানের ক্ষেত্রে 450 থেকে 900 অতিরিক্ত ক্যালোরী নিতে হতে পারে। নিজের আহারে অতিরিক্ত কিছু শামিল করার আগে, সেগুলোর মাত্রার সাথে-সাথে গুণবত্তার ওপরেও দৃষ্টি দিন। মাল্টিপল প্রেগন্যান্সীর সাথে ভালো পোষণের এক গভীর সম্পর্ক থাকে। আপনি এই পুস্তক থেকে *প্রেগন্যান্সী ডায়েট*-য়ের ব্যাপারে তথ্য সংগ্রহ করতে পারেন।

ছোট অংশে ঃ- পেট যতটা বেড়ে উঠবে, এক বারে খাওয়ার মাত্রা ততটাই কম করে আনুন। সারা দিনে 5 - 6 বার হাল্কা খাবার খেলে পেটের ওজন বাড়বে না আর গর্ভের তিন সন্তানের জন্য পোষণও ভরপুর মাত্রায় প্রাপ্ত হবে।

ক্যালোরীর গণনা ঃ- এমন আহার বেছে নিন... যার থেকে ভরপুর মাত্রায় ক্যালোরী প্রাপ্ত হবে। বিভিন্ন অধ্যয়ণ থেকে এটা জানতে পারা গেছে যে, পৌষ্টিক ক্যালোরী গ্রহণ করলে আপনিও ঠিক সময়ে সুস্থ শিশুদের জন্ম দিতে পারবেন। জাংক ফুড দিয়ে নিজের পেট ভরিয়ে তুললে সেখানে পৌষ্টিক আহারের জন্য জায়গা থাকবে না।

অতিরিক্ত পোষণ নিন ঃ- নিজের ভোজনে পৌষ্টিকতার অতিরিক্ত মাত্রা শামিল করে নিন। যেমন – প্রোটিন, ক্যালশিয়াম আর আয়রণের এক-এক অতিরিক্ত সার্ভিং নেওয়া শুরু করে দিন। আপনি এই ব্যাপারে ডাক্তারের পরামর্শও নিতে পারেন।

আয়রণের পূর্তি ঃ- আয়রণের সহায়তায় শরীরে লাল রক্ত কোশিকা তৈরী হয়। এই প্রকারে আপনি এনিমিয়ার হাত থেকে সুরক্ষিত থাকবেন। রেড মীট, শুকনো মেওয়া, কুমড়োর বিচি আর পালং শাক আয়রণের ভালো উৎস হয়! বাকী অভাব আয়রণের ট্যাবলেট পূরণ করে দেবে... নিজের ডাক্তারের পরামর্শ অনুসারে আয়রণ ট্যাবলেট নিন।

প্রচুর মাত্রায় জল পান করুন ঃ- মাল্টিপল প্রেগন্যান্সীতে ডি-হাইড্রেশনের সমস্যাও দেখা দিতে পারে। এজন্য দিনের মধ্যে কম পক্ষে 8 - 9 গ্লাস জল পান করুন।

ওজন বাড়া

"যমজ বাচ্চার জন্ম দেওয়ার জন্য আমার ওজন বাড়া উচিত... কিন্তু কতটা বাড়া উচিত ?"

নিজের ওজন বাড়ানোর জন্য প্রস্তুত হয়ে পড়ুন। ডাক্তারদের মতানুসারে যমজ সন্তানের জন্ম দেওয়া মায়েদের ওজন 35 থেকে 45 পাউণ্ড আর তিন সন্তানের জন্ম দেওয়া মায়েদের ওজন 50 পাউণ্ড পর্যন্ত বাড়া উচিত। অবশ্য আপনার ওজন আগে থেকে কম বা বেশী হলে সেটায় কিছুটা পরিবর্তন করা যেতে পারে। এমনিতে ওজন বাড়ানো সর্বদা এতটা সহজও হয় না। গর্ভাবস্থায় নিজের ওজন বাড়ানোর সময় আপনাকে হয়তো বেশ কয়েক প্রকারের চ্যালেঞ্জের মোকাবিলাও করতে হতে পারে।

গর্ভাবস্থার প্রথম তিন মাসের মর্ণিং সিকনেস সবার আগে বাধার সৃষ্টি করবে। আপনি ইচ্ছা হলেও কিছু খেতে পারবেন না। সেই সময় এক সপ্তাহে এক পাউণ্ড ওজন বাড়ানোর লক্ষ্য নির্দ্ধারিত করুন। সেটা সম্ভব না হলে নিরাশ হয়ে পড়বেন না। কেবলমাত্র নিজের ভিটামিনের ওষুধ নিতে থাকুন আর প্রচুর মাত্রায় জল পান করে চলুন।

গর্ভাবস্থার দ্বিতীয় তিন মাস কিছুটা আরামদায়ক হয়ে উঠবে। তখন আপনি গর্ভস্থ

শিশুদের পর্যাপ্ত মাত্রায় পৌষ্টিক তত্ত্ব প্রদান করে নিজের ওজন বাড়িয়ে তুলতে পারবেন। যদি প্রথম তিন মাসে ওজন একেবারে না বাড়ে, তাহলে আপনাকে যমজ সন্তানের জন্য প্রতি সপ্তাহে 1½ থেকে 2 পাউণ্ড আর তিন বাচ্চার জন্য 2 থেকে 2½ পাউণ্ড ওজন বাড়ানোর পরামর্শ দেওয়া হতে পারে। আপনাকে প্রোটিন, ক্যালশিয়াম আর গোটা শস্যের অতিরিক্ত সার্ভিং নিয়ে নিজের ওজন দ্রুত বাড়াতে হবে। যদি অপচন আর বুকে জ্বলুনি হতে থাকে, তাহলে নিজের দিনের মোট আহারকে 6 ভাগে ভাগ করে নিন।

গর্ভাবস্থার তৃতীয় তিন মাসে সপ্তম মাস পর্যন্ত 1½ থেকে 2 পাউণ্ড ওজন বাড়ানোর লক্ষ্য রাখুন! 32 সপ্তাহ পর্যন্ত আপনার প্রতিটি বাচ্চার ওজন 4 পাউণ্ড পর্যন্ত হয়ে পড়বে আর আপনার পেটে বেশী খাবার খাওয়ার মত জায়গা থাকবে না। তবুও আপনি অনেক কিছুই খেতে পারবেন। সন্তুলিত পৌষ্টিক আহারে মাত্রার জায়গায় গুণবত্তার ওপরে বেশী দৃষ্টি দিন। এটা ভুলে যাবেন না যে, মাল্টিপল প্রেগন্যান্সী 40 সপ্তাহের হয় না।

মাল্টিপল প্রেগন্যান্সীতে ওজন

গর্ভাবস্থার স্তর	প্রথম তিন মাসে ওজন	দ্বিতীয় তিন মাসে ওজন	তৃতীয় তিন মাসে ওজন	মোট ওজন
যমজ সন্তানের ক্ষেত্রে কম ওজন	4 - 6 পাউণ্ড	19 - 23 পাউণ্ড	17 - 21 পাউণ্ড	40 - 50 পাউণ্ড
যমজ সন্তানের ক্ষেত্রে স্বাভাবিকের তুলনায় বেশী ওজন	3 - 4 পাউণ্ড	19 - 22 পাউণ্ড	13 - 19 পাউণ্ড	34 - 45 পাউণ্ড
তিন শিশু	4 - 5 পাউণ্ড	30 + পাউণ্ড	11 - 15 পাউণ্ড	45 + পাউণ্ড

মাল্টিপল টাইম লাইন

আপনাকে 40 সপ্তাহ পর্যন্ত গুনে চলতে হবে না। মাল্টিপল প্রেগন্যান্সী 37-তম সপ্তাহেরই হয় অর্থাৎ স্বাভাবিক প্রেগন্যান্সীর থেকে 3 সপ্তাহ কম! মাল্টিপল প্রেগন্যান্সীও শেষ পর্যন্ত মাতা-পিতাকে অনিশ্চিত অবস্থার মধ্যে রাখে! সেটা 39 সপ্তাহ পর্যন্ত টিকতে পারে... আবার 37-তম সপ্তাহের আগেই শিশুর জন্ম হয়ে পড়তে পারে। যদি 37-তম সপ্তাহ পর্যন্ত সব কিছু ঠিকঠাক থাকে, তাহলে ডাক্তার 38-তম সপ্তাহে প্রসব শুরু করাতে পারেন। এই ব্যাপারে আগে থেকেই ডাক্তারের পরামর্শ নিয়ে নিন যে, উনি মাল্টিপল প্রেগন্যান্সীর শেষ সময় ঠিক কেমন নীতি গ্রহণ করতে চাইবেন?

ব্যায়াম

"আমি এক রানার! আমি কি নিজের গর্ভে যমজ বাচ্চা থাকাকালীন নিজের প্র্যাক্টিশ চালিয়ে যেতে পারব?"

এমনিতে তো ব্যায়াম গর্ভাবস্থায় লাভই প্রদান করে... কিন্তু আপনি যদি যমজ সন্তানের জন্ম দিতে চলেছেন, তাহলে আপনাকে কিছুটা সতর্কতা অবলম্বন করতেই হবে! ডাক্তার আপনাকে ছোটার বদলে অন্য কোন ব্যায়াম করার পরামর্শ দিতে পারেন। এমন কোন ওয়ার্ক আউট করবেন না, যাতে সার্ভিক্সের ওপরে চাপ পড়ে বা শরীরের তাপমাত্রা বেড়ে ওঠে। এতে প্রী-টার্ম লেবারের সম্ভাবনা বেড়ে ওঠে।

আপনি সাঁতার, ওয়াটার এ্যারোবিক্স, স্ট্রেচিং, যোগ ব্যায়াম বা সাইক্লিং বেছে নিতে পারেন। এর সাথে-সাথে কীগল ব্যায়াম করতেও ভুলে যাবেন না। এটা আপনার পেলভিক ফ্লোরকে মজবুতী প্রদান করবে।

যে কোন ওয়ার্ক আউট করার সময় ক্লান্তি অনুভূত হলে তৎক্ষনাত থেমে যান। কিছুটা জল পান করে বিশ্রাম করুন। শরীর ঠিক না লাগলে ডাক্তারকে ফোন করুন।

মিশ্রিত ভাব

"সবাই এটাই মনে করে যে, যমজ বাচ্চার জন্ম দেওয়ার এক আলাদা মজা রয়েছে... কিন্তু আমরা দুজনে অত্যন্ত নিরাশ হয়ে উঠেছি আর ভয়ও পেয়ে গেছি। আমাদের সাথে এমনটা কেন হচ্ছে ?"

এটা কিছুই নয়! সাধারণতঃ শিশুর জন্মের আগে স্বপ্নে দুটো ছোট চেয়ার, দুটো দোলনা বা দুটো বিছানা দেখতে পাওয়া যায় না। আপনি একটা শিশুর জন্য নিজেকে শারীরিক আর মানসিক রূপে প্রস্তুত করেন আর একদিন আপনি হঠাৎ করে এটা জানতে পারেন যে, আপনি দুটি সন্তানের জন্ম দিতে চলেছেন। নিরাশা তো একটু হওয়ারই কথা! হঠাৎ করে আপনার দায়িত্ব দ্বিগুণ হয়ে ওঠে।

এমনিতে কিছু মাতা-পিতা এমন খবর শুনে দ্রুত নিজেদের সামলে নেন আর আন্তরিক ভাবে নিজেদের শিশুদের এই পৃথিবীতে স্বাগত জানান। আপনার এই খবর শুনে ঝট্‌কা লেগেছে... কারণ আমরা কখনোই এক সাথে দুজন শিশুকে খাওয়াতে, ঘুম পাড়াতে বা দোল দিতে দেখতে পাই না। যখন হঠাৎ করে এটা জানতে পারা যায় যে, একটি নয়... দুটি বা তিনটি শিশু জন্ম নিতে চলেছে, তখন নিরাশ হওয়াটা অত্যন্ত স্বাভাবিক হয়। জন্ম নিতে চলা শিশুদের দায়িত্ব বেড়ে ওঠার ভয়ই পর্যাপ্ত হয়।

আপনার এই ব্যাপারে চিন্তা করে লজ্জিত হওয়া উচিত নয় আর না-ই ভয় পেয়ে ঘাবড়ে ওঠা উচিত। ডেলিভারীর আগের কয়েক মাসে নিজের চিন্তাধারাকে আসতে চলা শিশুদের ওপরে কেন্দ্রীভূত করে রাখুন। পতি-পত্নী পরস্পরের সঙ্গে খোলাখুলি ভাবে সততার সাথে এই ব্যাপারে আলাপ-আলোচনা করুন। যে ব্যক্তি এই ব্যাপারে কিছুটা তথ্য রাখেন বা যাঁর এর আগে যমজ সন্তান হয়েছে... তাঁর সাথে এই ব্যাপারে কথা বলুন। এই ভাবে আপনারা এটা জানতে পারবেন যে, আপনারাই প্রথম মাতা-পিতা নন... যাঁদের পরিবারে যমজ সন্তান হতে চলেছে। এতে আপনাদের মনে উৎসাহের সৃষ্টি হবে আর এটাও অনুভূত হবে যে, যমজ সন্তানের জন্ম হওয়ায় দায়িত্বের সাথে-সাথে আপনাদের খুশীও বেড়ে দ্বিগুণ হয়ে উঠবে!

অসংবেদনশীল বাক্য

"আমি নিজের বান্ধবীকে নিজের গর্ভে বেড়ে উঠতে থাকা যমজ সন্তানের ব্যাপারে জানালে ও আমার সাথে যথেষ্ট অসংবেদনশীল ব্যবহার করে। ও আমার সাথে এমন ব্যবহার কেন করল ?"

হতে পারে যে, যমজ বাচ্চার গর্ভাবস্থায় আপনার সাথে এই প্রথম বার এমন ঘটনা ঘটেছে। কিন্তু এটাকেই শেষ বলে ধরে নেবেন না। সকল সহকর্মী, বন্ধু, পরিবারের লোকেরা আলাদা-আলাদা পদ্ধতিতে এই ব্যাপারে নিজেদের মতামত জানাতে থাকবেন। তাঁরা আলাদা-আলাদা ভাবে মন্তব্য করতে থাকবেন!

আসলে তাঁরা এটা জানেনই না যে, এমন খবর শোনার পরে তাঁদের প্রতিক্রিয়া ঠিক কেমন হওয়া উচিত ? এমনিতে তো *'অভিনন্দন নাও!'* বলাটাই পর্যাপ্ত হয়... কিন্তু ওনাদের এমনটা মনে হতে থাকে যে, এই বিশেষ খবরে কোন বিশেষ বাক্যের ব্যবহার করা উচিত। ওনাদের সঠিক প্রতিক্রিয়ার ব্যাপারে জানা না থাকায় ওনার ভুল ব্যবহার করে বসেন... এমনিতে তাঁদের মনের ভেতরে খারাপ কিছু থাকে না!

এমন রুক্ষ প্রতিক্রিয়ার হাত থেকে বাঁচার জন্য সেটাকে ব্যক্তিগত রূপে নেবেন না। মনে রাখবেন যে, সামনের ব্যক্তি আপনার শুভাকাংখী... উনি কখনোই আপনার খারাপ চাইবেন না!

"লোকেরা আমাকে প্রায়ই এমন প্রশ্ন করতে থাকে যে, আমাদের পরিবারে যমজ সন্তানেরই জন্ম হয় কেন ? আমি কি বিশেষ কোন চিকিৎসা করিয়েছি ? এটা জানাতে আমার কোন লজ্জা নেই যে, আমি ওষুধ সেবনের মাধ্যমে গর্ভধারণ

মাল্টিপল কানেকশন

আপনি মাল্টিপল কানেকশনের সাথে যুক্ত হতে পারেন অর্থাৎ এমন মহিলাদের সাথে দেখা করুন... যাঁরা এর আগে যমজ সন্তানের জন্ম দিয়েছেন। এই প্রকারে আপনি নিজের ভয়, শংকা আর কৌতূহলকে শান্ত করে তুলতে পারবেন। যখনই ডাক্তারের কাছে যাবেন, এই ব্যাপারে প্রশ্ন করুন, যাতে আপনার মনে কোন প্রকারের কোন সন্দেহ না থাকে। মাল্টিপল প্রেগন্যান্সীর সাথে যুক্ত পুস্তক বা অনলাইন তথ্যও আপনার কাজে আসতে পারে।

করেছি... কিন্তু আমি সেই তথ্য অজানা ব্যক্তিদের সাথে ভাগ করে নিতে চাই না!"

গর্ভবতী মহিলা সবার আকর্ষণের কেন্দ্রবিন্দু হয়ে ওঠেন। আপনি যদি যমজ সন্তানের জন্ম দিতে চলেছেন, তাহলে সেই খবরটা আরও বিশেষ হয়ে ওঠে আর আপনি সকলের কাছে কৌতূহলের বিষয় হয়ে ওঠেন। অজানা লোকেরাও আপনার ব্যক্তিগত জীবনে উঁকি-ঝুঁকি মারতে থাকেন। আসলে তাঁরা কেবলমাত্র নিজেদের কৌতূহল দূর করার জন্যই এমন প্রশ্ন করেন। এমন ধরণের কথা বলার সময় তাঁদের সাধারণ শিষ্টাচারের ব্যাপারে জ্ঞান থাকে না। এমন কারো সঙ্গে দেখা হয়ে পড়লে তাঁকে নিজের ব্যাপারে ছোট-ছোট কথাও জানাতে শুরু করে দিন – প্রথমে আমি অমুক ফল খেয়েছিলাম... তারপর আমরা অমুক ক্লিনিকে গিয়েছিলাম... অমুক ডাক্তারকে দেখিয়েছিলাম! এতে সেই ব্যক্তি তাড়াতাড়িই *'বোর'* হয়ে উঠবেন আর সেখান থেকে পালানোর চেষ্টা করবেন। অথবা আপনি নীচের জবাবগুলোও দিতে পারেন ঃ-

■ *"হ্যাঁ... এবার তো পরিবারে যমজ বাচ্চাই হবে!"* এতে উনি জবাবও পেয়ে যাবেন আর আপনার ব্যাপারে অনুমানও লাগাতে থাকবেন।

■ *"আমরা এক রাতে দু বার সেক্স করেছিলাম!"* এমনটা আপনারা কেবলমাত্র নিজেদের হনিমুনের সময় করে থাকলেও এমন জবাব ওনার মুখে তালা মেরে দেবে!

■ *"আমি অত্যন্ত ভালবেসে তাদেরকে নিজের গর্ভে ধারণ করেছি!"*

■ *"আপনি ঠিক কি জানতে চাইছেন?"* হতে পারে যে, এমন প্রশ্ন করার পেছনে ওনার কাছে কোন ন্যায্য কারণও থাকতে পারে। আর তেমন কিছু না থাকলে এর পরে ওনার কোন প্রশ্নের জবাব দেবেন না।

আপনি কোন জবাব দেওয়ার বা প্রতিক্রিয়া ব্যক্ত করার মুডে না থাকলে কেবলমাত্র এইটুকু বলে এড়িয়ে যান – *"এসব হচ্ছে ভেতরের ব্যাপার... আমাদের ব্যক্তিগত ব্যাপার!"*

সুরক্ষার প্রশ্ন

"আমরা অনেক কষ্টে এই বাস্তবকে স্বীকার করে নিয়েছি যে, আমি যমজ সন্তানের জন্ম দিতে চলেছি। এর জন্য কি আমার কোন ঝুঁকি বেড়ে উঠতে পারে?"

অতিরিক্ত শিশু, কিছুটা অতিরিক্ত ঝুঁকি সঙ্গে করে নিয়ে আসে... কিন্তু ততটাও নয়, যতটা আপনি চিন্তা করছেন। এমনিতে এমন গর্ভাবস্থাকে *'হাই-রিস্ক প্রেগন্যান্সী'* নাম দেওয়া হয়েছে। আপনার যদি আগে থেকেই এর সাথে যুক্ত ঝুঁকি আর জটিলতাগুলোর ব্যাপারে তথ্য থাকে, তাহলে আপনি আগে থেকেই প্রতিটি ঝুঁকির মোকাবিলা করার জন্য প্রস্তুত হয়ে থাকবেন। এজন্য এসব কিছু সুরক্ষিতই হয়... আপনাকে শুধু সমস্ত তথ্য রাখতে হবে।

গর্ভস্থ শিশুর সাথে যুক্ত ঝুঁকি

সময়ের আগে ডেলিভারী ঃ- যমজ বাচ্চা সময়ের কিছুটা আগে জন্ম নেওয়া পছন্দ করে। এক সাথে জন্ম নেওয়া তিনটে বাচ্চা সর্বদা প্রী-ম্যাচিয়োরই হয়। স্বাভাবিক ডেলিভারী 39-তম সপ্তাহে হলে যমজ বাচ্চাদের ডেলিভারী 35 থেকে 36 সপ্তাহে হয়ে পড়ে। তিনটে বাচ্চা তো 32-তম সপ্তাহেই জন্ম নিয়ে নেয়। শিশুরা আকারে বড় হলে গর্ভাশয়ে তাদের জন্য জায়গার অভাব হয়ে পড়ে। আপনার প্রী-ম্যাচিয়োর ডেলিভারীর লক্ষণের ব্যাপারে জানা উচিত। সেটার ব্যাপারে জানতে পারামাত্র ডাক্তারকে

ফোন করতে সংকোচ করবেন না।

জন্মজাত ওজন কম হওয়া ঃ- মাল্টিপল প্রেগন্যান্সী দ্বারা জন্ম নেওয়া শিশুর ওজন 5½ পাউণ্ডের কমই হয়... কিন্তু ডাক্তারী পরিচর্যার কারণে তাদের স্বাস্থ্য ঠিক থাকে। যদি শিশুর ওজন 5 পাউণ্ডেরও কম হয়, তাহলে তাদের স্বাস্থ্য সংক্রান্ত বেশ কিছু জটিলতার সৃষ্টি হতে পারে। তাদের পক্ষে ঝুঁকি অনেকটাই বেড়ে ওঠে। আপনি গর্ভাবস্থায় নিজের আহারের ওপরে দৃষ্টি দিন, যাতে আপনার বেশী ওজনের শিশুর জন্ম হতে পারে।

টুইন টু টুইন ট্রান্সফ্যুশন সিণ্ড্রোম ঃ- আইডেন্টীকাল টুইন প্রেগন্যান্সীতে শিশুদের প্লেসেন্টা একটাই হয়। এই কারণে এক শিশুর শরীরে রক্তের প্রবাহ অনেকটা বেশী আর অন্য শিশুর শরীরে রক্ত প্রবাহ অনেকটা কম হতে পারে। এমন পরিস্থিতি শিশুদের পক্ষে ঘাতক হতে পারে। আপনার ক্ষেত্রেও যদি এমনটাই ঘটে থাকে, তাহলে ডাক্তার *এ্যেম্নিয়ো সেন্টেসিস*'-য়ের সহায়তায় আপনার শরীর থেকে ফালতু দ্রব বার করে দেবেন, যাতে প্লেসেন্টার রক্ত প্রবাহে উন্নতি আসবে এবং প্রী-টার্ম লেবারের সম্ভাবনা কম আসবে।

ডাক্তার লেজার সাজরীর ব্যবহারও করতে পারেন। মাল্টিপল প্রেগন্যান্সীর কারণে ভাবী মায়ের স্বাস্থ্যের ওপরে নিম্নলিখিত প্রভাব পড়তে পারে।

প্রীক্ল্যাম্পসিয়া ঃ- গর্ভে যতগুলো শিশু থাকবে, প্লেসেন্টার সংখ্যাও ততগুলোই হবে! যার ফলে বেশ কয়েকবার উচ্চ রক্তচাপ বা প্রীক্ল্যাম্পসিয়ার অভিযোগ হতে পারে। এমনিতে এর ব্যাপারে আগে থেকে জানতে পারলে ডাক্তারী পরিচর্যার সহায়তায় এর ওপরে নিয়ন্ত্রণ প্রাপ্ত করা যেতে পারে।

গ্যাস্টেশন্যাল ডায়াবেটিজ ঃ- আপনার গ্যাস্টেশন্যাল ডায়াবেটিজ হওয়ার সম্ভাবনা অন্যান্য মায়েদের তুলনায় কিছুটা বেশী হতে পারে... কারণ হার্মোনের বেশী স্তরের কারণে ইন্‌স্যুলিনের উৎপাদন কমে আসে। পৌষ্টিক আহারের সেবন দ্বারা আরাম আসতে পারে... কিন্তু অনেক বার অতিরিক্ত ইন্‌স্যুলিনও নিতে হয়।

প্লেসেন্টাল সমস্যা ঃ- এমন গর্ভবতী মহিলাদের প্লেসেন্টা প্রীভিয়া *(প্লেসেন্টা নীচের দিকে থাকা)* বা প্লেসেন্টাল এ্যাব্‌রাপশন *(সময়ের আগেই প্লেসেন্টা আলাদা হয়ে পড়া)*-য়ের অভিযোগ হতে পারে। সতর্কতাপূর্বক পরিচর্যা দ্বারা *প্লেসেন্টাল প্রীভিয়া*'-র থেকে সুরক্ষা প্রাপ্ত করা যেতে পারে। এ্যাব্‌রাপশনের ব্যাপারে তো আগে থেকে জানতে পারা যায় না... কিন্তু ভাবী জটিলতার ওপরে নিয়ন্ত্রণ অবশ্যই প্রাপ্ত করা যেতে পারে।

বেড রেস্ট

যৈমজ বাচ্চার গর্ভাবস্থার কারণে কি আমাকে সারাটা সময়ই বিছানায় কাটাতে হবে ?''

বিছানায় আরাম করবেন কি না ? অনেক যমজ বাচ্চার ভাবী মায়েরাই এমন প্রশ্ন করেন আর ডাক্তার তাঁদের সেই প্রশ্নের জবাব সহজে দিতে পারেন না। ডাক্তাররা এখনও এমনটাই

মাল্টিপল লাভ

মাল্টিপল প্রেগন্যান্সীকে সুরক্ষিত করে তোলার জন্য মেডিক্যাল সায়েন্সকে ধন্যবাদ জানানো উচিত! আপনি গর্ভাবস্থার শুরুতে এই ব্যাপারে জানতে পেরে যান, তাই আপনি নিজের প্রসব-পূর্ব পরিচর্যাও করাতে পারেন। ভাবী শিশুর জন্য প্রস্তুতি নেওয়ার পূর্ণ সময়ও আপনি পেয়ে যান। ডাক্তারের কাছে বার-বার গিয়ে আপনি নিজের কৌতূহল শান্ত করে নিতে পারেন। গর্ভস্থ শিশুদের ডাক্তারী পরীক্ষা করিয়ে নিশ্চিন্ত হয়ে উঠতে পারেন। আপনার বেশ কয়েক বার আল্ট্রাসাউণ্ডও করানো হবে... যাতে গর্ভস্থ শিশুদের সঠিক অবস্থানের ব্যাপারে জানতে পারা যায়। আপনি নিজের পুরো গর্ভাবস্থায় সুরক্ষিত থাকার ব্যাপারে নিশ্চিত হয়ে থাকতে পারবেন।

আপনি সর্বদা নিজের স্বাস্থ্যের ওপরে পূর্ণ দৃষ্টি দিতে পারবেন, যাতে প্রেগন্যান্সীর সাথে যুক্ত বেশ কিছু জটিলতা *(এনিমিয়া, হায়পারটেন্সশন, প্লেসেন্টা এ্যাবরাপশন ইত্যাদি)*-কে মাথা তোলার আগেই শেষ করে ফেলা যায়!

মানেন যে, বেড রেস্ট করলে অনেক প্রকারের জটিলতা কমে আসে। এজন্য তাঁরা বেড রেস্টের পরামর্শ দেন। গর্ভস্থ শিশুর সংখ্যা যত বেশী হবে... এমন পরামর্শও ততটাই মজবুত হবে, কারণ যত বেশী শিশু... তত বেশী ঝুঁকি!

নিজের ডাক্তারের থেকে এই ব্যাপারে পূর্ণ পরামর্শ নিন... কারণ মাল্টিপল প্রেগন্যান্সীর প্রতিটি মামলা আলাদা-আলাদা হয়!

আপনাকে যদি বেড রেস্টের পরামর্শ দেওয়া হয়ে থাকে, তাহলে সতর্কতাপূর্বক সেই নির্দেশের পালন করুন। যদি বেড রেস্টের পরামর্শ না-ও দেওয়া হয়, তাহলেও আপনাকে কাজের ঘন্টা কমিয়ে এনে, পা উঁচুর দিকে করে রেখে বিশ্রাম করতে বলা হবে... সেটার জন্য প্রস্তুত হয়ে থাকুন!

ভ্যানিশিং টুইন সিণ্ড্রোম কি ?

আণ্ট্রাসাউণ্ডে মাল্টিপল প্রেগন্যান্সীর ব্যাপারে আগে থেকে জানতে পারা গেলে অনেক লাভ হয়... কারণ ঠিক ততটাই দ্রুত আপনি আর আপনার ডাক্তার মিলে গর্ভস্থ শিশুদের দেখাশোনা করা শুরু করে দিতে পারেন। কিন্তু অনেক ক্ষেত্রে এটার ক্ষতিও হয়। 20 থেকে 30 শতাংশ মাল্টিপল প্রেগন্যান্সীতে এমনটা হয় যে, গর্ভাবস্থার প্রথম তিন মাসে গর্ভে একটা শিশু শেষ হয়ে পড়ে *(মা এটা জানতে পারার আগেই যে, তাঁর গর্ভে যমজ শিশু বড় হয়ে উঠছে)*। বিগত কয়েক বছরে এমন প্রবৃত্তি অনেকটাই বেড়ে উঠেছে। 30 বছরের বেশী বয়সের মায়েদের ক্ষেত্রে এমনটা হয়।

এই জিনিষটার তেমন কোন বিশেষ লক্ষণ দেখতে পাওয়া যায় না। মায়ের মিস্ক্যারেজের মত হাল্কা রক্তস্রাব হয় বা পেলভিক এরিয়ায় কষ্ট হতে থাকে। হার্মোনের স্তর কমে আসার পরে এটা জানতে পারা যায় যে, গর্ভে একটা ভ্রুণ সমাপ্ত হয়ে পড়েছে।

গর্ভাবস্থার প্রথম তিন মাসে এমনটা হলে গর্ভাবস্থা স্বাভাবিক হয়ে আসে আর মা এক সুস্থ শিশুর জন্ম দিতে পারেন! যদি এমনটা গর্ভাবস্থার দ্বিতীয় তিন মাসে হয়, তাহলে সেটা জীবিত শিশুর বিকাশের পক্ষে ঝুঁকির সৃষ্টি হয়ে পড়তে পারে বা প্রী-টার্ম লেবারের মত পরিস্থিতির সৃষ্টি হয়ে পড়তে পারে। মায়ের সংক্রমণ বা রক্তস্রাবও হতে পারে। এর পরে বেঁচে থাকা শিশুর ওপরে পূর্ণ ডাক্তারী নজর রাখা হয়, যাতে কোন প্রকারের জটিলতা সামনে না আসে।

মাল্টিপল শিশুর জন্ম

আপনিও বড়ই অস্থির ভাবে সেদিনটার জন্য অপেক্ষা করে রয়েছেন... যেদিন আপনি যমজ বা তিন সন্তানের জন্ম দেবেন। এমনিতে প্রতিটি শিশুর জন্মই এক কখনো না ভোলার মত ঘটনা হয়... কিন্তু আপনার কাহিনী সেটার থেকে কিছুটা আলাদা হবে... কারণ আপনার সামনে বেশ কয়েক প্রকারের জটিলতা বা সমস্যা আসতে পারে। আপনার গর্ভস্থ শিশু যে পদ্ধতিতে আপনার কোল পর্যন্ত পৌঁছতে পারবে... সেটাকেই তার পক্ষে সব থেকে সুরক্ষিত আর সুস্থ পদ্ধতি হিসেবে মানা উচিত।

দুই বা তার থেকে বেশী শিশুদের লেবার

এটা সাধারণ শিশুদের লেবারের থেকে আলাদা কি করে হতে পারে ঃ

এটা অপেক্ষাকৃত ছোট হবে। আপনাকে কি যমজ সন্তানের জন্ম দেওয়ার জন্য বেশী কষ্ট সহ্য করতে হবে ? না! মাল্টিপল প্রেগন্যান্সীতে প্রসবের প্রথম পর্যায় ছোট হয়। আপনার ধাক্কা দেওয়ার মত বিন্দুতে পৌঁছতে কম সময় লাগবে। যোনিপথ দিয়ে প্রসব করানোর সময় প্রসবের অন্তিম পর্যায় দ্রুত এসে পড়ে।

■এটা লম্বাও হতে পারে... কারণ মাল্টিপল প্রেগন্যান্সীতে গর্ভাশয়ে প্রয়োজনের তুলনায় টান কম থাকায় সংকুচনও কম হয় আর গর্ভাশয়ের মুখ খুলতে বেশী সময় লাগে।

■আপনাকে বেশী ডাক্তারী পরিচর্যা করা হয়... কারণ এই ক্ষেত্রে ঝুঁকির সম্ভাবনা বেশী থাকে। প্রসবের সময় দুটো মোনিটর লাগানো থাকে, যাতে গর্ভস্থ শিশুদের সংকুচনের ওপরে হতে থাকা প্রতিক্রিয়ার ব্যাপারে জানতে পারা যায়। মাঝে-

মাঝে তাদের হৃদ্স্পন্দনও মাপা হতে থাকে।

প্রসবের সময় এগিয়ে এলে প্রথমে বেরিয়ে আসা শিশুর আভ্যন্তরীণ আর পরে বেরিয়ে আসা শিশুর বাহ্যিক পরীক্ষা করা হয়। আপনাকে আগে থেকে এই প্রতিক্রিয়ার জন্য প্রস্তুত থাকতে হবে।

●আপনার ডেলিভারী অপারেশন থিয়েটারে হবে। যদি সী-স্যাক্শন করার প্রয়োজন হয়, তাহলে চিন্তা করবেন না। হতে পারে যে, প্রথম কয়েকটা ঘন্টা আরামদায়ক কামরায় কাটানোর পরে আপনাকে সেখানে নিয়ে যাওয়া হবে।

পোজিশন / পোজিশন্স

মাল্টিপল প্রেগন্যান্সীতে গর্ভস্থ শিশুদের পোজিশন অত্যন্ত গুরুত্ব রাখে। যদি তাদের মাথা নীচের দিকে থাকে, তাহলে খুব সহজেই তারা জন্ম নিতে পারে... যদিও এতেও সী-স্যাক্শন করাতে হতে পারে। গর্ভস্থ শিশু **ভার্টিক্স ব্রীচ** পোজিশনেও থাকতে পারে। এই পোজিশনে প্রথম শিশু তো ভার্টিক্স পোজিশনে থাকে... কিন্তু দ্বিতীয় শিশুকে ব্রীচ থেকে ভার্টিক্স পোজিশনে নিয়ে আসতে হয়। সে যদি হাতের সহায়তায় সঠিক পোজিশনে না আসে, তাহলে তার জন্য ব্রীচ এক্সট্র্যাক্শন করতে হতে পারে।

ব্রীচ / ভার্টিক্স বা ব্রীচ / ব্রীচ ঃ- যদি গর্ভস্থ দুটি শিশুই ব্রীচ পোজিশনে থাকে, তাহলে ডাক্তার সী-স্যাক্শন করানোর পরামর্শই দেবেন... কারণ এমন পরিস্থিতিতে হাতের সহায়তায় গর্ভস্থ শিশুর পোজিশন বদলানো বিপজ্জনক হতে পারে।

প্রথম শিশু, অব্লিক ঃ- যদি গর্ভস্থ প্রথম শিশুর মাথা নীচের দিকে থাকে, কিন্তু সেটা গর্ভাশয়ের দিকে না হয়ে মায়ের নিতম্বের দিকে থাকে... তাহলে সেটাকে অব্লিক পোজিশন বলা হয়। গর্ভে একটাই শিশু থাকলে তাকে হাত দিয়ে সোজা করার চেস্টা করা যেতে পারে... কিন্তু যমজ শিশুর ক্ষেত্রে এমনটা করা বিপজ্জনক হবে। এমন পরিস্থিতিতে ডাক্তার সী-স্যাক্শন করানোর পরামর্শই দেন, যাতে কোন প্রকারের কোন ঝুঁকি না থাকে।

ট্রান্সভার্স / ট্রান্সভার্স ঃ- এমন পরিস্থিতিতে গর্ভস্থ দুটি শিশু গর্ভাশয়ে ট্রান্সভার্স পোজিশনে থাকে... যে ক্ষেত্রে সী-স্যাক্শন করা ছাড়া আর কোন উপায় থাকে না।

যমজ শিশুর ডেলিভারী ঃ- এই ক্ষেত্রে আপনি নিম্নলিখিতের আশা করতে পারেন ঃ

যোনিপথ দিয়ে ডেলিভারী ঃ- অর্দ্ধেকের থেকে বেশী যমজ শিশু পারম্পরিক পদ্ধতিতেই জন্ম নেয়... কিন্তু তাদের অভিজ্ঞতা একক শিশুর জন্মের মত হয় না। প্রথম শিশুর জন্ম হতে 3 মিনিট থেকে শুরু করে 3 ঘন্টা পর্যন্ত সময় লাগতে পারে। এটা অনেকটা গর্ভস্থ দ্বিতীয় শিশুর পোজিশনের ওপরেও নির্ভর করে। ডাক্তার অনেক বার ভ্যাকুয়ামের সহায়তাতেও প্রসবের গতি বাড়ানোর চেস্টা করেন। ডাক্তার এমন পরিস্থিতিতে এমন মায়েদের জন্য এপীড্যুরলের পরামর্শ দেন। গর্ভাশয়ের ভেতর থেকে শিশুকে বাইরে নিয়ে আসার কাজ যন্ত্রণা নিবারক ওষুধ ছাড়া কি করে হতে পারে ?

যমজ শিশুর জন্মের সময়

আপনার যমজ শিশুদের জন্মের মধ্যে কতটা সময়ের অন্তরাল থাকবে ? যোনিপথ দিয়ে জন্মের সময় তাদের জন্মের মধ্যে 10 থেকে 30 মিনিটের অন্তরাল থাকতে পারে... যখন কি সী-স্যাক্শনে এই অন্তরাল কয়েক সেকেণ্ড বা কয়েক মিনিটের হয়।

মিশ্রিত ডেলিভারী ঃ- এমনটা কখনো-কখনো হয় যে, একটি শিশুর জন্ম যোনিপথ দিয়ে হওয়ার পরেও দ্বিতীয় শিশুর জন্মের জন্য অপারেশন করাতে হয়। এমনটা জরুরী পরিস্থিতিতেই হয়... যখন দ্বিতীয় শিশু ঝুঁকির মধ্যে থাকে, যেমন –

প্লেসেন্টাল এ্যাব্রাপশন' বা *কৈর্ড প্রোলেপ্স*'। ডাক্তার ফ্যাটাল মোনিটরে এসব দেখতে পাবেন। এটা ভাবী মায়েদের পক্ষে খেলা হয় না। যোনিপথ দিয়ে ডেলিভারী করার পরেও যখন শিশুর সুরক্ষার প্রশ্ন ওঠে, তখন আর কিছু চোখে পড়ে না।

সী-স্যাক্শন ঃ- সী-স্যাক্শনের তারিখ ডাক্তার আগে থেকেই ঠিক করে রাখেন। বেশ কয়েক প্রকারের সমস্যা এমনও হয়, যেগুলোর কারণে মাল্টিপল প্রেগন্যান্সীতে সী-স্যাক্শন করাটাই সুরক্ষিত হয়। এমন পরিস্থিতিতে আপনার সাথী বা কোচ সহায়তা করার জন্য অপারেশন থিয়েটারে আসতে পারেন। এমন পরিস্থিতিতে শিশুদের জন্মের সময়ে কয়েক সেকেণ্ড থেকে কয়েক মিনিটের অন্তরাল হতে পারে।

অপরিকল্পিত সী-স্যাক্শন ঃ- এই পদ্ধতিতেও যমজ শিশু এই পৃথিবীতে পা রাখতে পারে। এমন পরিস্থিতিতে আপনি চেক-আপ্ করাতে যান আর এটা জানতে পারা যায় যে, আপনার গর্ভস্থ যমজ শিশুরা সেদিনই জন্ম নেওয়ার জন্য প্রস্তুত! এমনটা আনুমানিক তারিখের থেকে অনেক আগেও হতে পারে... এজন্য নিজের সব জিনিষপত্র তৈরী রাখুন। যদি শিশুদের বিকাশে বাধার সৃষ্টি হয়, আপনি উচ্চ রক্তচাপের শিকার হয়ে পড়েন বা প্রসব-যন্ত্রণা দীর্ঘ হওয়া সত্ত্বেও কোন উন্নতি না হয়, তাহলে এমন পরিস্থিতির সৃষ্টি হয়ে পড়ে। 10 পাউণ্ডের বেশী ওজনের শিশুদের জন্য সিজারিয়ান ডেলিভারীই একমাত্র রাস্তা হয়।

দুটি শিশুকে স্তনপান

আপনি তো এটা জানেনই যে, আপনার শিশুদের জন্য স্তনপান কতটা জরুরী... কিন্তু আপনি কি এটা জানেন যে, বাচ্চাদের স্তনপান করাতে থাকা মায়েরা খুব শীঘ্রই নিজেদের হারানো ফিগার ফিরে পান! তাঁদের রক্তস্রাবও অনেকটা কমে আসে। আপনি দুটি শিশুকে স্তনপান করালে আপনার শরীরের ফ্যাট অত্যন্ত দ্রুত কমে আসবে। আপনার দুই নবজাত শিশু আই.সি.ইউ.-তে থাকলে চিন্তা করবেন না... তাদের জন্য নিজের স্তনের অমৃত সমান দুধ বার করে রাখুন আর তাদের পান করান, যাতে আপনার স্তনে দুধ তৈরী হওয়ার প্রক্রিয়ায় কোন বাধা না আসে।

তিন শিশুর ডেলিভারী ঃ- এই হাই-রিস্ক ডেলিভারীতে কেবলমাত্র সী-স্যাক্শনেরই সহায়তা নেওয়া হয়। কিছু ডাক্তার এমনটা মনে করেন যে, এমন শিশু সঠিক পোজিশনে থাকলে যোনিপথ দিয়েও ডেলিভারী করানো যেতে পারে। এখানেও এমনটা খুব কমই হয় যে, দুটি শিশু যোনিপথ দিয়ে জন্ম নিল আর তৃতীয় শিশুর জন্য অপারেশন করাতে হল। এমনিতে পদ্ধতি যাই হোক্, আপনারা চারজন যদি সুরক্ষিত ভাবে অপারেশন থিয়েটার থেকে বাইরে বেরিয়ে আসতে পারেন, তাহলে সেটাকেই সব থেকে সফল মানা হবে!

মাল্টিপল ডেলিভারীর পরে বিশ্রাম

আপনার মাল্টিপল ডেলিভারীতেও সিঙ্গল ডেলিভারীর মতই আরাম আসবে। এই প্রসবের পরে নিম্নলিখিত পার্থক্য আসতে পারে ঃ-

- পেটের নিজের আগের আকারে ফিরে আসতে কিছুটা বেশী সময় লাগবে।
- আপনার যোনিপথ দিয়ে বেশী সময় পর্যন্ত রক্তস্রাব হতে পারে।
- আপনার হারানো ফিগার ফিরে পেতে কিছুটা বেশী সময় লাগবে... কারণ গর্ভের শেষ মাসগুলোয় আপনার শরীরের সক্রিয়তা অনেকটাই কমে এসেছিল।
- আপনার শরীরে যন্ত্রণা হতে থাকবে। আপনার ওজনও অনেকটা বেড়ে উঠবে আর সেটা কম করতে সময় লাগবে।

ভাগ - 04

শিশুর জন্মের পরে

প্রসবের পরে

প্রথম সপ্তাহ

অভিনন্দন গ্রহণ করুন! আপনি গত 40 সপ্তাহ ধরে যে মুহূর্তটার জন্য অপেক্ষা করে ছিলেন... সেই মুহূর্ত এবার এসে পৌঁছেছে! গর্ভাবস্থার দীর্ঘ সময় আর প্রসব-যন্ত্রণাকেও আপনি এবার অনেকটা পেছনে ছেড়ে এসেছেন। এখন আপনি সত্যি-সত্যি *মা'* হয়ে উঠেছেন এবং খুশীর এক ছোট্ট পুঁটলি, আপনার গর্ভ থেকে বার হয়ে এখন আপনার কোলে এসে পৌঁছেছে! কিন্তু এই সময় এক ছোট্ট শিশু ছাড়া আরও অনেক কিছুকে নিজের সঙ্গে করে নিয়ে আসে। বেশ কিছু নতুন প্রকারের লক্ষণ *(প্রেগন্যান্সী বিদায়ের সাথে যুক্ত যন্ত্রণা, কষ্ট ইত্যাদি)*... বেশ কিছু নতুন ধরণের প্রশ্ন *(এত ঘাম আসছে কেন? ডেলিভারীর পরেও সংকুচন কেন হচ্ছে? আমি কি আবার কখনো উঠে বসতে পারব? এখনও আমার 6 মাসের মত গর্ভ কেন দেখাচ্ছে?)* এই সময় মাথা চাড়া দিয়ে উঠবে। আশা করি, এর মধ্যে বেশ কিছু প্রশ্নের জবাব আগে থেকেই আপনার কাছে রয়েছে... কারণ একবার *মা'* হওয়ার পরে বই পড়ার সময় কার কাছে থাকে?

আপনি কেমন অনুভব করছেন?

ডেলিভারীর প্রকার অনুসারেই প্রসবের পরে প্রথম সপ্তাহের স্থিতি নির্ভর করে। এ ছাড়া কিছু ব্যক্তিগত লক্ষণও প্রকট হতে পারে।

শারীরিক লক্ষণ :-

যোনি থেকে রক্তস্রাব *(মাসিক ধর্মের মত)*, পেটের নীচের অংশে টান ভাব *(গর্ভাশয় সংকুচনের কারণে)*।

- ক্লান্তি
- কাটা-ছেঁড়ার জায়গায় টান ভাব, যন্ত্রণা আর অস্থিরতা
- সী-স্যাকশনের পরে পেরীনিয়ল অস্থিরতা
- সেলাইয়ের আশপাশে যন্ত্রণা এবং অনুভূতি শূণ্যতা
- ওঠাবসা করার সময় যন্ত্রণা এবং ছুঁচ ফোটার মত অনুভূতি
- এক-দু দিন প্রস্রাব, শৌচে অসুবিধা
- কোষ্ঠকাঠিন্য, প্রথম কিছুদিন শৌচে অসুবিধা
- গোটা শরীর জুড়ে যন্ত্রণা
- লাল চোখ, চোখের আশপাশে কালো ছোপ
- রাতে প্রচণ্ড ঘেমে ওঠা
- বক্ষস্থলে প্রচণ্ড অসুবিধা এবং রক্ত সংকুলতা
- স্তনপান করানোর সময় স্তনবৃন্তে যন্ত্রণা বা ফাটল

ভাবনাত্মক লক্ষণ ঃ-

- মুডে ওঠা-নামা
- শিশু পরিচর্যার জন্য মানসিক চাপ
- স্তনপান শুরু করাতে অসুবিধা হওয়ায় কুণ্ঠা
- শারীরিক, ভাবনাত্মক চ্যালেঞ্জের বাধা
- শিশুর সাথে নতুন জীবন শুরু করার উত্তেজনা

আপনি কি ভাবছেন ?

"আমি ডেলিভারীর সময় কিছুটা রক্তস্রাবের আশা করেছিলাম... কিন্তু আমি প্রথম বার বিছানা ছেড়ে ওঠার সময়ও আমার রক্তস্রাব হচ্ছিল। আমি অত্যন্ত ভয় পেয়ে গিয়েছিলাম!"

নিজের কাছে সর্বদা প্যাড রাখুন আর নিশ্চিন্ত হয়ে পড়ুন! গর্ভাশয় থেকে বার হওয়া রক্ত, ম্যুকস এবং উত্তককে *'লোকিয়া'* বলা হয়। এটা মাসিক ধর্মের থেকে বেশী মাত্রায় বার হয়। শুরু-শুরুতে শুয়ে ওঠার পরে তীব্র প্রবাহের অনুভূতি হয়। এই স্রাব প্রথম কয়েক দিনে গাঢ় লাল রং-য়ের হয়... তারপর ধীরে-ধীরে গোলাপী, ধূসর আর সাদা হয়ে আসে। প্রবাহ আটকানোর জন্য ট্যাম্পুনের বদলে প্যাডের ব্যবহার করুন। প্যাড প্রায় 6 সপ্তাহ পর্যন্ত ব্যবহার করতে হতে পারে। কিছু-কিছু মহিলাদের তিন মাস পর্যন্ত হাল্কা স্রাব হতে থাকে। প্রত্যেক মহিলার প্রবাহ আলাদা-আলাদা হয়।

স্তনপান বা অক্সিটোসিনের কারণে হতে থাকা সংকুচন, গর্ভাশয়কে তার সঠিক আকারে ফিরিয়ে আনতে সহায়ক হয়। যদি হাসপাতালেই আপনার এমনটা মনে হয় যে, আপনার রক্তস্রাব বেশী হচ্ছে... তাহলে নার্সকে জানান। যদি বাড়ীতে অস্বাভাবিক রক্তস্রাব হতে থাকে, তাহলে ডাক্তারকে জানাতে দেরী করবেন না অথবা এমারজেন্সী রুমে যান।

যন্ত্রণার পরে

"আমি যখন নিজের শিশুকে স্তনপান করাই... তখন আমার পেটের নীচের অংশে টান ভাবের সাথে যন্ত্রণা কেন অনুভূত হয় ?"

দুর্ভাগ্যবশতঃ এই যন্ত্রণাপূর্ণ সংকুচন প্রসবের পরেও শেষ হয় না। আপনার গর্ভাশয়কে 2 1/3 পাউণ্ড থেকে সংকুচিত হয়ে কয়েক আউন্সে আসতে হবে। এই প্রক্রিয়ায় যন্ত্রণা তো হবেই। শিশুর জন্মের পরে শরীর ধীরে-ধীরে নিজের পুরোন আকারে ফিরে আসে। আপনি গর্ভাশয়ের সংকুচিত হওয়ার অনুমান নিজেই লাগাতে পারবেন।

এই যন্ত্রণায় কষ্ট তো হয়... কিন্তু এটা লাভদায়কও হয়। এর ফলে গর্ভাশয় তো সংকুচিত হয়-ই... রক্তস্রাবও কমে আসে। শিশুকে স্তনপান করানোর সময় এই যন্ত্রণা বাড়তে পারে... কারণ সেই সময় সংকুচন বাড়িয়ে তোলা অক্সিটোসিনের স্রাব হতে থাকে।

4 থেকে 7 দিনে যন্ত্রণা আপনা থেকে কমে আসে। ততদিন টাইলীনোল দ্বারা আরাম আসতে পারে। যন্ত্রণায় আরাম না এলে ডাক্তারকে জানান... আপনার কোন সংক্রমণও হতে পারে।

পেরিনিয়লের যন্ত্রণা

"আমার এপীসিয়োটোমী হয়নি আর কোন সেলাইও করতে হয়নি। তাহলে পেটের নীচের অংশে এত যন্ত্রণা হচ্ছে কেন ?"

আপনি 7 পাউণ্ডের এক শিশুর আগমনকে উপেক্ষা করছেন। আপনার শরীরে কাটা-ছেঁড়া হয়তো হয়নি... কিন্তু সেই সব অংশে আঁচড়, কষ্ট বা ফোলা ভাব তো হতেই পারে। কাশার সময় বা হাঁচার সময় এই যন্ত্রণা বেড়ে ওঠে আর বেশ কয়েক দিন তো ওঠা-বসা করতেও অসুবিধা হয়। আপনি এর পরের ভাগে দেওয়া টিপস্ প্রয়োগ করে দেখতে পারেন। এমনটাও হতে পারে যে, গর্ভস্থ শিশুকে ধাক্কা দেওয়ার প্রক্রিয়ায় আপনার হীমরয়েডস্ বা ফিশর হয়ে পড়েছে... যেটা অত্যন্ত যন্ত্রণাদায়ক হতে পারে।

"ডেলিভারীর সময় আমার পেটে সেলাই হয়েছিল। সেটার থেকে সংক্রমণ তো হয়ে পড়বে না ?"

যোনিস্রাবের ফলে ডেলিভারী হলে বা লম্বা প্রসব-যন্ত্রণার কারণে পেরীনিয়ল অংশে যন্ত্রণা তো হয়-ই... কিন্তু সেলাই হলে পরিস্হিতি আরও খারাপ হয়ে পড়ে। যে কোন তাজা ক্ষতস্হানের মত এটা শুকোতে 7 থেকে 10 দিন সময় লাগে। এই সময়ে হতে থাকা যন্ত্রণার অর্থ এটা হয় না যে, আপনার সংক্রমণ হয়ে পড়েছে।

এমনিতেও সেই অংশের এত বেশী দেখাশোনা করা হয় যে, সংক্রমণ হওয়ার প্রশ্নই ওঠে না। নার্স দিনের মধ্যে একবার ফোলা ভাব আর লাল ভাবের পরীক্ষা করতে থাকেন। তিনি আপনাকে সংক্রমণ থেকে সুরক্ষার নির্দেশও দিতে থাকেন। সেই নির্দেশ সবার ক্ষেত্রেই প্রযোজ্য হয়... তা সেই অংশে সেলাই না লাগলেও।

- প্রতি 4 থেকে 6 ঘন্টা পরে-পরে প্যাড বদলান।
- ডাক্তার বললে সেই অংশে এ্যন্টী-বায়োটিক সল্যুশন মেশানো গরম জল দিয়ে সেঁক দিন। প্রস্রাব করার পরে সেই অংশটাকে সাফ করুন। শুকোনোর সময় প্যাডকে সামনের দিক থেকে পেছনের দিকে নিয়ে যান। এমনটা না রগড়ে ধীরে-ধীরে করুন।
- সেই অংশকে হাত দিয়ে স্পর্শ করবেন না।
- সেলাইয়ের কারণে খুব বেশী যন্ত্রণা হলে ঃ

বরফ লাগান ঃ ফোলা ভাব কমানোর জন্য আর আরাম পাওয়ার জন্য সেই অংশের ওপরে বরফ লাগান। সার্জিকাল গ্লাভসে বরফ ভরুন বা ম্যাক্সিপ্যাডে বরফ ভরে প্যাক বানান। সারা দিনে প্রতি 2 ঘন্টা পরে-পরে সেঁক দিন।

উষ্ণতা প্রদান করুন ঃ কটিস্নান করুন। কটিস্নানে নিতম্ব পর্যন্ত জলের মধ্যে রেখে বসা হয় আর বাকী শরীর জলের বাইরে থাকে। প্রতি দিন 20 মিনিটের গরম সেঁক দিলেও ভালো লাভ হবে।

অনুভূতি শূণ্য করে তুলুন ঃ স্প্রে, ক্রীম বা টিউবের রূপে কোন যন্ত্রণা নিবারক ওষুধ লাগিয়ে সেই অংশকে অনুভূতি শূণ্য করে তুলুন। এই ব্যাপারে নিজের ডাক্তারের সহায়তা গ্রহণ করুন।

ওজন কমান ঃ শরীরের নীচের দিকে অংশের ওপরে যথাসম্ভব কম ওজন দিন। চিত হয়ে শোওয়ার পরিবর্তে এক পাশ ফিরে শুন। বসার সময় নীচে কোন বালিশ রাখুন। বাজারে এমন টিউব কিনতে পাওয়া যায়, যেগুলোর ওপরে বসলে পেরীনিয়মের ওপরে চাপ পড়ে না।

ঢিলা পোশাক পরুন ঃ টাইট আণ্ডারওয়্যার পরবেন না। সেগুলোর রগড়ানিতেও কষ্ট বাড়তে পারে। এতে আরাম আসতেও বেশী সময় লাগে।

ব্যায়াম করুন ঃ সেই অংশ অনুভূতি শূণ্য হওয়ার কারণে কীগল ব্যায়াম করলে জানতে না পারা গেলেও এতে লাভ অবশ্যই হয়। সেই অংশে রক্ত প্রবাহে উন্নতি আসে আর মাসল টোনও উন্নত হয়ে ওঠে।

যদি শরীরের নীচের অংশে বেশী ফোলা ভাব, যন্ত্রণা বা লাল ভাব থাকে অথবা কোন দুর্গন্ধ বেরোতে থাকে... তাহলে সংক্রমণের সম্ভাবনা হতে পারে। এই ব্যাপারে ডাক্তারকে জানাতে একটুও দেরী করবেন না।

ডেলিভারীর আঘাত

"আমার এমনটা মনে হয় যে, আমি বার্থিং রুম থেকে নয়... কোন বক্সিং রিং থেকে ফিরে এসেছি। আমার এমনটা কেন মনে হচ্ছে ?"

আপনার এমনটা মনে হচ্ছে এবং এমনটা অনুভব হচ্ছে যে, আপনাকে যেন মারধোর করা হয়েছে। প্রসবের পরে এমনটা হওয়া অত্যন্ত স্বাভাবিক। কারণ আপনি বক্সিং রিং-য়ে বক্সিং লড়তে থাকা বক্সারদের থেকে অনেক বেশী মেহনত করেছেন... আর সেই মেহনতের ফলেই আপনার ছোট্ট শিশু এই পৃথিবীতে পা রাখতে পেরেছে। আপনি সেই সব তীব্র সংকুচন আর গভীর ধাক্কাগুলো নিজের শরীরের ওপরে সহ্য করেছেন। হতে পারে যে, আপনার চোখের নীচে কালো ছোপ পড়ে গেছে। বাইরে বেরোলে সানগ্লাস চোখে দিন আর দিনের মধ্যে বেশ কয়েকবার চোখে ঠাণ্ডা সেঁক দিন। আপনার

বুকে যন্ত্রণা বা শ্বাস নিতেও অসুবিধা হতে পারে। গরম জলে স্নান বা হীটিং প্যাড আপনাকে আরাম দিতে পারে। টেল বোনের আশপাশে যন্ত্রণা হতে থাকলে উষ্ণতা বা মালিশে আরাম পাবেন।

প্রস্রাব করতে কষ্ট

"ডেলিভারীর বেশ কয়েক ঘন্টা পরেও আমি প্রস্রাব করতে পারছি না!"

- প্রসবের পরে প্রথম 24 ঘন্টায় অনেক মহিলাদের প্রস্রাব করতে অসুবিধা হয়। অনেক মহিলা প্রস্রাব করতে চান... কিন্তু করতে পারেন না। প্রস্রাবের সাথে জ্বলুনি আর যন্ত্রণা হয়। এমন বেশ কিছু কারণে হয় ঃ-
- ব্লাডারকে আটকে রাখার ক্ষমতা বেড়ে ওঠে... এজন্য আপনার প্রস্রাব করার ইচ্ছা হয় না।
- ব্লাডার বা মূত্রাশয় ডেলিভারীর সময় চোটগ্রস্ত হয়ে পড়ে আর সেটা ভরা থাকার কারণেও খালি হওয়ার সংকেত দিতে পারে না।
- এপীড্যুরলের কারণেও মূত্রাশয়ের সংবেদনশীলতা কমে আসে।
- পেরীনিয়লের যন্ত্রণা বা ফোলা ভাবও প্রস্রাব করতে অসুবিধার সৃষ্টি করে।
- কাটা-ছেঁড়া বা সেলাইয়ের কারণে প্রস্রাব করার সময় জ্বলুনি বা যন্ত্রণা হতে থাকে। অনেক বার প্রস্রাব করার পোজিশন বদলালে জ্বলুনি কমতে পারে বা প্রস্রাব করার সময় গরম জল ঢাললেও আরাম আসে।
- আপনি যদি লম্বা প্রসবের সময় কোন তরল পদার্থ না পান করে থাকেন, তাহলে ডিহাইড্রেশনের কারণেও এমনটা হতে পারে।
- অনেক বার যন্ত্রণার ভয়, গোপনীয়তার অভাব, অস্থিরতা, বেডপ্যান বা কারো সাথে বাথরুমে যেতে হওয়া ইত্যাদি মনোবৈজ্ঞানিক কারণও এমনটা হওয়ার জন্য দায়ী হয়।

আপনি যদি ডেলিভারীর 6 থেকে 8 ঘন্টার ভেতরে প্রস্রাব না করেন, তাহলে সংক্রমণ হতে পারে। নার্স আপনাকে এমন অনুরোধও করতে পারেন যে, আপনি প্রথম প্রস্রাব বেডপ্যান বা কোন পাত্রে করুন... যাতে উনি সেটার মাত্রা মেপে মূত্রাশয়ের অবস্থানের ব্যাপারে অনুমান লাগাতে পারেন। এর জন্য আপনি নীচের উপায়গুলো গ্রহণ করুন ঃ-

- বেশী মাত্রায় তরল পদার্থ গ্রহণ করুন।
- বিছানা থেকে উঠে কিছুটা পায়চারী করুন, যাতে মল-মূত্রের প্রক্রিয়া সুচারু রূপে হয়।
- আপনার যদি নার্সের সাথে বাথরুমে যাওয়া পছন্দ না হয়, তাহলে ওনাকে বাইরে অপেক্ষা করতে বলুন। উনি পরে আপনাকে পেরীনিয়লের সাফ-সাফাইয়ের ব্যাপারে জানাতে পারবেন।
- দুর্বলতার কারণে যদি আপনাকে বেডপ্যান নিতে হয়, তাহলে সেই অংশে গরম জল ঢালুন, যাতে প্রস্রাব করার ইচ্ছা হয়। প্যানের ওপরে শোওয়ার বদলে সেটার ওপরে বসার চেষ্টা করুন। আপনি এই সময় কামরায় একা থাকলে আরও ভালো হবে।
- নিজের শরীরের নীচের অংশে গরম বা ঠাণ্ডা সেঁক দিন।
- প্রস্রাব করার সময় কল খুলে দিন... এতেও প্রস্রাব করতে সুবিধা হয়।

যদি সব রকমের উপায়ই ব্যর্থ হয়ে পড়ে, তাহলে ডাক্তারকে টিউবের সহায়তায় আপনার মূত্রাশয় খালি করতে হবে। আপনি যদি এর থেকে বাঁচতে চান, তাহলে আমাদের উপায় গ্রহণ করুন।

যদি কয়েক দিন পরেও প্রস্রাব করতে অসুবিধা হয়, তাহলে আপনার হয়তো সংক্রমণ হয়ে পড়তে পারে।

"প্রস্রাবের ওপরে আমার নিয়ন্ত্রণ হারিয়ে গেছে। আপনা থেকেই প্রস্রাব চুঁইয়ে-চুঁইয়ে পড়তে থাকে!"

শিশুর জন্মের সময় হতে থাকা শারীরিক চাপ, শরীরের বেশ কিছু ব্যবস্থাকে অনিয়মিত করে তোলে। হয় প্রস্রাব করতে অসুবিধা হতে থাকে, নয়তো আপনা থেকেই প্রস্রাব হতে থাকে। পেরীনিয়লের মাসল টোন কমে আসার কারণে এমনটা হয়। প্রসবের পরে কীগল ব্যায়াম এই ব্যাপারে যথেস্ট প্রভাবদায়ক হতে পারে। তারপরেও যদি এই সমস্যা কম না হয়, তাহলে ডাক্তারের সহায়তা নিন।

প্রসবের পরে কখন ডাক্তার ডাকবেন ?

কিছু মহিলা প্রসবের পরে শারীরিক আর মানসিক রূপে ফিট্ থাকেন আর শীঘ্রই নিজেদের সামলে নেন... কিন্তু কিছু মহিলাদের ক্ষেত্রে মুশ্কিল শেষই হতে চায় না। এমন পরিস্থিতিতে কখন ডাক্তার ডাকবেন বা ডাক্তারকে ফোন করবেন ?

■যদি কয়েক ঘন্টার মধ্যে 2 - 2 প্যাড বদলাতে হয় অর্থাৎ রক্তস্রাব বেশী হলে নার্সকে ফোন করে এটা জানুন যে, আপনার হাসপাতালে যাওয়ার প্রয়োজন আছে কি না ? আপনি বরফের সেঁকও দিতে পারেন।

■প্রসবের পরে প্রথম সপ্তাহে গাঢ় লাল রং-য়ের স্রাব হতে থাকলে ডাক্তারকে জানান। মাসিক ধর্মের স্রাবের মত হাল্কা স্রাব তো কয়েক সপ্তাহ পর্যন্ত হতে থাকবে। শিশুকে স্তনপান করানোর সময় এর প্রবাহ বাড়তে পারে।

■নোংরা দুর্গন্ধযুক্ত রক্তস্রাব ! এর গন্ধ সাধারণ মাসিক ধর্মের গন্ধের মতই হওয়া উচিত।

■রক্তস্রাবে রক্তের বড় ক্লট আসা। কখনো-কখনো একাধটা ক্লট আসাটা স্বাভাবিক হয়।

■প্রথম কয়েক দিনে একেবারে রক্তস্রাব না হওয়া।

■ফোলা ভাব ছাড়াই যন্ত্রণা, অস্থিরতা। ডেলিভারীর কিছু সময় পরে পেটের নীচের অংশে টান ধরা।

■প্রথম কিছুদিনের পরে পেরীনিয়ল অংশে লাগাতার যন্ত্রণা হতে থাকা।

■24 ঘন্টা পরে পুরো দিন 100° ফারেনহাইটের বেশী জ্বর।

■মাথা ঘুরতে থাকা।

■গা গুলোন আর বমি।

■বক্ষ সংক্রমণের লক্ষণ এবং যন্ত্রণা

■সেলাইয়ের আশপাশে হাল্কা ফোলা ভাব, লাল ভাব।

■24 ঘন্টা পরেও প্রস্রাব করতে অসুবিধা হওয়া, যন্ত্রণা, দুর্গন্ধযুক্ত প্রস্রাব। ডাক্তারের কাছে যাওয়ার আগে প্রচুর মাত্রায় জল পান করুন।

■বুকে তীব্র যন্ত্রণা, হৃদ্স্পন্দন তীব্র হয়ে ওঠা, পা ছড়াতে যন্ত্রণা হওয়া। ডাক্তারের কাছে যাওয়ার আগে পা উঁচু করে রাখুন।

■অবসাদের ওপরে নিয়ন্ত্রণ করতে না পারা। বাচ্চার প্রতি ক্রোধ আর হিংসার ভাব। এমনিতে এই বিষয়ে বিস্তৃত তথ্য আগেই দেওয়া হয়েছে।

শৌচ করতে কষ্ট

"ডেলিভারীর দু দিন পরেও আমি মলত্যাগ করতে পারছি না... টয়লেটে যাওয়ার ইচ্ছা হওয়া সত্ত্বেও আমি সেলাই খুলে যাওয়ার ভয় পাচ্ছি !"

প্রতিটি মাকেই প্রসবের পরে এই পরিস্থিতির মোকাবিলা করতে হয়। আপনি যতক্ষন না এই পরিস্থিতির বাইরে বেরিয়ে আসছেন... আপনার অস্থিরতা আর ভয় বজায় থাকবে।

অনেক বার এমনটা হওয়ার জন্য বেশ কিছু মনোবৈজ্ঞানিক কারণও দায়ী থাকে। অনেক বার শিশুর জন্মের সময় পেটের মাংসপেশীর ওপরে বেশী টান পড়ায় সেগুলোর কার্যক্ষমতা কমে আসে। অনেক বার প্রসবের আগে আর পরেও শৌচ হয়ে পড়ে। তার পরে আপনি কিছু শক্ত আহার না খাওয়ায় আপনার পেট পরিস্কার থাকে। এমনিতে সব থেকে বেশী ভয় এটাই থাকে যে, মলত্যাগ করার জন্য জোর লাগালে যন্ত্রণা হবে বা সেলাই খুলে যাবে। এমনটা মনে হয় যে, হীমরয়েডসের অবস্থা আরও খারাপ হয়ে পড়বে। হাসপাতালে গোপনীয়তারও অভাব থাকে।

আপনি যদিও সহজেই এই পরিস্থিতির মোকাবিলা করতে পারেন... তবুও আমাদের দ্বারা দেওয়া উপায়গুলো গ্রহণ করে দেখুন ঃ

চিন্তা করবেন না ঃ- এই ব্যাপারে চিন্তা করলে কোন লাভই হবে না। সেলাই খোলার চিন্তা করবেন না। যদি কিছুদিন পর্যন্ত শৌচ না হতে পারে, তাহলেও ঘাবড়াবেন না !

তন্তুযুক্ত পদার্থ ঃ- আপনি হাসপাতাল বা বার্থ সেন্টারে থাকলে নিজের আহারে ফল, সব্জী আর গোটা শস্য থেকে প্রস্তুত খাদ্য পদার্থ নিন। আপেল, নাশপাতি, শুকনো মেওয়া ইত্যাদি নিলে তন্তুর আবশ্যকতার পূর্তি হবে। এমন কিছু খাবেন না... যেটা কোষ্ঠকাঠিন্যের সৃষ্টি করবে। বিছানার পাশে পড়ে থাকা চকোলেটের বাক্স লোভনীয় তো হতে পারে... কিন্তু সেটা খেলে আপনার কোষ্ঠকাঠিন্য হতে পারে।

তরল পদার্থের মাত্রা ঃ- প্রচুর মাত্রায় তরল পদার্থ নিন, যাতে কোষ্ঠকাঠিন্য না হতে পারে। এমনিতে জল পান করলেই কাজ হয়ে পড়বে... কিন্তু আপেলের জুসও এই কাজে সহায়ক হতে পারে। গরম জলে লেবু নিংড়েও পান করতে পারেন।

চিবিয়ে খান ঃ- ভালো করে চিবিয়ে-চিবিয়ে খাবার খেলে খাবার দ্রুত হজম হবে আর পাচন তন্ত্রও সঠিক ভাবে কাজ করতে থাকবে।

পায়চারী করুন ঃ- এটা ঠিক যে, আপনি ডেলিভারীর পরে ছোটার মত অবস্থায় থাকবেন না... কিন্তু হাল্কা পায়চারী তো আপনি করতেই পারেন। বিছানায় বসে-বসে কীগল ব্যায়াম করুন... এর ফলে পায়ুপথেরও লাভ হবে। বাড়ীতে শিশুর সাথে পায়চারী করুন।

মানসিক চাপগ্রস্ত হবেন না ঃ- কখনোই মানসিক চাপগ্রস্ত হবেন না... এর ফলে সেলাই খোলার পরে হীমরয়েডসের অবস্থা আরও খারাপ হয়ে পড়তে পারে। কটিস্নান করুন... ওষুধ লাগান... গরম বা ঠাণ্ডা সেঁক দিন।

মল পাতলা করার ঔষধি ঃ- হাসপাতালে মল পাতলা করার ঔষধি পাওয়া যায়, যাতে শৌচ করতে অসুবিধা না হয়।

যদিও প্রথম বার শৌচ করার সময় কিছুটা যন্ত্রণা হতে পারে... এতে ভয় পাবেন না। ধীরে-ধীরে মল নরম হয়ে এলে আপনার কষ্টও কমে আসবে আর সব কিছু আবার আগের মত ঠিক হয়ে পড়বে।

অতিরিক্ত ঘাম আসা

"আমি রাতে হঠাৎ করে প্রচণ্ড ঘেমে উঠি। এটা কি স্বাভাবিক ?"

এই জিনিষটা সমস্যার সৃষ্টি করলেও এটা স্বাভাবিক হয়। নতুন মায়েদের অনেক কারণে বেশী ঘাম আসতে থাকে। আপনার হার্মোনের স্তর কমে আসতে লাগে... কারণ এখন আর আপনি গর্ভবতী নন! বার-বার শৌচে গেলেও শরীর থেকে ফালতু দ্রব বেরিয়ে যেতে থাকে। ঘাম বেশী মাত্রায় আসতে থাকলে সেটা অসুবিধাজনক লাগতে পারে। আপনি নিজের বালিশের ওপরে তোয়ালে বিছিয়ে শুন, যাতে বালিশ রাতে ঘামে ভিজে না ওঠে আর আপনার ভালো ঘুম আসে।

ঘামের পূর্তির জন্য প্রচুর মাত্রায় তরল পদার্থ পান করুন... তা আপনি শিশুকে স্তনপান করাতে থাকুন বা না-ই থাকুন!

জ্বর

"আমি সম্প্রতি হাসপাতাল থেকে বাড়ী ফিরে এসেছি আর আমার 101° জ্বর রয়েছে। আমার কি ডাক্তারকে ফোন করা উচিত ?"

যদি ডেলিভারীর পরে আপনার শরীর ঠিক না থাকে, তাহলে ডাক্তারকে সেটা জানানোই ভালো। এই জ্বর অনেক বার প্রসবের পরে হতে থাকা সংক্রমণের কারণও হয়ে উঠতে পারে বা এটার পেছনে অন্য কোন কারণও থাকতে পারে। অনেক বার উত্তেজনা আর ক্লান্তির কারণেও জ্বর হতে পারে। এমনিতে শিশুকে স্তনপান করানোর শুরুর দিনগুলোতেও শরীরের তাপমাত্রা হাল্কা বেড়ে ওঠে... কিন্তু প্রসবের পরের প্রথম তিন সপ্তাহে এক দিনের বেশী জ্বর থাকলে ডাক্তার দেখান। তীব্র জ্বরের সাথে ঠাণ্ডা লাগলে বা বমি হতে থাকলে তৎক্ষনাত চিকিৎসা করান।

স্তনের বিস্তৃতি

"আমার স্তনে দুধ এসে গেছে। আমার বক্ষস্থল স্বাভাবিকের থেকে তিন গুণ বিস্তৃত হয়ে উঠেছে। স্পর্শ করলে এতটা যন্ত্রণা হচ্ছে যে,

আমি ব্রা পর্যন্ত পরতে পারছি না। শিশু যতদিন স্তনপান করে চলবে, ততদিন কি এমনটাই চলতে থাকবে ?"

আপনি না চাওয়া সত্ত্বেও আপনার স্তনের আকার বেড়ে উঠেছে। সেগুলো ফুলে উঠেছে আর স্পর্শ করলে যন্ত্রণা হচ্ছে। যদি ফোলা ভাবের কারণে স্তনবৃন্ত ভেতরের দিকে ঢুকে গিয়ে থাকে, তাহলে শিশুকে স্তনপান করানোর সময় আপনার যন্ত্রণা হবে আর শিশুরও দুধ পান করতে অসুবিধা হবে।

যদিও একটা সুখবর হচ্ছে এটা যে, এমনটা লম্বা সময় পর্যন্ত থাকবে না। দুধের চাহিদা আর জোগানের মধ্যে সন্তুলন হয়ে পড়তেই এই সমস্যা দূর হয়ে পড়বে।

"আমি বাচ্চাকে স্তনপান করাতে চাই না। কিন্তু আমি শুনেছি যে, স্তনে দুধ শুকিয়ে গেলে প্রচণ্ড কষ্ট হবে ?"

প্রসবের 2 - 3 দিনের ভেতরেই স্তনে দুধ আসতে শুরু করে। স্তনে দুধ তখনই তৈরী হয়, যখন আপনার সেটার প্রয়োজন হবে। দুধ যদি ব্যবহার না হয়, তাহলে স্তনে দুধ তৈরী হওয়া বন্ধ হয়ে পড়বে। যদিও কয়েক দিন বা কয়েক সপ্তাহ পর্যন্ত দুধ চুঁইয়ে-চুঁইয়ে পড়তে পারে... কিন্তু কিছুদিনের মধ্যেই স্তন স্বাভাবিক হয়ে পড়বে। এই সময় আপনি আইস প্যাক বা সাপোর্ট প্রদানকারী ব্রা ব্যবহার করতে পারেন। স্তনবৃন্ত রগড়াবেন না, জোর করে দুধ বার করবেন না বা গরম জলে স্নান করবেন না। এতে স্তনে দুধ তৈরী হতে থাকবে আর কষ্টদায়ক প্রক্রিয়াও চলতে থাকবে।

দুধ কোথায় গেল ?

"ডেলিভারীর দু দিন পরেও আমার স্তনে কোলোস্ট্রম পর্যন্ত তৈরী হয়নি। আমার শিশু কি ক্ষুধার্তই থেকে যাবে ?"

না... আপনার শিশু ক্ষুধার্ত থাকবে না! তার এখনও খিদে পায়নি। শিশুরা জন্ম থেকেই ক্ষুধার্ত থাকে না। প্রসবের 3 - 4 দিন পরে যখন ওর খিদে পাবে... ততদিনে আপনার স্তনে তার খিদে মেটানোর মত পর্যাপ্ত দুধ থাকবে!

এখনও আপনার স্তন একেবারে খালি নয়! তাতে শিশুর পোষণের জন্য আবশ্যক কোলোস্ট্রমের অংশ অবশ্যই রয়েছে। এই সময় শিশু সেটার এক চামচ মাত্রাও পেয়ে গেলে সেটা তার পক্ষে পর্যাপ্ত হবে... কিন্তু আপনার স্তন যতদিন না পূর্ণ রূপে ভরে উঠছে, ততদিন আপনি হাত দিয়ে টিপে দুধ বার করতে পারবেন না। এক দিনের শিশু নিজেই আপনার স্তন চুষে নিজের পেট ভরে নেবে!

পারস্পরিক প্রেম

"আমি এমনটা আশা করেছিলাম যে, শিশুকে দেখামাত্র আমার মনে তার প্রতি প্রেমের উদয় হয়ে পড়বে। কিন্তু এখনও পর্যন্ত আমার মনে ওর প্রতি এমন ভাবের উদয় হয়নি। এমনটা কেন হচ্ছে ?"

ডেলিভারীর ঠিক পরে যখন আপনার হাতে কাপড়ের একটা ছোট্ট পুঁটলি আসে... তখন সেই কাপড় দিয়ে জড়ানো ছোট্ট শিশুর মুখ আপনার মন জয় করে নেয়। সে আপনার দিকে তাকিয়ে থাকে আর আপনি ওর মুখের ওপরে চুম্বনের বৃষ্টি শুরু করে দেন। ঠিক সেই মুহূর্তেই মা আর বাচ্চার মধ্যে পারস্পরিক প্রেম আরও গভীর হয়ে ওঠে।

প্রতিটি গর্ভবতী মা এমনই স্বপ্ন দেখেন... কিন্তু বাস্তবে এমনটা হতে পারে না। প্রসবের লম্বা ক্লান্তির পরে লাল, বলিরেখা যুক্ত বা ফুলে থাকা মুখের এক শিশুকে আপনার কোলে তুলে দেওয়া হয়। আপনি তার মুখে নিজের কোন চিহ্নই দেখতে পান না। না-ই ওর মুখ টি.ভি. বিজ্ঞাপনে দেখানো গোলগাল শিশুর মুখের সাথে মিল খায়! আপনি হাজার চেষ্টা করা সত্ত্বেও ও আপনার স্তন থেকে দুধ পান করতে পারে না আর অদ্ভূত স্বরে কাঁদতে থাকে। আপনার এমনটাই মনে হতে থাকে যে, আপনাদের মধ্যে প্রেমের কি কোন বিকল্প নেই ?

আসলে প্রতিটি মা আর শিশুর মধ্যে এই সম্পর্ক গড়ে উঠতে আলাদা-আলাদা সময় লাগে। কিছু মায়েদের প্রসবে কোন সমস্যাই হয়

বাড়ী ফেরা

ডেলিভারীর পরে আপনাকে আর আপনার শিশুকে হাসপাতালে কতদিন থাকতে হবে ? সেটা আপনাদের দুজনের অবস্থার ওপরে নির্ভর করে। আপনারা দুজনে ফিট্ থাকলে ডাক্তারের অনুমতি নিয়ে আপনারা শীঘ্রই ছুটী নিতে পারেন। প্রথমে এটা ঠিক করে নিন যে, আপনি শিশুকে নিয়ে প্রথম চেক-আপের জন্য কবে আর কখন আসবেন ? ডাক্তারের থেকে এটা জেনে নিন যে, আগামী দিনগুলোয় আপনার ঠিক কি-কি ধরণের সমস্যা হতে পারে ? ডাক্তার পরের চেক-আপের আগেই এটা জানতে চাইবেন যে, শিশুর জণ্ডিস তো হয়নি বা সে পর্যাপ্ত মাত্রায় স্তনপান করতে পারছে কি না ?

আপনি যদি প্রসবের পরে 48 থেকে 96 ঘন্টা পর্যন্ত হাসপাতালে থাকেন, তাহলে পূর্ণ বিশ্রাম করার চেস্টা করুন... বাড়ী ফেরার পরে আপনার প্রচুর এনার্জীর আবশ্যকতা হবে !

না। তাঁরা পূর্ণ উৎসাহের সাথে নিজেদের শিশুকে এই পৃথিবীতে স্বাগত জানান আর অপর দিক থেকেও ভালো প্রতিক্রিয়া প্রাপ্ত হয়। যখন কি কিছু মামলায় মা প্রসবের পরে এতটাই ক্লান্ত হয়ে ওঠেন যে, শিশুকে কোলে নেওয়ার মত শক্তিও তাঁদের থাকে না।

আপনাকেও শিশুকে কিছুটা সময় দিতে হবে। নিজের শিশুর সকল প্রয়োজন পূরণ করুন। ওকে কোলে নিয়ে আদর করুন... ওর জন্য গান করুন... ওর সাথে কথা বলুন... ওর ছোট্ট হাত-পায়ের মালিশ করুন। ধীরে-ধীরে ওর গা থেকে ভেসে আসা দুর্গন্ধও আপনার ভালো লাগতে লাগবে। খুব শীঘ্র আপনি নিজেকে এক স্নেহপূর্ণ এবং পরিপূর্ণ মায়ের রূপে দেখতে পাবেন।

"আমার শিশু প্রী-ম্যাচিয়োর জন্ম নেওয়ায় তাকে আই.সি.ইউ.-তে নিয়ে যেতে হয়েছিল। ডাক্তার বলেছেন যে, ওকে দু সপ্তাহ সেখানে রাখা হবে। তাহলে কি ওর সঙ্গে আমার ভালবাসার সম্পর্ক গড়ে উঠতে দেরী হয়ে পড়বে না ?"

যদিও জন্মের ঠিক পরে শিশুকে আদর করার সুখ অন্য প্রকারের হয়... কিন্তু এই জিনিষটা আপনি নিজের শরীর ঠিক হওয়ার পরেও পূরণ করতে পারবেন। এতে শিশু আর মাতা-পিতার মধ্যে এক দীর্ঘকালীন সম্পর্ক গড়ে ওঠে।

আপনি শিশু আই.সি.ইউ.-তে থাকার সময়ও তাকে স্পর্শ করতে পারবেন, তার সাথে কথা বলতে পারবেন। বিভিন্ন হাসপাতালে মাতা-পিতাকে এমনটা করার স্বাধীনতা প্রদান করা হয়। সেখানে মজুদ নার্সকে জিজ্ঞাসা করুন যে, আপনি নিজের শিশুর সাথে বেশী সময় কি ভাবে কাটাতে পারবেন ? মনে রাখবেন যে, আপনি যখন শিশুর সাথে বাড়ীতে থাকা শুরু করবেন, তখন আপনাদের দুজনের মধ্যে এক গভীর স্নেহ বিকশিত হয়ে পড়বে।

কামরায় শিশু

"গর্ভাবস্থার সময় তো এই ভেবে ভালো লাগত যে, প্রসবের পরে শিশু আমার কাছে থাকবে... কিন্তু আমি এটা জানতাম না যে, সেই সময় ক্লান্তির কারণে আমার কি অবস্থা হবে ? এখন আমি শিশুকে অন্য জায়গায় নিয়ে যাওয়ার কথা বলছি। আমি কত খারাপ মা... তাই না ?"

আপনি সত্যি-সত্যিই এক *'ভোলো মা'* আর *'মৌ'* হওয়ার প্রথম চ্যালেঞ্জ আপনি পার করে নিয়েছেন। এবার আপনি দ্বিতীয় চ্যালেঞ্জের মুখোমুখি হতে চলেছেন। এই সময় কিছুটা আরাম আপনার পক্ষে স্বাভাবিক এবং জরুরীও বটে! ডেলিভারীর ক্লান্তির কারণে আপনি নিজের শিশুর দেখাশোনা করতে না পারলে এতে লজ্জিত হওয়ার কিছু নেই। প্রসব আর ডেলিভারীর পরে আপনার শরীর ক্লান্ত হয়ে পড়েছে... আপনি বেশ কয়েক ঘন্টা ঘুমোতেও পারেননি। এমন অবস্থায় আপনি যদি কয়েক ঘন্টা ঘুমিয়ে নিতে চান, তাতে আপত্তির কিছু নেই !

নিজের শিশুর সাথে ঘন্টার ওপরে নয়... সেই সময়ের গুণবত্তার ওপরে দৃষ্টি দিন। বাড়ী ফেরার পরে তো শিশু সারাটা সময় আপনার সাথেই থাকবে। এখন কিছুটা বিশ্রাম করে নিন... কারণ পরে সেটার সুযোগই পাবেন না !

সিজারিয়ান ডেলিভারী

"সী-স্যাক্শনের পরে আমি ঠিক কবে থেকে আরাম পাব ?"

পেটের যে কোন অপারেশনের পরে সেটা ঠিক হতে যতটা সময় লাগে, আপনারও ঠিক ততটা সময় লাগবে! তফাৎ শুধু এইটুকু যে, আপনার পেট থেকে গল ব্লাডার বা এ্যাপেণ্ডিক্স বার হবে না... আপনার কোলে এক ছোট্ট ফুটফুটে শিশু চলে আসবে। সাজারী দ্বারা আরামের সাথে আপনার শিশুর জন্ম থেকে হতে থাকা কষ্টও দূর হয়ে পড়বে। ক্লান্তি, হার্মোনাল পরিবর্তন, ঘাম ইত্যাদি হচ্ছে এমনই কিছু লক্ষণ।

অপারেশনের সাথে নীচের লক্ষণগুলো যুক্ত হয়ে থাকবে ঃ-

সেলাইয়ের আশপাশে যন্ত্রণা ঃ- এ্যানেস্হেসিয়ার প্রভাব কম হয়ে আসতেই আপনার ক্ষতস্হান বা সেলাইয়ের জায়গায় যন্ত্রণা হতে থাকবে। এই যন্ত্রণা বেশ কিছু কারকের ওপরে নির্ভর করে যে, সেলাই কেমন পরিস্হিতিতে লাগানো হয়েছে বা এর আগেও আপনার কখনো সী-স্যাক্শন হয়েছে কি না ? আপনাকে যন্ত্রণা নিবারক ওযুধ দেওয়া হবে, যাতে আপনার ঘুম চলে আসে। আপনি শিশুকে স্তনপান করাতে থাকলে ভয় পাবেন না... এটা কোলোস্ট্রমের ওপরে প্রভাব বিস্তার করবে না। পরে আপনার আর এতটা ভারী ডোজের যন্ত্রণা নিবারক ওযুধের প্রয়োজন হবে না। যন্ত্রণা যদি কিছুদিন পর্যন্ত বজায় থাকে, তাহলে আপনি মাঝে-মাঝে যন্ত্রণা নিবারক ওযুধ নিতে পারেন। প্রথম কয়েক সপ্তাহ ভারী জিনিষ ওঠাবেন না।

গা গুলোন... বমি বা বমি ছাড়াই ঃ- হতে পারে যে, আপনার সাথে হয়তো এমনটা হবে না... কিন্তু হলে আপনাকে সেটার ওযুধ দেওয়া হবে।

ক্লান্তি ঃ- শরীর থেকে অনেকটা রক্ত বেরিয়ে যাওয়ার কারণে আপনি অত্যন্ত দুর্বলতা অনুভব করবেন। যদি অপারেশনের কয়েক ঘন্টা আগে পর্যন্ত প্রসব-যন্ত্রণা বজায় থাকে... তাহলে ক্লান্তি আরও বেশী হবে। যদি সী-স্যাক্শন আগে থেকে নির্দিষ্ট না থাকে, তাহলে আপনি ভাবনাত্মক রূপে আহতও হয়ে উঠতে পারেন।

নিয়মিত অবস্হার পরীক্ষা ঃ- এক নার্স নিয়মিত রূপে আপনার শরীরের তাপমাত্রা, নাড়ির গতি আর রক্তচাপ ইত্যাদি পরীক্ষা করবেন। আপনার প্রস্রাব আর রক্ত প্রবাহেরও পরীক্ষা করা হবে।

কামরায় ফিরে আসার পরে আপনি নিম্নলিখিতগুলো আশা করতে পারেন ঃ

অতিরিক্ত পরীক্ষা ঃ- নার্স লাগাতার আপনার অবস্হার পরীক্ষা করে চলবেন।

প্রস্রাবের জন্য টিউব বার করা ঃ- প্রস্রাব করার জন্য ঢোকানো টিউব বার করা হবে। প্রথম বার প্রস্রাব করতে আপনার একটু অসুবিধা হবে। এর জন্য আমাদের টিপস্ পরীক্ষা করে দেখুন। সেগুলো কাজে না এলে আবার একবার টিউব ঢোকাতে হতে পারে।

সাজারীর 8 থেকে 24 ঘন্টা পরে ঃ- সাজারীর 8 থেকে 24 ঘন্টার মধ্যে আপনাকে ধীরে-ধীরে উঠে বসতে হবে। তারপর আপনাকে মাটির ওপরে দাঁড়াতে বলা হবে। আপনার মাথা না ঘুরলে আপনি দাঁড়াতে পারবেন। তারপর আপনাকে কয়েক পা হাঁটতে বলা হবে। শীঘ্রই আপনি সাপোর্ট নিয়ে ওঠা-বসা করার যোগ্য হয়ে উঠবেন।

স্বাভাবিক আহারের দিকে ঃ- অনেক জায়গায় সী-স্যাক্শনের 24 ঘন্টা পরেও আই.ভি.-তে রাখা হয় আর প্রথম দু-একদিন তরল পদার্থ দেওয়া হয়। তারপর ধীরে-ধীরে শক্ত আহার দেওয়া হয়। বিভিন্ন হাসপাতাল আর ডাক্তারের নীতি এই ব্যাপারে আলাদা-আলাদা হতে পারে। আপনার অবস্হার ওপরেও এটা অনেকটা নির্ভর করে যে, আপনাকে শক্ত আহার ঠিক কবে থেকে দেওয়া শুরু করা হবে। তরল পদার্থের পরে আপনাকে এমন কিছু শক্ত আহার দেওয়া হতে পারে, যেগুলো সহজে হজম হবে। শক্ত আহার নেওয়া শুরু করার পরেও তরল পদার্থের মাত্রা কম করে দেবেন না... সেটাও আপনার পক্ষে অত্যন্ত জরুরী!

কাঁধে যন্ত্রণা ঃ- অনেক বার আপনার কাঁধে তীব্র যন্ত্রণা হতে পারে... ওষুধ নিলে সেটা ঠিক হয়ে পড়বে।

কোষ্ঠকাঠিন্য ঃ- এ্যানেস্হেসিয়া আর সাজারীর কারণে আপনার শৌচের প্রক্রিয়া ধীর হয়ে পড়তে পারে। এমনটা বেশ কয়েক দিন পর্যন্ত বজায় থাকতে পারে। কোষ্ঠকাঠিন্যের কারণে গ্যাসের যন্ত্রণাও হতে পারে। এর জন্য আপনাকে কোন ওষুধ দেওয়া হতে পারে, যাতে আপনার সহজে শৌচ হয়ে পড়ে।

পেটের রোগ ঃ- পাচন তন্ত্র কাজ করা শুরু করলে পেটের মধ্যে জমা গ্যাস নিজের প্রভাব দেখাতে পারে। হাসলে, কাশলে বা হাঁচলে অবস্হা আরও খারাপ হয়ে পড়তে পারে। নার্স বা ডাক্তার আপনাকে আরাম পাওয়ার উপায় জানাতে পারেন। সেলাইয়ের জায়গাটা হাত দিয়ে চেপে ধরে গভীর শ্বাস নিলে বা কিছুটা পায়চারী করলে আপনি আরাম পেতে পারেন।

শিশুর সাথে সময় কাটান ঃ- আপনার অবস্হা কিছুটা সামলে এলে শিশুকে দুধ পান করানো ছাড়াও আরও কিছুটা সময় ওকে দিন। ওকে আদর করুন... ওকে কারো সহায়তায় নিজের কাছে এনে রাখুন, যাতে আপনার সম্পূর্ণ মনোযোগ নিজের শিশুর প্রতি কেন্দ্রীভূত হয়ে থাকতে পারে।

সেলাই খোলা ঃ- সেলাই যদি আপনা থেকে গুলে যাওয়ার মত না হয়, তাহলে ডেলিভারীর 4 - 5 দিন পরে আপনার সেলাই খোলা হবে। এতে যন্ত্রণা হয় না... কিছুটা হাল্কা অস্হিরতা অবশ্য হতে পারে। সেলাই খোলার পরে সেই জায়গাটা ভালো করে দেখুন আর ডাক্তারের থেকে এটা জেনে নিন যে, এটা কতদিনে ঠিক হবে, সেটার দেখাশোনা কি ভাবে করতে হবে বা তাতে কি-কি পরিবর্তন আসতে পারে ?

এমনিতে আপনি প্রসবের 3 - 4 দিন পরে বাড়ী ফিরে যেতে পারবেন... কিন্তু বাড়ী ফেরার পরেও আপনার আর আপনার শিশুর দেখাশোনা করার প্রয়োজন পড়বে। শুরুর কয়েক সপ্তাহে কাউকে দেখাশোনা করার জন্য রাখুন।

শিশু নিয়ে বাড়ী ফেরা

"হাসপাতালে তো নার্স আমার বাচ্চার ডায়পার বদলে দিত, তাকে স্নান করাত আর আমাকে বাচ্চাকে দুধ পান করানোর ব্যাপারে মনে করিয়ে দিত ! এখন আমি অত্যন্ত চিন্তায় পড়ে গেছি !"

এটা সত্যি যে, শিশু নিজের সাথে করে কোন নির্দেশ লিখে নিয়ে আসে না... কিন্তু আপনি যখন শিশুকে নিয়ে হাসপাতাল থেকে বাড়ী ফিরে আসবেন... তখন আপনাকে শিশুকে স্নান করানোর আর তাকে খাবার খাওয়ানোর নির্দেশ দেওয়া হবে। হতে পারে যে, প্রথম বার শিশুর ডায়পার বদলানোর সময় আপনি কিছু গড়বড় করে ফেলবেন... কিন্তু এই ব্যাপারে বিভিন্ন পুস্তকে আর অন্ লাইন তথ্য পাওয়া যায়। শিশু বিশেষজ্ঞরাও অনেক কিছু বুঝিয়ে দেন। নিজের প্রশ্নগুলোর উত্তর লিখে রাখুন, যাতে আপনি কিছু ভুলে না যান!

এক বুদ্ধিমান মাতা-পিতা হয়ে উঠতে সময় লাগে ! তার জন্য আপনাদের ধৈর্য্য আর অভ্যাসের প্রয়োজন হবে। শিশু এই প্রক্রিয়ায় আপনার ভুল মাফ করে দেবে। আপনি যদি

তার ডায়পার উল্টো করে পরান বা স্নান করানোর সময় তার কান পরিস্কার করতে ভুলে যান, তাহলেও সে কিছু মনে করবে না। সে নিজের ফীডব্যাক দিতে কখনো লজ্জা পায় না। ক্ষিধে পেলে সে চেঁচিয়ে কাঁদে। স্নানের জল বেশী ঠাণ্ডা বা গরম হলে সে চেঁচাতে থাকে। শিশুর কাছে দ্বিতীয় কোন মা থাকে না, যার সঙ্গে সে আপনার তুলনা করতে পারবে। আপনিই তার কাছে দুনিয়ার সব থেকে ভালো মা!

আপনি নিজের ক্লান্তি দূর করার জন্য বিশ্রাম করুন আর এনার্জীর স্তর বজায় রাখার জন্য ভালো করে খান। ধীরে-ধীরে বেবী-কেয়ার সহজ আর সরল হয়ে আসবে। তখন আপনি সহজে শিশুকে কোলে নিয়েই জামা-কাপড় কাচতে পারবেন আর ভ্যাকুয়াম ক্লীনারও চালাতে পারবেন। এর পরে আপনি ধীরে-ধীরে এক সাথে বেশ কিছু কাজ করার ক্ষেত্রেও দক্ষ হয়ে উঠবেন।

স্তনপানের সূত্রপাত

শিশুকে স্তনপান করানো এক স্বাভাবিক প্রক্রিয়া হয়... কিন্তু কিছু-কিছু মা এই কাজটা সঠিক ভাবে করতে পারেন না। স্তনে দুধ আপনা থেকেই আসে... কিন্তু শিশুর মুখে স্তনবৃন্ত ঠিক ভাবে দেওয়ার দক্ষতা আপনাকে অর্জন করতে হবে।

এই দক্ষতা অর্জন করতেই হয়। অনেক বার কিছু শারীরিক কষ্টের কারণে এই প্রক্রিয়া পুরো হতে পারে না... কারণ দু দিক থেকেই অভিজ্ঞতার অভাব থাকে। মা শিশুকে দুধ পান করাতে জানেন না আর শিশু দুধ পান করতে জানে না।

আপনার কাছে এই ব্যাপারে আগে থেকেই তথ্য থাকলে ব্যাপারটা অনেকটাই সামলে নেওয়া যায়। এর জন্য বিভিন্ন পুস্তক, ক্লাস থেকে বা অন্ লাইনে তথ্য সংগ্রহ করুন।

- বার্থিং রুমেই এই জিনিষটার সূত্রপাত করুন। যদি শিশু আর আপনি প্রথম-প্রথম স্তনপানের সুযোগ না-ও পান, তাতেও নিরাশ হবেন না। এটার অর্থ এই নয় যে, আপনি কখনোই এর সূত্রপাত করতে পারবেন না। আপনাদের দুজনকেই এই ব্যাপারে অনেক কিছু শিখতে হবে।
- শিশুর ক্ষিধে পেলে নিজেকে প্রস্তুত রাখুন। এমনটা যেন না হয় যে, শিশু ক্ষিধের চোটে কাঁদছে আর আপনার চোখ দুটো ঘুমে জড়িয়ে আসছে।
- যতটা সম্ভব, অন্যের সহায়তা নিন। ল্যাক্টেশন বিশেষজ্ঞও এই ব্যাপারে সহায়তা করতে পারেন। যদি সেই সুবিধা না থাকে, তাহলে কোন অভিজ্ঞতাসম্পন্ন নার্স বা ডাক্তারের সহায়তা নিন। ওনারা আপনাকে উপযোগী টিপস্ দিতে পারবেন।
- শুভাকাংখীদের ভীড় এড়িয়ে চলুন। সাক্ষাৎকারকারীরা আপনার আর শিশুর এই প্রক্রিয়ায় বাধা দিতে পারেন। আপনাকে এক আরামদায়ক পরিবেশ তৈরী করতে হবে। সম্পূর্ণ একাগ্রতার সাথে শিশুকে স্তনপান করাতে হবে, যাতে দু পক্ষেরই পূর্ণ সন্তুষ্টি প্রাপ্ত হয়।
- শিশুর দুধ পান করার প্রক্রিয়ার শুরুটা ধীর গতির হলে নিরাশ হবেন না। হতে পারে যে, তারও ডেলিভারীর ক্লান্তি রয়েছে। নবজাত শিশুর ঘুমও বেশী আসে। তার কাছে প্রথম কয়েক দিনের জন্য পোষণ থাকে... তাই ভালোমতন ক্ষিধে লাগলে তার কাছেও পর্যাপ্ত মাত্রায় দুধ পান করার শক্তি এসে পড়বে।
- শিশুকে বোতলে করে দুধ পান করানো এড়িয়ে চলুন। এমনটা যেন না হয় যে, সে স্তনপান করার আগে ফর্মূলা দুধ পান করেই নিজের ক্ষিধে মিটিয়ে নিক। বোতলের দুধে ওর ক্ষিধেও শান্ত হবে না আর সে উপযোগী কোলোস্ট্রমও প্রাপ্ত করবে না। আপনি যদি তাকে সাপ্লিমেন্টারী আহার দিচ্ছেন, তাহলে স্তনপান করার সময়ের আশপাশে সেটা দেবেন না। ও একবার বোতলে করে দুধ পান করতে অভ্যস্ত হয়ে পড়লে মুস্কিল হবে... কারণ বোতলে করে দুধ পান করতে মেহনত কম করতে হয়। হতে পারে যে, স্তনপানের প্রতি ওর আগ্রহই শেষ হয়ে পড়ুক।

স্তনপান এবং আই.সি.ইউ.-তে শিশু

যদি নবজাত শিশুকে কোন কারণে আই.সি.ইউ. *(ইন্‌সেন্টিভ কেয়ার ইউনিট)*-তে রাখা হয়, তাহলেও তাকে স্তনপান করানো ছেড়ে দেবেন না। যদি প্রত্যক্ষ রূপে স্তনপান না করাতে পারেন, তাহলে পাম্পের সহায়তায় স্তন থেকে দুধ বার করলে দুধের আপূর্তিও বজায় থাকবে।

■ দিনের মধ্যে কম পক্ষে 8 থেকে 12 বার দুধ পান করান। এতে দুধও পুরো তৈরী হবে। যদি 4 ঘন্টা পরে-পরে দুধ পান করান, তাহলে দুধও তৈরী হবে না আর স্তনে রক্ত সংকুলতা হয়ে পড়বে। শিশুকে সঠিক পোজিশনে দুধ পান করান, যাতে স্তনবৃন্তে ফোলা ভাব আর যন্ত্রণা না হয়। পোজিশন ঠিক থাকলে আপনি শিশুকে অনেকক্ষন পর্যন্ত সহজেই দুধ পান করাতে পারবেন।

■ শিশুকে দুই স্তন থেকে দুধ পান করান। একটা স্তন খালি হয়ে পড়ার পরে শিশুর মুখে অন্য স্তন দিন। এই ভাবে শিশুর ক্ষিধেও শান্ত হবে আর সে পুরো পোষণও প্রাপ্ত করবে। ওকে প্রথমে একটা স্তন থেকে পুরো দুধ পান করতে দিন। ও চাইলে দ্বিতীয় স্তন দিন... কিন্তু জোর-জবরদস্তি করবেন না। মনে রাখবেন যে, এর পরের বার প্রথমে ভরা স্তন থেকে দুধ পান করাতে হবে। এই ক্রম চালিয়ে যান।

স্তনপান কি ভাবে করাবেন?

■ কোন শান্ত জায়গা বেছে নিন। শান্ত জায়গায় আপনিও আরাম পাবেন আর শিশুও আরামে নিজের পেট ভরাবে।

■ নিজের কাছে কোন পানীয় পদার্থ রাখুন। সেটা যেন খুব গরম না হয়... অন্যথা সেটা শিশুর গায়ের ওপরে ছলকে পড়তে পারে। অনেক আগে খাবার খেয়ে থাকলে কোন পৌষ্টিক স্ন্যাক্সও সঙ্গে-সঙ্গে খান।

■ নিজের কাছে কোন পুস্তক রাখুন... কিন্তু স্তনপান করানোর সময় পুস্তক পড়তে থাকলেও মাঝে-মাঝে শিশুর ওপরেও নজর দিন। শুরুর দিনগুলোয় টি.ভি. চালালে স্তনপান করাতে অসুবিধা হতে পারে... এই সময় ফোনও এ্যাটেণ্ড করবেন না। সেটাকে ভয়েস মেলে ট্রান্সফার করে দিন বা অন্য কাউকে ফোন ওঠাতে বলুন।

■ শিশুকে আরামদায়ক মুদ্রায় ওঠানোর জন্য কোলে একটা বালিশ রাখুন। বিনা সাপোর্টে ওঠালে হাতে টান ধরতে পারে বা যন্ত্রণা হতে পারে। পারলে পা-ও উঁচু করে রাখুন।

■ শিশুকে নিজের স্তনবৃন্তের দিকে মুখ করে শোওয়ান। তার পুরো শরীর আপনার দিকে হওয়া উচিত। সঠিক পোজিশন আপনাকে স্তনপানের সাথে সম্বন্ধিত বেশ কিছু কষ্টের হাত থেকে মুক্তি প্রদান করবে।

■ প্রথম কয়েক সপ্তাহে স্তনপানের দুটো পোজিশন সঠিক হয়। প্রথম, *ক্রেসওভার হোল্ড'* – এক হাত দিয়ে শিশুর মাথাকে সাপোর্ট দিন আর অন্য হাত দিয়ে ওর পুরো শরীর সামলান। তারপর সেই হাত দিয়ে নিজের স্তনবৃন্ত ওর মুখে দিন। স্তনে হাল্কা হাতে চাপ দিন, যাতে সেটার ওজনে শিশুর নাক না চাপা পড়ে। এবার আপনি স্তনপান করানোর জন্য তৈরী!

■ দ্বিতীয় পোজিশনকে *ফুটবল হোল্ড'* বলা হয়। একে *ক্লাচ হোল্ড'*-ও বলা হয়। সী-স্যাকশনের পরে এই পোজিশন অত্যন্ত লাভদায়ক হয়... কারণ এতে পেটের ওপরে ফালতু চাপ পড়ে না। আপনার বক্ষস্হল বড় হলে বা শিশু প্রী-ম্যাচিয়োর হলে অথবা

আপনি যদি যমজ শিশুকে দুধ পান করাচ্ছেন... তাহলে শিশুকে আধশোওয়া পোজিশনে শোওয়ান। ওর হাত-পা যেন আপনার বাহুর নীচে থাকে। এক হাত দিয়ে ওর মাথাকে সাপোর্ট দিন আর অন্য হাত দিয়ে নিজের স্তন ধরুন। আপনি যখন ভালোমতন স্তনপান করাতে শিখে যাবেন, তখন আপনি চিত্রে দেওয়া পোজিশন অনুসারে *ক্র্যাডল হোল্ড*'-ও বানাতে পারবেন।

■ স্তনবৃন্তকে শিশুর নাকের কাছ থেকে নীচের ঠোঁঠ পর্যন্ত নিয়ে যান, যাতে সে বড় করে মুখ খুলতে পারে। এই ভাবে স্তনপান করালে শিশুর নীচের ঠোঁঠে চাপ পড়বে না। শিশু নিজের মুখ ঘুরিয়ে নিলে আদর করে ওর মুখ ঘুরিয়ে আনুন।

■ যখন শিশু মুখ খুলবে, তখন নিজের স্তনকে সামনের দিকে আনার পরিবর্তে ওর মুখকে স্তনের কাছে নিয়ে আসুন। মা যখন জোর করে শিশুর মুখে স্তন দেন, তখন অনেক প্রকারের সমস্যা হতে পারে। নিজের পিঠ সোজা রেখে শিশুকে নিজের স্তনের কাছে এগিয়ে নিয়ে আসুন।

■ শিশু কেবলমাত্র স্তনবৃন্ত মুখে নিলে সেটার থেকে দুধ বার হবে না। স্তনবৃন্তের আশপাশের কিছুটা অংশও শিশুর মুখের মধ্যে যাওয়া উচিত... কারণ দুধের গ্রন্থিতে চাপ দিলে তবেই দুধ বার হয়। অনেক শিশু তো ক্ষুধার্ত হওয়া সত্ত্বেও স্তনের যে কোন অংশ চুষতে থাকে, তা দুধ না বার হলেও। এতে মায়ের স্তনে আঘাতও লাগতে পারে।

■ যদি স্তন শিশুর নাকে চাপ দেয়, তাহলে আঙুল দিয়ে স্তনে চাপ দিন। শিশুকে কিছুটা উঁচু করে ধরে তাকে শ্বাস নিতে দিন।

■ যদি শিশুর মুখ ফুলে থাকে... তাহলে আপনি এটা জেনে যাবেন যে, ওর মুখে দুধ ভালোমতন পৌঁছচ্ছে।

■ শিশু যদি স্তনপান শেষ হয়ে পড়ার পরেও মায়ের স্তন না ছাড়ে, তাহলে জোর করে স্তন টানলে স্তনবৃন্তে যন্ত্রণা হতে পারে। শিশুর মুখের এক কোনায় একটা আঙুল পুরে কিছুটা হাওয়া বেরিয়ে আসতে দিন। তারপর আস্তে করে স্তনবৃন্ত বাইরে বার করে আনুন।

■ শিশুকে খালি পেটে বেশীক্ষন ঘুমোতে দেবেন না। ও যদি গত 4 ঘণ্টা ধরে ঘুমোচ্ছে, তাহলে এবার ওকে দুধ পান করানোর জন্য ওঠাতে হবে। ওর ওপর থেকে ভারী কাপড় সরিয়ে দিন, যাতে ওর ঘুম ভেঙে যায়।

ওকে কোলে তুলে নিয়ে আস্তে করে ওর পিঠের মালিশ করুন। হাত-পায়ের মালিশ করুন বা কপালে 1 - 2 ফোঁটা জল দিন। ও জেগে উঠতেই আপনি দুধ পান করানোর পোজিশনে চলে আসুন। বা শুয়ে থেকে শিশুকে নিজের নগ্ন বুকের ওপরে শোওয়ান। আপনার বুকের সুগন্ধই ওর ঘুম ভাঙিয়ে তুলবে।

■ কান্নাকাটি করতে থাকা শিশুকে দুধ পান করাবেন না। ক্ষুধার্ত শিশুর কান্না বন্ধ করার জন্য ওকে কিছুক্ষন নাড়াতে থাকুন বা ওর মুখে আঙুল ঢুকিয়ে ওর কান্না বন্ধ করুন। স্তনবৃন্ত মুখে ঢোকার সময় পর্যন্ত ও অনেকটাই শান্ত হয়ে পড়বে।

■ শান্ত হয়ে থাকুন! শিশুকে স্তনপান করানোর সময় অস্থির হবেন না। স্তনপান করানোর আগে আশপাশের পরিবেশকে শান্ত করে তুলুন। গভীর শ্বাস নিন, মিউজিক শুনুন। মানসিক চাপের কারণে দুধ তৈরীর প্রক্রিয়ায়

রেকর্ড রাখুন

আপনাকে প্রতি বার ভরা স্তন থেকে শিশুকে দুধ পান করাতে হবে। এর জন্য নিজের হাতে একটা বালা পরুন। একটা স্তন থেকে দুধ পান করানো হয়ে গেলে বালা অন্য হাতে পরে নিন। পরের বার আপনাকে বালা পরা হাতের দিকের স্তন থেকে শিশুকে দুধ পান করাতে হবে।

বাধা আসতে পারে। শিশু মানসিক চাপের মধ্যে থাকলে সেও পেট পুরে দুধ পান করতে পারবে না।

- সঠিক পদ্ধতিতে স্তনপান শুরু হয়ে পড়লে শিশুর দুধ পান করার রেকর্ড রাখুন। ওর শুকনো আর ভেজা ডায়পারের সংখ্যার রেকর্ড রাখুন। ও দিনে কত বার কতক্ষন পর্যন্ত দুধ পান করেছে। ডাক্তার এই রেকর্ড দেখেই অনুমান লাগিয়ে নেবেন যে, শিশু পর্যাপ্ত মাত্রায় পোষণ প্রাপ্ত করছে কি না ?
  শিশুর ওজন থেকেও আপনি এটা জানতে পারবেন যে, ও পুরো দুধ পাচ্ছে কি না ? দিনের মধ্যে কম পক্ষে 6 ডায়পার প্রস্রাব আর 3 ডায়পার মলযুক্ত হওয়া উচিত।

স্তনের রক্ত সংকুলতা

কোলোস্ট্রম পর্যন্ত সব কিছু ঠিক থাকে... কিন্তু এর পরে যখন মায়ের স্তনে দুধ আসে, তখন মায়ের স্তন অত্যন্ত বড় আর শক্ত হয়ে ওঠে। যেগুলো স্পর্শ করলেও যন্ত্রণা হতে থাকে। এই অবস্থা 24 থেকে 48 ঘন্টায় স্বাভাবিক হয়ে আসে। এমন স্তন থেকে স্তনপান করানো মা আর শিশু – দুজনের পক্ষেই কস্টদায়ক হতে পারে। এই কস্টের হাত থেকে রক্ষা পাওয়ার জন্য নিম্নলিখিত উপায় গ্রহণ করা যেতে পারে ঃ

- শিশুকে দুধ পান করানোর আগে স্তনে হাল্কা সেঁক দিন। গুনগুনা গরম জলে ডোবানো কাপড় স্তনের ওপরে রাখুন... সেগুলো নরম হয়ে আসবে।
- যে স্তন থেকে শিশু দুধ পান করছে... হাল্কা হাতে সেটার মালিশ করুন।
- স্তনপানের পরে আইস প্যাক লাগান। স্তনের ওপরে ঠাণ্ডা বাঁধাকপির পাতা লাগালেও আরাম পাবেন।

একটু ধৈর্য্য ধরুন

আজ্ঞে হ্যাঁ... স্তনপানের সাথে যুক্ত প্রারম্ভিক কস্ট দীর্ঘ সময় পর্যন্ত থাকে না। মায়ের স্তনপান করাটা শিশুর নৈসর্গিক অধিকার হয় আর সে সহজেই নিজের সেই অধিকার প্রাপ্ত করে নেয়। ততদিন পর্যন্ত আপনাকে এমন কিছু প্রচেস্টা করতে হবে, যাতে দুধ উৎপাদনে বাধা না আসে।

- ভালো নার্সিং ব্রা পরুন। সেটা যেন খুব টাইট না হয়। এমন পোশাক পরবেন না, যাতে স্তনের দম বন্ধ হয়ে আসে।
- যন্ত্রণার কারণে স্তনপান বন্ধ করবেন না। শিশু যত কম দুধ পান করবে, কস্ট তত বাড়বে।
- হাত দিয়ে দুটি স্তন টিপে কিছু দুধ বার করুন। এতে স্তনবৃন্তও নরম হয়ে আসবে আর শিশু স্তন ভালো করে ধরতে পারবে।
- নার্সিং পোজিশন বদলাতে থাকুন এবং একটা স্তন খালি হয়ে পড়ার পরে শিশুর মুখে অন্য স্তন দিন।
- তীব্র যন্ত্রণার থেকে মুক্তি পাওয়ার জন্য টাইলীনোল বা অন্য কোন হাল্কা যন্ত্রণা নিবারক ওষুধ নিন।

স্তনপানের সাথে যুক্ত আহার

শিশুকে স্তনপান করালে প্রতি দিন 500 ক্যালোরী খরচ হয়... এজন্য আপনার প্রতি দিনের আহারে অতিরিক্ত 500 ক্যালোরী থাকা উচিত।

আহারে মাত্রায় বদলে গুণবত্তার ওপরে দৃস্টি দিন। আপনি যদিও গত 9 মাস ধরে পৌস্টিক আহার-বিহারের বেশ কিছু পদ্ধতি শিখে নিয়েছেন আর সেগুলোকে গ্রহণও করছেন... কিন্তু এদিকে আরও একটু দৃস্টি দেওয়া আবশ্যক। স্তনপানের সাথে যুক্ত আহারের নিয়মগুলোর পালন করে চলুন !

স্তন থেকে দুধ চুঁইয়ে পড়া

স্তনপান শুরু করানোর আগে কয়েক সপ্তাহ স্তন থেকে যে কোন সময় দুধ চুঁইয়ে পড়তে পারে। এটা আপনার স্তন থেকে ফোয়ারার মতও বেরোতে

পারে। এমনটা যে কোন সময়, কোন প্রকারের সতর্কবাণী ছাড়াও হতে পারে। আপনি হঠাৎই বুকে ভেজা ভাব অনুভব করবেন আর আপনি নিজেকে সামলানোর আগেই আপনার পোশাক ভিজে উঠবে। এমন পরিস্থিতিতে লজ্জা পাওয়া বা রেগে ওঠার বদলে এটার ব্যবস্থা আগে থেকেই করে রাখুন... কারণ এটা এক স্বাভাবিক প্রক্রিয়া হয়। অনেক বার শোওয়ার সময় বা গরম জল দিয়ে স্নান করার সময় অথবা বাচ্চা কাঁদতে থাকার সময়ও দুধ বেরোতে থাকে। শিশু যদি নির্দিষ্ট সময়ে দুধ পান করতে থাকে, তাহলে নিয়মিত অন্তরালে আপনার স্তন থেকে দুধ চুঁইয়ে পড়তে পারে। যদি শিশু আপনার এক স্তন থেকে দুধ পান করছে, তাহলে অন্য স্তন থেকে দুধ চোঁওয়াতে পারে। এমনটা সব সময় নয়... কখনো-কখনোই হয়। প্রথম বার *মৌ'* হওয়া মহিলাদের সাথেই এমনটা হয়। স্তনপানের সময় ব্যবস্থিত হয়ে পড়ার পরে এই জিনিষটা কমে আসতে পারে। আপনি সেটার জন্য নিম্নলিখিত উপায় করতে পারেন ঃ-

■নিজের কাছে নার্সিং প্যাড রাখুন, যাতে শিশুকে দুধ পান করানোর পরে আপনি সেটার ব্যবহার করতে পারেন। এটা মাথায় রাখবেন যে, ডায়পারের মত এটাও ভিজে গেলে বদলাতে হবে। প্লাস্টিকের বা ওয়াটার প্রুফ লাইনার যুক্ত প্যাড ব্যবহার করবেন না। সেটার আর্দ্রতার কারণে স্তনবৃন্তে কষ্ট হতে পারে। অনেক মহিলা ব্যবহার করার পরে ফেলে দেওয়া প্যাড ব্যবহার করেন... আবার অনেকে সুতীর কাপড় লাগান... যেটা ধুয়ে আবার ব্যবহার করা যায়।

■নিজের বিছানার প্রতি দৃষ্টি দিন। ঘুমোবার সময় বেশী মাত্রায় দুধ চোঁওয়াতে থাকলে প্রতি দিন বিছানার চাদর পাল্টান।

■দুধ চোঁওয়ানোর হাত থেকে বাঁচার জন্য দুধ বার করবেন না। পাম্পিং করলে দুধ বেশী মাত্রায় তৈরী হবে আর বেশী মাত্রায় চোঁওয়াতেও থাকবে। প্রয়োজনের অতিরিক্ত প্রবাহকে আটকানোর চেষ্টা করুন। প্রথম কয়েক সপ্তাহে এমনটা করলে দুধের গাঁট তৈরী হয়ে পড়তে পারে... এজন্য স্তনপানের ক্রম ব্যবস্থিত হয়ে পড়লে প্রবাহ আটকানোর জন্য আপনি নিজের বুকের ওপরে দু হাত চেপে রাখতে পারেন বা একা স্তনবৃন্তে চাপ দিতে পারেন।

কি খাবেন ?

প্রোটিন ঃ 3 সার্ভিং

ক্যালশিয়াম ঃ 5 সার্ভিং, আয়রণ যুক্ত ভোজন ঃ 1 বা তার থেকে বেশী সার্ভিং, ভিটামিন -*'সি'* ঃ 2 সার্ভিং, সবুজ পাতাওয়ালা আর হলুদ সব্জী আর ফল ঃ 3 থেকে 4 সার্ভিং, অন্যান্য ফল আর সব্জী ঃ 1-য়ের থেকে বেশী সার্ভিং, গোটা শস্য আর কমপ্লেক্স কার্ব ঃ 3-য়ের বেশী সার্ভিং, উচ্চ ফ্যাটযুক্ত আহার, 8 গ্লাসের বেশী জল বা জুস ইত্যাদি! শিশুর সর্বাঙ্গীন বিকাশের জন্য ডি. এম. যুক্ত আহার, প্রসবের আগে প্রতি দিন ভিটামিন, শিশু বড় হয়ে ওঠার সাথে-সাথে ক্যালোরীর মাত্রা বাড়িয়ে তুলতে হবে। শিশুকে ফর্মূলা দুধ পান করালে আপনার নিজের ক্যালোরীর মাত্রা কম করতে হবে।

কি খাবেন না ঃ- স্তনপান করানোর সময় মদ্যপান করবেন না। হ্যাঁ, শিশুকে দুধ পান করানোর পরে আপনি এক গ্লাস মদ্যপান করতে পারেন, যাতে পরের কয়েক ঘন্টায় সেটার প্রভাব কমে আসে। একটু-আধটু কফি আবার পান করা শুরু করতে পারেন। এছাড়া গ্যাস সৃষ্টিকারী ভারী ভোজন করবেন না। আপনার পরিবারে কারো বা আপনার এ্যালার্জী থাকলে এমন ভোজন করবেন না, যার থেকে এ্যালার্জী হতে পারে। কোন শেকড়-বাকড় যুক্ত খাদ্য পদার্থ নেওয়ার আগে সেটার ওপরের লেবেল অবশ্যই পড়ুন।

আপনার ভোজন আর শিশু ঃ- শিশু মায়ের দুধ থেকেই অনেক প্রকারের স্বাদ পেয়ে যায়। আপনি যদি বিভিন্ন প্রকারের ভোজন করেন, তাহলে বড় হওয়ার পরে শিশুও খাওয়া-দাওয়ার ব্যাপারে বেশী জেদ করবে না। এমন খাদ্য পদার্থ খাবেন না, যাতে আপনার ক্ষতি হয়... সেটা শিশুর পক্ষেও ক্ষতিকারক হতে পারে।

স্তনবৃন্তের ক্ষত

কোমল স্তনবৃন্তের কারণে স্তনপান অনেক সময় কষ্টদায়ক হয়ে ওঠে। এমনিতে বেশীর ভাগ মহিলার স্তনবৃন্ত শিশুকে স্তনপান করানোর যোগ্য হয়ে ওঠে আর তাঁদের কোন প্রকারের মুশ্কিল হয় না। অনেক মা, যাঁরা স্তনপান করানোর সময় শিশুকে সঠিক ভাবে ওঠান না বা যাঁদের শিশু অত্যন্ত জোরে স্তনবৃন্ত চোষে... তাঁদের স্তনবৃন্তে যন্ত্রণা আর ক্ষতস্থানের সমস্যার মুখোমুখি হতে হয়। এর জন্য নিম্নলিখিত উপায় গ্রহণ করা যেতে পারে ঃ

- শিশুকে সঠিক পদ্ধতিতে ওঠান। শিশুর মুখ আপনার স্তনের দিকে হওয়া উচিত। নিজের স্তনপানের পোজিশন বদলাতে থাকুন, যাতে স্তনবৃন্তের আশপাশের অংশের ওপরে এক সমান চাপ পড়ে।
- নিজের স্তনবৃন্তকে কিছুটা শ্বাস নিতে দিন। ঘরের মধ্যে যন্ত্রণাদায়ক স্তনবৃন্তের ওপর থেকে কিছুক্ষন কাপড় সরিয়ে দিন। সেগুলোর ওপরে এমন কাপড় চাপা দেবেন না, যাতে কষ্ট হয়।
- সেগুলোকে শুকনো রাখুন। নার্সিং প্যাড ভেজামাত্র পাল্টে ফেলুন। নার্সিং প্যাড যেন প্লাস্টিকের লাইনার যুক্ত না হয়। এতে আর্দ্রতা বেড়ে ওঠে। আপনি যদি গুমোট পরিবেশে থাকেন, তাহলে শিশুকে দুধ পান করানোর পরে স্তন কয়েক মিনিটের জন্য ব্লো ড্রায়ারের সামনে রাখুন। এতে অনেকটা আরাম পাবেন। যদিও এটা বলা মুশ্কিল যে, এই ফাঁকে কেউ এসে পড়লে দৃশ্যটা কেমন হবে ? !
- দুধ দিয়েই চিকিৎসা করুন। স্তনের দুধই সেটার ক্ষতস্থান শুকোতে পারে। শিশুকে দুধ পান করানোর পরে স্তনবৃন্তে লেগে থাকা দুধ মুছে ফেলবেন না বা শিশুকে দুধ পান করানোর পরে কয়েক ফোঁটা দু বার করে সেটা স্তনবৃন্তের ওপরে মালিশ করুন। ব্রা পরার আগে স্তনবৃন্ত শুকোতে দিন।
- স্তনবৃন্তের মালিশ করুন। ঘাম আর তৈল গ্রন্থি দ্বারা স্তনবৃন্ত প্রাকৃতিক রূপে সুরক্ষা প্রাপ্ত করে। এগুলো স্তনবৃন্তকে তৈলীয় রাখে... কিন্তু স্তনবৃন্তে ফাটল দেখা দিলে বাজারে পাওয়া *ল্যানোলিন*'-য়ের সহায়তা নেওয়া যেতে পারে। বাচ্চাকে দুধ পান করানোর পরে *লৈনসিনোহ*' ওষুধ লাগান... কিন্তু পেশলিয়ম জেলি যুক্ত পদার্থ আর ভেসলিনের প্রয়োগ করবেন না। স্তনবৃন্তকে সাবান, এ্যালকোহল বা ওয়াইন দিয়ে ধোওয়ার বদলে জলের প্রয়োগ করুন। এতে আপনার শিশু কীটাণু থেকে সুরক্ষিত থাকবে আর আপনার দুধ তার পক্ষে অমৃত সমান হয়ে থাকবে !
- ঠাণ্ডা জলে চোবানো টী-ব্যাগের ব্যবহার করুন। এগুলো স্তনবৃন্তের ওপরে রাখুন। চায়ের তত্ত্ব ক্ষতস্হানকে আরাম প্রদান করবে আর ক্ষতস্হান দ্রুত শুকোবে।
- দুই স্তনের ওপরে সমান দৃষ্টি দিন। স্তনবৃন্তকে মজবুত করে তোলার একটাই উপায় আছে – সেগুলোর ব্যবহার করতে থাকা। দুই স্তনে সমান মাত্রায় দুধ তৈরী করার জন্য দুটি স্তনকেই সমান সময় দেওয়াটা অত্যন্ত জরুরী হয়। যদি একটা স্তনবৃন্তে বেশী কষ্ট হতে থাকে, তাহলে সেটার ব্যবহার কম করুন। একটু আরাম হতেই দুই স্তন থেকে দুধ পান করান... কারণ এক দিক থেকে দুধ পান করালে দুধ তৈরী মাত্রা কমে আসতে পারে।
- শিশুকে দুধ পান করানোর আগে কিছুটা শান্ত হয়ে নিন। তাহলে শিশুকে দুধ পান করার জন্য জোরে-জোরে আপনার স্তনবৃন্ত চুষতে হবে না আর আপনারও বেশী যন্ত্রণা হবে না।
- ক্ষতস্হানকে আরাম প্রদান করার জন্য শিশুকে স্তনপান করানোর আগে *টৈইলীনোল*' নিন।
- স্তনবৃন্তে পড়া ফাটলের ওপরে দৃষ্টি দিন। এর কারণে সংক্রমণও হতে পারে। যদি ফাটল দিয়ে দুধের গাঁটে কোন কীটাণু ঢুকে পড়ে, তাহলে এমনটা হতে পারে।

যখন স্তনপানে সমস্যা আসে

একবার স্তনপান করানোর ক্রম ব্যবস্হিত হয়ে পড়লে আর কোন সমস্যা হয় না... কিন্তু কখনো-কখনো ছোটখাটো সমস্যা আসতেই পারে।

দুধের গাঁট তৈরী হওয়া ঃ- অনেক বার দুধের গাঁট তৈরী হয়ে পড়ে। এই সময় স্তনের ওপরে ছোট-ছোট লাল রং-য়ের গাঁটের মত দেখতে পাওয়া যায়... সঠিক চিকিৎসা হলে সংক্রমণও হয়ে পড়তে পারে। এর সব থেকে ভালো চিকিৎসা হচ্ছে এটা যে, শিশুকে সেই স্তন থেকে দুধ পান করান, যাতে সেই স্তন পুরোপুরি খালি হয়ে

পড়ে। শিশু যদি এই কাজটা করতে না পারে, তাহলে নিজের হাত বা ব্রেস্ট পাম্পের সহায়তায় সেই কাজটা করুন।

আপনার ব্রা এতটা টাইট হওয়া উচিত নয়, যাতে সেটা আপনার বক্ষস্হলের ওপরে বেশী চাপের সৃষ্টি করুক। নার্সিং-য়ের পোজিশনও বদলাতে থাকুন। গরম সেঁক বা মালিশ দ্বারাও আরাম আসতে পারে। শিশুকে যদি স্তনপানের সময় সঠিক পোজিশনে শোওয়ানো যায়, তাহলে তার চিবুক দ্বারা আপনার স্তনের ভালোমতন মালিশ হতে পারে। শিশু যত বেশী মাত্রায় দুধ পান করবে... আপনার স্তনের গাঁট তত সহজে শেষ হয়ে পড়বে।

বুকের সংক্রমণ ঃ- অনেক বার এক বা দুই স্তনে সংক্রমণ হয়ে পড়ে। এমনটা স্তনপান করানোর সময় যে কোন সময় হতে পারে। অনেক বার কীটাণু স্তনবৃন্তের ফাটলের ভেতর দিয়ে স্তনে প্রবেশ করে যায়। মানসিক চাপগ্রস্ত মায়েরা এই জিনিষটার শিকার দ্রুত হয়ে পড়েন।

এর লক্ষণের মধ্যে প্রমুখ হচ্ছে – তীব্র যন্ত্রণা, স্তনে শক্ত ভাব, লাল ভাব, উষ্ণতা, স্তন ফুলে ওঠা, হাল্কা ঠাণ্ডা লাগা, 101^0 বা 102^0 পর্যন্ত জ্বর আসা। এমন লক্ষণ দেখতে পাওয়ামাত্র ডাক্তারের কাছে যেতে দেরী করবেন না। এতে আপনার বিশ্রাম, এ্যান্টী-বায়োটিক্স, যন্ত্রণা নিবারক ওষুধ, অধিক মাত্রায় তরল পদার্থ এবং গরম-ঠাণ্ডা সেঁকের প্রয়োজন হবে। ওষুধ নেওয়া শুরু করার 2 - 3 দিনের মধ্যেই আপনি আরাম পেতে শুরু করবেন। ততদিনেও যদি আরাম না আসে, তাহলে ডাক্তারকে বলে অন্য কোন এ্যান্টী-বায়োটিক ওষুধ নিন।

চিকিৎসা চলাকালীনও শিশু স্তনপান করিয়ে চলুন।

কীটাণু থেকেই আপনার শিশুর সংক্রমণ হয়েছে... এজন্য তার আর কোন ক্ষতি হবে না। এ্যান্টী-বায়োটিক ওষুধও সুরক্ষিত হয়। স্তন থেকে দুধ খালি হতে থাকলে স্তনে গাঁটও হবে না। যদি শিশুকে দুধ পান করাতে প্রচণ্ড কষ্ট হতে থাকে, তাহলে গরম জলের টাবে শুয়ে পাম্পের সহায়তায় দুধ বার করুন... এতে আপনার যন্ত্রণা অনেকটাই কমে আসবে। সেই সময় ইলেকট্রিক পাম্পের ব্যবহার করবেন না।

চিকিৎসা করাতে দেরী হলে বা সেটাকে বন্ধ করে দেওয়া হলে লক্ষণ অনেকটাই খারাপ হয়ে পড়তে থাকে।

সিজারিয়ানের পরে স্তনপান

সিজারিয়ানের ঠিক কত সময় পরে আপনি নিজের শিশুকে স্তনপান করাতে পারবেন... সেটা অনেকটা আপনার আর আপনার শিশুর অবস্হার ওপরে নির্ভর করে। আপনারা দুজন যদি ঠিক থাকেন... তাহলে রিকভারী রুমেই স্তনপান করানো যেতে পারে। আর আপনাকে এ্যানেস্হেসিয়া দেওয়া হলে বা শিশুকে যদি নাসারীতে রাখা হয়ে থাকে... তাহলে আপনাকে অপেক্ষা করতে হতে পারে। যদি 12 ঘন্টা পরেও স্তনপান শুরু করা না যেতে পারে, তাহলে আপনি পাম্পের সহায়তায় কোলোস্ট্রম বার করতে পারেন, যাতে সেটা শিশুকে পান করানো যেতে পারে।

প্রথম-প্রথম শিশুকে দুধ পান করাতে কিছুটা অসুবিধা হতে পারে। আপনি এমন চেস্টা করুন, যাতে আপনার সেলাইয়ের জায়গায় যতটা সম্ভব কম চাপ পড়ে। শিশুর শরীরের নীচে একটা বালিশ রাখুন... নিজে এক পাশ ফিরে শুন বা শিশুকে ফুটবলের মত ওঠান। শিশুকে স্তনপান করানো শুরু করার কয়েক দিনের ভেতরেই সব সমস্যা ধীরে-ধীরে কমে আসবে।

যমজ বা তার থেকে বেশী শিশুদের স্তনপান

দুটো বাচ্চাকে এক সাথে স্তনপান করানো প্রচণ্ড চ্যালেঞ্জিং হয়! অবশ্য একবার এটায় অভ্যস্ত হয়ে পড়লে আপনি 2 - 3 শিশুকেও এক সাথে সহজেই দুধ পান করাতে পারবেন।

তার জন্য আপনার নীচের জিনিষগুলোর ওপরে দৃষ্টি দেওয়া উচিত ঃ-

উন্নত আহার-বিহার ঃ- ডেয়ারী খাদ্য পদার্থ ভরপুর মাত্রায় নিন। শিশু বড় হয়ে ওঠার সাথে-সাথে আপনাকেও নিজের ক্যালোরীর মাত্রা বাড়াতে হবে। আপনি যদি তাকে সাথে-সাথে ফর্মূলা দুধও দিচ্ছেন, তাহলে সেই হিসেবে ক্যালোরীর মাত্রা কমে আসবে। নিজের ভোজনে

প্রোটিন আর ক্যালশিয়ামের মাত্রা বাড়ান।

পাম্প করুন ঃ- আপনার শিশু যদি নাসারীতে থাকে আর আপনি যদি নিজের স্তনে দুধের মাত্রা বাড়াতে চান, তাহলে ইলেকট্রিক পাম্পের ব্যবহার করুন। এতে আপনি কিছুটা আরামে ঘুমোতে পারবেন আর অন্য কেউ আপনার শিশুকে বোতলে করে দুধ পান করিয়ে দেবে। পাম্পের সহায়তা নেওয়ার পরেও পুরো কাজ না হলেও হতাশ হবেন না। কোন পাম্প শিশুর স্থান নিতে পারে না। যদিও কখনো-কখনো পাম্পের ব্যবহার লাভদায়ক হতে পারে!

এক সাথে দুটি শিশুকে স্তনপান ঃ- আপনি কি দুজন শিশুকে এক সাথে স্তনপান করানোর জন্য প্রস্তুত ? নার্সিং বালিশের সহায়তায় এই কাজটা সহজেই হতে পারে। সারাটা দিন ধরে পালা করে শিশুদের দুধ পান করানোর চক্করে পড়তে যাবেন না... আপনি ক্লান্ত হয়ে উঠবেন। আপনি যদি দুজনকে এক সাথে স্তনপান না করাতে পারেন, তাহলে একটা শিশুকে বোতলে করে দুধ পান করান। আপনার শিশু ফিট্ থাকলে সে 10 থেকে 15 মিনিটে নিজের পেট ভরে নেবে আর সেটা আপনার পক্ষে কোন আশীর্বাদের থেকে কম হবে না!

আপনাকে কি তিনটে শিশুকে দুধ পান করাতে হবে ? শিশুদের দুধ পান করানোর সময় পালা করে স্তন পরিবর্তন করতে ভুলে যাবেন না।

ঘরের কাজে সহায়তা নিন ঃ- ঘরের কাজকর্ম করার জন্য পরিবারের কোন সদস্যের সহায়তা নিন, যাতে আপনার এনার্জীর স্তর বজায় থাকে আর আপনার স্তনেও বেশী মাত্রায় দুধ তৈরী হয়!

ডিনারে বিবিধতা ঃ- আপনার দুটি শিশুর ক্ষিধে আর স্বাদের মধ্যে পার্থক্য থাকে... এজন্য আপনাকে দুটোরই পূর্তি করতে হবে। নিজের ডিনারে বিবিধতা নিয়ে আসুন আর শিশুদের দুধ পান করার রেকর্ড রাখুন, যাতে এটা জানতে পারা যায় যে, তারা পেট পুরে দুধ পান করছে।

দুটি স্তন থেকেই দুধ পান করান ঃ- দুই স্তন থেকে পালা করে শিশুকে দুধ পান করান, যাতে সেগুলো থেকে সমান মাত্রায় দু বেরোতে থাকে।

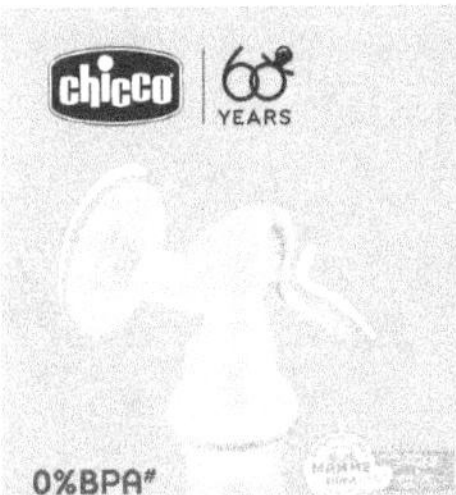

GIVING YOUR MILK IS AS SIMPLE AS GIVING YOUR LOVE.

Breastfeeding is a unique experience for both the mother and her baby. It provides all the essential nutrients required for healthy growth of the baby as well as helps create a special bond between the mother and the baby.

Chicco offers Breast pumps, Breast pads, Cleansing breast wipes and other breast feeding accessories that support breast feeding and make it a pleasant and peaceful experience for mother.

*Effectiveness and Comfort approved by 91% of mothers. 92% of mothers have given positive feedback on effectiveness and 89% have given positive feedback on the overall comfort (2013 Market survey; Italy, 110 mothers. Data available at Artsana S.p.A.). **97% of midwives gave positive feedback on the effectiveness. (2014 Study, Italy,97 midwives. Data available at Artsana S.p.A.). #In accordance with legislation in force.

Available at Chicco stores, all leading baby shops and pharmacies.
Call us at our toll-free no. 1800-102-6702 to find Chicco products near you.

মাল্টিপল নার্সিং

কিছু মা যমজ বাচ্চাদের মধ্যে একবারে একটা শিশুকেই দুধ পান করানো পছন্দ করেন... আবার কেউ-কেউ এক সাথে দুজনকেই দুধ পান করান, যাতে তাঁদের সারা দিন ধরে এই কাজটা না করতে হয়। 01. আপনি এক পোজিশনে দুজনকে *ফুটবল হোল্ড'*-য়ের মত ধরতে পারেন। 02. দ্বিতীয় পোজিশনে *ক্র্যাডল হোল্ড'* এবং *ফুটবল হোল্ড'*-কে মেলানো হয়। সাপোর্টের জন্য বালিশ লাগান এবং নিজের সুবিধার হিসেবে পোজিশন বেছে নিন।

একটু সময় লাগবে

এখন আপনি কিছুটা এলোমেলো হয়ে রয়েছেন! আপনার মন আর শরীর – দুটোই কিছুটা কোমল অবস্থায় রয়েছে। আপনি এটা জানেন না যে, কাঁদতে থাকা শিশুকে চুপ কি ভাবে করাতে হয়? আপনি তার কান্নার আলাদা-আলাদা অর্থ বুঝতে পারেন না। আপনি বাচ্চাকে স্নান করাতেও পারেন না। বাচ্চার ডায়পার বদলানোর সময় সে পা দিয়ে নোংরা ছড়িয়ে দেয়। আসলে আপনার সঠিক অর্থে *মা'* হয়ে উঠতে এখনও কিছুটা সময় লাগবে। যদিও এই প্রক্রিয়া কিছুটা কঠিন... কিন্তু অল্প সময়ের মধ্যেই আপনি সব কিছু শিখে যাবেন। নিজেকে কিছুটা সময় দিন!

■ ■ ■

প্রসবের পরে

প্রথম 6 সপ্তাহ

এতদিনে তো আপনার শিশুর দেখাশোনা করাটা ভালোমতন অভ্যাস হয়ে পড়েছে! তার সাথে-সাথেই আপনি নিজের বড় বাচ্চাদের চাহিদাও পূরণ করতে পারছেন... যদিও দিন-রাত আপনার পূর্ণ মনোযোগ সেই ছোট্ট শিশুর দিকেই নিবদ্ধ হয়ে থাকবে। শিশু নিজে নিজের দেখাশোনা করতে পারে না... কিন্তু সে এমনটা কখনো বলে না যে, আপনি নিজের প্রতি মনোযোগ একেবারেই দেওয়া বন্ধ করে দিন! মায়েরও দেখাশোনার প্রয়োজন হয়। যদিও এখনও পর্যন্ত আপনার সকল প্রশ্ন নিজের ছোট্ট শিশুর সাথেই যুক্ত হয়ে রয়েছে... কিন্তু আপনাকে নিজের প্রতিও দৃষ্টি দিতে হবে। আপনার নিজের সঙ্গে যুক্ত প্রশ্ন আর কৌতূহলকেও শান্ত করে তোলা উচিত!

আপনি কেমন অনুভব করছেন?

এটাকে *রৈরিকভারী পিরীয়ড'* বলা হয়। সহজ প্রসব আর ডেলিভারী হওয়া সত্ত্বেও আপনার শরীরের মাংসপেশীগুলোয় যথেস্ট টান ভাবের সৃষ্টি হয়ে পড়েছে আর সেগুলো ঠিক হতে কিছুটা সময় লাগবে। প্রতিটি নতুন মা ভাবী মায়েদের মতই আলাদা হন! প্রতিটি নতুন মায়ের রিকভারী হতে আলাদা-আলাদা সময় লাগে। এটা এই জিনিষটার ওপরেও নির্ভর করে যে, আপনি ঠিক কতটা বিশ্রাম করছেন বা আপনি কতটা সহায়তা প্রাপ্ত করছেন? আপনি এই সময় নীচের লক্ষণগুলো অনুভব করতে পারেন ঃ

শারীরিক লক্ষণ ঃ-

- যোনি থেকে হাল্কা সাদা স্রাব হতে থাকা
- ক্লান্তি
- হাল্কা যন্ত্রণা, অস্হিরতা, সেলাইয়ের জায়গায় ছুঁচ ফোটার মত অনুভূতি
- সেলাইয়ের জায়গায় যন্ত্রণা কমে আসা
- কোষ্ঠকাঠিন্য আর হীমরয়েডসে আরাম
- ধীরে-ধীরে ওজন কমে আসা
- ধীরে-ধীরে ফোলা ভাব কমে আসা
- বক্ষস্হল আর স্তনবৃন্তে কস্ট
- পেটের দুর্বল মাসপেশী এবং শিশুকে কোলে নেওয়ার সময় পিঠে যন্ত্রণা
- জয়েন্টের যন্ত্রণা
- হাত আর গলায় যন্ত্রণা

ভাবনাত্মক লক্ষণ ঃ-

- মুডে ওঠা-নামা
- দায়িত্বের ক্রমবর্দ্ধমান বোঝা
- সেক্সের প্রতি উদাসীনতা

প্রসবোত্তর পরীক্ষা

ডাক্তার প্রসবের 4 থেকে 6 সপ্তাহের মাঝে আপনাকে চেক-আপ্ করার জন্য ডাকতে পারেন। আপনার যদি সী-স্যাকশন হয়ে থাকে, তাহলে 3 সপ্তাহ পরে সেলাই পরীক্ষা করার জন্যও ডাকতে পারেন। এই চেক-আপে উনি নিজের চিকিৎসা-শৈলী অনুসারে পরীক্ষা করবেন। আপনি নিজের প্রশ্ন লিখে নিয়ে যান আর সেখান থেকে ওনার উত্তরও লিখে নিয়ে আসুন। উনি নিম্নলিখিত পরীক্ষা করতে পারেন ঃ

- রক্তচাপ
- ওজন, যেটা 17 থেকে 20 পাউণ্ড কমতে পারে
- গর্ভাশয়ের ক্রমহ্রাসমান আকার এবং অবস্থান
- গর্ভাশয় মুখের পরীক্ষা
- যোনির পরীক্ষা
- সী-স্যাকশনের সেলাই বা এপীসিয়োটোমীর পরীক্ষা
- আপনার বক্ষস্থল
- হীমরয়েডস, ভেরিকোজ শিরা ইত্যাদি
- আপনার প্রশ্ন এবং কৌতূহল

এই সাক্ষাৎকারে আপনি ডাক্তারের থেকে পরিবার নিয়ন্ত্রণের উপায়ের ব্যাপারে তথ্যও সংগ্রহ করতে পারেন। আপনি যদি ডায়ফ্রাগম লাগাতে চান আর আপনার গর্ভাশয়ের মুখ এখনও পর্যন্ত ঠিক না হলে কিছুদিন কণ্ডোম ব্যবহার করুন। আপনি চাইলে বার্থ কন্ট্রোলের জন্য কোন গর্ভ নিরোধক ট্যাবলেটও ডাক্তারকে দিয়ে লিখিয়ে নিতে পারেন।

আপনি কি ভাবছেন ?

ক্লান্তি

"আমি এটা জানতাম যে, প্রসবের পরে ক্লান্তি আসে... কিন্তু গত 4 সপ্তাহ ধরে আমি পুরো ঘুমোতে পারছি না ! এটা ঠাট্টাঠার ব্যাপার নয় !"

না... আপনার অবস্থার ওপরে কেউ-ই হাসাহাসি করছেন না ! সকলেই এটা জানেন যে, নতুন-নতুন মাতা-পিতাদের কতটা মুশ্কিল পরিস্থিতির ভেতর দিয়ে যেতে হয়। শিশুকে স্নান করানো, তাকে খাবার খাওয়ানো, ঘুম পাড়ানো ইত্যাদি অনেক কাজ এই মুহূর্তে আপনার ওপরে রয়েছে। পরিবারের বাকী সদস্যরাও আপনার হাতের রান্না খেতে চান। আপনাকে বাজারেও কেনাকাটা করার জন্য যেতে হবে। এই সব কাজ সেরে আপনি রাতে মাত্র 3 ঘন্টা ঘুমোচ্ছেন আর আপনার প্রসবের ক্লান্তিও এখনও পর্যন্ত দূর হয়নি। ক্লান্তি তো এমনিতেই ভয়ংকর হয়... তাই না !

এই ক্লান্তি দূর করার কোন উপায় কি আছে ? না... যতক্ষন না আপনার শিশু রাতে নিজের ঘুমোনোর নির্দিষ্ট সময় তৈরী করে নিচ্ছে, আপনাকে তার সাথে জেগে থাকতেই হবে। ও যদি দিনের বেলা কিছুক্ষন ঘুমোনোর সময় নির্দিষ্ট করে নেয়, তাহলে আপনিও সেই সময় ঘুমোতে পারবেন।

একটু সহায়তা নিন ঃ- নিজের সহায়তার জন্য আয়া বা চাকরানী রাখুন। কোন বন্ধু, মা বা শাশুড়ীকে নিজের কাছে ডেকে নিন। তাঁরা যখন শিশুকে বাইরে ঘোরাতে নিয়ে যাবেন, তখন আপনি একটু ঘুমিয়ে নিন। ওনারা আপনার শিশুর প্রয়োজনীয় জিনিষপত্রও বাজার থেকে কিনে আনতে পারবেন।

কাজ ভাগ করে নিন ঃ- নিজের সাথীর সাথে কাজ ভাগ করে নিন। রান্না করা, বাসন মাজা, কাপড় কাচা, ঘর পরিস্কার করা – সংসারের কাজের কোন শেষ হয় না। মিলেমিশে কাজ করুন আর নিজের ভাগে এমন কাজই রাখুন... যেগুলো আপনাকে ক্লান্ত করে তুলবে না।

মনোযোগ কিছুটা সরান ঃ- এটা ঠিক যে, আপনি নোংরা পছন্দ করেন না... বিছানায় বিস্কুট বা পাঁউরুটীর গুঁড়ো পড়লে আপনি রেগে ওঠেন। নিজের হারানো এনার্জী ফিরে আসা পর্যন্ত এই সব জিনিষকে উপেক্ষা করুন। বেবীর জন্মের অভিনন্দন কার্ডগুলোর ধন্যবাদাত্মক নোট পাঠাতে না পারলে বেবীর ফোটো সবাইকে ই-মেল করে দিন। নিজের সময় আর এনার্জী বাঁচান।

জিনিষের ডেলিভারী ঃ- এখন আপনার ডেলিভারী তো হয়ে পড়েছে। এবার এমন এক স্টোরের সন্ধান করুন... যেটা আপনার জরুরী

জিনিষের ফ্রী হোম ডেলিভারী করতে পারবে। যদি কিছু অতিরিক্ত পয়সাও দিতে হয়, তাতেও আপত্তির কিছু নেই। সব জরুরী জিনিষ এক সাথে আনিয়ে নিন, যাতে ছোটখাটো প্রয়োজনে আপনাকে বার-বার বাজারে ছুটতে না হয়।

শিশুর সাথে ঘুমোন ঃ- যদিও শিশু ঘুমিয়ে পড়ার পরেও আপনাকে প্রায় 300 কাজ সারতে হবে... কিন্তু ঘুমোনোর জন্য এর থেকে ভালো সময় আর কোনটা হতে পারে না। আপনি 15 মিনিটও যদি ঘুমিয়ে নেন, তাহলে আপনার শরীর আরাম প্রাপ্ত করবে।

শিশুর সাথে-সাথে নিজেও খাবার খান ঃ- শিশুকে দুধ পান করানোর সময় নিজেও কিছু খেয়ে নিতে ভুলবেন না। প্রোটিন আর কমপ্লেক্স কার্বযুক্ত স্ন্যাক্স নিন। কোন তাজা ফল, দই, চকোলেট বা স্বাস্থ্যকর স্ন্যাক্সও আপনার এনার্জীর স্তরকে ভরপুর করে তুলবে। নিজের বাড়ীতে খাওয়া-দাওয়ার জিনিষ সর্বদা ভরে রাখুন... যাতে সহজেই যখন খুশী কিছু খাওয়া যেতে পারে। এমন খাবার খাবেন না, যেটা হঠাৎ করে এনার্জীর স্তরকে বাড়িয়ে তুলবে আর তারপর কিছুক্ষনের ভেতরেই আবার ক্লান্তি এসে পড়বে। তরল পদার্থ ভরপুর মাত্রায় নিন আর এটা মনে রাখবেন যে, আপনাকে এখন দুজনের জন্য খাবার খেতে হবে।

যদি অত্যন্ত দুর্বলতা বা ক্লান্তি অনুভূত হয়, তাহলে ডাক্তার দেখাতে ভুলবেন না। মানসিক চাপ আর অবসাদ থেকে নিজেকে দূরে রাখুন। খুব শীঘ্রই আপনার দৈনন্দিন জীবনযাত্রা স্বাভাবিক হয়ে উঠবে।

চুল ঝরে পড়া

"আমার মাথার চুল হঠাৎ করে ঝরে পড়তে লেগেছে। আমার মাথায় কি টাক পড়ে যাচ্ছে ?"

না... আপনার মাথায় টাক পড়ছে না! সেগুলো নিজের স্বাভাবিক অবস্থায় ফিরে আসছে। এমনিতে গড়পড়তা প্রতি দিন 100 চুল ঝরে পড়ে। সেগুলো অনেক দিন পর্যন্ত ঝরে পড়ার সুযোগ পায়নি... তাই এখন সেগুলো এক সাথে ঝরে পড়ছে। গর্ভাবস্থার হার্মোনাল পরিবর্তনের কারণেও এমনটা হচ্ছে। সেই সময় আপনার মাথার চুল যথেস্ট ঘন আর মজবুত হয়ে উঠেছিল। এখন সেগুলো নিজেদের স্বাভাবিক অবস্থায় ফিরে আসছে।

নিজের মাথার চুলকে সুস্থ রাখার জন্য ভিটামিনের ডোজ নিন... ভালো খাওয়া-দাওয়া করুন আর চুলের পোষণের প্রতি দৃষ্টি দিন। যতটা সম্ভব কম শ্যাম্পু করুন। কণ্ডিশনার ব্যবহার করুন, যাতে চুল কম ভাঙে... খোলা দাঁতের চিরুনী ব্যবহার করুন। চুলের সাথে কোন প্রকারের পরীক্ষা-নিরীক্ষা করতে যাবেন না। তবুও যদি আপনার মাথার চুল ঝরে পড়া বন্ধ না হয়, তাহলে নিজের ডাক্তারের পরামর্শ নিন।

প্রস্রাবের ওপরে নিয়ন্ত্রণ

"আমি এমনটা ভেবেছিলাম যে, শিশুর জন্মের পরে আমি মূত্রাশয়ের ওপরে ভালো নিয়ন্ত্রণ রাখতে পারব... কিন্তু এখন প্রসবের পরে য় মাস কেটে যাওয়ার পরেও হাসা বা কাশার সময় প্রস্রাব চুঁইয়ে-চুঁইয়ে পড়তে থাকে। সর্বদাই কি এমনটা হবে ?"

আজ্ঞে হ্যাঁ... ডেলিভারীর কয়েক সপ্তাহ পর পর্যন্ত এমনটা হওয়া অত্যন্ত স্বাভাবিক হয়! হাসার সময়, কাশার সময়, হাঁচার সময় বা কোন ভারী কাজ করার সময় মূত্রাশয়ের ওপরে চাপ পড়ে আর প্রস্রাব চুঁইয়ে-চুঁইয়ে পড়তে থাকে। প্রসব আর ডেলিভারীর সময় মূত্রাশয় আর পেলভিকের আশপাশের মাংসপেশীগুলো দুর্বল হয়ে আসে আর আপনি প্রস্রাবের প্রবাহকে বাধা প্রদান করতে পারেন না। আপনার গর্ভাশয় সংকুচিত হয়ে পড়লে মূত্রাশয়ের ওপরে সেটারও প্রভাব পড়ে। হার্মোনাল পরিবর্তনও এর জন্য দায়ী হয়।

এই প্রক্রিয়া সমাপ্ত হতে 3 থেকে 6 মাস সময় লাগতে পারে। ততদিন পর্যন্ত আপনি প্যাডের ব্যবহার করুন। হ্যাঁ... ট্যাম্পুন লাগালে কোন লাভ হবে না। এছাড়া আপনি নিম্নলিখিত উপায়গুলোও প্রয়োগ করে দেখতে পারেন।

কীগল ব্যায়াম ঃ- কীগল আর পেলভিক এরিয়ার সাথে যুক্ত ব্যায়াম চালিয়ে যান। এগুলো আপনার পক্ষে যথেস্ট সহায়ক হতে পারে।

ওজন কমান ঃ- গর্ভাবস্থার সময় বেড়ে ওঠা ওজনকে এবার কমাতে হবে... কারণ সেই

অতিরিক্ত ওজনের কারণে এখনও আপনার মূত্রাশয়ের ওপরে চাপ পড়ছে।

মূত্রাশয়কে প্রশিক্ষিত করুন ঃ- প্রতি আধ ঘন্টা পরে-পরে, ইচ্ছা না হলেও প্রস্রাব করতে যান। ধীরে-ধীরে মাঝের অন্তরাল বাড়িয়ে চলুন।

কোষ্ঠকাঠিন্য এড়ান ঃ- কোষ্ঠকাঠিন্যের কারণেও মূত্রাশয়ের ওপরে চাপ পড়ে। নিয়মিত সময় পরে-পরে শৌচে যান।

তরল পদার্থ নিন ঃ- দিনের মধ্যে কম পক্ষে 8 গ্লাস জল অবশ্যই পান করুন। এমনটা ভাববেন না যে, কম মাত্রায় জল পান করলে প্রস্রাব চুঁইয়ে পড়াটা কমে আসবে... বরং ডি-হাইড্রেশনের কারণে মূত্রের সংক্রমণ হতে পারে। সংক্রমিত মূত্রাশয় থেকে প্রস্রাব বেশী মাত্রায় চুঁইয়ে পড়তে থাকবে আর প্রস্রাব চুঁইয়ে পড়তে থাকা মূত্রাশয়ে সহজেই সংক্রমণ হয়ে পড়বে।

গ্যাস পাশ হওয়া

"আজকাল আমার প্রচণ্ড গ্যাস পাশ হচ্ছে। এর ফলে লোকেদের সামনে আমাকে অত্যন্ত লজ্জিত হয়ে পড়তে হয়। এমনটা কেন হচ্ছে ?"

নতুন মা হয়ে ওঠার পরে আপনার শরীর নিজে থেকে নিজেকে সাফ করার প্রক্রিয়ায় লেগে রয়েছে। প্রসবের পরে মায়েরা এই ভাবেই গ্যাস পাশ করে থাকেন। এতে লজ্জা পাওয়ার কিছুই নেই। আপনার পেলভিক এরিয়ার কিছু মাংসপেশীতে টান ধরে গেছে এবং কয়েকটা মাংসপেশী নষ্টও হয়ে পড়েছে... যে কারণে আপনি গ্যাস পাশ হওয়ার প্রক্রিয়ার ওপরে নিয়ন্ত্রণ প্রাপ্ত করতে পারছেন না।

কয়েক সপ্তাহের মধ্যে যখন সেই সব মাংসপেশী নিজেদের আগের অবস্থায় ফিরে যাবে, তখন আপনিও আপনা থেকেই আরাম প্রাপ্ত করবেন।

ততদিন পর্যন্ত আরাম করে খাবার খান। আপনি নিজের শরীরের ভেতরে যতটা হাওয়া নিয়ে যাবেন, সেটা গ্যাস হয়ে বাইরে বেরিয়ে আসবে। কীগল ব্যায়ামও করতে থাকুন... এতেও আপনার লাভ হবে!

ডাক্তারের সহায়তা নিন

আপনি নিজের তরফ থেকে সম্পূর্ণ প্রচেস্টা করে নিয়েছেন... কিন্তু এখনও প্রস্রাব চুঁইয়ে পড়া বন্ধ হয়নি। কোন ব্যাপার নয়... নিজের ডাক্তারের সাথে কথা বলুন। তিনি কোন চিকিৎসা জানাবেন আর প্রয়োজন পড়লে সাজারীও করবেন। আপনি শুধু সাহস হারাবেন না!

প্রসবের পরে পিঠের যন্ত্রণা

"আমি ভেবেছিলাম যে, ডেলিভারীর পরে আমার পিঠের যন্ত্রণায় আরাম আসবে। কিন্তু তেমনটা হয়নি... কেন ?"

আপনার পুরোন সাথী পিঠের যন্ত্রণা আবার একবার ফিরে এসেছে। আপনি এমনটা বলতে পারেন যে, হার্মোনের পরিবর্তনের কারণে শিথিল হয়ে পড়া লিগামেন্ট এখনও পর্যন্ত শিথিল হয়েই রয়েছে। সেগুলো আবার একবার শক্তিপ্রাপ্ত করতে এখনও বেশ কিছু দিন বা সপ্তাহ লাগতে পারে। পেটের দুর্বল মাংসপেশীগুলোও আপনার পিঠের ওপরে প্রভাব দেখাচ্ছে। শিশুকে ওঠানো, দোল দেওয়া বা ঘুম পাড়ানোর কারণেও আপনার পিঠে যন্ত্রণা হতে থাকে। আপনার শিশুর আকার বেড়ে চলেছে আর তার সাথে-সাথে আপনার পিঠের ওপরে চাপও ক্রমশঃ বেড়ে চলেছে।

সময়ের সাথে-সাথে আপনার পিঠের যন্ত্রণায় অনেকটা আরাম এসে পড়বে।

- পেটের সাথে যুক্ত ব্যায়াম আর পেলভিক টিল্ট করুন, যাতে পিঠকে সাপোর্ট দিতে থাকা মাংসপেশীগুলো মজবুত হয়ে উঠতে পারে।
- জিনিষপত্র ওঠানোর সময় বা নীচের দিকে ঝোঁকার সময় সতর্ক থাকুন।
- সারাটা দিন বিছানায় পড়ে থাকবেন না। নিজের পিঠকে বালিশের সাপোর্ট দিন।
- যখনই সুযোগ পাবেন, পা দুটোকে আরাম দিন। যখন উঠে দাঁড়াতে হবে, তখনই পা কোন ছোট টুলের ওপরে রেখে দাঁড়ান।

■নিজের ভঙ্গীর ওপরে দৃষ্টি দিন। কাঁধ টানটান করে রাখুন... এতে পিঠে যন্ত্রণা হবে না। শিশু বড় হয়ে উঠলে তাকে তোলার সময় একটা নিতম্বের ওপরে সম্পূর্ণ ওজন চাপাবেন না। এতেও পিঠে যন্ত্রণা হতে পারে।

■প্রায় ক্ষেত্রেই নতুন মায়েরা নিজেদের বাচ্চাকে এক হাত দিয়ে ওঠান আর অন্য হাত দিয়ে অন্য কোন কাজ করতে থাকেন। আপনার মাঝে-মাঝে হাত বদলানো উচিত।

■সময় আর সুযোগ পেলে পিঠের মাংসপেশীগুলোর মালিশ করুন... এই কাজে নিজের সাথীর সহায়তা নিন।

■শিশুকে দুধ পান করানোর সময় নিজের পিঠের সেঁক দিয়ে নিন।

আপনার শিশু যখন কিছুটা সামলে উঠবে, তখন আপনার শরীরের হারানো শক্তিও ফিরে আসবে। তখন শিশুর ডায়পারের ব্যাগ খালি করে দিন আর সেটা তখনই ভরুন, যখন খুব জরুরী হবে।

শিশুর জন্মের পরে

ঁআমি ভেবেছিলাম যে, শিশুর জন্ম হওয়ার পরে আমি অত্যন্ত রোমাঞ্চিত হয়ে উঠব... কিন্তু এখন আমি অত্যন্ত নিরাশ অনুভব করছি। এমনটা কেন হচ্ছে ?''

এই সময়টাই সব থেকে ভালো হয় আর সব থেকে খারাপও হয়...! 60 থেকে 80 শতাংশ মায়েরা শিশুর জন্মের পরে এমনটাই অনুভব করেন। ডেলিভারীর 5 দিনের মধ্যে তাঁরা অনেকটাই নিরাশা অনুভব করতে থাকেন। তাঁদের ওপরে এক অদ্ভূত উদাসীনতা ছেয়ে যায়... তাঁদের গলা ছেড়ে কাঁদতে ইচ্ছা করে! প্রচণ্ড অস্থিরতা আর খিটখিটে ভাব অনুভূত হয়।

আসলে এমনটা এজন্য হয়... কারণ এই সময় হার্মোনের স্তর বদলে যায়। গর্ভাবস্থার পরে ক্লান্তিকর প্রসব আর ডেলিভারী... তারপর বাড়ী ফিরে আসার পরে শিশুর চিন্তা, স্তনপান করানোর সমস্যা, নিজের মুখের এলোমেলো অবস্থা, সংসারের ব্যস্ততা – এই সব জিনিষ আপনাকে অস্থির করে তোলে। কয়েক সপ্তাহের মধ্যে আপনি যখন নতুন পরিবেশে নিজেকে মানিয়ে নেবেন... তখন সব কিছুই ঠিক হয়ে পড়বে। ততদিন পর্যন্ত আপনি নীচের উপায়গুলো প্রয়োগ করুন ঃ

নিজের আশা কমান ঃ- এখনও আপনার মধ্যে এতটা শক্তি নেই যে, এক সম্পূর্ণ মায়ের মত আপনি শিশু আর সংসার – দুটোকেই সামলাতে পারবেন। এখনও আপনার কিছুটা বিশ্রাম আর কারো সহায়তার আবশ্যকতা রয়েছে। ততদিন পর্যন্ত নিজের আশা কমিয়ে আনুন। কেবল ততটাই কাজ হাতে নিন, যতটা আপনি সহজেই করতে পারবেন।

একাকী থাকবেন না ঃ- বাড়ীতে ময়লা জামা-কাপড়ের স্তুপ, কাঁদতে থাকা শিশু আর রাতে ঘুম না হওয়া! এমন অবস্থায় কারো সহায়তা ছাড়া কি করে কাজ হবে! নিজের সাথী, মা, শাশুড়ী, আয়া, বোন বা কোন বান্ধবীর সহায়তা গ্রহণ করুন।

নিজেকে সুন্দর দেখান ঃ- এটা শুনতে কিছুটা অদ্ভূত অবশ্যই লাগে... কিন্তু এটা সত্য! কিছুটা সময় নিজের ওপরে খরচ করুন, যাতে আপনার মন ভালো থাকে! স্নান সেরে পরিস্কার পোশাক পরুন... চুল সেট করুন... কন্সীলর দিয়ে মুখের দাগ-ছোপ ঢেকে কিছুটা মেক-আপ্ করুন।

বাড়ীর বাইরে বেরোন ঃ- বাড়ীর বাইরে বেরোন! ঘোরাফেরা করলে আপনার মন ভালো হয়ে উঠবে। আপনার চোখের সামনে থেকে কাজের স্তুপ অন্ততঃ পক্ষে কিছুক্ষনের জন্য সরে যাবে। সপ্তাহে কম পক্ষে একবার এমনটা করুন। কোন বান্ধবীর বাড়ী যান। শিশুকে পার্কে ঘুরিয়ে নিয়ে আসুন। কোন মলেও চক্কর লাগাতে পারেন।

নিজেকে নিমন্ত্রণ জানান ঃ- ভালো কোন ফিল্ম দেখে আসুন। নিজের সাথীর সাথে বাইরে কোথাও ডিনার করুন। বেশীক্ষন সময় নিয়ে স্নান করুন। কখনো-কখনো নিজেকে প্রাথমিকতা দেওয়াটাও জরুরী হয়।

ব্যায়াম করুন ঃ- ব্যায়াম আপনার শরীর-মনকে ফিট্ রাখবে। কোন ডি.ভি.ডি. দেখে ব্যায়াম করুন বা কোন ব্যায়াম ক্লাস জয়েন করুন। কিছুই করতে না পারলে পায়চারী করতে তো যেতেই পারেন।

খাওয়া-দাওয়ার ওপরে দৃষ্টি দিন ঃ- আপনাকে সর্বদা নিজের এনার্জীর স্তর বজায় রাখতে হবে। শিশুর পেট ভরার সাথে-সাথে নিজের খাওয়া-দাওয়ার ওপরেও দৃষ্টি দিন। শারীরিক আর ভাবনাত্মক স্তরে সন্তুষ্টির জন্য এটা অত্যন্ত জরুরী হয় যে, আপনি পৌষ্টিক খাওয়া-দাওয়া চালিয়ে যাবেন। আপনার আশপাশে এমন স্ন্যাক্স থাকা উচিত... যেগুলো আপনাকে এনার্জী জোগাবে।

হাসা-কাঁদা ঃ- যদি কাঁদতে ইচ্ছা হয়, তাহলে প্রাণ খুলে কেঁদে নিন... তারপর সেই ব্যাপারে প্রাণ খুলে হাসুন, যেটা আপনার নিয়ন্ত্রণে ছিল না। বাজারে হঠাৎ করে আপনার বাচ্চা পটি করে ফেলল বা আপনার স্তন থেকে হঠাৎ করে দুধ বেরোতে লাগল ইত্যাদি-ইত্যাদি! হাসি এক দারুণ ওষুধ হয়... যেটা গভীর ক্ষতস্থানও ভরিয়ে তোলে।

নিজেকে সর্বদা এটা মনে করাতে থাকুন যে, কিছুদিনের ভেতরেই সব কিছু ঠিক হয়ে পড়বে। আপনার জীবনে আবার একবার খুশীর মুহূর্ত ফিরে আসবে!

যদি অবসাদ খুব বেশী গভীর হয়ে ওঠে, তাহলে ডাক্তারের সহায়তা গ্রহণ করতে সংকোচ করবেন না।

"বেবে থেকে আমার ডেলিভারী হয়েছে, আমি অত্যন্ত সন্তুষ্ট আর ভালো অনুভব করছি। এসব কিছু নিরাশায় পরিবর্তিত হয়ে পড়বে না তো?"

এটা ঠিক যে, *বেবী ব্লু'*-ও স্বাভাবিক হয়... কিন্তু প্রতিটি মায়ের সাথে এমনটা হয় না। আপনি শুরু থেকেই পরিস্থিতি অনেকটাই সামলে নিয়েছেন... সেটা খুবই ভালো জিনিষ! এর সাথে-সাথেই আপনাকে নিজের সাথীর দিকেও মনোযোগ দিতে হবে। অনেক বার নতুন *বাবা'*-রাও অবসাদে গ্রস্ত হয়ে পড়েন এবং নিজেদের মনের ভাবনা লুকোবার চেস্টা করতে থাকেন।

প্রসবের পরে অবসাদ

"আমার শিশু এক মাসের হয়ে পড়েছে আর আমি এখনও পর্যন্ত অবসাদে গ্রস্ত হয়ে রয়েছি। আমার কি এতদিনে নিজেকে সামলে নেওয়া উচিত ছিল না?"

প্রসবের পরে অবসাদ *(ডিপ্রেশন)* আর *বেবী ব্লু'* – এই দুই পরিস্থিতিতে কিছুটা পার্থক্য থাকে। যদি কোন মহিলা কখনো অবসাদের শিকার হয়ে পড়েন... তাঁকে যদি জটিল গর্ভাবস্থা আর ডেলিভারীর মোকাবিলা করতে হয়, তাহলে তিনি সহজেই অবসাদে গ্রস্ত হয়ে পড়েন।

অবসাদ বা ডিপ্রেশনের লক্ষণে কাঁদতে ইচ্ছা করে। রাতের ঘুম আর খাওয়া-দাওয়ার সাথে যুক্ত সমস্যার সৃষ্টি হয়ে পড়ে। উদাসী আর নিরাশা ছেয়ে যায়। এমনটা মনে হতে থাকে, যেন আপনি নিজের আর শিশুর দেখাশোনা করতে পারবেন না, আপনি সমাজের থেকে বিচ্ছিন্ন হয়ে পড়তে থাকেন। আপনি সর্বদাই চিন্তা আর মানসিক চাপে গ্রস্ত হয়ে থাকেন। আপনার মনে শিশুর প্রতি প্রেমের সৃষ্টি হয় না। আপনি একাকীত্ব অনুভব করতে থাকেন আর আপনার স্মৃতিশক্তিও কমে আসতে থাকে।

আপনি *বেবী ব্লু'*-র টিপস্ গ্রহণ করুন। তাতেও আরাম না এলে ডাক্তারের কাছে যেতে দেরী করবেন না। উনি আপনার থায়রয়েড টেস্ট করতে পারেন। অনেক বার থায়রয়েড হার্মোনের স্তরে অনিয়মিততার কারণেও ভাবনাত্মক অস্থিরতার সৃষ্টি হয়ে পড়ে। যদি এই টেস্টের ফলাফল স্বাভাবিক থাকে, তাহলে এর পরে আপনাকে ডিপ্রেশনের চিকিৎসার জন্য কোন থেরাপিস্টের কাছে পাঠানো হতে পারে। উনি আপনাকে এ্যান্টী-ডিপ্রেশন ওষুধ দেবেন... যেগুলো শিশুকে স্তনপান করানোর সময়ও সুরক্ষিত হয়! যদি লক্ষণ অত্যন্ত গভীর হয়, তাহলে *ব্রাইট লাইট থেরাপী'* দেওয়া হবে। আপনাকে চোখ খোলা অবস্থায় এমন এক বাক্সের সামনে বসিয়ে দেওয়া হবে... যেটার থেকে দিনের আলোর মত আলো বেরোয়। এর ফলে আপনার শরীরে এক ইতিবাচক বায়ো-কেমিক্যাল পরিবর্তন আসবে এবং আপনার মস্তিস্ক শান্ত হয়ে উঠবে। থেরাপিস্ট আপনার অবস্থা অনুসারে বেশ কিছু মিশ্রিত চিকিৎসা ভাবতে পারেন।

অবসাদের কারণে আপনার নিজের শিশুর প্রতি আপনত্ব অনুভব করতে বা তাকে ভালবাসতে অসুবিধা হতে পারে। আপনার অন্যান্য পারিবারিক সম্পর্কের ওপরেও এর গভীর প্রভাব পড়ে। আপনার শরীর-স্বাস্থ্যও ঠিক থাকে না। অনেক মহিলা ভয়ের শিকার হয়ে পড়েন। তাঁদের শরীরে গরম-ঠাণ্ডা ঘাম আসতে থাকে... বুকে যন্ত্রণা করতে থাকে... মাথা ঘুরতে থাকে আর অস্থিরতা হতে থাকে। এই সব লক্ষণগুলোর তাৎক্ষনিক চিকিৎসা না হলে পরিস্থিতি আরও

খারাপ হয়ে ওঠে।

অবসাদে গ্রস্ত 30 শতাংশ মহিলাদের মধ্যে *পোস্ট-মর্টেম অফ্ অব্সেসিভ কম্পালসিভ ডিস্অর্ডার' (পি.ও.ও.সি.ডি.)*-র লক্ষণও দেখতে পাওয়া যায়। এমন মহিলারা প্রতি 15 মিনিট পরে-পরে এটা লক্ষ্য করতে থাকেন যে, তাঁদের শিশুর শ্বাস-প্রশ্বাস চলছে কি না ? তাঁরা বাড়ী সাফ-সাফাই করার কাজে লেগে পড়েন বা তাঁদের মনে নিজের শিশুরই ক্ষতি করার চিন্তা-ভাবনা আসতে থাকে। তাঁরা নিজের শিশুর প্রতি উপেক্ষার ভাব পোষণ করতে থাকেন। এমন যে কোন লক্ষণ সামনে আসামাত্র ডাক্তারের কাছে যেতে বিন্দুমাত্র দেরী করবেন না।

পোস্ট-মর্টেম অফ্ সাইকোসিস'-তে ভ্রমের স্থিতি বেড়ে উঠতে থাকে। আত্মহত্যা বা হিংসার বিচার মনের মধ্যে আসতে থাকে। অদ্ভূত-অদ্ভূত জিনিষ দেখতে আর শুনতে পাওয়া যায়। সাইকোসিসের লক্ষণ দেখতে পাওয়ামাত্র এমারজেন্সী রুমে যেতে একেবারে দেরী করবেন না। নিজের ভাবনাকে স্বাভাবিক বলে মনে করার ভুল কখনো করতে যাবেন না... সেটাকে গম্ভীরতার সাথে গ্রহণ করুন। সহায়তা এসে পৌঁছনো পর্যন্ত নিজের মনের বিপজ্জনক ভাবনাগুলোর ওপরে নিয়ন্ত্রণ বজায় রাখুন। নিজের বাচ্চাকে প্রতিবেশী, বান্ধবী বা কোন আত্মীয়ের কাছে সুরক্ষিত রাখুন!

থায়রাইডিটিস

অনেক নতুন মা যথেস্ট ক্লান্ত হয়ে ওঠেন, তাঁদের ওজন কমে আসতে লাগে বা অবসাদের কারণে তাঁদের মাথার চুল ঝরে পড়তে লাগে। প্রসবের পরে থায়রাইডিটিস হওয়াটা এক স্বাভাবিক ব্যাপার হয়। অনেক বার লক্ষণ চিনতে না পারার কারণে এর চিকিৎসা হতে পারে না।

এর লক্ষণ ডেলিভারীর 1 থেকে 3 মাসের মধ্যে যে কোন সময় শুরু হতে পারে। এই সময়ে শরীরের রক্তপ্রবাহে অত্যন্ত বেশী মাত্রায় থায়রয়েড হার্মোন মিশে যায়। মহিলা ক্লান্তি, অস্থিরতা আর ঘাবড়ানি অনুভব করতে থাকেন। রাতে ঘুম আসতে চায় না আর শরীর অত্যধিক ঘেমে ওঠে। এর পরে হাইপো-থায়রইডিজমের পরিস্থিতি উৎপন্ন হয়ে পড়ে। ক্লান্তির সাথে-সাথে অবসাদ, মাংসপেশীগুলোয় যন্ত্রণা, মাথার চুল ঝরে পড়া, ত্বক শুস্ক হয়ে আসা এবং স্মৃতিশক্তি কমে আসার মত লক্ষণ প্রকট হয়ে পড়ে।

আপনিও যদি এমন কোন লক্ষণের ভেতর দিয়ে চলেছেন, তাহলে ডাক্তারের কাছে যেতে দেরী করবেন না। কিছু-কিছু মহিলাদের তো ডেলিভারীর এক বছরের মধ্যেই আরাম এসে পড়ে... কিন্তু কিছু মহিলাদের সর্বদাই থায়রয়েডের ওষুধ খেয়ে চলতে হয় আর টেস্ট করিয়ে চলতে হয়। অনেক বার ঠিক হয়ে পড়ার পরে এই সমস্যা আবার একবার ফিরে আসে। যেসব মহিলাদের আগে কখনো এই রোগ হয়ে পড়েছে, তাঁদের এই ব্যাপারে নিজেদের ডাক্তারকে আগে থেকেই জানিয়ে দেওয়া উচিত... কারণ এর ফলে তাঁদের গর্ভধারণ করার সময় তার গর্ভাবস্থার সময় সমস্যার সৃষ্টি হতে পারে।

প্রসবের পরে ওজন কমা

"আমি এটা জানতাম যে, আমি ডেলিভারীর পরে হঠাৎ করে বিকিনী তো পরতে পারব না... কিন্তু ডেলিভারীর 2 সপ্তাহ পরেও আমাকে ঠিক যেন 6 মাসের গর্ভবতীর মত দেখতে লাগে! এমনটা কেন হচ্ছে ?"

যদিও শিশুর জন্মের সময় রাতারাতি প্রায় 12 পাউণ্ডের মত ওজন কমে আসে... কিন্তু মহিলাদের কাছে সেটাও কম বলে মনে হয়। আসলে ডেলিভারী রুম থেকে বার হওয়ার পরেও আপনার গর্ভাশয়ের আকার যথেস্ট বিস্তৃত হয়েই থাকে... যেটা পরের 6 সপ্তাহে ধীরে-ধীরে কমে আসে। পেটে ভরা তরল পদার্থের কারণেই স্থূলতা দেখতে পাওয়া যায়। আপনার পেট আর ত্বকের মাংসপেশীগুলোয় টান ধরে যায়... যেটা ধীরে-ধীরে স্বাভাবিক অবস্থায় ফিরে আসে।

এই সময় ডায়েটিং করার কথা একেবারে চিন্তা করবেন না। এই প্রথম 6 সপ্তাহে আপনি

নিজের শিশুকে স্তনপানও করাচ্ছেন। আপনার পর্যাপ্ত মাত্রায় পোষণের প্রয়োজন, যাতে আপনার এনার্জীর স্তর বজায় থাকে এবং কোন প্রকারের সংক্রমণ না হয়। সুস্থ আহার গ্রহণ করুন, যাতে ধীরে-ধীরে আপনার ওজন কমে আসে। কম মাত্রায় ক্যালোরী নিলে আপনার স্তনে কম মাত্রায় দুধ তৈরী হবে আর দ্রুত ফ্যাট কমানোর চক্করে বিষাক্ত তত্ত্ব আপনার স্তনের দুধে মিশে যেতে পারে। আপনি যদি শিশুকে স্তনপান করাচ্ছেন, তাহলে 6 সপ্তাহ পরে ওজন কমানোর জন্য সন্তুলিত পদ্ধতিতে ডায়েটিং করতে পারেন।

অনেক বার শিশুকে স্তনপান করানোর কারণেও ওজন কমে আসে। আপনার সাথে এমনটা না হলে নিরাশ হবেন না। আপনি নিজের গর্ভাবস্থায় কতটা ওজন বাড়িয়েছিলেন, সেই হিসেবে এই সময় আপনার ওজন কমবে! আপনি যদি 25 থেকে 35 পাউণ্ড ওজন বাড়িয়ে থাকেন, তাহলে ডেলিভারীর কয়েক মাসের মধ্যেই সেটা কমে আসবে। 35 পাউণ্ডের বেশী ওজন বাড়ালে সেটা কমানোর জন্য আপনাকে কিছুটা মেহনত করতে হবে। এই কাজে 10 মাস থেকে 2 বছর পর্যন্ত সময় লাগতে পারে। নিজেকে একটু সময় দিন! সর্বদা এটা মনে রাখবেন যে, ওজন বাড়াতে আপনার 9 মাস সময় লেছিল... সেটাকে কম করতে একটু সময় তো লাগবেই!

সী-স্যাকশন দ্বারা দীর্ঘকালীন আরাম

"আমার সী-স্যাকশন হওয়ার পরে এক সপ্তাহ কেটে গেছে। আমি এখন কি আশা করতে পারি?"

এমনটা ধরে নিচ্ছি যে, আপনার সী-স্যাকশনের পরে এক সপ্তাহ সময় কেটে গেছে... কিন্তু পূর্ণ আরাম আসতে সময় লাগতে পারে। মনে রাখবেন যে, ডাক্তারের পরামর্শ মেনে চললে আর পূর্ণ বিশ্রাম করলে আপনার শরীর-স্বাস্থ্য দ্রুত ঠিক হয়ে পড়বে। ততদিন পর্যন্ত আপনি নীচের জিনিষগুলোর আশা করতে পারেন ঃ

কিছুটা বা একেবারেই যন্ত্রণা না হওয়া ঃ- এমনিতে এখনও পর্যন্ত আপনার যন্ত্রণায় হয়তো আরাম এসে পড়েছে। আর আরাম যদি এখনও না এসে থাকে, তাহলে *টৈইলীনোল*'-য়ের মত ওষুধের সহায়তা নিন।

আরামদায়ক উন্নতি ঃ- কয়েক সপ্তাহ ক্ষতস্থানে যন্ত্রণা আর সংবেদনশীলতা বজায় থাকবে। এতে ধীরে-ধীরে আরাম আসবে। হাল্কা ড্রেসিং আর ঢিলাঢালা পোশাক অস্থিরতা আর যন্ত্রণা কমিয়ে আনবে। এই প্রক্রিয়ায় সেলাইয়ের আশপাশে হাল্কা টান ভাব, যন্ত্রণা আর চুলকোনি হওয়াটা স্বাভাবিক হয়। আপনি ডাক্তারকে জিজ্ঞাসা করে কোন মলম লাগাতে পারেন। ক্ষতস্থানের উত্তকগুলোর গাঁট ধুয়ে যাবে আর সেটা সেরে ওঠার আগে শুকিয়ে হাল্কা গোলাপী হয়ে উঠবে।

যদি যন্ত্রণা বজায় থাকে, আশপাশের জায়গা ফুলে থাকে বা লাল হয়ে ওঠে, ক্ষতস্থান থেকে পুঁজ বেরোতে থাকলে সেটার অর্থ হচ্ছে এই যে, ক্ষতস্থানে সংক্রমণ হয়ে পড়েছে। এমনি কিছুটা তরল পদার্থ তো চুঁইয়ে-চুঁইয়ে পড়তেই থাকে... তবুও ডাক্তার দেখিয়ে নিন।

সেক্সের জন্য 4 সপ্তাহের প্রতীক্ষা ঃ- যতক্ষন পর্যন্ত আপনার সেলাইয়ের ক্ষতস্থান না শুকোচ্ছে, আপনাকে সেক্সের জন্য অপেক্ষা করতেই হবে।

ব্যায়াম ঃ- যন্ত্রণা কমে আসতেই আপনি ব্যায়াম শুরু করতে পারেন। এই সময়ও কীগল ব্যায়াম দ্বারা আপনার পেলভিক ক্ষেত্রের মাংসপেশীগুলো আরাম প্রাপ্ত করবে। পেটের মাংসপেশীগুলোকে সুগঠিত করে তোলা ব্যায়ামগুলোর ওপরে দৃষ্টি দিন। নিজের লক্ষ্য নির্দিষ্ট করে নিন আর সেই অনুসারে এগিয়ে চলুন। আপনার নিজের পুরোন ফিগার ফিরে পেতে কয়েক সপ্তাহ সময় লাগবে।

সেক্স

"আমরা দুজন আবার কবে থেকে সেক্স শুরু করতে পারি?"

এমনিতে তো দম্পতিদের এই পরামর্শই দেওয়া হয়ে থাকে যে, যখন মহিলা মানসিক রূপে সেক্সের জন্য প্রস্তুত হয়ে উঠবেন, তখন তাঁরা সেক্স করতে পারবেন... কিন্তু মহিলার শারীরিক রূপে ফিট্ হওয়াটাও জরুরী হয়।

ডেলিভারীর প্রায় 4 সপ্তাহ পরে এর জন্য সবুজ সংকেত দেওয়া যেতে পারে। অনেক ডাক্তার 6 সপ্তাহ অপেক্ষা করতে বলেন... কারণ অনেক বার আরাম আসতে দেরী হতে পারে বা সংক্রমণও হয়ে পড়তে পারে। আপনার নিজের ডাক্তারের থেকে এই ব্যাপারে পরামর্শ নেওয়ার পরেই এগোন উচিত। শিশুর দেখাশোনা করার সময় কি ভাবে কেটে যাবে, সেটা আপনি জানতেও পারবেন না। ততদিন পর্যন্ত একে-অপরকে পারস্পরিক প্রেম আর স্পর্শ সুখ উপহার দিন... সম্ভোগ করতে যাবেন না।

"আমার দাই আমাকে বলেছিল যে, আমি সেক্স করতে পারি... কিন্তু আমার মনে হচ্ছে যে, এতে আমার কষ্ট হবে। দ্বিতীয়তঃ, আমার মনও চাইছে না !"

সেক্স এখন টু-ডু লিস্টে না এলে কোন ব্যাপার নয়! এই সময় আপনি নানা কারণে ব্যস্ত হয়ে থাকবেন। আপনি যদি যোনিপথ দিয়ে শিশুর জন্ম দিয়ে থাকেন, তাহলে সেটা এই সময় আভ্যন্তরীণ রূপে টানটান হয়ে হয়েছে... সেখানে কোন সেলাই বা ক্ষতস্থানও হতে পারে। এখন তো আপনার বসতেও যন্ত্রণা হয়। শরীরে প্রাকৃতিক রূপে মসৃণতা ফিরে আসেনি। এস্ট্রোজেনের স্তর কমে আসায় যোনির উত্তকগুলোও পাতলা হয়ে পড়েছে।

এই সময় আপনার পূর্ণ মনোযোগ শিশুর ক্ষিধে আর ডায়পারের ওপরে নিবদ্ধ হয়ে রয়েছে। আপনার বিছানার চাদর ময়লা হয়ে রয়েছে। পায়ের কাছে নোংরা দুর্গন্ধযুক্ত জামা-কাপড়ের স্তূপ জমা হয়ে রয়েছে। এমন অবস্থায় সেক্সের মুড কি ভাবে তৈরী হতে পারে ?

ধীরে-ধীরে যখন জীবন আবার একবার নিজের পথে ফিরে আসবে, তখন আপনি নিজেকে শারীরিক আর মানসিক রূপে সেক্সের জন্য রাজী করাতে পারবেন... এজন্য ততদিন পর্যন্ত নিজেকে প্রস্তুত করার জন্য আমাদের দেওয়া টিপস্ গ্রহণ করুন ঃ

মসৃণতা ঃ- কে-ওয়াই জেলির ব্যবহার করুন। অন্য কোন লুব্রিকেন্ট ব্যবহার করলেও যন্ত্রণা কমে আসবে।

কিছুটা ওয়াইন ঃ- এক গ্লাস ওয়াইনও আপনাকে এর জন্য তৈরী করতে পারে। শিশুকে স্তনপান করানোর পরেই ওয়াইন নিন বা মালিশ করান।

ওয়ার্ম-আপ ঃ- আপনার এই সময় পর্যাপ্ত *ফোর-প্লে*'-র প্রয়োজন হবে। নিজের সাথীকে নিজের এই প্রয়োজনের ব্যাপারে জানান। সেক্সের জন্য এমন সময় বেছে নিন, যখন শিশু গভীর নিদ্রায় থাকবে। এমনটা যেন না হয় যে, মেইন্ ইভেন্টের আগেই তার চোখ খুলে গেল !

খুলে বলুন ঃ- নিজের সাথীকে এটা জানান যে, আপনার ঠিক কি ভালো লাগে বা আপনার শরীরের কোন্ অংশে স্পর্শ করলে আপনার যন্ত্রণা হয়। এই ভাবে আপনি পূর্ণ আনন্দ উপভোগ করতে পারবেন আর সাথীকেও পূর্ণ আনন্দ প্রদান করতে পারবেন।

সঠিক পোজিশন ঃ- এমন পোজিশন বেছে নিন, যাতে আপনার শরীরের কোমল অঙ্গগুলোর যথাসম্ভব কম চাপ পড়ে। ওপর বা সাইড পোজিশনও ভালো হতে পারে। সেক্সের গতিকে মৃদুই রাখুন।

কীগল ঃ- আজ্ঞে হ্যাঁ... আপনি শুনে-শুনে হয়তো *বোর'* হয়ে উঠেছেন... কিন্তু কীগল ব্যায়াম এখানেও যথেস্ট কাজে আসতে পারে। শারীরিক সম্পর্ক গড়ে তোলার সময়ও এটা করুন। এতে আপনাদের দুজনেরই আনন্দ প্রাপ্ত হবে।

বৈকল্পিক সাধন ঃ- আপনি যদি ইন্টারকোর্স করার অনুমতি না পেয়ে থাকেন... তাহলে হস্তমৈথুন বা মুখ মৈথুনের সহায়তা নিন বা সেটারও ইচ্ছা না হলে বিছানায় পাশাপাশি শুয়ে পরস্পরের সাথে কথা বলুন।

সেক্স করতে এক-দুবার কস্ট হলে নিরাশ হবেন না। এমনটা সর্বদা থাকবে না আর খুব শীঘ্রই আপনারা আবার সেই আনন্দ প্রাপ্ত করবেন।

পুনরায় গর্ভবতী হওয়া

"আমি স্তনপানকে গর্ভ নিরোধক হিসেবে মনে করতাম... কিন্তু এখন জানতে পারা গেছে যে,

এই সময়ও, মাসিক ধর্ম শুরু হওয়ার আগেই গর্ভ স্থাপন হয়ে পড়তে পারে!"

আপনি যদি এখন এত তাড়াতাড়ি আবার একবার গর্ভবতী হতে না চান... তাহলে স্তনপানের মত গর্ভ নিরোধকের ওপরে বিশ্বাস করতে যাবেন না। এটা সত্যি যে, শিশুকে স্তনপান করাতে থাকা মহিলাদের মাসিক ধর্ম, অন্য মহিলাদের তুলনায় দেরী করে শুরু হয়। শিশুকে স্তনপান না করাতে থাকা মায়েদের মাসিক ধর্ম 6 থেকে 12 সপ্তাহে আর অন্য মহিলাদের মাসিক ধর্ম 4 থেকে 6 মাসে শুরু হয়। যদিও এই জিনিষটার অনুমান করা মুশ্কিল হয় যে, প্রথম মাসিক ধর্ম ঠিক কবে শুরু হবে?! স্তনপানের মেয়াদ আর বারংবারতারও এর ওপরে প্রভাব পড়ে।

আপনার এই ব্যাপারে বেশী চিন্তিত না হয়ে সঠিক গর্ভ নিরোধকের ব্যবহার করা উচিত, যাতে সন্দেহের কোন অবকাশ না থাকে!

নিজের পুরোন শেপে ফিরে আসা

ডেলিভারীর পরেও 6 মাসের গর্ভবতীর মত দেখানোটা বড়ই অদ্ভূত লাগে! ডেলিভারীর পরে পরার জন্য যে জীন্স বাড়ী থেকে নিয়ে আসা হয়েছিল, সেটা না পরেই ফেরত নিয়ে যেতে হয়... কারণ আপনার কোমর এখনও মোটাই রয়ে গেছে!

নতুন মা আর কতদিন ভাবী মায়ের মত দেখতে লাগবেন?

এই প্রশ্নের উত্তর চারটি কারকের ওপরে নির্ভর করে ঃ গর্ভাবস্থায় কতটা ওজন বেড়েছিল, ক্যালোরীর মাত্রার ওপরে কতটা নিয়ন্ত্রণ রয়েছে, নতুন মা কতটা ব্যায়াম করেন এবং তাঁর মেটাবোলিক কতটা?

ব্যায়াম করার কি প্রয়োজন? আসলে শিশুর কাজের সাথে যুক্ত ছোটাছুটি আর ক্লান্তিকে ব্যায়াম হিসেবে মানার ভুল করবেন না। এতে আপনার

প্রথম 6 সপ্তাহের জন্য কিছু নিয়ম

- আরামদায়ক পোশাক এবং ব্রা পরুন।
- ব্যায়াম সেশনকে 2 - 3 অংশে ভাগ করুন। একবারে বেশী ব্যায়াম করলে ক্ষতি হতে পারে।
- হাল্কা ব্যায়াম দিয়ে শুরু করুন।
- ধীরে-ধীরে ব্যায়াম করুন এবং মাঝে-মাঝে আরাম করুন।
- প্রথম 6 সপ্তাহে যে কোন ধরণের ঝট্কা, মানসিক আঘাত বা তীব্র গতি এড়িয়ে চলুন। সীট-আপ্ বা ডবল লেগ লিফটের মত ব্যায়াম করতে যাবেন না।
- নিজের হৃদয় গতি জানুন।
- ব্যায়ামের পরে পর্যাপ্ত মাত্রায় তরল পদার্থ নিন।
- প্রয়োজনের অতিরিক্ত ব্যায়াম করবেন না। ক্লান্তি অনুভূত হলেই থেমে যান... অন্যথা পরের দিন আপনি ব্যায়াম করার মত অবস্থায় থাকবেন না।
- পূর্ণ মনোযোগ দিন। শিশুরও এটাই ভালো লাগবে।

প্রথম 6 সপ্তাহে ওয়ার্কআউট

- সাপোর্ট দেওয়া ব্রা এবং আরামদায়ক পোশাক পরুন।
- ব্যায়াম সেশনকে দিনে 2 - 3 অংশে ভাগ করুন।
- হাল্কা ব্যায়াম দিয়ে শুরু করুন।
- ধীরে-ধীরে ব্যায়াম করুন। শরীরে ঝট্কা লাগতে দেবেন না। আপনার লিগামেন্ট এখনও শিথিল। এজন্য ব্যায়াম ভেবে-চিন্তেই করুন।
- ভরপুর মাত্রায় তরল পদার্থ নিন... যাতে আপনার শরীরে জলের অভাব না হয়।
- প্রয়োজনের অতিরিক্ত ব্যায়াম করার চক্করে পড়বেন না। ক্লান্তি অনুভূত হওয়ার আগেই থেমে যান।
- শিশুর সাথে-সাথে আপনার দেখাশোনাও জরুরী... এই তথ্য কখনো ভুলবেন না।

বেসিক পোজিশন

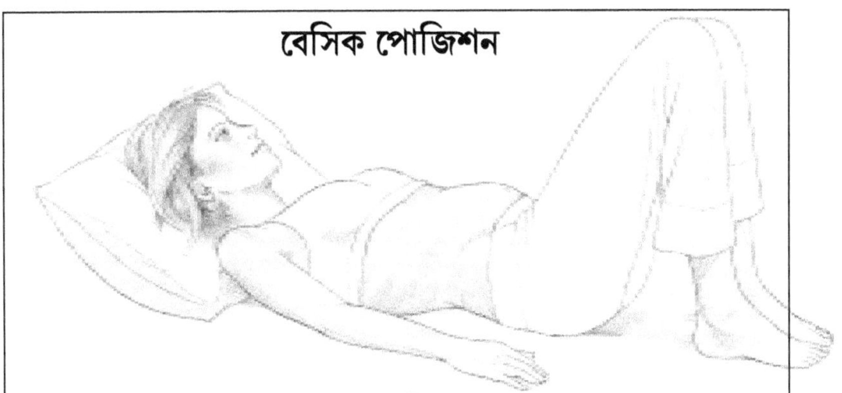

চিত হয়ে শুয়ে হাঁটু মুড়ুন, পা প্রায় 12 ইঞ্চি দূরত্বে থাকবে। পায়ের পাতা মেঝের ওপরে থাকবে। মাথা আর কাঁধকে বালিশের সাপোর্ট প্রদান করুন আর হাত দুটো দু পাশে ছড়িয়ে রাখুন!

পেলভিক টিল্ট

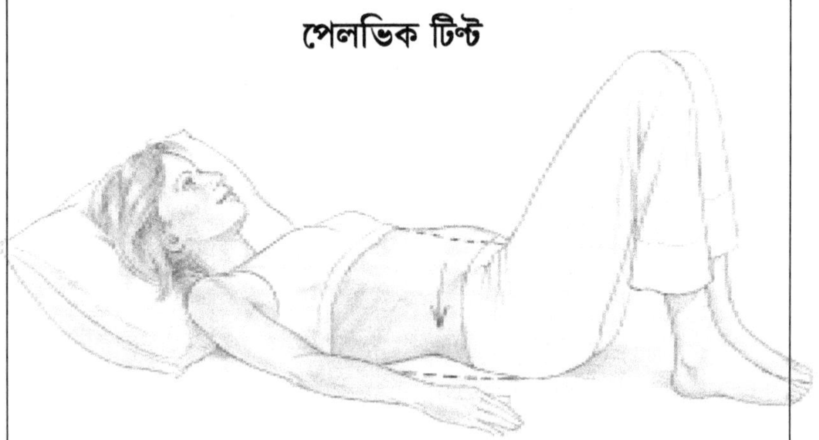

চিত হয়ে বেসিক মুদ্রায় শুয়ে শ্বাস নিন। শ্বাস ছাড়তে-ছাড়তে পিঠকে মেঝের দিকে ঠেলা দিন। তারপর আস্তে-আস্তে এটার 3 - 4 বার পুনরাবৃত্তি করে 12 আর তারপর 24 বার করুন!

পেরীনিয়ল বা পেটের মাংসপেশীগুলো নিজেদের সঠিক আকারে ফিরতে পারবে না। আপনাকে গর্ভাবস্থার পরে করা সঠিক ধরণের ব্যায়ামগুলো করতে হবে। এতে প্রসব আর ডেলিভারীর ক্লান্তি দূর হবে আর আপনি নিজের আগের আকারে ফিরে আসতে পারবেন। কীগল ব্যায়াম দ্বারা মূত্রাশয়ের ওপরে নিয়ন্ত্রণ বেড়ে উঠবে আর সেক্স সংক্রান্ত সমস্যাও দূর হবে। আপনার কাজ করার ক্ষমতা বেড়ে উঠবে আর মুডও ভালো হয়ে উঠবে। আপনি মানসিক চাপের মোকাবিলা ভালো ভাবে করতে পারবেন। আপনার ডেলিভারী যোনিপথ দিয়ে হয়ে থাকলে আর সেটা জটিল না হলে আপনি ডেলিভারীর কিছু সময় পরেই ব্যায়াম করা শুরু করতে পারেন। একবার ডাক্তারের পরামর্শও নিয়ে নিন।

লেগ স্লাইড

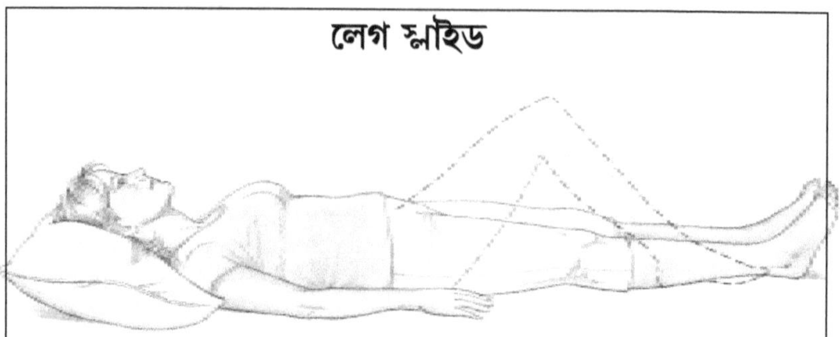

বেসিক মুদ্রায় শুয়ে পা দুটোকে মেঝের ওপরে ছড়িয়ে দিন। শ্বাস নিতে-নিতে ডান পা-কে ওপরের দিকে মুড়ুন। কোমর মেঝের ওপরেই থাকবে। এবার পা নীচে নামিয়ে আনতে-আনতে শ্বাস ছাড়ুন... তারপর বাঁ পা দিয়ে এই জিনিষটার পুনরাবৃত্তি করুন! এই মুদ্রার বেশ কয়েকবার পুনরাবৃত্তি করুন। কয়েক সপ্তাহ পরে আপনি এই ব্যায়ামে কিছুটা পরিবর্তনও আনতে পারেন!

হেড / শোল্ডার লিফ্‌ট

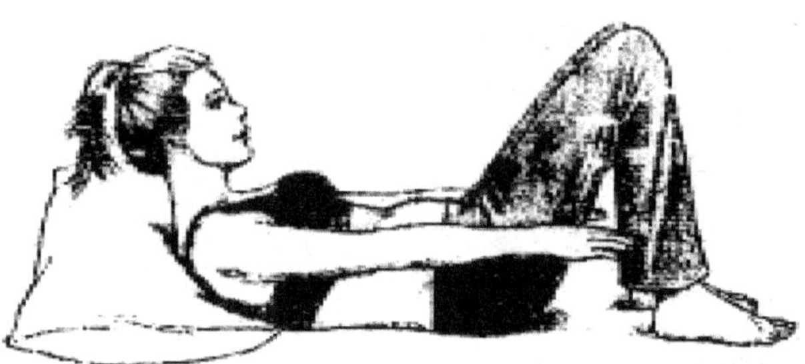

বেসিক মুদ্রায় শুয়ে পড়ুন। গভীর শ্বাস নিতে-নিতে মাথা ওপরের দিকে উঠিয়ে হাত দুটোকে দু পাশে ছড়ান আর শ্বাস ছাড়ুন। মাথা নীচের দিকে করতে-করতে আবার একবার শ্বাস নিন। প্রতি দিন একটু বেশী করে মাথা তোলার চেস্টা করুন। প্রথম 6 সপ্তাহে নিজের গতি ধীর রাখুন। এটার করার আগে *পেটের সেপারেশন'* বিন্দুর ওপরে দৃষ্টি দিন।

একই ঝট্‌কায় বা দ্রুত গতিতে ব্যায়াম করবেন না। এই ব্যায়াম আপনাকে ধীরে-ধীরে করতে হবে... কারণ আপনার শরীর এখনও যথেষ্ট দুর্বল। কিছুটা ব্যায়াম করুন, শিশুর সাথে পায়চারী করুন এবং নিম্নলিখিত পর্যায়গুলোর পালন করুন।

প্রথম পর্যায় ঃ- ডেলিভারীর 24 ঘন্টা পরে

কীগল ঃ- ডেলিভারীর পরে আপনি সহজেই কীগল ব্যায়াম শুরু করতে পারেন। যদিও ওষুধের

সুখবর

ব্যায়াম দ্বারা আপনার স্তনবৃন্তে যে ঘামের সৃষ্টি হয়, সেটার কারণে আপনার শিশু দুধে এক নতুন স্বাদ পেতে পারে। এজন্য ডাক্তারের পরামর্শ নেওয়ার পরে ব্যায়াম করুন... কিন্তু স্তনকে সাপোর্ট দেওয়া ব্রা পরতে যেন ভুলে যাবেন না।

প্রভাবের কারণে আপনি সেটা অনুভব করতে পারবেন না... কিন্তু আপনি সেটার লাভ অবশ্যই প্রাপ্ত করবেন। শিশুকে স্তনপান করানোর সময় এটার অভ্যাস করুন। দিনে 4 থেকে 6 বার, 25 - 25 বার করুন। এতে আপনার পেলভিকের স্বাস্থ্যও ঠিক থাকবে আর আপনি সেক্সের ভরপুর আনন্দও প্রাপ্ত করবেন।

গভীর শ্বাস ঃ- বেসিক পোজিশনে শুয়ে নিজের পেটের ওপরে হাত রাখুন, যাতে আপনি নাক দিয়ে শ্বাস নেওয়ার সময় পেটকে ওপরের দিকে ওঠা অনুভব করতে পারেন। 2 - 3 গভীর শ্বাসের সাথে এটা শুরু করুন আর ধীরে-ধীরে বাড়ান। এই ব্যায়াম বেশী করলে মাথা ঘোরা বা অস্থিরতার লক্ষণ প্রকট হতে পারে।

দ্বিতীয় পর্যায় ঃ- ডেলিভারীর 3 দিন পরে

শরীর অনুমতি দিলে আপনি সহজে হেড / শোল্ডার লিফ্‌ট, লেগ স্লাইড বা পেলভিক টিল্ট করতে পারবেন।

এটা প্রথমে বিছানায় করুন... তারপর কুশন বেছানো মেঝের ওপরে করুন। এটা সব মিলিয়ে আপনার ভাবী স্বাস্থ্যের পক্ষেও লাভদায়ক হবে। আপনি ব্যায়াম করার জন্য ম্যাট বিছিয়ে নিলে, সেটা এখন আপনার কাজে আসবে আর পরে সেটার ওপরে আপনার সোনামণিও ডিগবাজী খেতে পারবে।

গ্যাপ ভরতে দিন

আপনি নিজের নাভির কাছে পেটে এক হাল্কা খালি জায়গা দেখতে পেতে পারেন, যেটাকে ডাক্তারী ভাষায় *ডোস্‌সটেসিস'* বলা হয়। এমনটা হয়ে পড়লে পেটের সাথে যুক্ত কোন ব্যায়াম করবেন না। এটা ভরতে 1 থেকে 2 মাস সময় লাগতে পারে। আপনি বেসিক পোজিশনে শুয়ে পড়ুন, মাথা ওপরের দিকে ওঠান আর হাত দিয়ে নাভির আশপাশে চাপ দিন। সেখানে আপনি এই গর্তের মত দেখতে পাবেন। এটা ভরার জন্য আপনি কোন অভিজ্ঞ ব্যাক্তির থেকে পরামর্শ নিয়ে ব্যায়ামও করতে পারেন।

তৃতীয় পর্যায় ঃ- প্রসবের পরীক্ষার পরে

ডাক্তারকে দিয়ে পরীক্ষা করানোর পরে আপনি নিজের ওয়ার্কআউট প্রোগ্রাম নির্দিষ্ট করতে পারবেন... যাতে ছোটা, পায়চারী করা, সাইকেল চালানো, সাঁতার কাটা, জলে ব্যায়াম করা, এ্যারোবিক্স, যোগ, ওজন ওঠানো বা এমনই কিছু ব্যায়ামকে শামিল করতে পারেন। আপনি কোন ব্যায়াম ক্লাসও জয়েন করতে পারেন... কিন্তু তাড়াহুড়ো করবেন না। নিজের শরীরকে পথ প্রদর্শক হিসেবে মেনে সেই হিসেবে চলুন।

■ ■ ■

chicco 60 YEARS

PARABENS FREE
hypoallergenic
CLINICALLY TESTED

NOW THE CHANGING MOMENTS TO BE EVEN MORE TENDER.

Skin of newborns is very delicate and thus, we need to choose gentle products when it comes to maintaining their hygiene. Their tender skin needs extra care, especially at the time of nappy change, to prevent problems like chafing. Chicco cleansing wipes help you take care of those needs, whether you're at home or on the go.

Chicco cleansing wipes gently cleanse and moisturise baby's delicate skin, thanks to their soft texture. The formula, with Aloe Vera and Chamomile, is ideal for nappy change and is also useful to cleanse baby's hands and face. It is free from parabens, SLS & SLES, as well as dyes and alcohol. It is hypoallergenic* and clinically tested on sensitive skins.

72 pcs. 72 pcs. 20 pcs.

Available at Chicco stores, all leading baby shops, pharmacies and super markets.
Call us at our toll-free no. 1800-102-6702 to find Chicco products near you.

*Formulated to minimise the risk of skin allergies.

ভাগ - 05

পিতাদের জন্য

পিতারাও গর্ভধারণ করেন...

মেডিক্যাল সায়েন্স আর হলিউড ফিল্ম জগত এমনটাই মনে করে যে, আগামী সময়ে কেবলমাত্র মহিলারাই নন... পুরুষরাও গর্ভধারণ করতে পারবেন! একজন পিতা হওয়ার সুবাদে আপনিও শিশু নির্মাণ করার এই টীমের এক অভিন্ন অঙ্গ! আগামী মাসগুলোয় আপনাকেও এমন পূর্ণ রোমাঞ্চের ভেতর দিয়ে সময় কাটাতে হবে এবং সেই সময় আর তার পরে আপনার ঠিক ততটাই স্বান্তনার প্রয়োজন, যতটা প্রয়োজন আপনার সাথীর...!

পুস্তকের এই অধ্যায় বিশেষ করে নতুন পিতাদের প্রতি সমর্পিত... যাঁদের গর্ভাবস্থার এই প্রক্রিয়ায় সম্পূর্ণ রূপে উপেক্ষা করা হয়ে থরকে! সব থেকে ভালো হবে, যদি আপনি এই অধ্যায় সমেত পুরো পুস্তক মনোযোগ সহকারে পড়েন... যাতে আপনি এটা জানতে পারেন যে, আপনার পত্নী / সাথীকে ঠিক কেমন মানসিক / শারীরিক বা ভাবনাত্মক পরিস্থিতির ভেতর দিয়ে যেতে হচেছ! এই প্রকার আপনি নিজেকেও নিজের দায়িত্বগুলো পালন করার জন্য আরও ভালো ভাবে প্রস্তুত করে তুলতে পারবেন!

আপনি কি ভাবছেন?

লক্ষণগুলোর মোকাবিলা করা

তৈামার পত্নীর মধ্যে সেই সব লক্ষণ রয়েছে... যেগুলো এই পুস্তকে দেওয়া হয়েছে। গা গুলোন, কিছু ভালো না লাগা, বার-বার প্রস্রাব হতে থাকা ইত্যাদি! আমি এটা বুঝে উঠতে পারছি না যে, আমি ওর জন্য কি করতে পারি?''

এই সময় আপনার পত্নী গর্ভাবস্থার হার্মোনের কবলে রয়েছেন আর সেই হিসেবে তাঁর শরীরে পরিবর্তন আসছে। এই ব্যাপারে না তো তিনি কিছু করতে পারেন আর না-ই আপনি ওনার কোন সহায়তা করতে পারেন!

কিছুটা প্রস্তুতি

শিশুর জন্মের আগে থেকেই আপনাকে নিজের আর নিজের সাথীর ওপরে পূর্ণ মনোযোগ দেওয়া উচিত। পুস্তকের প্রথম অধ্যায়ে এই ব্যাপারে বলা হয়েছে। সেখান থেকে তথ্য সংগ্রহ করুন আর সেই নিয়মগুলো অনুসারে চলুন!

এমনিতে আপনি একটু-আধটু সহায়তার জন্য এগিয়ে আসতে পারেন। ওনাকে কিছুটা ভালো অনুভব করতে সহায়তা করতে পারেন।

মর্ণিং সিকনেস ঃ- মর্ণিং সিকনেস হচ্ছে এমন এক লক্ষণ... যেটা নিজের নামের হিসেবে সঠিক হয় না! এটা কেবল সকাল বেলাই হয় না। আপনার পত্নীকে সারা দিনে যে কোন সময় বাথরুমের দিকে ছুটতে হতে পারে। তাঁকে কিছুটা ভালো অনুভব করতে সহায়তা করুন। সেই আফটার শেভ লোশন ব্যবহার করবেন না... যেটার গন্ধে ওনার গা গুলিয়ে ওঠে। ওনাকে পেট্রোল পাম্পে গাড়ীতে পেট্রোল ভরতে পাঠাবেন না। ওনাকে এমন কিছু খাবার এনে দিন, যেগুলো খেলে ওনার বমি আসবে না বা গা গুলোবে না। ওনার পিঠের মালিশ করুন... কিছুটা ঠাণ্ডা জল পান করান... দিনের মধ্যে বেশ কয়েকবার একটু-একটু করে খাবার খেতে বলুন। ওনার সাথে এই ব্যাপারে ঠাট্টা করতে যাবেন না।

পছন্দ-অপছন্দ ঃ- ওনার এই সময় এমন কিছু ভোজন পছন্দ হতে পারে, যেগুলো হয়তো উনি আগে কখনো খাননি বা এই সময় নিজের মনের মত খাবারের প্রতি ওনার অরুচিও হতে পারে। নিজের পছন্দ-অপছন্দ ভুলে গিয়ে ওনার হিসেবে চলার চেষ্টা করুন। রাতে ওনার জন্য আইসক্রীম আনতে কিছুটা রাস্তা পায়ে হেঁটে যেতে হলেও আপত্তি করবেন না।

ক্লান্তি ঃ- আপনার যদি এমনটা মনে হয় যে, দিনের শেষে আপনি অত্যন্ত ক্লান্ত হয়ে ওঠেন, তাহলে নিজের সাথীর ব্যাপারে একটু ভেবে দেখুন! উনি এই সময় শিশু নির্মাণ প্রক্রিয়ার ভেতর দিয়ে চলেছেন। এই প্রক্রিয়ায় ওনার কতটা ক্লান্তি আসতে পারে! ওনাকে ঘরের পরিশ্রমযুক্ত কাজগুলোর থেকে দূরে রাখুন। টয়লেট ক্লীনারের গন্ধে ওনার মাথা ঘুরতে পারে। আপনি নিজেই টয়লেটের সাফাই করে নিন। সেই সময় উনি সোফায় বসে আপনাকে কাজ করতে দেখতে পারেন... যদিও বহু বছর ধরে এটা আপনার প্রিয় মুদ্রা হিসেবে পরিচিত হয়ে ছিল!

ঘুমের সমস্যা ঃ- এই সময় উনি এক শিশুর রচনা করছেন... কিন্তু উনি শিশুর মত গভীর নিদ্রা উপভোগ করতে পারছেন না। রাতে যদি ওনার ঘুম না আসে, তাহলে আপনি ওনার পাশে শুয়ে নাক ডাকানোর পরিবর্তে ওনার সাথে নিজেও জেগে থাকুন। ওনার পিঠে মালিশ করুন... এক কাপ গরম দুধ বা কিছু খেতে দিন... ওনার সাথে কথা বলুন... ওনাকে একটু আদর করুন! এই ভাবে আপনারা দুজনেই আরামে ঘুমোতে পারবেন। এটা ভাববেন না যে, এতে উনি সেক্সের মুডে এসে পড়বেন। এই সময় ওনার মন সেক্সের প্রতি বিমুখও হয়ে পড়তে পারে।

প্রস্রাব ঃ- গর্ভাবস্হার প্রথম তিন মাসে বার-বার প্রস্রাবের সমস্যা যথেষ্ট বেশী হয়। তার জন্য বাথরুম সর্বদা খালি রাখুন। রাতের বেলায় বাথরুম যাওয়ার রাস্তায় জিনিষপত্র পড়ে থাকতে দেবেন না। সেখানে সর্বদা একটা লাইট জ্বেলে রাখুন... যাতে রাতে বাথরুমে যাওয়ার সময় জিনিষপত্রে পা জড়িয়ে উনি পড়ে না যান। উনি যদি সিনেমা যাওয়ার সময় 3 বার অথবা আপনার মাতা-পিতার কাছে যাওয়ার রাস্তায় 6 বার শৌচে যান, তাহলে কিছু মনে করবেন না... ওনার অবস্হাটা একটু বোঝার চেষ্টা করুন!

> **আমাদের এই অধ্যায়ে**
>
> আমাদের এই অধ্যায়ে গর্ভবতী মহিলাদের পতিদের সম্বোধিত করা হয়েছে! আপনি এই সময় তাঁর বন্ধুও হয়ে উঠতে পারেন। আপনি সেই প্রশ্নই পড়ুন, যেটা আপনার পরিস্হিতির অনুকূল হবে!

সহানুভূতির লক্ষণ

"আমার পত্নী গর্ভবতী হয়ে পড়েছে। আমার মর্ণিং সিকনেস কেন অনুভূত হচ্ছে?"

আপনিও কি গর্ভাবস্হা অনুভব করছেন? প্রায় ক্ষেত্রে এমনটা হয় যে, পতিদেবও নিজের পত্নীর মতই অনুভব করতে থাকেন। এটাকে '*সিম্পেথেটিক প্রেগন্যান্সী*' বলা হয়! তাঁদেরও গা গুলোতে থাকে, বমি আসতে থাকে, খাওয়ার ব্যাপারে পছন্দ-অপছন্দ বেড়ে ওঠে, ক্লান্তি আসতে থাকে আর মুড সর্বদাই ওঠা-নামা করতে থাকে।

এই দিনগুলোয় আপনি নিজের পত্নীর দুঃখে দুঃখিত হয়ে রয়েছেন। আপনার বার-বার এমনটা

মনে হতে থাকে যে, আপনি যদি ওনার কষ্ট একটু কমাতে পারতেন ! আসলে আপনার পত্নীর গর্ভাবস্থা হার্মোন ছাড়া আপনার মধ্যেও এমনই কিছু হার্মোন মাথা চাড়া দিয়ে উঠছে। যদিও এমনটা হবে না যে, আপনার পেট বাইরের দিকে বেরিয়ে আসবে, বক্ষস্থলের আকার বড় হয়ে উঠবে বা আপনি রাতের বেলায় ফ্রীজ খুলে খাবার খুঁজবেন... কিন্তু আপনি মাতৃত্বের এই পক্ষকে অনুভব অবশ্যই করতে পারবেন। এই সহানুভূতির প্রতিদানে নিজের পত্নীর হয়ে ঘর পরিস্কার করুন, রান্না করুন... পত্নীর সাথে কথাবার্তা বলুন, যাতে আপনারা দুজন সহজেই এই পরিস্থিতির মোকাবিলা করতে পারেন।

ডেলিভারীর পরে এই সব লক্ষণ দূর হয়ে পড়বে... কিন্তু প্রসবের পরে সৃষ্টি হওয়া কিছু লক্ষণ প্রকট হয়ে উঠবে। আপনার যদি এমন লক্ষণ অনুভব না হয়, তাহলে নিরাশ হবেন না... হতে পারে যে, আপনি অন্য কোন পদ্ধতিতে নিজের ভাবনা প্রকট করবেন। প্রতিটি ভাবী মায়ের মত প্রতিটি ভাবী পিতারাও আলাদা-আলাদা হন।

একাকীত্বের অনুভূতি

"আমার এমনটা মনে হয় যে, আমার পত্নীর এই গর্ভাবস্থার সাথে আমার কোন সম্পর্ক নেই। আমি প্রচণ্ড একা হয়ে পড়েছি !''

বেশীর ভাগ পিতার এমনটাই মনে হতে থাকে যে, তাঁর পত্নী গর্ভবতী হয়ে পড়ার পরে উনি একা হয়ে পড়েছেন... কারণ এই সময় ওনার পত্নী সকলের আকর্ষণের কেন্দ্রবিন্দু হয়ে ওঠেন। তাঁর নিজের শিশুর সাথে এক শারীরিক সম্পর্ক গড়ে ওঠে। আপনি এটা জানেন যে, একটা সময় আপনিও পিতা হয়ে উঠবেন... যেটা আপনি কোন ভাবেই প্রকাশ করতে পারেন না।

চিন্তা করবেন না ! এসব কিছু আপনার শরীরে ঘটছে না। এটার অর্থ এই নয় যে, আপনি এটাকে সকলের সাথে ভাগ করে নিতে পারবেন না। আপনি নিজের পত্নীর সাথে নিজের মনের ভাবনা ভাগ করে নিন। এমনটা যেন না হয় যে, আপনার রুক্ষ ভাবের কেউ ভুল অর্থ বার করুক। আপনার পত্নীর যেন এমনটা মনে না হয় যে, তাঁর গর্ভাবস্থার প্রতি আপনার কোন আগ্রহ নেই। এর জন্য আপনাকে কি করতে হবে ?

- ডাক্তারের কাছে যাওয়ার সময় ওনার সাথে যান। ওনাকে সম্পূর্ণ সাপোর্ট প্রদান করুন। ডাক্তারের পরামর্শ মন দিয়ে শুনুন... কারণ আপনাকেই পুরো 9 মাস পর্যন্ত নিজের পত্নী আর আসতে থাকা ছোট্ট অতিথির সেবা-যত্ন করতে হবে। এই প্রকার আপনি নিজের পত্নীর শরীরে হতে থাকা পরিবর্তনগুলোর ব্যাপারে জানতে পারবেন।
- আপনিও আল্ট্রাসাউণ্ডে নিজের ভাবী শিশুর হৃদস্পন্দন শুনতে পারবেন।

  গর্ভবতী হওয়ার সাথে যুক্ত কিছু নিয়মের পালন করুন। এই সময় আপনার নিজের পেটের ওপরে বালিশ বাঁধার বা *'আমি গর্ভবতী'* লেখা টী-শার্ট পরার কোন প্রয়োজন নেই। এই সময় আপনি মদ্যপান আর ধূমপান ত্যাগ করুন। নিজের পত্নীর সাথে আপনিও পোষক আহার গ্রহণ করার ওপরে জোর দিন।
- গর্ভাবস্থা, শিশুর জন্ম আর দেখাশোনার সাথে যুক্ত তথ্য সংগ্রহ করুন... কারণ এখানে আপনার বড়-বড় ডিগ্রী কোন কাজেই আসবে না। নিজের বন্ধু-বান্ধব আর সহকর্মীদের সাথে এই ব্যাপারে কথা বলুন, যাতে আপনার কৌতূহলের সমাধান হতে পারে।
- নিজের ভাবী শিশুর সাথে সম্পর্ক গড়ে তুলুন। আপনিও আপনার পত্নীর গর্ভাশয়ে বড় হয়ে উঠতে থাকা ছোট্ট অতিথির সাথে বন্ধুত্ব করতে পারেন। তার সাথে কথা বলুন, ওকে গান গেয়ে শোনান... যাতে ডেলিভারীর ঠিক পরেই সে নিজের বাবাকে তার কণ্ঠস্বর দ্বারা চিনে নিতে পারে।
- নিজের সাথীর সাথে মিলে কোন ছোট দোলনা বা খাট তৈরী করুন। ভাবী শিশুর নাম রাখার জন্য বই নিয়ে আসুন। এই পৃথিবীতে তার আগমনের প্রস্তুতিতে লেগে পড়ুন।

সেক্স

"আমার পত্নীর গর্ভবতী হয়ে ওঠার পর থেকে সেক্সের প্রতি অত্যন্ত আগ্রহ দেখাতে শুরু করেছে। এটা কি স্বাভাবিক ? এমনটা করা কি সুরক্ষিত হবে ?''

সেক্সের বিষয়ে

এটা মেনে নিচ্ছি যে, এমনটা আপনি এর আগেও করেছেন... কিন্তু এখন আপনাকে এটা প্রেগন্যান্সী স্টাইলে করতে হবে। অনেক কিছু বদলাচ্ছে, সেই হিসেবে নিজের স্টাইল বদলান।

■অপর পক্ষ থেকে মুড তৈরী হওয়ার জন্য অপেক্ষা করুন। গর্ভবতী মহিলার মুড তৈরী হতে বা বিগড়ে যেতে সময় লাগে না।

■ওয়ার্ম-আপ করাটা জরুরী হয়। আপনাকে ফোর প্লে-র মাধ্যমে নিজের সাথীকে সেক্সের জন্য প্রস্তুত করতে হবে।

■ওনার কথার ওপরে দৃষ্টি দিন। ওনার শরীরের কোন জায়গায় কষ্ট বা যন্ত্রণা হতে পারে। ওনাকে প্রশ্ন করে তবেই এগোন।

■এমন পোজিশন বেছে নিন, যাতে ওনার পেটের ওপরে যথাসম্ভব কম চাপ পড়ে। আপনারা দুজনে স্পুনে মুদ্রাতেও শুতে পারেন, যাতে আপনার পত্নীর পেটের ফোলা ভাব বাধা হয়ে না ওঠে।

■হতে পারে যে, আপনারা সম্ভোগের সুযোগ পাবেন না। তাহলে আপনাদের আনন্দ পাওয়ার জন্য বৈকল্পিক কোন উপায় খুঁজতে হবে; যেমন – হস্তমৈথুন, মুখমৈথুন বা দু তরফা মালিশ ইত্যাদি!

আসলে হার্মোনের কারণে আপনার পত্নীর শরীরের অঙ্গগুলো ফুলে উঠেছে আর সেগুলোয় রক্ত প্রবাহ বেড়ে উঠেছে। এজন্য তিনি কামেচ্ছা অনুভব করেন। এমনটাও হতে পারে যে, ওনার সেক্সের প্রতি একেবারে আগ্রহ নেই। ডাক্তার সবুজ সংকেত দিলে সেক্সে কোন আপত্তি নেই। যখনই ওনার মুড হবে, আপনিও তৈরী হয়ে পড়ুন। তবে হ্যাঁ... এই সময় পুরোন পদ্ধতিতে চলার পরিবর্তে ওনার পছন্দ-অপছন্দের ওপরে বিশেষ দৃষ্টি দিন! এই মাসগুলোয় ওনার কামেচ্ছায় বেশ কয়েক ধরণের পরিবর্তন আসবে আর আপনাকে ওনার মুড অনুসারে চলতে হবে।

"আমার পত্নী আগে প্রচণ্ড সেক্সী ছিল... কিন্তু গর্ভবতী হয়ে পড়ার খবর আসার পরে ও সেক্সের প্রতি আগ্রহ দেখানোই বন্ধ করে দিয়েছে!"

এই সময় স্বাভাবিক রূপে সেক্স সম্পর্ক গড়ে তোলা পতি-পত্নীর সম্পর্কের মধ্যেও পরিবর্তন এসে পড়ে... কারণ বেশ কিছু শারীরিক আর মানসিক কারণ সেক্সের ইচ্ছা, আনন্দ এবং প্রদর্শনকে প্রভাবিত করে তোলে! হতে পারে যে, পত্নীর ভরাট হয়ে আসা পরিবর্তিত রূপ আপনার মুড তৈরী করে দিল বা নিজের সন্তানের ভাবী মায়ের ওপরে আপনার মনে অত্যধিক প্রেমের সঞ্চার হয়ে পড়ল! কিন্তু আপনার এমন ইচ্ছা হওয়াটা যেমন অত্যন্ত স্বাভাবিক... ঠিক সেই ভাবে আপনার সাথীর সেক্সের প্রতি আগ্রহ কমে আসাটাও অত্যন্ত স্বাভাবিক! এই দিনগুলোয় ওনার পিঠ আর পায়ে যন্ত্রণা হতে পারে। ওনার এনার্জীর স্তর কমে আসতে পারে বা ওনার নিজের পেটের ফোলা ওঠা ভাব ভালো না-ও লাগতে পারে। অথবা উনি হয়তো মা / প্রেমিকার দ্বৈত ভূমিকার মধ্যে সন্তুলন গড়ে তুলতে পারছেন না।

ওনার যদি মুড না হয়... তাহলে সেটাকে ব্যক্তিগত রূপে নেবেন না! ওনার মুড তৈরী হওয়ার জন্য অপেক্ষা করুন। ওনার মুখ থেকে *নো'* শোনার পরেও মুখে হাসি ফুটিয়ে রাখুন আর ওনাকে এমন অনুভূতি প্রদান করুন যে, আপনি এখনও ওনাকে ঠিক আগের মতই ভালবাসেন। এটা মাথায় রাখবেন যে, এই সময় ওনার মস্তিস্ক যথেষ্ট অস্হির হয়ে রয়েছে। উনি আপনার সেক্স ইচ্ছাকে বেশী গুরুত্ব দিতে পারবেন না।

হতে পারে যে, গর্ভাবস্হার দ্বিতীয় তিন মাসে ওনার এই ইচ্ছা স্বাভাবিক ভাবে ফিরে আসবে... কিন্তু আগামী মাসগুলোয় যে কোন ধরণের পরিবর্তন আসতে পারে। আপনাকে শারীরিক সম্পর্ক স্হাপন না করেও পরস্পরের মধ্যে প্রেমের সম্পর্ক বজায় রাখতে হবে। ওনাকে এমন অনুভূতি প্রদান করতে হবে যে, আপনাদের দুজনের মধ্যে সম্পর্ক কেবলমাত্র শরীরেরই নয়... মনেরও সম্পর্ক রয়েছে!

রোমান্স আর পারস্পরিক বার্তালাপ এবং আলিঙ্গনকে ভুলে যাবেন না। এই সময় ওনার এই সব কিছুর সব থেকে বেশী প্রয়োজন। ওনাকে এটা জানাতে ভুলে যাবেন না যে, গর্ভবতী হয়ে ওঠা সত্ত্বেও ওনাকে এখনও যথেষ্ট সুন্দর আর

সেক্সী দেখায় ! এমনটা শুনে ওনার ভালো লাগবে !

"বর্তমানে সেক্সের প্রতি আমার তেমন আগ্রহ নেই। এটা কি স্বাভাবিক ?"

ভাবী মায়েদের মত ভাবী পিতাদেরও সেক্সের মামলায় মুড ওঠা-নামার মোকাবিলা করতে হয়। সেক্সের প্রতি আপনার তেমন আগ্রহ না থাকারও বেশ কিছু কারণ থাকতে পারে। হতে পারে যে, আপনারা দুজনে গর্ভধারণকে এতটাই গম্ভীরতার সাথে গ্রহণ করেছেন যে, এখন সেটা যথেষ্ট মেহনতের কাজ বলে মনে হচ্ছে। এটাও হতে পারে যে, আপনার পূর্ণ মনোযোগ ভাবী শিশুর ওপরে কেন্দ্রীভূত হয়ে পড়েছে বা আপনি নিজের সাথীর বদলে যাওয়া আকারের সাথে সামঞ্জস্য বজায় রাখতে পারছেন না। আপনার মনে এমন ভয়ও ঢুকে পড়তে পারে যে, সেক্সের সময় আপনার সাথীর বা ভাবী শিশুর কোন আঘাত না লেগে যাক ! বা আপনার এটাও মনে হতে পারে যে, আপনি কোন সন্তানসম্ভবা মায়ের সাথে শারীরিক সম্পর্ক কি ভাবে স্থাপন করতে পারে ? ! অনেক বার ভাবী পিতার মধ্যে আসা হার্মোনাল কারণও এমনটা হওয়ার কারণ হয়ে উঠতে পারে।

অনেক বার পারস্পরিক বার্তালাপের অভাবেও ভুল বোঝাবুঝির সৃষ্টি হয়ে পড়ে। আপনার এমনটা মনে হয় যে, উনি আপনার প্রতি আগ্রহ দেখাচেছন না... এজন্য আপনি নিজের অবচেতন মন থেকে সেক্সের ইচছা মিটিয়ে ফেলেন আর ওনার এমনটা মনে হতে থাকে যে, আপনি সেক্সের প্রতি আগ্রহ দেখাচেছন না... তাই উনিও পেছিয়ে যান !

নিজেদের সম্পর্কে সেক্সের মাত্রার পরিবর্তে সেটার গুণবত্তার ওপরে জোর দিন ! একটু হলেও সেটা ভরপুর হওয়া উচিত। আপনি হঠাৎ করে করা আলিঙ্গন, চুম্বন বা মনের ভাবনা প্রকট করার নতুন পদ্ধতি দ্বারাও সেক্সের মুড তৈরী করতে পারেন। গর্ভাবস্থার শারীরিক আর ভাবনাত্মক পরিবর্তনগুলোর সাথে সমঝোতা করে নেওয়ার পরে হঠাৎ করে আপনাদের দুজনের মুড তৈরী হয়ে পড়লে তাতে অবাক হওয়ার মত কিছুই নেই !

এমনটাও হতে পারে যে, পুরো 9 মাস বা তার পরেও আপনি সেক্সের প্রতি একেবারেই আগ্রহ দেখাতে পারবেন না। শিশুর জন্ম হওয়ার কয়েকটা মাস তো এমনিতেই দম্পতিরা এই ব্যাপারে উদাসীন হয়ে পড়েন। এই সব কিছু অস্থায়ী হয়। ততদিন পর্যন্ত আপনি এদিকে দৃষ্টি দিন যে, শিশুর পোষণ যেন আপনাদের সম্পর্কে বাধা না হয়ে ওঠে। নিজেদের মধ্যে রোমান্সকে জীবিত রাখুন ! আপনি নিজের সাথীর জন্য ক্যাণ্ডল লাইট ডিনারের ব্যবস্থা করতে পারেন... ওনাকে কোন সেক্সী নাইটী বা ফুলের গুচ্ছ উপহার দিতে পারেন... জ্যোৎস্না রাতে ওনার সাথে পায়চারী করতে যেতে পারেন বা বিছানায় বসে গরম কোকোর মজা ওঠাতে পারেন। নিজের মনের ভয় আর ভাবনা ওনার সাথে ভাগ করে নিন এবং ওনাকেও এমনটা করার জন্য প্রেরিত করে তুলুন ! আলিঙ্গন আর চুম্বনের ফোয়ারা থামতে দেবেন না ! এই ভাবে আপনাদের দুজনের মধ্যে আকর্ষণ বজায় থাকবে।

নিজের পত্নীকে এই অনুভূতি প্রদান করুন যে, তাঁর শারীরিক বা ভাবনাত্মক অবস্থার কারণে আপনার সেক্সের প্রতি আগ্রহ কমে আসেনি। নিজের গর্ভাবস্থার কারণে উনি আগে থেকেই অত্যন্ত অস্থির হয়ে রয়েছেন। ওনাকে নিজের স্পর্শ বা শব্দ দ্বারা এটা অনুভব করান যে, ওনাকে আপনার চোখে এখন আগের থেকেও অনেক বেশী আকর্ষক আর সেক্সী দেখায় !

"ডাক্তার যদিও বলেছেন যে, গর্ভাবস্থায় সেক্স করাটা সুরক্ষিত হয়... কিন্তু আমি এই ভয় পাচিছ যে, এতে আমার পত্নী বা ভাবী শিশুর কোন আঘাত না লাগুক !"

অনেক ভাবী পিতারা প্রায়ই এমন ভয় পান... এতে অবাক হওয়ার মত কিছু নেই। নিজের পত্নী আর ভাবী শিশুর সুরক্ষাকে প্রাথমিকতা প্রদান করাটা অত্যন্ত স্বাভাবিক !

কিন্তু ভয় পাওয়ার বদলে ডাক্তারের পরামর্শের ওপরে দৃষ্টি দিন। উনি যদি আপনাকে ডেলিভারী পর্যন্ত সেক্স করার ব্যাপারে সবুজ সংকেত দিয়ে থাকেন, তাহলে ভয় কিসের ? শিশু নিজের গর্ভাশয়ের বাসস্থানে সম্পূর্ণ রূপে সুরক্ষিত এবং সে আপনার নাগালের অনেকটাই দূরে রয়েছে। সে আপনাদের গতিবিধি সম্পর্কে একেবারেই অনভিজ্ঞ আর এই প্রক্রিয়ায় তার

কোন প্রকারের চোট-আঘাতও লাগতে পারে না। চরম সুখ প্রাপ্তির পরে আপনার পত্নীর শরীরে যে হাল্কা সংকুচন হবে... সেটা এতটা তীব্র হবে না যে, কোন স্বাভাবিক গর্ভাবস্থায় সময়-পূর্ব প্রসবের মত পরিস্থিতির উদয় হয়ে পড়বে। বিভিন্ন অধ্যয়ণ থেকে এটা জানতে পারা গেছে যে, গর্ভাবস্থায় যেসব মহিলা সেক্সে সক্রিয় হয়ে থাকেন, তাঁদের প্রসব নির্দিষ্ট সময়ের আগে হয় না। এতে আপনার পত্নীরও কোন আঘাত লাগবে না... বরং তাঁর শারীরিক আর ভাবনাত্মক প্রয়োজনের পূর্তি হয়ে পড়বে। আপনার প্রতি তাঁর মনে আপনত্বের অনুভূতি আসবে আর এই সময় এই জিনিষটারই ওনার সব থেকে বেশী প্রয়োজন হয়। অবশ্য আপনাকে কিছুটা সাবধানতা অবলম্বন করতে হবে। এছাড়া ভয় পাওয়ার মত আর কিছু নেই!

যদি এখনও আপনি এই ব্যাপারে চিন্তিত হয়ে থাকেন, তাহলে পূর্ণ সততার সাথে নিজের পত্নীকে আপনার মনের ভাবনা খুলে জানান!

গর্ভাবস্থার সাথে যুক্ত স্বপ্ন

ৈআমি বড় অদ্ভুত-অদ্ভূত সব স্বপ্ন দেখতে শুরু করেছি। আমি এটা বুঝে উঠতে পারছি না যে, আমি কি করব?''

এই দিনগুলোয় আপনার স্বপ্নের দুনিয়া, বাস্তবের তুলনায় অনেক বেশী রোচক হয়ে উঠেছে। ভাবী মায়ের মতই ভাবী পিতার জন্যও গর্ভাবস্থা এক গভীর ভাবনার সময় হয়... যাতে ভালো, মন্দ আর সুন্দর ভাবনা রোলার কোস্টারের মত মাথার মধ্যে ঘুরপাক খেয়ে বেড়াতে থাকে। সেগুলোর মধ্যে অনেক ভাবনা আমাদের অবচেতন মনে ঢুকে বসে থাকে আর সুযোগ পাওয়ামাত্রই স্বপ্নের মধ্যে সামনে চলে আসে। হতে পারে যে, আপনার সেক্সের সাথে যুক্ত স্বপ্ন আসে। আপনার হয়তো এই চিন্তা হতে থাকে যে, শিশুর জন্ম হওয়ার কারণে আপনার সেক্স জীবনের ওপরে কেমন প্রভাব পড়তে পারে? এই সব ভয় স্বাভাবিক হওয়ার সাথে-সাথে বর্জিতও হয়!

এটাও হতে পারে যে, আপনার আসতে থাকা স্বপ্নে আপনি নিজের পুরো পরিবারকে দেখতে পারেন। এমনও হতে পারে যে, আপনি নিজের মাতা-পিতা বা দাদু-দিদার সাথে যুক্ত কোন স্বপ্নও দেখতে পারেন। হয়তো আপনি নিজের অবচেতন অতীতকে ভাবী প্রজন্মের সাথে যুক্ত করে দেখতে চাইছেন! আবার এটাও হতে পারে যে, আপনি নিজেকে স্বপ্নে এক বাচ্চার রূপে দেখতে পারেন। এর অর্থ হচ্ছে এই যে, আপনি নিশ্চিন্ত হয়ে নিজের অতীতকে স্মরণ করছেন আর আগামী দায়িত্বগুলোর থেকে মুখ ফিরিয়ে নিচ্ছেন। আপনি নিজেকেও গর্ভধারণ করা অবস্থায় দেখতে পারেন। এমনটা নিজের সাথীর প্রতি সহানুভূতি, ঈর্ষার কারণে হবে... কারণ এই সময়ে উনিই সকলের আকর্ষণের কেন্দ্রবিন্দু হয়ে উঠেছেন অথবা আপনি এখনও পর্যন্ত জন্ম না নেওয়া শিশুর সাথে সম্পর্ক গড়ে তুলতে চাইছেন। এটাও হতে পারে যে, আপনি স্বপ্নে এমনটা দেখবেন যে, আপনার শিশু গাড়ীর সীট বেল্টের সাথে বাঁধা রয়েছে। এর দ্বারা আপনার মনের মধ্যে লুকিয়ে থাকা অসুরক্ষার ব্যাপারে জানতে পারা যায়। স্বপ্নে শিশুকে সামলাতে দেখে আপনি নিজেকে এক নতুন ভূমিকায় প্রস্তুত করতে চাইছেন। একাকীত্ব আর উদাসীর সাথে যুক্ত স্বপ্ন আসাটাও স্বাভাবিক হয়!

এছাড়া আপনি কোন বাচ্চা পাওয়ার, তার সাথে পার্কে পায়চারী করার স্বপ্নও দেখতে পারেন। এর দ্বারা আপনার মনের ভেতরের উত্তেজনার ব্যাপারে জানতে পারা যায়। একটা কথা ঠিক যে, আপনি একা এমন স্বপ্ন দেখছেন না! পরস্পরের সাথে স্বপ্ন ভাগ করে নিলে দুজনের পারস্পরিক প্রেম বেড়ে উঠবে আর আপনি সেটাকে বেশী গম্ভীরতার সাথে নেবেন না!

এটা হচেছ আপনার হার্মোন

বিভিন্ন অধ্যয়ণ থেকে এটা জানতে পারা গেছে যে, ভাবী পিতার শরীরেও ফীমেল সেক্স হার্মোন তৈরী হতে থাকে। তাঁদের মধ্যেও গর্ভাবস্থার সেই সব লক্ষণ দেখতে পাওয়া যায়, যেগুলো গর্ভবতী মহিলাদের মধ্যে দেখতে পাওয়া যায়। তাঁদের মধ্যে এক ধরণের কোমলতা এসে পড়ে।

ডেলিভারীর 3 থেকে 6 মাস পরে এই হার্মোন নিজের স্বাভাবিক অবস্থায় চলে আসে। সেক্স আবার একবার স্বাভাবিক রূপে চলতে থাকে এবং সেক্সের প্রতি আগ্রহও বেড়ে ওঠে।

মুডের ওঠা-নামা

ঁআমি গর্ভাবস্হায় মুড ওঠা-নামা হওয়ার ব্যাপারে পড়েছিলাম... কিন্তু আমি সেটার জন্য প্রস্তুত ছিলাম না। আমার পত্নীর মুড একদিন ঠিক থাকে আর পরের দিন ওর মুড বিগড়ে যায়। আমি কিছুই বুঝে উঠতে পারছি না!"

গর্ভাবস্হা হার্মোনের অদ্ভূত দুনিয়ায় আপনাকে স্বাগত জানাই! সেটা আপনার সাথীর গর্ভে বড় হয়ে উঠতে থাকা ছোট্ট শিশুকে তৈরী করে তোলার কাজে লেগে রয়েছে। সেটা আপনার সাথীর শরীর-মনের ওপরে নিয়ন্ত্রণ করে রেখেছে। আপনার সাথী কখনো কেঁদে উঠতে পারেন... উত্তেজিত হয়ে উঠতে পারেন... অত্যন্ত খুশী হয়ে উঠতে পারেন অথবা নিরাশার অন্ধকার গর্তে নিজেকে হারিয়েও ফেলতে পারেন। গর্ভাবস্হার দ্বিতীয় তিন মাসে এই হার্মোন সেট হয়ে পড়বে... কিন্তু তখনও আপনাকে তাঁর ভাবনাত্মক ওঠা-নামার মোকাবিলা করে চলতে হবে। এমন পরিস্হিতিতে ভাবী পিতা কি করবেন ঃ-

ধৈর্য্য ধরুন ঃ- গর্ভাবস্হা 9 মাসেই শেষ হয়ে পড়বে। এই সময়টা কেটে যেতেই খুশীতে পরিপূর্ণ এক পুঁটলি আপনার সাথীর কোলে চলে আসবে। ততদিন পর্যন্ত নিজের দৃষ্টিভঙ্গীকে আশাবাদী করে রাখুন এবং ধৈর্য্য ধরুন।

ব্যক্তিগত রূপে নেবেন না ঃ- নিজের সাথীর চিৎকার-চেঁচামেচিকে ব্যক্তিগত রূপে নেবেন না... এটা ওনারও নিয়ন্ত্রণের বাইরে। এসব হার্মোনের কারণেই হচ্ছে। উনি এসবের ব্যাপারে জানতে তো পারেন... কিন্তু কিছু করে উঠতে পারেন না। উনিও নিজের এমন ব্যবহারে খুশী নন... কিন্তু উনি অসহায়!

সহায়তা করুন ঃ- আজ্ঞে হ্যাঁ... ওনার আপনার সহায়তার প্রয়োজন! যখনই ওনার মুড খারাপ হয়ে পড়বে, ওনাকে কিছু খেতে দিন। ব্যায়াম দ্বারাও লাভ হতে পারে। ওনার সাথে ভয় আর অসুরক্ষার ব্যাপারে আলোচনা করুন। ডিনারের পরে দুজনে পায়চারী করতে বেরোন।

সংসারের কাজ ঃ- জামা-কাপড় কাচা, বাসন মাজা – সংসারে প্রচুর কাজ থাকে, যেগুলো আপনি করতে পারেন। উনি আপনার এমন কাজের প্রশংসাই করবেন আর ওনার প্রফুল্লিত মুড দেখে আপনারও ভালো লাগবে।

প্রেগন্যান্সীতে আপনার মুড

ঁযবে থেকে আমার পত্নীর গর্ভবতী হয়ে পড়ার খবর এসেছে... আমার মেজাজ বড়ই অদ্ভূত হয়ে পড়েছে! আমি জানতাম না যে, এই সময় ভাবী পিতারাও ডিপ্রেশনের শিকার হয়ে ওঠেন!"

ভাবী পিতাকেও প্রেগন্যান্সীর ডিপ্রেশনের মুখোমুখি হতে হয়। যদিও আপনি পুরোপুরি নিজের হার্মোনকে এর জন্য দায়ী সাব্যস্ত করতে পারবেন না... কিন্তু তবুও মুডে ওঠা-নামা তো লেগেই থাকে। ভয়, ঘাবড়ানি আর অস্হিরতা আপনার পেছু ছাড়ে না।

নিজের মনের ভাবনা প্রকট করুন। প্রতি দিন পারস্পরিক বার্তালাপের জন্য সময় বার করুন। সদ্য পিতা হওয়া কোন বন্ধুর সাথে কথা বলুন বা এই বিষয়ের পুস্তক অথবা অনলাইন তথ্যের সহায়তা নিন।

- কিছুটা ওয়ার্কআউট লাভদায়ক হতে পারে। আপনার শরীরে তৈরী হওয়া এণ্ড্রোফিন আপনার মুডকে অনেকটাই ভালো করে তুলবে।
- এক ছোট্ট শিশু আসতে চলেছে। তার আগমনের প্রস্তুতিতে কিছুটা সময় দিন!
- এ্যালকোহল সেবন এড়িয়ে চলুন। মদ্যপানের কারণেই আপনার প্রতি দিন সকালটা তরোতাজা থাকে না। মদ ছাড়া অন্যান্য মাদক পদার্থও এড়িয়ে চলুন।
- যদি এই সব পরামর্শ গ্রহণ করার পরেও ডিপ্রেশন না যায়, সেটা যদি আপনাদের পারস্পরিক সম্পর্কের ওপরে প্রভাব বিস্তার করতে থাকে... তাহলে ব্যবহারিক সহায়তা গ্রহণ করতে সংকোচ করবেন না।

প্রসব আর ডেলিভারীর চিন্তা

ঁআমি ভাবী শিশুর জন্মকে কেন্দ্র করে যথেষ্ট উৎসাহিত... কিন্তু এই কারণে আমি প্রচণ্ড

মানসিক চাপের মধ্যেও রয়েছি!"

এমন পিতা খুব কমই হন... যাঁদের এই ব্যাপারে কোন টেনশন হয় না। এমন কি অসংখ্য ডেলিভারী করাতে থাকা ডাক্তাররাও নিজেদের শিশুর জন্মের সময় ঘাবড়ে ওঠেন।

কিন্তু তাঁরা সকলে নিজেদের ঘাবড়ানির ওপরে নিয়ন্ত্রণ ফিরে পেয়ে, নিজেদের সাথীকে পুরোপুরি সামলানোর জন্য প্রস্তুততও হয়ে পড়েন। আপনি চাইল্ড বার্থ রুমে গেলে আপনার ভয় আর ঘাবড়ানি অনেকটাই চলে যাবে।

আপনাকে এই বিষয়ে বিশেষজ্ঞ হয়ে উঠতে হবে... কারণ তথ্য সংগ্রহের মাধ্যমেই অৰ্দ্ধেক ভয় চলে যায়। ইন্টারনেট বা পুস্তক থেকে এই ব্যাপারে তথ্য সংগ্রহ করুন। লেবার বা ডেলিভারীর ডিভিডি দেখুন। হাসপাতাল বা বার্থ সেন্টারে সময়ের আগে পৌঁছন, যাতে আপনি সেখানকার পরিবেশের সাথে অভ্যস্ত হয়ে উঠতে পারেন। নিজের ওপরে খুব বেশী চাপ অনুভব করবেন না। সেখানে আপনি ছাড়াও ডাক্তার, নার্স আর দাই ইত্যাদিরাও থাকবেন। আপনি কিছু ভুলে গেলেও ওনারা সব কিছু সামলে নেবেন। আপনার পত্নীও সেই সময় এমন অবস্থায় থাকবেন না যে, উনি আপনার কোন কথায় খারাপ মনে করবেন বা রাগ করবেন। আপনার সেখানে উপস্থিত থাকা আর আপনার হাতের স্পর্শই ওনার পক্ষে যথেষ্ট হবে।

আপনি এখনও নিজের প্রদর্শনকে কেন্দ্র করে চিন্তিত হয়ে থাকলে নিজের কোন পারিবারিক সদস্যকে নিজের সঙ্গে করে নিয়ে যান।

"রক্ত দেখামাত্র আমার অবস্থা খারাপ হয়ে ওঠে। ডেলিভারীর সময় কি হবে?"

বেশীর ভাগ ভাবী পিতা ডেলিভারীর সময় দেখতে পাওয়া রক্তের ব্যাপারে চিন্তা করে ঘাবড়ে ওঠেন। যখন কি এমনটাই আশা করা হয়ে থাকে যে, আপনার মনোযোগ সেদিকেই যাবে না। নবজাত শিশুকে দেখার উৎসুকতা এতটাই বেশী থাকবে যে, আপনার দৃষ্টি আর কোন দিকে যাবে না।

যদি রক্ত দেখামাত্র আপনি ঘাবড়ে ওঠেন... তাহলে নিজের সাথীর মুখের দিকে তাকান। সব কিছু ঠিক হয়ে পড়বে।

"আমার পত্নীর ডেলিভারী সী-স্যাক্শন করে হবে। এমন অবস্থায় আমার আগে থেকে কি-কি জেনে রাখা উচিত?"

সী-স্যাক্শনের ব্যাপারে আপনি যতটা জানবেন... আপনার পক্ষে ততটাই ভালো হবে! আপনার প্রতিক্রিয়ার প্রভাব আপনার সাথীর ওপরে গভীর ভাবে পড়বে। যদি আপনিও ভয় পেয়ে ঘাবড়ে ওঠেন... তাহলে ওনাকে স্বান্তনা কে দেবে? এই ব্যাপারে তথ্য সংগ্রহ করাটাই টেনশন কম করার সব থেকে ভালো পদ্ধতি হতে পারে। আপনারা দুজনে মিলে চাইল্ড বার্থ সেন্টারে যান আর ডাক্তারের সাথে আলোচনা করুন।

সী-স্যাক্শন সম্পূর্ণ রূপে সুরক্ষিত হয়! হাসপাতালে এটাকে আরও সহজ করে তোলার চেষ্টা করা হচেছ, যাতে আপনারা অপারেশনের নাম শুনেই থর-থর করে কাঁপতে না থাকেন।

জীবনের পরিবর্তনগুলোর প্রতি উৎকণ্ঠা

"আল্ট্রাসাউণ্ড দেখার পরে আমি পুত্র সন্তানের জন্মকে কেন্দ্র করে প্রচণ্ড উৎসাহিত হয়ে উঠেছি... কিন্তু আমার এই চিন্তাও হচেছ যে, ও এই পৃথিবীতে আসার পরে আমাদের জীবনে কত গভীর পরিবর্তন এসে পড়বে!"

এতে কোন সন্দেহই নেই যে, ছোট্ট শিশু নিজের সাথে করে বিরাট বড়-বড় সব পরিবর্তন নিয়ে আসে। সকল ভাবী পিতারাই এই ব্যাপারে প্রচণ্ড চিন্তিত হয়ে ওঠেন। ওনারা যখন নিজেদের পত্নীর গর্ভাবস্থার প্রক্রিয়ার সাথে ভাবনাত্মক রূপে যুক্ত হয়ে পড়েন, তখন তাঁদের মনে এই ভয় আর থাকে না। ওনারা তখন এই সব পরিবর্তনগুলোকে গ্রহণ করতে লাগেন। আপনিও ধীরে-ধীরে জীবনের এই বাস্তবিকতাকে জানতে লাগবেন। আমাদের মনে হয় যে, আপনি নিম্নলিখিত বিষয়ে চিন্তিত হয়ে উঠেছেন ঃ

আমি কি এক ভালো পিতা প্রমাণিত হব? ঃ- আপনাকে এই ভয়ের থেকে নিজেকে মুক্ত করে নিজেকে এই বিশ্বাস প্রদান করতে হবে যে, আপনি ছাড়া শিশুর পক্ষে ভালো পিতা আর

সাথে থাকুন

এক পিতার রূপে আপনি নতুন এক জীবন শুরু করতে চলেছেন। শিশুর সাথে যথাসম্ভব বেশী সময় কাটানোর চেস্টা করুন। সম্ভব হলে অফিস থেকে ছুটী নিয়ে নিন। তেমনটা সম্ভব না হলে বাড়ীতে অফিসের কাজ নিয়ে আসবেন না... অফিসে ওভারটাইম করবেন না। বাড়ীর সময়টা কেবলমাত্র আপনার পত্নী আর নবজাত শিশুর জন্যই হওয়া উচিত। আপনার নিজের কাজ যত মুশ্কিলই হোক্ না কেন... নবজাত শিশুর দেখাশোনা করার দায়িত্ব তার থেকে অনেক বেশী! সংসারের কাজে পত্নীকে সহায়তা করুন।
শিশুর সাথে-সাথে নিজের পত্নীর প্রতিও মনোযোগ দিন। তাঁকে এমন বিশ্বাস প্রদান করুন যে, অফিসে থাকার সময়ও তাঁর কথা আপনার সর্বদা মনে পড়ে। অফিস থেকে বাড়ীতে ফোন করুন। পত্নীকে ফুল উপহার দিয়ে বা কোন মনের মত রেস্তোঁরায় নিয়ে গিয়ে সারপ্রাইজ দিন।

কেউ হতে পারেন না!

আমাদের সম্পর্কে কি পরিবর্তন আসবে ? ঃ- প্রতিটি নতুন মাতা-পিতার সম্পর্কে কিছুটা পরিবর্তন তো আসতেই থাকে। সবইকেই প্রসবের পরে সমস্যার ভেতর দিয়ে যেতে হয়। বাড়ীতে নতুন শিশু পা রাখামাত্রই রোমান্স এক পাশে সরে যায় আর আপনি নিজের বাচ্চার প্রয়োজনের জিনিষপত্র জোগাড় করার কাজে লেগে পড়েন। সেই দিনগুলোয় শিশুর খাওয়া-দাওয়া, ঘুম আর শৌচ ছাড়া আর কিছু ভালো লাগে না... কিন্তু আপনারা দুজন যখন এই রুটীনে অভ্যস্ত হয়ে পড়বেন... তখন আপনারা নিজেদের জন্যও কিছুটা সময় বার করতে পারবেন। আপনাদের বাচ্চা যখন রাতে ঘুমিয়ে পড়বে... তখন নিজেদের জন্য সময় বার করে আনুন। এতে আপনাদের সম্পর্ক আগের থেকেও গভীর, মজবুত আর প্রিয় হয়ে উঠবে!

বাচ্চা দেখাশোনা করার দায়িত্ব ঃ- শিশুর দেখাশোনা করার জন্য মাতা-পিতা – দুজনকেই এগিয়ে আসতে হয়। শিশুর প্রথম ডায়পার বদলানোর সময় সেই নিয়ে তর্ক করার বদলে এখন থেকেই সেই কাজটা নিজেদের মধ্যে ভাগ করে নিন। এতে আপনাদের দুজনের মনই হাল্কা হয়ে উঠবে আর আপনারা ব্যবহারিক রূপে এটা জানতে পারবেন যে, শিশুর জন্য আপনাদের দুজনকে কোন্-কোন্ কাজ করতে হবে ?

কাজ কি ভাবে প্রভাবিত হবে ? ঃ- এটা আপনার কাজের রুটীনের ওপরে নির্ভর করে। আপনি যদি দীর্ঘ সময় ধরে কাজ করেন, তাহলে পিতার দায়িত্ব পালন করার জন্য আপনাকে শিশুর দেখাশোনাকে প্রাথমিকতা প্রদান করতে হবে। সংসারের কাজে সহায়তা করতে শিখুন। অফিসের কাজ বাড়ী নিয়ে আসবেন না। শিশুর জন্মের আগে বা তার জন্মের কিছুদিন পর পর্যন্ত কোথাও সফরে যাবেন না। সম্ভব হলে শিশুর জন্মের পরে অফিস থেকে কিছুদিন ছুটী নিন।

জীবন-শৈলীতে কি পরিবর্তন নিয়ে আসতে হবে ? ঃ- এটা ঠিক যে, আপনাকে নিজের সামাজিক গতিবিধিকে পুরোপুরি বিদায় জানাতে হবে না... কিন্তু কিছুটা সমঝোতা তো করতে হতেই পারে। এক নতুন শিশু সবার আকর্ষণের কেন্দ্রবিন্দু হয়ে ওঠে। এমনও হতে পারে যে, আপনাকে হয়তো অস্থায়ী রূপে নিজের পুরোন জীবন-শৈলীকে বিদায় জানাতে হতে পারে। ক্যাণ্ডল লাইট ডিনার বা মনের মত কোন খেলার পরিবর্তে আপনাকে নিজের শিশুর ছোট-ছোট প্রয়োজন পূরণ করতে ব্যস্ত হয়ে থাকতে হবে। আপনার বন্ধু-বান্ধবের গণ্ডীও বদলে যেতে পারে... কারণ আপনি এখন ছোট-ছোট শিশুদের মাতা-পিতাদের সাথে বেশী করে বন্ধুত্ব করতে চাইবেন। প্রাথমিকতা নির্দিষ্ট করার পরে আপনি আবার একবার নিজের পুরোন জীবন-শৈলীতে ফিরে আসতে পারবেন।

আমি কি বড় পরিবার সামলাতে পারব ? ঃ- শিশুর জন্য ক্রমবর্দ্ধমান খরচের ব্যাপারে চিন্তা করে-করে অনেক ভাবী পিতাদের রাতের ঘুম নস্ট হয়ে পড়ে... কিন্তু আপনি অনেক ভাবে এই খরচকে কমিয়ে নিয়ে আসতে পারেন। মা যদি শিশুকে স্তনপান করান, তাহলে বোতল আর কৌটোর দুধ কেনার খরচ কমবে। নিজের বন্ধু-

বান্ধব আর আত্মীয়দের শিশুর কাজে আসার মত জিনিষপত্র নিয়ে আসতে বলুন। শিশুর মামাতো-খুড়তুতো ভাই-বোনেদের জিনিষ আর পোশাক দিয়ে কাজ চালান। অতিরিক্ত কাজ করে দুটো পয়সা বাঁচানোর চক্করে পড়বেন না... শিশুর সাথে প্রেমপূর্ণ সময় কাটান! সেটা খুব বড় ক্ষতি হবে না!

সব থেকে বড় কথা হচ্ছে এটা যে, আপনি তার ব্যাপারে এমনটা চিন্তা করা শুরু করুন যে, আপনার জীবনে বিশেষ কেউ আসতে চলেছে। সে আপনার জীবনটাকে ভালোর দিকে নিয়ে যাবে!

পিতার মনের ভয়

ঁআমি এক ভালো পিতা হতে চাই... কিন্তু আমি এই ভেবে ভয় পাচ্ছি, কারণ আমি এর আগে কখনো কোন নবজাতকের দেখাশোনা করিনি!''

কেউ জন্মগত ভাবে মাতা-পিতা হন না। শিশু যখন এই পৃথিবীতে পা রাখবে... তখন প্রাকৃতিক রূপেই আপনার মনে পিতৃত্বের ভাবনার সৃষ্টি হবে। আপনার কাছে প্রথম রাত শিশুর সাথে জেগে থাকা, তাকে স্নান করানো বা তার ডায়পার বদলানো চ্যালেঞ্জের মত লাগতে পারে... কিন্তু ধীরে-ধীরে আপনি এই সব কাজে নিপুণ হয়ে উঠবেন। কিছুটা রাতের ঘুম, মেহনত আর নিস্ঠার সাথে আপনি এক ভালো পিতা প্রমাণিত হতে পারেন। যদিও এই কাজের জন্য ট্রেনিং আগে থেকে নেওয়া চলে না। আপনি নিজের ভুলের থেকেই শিক্ষা গ্রহণ করবেন। যদি আগে থেকেই আপনি একটু-আধটু তথ্য সংগ্রহ করে রাখেন আর নিজেকে তৈরী রাখেন... তাহলে সব কিছু অনেকটাই সহজ হয়ে উঠবে।

নিজের কোন পরিচিত পিতার সাথে দেখা করুন। তাঁর শিশুকে খাবার খাওয়ান, যাতে আপনার মন থেকে ভয় দূর হয়!

স্তনপান

ঁআমার পত্নী বাচ্চাকে স্তনপান করানোর ব্যাপারে চিন্তা করছে... কিন্তু এতে আমি কিছুটা অস্থির হয়ে উঠেছি!''

এটা ঠিক যে, আজ পর্যন্ত আপনার পত্নীর বক্ষস্থল আপনার কাছে কামুক ছিল... কিন্তু এখন এক প্রাকৃতিক প্রক্রিয়া শুরু হতে চলেছে। স্তন কেবলমাত্র সৌন্দর্য আর সেক্সের জন্যই হয় না। সেটাকে শিশুকে দুধ পান করানোর মাধ্যম করে তোলা হয়েছে। মায়ের দুধ শিশুর পক্ষে অমৃত সমান হয়! এতে নবজাত শিশুর স্বাস্থ্যও ঠিক থাকে। তার মস্তিস্কের বিকাশ অত্যন্ত দ্রুত হতে থাকে। প্রসবের পরে মায়েরও নিজের পুরোন ফিগারে ফিরে যেতে বেশী সময় লাগে না। পরে ব্রেস্ট ক্যান্সার হওয়ার ঝুঁকিও অনেকটাই কমে আসে।

স্তনপান দ্বারা আপনার শিশু আর আপনার পত্নীর জীবনে এক নাটকীয় পরিবর্তন আসতে চলেছে। এই বিষয়ে আপনার সম্মতি যথেস্ট গুরুত্ব রাখে। বিভিন্ন অধ্যয়ণ থেকে এটা জানতে পারা গেছে যে, যেসব মায়েরা নিজেদের পতির সম্মতিতে শিশুকে স্তনপান করান, তাঁদের পক্ষে এই প্রক্রিয়া অত্যন্ত সহজ-সরল হয়। এই ব্যাপারে আপনিও তথ্য সংগ্রহ করুন। যদিও এটা এক প্রাকৃতিক প্রক্রিয়া হয়... কিন্তু এটা শিখতে সময় লাগে। এই প্রক্রিয়া শিখতে শিশু আর তার মাকে সহায়তা করুন। কিছুটা সময় পর্যন্ত আপনাদের এতে কিছুটা অসুবিধা অবশ্যই হবে... কিন্তু ধীরে-ধীরে আপনাদের কাছে এটা এক বিশেষ কাজ বলে মনে হতে থাকবে।

ঁআমার পত্নী নিজের পুত্রকে স্তনপান করায়। ওর আর বাচ্চার মধ্যে যে নিকটতা রয়েছে... সেটা আমি ভাগ করে নিতে পারি না আর একাকীত্ব অনুভব করি!''

আপনি গর্ভধারণ করতে পারেন না, শিশুর জন্ম দিতে পারেন না, তাকে স্তনপান করাতে পারেন না... কিন্তু এত কিছু সত্ত্বেও আপনি তার পিতা! আপনি তার প্রতিটি ছোট-বড় আনন্দ-দুঃখে শামিল হতে পারেন। আপনি নিজের পত্নীর গর্ভাবস্থা, প্রসব আর ডেলিভারীর সাথে যুক্ত হয়ে তাঁর যন্ত্রণাকে কিছুটা হাল্কা করে তুলতে পারেন। আপনার সক্রিয় অংশীদারীই যথেস্ট!

শিশু যখন স্তনপান করবে ঃ- আপনি শিশুর

স্তনপানে কোন প্রকারের সহায়তা করতে পারবেন না... কিন্তু কখনো-কখনো বোতলে করে দুধ পান করাতে হলে সেই কাজে এগিয়ে আসুন। এতে মা কিছুটা আরাম পাবেন আর আপনিও শিশুর নিকটত্ব প্রাপ্ত করার সুযোগ পাবেন! শিশুকে বোতল থেকে দুধ পান করানোর সময় নিজের শার্টের বোতাম খুলে রাখুন... যাতে শিশু আপনার শরীরের সুগন্ধ আর স্পর্শ প্রাপ্ত করতে পারে। শিশুকে দুধ পান করানোর সময় বোতল সাবধানে ধরুন আর নিজের সম্পূর্ণ মনোযোগ সেই কাজেই লাগান।

শিশু ঘুমোবার আগে ঘুমোবেন না ঃ- মানছি যে, আপনি শিশুকে স্তনপান করাতে পারবেন না... কিন্তু রাতে তার দুধ পান করার সময় তার সাথে জেগে থাকতে তো পারবেন। রাতে শিশুর ডায়পার বদলান। দুধ পান করার জন্য শিশুকে ওর মায়ের কোলে তুলে দিন। শিশু ঘুমিয়ে পড়ার পরে তাকে মায়ের কোল থেকে তুলে দোলনায় শুইয়ে দিন!

বাকী কাজে সহায়তা ঃ- আপনি শিশুকে স্নান করানো, ঘুম পাড়ানো আর খাওয়ানোর কাজেও সহায়তা করতে পারেন।

সম্পর্ক

ঁআমি নিজের মেয়ের প্রতি যথেষ্ট উৎসাহিত! কিন্তু আমার এমনটা মনে হচ্ছে যে, আমি ওর ওপরে প্রয়োজনের থেকে বেশী দৃষ্টি দিচ্ছি!"

জীবনে প্রেম আর স্নেহের কোন *'ইতি'* হয় না! আপনি নিজের শিশুর সাথে যত বেশী সময় কাটাবেন, আপনাদের সম্পর্ক তত বেশী গভীর আর মজবুত হয়ে উঠবে। বিভিন্ন অধ্যয়ণ থেকে এটা জানতে পারা গেছে যে, পিতার মেয়ের প্রতি এমনিতেই একটু বেশী স্নেহ থাকে। পিতারাও মাতৃত্ব ভাবের পোষণ করেন। তবে এর সাথে-সাথে নিজের পত্নীর ওপরেও দৃষ্টি দিতে ভুলে যাবেন না। তাঁকেও সময়ে-সময়ে এই অনুভূতি প্রদান করুন যে, আপনি তাঁকে কতটা ভালবাসেন। ওনার প্রতিও পূর্ণ মনোযোগ দিন!

ঁশিশুর জন্মের চার দিন পরে আমার মনে ওর প্রতি হাল্কা প্রেমের সঞ্চার হয়েছিল... কিন্তু এখনও পর্যন্ত ওর প্রতি সত্যিকারের আকর্ষণ সৃষ্টি হতে পারেনি!"

প্রথম আলিঙ্গন দ্বারাই আপনাদের দুজনের মধ্যে সম্পর্কের সৃষ্টি হয়ে পড়েছিল। এটা এক সূত্রপাত ছিল। যেমন-যেমন সময় কাটবে... আপনাদের দুজনের মধ্যে প্রেমের সম্পর্ক আরও গভীর আর মজবুত হয়ে উঠবে। আপনি যখনই তাকে কোলে নেবেন, তার ডায়পার বদলাবেন, তাকে স্নান করাবেন, কোলে নিয়ে ঘুম পাড়াবেন বা নিজের হাতে তাকে কিছু খাওয়াবেন... আপনাদের এই সম্পর্ক আর নিকটত্ব বেড়েই চলবে। শিশুকে কোলে নিয়ে ঘুম পাড়ানোর সময় তাকে নিজের ত্বকের স্পর্শ পেতে দিন। যদিও এই সম্পর্ক শুরুতে একতরফা হবে। কেবল আপনিই কথা বলে চলবেন আর হেসে চলবেন... কিন্তু ধীরে-ধীরে সেও আপনাকে প্রতিক্রিয়া প্রদান করবে।

যখন আপনার পত্নী শিশুর সব কাজ করছেন... তখন আপনি আপনা থেকে সেই কাজের অঙ্গ হয়ে ওঠার জন্য এগিয়ে আসুন। আপনার পত্নীকে কোন কাজে বাড়ীর বাইরে যেতে হলে আপনি বাড়ীতে শিশুর সঙ্গে সময় কাটান। আর যদি আপনাকে বাইরে যেতে হয়, তাহলে শিশুকে মজায় স্ট্রলার বা গাড়ীর সীটে বসান। ডায়পার ব্যাগ তৈরী করুন আর সেটা নিজের সঙ্গে করে নিয়ে যান।

ভাবনাত্মক পরিবর্তন

এটা ঠিক যে, আপনাদের জীবনে এক বিরাট বড় পরিবর্তন এসেছে। এক ছোট্ট শিশু আপনাদের দুজনের সমস্ত রুটীনকে পাল্টে দিয়েছে আর ভাবনাত্মক রূপে আপনারা যথেষ্ট দুর্বল অনুভব করছেন। এই সময় সাহস হারিয়ে ফেললে চলবে না। এই পরিবর্তন তো এক-না-একদিন আসারই ছিল। অবসাদ ঝেড়ে ফেলুন। শিশুর সাথে সময় কাটান, হাসুন, তাকে গুনগুন করে গান শোনান। প্রতিটি কঠিন সময়ের মত এই সময়ও কেটে যাবে আর আপনারাও পরিস্থিতির সাথে সমঝোতা করতে শিখে যাবেন।

প্রসবের পরে সেক্স

এটা ঠিক যে, ডাক্তার আপনার পত্নীকে সেক্স করার অনুমতি দিয়ে দিয়েছেন... কিন্তু এখনও ওনার শরীর পুরোটা ঠিক হয়নি। উনি না চাওয়া পর্যন্ত আপনি ওনাকে সেক্সের জন্য বাধ্য করে তুলবেন না। উনি সম্মতি দেওয়ার পরেও আপনাকে সাবধানে সব কিছু করতে হবে। ওনার মনের ভাবনাকে জানতে হবে। এই 9 মাসে ওনার শরীরে অনেক পরিবর্তন এসেছে... এজন্য এসবে ওনার কিছুটা অসুবিধা হতে পারে। আপনি যদি ওনার সমস্যা বুঝতে পেরে পা বাড়ান, তাহলে সেটা আপনার এক প্রশংসনীয় পদক্ষেপ হবে।

ডেলিভারীর পরে

"আমার বাচ্চার ডেলিভারী যথেষ্ট কষ্টদায়ক ছিল। আমার হয়তো সেই কারণেই সেক্সের প্রতি আগ্রহ কমে এসেছে!"

ব্যক্তির সেক্সের প্রতি আগ্রহ এক সংবেদনশীল ব্যাপার হয়। হতে পারে যে, শিশুর ডেলিভারী দেখার পরে আপনার মন সেক্সের প্রতি বিমুখ হয়ে উঠেছে। আপনি ক্লান্ত হয়ে উঠেছেন, আপনি শিশুর ঘুম ভেঙে যাওয়ার ভয় পাচেছন, আপনার মনে নিজের পত্নীর শরীরে আঘাত লাগার ভয় রয়েছে অথবা আপনি নিজের জীবনের এই পরিবর্তিত সময়ে নিজের সমস্ত এনার্জীকে শিশুর সাথে যুক্ত কাজের ওপরেই কেন্দ্রীভূত করে রাখতে চান। প্রাকৃতিক রূপে আপনার মনে সেক্সের ইচ্ছা কমে এসেছে, যাতে আপনি নিজের প্রাথমিকতার ওপরে দৃষ্টি দিতে পারেন।

অন্য শব্দে, আপনার ইচ্ছা এজন্যও কমে এসেছে... কারণ আপনার পত্নীও মানসিক আর শারীরিক রূপে সেটা চান না। আপনারা দুজনে সেক্সের জন্য আবার কবে থেকে রাজী হবেন... সেই ব্যাপারে কোন অনুমান লাগানো মুশকিল। পরিস্থিতির ওপরে অনেক কিছু নির্ভর করে। কয়েক সপ্তাহে ধীরে-ধীরে সব কিছু স্বাভাবিক হয়ে আসবে। যোনিকে সেক্স ছাড়াও অন্য আরও বেশ কিছু বিশেষ কাজ করতে হয় আর সেই সব কাজের পরে সেক্সের জন্য তৈরী হতে কিছুটা সময় লাগে।

এই ফাঁকে আপনি নিজের পত্নীর সাথে ভাবনাত্মক নিকটতা বজায় রাখার পূর্ণ প্রচেস্টা চালিয়ে যান। উনি যদি সেক্সের প্রতি আগ্রহ না দেখান, তাহলেও আপনি ওনাকে এতটা তো অনুভূতি প্রদান করতেই পারেন যে, ওনাকে কতটা সুন্দর আর সেক্সী দেখায়! শিশু ঘুমিয়ে পড়ার পরে কোন সুগন্ধিত মোমবাতি জ্বালান, যাতে শিশুর ডায়পারের নোংরা দুর্গন্ধ সরে যায়। কোন মৃদু মিউজিক চালান। পরস্পরের প্রতি কিছুটা রোমান্টিক হতে তো কোন আপত্তি নেই।

"আমার পত্নী এই সময় বাচ্চাকে স্তনপান করাচ্ছে। এর ফলে ওর বক্ষস্থল এখন আর আমার কাছে ততটা সেক্সী লাগে না!"

এই দিনগুলোয় আপনার পত্নীর বক্ষস্থল নিজের ব্যবহারিক রূপে রয়েছে। স্তন শিশুকে দুধ পান করানোর কাজ করছে। অনেক দম্পতি এমন স্তনকে সেক্সী মেনে নিতে পারেন না। তাঁদের এমনটা মনে হয় যে, তাঁদের নিজেদের আনন্দের জন্য শিশুর ভোজনের উৎসের সাথে খেলা করা উচিত নয়।

এমন চিন্তাধারা অত্যন্ত স্বাভাবিক হয়। আপনারও যদি নিজের পত্নীর স্তন কামুক না লাগে, তাহলে সেই ব্যাপারে নিজের পত্নীকে পরিস্কার শব্দে জানান। ততদিন ওনার শরীরের অন্যান্য অঙ্গগুলোর ওপরে দৃষ্টি দিন। এই কারণে শিশুর ওপরে রাগ ফলাবেন না। আপনাকে কিছুদিন অপেক্ষা করতেই হবে... গোলগাল শিশু *বাবা'* বলে তো আপনাকেই ডাকবে!

মুডের ওপরে দৃষ্টি রাখুন

নতুন মা যদি শিশুর দেখাশোনা করার কাজে এতটা ব্যস্ত হয়ে ওঠেন যে, তাঁর নিজের খাওয়া-দাওয়া বা ঘুমোনোর সময় নির্দিস্ট না থাকে... তাহলে তাঁকে সহায়তা করুন। ওনার মুড নস্ট হতে দেবেন না। উনি ডিপ্রেশনে থাকলে ওনার প্রতি দৃষ্টি দিন। উনি না বলা সত্ত্বেও ওনাকে ডাক্তারের কাছে নিয়ে যান। হতে পারে যে, চিকিৎসায় উনি আরাম পাবেন। তখন উনি মনে-মনে আপনার প্রতি কৃতজ্ঞও হয়ে উঠবেন।

দাদু-দিদিমার বিষয়

"আমি আর আমার পত্নী এই ব্যাপারে তর্ক করতে থাকি যে, আমাদের নিজেদের বাচ্চার জন্মের পরে আমার শ্বশুর-শাশুড়ীকে বাচ্চার দেখাশোনা করার জন্য আমাদের কাছে ডেকে পাঠানো উচিত হবে কি না?"

সেই সময় আপনারা যদি কোন অভিজ্ঞ বৃদ্ধ বা বৃদ্ধার সহায়তা পেয়ে যান, তাহলে খুবই ভালো হয়। আপনারা তাহলে বেশ কয়েক প্রকারের সমস্যার হাত থেকে মুক্তি পেয়ে যাবেন। তাঁরা ঘরের কাজেও সহায়তা করবেন আর আপনাদের এমন অনেক কিছু জানাবেন... যেগুলোর ব্যাপারে আপনারা এতদিন পর্যন্ত জানতেন না! অবশ্য এতে কিছুটা ক্ষতিও হবে। আপনারা নিজেদের মত করে শিশুর লালন-পালন করতে পারবেন না। আপনাদের তাঁদের কথামতই চলতে হবে। আপনারা না ভুল করার সুযোগ পাবেন আর না-ই পাবেন সেই সব ভুল সংশোধন করে নেওয়ার! বাড়ীতে বেশী লোকের কাজ থাকায় ক্লান্তি বাড়বে, আপনাদের গোপনীয়তা কমে আসবে আর নতুন শিশুর মায়ের ওপরে কাজের অতিরিক্ত চাপ এসে পড়বে। ওনারা দূরে থাকলে শিশুর জন্মের কিছু সময় পরে তাঁদের ডেকে পাঠান, যাতে শিশু আর মা – দুজনেই নিজেদের কিছুটা সামলে নিতে পারেন। এই ভাবে আপনারা শিশুকে কিছুটা সময় দিতে পারবেন।

আর ওনারা যদি কাছাকাছি থাকেন... তাহলে ওনাদের এটা বলুন যে, ওনারা যেন দিনের মধ্যে কয়েক ঘন্টার জন্য আপনাদের কাছে আসেন। এই সময় তাঁরা শিশুকে সামলাবেন আর আপনারা দুজন এক সঙ্গে কিছুটা সময় কাটাতে পারবেন... কোন মুভী দেখতেও যেতে পারবেন।

এমনিতে ঠাকুর্দা-ঠাকুমা, দাদু-দিদিমাদের নিজেদের কাছে রাখা বা না রাখার সিদ্ধান্ত আপনারা দুজনেই করতে পারেন... কারণ সেটা অনেকটা আপনাদের পরিবারের প্রয়োজন, প্রাথমিকতা এবং পরিস্থিতির ওপরেও নির্ভর করে। আপনাদের দুজনের নিজেদের মাতা-পিতাদের সাথে নিজেদের মধুর সম্পর্ক গড়ে তোলার প্রচেস্টা যথেস্ট গুরুত্ব রাখে।

■ ■ ■

DISCOVER THE BEAUTIFUL WORLD TOGETHER.

Right from first week, daily walks outside home are healthy for baby and relaxing for mother. Baby, safely secured in a stroller or carrier, comes to experience various stimuli like colours, other beings and their voices, and sounds of nature. These help in development of baby's senses, all from reassuring warmth of their parent's company.

Chicco offers a wide range of Baby Carriers, Prams and Strollers that make travel comfortable and convenient.

Available at Chicco stores and all leading baby shops.
Call us at our toll-free no. 1800-102-6702 to find Chicco products near you.

ভাগ - 06

গর্ভাবস্থা এবং আপনার স্বাস্থ্য

আপনি অসুস্থ হয়ে পড়লে

হতে পারে যে, আপনাকে গর্ভাবস্থার সাথে যুক্ত কষ্টদায়ক লক্ষণ; অপচন, বমি, পায় টান ধরা এবং ক্লান্তি ইত্যাদির মোকাবিলা করতে হতে পারে। আপনি সর্দ্দি-কাশিতে পীড়িত হয়ে পড়তে পারেন... কারণ এই দিনগুলোয় সর্দ্দি-কাশি আর সংক্রমণও আপনার পেছনে পড়তে পারে। আপনার শরীরের রোগ প্রতিরোধক তন্ত্রও কিছুটা দুর্বল হয়ে পড়তে পারে। দ্বিতীয় কথা হচেছ এটা যে, দুটি শিশু এক সাথে অসুস্থ হয়ে পড়লে কষ্ট কিছুটা বেশী অনুভব হতে পারে। আপনি এখনও পর্যন্ত নিজের রোগের যেসব চিকিৎসা করিয়ে এসেছেন, সেগুলোকে এখন আলমারীতে বন্ধ করে রাখতে হবে।

যদিও এই সব ছোট-ছোট কষ্ট আপনার গর্ভাবস্থার ওপরে তেমন কোন প্রভাব ফেলবে না... তবুও চিকিৎসার থেকে বর্জনতা সব সময়ই ভালো হয়। যদি বর্জনতা দ্বারাও কাজ না হয়, আপনার সর্দ্দি-কাশি বা অন্য কোন সংক্রমণ হয়ে পড়ে... তাহলে তাৎক্ষনিক চিকিৎসা বা ডাক্তারের পরামর্শে আরাম আসতে পারে।

আপনি কি ভাবছেন ?

সার্দ্দি-কাশি

"আমার প্রচণ্ড হাঁচি আর কাশি আসছে। আমার মাথা যন্ত্রণায় ফেটে পড়ছে। এসবের কোন প্রভাব কি আমার শিশুর ওপরেও পড়তে পারে ?"

গর্ভাবস্থায় তো রোগ প্রতিরোধক ক্ষমতা চাপা পড়ে যাওয়ার কারণে, সাধারণতঃ সর্দ্দি-কাশি হয়ে পড়ে। খুশীর কথা হচেছ এটা যে, কেবলমাত্র আপনার ওপরেই এই জিনিষটার প্রভাব পড়বে। আপার শিশুর কোন ক্ষতি হবে না। কিন্তু আপনাকে সেই সব ওষুধের ব্যাপারে সাবধানতা অবলম্বন করতে হবে, যেগুলো আপনি সর্দ্দি-কাশির জন্য নিতে চলেছেন... কারণ সেগুলোর প্রভাব আপনার শিশুর ওপরে হতে পারে।। যে কোন ওষুধ খাওয়ার আগে ডাক্তারকে ফোন করে জেনে নিন যে, গর্ভাবস্থায় কোন-কোন্ ওষুধের সেবন করাটা সুরক্ষিত হবে! উনি আপনাকে কিছু বিকল্প দেবেন, যেগুলোর থেকে আপনি যে কোন একটাকে বেছে নিতে পারবেন। যদি আপনি ডাক্তারকে না জিজ্ঞাসা করে নিজের ইচছামত ওষুধ খান, তাতেও চিন্তা করার কিছু নেই... কিন্তু ডাক্তারকে বলে নিশ্চিন্ত হয়ে নিন।

যদি এখনও আপনার তেমন তীব্র সর্দ্দি-কাশি না হয়ে থাকে, তাহলে আপনার অবস্থা আরও খারাপ হয়ে পড়ার আগেই নিজেকে সামলে

নিন... অন্যথা এই জিনিষটা অত্যন্ত খারাপ সংক্রমণেও বদলে যেতে পারে বা আপনাকে বন্ধ হয়ে পড়া আর লাগাতার জল পড়তে থাকা নাক নিয়ে বিছানায় শুয়ে পড়তেও হতে পারে।

- প্রয়োজন অনুভব করলে বিশ্রাম করুন। আপনি বিশ্রাম করলে সর্দ্দি-কাশি দ্রুত ঠিক হয়ে পড়বে না... কিন্তু আপনার শরীর আরাম প্রাপ্ত করবে। আপনার জ্বর বা কাশিও হবে না। এছাড়া কিছুটা ব্যায়াম করলেও লাভ হতে পারে।
- সর্দ্দি-কাশির জন্য নিজেকে আর শিশুকে ক্ষুধার্ত রাখবেন না। ক্ষিধে না পেলেও পৌষ্টিক ভোজনের সেবন করুন। মনের মত খাবার খেতেও কোন আপত্তি নেই। ভিটামিন - *সি*' যুক্ত ফল বা জুস নেওয়ার চেস্টা করুন... কিন্তু অতিরিক্ত মাত্রায় ভিটামিন - *সি*'-র সেবন করবেন না। জিংক আর এক্নীশিয়ার মামলাতেও এই জিনিষটা মাথায় রাখবেন।
- তরল পদার্থের মাত্রা কম করবেন না। জ্বর, হাঁচি বা সর্দ্দি-কাশির কারণে আপনার শরীরে তরল পদার্থের মাত্রা কমে আসতে পারে। হাল্কা গুনগুনা গরম তরল পদার্থ পান করলে আরাম আসবে। গরম স্যুপ পান করুন। জল বা ঠাণ্ডা জুসও নিতে পারেন... সেটা আপনার মুখের স্বাদের ওপরে নির্ভর করে।
- রাতে ঘুমোবার সময় নিজের মাথার নীচে বালিশ রেখে মাথাকে উঁচু করে নিন। এতে নাক বন্ধ হয়ে এলেও আপনি সহজে শ্বাস নিতে পারবেন। *ন্যোজল স্ট্রিপ*'-ও বন্ধ নাক খুলতে সহায়তা করতে পারে। এগুলো বাজারে কিনতে পাওয়া যায় এবং এতে কোন প্রকারের ওযুধ থাকে না।
- নাকে স্যালাইন নোজ ড্রপ ঢেলে সেটাকে আর্দ্র করে রাখুন। এটাও পূর্ণ সুরক্ষিত হয়।
- গলায় যন্ত্রণা আর খুশখুশানী হলে, কাশি হলে গুনগুনা গরম জল দিয়ে গার্গল করুন।
- জ্বর হলে সেটা দ্রুত নামানোর চেস্টা করুন।
- ডাক্তারের বলা ওযুধ অবশ্যই নিন। এমনটা ধরে নেবেন না যে, গর্ভাবস্থায় সকল ওযুধই ক্ষতিকারক হয়। রোগের চিকিৎসা হওয়াটাও জরুরী হয়।
- যদি সর্দ্দি-কাশির কারণে খাবার খেতে বা ঘুমোতে সমস্যা হয় বা কাশির সাথে সবুজ-হলুদ কফ বেরোতে থাকে, বুকে যন্ত্রণা হয়, নাকে কোন কস্ট হয় আর এমন লক্ষণ এক সপ্তাহ পর্যন্ত যদি বজায় থাকে... তাহলে ডাক্তারের কাছে যান। এই সর্দ্দি-কাশি সংক্রমণে পরিবর্তিত হয়েও পড়তে পারে। এমন অবস্থায় আপনার নিজের আর শিশুর সুরক্ষার জন্য ওযুধ সেবন জরুরী হয়ে ওঠে।

সাইনসাইটিস

"আমার এক সপ্তাহ ধরে সর্দ্দি-কাশি রয়েছে। আমার কপাল আর গালে প্রচণ্ড যন্ত্রণা হচেছ। আমার কি করা উচিত ?"

আমাদের এমনটা মনে হচেছ যে, আপনার সর্দ্দি-কাশি সাইনসাইটিসে পরিবর্তিত হয়ে পড়েছে। এটার লক্ষণ হচেছ এটা যে, কপাল, গলা আর চোয়ালে যন্ত্রণা হতে থাকে আর নাক দিয়ে প্রচণ্ড নোংরা সবুজ-হলুদ ম্যুকস বেরোতে থাকে। গর্ভাবস্থায় প্রায়ই এমনটা হয়ে পড়ে... কারণ আপনার হার্মোন ম্যুকস মেম্ব্রেনেও ফোলা ভাবের সৃষ্টি করে। যার ফলে নাক বন্ধ হয়ে আসে আর কীটাণু বাসা বাঁধার সুযোগ পেয়ে যায়। ইম্যুন কোশিকাগুলো সেগুলোর ডেরা পর্যন্ত সহজে পৌঁছতে পারে না আর সাইনাসের রোগ দীর্ঘ সময় পর্যন্ত বজায় থাকে। সুরক্ষিত এ্যান্টি-বায়োটিক ওযুধের সহায়তায় এটার ওপরে নিয়ন্ত্রণ প্রাপ্ত করা যেতে পারে।

সর্দ্দি বা ফ্লু

আপনাকে এই দুটোর মধ্যে পার্থক্য জানা উচিত। সর্দ্দি লাগলে গলায় যন্ত্রণা আর খুশখুশানী হতে থাকে, নাক থেকে জল পড়তে থাকে আর হাঁচি আসতে থাকে। শরীরে হাল্কা যন্ত্রণাও হতে থাকে।

ফ্লু-তে 104° পর্যন্ত জ্বর হতে পারে। মাংসপেশীগুলো ফুলে ওঠে। ক্লান্তি আর দুর্বলতা অনুভব হতে থাকে। অনেক বার বমিও হতে পারে। হাঁচি আর কাশিও আসতে পারে। ওযুধ খেলে আরাম আসতে পারে।

ফ্লুয়ের মরশুম

"আমার যদি ফ্লু হয়ে পড়ে ? সেটা কি গর্ভাবস্থার পক্ষে সুরক্ষিত ?"

আপনাকে এই মরশুমে সুরক্ষার জন্য ফ্লু শট নেওয়া উচিত। গর্ভাবস্থায় তো এটা আরও জরুরী হয়ে ওঠে। এই ব্যাপারে নিজের ডাক্তারের পরামর্শ নিন। ফ্লু ছড়িয়ে পড়ার আগেই সেটার নিবারণের ওষুধ নিয়ে নেওয়া উচিত। যদিও ওষুধ পূর্ণ রূপে প্রভাবশালী হয় না... কিন্তু এটা ফ্লুয়ের ভায়রাসের থেকে সুরক্ষা প্রদান করে। এই ভাবে আপনি ফ্লুয়ের ঝুঁকির থেকে মুক্তি পেতে পারেন। আপনার সংক্রমণ হোক্ বা না হোক্, ওষুধ সেবনে লক্ষণগুলোর গম্ভীরতা কমে আসে।

আপনার *ন্যোজল স্প্রে ভ্যাক্সিন*'-য়ের পরিবর্তে ছুঁচের মাধ্যমে ওষুধ নেওয়া উচিত। যদি ফ্লু হওয়ার আশংকা থাকে, তাহলে চিকিৎসা করাতে দেরী করবেন না... অন্যথা সেটা নিউমোনিয়াতেও বদলে যেতে পারে। এই সময় ভরপুর মাত্রায় জল পান করুন, যাতে ডি-হাইড্রেশন না হতে পারে।

জ্বর

"আমার হাল্কা জ্বর রয়েছে। এমন অবস্থায় আমার কি করা উচিত ?"

গর্ভাবস্থায় শরীরে হতে থাকা হাল্কা যন্ত্রণাকে বেশী গুরুত্ব দেবেন না... কিন্তু সেটাকে একেবারে উপেক্ষাও করতে যাবেন না অর্থাৎ আপনাকে জ্বর কমানোর জন্য ফটাফট্ কিছু একটা করতে হবে। তাপমাত্রার ওপরে দৃষ্টি রাখুন।

তাপমাত্রা 100.4^{0}F-য়ের থেকে বেশী হলে তখুনি ডাক্তারকে ফোন করুন। এই সময় জ্বর কমানোর জন্য টাইলীনল নিন... কিন্তু নিজের থেকে অন্য কোন ওষুধ খাবেন না। স্নান, ঠাণ্ডা পানীয় পদার্থ আর হাল্কা পোশাক জ্বর কমিয়ে আনতে পারে। গর্ভাবস্থায় ডাক্তারের পরামর্শ ছাড়া এস্প্রিন বা ইবুফ্রেন কখনো নেবেন না।

আপনার যদি আগেও এমন তীব্র জ্বর হয়ে থাকে, তাহলে সেটাও ডাক্তারকে জানান।

স্ট্র্যাপ থ্রোট

"আমার 3 বছরের বাচ্চার *স্ট্র্যোপ থ্রোট'* হয়ে পড়েছে। এর থেকে কি আমার আর আমার গর্ভস্থ শিশুর কোন সংক্রমণ হয়ে পড়তে পারে ?"

বাচ্চাদের নিজের কীটাণু অন্যদের শরীর পর্যন্ত পৌঁছে দিতে সময় লাগে না। গর্ভাবস্থায় তো আপনি আরও সহজে এমন সংক্রমণের কবলে চলে আসতে পারেন।

বাচ্চাদের এঁটো জল পান করবেন না বা তাঁদের এঁটো খাবারও খাবেন না। বার-বার নিজের হাত ধুতে থাকুন। ভালো পৌষ্টিক আহার আর বিশ্রাম দ্বারা নিজের শরীরের রোগ প্রতিরোধক ক্ষমতা বজায় রাখুন।

আপনার যদি সংক্রমণ হয়ে পড়ার ভয় হতে থাকে, তাহলে থ্রোট কালচারের জন্য ডাক্তারের কাছে যান। সঠিক ভাবে এ্যান্টী-বায়োটিক নেওয়া হলে শিশুর সংক্রমণ হওয়ার ভয় থাকে না। বাড়ীতে বাচ্চা বা অন্য কোন পারিবারিক সদস্যদের জন্য দেওয়া ওষুধ আপনি সেবন করবেন না।

মূত্রাশয় পথের সংক্রমণ *(ইউ.টি.আই.)*

"আমার নিজের মূত্রাশয় পথের সংক্রমণ হয়ে পড়ার ভয় হচ্ছে !"

আপনার ব্লাডারকে গর্ভাশয়ের বেড়ে ওঠা ভার সহ্য করতে হচ্ছে। এই দিনগুলোয় সংক্রমণ ছড়াতে থাকা কীটাণু *(ব্যাক্টেরিয়া)* সামনের দিকে এগিয়ে আসার যথেষ্ট সুযোগ পেয়ে যায়। এজন্য ইউ.টি.আই. হতে সময় লাগে না। গর্ভাবস্থার হার্মোনও এতে নিজের বিশেষ ভূমিকা পালন করে। অনেক মহিলার মধ্যে এর লক্ষণ স্বাভাবিক থেকে গুরুতর হতে পারে; যেমন –

বার-বার প্রস্রাব পাওয়া, প্রস্রাব চুঁইয়ে-চুঁইয়ে পড়তে থাকা, প্রস্রাব করার সময় জ্বলুনি অনুভূত হওয়া, যন্ত্রণা, পেটের নীচের অংশে তীব্র যন্ত্রণা বা চাপ অনুভব করা। প্রস্রাব থেকে নোংরা দুর্গন্ধও বেরোতে পারে।

প্রস্রাব পরীক্ষা দ্বারা সহজেই এই সংক্রমণের ব্যাপারে জানতে পারা যেতে পারে। লাল রক্ত কোশিকাগুলো থেকে রক্তস্রাব আর সাদা রক্ত কোশিকাগুলো থেকে সংক্রমণের ব্যাপারে জানতে পারা যায়। এ্যান্টী-বায়োটিক্সের পুরো কোর্স করে এই রোগের থেকে বাঁচা যেতে পারে। এমনিতে প্রথমে তো আপনার এর থেকে সুরক্ষার ব্যবস্থা করা উচিত। তার জন্য আপনি গর্ভাবস্থার সময় কোন পদক্ষেপ নিতে পারেন।

■ বেশী মাত্রায় তরল পদার্থ আর জল পান করুন, যাতে ব্যাক্টেরিয়া মূত্রপথ দিয়ে বেরিয়ে আসতে পারে। এই সময় চা, কফি আর এ্যালকোহল সেবন এড়িয়ে চলুন।
■ যোনিপথ ভালো করে পরিস্কার করুন এবং সেক্সের আগে আর পরে মূত্রাশয় ভালো করে খালি করুন।
■ যখনই প্রস্রাব করতে যাবেন, ব্লাডার পুরোপুরি খালি করুন। প্রস্রাব করার পরে কিছুক্ষন অপেক্ষা করুন... তারপর আবার চেষ্টা করুন। প্রস্রাব পেলে সেটাকে আটকে রাখবেন না... এতে সংক্রমণ হওয়ার সম্ভাবনা অনেকটাই বেড়ে ওঠে।
■ নিজের পেরীনিয়ল এরিয়ায় হাওয়া লাগতে দিন। সুতীর আণ্ডারওয়্যার পরুন। সম্ভব হলে রাতে ঘুমোনোর সময় পায়জামার নীচে আণ্ডারওয়্যার পরবেন না।
■ যোনিপথ আর সেটার আশপাশের এলাকাকে পরিস্কার-পরিচ্ছন্ন আর শুকনো রাখুন। শৌচের পরে সামনের দিক থেকে পেছনের দিকে মুছুন, যাতে যোনিপথে ব্যাক্টেরিয়া প্রবেশ করতে না পারে। বাবল বাথ আর পারফ্যুম যুক্ত পাউডার, শাওয়ার জেল, সোপ, স্প্রে, ডিটারজেন্ট এবং টয়লেট পেপারের ব্যবহার করবেন না। স্যুইমিং পুল ক্লোরিনযুক্ত না হলে সেটার ব্যবহার করবেন না।
■ পৌষ্টিক আহার নিন... ভরপুর বিশ্রাম করুন। ব্যায়াম করুন এবং বেশী মানসিক চাপের সৃষ্টি করবেন না।
■ কিছু ডাক্তার এই সময়ে দই খাওয়ার পরামর্শ দেন, যাতে এ্যান্টী-বায়োটিক নেওয়ার সাথে-সাথে লাভদায়ক ব্যাক্টেরিয়ার সন্তুলন বজায় থাকে। আপনি এছাড়া ডাক্তারের সাথে পরামর্শ করে প্রো-বায়োটিক্সও নিতে পারেন।

মূত্রাশয় পথের নীচের অংশের সংক্রমণ অত্যন্ত গম্ভীর হয়... কিন্তু সঠিক চিকিৎসা না হলে আর সেটা কিড্‌নী পর্যন্ত পৌঁছে গেলে সেই কারণে প্রী-ম্যাচিয়োর প্রসব, জন্ম থেকে কম ওজনের শিশু এবং অন্যান্য আরও বেশ কয়েক প্রকারের সমস্যার সৃষ্টি হতে পারে। এটার লক্ষণ একই হয়... কিন্তু জ্বর 103^0-র বেশী হয়ে পড়ে, ঠাণ্ডা লাগতে থাকে, প্রস্রাবের সাথে রক্ত আসতে থাকে। পিঠে যন্ত্রণা, বমি বা মাথা ঘোরার অভিযোগও হতে থাকে। এমন লক্ষণ দেখতে পাওয়ামাত্র ডাক্তার দেখাতে দেরী করবেন না।

য়ীষ্ট সংক্রমণ

"আমার মনে হচ্ছে যে, আমার য়ীষ্ট ইনফেকশন হয়ে পড়েছে। আমি কি নিজে থেকে কোন ওষুধ নেব, না ডাক্তার দেখাব?"

গর্ভাবস্থায় নিজে থেকে কোন চিকিৎসা করার বা ওষুধ নেওয়ার চেষ্টা করবেন না... তা সেটা য়ীষ্ট সংক্রমণের চিকিৎসা হলেও। আপনি সেটার সমস্ত লক্ষণ *(হলুদ, সবুজ এবং গাঢ় দুর্গন্ধযুক্ত স্রাব, লাল ভাব, জ্বলুনি, ফোলা ভাব এবং চুলকোনি ইত্যাদি)* জানেন অথা আপনি এর আগে বেশ কয়েকবার সেটার চিকিৎসা করিয়েছেন... কিন্তু এবার এটা ডাক্তারকে দেখান।

আপনার চিকিৎসা কি ভাবে হবে, সেটা ডাক্তার সংক্রমণ দেখার পরে ঠিক করবেন। যদি সেটা সাধারণ য়ীষ্ট সংক্রমণ হয়, তাহলে ডাক্তার যোনির জন্য জেল, মলম বা ক্রীম লিখে দেবেন। গর্ভাবস্থায় এ্যান্টী-য়ীষ্ট সেন্ট *ফ্লৈুকোনাজোল'* ওষুধও দিতে পারেন... কিন্তু এর ডোজ হাল্কা হওয়া উচিত এবং দু দিনের বেশী হওয়া উচিত নয়।

দুর্ভাগ্যবশতঃ এই চিকিৎসা অস্থায়ী হয়। সংক্রমণ আবার ফিরে আসে এবং ডেলিভারী

পর্যন্ত বজায় থাকে আর তারপর আবার চিকিৎসা করাতে হতে পারে।

নিজের শরীরের গুপ্তাঙ্গগুলোর পরিস্কার-পরিচ্ছন্নতার ওপরে পূর্ণ দৃষ্টি দিন। টাইট আণ্ডারওয়্যার পরবেন না। শরীরের এই অংশে কিছুটা হাওয়া লাগতে দিন। দই আপনার পক্ষে লাভদায়ক প্রমাণিত হতে পারে। আপনি ডাক্তারের থেকে জেনে নিয়ে কোন প্রভাবশালী প্রো-বায়োটিক্সও নিতে পারেন। অনেক পুরোন রোগী এমনটা মানেন যে, চিনি, বেকড্ খাদ্য পদার্থ এবং ময়দা ইত্যাদি না নিলেও তাঁরা আরাম পান। ড্রুশ করবেন না... কারণ এতে যোনিতে ব্যাক্টেরিয়ার স্বাভাবিক সন্তুলন নষ্ট হয়ে পড়ে।

পেটের গণ্ডগোল

"আমার পেটের গণ্ডগোল রয়েছে। এতে আমার শিশুর কোন ক্ষতি তো হবে না ?"

পেটের গণ্ডগোলের লক্ষণ মর্ণিং সিকনেস থেকে এতটা পাওয়া যায় যে, অনেক বার সেটাকে চেনাই মুশ্কিল হয়ে পড়ে। যদিও এর থেকে শিশুর কোন ক্ষতি হয় না... কিন্তু সেটার অর্থ এই নয় যে, আপনি নিজের চিকিৎসাই করাবেন না। আপনার পেটে হার্মোনি ভায়রাসের কারণে গণ্ডগোল হোক্ বা ডিমের স্যালাডের কারণে... সেটার চিকিৎসা একই হবে। শরীরকে আরাম প্রদান করুন... তরল পদার্থের মাত্রা বাড়িয়ে দিন। বেশী মাত্রায় বমি-পায়খানা হতে থাকলে আপনাকে আরও বেশী দৃষ্টি দিতে হবে।

আপনার যদি প্রস্রাব করতে কষ্ট হয় বা সেটা যদি গাঢ় রং-য়ের হয়, তাহলে আপনি ডি-হাইড্রেশনের শিকারও হতে পারেন। ধীরে-ধীরে একটু-একটু করে জল পান করুন... জুসকে পাতলা করে পান করুন বা গুনগুনা গরম জলে লেবু নিংড়ে পান করুন। আপনি জল পান করতে না পারলে আইস চিপস্ চুষুন। শক্ত আহার নেওয়ার সময় ততটাই নিন, যতটা হজম করতে পারবেন। পেটের গণ্ডগোলে আদার চা বা অন্য কোন রূপে আদা নিলে আরাম আসবে। যখন বমি হওয়ার সম্ভাবনা কম থাকবে, তখন ভিটামিনের ডোজ নিন। এটা কিছুদিন না নিলেও ক্ষতির কিছু নেই!

এতেও যদি আরাম না আসে, তাহলে ডাক্তার দেখান... কারণ শরীরে জলের অভাব হয়ে পড়লে সমস্যা হতে পারে। এ্যান্টাসিড কাজে আসতে পারে... কিন্তু ডাক্তারকে প্রশ্ন না করে নেবেন না।

এটাও মাথায় রাখবেন যে, পেটের গণ্ডগোল লম্বা সময় পর্যন্ত থাকবে না। সঠিক ওষুধ নিলে আপনি দ্রুত আরাম পাবেন।

লিস্টীরিয়োসিস

"আমার এক বান্ধবীকে গর্ভাবস্থার সময় কিছু বিশেষ ডেয়ারী উৎপাদনের থেকে দূরে থাকতে বলা হয়েছে... কারণ সেগুলো অসুস্থ করে তুলতে পারে। এসব কি সত্যি ?"

পাশ্চুরাইজ না করা দুধ আর সেটার থেকে প্রস্তুত জিনিষ, গর্ভাবস্থায় আপনাকে অসুস্থ করে তুলতে পারে। আধকাঁচা ভোজন, মাংস আর হট ডগ ইত্যাদিতে *'লিস্টীরিয়া'* পাওয়া যায়। কম রোগ প্রতিরোধী শরীরের কিশোর এবং গর্ভবতী মহিলারা দ্রুত লিস্টীরিয়োসিসের শিকার হয়ে পড়েন। এটার কীটাণু রক্ত প্রবাহের সাথে গুলে গিয়ে গর্ভস্থ শিশু পর্যন্ত অত্যন্ত দ্রুত পৌঁছে যায়। এটা চেনা অত্যন্ত মুশ্কিল হয়ে ওঠে। সংক্রমিত ভোজন সেবন করার 12 থেকে 30 ঘন্টার মধ্যে যে কোন সময় এর লক্ষণ *(পেটের যন্ত্রণা, জ্বর, শরীরে টান ভাব, মাংসপেশীগুলোয় যন্ত্রণা, গা গুলোন আর ডায়রিয়া)* প্রকট হতে পারে। অনেক বার এই সব লক্ষণ ঠিক ভাবে বুঝতেও দেরী হয়ে পড়ে। এ্যান্টী-বায়োটিকের সহায়তায় এর চিকিৎসা হতে পারে।

সব থেকে ভালো হবে, যদি আপনি এই ধরণের খাবারের থেকে নিজেকে দূরে সরিয়ে রাখেন, যাতে আপনার সংক্রমণই না হয়। চিকিৎসার থেকে বর্জনতা সর্বদা ভালো হয়! এর আগে এই ধরণের ভোজনের সেবন করে থাকলেও এখন সেই ঝুঁকি আর নেবেন না।

টক্সোপ্লাজ্মোসিস

"যদিও বেড়ালের সব কাজ আমার পতিই

করেন... কিন্তু আমি বেড়ালের সাথে থাকি। এজন্য টক্সোপ্লাজমোসিসের ব্যাপারে চিন্তা করে আমি ঘাবড়ে উঠেছি। আমার এই রোগ হয়ে পড়লে আমি সেটা কি করে জানতে পারব?''

আশা করি যে, আপনার এই রোগ হবে না। আপনি যদি দীর্ঘ সময় ধরে বেড়ালের সাথে থেকে আসছেন... তাহলে এমনটা হতে পারে যে, আপনার অনেক আগেই ইনফেকশন হয়ে পড়েছে আর আপনার শরীরে সেটার এ্যান্টি-বডিজ তৈরী হয়ে পড়েছে।

আপনি যদি এটার লক্ষণ অনুভব করে থাকেন, তাহলে একবার টেস্ট করিয়ে নিন। বাড়ীতে এটার টেস্ট করতে যাবেন না... সেটাকে বিশ্বসনীয় হিসেবে মানা যাবে না। টেস্টে যদি এই রোগ হওয়ার ব্যাপারে জানতে পারা যায়, তাহলে আপনাকে এ্যান্টী-বায়োটিক দেওয়া হবে, যাতে রোগ আপনার গর্ভস্থ শিশু পর্যন্ত পৌঁছতে না পারে।

আপনার যদি ইনফেকশন হয়ে গিয়ে থাকে, তাহলে গর্ভাবস্থার শুরুর দিনগুলোয় সেটাকে বাধা দেওয়া যেতে পারে। এমন মামলা খুব কমই দেখতে পাওয়া যায় যে, এই রোগ গর্ভস্থ শিশু পর্যন্ত পৌঁছে গেছে। আজকাল আল্ট্রাসাউণ্ড দ্বারা গর্ভস্থ ভ্রূণের পরীক্ষা দ্বারা এটা জানতে পারা যায় যে, গর্ভস্থ শিশু পর্যন্ত সংক্রমণ পৌঁছে গেছে কি না?

এমনিতে এর সব থেকে বড় চিকিৎসা হচ্ছে এর ব্যাপারে সুরক্ষা গ্রহণ করা!

সাইটোমিগেলো ভায়রাস *(সি.এম.ভি.)*

''আমার বাচ্চার স্কুল থেকে একটা নোট পাঠানো হয়েছে যে, স্কুলে সাইটোমিগেলো ভায়রাস ছড়িয়ে পড়েছে। এই রোগ কি আমার গর্ভস্থ শিশুরও হতে পারে?''

আপনার ছেলের থেকে আপনার গর্ভস্থ শিশু পর্যন্ত সি.এম.ভি.-র ভায়রাস পৌঁছতে পারবে না। আপনার হয়তো ছোটবেলায় এটা হয়ে পড়েছে... তবুও সেটা আবার একবার সক্রিয় হয়ে উঠতে পারে। আপনি গর্ভাবস্থাতেও সি.এম.ভি.-র কবলে চলে এলেও সেটার থেকে আপনার গর্ভস্থ শিশুর তেমন কোন ঝুঁকির কারণ নেই। এমনটা আপনার দ্বিতীয় বার হলে সেই ঝুঁকি আরও কমে আসবে।

এমনিতে তো আপনার সুরক্ষা ব্যবস্থা গ্রহণ করাই উচিত। নিজের ছেলের এঁটো খাবার খাবেন না। তার মল পরিস্কার করার পরে নিজের হাত সাবান দিয়ে ভালো করে ধুয়ে নিন আর পরিস্কার-পরিচ্ছন্নতার নিয়মগুলোর পালন করুন।

এই রোগের লক্ষণগুলোর মধ্যে জ্বর, ক্লান্তি, গলায় যন্ত্রণা আর গ্রন্থিগুলো ফুলে ওঠা শামিল থাকে। এমন লক্ষণ দেখতে পাওয়ামাত্রই ডাক্তার দেখান... আপনার কিছুটা চিকিৎসার প্রয়োজন!

ফিফ্থ ডিজীজ

''আমি শুনেছি যে, ফিফ্থ ডিজীজ থেকেও গর্ভাবস্থায় সমস্যা হতে পারে!''

এটা হচ্ছে 6 রোগের সমূহের পঞ্চম রোগের নাম... যেটার কারণে বাচ্চাদের জ্বর আসে। চিকেন পক্স বা মীজল্স হচ্ছে এর বোন আর অনেক বার এর লক্ষণের ব্যাপারে জানতেও পারা যায় না। কেবল 15 থেকে 30 শতাংশ মামলাতেই জ্বরের ব্যাপারে জানতে পারা যায়। সেজন্য এর লক্ষণকে প্রায়ই রুবেলার লক্ষণ হিসেবে মেনে নেওয়া হয়।

যেহেতু সব বাচ্চাদের ছোটবেলাতেই এই রোগ হয়ে পড়ে... সেজন্য কিশোরাবস্থায় এর সংক্রমণ হওয়ার সম্ভাবনা থাকে না বললেই চলে। আপনি যদি এর শিকার হয়ে পড়েন আর আপনার গর্ভস্থ ভ্রূণ পর্যন্ত সংক্রমণ পৌঁছে যায়... তাহলে তার এনিমিয়া হতে পারে। ডাক্তার আল্ট্রাসাউণ্ডের সহায়তায় সমস্ত তথ্য সংগ্রহ করতে থাকেন। যদি গর্ভাবস্থার শুরুতে এই সংক্রমণ হয়ে পড়ে, তাহলে গর্ভপাত হওয়ার ঝুঁকি বেড়ে ওঠে।

যদিও এই সংক্রমণ হওয়ার সম্ভাবনা খুবই কম থাকে... তবুও গর্ভাবস্থায় সব ধরণের সুরক্ষাই সব থেকে বড় মূল মন্ত্র হয়!

মীজল্স

ঁআমার ঠিক মনে পড়ছে না যে, ছোটবেলায় আমার মীজল্সের টীকা লাগানো হয়েছিল কি না ? আমার কি এখন এই টীকা লাগানো উচিত ?''

না... সাধারণতঃ গর্ভাবস্থায় এর টীকা লাগানো হয় না। বেশীর ভাগ মহিলাদের ছোটবেলাতেই মীজল্স হয়ে পড়ে বা সেটার টীকা লাগানো হয়ে থাকে। যদি আপনার মেডিক্যাল হিস্ট্রী থেকে কিছু জানতে না পারা যায় বা আপনার মাতা-পিতাও যদি এই ব্যাপারে কিছু না জানাতে পারেন... তাহলে ডাক্তার টেস্ট করতে পারেন যে, আপনি এই ব্যাপারে ইম্যুন কি না ? !

আপনার যদি এই সংক্রমণ হয়েও পড়ে, তাহলে ডাক্তার সেটার লক্ষণ দেখতে পাওয়ামাত্র সেটাকে সামলে নেবেন। এর থেকে প্রী-ম্যাচিয়োর লেবার বা গর্ভপাতের ভয় তো বেড়ে ওঠে... কিন্তু জন্মজাত বিকৃতির কোন ভয় থাকে না। যদি প্রসবের তারিখের আশপাশে মীজল্স হয়ে পড়ে, তাহলে গর্ভস্থ শিশুর সংক্রমণ হওয়ার ভয় রয়েছে। গামা গ্লোবিউলের সহায়তায় এই সংক্রমণকে অনেকটাই কমানো যেতে পারে। এমনিতে এটা হওয়ার সম্ভাবনা কমই থাকে।

মাম্স্

ঁআমার এক সহকর্মীর মাম্স্ হয়েছে। আমার কি সুরক্ষার জন্য এর টীকা লাগানো উচিত ?''

এমনটা হওয়া অসম্ভব ! আমাদের পূর্ণ আশা যে, আপনার এম.এম.আর.-য়ের টীকা নিশ্চয়ই লাগানো হয়েছে। এই ব্যাপারে নিজের মাতা-পিতা বা ফ্যামিলি ডক্টরকে প্রশ্ন করে আপনি নিশ্চিন্ত হয়ে উঠতে পারেন।

যদি সেটার টীকা আগে লাগানো না হয়ে থাকে, তাহলে সেটা এখন লাগাতে পারেন। এর থেকে ভ্রূণের কোন ক্ষতি হবে না। হ্যাঁ... এর ফলে সময়-পূর্ব প্রসব বা গর্ভপাতের ভয় থাকতে পারে। এজন্য প্রথম লক্ষণ দেখতে পাওয়ামাত্র নিজেকে সামলে নিন। এর লক্ষণ হচেছ – জ্বর, ক্ষুধামান্দ্য, কানে যন্ত্রণা, খাবার চিবোলে মুখে যন্ত্রণা ইত্যাদি ! ডাক্তারকে এই ব্যাপারে এখুনি জানান, যাতে কোন ধরণের সমস্যা না হয়। সুরক্ষার হিসেবে গর্ভাবস্থার আগেই এম.এম.আর.-য়ের টীকা লাগিয়ে নেওয়া উচিত।

সুস্থ থাকুন

গর্ভাবস্থায় তো সুরক্ষাকেই সব থেকে বড় মূল মন্ত্র হিসেবে মানা হয়ে থাকে। সবার আগে তো আপনি পৌষ্টিক আহার নিন, যাতে আপনার শরীরের রোগ প্রতিরোধক ক্ষমতা বজায় থাকে। পুরো ঘুম আর ব্যায়ামের ওপরে দৃষ্টি দিন আর মানসিক চাপকে দূরে সরিয়ে রাখুন। অসুস্থ লোকেদের থেকে দূরে থাকুন... কারণ আপনি সহজেই সংক্রমণের কবলে চলে আসতে পারেন। বাড়ীর বাইরে বেরোবার সময় মুখ আর নাক ঢেকে রাখুন। যে ব্যক্তির নাক থেকে জল পড়ছে, তাঁর সাথে হাত মেলাবেন না। হাত থেকেই সংক্রমণ ছড়ায়, এজন্য দিনের মধ্যে বেশ কয়েকবার গুনগুনা গরম জলে হাত ধুতে ভুলে যাবেন না। খাবার খাওয়ার আগে হাত ধোওয়াটা আরও জরুরী হয়ে ওঠে। বাড়ীতে অসুস্থ বাচ্চা বা পতির এঁটো খাবার খাবেন না। তাঁদের চুম্বনও করবেন না। তাঁদের ময়লা জামা-কাপড় কাচার পরে নিজের হাত অবশ্যই ধুয়ে নিন। তাঁদের কাশার সময় বা হাঁচার সময় মুখে হাত রাখার বদলে কনুই রাখতে বলুন... কারণ হাত থেকে সংক্রমণ দ্রুত ছড়ায়। তাঁরা যেখানে-যেখানে হাত লাগাবেন *(ফোন, বোর্ড, রিমোট)*, সেখানে স্প্রে করুন।

যদি আপনার বড় বাচ্চার মধ্যে কোন সংক্রমণের লক্ষণ দেখতে পাওয়া যায়, তাহলে তৎক্ষনাত ডাক্তার দেখান। নিজের পোষা জানোয়ারদের সাফ রাখুন আর সময় মত তাদের টীকা লাগান। আপনার বাড়ীতে বেড়াল থাকলে টক্সোপ্লাজ্মোসিস থেকে নিজেকে দূরে রাখুন।

লাইম ডিজীজের ঝুঁকি থাকলে তৎক্ষনাত সুরক্ষা ব্যবস্থা গ্রহণ করুন।

টুথব্রাশ কারো সাথে ভাগ করে নেবেন না আর কুলকুচি করার জন্য ডিস্পোজেবল কাপ ব্যবহার করুন।

খাবার সাফ আর পৌষ্টিক হওয়া উচিত। বাজারের খোলা খাবার খাবেন না।

রুবেলা

"বিদেশের বাইরে সফর করলে রুবেলা হতে পারে! আমার কি এই ব্যাপারে চিন্তিত হওয়া উচিত?"

আমাদের মতে আপনার এই ব্যাপারে বেশী চিন্তিত হওয়ার কোন প্রয়োজন নেই। আপনি যদি এর টীকার ব্যাপারে আশ্বস্ত না হন, তাহলে সেটা একটা টেস্টের মাধ্যমে জেনে নিন। রুবেলা এ্যান্টীবডি হাঁটার দ্বারা শরীরে এ্যান্টীবডিজের স্তরের পরীক্ষা করা হয়ে থাকে। ডাক্তারের সাথে প্রথম সাক্ষাৎকারে এই টেস্ট করিয়ে নিন। আপনি এখনও পর্যন্ত এই টেস্ট না করিয়ে থাকলে এখন করিয়ে নিন।

আপনার যদি গর্ভাবস্থায় এই সংক্রমণ হয়ে থাকে... তাহলে শিশুর ওপরে এটা প্রভাব এই জিনিষটার ওপরে নির্ভর করবে যে, আপনার ঠিক কোন্ সময় এই সংক্রমণ হয়েছে? প্রথম মাসে শিশুর জন্মজাত বিকৃতি হওয়ার ভয় বেশী থাকে আর তৃতীয় মাসে সেই ঝুঁকি কিছুটা কমে আসে।

গর্ভধারণ করার আগে এর টীকা লাগিয়ে নিলে এক মাসের মধ্যে গর্ভধারণ না করার পরামর্শ দেওয়া হয়ে থাকে। আর এই সময়ের মধ্যে গর্ভধারণ করে নিলেও ভয় পাওয়ার কিছু নেই। এতে ঝুঁকির তেমন কিছু থাকে না।

চিকেন পক্স

"বাইরের বাচ্চার থেকে আমার প্রথম বাচ্চার চিকেন পক্স হয়ে পড়েছে। এর থেকে কি আমার গর্ভস্থ শিশুর কোন ঝুঁকি হতে পারে?"

শিশুর কেবল নিজের মায়ের থেকেই সংক্রমণ হতে পারে। আশা করি যে, ছোটবেলায় আপনার এই সংক্রমণ হয়ে পড়েছে আর সেটার টীকাও লাগানো হয়েছে। নিজের ফ্যামিলি ডক্টর আর মাতা-পিতার থেকে এই ব্যাপারে জেনে নিন।

আপনার যদি কারো থেকে সংক্রমণ হয়ে পড়ে, তাহলে 96 ঘন্টার ভেতরে টীকা লাগিয়ে নেওয়া উচিত। এতে আপনি বেশ কয়েক প্রকারের জটিলতার হাত থেকে রক্ষা পেয়ে যাবেন। আপনার লক্ষণ গুরুতর হলে সুরক্ষার জন্য ডাক্তার আপনাকে এ্যান্টী-ভায়রাস ওষুধ দিতে পারেন।

যদি গর্ভাবস্থার শুরুর দিনগুলোয় এই সংক্রমণ হয়, তাহলে গর্ভস্থ শিশুর জন্মজাত বিকৃতি হতে পারে। পরে হলে তেমন কোন ঝুঁকি থাকে না। যদি ডেলিভারীর তারিখের আশপাশে সংক্রমণ হয়, তাহলে গর্ভস্থ শিশুরও সংক্রমণ হয়ে পড়তে পারে। এর জন্য ডাক্তার আপনাকে আগে থেকেই এ্যান্টীবডিজ দিয়ে দেবেন।

যদি আপনার হর্প্স জস্টর হয়ে পড়ে, তাহলেও ভয়ের কিছু নেই... কারণ আপনাকে আগেই এ্যান্টীবডিজ দেওয়া হয়েছে।

আর আপনার যদি এর টীকা লাগানো না থাকে, তাহলে ডেলিভারীর ঠিক পরেই এই টীকা লাগিয়ে নিন... যাতে আগামী গর্ভাবস্থা সুরক্ষিত থাকে। টীকা লাগানোর এক মাসের মধ্যে গর্ভধারণ করবেন না।

লাইম ডিজীজ

"আমাদের এলাকায় লাইম ডিজীজের যথেষ্ট সম্ভাবনা রয়েছে। এটা কি গর্ভাবস্থার ক্ষতি করতে পারে?"

সাধারণতঃ বনের আশপাশের এলাকাগুলোয় হরিণ বা ইঁদুর আর অন্য জানোয়ারদের সাথে থাকা লোকেদের মধ্যে এই রোগ দেখতে পাওয়া যায়... কিন্তু আপনি শহরে থাকা সত্ত্বেও এই রোগের শিকার হয়ে পড়তে পারেন... কারণ আপনার বাড়ীতে কৃষকের ক্ষেতে উৎপন্ন সব্জীই আসে।

সুরক্ষাই সব থেকে বড় মন্ত্র হয়! ক্ষেতে যাওয়ার আগে লম্বা প্যান্ট, জুতো আর মোজা পরুন। এটা দেখে নিন যে, আপনার পায়ে যেন কোন জোঁক না চিপ্‌কে যায়। সেটা আপনার পায়ে কামড় বসালে ক্লান্তি, মাথার যন্ত্রণা, ঘাড়ে টান ভাব আর জ্বরের মত লক্ষণ প্রকট হতে পারে। তৎক্ষনাত ডাক্তার দেখান। অবস্থা খারাপ হয়ে পড়লে লক্ষণ বিগড়েও যেতে পারে।

যদি সঠিক সময়ে লাইম সংক্রমণের ওযুধ নেওয়া হয়, তাহলে গর্ভস্থ শিশুর কোন ঝুঁকি থাকবে না।

হেপাটাইটিস - *এ'*

"শিশুগৃহে এক বাচ্চার হেপাটাইটিস হয়ে পড়েছে। আমি সেখানে কাজ করি। এতে কি আমার গর্ভস্থ শিশুর কোন ক্ষতি হতে পারে ?"

এর লক্ষণ প্রায় ক্ষেত্রে দেখতে পাওয়া যায় না আর এটা প্রায় ক্ষেত্রেই গর্ভস্থ ভ্রূণ পর্যন্ত পৌঁছয় না। আপনার এই সংক্রমণ হয়ে পড়লেও গর্ভাবস্থায় কোন ঝুঁকির সম্ভাবনা থাকে না... কিন্তু আপনি সুরক্ষা ব্যবস্থা গ্রহণ করুন। আপনি সেই সব শিশুদের দেখাশোনা করার সময় বার-বার হাত ধুতে থাকুন আর কিছু খাওয়ার আগেও হাত ধুয়ে নিন। আপনি এর টীকার ব্যাপারেও ডাক্তারকে প্রশ্ন করতে পারেন।

হেপাটাইটিস - *বি'*

"আমার হেপাটাইটিস - *বি'* হয়েছে আর আমি গর্ভবতীও হয়ে পড়েছি। এতে কি আমার গর্ভস্থ শিশুর কোন ক্ষতি হতে পারে ?"

এর সংক্রমণ ডেলিভারীর সময় শিশু পর্যন্ত পৌঁছে যায়। তার আগেই ডাক্তার সুরক্ষা ব্যবস্থা গ্রহণ করবেন। আপনার নবজাত শিশুকে জন্মের 12 ঘন্টার মধ্যে ওযুধ দেওয়া হবে, যাতে তার এই সংক্রমণ না হয়। ওর সব টীকা লাগানো হয়ে যাওয়ার পরে 12 থেকে 15 মাস পরে একটা টেস্ট করা হবে... যাতে এটা জানতে পারা যায় যে, চিকিৎসা সম্পূর্ণ হয়েছে কি না ?

হেপাটাইটিস - *সি'*

"আমার কি গর্ভাবস্থায় হেপাটাইটিস - *সি'* রোগ হওয়ার চিন্তা করা উচিত ?"

এটা ডেলিভারীর সময় মায়ের থেকে শিশু পর্যন্ত পৌঁছে যেতে পারে... যদিও আপনার এর সংক্রমণ হওয়ার সম্ভাবনা যথেষ্টই কম ! এই সংক্রমণের চিকিৎসা গর্ভাবস্থার পরে করা যেতে পারে।

বেল্স পাল্সী

"আজ সকালে ঘুম থেকে ওঠার পরে আমার কানের পেছনে যন্ত্রণা ছিল আর জিভও অনুভূতিশূণ্য হয়ে পড়েছিল। আমি আয়নায় মুখ দেখলে মুখের পুরো একটা অংশ ঝুলে পড়া লাগছিল। এসব কি ?"

এমন অবস্থায় মুখের মাংসপেশীর ক্ষতি হওয়ার কারণে মুখের এক পাশে পক্ষাঘাত হয়ে পড়তে পারে। গর্ভাবস্থার তৃতীয় তিন মাস বা প্রসবের সময় এটা হওয়ার আশংকা সব থেকে বেশী থাকে। এট হঠাৎ করে হয়ে পড়ে আর সকালবেলায় ঘুম থেকে ওঠার পরে এটা দেখতে পাওয়া যায়।

এই অস্থায়ী রোগের কারণ এখনও পর্যন্ত জানতে পারা যায়নি। এমনটা মানা হয়ে থাকে যে, এমনটা ব্যাক্টেরিয়ার সংক্রমণের কারণেই হয়। অনেক বার পক্ষাঘাতের সাথে-সাথে কানের পেছনে যন্ত্রণা, মাথার যন্ত্রণা, মুখ শুকিয়ে আসা বা কথা বলতে কস্ট হওয়ার মত লক্ষণও সামনে প্রকট পায়।

এটা খুব বেশী গম্ভীর হয় না। 6 মাসের চিকিৎসায় সব ঠিক হয়ে পড়ে। এতে শিশুর কোন ঝুঁকি থাকে না। যদিও আপনার এই ব্যাপারে ডাক্তারকে অবশ্যই জানানো উচিত।

গর্ভাবস্থা এবং ঔষধি

যে কোন ওযুধ উঠিয়ে নিন... তার ওপরে এই সতর্কবার্তা লেখা থাকে যে, গর্ভবতী মহিলা ডাক্তারের পরামর্শ ছাড়া এই ওযুধের সেবন করতে যাবেন না। আপনিও যদি কখনো-কখনো ওযুধের দোকান থেকে ওযুধ কিনে নিয়ে আসেন... তাহলে আপনি এটা কি করে জানতে পারবেন যে, সেই ওযুধ সুরক্ষিত কি না ?

এটা ঠিক যে, যে কোন ওযুধ নিজের ইচ্ছেমত না খাওয়াই 100 শতাংশ সুরক্ষিত

হয়... কিন্তু কিছু ওষুধই গর্ভাবস্থায় ক্ষতিকারক হয়। অনেক ওষুধ এমন আছে, যেগুলোর থেকে আপনার বা আপনার গর্ভস্থ শিশুর কোন ক্ষতি হওয়ার সম্ভাবনাই নেই। আসলে অনেক বার পরিস্থিতি এমন হয়ে ওঠে যে, গর্ভাবস্থায় ওষুধ নেওয়াটা জরুরী হয়ে ওঠে।

যে কোন ওষুধ নেওয়ার আগে সেটার লাভের সাথে-সাথে সেটার ক্ষতির ব্যাপারেও অনুমান লাগিয়ে নিন। ডাক্তারকে নিজের সকল ফয়সালায় শামিল করে নিতে পারলে ভালো হবে। অনেক বার ওষুধকে সুরক্ষার হিসেবে এ, বি, সি, ডি, ই শ্রেণীতে বিভক্ত করা হয়। এমনিতে আপনি এই চক্করে না পড়ে শুধু এইটুকু মাথায় রাখুন যে, নিজের ডাক্তার বা দাইকে প্রশ্ন না করে কোন এ্যালোপ্যাথি, হোমিয়োপ্যাথি বা আয়ুর্বেদিক ওষুধ নেবেন না।

সাধারণ ঔষধি

অনেক ওষুধ এমন হয়, যেগুলো গর্ভাবস্থায় পূর্ণ রূপে সুরক্ষিত হয়! সেগুলো এক চুটকীতে নাক থেকে জল পড়া আর মাথার যন্ত্রণায় আরাম দিতে পারে। কিছু ওষুধ এমনও আছে, যেগুলো গর্ভাবস্থার প্রথম তিন মাসে ক্ষতিকারক হতে পারে। কিছু ওষুধ পুরো গর্ভাবস্থায় বর্জিত হয়।

টাইলীনোল ঃ- এসীট্যামিনোফেনকে গর্ভাবস্থায় কিছুটা সুরক্ষিত মানা হয়... কিন্তু আপনি প্রথম বার এটা নেওয়ার সময় ডাক্তারের পরামর্শ নিন।

এস্প্রিন ঃ- আপনাকে গর্ভাবস্থার তৃতীয় তিন মাসে এটা না নেওয়ারই পরামর্শ দেওয়া হবে... কারণ এর থেকে নবজাত শিশুর অসুবিধা হতে পারে। ডেলিভারীর সময় বেশী রক্তস্রাবও হতে পারে। বিভিন্ন অধ্যয়ণ থেকে এটা জানতে পারা গেছে যে, এস্প্রিন অল্প মাত্রায় নিলে প্রীক্ল্যাম্পসিয়ায় লাভ হতে পারে... কিন্তু এই ব্যাপারে ডাক্তারই বলতে পারবেন যে, এটা আপনার নেওয়া উচিত কি না? এটাকে যদি রক্ত পাতলা করার ওষুধের সাথে মেশানো হয়, তাহলে গর্ভপাতের ঝুঁকি দূর হতে পারে।

হার্বাল পরিচর্যা

এটা ঠিক যে, গর্ভাবস্থায় আরাম প্রদান করার আশ্বাস দেওয়া সব জিনিষই ভালো লাগে... কিন্তু প্রতিটি প্রাকৃতিক ওষুধকেই সুরক্ষিত মানা চলে না। যখন কোন হার্বাল ওষুধ নেবেন, অতিরিক্ত সাবধানতা নিন। সেটা তখনই নিন... যখন ডাক্তার সেটা নেওয়ার পরামর্শ দেবেন।
আপনার যদি প্রাকৃতিক চিকিৎসা এতটাই পছন্দ হয়, তাহলে ওষুধের বদলে বৈকল্পিক চিকিৎসা পদ্ধতির ওপরে দৃষ্টি দিন। এতে কোন ক্ষতি হওয়ার ভয় থাকে না।

আপনাকে শুধু নিজের অবস্থা অনুসারে আর ডাক্তারের পরামর্শ অনুসারে চলতে হবে।

এডউইল বা মোট্রিন ঃ- গর্ভাবস্থার প্রথম আর তৃতীয় তিন মাসে ইবুফ্রেনের প্রয়োগ ভেবে-চিন্তে করুন। এস্প্রিনের মত এরও নেতিবাচক প্রভাব হতে পারে। ডাক্তারের পরামর্শ ছাড়া এর ব্যবহার করবেন না।

এলীভ ঃ- এটা আপনি গর্ভাবস্থায় একেবারেই ব্যবহার করতে পারবেন না।

ন্যাজল স্প্রে ঃ- বন্ধ নাকের থেকে মুক্তি পাওয়ার জন্য আপনি ন্যাজল স্প্রে-র প্রয়োগ করতে পারেন। ডাক্তারকে প্রশ্ন করে সঠিক ব্রাণ্ডের ন্যাজল স্প্রে-র নাম জেনে নিন। এছাড়াও ন্যাজল স্ট্রিপও কাজ দেয়।

এ্যান্টাসিড ঃ- বুকে জ্বলুনি হলে কোন এ্যান্টাসিড নিতে পারেন... কিন্তু সেটার ডোজের ব্যাপারে ডাক্তারের থেকে জেনে নিন।

গ্যাস এইডস্ ঃ- কখনো-কখনো গ্যাস দূর করার জন্য ওষুধ নিতে পারেন।

এ্যান্টী-হিস্টেমাইন ঃ- কিছু এ্যান্টী-হিস্টেমাইন এমন আছে, যেগুলোকে গর্ভাবস্থায় সুরক্ষিত মানা হয়ে থাকে। বেনেড্রিলকে সুরক্ষিত মানা যেতে

পারে। অনেক ডাক্তার ক্লোর--ট্রিমসেন নেওয়ার পরামর্শও দেন।

ঘুমের ওষুধ ঃ- গর্ভাবস্থায় য়ুনীসোম, টাইলীনোল, সোমীনেক্স আর নাইলীটোলের মত ওষুধ সুরক্ষিত হয়। ডাক্তাররা এগুলো মাঝে-মাঝে নেওয়ারই পরামর্শ দিয়ে থাকেন।

ডিকঞ্জেস্ট্যান্ট ঃ- যদি ব্যবহার করতেই হয়, তাহলে সীমিত মাত্রায় সুডাফেড ব্যবহার করুন। তবে আগে ডাক্তারকে প্রশ্ন করুন।

এ্যান্টী-ডায়রিয়াল ঃ- এই শ্রেণীর সকল ওষুধকে গর্ভাবস্থায় সুরক্ষিত মানা হয় না... ডাক্তারের পরামর্শ ছাড়া কোন ওষুধ নেবেন না।

এ্যান্টী-বায়োটিক্স ঃ- যদি ডাক্তার ব্যাক্টেরিয়া ইনফেকশনের কারণে এ্যান্টী-বায়োটিক্স দেন, তাহলে উনি পেনিসিলিন বা এ্যান্টী-থ্রোমাইসিন পরিবারের ওষুধ দিতে পারেন। আপনি সেই ডাক্তারের পরামর্শই নিন... যিনি আপনার গর্ভাবস্থার ব্যাপারে জানেন।

এ্যান্টী-ডিপ্রেসেন্ট ঃ- যদি ডিপ্রেশনের চিকিৎসা সঠিক ভাবে না হয়, তাহলে শিশুর ওপরে খারাপ প্রভাব পড়তে পারে। এই ওষুধ শিশুর বিকাশের হিসেবে সময়ে-সময়ে বদলাতে হয়।

এ্যান্টী-নসিয়া ঃ- কিছু ওষুধেব মিশ্রণে মর্ণিং সিকনেস তো কমে আসে... কিন্তু সেটার কারণে দিনের বেলা ঘুম পায়... এজন্য ভালো করে ভেবে-চিন্তে ব্যবহার করুন।

টপিক্যাল এ্যান্টী-বায়োটিক্স ঃ- ব্যাক্টিরেসিন বা নিয়োসপোরিনের মত টপিক্যাল এ্যান্টী-বায়োটিক্স সীমিত মাত্রায় নিতে পারেন।

টপিক্যাল স্টেরয়েডস্ ঃ- টপিক্যাল হাইড্রোকার্টিজোন সীমিত মাত্রায় নিতে পারেন।

গর্ভাবস্থায় ওষুধের প্রয়োগ

যদি ডাক্তার আপনাকে গর্ভাবস্থায় কোন ওষুধ সেবন করার পরামর্শ দেন... তাহলে সেটার লাভ বাড়ানোর জন্য আর ঝুঁকি কম করার জন্য নিম্নলিখিত পদক্ষেপ নিন ঃ

- ডাক্তারের থেকে এটা জেনে নিন যে, আপনি কি কম সময়ের জন্য অল্প মাত্রায় ডোজ নিতে পারেন ?
- ওষুধ তখনই নিন... যখন সেটা বেশী লাভ প্রদান করবে, যেমন – সর্দ্দির ওষুধ রাতে ঘুমোনোর সময় নিন।
- নির্দেশগুলোর পালন করুন। এটা পড়ে নিন যে, সেটা জলের সাথে নিতে হবে... না দুধের সাথে ? সেই ওষুধের সাইড এফেক্টের ব্যাপারেও জেনে নিন। যদি সেটার ওপরে গর্ভাবস্থায় না নেওয়ার সতর্কবাণী লেখা থাকে, তাহলে ভয় পাবেন না। বেশীর ভাগ ওষুধের ওপরেই এমনটা লেখা থাকে... কিন্তু সেগুলো সুরক্ষিত হয়! ডাক্তার ভেবে-চিন্তে তবেই তো ওষুধ লিখবেন!
- বাড়ী থেকে এ্যালার্জী বাড়িয়ে তোলা পদার্থ সরিয়ে দিন আর ওষুধ নিন, যাতে সেগুলোর প্রভাব বেশী হয়। হার্বাল ওষুধ সুরক্ষিত হয়... কিন্তু সেগুলো সেবন করার আগে ডাক্তারের পরামর্শ নেওয়াটা জরুরী হয়।
- ওষুধ গেলার আগে এক চুমুক জল পান করুন, যাতে সেটা গলা দিয়ে নেমে যায়। তারপর পুরো এক গ্লাস জল পান করুন, যাতে সেটা শরীরের মধ্যে গিয়ে গুলে যায়।
- ওষুধ সর্বদা একই দোকান থেকে কিনুন। ওষুধের নাম আর ডোজ পরীক্ষা করেই ওষুধ খান। এক্সপায়রী ডেট পড়ে নিন আর ওষুধ নেওয়ার পরে নিজেই সেটার নাম পড়ুন। কেমিস্ট ভুল করে অন্য ওষুধও দিয়ে দিতে পারেন।

গর্ভাবস্থায় পূর্ণ রূপে সুরক্ষিত কোন ওষুধ নিতে সংকোচ করবেন না। এতে আপনার গর্ভস্থ শিশুর কোন ক্ষতি হবে না আর আপনার চিকিৎসাও হয়ে পড়বে!

■ ■ ■

আপনি যদি কোন পুরোন রোগে গ্রস্ত হন

দীর্ঘকালীন রোগ *(পুরোন রোগ)*-তে গ্রস্ত ব্যক্তিদের জীবন যথেস্ট জটিল হয়ে ওঠে। তাঁদের বিশেষ আহার, ওষুধ আর টেস্টের ভরসায় জীবন কাটাতে হয়। যদি এর সাথেই গর্ভাবস্হা থাকে... তাহলে আহার, ওষুধ আর টেস্ট; এই তিনটের রুটীনে ফেরবদল করতে হয়। ভালো খবর হচেছ এটা যে, কিছুটা সাবধানতা আর পরিচর্যা দ্বারা এমন গর্ভাবস্হাকে সম্পূর্ণ রূপে সুরক্ষিত করে তোলা যেতে পারে। গর্ভাবস্হার রোগের ওপরে আর রোগের গর্ভাবস্হার ওপরে কি প্রভাব পড়বে... সেটা বেশ কিছু কারকের ওপরে নির্ভর করে। এই অধ্যায়ে এমনই কিছু কারকের ওপরে আলোচনা করা হয়েছে। এই গাইডের লাভ ওঠান... কিন্তু কোন ফয়সালা নেওয়ার আগে নিজের ডাক্তারের পরামর্শ নিন... কারণ উনি আপনার ব্যক্তিগত প্রয়োজনের হিসেবেই পরামর্শ বা ওষুধ দেবেন!

আপনি কি ভাবছেন?

হাঁফানী

"আমার ছোটবেলা থেকেই হাঁফানী আছে। হাঁফানীর এ্যাটাকের জন্য নেওয়া ওষুধ কি গর্ভাবস্হায় সুরক্ষিত থাকবে?"

আমরা এটা বুঝতে পারছি যে, আপনাকে নিজের এই অবস্হায় কিছুটা অতিরিক্ত দেখাশোনা করতে হবে। এটা সত্যি যে, হাঁফানীর কারণে গর্ভাবস্হা ঝুঁকিপূর্ণ হয়ে ওঠে... কিন্তু এই ঝুঁকি আর ভয়কে পূর্ণ রূপে দূর করা যেতে পারে। আপনি যদি কোন অভিজ্ঞ বিশেষজ্ঞ, স্ত্রী রোগ বিশেষজ্ঞ এবং অন্য ডাক্তারদের টীমের দেখাশোনার মধ্যে থাকেন, তাহলে গর্ভাবস্হাও স্বাভাবিক হয়ে থাকবে আর আপনি এক সুস্হ শিশুর জন্ম দিতে পারবেন।

যদি হাঁফানী পুরোপুরি নিয়ন্ত্রণে থাকে, তাহলে গর্ভাবস্হার ওপরে সেটার মামুলী প্রভাব হয়। এর প্রভাব প্রতিটি ভাবী মায়ের ওপরে আলাদা-আলাদা হতে পারে। এক-তৃতীয়াংশ মামলায় হাঁফানীর অবস্হায় উন্নতি হয়। কিছু মামলায় অবস্হা আগের মতই থাকে আর কিছু মামলায় পরিস্হিতি গম্ভীর হয়ে উঠতে পারে। আপনি এটা দেখতে পাবেন যে, আপনার হাঁফানী গর্ভাবস্হায় আগের মতই রয়েছে।

এমনিতে এটাই ভালো হবে যে, গর্ভধারণ করার আগে নিজের হাঁফানীর ওপরে নিয়ন্ত্রণ প্রাপ্ত করে নিন। এটা আপনার আর আপনার ভাবী শিশুর পক্ষে ভালো নীতি হবে। আপনি

এখনও পর্যন্ত নিম্নলিখিত পদক্ষেপগুলো না নিয়ে থাকলে এবার সেগুলোর পালন করুন।

- পরিবেশে হাঁফানী বা এ্যালার্জী ছড়ানো কারক চিনে নিন। আপনি তো আগে থেকেই এটা জানেন যে, আপনার কোন্-কোন্ জিনিষে বেশী সমস্যা হয়। সেই সব জিনিষের থেকে দূরে থাকুন, যাতে আপনি গর্ভাবস্থায় মুক্ত ভাবে শ্বাস নিতে পারেন। এমনিতে পরাগ কণা, জানোয়ারদের লোম, ধূলো ইত্যাদিই এর জন্য দায়ী হয়। তামাকের ধোঁওয়া, আতর বা ঘর পরিস্কার করা ডিটারজেন্ট ইত্যাদি থেকেও হাঁফানী হয়। আপনি আর আপনার সাথী – দুজনেরই ধূম্রপান ত্যাগ করা উচিত। আপনাকে এ্যালার্জীর ওষুধ দেওয়া হলে আপনি সেটা গর্ভাবস্হাতেও চালিয়ে যেতে পারবেন।
- ব্যায়াম করার সময় ওয়ার্কআউট করার আগে ওষুধ নিন, যাতে হাঁফানীর এ্যাটাক না আসে। এই ব্যাপারে ডাক্তারের পরামর্শও নিন।
- সর্দ্দি-কাশি, ফ্লু আর শ্বাসের সাথে যুক্ত কষ্ট থেকে দূরে থাকুন... সুস্হ থাকুন। নিজের ডাক্তারের পরামর্শে ফ্লুয়ের ওষুধও নিন। আপনার যদি সাইনসাইটিস বা রিফ্লক্সের সমস্যা থাকে, তাহলে ডাক্তারকে প্রশ্ন করে চিকিৎসা করান... অন্যথা হাঁফানী ব্যবস্হাপনায় সমস্যা আসতে পারে।
- ডাক্তারের নির্দেশের পালন করুন, যাতে আপনার আর আপনার গর্ভস্হ শিশুর পর্যাপ্ত মাত্রায় অক্সিজেনের প্রাপ্তি হতে পারে। আপনি পিক্-ফ্লো মিটার দ্বারাও নিজের পরীক্ষা করতে পারেন।
- নিজের ওষুধের ওপরে আরও একবার দৃষ্টি দিন। গর্ভাবস্হায় সেই ওষুধই নিন... যেগুলো নেওয়ার অনুমতি আপনার ডাক্তার দিয়েছেন। লক্ষণ হাল্কা হলে ওষুধের প্রয়োজন হবে না... কিন্তু স্বাভাবিক থেকে গুরুতর লক্ষণের ক্ষেত্রে এমন ওষুধ দেওয়া যেতে পারে... যেগুলো গর্ভাবস্হায় সুরক্ষিত হবে ! এমনিতে তো নাকের মাধ্যমে নেওয়া ওষুধ ঠিক থাকে। ওষুধ নিতে ভুলবেন না... কারণ এবার আপনাকে দুজনের জন্য শ্বাস নিতে হবে।

হাঁফানীর এ্যাটাক এলে চিকিৎসা করাতে দেরী করবেন না... অন্যথা গর্ভস্হ শিশুর অক্সিজেনের অভাব হয়ে পড়তে পারে। এই কারণে হাল্কা সংকুচনও হতে পারে... কিন্তু এ্যাটাক শেষ হওয়ার পরে সেটাও থেমে যায়।

গর্ভাবস্হার শেষ দিনগুলোয় এই জিনিষটা কিছুটা জটিলতাপূর্ণ হতে পারে... কিন্তু এটা ততটা বিপজ্জনক হবে না। আপনাকে শুধু এইটুকু দেখতে হবে যে, এই সময় হাঁফানীর এ্যাটাক যেন লম্বা সময়ের জন্য না হয়।

প্রসব আর ডেলিভারীর ওপরে হাঁফানীর কি প্রভাব পড়বে ? আপনি কোন ওষুধ ছাড়াই কাজ চালাতে পারেন। এপীড্যুরলেও কোন সমস্যা হবে না... কিন্তু ড্যামিরোলের মত নার্কোটিক যন্ত্রণা নিবারক সেবন করলে হাঁফানীর এ্যাটাক বাড়তে পারে। যদি সেই সময় ওষুধে কাজ না হয়, তাহলে ডাক্তার আপনাকে আই.ভি. স্টেরয়েড দিতে পারেন। অক্সিজেনেশনেরও পরীক্ষা করা হবে। সেটা কম পাওয়া গেলে সেটার ওষুধ দেওয়া হবে। এমন মায়েদের শিশুদের জম্মের পরে তীব্র গতিতে শ্বাস-প্রশ্বাস চলতে থাকে... কিন্তু এই সমস্যা অস্হায়ী হয়। ডেলিভারীর 3 মাস পরে হাঁফানীর সেই লক্ষণ দেখতে পাওয়া যাবে... যেগুলো গর্ভাবস্হার আগে হওয়ার ছিল।

ক্যান্সার

গর্ভাবস্হায় ক্যান্সার হওয়াটা স্বাভাবিক হয় না... কিন্তু এমনটা হতেও পারে। সেই সময় চিকিৎসার সঠিক সন্তুলন বজায় রাখাটা অত্যন্ত জরুরী হয়ে ওঠে। গর্ভকাল, ক্যান্সারের প্রকার, সেটার অবস্হা, আপনার শরীরের প্রতিরোধক ক্ষমতা ইত্যাদি বেশ কিছু কারকের ওপরে সেটার চিকিৎসা নির্ভর করে। গর্ভাবস্হার প্রথম তিন মাসে ক্যান্সারের চিকিৎসায় গর্ভস্হ ভ্রূণের ঝুঁকি হতে পারে... এজন্য ডাক্তাররা গর্ভাবস্হার দ্বিতীয় তিন মাস পর্যন্ত অপেক্ষা করেন। যদি ক্যান্সারের ব্যাপারে পরে জানতে পারা যায়, তাহলে ডাক্তার ডেলিভারীর পরে চিকিৎসা করেন, যাতে শিশুর জম্ম হতে পারে।

সিস্টিক ফাইব্রোসিস

"আমার সিস্টিক ফাইব্রোসিস আছে। এর ফলে গর্ভাবস্হা কতটা জটিল হতে পারে ?"

আপনি তো আগে থেকেই এটা জানেন যে, সি.এফ.-য়ের সাথে জীবন কাটানো কতটা চ্যালেঞ্জিং হতে পারে! যদিও গর্ভাবস্থায় এই চ্যালেঞ্জ আরও বেড়ে ওঠে... কিন্তু আপনি আর আপনার ডাক্তার মিলে গর্ভাবস্থাকে সুখকর আর সুরক্ষিত করে তুলতে পারেন।

সবার আগে আপনাকে নিজের ওজন বাড়াতে হবে। এর জন্য কোন আহার বিশেষজ্ঞের পরামর্শ নিন। আপনাকে নিজের আর গর্ভস্থ শিশুর বিকাশের পরীক্ষা করার জন্য বেশ কয়েকবার ডাক্তারের কাছে যেতে হবে। আপনার গতিবিধি সীমিত হয়ে পড়তে পারে... কারণ এই ক্ষেত্রে সময়-পূর্ব প্রসবের ঝুঁকি থাকে। ঝুঁকি কম করার জন্য অতিরিক্ত সাবধানতা নেওয়া হয়... যাতে শিশুর প্রসব সময় মত হতে পারে। সময়ের আগে হাসপাতালে যাওয়ার প্রয়োজনও হতে পারে।

জেনেটিক কাউন্সিলিং থেকে এটা জানা যেতে পারে যে, ভাবী শিশু সি.এফ.-তে গ্রস্ত কি না? যদি আপনার সাথীর এই রোগ না থাকে, তাহলে হয়তো আপনাদের শিশুর এই রোগ হবে না... কিন্তু আপনার সাথীর এই সমস্যা থেকে থাকলে সেই ঝুঁকি কিছুটা বেড়ে উঠতে পারে।

ডাক্তার এই সময় এই দিকে পূর্ণ দৃষ্টি রাখবেন যে, আপনার যেন পাল্‌মোনারী সংক্রমণ না হয়ে পড়ে। কিছু-কিছু গর্ভবতী মহিলাদের গর্ভাবস্থায় ফুসফুসের সংক্রমণ বেড়ে ওঠে। যদিও এটার তেমন কোন স্থায়ী নেতিবাচক প্রভাব হয় না।

যদি ডাক্তারের পূর্ণ তত্ত্বাবধানে আপনার গর্ভাবস্থা কাটে, তাহলে এক সুন্দর শিশু কোলে আসে... আর কোন প্রকারের সমস্যা হয় না।

অবসাদ *(ডিপ্রেশন)*

"আমার গত কয়েক বছর ধরে ক্রণিক ডিপ্রেশন *(দীর্ঘকালীন অবসাদ)* রয়েছে। সেই থেকে আমাকে হাল্কা এ্যান্টী-ডিপ্রেশেন্ট ওষুধ দেওয়া হচ্ছে। গর্ভবতী হওয়ার পরেও কি এই ওষুধ নেওয়া যেতে পারে?"

বেশ কিছু গর্ভবতী মহিলা গর্ভাবস্থার সময় ডিপ্রেশনে গ্রস্ত হয়ে পড়েন। সঠিক চিকিৎসা দ্বারা তাঁদের গর্ভাবস্থা স্বাভাবিক হয়ে আসতে পারে। ওষুধের মামলায় কিছুটা সন্তুলন বজায় রাখতে হবে। আপনাকে নিজের ডাক্তার আর মনোবৈজ্ঞানিককে প্রশ্ন করে এটা ঠিক করতে হবে যে, কেমন ধরণের ওষুধ নেওয়া উচিত।

শিশুর শারীরিক আর আপনার ভাবনাত্মক অবস্থা – দুটোর ওপরেই নজর রাখতে হবে। গর্ভাবস্থা হার্মোনে শুরুতে আপনার ভাবনাত্মক অবস্থাকে প্রভাবিত করতে পারে। যেসব গর্ভবতী মহিলাদের মুড কখনো ওঠা-নামা করে না, তাঁরাও এই হার্মোনের কারণে অবসাদের শিকার হয়ে পড়েন আর যাঁরা আগে থেকেই অবসাদগ্রস্ত হন... তাঁদের অবস্থা আরও খারাপ হয়ে পড়ে। তাঁরা যদি ওষুধ নেওয়া বন্ধ করে দেন, তাহলে তাঁদের অবস্থার অনুমান আপনি সহজেই লাগাতে পারেন।

এই অবসাদ গর্ভস্থ শিশুর স্বাস্থ্যের ওপরেও খারাপ প্রভাব ফেলতে পারে! অবসাদগ্রস্ত মা না তো ভালো করে খাবার খান আর না-ই নিজের গর্ভস্থ শিশুর ওপরে মনোযোগ দিতে পারেন। তিনি মদ্যপান আর ধূম্রপানের শিকারও হয়ে পড়েন। অত্যধিক মানসিক চাপের কারণে অনেক বার শিশুর জন্ম সময়ের আগেই হয়ে পড়ে... এমন শিশুদের ওজন জন্ম থেকেই কম হয় এবং জন্মের পরেও বেশ কয়েক প্রকারের সমস্যার সৃষ্টি হয়। যদি ডিপ্রেশনের সঠিক চিকিৎসা হয়ে পড়ে, তাহলে মা নিজের আর নিজের গর্ভস্থ শিশুর ওপরে পূর্ণ দৃষ্টি দিতে পারেন।

ওষুধ বন্ধ করার আগে দু বার চিন্তা করুন। নিজের ডাক্তারকে প্রশ্ন করে এটা ঠিক করুন যে, কোন্ এ্যান্টী-ডিপ্রেশেন্ট ওষুধ এই সময় আপনার পক্ষে উপযুক্ত হবে? ডাক্তার আপনাকে একেবারে সঠিক তথ্য প্রদান করবেন... কারণ তিনি দিন-রাত এমন মামলারই সমাধান করেন! যদি কোন ওষুধের একটু-আধটু প্রভাব হয়েও পড়ে, তাহলে সেটাকে উপেক্ষা করা যেতে পারে... কারণ অবসাদের চিকিৎসা না হলে সেটার দীর্ঘকালীন পরিণাম সামনে আসতে পারে।

অনেক বার ওষুধের সাথে-সাথে মনোচিকিৎসাও সহায়ক হয়। বৈকল্পিক চিকিৎসা পদ্ধতিও কার্যকরী হয়। ব্যায়াম, ধ্যান আর পৌষ্টিক আহারও যথেষ্ট গুরুত্বপূর্ণ হয়...

সেগুলোকে উপেক্ষা করবেন না।

ডায়াবেটিজ

"আমি ডায়াবেটিজে গ্রস্ত হয়ে পড়েছি। আমার গর্ভস্থ শিশুর ওপরে কি এটার কোন প্রভাব পড়তে পারে ?"

বর্তমানে ডায়াবেটিজে গ্রস্ত গর্ভবতী মহিলাদের জন্য একটা সুখবর রয়েছে ! ডাক্তারী পরিচর্যা এবং নিজে থেকে ভালো দেখাশোনা দ্বারা আপনিও এক সুস্থ শিশুর মা হয়ে উঠতে পারেন।

বিভিন্ন অধ্যয়ণ থেকে এটা জানতে পারা গেছে যে, ডায়াবেটিজ টাইপ - 01 হোক্ বা টাইপ - 02, গর্ভধারণ করার আগে রক্ত গ্লুকোজ স্বাভাবিক স্তরে চলে আসে এবং পুরো 9 মাস পর্যন্ত সেটা ঠিকই থাকে।

আপনার আগে থেকে ডায়াবেটিজ থাকুক বা না থাকুক অথবা আপনি গর্ভাবস্থার সময় গ্যাস্টেশন্যাল ডায়াবেটিজে গ্রস্ত হয়ে পড়েছেন... নিম্নলিখিত পরামর্শগুলো মেনে চললে সুরক্ষিত প্রসব এবং সুস্থ শিশুর প্রাপ্তি সম্ভব।

উপযুক্ত ডাক্তারের নির্বাচন ঃ- আপনার প্রসূতি বিশেষজ্ঞকে ডায়াবেটিজের বিষয়ে তথ্য সংগ্রহ করার সাথে-সাথে আপনার ডায়াবেটিজের চিকিৎসা করতে থাকা ডাক্তারের সাথেও সামঞ্জস্য বজায় রাখতে হবে। আপনাকে অন্য মায়েদের তুলনায় ডাক্তারের চেম্বারে বেশী বার চক্কর লাগাতে হবে।

ভালো আহার যোজনা ঃ- আপনাকে কোন ডাক্তার এবং পোষণ বিজ্ঞানীর সহায়তায় নিজের ডায়েটের পুরো যোজনা তৈরী করতে হবে, যাতে শিশু আর আপনার পৌষ্টিক তত্ত্বের অভাব না হয়। এতে কমপ্লেক্স কার্বোহাইড্রেটের মাত্রা বেশী, প্রোটিনের মাত্রা সীমিত এবং ফ্যাট আর কোলেস্ট্রলের মাত্রা কম থাকা উচিত। তন্তুযুক্ত ভোজনের পর্যাপ্ত মাত্রাও অত্যন্ত গুরুত্ব রাখে।

এমনিতে কার্বোহাইড্রেটের অনিয়মিততাকে ইন্সুলিনের সহায়তায় পূরণ করা যেতে পারে। এটা দেখা উচিত যে, আপনার শরীর কিছু নির্দিষ্ট কার্বোহাইড্রেট যুক্ত খাদ্য পদার্থের প্রতি কেমন প্রতিক্রিয়া প্রদান করে ! বেশীর ভাগ ডায়াবেটিজের রোগী ফলের বদলে সব্জী, ডাঁটাযুক্ত পদার্থ আর গোটা শস্য ভরপুর মাত্রায় গ্রহণ করেন। ব্লাড শুগারের স্তর স্বাভাবিক করে রাখার জন্য সকালে কার্বোহাইড্রেট পর্যাপ্ত মাত্রায় নিন। স্ন্যাক্সেও কমপ্লেক্স কার্ব আর প্রোটিন ভরপুর মাত্রায় থাকা উচিত। খাবার না খেলে ব্লাড শুগারের স্তর কমে আসতে পারে। দিনের মধ্যে এক ঘন্টা পরে-পরে কিছু-না-কিছু খান। নিয়মিত রূপে সুস্থ আর পৌষ্টিক স্ন্যাক্স খেলে আপনি বেশ কিছু সমস্যার থেকে নিজেকে বাঁচিয়ে রাখতে পারবেন।

ওজন বাড়ানো ঃ- গর্ভধারণ করার আগেই নিজের আদর্শ ওজন প্রাপ্ত করে নিন। আপনার ওজন বেশী হলে সেটাকে কমানোর প্ল্যান তৈরী করুন। ডাক্তারের পরামর্শ অনুসারে ধীরে-ধীরে ওজন বাড়ান। ডাক্তার আল্ট্রাসাউণ্ডে সহায়তায় গর্ভস্থ শিশুর বিকাশের ব্যাপারে পরীক্ষা করে চলবেন।

ব্যায়াম ঃ- আপনি যদি টাইপ - 2 ডায়াবেটিজে পীড়িত হন, তাহলে আপনাকে ব্যায়ামের মাত্রা সীমিত রাখতে হবে। এতে আপনি বেশী এনার্জী প্রাপ্ত করবেন, আপনার ব্লাড শুগারের স্তর বজায় থাকবে এবং ডেলিভারীর পরে নিজের পুরোন ফিগার ফিরে পেতেও বেশী সময় লাগবে না। এটাকে নিজের ডাক্তারী প্ল্যানের সাথে মিলিয়েই এগিয়ে নিয়ে চলুন। যদি আপনার গর্ভাবস্থায় কোন প্রকারের জটিলতা না থাকে, তাহলে আপনি হাল্কা পায়চারী আর সাঁতারকে নিজেব ওয়ার্কআউটে শামিল করতে পারেন। যদি শিশুর বিকাশ সম্বন্ধীয় কোন সমস্যা দেখতে পাওয়া যায়, তাহলে হয়তো আপনাকে বেশী ব্যায়াম করার অনুমতি দেওয়া হবে না।

এমনিতে ওয়ার্কআউটের আগে কিছু সাবধানতা অবলম্বন করতে ভুলে যাবেন না। ওয়ার্কআউট শুরু করার আগে কিছু খান। ক্লান্ত হয়ে ওঠার মত ব্যায়াম করবেন না। গরম আবহাওয়ায় ব্যায়াম করবেন না। আপনি ইন্স্যুলিন নিতে থাকলে সেটা শরীরের সেই সব অঙ্গে নেবেন না, যেগুলো দিয়ে আপনি ওয়ার্কআউট করেন, যেমন – পা। ব্যায়াম করার আগে ইন্স্যুলিনের মাত্রাও কমাবেন না।

বিশ্রাম ঃ- গর্ভাবস্থার তৃতীয় তিন মাসে পর্যাপ্ত বিশ্রাম অত্যন্ত গুরুত্বপূর্ণ হয়। অত্যধিক ক্লান্তি এড়িয়ে চলুন এবং দুপুরে পা কিছুটা উঁচু করে শুয়ে থাকুন। আপনার কার্যস্থলে চাপ বেশী থাকলে আপনাকে আগেই ছুটী নেওয়ার পরামর্শ দেওয়া হতে পারে।

ওষুধ ঃ- যদি আহার আর ব্যায়াম দ্বারা কাজ না হয়, তাহলে আপনাকে ইন্‌স্যুলিন নিতে হবে। ইন্‌স্যুলিনের ডোজ সময়ে-সময়ে বদলাতে হতে পারে। আপনার আর গর্ভস্থ শিশুর ওজন বাড়ার সাথে-সাথে নতুন করে ডোজ নির্দিষ্ট করতে হবে। বিভিন্ন অধ্যয়ণ থেকে এটা জানতে পারা গেছে যে, *গ্লৌইবুরাইড'* ওষুধের সেবন করলেও কম গম্ভীর মামলায় ইন্‌স্যুলিনের ডোজ কমানো যেতে পারে। ইন্‌স্যুলিন নেওয়ার সময় বাকী ওষুধগুলোর ওপরেও দৃষ্টি দিন... কারণ সেগুলোও ইন্‌স্যুলিনের স্তরকে প্রভাবিত করতে পারে। নিজের ডাক্তারের পরামর্শ অনুসারে কেবলমাত্র সুরক্ষিত ওষুধই নিন।

ব্লাড শুগার ঃ- আপনাকে দিনে চার থেকে দশ বার ব্লাড শুগারের স্তরের পরীক্ষা করতে হতে পারে। আপনার যদি টাইপ - 1 ডায়াবেটিজ থাকে, তাহলে গ্লাইকোসিলেটেড হীমোগ্লোবিনের জন্যও আপনার রক্তের পরীক্ষা করা হতে পারে। এর স্তর বেশী থাকার অর্থ হচ্ছে এই যে, আপনার শুগারের স্তর পুরোপুরি নিয়ন্ত্রণে নেই। ব্লাড গ্লুকোজের স্তরকে স্বাভাবিক রাখার জন্য আপনাকে নিয়মিত সময়ে খাওয়া-দাওয়া করতে হবে... আহার আর ব্যায়ামের ওপরে পূর্ণ দৃষ্টি দিতে হবে এবং প্রয়োজন পড়লে ওষুধও নিতে হবে। আপনি যদি গর্ভাবস্থার আগে থেকেই ইন্‌স্যুলিন নিয়ে আসছেন, তাহলে আপনি হাইপো গ্লাইসীমিয়ার শিকার হতে পারেন। এজন্য গর্ভাবস্থার প্রথম তিন মাসে পরীক্ষার ওপরে পূর্ণ দৃষ্টি দিন। বাড়ী থেকে বাইরে বেরোবার সময় নিজের সঙ্গে খাওয়া-দাওয়ার জিনিষ অবশ্যই রাখুন।

প্রস্রাব পরীক্ষা ঃ- আপনার শরীরে কীটোন তৈরী হতে পারে। এজন্য এই সময়ে প্রস্রাব পরীক্ষাও করানো উচিত।

সাবধানতাপূর্বক পরীক্ষা ঃ- বিভিন্ন টেস্টের ব্যাপারে অযথা চিন্তা করে অস্থির হয়ে উঠবেন না। আপনাকে হয়তো প্রসবের বেশ কয়েক সপ্তাহ আগেই হাসপাতালে ভর্তি হতে হবে। এটার অর্থ এই নয় যে, আপনার গর্ভাবস্থায় কিছু গণ্ডগোল রয়েছে... ডাক্তার শুধু আপনার পূর্ণ সুরক্ষা চান। বিভিন্ন প্রকারের টেস্ট দ্বারা আপনার আর গর্ভস্থ শিশুর ব্যাপারে তাজা তথ্য প্রাপ্ত হতে থাকবে, যাতে প্রয়োজন পড়লে ডাক্তার অন্য কোন পদক্ষেপ নিতে পারেন!

আপনাকে নিজের চোখ দুটোরও নিয়মিত রূপে পরীক্ষা করাতে হবে। অনেক বার গর্ভাবস্থায় রেটিনা এবং কিডনীর সমস্যা বেশ বেড়ে ওঠে। যদি গর্ভাশয়ে শিশুর আকার বেড়ে ওঠে, তাহলে যোনিপথ দিয়ে ডেলিভারী না করিয়ে অন্য কোন বিকল্পের ব্যাপারে ভাবনা-চিন্তা করা হয়ে থাকে। গর্ভাবস্থার 10-তম এবং 22-তম সপ্তাহে আল্ট্রাসাউণ্ডের সহায়তায় গর্ভস্থ ভ্রূণের সূক্ষ্ম পরীক্ষা করা হয়ে থাকে, যাতে সব কিছু জানতে পারা যায়।

21-তম সপ্তাহের পরে আপনাকে দিনে তিন বার গর্ভস্থ শিশুর গতিবিধি পরীক্ষা করার জন্য বলা হতে পারে। ডায়াবেটিজে গ্রস্ত গর্ভবতী মহিলাদের প্রীক্ল্যাম্পসিয়া হওয়ারও ঝুঁকি থাকে... এজন্য ডাক্তার এই ব্যাপারে সম্পূর্ণ রূপে নিশ্চিন্ত হয়ে উঠতে চাইবেন।

ইলেক্টিভ আর্লী ডেলিভারী ঃ- গ্যাস্টেশন্যাল ডায়াবেটিজ বা কম গুরুতর লক্ষণযুক্ত গর্ভবতী মহিলারা সঠিক সময়ে প্রসব করেন... কিন্তু যখন প্লেসেন্টা অত্যন্ত দ্রুত ক্ষীণ হয়ে আসতে থাকে বা মায়ের ব্লাড শুগারের স্তর স্বাভাবিক থাকে না... তখন শিশু নির্দিষ্ট সময়ের 1 - 2 সপ্তাহ আগেই জন্ম নিতে পারে। ডাক্তার পরীক্ষা করে এটা জানাতে পারেন যে, সী-স্যাক্শন করতে হবে... না কি স্বাভাবিক ডেলিভারী হওয়ার জন্য অপেক্ষা করা যেতে পারে!

যদি শিশুর জন্ম হওয়ার ঠিক পরেই তাকে আই.সি.ইউ.-তে রাখা হয়, তাহলে ভয় পাবেন না। এমন সকল শিশুকেই এই ভাবে রাখা হয়। সেখানে তাদের ফুসফুস আর ডায়াবেটিজের সাথে যুক্ত লক্ষণগুলোর পরীক্ষা করা হয়ে থাকে। আপনি শিশুকে স্তনপান করাতে চাইলে সেটার ব্যবস্থাও করা হয়।

এপীলেপ্সী

"আমার এপীলেপ্সী আছে... কিন্তু আমি *মা'* হতে চাই। আমার গর্ভাবস্থা কি সুরক্ষিত হতে পারে ?"

সঠিক দেখাশোনার সাথে আপনিও এক সুস্থ শিশুর মা হয়ে উঠতে পারেন। গর্ভধারণ করার আগে নিজের ডাক্তার আর ন্যুরো-সার্জনের সাথে দেখা করুন আর তাঁদের তত্ত্বাবধানে থাকুন। তাঁরা আপনাকে ওষুধ আর সতর্কতার ব্যাপারে জানাবেন। বেশীর ভাগ গর্ভবতী মহিলাদের ক্ষেত্রে এমনটা দেখতে পাওয়া গেছে যে, এপীলেপ্সী গর্ভাবস্থায় বেশী প্রকট হয় না। রোগের মধ্যে বিশেষ কোন পরিবর্তনও আসে না। কেবলমাত্র এতটা দেখতে পাওয়া গেছে যে, এমন মহিলাদের বমি আসা আর মাথা ঘোরার অভিযোগ বেশী করে হয়... যেটার কোন গুরুতর পরিণাম সামনে প্রকট পায় না।

এমন গর্ভবতী মহিলাদের শিশুদের মধ্যে হাল্কা জন্মজাত বিকৃতি দেখতে পাওয়া যেতে পারে... কিন্তু এটাকেও আপনি এপীলেপ্সীর নয়... বরং গর্ভাবস্থার সময় নেওয়া এ্যান্টী-কন্‌বালমেন্ট ওষুধের প্রভাব হিসেবে মানতে পারেন।

গর্ভধারণ করার আগেই ডাক্তারের সাথে এটার ওষুধের ব্যাপারে আলোচনা করে নিন। নিজের রোগের ওপরে নিয়ন্ত্রণ প্রাপ্ত করার পরেই সামনের দিকে পা বাড়ান। ডাক্তার আপনাকে এক বা একাধিক ওষুধের মিশ্রণ সেবন করার জন্য বলতে পারেন, যাতে আপনার গর্ভাবস্থা সুরক্ষিত থাকে আর রোগের ওপরেও নিয়ন্ত্রণ বজায় থাকে। গর্ভস্থ শিশুর ঝুঁকির ভয়ে ওষুধ সেবন বন্ধ করে দেবেন না... এতে ক্ষতি হতে পারে।

এই সময় আপনাকে আল্ট্রাসাউণ্ড দ্বারা সূক্ষ্ম পরীক্ষা আর গর্ভাবস্থার আগে স্ক্রীনিং-য়ের নির্দেশ দেওয়া হতে পারে। আপনি যদি ভ্যাপ্রোইক এ্যাসিড নিচ্ছেন... তাহলে ডাক্তার *ন্যুরেল টিউব ডিফেক্ট'*-য়েরও পরীক্ষা করতে চাইবেন।

আপনার সম্পূর্ণ নিদ্রা আর পৌষ্টিক আহারের ওপরে জোর দেওয়া উচিত। ভরপুর মাত্রায় তরল পদার্থ আর ভিটামিন *ডি'*-র ডোজ নিন। গর্ভাবস্থার শেষ চার সপ্তাহে আপনাকে ভিটামিন *কে'*-র ডোজও দেওয়া হতে পারে। এতে প্রসব আর ডেলিভারীতেও বিশেষ সমস্যা আসে না আর আপনি নিজের শিশুকে স্তনপানও করাতে পারবেন। দুধের ওপরে ওষুধের খুব হাল্কা প্রভাবই পড়ে।

ফাইব্রোমাইলগিয়া

"কয়েক বছর আগে আমার ফাইব্রোমাইলগিয়া হয়েছিল। আমার গর্ভাবস্থার ওপরে সেটার কেমন প্রভাব পড়বে ?"

আপনি যদি নিজের এমন কোন অবস্থার ব্যাপারে আগে থেকেই জানতে পারেন, তাহলে সেটার ভালো লাভ হয়। এর লক্ষণের মধ্যে যন্ত্রণা, জ্বলুনি, মাংসপেশী আর উত্তকগুলোয় যন্ত্রণা ইত্যাদি শামিল রয়েছে। গর্ভাবস্থায় ক্লান্তির কারণে এই সব লক্ষণ সহজে চিনতে পারা যায় না। এর থেকে উৎপন্ন মানসিক চাপকেও গর্ভাবস্থারই এক লক্ষণ হিসেবে মেনে নেওয়া হয়। আপনার গর্ভস্থ শিশুর ওপরে এই রোগের কোন প্রভাবই পড়বে না... যদিও আপনার গর্ভাবস্থা কিছুটা জটিল হয়ে উঠতে পারে। আপনার শরীরে বেশী ক্লান্তি আর যন্ত্রণা থাকবে। এর থেকে সুরক্ষার জন্য মানসিক চাপ কমানোর চেষ্টা করুন। যোগ, ধ্যান আর ব্যায়াম দ্বারা শরীরকে আরাম প্রদান করুন। ওজনকে প্রয়োজনের অতিরিক্ত বাড়তে দেবেন না। ডাক্তারকে প্রশ্ন করে ওষুধ নিন... যেগুলো গর্ভাবস্থায় সম্পূর্ণ রূপে সুরক্ষিত হবে।

ক্রণিক ফ্যাটিগ সিণ্ড্রোম

গর্ভাবস্থা এবং সুস্থ শিশুর জন্মের সাথে এর কোন সম্পর্ক থাকে না। এটাও জানতে পারা যায়নি যে, গর্ভাবস্থার ওপরে এই সিণ্ড্রোমের কেমন প্রভাব পড়ে! অনেক গর্ভবতী মহিলাদের লক্ষণ আগের মতই থাকে, আবার অনেকের ক্ষেত্রে লক্ষণ অত্যন্ত খারাপ হয়ে পড়ে। আপনিও যদি এই সিণ্ড্রোমে গ্রস্ত হয়ে পড়েন, তাহলে নিজের গর্ভাবস্থার ব্যাপারে ডাক্তারকে জানান, যাতে তিনি আগে থেকে চলে আসা ওষুধ পরিবর্তন করতে পারেন। উনি আপনাকে আরও কিছু পরামর্শও দিতে পারেন, যাতে আপনার শিশুর প্রসব বা পরিচর্যায় কোন সমস্যা না আসে।

ওষুধের লাভ

আপনি যদি দীর্ঘ সময় ধরে চলে আসা রোগের নিয়ন্ত্রণের জন্য কোন ওষুধের সেবন করছেন, তাহলে একটু দৃষ্টি দিন! সেগুলো রাতে ঘুমোনোর সময়ই নিন, যাতে সেগুলো আপনার সিস্টেমকে পূর্ণ আরাম প্রদান করতে পারে। সকালের দিকে বমি আসতে থাকলে ওষুধের ডোজ পাল্টাতে হতে পারে। এই ব্যাপারে সময়ে-সময়ে ডাক্তারের পরামর্শ নিতে থাকুন। ওষুধের ব্যাপারে মনে কোন প্রকারের সন্দেহের সৃষ্টি হলে আগে ডাক্তারকে প্রশ্ন করে জেনে নিন।

হায়পারটেনশন

কৈয়েক বছর ধরে আমার হায়পারটেনশন রয়েছে। উচ্চ রক্তচাপ আমার গর্ভাবস্থাকে কি ভাবে প্রভাবিত করতে পারে?"

যত বেশী বয়সের মহিলারা গর্ভধারণ করছেন, তাঁদের মধ্যে উচ্চ রক্তচাপের এই সমস্যা দেখতে পাওয়া যাচ্ছে। এই অবস্থা বয়স বাড়ার সাথে-সাথে বেড়ে চলে।

আপনার প্রেগন্যান্সীকে হাই রিস্ক মানা হবে অর্থাৎ আপনাকে ডাক্তারের চেম্বারে বেশী করে চক্কর লাগাতে হবে। নিয়ন্ত্রিত রক্তচাপ, ভালো ডাক্তারী পরিচর্যা এবং ব্যক্তিগত দেখাশোনা দ্বারা আপনার গর্ভাবস্থা পূর্ণ সুরক্ষিত হয়ে উঠবে এবং আপনি এক সুস্থ শিশুর জন্ম দিতে পারবেন। আপনার নিম্নলিখিত পরামর্শগুলোর পালন করা উচিত ঃ-

সঠিক মেডিক্যাল টীম ঃ- আপনার ডাক্তারের হায়পার টেনশনের ব্যাপারে পূর্ণ জ্ঞান থাকা উচিত। আপনি নিজের প্রসূতি বিশেষজ্ঞের সাথে ডাক্তারের পরিচয় করিয়ে দিন।

ডাক্তারী পরিচর্যা ঃ- আপনাকে ডাক্তারের চেম্বারে বেশী চক্কর লাগাতে হবে আর আপনার বেশ কয়েক প্রকারের টেস্টও করানো হবে। প্রেগন্যান্সীতে বেশ কয়েক প্রকারের জটিলতা ছাড়া প্রীক্ল্যাম্পসিয়াও হয়ে পড়তে পারে... এজন্য ডাক্তার পুরো 40 সপ্তাহ পর্যন্ত আপনার স্বাস্থ্যের ওপরে নজর রাখবেন।

রিল্যাক্সেশন ঃ- হায়পার টেনশনের রোগীদের পক্ষে রিল্যাক্সেশন টেক্নিক যথেস্ট গুরুত্বপূর্ণ হয়। বিভিন্ন অধ্যয়ণ থেকে এটা জানতে পারা গেছে যে, এই টেক্নিকের মাধ্যমে রক্তচাপকে কমিয়ে আনা যেতে পারে।

অন্যান্য বৈকল্পিক চিকিৎসা ঃ- নিজের ডাক্তারের পরামর্শ অনুসারে বায়ো-ফীডব্যাক, আকুপাংচার বা মালিশের মত বৈকল্পিক চিকিৎসা পদ্ধতিরও সহায়তা গ্রহণ করুন।

বিশ্রাম ঃ- মানসিক বা শারীরিক চাপ উচ্চ রক্তচাপের কারণ হয়ে উঠতে পারে... সুতরাং যে কোন কাজে *অতি* করবেন না। দিনের বেলায় পা উঁচু করে রেখে বিশ্রাম করুন। আপনাকে যদি কার্যস্থলে প্রচুর কাজ করতে হয়, তাহলে কিছুদিনের ছুটী নিন... কারণ আপনার পক্ষে বিশ্রাম অত্যন্ত জরুরী! আপনার বাড়ীতে যদি আরও বাচ্চা থাকে... তাহলে সংসারের কাজে কারো সহায়তা নিন।

রক্তচাপের দেখাশোনা ঃ- আপনাকে বাড়ীতে নিজের রক্তচাপের রেকর্ড রাখতে হতে পারে। সম্পূর্ণ রূপে রিল্যাক্স হওয়ার পরেই রক্তচাপ মাপুন।

ভালো আহার ঃ- গর্ভাবস্থার সময় ভালো পৌষ্টিক আহার নিন আর নিজের ডাক্তারের পরামর্শ অনুসারে সেগুলোয় পরিবর্তন আনুন। ফল আর সব্জীর মাত্রা বাড়িয়ে তুলুন, কম মাত্রায় ফ্যাটযুক্ত পদার্থ নিন। গোটা শস্য নিলে আপনার বেড়ে ওঠা রক্তচাপ কমে আসতে পারে।

তরল পদার্থ ঃ- দিনের মধ্যে কম পক্ষে 8 গ্লাস জল অবশ্যই পান করুন, যাতে পা আর গোড়ালির ফোলা ভাব কমে আসতে পারে।

সঠিক ওষুধ ঃ- প্রেগন্যান্সীতে আপনার ওষুধের পরিবর্তন করা হবে কি না... সেটা আপনার ডাক্তারই ঠিক করবেন... কারণ সব ওষুধকে গর্ভাবস্থায় সুরক্ষিত হিসেবে মানা হয় না।

ইরিটেবল বাউল সিণ্ড্রোম

"আমার *ইরিটেবল বাউল সিণ্ড্রোম'* রয়েছে। গর্ভাবস্থায় কি এটার লক্ষণ আরও খারাপ হয়ে পড়বে না ?"

এটা আলাদা-আলাদা গর্ভবতী মহিলাদের ওপরে আলাদা-আলাদা ভাবে নিজের প্রভাব বিস্তার করে। এটা নিশ্চিত করে বলা যেতে পারে না যে, আপনার ওপরে এই জিনিষটার প্রভাব ঠিক কেমন হবে ? কিছু-কিছু গর্ভবতী মহিলাদের মধ্যে এর কোন লক্ষণই দেখতে পাওয়া যায় না, আবার কিছু গর্ভবতী মহিলাদের লক্ষণ আগের থেকে অনেকটা খারাপ হয়ে পড়ে।

আসলে গর্ভাবস্থায় কিছু লক্ষণ তো আগের থেকেই থাকতে পারে। কোষ্ঠকাঠিন্য হতে পারে বা পাতলা পায়খানাও হতে পারে। গ্যাসের কারণে পরিস্থিতি আরও বেশী খারাপ হয়ে পড়ে। গর্ভাবস্থার হার্মোন এতটাই প্রভাবশালী হয় যে, *ইরিটেবল বাউল সিণ্ড্রোম*-য়ের ব্যাপারে জানতেও পারা যায় না। ডায়রিয়ায় গ্রস্ত গর্ভবতী মহিলাদের হঠাৎ করে কোষ্ঠকাঠিন্য হয়ে পড়তে পারে আর কোষ্ঠকাঠিন্যে গ্রস্ত গর্ভবতী মহিলাদের শৌচ সহজেই হয়ে পড়তে থাকে।

এই দিনগুলোয় এক বারে অনেক খাবার খাওয়ার বদলে একটু-একটু করে খাবার খান... তন্তুযুক্ত আহারের সেবন করুন... পর্যাপ্ত মাত্রায় তরল পদার্থ নিন আর বেশী মানসিক চাপ হয়ে পড়তে দেবেন না। নিজের আহারে কিছুটা প্রো-বায়োটিক্সকে শামিল করে নিন।

এই সিণ্ড্রোমের কারণে প্রী-ম্যাচিয়োর ডেলিভারী হওয়ার ঝুঁকির সৃষ্টি হয়ে পড়তে পারে। সেই অবস্থায় সী-স্যাকশনও করাতে হতে পারে।

লুপস

"লুপসের কারণে আমার গর্ভাবস্থা প্রভাবিত হবে না তো ?"

গর্ভাবস্থায় অনেক মহিলাদের ক্ষেত্রে এর লক্ষণ অত্যন্ত খারাপ হয়... আর কারো-কারো ক্ষেত্রে এর ব্যাপারে জানতেও পারা যায় না। গর্ভাবস্থার ওপরে এর প্রভাবও অস্পষ্ট হয়। এটাই ভালো হবে যে, আপনি রোগ শান্ত হয়ে আসার পরেই গর্ভধারণ করুন... কিন্তু আপনি আগে থেকে গর্ভবতী হয়ে পড়লে ডাক্তারী পরীক্ষা আর ওষুধ দ্বারা পরিস্থিতিকে গুরুতর হয়ে ওঠার থেকে বাধা প্রদান করা যেতে পারে। নিজের লুপসের চিকিৎসা করতে থাকা ডাক্তারের সাথে কোন প্রসূতি বিশেষজ্ঞের পরিচয় করিয়ে দিন, যাতে তাঁরা দুজনে মিলে আপনার ব্যাপারে সঠিক সিদ্ধান্ত গ্রহণ করতে পারেন।

মাল্টিপল স্ক্লীরোসিস

"বেশ কয়েক বছর আগে আমার মাল্টিপল স্ক্লীরোসিস হয়েছিল। আমাকে দু বার হাল্কা এম.এস. দেওয়া হয়েছিল। সেই কারণে আমার গর্ভাবস্থা কি প্রভাবিত হতে পারে ?"

আপনাদের দুজনের জন্য এক সুখবর আছে ! এতে আপনার গর্ভাবস্থার কোন ক্ষতি হবে না ! প্রসব-পূর্ব ভালো পরিচর্যা, ন্যুরোলোজিস্টের পরামর্শ আর তত্ত্বাবধান দ্বারা ভালো ফলাফল সামনে আসতে পারে। লেবার আর ডেলিভারীর ওপরেও এর খারাপ প্রভাব পড়বে না। এই সময় আপনি এপীড্যুরল আর যন্ত্রণা নিবারক ওষুধের ব্যবহারও করতে পারবেন।

এমনিতে বেশীর ভাগ গর্ভবতী মহিলা এর লক্ষণ অনুভব করেন না... কিন্তু কিছু মহিলাদের ওজন বেড়ে উঠতে পারে, যার ফলে তাঁদের হাঁটা-চলা করতে একটু অসুবিধা হতে পারে। এজন্য লক্ষণ প্রকট হোক্ বা না হোক্... চিকিৎসার থেকে বর্জনতা অনেক ভালো হয় !

মানসিক চাপ এড়িয়ে চলুন আর ভরপুর বিশ্রাম করুন। নিজের শরীরের তাপমাত্রাকে বাড়তে দেবেন না এবং মূত্রপথের সংক্রমণ হতে দেবেন না।

গর্ভাবস্থার কারণে মাল্টিপল স্ক্লীরোসিসের চিকিৎসার ওপরে প্রভাব পড়তে পারে। আপনার নিজের ডাক্তারের পরামর্শে গর্ভাবস্থায় সুরক্ষিত ওষুধেরই সেবন করা উচিত।

যদি ডেলিভারীর পরে শিশুকে স্তনপান করানোর অনুমতি না পাওয়া যায়, তাহলে নিরাশ হবেন না... ফর্মূলা দুধও শিশুর পক্ষে খারাপ হয় না। হঠাৎ করে প্রচুর কাজের চাপ নিজের মাথার ওপরে চাপিয়ে নেবেন না... এতে মানসিক চাপ

বেড়ে উঠবে। এই রোগ মায়ের থেকে শিশু পর্যন্ত ছড়িয়ে পড়ার ঝুঁকি থাকে না বললেই চলে... সুতরাং এই ব্যাপারে চিন্তা করবেন না।

ফিনাইল কীটোন য়ূরিয়া

"আমার জম্ম থেকেই পি.কে.ইউ. রোগ ছিল। ডাক্তার আমাকে কিশোরাবস্হায় লো-ফিনাইলালেনাইন ডায়েটে রেখেছিলেন আর আমি ঠিকও হয়ে পড়েছিলাম। এখন আমি গর্ভবতী হয়ে পড়ার পরে আমাকে আবার সেই ডায়েট নিতে বলা হচেছ। এটা কি জরুরী ?"

এতে ওষুধের সাথে ফল, সব্জী আর পাঁউরুটী ইত্যাদি আহার সীমিত মাত্রায় নেওয়া হয় আর হাই-প্রোটিনযুক্ত আহার একেবারে নেওয়া হয় না। এমন আহারের সেবন করাটা সহজ হয় না... কিন্তু গর্ভাবস্হায় এমনটা আপনার পক্ষে অত্যন্ত জরুরী হয়ে ওঠে। আপনি এই ডায়েটের পালন না করলে আপনার গর্ভস্হ শিশুর বেশ কয়েক প্রকারের মেডিক্যাল সমস্যা হয়ে পড়তে পারে। গর্ভধারণ করার তিন মাস আগে থেকেই আপনার এই ডায়েট শুরু করে দেওয়া উচিত, যাতে রোগ নিয়ন্ত্রণে থাকে।

যদিও বেশ কয়েক বছর পরে এমন ডায়েটে ফিরে আসাটা কিছুটা মুশ্কিল হবে... কিন্তু গর্ভস্হ শিশুর ভালো স্বাস্হ্যের জন্য এমনটা করা আবশ্যক হয়। এই ব্যাপারে কোন আহার বিশেষজ্ঞের মতামত নিলে আরও ভালো করবেন।

শারীরিক বিকলাঙ্গতা

"আমি স্পাইনাল কর্ডের চোটের কারণে হুইল চেয়ারে রয়েছি। আমি আর আমার পতি অনেক দিন ধরেই একটা বাচ্চা চাইছিলাম। এখন আমি গর্ভবতী হয়ে পড়েছি... এখন কি হবে ?"

সবার আগে তো আপনাকে নিজের শারীরিক অবস্হার হিসেবে কোন সঠিক ডাক্তারের নির্বাচন করতে হবে। সেই ডাক্তার যেন আপনার মত রোগীদের ব্যাপারে বিশেষজ্ঞ হন। আজকাল বেশ কিছু হাসপাতালে এই দিকে বিশেষ দৃষ্টি দেওয়া হচেছ।

আপনার শারীরিক বিকলাঙ্গতার হিসেবেই এটা ঠিক করা হবে যে, আপনার গর্ভাবস্হাকে সুস্হ আর সুখকর করে তোলার জন্য কি-কি ব্যবস্হা নেওয়া উচিত।

নিজের শরীরের ওজন নিয়ন্ত্রিত রাখুন। এমন আহার নিন... যেগুলোর দ্বারা গর্ভাবস্হার জটিলতাকে কম করে আনা যেতে পারে। ব্যায়াম দ্বারা শরীরকে মজবুত করে তোলার চেস্টা করুন। আপনার পক্ষে ওয়াটার থেরাপী সুরক্ষিত হবে।

যদিও অন্যান্য গর্ভবতী মহিলাদের তুলনায় আপনার ক্ষেত্রে গর্ভাবস্হা কিছুটা বেশী কস্টদায়ক হতে পারে... কিন্তু আপনার গর্ভস্হ শিশুর পক্ষে তেমন কিছুই হবে না। এখনও পর্যন্ত এমন কোন প্রমাণ পাওয়া যায়নি যে, স্পাইনাল কর্ডের আঘাত বা অন্য কোন কারণে বিকলাঙ্গ মায়ের বিকলাঙ্গ শিশুরই জম্ম হয়েছে! যদিও আপনার কিড্নীর সংক্রমণ, ব্লাডারের সাথে যুক্ত সমস্যা, অত্যধিক ঘাম আসা আর এনিমিয়ার অভিযোগ হতে পারে। নিজের চোটের কারণে আপনার প্রসব যন্ত্রণামুক্ত হবে... এজন্য আপনাকে অন্য লক্ষণ দেখে চিনে নিতে হবে। আপনাকে নিজের গর্ভাশয়কে মাঝে-মাঝে অনুভব করার জন্য বলা হবে, যাতে আপনি প্রসব-যন্ত্রণা শুরু হওয়ার ব্যাপারে জানতে পারেন।

হাসপাতাল কর্তৃপক্ষেরও আপনার এই অবস্হার ব্যাপারে জানা থাকা উচিত... যাতে ডেলিভারীর সময় আপনার প্রয়োজনের হিসেবে প্রসব করানো যায়।

শিশুর জম্মের আগের কয়েকটা সপ্তাহ এমনিতেই চ্যালেঞ্জে পরিপূর্ণ হয়ে থাকে... কিন্তু আপনাদের দুজনের পক্ষে সেটা কিছুটা বেশী মুশ্কিলের হতে পারে। নিজের বাড়ীতে সেই হিসেবে প্রস্তুতি নিন। সহায়তা করার জন্য কাউকে নিজের কাছে ডেকে পাঠান। বাড়ীতে জিনিষপত্র এমন ভাবে ব্যবস্হিত করুন, যাতে শিশুর দেখাশোনা করার কাজে কোন প্রকারের সমস্যা না হয়।

র‍্যুমেটায়েড আর্থারাইটিস

"আমার র‍্যুমেটায়েড আর্থারাইটিস রয়েছে। এতে আমার গর্ভাবস্হা কি ভাবে প্রভাবিত হবে ?"

গর্ভাবস্হার ওপরে আপনার অবস্হার কোন প্রভাবই পড়বে না... কিন্তু গর্ভাবস্হা আপনার

অবস্থাকে অবশ্যই প্রভাবিত করতে পারে। এই দিনগুলোয় আপনার শরীরের জয়েন্টগুলোর যন্ত্রণা আর ফোলা ভাব কমতে পারে... যদিও প্রসবের পরে এই সমস্যা কিছুটা বাড়তে পারে।

আপনার গর্ভাবস্থার দিনগুলোয় অনেক পরিবর্তন আসতে পারে। আপনাকে নিজের গর্ভাবস্থায় পুরোন ওষুধগুলো বাদ দিয়ে অন্য সুরক্ষিত ওষুধের সেবন করা উচিত।

লেবারের সময় এমন মুদ্রা বেছে নিন, যাতে জয়েন্টগুলোর ওপরে বেশী চাপ না পড়ে। আপনার ডাক্তার এই ব্যাপারে ভালো পরামর্শ দিতে পারেন।

স্কলিয়োসিস

"কৈশোরাবস্থায় আমার স্কলিয়োসিস হয়েছিল। আমার মেরুদণ্ডের হাড়ের চোট গর্ভাবস্থার ওপরে কেমন প্রভাব বিস্তার করতে পারে ?"

সাধারণতঃ আপনার মত গর্ভবতী মহিলারা সুস্থ শিশুর জন্ম দেন। বিভিন্ন অধ্যয়ণ থেকে এটা জানতে পারা গেছে যে, স্কলিয়োসিস থেকে কোন সমস্যা হয় না।

যেসব মহিলাদের স্কলিয়োসিসে নিতম্ব, পেলভিস আর কাঁধও শামিল থাকে... তাঁদের শ্বাস নিতে কষ্ট বা গর্ভাবস্থার শেষ দিনগুলোয় ওজন ওঠাতে অসুবিধা হতে পারে। যদি সেই দিনগুলোয় পিঠের যন্ত্রণা খুব বেশী বেড়ে ওঠে, তাহলে পা উঁচুতে ধরে রাখুন... গুনগুনা গরম জলে স্নান করুন... পিঠের হাল্কা মালিশ করান। আপনি কোন ফিজিয়োথেরাপিস্টের সহায়তাও নিতে পারেন... কিন্তু তাঁকে নিজের গর্ভাবস্থার ব্যাপারে অবশ্যই জানান। আপনি যদি লেবারের সময় এপীড্যুরল নিতে চান, তাহলে এই ব্যাপারে কোন বিশেষজ্ঞের পরামর্শ নিন। অভিজ্ঞ বিশেষজ্ঞ এই কাজটা অনেক ভালো ভাবে করতে পারবেন।

সিকল সেল এনিমিয়া

"আমার সিকল সেল এনিমিয়া রয়েছে আর আমি সম্প্রতি আমার গর্ভাবস্থার ব্যাপারে জানতে পেরেছি। আমার গর্ভস্থ শিশু কি ঠিক থাকবে ?"

এখন আর এই জিনিষটা ততটা ভয়াবহ নেই! জটিল রোগ হওয়া সত্ত্বেও আপনি এক সুস্থ শিশুর *মাঁ'* হতে পারবেন! এমনিতে আপনার গর্ভাবস্থাকে হাই রিস্ক মানা হবে... কারণ এর কারণে মিসক্যারেজ, প্রী-টার্ম লেবার, প্রীক্ল্যাম্পসিয়া বা গর্ভস্থ শিশুর বিকাশ বাধাপ্রাপ্ত হওয়ার ঝুঁকি প্রচণ্ড বেড়ে উঠতে পারে।

আপনাকে চেক-আপ্ করার জন্য অনেক বার ডাক্তারের কাছে যেতে হতে পারে। আপনার ডাক্তারেরও সিকল সেলের ব্যাপারে অভিজ্ঞ হওয়া উচিত, যাতে সেই হিসেবে আপনার দেখাশোনা করা যেতে পারে। আপনিও অন্যান্য মায়েদের মত যোনিপথ দিয়েই শিশুর জন্ম দেবেন। প্রসবের পরে সংক্রমণের থেকে সুরক্ষা প্রাপ্ত করার জন্য আপনাকে এ্যান্টী-বায়োটিক্স দেওয়া হতে পারে।

যদি আপনি আর আপনার পতি – দুজনেই এই রোগে গ্রস্ত হন, তাহলে আপনাদের সন্তানের এই রোগ হওয়ার সম্ভাবনা বেড়ে ওঠে। সেই পরিস্থিতিতে আপনাকে কোন জেনেটিক পরামর্শদাতার সাথে দেখা করে এমনিয়োসেন্টেসিস করাতে হতে পারে।

থায়রয়েড

"কৈশোরাবস্থায় আমি হায়পো থায়রয়েডের ওষুধ নিতাম আর এখন থায়রয়েডের ওষুধ নিচ্ছি। গর্ভাবস্থায় কি এটা নেওয়া সুরক্ষিত ?"

এটা কেবলমাত্র সুরক্ষিতই হয় না... বরং আপনার আর আপনার গর্ভস্থ শিশুর স্বাস্থ্যের পক্ষে জরুরীও হয়! যদি হায়পো থায়রয়েডের চিকিৎসা না করানো হয়, তাহলে মিস্ক্যারেজ হওয়ার সম্ভাবনা বেড়ে ওঠে। শিশুর মস্তিস্কের বিকাশের জন্যও থায়রয়েড হার্মোন জরুরী হয়। গর্ভাবস্থার প্রথম তিন মাসে গর্ভস্থ শিশু যদি এই হার্মোন না পায়, তাহলে তার মধ্যে জন্মজাত ন্যুরো সমস্যা উৎপন্ন হয়ে পড়তে পারে। গর্ভাবস্থার প্রথম তিন মাসের পরে তার শরীরে আপনা থেকেই এই হার্মোন তৈরী হতে থাকে। থায়রয়েডের স্তর কমে এলে অবসাদের সম্ভাবনাও বেড়ে ওঠে... এজন্য আপনার নিজের চিকিৎসা লাগাতার চালিয়ে যাওয়া উচিত।

শরীরের থায়রয়েড হার্মোনের প্রয়োজনের হিসেবে ডোজ কমাতে-বাড়াতে হতে পারে। ডাক্তার

সময়ে-সময়ে পরীক্ষা করার পরে ডোজ নির্দিষ্ট করবেন। নিজের থায়রয়েড কমা বা বাড়ার সংকেত চিনে নিন এবং ডাক্তারকে জানান। যদিও এই সব লক্ষণকে গর্ভাবস্থার লক্ষণগুলোর থেকে আলাদা করাটা মুশ্কিল হয়ে পড়ে।

আপনার আয়োডিনের পূর্তির জন্য আয়োডিন যুক্ত নুন এবং সী-ফুডের সেবন করা উচিত।

"আমার গ্রেব্স রোগ রয়েছে। এতে কি আমার গর্ভাবস্থা প্রভাবিত হবে ?"

এই রোগে থায়রয়েড গ্রন্থি থেকে বেশী মাত্রায় থায়রয়েড হার্মোন তৈরী হতে থাকে। কিছু-কিছু মামলা গর্ভাবস্থার সময় কিছুটা সামলে যায়। যদিও সঠিক ভাবে চিকিৎসা না হলে মিস্ক্যারেজ বা প্রী-টার্ম বার্থের সম্ভাবনা বেড়ে ওঠে... এজন্য এই রোগের সঠিক চিকিৎসা হওয়াটা অত্যন্ত জরুরী হয়।

সঠিক চিকিৎসা হলে আপনি অবশ্যই এক সুস্থ শিশুর জন্ম দিতে পারবেন। এই সময় আপনাকে এ্যান্টী-থায়রয়েড ওষুধ দেওয়া হবে। যদি ওষুধে কোন কাজ না হয়, তাহলে এই গ্রন্থিকে বার করার জন্য সার্জারী করতে হতে পারে... যেটা গর্ভাবস্থার দ্বিতীয় তিন মাসে করা উচিত, যাতে মিস্ক্যারেজ হওয়ার ভয় না থাকে। গর্ভাবস্থায় রেডিয়ো-এ্যাক্টিভ আয়োডিনের ব্যবহার আপনার পক্ষে ভালো হবে না। আপনি যদি গর্ভবতী হওয়ার আগে রেডিয়ো-এ্যাক্টিভ আয়োডিন চিকিৎসা করিয়ে থাকেন, তাহলে থায়রয়েড রিপ্লেসমেন্ট থেরাপী জারী রাখাটাই ঠিক হবে। এটা কেবল সুরক্ষিতই হয় না... বরং গর্ভস্থ শিশুর বিকাশের জন্যও জরুরী হয়।

সহায়তা নিন

যদিও প্রতিটি গর্ভবতী মায়েরই কোন-না-কোন প্রকারের সাপোর্টের প্রয়োজন পড়ে... কিন্তু পুরোন আর দীর্ঘকালীন রোগে গ্রস্ত গর্ভবতী মহিলাদের এই সাপোর্টের আরও বেশী করে প্রয়োজন হয়। যদিও আপনি নিজের রোগের ব্যাপারে সব কিছু জানেন... কিন্তু গর্ভাবস্থায় সেটার সমস্ত নিয়ম-কানুন আর ওষুধ বদলে যায়। আপনার নিম্নলিখিত সাপোর্টের প্রয়োজন হতে পারে ঃ

মেডিক্যাল সাপোর্ট ঃ- আপনাকে গর্ভধারণ করার আগেই ডাক্তারের কাছে গিয়ে তাঁর পরামর্শ নিতে হবে, যাতে আপনি নিজের রোগকে নিয়ন্ত্রণে রাখতে পারেন। এছাড়া আপনাকে নিজের প্রসূতি বিশেষজ্ঞের সাথে-সাথে অন্য ডাক্তারদেরও টীমে শামিল করতে হতে পারে। তাঁরা সকলে মিলে আপনার আর আপনার গর্ভস্থ শিশুর ওপরে দৃষ্টি রাখবেন। সেই সব ডাক্তারদের প্রত্যেককে একে-অপরের দ্বারা করানো টেস্ট আর রিপোর্টের ব্যাপারে তথ্য থাকা উচিত। যদি কোন ডাক্তার কোন নতুন ওষুধ দেন, তাহলে সেটা খাওয়ার আগে অন্য ডাক্তারদেরও মতামত নিয়ে নিন।

ইমোশন্যাল সাপোর্ট ঃ- এই সময় আপনার প্রচুর ইমোশন্যাল সাপোর্টের প্রয়োজন পড়বে। আপনি যখন প্রচুর ওষুধ, টেস্ট আর ডায়েট প্ল্যানে ঘাবড়ে উঠবেন... তখন মাথা রেখে কাঁদার জন্য আপনার কারো কাঁধের প্রয়োজন পড়বে। আপনি নিজের সাথী বা পতির থেকে এই ব্যাপারে সহায়তা নিতে পারেন। আপনি যদি এমন কোন মায়ের সন্ধান পেয়ে যান, যিনি কোন সময় আপনার মতই এই রোগে গ্রস্ত হয়েছিলেন... তাহলে আপনার অনেক কৌতূহল শান্ত হয়ে পড়বে। তিনি আপনাকে এমন পরামর্শ দিতে পারবেন, যেগুলো আপনার সত্যি-সত্যি কাজে আসবে।

ফিজিক্যাল সাপোর্ট ঃ- এই সময় আপনার প্রচুর ফিজিক্যাল সাপোর্টেরও প্রয়োজন হবে অর্থাৎ কেউ আপনার হয়ে কেনাকাটা করে দেবে... রান্না করে দেবে... ময়লা জামা-কাপড় কেচে দেবে! কারো থেকে এমন ধরণের সহায়তা গ্রহণ করতে বিন্দুমাত্র সংকোচ করবেন না। আপনি যদি কোন চাকরানী / আয়া রাখতে পারেন, তাহলে আরও ভালো হয়!

■ ■ ■

ভাগ - 07

জটিল গর্ভাবস্থা

জটিল গর্ভাবস্থার ব্যবস্থাপনা

যদি আপনার গর্ভাবস্থাকে জটিল হিসেবে মেনে নেওয়া হয়, তাহলে সেটার সমস্ত লক্ষণ আর সংকেত আপনি এই অধ্যায়ে পেয়ে যাবেন! আর আপনার গর্ভাবস্থা স্বাভাবিক হলে আপনার এই অধ্যায় পড়ার কোন প্রয়োজন নেই... কারণ এই অধ্যায়ের তথ্য দ্বারা আপনার কোন লাভ হোক্ বা না হোক্... আপনার মানসিক চাপ অবশ্যই হয়ে পড়বে! এই অধ্যায় পড়বেন না এবং বেকার চিন্তা থেকে নিজেকে দূরে রাখুন!

গর্ভাবস্থার জটিলতা

সাধারণতঃ কোন স্বাভাবিক গর্ভাবস্থায় এমন জটিলতা দেখতে পাওয়া যায় না। আপনার এই অধ্যায় তখনই পড়া উচিত, যখন আপনার ডাক্তারের তরফ থেকে আপনাকে এমন কোন সংকেত দেওয়া হবে বা আপনি নিজে এমন কোন লক্ষণ দেখতে পাবেন। এই অধ্যায় পড়ার পরে সেই বিষয়ের তথ্য তো সংগ্রহ করুন... কিন্তু সঠিক পরামর্শের জন্য কোন বিশেষজ্ঞের সাথেও যোগাযোগ করুন।

আর্লী মিস্ক্যারেজ

এটা কি ? ঃ- গর্ভাশয়ের অনিয়ন্ত্রিত অন্ত অর্থাৎ গর্ভপাত হওয়াকে মিস্ক্যারেজ বলা হয়। 80 শতাংশ মিস্ক্যারেজ গর্ভাবস্থার প্রথম তিন মাসেই হয়। গর্ভাবস্থার প্রথম তিন মাসের শেষে, 20-তম সপ্তাহে হওয়া মিস্ক্যারেজকে লেট মিস্ক্যারেজ বলা হয়।

আর্লী মিস্ক্যারেজ ভ্রূণে ক্রোমোসোমল বা জেনেটিক বিকৃতির কারণে হয়... কিন্তু এমনটা হার্মোনাল আর অন্য কারণেও হতে পারে। বেশীর ভাগ ক্ষেত্রে এমনটা হওয়ার কোন কারণ জানতে পারা যায় না।

এটা কতটা স্বাভাবিক ? ঃ- আর্লী মিস্ক্যারেজ প্রেগন্যান্সীর এক সাধারণ জটিলতা হয়। অধ্যয়ণকারীরা এমন অনুমান লাগিয়েছেন যে, 40 শতাংশ গর্ভধারণ মিস্ক্যারেজে পরিবর্তিত হয়ে পড়ে। এগুলোর মধ্যে অর্দ্ধেক এত দ্রুত হয়ে পড়ে যে, গর্ভাবস্থা হওয়ার ব্যাপারেও জানতে পারা যায় না। মিস্ক্যারেজ যে কোন গর্ভবতী মহিলারই হতে পারে! যদিও কিছু-কিছু কারণে মিস্ক্যারেজ হওয়ার সম্ভাবনা বেড়ে ওঠে। প্রথম কারণ হচ্ছে ঃ বেশী বয়সে গর্ভবতী হওয়া। দ্বিতীয় কারণ হচ্ছে ঃ ভিটামিনের অভাব। ওজন কম বা বেশী হওয়া, ধূম্রপান, হার্মোনাল

অসন্তুলন, এস.টি.ডি. এবং ক্রণিক রোগ!

এর সংকেত আর লক্ষণ কি ? ঃ- মিস্ক্যারেজের সংকেত আর লক্ষণগুলোয় নিম্নলিখিতকে শামিল করা যেতে পারে ঃ-

- টান ভাব বা যন্ত্রণা, পেটের নীচের অংশে বা পিঠে অসহ্য যন্ত্রণাও হতে পারে।
- মাসিক ধর্মের মত যোনি থেকে ভারী রক্তস্রাব।
- তিন দিনের বেশী হাল্কা ছোপ লাগা।
- গর্ভাবস্থার লক্ষণ সমাপ্ত হয়ে পড়া।

আপনি আর আপনার ডাক্তার কি করতে পারেন ? ঃ- প্রতিটি রক্তস্রাবের অর্থ এটা হয় না যে, আপনার মিস্ক্যারেজ হয়ে পড়েছে। অন্য কোন পরিস্থিতিতেও এমনটা হতে পারে। রক্তস্রাব দেখতে পাওয়ামাত্র ডাক্তারের কাছে যান। উনি আল্ট্রাসাউণ্ডের মাধ্যমে এটার ব্যাপারে জেনে নেবেন। গর্ভাবস্থা হলে আপনাকে অস্থায়ী বেডরেস্টের পরামর্শ দেওয়া হবে। গর্ভাবস্থার শুরু হলে হার্মোনের স্তরের ওপরে নজর রাখা হবে আর রক্তস্রাব আপনা থেকে থেমে যাবে।

ডাক্তারের যদি এমনটা মনে হয় যে, আপনার গর্ভাশয়ের মুখ খোলা রয়েছে বা গর্ভস্থ ভ্রূণের হৃদ্স্পন্দন শুনতে পাওয়া যাচ্ছে না... তাহলে সেটাকে মিস্ক্যারেজ হিসেবে মেনে নেওয়া হবে আর দুর্ভাগ্যবশতঃ এটার থেকে সুরক্ষার কোন উপায় নেই।

মিস্ক্যারেজের প্রকারভেদ

যদি আপনার সাথে এমনটা ঘটে থাকে, তাহলে নিশ্চিত রূপে আপনার এর বিভিন্ন নাম জানার তেমন কোন আগ্রহ থাকবে না, কারণ আপনি তো নিজের সন্তানকে হারিয়ে বসেছেন... কিন্তু আপনার এর ব্যাপারে জানা উচিত।

কেমিক্যাল প্রেগন্যান্সী ঃ- যখন ডিম্ব ফার্টিলাইজড্ হয়ে পড়া সত্ত্বেও গর্ভাশয়ে ইম্প্ল্যান্ট হতে পারে না, তখন এমনটা হয়। গর্ভবতী মহিলার মাসিক ধর্ম হবে না আর ওনার প্রেগন্যান্সী টেস্টও পোজিটিভই আসবে। প্রেগন্যান্সী হার্মোনও পাওয়া যাবে... কিন্তু আল্ট্রাসাউণ্ড থেকে এটা জানতে পারা যাবে যে, কোন প্লেসেন্টা মজুদ নেই।

ব্লাইটেড ওভম ঃ- এই অবস্থায় ফার্টিলাইজড্ ডিম্ব য়ুটেরস ওয়ালের সাথে যুক্ত হয়ে পড়ে... কিন্তু ভ্রূণ হতে পারে না। এমন অবস্থায় খালি গ্যাস্টেশন্যাল স্যাক রয়ে যায়।

মিস মিস্ক্যারেজ ঃ- ভ্রূণ মারা যাওয়ার পরেও সেটা গর্ভাশয়ে থেকে যায়। এতে ধূসর স্রাব হতে থাকে এবং আল্ট্রাসাউণ্ডেই আসল অবস্থা জানতে পারা যায়।

ইনকম্প্লিট মিস্ক্যারেজ ঃ- এই অবস্থায় প্লেসেন্টার কিছু উত্তক গর্ভাশয়ে থেকে যায় আর কিছু যোনির রক্তস্রাবের সাথে বাইরে বেরিয়ে আসে। এতে টান ভাবের সাথে রক্তস্রাব হতে থাকে। আল্ট্রাসাউণ্ডে প্রেগন্যান্সীর অংশ দেখা যেতে পারে।

থ্রেটেণ্ড মিস্ক্যারেজ ঃ- এই অবস্থায় যোনি থেকে রক্তস্রাব হতে থাকা সত্ত্বেও সার্ভিক্স বন্ধ থাকে এবং গর্ভস্থ ভ্রূণের হৃদ্স্পন্দন শুনতে পাওয়া যায়। এমন মামলায় প্রায়ই গর্ভাবস্থা পরে স্বাভাবিক হয়ে আসে।

আপনি জানতে চাইবেন

স্বাভাবিক গর্ভাবস্থায় ব্যায়াম, সেক্স, ভারী জিনিষ ওঠানো, ভাবনাত্মক মানসিক চাপ, মর্ণিং সিকনেস, পড়ে যাওয়ার ভয় বা পেটের ওপরে চাপ পড়ার কারণে মিস্ক্যারেজ হয় না। যদি একবার মিস্ক্যারেজ হয়েও পড়ে... তাহলেও পরবর্তী গর্ভাবস্থা স্বাভাবিক হয়।

আপনি জানতে চাইবেন

অনেক বার সুস্থ গভার্বস্থাতেও আল্ট্রাসাউণ্ডে গর্ভস্থ ভ্রূণের হৃদ্‌স্পন্দন শুনতে সময় লাগে। যদি সার্ভিক্স বন্ধ থাকে, হাল্কা দাগ-ছোপ লাগে... তাহলে মোনোগ্রাম দ্বারা পরিস্কার ছবি সামনে ফুটে উঠবে। আপনার এইচ.জি.সি. স্তরের ওপরেও দৃষ্টি রাখা হবে।

আপনার যদি আগে কখনো মিস্‌ক্যারেজ হয়ে থাকে

যদিও আর্লী মিস্‌ক্যারেজে গর্ভস্থ ভ্রূণ স্বাভাবিক জীবন কাটানোর যোগ্য হয় না... কিন্তু মাতা-পিতার পক্ষে সেটা প্রচণ্ড আঘাতের কারণ হয়ে ওঠে। এটা হচেছ এক প্রাকৃতিক প্রক্রিয়া, যাতে জীবিত না থাকার যোগ্য ভ্রূণ আপনা থেকেই নষ্ট হয়ে পড়ে।

যদিও এতে দুঃখ তো হয়... কিন্তু এতে আপনার কোন দোষ থাকে না। কারো সহায়তা নিয়ে নিজের দুঃখ আর মনের ভার হাল্কা করে নিন এবং এই পুস্তকের 23-তম অধ্যায়ে দেওয়া উপায়গুলো প্রয়োগ করে দেখুন।

অনেক গর্ভবতী মহিলা শীঘ্র পুনরায় গর্ভবতী হয়ে পড়াটাকেই ভালো বলে মনে করেন... কিন্তু তার আগে ডাক্তারের থেকে সবুজ সংকেত প্রাপ্ত করে নেওয়া উচিত। এমনিতে এমনটা প্রায় ক্ষেত্রে একবারই হয়।

মিস্‌ক্যারেজের কারণ যাই হোক্ না কেন, ডাক্তাররা সাধারণতঃ পুনরায় গর্ভধারণ করার আগে 2 - 3 মাস অপেক্ষা করার পরামর্শ দেন। অনেকে শরীরকে নিজের প্রয়োজনের হিসেবে চলতে দিতে বলেন। আপনাকে অপেক্ষা করতে বলা হলে কোন বিশ্বসনীয় গর্ভনিরোধকের ব্যবহার করুন। নিজের শরীরের হারানো শক্তি ফিরিয়ে নিয়ে আসুন।

আমরা এমনটাই আশা করি যে, আপনি এর পরের বার এক সুস্থ শিশুর *মা'* হয়ে উঠতে পারবেন! আসলে মিস্‌ক্যারেজ এই ব্যাপারের আশ্বাস হয় যে, আপনার মধ্যে গর্ভধারণ করার ক্ষমতা রয়েছে!

মিস্‌ক্যারেজের পরে মহিলারা স্বাভাবিক গর্ভাবস্থা কাটান এবং সুস্থ শিশুর জন্মও দেন!

যদি টান ভাবের কারণে প্রচণ্ড যন্ত্রণা হতে থাকে, তাহলে ডাক্তার আপনাকে কোন যন্ত্রণা নিবারক ওষুধ দিতে পারেন। ডাক্তারকে নিজের স্থিতি জানাতে সংকোচ করবেন না।

এর থেকে কি সুরক্ষা হতে পারে? ঃ- এমনটা গর্ভস্থ ভ্রূণের বিকৃতির কারণে হয়... সুতরাং এর থেকে সুরক্ষা সম্ভব নয়। যদিও ঝুঁকি কম করার জন্য নিম্নলিখিত পদক্ষেপ নেওয়া যেতে পারে ঃ-

- গর্ভধারণ করার আগে ক্রণিক রোগের ওপরে নিয়ন্ত্রণ প্রাপ্ত করুন।
- ফোলিক এ্যাসিড আর ভিটামিন *বি'*-র ট্যাবলেট নিন। বিভিন্ন অত্যয়ণ থেকে এটা জানতে পারা গেছে যে, অনেক গর্ভবতী মহিলাদের গর্ভাবস্থায় এই কারণে সমস্যার সৃষ্টি হয়। সঠিক ওষুধের সেবন করামাত্র তাঁদের গর্ভাবস্থা স্বাভাবিক হয়ে ওঠে।
- গর্ভধারণ করার আগে নিজের ওজনকে আদর্শ ওজনে নিয়ে আসার চেস্টা করুন। প্রয়োজনের অতিরিক্ত বা কম ওজন গর্ভাবস্থাকে ঝুঁকিপূর্ণ করে তুলতে পারে।
- মদ্যপান আর ধূম্রপান ত্যাগ করুন।
- ওষুধ নেওয়ার সময় দৃষ্টি দিন। কেবল সেই ওষুধই নিন... যেটাকে গর্ভাবস্থায় সুরক্ষিত হিসেবে মানা হবে।
- সংক্রমণের থেকে সুরক্ষার ব্যবস্থা গ্রহণ করুন।

যদি দুবার বা তার বেশী বার মিস্‌ক্যারেজ হয়ে গিয়ে থাকে, তাহলে সেটার কারণ জানার চেস্টা করুন... যাতে ভবিষ্যতে সুরক্ষা হতে পারে।

মিস্‌ক্যারেজের ব্যবস্থাপনা

অনেক বার গর্ভাবস্থার প্রথম তিন মাসে যখন মিস্‌ক্যারেজ পুরোপুরি হয় না, তখন প্রেগন্যান্সীর অংশ মাঝখানেই থেকে যায়। গর্ভস্থ শিশুর হৃদস্পন্দন শোনা যায় না আর রক্তস্রাবও হয় না। এমন অবস্থায় আপনাকে নিজের গর্ভাশয় খালি করাতে হবে। এর বেশ কিছু পদ্ধতি হতে পারে ঃ-

এক্সপেক্টেন্ট ম্যানেজমেন্ট ঃ- আপনি প্রাকৃতিক উপায়ে গর্ভাবস্থা শেষ হয়ে পড়ার জন্য অপেক্ষা করতে পারেন। এতে কয়েক দিন থেকে শুরু করে 3 - 4 সপ্তাহ সময় লাগতে পারে।

ওষুধ ঃ- ওষুধের মাধ্যমে ভ্রুণের উত্তক আর প্লেসেন্টা বার করার চেস্টা করা হয়ে থাকে। রক্তস্রাব শুরু হতে কয়েক দিন সময় লাগতে পারে। ওষুধের প্রভাবের কারণে বমি হওয়া, গা গুলোন, টান ভাব বা ডায়রিয়া হতে পারে।

সাজারী ঃ- ডি. এ্যাণ্ড সি. প্রক্রিয়া দ্বারা ডাক্তার সহজেই গর্ভাশয়ের মুখ খুলে প্রেগন্যান্সীর অংশকে বাইরে বার করে আনেন। এর পরে এক সপ্তাহ পর্যন্ত রক্তস্রাব হতে থাকে। এতে সংক্রমণ হওয়ার একটু ভয় থাকে।

আপনি এটা কি করে ঠিক করবেন যে, আপনার কি করানো উচিত ? সেটা নিম্নলিখিত জিনিষগুলোর ওপরে নির্ভর করে ঃ-

- মিস্‌ক্যারেজ কতটা সময় পরে হয়েছে ? যদি এখনও রক্তস্রাব আর টান ভাব বজায় থাকে... তাহলে সেটার অর্থ হচেছ এই যে, সেটা এখনও চলছে। এমন অবস্থায় ডি. এ্যাণ্ড সি. করাতে পারেন বা ওষুধ নিতে পারেন।
- গর্ভাবস্থার পরে কতটা সময় কেটে গেছে ? যদি ভ্রুণের উত্তক বেশী হয়, তাহলে ডি. এ্যাণ্ড সি. করানো জরুরী হয়ে উঠবে... যাতে ভেতরটা পুরোপুরি সাফ হয়ে পড়ে।
- আপনার শরীরিক এবং ভাবনাত্মক অবস্থা কেমন ? সেই অনুসারে যে কোন ফয়সালা নেওয়া হবে।
- ঝুঁকি এবং লাভ! ডি. এ্যাণ্ড সি.-তে সংক্রমণ হতে পারে। যদি প্রাকৃতিক পদ্ধতির জন্য অপেক্ষা করেন, তাহলে অনেক বার গর্ভাশয় পুরোপুরি খালি হতে পারে না। এমন অবস্থায় ডি. এ্যাণ্ড সি. করাতে হয়।
- ডি. এ্যাণ্ড সি. করার সময় মিস্‌ক্যারেজের কারণ জানতে পারা যায়।
- পদ্ধতি যেটাই হোক্ না কেন, ভ্রুণ নস্ট হয়ে পড়ার দুঃখ তো হতেই থাকে।

লেট মিস্‌ক্যারেজ

এটা কি ? ঃ- গর্ভাবস্থার প্রথম তিন মাস এবং 20-তম সপ্তাহের শেষে হওয়া মিস্‌ক্যারেজকে লেট মিস্‌ক্যারেজ বলা হয়। 20-তম সপ্তাহের পরে এটাকে *স্টিলবার্থ'* বলা হয়। এই মিস্‌ক্যারেজের সম্পর্ক মায়ের স্বাস্থ্য, সার্ভিক্স বা গর্ভাশয়ের অবস্থা, কিছু বিশেষ ওষুধ, বিষাক্ত তত্ত্ব এবং প্লেসেন্টার সমস্যার সাথে থাকে।

এটা কতটা স্বাভাবিক ? ঃ- 1000 গর্ভাবস্থার মধ্যে 1 গর্ভাবস্থায় এমনটা হয়।

এর সংকেত আর লক্ষণ কি ? ঃ- গর্ভাবস্থার প্রথম তিন মাসের পরে বেশ কিছুদিন পর্যন্ত হতে থাকা গোলাপী বা ধূসর স্রাব এর সংকেত হতে পারে। যদি ভারী রক্তস্রাবের সাথে টান ভাব বজায় থাকে, তাহলে লক্ষণ অত্যন্ত পরিস্কার হয়। যদিও প্লেসেন্টা প্রীভিয়া, প্লেসেন্টা এ্যাবরাপশন, প্রী-ম্যাচিয়োর লেবার বা য়ুটেরাইন লাইনিং ছিঁড়ে যাওয়ার কারণেও রক্তস্রাব হতে পারে।

আপনি আর আপনার ডাক্তার কি করতে পারেন ? ঃ- এমন স্রাব দেখতে পাওয়ামাত্র ডাক্তার দেখান। উনি রক্তস্রাবের কারণ জানার জন্য আল্ট্রাসাউণ্ড করবেন, গর্ভাশয়ের মুখের পরীক্ষা করবেন এবং আপনাকে বেডরেস্ট নেওয়ার

পরামর্শ দেবেন। স্রাব বন্ধ হয়ে পড়ার অর্থ হচ্ছে এই যে, সেটা মিস্ক্যারেজ ছিল না। অনেক বার আভ্যন্তরীণ পরীক্ষা বা সম্ভোগের কারণেও এমনটা হয়ে পড়ে। এর অর্থ হচ্ছে এই যে, আপনি স্বাভাবিক গতিবিধি চালিয়ে যেতে পারেন। যদি কোন যন্ত্রণা বা স্রাব ছাড়াই গর্ভাশয়ের মুখ খুলে যাচ্ছে... তাহলে সেটাকে *ইনকম্পিটেন্ট সার্ভিক্স*'-য়ের কেস হিসেবে মানা হবে। এমন পরিস্থিতিতে সেটাকে সেলাই করে লেট মিস্ক্যারেজকে বাধা দেওয়া যেতে পারে। যদি তীব্র টান ভাবের সাথে প্রচণ্ড রক্তস্রাব হয়, তাহলে সেটা লেট মিস্ক্যারেজের লক্ষণ হয়। এই ক্ষেত্রে ডাক্তার কিছুই করতে পারবেন না। আপনার ডি. এ্যাণ্ড সি. করা হবে, যাতে গর্ভাবস্থার কোন অংশ ভেতরে থেকে না যায়।

এর থেকে কি সুরক্ষা হতে পারে ? ঃ- যদি এটা শুরু হয়ে গিয়ে থাকে, তাহলে এটাকে আটকানো অসম্ভব! যদি এমনটা আগেও হয়ে থাকে, তাহলে সুরক্ষার উপায় বার করা যেতে পারে। যদি এমনটা ইনকম্পিটেন্ট সার্ভিক্সের কারণে হয়, তাহলে সেটাকে আটকানোর উপায় করা যেতে পারে। আর এমনটা হায়পার টেনশন, ডায়াবেটিজ বা থায়রয়েডের মত ক্রণিক অবস্থা *(পুরোন রোগে গ্রস্ত)*-র কারণে হয়, তাহলে সেটাকে গর্ভধারণ করার আগেই বাধা দেওয়ার চেষ্টা করা হবে। গম্ভীর সংক্রমণেরও চিকিৎসা হতে পারে। সাজারী দ্বারা গর্ভাশয়ের বিগড়ে যাওয়া আকারকেও সংশোধন করা যেতে পারে। এ্যান্টীবডিজ হলে এস্প্রিন বা হীপেরিনের হাল্কা ডোজ দেওয়া যেতে পারে।

মিস্ক্যারেজের দ্বৈততা

যদিও এক বার মিস্ক্যারেজ হওয়ার অর্থ কখনোই এটা হয় না যে, এর পরেও এমনটার পুনরাবৃত্তি হবে... কিন্তু এমনটা বেশ কয়েক বার হয়ে পড়লে সেটার কারণ জানার চেষ্টা করুন! ডাক্তারী পরীক্ষা হওয়াটা অত্যন্ত জরুরী হয়। এখন এমন অনেক টেস্ট করা হয়, যেগুলোর দ্বারা মিস্ক্যারেজের কারণের ব্যাপারে জানতে পারা যেতে পারে। আপনাদের দুজনের পরীক্ষাও করা হতে পারে। আল্ট্রাসাউণ্ড, এম.আর.আই. বা সিটি স্ক্যানের সহায়তায় বেশ কয়েক ধরণের অস্বাভাবিকতার ব্যাপারে জানা যেতে পারে।

কারণ জানতে পারার পরে ডাক্তারের থেকে চিকিৎসার বিকল্পের ব্যাপারে জানতে চান। অনেক বার সাজারী, থায়রয়েডের ওষুধ বা ভিটামিনের ওষুধের দ্বারা এই অভাব পূরণ হয়ে পড়ে। হার্মোন ট্রীটমেন্ট থেকেও সহায়তা পাওয়া যায়। আপনার লাগাতার মিস্ক্যারেজ হলেও আপনি এক সুস্থ শিশুর *মাঁ'* হওয়ার পূর্ণ ক্ষমতা রাখেন। আপনাকে ভয়ের উর্দ্ধে উঠে মিস্ক্যারেজের কারণের চিকিৎসা করাতে হবে। এমন পরিস্থিতিতে পরিবারের সদস্যদের সহায়তা নিন। সাথীর থেকে ভাবনাত্মক সহায়তা চান। নিজের সাথীর সাথে মনের ভাবনা-চিন্তা ভাগ করে নিন... কারণ এই প্রক্রিয়ায় আপনারা দুজনে সমান রূপে অংশীদার!

ইক্টোপিক প্রেগন্যান্সী

এটা কি ? ঃ- একে *টিউব্যাল প্রেগন্যান্সী*'-ও বলা হয়। এতে ভ্রুণ গর্ভাশয়ে বড় হয়ে ওঠার পরিবর্তে ফেলোপিয়ন টিউবে বড় হতে লাগে বা সার্ভিক্স, ওভেরী বা পেটেও বড় হতে পারে। দুর্ভাগ্যবশতঃ এটাকে স্বাভাবিক করে তোলার কোন পদ্ধতি নেই। গর্ভাবস্থার প্রথম পাঁচ সপ্তাহেই আল্ট্রাসাউণ্ড দ্বারা এটার ব্যাপারে জানা যেতে পারে... কিন্তু আগে থেকে জানতে না পারলে ফার্টিলাইজড্ এগ ফেলোপিয়ন টিউবেই বড় হতে থাকে আর গর্ভাশয়কে নষ্ট করে দেয়। যদি এর চিকিৎসা না করানো হয়, তাহলে আভ্যন্তরীণ রক্তস্রাব এবং মানসিক আঘাত প্রাণঘাতক হয়ে উঠতে পারে। যদিও সাজারী দ্বারা তাৎক্ষনিক আরাম এসে যায় আর মহিলা আবার একবার *মাঁ'* হওয়ার অবস্থাতেও থাকেন।

এটা কতটা স্বাভাবিক ? ঃ- প্রায় 2 শতাংশ গর্ভাবস্থা এমনটাই হয়। এই সব মামলায় এমন গর্ভবতী মহিলাদের শামিল করা যেতে পারে, যাঁদের এণ্ডোম্যাট্রিয়োসিস, পেলভিক ইনফ্লামেট্রী

রোগ বা টিউব্যাল সার্জারীর ঝুঁকি রয়েছে। যেসব মহিলা আই.ইউ.ডি. লাগানো সত্ত্বেও গর্ভবতী হয়ে পড়েন, এস.টি.ডি. রোগে গ্রস্ত হয়ে পড়েন বা ধূম্রপান করেন। যদিও আজকাল যেসব আই.ইউ.ডি. লাগানো হয়, সেগুলোয় এমন কোন ঝুঁকি থাকে না।

ইক্টোপিক প্রেগন্যান্সী

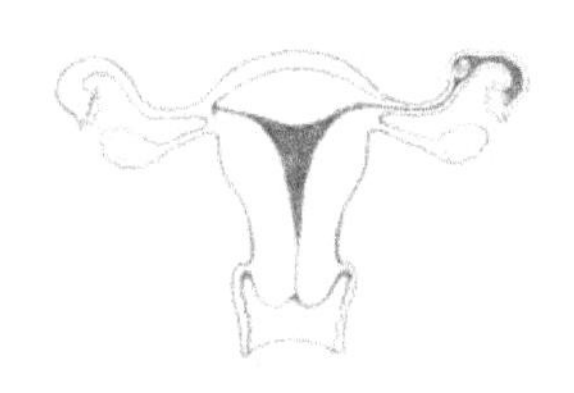

এই প্রেগন্যান্সীতে ফার্টিলাইজড্ এগ গর্ভাশয়ের পরিবর্তে অন্য কোথাও ইম্প্ল্যান্ট হয়ে পড়ে। এখানে এগ ফেলোপিয়ন টিউবে ইম্প্ল্যান্ট হয়ে পড়েছে।

এর সংকেত আর লক্ষণ কি ? ঃ- এর সংকেত আর লক্ষণ হচ্ছে নিম্ন প্রকার ঃ-

■পেটের নীচের অংশে তীক্ষ্ম যন্ত্রণা এবং টান ভাব, কাশলে আর হাঁচলে যন্ত্রণা বাড়তে পারে
■অস্বাভাবিক রক্তস্রাব
■এটার ব্যাপারে জানতে না পারলে আর ফেলোপিয়ন টিউব ফেটে গেলে ঃ-
■গা গুলোন আর বমি
■দুর্বলতা
■ঘুম আসা আর বেহুঁশী
■পেটের নীচের অংশে তীব্র যন্ত্রণা
■পায়ুর ওপরে চাপ
■কাঁধে যন্ত্রণা হতে থাকা
■যোনি দিয়ে প্রচণ্ড রক্তস্রাব

আপনি আর আপনার ডাক্তার কি করতে পারেন ? ঃ- গর্ভাবস্থার শুরুতে হাল্কা টান ভাব বা রক্তস্রাবে তেমন কোন ঝুঁকি থাকে না... কিন্তু আপনি এই ব্যাপারে নিজের ডাক্তারকে অবশ্যই জানান। ইক্টোপিক প্রেগন্যান্সীর কোন লক্ষণ দেখতে পেলে ডাক্তারকে সেই ব্যাপারে জানাতে বিন্দুমাত্র দেরী করবেন না। যদি সেটা শুরু হয়ে গিয়ে থাকে, তাহলে সেটাকে আটকানোর কোন উপায় নেই। আপনাকে ওষুধ নিতে হবে বা সার্জারী করাতেও হতে পারে। অনেক বার এমন মামলাও দেখতে পাওয়া যায়, যখন সার্জারীর প্রয়োজন পড়ে না। টিউবে গর্ভের কোন অংশ রয়ে গেছে কি না, সেটা জানার জন্য একটা টেস্ট করানো হয়। সেটার থেকে এটা জানতে পারা যায় যে, টিউব্যাল প্রেগন্যান্সী শেষ হয়ে পড়েছে কি না ?

আপনি জানতে চাইবেন
পেটের নীচের অংশে হাল্কা টান ভাব ইম্প্ল্যান্টেশনের কারণে হয়। লিগামেন্টে টান ধরার অর্থ এটা হয় না যে, আপনার ইক্টোপিক প্রেগন্যান্সী রয়েছে !

সাব্ কোরিয়োনিক ব্লীড

এটা কি ? ঃ- এটাকে *সাব্ কোরিয়োনিক হীমাটোমা*'-ও বলা হয়। এতে য়ুটেরাইন লাইনিং আর কোরিয়নের মাঝে বা প্লেসেন্টার নীচে রক্ত জমে যায়।

যদিও এমন মামলাতেও বেশীর ভাগ গর্ভবতী মহিলা সুস্থ শিশুর জন্ম দেন... কিন্তু প্লেসেন্টার নীচে রক্ত জমে যাওয়ার কারণে অনেক ধরণের সমস্যা দেখা দিতে পারে।

এটা কতটা স্বাভাবিক ? ঃ- প্রায় 1 শতাংশ মামলায় এমনটা হয়। গর্ভাবস্থার প্রথম তিন মাসে হওয়া রক্তস্রাবে 20 শতাংশ মামলা এটারই হয়।

এর সংকেত আর লক্ষণ কি ? ঃ- গর্ভাবস্থার প্রথম তিন মাসে এটার লক্ষণ দেখা দিতে পারে... কিন্তু অনেক বার কোন লক্ষণ দেখতে পাওয়া না গেলেও রুটীন আল্ট্রাসাউণ্ডে এর ব্যাপারে জানতে পারা যায়।

আপনি জানতে চাইবেন
সাব্ কোরিয়োনিক রক্তস্রাবে গর্ভস্থ শিশুর কোন ক্ষতি হয় না। হীমাটোমোর উন্নতি আপনা থেকেই হয়ে পড়ে।

আপনি আর আপনার ডাক্তার কি করতে পারেন ? ঃ- এমন কোন রক্তস্রাব দেখতে পাওয়া গেলে তৎক্ষনাত ডাক্তার দেখান। উনি পরীক্ষা করে দেখবেন যে, কি কারণে আর কোন্ জায়গায় রক্তস্রাব হচ্ছে ?

হায়পারমোসিস গ্রেভীডেরম

এটা কি ? ঃ- এটা অনেকটা মর্ণিং সিকনেসের সাথে মেলে... কিন্তু এতে পরিস্থিতি অনেকটাই গুরুতর হয়। এটা গর্ভাবস্থার 12 থেকে 16 সপ্তাহের মাঝে হয়... যদিও এটা পুরো গর্ভাবস্থা ধরেও জারী থাকতে পারে।

এর কারণে ওজন কমে আসে, কুপোষণ হয়ে পড়ে আর ডিহাইড্রেশনও হয়ে পড়ে। এতে হাসপাতালে নিয়ে গিয়ে আই.ভি. ফ্লুইড এবং এ্যান্টীনসিয়া ওষুধ দিতে হয়... কারণ বমি আর গা গুলোন যথেষ্ট গুরুতর রূপে ধারণ করে। এই চিকিৎসার পরেই আপনার গর্ভস্থ শিশু সুরক্ষিত থাকতে পারে।

এটা কতটা স্বাভাবিক ? ঃ- 200-টি মামলার মধ্যে কোন একটা মামলায় এমনটা হয়। প্রথম বার মা হতে চলা মহিলাদের মধ্যে এই সমস্যা বেশী করে দেখতে পাওয়া যায়। এছাড়া কম বয়সের, মোটা, মাল্টিপল গর্ভাবস্থার মহিলা অথবা সেই সব মহিলাদের ক্ষেত্রে এই সমস্যা বেশী হয়, যাঁদের আগের গর্ভাবস্থায় এমনটা হয়ে পড়েছে। ভাবনাত্মক চাপ থেকে এই ঝুঁকি আরও বেড়ে উঠতে পারে। এণ্ডোক্রাইন অসন্তুলন আর ভিটামিন বি-র অভাবও এমনটা হওয়ার এক কারণ হয়।

এর সংকেত আর লক্ষণ কি ? ঃ-

- খুব বেশী গা গুলোন আর বমি হওয়া
- কোন শক্ত আহার হজম না হওয়া
- ডিহাইড্রেশনের লক্ষণ
- ওজন 5 শতাংশ কমে আসা
- বমির সাথে রক্ত আসা

আপনি আর আপনার ডাক্তার কি করতে পারেন ? ঃ- যদি লক্ষণ খুব বেশী দেখতে না পাওয়া যায়, তাহলে মর্ণিং সিকনেসের চিকিৎসার সাথে-সাথে ঘরোয়া প্রয়োগও করা যেতে পারে। আদা, আকুপাংচার আর আকুপ্রেশারে কাজ না হলে ডাক্তারের পরামর্শ অনুসারে ওষুধ নিন। তাতেও আরাম না এলে আর ওজন অত্যন্ত দ্রুত কমে আসতে থাকলে আপনাকে এ্যান্টীনসিয়া ওষুধ দেওয়া হবে। তারপর আপনাকে নিজের খাওয়া-দাওয়ার ওপরে দৃষ্টি দিতে হবে। ঝাল-মশলাদার ভারী ভোজন থেকে আপনাকে দূরে থাকতে হবে। পর্যাপ্ত মাত্রায় তরল পদার্থ নিন। খাবারকে বেশ কয়েকটি ভাগে ভাগ করে নিন আর কিছু সময় পরে-পরে একটু-একটু করে খাবার খান!

> **আপনি জানতে চাইবেন**
>
> হায়পারমোসিসের কারণে গর্ভস্থ শিশুর ওপরে কোন প্রভাব পড়ে না আর না-ই তার স্বাস্থ্যের ওপরে কোন খারাপ প্রভাব পড়ে।

গ্যাস্টেশন্যাল ডায়াবেটিজ

এটা কি ? ঃ- এমন ডায়াবেটিজ কেবলমাত্র গর্ভাবস্থাতেই হয়... যখন শরীরে পর্যাপ্ত মাত্রায় ইন্স্যুলিন তৈরী হয় না। এমনটা গর্ভাবস্থার 24 থেকে 28 সপ্তাহে শুরু হয়। সেজন্যই এই সময় গ্লুকোজ স্ক্রীনিং টেস্ট করা হয়ে থাকে। এটা ডেলিভারীর পরেও বজায় থাকে।

যদি যে কোন প্রকারের ডায়াবেটিজ গর্ভধারণ করার আগে হয়ে পড়ে, তাহলে সেটাকে নিয়ন্ত্রিত করে নিলে মা এবং গর্ভস্থ শিশুর কোন ক্ষতি হয় না... কিন্তু যদি মায়ের রক্তে প্রয়োজনের অতিরিক্ত শর্করা মিশে যায়, তাহলে সেটা প্লেসেন্টা পর্যন্ত পৌঁছে গিয়ে মা এবং গর্ভস্থ শিশু – দুজনের পক্ষেই ঘাতক হয়ে উঠতে পারে। এমন শিশুরাও আকারে যথেষ্ট বড় হয়... যে কারণেও গর্ভাবস্থা জটিল হয়ে ওঠে। তখন প্রীক্ল্যাম্পসিয়া হওয়ার ভয়ও থাকে। ডায়াবেটিজের চিকিৎসা না করানো হলে গর্ভস্থ শিশুর জন্মের পরে জণ্ডিস, শ্বাস নিতে কষ্ট হওয়া বা ব্লাড শুগারের কমে আসা স্তরের সমস্যা দেখা দিতে পারে। এমনটাও হতে পারে যে, সেই শিশু বড় হয়ে স্থূলতা আর টাইপ - 2 ডায়াবেটিজের শিকার হয়ে পড়তেও পারে।

এটা কতটা স্বাভাবিক ? ঃ- 4 থেকে 7 শতাংশ

গর্ভবতী মহিলাদের এমনটা হতে পারে। স্থূলতার কারণে এই রোগও বেড়ে চলে। যদি পরিবারে আগে থেকেই কারো ডায়াবেটিজ রোগের ইতিহাস থাকে, যদি ভাবী মায়ের বয়স বেশী হয়... তাহলে গ্যাস্টেশন্যাল ডায়াবেটিজ হওয়ার ঝুঁকি আরও বেড়ে ওঠে।

এর সংকেত আর লক্ষণ কি ? ঃ- এর লক্ষণ অস্পষ্টই হয়।

■হঠাৎ করে পিপাসা লাগা
■বার-বার প্রস্রাব পাওয়া
■ক্লান্তি *(গর্ভাবস্থার ক্লান্তির থেকে আলাদা)*
■প্রস্রাবে শুগার *(পরীক্ষা করলে জানা যাবে)*

আপনি আর আপনার ডাক্তার কি করতে পারেন ? ঃ- গর্ভাবস্থার 28-তম সপ্তাহে আপনার গ্লুকোজ স্ক্রীনিং টেস্ট করা হবে। যদি খুব জরুরী হয়, তাহলে তিন ঘন্টার গ্লুকোজ টলারেন্স টেস্টও করা হতে পারে। যদি এই পরীক্ষায় গ্যাস্টেশন্যাল ডায়াবেটিজের ব্যাপারে জানতে পারা যায়, তাহলে ডাক্তার আপনাকে বিশেষ ডায়েট আর ব্যায়াম করার পরামর্শ দেবেন। আপনাকে বাড়ীতেও গ্লুকোজ মিটার দ্বারা নিজের গ্লুকোজের স্তর মাপতে হবে।

যদি বিশেষ ডায়েট আর ব্যায়াম দ্বারা ব্লাড শুগারের স্তর নিয়ন্ত্রিত না হয়... তাহলে আপনাকে ইন্‌স্যুলিনও দিতে হতে পারে। এটা ইঞ্জেকশন ছাড়াও গ্লোবুরায়েড ওষুধের রূপেও দেওয়া হতে পারে।

যদিও সঠিক পদ্ধতিতে ব্লাড শুগারের স্তর নিয়ন্ত্রিত হয়ে পড়ে, তাহলে গর্ভাবস্থার জটিলতাকে শেষ করা যেতে পারে। আপনার ভালো চিকিৎসা আর সঠিক পরিচর্যার প্রয়োজন হবে।

> **আপনি জানতে চাইবেন**
>
> যদি গ্যাস্টেশন্যাল ডায়াবেটিজ নিয়ন্ত্রিত থাকে, তাহলে চিন্তা করার মত কিছু নেই। আপনার গর্ভাবস্থা স্বাভাবিক থাকবে আর গর্ভস্থ শিশুরও কোন ক্ষতি হবে না।

এর থেকে কি সুরক্ষা হতে পারে ? ঃ- গর্ভাবস্থার আগে আর গর্ভাবস্থার সময় নিজের ওজনের ওপরে দৃষ্টি রাখুন। ভালো খাওয়া-দাওয়ার ওপরে দৃষ্টি দিন। পৌষ্টিক আহারের সাথে-সাথে ব্যায়াম করতেও ভুলে যাবেন না। ফোলিক এ্যাসিডের পূর্ণ ডোজ নিন। এতে জন্ম নিতে চলা শিশুরও ভবিষ্যতে ডায়াবেটিজ হওয়ার ঝুঁকি থাকবে না।

সর্বদা এটা মাথায় রাখবেন যে, গ্যাস্টেশন্যাল ডায়াবেটিজ হলে, গর্ভাবস্থার পরে টাইপ - 2 ডায়াবেটিজ হওয়ার ঝুঁকি বেড়ে ওঠে। আদর্শ আহারের সেবন করুন... নিজের ওজনের ওপরে দৃষ্টি রাখুন এবং শিশুর জন্মের পরেও ব্যায়াম করে চলুন, যাতে ঝুঁকি এড়ানো যেতে পারে।

প্রীক্ল্যাম্পসিয়া

এটা কি ? ঃ- এমনটা প্রায় ক্ষেত্রে গর্ভাবস্থার 20-তম সপ্তাহের পরে হয়। এতে রক্তচাপ অনেকটাই বেড়ে ওঠে, প্রয়োজনের অতিরিক্ত ফোলা ভাবের সৃষ্টি হয়ে পড়ে এবং প্রস্রাবের সাথে প্রোটিন আসতে থাকে।

> **আপনি জানতে চাইবেন**
>
> সঠিক পরিচর্যা দ্বারা প্রীক্ল্যাম্পসিয়ার চিকিৎসা হতে পারে। গর্ভবতী মহিলার রক্তচাপও স্বাভাবিক স্তরে বজায় থাকে।

এর চিকিৎসা না হলে পরিস্থিতি আরও গম্ভীর হয়ে উঠতেও পারে। এর ফলে গর্ভাবস্থার অন্যান্য জটিলতাও সামনে প্রকাশ পেতে পারে।

এটা কতটা স্বাভাবিক ? ঃ- প্রায় 8 শতাংশ গর্ভবতী মহিলা এতে গ্রস্ত হয়ে পড়েন। 40 বছরের বেশী বয়সের মহিলা, যমজ শিশুদের মা এবং ডায়াবেটিজ বা রক্তচাপের রোগে গ্রস্ত মহিলাদের প্রীক্ল্যাম্পসিয়া হওয়ার ঝুঁকি বেশী থাকে। আপনার যদি আগেই এমনটা হয়ে থাকে, তাহলে এই গর্ভাবস্থাতেও এমনটা হওয়ার সম্ভাবনা বেড়ে ওঠে।

এর সংকেত আর লক্ষণ কি ? ঃ- এতে নিম্নলিখিত লক্ষণ শামিল হতে পারে ঃ

■হাতে-পায়ে গম্ভীর ফোলা ভাব
■গোড়ালিতে ফোলা ভাব... যেটা 12 ঘন্টা বিশ্রাম করার পরেও যায় না
■হঠাৎ করে ওজন বেড়ে ওঠা
■মাথার যন্ত্রণা... যেটা যন্ত্রণা নিবারক ওষুধেও ঠিক হয় না
■পেটের ওপরের অংশে যন্ত্রণা
■দৃষ্টিশক্তি ঝাপসা হয়ে আসা
■রক্তচাপ বেড়ে ওঠা
■প্রস্রাবের সাথে প্রোটিন আসা
■হৃদস্পন্দন তীব্র হয়ে আসা
■প্রস্রাবে দুর্গন্ধ
■কিডনীর কার্য অনিয়মিত হয়ে আসা
■রিল্যাক্স রি-এ্যাকশন বৃদ্ধি পাওয়া

আপনি আর আপনার ডাক্তার কি করতে পারেন ? ঃ- শুরুর দিকে ভালো ডাক্তারী পরিচর্যা অত্যন্ত জরুরী হয়। আপনার আগেই এই রোগের ইতিহাস থাকলে আপনাকে আরও বেশী সাবধানে থাকতে হবে।

আপনাকে বেডরেস্ট নিতে হবে এবং বাড়ীতে রক্তচাপের পরীক্ষা করতে হবে। পরিস্থিতি আরও খারাপ হয়ে উঠলে সেটা জানতে পারার তিন দিনের ভেতরে ডেলিভারী করাতে হয়। যদিও কিছু সময়ের জন্য ওষুধ তো দেওয়া যেতেই পারে...

প্রীক্ল্যাম্পসিয়ার কারণ

■কোন জেনেটিক সম্পর্ক, বংশগত কারণেও প্রীক্ল্যাম্পসিয়া হতে পারে।
■রক্তনলিকায় বিকৃতি ! এই কারণেও কিছু-কিছু মহিলাদের প্রীক্ল্যাম্পসিয়া হয়ে পড়ে।
■গর্ভবতী মহিলার মাড়ির রোগ থাকলে সেটার সংক্রমণের কারণেও প্রীক্ল্যাম্পসিয়া হতে পারে। যদিও এটাকে পাক্কা প্রমাণের সাথে বলা চলে না।
■অনেক বার ভাবী মায়ের শরীর গর্ভস্থ শিশু আর প্লেসেন্টার পক্ষে এ্যালার্জিক হয়ে পড়ে। এই কারণে ভাবী মায়ের শরীরে প্রতিক্রিয়া হতে থাকে। এর ফলে রক্ত নলিকাগুলোর ক্ষতি হয়।

কিন্তু এর অন্তিম চিকিৎসা ডেলিভারীই হয়। গর্ভস্থ শিশু শারীরিক রূপে পরিপক্ক হয়ে উঠতেই ডেলিভারী করানোর পরামর্শ দেওয়া হয়ে থাকে। ডেলিভারীর পরে 97 শতাংশ মহিলার রক্তচাপ স্বাভাবিক হয়ে পড়ে।

অনেক বৈজ্ঞানিক এবং অধ্যয়ণকারী প্রস্রাব আর রক্ত পরীক্ষার ওপরে এমন প্রয়োগ করছেন... যার থেকে আগে থেকেই এই রোগের ব্যাপারে জানতে পারা যাবে। এতে প্রীক্ল্যাম্পসিয়ার চিকিৎসা আরও সহজ হয়ে উঠবে।

এর থেকে কি সুরক্ষা হতে পারে ? ঃ- বিভিন্ন অধ্যয়ণ থেকে এটা জানতে পারা গেছে যে, এই মামলায় এ্যান্টী-ক্লটিং ওষুধ ভালো কাজ করে। এছাড়া ভরপুর মাত্রায় পোষণ প্রাপ্ত করা উচিত... যার মধ্যে এ্যান্টী-অক্সিডেন্ট, ম্যাগনেশিয়াম, ভিটামিন আর খনিজ পদার্থ ইত্যাদি শামিল থাকবে। দাঁতের পরিচর্যাও এর মধ্যে শামিল রয়েছে।

হেল্পপ সিণ্ড্রোম

এটা কি ? ঃ- এই অবস্থা ব্যক্তিগত রূপে বা প্রীক্ল্যাম্পসিয়ার সাথে মিশে, গর্ভাবস্থার অন্তিম তিন মাসে সৃষ্টি হতে পারে। এতে লাল রক্ত কণার মাত্রা কমে আসে এবং লিভারের এঞ্জাইম বেড়ে ওঠে। রক্তে ক্লট তৈরী হতে পারে না আর লিভারের কার্যক্ষমতার ওপরেও খারাপ প্রভাব পড়ে।

এই সিণ্ড্রোম দ্বারা ভাবী মা আর গর্ভস্থ শিশু – দুজনেরই প্রাণ সংশয় হয়ে পড়তে পারে। যদি সঠিক সময়ে চিকিৎসা না করানো হয়, তাহলে গম্ভীর জটিলতা সৃষ্টি হয়ে পড়তে পারে। লিভারও নষ্ট হয়ে পড়তে পারে।

এটা কতটা স্বাভাবিক ? ঃ- এটা প্রীক্ল্যাম্পসিয়ার সাথে 10-য়ের মধ্যে 1 মামলায় এবং সাধারণ গর্ভাবস্থার 500 মামলার মধ্যে 1 মামলায় হয়।

এর সংকেত আর লক্ষণ কি ? ঃ- গর্ভাবস্থার তৃতীয় তিন মাসে এর নিম্নলিখিত লক্ষণ দেখতে পাওয়া যেতে পারে ঃ

■গা গুলোন
■বমি আসা
■মাথার যন্ত্রণা
■পেটের ওপরের দিকে ডান অংশে যন্ত্রণা
■ভায়রালের মত সংক্রমণের লক্ষণ

রক্ত পরীক্ষায় রক্তের কণার অভাবের ব্যাপারে জানতে পারা যায়। এই অবস্থায় লিভার অত্যন্ত দ্রুত নষ্ট হয়ে পড়ে... এজন্য এর চিকিৎসা করাতে দেরী করা উচিত নয়।

আপনি আর আপনার ডাক্তার কি করতে পারেন ? ঃ- এর সব থেকে ভালো চিকিৎসা হচ্ছে গর্ভস্থ শিশুর ডেলিভারী।

লক্ষণের ব্যাপারে অনুমান হয়ে পড়তেই ডাক্তারের কাছে যান। আপনাকে স্টেরয়েড আর ম্যাগ্নেশিয়াম সালফেট দেওয়া হবে।

এর থেকে কি সুরক্ষা হতে পারে ? ঃ- যদি আগেই আপনার এটা হয়ে গিয়ে থাকে, তাহলে আপনার পক্ষে সঠিক ডাক্তারী পরিচর্যা অত্যন্ত জরুরী হয়ে ওঠে। দুর্ভাগ্যবশতঃ এই অবস্থা থেকে সুরক্ষার কোন উপায় নেই !

ইন্ট্রা য়ুটেরাইন গ্রোথ রেস্ট্রিকশন

এটা কি ? ঃ- আই.ইউ.জি.আর. শব্দটা সেই সব শিশুদের ক্ষেত্রে ব্যবহার করা হয়, যারা অন্যান্য স্বাভাবিক শিশুদের তুলনায় আকারে ছোট হয়। যদি শিশুর ওজন তার গর্ভাশয়ের 10 শতাংশেরও কম হয়... তাহলে আই.ইউ.জি.আর.-য়ের ব্যাপারে জানতে পারা যায়। যদি গর্ভস্থ শিশু পর্যাপ্ত মাত্রায় পোষণ প্রাপ্ত না করে, তাহলে এমন পরিস্থিতির সৃষ্টি হতে পারে।

এটা কতটা স্বাভাবিক ? ঃ- এমনটা প্রায় 60 শতাংশ গর্ভাবস্থায় দেখতে পাওয়া যায়। এটা প্রথম, পঞ্চম এবং তার পরের গর্ভাবস্থা, 17 বছর বয়সের কম আর 25 বছর বয়সের বেশী বয়সের গর্ভবতী মহিলা বা এর আগে কম ওজনের শিশুর জন্ম দেওয়া মহিলা অথবা অস্বাভাবিক প্লেসেন্টা এবং য়ুটেরাইনের মহিলাদের হয়। যদি গর্ভবতী মহিলার ওজনও জন্মের সময় কম ছিল, তাহলে কম ওজনের শিশুর জন্ম হওয়ার ঝুঁকি বেড়ে ওঠে। যদি শিশুর পিতার ওজনও জন্মের সময় কম ছিল, তাহলে ঝুঁকি আরও বেড়ে ওঠে।

আপনি জানতে চাইবেন

একবার কম ওজনের শিশুর জন্ম দেওয়া মায়েদের জন্য পরের গর্ভাবস্থাতে এই ঝুঁকি বেড়ে ওঠে। যদিও আগের বারের থেকে ওজনে কিছুটা পার্থক্য আসে... কিন্তু আপনার এই ব্যাপারে যথেস্ট দৃষ্টি দেওয়া উচিত।

এর সংকেত আর লক্ষণ কি ? ঃ- ভ্রূণের দৈর্ঘ্য এবং উচ্চতা মাপার সময় ডাক্তার এটা জানতে পারেন যে, গর্ভস্থ শিশুকে নিজের গর্ভাশয়ের তুলনায় ছোট দেখাচ্ছে। আল্ট্রাসাউণ্ড দ্বারাও কম বিকাশের শিশুর ব্যাপারে জানতে পারা যায়।

আপনি আর আপনার ডাক্তার কি করতে পারেন ? ঃ- জন্মের সময়ের ওজন থেকেই শিশুর স্বাস্থ্যের ব্যাপারে জানতে পারা যায়। জন্মের সময় শিশুর ওজন কম হলে তার বেশ কয়েক প্রকারের সংক্রমণ হয়ে পড়তে পারে। এজন্য এই সমস্যার ব্যাপারে আগে থেকেই জানাটা অত্যন্ত জরুরী হয়ে ওঠে, যাতে শিশুর স্বাস্থ্যের ব্যাপারে বিশেষ দৃষ্টি দেওয়া যায়। যদি সকল প্রকারের প্রচেস্টা আর ওষুধ দেওয়া সত্ত্বেও গর্ভস্থ শিশুর বিকাশ না হয়, তাহলে সে কিছুটা পরিপক্ক হয়ে উঠতেই ডেলিভারী করিয়ে দেওয়া হয়... যাতে তার ভালোমতন দেখাশোনা করা যায়।

এর থেকে কি সুরক্ষা হতে পারে ? ঃ- শরীরকে সঠিক মাত্রায় পোষণ প্রদান করুন এবং সকল প্রকারের খারাপ অভ্যাস ত্যাগ করুন, যেমন – ধূম্রপান, মদ্যপান, মাদক পদার্থের সেবন ইত্যাদি। এমন বর্জনতা আর চিকিৎসা সত্ত্বেও যদি কম

ওজনের শিশু জন্ম নেয়, তাহলে নিয়োন্যাটাল পরিচর্যা দ্বারা তার অবস্থায় উন্নতি নিয়ে আসা যেতে পারে।

> **আপনি জানতে চাইবেন**
>
> জন্মের সময় কম ওজনের 90 শতাংশ শিশুই জন্মের 1 - 2 বছরের মধ্যে স্বাভাবিক শিশুদের মত ওজন প্রাপ্ত করে নেয়।

প্লেসেন্টা প্রীভিয়া

এটা কি ? ঃ- এই অবস্থায় প্লেসেন্টা সার্ভিক্সকে কিছুটা মাত্রায় বা পুরোপুরি ঢেকে নেয়। আর্লী প্রেগন্যান্সীতে প্লেসেন্টা নীচের দিকেই থাকে... কিন্তু গর্ভাবস্থা বেড়ে ওঠার সাথে-সাথে যেমন-যেমন গর্ভাশয়ের আকার বেড়ে ওঠে... তেমন-তেমন প্লেসেন্টা সার্ভিক্সের সামনে থেকে সরে যায়। সেটা যদি সেখান থেকে না সরে বা যদি সার্ভিক্সকে কিছুটা মাত্রায় ঢেকে রাখে... তাহলে সেটাকে *পৌর্শিয়াল প্রীভিয়া'* বলা হয় আর যদি সেটা সার্ভিক্সকে পুরোপুরি ঢেকে নেয়... তাহলে সেটাকে *টোটাল প্রীভিয়া'* বলা হয়। এই দুটি কারণেই শিশুর জন্ম যোনিপথ দিয়ে হতে পারে না। এর ফলে গর্ভাবস্থার শেষ সময়ে বা ডেলিভারীর সময় রক্তস্রাবও হতে পারে। প্লেসেন্টা সার্ভিক্সের যত কাছে থাকবে, রক্তস্রাবের সম্ভাবনা তত বেশী থাকবে।

এটা কতটা স্বাভাবিক ? ঃ- প্রতি 200 গর্ভাবস্থার মধ্যে 1 মামলা এমন হয়। এমনটা 20 বছরের থেকে কম আর 30 বছরের থেকে বেশী বয়সের গর্ভবতী মহিলাদের ক্ষেত্রে হয় অথবা সেই সব মহিলাদের হয়... যাঁদের ডি. এ্যাণ্ড সি. বা সী-স্যাকশন হয়েছে। ধূম্রপানের অভ্যাস বা যমজ সন্তানের জন্ম হওয়া থেকেও এই ঝুঁকি বেড়ে ওঠে।

এর সংকেত আর লক্ষণ কি ? ঃ- এটাকে সাধারণতঃ লক্ষণ থেকে চিনতে পারা যায় না। গর্ভাবস্থার দ্বিতীয় তিন মাসে করানো আল্ট্রাসাউণ্ড থেকে এটা জানতে পারা যায়। অনেক বার গর্ভাবস্থার তৃতীয় তিন মাসে হওয়া রক্তস্রাব থেকেও এটা জানা যায়। রক্তস্রাব হচ্ছে এর একমাত্র লক্ষণ, যাতে কোন যন্ত্রণা হয় না।

প্লেসেন্টা প্রীভিয়া

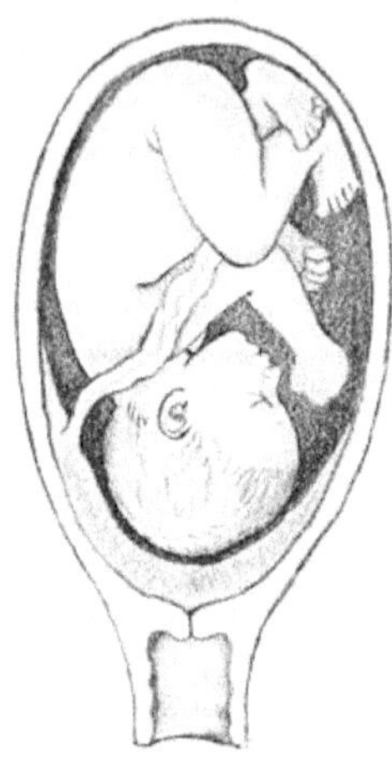

এখানে প্লেসেন্টা গর্ভাশয়ের মুখকে পুরোপুরি ঢেকে রেখেছে... এজন্য এই ক্ষেত্রে যোনিপথ দিয়ে ডেলিভারী করানো সম্ভব নয়!

আপনি আর আপনার ডাক্তার কি করতে পারেন ? ঃ- আপনার কিছু করার প্রয়োজন নেই। গর্ভাবস্থার তৃতীয় তিন মাসের শেষ পর্যন্ত প্লেসেন্টা প্রীভিয়ার অনেক মামলা আপনা থেকেই ঠিক হয়ে পড়ে। যদি প্রীভিয়ার সাথে রক্তস্রাব না হয়, তাহলে অনেক ক্ষেত্রে চিকিৎসারও কোন প্রয়োজন হয় না আর রক্তস্রাব হতে থাকলে আপনাকে বেডরেস্টের পরামর্শ দেওয়া হবে, সেক্সের অনুমতি দেওয়া হবে না এবং আপনার ভালোমতন পরিচর্যা করা হবে। যদি সময়-পূর্ব প্রসবের ঝুঁকি উৎপন্ন হয়, তাহলে আপনার গর্ভস্থ শিশুর ফুসফুসকে পরিপক্ক করে তোলার জন্য স্টেরয়েডের ইঞ্জেকশন দিতে হবে। আপনার আর কোন কষ্ট না থাকলেও আপনার গর্ভস্থ শিশুর ডেলিভারী সী-স্যাকশনের দ্বারাই করা হবে।

প্লেসেন্টাল এ্যাবরাপশন

এটা কি ? ঃ- যখন ডেলিভারীর আগে গর্ভাবস্হার সময়ই প্লেসেন্টা য়ুটেরাইন ওয়ালের থেকে আলাদা হয়ে পড়ে, তখন তাকে *'প্লেসেন্টাল এ্যাবরাপশন'* বলা হয়। এটা যদি বেশী মাত্রায় না হয়, তাহলে কিছুটা চিকিৎসা আর সাবধানতা নিলে মা আর শিশুর কোন ঝুঁকি থাকে না। আর এটা গুরুতর হলে গর্ভস্হ শিশুর কিছুটা ঝুঁকি হতে পারে। এর অর্থ হচেছ এই যে, প্লেসেন্টা আলাদা হয়ে পড়ার পরে গর্ভস্হ শিশু অক্সিজেন আর পোষণ প্রাপ্ত করে না।

এটা কতটা স্বাভাবিক ? ঃ- এমনটা 1 শতাংশেরও কম গর্ভাবস্হায় হয়। এটা প্রায়ই গর্ভাবস্হার তৃতীয় তিন মাসের আশপাশে হয় আর এটা যে কোন মহিলার ক্ষেত্রেই হতে পারে। কিন্তু যেসব গর্ভবতী মহিলাদের যমজ সন্তানের জন্ম হওয়ার থাকে বা যাঁদের এমনটা আগেও হয়ে পড়েছে, যেসব গর্ভবতী মহিলা ধূম্রপান বা মাদক পদার্থের সেবন করেন অথবা যাঁরা গ্যাস্টেশন্যাল ডায়াবেটিজের রোগী হন... তাঁদের ক্ষেত্রে এমনটা হওয়ার ঝুঁকি বেশী থাকে। এছাড়া প্রীক্ল্যাম্পসিয়া বা রক্তচাপের কারণেও এমনটা হতে পারে।

এর সংকেত আর লক্ষণ কি ? ঃ- সেগুলো হচেছ নিম্নলিখিত ঃ

- ভারী বা কম রক্তস্রাব
- পেটের নীচের অংশে টান ভাব বা যন্ত্রণা
- পিঠ বা পেটে যন্ত্রণা

আপনি আর আপনার ডাক্তার কি করতে পারেন ? ঃ- গর্ভাবস্হার মাঝামাঝি এমন কোন রক্তস্রাব বা পেটে টান ভাব ধরতেই ডাক্তার দেখান। এই ক্ষেত্রে রোগীর মেডিক্যাল হিস্ট্রী, তাঁর অবস্হা, সংকুচন এবং গর্ভস্হ শিশুর প্রতিক্রিয়া দেখার পরেই কোন ফয়সালা নেওয়া হয়ে থাকে। আল্ট্রাসাউণ্ডের মাধ্যমে সহায়তা প্রাপ্ত করা যেতে পারে... কিন্তু কেবলমাত্র 25 শতাংশ এ্যাবরাপশনই এর দ্বারা ধরা পড়ে। যদি এটা জানতে পারা যায় যে, প্লেসেন্টা পুরোপুরি আলাদা হয়নি, তাহলে আপনাকে কেবলমাত্র বিশ্রাম করার পরামর্শই দেওয়া হবে। যদি রক্তস্রাব জারী থাকে, তাহলে আই.ভি. ফ্লুইড দিতে হতে পারে আর দ্রুত ডেলিভারী করাতে হলে স্টেরয়েডের ইঞ্জেকশন দেওয়া হবে, যাতে গর্ভস্হ শিশুর ফুসফুস মজবুত হয়। এ্যাবরাপশন জারী থাকলে তখন সী-স্যাক্শনই একমাত্র বিকল্প রয়ে যায়।

কোটিয়ো এমনিয়োনিটিস

এটা কি ? ঃ- এটা হচেছ এম্‌নিয়োটিক মেম্ব্রেন আর দ্রবের সংক্রমণ... যেটা গর্ভস্হ শিশুর সুরক্ষা করে। এমনটা ব্যাক্টেরিয়ার কারণে হয়। একেই প্রী-ম্যাচিয়োর ডেলিভারী এবং মেম্ব্রেনের কারণ হিসেবে মানা হয়ে থাকে।

এটা কতটা স্বাভাবিক ? ঃ- এমনটা 1 থেকে 2 শতাংশ গর্ভাবস্হায় হয়। মেম্ব্রেন শীঘ্র ফেটে গেলে এই সংক্রমণের ঝুঁকি বেড়ে ওঠে... কারণ যোনি থেকে ব্যাক্টেরিয়া সেখানে প্রবেশ করতে পারে। যেসব গর্ভবতী মহিলাদের প্রথম গর্ভাবস্হায় এই সংক্রমণ হয়ে পড়েছে... তাঁদের পরের গর্ভাবস্হাতেও এমনটা হওয়ার সম্ভাবনা বেড়ে ওঠে।

এর সংকেত আর লক্ষণ কি ? ঃ- সংক্রমণের উপস্হিতির পরীক্ষা করার জন্য কোন টেস্ট করা হয় না। এর লক্ষণ নিম্নলিখিত হতে পারে ঃ

- জ্বর
- গর্ভাশয়ে যন্ত্রণা
- গর্ভস্হ শিশু আর মায়ের হৃদ্‌স্পন্দন বেড়ে ওঠা

> **আপনি জানতে চাইবেন**
>
> যদি সঠিক সময়ে কোটিয়ো এমনিয়োনিটিসকে চিনে নিয়ে চিকিৎসা করা হয়, তাহলে মা আর শিশু – দুজনেরই ঝুঁকি কমে আসে।

- মেম্ব্রেন ফাটলে এম্‌নিয়োটিক দ্রব চুইঁয়ে পড়া
- মেম্ব্রেন না ফাটলে দুর্গন্ধযুক্ত যোনিস্রাব
- সাদা রক্তকণার সংখ্যা বেড়ে ওঠা

আপনি আর আপনার ডাক্তার কি করতে পারেন ? ঃ- যে কোন ধরণের দুর্গন্ধযুক্ত স্রাবের ব্যাপারে জানতে পারামাত্র ডাক্তারকে জানান,

যাতে সংক্রমণ আটকানোর জন্য এ্যান্টী-বায়োটিক্স দেওয়া যেতে পারে। আপনার ডেলিভারী শীঘ্রই করিয়ে দেওয়া হবে আর তার পরেও আপনাকে আর শিশুকে এ্যান্টী-বায়োটিক্স দেওয়া হবে, যাতে আপনার আর শিশুর আবার সংক্রমণ না হয়।

অলিগোহাইড্রামনিয়োস

এটা কি ? ঃ- এই অবস্হায় গর্ভস্হ শিশুর আশপাশে এম্নিয়োটিক দ্রবের অভাব হয়ে পড়ে। এটা গর্ভাবস্হার তৃতীয় তিন মাসের শেষের দিকে হয়... যদিও এটা তার আগেও হতে পারে। এমনিতে তো এমন মহিলাদের গর্ভাবস্হা স্বাভাবিকই থাকে... শুধু গর্ভনালের কারণে কিছুটা সমস্যা হতে পারে। অনেক বার এর কারণে এটাও জানতে পারা যায় যে, গর্ভস্হ শিশুর বিকাশে কোন অভাব রয়ে গেছে।

এটা কতটা স্বাভাবিক ? ঃ- প্রায় ক্ষেত্রে 4 থেকে 8 শতাংশ গর্ভবতী মহিলাদের মধ্যে এই রোগ দেখতে পাওয়া যায়। যদি প্রসবের আনুমানিক তারিখ পেরিয়ে গিয়ে থাকে, তাহলে এমন মামলার সংখ্যা 12 শতাংশ পর্যন্ত পৌঁছে যায়।

এর সংকেত আর লক্ষণ কি ? ঃ- ভাবী মায়ের মধ্যে এর কোন লক্ষণ দেখতে পাওয়া যায় না... কিন্তু গর্ভাশয়ের আকার স্বাভাবিকের তুলনায় ছোট হয়। এম্নিয়োটিক দ্রবের মাত্রাও কম হয়। কিছু-কিছু মামলায় গর্ভস্হ শিশুর গতিবিধিও কিছুটা কমে আসতে পারে।

আপনি আর আপনার ডাক্তার কি করতে পারেন ? ঃ- পর্যাপ্ত মাত্রায় বিশ্রাম করুন আর প্রচুর পরিমাণে জল পান করুন। এম্নিয়োটিক দ্রবের মাত্রার ওপরে পূর্ণ দৃষ্টি রাখা হবে। এতেও মামলা শান্ত না হলে ডাক্তার শীঘ্র ডেলিভারীর পরামর্শও দিতে পারেন।

হাইড্রমনিয়োস

এটা কি ? ঃ- এই ক্ষেত্রে গর্ভস্হ শিশুর আশপাশে এম্নিয়োটিক দ্রবের মাত্রা প্রয়োজনের তুলনায় বেশী হয়ে পড়ে। যদিও কোন প্রকারের চিকিৎসা ছাড়াও এটার সন্তুলন হয়ে পড়ে।

যদি এম্নিয়োটিক দ্রব বেশী জমা হয়ে পড়ে, তাহলে সেটা গর্ভস্হ শিশুর স্নায়ু তন্ত্র, গ্যাস্টেশন্যাল বিকৃতি বা গর্ভ থেকে বেরিয়ে আসার ক্ষমতার অভাবের সূচক হতে পারে। এর ফলে মেম্ব্রেন তাড়াতাড়ি ফাটা, প্রী-টার্ম লেবার, প্লেসেন্টাল এ্যাবরাপশন, ব্রীচ বা গর্ভনালের প্রোল্যাপ্স হওয়ার ঝুঁকি বেড়ে ওঠে।

এটা কতটা স্বাভাবিক ? ঃ- এমনটা 4 শতাংশ গর্ভাবস্হায় হয়। যদি গর্ভস্হ শিশু যমজ হয় বা মায়ের ডায়াবেটিজ রোগের যদি চিকিৎসা না হয়, তাহলে এমনটা হতে পারে।

এর সংকেত আর লক্ষণ কি ? ঃ- এর বিশেষ কোন লক্ষণ হয় না ঃ

■গর্ভস্হ শিশুর গতিবিধি বোঝা যায় না
■গর্ভাশয়ের আকার প্রচণ্ড বেড়ে ওঠে
■পেটের নীচের অংশে কষ্ট
■অপচন
■পা ফুলে ওঠা
■শ্বাস নিতে কষ্ট হওয়া
■গর্ভাশয় সংকুচন

ডাক্তার দ্বারা আভ্যন্তরীণ পরীক্ষা বা আল্ট্রাসাউণ্ডে এটা জানতে পারা যায়।

আপনি আর আপনার ডাক্তার কি করতে পারেন ? ঃ- যতক্ষন পর্যন্ত এম্নিয়োটিক দ্রব বেশী মাত্রায় জমে থাকবে, আপনাকে লাগাতার ডাক্তারের কাছে চেক-আপ্ করানোর জন্য যেতে হবে। পরিস্হিতি গুরুতর হয়ে উঠলে আপনাকে এম্নিয়ো সেন্টেসিসও করাতে হতে পারে। যদি লেবারের আগেই জলের থলে ফেটে যায়, তাহলে ডাক্তার ডাকতে বিন্দুমাত্র দেরী করবেন না।

প্রী-টার্ম প্রী-ম্যাচিয়োর রাপচার অফ্ মেম্ব্রেন

এটা কি ? ঃ- যদি গর্ভাবস্হার 37 সপ্তাহ আগে জলের থলে ফেটে যায়, তাহলে সেটাকে পি.পি.আর.ও.এম. বলা হয়। এর ফলে গর্ভস্হ শিশুর সময়ের আগেই জন্ম হতে পারে বা তার

অন্য কোন ধরণের সংক্রমণও হতে পারে।

এটা কতটা স্বাভাবিক ? ঃ- এমনটা 3 শতাংশেরও কম মামলায় হয়। ধূম্রপান করতে থাকা, এস.টি.ডি. রোগে গ্রস্ত, যোনি থেকে রক্তস্রাব হতে থাকা বা প্লেসেন্টাল এ্যাবরাপশনের গর্ভবতী মহিলাদের এমনটা হওয়ার ঝুঁকি বেশী থাকে। যদি যমজ সন্তানের জন্ম হয় বা ব্যাক্টেরিয়াল ভ্যাজিনিয়োসিস হয়ে পড়ে, তাহলে এমনটা হওয়ার ঝুঁকি আরও বেড়ে ওঠে।

এর সংকেত আর লক্ষণ কি ? ঃ- যোনি থেকে দ্রবের স্রাব হতে থাকে। প্রস্রাব আর এম্‌নিয়োটিক দ্রবের মধ্যেকার পার্থক্য জানার জন্য সেটাকে শুঁকে দেখুন। প্রস্রাবের গন্ধ এ্যামোনিয়ার মত হবে। যদি দ্রব সংক্রমিত না হয়, তাহলে সেটার গন্ধ খারাপ হয় না। আপনার মনে যদি এই ব্যাপারে বিন্দুমাত্র সন্দেহ থাকে, তাহলে ডাক্তারকে জানাতে দেরী করবেন না।

আপনি জানতে চাইবেন

যদি প্রী-ম্যাচিয়োর শিশুকে আই.সি.ইউ.-তে ভর্তি করানো হয়, তাহলে মেডিক্যাল টেক্‌নিকের সহায়তায় আপনি কয়েক দিনের ভেতরেই সুস্থ শিশুকে সঙ্গে করে বাড়ী ফিরতে পারবেন।

আপনি জানতে চাইবেন

পি.পি.আর.ও.এম.-কে সঠিক সময়ে চিনে নিয়ে সেটার চিকিৎসা করালে মা এবং শিশু – দুজনেই সুস্থ থাকেন। শিশুর জন্ম সময়ের আগে হলেও তাকে আই.সি.ইউ.-তে রেখে সুরক্ষা প্রদান করা যেতে পারে।

আপনি আর আপনার ডাক্তার কি করতে পারেন ? ঃ- যদি গর্ভাবস্থার 34 সপ্তাহ পরে মেম্ব্রেন ফাটে, তাহলে শিশুর ডেলিভারী করিয়ে দেওয়া হবে। আর এখন যদি ডেলিভারী করানো সম্ভব না হয়, তাহলে আপনাকে হাসপাতালেই রাখা হবে এবং সংক্রমণের হাত থেকে বাঁচানোর জন্য এ্যান্টী-বায়োটিক্স দেওয়া হবে। গর্ভস্থ শিশুর ফুসফুসকে মজবুত করে তোলার জন্য স্টেরয়েড দেওয়া হবে। শিশু যদি ডেলিভারী করানোর পক্ষে ছোট হয়, তাহলে এই প্রক্রিয়াকে আটকানোর ওষুধ দেওয়া হবে।

এমনটা খুব কমই হয় যে, মেম্ব্রেন আপনা থেকে ঠিক হয়ে পড়ল এবং দ্রব চুঁইয়ে পড়াও বন্ধ হয়ে পড়ল! এমনটা হলে আপনি বাড়ী ফিরে আসার অনুমতি পেয়ে যাবেন... আপনাকে শুধু একটু সাবধানে থাকার পরামর্শ দেওয়া হবে।

এর থেকে কি সুরক্ষা হতে পারে ? ঃ- আপনি যদি পি.পি.আর.ও.এম.-য়ের থেকে সুরক্ষা প্রাপ্ত করতে চান, তাহলে যোনি সংক্রমণ এড়িয়ে চলুন... কারণ এমনটা এই কারণেই হয়।

প্রী-টার্ম বা প্রী-ম্যাচিয়োর লেবার

এটা কি ? ঃ- এমন প্রসব, যেটা গর্ভাবস্থার 20-তম সপ্তাহের পরে... কিন্তু 37-তম সপ্তাহের আগে শুরু হয়, সেটাকে প্রী-টার্ম লেবার বলা হয়।

এটা কতটা স্বাভাবিক ? ঃ- এটা এক সাধারণ সমস্যা হয়। ধূম্রপান, মদ্যপান, মাদক পদার্থের সেবন, কম ওজন, বেশী ওজন, অপর্যাপ্ত পোষণ, মাড়ির সংক্রমণ, এস.টি.ডি., ল্যাক্টিরিয়ল, মূত্রাশয় পথ এবং এম্‌নিয়োটিক দ্রবের সংক্রমণ, অক্ষম সার্ভিক্স, য়ুটেরাইনের গড়বড়ি, ভাবী মায়ের দীর্ঘ অসুস্থতা, প্লেসেন্টাল এ্যাবরাপশন এবং প্লেসেন্টা প্রীভিয়ার কারণে এমনটা হওয়ার ঝুঁকি বেড়ে ওঠে। 17 বছরের থেকে কম আর 35 বছরের থেকে বেশী বয়সের গর্ভবতী মহিলা, যমজ সন্তানের মা এবং প্রী-ম্যাচিয়োর ডেলিভারীর ইতিহাস রাখা গর্ভবতী মহিলাদেরও এমনটা হওয়ার ঝুঁকি বেশী মাত্রায় থাকে।

এর সংকেত আর লক্ষণ কি? ঃ- এতে নিম্নলিখিত লক্ষণ শামিল হতে পারে ঃ

■মাসিক ধর্মের মত টান ভাব
■নিয়মিত সংকুচন... যেটা পরিস্থিতি বদলালে তীব্র হয়ে ওঠে
■পিঠের ওপরে চাপ
■পেলভিকের ওপরে চাপ
■যোনি থেকে রক্তস্রাব

■মেম্ব্রেন ফাটা
■সার্ভিক্স খুলে যাওয়া *(আল্ট্রাসাউণ্ডের মাধ্যমে জানা যাবে)*

আপনি আর আপনার ডাক্তার কি করতে পারেন ? ঃ- গর্ভস্থ শিশু যতদিন মায়ের গর্ভে থাকে, সেটা তার স্বাস্থ্য আর সুরক্ষার হিসেবে ভালোই হয়। এজন্য প্রসবকে আটকানোই প্রাথমিক উদ্দেশ্য হওয়া উচিত। যদি সংকুচনও হতে থাকে, তাহলে ডাক্তার পরিস্থিতির হিসেবে এই অনুমান লাগাবেন যে, আপনার বাড়ীতে বিশ্রাম করা উচিত... না কি হাসপাতালে থেকে ওষুধ আর ইঞ্জেকশন নেওয়া উচিত ? আপনাকে পরিস্থিতি অনুসারে ওষুধ আর ইঞ্জেকশন দেওয়া হবে। ডাক্তার যদি এমনটা মনে করেন যে, ডেলিভারী আটকে রাখাটা আপনার আর গর্ভস্থ শিশুর পক্ষে ঝুঁকিপূর্ণ হয়ে উঠতে পারে, তাহলে তিনি ডেলিভারী আটকাবেন না।

এর থেকে কি সুরক্ষা হতে পারে ? ঃ- সকল প্রী-টার্ম বার্থকে আটকানো যায় না... কারণ সেগুলোর কারণে ওপরে আমাদের কোন নিয়ন্ত্রণ থাকে না। যদিও প্রসব-পূর্ণ ভালো পরিচর্যা, ভালো খাওয়া-দাওয়া, দাঁতের ভালো দেখাশোনা, কোকেন আর মদের মত মাদক পদার্থের সেবন ত্যাগ করা, পরীক্ষা আর সংক্রমণের থেকে সুরক্ষার উপায় গ্রহণ করে এবং ডাক্তারের সকল নির্দেশ পালন করে প্রী-টার্ম বার্থকে অনেকটাই আটকানো যেতে পারে। যেসব গর্ভবতী মহিলাদের আগেও এই সমস্যা ছিল, তাঁদের জন্য কোন-না-কোন উপায় অবশ্যই করা যেতে পারে।

প্রী-টার্ম লেবারের ব্যাপারে জানা

আজকাল অনেক প্রকারের টেস্ট আর পরীক্ষার সহায়তায় প্রী-টার্ম লেবারের অনুমান লাগানো হচ্ছে। গর্ভাশয় বা যোনির স্রাবের ব্যাপারে এফ.এফ.এন.-য়ের সহায়তায় জানা যেতে পারে। যদি পরীক্ষার ফল পোজিটিভ আসে, তাহলে প্রী-টার্ম লেবারকে আটকানোর জন্য পদক্ষেপ গ্রহণ করা উচিত। এই টেস্ট সেই সব গর্ভবতী মহিলাদের মধ্যে করা হয়ে থাকে, যাঁদের এটার ঝুঁকি বেশী থাকে।

এছাড়া সার্ভিক্সের দৈর্ঘ্য মাপার জন্য স্ক্রীনিং টেস্টও করা হয়ে থাকে। এতে আল্ট্রাসাউণ্ডের সহায়তায় সার্ভিক্সের দৈর্ঘ্য মাপা হয়। সেটা ছোট হলে বা খুলতে থাকলে সেটাকে আটকানোর উপায় করা যেতে পারে।

সিন্‌ফিসিস প্যুবিস ডিস্‌ফাংশন

এটা কি ? ঃ- এস.পি.ডি.-র অর্থ হচ্ছে আপনার পেলভিক বোনের লিগামেন্টে অনেকটাই টান ভাবের সৃষ্টি হয়ে পড়েছে... যে কারণে সেখানে যন্ত্রণা হয়।

এটা কতটা স্বাভাবিক ? ঃ- এমনটা 300-র মধ্যে 1 মামলায় হয়। যদিও বিশেষজ্ঞরা এমনটা মানেন যে, 2 শতাংশের থেকে বেশী মামলায় গর্ভবতী মহিলাদের সাথে এমনটা হয়... কিন্তু তাঁরা সেটাকে চিনে উঠতে পারেন না।

এর সংকেত আর লক্ষণ কি ? ঃ- পেলভিক ক্ষেত্রে তীব্র যন্ত্রণা হওয়ার কারণে চলাফেরা করতে কস্ট হয়। অনেক বার এই যন্ত্রণা উরুর ওপরের অংশে এবং পেরীনিয়ম পর্যন্ত চলে আসে। আপনি পায়ে হাঁটার সময়, ওজন ওঠানোর সময় বা কোন কাজ করার সময় একটা পা উঁচুতে তুলে ধরলে এই যন্ত্রণা আরও তীব্র হয়ে ওঠে। অনেক মামলায় এমন অবস্থাও হয়ে পড়ে যে, পেলভিস, শ্রোণী প্রদেশ আর নিতম্বে তীব্র যন্ত্রণা হতে থাকে।

আপনি আর আপনার ডাক্তার কি করতে পারেন ? ঃ- কোন ওজন ওঠাতে যাবেন না আর বেশী হাঁটা-চলা করে অবস্থাকে আরও বেশী খারাপ করে তুলবেন না। পেলভিককে সাপোর্ট দেওয়ার জন্য বেল্ট লাগান আর বিশ্রাম করুন। কীগল ব্যায়াম আর পেলভিক টিল্ট করলে মাংসপেশীগুলো মজবুত হয়ে উঠবে। যন্ত্রণা বেশী বেড়ে উঠলে যন্ত্রণা নিবারক ওষুধ নিন বা

কোন বৈকল্পিক চিকিৎসা পদ্ধতি গ্রহণ করুন।

অনেক বার এই কারণে যোনিপথ দিয়ে ডেলিভারী করানো মুশ্কিল হয়ে পড়ে। সুতরাং ডাক্তার আপনাকে সী-স্যাকশন করানোর পরামর্শ দিতে পারেন। যদি ডেলিভারীর পরেও লিগামেন্ট স্বাভাবিক অবস্থায় ফিরে না আসে, তাহলে ডাক্তারের থেকে ওষুধ নিতে হতে পারে।

কর্ড নাটস্ এবং ট্যাঙ্গলস্

এটা কি ? ঃ- অনেক বার গর্ভনালে গাঁট পড়ে যায় বা সেটা গর্ভস্থ শিশুর শরীরের আশপাশে জড়িয়ে যায়। কিছু গাঁট ডেলিভারীর সময় বা গর্ভের মধ্যে শিশুর নড়াচড়া করার কারণে পড়ে যায়। যদি সেই গাঁট ঢিলা থাকে, তাহলে কোন সমস্যা হয় না... কিন্তু গাঁট শক্ত হলে রক্ত প্রবাহে এবং অক্সিজেন প্রাপ্তিতে বাধার সৃষ্টি হয়। এমনটা খুব কমই হয় আর এমনটা তখনই হয়, যখন গর্ভস্থ শিশু বার্থ ক্যানাল থেকে নীচে নেমে আসে।

এটা কতটা স্বাভাবিক ? ঃ- প্রতি 100 মামলার মধ্যে 1 মামলায় এমনটা হয়... কিন্তু এই গাঁট ঢিলা হয়। 2000 মামলার মধ্যে 1 মামলা এমন হয়, যখন গাঁট টাইট হয়ে থাকার কারণে সমস্যার সৃষ্টি হয়ে পড়ে। এতে অবশ্য গর্ভস্থ শিশুর কোন ক্ষতি হয় না। যে গর্ভস্থ শিশু নিজের গ্যাস্টেশন্যাল আয়ুর থেকে বড় হয় বা যার গর্ভনাল বড় হয়... তার পক্ষে এই ঝুঁকি বেড়ে ওঠে। অনুসন্ধানকারীরা এটা জানতে পেরেছেন যে, মায়ের পর্যাপ্ত পোষক তত্ত্বের অভাব, মাদক পদার্থ সেবনের অভ্যাস, যমজ শিশুর জন্ম দেওয়া ইত্যাদি কারণে এই ঝুঁকি অনেকটা বেড়ে ওঠে।

এর সংকেত আর লক্ষণ কি ? ঃ- গর্ভাবস্থার 37-তম সপ্তাহের পরে শিশুর গতিবিধি কমে আসাই এর সব থেকে বড় লক্ষণ হয়। যদি এমনটা প্রসবের সময় হয়, তাহলে মোনিটরে শিশুর অনিয়ন্ত্রিত হৃদয়গতির ব্যাপারে জানতে পারা যাবে।

আপনি আর আপনার ডাক্তার কি করতে পারেন ? ঃ- আপনি যদি শিশুর গতিবিধির ওপরে দৃষ্টি রাখেন, তাহলে ভালো হয়। ডেলিভারীর সময় এমন গাঁট পড়ে গেলে ডাক্তার সুরক্ষিত ডেলিভারীর জন্য কোন-না-কোন পদক্ষেপ অবশ্যই নেবেন। অনেক বার সী-স্যাকশনই সব থেকে ভালো উপায় হয়।

টু-ভ্যাসল কর্ড

এটা কি ? ঃ- এক স্বাভাবিক গর্ভনালে তিনটি রক্ত নলিকা থাকে। প্রথম, যেটা গর্ভস্থ শিশু পর্যন্ত অক্সিজেন আর পোষণ পৌঁছে দেয় এবং বাকী দুটো ব্যর্থ পদার্থকে মায়ের রক্ত প্রবাহ আর প্লেসেন্টা পর্যন্ত পৌঁছে দেয়। কিছু-কিছু মামলায় একটা শিরা আর একটা আর্টারীও থাকে।

এটা কতটা স্বাভাবিক ? ঃ- 1 শতাংশ সিঙ্গল এবং 53 শতাংশ মাল্টিপল প্রেগন্যান্সীর মামলায় এমনটা হয়। যদি মায়ের বয়স 40 বছরের বেশী হয় বা তাঁর যদি ডায়াবেটিজ থাকে... তাহলে এমনটা হওয়ার ঝুঁকি আরও বেড়ে ওঠে।

এর সংকেত আর লক্ষণ কি ? ঃ- এর কোন সংকেত বা লক্ষণ হয় না। কেবলমাত্র আল্ট্রাসাউণ্ড দ্বারাই এর ব্যাপারে জানা যায়।

আপনি আর আপনার ডাক্তার কি করতে পারেন ? ঃ- এমনটা হলেও গর্ভাবস্থা স্বাভাবিকই থাকে এবং গর্ভস্থ শিশুরও কোন ক্ষতি হয় না। সুতরাং বৃথা চিন্তা করবেন না। কেবল আপনার গর্ভাবস্থা আর গর্ভস্থ শিশুর বিকাশের ওপরে বেশী করে দৃষ্টি দেওয়া হবে।

অস্বাভাবিক প্রেগন্যান্সী জটিলতা

এমন অস্বাভাবিকতা প্রায় ক্ষেত্রে দুর্লভ হয়। গড়পড়তা গর্ভবতী মহিলাদের এর মোকাবিলা করতে হয় না। আপনাকে যদি নিম্নলিখিত কোন অবস্থা বা রোগের মোকাবিলা করতে হয়, একমাত্র তখনই এই ব্যাপারে পড়ুন এবং এটা মাথায় রাখবেন যে, ডাক্তার নিজের হিসেবে সেই রোগের চিকিৎসা করতে পারেন। সেটার সাথে এই পুস্তকের কোন সম্পর্ক নেই।

মোলর গর্ভাবস্থা

এটা কি ? ঃ- এই অবস্থায় প্লেসেন্টা এক সিস্টের মত অস্বাভাবিক রূপে বাড়তে থাকে। অনেক বার ভ্রূণের উত্তক হয়... আবার অনেক বার হয় না।

এমনটা সেই সময় হয়, যখন পিতার দু সেট ক্রোমোসমের মিল মায়ের এক সেট ক্রোমোসমের সাথে হয় বা মায়ের ক্রোমোসমের সাথে একেবারে মিল খায় না। গর্ভধারণ করার কয়েক সপ্তাহ পরেই এর ব্যাপারে জানতে পারা যায়। সকল মোলর প্রেগন্যান্সীর সমাপ্তি মিস্ক্যারেজের রূপে হয়।

এটা কতটা স্বাভাবিক ? ঃ- এমনটা 1000-য়ের মধ্যে কোন 1 মামলায় হয়... সুতরাং এটা দুর্লভই হয়। 15 বছরের কম আর 45 বছরের বেশী বয়সের মহিলা বা যাঁদের মাল্টিপল মিস্ক্যারেজ হয়ে পড়েছে, তাঁদের পক্ষে মোলর প্রেগন্যান্সীর ঝুঁকি বেশী থাকে।

> **আপনি জানতে চাইবেন**
>
> এক বার মোলর প্রেগন্যান্সী হওয়ার অর্থ এটা হয় না যে, পরের বারও এমনটাই হবে। কেবল 1 থেকে 2 শতাংশ মামলাতেই এমন পুনরাবৃত্তি হয়।

এর সংকেত আর লক্ষণ কি ? ঃ- এর লক্ষণ হচ্ছে নিম্নলিখিত ঃ

- ■লাগাতার ধূসর স্রাব হতে থাকা
- ■প্রচণ্ড গা গুলোতে থাকা আর বমি হওয়া
- ■টান ভাবের কারণে কষ্ট
- ■উচ্চ রক্তচাপ
- ■গর্ভাশয়ের আকার খুব বেশী বেড়ে ওঠা
- ■গর্ভাশয়ের শিথিলতা
- ■ভ্রূণ উত্তকের সংখ্যা কমে আসা
- ■মায়ের শরীরে থায়রয়েড হার্মোনের অধিক মাত্রা

আপনি আর আপনার ডাক্তার কি করতে পারেন ? ঃ- এমন কোন লক্ষণ দেখতে পাওয়ামাত্র ডাক্তার দেখান। অনেক বার এই সব লক্ষণকে গর্ভাবস্থার থেকে আলাদা করে দেখাটা অত্যন্ত মুশ্কিল হয়... কিন্তু আপনি নিজের বুদ্ধির ওপরে বিশ্বাস রাখুন। কোন কিছু ভুল মনে হলে নিশ্চিত হওয়ার জন্য ডাক্তারের পরামর্শ নিন।

আল্ট্রাসাউণ্ড দ্বারা মোলর প্রেগন্যান্সীর ব্যাপারে জানতে পারলে ডি. এ্যাণ্ড সি.-র সহায়তা নেওয়া হবে এবং আপনাকে 1 বছর পর্যন্ত গর্ভধারণ না করারই পরামর্শ দেওয়া হবে।

কোরিয়ো কারসিনোমা

এটা কি ? ঃ- এটা হচ্ছে গর্ভাবস্থার ক্যান্সার... যেটা প্লেসেন্টার কোশিকাগুলোর মধ্যে হয়ে পড়ে। এমনটা মোলর প্রেগন্যান্সী, মিস্ক্যারেজ বা এ্যাবর্শনের পরে হতে পারে। তখন ভ্রূণ ছাড়াই প্লেসেন্টার কিছু উত্তক তৈরী হতে থাকে। কেবল 15 শতাংশ মামলাতেই স্বাভাবিক গর্ভাবস্থার পরে এমনটা হয়।

> **আপনি জানতে চাইবেন**
>
> কোরিয়ো কারসিনোমাকে সঠিক সময়ে চিনে নিয়ে সেটার চিকিৎসা করালে উর্বরতা প্রভাবিত হয় না। যদিও এই চিকিৎসার এক বছর পরে গর্ভধারণ করার পরামর্শ দেওয়া হয়ে থাকে।

এটা কতটা স্বাভাবিক ? ঃ- এমনটা অত্যন্ত দুর্লভ হয়। 4000 প্রেগন্যান্সীতে কেবল 1 মামলা এমন হয়।

এর সংকেত আর লক্ষণ কি ? ঃ- এর লক্ষণ হচ্ছে নিম্নলিখিত ঃ

- ■মিস্ক্যারেজ বা মোলর প্রেগন্যান্সীর পরে আভ্যন্তরীণ রক্তস্রাব
- ■প্রেগন্যান্সী শেষ হয়ে এলেও এইচ.সি.জি.-র স্তর না কমা
- ■যোনি, গর্ভাশয় বা ফুসফুসে টিউমার

আপনি আর আপনার ডাক্তার কি করতে পারেন ? ঃ- এমন কোন লক্ষণ দেখতে পাওয়ামাত্র ডাক্তার দেখান... কিন্তু মনে রাখবেন যে, এই রোগকে কেমোথেরাপী আর রেডিয়েশন দ্বারা ভালো ভাবে নিয়ন্ত্রিত করা যেতে পারে এবং তাতে আরামও আসে।

ইক্ল্যাম্পসিয়া

এটা কি ? ঃ- এটা পরে প্রীক্ল্যাম্পসিয়াতে বদলে যায়। মায়ের ঠিক কোন্ অবস্হায় এই রোগ হয়েছে... সেই অনুসারে এই ফয়সালা নেওয়া হয়ে থাকে যে, তৎক্ষনাত ডেলিভারী করানো হবে কি না ? এতে মায়ের প্রাণ সংশয়ও উপস্হিত হতে পারে। সঠিক মেডিক্যাল পরিচর্যা দ্বারা এই অবস্হাতেও সুস্হ প্রেগন্যান্সী আর ডেলিভারী হতে পারে।

এটা কতটা স্বাভাবিক ? ঃ- 2000 থেকে 3000 মামলার মধ্যে 1 মামলাই এমন হয়। এমনটা বিশেষ করে সেই সব গর্ভবতী মহিলাদের হয়, যাঁরা প্রসব-পূর্ব কোন মেডিক্যাল পরিচর্যা না পান।

> **আপনি জানতে চাইবেন**
>
> যদি প্রসব-পূর্ব সঠিক পরিচর্যা পাওয়া যায়, তাহলে প্রীক্ল্যাম্পসিয়া বা ইক্ল্যাম্পসিয়া হওয়ার মত পরিস্হিতির সৃষ্টিই হয় না !

এর সংকেত আর লক্ষণ কি ? ঃ- ডেলিভারীর আশপাশে বা ডেলিভারীর 24 ঘন্টা পরে এ্যাটাক আসাটাই এর সব থেকে বড় লক্ষণ হয়।

আপনি আর আপনার ডাক্তার কি করতে পারেন ? ঃ- আপনার যদি আগে থেকেই প্রীক্ল্যাম্পসিয়া থেকে থাকে, তাহলে ডাক্তার আপনাকে ওষুধ আর অক্সিজেন দেবেন, প্রসব শুরু করাবেন বা সী-স্যাকশন করাবেন। পরিস্হিতি নিয়ন্ত্রণে চলে এলে স্বাভাবিক ডেলিভারীও করানো যেতে পারে।

এর থেকে কি সুরক্ষা হতে পারে ? ঃ- সঠিক পরিচর্যা এবং নিয়মিত পরীক্ষা দ্বারা আপনি প্রীক্ল্যাম্পসিয়ার ঝুঁকির থেকে রক্ষা পেতে পারেন। যদি এই রোগের ব্যাপারে জানতে পারা যায়, তাহলে সুরক্ষার সকল উপায় গ্রহণ করুন... যাতে ইক্ল্যাম্পসিয়া হওয়ার ভয় না থাকে।

কোলিসটেসিস

এটা কি ? ঃ- এই প্রকারের গর্ভাবস্হায় লিভারে আমাশয় রস তৈরী হতে থাকে এবং সেটা রক্ত প্রবাহে মিশে যায়... তখন হার্মোন নিজের চরম সীমায় পৌঁছে যায়। এটা ডেলিভারীর পরে ঠিক হয়ে পড়ে।

এর ফলে ভ্রূণের ক্লান্তি, প্রী-টার্ম বা স্টিলবার্থের ঝুঁকি বেড়ে ওঠে... এজন্য সঠিক সময়ে এর চিকিৎসা হওয়াটা অত্যন্ত জরুরী হয়।

এটা কতটা স্বাভাবিক ? ঃ- এমনটা 1000-র মধ্যে 1-2 মামলাতেই হয়। মাল্টিপল প্রেগন্যান্সী, লিভারের রোগী বা পরিবারে এই রোগের হিস্ট্রী রাখা গর্ভবতী মহিলাদের সাথে এমনটা বেশী করে হয়।

এর সংকেত আর লক্ষণ কি ? ঃ- গর্ভাবস্হার শেষ দিনগুলোয় হাতে-পায়ে চুলকোনি অনুভূত হয়।

আপনি আর আপনার ডাক্তার কি করতে পারেন ? ঃ- কিছু-কিছু ওষুধ আর লোশনের সহায়তায় এই সব লক্ষণ এবং প্রভাবকে কম করা যেতে পারে। অনেক বার এই আমাশয় রসের জন্যও ওষুধ সেবন করার প্রয়োজন হয়। যদি এর কারণে গর্ভবতী মা বা গর্ভস্হ শিশুর কোন ঝুঁকি থাকে... তাহলে শীঘ্র ডেলিভারী করাতে হতে পারে।

ডীপ ভেনস থ্রম্বোবাসিস

এটা কি ? ঃ- ডি.ভি.টি.-তে ডীপ ভেনে রক্তের ক্লট জমে যায়। এমনটা উরুর আশপাশের এলাকায় হয় এবং ডেলিভারীর আশপাশে আর প্রসবের পরে হয়। এমনটা এজন্য হয়... কারণ প্রকৃতি এই ভয় পায় যে, শিশুর জন্ম হওয়ার সময় প্রচণ্ড রক্তপাত হবে... এজন্য প্রকৃতি সেই সব অঙ্গে রক্ত জমা করিয়ে দেয়। এই ভাবে শরীরের নীচের দিকে অংশের রক্ত হৃদয় পর্যন্ত পৌঁছতে পারে না। গর্ভাশয়ের বেড়ে ওঠা আকারের কারণেও এমনটা হওয়া সম্ভব হয় না। যদি ডি.ভি.টি.-র চিকিৎসা না করানো হয়, তাহলে ফুসফুসে রক্ত জমে যাওয়ার কারণে প্রাণ সংশয়ও উপস্থিত হতে পারে।

এটা কতটা স্বাভাবিক ? ঃ- এমনটা 1000 থেকে 2000 মামলাতেই হয়। এমনটা প্রসবের পরেও হতে পারে। গর্ভবতী মহিলার বয়স বেশী হলে, তিনি ধূম্রপানে আসক্ত হলে, তাঁর পরিবারে কারো এমন রোগের ইতিহাস থাকলে, তিনি উচ্চ রক্তচাপ বা ডায়াবেটিজ ইত্যাদির রোগী হলে এমনটা হওয়ার ঝুঁকি আরও বেড়ে উঠতে পারে।

এর সংকেত আর লক্ষণ কি ? ঃ- এর লক্ষণ হচেছ নিম্নলিখিত ঃ

■পায়ে ভারী ভাব এবং যন্ত্রণার অনুভূতি
■পায়ের ডিম আর উরুতে ভারী ভাব
■হাল্কা থেকে গম্ভীর ফোলা ভাব
■পায়ে টান ধরা
■রক্তের ক্লট ফুসফুস পর্যন্ত পৌঁছে গেলে ঃ-
■বুকে যন্ত্রণা
■শ্বাস নিতে কষ্ট হওয়া
■কফযুক্ত কাশি আর কফের সাথে রক্ত আসা
■হৃদয়গতি এবং শ্বাসগতি তীব্র হয়ে ওঠা
■ঠোঁঠ আর আঙুলের ডগাগুলো নীল হয়ে আসা
■জ্বর

আপনি আর আপনার ডাক্তার কি করতে পারেন ? ঃ- আপনার যদি আগেই এই রোগ হয়ে গিয়ে থাকে, তাহলে ডাক্তারকে সেই ব্যাপারে জানান। আপনার যদি এক পায়ে ফোলা ভাব বা যন্ত্রণা হতে থাকে... তাহলে সেই ব্যাপারে ডাক্তারকে জানাতে বিন্দুমাত্র দেরী করবেন না।

আল্ট্রাসাউণ্ড বা এম.আর.আই. দ্বারা রক্তের ক্লটের ব্যাপারে জানা যেতে পারে। এমনটা হলে আপনাকে রক্ত পাতলা করার ওষুধ দেওয়া হতে পারে। আপনার প্রসবের সময় যদি কাছে এগিয়ে এসে থাকে, তাহলে ওষুধ বন্ধ করে দেওয়া হয়। এক মোনিটর দ্বারা লাগাতার এর পরীক্ষা করা হতে থাকে।

যদি রক্তের ক্লট ফুসফুস পর্যন্ত পৌঁছে যায়, তাহলে যথাশীঘ্র সম্ভব চিকিৎসা করাতে হতে পারে।

এর থেকে কি সুরক্ষা হতে পারে ? ঃ- পর্যাপ্ত মাত্রায় ব্যায়াম করুন আর শরীরের গতি বজায় রাখুন, যাতে রক্তের ক্লট না জমতে পারে। এটার ঝুঁকি বেড়ে উঠলে পায়ে স্পোর্ট হোজ পরুন।

প্লেসেন্টা এক্রীটা

এটা কি ? ঃ- যখন প্লেসেন্টা অস্বাভাবিক রূপে য়ুটেরাইন ওয়ালের সাথে যুক্ত হয়ে পড়ে, তখন সেটাকে *'প্লেসেন্টা এক্রীটা'* বলা হয়। এই কারণে প্লেসেন্টার ডেলিভারীর সময় ভারী রক্তস্রাব হতে পারে।

এটা কতটা স্বাভাবিক ? ঃ- প্রায় 2500 মামলার মধ্যে 1 মামলায় এমনটা হয়। প্লেসেন্টা এক্রীটায় প্লেসেন্টা য়ুটেরাইন প্রাচীরের অনেকটা গভীরে চলে যায়... কিন্তু সেটার মাংসপেশীকে ভেদ করে না। প্লেসেন্টা প্রীভিয়ায় এটা মাংসপেশীকেও ভেদ করে দেয়। প্লেসেন্টা প্রীভিয়ায় এটা শুধু মাংসপেশীকেই ভেদ করে না... বরং প্রাচীরের অন্য অংশগুলোকে ফুটো করে শরীরের অন্য অংশগুলোর সাথেও যুক্ত হয়ে পড়ে।

আপনার যদি আগে কখনো সী-স্যাকশন হয়ে থাকে বা প্লেসেন্টা প্রীভিয়া হয়ে থাকে, তাহলে এটার ঝুঁকি বেড়ে ওঠে।

এর সংকেত আর লক্ষণ কি ? ঃ- এর কোন লক্ষণ হয় না। একমাত্র ডপলার আল্ট্রাসাউণ্ড বা ডেলিভারী দ্বারাই এর ব্যাপারে জানা যেতে পারে।

আপনি আর আপনার ডাক্তার কি করতে পারেন ? ঃ- দুর্ভাগ্যবশতঃ আপনি এই মামলায় কিছুই করতে পারবেন না। ডেলিভারীর পরে প্লেসেন্টাকে সাজারী করে বার করে দেওয়া উচিত, যাতে রক্তস্রাবকে আটকানো যায়। অনেক মামলায় যখন রক্তস্রাব কোন ভাবেই থামে না... তখন পুরো গর্ভাশয়কে বার করতে হয়।

ভাসা প্রীভিয়া

এটা কি ? ঃ- এই অবস্থায় গর্ভস্থ শিশুকে মায়ের সাথে যুক্ত করা কিছু রক্ত নলিকা গর্ভনাল থেকে বাইরে বেরিয়ে এসে সার্ভিক্সের কাছে টিঁকে যায়। প্রসবের সময় যখন সংকুচন দ্বারা গর্ভাশয়ের মুখ খুলে যায়, তখন নলিকাগুলো ফেটে যায়... যার ফলে গর্ভস্থ শিশুর ক্ষতি হতে পারে। যদি ডেলিভারীর আগেই এই ব্যাপারে জানতে পারা যায়, তাহলে 100 শতাংশ গর্ভস্থ শিশুর জন্ম সী-স্যাকশন দ্বারা হতে পারে।

এটা কতটা স্বাভাবিক ? ঃ- প্রায় 5200 মামলার মধ্যে 1 মামলা এমন হয়। যেসব গর্ভবতী মহিলাদের প্লেসেন্টা প্রীভিয়া থাকে, যাঁদের য়ুটেরাইন সাজারী হয়েছে বা যাঁদের মাল্টিপল প্রেগন্যান্সীর ইতিহাস রয়েছে... তাঁদের পক্ষে এর ঝুঁকি বেশী থাকে।

এর সংকেত আর লক্ষণ কি ? ঃ- এর কোন লক্ষণ হয় না... যদিও গর্ভাবস্থার দ্বিতীয় / তৃতীয় তিন মাসে রক্তস্রাব হতে পারে।

আপনি আর আপনার ডাক্তার কি করতে পারেন ? ঃ- কালার ডপলার আল্ট্রাসাউণ্ডের সহায়তায় এই রোগের ব্যাপারে জানতে পারা যায়। এমন মহিলাদের গর্ভাবস্থার 37-তম সপ্তাহের আগেই সী-স্যাকশন করিয়ে দেওয়া হয়, যাতে প্রসব-যন্ত্রণা শুরুই না হয়। অনুসন্ধানকারীরা এটা অনুসন্ধান করে দেখছেন যে, লেজার থেরাপীর সহায়তায় ভাসা প্রীভিয়ার চিকিৎসা করা সম্ভব কি না ?

শিশুর জন্ম আর তার পরে হওয়া জটিলতা

এগুলোর মধ্যে কিছু সমস্যা প্রসব আর ডেলিভারীর আগে প্রকট পায় না... এজন্য আপনিও আগে থেকে সেগুলোর ব্যাপারে পড়ে বৃথা চিন্তিত হয়ে উঠবেন না। এই সমস্যা শিশুর জন্মের পরেই হয়। এখানে সেগুলো এজন্য দেওয়া হয়েছে, যাতে আপনার এগুলোর মধ্যে কোন সমস্যা হলে আপনার কাছে সেই ব্যাপারে আগে থেকেই পূর্ণ তথ্য থাকে।

ফ্যাটাল ডিসট্রেস

এটা কি ? ঃ- যখন গর্ভস্থ শিশুর অক্সিজেনের ভালোমতন পূর্তি হতে পারে না, তখন সেটাকে *'ফ্যাটাল ডিসট্রেস'* বলা হয়। এমনটা প্রসবের আগে বা প্রসবের সময়ও হতে পারে। এমনটা অনিয়ন্ত্রিত ডায়াবেটিজ, প্রীক্ল্যাম্পসিয়া, এম্নিয়োটিক দ্রবের কম বা বেশী মাত্রা, গর্ভনাল কমা-বাড়া বা মায়ের রক্ত নলিকাগুলোয় চাপ পড়লে হতে পারে। এর দ্বারা গর্ভস্থ শিশু অক্সিজেন কম মাত্রায় পেতে থাকে।

অক্সিজেনের কম মাত্রা বা গর্ভস্থ শিশুর হৃদয় গতি কমে এলে তৎক্ষনাত সী-স্যাকশন করাতে হয়... অন্যথা তার পক্ষে ঝুঁকির সৃষ্টি হয়ে পড়তে পারে।

এটা কতটা স্বাভাবিক ? ঃ- প্রতি 100 মামলার মধ্যে 1 মামলা এমনটা হয়।

এর সংকেত আর লক্ষণ কি ? ঃ- গর্ভস্থ শিশু যদি পুরো মাত্রায় অক্সিজেন না পায়... তাহলে তার হৃদয় গতি কমে আসবে, তার গতিবিধিও কমে আসবে এবং ডেলিভারীর সময় সে গর্ভাশয়েই মলত্যাগ করে দেবে।

আপনি আর আপনার ডাক্তার কি করতে পারেন ? ঃ- যদি গর্ভস্থ শিশুর গতিবিধি কমে

আসে, তাহলে সেটা ডাক্তারকে জানান। হাসপাতালে ফ্যাটাল মোনিটরের সহায়তায় সেটার পরীক্ষা করা হবে। এর লক্ষণ দেখতে পাওয়া গেলে আপনাকে অক্সিজেন দেওয়া হবে আর আই.ভি. লাগানো হবে, যাতে গর্ভস্থ শিশুর হৃদয় গতি স্বাভাবিক হয়ে আসে। বাঁ দিক ফিরে শুলেও রক্ত নলিকাগুলোর ওপর থেকে চাপ কমবে। এই প্রয়োগ কাজে না এলে ডেলিভারী করাতে হবে।

কর্ড প্রোল্যাপ্স

এটা কি ? ঃ- কর্ড প্রোল্যাপ্স সেই সময় হয়, যখন গর্ভনাল সার্ভিক্স থেকে পিছলিয়ে বার্থ ক্যানেলে চলে আসে। এমন অবস্থায় ডেলিভারীর সময় গর্ভস্থ শিশুর অক্সিজেনের অভাব হয়ে পড়তে পারে।

এটা কতটা স্বাভাবিক ? ঃ- 300-র মধ্যে 1 মামলায় এমনটা হয়। কিছু গর্ভাবস্থা জটিলতা দ্বারাও প্রোল্যাপ্সের ঝুঁকি বেড়ে ওঠে... যেগুলোর মধ্যে হাইড্রমজিমোস, ব্রীচ বা প্রী-ম্যাচিয়োর ডেলিভারীকে শামিল করা যেতে পারে। এমনটা দ্বিতীয় বা যমজ সন্তানের জন্ম দেওয়ার সময়ও হতে পারে। যদি গর্ভস্থ শিশুর মাথা বার্থ ক্যানেলে সেট হওয়ার আগেই জলের থলে ফেটে যায়... তাহলেও এই ঝুঁকি বেড়ে ওঠে।

এর সংকেত আর লক্ষণ কি ? ঃ- যদি এই নাল যোনি পর্যন্ত এসে পড়ে, তাহলে আপনি সেটাকে দেখতে পাবেন। যদি সেটা গর্ভস্থ শিশুর মাথার নীচে চাপা পড়ে যায়, তাহলে ফ্যাটাল মোনিটরে ফ্যাটাল ডিসট্রেসের লক্ষণ দেখতে পাওয়া যাবে।

আপনি আর আপনার ডাক্তার কি করতে পারেন ? ঃ- এই ব্যাপারে আগে থেকে জানার কোন উপায় নেই। ফ্যাটাল মোনিটর ছাড়া এর ব্যাপারে জানাই যায় না। আপনার যদি বাড়ীতে এমন অনুভূতি হতে থাকে, তাহলে নিজের হাত আর হাঁটুর ওপরে ভর দিয়ে বসুন... যাতে পেলভিক ক্ষেত্রের ওপরে বেশী চাপ না পড়ে। সেটা যোনিপথে দেখতে পাওয়া গেলে পরিস্কার তোয়ালে দিয়ে সেটাকে সামলে নিন। নিজের শরীরের নীচের অংশকে উঁচুতে তুলে ধরে শুয়ে পড়ুন। ডাক্তার আপনাকে আপনার অবস্থা অনুসারে অন্য কোন মুদ্রায় শোওয়ার জন্যও বলতে পারেন। এর পরে শীঘ্রই আপনার সী-স্যাকশন করিয়ে দেওয়া হবে।

শোল্ডার ডিস্টোকিয়া

এটা কি ? ঃ- এই অবস্থায় লেবার বা ডেলিভারীর সময় গর্ভস্থ শিশুর দুই কাঁধ মায়ের পেলভিক বোনে ফেঁসে যায় আর গর্ভস্থ শিশু বার্থ ক্যানেলে নীচের দিকে চলে আসতে থাকে।

এটা কতটা স্বাভাবিক ? ঃ- এমনটা প্রায়ই বেশী ওজনের শিশুদের ক্ষেত্রে হয়। অনিয়ন্ত্রিত বা গ্যাস্টেশন্যাল ডায়াবেটিজে গ্রস্ত ভাবী মায়েদের এই পরিস্থিতির মোকাবিলা করতে হতে পারে। এমনটা যদি আপনার ডেলিভারীর তারিখ পেরিয়ে যাওয়ার পরেও না হয় বা আপনার যদি আগেও এমনটা হয়ে গিয়ে থাকে... তাহলে দ্বিতীয় বার হওয়ার ঝুঁকি আরও বেড়ে ওঠে। যদিও এই সব কারণ না থাকা সত্ত্বেও প্রসবের সময় শোল্ডার ডিস্টোকিয়া হতে পারে।

এর সংকেত আর লক্ষণ কি ? ঃ- এমন অবস্থা হঠাৎ করে প্রসবের সময় সৃষ্টি হয়।

আপনি আর আপনার ডাক্তার কি করতে পারেন ? ঃ- মায়ের পেটের ওপরে চাপ দিয়ে বা সেটার অবস্থান বদলে বেশ কিছু টেক্‌নিক গ্রহণ করা হয়, যাতে শিশুর সুরক্ষিত ডেলিভারী হয়।

এর থেকে কি সুরক্ষা হতে পারে ? ঃ- নিজের ওজনের ওপরে দৃষ্টি দিন। গর্ভস্থ শিশুর ওজনও প্রয়োজনের অতিরিক্ত বাড়তে দেবেন না। ডায়াবেটিজকে নিয়ন্ত্রিত রাখুন। প্রসবের সময় এমন পোজিশন বানান, যাতে শোল্ডার ডিস্টোকিয়ার অবস্থা সৃষ্টি না হয়।

সিরীয়াস পেরীনিয়ল টীয়ার্স

এটা কি ? ঃ- যখন ডেলিভারীর সময় গর্ভস্থ শিশুর বড় মাথা বাইরে বেরিয়ে আসে, তখন চাপের কারণে যোনি আর পায়ুপথের মাঝের অংশে কেটে যেতে পারে।

ফার্স্ট ডিগ্রী টীয়ার্সে কেবলমাত্র ত্বক ফাটে। সেকেণ্ড ডিগ্রী টীয়ার্সে ত্বকের সাথে যোনির

মাংসপেশীও ফেটে যায়... কিন্তু গম্ভীর টীয়ার্সে যোনির ত্বক, উত্তক আর পেরীনিয়লের মাংসপেশীও ফেটে যায়। এর ফলে প্রসবের পরে অত্যন্ত কস্ট হতে থাকে এবং পেলভিক ক্ষেত্রের সাথে যুক্ত বেশ কিছু সমস্যাও হয়ে পড়ে। গর্ভাশিয়ের মুখও কেটে যেতে পারে।

এটা কতটা স্বাভাবিক ? ঃ- যোনিপথ দিয়ে হওয়া ডেলিভারীতে এর কিছুটা ঝুঁকি তো থাকেই। যদিও বেশীর ভাগ গর্ভবতী মহিলাদের গম্ভীর প্রকারের কাটা-ছেঁড়া হয় না।

এর সংকেত আর লক্ষণ কি ? ঃ- রক্তস্রাব হতে থাকে। ক্ষতস্থান ভরে এলে হাল্কা চুলকোনি আর যন্ত্রণা হতে থাকে।

আপনি আর আপনার ডাক্তার কি করতে পারেন ? ঃ- এমন কাটা জায়গায় সেলাই করে দেওয়া হয়। এর জন্য আগে লোকাল এ্যানাস্হেসিয়া দেওয়া হয়।

সেলাই করা হলে কটিস্নান, আইস প্যাক, এ্যান্টীসেপ্টিক স্প্রে, ওযুধ আর ক্ষতস্হানে হাওয়া লাগালে দ্রুত আরাম আসে।

এর থেকে কি সুরক্ষা হতে পারে ? ঃ- প্রসবের আগে কীগল ব্যায়াম আর পেরীনিয়লের মালিশ দ্বারা সেই অংশকে ভালো ভাবে স্ট্রেচ করা যেতে পারে। প্রসবের সময় গরম সেঁক আর মালিশও ভালো কাজ দেয়।

য়ুটেরাইন রাপচার

এটা কি ? ঃ- য়ুটেরাইনের প্রাচীরে যদি আগে কোন সাজারী, সী-স্যাক্শন, ফায়ব্রয়েড রিমুভালের কারণে দুর্বল বিন্দু থাকে... তাহলে লেবার আর ডেলিভারীর সময় সেই অংশ কেটে যেতে পারে। এর ফলে পেট থেকে অনিয়ন্ত্রিত রক্তস্রাব হতে থাকে এবং সেটা সেই অংশের দিকে যেতে থাকে, যেখান থেকে প্লেসেন্টা পেটে প্রবেশ করে।

এটা কতটা স্বাভাবিক ? ঃ- যদি কোন গর্ভবতী মহিলার আগে সী-স্যাক্শন বা য়ুটেরাইন রাপচার না হয়ে থাকে, তাহলে তাঁর এমন কোন সমস্যা হয় না। যেসব গর্ভবতী মহিলা সী-স্যাক্শন হওয়ার পরে যোনিপথ দিয়ে ডেলিভারী করান বা যাঁদের গর্ভস্থ ভ্রূণের অবস্হান অথবা প্লেসেন্টার জটিলতা থাকে... তাঁদের পক্ষে এই ঝুঁকি বেড়ে ওঠে। যেসব মহিলাদের বাচ্চার সংখ্যা 6-য়ের থেকে বেশী হয়, তাঁদের পক্ষেও ঝুঁকি ভালোই থাকে।

এর সংকেত আর লক্ষণ কি ? ঃ- পেটে তীব্র যন্ত্রণা হতে থাকে। ফ্যাটাল মোনিটরে গর্ভস্থ শিশুর কমে আসা হৃদয় গতি দেখতে পাওয়া যায়। ভাবী মায়েরও রক্তচাপ আর হৃদয় গতি কমে আসে... তাঁর শ্বাস নিতে অসুবিধা হতে থাকে এবং বেহুঁশী ছেয়ে যেতে থাকে।

আপনি আর আপনার ডাক্তার কি করতে পারেন ? ঃ- আপনি যদি আগেই সী-স্যাক্শন বা সাজারী করিয়ে নিয়ে থাকেন... তাহলে আপনাকে য়ুটেরাইন ওয়াল পুরোপুরি কেটে যাওয়ার সময়ই লেবারের সঠিক পদ্ধতি বেছে নিতে হবে। আর যদি এমনটা হঠাৎ করে হয়ে পড়ে, তাহলে সী-স্যাক্শনের পরে গর্ভাশয়ের মেরামত করার প্রয়োজন হয়ে পড়ে এবং আপনাকে সংক্রমণের হাত থেকে রক্ষা করার জন্য এ্যান্টী-বায়োটিক্স দেওয়া হয়।

এর থেকে কি সুরক্ষা হতে পারে ? ঃ- যেসব গর্ভবতী মহিলাদের এই ঝুঁকি থাকে, তাঁদের জন্য ফ্যাটাল মোনিটোরিং করাটা অত্যন্ত জরুরী হয়ে পড়ে... যাতে কোন প্রকারের জটিলতার ব্যাপারে জানতে পারা যায়। তাঁরা যদি আগে সী-স্যাক্শন করানোর পরে এবার যোনিপথ দিয়ে ডেলিভারী করাতে চলেছেন, তাহলে তাঁদের প্রসবের সূত্রপাত ওযুধের মাধ্যমে করানো উচিত নয়।

য়ুটেরাইন ইন্‌ভার্শন

এটা কি ? ঃ- এমনটা সেই সময় হয়, যখন য়ুটেরাইন ওয়াল ভেঙে যায় এবং ভেতরের অংশ বাইরের দিকে বেরিয়ে আসে। অনেক বার এটা সার্ভিক্স আর যোনি দিয়েও বাইরে বেরিয়ে আসে। যদিও এমনটা হওয়ার সকল কারণের ব্যাপারে জানতে পারা যায়নি... কিন্তু এটার চিকিৎসা না হলে হেমারেজ হতে পারে আর মানসিক আঘাতও লাগতে পারে। যদিও এমনটাও সম্ভব নয় যে,

কেউ এটা দেখার পরেও উপেক্ষা করবে আর সেটার চিকিৎসা করাবে না।

এটা কতটা স্বাভাবিক ? ঃ- এমনটা 2000 মামলার মধ্যে 1 মামলাতেই হয়। যদি এর আগের ডেলিভারীতে এমনটা হয়ে পড়েছে বা প্রসবের মেয়াদ লম্বা হয়ে পড়েছে, প্রী-টার্ম ডেলিভারী আটকানোর জন্য ওষুধ দেওয়া হয়েছে বা আগে কখনো যোনিপথ দিয়ে ডেলিভারী হয়েছে... তাহলে এমনটা হওয়ার ঝুঁকি বেড়ে ওঠে। যদি গর্ভাশয় প্রয়োজনের তুলনায় বেশী ঢিলা হয়ে পড়ে, তাহলে সেটাও বাইরের দিকে বেরিয়ে আসতে পারে বা প্রসবের তৃতীয় পর্যায়ে কর্ডকে বেশী জোরে টানা হতে পারে।

এর সংকেত আর লক্ষণ কি ? ঃ-

- পেটে যন্ত্রণা
- তীব্র রক্তস্রাব
- মায়ের মানসিক আঘাত পাওয়ার সংকেত
- অনেক বার যোনি থেকে গর্ভাশয় দেখা যায়

আপনি আর আপনার ডাক্তার কি করতে পারেন ? ঃ- ঝুঁকির কারণ চিনে নেওয়ার পরে ডাক্তারকে সেই ব্যাপারে জানান। আপনার সাথে এমনটা হয়ে থাকলে ডাক্তার হাত দিয়ে সেই অংশকে সঠিক জায়গায় বসানোর চেষ্টা করবেন এবং মাংসপেশীগুলোর সংকুচনের জন্য ওষুধ দেবেন। এই পদ্ধতি কাজে না এলে সার্জারী করাতে হতে পারে। রক্তের অভাবের কারণে আপনাকে রক্তও দিতে হতে পারে। সংক্রমণ আটকানোর জন্য এ্যান্টী-বায়োটিক্স দেওয়া হবে।

এর থেকে কি সুরক্ষা হতে পারে ? ঃ- যদি আপনার এর আগেও এমনটা হয়ে থাকে, তাহলে সেই ব্যাপারে ডাক্তারকে অবশ্যই জানান... কারণ এর ফলে আপনার ঝুঁকি আরও বেড়ে উঠতে পারে।

প্রসবের পরে অত্যধিক রক্তস্রাব

এটা কি ? ঃ- ডেলিভারীর পরে হতে থাকা রক্তস্রাব স্বাভাবিক হয়। কিন্তু অনেক বার শিশুর জন্মের পরে গর্ভাশয় ততটা সংকুচিত হয় না... যতটা সংকুচিত হওয়া উচিত ছিল। যার ফলে সেই জায়গায় ভারী রক্তস্রাব হতে থাকে, যে জায়গাটার সাথে প্লেসেন্টা যুক্ত হয়ে ছিল। যদি গর্ভাশয়ে প্লেসেন্টার অংশ থেকে যায়, তাহলেও এমনটা হতে পারে। এর ফলে ডেলিভারীর ঠিক পরে সংক্রমণও হতে পারে।

এটা কতটা স্বাভাবিক ? ঃ- এমনটা 2 থেকে 4 শতাংশ গর্ভাবস্থায় হয়। দীর্ঘ প্রসবকালের পরে গর্ভাশয় নিজের জায়গায় ফিরে না এলে... সেটা মাল্টিপল প্রেগন্যান্সীর কারণে ঢিলা হয়ে পড়লে... গর্ভস্থ শিশুর আকার বড় হলে বা এমনিয়োটিক দ্রবের মাত্রা বেশী হলে... প্লেসেন্টার আকার অস্বাভাবিক হলে... কোন ফায়ব্রয়েড থাকলে বা ডেলিভারীর সময় মায়ের শরীর দুর্বল হলে হেমারেজের ঝুঁকি থাকতে পারে।

এর সংকেত আর লক্ষণ কি ? ঃ- এর লক্ষণ নিম্নলিখিত হতে পারে ঃ

- লাগাতার কয়েক ঘন্টা পর্যন্ত ভারী রক্তস্রাব
- কিছুদিন পরেও লাল রক্তস্রাব হতে থাকা
- রক্তের বড়-বড় ক্লট বার হওয়া
- পেটের নীচের অংশে ফোলা ভাব বা যন্ত্রণা

রক্তাল্পতার কারণে বেহুঁশী, মাথা ঘোরা বা শ্বাস নিতে কষ্ট হওয়ার মত সমস্যাও সৃষ্টি হতে পারে।

আপনি আর আপনার ডাক্তার কি করতে পারেন ? ঃ- প্লেসেন্টার ডেলিভারী হয়ে পড়ার পরে ডাক্তার পরীক্ষা করে এটা দেখবেন যে, সেটার কোন অংশ ভেতরে থেকে গেছে কি না ? উনি আপনাকে পিটোসিন দেবেন বা গর্ভাশয়ের মালিশ করবেন, যাতে সেটা সংকুচিত হয়ে পড়ে আর রক্তস্রাব বেশী না হয়। শিশুকে স্তনপান করালেও সংকুচনে সহায়তা প্রাপ্ত হবে।

যদি প্রসবের পরের প্রথম সপ্তাহে ভারী রক্তস্রাব হওয়া বন্ধ না হয়... তাহলে ডাক্তারকে জানান। এমন অবস্থায় আপনাকে রক্তও দিতে হতে পারে।

বার-বার কম ওজনের শিশুর জন্ম হওয়া

একজন মা আগে একবার কম ওজনের শিশুর জন্ম দিয়ে থাকলে এটা জরুরী নয় যে, পরের শিশুও কম ওজনেরই হবে! বিভিন্ন অধ্যয়ণ থেকে এটা জানতে পারা গেছে যে, পরের শিশু আগের শিশুর থেকে ওজনে কিছুটা ভারীই হয়। প্রথম শিশু দুর্বল কেন ছিল, সেটার কারণের ওপরেও অনেক কিছু নির্ভর করে। যদি সেই কারণটার ব্যাপারে জানতে পারা যায়, তাহলে শীঘ্র সমস্যার সমাধান হয়ে পড়তে পারে। এমন মায়েদের পরের শিশুর জন্ম দেওয়ার আগে সম্ভাব্য ঝুঁকির সাথে যুক্ত সকল কারণগুলোর ওপরে ভাবনা-চিন্তা করা উচিত।

এর থেকে কি সুরক্ষা হতে পারে ? ঃ- গর্ভাবস্থার শেষ তিন মাসে অথবা প্রসবের পরে এমন কোন ওষুধের সেবন করবেন না... যাতে রক্ত জমাট বাঁধার কাজে বাধার সৃষ্টি হয়। এতে অস্বাভাবিক রক্তস্রাবের সম্ভাবনা কমে আসতে পারে।

শিশুর জন্মের পরে সংক্রমণ

এটা কি ? ঃ- অনেক বার শিশুর জন্মের পরেও মায়েদের সংক্রমণ হয়ে পড়ে... কারণ মায়েদের শরীরের ভেতরের অঙ্গগুলো পুরোপুরি বন্ধ হয় না। কোন-কোন মায়ের শরীরে সেলাই নরমও থেকে যেতে পারে। ক্যাথেটরের কারণে ব্লাডার বা কিড্নীতে সংক্রমণ হয়ে পড়তে পারে। গর্ভাশয়ে থেকে যাওয়া প্লেসেন্টার অংশ থেকেও সংক্রমণ হতে পারে... কিন্তু এগুলোর মধ্যে এণ্ডোম্যাট্রেসিস *(য়ুটেরাসের লাইনিং)*-য়ের সংক্রমণ সব থেকে বেশী স্বাভাবিক হয়।

যদি এই সব সংক্রমণের চিকিৎসা না হয়, তাহলে সেগুলো বিপজ্জনক হয়ে উঠতে পারে... কারণ সেগুলো আপনার শরীরের সমস্ত এনার্জী শুষে নেবে আর আপনি দুর্বলতার শিকার হয়ে পড়বেন। আপনি প্রসবের পরে নিজেকে সহজে সামলে নিতে পারবেন না আর শিশুর প্রতিও পূর্ণ মনোযোগ দিতে পারবেন না।

এটা কতটা স্বাভাবিক ? ঃ- প্রায় 4 শতাংশ গর্ভাবস্থায় এমন সংক্রমণ হয়। সী-স্যাকশন বা মেম্ব্রেনের রাপচার হয়ে পড়লে সংক্রমণের ঝুঁকি আরও বেড়ে ওঠে।

এর সংকেত আর লক্ষণ কি ? ঃ- সেগুলো হচ্ছে নিম্নলিখিত ঃ

- জ্বর
- সংক্রমিত অংশে যন্ত্রণা
- দুর্গন্ধযুক্ত স্রাব
- ঠাণ্ডা লাগা

আপনি আর আপনার ডাক্তার কি করতে পারেন ? ঃ- যদি 100^0 বা তার বেশী জ্বর হয়, তাহলে ডাক্তার দেখাতে দেরী করবেন না। এ্যান্টী-বায়োটিক ওষুধ নেওয়ার সাথে-সাথে ভরপুর বিশ্রামও করুন। তরল পদার্থের মাত্রা বাড়িয়ে দিন। শিশুকে স্তনপান করাতে থাকলে, সেটা ডাক্তারকে জানান... যাতে উনি আপনার জন্য ওষুধ বাছার সময় সাবধানতা অবলম্বন করেন।

এর থেকে কি সুরক্ষা হতে পারে ? ঃ- কিছুটা পরিস্কার-পরিস্ছন্নতার প্রতি দৃষ্টি দিন। ক্ষতস্থানে ওষুধ লাগান। রক্তস্রাবে ট্যাম্পুনের পরিবর্তে প্যাড লাগান। এতে আপনি নিশ্চিত রূপে সংক্রমণের থেকে সুরক্ষা প্রাপ্ত করবেন।

আপনাকে বেডরেস্টের পরামর্শ দেওয়া হলে

ম্যাগাজিনের স্তূপ আর টি.ভি.-র রিমোট হাতে নিয়ে বিছানার ওপরে শুয়ে থাকার কল্পনা খুবই ভালো লাগে... কিন্তু এমনটা সেই সময়ই ভালো লাগে... যদি সেটা বেডরেস্টের রূপে না হয়। বিছানায় এলিয়ে পড়ামাত্র আপনি এটা জেনে যান যে, এটা কোন ঠাট্টাঠার ব্যাপার মোটেই নয়! আপনি ছুটে গিয়ে কোন কাজ করতে পারেন না

আর সারাটা দিন আপনার মন ভালো করে রাখার জন্য বিছানার আশপাশেও কেউ থাকেন না। এমন অবস্থায় আপনি এটাও ভুলে যান যে, সুস্থ গর্ভাবস্থা আর সুস্থ শিশুর জন্মের জন্যই ডাক্তার আপনাকে বেডরেস্টের পরামর্শ দিয়েছেন।

বেশীর ভাগ ডাক্তার এমনটাই মানেন যে, বেডরেস্ট নিলে গর্ভাবস্থার বেশ কয়েক প্রকারের জটিল সমস্যা কমে আসে। এতে সার্ভিক্সের ওপরে বেশী চাপ পড়ে না, হৃদয়ের ওপরে চাপ পড়ায় কিড্নীর পক্ষে রক্ত প্রবাহ বেড়ে ওঠে... যার ফলে ফালতু তরল পদার্থ শরীর থেকে সহজেই বেরিয়ে আসে, গর্ভস্থ শিশু পর্যাপ্ত মাত্রায় অক্সিজেন আর পোষক পদার্থ প্রাপ্ত করে, মায়ের রক্ত প্রবাহে মানসিক চাপের হার্মোনের মাত্রা কমে আসে... যার ফলে সংকুচন হতে পারে।

যেসব মায়ের বয়স 35 বছরের বেশী হয়, যাঁদের মিস্ক্যারেজের হিস্ট্রী থাকে, মাল্টিপল প্রেগন্যান্সীর হিস্ট্রী থাকে, প্রেগন্যান্সীতে কোন প্রকারের জটিলতা থাকে বা কোন পুরোন রোগ থাকে... তাঁদের সকলকে বেডরেস্টের পরামর্শ দেওয়া হয়ে থাকে।

এর ফলে প্রী-টার্ম লেবারের সম্ভাবনা কমার সাথে-সাথে অন্যান্য ঝুঁকিও কমে আসে। এতে আপনার ক্ষতিও হতে পারে। লম্বা সময় পর্যন্ত বেডরেস্টে থাকা গর্ভবতী মহিলাদের নিতম্ব আর মাংসপেশীর যন্ত্রণা সহ্য করতে হয়। ত্বকে জ্বলুনি, মাথার যন্ত্রণা বা অবসাদও হতে পারে। নড়াচড়া কম হওয়ায় বুকে জ্বলুনি, পা ফুলে ওঠা বা পিঠের যন্ত্রণাও হতে পারে। ক্ষিধেও ভালোমতন লাগে না... যেটা গর্ভস্থ শিশুর স্বাস্থ্যের পক্ষে ঠিক হয় না।

আপনি আমাদের এই টিপস্গুলোর সহায়তায় নিজের অনেক সমস্যা কমিয়ে আনতে পারবেন ঃ

■বিছানার ওপরে একটু নড়াচড়া করুন। পাশ ফিরে শুন। নিজের শরীরের সঠিক সন্তুলন বজায় রাখার জন্য বালিশ লাগিয়ে নিন। কিছুক্ষন পরে-পরে পাশ বদলান।

■ডাক্তারকে জিজ্ঞাসা করে হাত হেলানোর ব্যায়াম করুন। এক জায়গায় বসে শরীরের যেসব অঙ্গ নাড়াতে পারেন, সেগুলো নাড়ান।

■ডাক্তারকে এটা জিজ্ঞাসা করুন যে, আপনি স্ট্রেচিং ব্যায়াম করতে পারবেন কি না? বিছানায় বসে-বসে পা দুটোকে আস্তে করে ঘোরান, যাতে পায়ে রক্ত না জমে আর মাংসপেশীগুলো মজবুত হয়ে থাকে।

■এটা দেখুন যে, আপনি কি আর কতটা মাত্রায় খাচেছন? আপনি যদি পোষক আহার নেওয়ার বদলে স্ন্যাক্স দিয়েই কাজ চালাচেছন, তাহলে গর্ভস্থ শিশুর ওজনের ওপরে সেটার প্রভাব পড়তে পারে। এছাড়া প্রয়োজনের থেকে বেশী ওজনও সমস্যার কারণ হয়ে উঠতে পারে। এজন্য সর্বদা কিছু-না-কিছু খাওয়ার অভ্যাস করবেন না।

■আপনাকে তরল পদার্থ ভরপুর মাত্রায় নিতে হবে... যাতে অপচন, কোষ্ঠকাঠিন্য আর বুকে জ্বলুনির মত সমস্যার থেকে বাঁচা যায়। আপনার বিছানার পাশে জল আর অন্যান্য পানীয় পদার্থ ভরপুর মাত্রায় থাকা উচিত।

■বেশীক্ষন শুয়ে থাকলে বুকে বেশী জ্বলুনি হতে পারে। সম্ভব হলে কিছু খাওয়ার সময় উঠে বসুন।

■ডেলিভারীর পরে নিজেকে সামলে নিতে কিছুটা সময় লাগবে... এজন্য মনের মধ্যে বেশী আশা পুষে রাখবেন না। আপনার মাংসপেশীগুলোর হারানো শক্তি ধীরে-ধীরেই ফিরে আসবে। নিজের শরীরকে সামলানোর সুযোগ করে দিন। পায়চারী, প্রসবের পরে যোগ ব্যায়াম আর সাঁতার কাটা দ্বারা সহায়তা পেতে পারেন।

■আপনার হাতের কাছে সর্বদা ফোন থাকা উচিত, যাতে বন্ধু আর আত্মীয়দের সাথে কথা বলে মন ভালো রাখা যায়। ল্যাপটপ থাকলে ই-মেল করার সুবিধাও হয়ে পড়বে। এই ভাবে বিছানায় বসে-বসেই সকলের সাথে আপনার যোগাযোগ বজায় থাকবে।

■সকালে পতি কাজে বেরোনোর আগেই সব কিছু বিছানার পাশে গুছিয়ে রাখুন। আপনার ছোট্ট ফ্রীজে জল, ফল, দই, চীজ আর স্যাণ্ডউইচ সর্বদা থাকা উচিত। ফোন, ম্যাগাজিন আর টি.ভি.-র রিমোটও হাতের কাছে থাকা উচিত।

■গোটা দিনের রুটীন বানিয়ে নিন, যাতে আপনি *বোর'* ফীল না করেন আর আপনার মন ভালো থাকে।

■আপনি যদি বাড়ী বসেই একটু-আধটু কাজ করার অনুমতি পেয়ে যান, তাহলে বস্কে নিজের কাজ করার সীমার ব্যাপারে জানিয়ে রাখুন... যাতে আপনার ওপরে প্রয়োজনের অতিরিক্ত কাজের চাপ না পড়ে।

■আপনি চাইলে সহজেই ভাবী শিশুর জন্য অন্

বেডরেস্টের প্রকারভেদ

যখন ডাক্তার আপনার গতিবিধি সীমিত করতে চাইবেন, তখন সেটাকে *বৈডরেস্ট* বলা হয়। উনি আপনাকে এটা জানাবেন যে, আপনি কি করতে পারবেন আর কি করতে পারবেন না। আসুন... আপনাকে সেই ব্যাপারে জানাই!

শিডিউল রেস্টিং ঃ- কিছু-কিছু মায়েদের প্রতি দিন বিভিন্ন সময় পর্যন্ত আরাম করার পরামর্শ দেওয়া হয়ে থাকে, যাতে আগামী সময়ে আসা ঝুঁকি এড়ানো যেতে পারে। অনেক ডাক্তার কাজের চাপ কমাতে, সিঁড়ি বেয়ে ওঠা-নামা না করতে বা লম্বা সময় ধরে এক জায়গায় দাঁড়িয়ে না থাকতে বলেন।

মোডিফায়েড বেডরেস্ট ঃ- আপনাকে সংসারের কাজকর্ম করতে, গাড়ী চালাতে বা অফিসে যেতে মানা করা হতে পারে। আপনি অত্যন্ত হাল্কা কাজ করতে পারেন। বিছানা থেকে নেমে সোফা পর্যন্ত যেতে পারেন বা নিজের জন্য স্যাণ্ডউইচ বানাতে পারেন... কিন্তু আপনাকে সিঁড়ি বেয়ে ওঠা-নামা করার অনুমতি দেওয়া হবে না।

স্ট্রিক্ট বেডরেস্ট ঃ- আপনাকে আরাম করার পরামর্শ দেওয়া হয়েছে অর্থাৎ স্নান করা আর খাবার খাওয়ার সময়কে বাদ দিয়ে বাকী সময় আপনি বিছানাতেই কাটাবেন। আপনাকে নিজের সমস্ত জরুরী জিনিষ বিছানার আশপাশে নিজের নাগালের মধ্যেই রাখতে হবে, যাতে কারো সহায়তা না পেলেও আপনাকে বার-বার বিছানা ছেড়ে উঠতে না হয়।

হাসপাতালে বেডরেস্ট ঃ- আপনার যদি আই.ভি.-রও প্রয়োজন হয়, তাহলে আপনাকে হাসপাতালে আরাম করতে হবে। আপনার পা মাথার থেকে কিছুটা উঁচু করে রাখা হবে, যাতে গর্ভস্থ শিশু কিছুটা সময় পর্যন্ত আপনার গর্ভেই থেকে নিজের বিকাশ পুরো করে নিতে পারে।

লাইনে কেনাকাটা করতে পারেন। ওর পোশাক, দোলনা, খাট আর বেবী সীটারের ব্যবস্থা তো আপনাকেই করতে হবে।

- অন্ লাইনে ডিনারের অর্ডার দিন... যাতে সন্ধ্যায় পতি ফিরে আসার পরে তাঁকে সারপ্রাইজ দিতে পারেন।
- মেল সার্ভিসে ডি.ভি.ডি. আনান। সেই সব ফিল্ম দেখুন, যেগুলো আপনি সময়ের অভাবে আজ পর্যন্ত দেখে উঠতে পারেননি। এর পরে এমন সময় আর সুযোগ আপনি আর পাবেন না।
- কিছুটা মৌজ-মস্তি হলেও মন্দ হয় না। বন্ধুদের বাড়ীতে ডেকে এনে পিজ্জা পার্টি দিন। ঘরের সাফাইও অবশ্য তাঁদেরই করতে হবে।
- নিজের ছোট্ট সোনার জন্য কিছু সোয়েটার আর মোজা বুনুন। আপনার টাইম পাশও হবে আর আপনি আনন্দও পাবেন।
- সব ফোটো এ্যালবামে ব্যবস্থিত করে রাখুন। নিজের ফোন বুক কম্প্যুটারে ফীড্ করে রাখুন। ভাবী শিশুর জন্য অভিনন্দন নোটস্, থ্যাঙ্কস্ নোটস্ – সব কিছু কাজ কম্প্যুটারেই করুন।
- নিজের মনকে পূর্ণ খুশী প্রদান করুন। চুল আঁচড়ান, মেক-আপ্ করুন। বিউটী পার্লার থেকে কাউকে ডেকে পাঠিয়ে নিজের বিউটী কেয়ার করান। এমনটা ভাববেন না যে, এই সময় আপনাকে কে দেখতে আসছে! আপনাকে দেখতে ভালো লাগলে আপনার মনও খুশী হয়ে উঠবে।
- নিজের বিছানার চাদর পাল্টান আর বাড়ীর লোকেদের সব কিছু গুছিয়ে রাখতে বলুন।
- নিজের চিন্তাধারা ডায়রীতে লিখে রাখুন। এই ডায়রী আপনার মনকে শান্ত করে তুলবে আর আপনার টাইম পাশও হয়ে পড়বে।
- যখনই মন উদাস হয়ে উঠবে... তখনই ভাবী শিশুর আল্ট্রাসাউণ্ডের ছবি দেখুন আর নিজেকে এটা মনে করান যে, তাকে সুস্থ ভাবে এই পৃথিবীতে নিয়ে আসার জন্যই আপনি এই আরাম করছেন!

■ ■ ■

chicco 60 YEARS

SUPPORTING THE NEW MOMMY-TO-BE.

During those 9 months of pregnancy, a mother experiences a sea-change in her body. Nothing remains as earlier, the posture, the comfort, basically the entire body physiology changes.

Chicco Total Body Pillow helps the new mothers take on this overwhelming journey of pregnancy with more comfort. This 3-piece pillow has a flexible design that adapts to varying needs of pregnancy stages. It offers total support to the mums' body, filling all of the 'gaps' from head to toes, providing total wellness to the spine and hence to the entire body.

Available at **Chicco stores** and **all leading baby shops**. Also available at **first cry**.
Call us at our toll-free no. **1800-102-6702** to find Chicco products near you.

গর্ভাবস্থায় হওয়া ক্ষতির মোকাবিলা করা

গর্ভাবস্থাকে এমন এক সুখকর সফর হিসেবে মনে করা হয়... যাতে রহস্য, রোমাঞ্চ, উত্তেজনা, আশা, ভাবী শিশুকে নিয়ে দেখতে থাকা স্বপ্ন, ভয় আর ঘাবড়ানি ইত্যাদি সব কিছুই শামিল থাকে! যদিও এমনটা সব সময় সম্ভব হতে পারে না। যদি আপনার গর্ভাবস্থায় কোন আঘাত লেগে থাকে বা আপনি যদি নিজের নবজাত শিশুকে হারিয়ে ফেলে থাকেন... তাহলে আপনি এটা ভালো করেই জানেন যে, সেই দুঃখ শব্দের সীমার অনেক উর্দ্ধে থাকে! এই অধ্যায় আপনার প্রতিই সমর্পিত করা হল, যাতে আপনি এত বড় দুঃখের উর্দ্ধে ওঠার মত সাহস জোগাড় করতে পারেন!

মিস্‌ক্যারেজ

এমনটা গর্ভাবস্থার শুরুতেই হয়ে পড়ে। এর অর্থ এটা নয় যে, এই জিনিষটার কোন দুঃখ হয় না। আপনি যত তাড়াতাড়িই নিজের শিশুকে হারান না কেন... সেটার দুঃখ সত্যিকারের হয়! আপনি আল্ট্রাসাউণ্ডে নিজের গর্ভস্থ শিশুকে না দেখে থাকলেও তার সাথে আপনার একটা সম্পর্ক তো তৈরী হয়েই পড়েছিল... তাই না? গর্ভাবস্থার খবর পাওয়ামাত্র আপনি ভাবী শিশুর স্বপ্ন দেখতে থাকেন আর নিজেকে *মা'* হিসেবে মানতে থাকেন আর তারপর বেশ কয়েক মাসের উত্তেজনা আর আশা এক মুহূর্তে শেষ হয়ে পড়ে। আপনি উদাসী আর নিরাশায় ডুবে যান। আপনার রাগ হতে থাকে যে, আপনার সাথেই এমনটা কেন হল? আপনি নিজের সেই সব বন্ধু আর নিজের পরিবারের সদস্যদের প্রতি ঈর্ষায় ভরে ওঠেন, ভগবান উপহারস্বরূপ যাঁদের কোলে একটা ছোট্ট শিশু পাঠিয়েছেন! শুরুর দিকে আপনার খাওয়া-দাওয়া আর ঘুমোন পর্যন্ত বন্ধ হয়ে পড়তে পারে। আপনি প্রচণ্ড কান্নাকাটি করতে থাকেন। আবার এমনটাও হতে পারে যে, আপনার চোখ দিয়ে এক ফোটা জলও পড়ল না। এই সব কিছুই প্রাকৃতিক প্রক্রিয়া হয় আর সম্পূর্ণ রূপে স্বাভাবিকও হয়!

আসলে কিছু দম্পতিদের পক্ষে শুরুতে এই ক্ষতি সামলানো অত্যন্ত মুশকিল হয়ে ওঠে। কেন? অনেকে গর্ভাবস্থার তৃতীয় মাস পর্যন্ত এই খবর কাউকে জানান না... এমন অবস্থায় তাঁদেরকে স্বান্তনা দেওয়ার মতও কেউ থাকে না। এমন কি লোকেদের জানানো সত্ত্বেও তাঁরা এতটা সহানুভূতি আর সহায়তা পান না, যতটা গর্ভাবস্থা পেরিয়ে যাওয়ার পরে পাওয়া যেত! তাঁদেরকে এমনটা বলা হয় – *"কোন ব্যাপার নয়। আপনারা আবার একবার চেষ্টা করে দেখতে পারেন। এটা তো সবে শুরু ছিল!"* আপনার কাছে শিশুর স্মৃতিচিহ্ন হিসেবে কোন ফোটোও থাকে না। নবজাত শিশুর অন্তিম সংস্কারেরও কোন প্রক্রিয়া হয় না, যাতে মা-বাবার দুঃখ কিছুটা কমতে পারে।

মনে রাখবেন যে, এই মিস্‌ক্যারেজের দুঃখ নিজের মত করে প্রকাশ করার বা না করার পূর্ণ

এক ব্যক্তিগত প্রক্রিয়া

এমন অবস্থায় কোন ভাবনাত্মক ফর্মূলাই কাজ করে না। সকলেই ব্যক্তিগত রূপে এটার মোকাবিলা করতে চান। হতে পারে যে, আপনার এই দুঃখ ভুলতে কিছুটা বেশী সময় লাগতে পারে... আবার এটাও হতে পারে যে, আপনি খুব শীঘ্রই এই আঘাত ভুলে যাবেন। এটাও হতে পারে যে, আপনি শীঘ্রই আবার চেষ্টা করতে উৎসুক হয়ে উঠবেন। মনে রাখবেন যে, এখানে সেই প্রতিক্রিয়াই স্বাভাবিক হবে... যেটা আপনার কাছে স্বাভাবিক লাগবে। নিজেকে সামলানোর জন্য আপনি যেটা করতে চাইবেন, সেটাই করুন !

স্বাধীনতা আপনার রয়েছে। আপনি যে কোন ভাবে নিজের মনের ভার হাল্কা করতে পারেন।

হয়তো আপনারা দুজনে কোন নিকট পারিবারিক সদস্যের সহায়তা নিতে চাইবেন। আপনি যদি কারো সাথে নিজের মনের ভাবনা ভাগ করে নিতে চান... তাহলে আপনি এটা জানতে পারবেন যে, বেশীর ভাগ গর্ভবতী মহিলাদেরই নিজেদের প্রজনন বছরগুলোয় এমন মিস্‌ক্যারেজের মুখোমুখি হতে হয়... কিন্তু আপনি তাঁদের ব্যাপারে জানতেন না। আর আপনি কারো সাথে নিজের দুঃখ ভাগ করে নিতে না চাইলে সেটাকে নিজের কাছ পর্যন্তই রাখুন।

এটা মনে রাখবেন যে, আপনি সেদিনের শোককে সর্বদা মনে রাখতে পারেন। বা সেদিনটাকে প্রতি বছর মনে করতে পারেন। সেদিন কোন নতুন চারাগাছ লাগান, এক শান্ত পিকনিকে যান, নিজের সাথীর সাথে বাইরে খেতে যান।

নিজের দুঃখ পালন করার পূর্ণ অধিকার আপনার রয়েছে আর এই ভাবেই আপনি নিজেকে ধীরে-ধীরে এটার প্রভাব থেকে মুক্ত করে আনতে পারবেন। আপনি যদি এই শোকের থেকে বেরিয়ে আসার চেষ্টা না করেন... তাহলে আপনি ভালো করে খেতে পারবেন না, রাতে ঘুমোতে পারবেন না, নিজের পরিবারের থেকে বিচ্ছিন্ন হয়ে পড়বেন আর পরিস্থিতি আরও গুরুতর হয়ে উঠলে আপনাকে ব্যবসায়িক পরামর্শও নিতে হতে পারে।

নিজেকে এই বিশ্বাস প্রদান করুন যে, আপনি আবার একবার গর্ভবতী হয়ে *মা'* হওয়ার ক্ষমতা রাখেন !

দ্বৈত মিস্‌ক্যারেজের মোকাবিলা

এতে দুঃখের মাত্রা অনেকটাই বেড়ে ওঠে। আপনি নিরাশ, নিরুৎসাহিত আর খিট্‌খিটে স্বভাবের হয়ে ওঠেন। আপনার মন আর শরীরের এই আঘাত কাটিয়ে উঠতে অনেকটা সময় লাগতে পারে। বেশ কিছু শারীরিক লক্ষণও ফুটে উঠতে পারে। অন্যদের সাথে নিজের মনের দুঃখ ভাগ করে নিন। নিজেকে এটা বোঝান যে, এতে আপনার কোন ভুল নেই। নিজের সাথীর সহায়তায় মনের দুঃখ হাল্কা করে নিন। এই ভাবনা মন থেকে বার করে দিন যে, আপনাকে যে কোন পরিস্থিতিতে এক শিশুর মা হতেই হবে !

গর্ভাবস্থাতেই মৃত্যু

আপনি যখন বেশ কয়েক ঘন্টা ধরে গর্ভের মধ্যে শিশুর নড়াচড়া অনুভব করতে পারেন না, তখন আপনার মন ভয় পেয়ে যায়। তার থেকেও খারাপ সেই সময় হয়... যখন আপনি এটা জানতে পারেন যে, আপনার এখনও পর্যন্ত জন্ম না নেওয়া বাচ্চা আর বেঁচে নেই।

গর্ভস্থ শিশুর হৃদ্‌স্পন্দন শুনতে পাচ্ছেন না, সে গর্ভাশয়েই মারা গেছে – এই শুনে আপনার মনে প্রচণ্ড আঘাত লাগে আর আপনি হঠাৎ করে এটায় বিশ্বাস করে উঠতে পারেন না। আপনার অবস্থা অনুসারে ডাক্তার এটা ঠিক করেন যে, এর পরে কি করা উচিত ? আপনার শোক সেই মাতা-পিতার থেকে কোন অংশে কম হয় না... যাঁদের শিশু জন্মের সময় বা জন্মের ঠিক পরেই মারা যায়।

জন্মের সময় বা তার পরে শিশুর মৃত্যু

অনেক বার ডেলিভারীর ঠিক পরেই শিশু মারা যায়। দীর্ঘ কয়েক মাস ধরে শিশুর আগমনের অপেক্ষা করার পরে আপনি খালি হাতে হাসপাতাল

থেকে বাড়ী ফিরে আসেন। এটা এমন এক দুঃখ হয়... যেটার পূরণ কেউ করতে পারে না। এই শোকের থেকে বেরিয়ে আসার জন্য আপনাকে নিজের ওপরেই বিশ্বাস রাখতে হবে।

■শিশুকে কোলে তুলে নিন, তার একটা নাম রাখুন, নিজের যন্ত্রণাকে সহ্য করুন। আপনি কোন নামহীন জীবের জন্য দুঃখ কি করে প্রকাশ করতে পারেন ? সেজন্য শিশুর কোন নাম রাখুন। ডাক্তারের মতে হয়তো তাকে দেখাটা আপনার পক্ষে ঠিক না হতেও পারে... কারণ সেই শিশু হয়তো আপনার কল্পনার শিশুর মত নাও হতে পারে... কিন্তু তাকে চোখে দেখার পরে তার মৃত্যুকে স্বীকার করে নেওয়াটা আপনার মক্ষে অনেকটাই সহজ হয়ে উঠবে। তার অন্তিম সংস্কার করার বা তাকে বিদায় জানানোর সুযোগ আপনি পেয়ে যাবেন। আপনি যদি তাকে কোথাও কবর দেন, তাহলে আপনি পরে সেই কবরের ওপরে ফুল চড়ানোর জন্যও যেতে পারবেন।

■তার কোন স্মৃতি, পায়ের ছাপের মত কিছু স্মৃতিচিহ্ন নিজের কাছে রাখুন। তার সৌন্দর্যকে নিজের মনের স্মৃতিকোঠায় সাজিয়ে রাখুন; যেমন – পাতলা চুল, সরু আঙুল, গোলাপী গাল ইত্যাদি!

প্রসবের পরে অবসাদ আর মৃত্যু

প্রসবের পরে অবসাদ এবং উত্তেজনা থেকে দুঃখ আরও গভীর হয়ে ওঠে। যদিও এটাকে শিশুর কারণে হতে থাকা অবসাদের থেকে আলাদা করে চেনাটা কিছুটা মুশ্কিল হয়ে পড়ে... কিন্তু চিকিৎসা দুটি ক্ষেত্রেই করা উচিত। প্রয়োজন হলে ব্যবসায়িক সহায়তা নিতে সংকোচ করবেন না। নিজের ডাক্তারের পরামর্শে কোন মনোবৈজ্ঞানিকের সাথে দেখা করুন। থেরাপী আর ওষুধের সহায়তায় আপনার আরাম আসবে।

শিশুর মৃত্যুর পরে দুধ শুকিয়ে আসা

যদি শিশু এই পৃথিবীতে না থাকে, তাহলেও আপনার কাছে তার একটা স্মৃতিচিহ্ন থেকে যায়। আপনার স্তনে এখনও তার জন্য দুধ ভরে রয়েছে। শিশু এই পৃথিবীতে না থাকলে স্তনে ভরে ওঠা দুধ সামলানো মানসিক আর শারীরিক – দু দিক থেকেই যথেষ্ট কষ্টদায়ক হতে পারে। আপনি যদি শিশুকে স্তনপান করানোর সুযোগই না পেয়ে থাকেন... তাহলে আপনার স্তনে রক্ত সংকুলতা হয়ে পড়বে। এমন অবস্থায় গরম জলে স্নান করবেন না, স্তনবৃন্তগুলোকে হাত দিয়ে রগড়াবেন না বা স্তন থেকে দুধ বার করবেন না... অন্যথা স্তনে আরও দুধ তৈরী হবে।

যদি কিছুদিন স্তনপান করানোর পরে শিশুর মৃত্যু হয়ে থাকে, তাহলে নিজের নার্স আর ডাক্তারের পরামর্শ নিন। আপনাকে হাত বা পাম্পের সহায়তায় স্তন থেকে দুধ বার করার পরামর্শ দেওয়া হবে... যাতে আপনার স্তনে এক দিনে যতটা মাত্রায় দুধ তৈরী হয়... ততটা বার হয়ে পড়ে। আপনার স্তনে কতটা মাত্রায় দুধ তৈরী হয়, সেটা শিশু দ্বারা দুধ পান করার ওপরে নির্ভর করে। স্তনপান বন্ধ করলে বা পাম্প ব্যবহার করা বন্ধ করার পরেও বেশ কয়েক সপ্তাহ বা মাস পর্যন্ত স্তন থেকে দুধের ফোঁটা বেরোতে পারে।

যদি আপনার স্তনে পর্যাপ্ত মাত্রায় দুধ থাকে, তাহলে আপনি সেটা মিল্ক ব্যাঙ্ককে দানও করতে পারেন। এতে আপনার মনও শান্তি প্রাপ্ত করবে।

■ডাক্তারের থেকে শিশুর মৃত্যুর রিপোর্ট নিন, যাতে আপনার ভেতরে বাস্তবকে স্বীকার করে নেওয়ার সাহস আসে। আপনাকে হয়তো ডেলিভারী রুমেই অনেক কিছু জানানো হয়েছে... কিন্তু ওষুধ, হার্মোন, শারীরিক অবস্থা আর মানসিক আঘাতের কারণে হয়তো আপনি সব কিছু সহজে বুঝে উঠতে পারেননি।

■বন্ধু আর আত্মীয়দের বলুন যে, বাড়ীতে নবজাত শিশুকে স্বাগত জানানোর জন্য যে ব্যবস্থা করা হয়েছিল, সেসব যেন স্থগিত রাখা হয়... অন্যথা বাড়ী ফেরার পরে এই নগ্ন বাস্তবকে স্বীকার করে নিতে আরও সমস্যা হবে।

■এটা মনে রাখবেন যে, দুঃখ ভোলার এই প্রক্রিয়ায় আপনাকে একাকীত্ব, রোষ, ক্রোধ আর অবসাদের ভেতর দিয়ে যেতে হতে পারে। প্রতিটি ব্যক্তিই আলাদা-আলাদা ভাবে প্রতিক্রিয়া ব্যক্ত করেন। হতে পারে যে, আপনি হয়তো অন্য কিছু অনুভব করছেন।

■এই প্রক্রিয়া যথেষ্ট কঠিন হবে। আপনার রাতের ঘুম আর খাওয়া-দাওয়া বন্ধ হয়ে পড়বে। আপনি দুঃখ আর অবসাদে ঘিরে উঠবেন। পতি আর বাচ্চাদের ওপরে অযথাই চেঁচামেচি করতে লাগবেন। আপনি হয়তো মাঝরাতে মারা যাওয়া শিশুর কান্না শুনতে পাবেন। নিজের প্রিয়জনেদের দ্বারা ঘিরে থাকা সত্ত্বেও আপনি নিজেকে বড় একা অনুভব করবেন। আপনার মনের মধ্যে নিজে এক বাচ্চা হয়ে ওঠার ইচ্ছ জেগে উঠবে... যাকে সবাই আদর করবে আর বুকে টেনে নেবে। এসব কিছু অত্যন্ত স্বাভাবিক হয়!

■কাঁদুন – প্রাণ খুলে কাঁদুন!

■মনে রাখবেন যে, শিশুর মৃত্যুতে পিতারাও দুঃখ পান। এটা ঠিক যে, উনি শিশুকে 9 মাস পর্যন্ত নিজের গর্ভে রাখেননি... কিন্তু তবুও ওনার দুঃখ আপনার দুঃখের থেকে কোন অংশে কম হয় না। ওনাকে নিজের মনের ভাব লুকিয়ে রেখে আপনার সামনে শক্ত হয়ে এসে দাঁড়াতে হয়। আপনারা দুজনে এই ব্যাপারে পরস্পরের সাথে কথা বলুন, যাতে আপনাদের দুজনের মনই হাল্কা হয়ে পড়ে। পরস্পরের প্রতি সত্যিকারের সাপোর্টই এই সময়ে কাজে আসে।

■পরস্পরের খেয়াল রাখুন। নিজের দুঃখে এতটা ডুবে যাবেন না যে, অন্যের কথা মনেই না থাকে। এমন অবস্থায় অনেক বার দাম্পত্য সম্পর্কে ফাটলও এসে পড়ে। এটা ঠিক যে, কখনো-কখনো আপনি একা থাকতে চাইবেন... কিন্তু সাথীর দুঃখ ভাগ করে নেওয়াটাও জরুরী হয়।

■একা-একা দুনিয়ার মোকাবিলা করতে যাবেন না। আপনি যদি লোকেদের প্রশ্নের জবাব দিতে সংকোচ অনুভব করছেন, তাহলে কোন বান্ধবীর সহায়তা নিন। উনি প্রায় সব জায়গায় এই খবরটা পৌঁছে দেবেন আর আপনাকে এই ব্যাপারে সবাইকে খুলে জানাতে হবে না।

■অনেক বার এমন পরিস্থিতিতে বন্ধু আর আত্মীয়রা সঠিক ভাবে দুঃখ প্রকাশ করতে পারেন না। তাঁরা এটা বুঝে উঠতে পারেন না যে, তাঁদের ঠিক কি বলা উচিত? তাঁরা এমন কিছু বলে ফেলেন... যেটা আপনার মনে কষ্ট দিতে পারে; যেমন – *"আমি তোমার মনের অবস্থা বুঝতে পারছি! এটা এক দিক থেকে ভালোই হয়েছে যে, মায়া পড়ে যাওয়ার আগেই সে চলে গেছে!"* তাঁদের এমনটা বলার অর্থ আপনাকে সহানুভূতি দেওয়াই হয়... কিন্তু তাঁরা নিজেদের বক্তব্যকে সঠিক ভাবে ব্যক্ত করতে পারেন না আর নিজেদের অজান্তেই আপনার মনে আঘাত করে বসেন।

■নিজের ঘনিষ্ঠ আত্মীয় বা মাতা-পিতার সহায়তা নিন। তাঁরা আপনার দুঃখ বুঝতে পারবেন আর আপনাকে সামলে উঠতে সহায়তা করবেন।

■নিজের প্রতি দৃষ্টি দিন! ভাবনাত্মক অবস্থা আপনার শারীরিক অবস্থার ক্ষতি করতে পারে। সঠিক সময়ে খাওয়া-দাওয়া করুন আর ঘুমোন। এই সময় ব্যায়াম যথেষ্ট প্রভাবশালী হয়। খাওয়ার ইচ্ছা না হলেও খাবার নিয়ে বসুন। গুনগুনা গরম জলে স্নান করুন। রাতের খাবার খাওয়ার পরে পায়চারী করতে বেরোন। দুঃখকে কিছুক্ষনের জন্য ভুলে থাকতে কোন ফিল্ম দেখুন বা কোন বান্ধবীর বাড়ী ঘুরতে যান। জীবন কখনো থেমে থাকে না আর আপনাকেও জীবনের সাথে পায়ে পা মিলিয়ে চলতে হবে!

■শিশুর মৃত্যুর দুঃখ পালন করার জন্য নিজের হিসেবে চলুন। ইচ্ছা হলে পতি-পত্নী পরস্পরের মধ্যে এই দুঃখ ভাগ করে নিন অথবা বন্ধু-বান্ধব, আত্মীয়দের সাথে দুঃখ ভাগ করে নিন।

■নিজের হারানো শিশুর স্মৃতিতে কোন ভালো কাজ করুন। চাইল্ড কেয়ার সেন্টারের জন্য বই কিনুন... অনাথ আশ্রমে চাঁদা দিন... নিজের বাড়ী বা পার্কে কোন চারাগাছ পুঁতুন!

■ধর্ম আর আধ্যাত্ম দ্বারাও আপনার মন শান্তি পেতে পারে।

■দুঃখ থেকে বেরিয়ে আসার পরেই পুনরায় গর্ভবতী হওয়ার ব্যাপারে ভাবনা-চিন্তা করুন, যাতে ভাবী শিশুর পরিচর্যায় কোন অভাব না থাকে।

■মেনে নিচ্ছি যে, এই দুঃখ কখনো ভোলা যায় না... কিন্তু এই ঘটনার 6 থেকে 9 মাস পরেও আপনার দুঃখ কম না হলে, আপনি নিজের মধ্যে কেন্দ্রীভূত হতে না পারলে, জীবনের প্রতি আপনার মধ্যে কোন আগ্রহ না থালে আপনার ব্যবসায়িক সহায়তা গ্রহণ করা উচিত।

■মনের মধ্যে অপরাধ বোধের ভাবনা পুষে রাখবেন না। এর ফলে আপনার পক্ষে দুঃখ থেকে বেরিয়ে আসাটা মুশ্কিল হয়ে পড়তে পারে। আপনার যদি এমনটা মনে হয় যে, আপনার দেখাশোনার অভাবেই শিশু চলে গেছে... তাহলে ব্যবসায়িক

সহায়তা নিন... যাতে আপনার এমন অনুভূতি হতে পারে যে, এই ক্ষেত্রে আপনার কোন ভুল ছিল না। নিজের মনকে হাল্কা করার জন্য আপনি নিজের জন্ম না নেওয়া শিশুর নামে চিঠিও লিখতে পারেন... যাতে আপনার সমস্ত দুঃখ, যন্ত্রণা, আত্মসন্দেহ আর অপরাধ বোধ শামিল থাকবে।

যমজ বাচ্চাদের মধ্যে একজনের মৃত্যু

যেসব মাতা-পিতার পরিবারে যমজ বাচ্চার একজন বা তিন শিশুর মধ্যে একজনের মৃত্যু হয়ে পড়ে... তাঁদের দুঃখ আর আনন্দ – দুটোই এক সাথে পালন করতে হয়!

■একটি শিশু জীবিত থাকলে অন্য শিশুর মৃত্যুর দুঃখ কমে আসে না। আপনার বুকের ভেতরটা ভেঙে চুর-চুর হয়ে পড়ে। সেই শিশুর মৃত্যুর জন্য দুঃখ পালন করার পূর্ণ অধিকার আপনার রয়েছে। আপনাকে সেই শিশুর মৃত্যুকে এক বাস্তব হিসেবে গ্রহণ করতে হবে... তাহলেই আপনি সেই দুঃখ ভুলতে পারবেন।

■নিজের জীবিত শিশুর জন্য মনের মধ্যে ঢেউ তুলতে থাকা আনন্দকে চেপে রাখবেন না। তার ভাই বা বোনের মৃত্যুর অর্থ এটা কখনোই হয় না যে, তাকে আপনার ভালবাসা থেকে বঞ্চিত হয়ে থাকতে হবে। তার ভালো স্বাস্থ্যের জন্যও এটা জরুরী হয় যে, আপনি তাকে অন্তর থেকে গ্রহণ করবেন।

■ভালো খবরটা এক দুঃসংবাদের সাথে এসেছে... এটার অর্থ এই নয় যে, আপনি সেই ভালো খবরের জন্য আনন্দ করবেন না। আপনার পক্ষে যদি সেটা খুবই মুশকিল লাগে, তাহলে প্রথমে মৃত শিশুর জন্য দুঃখ প্রকাশ করুন আর তারপর জীবিত শিশুর জন্য উৎসব পালন করুন।

■এমনটাও হতে পারে যে, আপনি নিজেকে এই ঘটনার জন্য দোষী মানতে লেগেছেন যে, আপনিই বেশী করে যমজ শিশু দেখাশোনার জন্য চিন্তিত হয়ে উঠেছিলেন বা আপনি মেয়ে চাইছিলেন না! সর্বদা এটা মাথায় রাখবেন যে, আপনার ইচ্ছা বা কল্পনার সাথে শিশুর মৃত্যুর কোন সম্পর্কই নেই।

■এটা ঠিক যে, আপনি বেশ কয়েক মাস ধরে যমজ শিশুর জন্মের প্রস্তুতি নিচ্ছিলেন... কিন্তু এখন আপনি একটা শিশুকেই নিজের সাথে করে বাড়ী নিয়ে যেতে পারবেন। এমন অবস্থায় নিরাশা অত্যন্ত স্বাভাবিক হয়... কিন্তু সেটাকে নিজের ওপরে চেপে বসতে দেবেন না।

■যমজ সন্তানের মধ্যে একটি শিশুর মৃত্যুর খবর আপনি সবাইকে নিজের মুখে না শোনাতে চাইলে কোন বান্ধবীর সহায়তা নিন। কয়েকটা দিন বাড়ী থেকে বেরোবার সময় তাঁকে নিজের সঙ্গে রাখুন, যাতে লোকেদের প্রশ্নের জবাব আপনাকে না দিতে হয়।

■লোকেরা আপনার প্রতি সহানুভূতি দেখাতে গিয়ে বা জীবিত শিশুকে আশীর্বাদ দিতে গিয়ে এমন কিছু বলে বসতে পারে, যেটা আপনার মনে আঘাত করবে। এমন অবস্থায় নিজের নিকট আত্মীয়দের সাথে নিজের মনের ভাবনা ভাগ করে নিন। তাঁদের এটা জানান যে, জীবিত শিশুর জন্য আনন্দিত হওয়ার সাথে-সাথে আপনি মৃত শিশুর জন্য দুঃখীও বটে!

■অবসাদকে নিজের ওপরে চেপে বসতে দেবেন না। এতে আপনার আর জীবিত শিশুর পরিচর্যায় অভাব আসতে পারে। নিজের শিশুর মানসিক আর শারীরিক আবশ্যকতাগুলো পূরণ করার জন্য সাহস জোটান।

দুঃখের ব্যবস্থাপনা

অনেক বার ডাক্তার এমনটা বলতে পারেন যে, মাল্টিপল প্রেগন্যান্সীতে যে কোন একটা শিশুকে শেষ করে ফেলাটা জরুরী... কারণ সে বেঁচে থাকতে পারবে না বা তার জন্য অন্য শিশুরও মৃত্যু হয়ে পড়তে পারে। এমন পরিস্থিতিতে নিজের মনের ভেতরে অপরাধ বোধ পুষবেন না। ডাক্তারের পরামর্শ গ্রহণ করুন। ওনার পরামর্শ অনুসারে কাজ করাই আপনার পক্ষে ভালো হবে! যে ফয়সালাই নেবেন, সেটা শান্ত আর ঠাণ্ডা মাথায় নিন। নিজের বন্ধু আর সাথীর সহায়তা নিন। কাঁদতে ইচ্ছা হলে কিছুক্ষন কেঁদে নিন... কিন্তু এটা ভাববেন না যে, আপনি একটা শিশু পাওয়ার জন্য অন্য শিশুর বলিদান দিয়েছেন! ধর্ম আর আধ্যাত্মের সহায়তা নিন। ইচ্ছা করলে সেটা অন্যদের জানান আর জানাতে না চাইলে সেটাকে নিজের মধ্যেই সীমিত রাখুন।

আবার চেষ্টা করা

এমন মানসিক আঘাতের পরে পুনরায় গর্ভবতী

কেন ?

এই প্রশ্নের কোন উত্তর হয় না... কিন্তু আপনাকে নিজের নবজাত শিশুর মৃত্যুর আসল কারণ জানতেই হবে। শিশুর পুরো পরীক্ষা আর গর্ভাবস্থা হিস্ট্রী থেকেই সেটা জানতে পারা যেতে পারে যে, এমনটা কেন হল ? শিশু যদি ভ্রূণের অবস্থাতেই মারা যায়, তাহলে কোন ভালো প্যাথোলোজিস্ট বিশেষজ্ঞ দ্বারা প্লেসেন্টার পরীক্ষা করানো উচিত। এতে আপনি নিজের ভাবী গর্ভাবস্থাকেও সুরক্ষিত করে তুলতে পারবেন।

হওয়ার ফয়সালা নেওয়া সহজ হয় না। এই ব্যক্তিগত ফয়সালা যথেষ্ট কষ্টদায়কও হতে পারে।

■এই প্রক্রিয়ার জন্য প্রস্তুত হওয়ার জন্য নিজেকে অভিনন্দন জানান... কারণ এমন ফয়সালা নেওয়ার জন্য যথেষ্ট সাহসের প্রয়োজন হয়।

■এমন ফয়সালা নেওয়ার সঠিক সময় হচ্ছে সেটা... যেটা আপনার নিজের কাছে সঠিক মনে হবে। ভাবনাত্মক রূপে প্রস্তুত হতে আপনার কিছুটা সময় লাগতে পারে। নিজের মনের কথা শুনুন ! কারো কথায় না ভুলে নিজে সম্পূর্ণ রূপে প্রস্তুত হওয়ার পরেই গর্ভধারণ করুন।

■নিজের ডাক্তারকে প্রশ্ন করুন যে, আপনি কি শারীরিক রূপে *মাঁ'* হওয়ার পক্ষে সুস্থ ? আপনি মানসিক রূপে প্রস্তুত হলেও আপনাকে গর্ভধারণ করার জন্য শারীরিক রূপেও ফিট্ হতে হবে।

■এমনও হতে পারে যে, এই গর্ভাবস্থা আগের থেকে অনেক বেশী চিন্তা আর মানসিক চাপ নিয়ে আসবে... কারণ আপনি এটা জানেন যে, প্রতিটি গর্ভাবস্থার শেষটা সুখকর হয় না। আপনার মনে এক অজানা ভয় ঢুকে রয়েছে। আপনি নবজাত শিশুকে মন থেকে গ্রহণ করতেও ভয় পাবেন। নিজের শরীরে হতে থাকা প্রতিটি স্বাভাবিক ছোট-বড় পরিবর্তনও আপনাকে চিন্তায় ফেলে দেবে। আপনি শুধু এটুকু মাথায় রাখুন যে, এই সব ভাবনার কারণে যেন ভাবী শিশুর পোষক তত্ত্বের কোন অভাব না হয়। অতীতের ঘটনার দিকে ফিরে তাকানোর বদলে আসতে থাকা শিশুর ওপরে মনোযোগ কেন্দ্রীভূত করুন আর এটা মাথায় রাখুন যে, গর্ভাবস্থায় একটা শিশুর মৃত্যু হয়ে পড়া সত্ত্বেও বেশীর ভাগ মায়েরা পরে সুস্থ শিশুরই জন্ম দেন এবং তাঁদের গর্ভাবস্থা সম্পূর্ণ রূপে স্বাভাবিক থাকে !

■ ■ ■

ভাগ - 08

আপনার পরবর্তী শিশু

পরবর্তী শিশুর প্রস্তুতি

এটা কত ভালো হত, যদি আমরা নিজেদের ইচ্ছামত পুরো জীবনের প্ল্যানিং করতে পারতাম। আমাদের তৈরী করা প্ল্যান প্রায় ক্ষেত্রেই এক মিনিটের মধ্যে ভেঙে টুকরো-টুকরো হয়ে যায় আর আমরা সেটার ওপরে একেবারেই নিয়ন্ত্রণ করতে পারি না।

কত ভালো হত, যদি আমরা সম্পূর্ণ প্ল্যান তৈরী করে গর্ভধারণ করতাম আর শিশুর জন্ম দিতাম। এতে আমরা নিজেদের জীবন-শৈলীতে আবশ্যক উন্নতি নিয়ে আসারও পূর্ণ সুযোগ পেয়ে যেতাম... কিন্তু এমন সুবিধা কতজন মহিলাদের প্রাপ্ত হয়? মাসিক ধর্মের গড়বড়ি এবং জন্ম নিয়ন্ত্রণের উপায় ইত্যাদি কারণে এমনটা করা সম্ভব হয় না। এই পুস্তকেও গর্ভধারণের আগের প্রস্তুতির ওপরে জোর দেওয়া হয়েছে... যদিও সকল মহিলারা শুরু থেকেই এতটা মনোযোগ না দেওয়া সত্ত্বেও সুস্থ শিশুরই জন্ম দেন!

এমনিতে এখন তো পরিবার নিয়ন্ত্রণের পদ্ধতি যথেষ্ট কার্যকরী হয়ে উঠছে... এজন্য আপনি অত্যন্ত সহজেই নিজের প্রেগন্যান্সীর প্ল্যান বানাতে পারেন। যেদিন আপনি এই ব্যাপারে জানতে পারবেন, সেদিন থেকেই নিজের শরীরের ওপরে দৃষ্টি দেওয়া শুরু করে দিন। এই সময় করা পরিচর্যা শুধু আপনার ভাবী সন্তানের জন্যই নয়... বরং তার সন্তানের পক্ষেও লাভদায়ক হবে!

ভাবী মাতা-পিতারা অনেক প্রকারে নিজেদের প্রজনন ক্ষমতাকে বাড়িয়ে তুলতে পারেন, যাতে তাঁদের ভাবী সন্তান পুরোপুরি সুস্থ হয়। আপনি আগেই গর্ভবতী হয়ে উঠলেও ঘাবড়াবেন না... শুধু এই অধ্যায়টাকে বাদ দিয়ে প্রথম অধ্যায় থেকে পড়া শুরু করে দিন।

গর্ভধারণ করার আগে মা কি করবেন?

সম্পূর্ণ শারীরিক পরীক্ষা ঃ- নিজের পারিবারিক ডাক্তারের কাছে যান। সম্পূর্ণ শারীরিক পরীক্ষা থেকে এটা জানতে পারা যাবে যে, গর্ভধারণ করার আগে কোন চিকিৎসার প্রয়োজন আছে কি না?

ডেন্টিস্টের কাছে যান ঃ- আজ্ঞে হ্যাঁ... ডেন্টিস্টের সাথে দেখা করে দাঁতের ভালো করে পরীক্ষা করান। এক্স-রে, ফিলিং, দাঁতের সাজরী ইত্যাদি – যা কিছু করানোর প্রয়োজন, সব কিছু এই সময় করিয়ে নিন... কারণ গর্ভাবস্থার সময় এসব হতে পারবে না। আপনার মাড়িও সুস্থ হওয়া উচিত। বিভিন্ন অধ্যয়ণ থেকে এটা জানতে পারা গেছে যে, মাড়ির রোগ থাকলে প্রী-টার্ম ডেলিভারীর ঝুঁকি বেড়ে ওঠে। বাড়ীতেই দাঁত আর মাড়ির সম্পূর্ণ দেখাশোনা শুরু করে দিন।

ডাক্তারকে দিয়ে গর্ভধারণের আগের পরীক্ষা করান ঃ- এই সময় কোন তাড়াহুড়ো নেই, তাই এখন সহজেই কোন ভালো ডাক্তার বেছে নেওয়া যেতে পারে। নিজের আশপাশের এলাকায় আপনার পক্ষে ভালো কোন ডাক্তারের সন্ধান করুন। তারপর তাঁর থেকে এ্যাপয়েন্টমেন্ট নিন। আপনি কোন দাইকে দিয়ে নিজের প্রসব করাতে চাইলেও এই সময় কোন ডাক্তারকে দিয়ে পরীক্ষা করানোটা আবশ্যক হয়। আপনি যদি পরীক্ষার পরে হাই-রিস্ক গ্রুপে না আসেন, তাহলে নিজের ইচ্ছামতন ডাক্তার, দাই বা প্রসবের পদ্ধতি বেছে নিতে পারেন। আর আপনি হাই-রিস্ক গ্রুপে এলে মা আর শিশু – দুজনের স্বাস্থ্যের কথা

মাথায় রেখে কোন বিশেষজ্ঞের সহায়তা নেওয়াই ভালো হবে।

নিজের প্রেগন্যান্সী হিস্ট্রীর ওপরে দৃষ্টি দিন ঃ- আপনার এর আগে কখনো গর্ভপাত বা সময়-পূর্ব প্রসব হওয়ার কোন ইতিহাস নেই তো? অথবা এর আগে আপনার গর্ভাবস্থায় কোন প্রকারের জটিলতা আসেনি তো? উত্তর *হ্যাঁ* হলে ডাক্তারকে প্রশ্ন করে জেনে নিন যে, এই বিষয়ে কি-কি সাবধানতা নেওয়া যেতে পারে!

নিজের মায়ের প্রেগন্যান্সী হিস্ট্রীর ওপরে দৃষ্টি দিন ঃ- এটা জানার চেস্টা করুন যে, আপনিও *ড্যোশ বেবী'* নন তো? 1971 সাল পর্যন্ত গর্ভপাত আটকানোর জন্য ডায়থাইজটিল সেজিস্ট্রল নামক যে ওষুধ দেওয়া হত, সেটা প্রজনন অঙ্গের ক্ষতি করতে পারত। আপনার মা-ও যদি সেই ওষুধের সেবন করে থাকেন, তাহলে আপনারও যোনি আর গর্ভাশয় মুখের কোলোপোস্কোপী করিয়ে নেওয়া উচিত।

এই টেস্টগুলো করান ঃ- গর্ভধারণ করার আগে নীচের টেস্টগুলো করানোর পরামর্শ দেওয়া যেতে পারে ঃ

- হীমোগ্লোবিন বা হীমেটোক্রিট *(এ্যানিমিয়ার পরীক্ষা)*
- আর$_4$ ফ্যাক্টর। আপনি নেগেটিভ হলে আপনার সাথীর পরীক্ষা করা হবে। উনিও নেগেটিভ হলে বেশী চিন্তা করার কিছুই নেই।
- রুবেলা টিটর
- ব্যারিমেলা টিটর
- ডায়াবেটিজ পরীক্ষার জন্য প্রস্রাব পরীক্ষা
- টিউবারকুলোসিস
- হেপাটাইটিস- *বৈ' (আপনি যদি হাই-রিস্ক গ্রুপে আসেন)*
- সাইটোমিগেলো ভায়রাস-এ্যান্টীবডিজ *(রেজাল্ট পোজিটিভ এলে চিকিৎসার 6 মাস পরেই গর্ভধারণ করুন)*
- টমনোপ্লাজমোসিস টিটর *(আপনার বেড়াল কাঁচা মাংস খেলে বা আপনি হাতে গ্লাভস্ না পরেই বাগানের কাজ করলে অথবা আপনি পাশ্চুরাইজ ফ্রী দুধ পান করলে এই পুস্তকে আগে আলোচিত পরামর্শগুলোর ওপরে দৃষ্টি দিন)*
- থায়রয়েড *(এর দ্বারা গর্ভাবস্থা আর ভাবী সন্তানের মানসিক ক্ষমতা প্রভাবিত হতে পারে। গর্ভধারণ করার আগে এটার পরীক্ষা অবশ্যই করান। যদি পরিবারে কারো এই রোগ হয়ে থাকে, তাহলে এটা আরও জরুরী হয়ে ওঠে)*
- এস.টি.ডি. *(যৌন রোগ)*। সকল গর্ভবতী মহিলাদের এস.টি.ডি. টেস্ট করানো উচিত... যার মধ্যে সিফিলিস, গনোরিয়া, ক্লামীডিয়া, হার্পিস, হ্যুমন প্যাপিলোমা ভায়রাস, ব্যাক্টেরিয়াল ভ্যাজিনাইটিস, গার্ডনরেলা ভ্যাজিনাইটিস এবং এইচ.আই.ভি. শামিল থাকে। আপনি নিজের এই সব রোগ হওয়ার ব্যাপারে কখনো চিন্তা না করলেও টেস্ট করিয়ে নেওয়াটা ভালো হবে।

চিকিৎসা করান ঃ- যদি টেস্টে কোন রোগের ব্যাপারে জানতে পারা যায়, তাহলে সেটার চিকিৎসা করাতে দেরী করবেন না। যে কোন প্রকারের সাজারী বা ডাক্তারী চিকিৎসা করাতে সংকোচ করবেন না। এই সময় আপনার নিজের জননাঙ্গগুলোর সাথে যুক্ত যে কোন ছোটখাটো সমস্যারও চিকিৎসা করিয়ে নেওয়া উচিত; যেমন ঃ-

- য়ুটেরাইন প্রোল্যাপ্স, ফ্রায়বয়েড, সিস্ট, টিউমার
- এণ্ডোম্যাট্রিয়োসিস
- পেলভিকের সাথে যুক্ত রোগ
- মূত্রাশয় সংক্রমণ
- যে কোন প্রকারের যৌন রোগ

যদি কোন পরিস্হিতিতে সাজারী করাতে হয়, তাহলে তার 6 মাস পরেই গর্ভধারণ করুন।

টীকাকরণ পুরো করান ঃ- আপনি যদি গত 10 বছরে টিটেনাস-ডিপথেরিয়া বুস্টার না নিয়ে থাকেন, তাহলে এখন সেটা অবশ্যই নিন। এম.এম.আর. ভ্যাক্সিন নিয়ে থাকলে গর্ভধারণ করার আগে পুরো 3 মাস অপেক্ষা করুন। হেপাটাইটিসের ব্যাপারেও সতর্ক থাকুন এবং সঠিক সময়ে চিকিৎসা করান।

ক্রণিক রোগ নিয়ন্ত্রণ করুন

আপনি যদি হাঁফানী, ডায়াবেটিজ, মৃগী, হৃদয় রোগ ইত্যাদি যে কোন ক্রণিক রোগে গ্রস্ত হন... তাহলে গর্ভধারণ করার আগে ডাক্তারকে বলে

এই সব রোগের ওপরে নিয়ন্ত্রণ প্রাপ্ত করে নিন এবং নিজের স্বাস্থ্যের ওপরে পূর্ণ দৃষ্টি রাখার চেস্টা করুন। আপনার যদি এ্যালার্জীর জন্য কোন ওষুধ নেওয়ার প্রয়োজন পড়ে, তাহলে সেটাও এখনই নিয়ে নিন। ডিপ্রেশনও আপনার পথে বাধা হয়ে উঠতে পারে... এজন্য নিজের প্ল্যান-প্রোগ্রাম শুরু করার আগে এর ওপরে নিয়ন্ত্রণ করে নিন।

জেনেটিক স্ক্রীনিং ঃ- যদি আপনার বা আপনার সাথীর মধ্যে কারো জেনেটিক ডিস্‌অর্ডার *(সিকল সেল, প্যালাসীমিয়া, হীমোফীলিয়া, সিস্টিক ফায়ব্রোসিস, মাস্কুলর ডিস্ট্রোফী বা এক্স সিণ্ড্রোম ইত্যাদি)* থাকে বা ডাউন সিণ্ড্রোমের মত অন্য কোন জন্মজাত বিকৃতি থাকে, আপনাদের দুজনের বংশে আগে যদি কারো এমন রোগ হয়ে থাকে... তাহলে কোন জেনেটিক বিশেষজ্ঞের সাথে দেখা করুন। আপনি ককেশিয়ান হলে সিস্টিক ফায়ব্রোসিস... ইহুদী-ইউরোপীয়ান হলে টে-শেক, ফ্রেঞ্চ-কানাডিয়ান বা আয়রিশ-আমেরিকান হলে সীকল সেল, গ্রীক-ইটালিয়ান বা দক্ষিণ-পূর্ব এশিয়ান অথবা ফিলিপিন মূলের হলে থ্যালাসীমিয়ার টেস্ট করান। আপনার আগের গর্ভাবস্থাতেও এমন কোন জেনেটিক সমস্যা হয়ে থাকলে ডাক্তারের পরামর্শ অবশ্যই নিন।

জন্ম নিয়ন্ত্রণের উপায় ঃ- যদি কোন জন্ম নিয়ন্ত্রণ উপায় দ্বারা আপনার গর্ভাবস্থা প্রভাবিত হয়, তাহলে সেটাকে বদলে দিন। আপনি গর্ভ নিরোধক ট্যাবলেট নিতে থাকলে গর্ভবতী হওয়ার প্ল্যান তৈরী করার অনেক আগেই সেটা সেবন করা বন্ধ করে দিন। এমন চেস্টা করুন, যাতে গর্ভধারণ করার আগের দুটি মাসিক ধর্ম নিয়মিত রূপে হয়। যদি মাসিক ধর্ম নিয়মিত হতে সময় লাগে, তাহলে সাহস হারাবেন না। আপনি ইউ.ডি. ব্যবহার করতে থাকলে সেটা বার করে দিন। যে কোন ধরণের গর্ভ নিরোধক ওষুধের প্রয়োগ একেবারে বন্ধ করে দিন। ইচ্ছে করলে স্পার্মীসাইড ছাড়া কণ্ডোমের ব্যবহার করতে পারেন।

আহারে উন্নতি ঃ- সবার আগে ভোজনে ফোলিক এ্যাসিডের মাত্রা বাড়ান। বিভিন্ন অধ্যয়ণ থেকে এটা জানতে পারা গেছে যে, গর্ভধারণ করার আগে এবং গর্ভাবস্থার শুরুর পর্যায়ে এটা পর্যাপ্ত মাত্রায় নিলে ন্যুটল টিউবের দোষ অনেকটাই কমে আসে। এটা গোটা শস্য এবং সবুজ পাতাওয়ালা সব্জীতে ভরপুর মাত্রায় পাওয়া যায়। এর সাথে-সাথে এটা ওষুধের রূপেও নেওয়া যেতে পারে।

জাংক ফুড আর রিফাইণ্ড শুগারের মাত্রা কমিয়ে আনুন। গোটা শস্য, ফল, সব্জী আর কম ফ্যাটযুক্ত ডেয়ারী পদার্থ নিন। স্যাচুরেটেড ফ্যাটের মাত্রা কমান... এটা গর্ভাবস্থায় গা গুলোন আর বমি হওয়ার সমস্যা বাড়িয়ে তুলতে পারে। গর্ভধারণ করার আগে প্রতি দিন 2 প্রোটিন আর 3 ক্যালশিয়াম সার্ভিং অবশ্যই নিন।

আপনার আহার-বিহারের অভ্যাস সুস্থ না হলে বা আপনি অন্য কোন প্রকারের ইটিং ডিস্‌অর্ডারে গ্রস্ত হলে নিজের ডাক্তারের পরামর্শে বিশেষ ডায়েট নিন।

আদর্শ ওজন ঃ- প্রয়োজনের থেকে বেশী বা কম ওজন গর্ভধারণে সমস্যা হয়ে উঠতে পারে। প্রয়োজন মনে হলে ক্যালোরীর মাত্রা কমান। ওজন কম করার সময় ধীরে-ধীরে ওজন কমান... তাতে গর্ভধারণ করার প্রক্রিয়াকে আরও 2 মাস পেছিয়ে দিতে হলেও! কু-পোষণের কারণেও গর্ভধারণ করা মুশকিল হয়ে ওঠে। আপনি ক্র্যাশ ডায়েটে থাকলে স্বাভাবিক রূপে খাবার খেয়ে শরীরকে আগে নিজের স্বাভাবিক আকারে আসতে দিন... তারপর গর্ভধারণ করুন!

ভিটামিন আর মিনারেল সাপ্লিমেন্ট নিন ঃ- আহারে পরিবর্তন নিয়ে আসার সাথে-সাথে ভিটামিন আর মিনারেল যুক্ত সাপ্লিমেন্টও অবশ্যই নিন। বিভিন্ন অধ্যয়ণ থেকে এটা জানতে পারা গেছে যে, গর্ভধারণের আগে ভিটামিন আর মিনারেল সাপ্লিমেন্ট নিতে থাকা মহিলাদের মধ্যে বমি, গা গুলোন বা মর্ণিং সিকনেসের অভিযোগ কম দেখতে পাওয়া গেছে। জিংক সেবন করলেও লাভ হয়। এছাড়া অন্য কোন পোষক সাপ্লিমেন্ট নেবেন না... কারণ এটার বেশী মাত্রা ঘাতক হতে পারে।

শেপ বানান... কিন্তু সাবধানে ঃ- আপনি নিজের দিনচর্যায় ব্যায়ামকে শামিল করে নিলে আপনার শরীর সুস্থ থাকবে আর আগামী গর্ভাবস্থার জন্য আপনি নিজের শরীরকেও প্রস্তুত করে তুলতে পারবেন। ফালুত ওজনও কমে আসবে... কিন্তু বেশী পরিশ্রমের ব্যায়াম করতে যাবেন না।

অনেক বার শরীরের তাপমাত্রা বেড়ে উঠলেও গর্ভধারণ করতে মুশ্কিল হয়। যে কোন জিনিষেরই 'অতি' খারাপ হয়। এজন্য ব্যায়াম করুন... তবে সতর্কতার সাথে!

ড্রাগস্ এড়িয়ে চলুন ঃ- কোকেন, মারিজুয়ানা, হেরোয়িন ইত্যাদি ড্রাগস্ গর্ভাবস্থায় বিপজ্জনক হতে পারে... গর্ভধারণ করাটা মুশ্কিল হয়ে ওঠে। আর গর্ভাবস্হা শুরু হয়ে পড়লে গর্ভস্হ ভ্রূণের ক্ষতি হতে পারে। মিস্‌ক্যারেজ, সময়ের আগে শিশুর জন্ম হওয়া ইত্যাদি ঝুঁকি বজায় থাকে। আপনি এগুলো মাঝে-মাঝে নিলেও এখন থেকে এগুলো নেওয়া বন্ধ করে দিন। এগুলো ছাড়া মুশ্কিল লাগলে ব্যবসায়িক সহায়তা নিন।

ফালতু ওষুধ এড়িয়ে চলুন ঃ- গর্ভধারণ করার প্ল্যান তৈরী করে ফেলার পরে ডাক্তারকে না জিজ্ঞাসা করে কোন ওষুধ খাবেন না। যোনিতে রাখা কোন ওষুধও ডাক্তারকে জিজ্ঞাসা করে তবেই ব্যবহার করুন।

ওষুধ পরীক্ষা করে খান ঃ- আপনি নিজের কোন রোগের কারণে যে ওষুধ বহু বছর ধরে খেয়ে আসছেন... ডাক্তারকে প্রশ্ন করে এটা জেনে নিন যে, সেটা গর্ভাবস্হার পক্ষে সুরক্ষিত কি না? গর্ভধারণ করার কম পক্ষে 6 মাস আগে এমন যে কোন ওষুধের সেবন বন্ধ করে দিন। শিশুর জন্মের পরেও এটা মাথায় রাখবেন... কারণ শিশুকে স্তনপান করালে ওষুধের প্রভাব শিশু পর্যন্ত পৌঁছে যেতে পারে। অনেক বার ডোজ কমালে কাজ হয়ে পড়ে।

কিছু ওষুধ তো গর্ভাবস্হায় অত্যন্ত বিপজ্জনক প্রমাণিত হতে পারে... এজন্য সময়ে-সময়ে ডাক্তারের পরামর্শ নিতে থাকুন।

হার্বাল বা বৈকল্পিক ওষুধ ঃ- এটা জরুরী নয় যে, সকল প্রকারের হার্বাল ওষুধই গর্ভাবস্হায় সুরক্ষিত হবে। কিছু হার্বাল ওষুধ গর্ভধারণে বাধার সৃষ্টিও করতে পারে। এমন যে কোন হার্বাল বা বৈকল্পিক ওষুধ যে কোন রূপে ক্ষতিকারক হতে পারে... এজন্য প্রয়োজনীয় সাবধানতা অবলম্বন করুন।

ক্যাফিনের মাত্রা কমান ঃ- চা, কফি ইত্যাদির মাত্রা এখন থেকেই কম করতে শুরু করে দিন... যাতে পরে কোন সমস্যা না হয়। কিছু অধ্যয়ণ থেকে এমনটা জানতে পারা গেছে যে, কফির বেশী মাত্রা আপনার ক্ষতি করতে পারে অর্থাৎ আপনার পক্ষে গর্ভধারণ করতে অসুবিধা হতে পারে। এমনিতেও কফির বেশী মাত্রা অন্য ভাবেও শরীরের ক্ষতিই করে।

মদ্যপান করবেন না ঃ- গর্ভধারণ করার প্ল্যান তৈরী করে নেওয়ার পরে প্রতি দিন মদ্যপান করাটা ক্ষতিকারকই হবে। মাসিক ধর্মের চক্রও বিগড়ে যেতে পারে। এজন্য মদ্যপান ত্যাগ করে দিন।

ধূমপান করবেন না ঃ- তামাকের সেবন গর্ভস্হ শিশুর ক্যান্সার রোগ হওয়ার কারণ হয়ে উঠতে পারে... এছাড়া আপনার পক্ষেও গর্ভধারণ করতে অসুবিধা হতে পারে। নিজের গর্ভস্হ শিশুকে ধোঁওয়ামুক্ত পরিবেশ প্রদান করুন।

রেডিয়েশনের সংস্পর্শে বেশী আসবেন না ঃ- যদি এক্স-রে করানো জরুরী হয়, তাহলে প্রজনন অঙ্গকে ঢেকেই এক্স-রে করান। মাথায় রাখবেন যে, গর্ভধারণ করার প্ল্যান তৈরী করার পরে আপনি যে কোন সময় গর্ভবতী হয়ে উঠতে পারেন... এজন্য আগে থেকেই সতর্কতা অবলম্বন করুন। নিজের ডাক্তারকে এই ব্যাপারে জানান, যাতে তিনিও এই ব্যাপারে সতর্কতা নেন। গর্ভধারণ করার পরে রেডিয়েশন তখনই করান... যখন খুব প্রয়োজন হবে।

বিপজ্জনক রসায়ন এড়িয়ে চলুন ঃ- কিছু-কিছু রসায়ন গর্ভধারণ আর গর্ভস্হ ভ্রূণের বিকাশে বাধা হয়ে হয়ে উঠতে পারে। আপনি কাজ করার সময় এই জিনিষটার প্রতি সতর্ক দৃষ্টি রাখুন। মেডিসিন, আর্ট, ফোটোগ্রাফী, ফোটো ফ্রেমিং এবং ল্যাণ্ডস্কেপিং; হেয়ার ড্রেসিং আর কসমেটোলোজী, ড্রাই ক্লীনিং আর কারখানা ইত্যাদিতে বিশেষ রূপে সতর্কতা নিন। সম্ভব হলে কিছুটা সময়ের জন্য এমন জায়গা থেকে দূরে সরে যান। নিজের বদলী অন্য জায়গায় করিয়ে নিতে পারলে আরও ভালো হয়।

অনেক বার লেডের বেশী মাত্রাও ক্ষতি করে। এটা আপনার কাজের জায়গা ছাড়া বাড়ী

বা জলেও থাকতে পারে। ঘরোয়া পদার্থগুলোর খুব কাছাকাছি আসবেন না। আপনার রক্তে এটার স্তর বেশী থাকলে কোন বিশেষজ্ঞের মতামত নিয়ে সেটার চিকিৎসা করান, যাতে শরীরে লেডের মাত্রা কমিয়ে আনা যায়।

আর্থিক মজবুতী ঃ- শিশুর জন্মের আগেই নিজের আর্থিক বাজেট বানিয়ে নিন... কারণ আগামী সময়ে আপনার প্রচুর অর্থের প্রয়োজন হবে। নিজের হেল্থ ইন্শিয়োরেন্স করান, যাতে প্রসবের খরচ উঠে আসে। খোঁজ-খবর নিয়ে এটা জেনে নিন যে, আপনার অফিস আপনাকে *মৈটারনিটি লীভ'* দেবে কি না ? এতে আপনি পরে বেশ কয়েক ধরণের সমস্যার থেকে মুক্তি পেয়ে যাবেন।

দৃষ্টি দেওয়া শুরু করুন ঃ- একবার সমস্ত প্রয়োজনীয় সতর্কতা অবলম্বন করে নেওয়ার পরে এবার নিজের প্ল্যানের ওপরে দৃষ্টি দিতে শুরু করুন। আপনি যদি মাসিক চক্রের সব থেকে বেশী ফার্টাইল পীরিয়ডে নিজের সাথীর সাথে শারীরিক সম্পর্ক গড়ে তোলেন, তাহলে আপনার শীঘ্র গর্ভবতী হয়ে ওঠার সম্ভাবনা অনেকটাই বেড়ে ওঠে। কোন ডায়রীতে প্রত্যেক মাসিক চক্রের প্রথম দিনটা নোট করে রাখুন। এটাও জানার চেষ্টা করুন যে, আপনি কবে শেষ বার ওভ্যুলেট হয়েছিলেন ? প্রায়ই চক্রের মাঝে ওভ্যুলেশন হয়। কিন্তু অনিয়মিত মাসিক চক্রের মহিলাদের পক্ষে মাসিক ধর্মের থেকে প্রথম 10 দিন এবং পরের 17 দিনে গর্ভধারণ করার সম্ভাবনা বেড়ে ওঠে। কিছু মহিলা ওভ্যুলেশনের ব্যাপারে পরিস্কার ভাবে জানতে পারেন আর কেউ-কেউ এটা চিনতে পারেন না। এই সময় আপনার যোনির স্রাব, ডিমের সাদা অংশের মত চ্যাট্‌চেটে হয়... যেটাকে আঙুল দিয়ে টানা যেতে পারে। এর সাথে-সাথেই পেটের নীচের অংশে বা পিঠের এক দিকে হাল্কা যন্ত্রণাও হতে থাকে। লক্ষ্য করলে ভ্যাসল তাপমাত্রাতেও পার্থক্য দেখতে পাবেন। এর জন্য আপনাকে ভি.ভি.টি. থার্মোমিটার নিতে হবে। সকালবেলায় বিছানা ছেড়ে ওঠার আগে নিজের শরীরের তাপমাত্রা মেপে নিন। ওভ্যুলেশন চক্র শুরু হওয়ার আগে এই তাপমাত্রা ন্যুনতম মাত্রায় থাকে আর তারপর অত্যন্ত দ্রুত বেড়ে ওঠে। আপনি এসব জানতে না পারলে আর আপনার মাসিক চক্র অনিয়মিত হলে এবং আপনি অন্য কোন সহজ পদ্ধতি প্রয়োগ করতে চাইলে বাজার থেকে হোম ওভ্যুলেশন প্রেডিক্টর কিট কিনে আনতে পারেন। এর সহায়তায় আপনি নিজের গর্ভধারণ করার প্ল্যানকে সফল করে তুলতে পারবেন। এর দ্বারা ডেলিভারীর সঠিক তারিখের ব্যাপারেও সহজেই জানতে পারা যায়।

বিশ্রাম করুন ঃ- আজ্ঞে হ্যাঁ... এটা হচ্ছে সব থেকে গুরুত্বপূর্ণ জিনিষ ! মানসিক চাপের কারণে গর্ভধারণ করাটা আরও মুশ্কিল হয়ে ওঠে। রিল্যাক্সেশন টেক্‌নিক শিখুন, ধ্যান লাগান আর মানসিক চাপ এড়িয়ে চলুন।

পুরো সময় দিন ঃ- যে কোন সুস্হ গর্ভাবস্হা শুরু হতে সাধারণতঃ 6 মাস সময় লাগতে পারে। যদি শীঘ্র কাজ না হয়, তাহলে মানসিক চাপগ্রস্ত হয়ে পড়বেন না। ডাক্তারের কাছে যাওয়ার আগে নিজেকে পুরো সময় দিন। আপনার বয়স যদি 35 বছরের বেশী হয়, তাহলে কম পক্ষে 6 মাস চেষ্টা চালানোর পরেই ডাক্তারের পরামর্শ নিতে যান।

গর্ভধারণ করার আগে পিতা কি করবেন ?

ডাক্তারের কাছে যান ঃ- নিজের শারীরিক পরীক্ষা করিয়ে এটা ঠিক করে নিন যে, আপনি সিস্ট, টিউমার বা ডিপ্রেশনের মত কোন রোগে গ্রস্ত কি না অথবা আপনার এমন কোন রোগ আছে কি না, যেটা আপনার সাথীর সুস্হ গর্ভাবস্হায় বাধার সৃষ্টি করতে পারে !

যে কোন ধরণের ওষুধ সেবন করার আগে এটা জেনে নিন যে, সেটার প্রভাব আপনার যৌন ক্ষমতার ওপরে পড়বে কি না ? অনেক বার ওষুধের প্রভাবে স্পার্মের সংখ্যা কমে আসে। আশা করি যে, আপনি এমনটা চাইবেন না।

প্রয়োজন হলে জেনেটিক স্ক্রীনিং করান ঃ- যদি আপনার পরিবারে আগে কখনো এমনটা হয়ে থাকে... তাহলে আপনার সাথী গর্ভধারণ করার আগে জেনেটিক স্ক্রীনিং অবশ্যই করিয়ে নিন।

জন্ম নিয়ন্ত্রণের পদ্ধতি ত্যাগ করুন ঃ- যদি আপনার পত্নী জন্ম নিয়ন্ত্রণের কোন পদ্ধতি গ্রহণ করছেন বা কোন ট্যাবলেট খাচেছন... তাহলে সেসব বন্ধ করিয়ে দিন। কম পক্ষে দুটো মাসিক চক্র ভালো করে হতে দিন। ইচেছ করলে সেই সময় স্পার্মীসাইড ছাড়া কণ্ডোমের ব্যবহার করুন।

আহারে উন্নতি ঃ- আহার যত ভালো হবে, গর্ভধারণ করানোর জন্য স্পার্মও তত বেশী সুস্থ হবে। গর্ভধারণ করার আগে মাতা-পিতা – দুজনেরই পৌষ্টিক আহারের সেবন করা উচিত। এমন চেস্টা করুন, যাতে আপনাদের আহারে ভিটামিন - *'সি'*, ভিটামিন - *'ডি'*, ভিটামিন - *'ই'*, জিংক আর ক্যালশিয়াম ভরপুর মাত্রায় থাকে। পত্নীকে গর্ভধারণ করানোর আগে ভিটামিন-মিনারেলের সাপ্লিমেন্ট নিন। এতে কিছুটা ফোলিক এ্যাসিডও থাকলে সেটা আপনার কাজে আসবে। আপনি ডায়াবেটিজের রোগী হলে নিজের ব্লাড শুগার নিয়ন্ত্রিত করে নিন।

জীবন-শৈলীতে উন্নতি ঃ- বিভিন্ন অনুসন্ধান এবং অধ্যয়ণ থেকে এটা জানতে পারা গেছে যে, যদি পত্নীকে গর্ভধারণ করানোর আগে পুরুষ সাথী কোন ধরণের ড্রাগস্ সেবন করেন... তাহলে সেটার দ্বারা তাঁর যৌন ক্ষমতা প্রভাবিত হয়। ড্রাগস্ আর মদ দ্বারা কেবলমাত্র যে স্পার্মের সরঞ্চনা আর গুণবত্তাই প্রভাবিত হয়, তাই নয়... বরং টেস্টোস্টেরোনের স্তরও কমে আসে। ভাবী শিশুর মধ্যে জন্মজাত বিকৃতিও আসতে পারে। আপনি যদি ড্রাগস্ আর মদের সেবন ত্যাগ করতে পারেন, তাহলে আপনার মহিলা সাথীর পক্ষেও গর্ভধারণ করাটা সহজ হয়ে উঠতে পারে।

ধূমপান করবেন না ঃ- ধূমপান করলে স্পার্মের সংখ্যা কমে আসে এবং নিজের সাথীকে গর্ভধারণ করাতে সমস্যার সৃষ্টি হতে পারে। এই ধোঁওয়া আপনাদের ভাবী শিশু এবং আপনার মহিলা সাথীর পক্ষেও বিপজ্জনক হয়... এজন্য এর থেকে সুরক্ষা ব্যবস্থা গ্রহণ করা জরুরী হয়।

এগুলো এড়িয়ে চলুন ঃ- আজ্ঞে হ্যাঁ... পেন্ট, ভার্নিশ, মেটাল ডিগ্রেসর আর পেস্টিসাইড ইত্যাদিতে এমন ক্ষতিকারক রসায়ন থাকে, যেগুলোর কারণে আপনার পক্ষে নিজের সাথীকে গর্ভধারণ করাতে সমস্যা হতে পারে। এগুলো এড়িয়ে চলুন আর যতটা সম্ভব এগুলো খুব বেশী সংস্পর্শে যাবেন না।

এটাকে শীতল রাখুন ঃ- আজ্ঞে হ্যাঁ... আমরা আপনার বৃষণ *(টেস্টীকল)*-য়ের কথাই বলছি। এটা যদি প্রয়োজনের অতিরিক্ত উষ্ণতা প্রাপ্ত করে, তাহলেও স্পার্মের সংখ্যা কমে আসতে পারে। এটাকে বাকী শরীরের তাপমাত্রার থেকে কিছুটা ঠাণ্ডা রাখাই ভালো হয়। হট টাব, হট বাথ, সৌনা বাথ, টাইট পোশাক এবং টাইট আণ্ডারওয়্যারের প্রয়োগ বেশী করবেন না। সিন্থেটিক কাপড়ের পোশাক আর আণ্ডারওয়্যার গরমের দিনে আরও বেশী গরম হয়ে ওঠে।

এগুলো সুরক্ষিত রাখুন ঃ- আপনি যদি ফুটবল, বাস্কেটবল বা ঘোড়সওয়ারীর মত খেলা খেলেন... তাহলে শরীরের এই সব কোমল অঙ্গগুলোর সুরক্ষার প্রতি পূর্ণ দৃষ্টি দিন। প্রয়োজনের অতিরিক্ত সাইক্লিং-ও ক্ষতি করতে পারে... কারণ এর ফলে লাগাতার শরীরের নীচের দিকের অঙ্গগুলোর ওপরে চাপ পড়তে থাকে। শরীরের সেই সব অঙ্গ যদি সাইকেল চালানোর সময় কিছুটা অনুভূতি শূণ্য লাগে, তাহলে নিজের সাথীকে গর্ভধারণ করানোর দিনগুলোয় সাইক্লিং না করাই ভালো হবে। সমস্যা বেড়ে উঠলে ডাক্তারের কাছে যেতে সংকোচ করবেন না।

শান্ত থাকুন ঃ- এই জিনিষটা আপনাদের দুজনের পক্ষেই অত্যন্ত গুরুত্ব রাখে। মানসিক চাপের কারণে কেবল আপনার কার্যক্ষমতাই কমে আসবে না... তার সাথে-সাথে আপনার স্পার্মের সংখ্যাও কমে আসবে। এই ব্যাপারে বেশী চিন্তা করবেন না... সব কিছু প্রাকৃতিক রূপে সহজ হয়ে আসবে!

এর পরে... ?

এটা হচেছ এক নতুন সূত্রপাতের সময়! গর্ভধারণ করার আগের প্রস্তুতি নিয়ে নেওয়ার পরে গর্ভধারণের অধ্যায় থেকে পড়তে শুরু করুন আর এই জিনিষটার পূর্ণ আনন্দ উপভোগ করুন!

■ ■ ■

পরিশিষ্ট

গর্ভাবস্থার সময় হওয়া সাধারণ টেস্ট

ডাক্তার আপনার শারীরিক অবস্থা অনুসারে কিছু টেস্ট কমাতে-বাড়াতে পারেন। এটা অনেকটা আপনার মেডিক্যাল হিস্ট্রী আর ওনার ব্যবসায়িক মতের ওপরেও নির্ভর করে। বিস্তৃত তথ্যের জন্য নীচের সূচী দেখুন।

টেস্টের নাম আর কখন করা হবে	**প্রক্রিয়া**	**কারণ**
ব্লাড টাইপ, প্রথম এ্যাপয়েন্টমেন্টে	হাত থেকে রক্ত নিয়ে পরীক্ষা করা হবে।	আর.এইচ. টাইপ বা ক্যাল ফ্যাক্টরের পরীক্ষা করা হবে।
হীমোটোক্রিট বা হীমোগ্লোবিন টেস্ট, প্রথম এ্যাপয়েন্টমেন্টে, তারপর 20 সপ্তাহ পরে	হাত থেকে রক্ত নিয়ে পরীক্ষা করা হবে।	এতে আয়রণের অভাব, রক্তাল্পতা বা আয়রণ সাপ্লিমেন্টের তথ্য থাকবে।
রুবেলা টিটর, প্রথম এ্যাপয়েন্টমেন্টে	হাত থেকে রক্ত নিয়ে পরীক্ষা করা হবে।	রুবেলা *(জার্মান মীজলস্)*-য়ের জন্য রোগ প্রতিরোধক ক্ষমতার পরীক্ষা।
সিফিলিস টেস্ট, প্রথম এ্যাপয়েন্টমেন্টে	হাত থেকে রক্ত নিয়ে পরীক্ষা করা হবে।	সিফিলিস সংক্রমণ হলে তাৎক্ষনিক চিকিৎসা দ্বারা ভ্রূণকে ক্ষতির হাত থেকে বাঁচানো যায়।
এইচ.আই.ভি. টেস্ট, প্রথম এ্যাপয়েন্টমেন্টে	হাত থেকে রক্ত নিয়ে পরীক্ষা করা হবে।	এই ব্যাপারে জানতে পারলে মায়ের চিকিৎসা করাটা সহজ হবে এবং শিশুর সংক্রমণ হতে পারবে না।
হেপাটাইটিসের স্ক্রীনিং, প্রথম এ্যাপয়েন্টমেন্টে	হাত থেকে রক্ত নিয়ে পরীক্ষা করা হবে।	যদি হেপাটাইটিস - *বি*'-র সংক্রমণ হয়, তাহলে আগেই মায়ের পরীক্ষা দ্বারা ভ্রূণের চিকিৎসা হতে পারে।
প্যাপ স্মীয়র, প্রথম এ্যাপয়েন্টমেন্টে	সার্ভিক্স থেকে স্রাব নিয়ে কোশিকাগুলোর পরীক্ষা করা হবে।	সার্ভাইকাল ক্যান্সার বা অন্য কোন অনিয়মিততার পরীক্ষার জন্য।

টেস্টের নাম আর কখন করা হবে	প্রক্রিয়া	কারণ
গনোরিয়া কালচার এবং জেনেটাল হার্পিস, প্রথম এ্যাপয়েন্টমেন্টে	ল্যাবে যোনিস্রাবের কালচার করা হবে।	সংক্রমণ হয়ে থাকলে চিকিৎসা করা হবে।
ক্লামীডিয়া টেস্ট, প্রথম এ্যাপয়েন্টমেন্টে	সার্ভিক্স, য়ুরেথ্রা বা রেক্টমের আশপাশের অংশের পরীক্ষা করা হবে।	সংক্রমণ হয়ে থাকলে চিকিৎসা করা হবে।
প্রস্রাবে ব্যাক্টেরিয়া, প্রথম এ্যাপয়েন্টমেন্টে	প্রস্রাবের পরীক্ষা করা হবে।	এটা হচ্ছে সংক্রমণের লক্ষণ, এর চিকিৎসা করা হবে।
ড্রাগ স্ক্রীণ, প্রথম এ্যাপয়েন্টমেন্টে	প্রস্রাবের স্যাম্পলের পরীক্ষা করা হবে।	গর্ভাবস্থায় মাদক পদার্থের সেবন বিপজ্জনক হয়... জানতে পারার পরে চিকিৎসা হওয়াটা অত্যন্ত জরুরী হয়।
ব্লাড প্রেশার, প্রতিটি এ্যাপয়েন্টমেন্টে	এটা ব্লাড প্রেশার মাপক যন্ত্র বা যে কোন ইলেকট্রোনিক যন্ত্র দ্বারা মাপা হয়।	হায়পার টেনশন বা প্রীক্ল্যাম্পসিয়ার ব্যাপারে জানতে পারা যায়।
প্রস্রাবে গ্লুকোজ, প্রতিটি এ্যাপয়েন্টমেন্টে	প্রস্রাবের পরীক্ষা ডিপ স্টিক দ্বারা করা হয়।	বেশী মাত্রায় গ্যাস্টেশন্যাল ডায়াবেটিজের সংকেত দেয়।
প্রস্রাবে প্রোটিন	প্রস্রাবের পরীক্ষা ডিপ স্টিক দ্বারা করা হয়।	বেশী মাত্রায় মূত্রাশয় সংক্রমণ বা প্রীক্ল্যাম্পসিয়ার সংকেত দেয়।
ট্রিপল স্ক্রীণ, 15 থেকে 18 সপ্তাহে।	হাত থেকে রক্ত নিয়ে পরীক্ষা করা হবে।	ভ্রূণের স্ক্রীনিং দ্বারা দোষের ব্যাপারে জানা যায়।
গ্লুকোজ টলারেন্স টেস্ট। 28-তম সপ্তাহে।	এক গ্লুকোজ ড্রিংক পান করানোর পরে হাত থেকে রক্ত নিয়ে পরীক্ষা করা হবে।	গ্যাস্টেশন্যাল ডায়াবেটিজের পরীক্ষা।
গ্রুপের স্ট্রেপ টেস্ট, 37-তম সপ্তাহের আশপাশে।	যোনি আর কাল বাট্রের আশপাশ এবং প্রস্রাবের পরীক্ষা।	প্রসবের সময় চিকিৎসা করা যেতে পারে... যাতে নবজাত শিশুকে সুরক্ষা প্রদান করা যায়।

গর্ভাবস্হার সময়কার বৈকল্পিক উপায়

লক্ষণ	প্রক্রিয়া	কারণ
পিঠে যন্ত্রণা	উষ্ণতা সুরক্ষাত্মক উপায়	হাল্কা গুনগুনা গরম জলে স্নান করুন। একটা তোয়ালেতে হীটিং প্যাড জড়িয়ে 15 মিনিট রাখুন। এমনটা দিনে 3 থেকে 4 বার করুন। ব্যায়াম, সঠিক শারীরিক ভঙ্গী!
চোট লেগে ফুলে ওঠা	আইস প্যাক ঠাণ্ডা সেঁক	বাজার থেকে আইস প্যাক কিনে নিয়ে আসুন বা সব্জীর বন্ধ প্যাকেটকে পুরো ঠাণ্ডা করে নিন। আধ ঘন্টা রাখুন। আরাম না এলে আবার আধ ঘন্টার জন্য রাখুন। বরফ-ঠাণ্ডা জলে একটা নরম কাপড় ভেজান। সেটাকে নিংড়ে চোটের জায়গায় রাখুন। ঠাণ্ডা ভাব কমে এলে আবার জলে ভেজান।
বাহু, কব্জি বা পায়ে ফোলা ভাব	ঠাণ্ডা জলে ভেজান	সাদা জলে বরফ মিশিয়ে ঠাণ্ডা করে নিন আর তাতে হাত-পা ভেজান। ইচেছ করলে আধ ঘন্টা রাখুন।
জ্বলুনি	ঠাণ্ডা সেঁক	ঠাণ্ডা সেঁক
ঠাণ্ডা লাগা, শ্লেস্মা	স্যালাইন নোজ ড্রপস্ ভিক্স ভেপোরাব অতিরিক্ত দ্রবের মাত্রা ইনহেলেশন	বাজার থেকে এই ওষুধ নিন বা ¼ ছোট চামচ নুনে 1 আউন্স জল মিশিয়ে, দুই নাকের ফুটোয় কয়েক ফোঁটা দিন। 5 - 10 মিনিট অপেক্ষা করে নাক ঝাড়ুন। এখানে দেওয়া নির্দেশানুসার ব্যবহার করুন। প্রতি ঘন্টায় 8 আউন্স দ্রবের মাত্রা নিন, যেমন – জুস, জল এবং চিকেন স্যুপ ইত্যাদি। দুধের মাত্রা কিছু দিনের জন্য কমিয়ে আনুন। স্টীমের কেটলী, স্টীম ভেপোরাইজার ইত্যাদি নিন আর কাপড় দিয়ে মাথা ঢেকে স্টীম নিন। দিনে 3 - 4 বার 15 - 15 মিনিট পর্যন্ত স্টীম নিন। বেশী গরম লাগলে আর স্টীম নেবেন না।

লক্ষণ	প্রক্রিয়া	কারণ
	ন্যাজল স্ট্রিপ	এখানে দেওয়া নির্দেশানুসার।
কাশি *(শ্লেষ্মা বা লুয়ের কারণে)*	ইনহেলেশন দ্রবের অতিরিক্ত মাত্রা	শ্লেষ্মা *(দেখুন)* শ্লেষ্মা *(দেখুন)*
ডায়রিয়া	অতিরিক্ত মাত্রা	প্রতি ঘন্টায় 4 আউন্স জল পান করুন। জুস বা ক্লীয়ার স্যুপও নিতে পারেন।
(জ্বর) 100^0-য়ের থেকে বেশী হলে ডাক্তার ডাকুন। 102^0-য়ের থেকে বেশী হলে তখুনি ডাক্তার ডাকুন। কোন ওষুধ দিয়ে জ্বর কমানোর চেস্টা করুন।	ঠাণ্ডা জলে স্নান স্ট্রিজ বাথ	গুনগুনা গরম জল ভরা টাবে বসুন। আইস কিউব ঢেলে জল ঠাণ্ডা করতে থাকুন। কাঁপুনি লাগলে স্নান করা বন্ধ করে দিন। জলে আইস কিউব আর রাবিং এ্যালকোহল মিশিয়ে তাতে তোয়ালে ভেজান আর সেটা দিয়ে শরীর মুছুন।
হীম্‌রয়েডস	স্ট্রিজ বাথ	হাল্কা গুনগুনা গরম জলের টাবে দিনে 2 - 3 বার বসুন।
পেট বা ত্বকে চুলকোনি	সুরক্ষাত্মক উপায়	সাবান নেবেন না আর বেশীক্ষন গরম জলে স্নান করবেন না। ভেজা শরীরে ময়েশ্চারায়জার লাগান।
চোখে চুলকোনি, চোখ থেকে জল পড়া	গরম সেঁক	হাল্কা গুনগুনা গরম জলে তোয়ালে ভিজিয়ে সেঁক দিন।
মাংসপেশী ফুলে ওঠা, চোট	আইস প্যাক, ঠাণ্ডা সেঁক, ঠাণ্ডা জলে ভেজানো *(24 থেকে 48 ঘন্টা)*	ফোলা ভাব *(দেখুন)*
মাংসপেশী ফুলে ওঠা, চোট	48 ঘন্টা পরে, গরম জলে ভেজান, গরম জলে স্নান, হীটিং প্যাড	গরম জলে তোয়ালে ভিজিয়ে শরীরে জড়ান। এটা প্লাস্টিকের ব্যাগ দিয়ে ঢেকে, ওপরে হীটিং প্যাড লাগান। দিনে দু বার 1 - 1 ঘন্টা রাখুন।

লক্ষণ	**প্রক্রিয়া**	**কারণ**
নাক বন্ধ হয়ে আসা		শ্লেষ্মা *(দেখুন)*
সাইনসাইটিস	বার-বার গরম আর ঠাণ্ডা সেঁক	গরম জলে কাপড় ভিজিয়ে নিংড়ে নিন। যন্ত্রণা কমা পর্যন্ত রাখুন, তারপর ঠাণ্ডা সেঁক দিন। পালা করে গরম-ঠাণ্ডা সেঁক দিন।
গলায় যন্ত্রণা, গলায় খুশখুশানী	গার্গল	গুনগুনা গরম জলে নুন মিশিয়ে 5 মিনিট গার্গল করুন। প্রয়োজন পড়লে প্রতি 2 ঘণ্টা পরে-পরে করুন।

গর্ভাবস্হায় ক্যালোরী আর ফ্যাটের আবশ্যকতা

কোন ব্যক্তির ওজন, কার্য স্তর আর মেটাবোলিজম অনুসারেই তাঁর জন্য ফ্যাট আর ক্যালোরী নির্দিষ্ট করা হয়। নীচের তালিকা থেকে আপনারা এই বিষয়ে মোটামুটি একটা অনুমান লাগাতে পারবেন।

আপনার আদর্শ ওজন পাউণ্ড	গতিবিধির স্তর	প্রতি দিন ক্যালোরীর আবশ্যকতা	সর্বাধিক ফ্যাটের আবশ্যকতা	সর্বাধিক পূর্ব ফ্যাটের আবশ্যকতা
100	1	1500	50	2½
100	2	1800	60	3½
100	3	2500	83	5
125	1	1800	60	3½
125	2	2175	72	4
125	3	3050	101	6
150	1	2100	70	4
150	2	2550	85	5
150	3	3600	120	7½

নিজের গতিবিধির স্তর এই ভাবে বার করুন ঃ 01. আরামদায়ক 02. মোটামুটি সক্রিয় 03. পূর্ণ রূপে সক্রিয় *(খুব কম মহিলাই তৃতীয় শ্রেণীতে আসেন)*।

কি করবেন
যখন মা হবেন?

গর্ভাবস্থার দ্রষ্টব্য

- আমার প্রশ্ন
- আমার অভিজ্ঞতা
- আমার স্মরণীয় মুহূর্ত

আমার প্রশ্ন

আমার অভিজ্ঞতা

আমার স্মরণীয় মুহূর্ত

প্রতি সপ্তাহে আপনার ওজন

সপ্তাহ 01 :

সপ্তাহ 02 :

সপ্তাহ 03 :

সপ্তাহ 04 :

সপ্তাহ 05 :

সপ্তাহ 06 :

সপ্তাহ 07 :

সপ্তাহ 08 :

সপ্তাহ 09 :

সপ্তাহ 10 :

সপ্তাহ 11 :

সপ্তাহ 12 :

সপ্তাহ 13 :

সপ্তাহ 14 :

সপ্তাহ 15 :

সপ্তাহ 16 :

সপ্তাহ 17 :

সপ্তাহ 18 :

সপ্তাহ 19 :

সপ্তাহ 20 :

সপ্তাহ 21 :

সপ্তাহ 22 :

সপ্তাহ 23 :

সপ্তাহ 24 :

সপ্তাহ 25 :

সপ্তাহ 26 :

সপ্তাহ 27 :

সপ্তাহ 28 :

সপ্তাহ 29 :

সপ্তাহ 30 :

সপ্তাহ 31 :

সপ্তাহ 32 :

সপ্তাহ 33 :

সপ্তাহ 34 :

সপ্তাহ 35 :

সপ্তাহ 36 :

সপ্তাহ 37 :

সপ্তাহ 38 :

সপ্তাহ 39 :

সপ্তাহ 40 :

সপ্তাহ 41 :

সপ্তাহ 42 :

সপ্তাহ 43 :

সপ্তাহ 44 :

সপ্তাহ 45 :

সপ্তাহ 46 :

প্রথম মাস

প্রথম মাস

দ্বিতীয় মাস

দ্বিতীয় মাস

তৃতীয় মাস

তৃতীয় মাস

চতুর্থ মাস

চতুর্থ মাস

পঞ্চম মাস

পঞ্চম মাস

ষষ্ঠ মাস

ষষ্ঠ মাস

সপ্তম মাস

সপ্তম মাস

অষ্টম মাস

অষ্টম মাস

নবম মাস

নবম মাস

প্রসব যন্ত্রণা এবং জন্ম

প্রসবোত্তর

www.ingramcontent.com/pod-product-compliance
Lightning Source LLC
Chambersburg PA
CBHW070543030726
47505CB00001B/134
* 9 7 8 8 1 2 8 8 2 7 1 9 8 *